MUSASHI

Volume II

Eiji Yoshikawa

MUSASHI

Volume II

Tradução e notas de Leiko Gotoda

17ª edição

Estação Liberdade

Título original: *Miyamoto Musashi*
Copyright © 1971, Fumiko Yoshikawa
Copyright desta tradução © 1999, Editora Estação Liberdade Ltda.

Revisão Claudia Cavalcanti e Armando Nei
Capa Antonio Kehl / Estação Liberdade
Ilustrações de capa e miolo Ayao Okamoto. Nanquim sobre papel, 1999
Editores Angel Bojadsen e Edilberto Fernando Verza

A EDIÇÃO DESTA OBRA CONTOU COM SUBSÍDIOS DOS PROGRAMAS
DE APOIO À TRADUÇÃO E À PUBLICAÇÃO DA FUNDAÇÃO JAPÃO

CIP-BRASIL. CATALOGAÇÃO NA PUBLICAÇÃO
SINDICATO NACIONAL DOS EDITORES DE LIVROS, RJ

Y63m
17. ed.

Yoshikawa, Eiji, 1892-1962
    Musashi / Eiji Yoshikawa ; tradução e notas de Leiko Gotoda ; prefácio de Edwin O. Reischauer. - 17. ed. - São Paulo : Estação Liberdade, 2019.
    1792 p. ; 23 cm.

    Tradução de: Miyamoto Musashi
    Obra em 2 v.
    ISBN 978-85-7448-014-5

    1. Miyamoto, Musashi, 1584-1645 - Ficção. 2. Ficção japonesa. I. Gotoda, Leiko. II. Reischauer, Edwin O. III. Título.

19-56709   CDD: 895.63
                                               CDU: 82-3(520)

Vanessa Mafra Xavier Salgado - Bibliotecária - CRB-7/6644
25/04/2019   25/04/2019

Todos os direitos reservados à Editora Estação Liberdade. Nenhuma parte da obra pode ser reproduzida, adaptada, multiplicada ou divulgada de nenhuma forma (em particular por meios de reprografia ou processos digitais) sem autorização expressa da editora, e em virtude da legislação em vigor.

Esta publicação segue as normas do Acordo Ortográfico da Língua Portuguesa, Decreto nº 6.583, de 29 de setembro de 2008.

EDITORA ESTAÇÃO LIBERDADE LTDA.
Rua Dona Elisa, 116 — Barra Funda — 01155-030
São Paulo – SP – Tel.: (11) 3660 3180
www.estacaoliberdade.com.br

ÍNDICE

VOLUME II

915   O VENTO (2ª Parte)
- 917   PRECE POR UM MENINO MORTO
- 931   UMA VACA LEITEIRA
- 940   A BORBOLETA E O VENTO
- 947   NA ESTRADA
- 954   ALMAS GÊMEAS
- 963   ADEUS À PRIMAVERA
- 973   CACHOEIRAS CASADAS

983   O CÉU
- 985   O SANTO FUGEN
- 993   O GUERREIRO DE KISO
- 1007   PRESAS VENENOSAS
- 1014   SOB AS ESTRELAS
- 1022   LUZ MATERNA
- 1036   PAIXÃO SAMURAICA
- 1047   UM PRESENTE INESPERADO
- 1062   QUEIMANDO VERMES
- 1072   RUMO LESTE
- 1078   BRINCANDO COM FOGO
- 1091   O GAFANHOTO
- 1100   OS PIONEIROS
- 1110   O RIO DAS DISCÓRDIAS
- 1121   LASCAS DE MADEIRA
- 1132   A CORUJA
- 1144   O VELÓRIO
- 1155   O CÉU POR LIMITE
- 1163   TAL MESTRE, TAL DISCÍPULO
- 1170   A CHEGADA DOS BANDOLEIROS

1178	O EXTERMÍNIO
1190	A CHEGADA DA PRIMAVERA
1199	NA CIDADE DE EDO
1207	MOSCAS
1215	CONSIDERAÇÕES EM TORNO DE UMA ESPADA
1225	A RAPOSA
1236	IMAGEM SEMPRE PRESENTE
1241	CARTA URGENTE
1251	O SERMÃO DO FILHO INGRATO
1263	VERÃO SANGRENTO
1274	A DIFÍCIL ARTE DA ESCULTURA
1283	UMA ACADEMIA DESERTA
1290	ERVAS DANINHAS

1299 AS DUAS FORÇAS

1301	OPINIÃO UNÂNIME
1308	GRILOS EM ALVOROÇO
1318	A ÁGUIA
1329	UM CAQUI VERDE
1339	UMA CASA NA CAMPINA
1350	QUATRO SÁBIOS E UMA LUZ
1363	A ÁRVORE-DOS-PAGODES
1372	A LADEIRA
1379	TADAAKI E AS CIRCUNSTÂNCIAS EM TORNO DE SUA LOUCURA
1393	COMOVENTE TRANSITORIEDADE
1401	DUAS BAQUETAS
1409	A ESTIRPE DO MAL
1418	O FIM DO ESTILO YAEGAKI
1431	O RETORNO
1437	POTES DE LACA
1442	DISCÍPULOS DE UM MESMO MESTRE
1450	A CRISE
1461	A DOR DE UMA ROMÃ
1466	O MUNDO DOS SONHOS
1478	A VIDA DE UMA FLOR
1486	O RASTRO DA ÁGUA
1500	O PORTAL DA FAMA
1510	SOM CELESTIAL

1517 A HARMONIA FINAL
- 1519 ARAUTOS DA PRIMAVERA
- 1527 UM BOI EM DISPARADA
- 1535 UM GRÃO DE LINHO
- 1546 O PEREGRINO
- 1555 PEQUENOS GUERREIROS
- 1561 O SANTO DAINICHI
- 1568 UM GIRO HISTÓRICO
- 1576 O BARBANTE
- 1583 DOCE FLOR EXPOSTA À CHUVA
- 1599 O PORTO
- 1610 UM BANHO ESCALDANTE
- 1621 O CALÍGRAFO
- 1629 A CONCHA DA INÉRCIA
- 1637 REMOINHOS
- 1653 O CÍRCULO
- 1660 SHIKAMA
- 1669 NOTÍCIAS DE LONGE
- 1684 MISERICORDIOSA KANZEON
- 1694 CAMINHOS DA VIDA
- 1704 O BARCO NOTURNO
- 1715 O FALCÃO E A MULHER
- 1724 DOIS DIAS PARA O DUELO
- 1734 CONTERRÂNEOS
- 1748 AO RAIAR DO DIA
- 1755 VELHOS AMIGOS
- 1773 PROFUNDO MAR DESCONHECIDO

O VENTO
(2ª Parte)

PRECE POR UM MENINO MORTO

I

Estamos na face meridional do pico Shimei-ga-take do monte Eizan[46], de onde se avistam com facilidade os famosos torreões ocidentais e orientais do complexo religioso, assim como o rio Yokogawa e os vales do Iimuro. À distância, no mundo vil muito abaixo deste puro ambiente, corre em meio ao lixo e à poeira o extenso rio Okawa, envolto em fina névoa. Mas aqui, no templo Mudoji junto às nuvens, o silêncio reina sobre florestas e riachos, o frio retarda o desabrochar das plantas e inibe o canto dos pássaros sagrados.

— *Yobutsu-u'in... Yobutsu-u'em... Bupposoen... Chonen Kanzeon... Bonen Kanzeon...*

Os Dez Versos à deusa Kannon escapam de um aposento nas profundezas do templo Mudoji, nem em prece, nem declamados, muito mais num sussurro involuntário.

Quem seria?

O tom do murmúrio eleva-se pouco a pouco para logo em seguida diminuir repentinamente: quem fala deixa-se arrebatar gradativamente, mas logo cai em si e baixa a voz.

O aprendiz do templo, um menino vestindo um quimono branco, vem por um longo corredor de lustrosas tábuas largas, pretas como breu. Transporta uma bandeja contendo uma refeição frugal[47], respeitosamente erguida com as mãos à altura dos olhos, e entra no aposento de onde provém o murmúrio.

— Senhor! — chamou o menino, depositando a bandeja num canto da sala.

— Senhor! — insistiu momentos depois, ajoelhando-se. O homem interpelado, porém, continuava de costas para ele, ligeiramente curvado para a frente, alheio à sua presença.

Dias atrás, alquebrado e coberto de sangue, esse homem — um samurai peregrino — havia surgido no templo apoiado à espada. Dito isso, o leitor será

---

46. Shimeidake (no original, Daishimei-no-mine): dois picos sobressaem na crista do monte Hieizan — também conhecido como Eizan — situado na fronteira entre o município de Kyoto e a província de Shiga: Daihiei, a leste (848 m), e Shimeidake (839 m), a oeste, este último citado pelo autor. Hieizan, ou ainda Eizan, montanha que faz parte da cadeia Higashiyama, é famosa por nela terem existido quase três mil templos de monges guerreiros, impiedosamente exterminados numa única noite por Oda Nobunaga, irritado com a intromissão de tais monges na gestão política do país. Na época de Musashi, os monges tinham sido proibidos de imiscuir-se em atividades leigas e haviam retomado seus deveres religiosos.

47. Nos templos budistas, a refeição, sempre frugal, era servida uma única vez pela manhã, de acordo com os preceitos da religião.

capaz de adivinhar a identidade do samurai, pois descendo esse pico rumo a leste chega-se à vila Anatamura e à ladeira Shiratorizaka; rumo a oeste, o caminho leva diretamente à vila Shirakawa e à senda Shugaku-in, onde se ergue o pinheiro solitário.

— Senhor, trouxe-lhe a refeição. Vou deixá-la neste canto — disse o aprendiz uma vez mais.

Só então Musashi pareceu perceber:

— Ah... a refeição! — Aprumou-se, voltou a cabeça e viu o menino e a bandeja. — Agradeço a gentileza.

Voltou-se então inteiramente e sentou-se com formalidade.

Sobre seus joelhos havia lascas de madeira. Minúsculas aparas espalhavam-se também pelo *tatami* e pela varanda. Um perfume suave, talvez de mirra, parecia emanar das lascas.

— Vai almoçar agora, senhor?
— Vou.
— Deixe-me servi-lo, nesse caso.
— Aceito. Muito obrigado.

Musashi recebeu a tigela e iniciou sua refeição. Enquanto isso, o pequeno aprendiz contemplava fixamente o toco de aproximadamente quinze centímetros que Musashi acabava de depositar a seu lado, bem como a adaga brilhante quase oculta às suas costas.

— O que está esculpindo, senhor?
— Uma imagem santa.
— De Amida-sama?[48]
— Não. Tento esculpir a imagem de Kannon-sama, a deusa da misericórdia, mas desconheço a técnica e acabo esculpindo meus próprios dedos. Veja! — disse Musashi, estendendo a mão e mostrando ao aprendiz os cortes nos dedos.

O menino, porém, franziu o cenho muito mais impressionado com a bandagem branca envolvendo o cotovelo de Musashi e que aparecia pela boca da manga.

— Como estão os ferimentos em suas pernas e braços, senhor?
— Já melhoraram bastante, graças aos cuidados que me têm dispensado. Transmita meus agradecimentos ao abade, por favor.
— Se o senhor quer esculpir a deusa Kannon, deveria visitar o santuário central, onde existem alguns bons trabalhos de escultores famosos. Quer que o conduza até lá depois da refeição?
— Gostaria muito, mas... a que distância fica o santuário central?

---

48. Amida-sama: Amitabha, santo budista.

II

— Cerca de um quilômetro daqui, senhor — respondeu o menino.
— Ah, é bem perto.

Assim, terminada a refeição e disposto a acompanhar o pequeno aprendiz até o santuário central no torreão leste, Musashi saiu do templo pela primeira vez em dez dias e pisou a área externa.

Imaginara estar totalmente curado, mas ao pôr os pés no chão e andar de fato, sentiu que o corte no pé esquerdo ainda doía. O ferimento no braço, além disso, passou a arder em virtude do cortante vento da montanha.

Tangidas pelo vento frio que sibilava nas copas das árvores, pétalas de cerejeiras esvoaçavam lembrando flocos de neve. Embora o frio ainda fosse intenso, o verão já se anunciava nas cores do céu. Musashi sentiu brotar dentro de si, subitamente, uma irreprimível energia fortalecendo-lhe os músculos numa reação semelhante à das plantas cheias de rebentos ao seu redor.

— O senhor — disse o pequeno aprendiz naquele instante, erguendo o rosto e fitando Musashi — é estudante de artes marciais, não é?
— Isso mesmo.
— E para que esculpe a deusa Kannon?
— ...
— Por que perde tempo esculpindo a deusa, em vez de praticar esgrima?
— ...

Crianças são capazes de tocar questões cruciais com suas ingênuas perguntas, vez ou outra.

Musashi contraiu o cenho. Sua fisionomia mostrava que a pergunta lhe doía muito mais que os ferimentos nos braços e nas pernas. Pior que tudo, o aprendiz parecia ter treze ou quatorze anos: no porte e na idade, lembrava o pequeno Genjiro, morto por ele mal a refrega tivera início em torno do pinheiro solitário.

Naquele dia... quantos teriam tombado sob a sua espada?

Nem hoje Musashi conseguia lembrar-se claramente de que forma usara a espada, ou como lograra escapar daquele inferno. Apesar disso, uma única imagem recorria com dolorosa nitidez desde aquela fatídica manhã, mesmo em sonhos: a do pequeno Genjiro, o representante dos Yoshika, gritando sob o pinheiro solitário: "Tenho medo!", e de seu frágil corpo desfigurado tombando em meio às lascas da árvore.

Naquele momento, Musashi havia matado o pequeno Genjiro sem hesitar porque tinha uma convicção: a de que não podia dar-se ao luxo de sentir pena. Mas eis que se descobria vivo depois da chacina, e se perguntava arrependido: "Por que tive de matá-lo?"

Por que chegar a esse extremo? — censurava-se agora, odiando o próprio feito implacável.

Certo dia, escrevera num diário uma promessa: "De nada me arrependerei, jamais." Mas com relação a esse particular episódio, rememorar a promessa para tentar reassegurar-se não surtia o efeito desejado: seu coração contraía-se de dor e amargura.

Era o caráter absoluto da espada que o obrigava a enfrentar tanta provação. A constatação o fez sentir que o mundo era por demais árido, e seu caminho, desumano.

"Desisto?", chegou a pensar.

Mormente nesses últimos dias — em que vivera enfurnado na montanha sagrada, purgara corpo e alma mergulhado em sons que lembravam o límpido trinado de um *Kalavinka*[49] e despertara da embriaguez do sangue — brotava de seu íntimo, irreprimível, uma prece pela alma do menino morto.

E assim, enquanto se recobrava dos ferimentos, ele havia começado a esculpir a imagem da deusa Kannon. O gesto, mais que um ritual em memória do menino morto, era uma prece pela própria alma acabrunhada.

III

— Nesse caso — disse Musashi ao pequeno aprendiz, finalmente encontrando a resposta — o que acha você das diversas imagens de Buda esculpidas por santos sábios como Genshin Sozu, ou Kobo Daishi, existentes nesta montanha sagrada?

— É verdade! Pensando bem... acho que houve monges famosos que também se dedicaram à pintura e à escultura — disse o menino inclinando ligeiramente a cabeça e concordando a contragosto.

— Portanto, quando um espadachim se dedica à escultura, está se empenhando em elevar o espírito, assim como um monge, ao empunhar uma lâmina e esculpir uma imagem santa em estado de autoanulação, está procurando aproximar seu espírito ao do santo que esculpe. O mesmo espírito norteia os que pintam, ou se dedicam à caligrafia. A meta de todos é atingir a lua, mas muitos são os caminhos que conduzem ao cume da montanha. Alguns se perdem em meandros, ou tentam novos caminhos: todos, porém os trilham procurando chegar o mais perto possível da serena perfeição de Buda.

— ...

---

49. No original, *karyobinka*: pássaro imaginário de trinar suave mencionado em sutras budistas, e que habitaria o paraíso e os cumes das montanhas nevadas.

A conversa, descambando para o lado filosófico, deixou de interessar o pequeno aprendiz que, correndo na frente, acercou-se de um marco de pedra.

— Senhor, disseram-me que as palavras neste memorial foram escritas por um bonzo de nome Jichin — observou, apontando a pedra e reassumindo o papel de guia.

Musashi aproximou-se e leu as palavras quase ocultas pelo musgo:

> *Antevejo um tempo que célere se aproxima,*
> *Dias em que exauridas estarão as águas*
> *Dos sagrados ensinamentos de Buda.*
> *E minha alma confrangida estremece,*
> *Ao frio vento que varre o cume do monte Hie.*

Musashi permaneceu imóvel por algum tempo, contemplando o marco. A lápide coberta de musgo parecia conter uma formidável profecia. Pois esse tempo havia chegado. Oda Nobunaga, vândalo e simultaneamente hábil administrador, baixara com rigor pesado malho sobre os templos daquela montanha, destruindo-os uma vez para reconstruir das cinzas uma nova ordem. Desde então, os monges haviam sido banidos do cenário político e tido seus privilégios cassados[50], estando nos últimos tempos inclinados a retornar ao puro caminho da luz prescrito por Buda. A calma e o silêncio pareciam ter voltado a reinar sobre aqueles cumes, mas Musashi ouvira dizer que, mesmo agora, as cinzas da rebelião ainda fumegavam no seio da comunidade religiosa, indicando que persistia nesse meio a vontade de exercer uma vez mais o poder religioso como instrumento para dominar o mundo. Tanto assim que a escolha do superior do templo gerava rivalidades no seio da comunidade religiosa, provocando contínuas maquinações e disputas.

A montanha sagrada, que devia existir para salvar a alma do povo, era agora, pelo contrário, mantida por um regime de donativos por esse mesmo povo a quem devia salvar. Contemplando a lápide silenciosa e pensando na situação atual, Musashi não pôde deixar de compreender a natureza profética daqueles versos.

— Vamos, senhor!— disse o pequeno aprendiz afastando-se alguns passos.

Nesse instante, alguém às suas costas lhe disse:

— Pequeno Seinen, aonde está levando o nosso hóspede?

Era o monge atendente do templo Mudoji, que se tinha aproximado correndo.

— Pensei em conduzi-lo ao santuário central.

---

50. O episódio é mencionado na nota de rodapé n.º 46.

— Para quê?

— Ele passa os dias tentando esculpir a imagem de Kannon-sama, mas me disse que não conhece a técnica correta. Convidei-o então a visitar o santuário central, onde existem algumas esculturas de Kannon-sama feitas por nossos antigos mestres...

— Isso não precisa ser feito agora, precisa?

— Bem, quanto a isso, não sei... — respondeu o menino, hesitante.

Musashi interveio de pronto:

— Desculpe-me se desviei o menino de suas muitas obrigações. A visita ao santuário central não precisa ser realizada neste instante. Por favor, leve-o em sua companhia.

— Engana-se. Vim aqui atrás do senhor, e não do menino. Se não se importa, gostaria que retornasse comigo — respondeu o monge atendente.

— Como? Veio me buscar?

— Sim, senhor. Sinto ter de estragar seu passeio.

— Alguém procura por mim?

— Disse a eles que o senhor se achava ausente, mas responderam-me que o viram há pouco nestas redondezas e exigiram de mim que o viesse buscar.

Intrigado, Musashi retornou.

IV

A arrogância e a arbitrariedade dos bonzos do monte Hiei haviam provocado seu completo banimento tanto do meio político como do guerreiro. As asas lhes haviam sido cortadas, era verdade, mas seu reduto nas montanhas permanecera incólume, ao que parecia. Muitos ainda se vestiam à moda antiga e perambulavam com seus tamancões altos, espadas de madeira à cintura e lanças sob o braço. "Uma vez rebelde, sempre rebelde" parecia ser o lema dessa classe.

Um grupo composto por aproximadamente dez desses bonzos aguardava Musashi no portão de entrada do templo Mudoji.

— Aí vem ele!

— É esse mesmo?

Os vultos em hábitos pretos e capuzes marrons sussurravam entre si, olhando na direção do grupo formado pelo pequeno aprendiz, Musashi e o monge atendente.

"Que poderão querer de mim?", pensou Musashi, tentando adivinhar-lhes o pensamento. No caminho para lá, tinha sido informado pelo monge atendente que os homens à sua procura eram *doshu* do templo Sannou-in da torre oriental, ou seja, bonzos agregados à biblioteca desse templo. Nenhum deles, porém, lhe pareceu familiar.

— Obrigado por ter ido buscá-lo. E agora, não preciso mais de você nem do menino: recolham-se os dois — disse um gigantesco bonzo, espantando-os com a ponta de sua lança.

Virou-se a seguir para Musashi e disse:

— Seu nome é Miyamoto Musashi?

Uma vez que seu interlocutor ignorava as boas maneiras, Musashi também se viu no direito de aprumar-se e responder com rispidez:

— Exato.

No mesmo instante, um velho bonzo adiantou-se e disse em tom pomposo, como se proclamasse um édito:

— O solo do monte Eizan é sagrado, suas terras são santas. Não acobertam indivíduos que, perseguidos e odiados no mundo em que vivem, procuram aqui se esconder, mormente elementos proscritos lutando por causas inúteis. Acabo de notificar o templo Mudoji que você é indesejado nesta montanha: ordeno-lhe que parta imediatamente. Caso desobedeça, será castigado com rigor de acordo com o regulamento desta montanha.

Atônito, Musashi contemplou em silêncio o arrogante grupo.

Por quê? A atitude dos bonzos era suspeita. Dias atrás, quando Musashi a custo alcançara aquelas terras e solicitara abrigo junto ao templo Mudoji, a direção desse estabelecimento só concordara depois de solicitar o consentimento da administração central e de havê-lo obtido.

Algum motivo devia existir, portanto, por trás da súbita resolução de qualificá-lo como criminoso e expulsá-lo dali.

— Compreendi. Solicito um prazo até as primeiras horas de amanhã, pois tenho ainda de me preparar para a viagem e o dia hoje já chega ao fim — disse Musashi, acatando de um modo geral o que lhe era ordenado, para logo a seguir questionar incisivamente:

— No entanto, quero saber: essa ordem partiu das autoridades judiciais ou da administração central da montanha? Por que resolveram expulsar-me agora se há poucos dias, quando a direção do templo Mudoji os avisou sobre a minha chegada, vocês concordaram em me abrigar?

— Já que pergunta, faço-lhe o favor de responder — replicou o mesmo bonzo idoso. — A princípio, a administração central decidiu recebê-lo de braços abertos por ter ouvido dizer que você era o samurai que tinha lutado sozinho contra um bando de partidários da casa Yoshioka debaixo do pinheiro solitário. Mais tarde, porém, muitas informações negativas chegaram aos nossos ouvidos e, em consequência, resolvemos consensualmente expulsá-lo daqui.

— Informações negativas…

Musashi assentiu, agora compreendendo claramente a situação. Não lhe era difícil imaginar que a casa Yoshioka espalharia aos quatro ventos comentários venenosos com relação à sua pessoa.

De nada lhe adiantaria discutir com homens que acreditavam em boatos. Musashi então disse friamente:

— Compreendi. Não faço nenhuma objeção. Partirei amanhã bem cedo, impreterivelmente.

Deu-lhes as costas e dirigiu-se ao portão, disposto a entrar, quando ouviu:

— Miserável!

— Demônio!

— Cretino!

V

— Que disseram? — perguntou Musashi, parando imediatamente e voltando-se com agressividade para os bonzos.

— Você ouviu? Melhor ainda! — retorquiu um deles.

— Retirem o que disseram! Vejo que querem me provocar, mas prestem atenção: estou me retirando sem discutir apenas em respeito à ordem religiosa.

— Longe de nós a intenção de provocá-lo. Afinal, somos pacatos servos de Buda… As palavras, porém saltaram das nossas bocas, que se há de fazer!

No mesmo instante outros bonzos acudiram:

— É a voz do céu!

— O céu falou por nossas bocas!

Olhares de desprezo convergiram sobre Musashi, que se sentiu insuportavelmente humilhado. Provocavam-no, estava claro, mas conteve-se.

Os bonzos do monte Hiei tinham sido famosos pela língua afiada desde a Antiguidade, especialmente os arrogantes *doshu*, alunos de seminário de pouco saber e muita vontade de exibir-se.

— Ora essa! A crer nos boatos da vila, você devia ser um samurai valente. Mas que vemos aqui? Um pobre coitado incapaz de falar, quanto mais de reagir aos insultos!

Musashi percebeu que seu silêncio afiava cada vez mais a língua dos bonzos e sentiu a paciência esgotar-se:

— O céu então falou por suas bocas? Expliquem-me o que querem dizer com isso!

— Ainda não entendeu? Você acaba de ouvir a voz da montanha sagrada! Compreendeu agora?

— Não!

— É bem provável, em se tratando de um indivíduo da sua laia. Você é digno de piedade. Mas espere e verá: as leis cármicas são implacáveis!

— ...

— Musashi: sua fama é péssima. Fique atento quando descer daqui e voltar ao mundo dos homens, pois algo muito desagradável poderá lhe acontecer.

— Nada do que os outros digam ou façam me interessa.

— Ah-ah! Fala como se a razão estivesse do seu lado!

— E está! Não agi com covardia! Perante os deuses e os homens, afirmo que nada fiz de que me possa envergonhar.

— Alto lá! Você agora está indo longe demais em suas afirmações.

— Quando foi que agi indignamente? Quais ações minhas foram covardes, digam-me? Juro por minha espada: a luta foi limpa, honesta.

— Olhem só! Fala como se tivesse realizado um grande feito!

— Falem o que quiserem de mim, não me importo. Mas não admito que espalhem boatos desabonadores com relação ao modo como uso minha espada!

— Nesse caso, vou-lhe fazer uma pergunta. Quero ver se consegue me dar uma resposta convincente. Tem razão, os Yoshioka eram muitos. Posso até admitir que admiro sua vitalidade, temeridade ou, digamos, insensatez de enfrentá-los sozinho até o fim. No entanto, e aqui vai a pergunta, para que matar uma criança de treze anos? Para que ser cruel a ponto de eliminar o menino Genjiro?

Musashi empalideceu visivelmente, mas permaneceu em silêncio.

— Seijuro, o herdeiro dos Yoshioka, escolheu a vida monástica e retirou-se do mundo depois que você o aleijou — continuou o mesmo bonzo. — Seu irmão mais novo, Denshichiro, caiu morto sob a sua espada; e o último a carregar o sangue Yoshioka era aquele menino, Genjiro! Liquidá-lo significou extinguir a linhagem! Por mais que seu ato tenha o amparo do código de honra dos samurais, isso foi excessivamente desumano. Miserável, demônio — você é tudo isso e muito mais! Neste nosso país, o verdadeiro samurai é comparado a flores de cerejeiras, que se vão à mais leve brisa, sem a menor relutância, em plena floração. Do mesmo modo que elas, o verdadeiro samurai despede-se da vida bravamente quando seu momento é chegado, não se agarra à vida a qualquer custo, como você!

VI

Musashi mantinha-se cabisbaixo e em silêncio. O bonzo continuou:

— A montanha sagrada voltou-se contra você porque esses detalhes vieram à luz. Por mais que compreendamos as demais circunstâncias, não podemos perdoar-lhe a maldade de incluir aquele menino na conta dos inimigos e matá-lo. Você está longe da imagem do verdadeiro samurai deste nosso país. Quanto mais bravo e ilustre o guerreiro, mais gentil e bondoso ele é, mais sensível se mostra à transitória beleza desta vida. A montanha sagrada o expulsa! Suma-se daqui o mais rápido possível!

Insultando e agredindo de todas as formas possíveis, os bonzos se foram.

Não fora por falta de respostas que Musashi se deixara ofender em silêncio.

"Agi certo, estou com a razão! Naquelas circunstâncias, não havia outra forma de expressar minhas convicções, as quais acredito serem totalmente corretas", pensou. Não era uma justificativa, mas uma profissão de fé.

Por que matara o menino Genjiro? A resposta a essa pergunta era clara, definitiva: o menino tinha sido nomeado representante da casa Yoshioka, era o general das tropas inimigas, sua bandeira, seu símbolo.

Assim sendo, como poderia ele deixar de matá-lo? Havia ainda uma outra razão.

"Meus adversários eram mais de setenta. Se conseguisse eliminar dez, teria realizado um grande feito. Mas supondo-se que, lutando bravamente, conseguisse eliminar vinte, os cinquenta restantes ainda assim cantariam vitória. Para sair vencedor e evitar que isso acontecesse, eu tinha de eliminar em primeiro lugar o símbolo máximo da tropa inimiga, seu general. Se lograsse derrubar a bandeira inimiga — o símbolo ciosamente defendido por todos os meus adversários — isso faria de mim o vencedor, seria a prova da minha vitória, mesmo que mais tarde eu viesse a morrer lutando."

Musashi tinha ainda muitos outros argumentos a seu favor, como, por exemplo, o caráter absoluto da espada e das leis que a regiam, mas acabara não respondendo a nenhuma das ofensas que os bonzos lhe haviam lançado no rosto.

E por quê? Porque apesar de acreditar firmemente em suas razões, ele próprio sentia amargura, tristeza e vergonha indizíveis.

"E se eu desistisse deste árduo caminho?"

Olhar vago, Musashi permaneceu em pé, imóvel à entrada do templo.

A tarde começava a cair e as pétalas brancas das cerejeiras continuavam a dançar indecisas ao vento. Tão indeciso quanto elas sentia-se Musashi, os fragmentos de sua férrea resolução parecendo esvoaçar ao seu redor.

"E viver o resto da minha vida com Otsu..."

Considerou o mundo despreocupado dos mercadores, de gente como Koetsu e Shoyu.

"Não!" Em largas e decididas passadas, seu vulto desapareceu no interior do templo.

Já havia uma luz acesa em seu aposento. Aquela seria a sua última noite ali.

Sentou-se perto da lamparina. "Vou terminar a escultura esta noite e deixá-la no templo. O valor artístico da obra não vem ao caso. Quero apenas que minhas preces alcancem a alma do morto", decidiu.

Retomou a escultura da deusa Kannon e pôs-se a trabalhar, espalhando novas lascas.

Nesse instante, um vulto vindo de fora subiu para a varanda do templo, esgueirou-se com a lentidão de um gato preguiçoso e se agachou rente à porta do aposento.

VII

Pouco a pouco a luz da lamparina perdeu o brilho. Musashi espevitou-a, tornou a apanhar a adaga e a debruçar-se sobre a escultura.

A montanha sagrada repousava, imersa em profundo silêncio desde o entardecer. Apenas o rascar contínuo da adaga esculpindo a madeira soava debilmente, como passos na neve.

Os movimentos da lâmina absorviam por completo a atenção de Musashi, pois era de sua natureza abstrair-se de tudo ao dedicar-se a uma tarefa. Os versos murmurados à deusa Kannon aos poucos cresciam de intensidade involuntariamente, mas Musashi logo se dava conta disso, baixava a voz, espevitava a lamparina e dedicava-se *ittou-sanrai*[51] à escultura.

"Finalmente!"

No momento em que distendeu o dorso, o grande sino da torre oriental anunciava a segunda hora noturna.

"Vou procurar o abade para despedir-me dele e aproveito para deixar a escultura aos seus cuidados", decidiu-se.

A obra era tosca, mal acabada, mas nela Musashi tinha posto sua alma: ali estava o fruto de compungidas lágrimas e de sinceras preces pelo repouso eterno do menino. Ele iria deixá-la no templo para que a alma do pequeno Genjiro, assim como a profunda tristeza que lhe pesava no espírito nesse momento, pudessem ser lembradas em preces por muitos e muitos anos.

---

51. *Ittou-sanrai*: três reverências a cada golpe de goiva ou de adaga deve estar um artista preparado a fazer enquanto esculpe uma imagem santa.

Momentos depois, Musashi afastou-se do quarto levando a escultura consigo.

Passados instantes, o pequeno aprendiz entrou no aposento e varreu as lascas de madeira. Preparou a seguir as cobertas para que Musashi pudesse dormir, apanhou a vassoura e retirou-se para a cozinha.

E então, uma das portas corrediças do aposento deserto deslizou suavemente, entreabriu-se, e logo se fechou uma vez mais.

Instantes depois Musashi retornou ao quarto. Depositou à cabeceira do leito um sombreiro, um par de sandálias novas e miudezas para a viagem — com certeza presentes de despedida do abade —, apagou a lamparina e deitou-se.

As portas externas de madeira não haviam sido corridas, e o vento batia sobre o *shoji*. Iluminadas pelo luar, as translúcidas divisórias de papel sobressaíam acinzentadas, e sobre elas dançavam sombras de árvores em movimentos que lembravam o constante vai-e-vem das ondas do mar.

Logo, um ressonar tranquilo indicou que Musashi acabava de adormecer.

O sono aprofundou-se e a respiração tornou-se cada vez mais longa e pausada.

Foi então que a beira de um pequeno biombo deslocou-se ligeiramente e um vulto de costas curvadas como as de um gato esgueirou-se detrás, arrastando-se de joelhos.

De súbito, Musashi parou de ressonar. O vulto jogou-se sobre o *tatami* achatando-se contra ele, e imóvel, ficou avaliando a profundidade do sono, esperando cauteloso por um momento melhor.

Repentinamente, uma mancha negra pareceu esvoaçar, como se alguém tivesse lançado um pano preto sobre Musashi: o vulto agora debruçava-se sobre ele. No mesmo instante, uma voz rosnou:

— É agora que você me paga!

A ponta de uma espada curta surgiu golpeando com força o pescoço sobre o travesseiro. Um estrondo reboou no ar e, no mesmo instante, o vulto bateu contra o *shoji* lateral. O movimento tinha sido tão rápido que a espada não teve tempo de completar o movimento.

Lançado como uma trouxa contra a divisória, o vulto soltou apenas um guincho agudo e rolou para fora do aposento levando consigo a divisória, desaparecendo em seguida na escuridão.

No momento em que lançou o intruso contra o *shoji*, Musashi assustou-se com a sua leveza. O desconhecido pesava tanto quanto um gato! Além disso, tinha entrevisto cabelos brancos por baixo do capuz que lhe envolvia a cabeça.

Sem dar a menor importância a esses detalhes, no entanto, Musashi apanhou instantaneamente a espada à sua cabeceira, e saltou para o jardim, gritando:

— Alto! Veio visitar-me e vai-se embora sem me cumprimentar, estranho? Volte cá!

Correu então em largas passadas atrás dos passos que se ouviam no escuro. Não parecia porém muito empenhado em alcançar o fugitivo, pois logo parou, acompanhando com olhar sorridente a sombra encapuzada que aos trambolhões se espalhava no solo, uma lâmina brilhando em meio a ela no escuro.

VIII

A velha Osugi gemia estatelada no chão. Aparentemente, tinha caído de mau jeito ao ser lançada à distância. Percebeu que Musashi se aproximava, mas não conseguiu fugir, nem mesmo levantar-se.

— Ora, se não é a obaba...! — disse Musashi, soerguendo-a.

Parecia genuinamente surpreso ao se dar conta de que o intruso que planejara cortar-lhe o pescoço no sono não tinha sido nenhum dos discípulos da extinta academia Yoshioka ou dos arrogantes bonzos da montanha, mas a idosa mãe de Matahachi, seu velho amigo e conterrâneo.

— Ah, agora começo a compreender. Foi você a pessoa que se apresentou hoje no santuário central para falar do meu passado e me difamar, não foi? Os bonzos acreditariam piamente nas palavras de uma virtuosa anciã e se mostrariam solidários, é claro! Foi por causa de suas maquinações que eles resolveram me expulsar da montanha, e foram eles também que a conduziram até aqui, não é verdade?

— Ai, como dói! Musashi, reconheço que estou acabada. Os Hon'i-den não têm sorte na guerra: vamos, corte-me a cabeça! — disse a velha Osugi a custo, em agonia, debatendo-se sem parar, mas sem forças sequer para afastar as mãos de Musashi, que continuava a ampará-la.

A desastrada queda era em grande parte responsável pela sua atual debilidade. Contudo, Osugi não vinha passando bem havia algum tempo. Um resfriado mal curado, acompanhado de febre e dor nas pernas e quadris já a atormentara à época em que deixou para trás a hospedaria na ladeira Sannenzaka. Além disso, ela tinha sido abandonada por Matahachi a caminho do pinheiro solitário, fato que com certeza representara um grande choque para a anciã e ajudara a abalar-lhe ainda mais a saúde.

— Mate-me de uma vez! Corte-me o pescoço, vamos! — esbravejou ela,

Não era a fraqueza ou o desespero que a fazia esbravejar desse modo, e sim o reconhecimento de que não tinha outra saída, era a exteriorização franca da vontade de morrer o quanto antes.

Musashi, porém, lhe disse:

— Dói muito, obaba?... Onde? Fique tranquila: estou aqui e cuidarei de você.

Ergueu-a a seguir facilmente nos braços, carregou-a para dentro do aposento, depositou-a no meio de suas cobertas e velou por ela a noite inteira, sentado à sua cabeceira.

Mal o dia clareou, o pequeno aprendiz lhe trouxe o lanche encomendado na noite anterior e transmitiu-lhe as instruções da administração do templo Mudoji:

— Sentimos ter de apressá-lo — mandavam dizer os superiores — mas recebemos instruções rigorosas da administração central no sentido de fazê-lo partir destas montanhas o mais cedo possível.

Partir bem cedo tinha sido desde o início a intenção de Musashi, de modo que ultimou os preparativos com rapidez e começou a se erguer, quando se lembrou da anciã acamada. Sondou a direção do templo quanto à possibilidade de deixá-la aos cuidados deles, mas os monges não se mostraram receptivos à ideia. Contudo, prestimosamente sugeriram uma alternativa: um certo mercador tinha trazido algumas encomendas do templo no lombo de uma vaca, mas deixara o animal ali e se fora para Tanba para ultimar outros negócios. Que achava Musashi de transportar a anciã nas costas da vaca e descer até Outsu? Uma vez lá, ele poderia deixar o animal no cais ou em algum posto atacadista dessa região, propunham eles.

UMA VACA LEITEIRA

I

O caminho que percorre a crista do pico Shimei-ga-take e desce pelo meio das montanhas na direção de Shiga termina nos fundos do templo Miidera.

Obaba gemia baixinho no lombo da vaca: a dor parecia intensa. E na frente do animal, conduzindo-o, andava Musashi, rédeas na mão.

— Obaba... — chamou, voltando-se solícito. — Se a dor a incomoda, podemos descansar um pouco. Afinal, não estamos com pressa...

— ...

Prostrada no dorso da vaca, a velha Osugi não se dignou a responder. A obstinada anciã estava revoltada contra as circunstâncias que a obrigavam a aceitar favores do homem a quem jurara matar. O ressentimento era visível em seu semblante.

Quanto mais Musashi se mostrava solícito mais Osugi sentia no íntimo o rancor e o antagonismo crescerem.

"Não adianta mostrar-se compassivo, fedelho! Eu nunca deixarei de odiá-lo!", continuava ela a pensar.

Apesar de tudo, o jovem não sentia especial rancor ou animosidade contra essa mulher que parecia viver apenas para tornar-lhe malditos os dias.

A razão disso talvez residisse na insignificância física da idosa mulher. Mas na verdade a velha Osugi, com seus raquíticos braços e seus feitos traiçoeiros, tinha sido, dentre todos os inimigos até hoje enfrentados por Musashi, a que mais lhe infligira sofrimentos. Ainda assim, ele não conseguia vê-la como uma inimiga real.

Nem por isso a anciã lhe era indiferente. Pelo contrário: em momentos como aquele da vila natal, quando fora maldosamente enganado, ou como o do templo Kiyomizudera, quando fora insultado e humilhado perante uma multidão, ou nas outras tantas vezes em que fora atraiçoado ou impedido de atingir os objetivos em virtude dos ardis dessa megera, Musashi sentira ódio, ganas de cortá-la em pedacinhos. Mas na noite anterior, depois de quase ter sido decapitado por ela enquanto dormia, Musashi não sentira vontade, por motivos que nem ele compreendia direito, de deixar-se levar pela raiva, gritar "Megera maldita!", e torcer-lhe de uma vez o pescoço fino e enrugado.

Talvez porque desta vez a velha Osugi lhe parecesse anormalmente desanimada. Ela não só gemia de dor sem parar por causa da desastrada queda da noite anterior, como também dera descanso à língua viperina, fazendo com que Musashi sentisse pena e vontade de vê-la curada o mais rápido possível.

— Sei que não é cômodo viajar no lombo de uma vaca, obaba, mas chegando a Outsu teremos melhores recursos. Aguente-se um pouco mais. Não está com fome? Você não comeu nada esta manhã... Está com sede? Como? Ah... não quer nada! Entendi.

Caminhavam agora pela crista das montanhas. Desse trecho da estrada, descortinavam-se os quatro cantos da terra: as distantes serras mais ao norte, o lago Biwako, naturalmente, assim como a montanha Ibuki, e cada uma das oito maravilhas cênicas de Karasaki.[52]

— Vamos parar um pouco. Desça da montaria e estenda-se por momentos sobre a relva, obaba — disse Musashi. Atou o boi a uma árvore e, tomando Osugi ao colo, ajudou-a a apear-se.

II

— Ai, ai, ai! — gemeu Osugi, rosto crispado, desvencilhando-se das mãos de Musashi e jogando-se de bruços sobre a relva.

"Pele terrosa e cabelos desgrenhados — esta velha é capaz de morrer se for abandonada à própria sorte", pensou Musashi.

— Beba um pouco de água, obaba. E tente comer alguma coisa — insistiu ele compassivo, acariciando-lhe as costas. A teimosa mulher, porém, sacudiu a cabeça negativamente e recusou tudo que lhe era oferecido.

— E esta, agora... — murmurou Musashi, com ar perdido. — Você não tomou nem uma gota de água desde ontem, estamos longe de tudo e não trago remédios comigo. Desse jeito você adoecerá mais ainda. Faça-me um favor, obaba: coma ao menos a metade do meu lanche.

— Que coisa repugnante!

— Repugnante?

— Idiota! Posso cair morta num canto qualquer no extremo da terra e transformar-me em alimento de pássaros e feras, mas jamais comeria coisa alguma que me fosse dado por você, o homem a quem mais odeio neste mundo! E cale a boca! Você me enerva!

---

52. No original, Karasaki-no-hakkei (ou Oumi hakkei): oito paisagens conhecidas por sua beleza, ligadas a pontos cênicos existentes no extremo sul do lago Biwako, a saber: nevascas ao entardecer de Hira, barcos a vela retornando a Yabase, luar de outono sobre o monte Ishiyama, pôr-do-sol em Seta, sinos ao entardecer de Mii, revoada de gansos selvagens descendo sobre Katada, vista enevoada de Awazu em dias de sol, Karasaki em noite de chuva.

Com um brusco repelão, Osugi livrou-se da mão que lhe acariciava as costas e agarrou-se com firmeza à relva.

Musashi não sentiu raiva: ele até a compreendia. Lamentava apenas não conseguir desfazer a visão distorcida da velha senhora, fazê-la perceber que não lhe queria mal.

Suportou-lhe a malcriadez com estoicismo, e, com infinita paciência, como se cuidasse da própria mãe enferma, procurou persuadi-la:

— Se continuar teimando desse jeito é capaz de morrer, o que seria uma pena, obaba, visto que você ainda não viu seu filho alcançar o sucesso. Concorda?

— Que papo bobo é esse? — rosnou a velha, arreganhando os lábios e mostrando os dentes, feroz. — Desde quando Matahachi precisa de alguém como você preocupando-se com ele? Meu filho achará o caminho do sucesso sozinho, sem a ajuda de ninguém!

— Eu também acredito nisso. E você tem de se restabelecer para que nós dois, juntos, possamos dar-lhe a força de que precisa!

— Musashi, o falso caridoso, o lobo na pele de cordeiro! Não sou ingênua a ponto esquecer meus propósitos levada por suas palavras doces! E cale-se, porque é inútil e você já está me cansando os ouvidos! — gritou Osugi, irredutível.

Insistir seria pior, percebeu Musashi. Levantou-se bruscamente e, deixando para trás a anciã e a montaria, sentou-se longe de suas vistas e desembrulhou o lanche.

Os bolinhos de arroz — recheados de escuro *miso* perfumado e embalados em folhas de carvalho — eram saborosos. Como ele queria que Osugi partilhasse consigo esse prazer! Tornou a embrulhar alguns bolinhos nas folhas de carvalho e guardou-os, pensando em voltar a oferecê-los mais tarde.

Foi então que ouviu vozes partindo do lugar onde deixara a velha senhora.

Voltou-se, espiou por trás de uma rocha e viu uma mulher, aparentemente uma dona-de-casa local que devia estar de passagem por ali. Vestia um *hakama* preso nos tornozelos, semelhante às pantalonas usadas pelas vendedoras ambulantes da região de Ohara, e tinha os cabelos secos displicentemente enfeixados e caídos sobre os ombros.

— Escute vovó — dizia a mulher para Osugi. — Tenho uma hóspede doente em minha casa desde alguns dias atrás, sabe? Já melhorou um pouco, mas acho que se eu lhe der de beber o leite dessa vaca, ela vai sarar de uma vez. Você me deixa ordenhá-la? Por sorte, tenho comigo um cântaro bem jeitoso...

A voz da mulher chegava aguda aos ouvidos de Musashi.

Osugi ergueu a cabeça.

— Ora... eu também já ouvi dizer que leite de vaca tem o poder de curar enfermidades! Você acha que é capaz de ordenhar esta aqui? — perguntou a velha. Seus olhos brilhavam vivos, diferentes dos de quando falara com Musashi.

Ainda falando com Osugi, a mulher agachou-se sob a vaca e dedicou-se a espremer as tetas do animal, enchendo o cântaro de saquê com o líquido branco extraído.

III

— Obrigada, vovó! — agradeceu a mulher, rastejando e saindo de sob a vaca. Ajeitou cuidadosamente o cântaro com o leite ordenhado e preparou-se para partir.

—Espere um pouco, mulher! — deteve-a Osugi, erguendo a mão apressadamente. Examinou em seguida com atenção os arredores, mas não viu Musashi. Satisfeita enfim, voltou-se uma vez mais para a camponesa. — Você não me permitiria beber um pouco desse leite?

A voz, trêmula e rascante, parecia provir de uma garganta bastante ressecada.

— Com prazer — respondeu a mulher, entregando-lhe o cântaro. Osugi levou o gargalo à boca, fechou os olhos e bebeu. Um pouco do líquido branco escorreu pelo canto da boca e pelo peito, e caiu sobre a relva.

Quando sentiu o leite no estômago, Osugi parou para respirar, estremeceu e logo contraiu o rosto, quase vomitando:

— Ugh! Que gosto horrível! Mas acho que agora eu vou me recuperar.

— Você também está doente, vovó?

— O que eu tenho não é nada sério. Eu andava meio febril por causa de um resfriado, caí de mau jeito e me machuquei um pouco. Só isso.

Ainda explicando, Osugi ergueu-se sozinha. Sua aparência, nesse instante, nem de leve lembrava a mísera velhinha sofredora que gemia baixinho, sacudida sobre o lombo da vaca.

— Mulher! — sussurrou ela, aproximando-se enquanto examinava em torno com olhar penetrante. — Se eu seguir reto por esta estrada, aonde chegarei?

— No morro bem atrás do templo Miidera.

— Miidera, em Outsu? ... E não existe outro caminho secundário além deste?

— Até existe, mas... aonde quer ir, vovó?

— Não importa aonde! Eu apenas quero fugir das mãos de um certo bandido que me tem prisioneira.

— A quase meio quilômetro daqui existe uma vereda que leva para o norte. Se você descer sempre em frente por ela, vai sair entre Outsu e Sakamoto.

— Ah, é? — replicou a anciã, inquieta — Preste atenção: se alguém lhe perguntar por mim, diga que não sabe para onde fui.

Mal acabou de dizer, passou pela camponesa boquiaberta e afastou-se correndo, manquitolando como um louva-a-deus aleijado.

Musashi, que tinha acompanhado todos os acontecimentos escondido atrás da rocha, saiu em seguida do esconderijo com um sorriso nos lábios e também se pôs a caminho.

Logo alcançou a camponesa que carregava o cântaro de leite. Ao ser chamada por Musashi, a mulher imobilizou-se rigidamente e, antes ainda de ouvir qualquer pergunta, pareceu pronta a dizer que não sabia de nada.

Mas Musashi não perguntou por Osugi. Ele apenas disse:

— És por acaso a mulher de um lenhador, ou talvez de um lavrador destas cercanias?

— Quem, eu? Sou a dona de uma casa de chá pertinho daqui.

— Ah, tu tens uma dessas casas de descanso para viajantes, comuns em picos de montanhas!

— Isso mesmo.

— Melhor ainda. Que achas de levar um recado à cidade de Kyoto? Pagar-te-ei pelo trabalho.

— Posso ir, mas tenho uma hóspede doente lá em casa e...

— Vamos fazer o seguinte: eu levo esse leite à tua casa e espero lá mesmo pela resposta ao recado que vais levar. Se fores neste instante, estarás de volta antes de escurecer.

— Muito fácil, mas...

— Não te preocupes: não sou o bandido que a anciã descreveu há pouco. E asseguro-te que se ela já está tão boa a ponto de correr, como bem a vi fazendo, não vou mais preocupar-me: ela que siga o seu caminho... Vou escrever uma carta neste instante. Leve-a à mansão Karasumaru, em Kyoto. Espero a resposta na tua casa.

IV

Musashi retirou o pincel de seu estojo portátil e redigiu a carta. Era para Otsu.

— Faz-me o favor! — disse, entregando-a à mulher. Essa era uma carta que ele sempre tivera a intenção de remeter assim que lhe fosse possível, desde os dias em que convalescia no templo Mudoji.

Escarranchou-se então ele próprio no lombo da vaca e se deixou levar pelo animal os quase quinhentos metros que o separavam da casa de chá.

Repensou no bilhete simples que acabara de escrever e ficou imaginando a reação de Otsu ao recebê-lo.

— Estava certo de que nunca mais a veria! — murmurou.

Sorridente, ergueu o rosto para o céu, onde nuvens brancas e brilhantes se destacavam.

Musashi parecia feliz, e seu rosto erguido era a pura expressão da alegria, mais vibrante ainda que a dos demais seres cheios de vida a colorir a face da terra à espera do verão.

— Otsu talvez esteja ainda acamada, doente como me pareceu da última vez em que a vi. Mas quando receber o meu bilhete, ela há de vir correndo ao meu encontro em companhia de Joutaro...

A vaca farejava o mato e parava vez ou outra. Para Musashi, as pequenas flores-do-campo brancas que pontilhavam a relva pareciam estrelas caídas.

Por ora, a mente queria apenas girar em torno de pensamentos felizes, mas lembrou-se de chofre: "Por onde andará obaba?"

Seu olhar varreu o vale. "Espero que não esteja caída em algum canto, sofrendo sozinha...", pensou, algo preocupado. A atitude complacente, os pensamentos felizes, tudo derivava desse seu momento de tranquilidade espiritual.

Musashi ficaria constrangido se o bilhete caísse em mãos estranhas, mas tinha escrito para Otsu:

"Sobre a ponte Hanadabashi, você me esperou.
Agora, será minha vez de esperar.
Sigo na frente para Outsu e a aguardo na ponte Karahashi[53], de Seta,
com a vaca que me serve de montaria presa ao corrimão.
E então, conversaremos."

Repetiu diversas vezes as palavras do bilhete mentalmente, como se recitasse um poema, e já imaginava até o que conversariam quando se encontrassem.

Avistou nesse momento uma estalagem sobre a crista do pico.

"É ali!", pensou.

Saltou do lombo da montaria quando chegou mais perto, levando na mão o cântaro de leite a ele confiado pela dona do estabelecimento.

---

53. Ponte Karahashi sobre o rio Seta: famosa ponte — provida de corrimão e de formato que lembra as da China — na província de Shiga. Porta de entrada da cidade de Kyoto para os viajantes que provêm do leste, era antigo e importante ponto de defesa dessa cidade.

— Boa tarde! — disse alto, ocupando um banco sob o alpendre. Uma velha que alimentava o fogo enquanto vigiava alguma coisa numa panela, veio atendê-lo e serviu-lhe um chá morno.

Musashi voltou-se para ela e explicou-lhe que cruzara com a dona da estalagem no caminho e que ele o incumbira de levar-lhe um recado. A idosa mulher talvez fosse surda, pois apesar de ter estado todo o tempo acenando em sinal de compreensão, perguntou quando Musashi lhe entregou o cântaro de leite:

— Que é isso?

Musashi tornou a explicar que se tratava do leite de uma vaca, ordenhado pela dona da estalagem para que fosse dado a um hóspede doente, e que seria melhor fazê-lo beber imediatamente.

— Isto é leite? Ah…! — exclamou a velha, ainda indecisa, segurando com ambas as mãos o cântaro. Logo pareceu decidir que não sabia lidar com a situação, e voltou-se para o interior do casebre para gritar:

— Ó moço! Ó moço do quarto dos fundos! Venha cá um instante, faça-me o favor! Eu aqui não sei o que fazer com isto!

V

Mas o moço convocado pela velha — e que pelo jeito se hospedava nos quarto dos fundos da estalagem — estava nesse momento do lado de fora, atrás da casa, pois foi dessa área que lhes veio a resposta:

— Já vou!

Segundos depois, um homem surgiu por um dos lados da casa de chá, meteu a cabeça pela porta e espiou:

— Que quer, vovó? — disse.

A anciã logo passou-lhe o cântaro, mas o homem não parecia estar ouvindo nada do que a mulher lhe dizia, nem fazia menção de olhar o que havia dentro do pote. Estupefato, olhos presos no rosto de Musashi, parecia petrificado.

Musashi, por sua vez atônito, também conseguia apenas fitar de volta o homem à sua frente:

— E…eei! — exclamaram os dois quase ao mesmo tempo, adiantando-se, aproximando os rostos mutuamente.

— Mas… é você, Matahachi? — gritou Musashi.

Pois o homem em questão era Hon'i-den Matahachi, que ao ouvir a voz do velho amigo, também berrou, fora de si:

— Ora essa! É o Take-yan!

Ao notar que o amigo lhe estendia a mão, Matahachi o abraçou, esquecido do cântaro que segurava junto ao corpo.

O vasilhame foi ao chão, partiu-se, e o líquido branco atingiu a barra dos seus quimonos.

— Há quanto tempo não nos vemos?

— Desde... desde a batalha de Sekigahara! Nunca mais nos vimos, desde então!

— Isto quer dizer...

— ...cinco anos! Este ano faço 22 anos!

— E eu também!

— É verdade! Somos da mesma idade!

Um aroma adocicado subiu do leite derramado e envolveu os dois jovens, que continuavam abraçados. O cheiro talvez estivesse revivendo em suas memórias os velhos dias da infância.

— Você tornou-se famoso, Take-yan! Aliás, já não faz sentido chamá-lo assim hoje em dia, de modo que vou também passar a chamá-lo de Musashi. Ouvi falar muito do recente episódio do pinheiro solitário, assim como dos outros em que você se envolveu.

— Ora, desse jeito você me constrange! Não passo de um novato inexperiente. Meus adversários é que são despreparados. Mas... diga-me, Matahachi: é você o hóspede de que me falou a dona deste estabelecimento?

— Hum! Na verdade, parti de Kyoto e me dirigia à cidade de Edo, mas certas circunstâncias me retiveram neste lugar. Aqui estou há cerca de dez dias.

— E quem é que está doente?

— Doente? — repetiu Matahachi levemente aturdido. — Ah, é a pessoa em minha companhia.

— Agora entendi. De qualquer modo, fico muito feliz em vê-lo gozando boa saúde. Por falar nisso, recebi há muito tempo uma carta sua por intermédio de Joutaro: eu estava na estrada Yamato, a caminho de Nara.

— ...

Matahachi silenciou repentinamente e desviou o olhar. Tinha perdido a coragem de encarar o amigo ao lembrar-se de que não cumprira nenhuma das grandiosas promessas feitas naquela carta.

Musashi pousou a mão sobre o ombro do companheiro de infância. Sentia apenas uma onda de afeto por ele avolumando-se no peito.

Nem lhe passava pela cabeça pensar na grande diferença, do ponto de vista humano, que se estabelecera entre os dois no decorrer desses anos. Desejava apenas poder conversar com Matahachi francamente, com toda a calma, e para isso a oportunidade era boa.

— Quem é essa pessoa que está em sua companhia, Matahachi?

— Ora... ninguém especial. Apenas...

— Nesse caso, venha comigo por alguns instantes aqui fora. Não convém continuarmos ocupando os bancos da casa de chá por muito tempo. Estamos atrapalhando.

— Vamos. Eu o acompanho.

Ao que parecia Matahachi esperava pelo convite, pois foi rapidamente para fora.

A BORBOLETA E O VENTO

I

— Do que vive você ultimamente, Matahachi?
— Como assim? Fala da minha profissão?
— Isso mesmo.
— Não consegui avassalar-me, nem tenho profissão definida...
— Passou então estes anos todos sem fazer nada?
— Sua pergunta me faz lembrar a maldita Okoo! Ela truncou minha vida na época em que ela mal começava...

E a um campo que lembrava o da base da montanha Ibuki chegavam os dois nesse momento.

— Vamos nos sentar por aqui — convidou Musashi, acomodando-se sobre a relva de pernas cruzadas. Sentiu-se impaciente com o amigo, que parecia constrangido, inferiorizado.

— Você põe a culpa em Okoo, mas isso é covardia, Matahachi. O único responsável pela construção da sua vida é você mesmo e mais ninguém.

— Claro, claro! Eu também tive culpa, não nego. Mas é que... o destino me prepara certas situações que não consigo mudar, acabo sempre arrastado por elas, não sei por quê.

— E como pensa em sobreviver nos dias de hoje desse jeito? Mesmo que chegue a Edo, aquilo é uma terra em expansão, para lá converge uma multidão faminta e voraz, proveniente de todos os cantos do país. Para abrir caminho nessa cidade, você precisa ser muito mais decidido que uma pessoa normal!

— Está certo, está certo. Eu devia ter-me dedicado à esgrima há mais tempo...

— Do que é que você está falando? Você tem apenas 22 anos, Matahachi, o futuro inteiro se abre à sua frente! Mas para ser franco, acho que você não foi talhado para a carreira de espadachim. Estude mais, escolha um novo ramo de trabalho e procure um bom amo. Esse é o melhor caminho para você, meu amigo.

— É verdade... Vou-me dedicar, prometo — murmurou Matahachi. Apanhou um talo na relva e o mastigou. Sentia vergonha de si mesmo, sinceramente.

Tinham a mesma idade e procediam da mesma vila: as mesmas montanhas, a mesma terra os haviam embalado, mas cinco anos de descompasso em seus modos de vida haviam cavado um abismo enorme entre os dois. Ao perceber a dolorosa verdade, Matahachi lamentou do fundo do coração seu passado de ócio.

Enquanto apenas ouvira falar do amigo, mas não o vira pessoalmente, Matahachi tinha podido manter uma atitude displicente, fazer pouco da sua fama. Mas agora, ao encontrar-se com Musashi e notar a diferença que nele se operara nos últimos cinco anos, Matahachi não pôde deixar de se sentir pequeno e até intimidado pela força que dele emanava, apesar da amizade que um dia os unira. Esquecido do brio, do amor próprio e até do rancor que chegara a nutrir pelo companheiro bem sucedido, Matahachi apenas recriminava a própria falta de ânimo.

— Ei! Que tristeza é essa? Ânimo, homem! — disse Musashi, batendo-lhe no ombro. A fraqueza do amigo lhe chegou nesse contato, quase palpável. — Nada disso tem importância! Se você desperdiçou os últimos cinco anos, imagine que nasceu cinco anos mais tarde. Dependendo do ponto de vista, esses cinco anos talvez não tenham sido perdidos, pode até ser que representem um bom aprendizado!

— Que vergonha, meu amigo...

— Ora essa! Deixei-me empolgar pela conversa e me esqueci de contar-lhe: Matahachi, acabo de me separar ainda agora de sua velha mãe, a pouca distância daqui!

— Como disse? Você esteve com minha mãe?

— Às vezes me pergunto: por que é que você não nasceu com uma gota da perseverança dela, hein, Matahachi?

II

Observando esse filho indigno, Musashi chegava a sentir pena da velha Osugi.

"Que lástima!", pensava, incapaz de manter-se indiferente. Tinha vontade de lhe dizer: "Olhe para mim! Veja a minha solidão, a falta que sinto de uma mãe, e dê maior valor à sua!".

Tinha sido unicamente o amor pelo filho que fizera a velha Osugi ignorar a idade avançada, arrostar agruras em terras estranhas e jurar morte a Musashi, elegendo-o seu inimigo por todas as sete reencarnações futuras. Esse cego amor maternal tinha-se transformado em ideia fixa e gerara inúmeros mal-entendidos.

Musashi, para quem a mãe era apenas um nebuloso sonho dos tempos de criança, tinha aguda consciência disso e invejava Matahachi. Osugi o tinha amaldiçoado, perseguido e atraiçoado, era verdade. Mas quando ele se recuperava da indignação que tais atos sempre lhe causavam, sentia maior solidão ainda e uma aguda inveja do amigo.

"E então, que fazer para abrandar o ódio daquela anciã por mim?", perguntou-se Musashi enquanto contemplava o filho dela. A resposta lhe veio num átimo. "O filho tem de se transformar num homem bem sucedido. Se ele conseguir me superar em algum aspecto e se o sucesso for reconhecido e louvado por nossos conterrâneos, a velha mãe sentirá satisfação muito maior que a de me cortar a cabeça."

Sentiu a amizade intensificar-se, absorvendo-o numa chama tão poderosa quanto a dos momentos em que se dedicava à esgrima ou à escultura da deusa Kannon.

— Pense bem, Matahachi — disse em tom grave, ainda que impregnada de afeto. — Sua mãe é uma pessoa excelente, que o ama muito e só pensa em seu bem. Como é que não lhe ocorre dar-lhe você também um pouco de alegria em troca? Do meu ponto de vista, o de um órfão, sua atitude não é apenas desrespeitosa, é quase sacrílega. Você foi contemplado com o amor materno, a maior felicidade que um ser humano pode almejar na vida, mas a está menosprezando! Se porventura eu tivesse uma mãe como a sua, minha vida hoje seria muito mais plena, mais calorosa! Imagino com que prazer não estaria me esforçando para alcançar o sucesso ou para praticar uma ação meritória! Sabe por quê? Porque só uma mãe é capaz de se alegrar tão sinceramente com o sucesso da gente. Que estímulo pode haver no mundo maior que o de possuirmos alguém compartilhando o nosso sucesso? Para você, que já possui esse privilégio, minhas palavras talvez soem antiquadas e moralistas, mas é muito triste não ter ninguém, nem a seu lado nem em lugar algum do mundo, com quem dividir, por exemplo, a beleza deste cenário que se estende diante dos nossos olhos neste momento.

Musashi falou com veemência até esse ponto, num só fôlego, tirando proveito da atenção interessada de Matahachi que, imóvel, o escutava. Agarrou-o a seguir pelo punho e continuou:

— Matahachi! Tenho certeza de que você tem consciência de tudo isso que estou lhe dizendo. E agora, peço em nome de nossa velha amizade, dos dias que passamos juntos em nossa terra: faça reviver em seu peito aquele espírito ardente que nos fez partir da vila para a batalha de Sekigahara armados apenas com uma lança, e retome seus estudos. Você se engana se pensa que as guerras acabaram definitivamente, e que a batalha de Sekigahara é coisa do passado: por trás deste nosso cotidiano pacífico, a luta pela vida continua num palco cada vez mais sangrento e cheio de intrigas, nem de longe comparável àquela batalha. E para um indivíduo vencer nesse cenário, só existe um recurso: aprimorar-se. Vamos, Matahachi: empunhe uma vez mais a lança daqueles dias e enfrente o mundo com seriedade. Estude, construa uma carreira para você mesmo e suba na vida, meu amigo! Se você se dispuser a fazer isso, prometo não poupar esforços no sentido de ajudá-lo. Serei seu servo, se você apenas jurar que se empenhará!

Lágrimas saltaram dos olhos de Matahachi e caíram, quentes, sobre a mão de Musashi, que ele retinha entre as suas.

III

Se os conselhos viessem da boca da velha Osugi, Matahachi teria como sempre se mostrado enfadado e rido ironicamente em resposta, mas as palavras do amigo que revia pela primeira vez em cinco anos tiveram o poder de despertar seus melhores sentimentos, e até de fazê-lo chorar.

— Sei... Entendi. E agradeço seu interesse por mim — disse, levando o dorso da mão aos olhos. — Este será o dia do nascimento de um novo Matahachi, você verá. Quer me parecer que não tenho mesmo aptidão para abrir caminho na vida como espadachim, de modo que vou seguir para a cidade de Edo, ou então empreender uma jornada de aprimoramento, peregrinando por diversas províncias. E quando um dia me deparar com um bom mestre, vou acompanhá-lo e estudar sob sua orientação, prometo.

— De minha parte, eu me esforçarei por encontrar um bom mestre e um bom amo para você. Não será preciso dedicar-se em tempo integral aos estudos, Matahachi, você poderá estudar e trabalhar ao mesmo tempo.

— De repente, parece que o caminho se abriu à minha frente. Mas... ainda tenho um pequeno problema.

— Que problema? Fale sem reservas! Farei qualquer coisa que esteja ao meu alcance e seja para o seu bem, tanto hoje como em qualquer tempo. Esse será o jeito de me redimir junto à sua mãe.

— Não está nada fácil falar sobre isso...

— Fale de uma vez! Pequenos segredos podem muitas vezes projetar sombras numa amizade, não se esqueça. Não precisa envergonhar-se, está falando com um amigo. Além de tudo, o constrangimento será momentâneo.

— Nesse caso...

— Fale de uma vez.

— A companhia a que me referi há pouco é, na verdade, uma mulher.

— Você está viajando com uma mulher?

— Estou... Irra, continuo achando difícil falar sobre isso.

— Que sujeito indeciso! Fale!

— Não me leve a mal, Musashi, por favor! Você a conhece também.

— Eu a conheço? Ora essa, quem...

— É Akemi!

Musashi teve um sobressalto.

A Akemi que ele reencontrara sobre a ponte Oubashi não era mais a jovem pura que um dia tinha conhecido nos pântanos de Ibuki. Embora não fosse ainda tão ordinária quanto Okoo — a erva daninha venenosa — Akemi era agora um pássaro solto, a levar o perigo no bico. Quando a vira da última vez, lembrou-se Musashi, Akemi chorara agarrada a ele e lhe confessara suas agruras, mas durante todo o tempo, havia outro samurai de aparência vistosa contemplando-os da base da ponte com olhar ferino. E aquele jovem samurai tinha também algum tipo de relação com Akemi, percebera Musashi.

Musashi se sobressaltara por haver compreendido de imediato a inconveniência dessa companhia para o amigo: Akemi, com seu passado conturbado e gênio difícil, jamais seria a companheira de jornada ideal na estrada da vida para um jovem de temperamento fraco como Matahachi. Juntos estavam destinados a aprofundar-se cada vez mais no escuro vale da perdição, era óbvio.

"E por que este homem consegue atrair apenas mulheres perigosas como Okoo e Akemi?", perguntou-se Musashi.

Matahachi interpretou à sua moda o silêncio do amigo.

— Você se aborreceu, não foi, Musashi? Eu lhe contei tudo francamente porque não achei correto esconder isso de você. Mas reconheço que, em seu lugar, eu também não me sentiria nada bem recebendo uma notícia dessas... — murmurou ele.

— Está enganado! — disse Musashi. A expressão chocada no seu rosto tinha sido substituída agora por um olhar de pena. — Você apenas me surpreendeu! Você nasceu sob um signo infeliz, Matahachi, ou procura a infelicidade por si mesmo? Depois de sofrer tanto nas mãos de Okoo, por quê...?

Sem vontade de sequer completar a frase, Musashi procurou inteirar-se das circunstâncias que o haviam levado a envolver-se com Akemi. Matahachi então lhe contou como a encontrara na hospedaria da ladeira Sannenzaka, como tornara a vê-la na noite seguinte na montanha Uryu, como num impulso haviam decidido fugir juntos para a cidade de Edo e como abandonara a mãe na montanha.

— Mas deve ter sido praga da minha mãe: Akemi começou a queixar-se de dores em consequência de um tombo que levou na montanha Uryu, e terminou acamada quando chegamos a esta casa de chá. Eu me arrependi do que tinha feito, mas já era tarde.

Matahachi tinha toda a razão do mundo em suspirar como suspirou: ele tinha trocado a pura pérola do amor materno por um passarinho levando perigo no bico.

IV

— Ah, o senhor estava aí...! — interrompeu-os alguém nesse momento com voz pachorrenta. Era a velha da casa de chá que se aproximava devagar, como se tivesse vindo apreciar o tempo, mãos para trás contemplando o céu com expressão vaga, típica dos caducos. — E sua companheira não está aqui com o senhor...

O tom era ambíguo, misto de afirmativa e interrogação.

Matahachi respondeu no mesmo instante, algo apreensivo:

— Fala de Akemi? Aconteceu alguma coisa com ela?

— Ela não está na cama.

— Não?

— Mas estava até pouco tempo atrás...

Musashi sentiu instintivamente que algo errado estava acontecendo e disse:

— Vá verificar, Matahachi!

Ele próprio correu atrás do amigo. Espiou o quarto escuro e malcheiroso onde, segundo lhe informaram, Akemi havia estado deitada. A velha da estalagem não mentira: a cama estava vazia.

— E esta agora! — exclamou Matahachi atônito, procurando em torno. — Não vejo seu *obi* nem as sandálias em lugar algum. E o dinheiro miúdo para as nossas despesas de viagem também desapareceu! Irra!

— E os objetos pessoais?

— O pente e os grampos também sumiram! Aonde será que ela foi e por que me abandonou desse jeito?

O rosto, onde havia pouco se estampava a firme resolução de começar vida nova, tinha agora uma expressão insegura.

Da porta, a idosa mulher murmurou como se falasse sozinha:

— Que coisa feia... Não se ofenda, mas aquela rapariga não estava doente, não senhor. A bandida se fingia de doente para poder ficar dormindo. Posso estar velha, mas não sou cega...

Matahachi, que tinha saído da casa, nem a ouvia mais: contemplava vagamente a estrada branca que serpenteava pelo desfiladeiro.

Deitada sob o pessegueiro e rodeada de flores caídas, quase pretas, a vaca leiteira lembrou-se nesse momento de mugir longa e preguiçosamente.

— Matahachi! — chamou Musashi.

— ...

— Ei! Está me ouvindo?

— Hum?

— Que desânimo é esse? Não sei em que direção Akemi seguiu, mas vamos rezar para que ela encontre um bom destino e um pouco de paz.

— Claro...

Diante do seu olhar apático, um remoinho acabava de se formar. Uma borboleta amarela apanhada no turbilhão girava loucamente dentro da espiral invisível e foi aos poucos sendo arrastada para baixo do barranco.

— Lembra-se do que me prometeu há pouco? Você realmente está disposto a cumprir a promessa, não está, Matahachi? — insistiu Musashi.

— Estou, claro que estou! — sussurrou Matahachi por entre os lábios cerrados, contendo o tremor da voz.

Musashi puxou a mão do amigo, tentando recapturar o olhar fixo num ponto distante.

— Veja: seu caminho se abriu naturalmente, está se separando do de Akemi. Calce imediatamente as sandálias e vá atrás da sua mãe. Ela está indo pela estrada que desemboca num ponto entre as cidades de Sakamoto e Outsu. E quando a encontrar, nunca mais a perca de vista, ouviu bem? Vá logo! — ordenou Musashi. Juntou-lhe as sandálias, as perneiras e os apetrechos de viagem, e levou-os para um banco a um canto da casa.

— Tem dinheiro para as despesas de viagem? Não? Nesse caso, leve isto: não é muito, mas servirá para alguma coisa. E se pretende de verdade começar vida nova em Edo, viajaremos juntos até lá. Quanto à sua mãe, quero conversar com ela de peito aberto para esclarecer um equívoco. Sigo daqui para Seta levando essa montaria e o espero na ponte Karahashi. Venha ter comigo sem falta, e traga sua mãe com você. Eu os quero lá juntos, ouviu bem, Matahachi?

NA ESTRADA

I

Musashi permaneceu ainda um tempo na casa de chá à espera do anoitecer, ou melhor, do retorno da mensageira.

Não tinha o que fazer e a tarde custava a passar. Os dias, com a proximidade do verão, eram longos e ele sentiu braços e pernas amolecidos. Seguindo o exemplo da vaca leiteira que se tinha deitado à sombra do pessegueiro, Musashi também estirou-se num banco sob o beiral.

Seu dia havia começado muito cedo e quase não dormira na noite anterior. Sem que disso se desse conta, adormeceu e sonhou com duas borboletas. Uma era Otsu, ele sabia, esvoaçando em torno de um ramo de ervilhas-de-cheiro.

Despertou de chofre e percebeu que os raios solares entravam oblíquos pela porta e chegavam até o fundo da casa. Vozes ásperas ecoavam no interior do estabelecimento, fazendo-o imaginar, num instante de atordoamento, que tinha sido transportado para um lugar diferente enquanto dormia.

Havia uma pedreira no vale abaixo e, como sempre acontecia às duas da tarde, os homens que nela trabalhavam tinham subido até ali para um chá com doces e para prosear.

— Que pouca vergonha!

— Fala dos Yoshioka?

— E de quem mais?

— Caíram muito no conceito público! Com tantos discípulos, não tinham nenhum que soubesse realmente manejar uma espada.

—A fama do velho mestre Kenpo fez com que todos os sobrestimassem. Mas esses grandes homens, os fundadores de casas famosas, nunca têm filhos à altura deles. A decadência já começa na segunda geração, e na terceira, essas casas geralmente desaparecem. Ou se sobrevivem, na quarta é difícil encontrar alguém que mereça ser enterrado no mesmo mausoléu do fundador da casa.

— Nem sempre! Eu, por exemplo, continuo à altura da minha família.

— Porque vocês sempre foram pedreiros, ora essa. Estou falando de gente famosa, como os Yoshioka. Se duvida, veja o caso do sucessor do nosso antigo *kanpaku*, Toyotomi Hideyoshi.

Nesse ponto, um homem, que dizia morar nas proximidades da encosta do pinheiro, afirmou ter presenciado o duelo daquela manhã e a conversa voltou ao tema inicial.

Pelo visto, o pedreiro já tivera a oportunidade de contar o episódio em público centenas de vezes, pois narrava os acontecimentos com extraordinária desenvoltura. "Esse homem, o tal Miyamoto Musashi, lutando contra cento e tantos adversários, fez assim e assim, golpeou deste modo", estava ele contando em termos exagerados, como se ele próprio fosse o protagonista.

Por sorte, Musashi dormia ainda a sono solto no ponto alto da narrativa, pois do contrário, teria explodido em gargalhadas e se afastado dali, completamente constrangido.

Acontecia, porém, que num banco sob o alpendre, outro grupo ouvia a história desde o começo com ostensivo desagrado.

O grupo em questão era composto de três samurais do templo[54] Chudo e de um belo e jovem *bushi*, que tinha sido escoltado até a casa de chá pelos primeiros e se preparava nesse instante para despedir-se deles. O bem-apessoado *bushi* chamava a atenção tanto pela aparência quanto pelo porte e pelo olhar aguçado. Vestia um quimono de padronagem vistosa garbosamente arrumado para viagem, usava os cabelos longos presos em rabo com um cordão colorido e levava uma espada longa enviesada às costas.

Intimidados, os pedreiros abandonaram o banco próximo a esse grupo, e levando consigo as chávenas, agruparam-se numa esteira no interior do estabelecimento. Mas o relato do episódio ocorrido sob o pinheiro da encosta tomou novo alento depois que os trabalhadores reacomodaram-se: explosões de riso e louvores a Musashi eram ouvidos de tempos em tempos no meio do grupo.

Momentos depois, e aparentemente incapaz de conter o mau humor por mais tempo, Sasaki Kojiro voltou-se para os pedreiros e disse:

— Homens!

II

Surpresos, os trabalhadores da pedreira voltaram-se também na direção de Kojiro, todos eles corrigindo suas posturas. Vinham sentindo havia algum tempo a imperiosa presença do jovem samurai vistoso sobrepujando as demais, de modo que responderam em uníssono, abaixando as cabeças humildemente:

— Senhor?

— Quero que o sujeito que há pouco falava como se fosse um grande

---

54. No original, *terazamurai*: samurais encarregados dos serviços administrativos de uma categoria especial de templo budista conhecida como *monzeki jiin*, ou seja, templos cujos abades eram nobres ou príncipes imperiais. Embora se vestissem como monges, estes samurais tinham permissão para contrair núpcias.

entendido em artes marciais dê um passo à frente — ordenou Kojiro.

Abanou o leque de metal na direção do grupo e tornou a ordenar:

— Quanto aos outros, aproximem-se também. Nada temam!

— Si... sim, senhor!

— Ouvi o que diziam e notei que todos louvam Musashi desmedidamente. Fiquem porém sabendo que vão se haver comigo se continuarem a alardear tais bobagens!

— Si... sim! Co... como é...?

— Musashi não é nada extraordinário! Um de vocês parece ter presenciado o incidente dias atrás, mas saibam que eu, Sasaki Kojiro, fui a testemunha oficial do duelo. Nessa qualidade, pude observar em detalhes o que realmente aconteceu, tanto de um lado como do outro. Na verdade, dias depois do incidente, subi ao monte Eizan e, no auditório do templo central Konpon Chudo, fiz uma palestra a um grupo de alunos sobre as observações e as impressões que me ficaram do episódio. Além disso, fui convidado por diversos sábios vindos de diferentes templos a expor com franqueza a minha opinião sobre este assunto.

— ...

— Assim sendo, se rudes plebeus como vocês que nada entendem de artes marciais, influenciados pelos aspectos superficiais da contenda põem-se a proclamar que esse indivíduo, Musashi, é uma personalidade extraordinária e um guerreiro ímpar, acabarão transformando em mentira tudo o que eu expus em minha palestra no grande auditório do templo Eizan. É óbvio que não dou importância a comentários da plebe. Contudo, acho interessante que estes senhores do templo Chudo ouçam o que vou dizer; sobretudo, creio que pontos de vista distorcidos como o de vocês ofendem o mundo. Limpem bem as orelhas e escutem com atenção, que eu agora vou-lhes fazer o favor de relatar os fatos como realmente aconteceram e revelar a verdadeira personalidade de Musashi.

— Está certo... Sim, senhor...

— Para começar, que tipo de homem é Musashi? Do jeito como arquitetou o duelo, depreendo que tinha por objetivo vender o próprio nome. Para se tornar conhecido no mundo das artes marciais julgo que Musashi resolveu provocar a casa Yoshioka, a mais famosa de Kyoto. Envolvidos nesse ardiloso esquema, os Yoshioka serviram apenas de trampolim para Musashi alcançar seus objetivos.

— ...?

— Por que os Yoshioka? Porque era sabido que o estilo Yoshioka estava decadente nos últimos tempos, nada mais restando do vigor dos dias do seu ilustre fundador, Yoshioka Kenpo. A casa era uma árvore apodrecida, um doente em estado terminal. Se abandonada à própria sorte, estava fadada a destruir-se. Musashi apenas lhe deu um empurrão e apressou a ruína. Qualquer um teria capacidade de derrubar uma casa nessas condições, mas nenhum guerreiro a isso se tinha disposto até agora, primeiro, porque a academia Yoshioka já não merecia a atenção de ninguém do nosso meio; segundo, porque por uma espécie de acordo tácito, a classe guerreira tinha decidido poupar ao menos essa academia da destruição em nome da camaradagem que deve existir entre samurais e em respeito à memória do mestre Kenpo. Aproveitando-se dessas circunstâncias, Musashi representou seu papel: explorou os fatos a seu favor, aumentou a importância deles, mandou erguer um aviso público em rua de grande movimento e fez com que seu nome alcançasse grande divulgação.

— ...?

— São tantos os exemplos de vilania e de manobras covardes que nem vale a pena enumerá-los. Basta dizer que, por ocasião dos duelos tanto contra mestre Seijuro, como também contra mestre Denshichiro, Musashi nunca se apresentou nos horários prometidos. Além disso, no duelo em torno do pinheiro solitário, ele tomou um atalho e recorreu a estratagemas escusos em vez de atacar de frente, corajosamente.

— ...

— Do ponto de vista numérico, sem dúvida alguma os Yoshioka eram muitos, enquanto Musashi estava sozinho. Mas aqui também se notam vestígios da malícia e da capacidade de autopromoção deste indivíduo: enfrentando sozinho os seus adversários, Musashi conseguiu que a opinião pública ficasse inteira do seu lado. Se querem porém saber a minha, digo que este último duelo nada mais foi que uma brincadeira de crianças. Musashi agiu o tempo todo com astúcia e impertinência e, no momento azado, fugiu. Reconheço que é hábil, mas de um jeito bárbaro. Ele porém está longe, muito longe, de merecer a reputação de espadachim magistral. Se querem qualificá-lo à força na categoria dos magistrais, posso dizer que é um fujão magistral, um mestre na arte da fuga: a velocidade com que foge é, sem dúvida, incomparável.

III

Kojiro discorria com admirável fluência e tudo levava a crer que falara desse mesmo jeito no grande auditório do monte Eizan.

— Leigos em geral podem pensar que o duelo de um contra dezenas seja algo extraordinário. Nada disso: dezenas de pessoas juntando forças não é o mesmo que a capacidade dessas pessoas multiplicada algumas dezenas de vezes.

Partindo deste raciocínio, Kojiro desenvolveu sua argumentação na qualidade de especialista em artes marciais. E era realmente fácil para ele, um simples espectador, criticar de todas as formas possíveis a formidável luta travada por Musashi naquele dia.

O extermínio do pequeno Genjiro, o representante da casa Yoshioka, mereceu em seguida sua veemente condenação. Ultrapassando o campo da crítica, Kojiro passou a afirmar categoricamente que os atos de Musashi eram imperdoáveis, tanto do ponto de vista humano, como da moral guerreira e do próprio espírito da esgrima.

Por fim, pôs-se a falar do passado de Musashi, chegando até a mencionar o nome da matriarca dos Hon'i-den e a afirmar que a referida anciã jurara matá-lo.

— Se pensam que minto, perguntem a essa velha senhora Hon'i-den, de cuja boca aliás eu soube de todos esses fatos: eu convivi com ela alguns dias no templo Chudo quando por lá me hospedei. Como pode ser digno de admiração um indivíduo que mereceu o ódio e o desprezo de uma simples e honesta velhinha de quase sessenta anos de idade? Se digo tudo isto é porque uma dúvida me trespassou: moralmente falando, não seria nocivo permitir a glorificação de um indivíduo de passado tão sombrio? Quero, porém, deixar bem claro um ponto: não tenho nenhum tipo de relacionamento com os Yoshioka, nem especial motivo para odiar Musashi. Apenas pretendi criticar corretamente a situação na qualidade de guerreiro que tem profundo apreço pela esgrima e que procura com empenho aperfeiçoar-se nesse caminho. Entenderam, bando de pedreiros ignorantes? — concluiu Kojiro.

O longo discurso ressecou-lhe a garganta aparentemente, pois tomou um grande gole de chá e voltou-se para os próprios companheiros:

— Senhores, o sol vai descambando no céu.

A isso, os samurais do templo Chudo, que tinham começado a se impacientar, ergueram-se do banco dizendo:

— Será melhor partir agora, senhor. Do contrário, a noite poderá surpreendê-lo ainda na estrada, antes de chegar ao templo Miidera.

Os trabalhadores da pedreira, até então rígidos e silenciosos à espera do pior, aproveitaram também esse momento para se erguer e se afastar precipitadamente, rumo ao vale.

As sombras já envolviam o vale em tons violáceos e os estridentes trinados dos tordos provocavam límpidos ecos por todos os lados.

Os samurais do templo seguiram na direção do templo Chudo, mas antes se despediram:

— Boa viagem, senhor!

— Venha ver-nos uma vez mais quando retornar a Kyoto.

Sozinho na casa agora, Kojiro gritou para os fundos:

— Estou deixando aqui o dinheiro das despesas. E vou levar alguns pedaços de mecha para o caso de a noite me surpreender no caminho.

A velha mulher atiçava o fogo do jantar agachada na frente do fogão e respondeu-lhe sem se erguer:

— Mecha? Tem bastante dependurada nesse canto da parede... Leve quantas quiser.

Kojiro entrou bruscamente na casa e retirou algumas do maço na parede.

Nesse instante, o maço escapou do prego e caiu com um baque sobre um banco. Ao estender casualmente a mão para apanhá-lo, Kojiro deu-se conta pela primeira vez de que havia alguém deitado no banco. Seus olhos percorreram o corpo ali estendido desde a ponta dos pés até o rosto e, ato contínuo, Kojiro sentiu um impacto, como se acabasse de levar um soco na boca do estômago.

Deitado de costas e com a cabeça apoiada sobre os braços dobrados, ali estava Musashi fitando-o firmemente, sem pestanejar.

IV

Kojiro já havia saltado para trás agilmente, num movimento inconsciente.

— Ora, ora...! — exclamou Musashi primeiro, para só depois começar a erguer-se do banco com toda a calma, como se acabasse de despertar nesse instante, um lento sorriso revelando-lhe aos poucos os dentes brancos.

Finalmente em pé, veio aproximando-se de Kojiro, até ficar face a face com ele. Parou então com um sorriso nos lábios e um olhar penetrante que parecia verrumar a alma do outro. Kojiro bem que tentou devolver-lhe o sorriso, mas os músculos faciais rígidos não lhe permitiram.

A rigidez fora provocada pelo olhar de Musashi, que parecia estar zombando da presteza com que Kojiro saltara para trás e de seu descabido pânico, pânico esse com certeza originado na percepção de que Musashi ouvira integralmente o discurso que havia pouco fizera aos pedreiros.

Logo, Kojiro retomou sua habitual atitude arrogante, mas não havia como negar: ele ficara consternado por um breve momento.

— Ora essa... mestre Musashi! Não sabia que você estava aqui — disse.

— Reencontramo-nos, não é mesmo? — observou Musashi.

— É verdade! Aliás, seu desempenho por ocasião do nosso último encontro foi esplêndido, deixe-me dizer-lhe, pareceu sobre-humano. E, ao que me parece, nem ao menos se feriu com gravidade. Congratulações!

— acrescentou Kojiro num impulso, desesperado por agir com naturalidade, mas amargando a óbvia discrepância entre esta afirmativa e as anteriores, irritado sobretudo com as palavras que acabavam de lhe saltar da boca.

Musashi era a ironia em pessoa. A aparência e a atitude de Kojiro sempre o deixavam irônico, não sabia explicar por quê. Com forçada cortesia disse:

— Quero agradecer seus bons préstimos como mediador no episódio de há dias. E também as severas críticas à minha pessoa que, deitado ali, ouvi casualmente. Deve haver diferenças entre o que eu acredito que seja a minha imagem pública e a real opinião que o público faz de mim. No entanto, são raras as oportunidades de ver-se a si próprio pelos olhos dos outros: só posso lhe ser grato, quando penso que você me deu essa oportunidade enquanto eu dormitava. Nunca me esquecerei disso.

— ...

"Nunca me esquecerei disso." Um arrepio percorreu a espinha de Kojiro. Aparentemente era um calmo agradecimento, mas para Kojiro, soou como uma provocação, um desafio que teria de enfrentar um dia qualquer no futuro.

A frase ocultava ainda um outro sentido. Musashi parecia estar-lhe dizendo: "Não vou discutir com você agora, mas..."

Eram ambos samurais que não admitiam falsidades, estudantes de artes marciais incapazes de esquecer disputas não resolvidas. No entanto, não fazia sentido discutir naquele lugar quem estava certo e quem errado. O assunto, além disso, era importante demais para ser resolvido dessa maneira. Pelo menos para Musashi, o episódio do pinheiro da encosta era o grande feito de sua vida, um ato revestido de pureza, um grande passo à frente no caminho da espada. Nele Musashi não via resquícios de imoralidade, nem um único aspecto de que pudesse envergonhar-se.

Mas visto pelo prisma de Kojiro, o episódio provocava as observações que já se viu. E nesse caso, não havia outra solução no momento que a escolhida por Musashi: ocultar nas palavras uma promessa, fazê-lo compreender que estava feito um acordo. "Não vou discutir com você agora, mas nunca me esquecerei disso."

Embora bastante perturbado, Sasaki Kojiro por seu lado sabia que não havia dito disparates: tinha dado a opinião justa de um observador imparcial, achava ele. Além disso, Kojiro estava longe de se considerar inferior a Musashi, muito embora tivesse testemunhado sua esplêndida atuação no episódio do pinheiro solitário.

— Muito bem. Em resposta à sua declaração de que nunca se esquecerá disso, eu também lhe declaro que sempre me lembrarei de suas palavras. Não se esqueça de verdade, Musashi!

Musashi sorriu em silêncio e balançou a cabeça, concordando.

ALMAS GÊMEAS

I

Entreabrindo o portãozinho, Joutaro berrou para dentro da casa:
— Já cheguei, Otsu-san!
Sentou-se depois na beira do córrego cristalino que corria ao lado da casa, mergulhou os pés nele e limpou as canelas sujas de terra.
"Luar Serrano" — dizia uma placa de madeira pregada no alto da casa, no ponto em que se juntavam as duas águas do telhado coberto de colmo. Filhotes de andorinha ali chilreavam ruidosamente, saltitando e sujando de fezes brancas tudo em torno enquanto espiavam Joutaro lavando os pés.
— Brrr! Que água gelada!— reclamou o menino franzindo o cenho. Mesmo assim continuou a chapinhar por um bom tempo na correnteza.
O riacho nascia perto dali nos jardins do templo Ginkaku-ji, e suas águas, diziam, eram mais cristalinas que as do grande lago Dongting Hu, mais geladas que o luar sobre o Penhasco Vermelho da China.
Mas a terra já estava morna e debaixo das nádegas do menino havia pequenas violetas amassadas. Olhos semicerrados, Joutaro parecia contente consigo próprio e com a sorte que lhe coubera de existir numa paisagem tão bonita.
Momentos depois, o menino enxugou os pés na relva e rodeou a casa, dirigindo-se para o lado da varanda. A cabana pertencia a um administrador do templo Ginkakuji mas achava-se momentaneamente desocupada, de modo que Otsu, com a intervenção da casa Karasumaru, fora autorizada a ocupá-la desde o dia seguinte ao do seu último encontro com Musashi, no monte Uryu.
Ela havia sido minuciosamente informada sobre o andamento do confronto em torno do pinheiro da encosta por Joutaro, que, para tanto, não poupara esforços e percorrera dezenas de vezes a distância entre o palco do duelo e a cabeceira da doente.
A razão para tanto esforço era uma só: o menino acreditava firmemente que manter Otsu informada sobre o bom desempenho de Musashi era o melhor tratamento para a sua doença, muito mais eficaz que qualquer outro remédio.
Prova disso eram as cores que voltavam dia a dia mais vivas ao rosto de Otsu. Joutaro chegara a temer o pior por algum tempo: se Musashi tivesse sido morto sob o pinheiro solitário, Otsu o teria seguido, tinha certeza o menino. Hoje, porém, ela já estava recuperada o suficiente para passar algumas horas por dia sentada a uma escrivaninha...

— Estou com fome! Que é que você esteve fazendo, Otsu-san?

Otsu recebeu com olhar sorridente o menino sempre tão vivaz e respondeu:

— Passei a manhã inteira sentada aqui mesmo.

— Você não se cansa de não fazer nada, Otsu-san?

— Não. Eu posso estar aqui parada, mas meu espírito vagueia e se diverte com inúmeros pensamentos. Falando nisso, Jouta-san, por onde andou você desde cedo? Dentro dessa caixa restam ainda alguns bolinhos de arroz dos que nos foram mandados ontem. Coma-os.

— Vou deixar os bolinhos para mais tarde porque primeiro quero lhe contar uma coisa que vai deixá-la feliz, Otsu-san.

— Que coisa?

— É a respeito de Musashi-sama...

— Que tem ele?

— Disseram-me que ele está no monte Eizan.

— Em Eizan? Não diga...!

— Nestes últimos dias eu andei perguntando por ele em todos os lugares possíveis e imagináveis. E hoje, acabei descobrindo: ele está hospedado no templo Mudoji, no torreão oriental.

— Sei... Isto quer dizer que ele se salvou realmente.

— E já que o descobrimos, vamos até lá o mais rápido possível, antes que ele resolva desaparecer de novo. Vou comer os bolinhos agora e me arrumar em seguida. Arrume-se também, Otsu-san, e vamos ao encontro dele no templo Mudoji.

II

Otsu tinha desviado o olhar e contemplava distraída o céu além do beiral da cabana.

Joutaro acabou de comer seus bolinhos, apanhou todos os seus pertences e tornou a convidar:

— Vamos embora, Otsu-san!

Otsu, porém, não fez menção de erguer-se.

— Que foi, agora? — perguntou o menino, impaciente.

— Acho melhor não irmos ao templo Mudoji, Jouta-san.

— Será que ouvi bem? — perguntou o menino, em tom de quase zombaria. — E por quê, posso saber?

— Porque não devemos.

— Está vendo? É por isso que eu detesto as mulheres! Você está com tanta vontade de vê-lo que, se pudesse, sairia voando ao encontro dele, mas faz essa cara séria e começa a dizer que não quer ir mal descobre o seu paradeiro.

— É verdade. Como você mesmo disse, estou morrendo de vontade de voar ao seu encontro, mas...

— Então vamos, ora essa!

— Preste atenção, Jouta-san: há dias, quando encontrei Musashi-sama no monte Uryu, pensei que estivesse me despedindo dele para sempre e lhe revelei todos os sentimentos guardados em meu coração. Ele também achava que ia morrer, pois me disse que nunca mais me veria depois daquela noite.

— Mas já que ele está vivo, por que não ir ao seu encontro?

— Nada disso.

— Não podemos?

— O duelo em torno do pinheiro da encosta terminou, mas nós não sabemos se Musashi-sama considera-se vencedor. Pode ser que ele esteja se ocultando no monte Eizan. E quando penso no que ele me disse em nosso último encontro... Além disso, eu realmente me despedi dele naquela noite quando soltei a manga do seu quimono e o deixei ir-se. É por isso que tenho de esperar por uma definição da parte dele antes de ir ao seu encontro.

— E o que você vai fazer se ele não vier procurá-la nos próximos dez ou vinte anos?

— Continuo do mesmo jeito que estou agora.

— Sentada, contemplando o céu?

— Isso mesmo.

— Que mulher mais estranha!

— Você não deve estar compreendendo nada, mas eu estou.

— Compreendendo o quê?

— O que vai no coração dele. Sabe, depois de me despedir de Musashi-sama no monte Uryuzan, passei a compreendê-lo muito melhor. Sabe por quê? Porque hoje confio nele. Eu sempre o amei, desesperadamente. Mas se você me perguntar se eu realmente confiava nele, não posso afirmar com certeza que sim. Mas agora é diferente. Na vida ou na morte, perto ou longe um do outro, nossas almas estarão unidas, inseparáveis como os pássaros gêmeos do poema chinês, ou como as duas árvores de ramos entrelaçados que crescem lado a lado. E porque acredito nisso firmemente, não sinto falta dele: rezo apenas para que ele tenha sucesso no caminho que escolheu.

Joutaro, que a vinha ouvindo em silêncio, interrompeu-a nesse momento aos berros:

— Você está mentindo! As mulheres mentem o tempo todo! Está bem:

jura então que nunca mais vai chorar de saudade! Aliás, pode chorar quanto quiser: *eu* não vou mais me incomodar!

Irritado e sentindo desprezada toda a sua colaboração dos últimos dias, o menino calou-se.

Mal a noite caiu, a luz avermelhada de um archote brilhou do lado de fora da casa e alguém bateu na portinhola.

III

O samurai vindo da mansão Karasumaru entregou uma carta a Joutaro e explicou:

— Isto nos foi entregue por mensageiro na mansão. É de Musashi-sama e está endereçado à Otsu-san: ele por certo imaginou que ela ainda permanecia conosco. Levamos o fato ao conhecimento do nosso amo, e ele nos ordenou que entregássemos a correspondência imediatamente à jovem Otsu. O senhor conselheiro também recomenda a ela que se cuide.

Em seguida, o samurai mensageiro foi-se embora.

Com a carta na mão, Joutaro murmurou:

— É a letra do meu mestre! E pensar que se ele tivesse morrido no duelo, eu nunca mais veria recados iguais a este... Aqui diz: "À jovem Otsu", e não "Ao menino Joutaro".

Otsu aproximou-se:

— Jouta-san, a carta que o mensageiro da mansão trouxe não é da parte de Musashi-sama?

— Acertou — respondeu Joutaro escondendo-a nas costas, ainda ressentido. — Mas acho que você não se interessa mais por estas coisas.

— Mostre-me!

— Não!

— Não seja maldoso, Jouta-san! — insistiu Otsu, prestes a chorar de aflição.

Joutaro quase esfregou a carta no nariz da jovem e reclamou.

— Está vendo? Você está a ponto de chorar de tanta vontade de ler a carta, mas quando eu a chamo para irmos ao encontro dele, faz-se de difícil, de rogada!

Otsu já não o ouvia mais. O papel branco sob a lamparina e os dedos que o seguravam tremiam sob os reflexos da luz. Seria imaginação sua, ou a chama nessa noite teria realmente um brilho limpo, pressagiando alegrias?

Sobre a ponte Hanadabashi, você me esperou.
Agora, será a minha vez de esperar.

> *Sigo na frente para Outsu e a aguardo na ponte Karahashii*[55], *de Seta, com a vaca que me serve de montaria presa ao corrimão.*
> *E então conversaremos.*

Ah... a letra de Musashi, o cheiro da tinta!

Até a tinta negra tinha reflexos iridescentes! Lágrimas brilhantes, semelhantes a pérolas, brotaram das pestanas de Otsu.

— Talvez estivesse sonhando! — pensou.

A alegria era tão grande que a atordoou. Tamanha felicidade não poderia ser real...

Otsu lia a relia a breve mensagem, sem cansar. Um poema do chinês Po Chü-i falava de um imperador da antiga dinastia Han que perdeu sua amada princesa Yang Kuei-fei durante uma rebelião comandada pelo rebelde An Lu-shan. Inconformado com sua morte e desesperado por revê-la, dizia o poeta em sua obra *Chougonka*[56], o imperador manda um santo eremita procurar o espírito de sua amada para lhe dizer do seu grande amor e de todo o sofrimento que a ausência dela lhe provocava. O eremita parte então à procura da princesa, visita todos os recantos do céu e da terra, e acaba por chegar à lendária ilha Peng Lai no mar oriental, onde velhice e morte inexistem. E no meio das almas puras que ali habitam, o santo homem encontra uma de pele alva como a neve e beleza ímpar, a quem reconhece como a doce princesa Yang Kuei-fei, por quem tanto ansiava o imperador. Para Otsu, a descrição do êxtase e da alegria da princesa ao receber a mensagem de amor que lhe mandava do mundo dos vivos o inconsolável imperador pareciam uma alusão direta ao seu estado atual.

Otsu pensou ter dito a Joutaro:

— Temos de partir imediatamente. Ele já deve estar nos esperando e sei que o tempo custa a passar para os que esperam...

Perturbada pela intensa alegria, porém, ela não percebeu que apenas pensara, mas não chegara a pronunciar as palavras.

Aprontou-se rapidamente, redigiu notas de agradecimento ao proprietário da cabana, ao abade do tempo Ginkakuji e a todos a quem devia favores e, calçando as sandálias, foi para fora.

Voltou-se então para Joutaro, que continuava sentado no mesmo lugar com expressão amuada e disse:

---

55. Ponte Karahashi, sobre o rio Seta: famosa ponte — provida de corrimão e de formato que lembra as da China — na província de Shiga. Porta de entrada da cidade de Kyoto para os viajantes que provêm do leste, era antigo e importante ponto de defesa dessa cidade.

56. *Chougonka* (*Chang hen ke* em chinês): obra do poeta Po Chü-i (772-846) composta em 806 d.C, é formada por 120 versos de sete sílabas e conta a trágica história de amor um imperador da distante dinastia Huan que se apaixonou por uma linda jovem da casa Yang, Kuei-fei, e com ela se casa.

— Vamos logo, Jouta-san. Você já está pronto, não está? Venha de uma vez que eu preciso fechar a casa.

— Ah... vamos a algum lugar? Eu não sabia... — ironizou o amuado menino, ao que parecia pregado ao lugar.

IV

— Você se aborreceu, Jouta-san?

— Claro! E tenho razão de sobra para isso!

— Ora...! E por quê?

— Porque você faz tudo do seu modo, não tem consideração pelos outros! Não sei se se lembra, mas você acabou de se recusar a me acompanhar quando a convidei a ir comigo ao encontro do meu mestre!

— Mas eu expliquei meus motivos, não expliquei? Agora, porém, é diferente: Musashi-sama me convida a ir ao encontro dele neste bilhete...

— ...que você leu sozinha e nem teve a consideração de me mostrar!

— Ah, é verdade! Desculpe-me, Jouta-san!

— E também nem precisa mais: perdi a vontade de ler!

— Não se zangue tanto e leia, Jouta-san, por favor! Veja, é a primeira vez que Musashi-sama me escreve! E diz ainda gentilmente que espera por mim. Nunca em toda a minha vida tive uma alegria tão grande! Em nome desse maravilhoso acontecimento, desfaça seu mau humor e leve-me a Seta, por tudo que lhe é sagrado!

— ...

— Ou será que você não quer mais rever seu mestre?

Joutaro apanhou em silêncio a espada de madeira, prendeu-a de viés na cintura, amarrou às costas a pequena trouxa arrumada há pouco, saltou da varanda e disse com agressividade à atordoada Otsu:

— Se quer ir, vamos de uma vez! E se continuar aí parada feito uma tonta, tranco a porta e a deixo para trás!

— Como você é bravo, Jouta-san!

E assim, os dois iniciaram a jornada ao anoitecer daquele dia pelo caminho que transpunha o monte Shiga. Não havia ninguém na estrada, mas em vista da explosão temperamental de há pouco, Joutaro continuou andando em obstinado silêncio, sempre na frente. Arrancou folhas de árvores próximas, levou-as aos lábios e assobiou, cantou baladas, chutou pedregulhos, pareceu enfim tão irrequieto que Otsu finalmente lhe disse:

— Jouta-san... Acabo de me lembrar que tenho uma coisa gostosa comigo. Quer?

— Que coisa?
— Balas.
— Hum...
— Lembra-se dos doces que Karasumaru-sama nos mandou anteontem? Pois sobraram estes...

Como o menino cotinuava a andar em silêncio, sem aceitar ou recusar a oferta de paz, Otsu apressou o passo para alcançá-lo, suportando o melhor que pôde a falta de ar provocado pelo pequeno esforço:

— Você não quer, Jouta-san? Eu comeria alguns com você.

Só então o menino finalmente recuperou o bom humor. E quando enfim atingiram o ponto mais alto da íngreme ladeira que os levava montanha acima, as estrelas da Ursa Maior tinham começado a empalidecer e nuvens rosadas enfeitavam o céu anunciando o próximo alvorecer.

— Você deve estar cansada, Otsu-san.
— Um pouco. A estrada vinha em contínua subida até aqui!
— Daqui para a frente fica mais fácil, é só seguir ladeira abaixo. Olhe, tem um lago lá embaixo.
— É o lago Nio! E de que lado fica Seta?
— Daquele — disse o menino, apontando. — Ele disse no bilhete que vai estar lá nos esperando, mas... talvez cheguemos antes dele.
— Não se esqueça de que vamos levar mais de meio dia para percorrer a distância que nos separa de Seta.
— É verdade. Visto daqui parece tão pertinho, não é mesmo?
— Vamos descansar um pouco?
— Até podemos...

Esquecido por completo da zanga, Joutaro procurou um lugar para descansar.

— Ei, Otsu-san, venha sentar-se embaixo destas árvores! Aqui estaremos abrigados do sereno. — gritou, acenando com a mão. Duas dormideiras cresciam lado a lado no local.

V

Sentaram-se os dois debaixo das robustas árvores gêmeas.

— De que espécie são estas árvores, Otsu-san? — perguntou Joutaro.

Otsu ergueu o olhar para a copa cerrada:

— São dormideiras — explicou. — Lembro-me que havia uma árvore desta espécie no jardim do templo Shippoji, onde Musashi-sama e eu costumávamos brincar juntos quando éramos crianças. Quando chega o mês de junho, ela se cobre de flores rosadas, de pétalas finas como fios. E quando a lua surge, as folhas se amontoam e dormem.

— É por isso que se chamam dormideiras?

— Deve ser. Observe como elas parecem felizes, uma perto da outra.

— E desde quando uma árvore sente alegria ou tristeza?

— Você se engana se pensa que não, Jouta-san. Observe com atenção as árvores desta montanha e verá que algumas parecem solitárias, mas felizes, enquanto outras parecem tristes com a solidão que lhes coube por sorte. Outras se parecem com você, que vive cantando, enquanto aquelas, por exemplo, dão a impressão de estar enfrentando o mundo juntas, iradas. Se até as pedras, assim se diz, falam a quem tem ouvidos para ouvir, por que as árvores não haveriam de ter uma vida semelhante à nossa?

— Acho que você tem razão, Otsu-san: elas agora me parecem vivas. E nesse caso, o que estariam estas dormideiras pensando?

— A mim me parecem dignas de inveja.

— Por quê?

— Você conhece o poema *Chougonka*? Foi escrito por um poeta chinês chamado Po Chü-i.

— Sei.

— No final, o poeta diz: "Quisera renascêssemos, no céu como pássaros gêmeos ruflando as asas de par em par, na terra como árvores entrelaçadas, crescendo lado a lado." Pois estive pensando que ele se referia a árvores como estas...

— Como assim?

— As árvores são duas, cada uma com seu tronco, seus galhos e suas raízes, mas crescem em perfeita harmonia, uma perto da outra, desfrutando juntas as alegrias do mundo, assim como os doces dias de suas primaveras e outonos.

— Ora essa...! Está falando de você mesma e de Musashi-sama?!

— Não seja inconveniente, Jouta-san!

— Ah, vá amolar outro!

— Olhe, está amanhecendo! Que nuvens lindas, que espetáculo!

— Os passarinhos já começaram a tagarelar. Assim que chegarmos lá embaixo, vamos parar para a refeição matinal.

— Eu queria que você recitasse um poema comigo...

— Qual deles?

— O que o vassalo de Karasumaru-sama lhe ensinou no outro dia... Lembrei-me dele quando citei Po Chü-i.

— Fala do poema *Choukankou?*[57]

— Esse mesmo. Recite-o para mim com simplicidade, como se lesse um livro, não precisa dar-lhe a entonação apropriada.

Joutaro logo começou:

> *Quando enfim a franja cresceu a ponto de roçar-me a testa,*
> *Apanhei uma flor e brincava frente à porta da casa.*
> *Você então me surgiu num cavalinho-de-pau,*
> *Agitando um galho de ameixeira, rodeando meu banco a correr.*

— É deste poema que você fala?— perguntou o menino, interrompendo-se por instantes.

— Esse mesmo. Continue, Jouta-san.

> *Duas crianças apenas éramos então, sem reservas ou malícia,*
> *Vivendo na vila de Chang kan*
>
> *Aos quatorze anos com você me casei:*
> *Cenho crispado, envergonhada,*
> *Cabisbaixa sabia apenas a parede fitar,*
> *Mil vezes você me chamou, mas não me voltei.*
>
> *Aos quinze, semblante enfim desanuviado,*
> *Passei a desejar juntos sermos um dia cinza e pó.*
> *E embora linda história de amor com você sonhasse viver*
> *Nunca esperei ter de um dia ao mirante subir por você ansiando.*
>
> *Aos dezesseis, você partiu...*

De súbito, Joutaro ergueu-se e, voltando-se para Otsu, que o ouvia absorta, reclamou:

— Vamos embora, Otsu-san! Estou com fome e poesia não enche a barriga. Quero chegar logo a Outsu e comer!

---

57. *Choukankou*: De autoria do poeta chinês Li Po (701-762), este poema em forma de monólogo é a confissão de amor de uma jovem esposa, quase menina, que se vê obrigada a separar-se do marido quando este parte pela primeira vez em missão mercantil. Choukan (ou Chang-kan em chinês) do título é um pequeno vilarejo de mercadores cortado por hidrovias ao norte de Nanquim. O poeta retrata aqui o amor e sua inerente carga de melancolia no seio da classe mercantil.

ADEUS À PRIMAVERA

I

Era cedo, e a terra ainda estava úmida do sereno caído durante a noite.

A cidade acabava de despertar e as chaminés das casas expeliam uma densa fumaceira, transformando a paisagem em algo que lembrava um fumegante campo de batalha. E em meio à fumaça e à névoa matinal que turvava o céu desde o norte do lago Biwako até o monte Ishiyama, a pousada de Outsu começou aos poucos a surgir.

Musashi, que desde a noite anterior viera percorrendo a longa e monótona trilha da montanha ao lento passo da sua montaria, arregalou os olhos e mal conteve uma exclamação de prazer quando enfim avistou o povoado à fraca luz do amanhecer.

Nessa mesma hora, Otsu e Joutaro deviam também estar se aproximando do lago Biwako em ritmo animado, contemplando esses telhados de algum ponto da estrada que transpunha o monte Shiga.

Depois de partir da casa de chá sobre o pico Shimei-ga-take, Musashi viera pelas trilhas da montanha, passara pelos fundos do templo Miidera e despontava agora na ladeira do templo Bizouji. E Otsu, por onde viria?

Talvez ele se deparasse com ela repentinamente, muito antes de chegar a Seta, bem próximo ao local por onde andava agora, já que os horários e os itinerários escolhidos por ambos eram parecidos. Contudo, Musashi não a vira ainda. A ideia de encontrá-la na estrada lhe era agradável, mas nem por isso passou a procurá-la ansiosamente.

De acordo com a resposta da mansão Karasumaru trazida pela proprietária da casa de chá, Otsu não se encontrava mais na mansão, mas o bilhete que ele lhe mandara seria entregue naquela mesma noite na cabana onde a jovem se restabelecia.

Considerando que Otsu ainda convalescia e que, sendo mulher, levaria um tempo enorme para se arrumar, imaginou que ela deveria estar partindo quando muito nessa manhã e que surgiria no local do encontro ao entardecer.

Não havia pressa, portanto. E uma vez que ele próprio não tinha nenhuma questão urgente a resolver, deixou-se levar ao ritmo indolente dos passos da sua montaria, sem achá-la especialmente lerda.

O corpanzil da vaca leiteira brilhava, úmido de orvalho. Com o raiar do dia, o sol revelou macegas verdejantes na beira do caminho e o animal parou para comer. Musashi deixou-o à vontade.

À margem da estrada que passava entre um templo e as casas de um vilarejo, havia uma velha e frondosa cerejeira — do tipo usualmente considerado ponto de referência —, e, debaixo dela, um marco com versos nele inscritos.

Os versos lhe eram conhecidos, pensou Musashi. Não se empenhou muito em lembrar-se, mas quase meio quilômetro além, murmurou:

— Lembrei-me... Os versos são parte do histórico *Taiheiki*!

A obra havia sido uma de suas leituras favoritas na infância e ele chegara a memorizar alguns trechos que lhe ressurgiam agora por causa da estrofe gravada na pedra. Sacudido no lombo da vaca, ao lento ritmo de seus passos, Musashi recitou casualmente a passagem:

"O idoso monge do templo Shiga, na mão leva um longo cajado: franze a testa, sobrancelhas de neve junta, e contempla o lago crespo, cristalina fonte da Terra Pura evocando. Eis senão quando avista, de um passeio ao jardim de Shiga retornando, formosa dama de Kyogoku, por quem de imediato se apaixona. Louca fantasia dele então se apossa, e à perseverante chama dos sentidos em fogo, austeras práticas, virtude, num instante tudo esquece."

— Ora, como era mesmo o resto? — murmurou Musashi, tateando pelos caminhos da memória.

"De volta à ermida, perante a santa imagem reza. Mas eis que em meio à meditação, lascivas formas se insinuam, e as mesmas preces que oferece, como cálidos suspiros aos ouvidos lhe soam. Contempla o monge as montanhas ao anoitecer, porém as nuvens, ai!, lhe lembram, gracioso pente em negros cabelos... E perplexo, envergonhado, a lua a espiar da janela com certo alvo rosto confunde.

"Se da quimera nesta vida livrar-se não consegue, ao perigo ele expõe sua vida no além. O monge resolve a dama visitar, e revelar-lhe o amor que por ela sente: só assim, em paz, os olhos para sempre fecharia. O idoso monge no cajado amparado, ao palácio da dama se dirige, por um dia e uma noite permanecendo perto da quadra onde com a bola brincam..."

— Eeei! Senhor! Jovem samurai no lombo da vaca! — gritou uma voz nesse instante.

Sem que disso se tivesse dado conta, Musashi já havia entrado na cidade de Outsu.

II

Quem o chamava era um carregador, o empregado do mercado atacadista da cidade.

O homem chegou correndo, acariciou o focinho da vaca e fitou Musashi por cima da cabeça do animal.

— Está vindo de Mudoji, não está, senhor? — perguntou.

— Ora... como soubeste?— indagou Musashi de volta.

— Alguns dias atrás aluguei esta vaca para um mercador, que a levou sem a ajuda de um guia ao templo Mudoji, no topo da montanha. Me dê uns trocados agora, senhor!

— És o dono deste animal?

— Não, senhor! Mas a vaca pertence ao estábulo do mercado e não pode ser montada de graça!

— Muito bem, eu te darei uns trocados para a ração. Quero saber, no entanto, se posso prosseguir viagem com ela.

— Claro! Até onde quiser! Basta me pagar, senhor, e pode seguir mil quilômetros ou mais com ela. Só lhe peço que a deixe num desses postos atacadistas de uma vila qualquer à beira-estrada. Um dia desses ela volta para Outsu, carregando as compras de algum mercador. É assim que funciona, senhor.

— Nesse caso, quanto me custaria seguir com este animal até a cidade de Edo?

— Se vai para esses lados, passe primeiro pelo nosso mercado e deixe o seu nome e seu destino registrados, senhor.

A montaria talvez viesse a ser útil, pensou Musashi, que passou pelo mercado, conforme lhe tinha sido solicitado.

A área atacadista situava-se perto do atracadouro de Uchide-ga-hama. O local era o ponto de encontro dos viajantes: passageiros desembarcados e por embarcar fervilhavam nas proximidades, ali existindo desde lojas de sandálias a casas de banho e de profissionais especializados em aparar os cabelos ou ajeitar penteados desfeitos durante as viagens mais longas.

Musashi fez a refeição matinal com calma e embora achasse cedo demais, tornou a montar e prosseguiu seu caminho.

A cidade de Seta estava próxima: até o meio-dia lá estaria, mesmo deixando-se levar ao sabor do passo da montaria, apreciando a brisa suave e a luminosa paisagem da beira do lago.

"Otsu não deve ter chegado ainda", pensou. O próximo encontro com a jovem seria tranquilo, imaginou ele.

A verdade era que Musashi passara a confiar na jovem. Até o episódio do pinheiro da encosta, em que lograra escapar das garras da morte, Musashi sempre mantivera uma atitude defensiva contra as mulheres em geral. Sempre as tinha temido, e também a Otsu.

Mas a atitude serena da jovem por ocasião do último encontro dos dois e a sensatez com que ela administrara os próprios sentimentos haviam transformado o que por ela sentia em algo mais profundo que o amor.

Desconfiar de Otsu englobando-a na categoria das demais mulheres era imperdoável, começara a achar nos últimos tempos. Esse tipo de atitude seria apenas uma demonstração de mesquinhez da parte dele.

E se agora depositava plena confiança em Otsu, o mesmo devia estar acontecendo com a jovem em relação a ele. Quando se reencontrassem, atenderia qualquer pedido de Otsu, decidiu-se, desde que não obstruísse sua carreira de espadachim nem interferisse na qualidade de seu adestramento.

Até esse dia, Musashi havia achado que uma mulher era capaz de enfeitiçar, de embotar a habilidade de um guerreiro e de desviá-lo do caminho da espada, e por isso as temera. Mas uma mulher como Otsu — bem preparada, compreensiva, capaz de lidar corretamente com a razão e a emoção — jamais haveria de armar ciladas amorosas no caminho de seu amado, de ser um estorvo para ele. Bastava apenas que ele próprio mantivesse o domínio sobre si e não se perdesse.

"Está decidido: seguiremos juntos até Edo, e quando lá chegarmos, farei com que Otsu prossiga seus estudos e aprimore sua educação. Quanto a mim, buscarei com Joutaro caminhos mais elevados, que me aproximem cada vez mais de meus objetivos. E no momento apropriado…"

Pequenas ondas encrespavam a superfície do lago e seus reflexos brilhavam trêmulos no rosto absorto de Musashi: um sorriso feliz brincava em seus lábios.

III

A ponte Karahashi de Seta é composta de duas pontes: Oubashi, com quase 175 metros, e Kobashi, com quase 42 metros, interligadas por uma ilha, a de Naka-no-jima. Um velho chorão ergue-se nessa ilha.

A árvore era um marco para viajantes, razão por que a ponte Karahashi é também conhecida por Aogi-bashi, ou Ponte do Chorão.

— Ei! Aí vem ele! — gritou nesse momento Joutaro, surgindo às carreiras do interior de uma casa de chá da ilha Naka-no-jima, debruçando-se no parapeito da ponte Kobashi, uma mão apontando ao longe, outra acenando na direção de um banco da casa de chá.

— É o mestre! Venha ver, Otsu-san! Otsu-san! É o meu mestre! Ele vem montado num boi!

O menino batia os pés de alegria, frenético a ponto de atrair a atenção dos viajantes de passagem, que se voltavam intrigados tentando adivinhar o motivo de tanta agitação.

— Oh! É verdade! — exclamou Otsu, disparando do interior do estabelecimento e debruçando-se também no parapeito com Joutaro.

— Meestre!

— Musashi-sama!

Mãos e sombreiros acenavam.

Um sorriso abriu-se no rosto de Musashi, bem próximo deles agora.

Logo, a vaca foi atada ao pé do chorão. Otsu, que havia gritado por Musashi e acenado expansivamente quando ainda o via à distância, parecia muda agora que o encontrava ao seu lado: lançando-lhe apenas um rápido olhar sorridente, ela deixou toda a conversação a cargo de Joutaro.

— Já se recuperou dos ferimentos, mestre? Quando o vi no lombo dessa vaca, cheguei a pensar que não conseguia andar por causa dos cortes... Hein? Quer saber como chegamos tão cedo?... Pergunte a Otsu-san! Ela é cheia de caprichos, mestre: foi só ler o seu bilhete e sarar de tudo, na mesma hora!

— Sei... É mesmo? — sorria Musashi, acenando em sinal de compreensão a cada comentário do menino. Mas falar de Otsu na presença dos demais fregueses da casa de chá deixava-o constrangido como um tímido pretendente que se encontra com a prometida pela primeira vez.

Os três foram acomodados numa pequena sala nos fundos da casa de chá, em torno da qual havia treliças carregadas de glicínias em flor. Mas a descontração foi parcial: Otsu torcia as mãos de puro constrangimento e Musashi caiu em rígido silêncio. O único a se alegrar com franqueza e com franqueza falar dessa alegria era Joutaro. Só ele, e talvez as abelhas que voavam agitadas em torno das glicínias, eram capazes de apreciar esse momento e a vista privilegiada.

— Que pena! O céu está escurecendo para os lados do templo Ishiyamadera e vai cair um aguaceiro daqui a pouco. Recolham-se, por favor — disse nesse instante o dono do estabelecimento, surgindo às pressas para enrolar os estores e armar as pesadas portas externas de proteção.

Realmente, o lago tinha adquirido uma tonalidade acinzentada de um momento para o outro, e em meio à brisa, já se ouvia um fraco sibilar anunciando a aproximação da tempestade. As frágeis glicínias roxas agitavam-se e exalavam um pungente perfume, lembrando à Otsu os últimos momentos da princesa Yang Kuei-fei de que falava o poeta chinês Po Chü-i.

Uma lufada desceu do topo do monte Ishiyama e lançou as primeiras gotas de chuva contra as frágeis flores.

— Ih, aí vem uma trovoada, a primeira do ano! Você vai se molhar se continuar nesse lugar, Otsu-san! E você também, mestre, venha para dentro! Que gostoso! Essa chuva veio bem a calhar. A calhar!

Nem Joutaro sabia direito o que tinha querido dizer ao exclamar que a chuva vinha a calhar, mas o comentário serviu para aumentar o embaraço de Musashi, impedindo-o de recolher-se. O mesmo acontecia com Otsu: ruborizada, a jovem continuava em pé a um canto da varanda, deixando-se molhar e fazendo companhia às glicínias, derrubadas pela chuva aos seus pés.

— Chuva maldita! — berrava o homem cobrindo a cabeça com uma esteira, correndo tontamente no meio do aguaceiro branco como um guarda-chuva aberto levado pelo vento.

Alcançou às carreiras o portal à entrada do templo Shinomiya Myojin, e nele se abrigou com um suspiro de alívio, passando a mão pelos cabelos encharcados e espremendo a água.

— Mais parece uma pancada de verão! — murmurou para si mesmo, observando a rápida passagem das nuvens pelo céu.

Um véu leitoso cobriu num instante o pico Shimyo, o lago e o monte Ibuki, e o ruído da chuva que caía incessante abafou por momentos todos os demais. Um relâmpago feriu a vista do homem, e o raio caiu bem próximo.

— Ih...! — gritou Matahachi, que detestava trovoadas, tapando os ouvidos e encolhendo-se todo debaixo do portal.

Uma nesga de céu mostrou-se no meio das nuvens e, no mesmo instante, o sol surgiu como num passe de mágica. A chuva parou, a rua retomou seu aspecto normal e o som ponteado de um *shamisen* soou em algum lugar. Nesse momento, uma mulher de aspecto provocante veio cruzando a rua na direção de Matahachi e lhe sorriu intencionalmente.

IV

A mulher lhe era desconhecida.

— Por acaso o senhor se chama Matahachi-sama?— perguntou ela.

Desconfiado, Matahachi perguntou-lhe o que queria. Em resposta, a desconhecida lhe disse que certo cliente, que no momento ocupava os aposentos superiores do estabelecimento em que ela trabalhava, bem próximo dali, o havia entrevisto da janela e lhe ordenara que o conduzisse à presença dele, já que eram amigos.

Matahachi observou com atenção os arredores e notou nas vizinhanças do templo diversos estabelecimentos que realmente lembravam bordéis.

— Entre só um instante. Asseguro-lhe que pode se retirar quando quiser... — disse a mulher, arrastando à força o hesitante Matahachi a um bordel próximo. Uma vez lá, outras mulheres surgiram para lavar-lhe os pés e despir-lhe as roupas molhadas, não lhe dando tempo sequer para respirar.

Quem era o homem que se dizia seu amigo? — quis saber Matahachi. Mas para manter o clima de diversão, as mulheres prolongavam o mistério, apenas lhe dizendo em tom de troça que ele logo haveria de descobrir.

Matahachi então concordou em ir ao encontro do misterioso amigo, insistindo porém que apenas se servia das roupas do bordel porque a chuva encharcara as suas, e que partiria assim que elas secassem, pois tinha uma pessoa esperando por ele na ponte Karahashi.

— Minha posição ficou bem clara para vocês? — indagou Matahachi.

— Sim, fique tranquilo. Nós o liberaremos no momento oportuno — responderam as mulheres com displicência, empurrando-o escada acima.

"E quem poderia ser o homem que se dizia seu amigo?" tornou a perguntar-se Matahachi, sem atinar com a resposta mas sentindo-se à vontade: ambientes como aquele não só lhe eram conhecidos, como também exerciam sobre ele o surpreendente efeito de emprestar segurança aos seus gestos e de aguçar-lhe o raciocínio.

— Como vai o Senhor dos Cães? — disse abruptamene o misterioso cliente, antes de mais nada.

Com um pé no umbral, Matahachi estacou imaginando ter sido confundido com alguém, mas ao observar melhor o homem sentado no interior do aposento, teve de reconhecer que já o tinha visto antes.

— Ora, se não é...

— ...Sasaki Kojiro. Tinha-se esquecido de mim?

— Não. Mas a quem se referiu ao dizer "Senhor dos Cães"?

— A você, ora essa!

— Mas eu me chamo Hon'i-den Matahachi.

— Estou cansado de saber. Apenas me lembrei de nosso último encontro no bosque de pinheiros da rua Rokujo, quando o vi rodeado por uma matilha de cães selvagens e fazendo-lhes expressivas caretas. Em homenagem ao episódio, e com todo o respeito, resolvi chamá-lo de Senhor dos Cães.

— Não gostei! E também, não pense que esqueci o apuro que me fez passar naquele dia!

— Hoje, em compensação, vou-lhe proporcionar um pouco de alegria. Foi para isso que mandei buscá-lo. Seja bem-vindo. Sente-se, por favor. Mulheres, sirvam-lhe saquê.

— Acontece que estou com pressa: uma pessoa me espera em Seta. Nem adianta encher essa taça porque não vou beber.

— Quem é essa pessoa que o espera em Seta?

— Um amigo de infância, Miyamoto...

Kojiro o interrompeu abruptamente:

— Quê? Musashi? Ah, quer dizer que combinaram esse encontro na casa de chá do pico da montanha...

— Ora, como soube disso?

— Sei tudo sobre o passado, seu e de Musashi. Saiba que me encontrei com sua mãe — Osugi, não é assim que ela se chama? — no templo Chudo do monte Eizan. Ela me contou detalhadamente todas as agruras por que tem passado nos últimos tempos.

— Como? Encontrou-se com minha mãe? Para dizer a verdade, eu também estou à procura dela desde ontem...

— Ela é uma anciã digna de admiração, permita-me dizer-lhe. Todos os monges do templo Chudo ficaram comovidos com sua história e declararam-se solidários a ela. Eu também lhe ofereci meus préstimos quando nos despedimos.

Kojiro enxaguou brevemente a taça e prosseguiu:

— Matahachi: vamos esquecer velhos rancores e beber. Não tenha medo desse Musashi. Não tenho a intenção de me vangloriar, mas saiba que eu, Sasaki Kojiro, estarei sempre do seu lado e contra ele.

Faces avermelhadas pela bebida, Kojiro ofereceu a taça a Matahachi.

Este, porém, não estendeu a mão para aceitá-la.

V

Embriagado, o pretensioso Kojiro perdia a elegância e a atitude arrogante que lhe eram habituais.

— Por que não bebe, Matahachi?

— Estou de saída.

A mão esquerda de Kojiro estendeu-se de súbito e agarrou o pulso de Matahachi:

— Não vá!

— Mas eu e o Musashi...

— Não diga asneiras! Se enfrentar Musashi sozinho, será morto com um único golpe, não percebe?

— Mas já esclarecemos nossas rixas antigas e eu decidi acompanhar meu velho amigo até Edo. Vou refazer minha vida com a ajuda dele.

— Que disse? Pretende pedir a ajuda de Musashi?

— Muita gente fala mal dele, mas isso acontece porque minha mãe anda difamando-o por todos os lados. Agora, porém, percebi com clareza: ela está equivocada. E também, reconheço que errei. Sei que perdi até hoje um tempo precioso, mas pretendo me espelhar no meu velho amigo e estabelecer um novo objetivo para a minha vida.

— Ah-ah! — ria e ria Kojiro sem parar, batendo palmas.— Como você é ingênuo! Sua mãe bem me disse, mas agora vejo com meus próprios olhos: é difícil encontrar neste mundo um homem mais ingênuo que você. Musashi o engambelou direitinho!

— Nada disso! Musashi...

— Cale a boca e escute-me. Para começar, é inconcebível que um filho traia as convicções de sua própria mãe e se bandeie para o lado inimigo. Como pode dizer uma coisa dessas se até eu, um estranho, fui capaz de sentir a indignação dos justos nas palavras de sua mãe e me prontifiquei a ajudá-la?

— Diga o que disser, eu seguirei para Seta. E solte meu braço! Mulher! Ei, mulher! Minhas roupas devem estar secas a esta altura. Traga-as aqui imediatamente!

— Não se atreva! — gritou Kojiro revirando os olhos de bêbado. — Se lhe devolver as roupas, vai se haver comigo, mulher! Escute aqui, Matahachi: se é isso mesmo que pretende, fale primeiro com sua mãe e convença-a a aceitar sua nova resolução. Eu, porém, tenho quase certeza que a velha senhora jamais concordará com tamanha humilhação...

— Mas como não consigo encontrá-la por mais que a procure, vou primeiro para a cidade de Edo em companhia de Musashi. Antigos rancores e desavenças, tudo se resolverá naturalmente no momento em que eu me reaprumar e conseguir ser alguém.

— Sinto o cheiro de Musashi por trás de suas palavras. Antes de tentar qualquer coisa, fale com sua mãe, insisto. Prometo ajudá-lo a procurá-la amanhã. Não se vá sem antes ouvir o que ela tem a lhe dizer. Vamos beber, por ora. Talvez eu não seja a companhia ideal para você, mas beba assim mesmo.

A essa altura, todas as mulheres tomaram o partido de Kojiro: afinal, trabalhavam num bordel e nenhuma em sã consciência haveria de devolver a Matahachi as suas roupas e de perder um cliente.

A noite chegou e um novo dia amanheceu.

Matahachi, que em matéria de esgrima nem chegava aos pés de Kojiro, superava-o com folga na arte de beber. "Já vai ver do que sou capaz!", tinha pensado Matahachi, começando a beber intencionalmente desde à tarde do dia anterior. Escudado na bebida, atazanou o anfitrião até mais não poder e depois de dar vazão à sua insatisfação, tombou bêbado, quase inconsciente.

Já era madrugada quando dormiu, muito mais de meio-dia quando acordou.

Kojiro ainda dormia a sono solto no aposento ao lado, disseram-lhe as mulheres. Depois do aguaceiro do dia anterior, o sol brilhava com dobrada intensidade. As palavras de Musashi, tão recentes, tornaram a soar em seus ouvidos dando-lhe vontade de vomitar toda a bebida ingerida durante a noite.

Desceu ao andar térreo, mandou que lhe trouxessem as roupas, trocou-se e partiu às pressas, quase fugindo, e chegou enfim à ponte Karahashi.

Nas águas barrentas e avermelhadas do rio Seta, as últimas flores dessa primavera vinham sendo arrastadas desde o monte Ishiyama. Cachos despedaçados de glicínias espalhavam-se em torno do pequeno aposento nos fundos da casa de chá, rosas estiolavam.

— Ele disse que prenderia a vaca no corrimão…

Por mais que procurasse, porém, não viu o animal nem na ponte, nem na ilha Naka-no-jima. Indagou portanto na casa de chá da ilha, e foi informado que, com efeito, um samurai correspondendo a essa descrição ali permanecera até quase a hora de fecharem o estabelecimento. Com a chegada da noite, porém, ele tinha-se ido para uma estalagem, mas havia retornado cedo nessa manhã, ali permanecendo de novo por algum tempo, aparentemente à espera de alguém. Por fim — informou-o o empregado da casa de chá — o samurai tinha optado por escrever um bilhete, o qual atou ao galho do chorão, e se fora em seguida pedindo que o entregassem caso alguém surgisse mais tarde à procura dele.

Matahachi voltou-se na direção indicada pelo homem e reparou: um pedaço de papel dobrado e atado que lembrava uma borboleta branca pousava num galho do chorão.

— Quer dizer que ele seguiu sem mim… Que pena!

Matahachi desprendeu do galho a carta e a desdobrou.

CACHOEIRAS CASADAS

I

O verão começava, assim como a jornada dos três, afinal reunidos. Cercados pelo verde que despontava em todo lugar, ao sabor dos passos da montaria, seguiram eles pela estrada de Kiso que, naquele trecho, fazia parte da rota Nakasendou.

Por essa mesma rota voava também Matahachi no encalço de Musashi, que lhe havia deixado a mensagem no galho do chorão: "Siga-me assim que puder. Estarei sempre à sua espera." Chegou a Kusatsu sem lograr alcançá-lo, a Hikone e a Toriimoto, ainda sem achá-lo.

— Será que passei por ele sem perceber? — murmurou.

No passo Suribachi, permaneceu metade de um dia no pico examinando os viajantes de passagem. A noite chegou, mas não o viu passar.

Andou por todos os lados perguntando por um *bushi* montado num boi, mas viajantes em lombos de cavalos e bois eram muitos. Além disso, Matahachi indagava sempre por um *bushi* solitário. Musashi, porém, viajava agora em companhia de Otsu e Joutaro. Chegou à estrada de Mino sem conseguir nenhuma informação concreta, o que o fez lembrar-se de súbito das palavras de Kojiro e se indagar:

— E se eu for mesmo um tolo ingênuo?

A dúvida, uma vez implantada, só fez crescer.

Perturbado, voltou atrás, tomou atalhos e desviou-se da rota, dificultando cada vez mais um encontro que, em condições normais, forçosamente ocorreria.

E então, quando caminhava um dia nos arredores das pousadas de Nakatsugawa, avistou enfim Musashi caminhando à sua frente.

Quantos dias já teria ele andado à procura do amigo? Para o inconstante Matahachi, essa tenaz perseguição de um único objetivo era algo incomum, digna de louvor. Mas no instante em que seu olhar caiu sobre o vulto tão procurado, empalideceu de espanto e desconfiança.

Pois não era Musashi que ia no lombo da vaca, mas Otsu, do templo Shippoji. E quem conduzia a montaria pela rédea? Musashi!

Matahachi nem sequer notou o pequeno Joutaro, caminhando rente ao quadril do seu mestre. Que lhe importava o menino! O estremecimento de desconfiança tinha sido provocado por um único detalhe: o ar de intimidade e harmonia entre Musashi e Otsu.

Tantas vezes Matahachi vira o amigo com ódio e inveja, mas nunca até esse dia ele lhe parecera tão diabólico.

— Kojiro tem razão: eu realmente tenho feito papel de bobo desde o dia em que fui aliciado por Musashi para participar da batalha de Sekigahara! Mas se ele pensa que vai continuar abusando de mim, engana-se redondamente. Vou lhe mostrar do que sou capaz!

— Irra, que calor e que subida! Nunca andei por uma estrada de montanha que me fizesse suar tanto! Onde estamos, mestre?
— No ponto crítico da estrada de Kiso, num dos desfiladeiros mais difíceis de serem transpostos: estamos quase chegando ao pico Magome.
— Ontem vencemos dois desfiladeiros, não vencemos?
— Misaka e Tomagari.
— Estou cansado de desfiladeiros. Não vejo a hora de chegar a um lugar onde haja mais gente, à cidade de Edo, por exemplo. Concorda comigo, Otsu-san?
— Não concordo, Jouta-san. Eu sempre gostei de lugares pouco frequentados, como este aqui — respondeu Otsu de cima da montaria.
— Claro, você não tem de andar! Olhe lá, mestre, uma cascata!
— Realmente! Querem descansar um pouco? Joutaro, prenda a vaca num arbusto qualquer.

Guiados pelo som da água, os três enveredaram por uma trilha e acabaram chegando ao topo da cascata, onde havia um pequeno casebre deserto. Nas cercanias, muitas flores-do-campo desabrochavam gotejantes, lavadas pela névoa da cascata.

— Musashi-sama! — chamou Otsu, desviando o olhar de uma tabuleta e voltando-se sorridente para ele. "Cachoeiras Casadas", dizia a placa.

Separada em duas torrentes, a cachoeira desabava do alto do penhasco. A de volume de água menor, mais esguia, logo se adivinhava, seria a mulher, a maior, o marido. Joutaro, que quando em marcha vivia querendo descansar, não parava um instante agora que tinha oportunidade para isso. Ao ver de perto a água desabando torrencialmente, chocando-se com violência nas rochas do paredão, disparou barranco abaixo saltando e dançando pelas pedras da margem, parecendo possuído pelo espírito da cachoeira.

— Tem peixes aqui embaixo, Otsu-san! — gritou ele.
Não obteve resposta, mas logo tornou a gritar:
— Posso pescá-los com um pedregulho. Uma pedrada certeira e eles vêm à tona de barriga para cima.

Mais alguns momentos se passaram e sua voz tornou a ecoar de um ponto totalmente inesperado:
— Eeeei!
Tão cedo o menino não haveria de voltar.

II

Um raio de sol contornou a beira de uma montanha e incidiu sobre as flores-de-campo molhadas, produzindo minúsculos arcos-íris.

O troar da cascata envolveu os dois jovens sentados lado a lado no belvedere, à sombra do quiosque.

— Aonde terá ido ele? — murmurou Otsu.

— Fala de Joutaro?

— Sim. Esse menino é terrível...

— Nem tanto. Eu era bem pior, na idade dele.

— Você foi especial.

— Matahachi, ao contrário, era muito comportado. Por falar nele, que lhe teria acontecido que não nos alcançou? Esse sim, me preocupa.

— Eu, pelo contrário, estou muito feliz por não vê-lo! Pensava em me esconder, caso ele realmente nos alcançasse.

— Para que haveria você de se esconder? Precisamos conversar. Acredito firmemente que uma boa conversa é capaz de resolver qualquer mal-entendido.

— A regra não se aplica à matriarca dos Hon'i-den e ao seu filho.

— Otsu-san... Você não quer reconsiderar?

— Reconsiderar o quê?

— A possibilidade de se tornar uma Hon'i-den...

O rosto de Otsu crispou-se de leve instantaneamente.

— Nunca!

Suas pálpebras adquiriram o suave rosado de uma orquídea e no momento seguinte seus olhos encheram-se de lágrimas.

Quase simultaneamente, Musashi arrependeu-se do que acabara de perguntar: àquela altura, devia saber muito bem qual seria a resposta... Por seu lado, Otsu achou que ele a via como uma mulherzinha frívola, cujos sentimentos arrefecem ou mudam com o passar do tempo. Mortificada, ocultou o rosto nas mãos. Seus ombros tremiam.

"Sou toda sua!", parecia estar-lhe dizendo sua nuca branca. A folhagem dos bordos, nova, verde-clara, formava uma cortina em torno dos dois, ocultando-os dos olhares estranhos.

O ribombar da cachoeira, que chegava a estremecer a terra, era o pulsar do sangue de Musashi, a correr impetuoso por suas artérias. O mesmo tipo de instinto que levara Joutaro a disparar ao ver de perto a torrente em queda e o tumulto das águas no poço da cascata, agitava-o agora com violência.

Nos últimos dias, tivera a oportunidade de contemplar Otsu sob os mais diversos tipos de luz: à claridade das lamparinas nas noites das estalagens, ao ofuscante brilho do sol a pino em plena estrada, no meio das jornadas.

Ocasiões havia em que sua pele úmida de suor aparentava a textura de uma flor de hibisco. Em outras, quando passavam as noites num mesmo quarto de estalagem, o perfume de seus cabelos negros lhe vinha do outro lado de um biombo. O desejo, ferreamente contido por longos anos, brotava impetuoso, alimentado por essas circunstâncias. Um langor quente, algo semelhante ao mormaço asfixiante que sobe da relva no verão, toldou-lhe o olhar.

Musashi ergueu-se abruptamente e se afastou, quase fugindo.

Abandonando Otsu, meteu-se pelo meio do mato logo adiante, sentindo-se sufocar. Tinha vontade de vomitar um pouco do sangue tumultuado que parecia prestes a romper-lhe as artérias, sangue que haveria de lhe sair pela boca como uma bola de fogo, tinha certeza. Queria pular e gritar como Joutaro. E ao descobrir uma área banhada de sol, onde o mato seco do inverno passado ainda restava alto, nela deixou-se cair com um gemido.

Otsu veio-lhe no encalço sem compreender direito o que se passava com ele, e ao vê-lo ali sentado, jogou-se no chão agarrada aos seus joelhos. Aquele rosto crispado lhe pareceu amedrontador: algo o havia enfurecido, achou ela, perturbada.

— Que foi? Que houve? Eu disse alguma coisa que o ofendeu? Não tive essa intenção, perdoe-me, por favor!

— ...

— Diga alguma coisa! Musashi-sama!

Quanto mais tenso e crispado ficava o rosto, mais Otsu se desesperava e se agarrava a Musashi, seu corpo desprendento um inebriante perfume, como uma flor tocada pela brisa.

— Otsu! — gemeu Musashi de repente. Seus musculosos braços a envolveram ferozmente e os dois tombaram sobre a relva seca. Desesperada, sem conseguir soltar um grito sequer, Otsu debateu-se nos braços de Musashi, lutando por libertar-se.

III

Um pássaro de cauda longa listrada pousou no galho de um pinheiro-bravo e permaneceu contemplando o céu sobre os picos ainda nevados das montanhas de Ina.

Flores rubras de azáleas selvagens ardiam ao redor. O céu estava limpo e azul. Violetas recendiam debaixo da relva seca.

Um macaco guinchou, um esquilo saltou e desapareceu. A vida na terra era um quadro primitivo. O mato naquele local apresentava uma profunda depressão. Não era propriamente um grito, mas Otsu exclamou com intenso desespero:

— Pare! Pare, Musashi-sama! Você não deve...

Otsu dobrou-se em dois, protegendo o próprio corpo.

— Até você? Co... como pode fazer uma coisa dessas comigo? — gritou ela desolada.

Musashi voltou a si com um sobressalto: a gélida voz da razão pareceu cair como uma ducha sobre seu corpo em fogo e eriçou-lhe os cabelos.

— Po...por quê? Por que não? — gemeu ele, quase em prantos. Ninguém os tinha ouvido, mas para Musashi, a recusa era insuportável, um ultraje à sua condição de macho. O gemido raivoso era uma autocensura, um modo de extravasar o ressentimento e a vergonha que sentia nesse momento.

No instante em que afouxou os braços, Otsu desapareceu. Um saquinho de sachê de cordão partido tinha restado no chão. Prestes a chorar, seu olhar vago fixou-se no pequeno objeto, nele visualizando friamente a própria imagem miserável. Queria apenas ser capaz de compreendê-la! Pois não haviam sido suas palavras, olhos, lábios, seu corpo inteiro — incluindo cada fio de seus cabelos — que tinham estado até hoje atiçando-lhe a paixão?

Otsu ateara fogo e, ao ver as chamas, fugira apavorada, era isso! O ato podia não ter sido intencional, mas teve o efeito de decepcioná-lo, de provocar-lhe sofrimento, de fazê-lo sentir-se traído, envergonhado.

— Ah...! — gemeu Musashi, lançando-se de rosto na relva seca, chorando abertamente.

A ideia de que todo o árduo aprendizado dos últimos anos tinha sido em vão deixou-o desolado, inconsolável como uma criancinha que perdeu um precioso fruto de mato entesourado.

Irritado consigo, com vontade de cuspir em si mesmo, deixou-se ficar jogado no chão soluçando exasperadamente, incapaz de erguer a cabeça e encarar o sol uma vez mais.

"Nada fiz de errado!" gritava ele no íntimo justificando seu ato, mas isso não foi suficiente para apaziguar-lhe o coração.

"Não entendo, não entendo!"

Musashi não possuía ainda maturidade suficiente para considerar com ternura a delicadeza a sensibilidade virginal de Otsu. Não lhe sobrava capacidade para entender que a recusa tinha sido a reação medrosa de uma virgem, de considerá-la uma expressão emocional bela, fugaz, de valor inestimável, e que se manifesta apenas num único momento na vida de uma mulher.

Imóvel, ficou aspirando o perfume da terra por alguns momentos e aos poucos recuperou a calma. Levantou-se bruscamente. Seus olhos já não estavam congestionados, mas as faces tinham um tom esverdeado.

Calcou sob os pés o saquinho de sachê e, erguendo o rosto, permaneceu imóvel por algum tempo, como se tentasse ouvir a voz das montanhas. De súbito, sussurrou:

— É isso!

Rumou para a cascata em largas passadas, cerrando o cenho e juntando as sobrancelhas grossas — a mesma expressão com que se lançara no meio das espadas que o aguardavam em torno do pinheiro da encosta.

Um pássaro voou sobre sua cabeça trinando, e o grito agudo pareceu romper-lhe os tímpanos. O vento trouxe para mais perto o troar ensurdecedor da cascata e o sol perdeu o brilho.

Otsu não se tinha afastado mais que vinte passos. Imóvel, havia muito observava Musashi, amparada ao tronco de uma bétula. Tinha percebido o quanto o magoara e agora, desejava ardentemente que ele voltasse uma vez mais para o seu lado. Seus modos hesitantes mostravam que pensava em procurá-lo e pedir perdão. Mas o coração pulsava acelerado, como o de um passarinho, deixando-lhe o corpo trêmulo, incontrolável.

IV

Os olhos secos de Otsu registravam medo, dúvida e tristeza com muito maior nitidez que há pouco, quando chorava.

Musashi — o escolhido em quem depositara tanta confiança — não era afinal o homem que sua imaginação tinha arbitrariamente criado.

O terror da jovem ao descobrir em seu róseo mundo imaginário um homem nu, de carne e osso, tinha sido tão grande que quase a matara. Sua desolação era imensa.

Mas Otsu ainda não se dera conta de que, em meio ao terror e à amargura, estranhos sentimentos contraditórios começavam a despontar em seu peito.

Se a opressão de havia pouco tivesse partido de um outro homem e não de Musashi, ela nunca teria parado a uma distância de apenas vinte ou trinta passos.

Por que parara tão perto, atraída por aquilo de que acabava de fugir? Com o passar dos minutos, Otsu começou a recuperar o fôlego e já estava tentando considerar que o instinto fazia os homens comportarem-se de modo bastante indecoroso, mas que Musashi era bem diferente dos outros.

"Você se zangou? Por favor, não se irrite tanto comigo! Eu gosto de você, não o rejeitaria. Compreenda, eu lhe peço…"

Sentindo-se solitária e deslocada, como se tivesse sido soprada para longe por uma tempestade, Otsu pedia perdão no íntimo. Não reprovava o selvagem assédio de Musashi tanto quanto ele próprio se reprovava, em agonia. Seu ato não tinha sido desprezível como o dos outros homens.

De súbito, viu-se indagando: "Por que agi daquele modo?"

A própria reação de cego terror começou a entristecê-la. Quanto mais os minutos se passavam, mais sentia a falta do sangue em tumulto, dos fogos de artifício que pareceram explodir dentro do seu corpo naquele instante crucial.

"Ora... aonde foi ele? Aonde foi Musashi-sama?"

Otsu pensou que tinha sido abandonada e a ideia a apavorou.

"Zangou-se, com certeza e... e... Ah, que faço agora?"

Trêmula, vacilante, a jovem veio andando até o quiosque, mas não o encontrou. Apenas o estrondear incessante da cascata e a névoa branca e gelada que subia desde o poço até o belvedere carregada pelo vento a atingiram em pleno rosto.

Nesse exato momento, uma voz veio de algum lugar no alto:

— Que os céus nos acudam! Ele se lançou na cascata! Meestre! Otsu-san!

Era Joutaro, que tinha atravessado a cabeceira da cascata e estava em pé no topo do penhasco, do outro lado da correnteza. E de lá devia ter estado espiando o escuro poço sob a cascata maior, pois avisava Otsu aos berros.

A água trovejante parecia impedir Otsu de ouvir o que lhe dizia o menino. Mas do ponto onde se encontrava, Joutaro a viu sobressaltar-se e descer o caminho à beira da cachoeira, agarrando-se precariamente às rochas que a névoa e o musgo tornavam escorregadias.

Joutaro, agarrado a cipós de glicínias, balançava no ar do outro lado da catarata, como um macaco.

V

E então, Otsu o viu.

Simultaneamente, Joutaro também o descobriu.

Lá estava ele, no meio do poço da cascata.

A princípio, os dois imaginaram que a forma sob a torrente e a névoa branca fosse uma rocha. Mas o vulto nu, imóvel e cabisbaixo, de mãos juntas e dedos ferreamente entrelaçados debaixo de uma cachoeira de mais de quinze metros de altura era Musashi, sem dúvida alguma.

Mal se deram conta disso, os dois gritaram juntos, Otsu do caminho escarpado que beirava a cachoeira, e Joutaro do barranco na outra margem:

— Meestre!

— Musashi-samaa!

Embora gritassem a plenos pulmões, Musashi só ouvia agora o troar contínuo da cachoeira.

A água verde-escura batia-lhe na altura do peito. A torrente em queda tinha-se transformado em centenas de milhares de dragões prateados que lhe mordiam o rosto e os ombros. Os redemoínhos eram agora incontáveis demônios aquáticos que em fúria lhe lambiam os pés, ameaçando arrastá-lo para o abismo da morte.

Uma única respiração errada, uma distração mínima, e no mesmo instante seus pés resvalariam nas rochas cobertas de musgo do fundo do poço, lançando-o na rápida corrente que o carregaria para o outro mundo.

A água que desabava sobre sua cabeça pesava algumas toneladas. Musashi sentia os pulmões e o coração extenuados, parecia-lhe que tinha a montanha Oomagome inteira sobre si.

Ainda assim não conseguia expulsar do espírito em chamas a imagem de Otsu.

O mesmo tormento devia ter sentido o idoso monge do templo Shiga em seu coração. Até o monge Shinran, discípulo de Honen, tinha sofrido esse mesmo tipo de tentação. Quanto mais empreendedor o homem, quanto maior a sua vitalidade, mais suscetível torna-se ele a esse tipo de tormento. Assim tinha sido na Antiguidade, assim continua a ser nos dias de hoje.

Tinha sido esse sangue fogoso que fizera um camponês de desessete anos desejar enfrentar o desconhecido nos campos de Sekigahara. Fora ainda esse mesmo sangue que o levara a suportar o férreo malho de Takuan, a chorar ante as misericordiosas palavras de Buda, a abrir os olhos para a verdade e a refazer a vida. Fora o sangue que o fizera escalar sozinho o muro do castelo de Koyagyu para enfrentar Sekishusai, e que enfim lhe possibilitara mergulhar de cabeça no mar de espadas nuas em torno do pinheiro da encosta e derrotá-las.

E no instante em que Otsu — a pessoa em quem tanto confiara — pusera fogo em seus instintos, esse seu impetuoso sangue de repente se inflamara e debatia-se agora enlouquecido em seu corpo, tão poderoso, que o autocontrole arduamente conquistado a custa de intenso adestramento nos últimos anos não era capaz de contê-lo.

Contra esse inimigo, a espada de nada valia. Em outras palavras, o objeto visado possuía forma e era externo, mas o inimigo era interno, não tinha forma ou substância.

E então, Musashi tinha se apavorado. O jovem havia visto claramente uma grande falha no próprio espírito, e isso o desnorteara.

Como lidar com o sangue — esse elemento vital comum a todos os homens, mas cujo aquecimento tanto os perturba? Confuso, sem atinar com a resposta, Musashi tinha-se lançado no poço da cascata. Joutaro quase adivinhara ao gritar havia pouco para Otsu: "Ele está tentando se matar!"

— Meeestre! Meeestre!— continuava a gritar o menino com voz chorosa.

Musashi buscava uma forma de sobreviver, mas aos olhos de Joutaro sua imagem era a de um homem em busca da morte.

— Você não pode morrer, mestre! Por favor, não morra!— gritava o menino, tentando fazer-se ouvir sobre o rugido da cachoeira. Sem o perceber, ele tinha entrelaçado com firmeza os dedos da mão do mesmo modo que seu mestre, como se procurasse partilhar da sua dor. Lançou um rápido olhar ao paredão da outra margem e se assustou: Otsu, que até pouco tempo atrás estivera agarrada aos arbustos da trilha, havia desaparecido.

VI

— Não é possível! Até ela...? — gritou Joutaro, desnorteado e triste, procurando-a instintivamente no meio da espuma branca do poço da cascata.

O menino tinha concluído que Musashi, por motivos que não atinava, decidira morrer no poço da cascata e que, ao ver isso, Otsu resolvera também lançar-se nessas mesmas águas e terminar seus dias.

Logo, porém, deu-se conta de que se precipitara. Pois nas costas de Musashi, ainda castigadas pela cachoeira que desabava de quase quinze metros de altura, começava a surgir aos poucos uma impressionante força, uma energia juvenil que aos poucos se espalhou por todo o corpo. Aquela não era a imagem de alguém à espera da morte, como a do velho monge do templo de Shiga, imóvel nos arredores do palácio de sua amada. Longe de procurar a morte, percebeu Joutaro vagamente, a imagem do seu mestre era a de um homem em busca de força para erguer-se do fundo de um poço lodoso, alma lavada e convicções renovadas.

Como prova, a voz inalterada de seu mestre lhe chegou aos ouvidos no momento seguinte: ele parecia ora recitar um sutra, ora repreender-se asperamente.

O sol da tarde abriu caminho por um dos cantos do penhasco e incidiu sobre o poço. No mesmo instante, centenas de pequenos arcos-íris explodiram sobre os musculosos ombros de Musashi, o maior deles estendendo-se bem acima do paredão da cascata e lançando uma ponte para o céu.

— Otsu-saaan! — chamou Joutaro, vadeando a forte correnteza como um peixe na piracema, saltando de rocha em rocha para alcançar a margem oposta.

"Pensando bem, Otsu-san parece tranquila. E nesse caso, não tenho por que me preocupar: ela conhece muito bem a alma do meu mestre."

Alcançou o topo do penhasco e o trecho próximo ao quiosque, onde haviam inicialmente chegado. A vaca tinha conseguido desamarrar-se, e arrastando a rédea, comia a relva próxima.

Lançou um olhar casual na direção da choupana e entreviu sob o beiral a beira do *obi* de Otsu. Intrigado, o menino aproximou-se pé ante pé. Ali estava Otsu: sem saber que era observada, a jovem apertava de encontro ao peito as roupas e o par de espadas de Musashi, e chorava amargamente.

— ...?

"Outra que não consigo compreender!", parecia pensar Joutaro contemplando o quadro em silêncio, tocando os próprios lábios com os dedos. Seu rosto contorceu-se ante a visão dos inusitados objetos que a jovem apertava contra o seio. Seu jeito de chorar era também diferente do que se habituara a ver. Apesar da pouca idade, Joutaro percebeu que algo incomum tinha acontecido, pois afastou-se para perto da vaca sem lhe dirigir a palavra.

Deitado no meio das flores-do-campo, o animal banhava-se ao sol da tarde piscando os olhos remelentos.

— Se continuarmos nesse passo, quando é que a gente chega à cidade de Edo...? — resmungou Joutaro, deitando-se inconformado ao lado da vaca.

O CÉU

O SANTO FUGEN

I

Na estrada de Kiso ainda havia neve por toda a parte.

Os traços brancos semelhantes a lâminas de espadas que partem das reentrâncias do distante pico Komagatake são pregas cheias de neve. Mais além, a montanha Ontake mostra sua superfície coberta de neve e coalhada de árvores repletas de brotos avermelhados.

Nas lavouras e na estrada, porém, o verde claro começa a imperar. A estação favorece o crescimento de toda a fauna, e a relva cresce vigorosa apesar de pisoteada repetidas vezes.

O estômago do pequeno Joutaro, particularmente, reclamava com insistência o direito de alimentar o corpo, que parecia nos últimos tempos crescer com a mesma velocidade dos seus cabelos, permitindo entrever o robusto homem em que se transformaria no futuro.

O menino se vira lançado no turbilhão da vida mal tomara consciência dela e das coisas ao redor, e o homem que o salvara era um nômade. De jornada em jornada viera acumulando amargas experiências que o tinham amadurecido precocemente, e nos últimos tempos andava tão impertinente que Otsu sentira muitas vezes vontade de chorar.

"Como foi que fui me envolver com este menino?", chegava a jovem a suspirar às vezes, lançando-lhe um olhar carregado de censura.

Mas olhares não surtiam efeito sobre Joutaro, pois ele sabia, com toda a segurança, que apesar de tudo Otsu o amava.

A petulância que lhe vinha dessa certeza associada à estação e ao insaciável estômago faziam Joutaro estacar como uma mula toda vez que entrevia uma barraca de comida à beira da estrada.

— Otsu-san, me compre essas bolachas! Eu quero, eu quero!

Ao passar havia pouco pelas estalagens de Suhara, Otsu, vencida pelo cansaço, acabara comprando as bolachas Kanehira — assim chamadas em homenagem a Imai Kanehira, o xogum de Kiso —, expostas em alpendres de lojas nas proximidades das ruínas de um antigo forte.

— É a última vez, ouviu bem, Joutaro?— frisara Otsu ao comprá-las. Desde então não haviam ainda percorrido dois quilômetros, mas o garoto já havia comido todas elas e começava a mostrar sinais de querer mais.

Pela manhã, os dois tinham almoçado mais cedo numa casa de chá perto das estalagens da posta. E agora, mal haviam vencido um desfiladeiro e atingido a altura de Agematsu, Joutaro já começava a insinuar:

— Olhe lá, Otsu-san, uma barraca vendendo caquis secos! Não quer experimentar alguns?

Otsu fez que não ouviu, seu rosto permanecendo tão impassível quanto o da vaca sobre cujo dorso andava. Desencorajado, Joutaro deixou passar as barracas de caquis. Momentos depois, porém, ao se aproximarem de Fukushima, a mais próspera cidade de Kiso, começou a insistir uma vez mais, já que a hora do lanche se aproximava e a fome apertava:

— Vamos parar um pouco, Otsu-san…? Hein? Hein?

Quando a voz do menino adquiria esse tom anasalado e insistente, nada mais o fazia andar.

— Quero comer esses doces de arroz! Venha, Otsu-san, desça da montaria e vamos comer! Você vem ou não?

Já não era um pedido, era uma ameaça. E uma vez que as rédeas da vaca estavam nas mãos de Joutaro pregado ao chão na frente da loja, Otsu não podia prosseguir sozinha, por mais que se exasperasse.

— Pare com isso imediatamente! — disse a jovem, dardejando o olhar irado de cima da montaria que parecia estar em conluio com o menino e lambia a rua posta em sossego. — Muito bem, se vai continuar a me atormentar desse jeito, vou alcançar Musashi-sama, que vai logo adiante, e me queixar de você — ameaçou, fingindo-se disposta a desmontar.

Joutaro, contudo, apenas sorria e olhava, sem esboçar nenhum gesto para detê-la.

II

— E então, que resolve? — perguntou o menino, maldoso. Tinha certeza absoluta de que Otsu jamais o denunciaria a Musashi.

A jovem, que acabara realmente descendo do lombo da vaca, entrou a contragosto na casa de doces:

— Coma de uma vez! — disse.

Joutaro gritou com vivacidade:

— Tia, me dê dois pratos de *mochi*! —, e só depois foi atar a montaria ao mourão além do alpendre.

— E quem lhe disse que eu também quero? — interveio Otsu.

— Por que não, Otsu-san?

— Excesso de comida no estômago embota o cérebro, sabia?

— Nesse caso, como a sua parte também!

— Ai, que menino impossível!

Mas a essa altura, Joutaro já tinha a atenção voltada para os pratos do doce e não ouvia mais nada. A enorme espada de madeira espetava-lhe as costelas e talvez o impedisse de apreciar devidamente o seu lanche, pois a certa altura, empurrou-a para as costas, continuando a mastigar ruidosamente enquanto examinava a rua.

— Pare de se distrair olhando a rua e coma de uma vez!— ordenou-lhe Otsu.

— Ué...! — exclamou ele de súbito, empurrando para dentro da boca um resto de doce. Disparou a seguir para fora e com as mãos em pala sobre os olhos, ficou observando alguma coisa distante.

— Já podemos ir? — indagou Otsu, separando alguns trocados e preparando-se para sair também. O menino porém a empurrou de volta para baixo do alpendre, dizendo:

— Espere aqui um pouco mais, Otsu-san!

— Não me diga que ainda está com fome depois de tudo que comeu?

— Nada disso! É que acabo de ver Matahachi indo para lá.

— Mentira! — replicou Otsu, descrente. — Por que haveria ele de estar andando por aqui?

— Sei lá! Mas que ele passou, passou! Estava com um sombreiro e ficou nos observando um bom tempo. Você não reparou?

— Está falando a verdade?

— Se pensa que minto, corro atrás dele e o chamo. Quer?

Chamá-lo estava fora de cogitação: só de ouvir o nome Matahachi, Otsu tinha empalidecido visivelmente e ameaçava ter uma recaída.

— Calma, não se preocupe tanto. Se ele tentar alguma coisa, corro adiante e aviso Musashi-sama.

Mas a distância entre eles e Musashi, que seguia sozinho alguns quilômetros à frente, só aumentaria se continuassem ali parados com medo de Matahachi.

Otsu tornou a montar. Uma notícia assustadora como a que acabara de ouvir deixava-lhe o coração disparado por muito tempo: afinal, ela ainda convalescia.

— Uma coisa me intriga, Otsu-san — disse de repente o menino, voltando o olhar para Otsu, que seguia cabisbaixa sobre a montaria. — Como é que viemos os três conversando animadamente até o topo da cachoeira, no desfiladeiro Magome e, de repente, de lá para cá, você e meu mestre pararam de se falar? O que aconteceu entre vocês dois?

Como Otsu não lhe respondesse, o menino prosseguiu:

— Que houve, Otsu-san? Vocês andam agora separados pela estrada, não dormimos mais todos juntos no mesmo aposento nas estalagens... Brigaram, por acaso?

III

"Joutaro e suas perguntas inconvenientes", pensou Otsu.

Se não a atormentava pedindo guloseimas a todo instante, importunava-a com sua incessante curiosidade de menino precoce. Como se não bastasse, vivia sondando-a, especulando sobre o que acontecia entre Otsu e Musashi, troçando dos dois.

"A petulância deste pirralho!", pensou consigo Otsu. Não tinha vontade alguma de responder com franqueza à pergunta que tocava um ponto sensível em seu coração.

A viagem no lombo da vaca tinha sido benéfica para sua saúde, favorecendo-lhe a recuperação, mas problemas muito maiores que sua enfermidade continuavam não resolvidos.

No escuro poço da Cachoeira dos Casados, em Magome, a voz chorosa de Otsu e a raivosa resposta de Musashi continuariam a ecoar em meio ao troar da cascata por cem, ou até por mil anos, proclamando o descompasso desses dois corações até o dia em que enfim conseguissem entender-se.

E de cada vez que pensava naquele dia, as palavras que haviam trocado tornavam a soar em seus ouvidos.

"Por quê?", perguntava-se a jovem. Por que rechaçara com tanta força o franco, violento desejo manifestado por Musashi, por quê? Por quê?

Arrependimento e vontade de compreender alternavam-se em seu íntimo. "Todos os homens agiriam desse modo com as mulheres que amam?", perguntava-se, sentindo-se triste e deprimida. O puro regato do amor que por longos anos murmurara em seu peito, tinha passado por uma transformação desde aquele momento, e rugia agora, violento e enlouquecido como a cascata.

Sobretudo, não conseguia compreender a própria reação contraditória: depois de ter repelido o forte abraço de Musashi e fugido, por que continuava a segui-lo agora, por que procurava não perdê-lo de vista?

Depois do incidente, a relação entre os dois nunca mais voltara a ser a mesma. Já não se falavam, e não caminhavam juntos pela estrada.

Apesar de tudo, Musashi, que seguia sozinho na frente, ajustava os passos à andadura da montaria, ao que parecia mantendo a promessa de entrarem juntos na cidade de Edo, nunca deixando de esperar por Otsu nalgum ponto da estrada a cada vez que as exigências de Joutaro atrasavam o ritmo da sua marcha.

Deixando para trás a cidade de Fukushima e contornando o muro do templo Kozenji, tinham chegado a uma longa ladeira, no topo da qual eram visíveis as cancelas de um posto de inspeção. Otsu ouvira dizer que depois da batalha de Sekigahara, oficiais em todos os postos investigavam com maior rigor sobretudo *rounin* e mulheres, mas o salvo-conduto expedido em seu nome pela casa Karasumaru lhe foi útil uma vez mais, possibilitando-lhe transpor os portões sem demora. Sacudida no lombo do animal, Otsu desfilou ante os olhares admirados dos viajantes que descansavam nas casas de chá estabelecidas nos dois lados da rua. De repente, Joutaro perguntou:

— Quem é Fugen, Otsu-san? Quando passamos há pouco pelos viajantes e monges que descansavam nas casas de chá, as pessoas apontaram para você e disseram: "É a imagem de Fugen[1], mas no lombo de um boi!"

— Eles deviam estar se referindo ao *bodhisattva* Fugen.

— Ah, ao santo Fugen! Nesse caso, eu sou o *bodhisattva* Monju, porque esses dois santos são sempre representados um ao lado do outro.

— Um santo guloso?

— Um par à altura do santo chorão!

— Vai começar de novo! — reclamou Otsu, enrubescendo.

— Por que é que eles sempre andam juntos, hein, Otsu-san? Afinal, são dois homens, não formam um casal...

Otsu, que tinha sido criada num templo, conhecia a história dos dois *bodhisattvas*, mas temendo a persistente curiosidade de Joutaro, explicou com simplicidade:

— Monju é a representação da intelectualidade, e Fugen, da prática religiosa.

No instante em que terminou de falar, um homem que se tinha aproximado do rabo da montaria como uma mosca incômoda interpelou-os com voz raivosa:

— Ei!

Era Hon'i-den Matahachi, que havia pouco Joutaro dissera ter vislumbrado nas proximidades de Fukushima.

IV

Matahachi com certeza tinha estado de tocaia nalgum lugar.

"Covarde!", pensou Otsu, incapaz de conter o desprezo mal pôs os olhos nele.

Ao vê-la de perto, Matahachi, por sua vez, sentiu que amor e ódio turbilhonavam alternadamente em suas artérias. Crispou o cenho, ameaçador, parecendo ter perdido o bom senso por completo.

---

1. No original, *Fugen bosatsu* (*Samantabhadra*, sânscr.): santo eleito de Buda, está sempre ao seu lado esquerdo cavalgando um elefante branco e encarna a ação tranquila, a compaixão e a sabedoria profunda. Monju (*Manjushri*, sânscr.) monta um leão representado sempre à esquerda de Buda, empunhando uma espada de diamante. Monju representa o *satori*, isto é, a compreensão súbita da unidade de toda existência.

Contribuía para isso o fato de ter visto Musashi e Otsu andando lado a lado pela estrada. Mais tarde, observara que continuavam viagem sem se falar mais, ambos contidos em rígido silêncio. O ódio, alimentado por suspeitas infundadas, levou-o a acreditar que assim agiam para manter as aparências, mas que na intimidade... ah! O que não estariam os dois fazendo!

— Desmonte! — gritou em tom de ordem para Otsu, que permanecia cabisbaixa sobre a montaria, sem saber como revidar.

Matahachi não significava mais nada para ela. Muitos anos atrás, ele tinha desfeito o noivado unilateralmente. Como se não bastasse, ele a perseguira em dias recentes com uma espada na mão pelo vale do templo Kiyomizudera, apavorando-a e quase coseguindo matá-la.

"Que quer você comigo a esta altura?" — seria a única resposta possível, caso se desse ao trabalho de replicar. Repulsa e desprezo surgiram cada vez mais nítidos no olhar de Otsu, ainda silenciosa.

— Desça, estou mandando! — gritou Matahachi pela segunda vez.

Aparentemente, os Hon'i-den, mãe e filho, persistiam no hábito de ditar-lhe ordens, como nos velhos tempos em que moravam na aldeia natal, uma atitude que Otsu considerou descabida nessas circunstâncias, revoltante.

— Que deseja? Não estou vendo necessidade alguma de desmontar.

— Quê?! — berrou Matahachi, aproximando-se e agarrando-a pela barra do quimono. — Você talvez não veja, mas eu sim, e muita! — tornou, tentando intimidá-la com seus berros, sem se importar com o fato de que estavam no meio da estrada.

Joutaro, que até então contemplava a discussão em silêncio, largou nesse instante as rédeas da montaria.

— Por que insiste? Ela já disse que não quer desmontar! — interveio, berrando tão alto quanto Matahachi. Sem se contentar com isso, esticou o braço e deu-lhe um violento empurrão no peito.

— Ora, ora! O pirralho pensa que é gente! — replicou Matahachi, ajeitando a sandália que, ao cambalear, quase lhe escapara do pé. Voltou-se a seguir com expressão ameaçadora na direção do menino, que se encolheu. — Sabia que tinha visto esta meleca de gente nalgum lugar! Você é o fedelho que trabalhava numa taberna de Kitano!

— Grande coisa! Pelo menos eu não vivia como você, encolhido pelos cantos da estalagem Yomogi, levando bronca de uma megera chamada Okoo!

Matahachi acusou o golpe: a resposta o atingira no ponto mais sensível, principalmente porque estava na presença de Otsu.

— Pilantra! Melequinha nojenta! — esbravejou. Avançou então contra Joutaro, que escapuliu para o outro lado da vaca passando debaixo do seu nariz.

— Se eu sou meleca, que é você? No mínimo um ranho verde escorrendo do nariz! — zombou.

O rosto contorcido de Matahachi indicou que o menino passara dos limites. Tentou alcançá-lo diversas vezes, mas Joutaro escapulia a cada tentativa passando por baixo da barriga da vaca.

— Repita o que disse! — urrou Matahachi, agarrando-o afinal pela gola.

— Quantas vezes quiser! — replicou Joutaro. E quando conseguiu puxar a meio a longa espada de madeira, viu-se lançado como um gatinho para dentro de uma macega à beira-estrada.

V

A macega ocultava uma canaleta de irrigação. Escorregando e chapinhando na água como uma enguia, Joutaro a custo conseguiu voltar para a estrada.

— Ora essa...! — exclamou examinando em torno, pois a vaca, sacudindo o pesado corpo, já corria longe, ainda levando Otsu no seu lombo.

E o homem que empunhava a rédea e fustigava o animal com a ponta solta, correndo no meio de uma nuvem de poeira só podia ser Matahachi.

— M...maldito!

O sangue subiu-lhe num átimo à cabeça: a segurança de Otsu era sua responsabilidade. Juntou portanto toda a coragem que lhe restava e disparou no encalço de Matahachi, esquecendo-se por completo de compor uma estratégia.

No céu, a nuvem semelhante a uma longa faixa branca devia estar-se deslocando, mas da terra, seu movimento era imperceptível.

O esplêndido pico Komagatake mostrava a cabeça acima dessa nuvem e parecia estar mandando uma mensagem ao homem parado sobre uma das muitas colinas em torno de sua vasta base.

"Em que pensava eu ainda agora?" perguntou-se Musashi, voltando a si de suas divagações e considerando-se objetivamente.

Os olhos contemplavam a montanha, mas o espírito andava longe, sempre às voltas com Otsu.

Ele não tinha sido capaz de compreender ainda. Por mais que pensasse, não conseguia perceber o que se passava no espírito de uma jovem mulher.

Em pouco tempo sentia-se dominado pela raiva. Que mal havia em tê-la procurado francamente? Afinal, não tinha sido ela mesma a responsável pela paixão que o devastara? Ele apenas mostrara com franqueza a verdadeira face da sua paixão. Contra toda a sua expectativa, recebera como resposta um empurrão: Otsu o tinha rejeitado e fugira como se ele fosse um ser totalmente desprezível.

Humilhação, vergonha, amargura de macho recusado — lançando-se no poço da cascata, Musashi pretendera ter lavado todos esses sentimentos impuros que lhe perturbavam o espírito. Com o passar dos dias, porém, um novo delírio tomava conta dele. Quantas e quantas vezes rira da própria insensatez e ordenara a si mesmo: "Esqueça tudo que se relaciona com mulheres e siga seu caminho!" Mas isso não era uma solução, era uma desculpa para disfarçar a própria estupidez.

Tinha partido de Kyoto com Otsu dando a entender que queria vê-la prosseguir seus estudos quando chegassem a Edo, enquanto ele próprio se empenhava em alcançar os seus objetivos, deixando também implícita a promessa de um futuro a dois. E agora, Musashi não achava correto abandoná-la no meio do caminho: ele sentia sobre si o peso dessa responsabilidade.

"E agora, como será o nosso futuro? Que será da minha carreira como espadachim?" perguntava-se contemplando a montanha, mordendo os lábios. A percepção da própria insignificância o envergonhou tornando-lhe penoso até mesmo encarar a imensidão da montanha Komagatake.

— Como demoram! — resmungou, sem conseguir conter a impaciência e erguendo-se de súbito.

Otsu e Joutaro há muito deveriam tê-lo alcançado.

Pela manhã, haviam combinado que nessa noite parariam em Yabuhara. O sol, porém, já começava a descambar, e não tinham nem sequer se aproximado de Miyakoshi...

De cima da colina, Musashi conseguia avistar até um bosque a quase quarenta quilômetros de distância, mas não viu nem sombra dos dois nas vizinhanças.

"Talvez estejam tendo algum contratempo no posto de inspeção..."

Embora tivesse até cogitado em abandoná-los, o jovem não conseguiu prosseguir nem mais um passo, mal percebeu que se desgarrara dos dois.

Desceu a colina correndo. Espantados, cavalos campineiros criados em liberdade pela população camponesa local dispersaram-se galopando para os quatro cantos da campina banhada pelos raios do sol poente.

— Senhor, senhor samurai! O senhor não andava em companhia de uma moça montada numa vaca? — perguntou um andarilho aproximando-se, mal Musashi alcançou a estrada.

— Que foi? Aconteceu alguma coisa a ela? — perguntou ele de volta antes mesmo de ouvir a explicação do estranho, movido por um estranho pressentimento.

O GUERREIRO DE KISO

I

Hon'i-den Matahachi fora visto por diversos transeuntes raptando Otsu, fustigando a vaca com a ponta da rédea e desaparecendo em seguida. A notícia foi divulgada de boca em boca, transformando-se na mais recente novidade daquela estrada.

Aparentemente, o único a desconhecer o episódio era Musashi, que tinha permanecido muito tempo na colina, longe da estrada.

O jovem retornou às pressas pelo caminho percorrido, mas quase duas horas já se tinham passado desde o acontecimento. Talvez ele não chegasse a tempo, caso Otsu estivesse em situação crítica.

— Estalajadeiro!

Os portões do posto de inspeção fechavam às seis horas. No mesmo horário, o dono da casa de chá empilhava os bancos encerrando o expediente e voltou-se para o homem que o interpelava às costas em tom urgente.

— Esqueceu algo em minha casa, senhor? — indagou.

— Não! Estou à procura de uma jovem e de um menino que devem ter passado por aqui há cerca de duas horas.

— Ah, fala de uma jovem montada numa vaca, lembrando o santo peregrino Fugen…

— Dela mesmo! Ouvi dizer que um homem com aparência de *rounin* a levou contra a vontade. Você não saberá dizer-me para onde foram?

— Não que eu tenha presenciado a cena, mas dizem os boatos que o homem dobrou para uma estrada secundária a partir do marco em frente à minha casa e disparou na direção do lago Nobu-no-ike, sem sequer voltar-se uma única vez.

Musashi já voava na direção apontada pelo homem, seu vulto dissolvendo-se aos poucos na semiescuridão do entardecer.

Por mais que especulasse com base nos boatos colhidos na estrada, o jovem não conseguia entender quem ou para quê alguém raptaria Otsu.

Nem sequer lhe passava pela cabeça a ideia de que o raptor era Matahachi, que ficara de alcançá-los na estrada ou encontrá-los na cidade de Edo, conforme combinado na casa de chá de um desfiladeiro, quando o encontrara a caminho de Outsu. Na ocasião, haviam-se dado as mãos, reatando a velha amizade, prometendo-se mutuamente esquecer o passado.

"Volte a ter uma vida séria e realize seus velhos sonhos!", incentivara Musashi nessa ocasião, ao que Matahachi, feliz a ponto de chorar, havia respondido: "Vou estudar de novo! Ajude-me, Musashi, como a um irmão!"

E como haveria Musashi imaginar que esse mesmo Matahachi seria capaz de tamanha maldade?

Desconfiava, isto sim, que Otsu tinha sido raptada por um dos muitos *rounin* mal-intencionados que pululavam em toda parte, samurais que não conseguiam mais emprego num país sem guerras e que acabavam por engrossar o bando dos andarilhos nômades. Ou senão, por um dos muitos punguistas ou traficantes de escravos disfarçados de viajantes, sempre à espreita de incautos nas estradas em tempos de guerra ou de paz, ou ainda, dos ferozes bandoleiros dessas paragens.

Para Musashi, o criminoso só podia ser um deles. A indicação era vaga demais, mas correu na direção do lago Nobu-no-ike mencionado por seu informante. A noite, porém, o pegou muito antes de lá chegar. Contrastando com o límpido céu iluminado por uma multidão de estrelas, a escuridão na terra era intensa, impedindo-o de enxergar trinta centímetros além do nariz.

Para começar, parecia-lhe que não conseguiria sequer encontrar o lago indicado, pois tinha começado a reparar que o terreno junto às plantações, lavouras e bosques, assim como a própria estrada, começavam a mostrar sinais de entrar em suave aclive, indicando que ele deveria estar andando nesse momento nos campos ao pé do monte Komagatake.

"Devo ter errado o caminho...", pensou, parando por instantes.

Perdido, contemplou a vasta área escura ao redor quando avistou o clarão avermelhado de uma fogueira ou de um braseiro. A luz vinha de uma casa de camponeses cercada por um cinturão de árvores, ao pé da vasta montanha.

Ao aproximar-se e espiar, Musashi descobriu à luz que coava da cozinha da casa, o vulto familiar da vaca, amarrada do lado de fora da casa, sã e salva, mugindo. Não havia nem sombra de Otsu.

II

"Achei-a!" pensou Musashi, aliviado.

Se a vaca que Otsu cavalgava encontrava-se amarrada do lado de fora da casa, dentro dela deveria estar Otsu, não tinha dúvidas.

Contudo...

A quem pertenceria essa casa protegida do vento pelo cinturão de árvores? Musashi parou um instante e repensou no que faria a seguir, já que uma intervenção extemporânea de sua parte poderia fazer com que Otsu fosse mais uma vez levada para longe dele.

Assim sendo, permaneceu momentaneamente em silêncio e espreitou o interior da casa. Nesse instante, alguém disse:

— Mãe! Chega de trabalhar por hoje. Você vive reclamando que está ficando cega, mas teima em continuar trabalhando nessa escuridão...

A voz, absurdamente alta, provinha de um dos cantos escuros da casa onde havia lenha e palha em desordem.

Enquanto vigiava atentamente o próximo movimento do indivíduo invisível, Musashi percebeu que o clarão vermelho provinha de um aposento anexo à cozinha. E era de lá, ou de um aposento separado por um *shoji* cerrado, que provinha o vago ruído de uma roda de fiar.

Porém, o fato de que o ruído logo cessou parecia indicar que a mãe, atendendo à ordem gritada com espantosa arrogância pelo filho, havia posto de lado seu trabalho e passado a arrumar a sala.

O filho, que se movia no pequeno quarto do canto, saiu de lá momentos depois e, fechando a porta, disse:

— Vou lavar os pés. Veja se apronta a comida até a hora em que eu voltar. Ouviu, mãe?

Levou as sandálias na mão e sentou-se numa pedra à beira de uma canaleta por onde corria a água. Enquanto lavava os pés, a vaca malhada esticou o focinho sobre os ombros do homem, que lhe alisou as narinas. Voltou-se então uma vez mais para a mulher silenciosa no interior da casa e berrou.

— Mãe! Quando tiver um tempo livre, venha cá fora para ver: seu filho acabou encontrando um belo presente. Adivinhe o quê! Aposto que você não consegue! Uma vaca, uma linda vaca! Ela vai nos ser muito útil na lavoura, além de nos dar leite!

Se nesse instante Musashi tivesse permanecido um pouco mais no local, teria compreendido o sentido exato dessas palavras e avaliado corretamente o caráter do estranho, evitando assim o conflito que se seguiu. Mas certo de que tinha apreendido de um modo geral as circunstâncias, ele já dava a volta à casa bufando de ódio.

A casa era grande demais para ser de lavradores, e antiga, pelo que se depreendia do tipo de estrutura. No entanto, não havia nem sombra de arrendatários ou de vultos femininos. O fungo apodrecia o colmo do telhado, dando a perceber que seus habitantes não tinham recursos até para pagar a reforma da cobertura.

Havia uma pequena janela lateral iluminada. Musashi subiu numa pedra e espreitou o interior do corpo da casa.

O que primeiro feriu seu olhar foi uma espada *naginata* pendendo de uma viga escura. O objeto era incomum numa sala de visitas. A arma, lustrosa por anos de uso, devia ser preciosa, e pertencera, ao que lhe parecia, a algum guerreiro ilustre. No macio couro da bainha restavam ainda vagamente visíveis os contornos em ouro de um emblema familiar.

"Que significaria isso?", perguntou-se Musashi, cada vez mais desconfiado.

Tinha visto de relance o rosto do homem que havia pouco saíra do interior do casebre a um canto da casa para lavar os pés e havia percebido algo inusitado em seu olhar.

O estranho aparentava simplicidade com seu quimono de lavrador curto que lhe vinha só até o meio das canelas, suas perneiras sujas de barro e sua espada rústica metida na cintura, mas o rosto arredondado, os cabelos revoltos amarrados no topo da cabeça com tanta firmeza que lhe repuxava os cantos dos olhos, o peito volumoso demais para um corpo de apenas cerca de um metro e sessenta de altura, os movimentos equilibrados dos quadris e pernas tinham impressionado Musashi e levantado suas suspeitas.

Confirmando-as, ali estava, na sala de estar da casa, uma *naginata*, objeto que lavrador algum devia possuir. No aposento forrado de esteiras não havia ninguém e no interior de um grande braseiro apenas a lenha queimava vivamente, a fumaça flutuando na direção da única janela aberta.

— Uff…! — tossiu Musashi tapando a boca com a manga, tentando conter-se e sufocando cada vez mais.

— Quem está aí?— disse no mesmo instante alguém, provavelmente a idosa mãe. Sua voz partia da cozinha. Musashi agachou-se debaixo da janela, mas a mesma voz tornou, agora da sala do braseiro:

— Gonnosuke! Você fechou a porta do casebre? Acho que um ladrão de painço está de novo rondando a casa. Eu o ouvi espirrando nalgum lugar. Vá ver.

III

"Que venha!", pensou Musashi. "Primeiro, capturo essa fera em forma humana e depois faço-o dizer-me onde escondeu Otsu!"

Além desse jovem de aparência destemida — o filho da mulher, ao que tudo indicava — era provável que houvesse ainda dois ou três homens dentro da casa e que prontamente acudiriam numa emergência. Musashi decidiu: bastava dominar o filho, que os demais não haveriam de representar problema.

Quando ouviu a voz da mulher gritando pelo filho, Musashi afastou-se da janela e se ocultou no arvoredo em torno da casa.

Logo, o filho a quem a velha chamara Gonnosuke surgiu correndo do fundo da casa.

— Onde está ele? — gritou. Parou sob a janela e tornou a gritar: — O que foi que você viu, mãe?

O vulto da mulher surgiu na janela:

— Acabei de ouvir alguém tossindo desse lado.

— Aposto que se enganou. Ultimamente você não anda boa nem da vista, nem do ouvido...

— Nada disso! Estou certa de que alguém nos espreitava pela janela. E esse alguém acabou se sufocando com a fumaça.

— Hum...

Gonnosuke andou dez, vinte passos, como uma sentinela guardando o forte.

— Acho que estou sentindo cheiro de gente estranha — sussurrou.

Musashi não saiu do seu esconderijo. A razão disso estava no olhar brilhante de Gonnosuke, visível em meio à escuridão, um olhar mortal, assassino.

Além disso, suspeitou da postura do homem — algo indefinível que começava na ponta dos seus pés e ia até a altura do peito. Disposto a verificar com que armas lutava o estranho, Musashi continuou a observá-lo fixamente enquanto ele percorria a área próxima. E logo foi recompensado, pois descobriu que o homem escondia na mão direita a ponta de um bastão de quase 120 centímetros. O corpo do bastão ocultava-se sob sua axila e a outra extremidade emergia às suas costas.

O bastão não era nenhuma trava de porta ou rolo de massa, apanhado às pressas, de improviso, mas uma arma real, com o lustro próprio de uma ferramenta de guerra. Como se não bastasse, aos olhos de Musashi os dois elementos — bastão e seu portador — compunham uma única unidade inseparável, denunciando a intimidade do homem com a arma e a sua íntima convivência no cotidiano.

— Quem está aí?

De repente, o bastão silvou e disparou das costas de Gonnosuke para a frente. Musashi pareceu ter sido deslocado pelo zumbido da arma, e parou num ponto pouco além daquele visado pela ponta do bastão, ligeiramente deslocado para um lado.

— Vim recuperar meus companheiros de viagem — disse.

Ao notar, porém, que seu adversário apenas continuava a fitá-lo com ferocidade, tornou a dizer:

— Devolva-me a jovem e o menino que raptou na estrada. Se você me entregar os dois sãos e salvos e se desculpar pelo que fez, eu o perdoarei. Mas se você os feriu, vai-se haver comigo!

Um vento frio vindo dos vales nevados do monte Komagatake, bem diferente da brisa morna da cidade, soprava de vez em quando gelando a área.

— Devolva-os! Traga-os aqui!

Esta já era a terceira vez que os reivindicava.

Ao ouvir a ordem, mais cortante que o vento dos vales nevados, os cabelos de Gonnosuke — cujo olhar até então não desgrudara um segundo sequer do seu adversário — arrepiaram-se como os de um porco-espinho enfurecido.

— Está me chamando de sequestrador, bosta-de-cavalo?

— Você os sequestrou, na certa pensando que eram apenas dois seres indefesos andando sozinhos pelas estradas! Traga-os aqui! Agora!

— Que...quê?

O bastão de quase 120 centímetros destacou-se de chofre do corpo de Gonnosuke. A arma era a mão, ou a mão era a arma? A velocidade com que se moviam era espantosa, impossível de ser acompanhada com o olhar.

IV

A força física do homem era espantosa, e sua habilidade provinha de longa prática: Musashi não teve outro recurso senão desviar-se dos golpes.

— Vai se arrepender disso! — gritou como advertência, saltando para trás alguns passos.

Mas o misterioso manejador do bastão berrou de volta:

— Não me faça rir!

Sem dar um segundo de trégua, o homem adiantava-se dez passos se Musashi recuava dez passos, aproximava-se cinco se Musashi desviava outros cinco.

Por duas vezes Musashi tentou levar a mão ao cabo da espada na fração de segundo em que conseguia afastar-se do adversário, mas em ambas as vezes sentiu que correria sério risco e desistiu.

E por quê? Porque mesmo durante o ínfimo tempo em que sua mão repousaria no cabo da espada, seu cotovelo ficaria exposto e constituiria um alvo desguardado. Musashi podia sentir ou não essa sensação de perigo, dependendo do adversário. No caso, o bastão do inimigo à sua frente avançava contra ele zunindo com incrível rapidez, excedendo a velocidade que se preparara espiritualmente para enfrentar. E se, ferido em seus brios, resolvesse reagir afoitamente, menosprezando o adversário e classificando-o no grupo dos lavradores insolentes, era naturalmente previsível que tombaria atingido por um certeiro golpe do bastão. Sobretudo, a impaciência gerada por essa situação repercutiria no ritmo da respiração, e a guarda se abriria de modo incontrolável.

Além de tudo, outro motivo ainda houve que o levou a agir com precaução: por instantes, Musashi sentiu-se perdido, sem saber como classificar esse estranho chamado Gonnosuke.

Havia método na maneira com que o enigmático homem brandia seu bastão, e em seus passos, assim como em seu corpo, havia um ar de segurança indestrutível. O espírito combativo dos que trilham o caminho das artes marciais — o mesmo espírito que o próprio Musashi buscava incessante — fulgurava no corpo desse lavrador sujo de terra, desde as pontas das unhas dos pés até o topo de sua cabeça, e de um modo tão intenso como o jovem não se lembrava de ter visto em nenhum dos guerreiros contra os quais até hoje se batera.

Assim explicado, o leitor talvez tenha a impressão de que tanto Musashi como Gonnosuke tinham tempo suficiente para avaliar com calma um ao outro e se preparar de acordo. Na realidade, porém, os movimentos sucediam-se um após o outro em frações de segundo, em especial os do bastão de Gonnosuke que, em meio a tudo, não parava sequer o tempo necessário para piscar um olho.

O estranho homem intercalava gritos e *kiai* com respirações arfantes e saltos súbitos, insultando com expressões do calão provinciano toda vez que renovava o ataque e seu bastão zumbia:

— Bosta maldita!

— Leproso nojento!

Quanto ao bastão, o homem não só o usava para golpear de cima para baixo, como também com ele ceifava lateralmente, dava estocadas, ou ainda girava-o como um moinho, manipulando-o às vezes com uma única mão, outras com ambas.

A espada é composta de duas partes distintas, cabo e lâmina, esta última constituindo a única parte útil da arma. O bastão, ao contrário, possibilita o uso de suas duas pontas tanto como lâmina ou como ponta de lança. Anos de dedicação ocultavam-se por trás do completo domínio que Gonnosuke tinha sobre o bastão: em suas mãos, a arma dava a impressaão de esticar ou encolher, como caramelo nas mãos de um baleiro.

— Gon! Muita atenção! Esse samurai não é um homem comum! — berrou nesse instante a velha mãe da janela da casa, por certo sentindo de súbito o mesmo que Musashi percebia no seu adversário.

— Deixe-o comigo, mãe! — gritou Gon de volta. Ciente de que a mãe o observava da janela, o homem tornou-se ainda mais agressivo. Mas nesse instante, Musashi desviou-se de um sibilante golpe desfechado contra seu ombro, conseguiu aproximar-se pela brecha aberta em sua guarda e agarrou-lhe o antebraço. Ato contínuo, o corpo do homem a quem a velha mãe chamara de Gon foi ao solo com um estrondo, como uma rocha lançada com força, costas batendo contra o solo e pernas apontando as estrelas céu.

— Espere, *rounin*!

O berro estentórico da velha mãe, que via o próprio filho correndo risco de morte, varou a treliça da janela e alcançou Musashi. A fúria oculta no grito o fez vacilar.

V

Num relance, Musashi notou que os cabelos da anciã estavam todos eriçados: era uma reação compreensível de mãe.

Aparentemente, a velha nunca esperara ver o filho lançado por terra. Ela sabia que, depois de derrubar Gon, a mão de Musashi iria num átimo para o cabo da espada e, num único movimento, extrairia a arma e com ela golpearia frontalmente o filho, que nesse instante estaria tentando saltar em pé.

Contrariando sua negra previsão, porém, a mulher ouviu Musashi respondendo:

— Está bem! Concedo!

Sentado a cavalo sobre o peito de Gonnosuke e calcando sob o pé o pulso direito de seu adversário, que ainda teimava em não soltar o bastão, Musashi ergueu o olhar para a janelinha onde avistara o rosto da anciã.

No momento seguinte sobressaltou-se, mas logo desviou o olhar: o rosto idoso já não estava à janela.

Debaixo dele, Gonnosuke, apesar de imobilizado, lutava incessantemente por livrar-se, e seus dois pés, não sujeitados, chutavam o ar, retesavam-se contra o solo, esforçavam-se de todas as maneiras por aplicar-lhe um golpe de tesoura e assim reverter a situação.

A situação, que já não permitia um instante sequer de distração, piorou bastante quando a anciã, depois de desparecer da janela, surgiu correndo pelo canto externo da cozinha, e aproximando-se, começou a investivar contra o filho, ainda dominado por Musashi:

— Belo espetáculo você está me proporcionando, incompetente! Mas espere: sua mãe já vai ajudá-lo! Não se renda!

Ao ouvir a anciã pedindo-lhe da janela para esperar, Musashi tinha imaginado que ela lhe surgiria à frente, ajoelhar-se-ia no chão e lhe imploraria que poupasse a vida do filho. Mas agora, surpreso, percebeu que havia julgado mal e que, pelo contrário, ela ali viera para incentivar o filho a persistir na luta.

Notou que, oculto sob o braço, a velha mãe trazia a *naginata*, cuja bainha de couro sobressaía-lhe às costas e refletia o brilho das estrelas. Com sua arma, a idosa mulher visava as costas de Musashi.

— Maldito *rounin* morto de fome! Achou que somos pobres lavradores indefesos e tentou bancar o espertinho, não foi? Que está pensando que somos?

Tê-la às costas era desvantajoso para Musashi. Debaixo de si, porém, ele tinha um homem vivo e por sinal muito agitado, que o impedia de se virar para ver. Gonnosuke debatia-se e arrastava-se pelo chão com tanta força que quase rasgava o quimono e a pele das próprias costas, tentanto oferecer à mãe uma posição mais vantajosa de luta.

— Não se preocupe, mãe! Isto aqui não é de nada! Não se aproxime demais, ouviu? Já vou lançar este sujeitinho bem longe!— urrava Gon entre gemidos.

— Não se afobe! — advertiu a mãe. — Para começar, você não devia perder para este *rounin* sem eira nem beira! Ande, apele para o valoroso sangue dos seus ancestrais! Mostre que tem nas veias o sangue do heroico Kakumyou, o famoso vassalo do senhor de Kiso!

A isso, Gonnosuke reagiu gritando:

— Vou mostrar!

No momento seguinte soergueu a cabeça e fincou os dentes na coxa de Musashi por cima do *hakama*. Simultaneamente, largou o bastão e debateu-se com força tentando livrar ambas as mãos, não dando ao jovem tempo para esboçar nenhum tipo de reação. Sobrepondo-se a tudo isso, o vulto da idosa mulher agora se movia arrastando atrás de si o brilho prateado da lâmina da *naginata*, sempre girando e buscando as costas de Musashi.

— Espera um pouco, velha! — acabou por gritar Musashi, desta vez. Decidira enfim que era inútil continuarem a lutar. Naquelas circunstâncias, continuar significaria a morte de um dos dois. Sem isso, a disputa não se encerraria.

Talvez valesse a pena se esse fosse o preço a pagar pela libertação de Otsu e Joutaro, mas essa questão não tinha ficado suficientemente clara. Era melhor, portanto conversar e esclarecer as dúvidas.

Ao impor à anciã que guardasse a arma, não obteve de imediato sua aquiescência.

— Que acha, Gon?— perguntou a mulher ao filho imobilizado, consultando-o sobre o pedido de trégua.

VI

A lenha no braseiro queimava vivamente. Do fato de haverem os proprietários da casa conduzido Musashi até ali se deduzia que, depois do incidente, os dois lados tinham conversado e esclarecido os mal-entendidos.

— Que perigo, que perigo! Quando penso que chegamos àquele ponto por causa de um mal-entendido... — comentou a velha com um suspiro de alívio, preparando-se para sentar. Voltou-se, contudo, para o filho, que também procurava acomodar-se, e disse em tom severo:

— Gonnosuke!

— Senhora!

— Antes de se sentar, conduza este senhor pelas dependências de nossa casa para que ele possa vistoriá-las uma a uma e desfazer de uma vez por todas a sua desconfiança. Quero que ele tenha a certeza de que não escondemos a moça e o menino sobre os quais nos perguntou há pouco.

— Boa ideia! Não me agrada nem um pouco essa suspeita de sequestrador que pesa sobre mim! *Obuke*[2], acompanhe-me e vistorie a casa!

Atendendo a um convite anterior, Musashi já se havia descalçado e sentado à beira do braseiro. Agora, ao ouvir o novo convite, replicou:

— Agradeço, mas já me convenci de que suas intenções são puras. Quero pedir, isto sim, que me perdoem se cheguei a suspeitar dos dois.

Gonnosuke, ao ouvir o cortês pedido, sentiu-se constrangido e obrigado também a se explicar, enquanto se acomodava próximo ao braseiro:

— Eu também agi mal. Muito antes de me enfezar daquele jeito, devia ter ouvido o que você tinha a me dizer…

Musashi, porém, tinha ainda uma dúvida a esclarecer: que fazia a vaca malhada, amarrada do lado de fora daquela casa? Ele próprio havia trazido o animal desde o monte Eizan, e o destinara como meio de transporte para Otsu, que convalescia de um longo mal. E entregara as rédeas nas mãos de Joutaro, incumbindo-o de conduzi-la.

Por que estaria esse animal preso nos fundos da casa?

— Ah, agora percebo que você tinha razões de sobra para desconfiar de mim! — comentou Gonnosuke, enfim compreendendo a razão principal do mal-entendido. Explicou então que ele próprio era um lavrador e possuía uma pequena plantação nas proximidades da casa. Na tarde desse dia, tinha ido ao lago Nobu-no-ike lançar a rede para pegar algumas carpas e, no caminho de volta, topara com uma vaca atolada num rio próximo, na vertente do lago.

O pântano era fundo nessa área e quanto mais o animal se debatia, mais se atolava: o pobre animal, com seu corpanzil desajeitado, mugia de cortar o coração. Gonnosuke o salvara e, ao examiná-lo, havia descoberto que se tratava de uma fêmea ainda nova, de tetas firmes. E uma vez que perguntara nas redondezas e não encontrara o dono, resolvera por conta própria que algum ladrão o roubara, mas com certeza não conseguira controlá-lo e o abandonara por ali.

— Um animal como esse equivale a meio homem na lavoura. Eu então achei que a vaca — ah-ah! — era um presente mandado pelos céus para mim,

---

2. *Obuke*: denominação respeitosa dada aos samurais.

um pobre lavrador que não consegue dar um mínimo de conforto para a sua velha mãe. Assim sendo, trouxe-a para casa, bastante feliz. Mas agora que sei quem é seu verdadeiro dono, paciência, devolvo-a. Juro, porém, que nada sei a respeito dessa tal Otsu, ou do menino Joutaro.

Tudo explicado, Musashi descobriu que o jovem Gonnosuke era apenas um ingênuo e honesto camponês, e que todo o mal-entendido se originara exatamente dessa sua ingenuidade.

— Acredito, porém, que o senhor, jovem samurai viajante, continue bastante preocupado — atalhou a anciã, externando a solicitude própria das mães. Voltou-se então outra vez para o filho e disse — Gonnosuke, engula de uma vez o seu jantar e ajude o moço a procurar seus pobres companheiros. Espero que tenhamos sorte e os encontremos ainda nos arredores do lago. Mas se se aprofundaram nas montanhas para os lados de Komagatake, a área é habitada por gente desconhecida. Dizem que daquele lado existem covis de ladrões que vivem do roubo de cavalos e até de legumes e verduras! Pode ser que esse rapto seja obra de um desses arruaceiros.

VII

A tocha crepitava, soprada pela brisa noturna.

Na base da majestosa montanha, o vento vinha em lufadas, rugia e agitava por um breve momento a relva e as árvores para logo em seguida cessar abruptamente. Depois disso, a campina se quedava em sinistro silêncio sob um céu ponteado de estrelas fulgurantes.

— Forasteiro!— chamou Gonnosuke, erguendo a tocha à espera de Musashi que lhe vinha logo atrás. — Sinto por você, mas está difícil conseguir notícias. Daqui até o lago resta apenas mais uma única casa, situada além daquele bosque sobre a colina. Nela mora um homem que vive da caça e da lavoura. Se nem ele souber de nada, acho que não tenho mais onde perguntar...

— Agradeço a paciência com que tem me acompanhado. Perguntamos em mais de dez casas até agora e não conseguimos nenhuma informação. Isso só pode significar que estamos procurando no lugar errado.

— Talvez. Patifes capazes de sequestrar mulheres são em geral espertos, não fugiriam por onde fosse fácil alcançá-los.

Passava da meia-noite.

Desde o começo dessa noite, os dois haviam palmilhado cuidadosamente todos os recantos das campinas na base da montanha Komagatake, as vilas Nobumura e Higuchi-mura, os bosques e as colinas ao redor.

Esperavam ao menos ouvir notícias de Joutaro, mas até esse momento não haviam encontrado ninguém que o tivesse visto.

Otsu, principalmente, era um tipo incomum naquelas paragens. Se alguém a visse, não se esqueceria com facilidade. Apesar disso, os camponeses questionados pendiam a cabeça para o lado da maneira característica, consideravam a pergunta por um tempo enorme para só então responder:

— Não me lembro de tê-la visto...

Ao mesmo tempo em que se afligia com a segurança dos dois, Musashi começou também a preocupar-se com o cansaço de Gonnosuke, um completo estranho que tinha tido a consideração de compartilhar as agruras dessa busca. E pensar que no dia seguinte, o pobre homem teria de se levantar cedo para lidar com a sua lavoura...

— Quanto trabalho acabei lhe dando! Vamos então perguntar nessa última casa e, se lá também nada nos puderem informar, paciência, iremos embora.

— Não me importo de continuar andando a noite inteira se for preciso. Mas diga-me: essa jovem e o menino são servos seus, irmãos ou o quê?

— Nada disso... — respondeu Musashi, hesitante. Não tinha tanta intimidade com o homem a ponto de revelar-lhe que a mulher era sua namorada, e o menino, seu discípulo. — Somos aparentados.

Ao ouvir a explicação, Gonnosuke calou-se bruscamente, triste talvez por não ter sido ele próprio abençoado com uma família grande. Continuou então a caminhar absorto no meio do bosque cortado por uma estreita senda que conduzia, conforme afirmava ele, ao lago Nobu-no-ike.

Embora Musashi sentisse o peito oprimido pela ansiedade quanto ao destino de Otsu e Joutaro, não podia deixar de agradecer ao acaso ter-lhe proporcionado este encontro.

Se tamanha desgraça não tivesse acontecido a Otsu, Musashi não teria tido a oportunidade de encontrar-se com Gonnosuke, e de conhecer a formidável técnica daquele bastão.

Em meio às muitas voltas que o mundo dá, o fato de se haver desgarrado de Otsu tinha de ser encarado como uma fatalidade, uma desgraça que não pudera ser evitada, desde que não estivesse ameaçando a integridade física da jovem. Mas se o caminho das artes marciais, pelo qual resolvera trilhar o resto da sua vida, chegasse ao fim sem que ele tivesse conhecido a técnica de Gonnosuke, isto seria uma grande infelicidade, achava Musashi.

Assim sendo, vinha já há algum tempo pensando em indagar a verdadeira identidade do camponês e os detalhes da técnica do bastão, mas continuara apenas a caminhar por não encontrar a oportunidade de abordar o assunto sem parecer rude.

— Espere aí, forasteiro. A casa a que me referi é aquela — disse Gonnosuke apontando uma cabana solitária oculta no meio das árvores. — Vou até lá, bato à porta e acordo os moradores que com certeza já se recolheram.

Afastou os arbustos e disparou barranco abaixo fazendo as folhas farfalharem.

VIII

Pouco depois, retornou para perto de Musashi.

Segundo Gonnosuke, as respostas do casal de moradores eram vagas como a da maioria dos habitantes locais, mas um único ponto talvez pudesse ser considerado uma pista: o que a mulher vira na estrada nessa mesma tarde, ao retornar das compras.

A mulher tinha contado que, à boca da noite, quando as estrelas já brilhavam brancas no céu, pela estrada — deserta nessa hora, batida pelo vento, e onde já não se via nem sombra de viajantes — veio correndo cegamente em sua direção um menino, que chorava alto.

O garoto tinha as mãos e os pés sujos de lama, levava uma espada de madeira na cintura, e corria na direção de Yabuhara. A mulher então lhe perguntara o que se passava, ao que o menino, chorando muito, lhe perguntara onde ficava o posto do magistrado.

Estranhando a pergunta, a mulher procurara saber o que o menino queria no posto, e ele então lhe explicara: queria pedir ao magistrado que salvasse sua companheira de viagem que acabara de ser raptada.

Nesse caso, informara a mulher, de nada lhe adiantaria procurar o posto: esses funcionários, disse-lhe ela, eram capazes de se ocupar seriamente em limpar o esterco da estrada ou nela aspergir areia quando recebiam ordens superiores nesse sentido, ou quando uma figura importante anunciava sua passagem, mas nunca haveriam de dar ouvidos a queixas de gente pobre e indefesa, e de sair, além de tudo, à procura de gente desaparecida.

Sobretudo porque incidentes desse tipo — mulheres sequestradas, gente que perdeu tudo, até a roupa do corpo para assaltantes de estrada — não constituíam novidade, aconteciam todos os dias em todas as estradas.

Muito melhor lhe seria prosseguir uma parada além de Yabuhara e chegar a Narai. Nessa cidade morava um homem de nome Daizou, um atacadista que fabricava remédios homeopáticos. Sua casa era fácil de ser encontrada porque se situava numa encruzilhada no meio da cidade. A esse senhor Daizou o menino devia relatar tudo com detalhes, pois o homem, ao contrário dos magistrados, ouvia com maior atenção quanto mais pobre e mais indefeso era o queixoso. E se a causa era justa, o homem era até capaz de tirar dinheiro do próprio bolso para acudir.

Gonnosuke chegou até esse ponto da narrativa repetindo palavra por palavra o que tinha ouvido da mulher, e acrescentou:

— A mulher disse que ao saber disso, o menino com a espada de madeira na cintura parou de chorar e disparou na direção da cidade de Narai, sem ao menos olhar para trás. Por acaso não seria ele o tal menino chamado Joutaro?

— É ele, com certeza! — respondeu Musashi. A imagem do menino surgiu vívida em sua mente. — Mas isso quer dizer que ele se dirigiu para um lado totalmente diferente do que procuro?

— É verdade. Estamos na base do Komagatake, muito além da estrada que leva a Narai.

— Muito obrigado por todo o empenho. Vou também seguir para Narai, em busca desse senhor Daizou. Graças a você, parece-me que encontrei o fio da meada.

— Minha casa fica no caminho. Descanse um pouco e coma conosco a refeição matinal antes de prosseguir.

— Vou aceitar seu convite.

— Nesse caso, cruzaremos o lago até a sua vertente e encurtaremos pela metade o caminho que percorremos até aqui. Vamos pegar o barco que acabo de pedir emprestado.

Descendo um pouco mais, havia um lago arredondado cercado de chorões, medindo quase um quilômetro de circunferência. O perfil do Komagatake, bem como as estrelas que coalhavam o céu, estavam fielmente refletidos na superfície da água.

Curiosamente, os chorões — árvores não muito frequentes nessas paragens — vicejavam somente em torno desse lago. Gonnosuke apanhou a longa vara e, em seu lugar, Musashi empunhou a tocha. O barco deslizou mansamente pelo centro do lago.

O clarão da tocha refletia agora, rubro, na superfície negra do lago. E nesse exato momento, de um ponto não muito distante dali, Otsu via diante de si essa mesma chama deslizando ao sabor da correnteza. Era outra vez a sorte, irônica e madrasta, interferindo na união dos dois.

PRESAS VENENOSAS

I

De longe, a tocha levada pelo vulto no pequeno barco e o seu reflexo na água lembravam um harmonioso par de pássaros de fogo que se distanciavam nadando.

Otsu os viu e não conteve uma exclamação.

No mesmo instante, Matahachi puxou a ponta da corda que prendia Otsu e gritou assustado:

— Ei! Vem vindo alguém aí!

Capaz de gestos loucos e ousados, Matahachi revelava, ao primeiro sinal de contratempo, toda a sua natureza covarde.

— Que faço agora? Já sei! Venha cá! Venha cá, bruxa!

Arrastou-a para um pequeno santuário onde os habitantes locais ofereciam preces aos deuses e chamavam a chuva.

Nem os aldeões sabiam precisar que divindade cultuavam nesse santuário, mas acreditavam que uma prece rezada ali durante a estiagem do verão era capaz de fazer escurecer o céu por trás do Komagatake e desabar um furioso aguaceiro sobre o lago.

— Não vou! — gritou Otsu, tentando não sair do lugar.

Arrastada e amarrada junto à porta dos fundos do santuário, ela vinha sofrendo tormentos nas mãos de Matahachi havia já algum tempo.

Ah, se não tivesse as mãos amarradas, empurrá-lo-ia para longe com toda a força dos dois braços, pensava ela. Ou então, se visse uma oportunidade, ela se jogaria no lago e se transformaria naquela serpente da gravura votiva na cumeeira do santuário. E depois, enroscar-se-ia no tronco do chorão, e se prepararia para picar esse odioso homem, sonhava ela desesperada e impotente.

— Levante-se, já disse! — berrou Matahachi, batendo com força nas costas de Otsu com a vara que tinha numa das mãos.

Quanto mais Matahachi batia, mais Otsu resistia às suas ordens. Em silêncio, a jovem fitava com olhar feroz o rosto de Matahachi, que perdeu o ânimo e mudou o tom de voz:

— Vamos, Otsu, ande!

Ao ver que nem assim Otsu lhe obedecia, agarrou-a pela gola e a arrastou com brutalidade:

— Agora, terá de vir comigo de qualquer modo!

Enquanto era arrastada à força, a jovem tentou gritar para os vultos no barco sobre o lago, mas Matahachi a amordaçou e a jogou no interior do santuário como um saco de farinha.

Apoiou-se em seguida à porta treliçada e ficou observando o movimento da chama distante. Notou então que o barco deslizava para uma pequena enseada a quase duzentos metros do local em que estavam, e que a tocha logo desapareceu.

— Ainda bem! — murmurou aliviado. Suas emoções, porém, continuavam num turbilhão.

Matahachi tinha Otsu em suas mãos nesse instante, mas não o seu coração. E desde o começo dessa tarde, vinha sentindo na pele como era difícil conduzir um corpo sem coração.

Se tentava apossar-se desse corpo à força, Otsu mostrava com clareza que preferia morrer a se submeter. Matahachi a conhecia desde criança e não duvidava que ela seria muito capaz de se matar mordendo a língua e exaurindo-se no próprio sangue.

"Não posso matá-la!", pensava ele, sentindo arrefecer a brutalidade e também o seu desejo por ela.

"Mas por que ela me odeia tanto, quando ama Musashi tão cegamente? E pensar que, nos velhos tempos, Musashi e eu ocupávamos posições invertidas em seu coração…"

Matahachi não conseguia entender. Ele, muito mais que Musashi, tinha o dom de atrair mulheres, tinha certeza. Realmente, as experiências com Okoo e com algumas outras mulheres autorizavam-no a afirmar isso.

A aversão que Otsu sentia por ele só podia ser obra de Musashi: primeiro, ele a seduzira, depois ganhara-lhe a confiança. E a cada oportunidade que se apresentara sem dúvida falara mal dele, Matahachi, e plantara em seu coração as sementes da repulsa.

E depois de ter feito tudo isso, tivera a coragem de falar-lhe como se fosse um velho e atencioso amigo no momento em que se encontraram na casa de chá.

"Como sou tolo! Musashi me enganou! Quando penso que derramei lágrimas de emoção em nome dessa falsa amizade…!"

Recostado na treliça do santuário, lembrou-se do que Sasaki Kojiro lhe tinha dito num certo dia em que se encontraram na zona do meretrício em Zeze.

II

Recordava-se agora que Sasaki Kojiro rira da sua ingenuidade, e o alertara quanto ao caráter traiçoeiro de Musashi. "Ele vai fazê-lo de bobo qualquer dia destes!", dissera ele.

As palavras tornaram a soar em seus ouvidos, como uma sábia profecia.

Ao mesmo tempo, o conceito que fazia do velho companheiro sofreu uma mudança radical. É verdade que ele a tinha mudado muitas vezes até esse dia, mas sempre acabara retomando a velha amizade. Desta vez, porém, o ódio era muito maior e lhe vinha das entranhas.

— O atrevido…! — murmurou entre os dentes, mordendo com força os lábios.

Ele era do tipo que sente raiva ou inveja com facilidade, mas incapaz de emoções mais violentas, como desejar mal a alguém do fundo da alma.

Mas nessa ocasião, acabou sentindo um rancor tão intenso por Musashi que nem em sete reencarnações conseguiria dissipar. Apesar de terem nascido e crescido na mesma terra, achou que os dois estavam fadados a ser inimigos para o resto de suas vidas.

"Maldito hipócrita!", pensou. "Para começar, é insuportável o tom de sinceridade com que se põe a falar comigo mal me vê. 'Refaça a vida, Matahachi!', 'Tenha ânimo, erga-se!', 'Vamos enfrentar o mundo de mãos dadas!' Ah-ah!"

E pensar que chegara a derramar lágrimas levado por esses conselhos sentimentais! O sangue fervia de ódio e ressentimento ao imaginar que Musashi aproveitara-se de sua ingenuiade, que o tinha feito de bobo.

"Esses que andam pelo mundo posando de virtuosos são todos hipócritas como Musashi. Mas deixe estar, vou superá-los. Para que haveria eu de me esforçar para estudar e viver uma vida séria, se no fim vou acabar fazendo companhia a esses impostores! Podem até me chamar de vilão, mas vou-me bandear para o outro lado e fazer de tudo para impedir que Musashi alcance o sucesso!"

O tortuoso raciocínio levou Matahachi a essa resolução, uma das muitas costumeiras. Desta vez, porém, havia uma diferença: a firmeza por trás dela era inédita.

O pé moveu-se quase inconscientemente e chutou com violência a porta treliçada às suas costas. No curto espaço de tempo transcorrido desde o instante em que trancafiara Otsu à força no santuário, tempo que usara para considerar sua vida de braços cruzados, havia-se operado uma transformação muito grande em Matahachi: ele agora já não era uma cobra, mas uma víbora venenosa.

— Chore bastante, chore! — disse, quase cuspindo as palavras, contemplando friamente o vulto escuro enrodilhado no piso do santuário.

— Otsu!

— ...

— Quero saber a sua resposta neste instante!

— ...

— O choro não é resposta!

Ergueu o pé para chutá-la, mas Otsu, pressentindo o golpe, recuou o ombro e afastou-se dizendo:

— Não tenho respostas a dar a um indivíduo como você! Mate-me de uma vez se for homem e se é isso o que quer!

— Lá vem você com besteiras! — disse ele, rindo entre os dentes. — Eu acabo de tomar uma resolução: já que você e Musashi arruinaram minha vida, vou me esforçar o resto dela para dar-lhes o troco.

— Mentira! Foi você mesmo quem escolheu arruinar-se, por sua própria vontade. E nisso teve a ajuda daquela mulher, Okoo!

— Cale a boca!

— Não sei como você e sua mãe conseguem cometer a façanha de odiar injustamente pessoas que, pelo contrário, têm razões muito justas para odiá-los! Deve ser um mal de família!

— Não perca tempo falando bobagens! Eu só lhe pedi para responder: quer ou não ser minha mulher?

— A essa pergunta, respondo quantas vezes você quiser.

— Vamos então, responda logo que eu quero ouvir!

— Meu coração pertence, por toda esta vida e por outras que porventura eu tiver, a uma única pessoa: Musashi-sama. Como poderia amar mais alguém? Sobretudo um maricas como você! Só de pensar, me arrepio de nojo! Eu detesto você, detesto!

III

Uma recusa tão firme obrigaria qualquer homem a matar ou a desistir, imaginou Otsu. Sentiu alívio depois do desabafo, e se preparou para o pior.

— Então é assim, não é? — disse Matahachi, lutando por controlar o tremor que lhe percorria o corpo, empenhando-se em sorrir friamente. — Quer dizer que você me detesta... Foi bom saber claramente. Mas agora, Otsu, eu também vou falar claro: a partir desta noite, seu corpo será meu, não importa o quanto você me deteste.

— ...

— Por que treme tanto? Pensei que estivesse pronta para isso, depois do que acabou de dizer!

— Estou mesmo! Pronta para tudo! Sou uma pobre órfã criada num templo e nem sequer sei como eram meus pais. Não tenho medo da morte, posso morrer a qualquer momento.

— Não brinque, Otsu!

Matahachi acocorou-se e aproximou maldosamente o próprio rosto do de Otsu, que insistia em desviar o seu, continuou:

— Quem disse que vou matá-la? Nem pense nisso! Vai ver agora o que vou fazer!

Agarrou o ombro e o pulso esquerdo de Otsu e cravou os dentes no braço imobilizado, por cima da manga do quimono.

Com um grito agudo Otsu jogou-se no chão e debateu-se, mas quanto mais lutava por livrar o braço, mais fundo penetravam os dentes em sua carne.

O sangue jorrou e escorreu pela manga do quimono, gotejando pelos dedos da mão atada.

Mesmo assim, Matahachi continuou abocanhando a presa, como um crocodilo.

Otsu empalideceu a olhos vistos, sua pele adquirindo a tonalidade esbranquiçada de um corpo banhado pelo luar. Assustado, Matahachi afastou a boca, removeu o pano da mordaça que pendia em torno do seu rosto e examinou-lhe a língua, temendo que, num momento de desespero, ela a tivesse realmente mordido.

Otsu tinha desmaiado de dor: tênue como vapor na superfície de um espelho, o suor umedecia seu rosto, mas nada havia de anormal em sua boca.

— Ei... Otsu! Otsu! Desculpe-me...

Sacudida, Otsu voltou a si, mas no mesmo instante jogou-se outra vez no chão, rolando e gritando em delírio:

— Está doendo! Está doendo! Jouta-san! Jouta-san!

— Dói, não é mesmo, Otsu? — disse Matahachi, também pálido e ofegante. — O sangue vai parar daqui a pouco, mas as marcas dos meus dentes vão permanecer em sua pele por muitos e muitos anos. O que pensarão as pessoas quando as virem? E Musashi, que pensará? Já que um dia seu corpo vai ser meu, deixo nele este selo que comprova a posse. Se quer fugir, fuja. Só que eu vou anunciar ao mundo inteiro: não toque na mulher que leva no corpo a marca dos meus dentes, ou será perseguido como ladrão de mulheres!

— ...

Um pó fino caía da viga do teto. Por alguns momentos ouviram-se apenas soluços desesperados no interior do santuário.

— Chega! Até quando vai continuar chorando? Começo a ficar deprimido também! Está certo, está certo: prometo não maltratar mais você, pare de chorar. Vou buscar-lhe um pouco de água.

Apanhou um vasilhame de barro do altar e se dispunha a sair quando percebeu, do lado de fora da porta treliçada, um vulto espiando.

IV

Quem seria? Matahachi sobressaltou-se. Mas o vulto do lado de fora do santuário assustou-se ainda mais e desandou a correr. Matahachi então escancarou a porta com violência e saiu em sua perseguição.

— Alto aí, bisbilhoteiro!

Agarrou-o e descobriu que se tratava de um morador da localidade. O homem transportava um saco de cereais no lombo de um cavalo e revelou que pretendia viajar a noite inteira para alcançar Shiojiri, onde queria descarregar sua mercadoria na loja de um atacadista.

— Não tinha segundas intenções. Apenas ouvi uma mulher chorando dentro do santuário, estranhei e fui verificar. Foi só isso — justificou-se o homem em tom sincero, prostrado no chão.

Matahachi, que sabia ser valente como ninguém na presença de gente indefesa, logo se empertigou, e arrogante como um magistrado, disse:

— Tens certeza de que é só isso, homem? Certeza absoluta?

— Sim, senhor, juro! — gaguejou ele, tremendo de medo

— Vou fazer-te o favor de perdoar — disse Matahachi. — Em troca, quero que descarregues todos os sacos no lombo do teu cavalo e, no lugar deles, quero que amarres a mulher que se encontra no interior do santuário e a leves até onde eu mandar.

Enquanto falava, Matahachi não se esqueceu de torcer o cabo da espada na mão: qualquer um que pretendesse impor ordens absurdas a um desconhecido lembrar-se-ia disso.

A ameaça velada surtiu efeito e Otsu foi amarrada no lombo do cavalo.

Matahachi transformou um pedaço de bambu em chicote e foi atrás do condutor do cavalo.

— Escuta, homem!

— Sim, senhor?

— Não me vá pela estrada principal, ouviste?

— Por onde devo ir, então?

— Quero chegar a Edo passando por estradas pouco frequentadas.

— Mas isso é quase impossível, senhor.

— Impossível por quê? Segue pelas estradas secundárias. Evita a estrada Nakasendou, leva-nos de Ina até Koushu.

— Mas esse caminho é íngreme, passa no meio das montanhas! Vamos ter de transpor o passo Gonbei a partir de Ubagami!

— Qual o problema? Não tentes poupar esforços ou levas isto nas costas — disse, agitando a vara de bambu. — Anda direito, e eu te garanto a comida todos os dias.

O camponês então pediu agora em voz chorosa:

— Patrão, prometo que o acompanho até Ina, mas depois disso, o senhor me libera?

Matahachi sacudiu a cabeça negativamente:

— Não amola, homem! Vais me acompanhar até onde eu achar que precisas! E se no ínterim fizeres algum gesto suspeito, parto-te ao meio, ouviste? Lembra-te que meu interesse se restringe ao teu cavalo. Tu não tens valor para mim!

A escuridão envolvia a estrada e o caminho se tornava cada vez mais íngreme conforme os três se aprofundavam nas montanhas. E quando tinham enfim galgado metade do monte Ubagami, homens e cavalo já estavam à beira da exaustão. Aos pés deles, os primeiros raios solares revelaram um mar de nuvens.

Ao ver a manhã rompendo, Otsu, que até então viera muda, agarrada ao lombo do cavalo, revelou o que tinha resolvido fazer durante a longa cavalgada:

— Matahachi-san, tenha dó do pobre lavrador. Devolva-lhe o cavalo e deixe-o ir-se embora! Não vou mais fugir, prometo.

Matahachi parecia desconfiado, mas como Otsu não parava de insistir, acabou por desatá-la e descê-la do cavalo.

— Jura que me acompanhará de boa vontade? — insistiu.

— Não vou fugir mais. Mesmo que consiga, não posso fazer nada enquanto tiver a marca dos seus dentes em meu braço... — disse Otsu, apertando os lábios para suportar a dor.

SOB AS ESTRELAS

I

A saúde e os longos anos de treinamento permitiam a Musashi dormir instantaneamente em qualquer lugar ou circunstância, mas seu sono costumava ser espantosamente curto.

Assim tinha acontecido na noite anterior. Depois de retornar à casa de Gonnosuke, havia se deitado completamente vestido no aposento destinado a ele e adormecera imediatamente, mas quando os pássaros começaram a chilrear do lado de fora da casa, ele já estava acordado.

A noite ia alta quando desembarcara enfim na vertente do lago e retornara para essa casa. Gonnosuke certamente estaria cansado da longa busca noturna, assim como a sua idosa mãe, imaginou Musashi. Continuou portanto deitado em estado de semivigília ouvindo os passarinhos, e esperando pelo barulho de portas se abrindo.

E foi então que ouviu.

O som provinha de um aposento além do quarto ao lado do seu e se infiltrava pelas frestas das portas corrediças: alguém soluçava. Apurou os ouvidos e percebeu que quem chorava era o intrépido filho da idosa mulher. O rapaz dizia entre soluços, como uma criança:

— Não fale assim, minha mãe! Claro que a derrota me exasperou! Eu me senti muito mais humilhado que você!

As palavras soavam truncadas pela distância.

— Tamanho homem chorando! — respondeu outra voz, serena mas severa. Era a idosa mãe, repreendendo o filho como se ele ainda fosse uma criança de três anos. — Se achou a derrota tão desonrosa, tem o dever de admoestar-se e empenhar-se doravante de corpo e alma no caminho que você escolheu. Pare de chorar, está dando um espetáculo indigno. Vamos, limpe o rosto.

— Sim, senhora! Prometo não chorar mais, mas perdoe o papel deplorável que representei ontem.

— Deplorável, sem dúvida. Mas pensando bem, aquilo nada mais foi que o resultado de diferentes habilidades, uma superior e outra inferior. Além disso, quanto mais tempo a sorte sorri a um indivíduo e o mantém invicto, mais ele se enfraquece. Sua derrota talvez seja uma decorrência natural dessas circunstâncias.

— Não fale assim que você me deixa triste. Como fui acabar vencido daquele jeito, apesar das suas admoestações diárias? Como posso pensar em me tornar alguém no mundo das artes marciais depois dessa vergonhosa derrota? O que aconteceu ontem me fez decidir: vou deixar de lado os treinos diários e dedicar o resto da minha vida à lavoura. Vou pegar apenas na enxada e tentar ao menos proporcionar-lhe um pouco mais de conforto em sua velhice, minha mãe.

Embora curioso quanto ao que estaria fazendo o homem chorar, Musashi ouvia a princípio com certa indiferença. Logo, porém, percebeu que o objeto das considerações dos seus anfitriões não era outro senão ele próprio, Musashi.

O jovem ergueu-se e, abalado, sentou-se sobre as cobertas.

Quanta importância davam esses dois ao resultado de uma refrega!

O incidente da noite anterior tinha sido um mal-entendido e devia estar resolvido em seus íntimos. Agora, porém, descobria que a derrota sofrida por Gonnosuke continuava a atormentar mãe e filho como um episódio vergonhoso originado no despreparo e os fazia chorar.

— Que espírito competitivo! — murmurou Musashi, dirigindo-se sorrateiramente para o aposento ao lado do seu, por onde espreitou o quarto seguinte, iluminado pela fria luz da madrugada.

A sala abrigava o altar budista da família.

A velha mãe sentava-se de costas para o altar e tinha diante dela o musculoso filho Gonnosuke dobrado sobre si mesmo, rosto sujo de lágrimas como uma criancinha.

Sem saber que o jovem os espreitava pela fresta da porta, a anciã, irritada com as palavras de Gonnosuke, repentinamente elevou a voz e agarrando o filho pela gola, disse:

— Que disse? Gonnosuke! Que foi que acaba de me dizer?

II

Aparentemente, a decisão do filho de abandonar a carreira de guerreiro e dedicar-se à agricultura até o fim da vida e assim cumprir seus deveres filiais não só irritara a anciã, como também a enfurecera:

— Está me dizendo que pretende acabar seus dias como um simples lavrador?

Atraiu para perto de si a nuca do filho, e exasperada, continuou a repreender:

— A única coisa que me manteve viva até esta idade foi a esperança de vê-lo bem sucedido na vida, e de assim reerguer o nosso nome! Se era para terminar meus dias numa cabana de palha, não lhe teria dado tantos livros para ler, não o teria incentivado a perseverar no caminho do guerreiro, não teria eu mesma sobrevivido à custa de magras refeições, colhendo o amargo fruto desta vida miserável, não percebe?

Ao chegar a esse ponto, soluços misturaram-se também às palavras da anciã, que ainda segurava o filho pela gola do quimono.

— Se foi derrotado, por que não pensa em limpar seu nome? Por sorte, o *rounin* continua hospedado em nossa casa. Quando ele se levantar, peça-lhe um novo duelo. Veja se seu espírito quebrantado consegue recuperar-se!

Gonnosuke ergueu enfim a cabeça, mas disse, constrangido:

— Se achasse isso possível, eu não estaria chorando a esta altura, mãe...

— Não o estou reconhecendo, meu filho! Quando foi que você se tornou covarde?

— Você não sabe, minha mãe, mas andei metade da noite de ontem em companhia desse *rounin*, sempre procurando visualizar mentalmente uma oportunidade para descarregar sobre ele o meu bastão, mas não consegui entrever nenhuma.

— Isso acontece porque há temor em seu espírito.

— Nada disso, mãe! Em minhas veias corre o sangue de valorosos samurais das terras de Kiso! Nem por um momento me esqueci que sou um ser privilegiado a quem os deuses da montanha Ontake surgiram numa visão depois de 21 dias de preces contínuas, e ensinaram a arte de manejar o bastão! Sou superior a esse *rounin* desconhecido, pensei eu diversas vezes. Mas, quando olhava para ele, minhas mãos se tornavam impotentes. Muito antes de movê-las, já me sentia derrotado.

— Justo você, que jurou perante esses mesmos deuses da montanha Ontake fundar um estilo com a técnica que deles aprendeu!

— Mas cheguei à conclusão de que vim sendo complacente comigo mesmo até hoje. Como poderia eu fundar um estilo se sou tão despreparado? Achei, portanto, melhor partir em dois o meu bastão e dedicar-me um pouco mais à lavoura. Assim poderei ao menos mitigar-lhe a fome, minha mãe.

— Talvez você tenha ficado presunçoso, meu filho, por nunca ter sido derrotado em nenhum duelo de que participou, e justo ontem os deuses da montanha Ontake tenham tido a bondade de impor-lhe um castigo por sua presunção. O fato é que não adianta partir seu bastão e buscar aumentar meu conforto: meu espírito não se alimenta de refeições fartas ou roupas vistosas.

Admoestando e aconselhando, a anciã prosseguiu: assim que o forasteiro despertar no quarto dos fundos, tente cruzar armas com ele outra vez. Se mesmo assim você perder, então sim: quebre o bastão, desista da carreira, siga o caminho que quiser.

Oculto a trás da porta, Musashi ouviu a conversa do começo ao fim e retirou-se em silêncio para o próprio quarto.

— E esta agora…! — pensou.

III

Que fazer?

Se fosse ter com eles em seguida, mãe e filho lhe solicitariam um novo duelo com certeza.

E se duelassem, Musashi sabia que venceria. Ao menos, assim acreditava.

Mas nesse caso, Gonnosuke sem dúvida perderia a confiança em sua habilidade e abandonaria a carreira.

Podia imaginar o tamanho do desapontamento dessa pobre mãe, que vivera até aquela idade em meio à pobreza sem nunca negligenciar a educação do filho, apenas na esperança de vê-lo atingir o objetivo de se tornar um guerreiro famoso.

"Este duelo não deve acontecer. Vou-me embora pelos fundos", decidiu-se Musashi.

Correu a porta da varanda e saiu.

O sol parecia escorrer entre os ramos das árvores. Lançou um olhar casual para o canto do celeiro e avistou a vaca que, abandonada no dia anterior, fora salva e conduzida até ali. Ela pastava a esmo, aquecendo-se gostosamente ao sol.

O jovem sentiu uma súbita onda de simpatia pelo animal.

"Boa sorte!", desejou-lhe ele.

Atravessou o compacto paredão de árvores e saiu andando em largas passadas pela estreita senda entre as plantações da base do monte Komagatake.

O vento frio que vinha do topo da montanha — nessa manhã visível em todo o seu esplendor — atingia Musashi lateralmente e lhe gelava a orelha, mas teve o efeito de varrer para longe o cansaço e a impaciência acumulados desde o dia anterior.

Ergueu o olhar e viu nuvens brincando no céu: flocos incontáveis de algodão pareciam assumir formas aleatórias e espalhar-se à vontade, como se o infinito firmamento azul lhes pertencesse.

"Tenho de conter a impaciência. Um poder desconhecido que tudo regula, promove encontros e desencontros. Um ser caridoso— talvez Deus — haverá de estender a mão para Joutaro, tão pequeno, e para Otsu, tão indefesa."

O espírito de Musashi, que vinha se desgarrando desde o dia anterior, ou melhor, desde o episódio nas Cachoeiras Casadas, de Magome, curiosamente parecia ter retornado à larga estrada que escolhera seguir e caminhar agora por ela com firmeza. E Otsu? E Joutaro? O olhar de Musashi passava por eles — dois pontos à beira de seu campo visual —, e visualizava nessa manhã o próprio destino no fim da estrada da vida, além da morte.

Pouco depois do meio-dia, seu vulto surgiu no vilarejo da parada de Narai. Frente ao alpendre de um estabelecimento, um urso vivo, enjaulado, servia para anunciar um remédio miraculoso comercializado pela casa e feito do fígado dessa espécie animal; peles de diversos animais selvagens pendiam na frente de outra casa denominada Cem Espécimes Selvagens e pentes de cabelo, que faziam a fama de Kiso, estavam expostas em outra ainda, atraindo inúmeros clientes que congestionavam de modo considerável o tráfego local.

Na frente do estabelecimento de esquina que vendia remédio de fígado de urso e que por algum motivo obscuro se chamava "O Grande Urso", Musashi parou e pediu, espiando o seu interior:

— Quero uma informação, por favor.

Sentado de costas para a entrada, o dono do estabelecimento acabara de verter o chá numa xícara e se preparava para tomá-la. O homem voltou-se para perguntar:

— Que quer saber, senhor?

— Onde fica a casa de um certo senhor Daizou, de Narai?

— Ah, a casa do senhor Daizou fica na próxima rua — disse o dono da loja, ainda segurando a chávena e vindo para fora para apontar a direção. Nesse momento, porém, deu com os olhos num rapazote, o aprendiz da casa, de volta de alguma missão.

— Vem cá, rapaz! Este senhor está procurando a casa do senhor Daizou. Conduze-o até a porta da loja, porque com aquela fachada enganosa, um forasteiro jamais será capaz de achá-la — ordenou ele.

O aprendiz assentiu e foi na frente. Musashi o seguiu, grato pela bondade do dono da loja e ao mesmo tempo começando a sentir a influência moral desse homem a quem chamavam senhor Daizou de Narai, mencionado por Gonnosuke.

IV

Pela especificação "atacadista de remédios homeopáticos", Musashi imaginara que o estabelecimento fosse parecido com os muitos enfileirados nas ruas das cidades e que prosperavam graças aos viajantes de passagem pelo local, mas verificou surpreso que se enganara.

— Esta é a casa de Daizou-sama, de Narai, senhor samurai — avisou o aprendiz apontando a mansão à sua frente e retornando em seguida às pressas para a própria loja. Sem dúvida, o dono do "O Grande Urso" tivera razão em mandar o empregado conduzi-lo até a porta, pois não havia cartaz ou cortina a meia-altura anunciando o nome do estabelecimento. A uma extensão de quase cinco metros de janela treliçada, pintada com verniz de laca, seguia-se um grande armazém cuja entrada tinha a largura de duas portas. Uma cerca alta fechava o restante da propriedade. A porta de entrada da casa era de treliça delicada, típica das grandes mansões, dando a perceber de que por trás dela existia uma casa comercial antiga e tradicional, intimidando os que nela queriam bater.

— Com sua permissão! — disse Musashi alto, entreabrindo a porta.

A área a que chegou era escura, ampla como a antessala de um comerciante de *shoyu*. Um ar gelado, típico de ambientes espaçosos, bafejou-lhe o rosto.

Passados instantes, um homem ergueu-se junto a um armário no balcão de recepção e aproximou-se.

— Que deseja, senhor? — disse ele.

Musashi cerrou a porta, voltou-se e disse:

— Sou um *rounin* de nome Miyamoto. Notícias que colhi na estrada dão conta de que Joutaro — um menino de quase catorze anos de idade, que me acompanhava na viagem — teria corrido até aqui ontem à noite, ou talvez esta manhã bem cedo, em busca de socorro. Sabe por acaso se ele continua nesta casa?

Musashi nem acabara de falar e o gerente já acenava a cabeça, parecendo dizer: "Ah, o menino...!"

— Seja bem-vindo — disse ele com calma, oferecendo-lhe uma almofada e convidando-o a sentar-se. Mas as palavras seguintes desapontaram Musashi.

— Que pena, senhor. Esse menino em verdade bateu ontem à nossa porta no meio da noite Por coincidência estávamos todos acordados ainda e em azáfama, ultimando os preparativos de viagem do nosso patrão, Daizou-sama. Espantados, abrimos a porta e nos deparamos com esse menino, Joutaro, de quem me falou há pouco.

Como todo empregado de casas tradicionais, o homem falava com longos preâmbulos e irritante meticulosidade, mas em suma, era o seguinte:

Assim como o próprio Musashi, Joutaro ouvira de alguém que "a qualquer problema surgido na estrada deveria recorrer ao senhor Daizou, de Narai". Assim, chegara chorando e pedira ajuda ao referido senhor Daizou com relação ao sequestro de Otsu, e dele ouvira: "Isso é grave. Vou tomar as devidas providências. Se fosse obra de um bandoleiro das montanhas ou de malandros disfarçados em carregadores de bagagem, seria fácil encontrá-la, mas este caso envolve uma viajante sequestrada por outro viajante. O raptor deve ter se desviado da estrada principal e escapado por estradas secundárias."

Mandou seus homens correrem por toda parte em busca de informações, mas nada conseguiu saber, conforme previra.

Quando enfim tornou-se evidente que não havia nenhuma pista, Joutaro contorceu o rosto ameaçando cair em nova crise de choro. Daizou, que estava de partida nessa manhã, disse-lhe então para consolá-lo: "Que acha, garoto, de viajar em minha companhia? Pelo caminho, podemos procurar essa jovem, ou talvez encontrar seu mestre, Musashi."

O menino aceitou a sugestão, ávido como um náufrago que se agarra à tábua de salvação. Daizou então resolveu realmente levá-lo e tinham partido juntos havia pouco, acabou por contar o gerente do estabelecimento.

Por uma diferença de quase seis horas Musashi deixara de alcançá-los, completara o gerente com ar penalizado.

V

Seis horas era tempo demais: por mais que se tivesse apressado, jamais os teria alcançado, sabia Musashi. Mesmo assim, sentiu-se exasperado.

— E para onde foi o senhor Daizou? — perguntou ao gerente. Aparentemente, seu destino era vago.

— Como vê, senhor, este estabelecimento não trabalha no varejo, não tem sequer um cartaz indicando o nome da casa. Os remédios homeopáticos são produzidos diretamente nas montanhas e duas vezes ao ano — na primavera e no outono — nossos vendedores saem a vendê-los pelas províncias. Por esse motivo, nosso patrão é pouco solicitado e aproveita todas as oportunidades que se apresentam para peregrinar por templos budistas e xintoístas, passar os dias em termas medicinais, ou visitar pontos turísticos. Desta vez, acho, que ele pretende ir ao templo Zenkoji, de lá sair na estrada de Echigo, e por ela entrar em Edo, visitando as áreas de interesse turístico existentes no caminho."

— O senhor não sabe ao certo, então.

— Nosso patrão nunca nos diz claramente o itinerário ou o destino quando parte numa de suas costumeiras viagens… Aceite ao menos um chá — acrescentou o homem, erguendo-se e indo buscá-lo nas profundezas da casa.

Musashi, porém, não tinha vontade de perder mais tempo falando de amenidades. Solicitou, portanto, mal viu o gerente retornar com o chá, uma descrição do dono do estabelecimento, suas características físicas, idade, etc.

— Quanto a isso, senhor, estou certo de que o reconhecerá com facilidade, caso o encontre. Ele tem cinquenta e dois anos, mas é do tipo bem conservado, robusto. Seu rosto é corado e marcado pela varíola, e tem um formato quadrangular. Além disso, tem uma pequena falha nos cabelos da têmpora direita.

— E quanto à sua altura?

— Mediana, eu diria.

— Como costuma vestir-se?

— Saiu usando um quimono de algodão listrado adquirido, segundo ele próprio me disse, na cidade de Sakai. Este tecido é uma novidade: quase ninguém no país deve possuí-lo, e isso ajudará o senhor a identificá-lo.

Agora que sabia em linhas gerais o aspecto do homem, Musashi não quis mais perder tempo. Tomou às pressas o chá que o gerente lhe oferecia e partiu.

Quando alcançasse Seba talvez já não houvesse sol, mas continuaria a andar a noite inteira, passaria pela parada de Shiojiri, chegaria ao passo e lá esperaria por eles. Desse modo, venceria a diferença de quase 6 horas e, na manhã seguinte bem cedo, Daizou e Joutaro passariam por ele.

"Boa ideia! Vou passar-lhes à frente e esperar por eles..." resolveu Musashi.

Passou por Niegawa, por Seba, e ao se aproximar da parada ao pé da montanha, o sol já estava se pondo. A névoa rastejava na estrada e as luzes das casas piscavam e tremiam anunciando o fim de mais um dia de primavera compondo uma paisagem indescritivelmente triste, típica das regiões montanhosas.

Daquele ponto até o pico de Shiojiri havia ainda pouco mais de oito quilômetros a vencer. Musashi subiu pela íngreme estrada de um fôlego, e muito antes do dia clarear, atingiu o platô Inoji-ga-hara. Com um suspiro de alívio, parou por alguns instantes no meio das estrelas.

LUZ MATERNA

I

Musashi dormia profundamente.

Numa placa no beiral do pequeno santuário que o abrigava lia-se: *Santuário Sengen*.

O local era uma elevação rochosa a um canto do platô, e constituía o ponto mais alto do desfiladeiro de Shiojiri.

— Eeei! Vem cá! Daqui se vê o monte Fuji! — gritou uma voz de súbito ao seu lado. Musashi, que havia se deitado na varanda do santuário, ergueu-se bruscamente. No mesmo instante sentiu os olhos ofuscados pelas deslumbrantes nuvens do amanhecer. Não viu ninguém nas proximidades, mas sobre o distante mar de nuvens avistou o perfil avermelhado do monte Fuji.

— É o monte Fuji! — gritou Musashi, extasiado como uma criança. Conhecia-o de pinturas, chegara a sonhar com ele, mas essa era a primeira vez que o via com os próprios olhos, bem na sua frente.

Para aumentar a sua alegria, a montanha tinha sido a primeira coisa que seus olhos viram no momento em que despertara de súbito, nessa manhã. Além do mais, o pico e ele estavam no mesmo nível. Esquecido de si e do mundo, contemplou o perfil da montanha sem sequer piscar, um longo e profundo gemido de prazer escapando-lhe dos lábios.

Profundamente emocionado, seus olhos encheram-se aos poucos de lágrimas, que lhe rolaram pelas faces. Não se preocupou em enxugá-las: permaneceu imóvel, deixando que os raios matinais lhe tingissem de vermelho o rosto e até os rastros deixados pelas lágrimas.

A pequenez do ser humano!

Tinha sido essa percepção que o havia comovido. Ele se havia dado conta de como ele próprio era pequeno no meio desse vasto universo, e isso o havia entristecido.

Encerrado o episódio em torno do pinheiro solitário de Ichijoji, quando subjugara dezenas de discípulos da academia Yoshioka contando unicamente com sua espada, Musashi tinha permitido que traiçoeiras sementes da presunção começassem a brotar em seu espírito.

"Talvez eu seja o melhor do mundo!", tinha pensado. Muita gente proclamava-se o melhor do mundo, é verdade, mas nenhum deles tinha realmente valor, começara ele a pensar.

Não era verdade.

Mesmo que realizasse o sonho de ser um guerreiro famoso, invencível no mundo da esgrima, que valor teria o título, quanto tempo ele duraria na terra?

Musashi sentiu tristeza. Mais que isso, sentiu indignação ao contemplar a beleza eterna do monte Fuji.

Afinal, havia um limite para a vida do ser humano, ele nunca seria eterno como a natureza. Existia algo incomparavelmente maior que ele pairando solenemente sobre sua cabeça; e abaixo disso estava o ser humano. Musashi sentiu medo de estar na mesma altura do topo da montanha. Sem se dar conta de que o fazia, ajoelhou-se e, em silêncio, juntou as mãos sobre o peito.

Pelas mãos cruzadas subiram ao céu suas preces: desejou paz e tranquilidade à mãe no além, agradeceu à terra natal, rezou pela segurança de Otsu e Joutaro. E embora fosse incomparavelmente menor que deus ou o mundo, rezou para que, dentro de sua pequenez, ele viesse a ser um dia um grande homem.

E assim permaneceu ele por algum tempo.

Foi então que uma voz dentro dele lhe disse, de súbito:

— Tolo! Por que o homem seria pequeno?

A natureza tornava-se imensa só depois de refletida nos olhos de um ser humano. Deus existia somente através do espírito humano. Eis por que o ser humano era capaz de atos e manifestações grandiosos, além de ser um espírito vivente. A distância entre você, deus e o universo não é absolutamente grande. Ao contrário, você está tão perto deles que pode até alcançá-los através dessa espada que carrega na cintura. Mas enquanto essa pequena distância existir, você não poderá nem se aproximar do universo dos esgrimistas magistrais.

Musashi continuava de mãos postas enquanto vislumbrava esses pensamentos. E então vozes reais disseram ao seu lado:

— Tem razão! Que vista maravilhosa!

— O monte Fuji se mostra poucas vezes por ano com tanta nitidez.

O grupo de cinco viajantes tinha acabado de galgar a elevação e louvava a bela vista, contemplando-a com as mãos em pala. Mesmo no meio desse grupo de mercadores havia quem visse a montanha como um simples acidente geográfico e quem a reverenciava como uma manifestação divina.

II

De cima da rocha já era possível avistarem-se vultos de viajantes minúsculos como formigas se cruzando no desfiladeiro abaixo, alguns vindos do leste, outros do oeste.

Musashi deu a volta aos fundos do pequeno santuário e vigiou o passo. Dentro em breve, Daizou de Narai e Joutaro haveriam de vir subindo o caminho e surgir naquele desfiladeiro.

E mesmo que não conseguisse avistá-los, os dois por certo não deixariam de ler o aviso, pensou, tranquilizando-se.

Pois na noite anterior ele havia apanhado um pedaço de madeira na beira do caminho e o fincara num lugar bem visível, com a seguinte inscrição:

"Ao Senhor Daizou, de Narai:
Preciso encontrar-me com o senhor, caso passe por este desfiladeiro.
Aguardo-o no santuário sobre esta elevação rochosa.
Musashi,
Mestre do menino Joutaro."

Mas o horário matinal de tráfego mais intenso se passou e embora aguardasse até o sol subir quase a pino sobre o platô, não avistou ninguém que se assemelhasse aos dois que procurava, nem ninguém que tivesse lido a tabuleta o chamou de baixo.

"Que estranho!", pensou. "Eles tinham de passar por aqui!"

A partir desse platô, os caminhos trifurcavam: o primeiro levava a Koushu, o segundo era a estrada principal, Nakasendou, e o último desviava-se rumo às províncias do norte. Os rios descem todos na direção setentrional, desaguando no mar de Echigo.

Mesmo que Daizou resolvesse sair na planície do templo Zenkouji, ou trafegar pela estrada Nakasendou, tinha de passar por ali obrigatoriamente.

Mas usar a lógica para tentar adivinhar o movimento das pessoas resultava muitas vezes em erros memoráveis. Podia ser que Daizou tivesse modificado o itinerário de repente, ou que estivesse passando uma noite a mais nas estalagens da base da montanha. Musashi tinha consigo lanche suficiente para a refeição matinal e o almoço, mas decidiu retornar até o vilarejo da base e preparou-se para descer da elevação.

Foi nesse exato instante que ouviu uma voz rude gritando aos seus pés:

— Ah! Achei o homem!

Havia um tom ameaçador na voz, semelhante ao sibilar de certo bastão que o ameaçara duas noites atrás. Com um sobressalto, Musashi espiou agarrado às saliências da rocha e descobriu, conforme esperara, dois olhos conhecidos fitando-o de baixo.

— Vim no seu encalço, forasteiro! — gritou Gonnosuke, o lavrador de Komagatake. Acompanhava-o a anciã, sua mãe.

Segurando numa das mãos o bastão de quase 120 centímetros e mais a rédea da vaca sobre qual a idosa mulher se escanchava, Gonnosuke contemplou Musashi ferozmente.

— Belo lugar para um reencontro, forasteiro! Acho que você previu o que tencionávamos e fugiu de nossa casa ontem pela manhã. Mas eu quero que se bata comigo mais uma vez! Tente aparar os golpes do meu bastão, se for capaz!

III

Musashi imobilizou o pé que tateava em busca de um apoio e parou no meio da íngreme picada agarrado a uma rocha. Por instantes, olhou para baixo em silêncio.

Gonnosuke achou que o jovem tinha desistido de descer e gritou:

— Mãe! Fique observando daí mesmo que eu vou subir, pegar esse sujeito e jogá-lo cá para baixo. A área do duelo não tem de ser obrigatoriamente plana.

Entregou a rédea da montaria para a mãe e segurou melhor o bastão que trazia debaixo do braço. Em seguida, saltou abruptamente e agarrou-se a uma rocha, preparando-se para escalar a elevação.

— Espere! — disse a mãe. — Esqueceu-se de que foi derrotado alguns dias atrás por causa da sua precipitação? Por que não tenta ler a intenção do seu adversário antes de se lançar contra ele desse jeito? E se ele lhe joga uma rocha lá de cima, que lhe acontecerá?

Mãe e filho continuaram a trocar ideias. Musashi ouvia suas vozes, mas não conseguia discernir o que diziam.

Entrementes, tomou uma decisão: não valia a pena levar adiante o duelo.

Ele já o havia vencido uma vez. Já conhecia a competência do bastão desse lavrador. Não havia por que vencê-lo mais uma vez num novo duelo.

Sobretudo, considerava temível o rancor que a dupla lhe votava, intenso a ponto de fazê-los vir no seu encalço. O episódio da casa Yoshioka havia-lhe ensinado a evitar duelos capazes de deixar rastros de ódio. O proveito, nesses casos, era mínimo, e um passo em falso levava à morte.

Além de tudo, não se passava um dia sem que Musashi se lembrasse dos tormentos que o amor cego e a excessiva devoção de uma mãe por seu filho são capazes de infligir em estranhos. Era o caso de Osugi, a idosa mãe de Matahachi.

Por que haveria ele então de procurar o ódio de uma outra mãe? Um único caminho lhe restava para passar por aquela situação sem maiores danos: fugir.

Chegando a essa conclusão, Musashi começou a escalar de novo a elevação.

— *Obuke!* — chamou-o alguém às suas costas nesse instante. Não era o agressivo filho, mas a anciã, que desmontando, achava-se agora em pé ao lado da montaria.

A intensidade do apelo fez Musashi voltar-se e olhar para baixo.

A velha mãe estava agora sentada no solo, ao pé da elevação, e contemplava-o intensamente com o olhar voltado para cima. Ao perceber que tinha conseguido atrair a atenção de Musashi, a anciã curvou-se em silêncio, profundamente, com as mãos tocando a terra.

Musashi não pôde deixar de se voltar por inteiro apressadamente. Não se lembrava de ter feito nada para merecer a profunda reverência da anciã além da desconsideração de ter-se ido embora sem ao menos agradecer-lhe a hospitalidade.

— Que é isso, senhora? Levante a cabeça, aprume-se, por favor! — parecia querer dizer-lhe Musashi, ao dobrar rapidamente o joelho que havia começado a esticar.

— *Obuke!* Com certeza nos considera gente obstinada, sem consideração pelos outros, e nos despreza. Sinto-me envergonhada. Mas não siga adiante chamando-nos, além disso, de rancorosos e arrogantes. Em nome deste meu filho que levou a vida inteira empenhando-se em manejar o bastão sem um mestre para orientá-lo, sem amigos ou adversários de bom nível, peço-lhe, senhor, que se compadeça dele e se disponha a lhe conceder mais uma lição.

Musashi continuava em silêncio. Mas as palavras que a idosa mulher lhe dirigia da base da elevação, esforçando-se para se fazer ouvir com sua voz rouca, tinha um tom sincero, difícil de ser ignorado.

— Considerei uma lástima não poder vê-lo nunca mais, senhor. Quem nos garante que teremos oportunidade de encontrar outro adversário do seu nível? Além disso, não teremos, meu filho e eu, coragem para nos apresentar perante nossos ancestrais — todos descendentes de uma famosa casa guerreira — depois da vergonhosa derrota que ele sofreu há dias. Não estou dizendo tudo isso porque lhe guarde rancor, mas porque o meu filho parecia um simples lavrador derrubado e imobilizado no solo, e não um guerreiro derrotado, quando há dias o senhor o venceu. Lamentaríamos o resto de nossas vidas se depois de termos tido a sorte de encontrar uma pessoa do seu nível, o deixássemos partir sem nada aprender desse encontro. E porque penso desse modo, recriminei meu filho e o arrastei até aqui. Atenda portanto ao meu pedido, e conceda a ele a oportunidade de um novo duelo, eu lhe peço, senhor!

A anciã terminou de falar e curvou-se outra vez, como se venerasse os calcanhares de Musashi que ela via pouco acima de sua cabeça.

IV

Musashi veio descendo em silêncio. Tomou em seguida as mãos da mulher, ergueu-a e a depositou cuidadosamente sobre o lombo da vaca.

— Mestre Gon, apanhe as rédeas. Conversaremos enquanto andamos. Vou pensar sobre a conveniência ou não de um duelo entre nós. — disse.

Voltou as costas aos dois e pôs-se em marcha com passos decididos. Embora prometesse conversar enquanto andavam, continuou em silêncio.

Gonnosuke não conseguia perceber o que ia no espírito de Musashi e o seguia com o olhar brilhante e desconfiado fixo em suas costas. Com medo de atrasar-se muito, o lavrador puxava a rédea, instigava a lerda montaria aos gritos e tentava acompanhar o passo de Musashi.

Que lhe diria ele: sim ou não?

No dorso da montaria, até a velha mãe franzia o cenho, apreensiva. E assim, quando já haviam percorrido quase dois quilômetros pela estrada que cortava o platô, Musashi balançou a cabeça como se concordasse consigo mesmo e voltou-se bruscamente.

— Está bem. Aceito o desafio — declarou.

Gonnosuke deixou cair a rédea e ecoou:

— Aceita?

Sôfregos, seus olhos já procuravam uma boa área de para o duelo. Musashi, porém, desviou o olhar do entusiasmado adversário e voltou-se para a anciã, ainda no lombo da montaria:

— Entretanto, senhora, quero saber se não lamentará caso o inesperado venha a ocorrer. Não existe nenhuma diferença entre um duelo como este e uma briga sangrenta de rua, a não ser no tipo de arma que se usa. Fora disso, as duas modalidades de luta são exatamente iguais — frisou.

A anciã sorriu então pela primeira vez e respondeu:

— É óbvio, senhor. Dez anos são passados desde que meu filho começou a se dedicar à técnica do bastão. Se apesar dos longos anos de estudo ainda perder para alguém mais novo que ele, como o senhor certamente é, ser-lhe--á melhor desistir de trilhar o caminho das artes marciais. Mas disse-me ele que nesse caso, a vida não terá mais sentido. Assim sendo, se ele morrer no duelo estará apenas realizando seu mais ardente desejo. Nem eu alimentarei nenhum rancor ou ressentimento, senhor, asseguro-lhe.

— Nesse caso, aceito — disse Musashi. Passeou o olhar ao redor e apanhou a rédea que Gonnosuke tinha soltado. — Estamos muito perto da estrada. Vamos procurar um lugar mais afastado, prender a montaria e lutar, conforme desejam.

No centro do platô havia um enorme pinheiro meio seco.

— Perto daquela árvore — disse Musashi apontando. Logo, prendeu nele o animal.

— Faça os preparativos, mestre Gon — pediu.

Ávido, Gonnosuke urrou um assentimento e, empunhando o bastão, parou em pé, encarando Musashi. Ereto, este apenas o encarou tranquilamente.

Musashi não trazia bordão ou espada de madeira, próprios para uma competição, nem mostrava sinais de que usaria qualquer pedaço de madeira caído nos arredores. E também, não aprumou os ombros: seus braços pendiam com naturalidade ao longo do corpo.

— Não vai se preparar?— perguntou Gonnosuke por sua vez.

— Por que pergunta? — replicou Musashi.

Olhos chispando, Gonnosuke respondeu com voz indignada:

— Escolha a arma que quiser e empunhe-a!

— Já a tenho! — replicou Musashi.

— Está falando de suas mãos?

— Nada disso — replicou o jovem balançando a cabeça e levando a mão esquerda num movimento quase furtivo ao cabo da própria espada. — Aqui a tenho.

— Quê? Vai usar a espada?

A resposta veio na forma de um sorriso torto, do canto da boca. Musashi já estava tão concentrado que não podia mais dar-se ao luxo de responder mesmo monossilabicamente, ou de quebrar o tranquilo ritmo da respiração.

Sentada ao pé do pinheiro, imóvel como uma imagem santa ao relento, a anciã empalideceu a olhos vistos.

V

Com uma espada real!

Quando Musashi tornou clara sua intenção, a velha mãe se apavorou.

— Um momento! — gritou ela de súbito.

Mas uma intervenção desse tipo já não tinha a capacidade de fazer desviar um milímetro sequer os olhares dos dois contendores, Musashi e Gonnosuke.

Gonnosuke, imóvel e em guarda com o bastão sob o braço, parecia ter absorvido todo o ar do platô e aguardar o momento certo para vomitá-lo num único e raivoso sibilar de sua arma. Musashi, com a mão petrificada logo abaixo da empunhadura da espada fixava os olhos de seu adversário tentando ao que parecia trespassá-los com o brilho do próprio olhar.

Os dois homens já estavam presos um ao outro e estraçalhando-se espiritualmente. O olhar, nessas situações, corta mais que espadas ou bastões.

Depois de ferir mortalmente o adversário com o olhar, uma das duas armas, bastão ou espada, penetraria pela brecha na guarda do adversário para atingi-lo no momento certo.

— Espere! — tornou a gritar a anciã.

— Que quer, senhora? — perguntou Musashi, saltando e distanciando-se quase um metro e meio do seu opositor antes de perguntar.

— Entendi que vai usar sua espada, uma arma real!

— Exato. Da maneira que eu luto, tanto faz que a espada seja de madeira ou de aço, o efeito é sempre o mesmo.

— Não o estou impedindo de usá-la, não me entenda mal.

— Basta que compreenda, senhora. A espada é absoluta. Uma vez empunhada, não há como limitar sua ação em cinquenta ou setenta por cento. Se isso não lhe convém, só resta um caminho: o da fuga.

— Naturalmente! Mas o motivo por que intervim não é esse. Apenas me ocorreu de súbito que os dois deviam nomear-se mutuamente, para que, ao fim deste duelo magnífico, um não venha a lamentar o desconhecimento do nome do opositor.

— Tem razão.

— Não há ódio neste caso, mas quis o destino que se defrontassem como formidáveis oponentes, de um nível raro neste mundo. Gon, decline seu nome primeiro.

— Sim, senhora — disse Gonnosuke. Curvou-se cortês e declarou: — Reza a tradição que o fundador de minha casa, de nome Kakumyo, foi em tempos idos oficial do exército do valoroso Minamoto-no-Yoshinaka, senhor de Kiso. Com a queda do senhor de Kiso, Kakumyo entrou para uma ordem religiosa e tornou-se seguidor do santo budista Honen. Talvez sejamos, portanto, um ramo dessa última família. Anos se passaram e hoje, na minha geração, vivemos da terra. Um fato humilhante ocorrido na época de meu pai nos deixou mortificados e nos fez, a mim e à minha mãe, jurar perante os deuses de Ontake que nos ergueríamos uma vez mais pelo caminho das artes marciais. Durante um retiro espiritual no templo, os deuses de Ontake revelaram-me a técnica do bastão, a qual denominei Musou-ryu, ou seja, estilo de uma visão. Por causa dele, sou também conhecido como Musou Gonnosuke.

Quando Gonnosuke calou-se, Musashi devolveu a reverência e disse:

— Minha casa é um ramo da tradicional casa Akamatsu, de Banshu, e descendo diretamente de Hirata Shogen. Venho da vila Miyamoto, de Mimasaka, sou filho único de Miyamoto Munisai, e me chamo Musashi, com o mesmo sobrenome. Caso me aconteça tombar sob o golpe do seu bastão e terminar meus dias na terra, não se deem ao trabalho de providenciar meu enterro, porque não tenho parentes a quem comunicar a morte e porque a esse destino estou preparado, uma vez que escolhi trilhar o caminho de um guerreiro.

Reaprumou-se e acrescentou:
— Em guarda.
Gonnosuke também disse:
— Em guarda.

VI

A anciã, sentada ao pé do pinheiro, nem parecia respirar.

Não era por um golpe de azar, comum na vida de um guerreiro, que o filho se via envolvido nesse duelo mortal: ao contrário, ela o havia procurado, correra-lhe literalmente no encalço, e agora expunha o filho à lâmina inimiga. Em estado de espírito inimaginável para o comum dos mortais, a velha mãe sofria em silêncio. Algo em seu aspecto, porém, denunciava a fortaleza de espírito dos que têm fé em suas próprias convicções e por elas são capazes de arrostar o mundo inteiro.

Sentada sobre a relva, quase se achatando contra o solo, ombros levemente caídos, a idosa mulher mantinha as duas mãos cruzadas e pousadas sobre as coxas em postura educada. Tinha um aspecto frágil, emurchecido, sugerindo que aquele corpo tinha dado à luz diversos filhos e que os perdera todos, mas que mesmo assim lutara por sobreviver em meio à miséria.

Mas no instante em que Musashi e Gonnosuke, interpondo uma distância de algumas dezenas de metros entre si declararam-se prontos para o combate, o olhar da anciã fulgurou como se a luz de todos os deuses e santos budistas tivesse convergido para os seus olhos e por eles espiassem.

O destino de seu filho estava para ser decidido perante a espada de Musashi. Gonnosuke, por sua vez, teve a impressão de adivinhar o próprio destino e sentiu o corpo gelar na fração de segundo em que Musashi extraiu a espada da bainha.

"Quem é este homem?" perguntou-se. Só agora ele o via realmente.

O homem à sua frente tinha um aspecto totalmente diferente do adversário com quem lutara nos fundos da própria casa. Transpondo a situação para o campo da caligrafia, poder-se-ia dizer que no primeiro encontro Gonnosuke havia percebido Musashi como um vistoso cursivo, de linhas suaves e fluidas, e assim avaliou sua personalidade. Mas hoje, o aspecto físico do seu adversário assemelhava-se a uma austera caligrafia formal, escrita com meticulosa precisão de linhas e pontos, e tomou consciência do quanto errara em seu primeiro julgamento.

E porque ele próprio tinha preparo suficiente para ter esse tipo de percepção, Gonnosuke, que dias atrás se havia lançado em furiosa desordem sobre o adversário, hoje mantinha o bastão erguido bem alto sobre a cabeça, sem conseguir dele extrair sequer um único golpe sibilante.

— ...

— ...

A névoa, que por um breve instante pairara sobre a relva do platô, aos poucos se esgarçou. Em voo sereno, um pássaro cruzou a silhueta esfumaçada das montanhas distantes.

Um silvo rasgou de chofre o espaço entre os dois homens. Embora invisível, a vibração tinha sido tão forte que talvez derrubasse uma ave em pleno voo. Impossível era precisar se fora provocada pelo bastão ou pela espada, um enigma ao estilo da proposição zen: "Qual o som de uma mão batendo palmas?"

Não só isso, como também quase impossível havia sido acompanhar com os olhos o movimento de absoluta simultaneidade com que corpos e armas haviam se movido. Na fração milesimal de segundo em que, com um sobressalto, os olhos intuíam o movimento e o transmitiam para o cérebro, o posicionamento e a postura dos dois homens já se haviam alterado.

Num golpe descendente, o bastão de Gonnosuke cortou o ar e golpeou ao lado de Musashi, errando o alvo. Este último por sua vez volteou o antebraço: a espada deslocou-se da posição mediana para a superior descrevendo um movimento de varredura e cintilou, quase raspando ombro e têmpora direitos de Gonnosuke.

A espada de Musashi errou o alvo e prosseguiu em seu trajeto ascendente apenas o necessário para em seguida, como sempre, de súbito reverter o movimento e descrever um V invertido no ar — o formato das agulhas do pinheiro, o golpe característico de sua criação. E era quase sempre pela ponta da espada que volteava e descia nesse movimento de reversão que seus inimigos haviam conhecido o inferno.

Em consequência, Gonnosuke não conseguiu tempo para golpear o adversário uma segunda vez: segurando as extremidades do bastão, ele apenas logrou aparar a espada de Musashi no alto, sobre a própria cabeça.

O bastão acima da cabeça de Gonousuke emitiu um sonoro estalo. Quando espada e bastão chocam-se nessas condições, o bastão teria naturalmente de partir-se em dois. Mas isso somente acontece quando a lâmina golpeia obliquamente. Gonnosuke, que naturalmente levara em consideração esse fator ao erguer o bastão bem alto sobre a própria cabeça e aparar o golpe de Musashi, estava agora com o cotovelo esquerdo perigosamente próximo do peito de Musashi, e com o direito dobrado e projetado um pouco mais alto, pronto para golpear seu oponente na boca do estômago. O camponês-guerreiro havia sem dúvida detido o avanço da espada inimiga, mas não conseguira completar com sucesso o próprio golpe: quando as duas armas tinham-se imobilizado em rígida cruz sobre sua cabeça entre a ponta do seu bastão e o peito de Musashi restava ainda um espaço de quase três centímetros.

VII

Impossível retrair, perigoso avançar.

Quem se impacientasse e tentasse cegamente uma das duas medidas seria no mesmo instante derrotado, era óbvio.

Se as armas cruzadas fossem duas espadas, os dois contendores estariam agora com os punhos de suas armas mutuamente pressionados numa situação de impasse. Mas naquele caso, cruzavam-se uma espada e um bastão.

Num bastão não existe cabo, punho, lâmina ou ponta.

Mas o bastão, com seu corpo cilíndrico de quase 120 centímetros, podia ser todo ele lâmina, ponta ou cabo. Nas mãos de um especialista, a versatilidade do bastão é incomparavelmente maior que a da espada.

Musashi estaria perdido se se baseasse em seus conhecimentos de esgrima e resolvesse determinar intuitivamente o próximo golpe adversário: o bastão era por vezes capaz de se mover com características de uma espada, ou como uma lança curta.

E porque não conseguia prever como se moveria a arma inimiga, Musashi via-se impossibilitado de retrair a espada sobreposta ao bastão.

A situação era ainda pior para Gonnosuke. O lavrador, sustentando sobre a cabeça a espada de Musashi, estava em posição defensiva. Além de impossibilitado de recuar, tinha de manter o vigor espiritual para sustentar o corpo nessa postura, pois na fração de segundo que se descuidasse, a espada inimiga esmagar-lhe-ia a cabeça com um arranco final.

E ali estava Gonnosuke, o homem a quem os deuses de Ontake haviam revelado os segredos de sua arte, impossibilitado de qualquer movimento.

Seu rosto empalideceu a olhos vistos. Seus incisivos enterravam-se com firmeza no lábio inferior. Um suor frio começou a escorrer pelos cantos dos olhos repuxados.

— ...

A cruz formada pelo bastão e pela espada pôs-se a ondular, e debaixo dela, Gonnosuke começou aos poucos a ofegar.

E foi nesse momento que a idosa mãe, mais pálida ainda o filho e que a tudo assistia aos pés do pinheiro, gritou:

— Gon!!!

A anciã estava fora de si ao gritar. Soerguendo o corpo e batendo com força nas próprias coxas, tornou:

— Os quadris!

Mal disse, tombou para frente como se estivesse cuspindo sangue.

Ato contínuo, Musashi e Gonnosuke — cujas armas pareciam querer petrificar-se naquela posição, para sempre cruzadas — afastaram-se num súbito salto, com ímpeto muito maior que o do entrechoque.

O movimento partira de Musashi.

O recuo também não fora de meros cinquenta centímetros ou um metro. O impulso pareceu resultar de um chute contra o solo, desferido por um dos seus calcanhares. Em consequência, seu corpo deslocou-se para trás mais de dois metros antes de aterrissar.

A formidável distância foi, porém, num átimo encurtada pelo salto de Gonnosuke e pelos 120 centímetros do seu bastão, que lhe vieram no encalço.

— Ah! — gritou Musashi, conseguindo desviar o golpe para o lado por um triz.

E porque Musashi desviou seu golpe no momento em que escapava do território da morte e partia para a agressão, Gonnosuke cambaleou para a frente parecendo prestes a precipitar-se de cabeça no solo. Nessa posição, acabou expondo as costas desguardadas diante de Musashi, que com seu olhar agudo e cabelos eriçados, lembrava um falcão de penas arrufadas travando luta de vida ou morte.

Um fino risco prateado, semelhante ao que uma gota de chuva descreve no ar ao cair, lampejou sobre as costas de Gonnosuke. Com um longo gemido que lembrou o mugir de um bezerro, o lavrador-guerreiro deu mais alguns passos para a frente e tombou. Musashi, por sua vez protegendo com uma das mãos a área da boca do estômago, caiu sentado pesadamente no meio da relva.

E então, um grito ecoou:

— Você venceu!

Por incrível que parecesse, o grito tinha partido de Musashi.

Gonnosuke não estava em condição de falar.

VIII

Tombado de bruços, Gonnosuke não se movia mais. A idosa mãe pareceu perder a noção de tudo e permaneceu contemplando o corpo do filho.

— Foi um golpe reverso — advertiu Musashi à anciã. Ao perceber que nem assim ela se erguia, tornou a dizer:

— Seu filho não está ferido, pois eu o atingi com as costas da espada. Dê-lhe logo um pouco de água.

— Co... como? — disse a idosa mulher erguendo enfim a cabeça e observando o filho inerte com olhar incrédulo. Mas ao perceber que não havia vestígios de sangue nele, soltou um gemido de alívio, aproximou-se dele cambaleante e o abraçou com força. Deu-lhe água, chamou-o e sacudiu-o, até vê-lo recuperar os sentidos. Ao dar com Musashi que, aturdido, continuava sentado na relva, Gonnosuke prostrou-se à sua frente.

— Reconheço que fui derrotado — disse ele.

A essas palavras, Musashi voltou a si de seu quase transe. Tomou às pressas as mãos do lavrador nas suas e respondeu:

— Pelo contrário, fui eu o vencido.

Abriu o quimono a seguir e mostrou à mãe e ao filho o próprio peito, na altura da boca do estômago.

— Estão vendo esta marca vermelha? Ela foi feita pela ponta do bastão. Significa que se eu tivesse sido atingido um pouco mais profundamente, não estaria vivo a esta altura — explicou, ainda aturdido, sem compreender com clareza de que jeito havia sido golpeado.

Gonnosuke e a mãe também contemplavam, abismados, a marca vermelha na pele de Musashi.

Este se recompôs e perguntou à anciã por que motivo gritara havia pouco: "Os quadris!". Que tipo de falha havia ela visto na postura do filho para gritar a advertência?

A isso, a velha mãe respondeu:

— Tenho até vergonha de confessar, mas naquele instante de desespero, meu filho retesava os dois pés apenas empenhado em sustentar sua espada sobre a própria cabeça. Era-lhe perigoso atacar ou recuar, ele estava completamente encurralado. Enquanto o observava, dei-me conta de súbito de uma falha, visível até para uma mulher que, como eu, nada entende de artes marciais: meu filho estava encurralado porque seu espírito voltava-se inteiro para um único detalhe: a espada. Nervoso, sem saber se devia recuar o braço, ou usá-lo para uma dar uma estocada, meu filho não conseguia notar essa falha. Mas naquela situação, percebi que se ele apenas abaixasse os quadris, mantendo corpo e braços na mesma posição, a ponta do bastão nivelaria com a altura do seu peito e poderia atingi-lo em cheio num único movimento. "É isso!", pensei eu, e gritei, nem me lembro o quê...

Musashi balançou a cabeça, concordando, grato pela oportunidade que a sorte lhe concedia dessa bela lição.

Em silêncio, Gonnosuke também escutava. Sem dúvida alguma ele tirara proveito das observações da idosa mãe. Não era visão dos deuses de Ontake, mas lição de amor de uma mãe de carne e osso que, ao ver o filho no limiar da morte, vislumbrara uma tática extrema, um "último recurso".

Gonnosuke, o lavrador de Kiso, posteriormente conhecido como Musou Gonnosuke, tornou-se o fundador do estilo Musou para o bastão[3] — o estilo de uma visão. No livro em que ele registra os segredos de sua técnica, existe um adendo onde descreve um golpe a que chamou "Luz Materna".[4] Nesse trecho, o lavrador-guerreiro fala do grande amor que lhe devotou a mãe, assim como dos detalhes do seu duelo com Musashi. Contudo, em nenhum lugar do livro se lê que ele venceu Musashi naquele memorável dia. Pelo contrário: Gonnosuke continuou afirmando pelo resto de sua vida que havia sido derrotado por Musashi, derrota que considerou para sempre um inestimável marco em sua carreira.

Encerrado o duelo, Musashi despediu-se da mãe e do filho com muitos votos de felicidade e deixou para trás Inoji-ga-hara. E no momento em que ele possivelmente já estaria na altura de Kamisuwa, surgiu um *bushi* indagando nos agrupamentos de condutores de cavalos e a viajantes com quem cruzava:

— Sabem me informar se por aqui passou um certo Musashi? Tenho certeza de que o homem está percorrendo esta estrada.

---

3. No original, *Musouryu Jojutsu*.

4. No original, *Doubo-no-isshu*.

PAIXÃO SAMURAICA

I

A área marcada pelo bastão doía.

O golpe de Gonnosuke, ligeiramente desviado da boca do estômago, parecia ter resvalado numa costela.

Musashi tinha de parar na base das montanhas ou em Kami-Suwa e indagar sobre Joutaro e Otsu, mas não tinha disposição para isso. Contudo, rumou diretamente a Shimo-Suwa, ao se dar conta de que nessa região existiam termas.

Suwa, à margem do lago do mesmo nome, era também conhecida como "Cidade das Mil Casas".[5] Em frente à maior estalagem da localidade — onde *daimyo* e importantes personalidades costumavam pernoitar — Musashi avistou uma terma coberta. Outras existiam, porém, à beira da estrada, onde qualquer um podia banhar-se livremente.

Musashi dependurou as roupas no galho de uma árvore, a ele atando também suas espadas. Mergulhou a seguir na terma a céu aberto e com um suspiro de prazer repousou a cabeça numa pedra.

A água quente proporcionou alívio à área ferida, inchada e rígida como um pequeno saco de couro e que o vinha incomodando desde a manhã. Uma agradável sonolência tomou conta de seu corpo.

O sol tombava no horizonte.

Estava nos fundos de uma casa de pescadores ao que parecia. Por entre as construções próximas, avistou a superfície do lago: uma rala névoa carmesim se erguia dela e lhe deu por instantes a impressão de que o lago inteiro era uma gigantesca terma. Da estrada, situada duas ou três hortas além do local onde se encontrava, chegava-lhe aos ouvidos o incessante burburinho de gente, cavalos e carroças trafegando.

E no meio desse burburinho, sentava-se um samurai num banco à porta de uma pequena loja que comercializava óleo e utilidades domésticas:

— Quero um par de sandálias — pediu o forasteiro, descalçando as suas, bastante gastas. — A notícia deve ter chegado até estes lados, não chegou? Falo do homem que lutou sozinho, com rara coragem, contra um bando de Yoshiokas no episódio do pinheiro solitáro de Ichijoji. Não o viram por acaso? Tenho certeza de que ele passou por aqui — acrescentou.

---

5. No original, *Machiya Sengen*.

Era o samurai que vinha seguindo Musashi desde o passo de Shiojiri, sempre perguntando por ele. O homem parecia não conhecer bem a pessoa que procurava apesar de saber tanto sobre ela, pois ao ser indagado sobre detalhes como aspecto e idade, respondeu vagamente:

— Quanto a isso, não tenho certeza.

Uma coisa era certa: o estranho fazia muito empenho em encontrar essa pessoa, pois abateu-se visivelmente ao saber que ninguém vira ou ouvira falar dela.

— Tenho de achar um meio de encontrá-lo... — continuava ele a repetir em tom de lamúria, mesmo depois de ter acabado de amarrar os cordões da sandália.

"Esse homem estará procurando por mim?" — perguntou-se Musashi ainda mergulhado nas águas termais, observando com cuidado o estranho na loja do outro lado da horta.

Pele curtida de sol, quase quarenta anos, o homem era com certeza um avassalado, e não *rounin*.

Tinha os cabelos da têmpora eriçados — talvez em consequência da contínua pressão que o cordão do sombreiro exerce na área —, e seu porte dava a perceber que era um formidável guerreiro num campo de batalha. Oculto debaixo das roupas, devia haver um corpo temperado por lutas e cheio de calosidades resultantes de armaduras e perneiras.

"Quem será este homem? Não me lembro de tê-lo visto...", pensou Musashi. Entrementes, o *bushi* desconhecido foi-se embora.

Uma vez que mencionara o nome dos Yoshioka, o estranho poderia ser um dos discípulos da academia, achou Musashi. No meio do pequeno exército de seguidores dessa academia, podia ser que um ou outro fosse valente e estivesse procurando vingar-se usando estratagemas.

Musashi enxugou-se, vestiu as roupas e, ao sair para a estrada, o samurai desconhecido de há pouco surgiu-lhe à frente como por encanto.

— Perdão, senhor — disse, interceptando-lhe o caminho com uma mesura e fixando o olhar no seu rosto. — Será que estou na presença de mestre Miyamoto?

II

Desconfiado, Musashi balançou uma única vez a cabeça em sinal de assentimento. Ao ver isso, o samurai desconhecido entusiasmou-se.

— Ora, até que enfim! — exclamou, acrescentando em tom de grande familiaridade: — Não sabe o quanto isso me deixa feliz! Desde que comecei esta jornada, algo me dizia que o haveria de encontrar nalgum lugar!

Satisfeito consigo mesmo, não deu tempo a Musashi de fazer-lhe perguntas, mas insistiu em que ambos pernoitassem na mesma hospedaria, caso não lhe fosse inconveniente.

— Não sou um indivíduo suspeito, tranquilize-se. Partindo de minha boca, talvez soe como bravata, mas acontece que minha posição social me permite viajar com um séquito de quinze pessoas e um cavalo para muda. Para que não restem dúvidas, vou declinar meu nome: sou Ishimoda Geki, vassalo do senhor Date Masamune, senhor do castelo Aoba, de Oshu[6] — acrescentou.

Musashi acompanhou Geki, que decidiu pernoitar na principal hospedaria da localidade. Mal chegou e se acomodou num aposento, perguntou:

— Vai tomar seu banho agora?

No mesmo instante corrigiu-se:

— Ah, esqueci-me que você acabou de sair de uma das termas ao ar livre! Bem, nesse caso, vou tomar o meu. Desculpe-me por momentos — disse. Desfez-se dos trajes de viagem, vestiu o quimono fornecido pela hospedaria, apanhou uma toalha e saiu.

Homem interessante, pensou Musashi, sem no entanto atinar com o motivo pelo qual o estranho o procurava com tanta insistência, ou mostrava tanto apreço por ele.

— Troque-se também — convidou uma serviçal, oferecendo a Musashi um grosso quimono forrado da hospedaria.

— Não, obrigado. Talvez eu não pernoite nesta casa, dependendo das circunstâncias — explicou ele.

— Sim, senhor.

Musashi saiu para a varanda pela porta aberta e contemplou o lago sobre cuja superfície a noite começava enfim a cair. Pensou em Otsu, e no que poderia ter-lhe acontecido, evocou seu rosto triste e o olhar velado.

Um leve tilintar de louças produzido por uma serviçal que preparava a mesa do jantar soou às suas costas, e percebeu a luz de uma lamparina vindo-lhe de trás. As suaves ondas de um profundo azul-índigo que quebravam à beira do lago enegreciam a olhos vistos conforme a noite caía.

"Será que estou no caminho errado? Segundo me disseram, Otsu foi sequestrada. Mas um malfeitor que não hesita em raptar mulheres jamais viria para uma cidade populosa como esta", pensou. Em seus ouvidos parecia ecoar o grito de Otsu pedindo ajuda. Embora tivesse concluído que tudo no mundo aconteça segundo desígnios divinos, logo se sentiu tomado de profunda inquietação.

---

6. Oshu: antiga denominação de uma extensa área que abrange as atuais províncias de Fukushima, Miyagi, Iwate, Aomori e parte de Akita.

— Desculpe-me se demorei — disse Ishimoda Geki, retornando nesse momento. — Vamos, venha servir-se — disse, apontando a mesa posta. No mesmo instante percebeu que Musashi não se havia trocado. — Troque-se e ponha-se à vontade também — insistiu.

Musashi recusou com firmeza, explicando que seu cotidiano era de noites dormidas ao relento "debaixo de árvores e em cima de pedras": do jeito que estava dormia e do jeito que estava percorria as estradas. Era prático, e ao mesmo tempo, deixava-o muito à vontade, acrescentou ele.

— Percebi que se preocupa com as quatro atitudes do ser humano no cotidiano, *gyouju zaga,* a saber, andar, parar, sentar e deitar. Pois com isso também se preocupa meu lorde Masamune. Suspeitava que você fosse mais ou menos assim, mas é muito agradável ver minhas suspeitas confirmadas! — disse Geki, dando uma leve palmada na própria coxa, ao mesmo tempo em que contemplava com admiração o rosto de Musashi, iluminado de revés pela luz da lamparina.

Dentro de instantes, voltou a si.

— Vamos brindar à amizade!— disse, oferecendo-lhe uma taça com toda a cortesia, pronto a desfrutar a companhia de Musashi pelo resto da noite.

Musashi fez uma reverência cortês, mas manteve as mãos sobre as coxas e perguntou:

— Mestre Geki: que significa esse seu interesse por mim? Como explica a amizade que parece sentir por mim, um estranho que encontrou numa estrada?

III

Ante a pergunta formal, Geki pareceu enfim dar-se conta de que a situação era clara somente aos seus próprios olhos e apressou-se a explicar:

— Vejo que não está entendendo, e com razão. Não existe nenhum motivo concreto para que eu, um estranho, sinta tanto interesse por você, outro estranho. Caso, porém, você insista em saber, posso tentar explicar-lhe em poucas palavras: sinto-me irresistivelmente atraído por você.

Riu a seguir com gosto e acrescentou:

— Sou um homem atraído por outro!

Geki parecia pensar que com isso esclarecia de vez os próprios sentimentos. Musashi, contudo, continuava a não entender nada. Um homem podia até sentir-se atraído por outro. Todavia, Musashi nunca até hoje havia sentido atração por outro homem.

Takuan era severo demais; Koetsu vivia num mundo muito diferente do seu; Yagyu Sekishusai era-lhe tão superior, que Musashi nem ousava dizer que gostava dele.

Ele podia afirmar por suas experiências passadas que não era fácil encontrar um homem capaz de atrair outro. Apesar de tudo, Geki afirmava: "Sinto-me atraído por você!"

Seria lisonja? Se fosse, o homem só podia ser um leviano. Mas Geki tinha modos másculos que o desmentiam.

Musashi então tornou a perguntar, cada vez mais sério:

— Que quer dizer quando afirma que sente atração por outro homem?

Geki parecia aguardar a pergunta, pois respondeu de pronto:

— Na verdade, jovem, desde o dia em que ouvi falar de seus feitos no episódio do pinheiro solitário de Ichijoji até hoje, vim-me sentindo atraído por você sem ao menos conhecê-lo. Espero que não se ofenda.

— Quer dizer que o senhor estava em Kyoto nessa época?

— Cheguei a Kyoto no mês de janeiro e permaneci na mansão Date. No dia seguinte ao do duelo, fui visitar lorde Karasumaru Mitsuhiro, como sempre faço durante minhas estadias naquela cidade, e lá ouvi muitas histórias a seu respeito. Meu nobre anfitrião contou-me que o tinha conhecido, assim como detalhes de sua vida, carreira e idade. Minha ansiedade por conhecê-lo cresceu ainda mais. E então, no caminho de volta para a minha província, soube pelo cartaz que deixou no passo de Shiojiri, que por coincidência você também trafegava por esta mesma estrada.

— Cartaz?

— Sim! O que você deixou na base de uma elevação rochosa, endereçado a um certo Daizou de Narai.

— Ah! O senhor leu aquilo! — comentou Musashi, sem deixar de sentir a ironia da situação: o homem que ele procurava com tanto empenho não o tinha lido, mas um estranho servira-se dele para encontrá-lo.

Musashi sentiu que não merecia a admiração de Geki. Tanto o duelo do templo Renge-ou como o confronto em torno do pinheiro solitário de Ichijouji haviam deixado marcas dolorosas em seu espírito e nem de longe lhe ocorria gabar-se deles.

— Acho que não mereço sua consideração — disse Musashi com sinceridade, realmente embaraçado.

Geki, porém, não cansava de elogiá-lo:

— Dentre os *bushi* a serviço do meu lorde Date, cujo feudo é avaliado em um milhão de *koku*, existem muitos guerreiros corajosos. Percebo também, ao percorrer o país nos últimos tempos, que não é pequeno o número de espadachins que podem ser considerados muito bons. Mas um samurai com suas características é uma raridade! Você é aquilo que se convencionou chamar de jovem promissor. Estou completamente vencido por seus encantos.

Fez uma pequena pausa e prosseguiu:

— E assim, digamos que esta noite vou realizar meu sonho de amor. Releve a insistência, brinde comigo, e deixe-me conquistá-lo.

IV

Desfeita a desconfiança, Musashi aceitou a taça de saquê. E como de hábito, seu rosto logo se avermelhou sob o efeito da bebida.

— Nós, guerreiros das frias terras do norte, somos todos bons bebedores. Meu amo, lorde Date, é capaz de beber um barril sem se alterar, de modo que nós, soldados rasos sob o comando desse valente general, não podemos fazer feio — brincou Ishimoda Geki, sem mostrar nenhum sinal de embriaguez.

Mandou a mulher que os servia espevitar a lamparina diversas vezes e convidou:

— Vamos beber e conversar até o dia raiar.

— Com prazer — disse Musashi, sorrindo. — Há pouco, disse-me o senhor que costuma frequentar a mansão de lorde Mitsuhiro. São amigos íntimos?

— Não diria que somos íntimos... Eu ia à mansão dele a mando de meu amo e, com o tempo, acabei por frequentá-la com assiduidade graças ao gênio aberto de lorde Mitsuhiro.

— Eu tive a oportunidade de me avistar com ele uma única vez na casa Ougiya, do bairro Yanagi, por apresentação do mercador Hon'ami Koetsu. Na ocasião, tive a impressão de estar diante de uma pessoa alegre, muito diferente da maioria dos nobres.

— Alegre? Foi apenas essa a sua impressão? — disse Geki, parecendo insatisfeito com a definição. — É uma pena! Se você tivesse tido a oportunidade de conversar com ele um pouco mais, teria percebido o espírito ardente e o brilhante intelecto que se ocultam por trás dessa aparência alegre.

— O local onde nos encontramos também não era dos mais favoráveis para uma conversa mais séria...

— Tem razão. Ele por certo só lhe mostrou a fachada boêmia, que usa para iludir o mundo inteiro.

— Nesse caso, como é ele na verdade? — perguntou Musashi casualmente.

No mesmo instante Geki aprumou-se e disse em tom de voz emocionado:

— Ele é um homem mergulhado em profundo desgosto.

Fez uma pequena pausa e acrescentou:

— E a causa do seu desgosto está no despótico sistema xogunal dos nossos dias.

A luz pálida da lamparina tremia vagamente, embalada pelo suave marulhar das ondas do lago.

— Diga-me, mestre Musashi: a quem você dedica esse seu empenho em adestrar-se nas artes marciais?

— A mim mesmo — respondeu Musashi.

Geki balançou a cabeça com vigor, concordando:

— Está certo!

Logo, porém, tornou a pressionar:

— E a quem você dedica a sua pessoa?

— ...

— Não me diga de novo que a você mesmo! Não é possível que um homem como você, que se devota à esgrima com tanta seriedade, se contente com tão pouca distinção!

E assim teve início o assunto. Ou talvez seja mais apropriado dizer que Geki procurou essa desculpa para abordar o assunto, e a partir disso expor suas ideias.

O país estava atualmente nas mãos de Tokugawa Ieyasu, dizia ele, e de um modo geral, o povo vivia em paz do norte ao sul, de leste a oeste. Mas pensando bem, teria realmente a sociedade condições para proporcionar felicidade para o povo?

Houjo, Ashikaga, Oda, Toyotomi — nos longos anos em que o país havia vivido sob o comando desses governantes, os oprimidos tinham sido o povo e a casa imperial, sempre. A casa imperial fora usada e o povo escravizado com o único intuito de fazer prosperar a classe guerreira. Afinal, o atual regime — em que a classe guerreira enfeixava o poder em suas mãos — seguia o modelo político implantado por Yoritomo[7], não seguia?

Oda Nobunaga, continuou Geki, havia-se dado conta de que cometia injustiça e mandara reerguer o palácio imperial. Toyotomi Hideyoshi também prestara tributo ao imperador Go Yosei, e se preocupara em implantar uma política que visou o bem-estar da população geral. Mas a linha política adotada pelo atual xogum Ieyasu tinha como objetivo apenas transformar a casa Tokugawa no centro do poder. Em vista disso, não estaria o país caminhando uma vez mais para um regime despótico, em que apenas o xogunato se fortalecia e recheava seus cofres em detrimento do povo e da casa imperial?

— Mas dentre todos os *daimyo* do país, o único a se preocupar com isso é o meu amo, o suserano Date Masamune. E entre os nobres, lorde Karasumaru Mitsuhiro — completou Ishimoda Geki.

---

7. Referência a Minamoto-no-Yoritomo — fundador do *bakufu* de Kamakura, deu início ao sistema governamental liderado por guerreiros, ou seja, ao *buke seiji*. (1147-1199)

V

Ouvir um vassalo falar com orgulho de seu amo era sempre agradável.

Ishimoda Geki parecia sentir particular orgulho do seu. Ao ouvir que só ele entre todos os *daimyo* se preocupava com a sorte do país e tinha o devido respeito pela casa imperial, Musashi apenas moveu a cabeça, concordando:

— Sei...

A bem da verdade, o pouco conhecimento que ele tinha do assunto permitia-lhe apenas fazer esse tipo de observação. Com o fim da batalha de Sekigahara, ocorrera uma drástica mudança geopolítica no país, mas Musashi tinha a esse respeito apenas uma vaga noção que o levava vez ou outra a pensar: "como o país mudou!". No entanto, nunca se interessara em saber como moviam os *daimyo* fiéis a Toyotomi Hideyori, de Osaka, ou o que planejavam os adeptos da casa Tokugawa, ou ainda, que papel representavam nesse meio poderosos *daimyo* como Shimazu e Date. Do mesmo modo, nunca tentara analisar as tendências da época, sendo portanto seu conhecimento do assunto bastante superficial.

Sobre personalidades — como Kato, Ikeda, Asano ou Fukushima —, Musashi tinha também um ponto de vista formado como qualquer outro jovem de 22 anos. Mas com relação a Date quase nada conhecia, a não ser o que era do conhecimento da maioria, isto é, que se tratava de um clã poderoso, cujos domínios valiam 600 mil *koku* oficialmente, e 1 milhão de *koku* na realidade.

Eis porque apenas escutava, incapaz de fazer qualquer comentário, por vezes duvidando, por vezes tentando formular uma opinião sobre Date Masamune com base no que lhe contava seu anfitrião.

Geki citou diversos exemplos:

— Duas vezes por ano, e através da casa Konoe, meu amo Masamune tem por hábito presentear a casa imperial com produtos de nossa terra. Nunca se esqueceu disso até hoje, mesmo nos piores anos do período Sengoku, quando o país esteve submergido em intermináveis guerras. A viagem que eu empreendi a Kyoto, nesta oportunidade, também teve por objetivo transportar para lá os referidos artigos. E uma vez que me desencumbi a contento da missão, tomei a liberdade de solicitar alguns dias de folga e de visitar pontos turísticos no meu caminho de volta a Sendai.

Acrescentou ainda:

— Entre todos os suseranos do país, o meu amo é o único a ter em seu castelo uma ala especialmente preparada para abrigar a família imperial para o caso de uma eventual visita. Por ocasião da reforma do palácio imperial, ele ganhou o material usado na antiga construção, providenciou o seu transporte de navio cobrindo a longa distância de Kyoto até Sendai e com ele ergueu a referida ala em seu castelo. Apesar de tudo, é uma construção simples que até hoje tem servido apenas como objeto de adoração do meu amo: ele a reverencia todos os dias à distância. A história, porém, tem-nos ensinado que um governo dirigido por guerreiros é capaz de atrocidades incríveis. E se caso algum dia isso vier a acontecer, meu amo está preparado para enfrentar a classe guerreira e pegar em armas em nome de sua alteza, o imperador.

Fez uma pausa, e prosseguiu:

— Ah, lembrei-me de um outro episódio que ilustra melhor o modo de pensar de meu amo. Aconteceu quando de sua travessia para a Coreia. No episódio da conquista desse país, ficamos sabendo que personalidades como Konishi e Kato, em busca de fama e glória, haviam-se envolvido em vergonhosas disputas. E como agiu meu amo Masamune? Digo-lhe que foi o único em campo de batalha a identificar seu exército com a bandeira do Sol Nascente: seus soldados levavam às costas estandartes com o disco rubro sobre fundo branco do nosso país! E quando lhe perguntaram por que usava essa bandeira quando possuía seu próprio e honroso brasão, sabe o que respondeu? Que atravessara os mares e trouxera seu exército até ali não para a glória da casa Date, muito menos para a do xogum Hideyoshi, mas sim para servir ao seu país. Que a bandeira do sol nascente simbolizava a sua pátria, e que por ela viera preparado para morrer. Essa foi a sua resposta.

Musashi ouvia com muita atenção as palavras de Geki que, entusiasmado com a narrativa, havia se esquecido de beber.

— O saquê esfriou... — resmungou. Bateu palmas e chamou a serviçal.

Ao notar que seu anfitrião se dispunha a ordenar uma nova rodada, Musashi interveio às pressas:

— Já bebi o suficiente. Se não se incomoda, mande servir a refeição.

— Ora, é cedo para isso... — murmurou Geki, relutante. Reconsiderou, porém, talvez levando em conta a disposição de seu convidado, e ordenou à serviçal:

— Sirva-nos o jantar.

O anfitrião continuou a gabar-se de seu amo mesmo enquanto comia. De tudo o que lhe dizia o homem, um detalhe, porém, tornou-se aparente e cativou Musashi: em torno desse guerreiro, Date Masamune, todo o clã parecia estar continuamente empenhado em exercer os deveres de um verdadeiro *bushi*, em trilhar o centro do caminho das armas, em indagar-se sem cessar: "Qual o sentido do ser guerreiro?"

Shido, o caminho do guerreiro, existia ou não nos dias que corriam? A resposta a essa pergunta era: desde os tempos antigos, quando a classe guerreira fora próspera, o caminho sempre existira, mas de um modo vago. E vago como era, havia-se transformado em remotos princípios morais que se desgastaram com o correr dos turbulentos anos de guerra, a ponto de os esgrimistas atuais haverem até perdido de vista o próprio *shido*, o caminho originário.

Restara-lhes apenas a noção do "ser guerreiro", cada vez mais fortalecida ao sabor dos ventos que, como uma tempestade, haviam assolado o país no período Sengoku. Uma nova era estava por começar, mas nela não se divisava um novo caminho guerreiro. Como resultado, dentre os que hoje se arrogavam a condição de guerreiros, muitos eram desprezíveis e mesquinhos, mais despreparados que lavradores ou mercadores. Tais elementos, quando guindados a posições de comando, naturalmente destruíam-se a si mesmos. Em contrapartida, até mesmo entre os mais valorosos das hostes de Toyotomi ou Tokugawa, muito poucos eram os líderes guerreiros que se empenhavam de verdade em trilhar o *shido*, que se preocupavam em ser essencialmente a riqueza e o poder da nação.

No passado — para ser mais preciso, nos três anos que, por ordem de Takuan, passara encerrado no torreão do castelo Himeji sem ver a luz do sol, apenas dedicando-se à leitura de livros — Musashi lembrava-se de ter lido um manuscrito em meio às incontáveis obras da biblioteca da casa Ikeda.

O manuscrito intitulava-se "A ética no comportamento cotidiano"[8], de autoria de Fushikian, cujo verdadeiro nome era Uesugi Kenshin. Nele, o autor — suserano de Echigo e famoso general — relacionava os princípios éticos pelos quais pautava seu cotidiano, e os dava a conhecer a seus vassalos.

Lendo-os, Musashi havia tido uma visão do dia a dia de Kenshin, ao mesmo tempo em que havia descoberto por que o feudo de Echigo era considerado o símbolo da riqueza e de fortaleza bélica do país. A percepção, contudo, fora limitada, não lhe ocorrera relacioná-la com o *shido*.

Nessa noite, porém, ouvindo o relato de Ishimoda Geki, Musashi não só começou a considerar que Masamune era uma personalidade em nada inferior a Kenshin, como também que o clã dos Date, mesmo em meio ao conturbado mundo desses dias, havia conseguido estabelecer um firme *shido*, uma ética guerreira inabalável, que não se vergava nem mesmo perante o poder xogunal. E bastava-lhe observar Geki, o homem à sua frente, para sentir o quanto seu clã valorizava esses princípios.

— Perdoe-me se falei demais sobre assuntos do meu interesse, levado pelo entusiasmo. Mas... que acha, mestre Musashi, de conhecer Sendai? Meu amo é pessoa de pouca cerimônia: é do tipo que não hesita em entrevistar

---

8. No original, *Fushikian-sama Nichiyo Shishin-kan*. Uesugi Kenshin, o autor do livro, foi um famoso general do período Sengoku. Homem de espírito nobre e excelente estrategista, envolveu-se em frequentes lutas contra Odawara e Takeda (1530-1578).

qualquer um, *rounin* ou não. Basta que seja um samurai com clara noção do *shido*, e eu vou recomendá-lo especialmente quanto a esse aspecto. O destino nos uniu, gostaria portanto que fosse até lá. Podemos até seguir caminho juntos — insistiu Geki com fervor, depois que a serviçal retirou-se.

Musashi, no entanto, solicitou tempo para pensar um pouco mais sobre o assunto e se retirou para dormir.

Musashi permaneceu por muito tempo sem conseguir dormir.

Shido.

Imóvel, o pensamento preso nesse conceito, de súbito o jovem percebeu sua relação com a esgrima que ele praticava.

Kenjutsu — a técnica da esgrima.

Mas não era isso.

Kendo — o caminho da esgrima.

Era isso. A esgrima tinha de ser um caminho. *Shido*, o caminho preconizado por Kenshin e Masamune, tinha um forte ranço militarista. O dele seria humano, e ele o buscaria no alto, bem alto, sem descanso. Que devia fazer um diminuto ser humano para fundir-se harmoniosamente na natureza que o continha, para respirar em sincronia com o universo? Musashi iria empenhar-se na busca dessa resposta, seguiria até onde lhe fosse possível na tentativa de alcançar as fronteiras da paz espiritual e da iluminação. Haveria de dedicar-se de corpo e alma a transformar a esgrima num caminho.

Com a resolução firmemente estabelecida, Musashi caiu em profundo sono.

UM PRESENTE INESPERADO

I

Que teria acontecido a Otsu? Por onde andaria Joutaro? Esses foram os primeiros pensamentos que ocorreram a Musashi, mal despertou.

— Espero que tenha tido uma boa noite de sono! — disse-lhe Ishimoda Geki, à mesa da refeição matinal. Envolvido na conversação, mas nem por isso esquecendo-se de suas preocupações, Musashi se viu momentos depois fora da hospedaria, no meio da torrente de viajantes que trafegava pela estrada Nakasendo.

Embora não tivesse consciência disso, o jovem mantinha um olhar vigilante sobre a corrente humana que ia e vinha ao seu redor.

A visão de uma silhueta familiar o sobressaltava: será ela?

Geki logo se deu conta do desassossego do companheiro.

— Procura alguém? — perguntou.

— Na verdade... — respondeu Musashi, explicando em poucas palavras a situação e aproveitando a oportunidade para agradecer e despedir-se de Geki, uma vez que pretendia seguir até Edo procurando pelos dois desaparecidos durante o trajeto.

Geki lamentou:

— É uma pena! Imaginei que teria o prazer de sua companhia por um bom trecho da viagem... Contudo, recordo-lhe uma vez mais o assunto sobre o qual me estendi na noite passada, e insisto: venha nos ver em Sendai.

— Agradeço seu convite. Encontrar-nos-emos numa próxima oportunidade.

— Faço questão de lhe mostrar o nível moral e disciplinar dos guerreiros do clã Date. Se isso não lhe interessa, apareça ao menos para ouvir nossas árias *sansa-shigure*. Se nem isso lhe interessa, venha apreciar a paisagem das ilhas Matsushima, decantada em verso e prosa. Lembre-se: estou à sua espera.

Com essas palavras, o homem que conquistara a amizade de Musashi em apenas uma noite afastou-se a passos largos rumo ao desfiladeiro de Wada. Havia algo atraente no vulto que se distanciava rapidamente. Musashi resolveu: um dia visitaria as terras do clã Date.

Nessa época, não devia ser raro um samurai encontrar-se com viajantes do tipo de Geki. A experiência não seria exclusiva de Musashi. Os rumos do país não estavam ainda definidos e os diversos clãs procuravam bons elementos para acrescentar às suas hostes. Fazia parte, portanto, das funções de um eficiente vassalo procurar indivíduos dignos de atenção e apresentá-los a seus amos.

— Patrão! Ei, patrão! — chamou alguém às costas de Musashi.

Depois de percorrer um trecho na direção de Wada, ele havia retornado até a entrada da cidade Shimo-Suwa e tinha estado algum tempo em pé, absorto, na bifurcação das estradas de Koshu e Nakasendo. Os homens que tinham se agrupado às suas costas eram carregadores, ou seja, ganhavam a vida transportando cargas e bagagens nas cidades que cresciam em torno das estações de muda, ao longo das estradas.

O grupo, porém, não era homogêneo, havendo em seu meio condutores de cavalo e carregadores de liteira de um modelo primitivo, estes últimos razoavelmente solicitados, já que a estrada se tornava íngreme na direção de Wada.

— Que querem? — indagou Musashi, voltando-se.

Cruzando sobre o peito os braços grossos como toras, os homens vieram se aproximando, analisando o jovem de alto a baixo com olhares pouco cerimoniosos.

— Patrão, parece que está à procura de alguém... A pessoa que procura é uma beldade, ou um servo?

II

Musashi não tinha bagagens a carregar, nem vontade de contratar uma liteira. Aborrecido, sacudiu a cabeça em negativa e começou a se afastar rapidamente do grupo de trabalhadores braçais, mas ainda hesitante quanto ao caminho a tomar. Leste ou oeste?

A certa altura, havia decidido deixar tudo nas mãos da providência e seguir sozinho para Edo, mas uma súbita inquietação quanto ao destino de Joutaro e a sorte de Otsu o fez repensar.

"Vou procurar por estes arredores pelo menos durante o dia de hoje inteiro. Se nem assim conseguir saber de seus paradeiros, não tenho alternativa senão seguir sozinho até Edo e lá esperar por eles."

Quando acabava de tomar essa resolução, um dos carregadores que uma vez mais haviam se aproximado disse-lhe:

— Patrão! Se está mesmo procurando alguém, nós estamos aqui à toa, tomando banho de sol... Dê as pistas que a gente procura!

Um outro acrescentou:

— Não somos de estipular valores, de dizer o quanto queremos ganhar...

— Afinal, quem é que o senhor procura: uma mulher, a mãe idosa?

A insistência era tanta que Musashi acabou por contar sua situação, perguntando se algum deles teria visto uma jovem ou um menino que correspondesse à descrição.

— Ora essa… — disseram, entreolhando-se. — Parece que nenhum de nós viu ninguém parecido com eles. Mas não se preocupe, patrão: a gente se espalha pelas três estradas de Suwa e Shiojiri e os encontra num piscar de olhos. Até essa moça que diz ter sido raptada a gente encontra. Para cruzar estas montanhas, o sujeito que a raptou não tem outra escolha senão passar por um dos desfiladeiros. E aí, nada melhor que uma raposa para conhecer os caminhos de outra raposa. Existem buracos pouco conhecidos onde nós, gente da terra, podemos achá-los.

— Têm razão — concordou Musashi. Havia lógica no que diziam. Em vez de ele próprio, um estranho naquelas paragens, sair a esmo procurando pelos dois, talvez fosse realmente muito mais eficaz usar esses homens para obter notícias. — Peço-lhes que iniciem as buscas.

— Deixe conosco! — responderam os homens entusiasmados. Discutiram ruidosamente a divisão dos grupos de busca e logo um dos homens adiantou-se em nome dos demais e disse, esfregando as mãos entre risadinhas melífluas:

— Patrão, sabe como é… Nós somos trabalhadores braçais pobres, vivemos um dia de cada vez do suor dos nossos corpos. Nem comemos ainda esta manhã. O senhor não podia nos adiantar alguns trocados pelo trabalho de meio-dia, para cobrir as despesas com nossas sandálias? Até o fim do dia, tenho certeza de que teremos notícias sobre o paradeiro dessas pessoas.

— Claro, é justo! — disse Musashi. Juntou tudo que tinha, mas o valor ainda não cobria o preço pedido pelos homens.

Sozinho no mundo, Musashi, mais que ninguém, sabia dar valor ao dinheiro, principalmente porque vivia em contínuas viagens pelo país. Por outro lado, nunca tivera muito apego ao dinheiro exatamente por ser solitário e não ter a responsabilidade de sustentar ninguém. Hospedava-se em templos, dormia ao relento, recebia vez ou outra a ajuda de amigos, mas se nada tinha, não se incomodava de não comer uma ou outra refeição. Esse tinha sido o seu modo de viver até agora, e de um jeito ou outro, sempre sobrevivera.

Pensando bem, as despesas desta última viagem haviam sido pagas integralmente por Otsu. A jovem havia ganhado uma vultosa quantia da casa Karasumaru como presente de despedida e pagara não só as despesas de viagem, como também entregara parte do dinheiro a Musashi, pedindo-lhe que o usasse para seus gastos pessoais.

O jovem passou aos homens tudo que havia ganhado de Otsu, perguntando:

— Isto é suficiente para vocês?

Contando as moedas na palma da mão e distribuindo-as, o porta-voz do grupo disse:

— Está bem, faço um abatimento. Espere-nos então na frente do portal com cumeeira dupla do templo Myojin, de Suwa. Até a noite estaremos de volta trazendo boas notícias.

Dispersaram-se a seguir em todas as direções como um bando de formigas.

III

Ficar ao léu enquanto os homens se espalhavam pelos arredores em busca dos desaparecidos não agradava a Musashi. O jovem decidiu, portanto, procurar pessoalmente pelos arredores de Suwa e da cidade casteleira de Takashima.

Enquanto indagava aqui e ali sobre Otsu e Joutaro, Musashi, incapaz de desperdiçar o dia inteiro apenas nisso, voltava também sua atenção para as características topográficas e hidrográficas da região, assim como para a busca de algum nome guerreiro famoso nas cercanias.

Ambas as buscas não renderam e, com o cair da tarde, o jovem acercou-se do templo Myojin de Suwa, local onde prometera esperar pelos carregadores, mas não encontrou ninguém.

— Estou cansado — sussurrou, sentando-se pesadamente num degrau da escadaria de pedra diante do portal de cumeeira dupla.

Esse tipo de queixa acompanhado de um profundo suspiro raras vezes escapava da boca do jovem, mas o cansaço nesse dia provinha de um desgaste espiritual e não físico.

Ninguém aparecia.

Entediado, deu uma volta pela extensa propriedade e retornou.

Nenhum dos homens que contratara tinha voltado ainda.

Um som semelhante ao de cascos de cavalo soava vez ou outra, provocando sobressaltos em Musashi. Incomodado, desceu a escadaria e se aproximou de um pequeno casebre no fundo de um bosque cerrado e avistou em seu interior um cavalo branco sagrado. Era ele o responsável pelo ruído que o havia incomodado havia pouco.

— Que quer, senhor *rounin*? — perguntou um homem que se ocupava em dar feno ao animal, voltando-se. — Procura a casa sacerdotal?

O olhar era de velada censura.

Musashi explicou a situação em linhas gerais, tornado claro que não era nenhum indivíduo suspeito. O homem, que usava o uniforme branco dos serviçais de templo, quase rolou de tanto rir.

Musashi ofendeu-se e perguntou-lhe qual era a graça, ao que, sem parar de rir, o cavalariço respondeu:

— Não sei como o senhor se manteve incólume até hoje sendo tão ingênuo e viajando tanto. Nunca lhe ocorreu perguntar-se para que um bando de malfeitores como esse que descreveu haveria de perder tempo procurando honestamente por pessoas desaparecidas depois de receber o pagamento adiantado?

— Quer dizer que eles mentiram quando prometeram procurar? — espantou-se Musashi.

Penalizado, o serviçal do templo respondeu, desta vez com expressão séria:

— O senhor foi enganado. Agora compreendi por que um bando de carregadores bebia e jogava *bakuchi* em plena luz do dia no bosque do morro existente atrás deste templo. Na certa eram seus homens.

A seguir, o funcionário do templo contou diversos casos ocorridos nas cercanias de Suwa e Shiojiri, envolvendo viajantes que tinham sido extorquidos por carregadores de má índole e perdido o dinheiro reservado para as despesas de viagem.

— Essas coisas podem acontecer em qualquer lugar. De agora em diante, precavenha-se — aconselhou o homem, levando a manjedoura agora vazia e afastando-se.

Musashi permaneceu imóvel por algum tempo, atônito com o próprio despreparo.

Espada na mão, sabia que não havia brechas em sua guarda, mas no mundo real, um reles grupo de ignorantes trabalhadores braçais era capaz de lográ-lo! O jovem percebeu claramente que lhe faltava adestramento para enfrentar a vilania do mundo real.

— Paciência… — murmurou.

Não se sentia especialmente revoltado, mas tinha mesmo que se precaver, pois esse tipo de despreparo haveria de surgir na forma de falhas estratégicas quando um dia estivesse à frente de um exército.

Tenho muito a aprender do mundo vil, pensou, humilde.

Voltou sobre os próprios passos até o portal do templo e, de súbito, percebeu que havia um vulto no lugar onde até há pouco ele próprio estivera.

IV

— Ah! Patrão! — disse o vulto, descendo a escadaria e vindo ao encontro de Musashi, mal o avistou. — Soube do paradeiro de um de seus companheiros, e vim avisá-lo!

— Como é? — perguntou o jovem, algo desnorteado. Observou o homem com cuidado e percebeu que se tratava de um dos trabalhadores do grupo que, pela manhã, havia se dispersado em busca dos dois desaparecidos em troca de algumas moedas.

A estranheza tinha razão de ser, pois nos ouvidos do jovem ainda soava a risada do guardião do cavalo sagrado, zombando de sua ingenuidade.

Ao mesmo tempo, Musashi percebeu que embora o mundo fosse repleto de malandros como os carregadores que lhe haviam extorquido dinheiro para beber e jogar, sempre sobravam alguns honestos. A descoberta encheu-o de satisfação.

— De qual deles? Do menino Joutaro ou da jovem Otsu?

— Descobri a direção tomada por esse tal Daizou de Narai, que leva o menino Joutaro.

— Realmente?

De súbito, o mundo lhe pareceu um lugar menos sombrio.

A história contada pelo honesto homem era a seguinte:

Pela manhã, ao receber o adiantamento, seus colegas — que desde o princípio não haviam tido a menor intenção de sair em busca dos desaparecidos — todos abandonaram o trabalho e se dedicaram à jogatina. Ele, contudo, ciente das circunstâncias que cercavam o desaparecimento dos companheiros de Musashi, ficara penalizado e fora sozinho de Shiojiri até Seba, parando a cada posto de descanso de litereiros e pedindo informações a colegas de profissão. Da jovem nada soubera, mas pela altura do meio-dia, ouviu da serviçal de uma hospedaria, que o senhor Daizou de Narai havia ali almoçado e seguido na direção do passo de Wada para transpor as montanhas.

— Obrigado por ter vindo me avisar! — disse Musashi. Disposto a gratificar a honestidade do homem, apalpou o quimono na altura do peito em busca da carteira e descobriu, desolado, que havia dado tudo o que possuía para os vigaristas e que só lhe restavam alguns trocados para o jantar. "Mas eu quero recompensá-lo", pensou.

Nada do que levava consigo teria valor para o homem. Afinal, raspou o fundo da carteira e entregou o dinheiro que separara para a refeição, decidido a não jantar nessa noite.

— Muitíssimo obrigado, patrão! — agradeceu o trabalhador honesto encostando o dinheiro à testa e afastando-se, feliz por receber uma recompensa a mais apenas por ter cumprido o seu dever.

Agora, não restava a Musashi sequer uma única moedinha.

Inconscientemente, o jovem acompanhou com olhar desolado o vulto que se afastava levando toda a sua posse, sobretudo porque a fome havia começado a apertar desde o começo da tarde…

Achou, porém, que os trocados que o homem honesto levava para a casa teriam serventia muito maior que a de saciar sua própria fome. Além disso, ao saber que a honestidade era recompensada, amanhã o homem tornaria a ajudar da mesma forma outros viajantes em apuro que por acaso encontrasse na estrada.

"Em vez de dormir sob o alpendre de alguma casa nestes arredores, vou seguir adiante e tentar alcançar Daizou e Joutaro", decidiu.

Se conseguisse vencer o passo de Wada durante a noite, com alguma sorte encontraria os dois amanhã.

Momentos depois, Musashi deixava para trás a parada de Suwa, pela primeira vez em muito tempo, andando sozinho pela estrada escura, desfrutando o prazer de uma viagem noturna.

V

Musashi gostava da sensação de andar sozinho à noite.

O gosto talvez lhe viesse de sua vida solitária. Andando em silêncio pela estrada escura, atento ao som dos próprios passos e ouvindo o vento, o jovem era capaz de esquecer todos os seus aborrecimentos e sentir-se feliz.

No meio de uma multidão ruidosa, ele se sentia solitário e com o coração confrangido, não sabia explicar por quê. Mas quando andava sozinho no meio da noite, sentia ao contrário o espírito leve, alegre.

Isto talvez ocorresse porque ao caminhar sozinho à noite, diversas verdades se manifestavam ao espírito — coisa quase impossível de acontecer no meio de uma multidão. Nessas ocasiões, Musashi era capaz de considerar friamente o mundo em geral, e ao mesmo tempo contemplar-se com a mesma imparcialidade com que contemplaria um estranho.

— Olá! Estou vendo um ponto de luz adiante! — murmurou Musashi. Apesar do seu gosto por solidão, sentiu alívio ao avistar sinais de fogo depois de andar quilômetros por uma estrada escura que parecia não ter fim.

Fogo e uma casa habitada.

Voltando de seus devaneios ao mundo real, percebeu que ansiava por companhia humana a ponto de sentir o coração estremecer de alegria, mas não teve tempo de indagar a si mesmo a razão desses sentimentos contraditórios.

— Parece que estão à beira de um fogareiro. Talvez me permitam secar o quimono molhado de sereno. Que fome! Talvez tenham um pouco de cozido sobrando.

Seus pés haviam assumido o comando do corpo e já se dirigiam apressadamente rumo ao ponto de luz avistado.

Passava da meia-noite.

Ele havia partido de Suwa ao anoitecer, mas depois de cruzar a ponte sobre o rio Ochiai, ainda no vale, a estrada o levara cada vez mais alto nas montanhas. Àquela altura, já havia vencido um passo, mas tinha ainda pela frente os de Wada e Daimon, nos picos dos mesmos nomes: suas silhuetas sobrepostas agigantavam-se diante dele contra o negro céu estrelado.

O pequeno ponto de luz brilhava nas redondezas de um extenso vale interligando a base dos referidos picos.

Musashi aproximou-se e descobriu que se tratava de uma solitária casa de chá. Na área fronteiriça ao alpendre, havia cinco a seis mourões para prender cavalos. Apesar da hora tardia e de estar localizada em meio ao nada, a casa estava cheia ainda: vozes rústicas em animada conversa misturadas ao crepitar do fogo vinham do interior do aposento de terra batida.

"E agora?" pensou Musashi parando à porta, em dúvida.

Se a casa fosse de lavradores ou lenhadores, podia pedir comida ou pouso por uma noite. Mas num estabelecimento comercial, teria de pagar por tudo que pedisse, mesmo por um pouco de chá.

Dinheiro não tinha, nem mesmo uma pequena moeda. E o cheiro de cozidos que escapava do morno ambiente teve o efeito de espicaçar-lhe a fome e de minar a vontade de se afastar dali.

"Não tenho outro recurso senão pedir-lhes um prato de comida em troca do que eu tenho comigo", pensou. O objeto que pretendia trocar estava no fundo de sua pequena trouxa.

— Boa noite! — disse ele, entrando.

Até chegar a essa resolução, Musashi tinha permanecido longo tempo do lado de fora, hesitando, mas os homens que se agitavam no interior do aposento com certeza sentiram que sua entrada tinha sido abrupta, pois calaram-se de imediato e o contemplaram espantados.

No meio da sala de terra batida havia um braseiro, e sobre ele, pendia de um gancho uma fumegante panela com um cozido de nabos e carne de javali. O braseiro havia sido cavado na terra para que os clientes da casa dele pudessem se aproximar sem antes ter de descalçar as sandálias.

Aboletados em banquetas e barris, três homens com aparência de bandoleiros beliscavam o cozido e bebiam de chávenas o saquê amornado nas cinzas do braseiro. O taberneiro, de costas para o grupo, fatiava picles enquanto tagarelava com os fregueses.

— Que quer você? — disse em lugar do taberneiro um homem de cabelos mal aparados e que tinha o olhar mais agressivo de todos, voltando-se para Musashi.

VI

O aroma do cozido e o calor do aposento envolveram Musashi, que sentiu fome e sede quase insuportáveis.

Um homem com aparência de bandoleiro lhe disse alguma coisa, mas o jovem o ignorou, passou por ele e sentou-se numa banqueta a um canto.

— Taberneiro! Prepara-me qualquer coisa para comer — pediu.

O dono do estabelecimento logo se aproximou trazendo o ensopado e um pouco de arroz frio.

— Pretende vencer o passo ainda durante esta noite, forasteiro? — perguntou.

— Pretendo. Gosto de viajar à noite — respondeu Musashi, já segurando seu *hashi*.

Acabou de comer, pediu uma nova porção do ensopado e indagou:

— Sabe se durante o dia passou por aqui um certo senhor Daizou de Narai, acompanhado de um menino?

— Não sei, não senhor. Ó senhor Toji, sabe de alguém que tenha visto essa dupla por aqui? — perguntou o taberneiro para os homens do outro lado da panela.

Os três homens que continuavam a comer e a servir-se mutuamente o saquê, sussurravam alguma coisa entre si com as cabeças próximas e responderam em uníssono, bruscamente:

— Não!

Musashi satisfez a fome e tomou uma xícara de chá. Seu corpo tinha-se aquecido gradualmente, ao mesmo tempo em que lhe crescia a apreensão quanto ao modo de pagar a conta.

Talvez devesse ter explicado sua situação desde o início ao dono do estabelecimento, mas a presença dos três estranhos o havia inibido. Além disso, nunca pretendera esmolar a refeição, de modo que optara por encher primeiro a barriga. Mas que faria, caso o taberneiro discordasse com a troca que ia propor?

Nesse caso, deixaria em paga o *kougai*[9] de sua espada, resolveu ele.

— Taberneiro: não tenho comigo nem uma única moedinha. Isso, porém, não significa que pretendo sair daqui sem lhe pagar. Sei que o pedido é incomum, mas quero que aceite um objeto que tenho comigo em troca da refeição.

Contrário à expectativa, o homem aceitou sem reclamar:

---

9. *Kougai*: disco de metal trabalhado, muitas vezes valioso, adaptado à boca da bainha de uma espada e que serve para estabilizar a arma em seu interior.

— Aceito, sim senhor. Mas que tipo de objeto é esse?
— Uma imagem da deusa Kannon.
— Como? Mas é valioso demais!
— Nada disso. Não se trata de uma obra artística esculpida por artesão famoso. Eu mesmo esculpi com minha adaga um toco de ameixeira envelhecido e criei esta pequena imagem da deusa em posição sentada. Talvez não chegue a valer uma refeição, mas... examine-a, ao menos — acrescentou Musashi. Sacudiu sua mochila, pegando-a por um dos cantos. No mesmo instante, um objeto pesado foi ao chão com um pequeno baque.

— Ora essa...! — foi a exclamação uníssona que partiu da boca do estalajadeiro e dos três homens agrupados do outro lado do braseiro.

Também atônito, Musashi, permanecia imóvel com o olhar fixo no objeto caído aos seus pés.

O embrulho continha moedas de todos os tipos que se haviam espalhado pelo chão: de ouro, pesadas e grandes, cunhadas no período Keicho, assim como prateadas e douradas, de menor valor.

"De quem serão estas moedas?" pensou Musashi.

Os quatro da taberna pareciam pensar o mesmo: desconfiados, continham a respiração, fixando atentamente o chão.

Musashi tornou a sacudir sua trouxa. Uma folha de papel caiu sobre as moedas.

VII

Surpreso, abriu a folha e descobriu que era um bilhete de Ishimoda Geki.

Era um recado curto, de uma só linha, e dizia:

"Use para suas despesas.

Geki"

O montante era considerável e fez Musashi apreender o significado daquela simples linha. A tática era empregada não só por Date Masamune, mas por diversos outros *daimyo*.

Manter uma equipe permanente de homens talentosos não era tarefa fácil para qualquer suserano. Mas os tempos exigiam, cada vez mais, o emprego de hábeis guerreiros em todos os feudos. *Rounin* nômades, sem emprego ou suserano, abundavam à beira das estradas desde a batalha de Sekigahara, era verdade, mas muito poucos dentre eles eram realmente valiosos. Os poucos que preenchiam os requisitos eram logo contratados em troca de altos estipêndios que alcançavam desde algumas centenas até alguns milhares de *koku*, mesmo que carregassem o ônus de sustentar numerosos agregados.

Soldados rasos podiam até ser recrutados com facilidade no próprio dia da batalha, mas o que a maioria dos feudos procurava freneticamente nos dias que corriam eram os poucos valiosos, difíceis de ser encontrados. Portanto, no momento em que localizavam tal elemento, a tática favorita era comprar-lhe de alguma forma a simpatia ou chegar a um acordo tácito com ele.

Como um dos exemplos mais famosos dessa prática, podia ser citado o caso de Toyotomi Hideyori, o atual suserano do palácio de Osaka, que pagava uma estupenda taxa de vassalagem a Goto Matabei, fato que era de conhecimento público. O montante nada desprezível pago anualmente pela casa Toyotomi a Sanada Yukimura, refugiado nas montanhas Kudousan, era outro exemplo, aliás muito bem investigado por Tokugawa Ieyasu.

Um *rounin* que levava a vida no anonimato jamais necessitaria de quantias tão elevadas para viver, mas nas mãos de Yukimura, o montante se fragmentava e servia para sustentar alguns milhares de outros *rounin*. Por esse detalhe percebia-se que devia ser grande o número de pessoas vivendo ociosas pelas cidades, apenas à espera do dia da grande batalha em que a casa Toyotomi enfrentaria a de Tokugawa.

Nesse quadro, tornava-se claro por que o vassalo da casa Date havia corrido no encalço de Musashi, logo após o episódio do pinheiro solitário de Ichijoji. O dinheiro provava claramente a intenção de Geki de vincular o jovem ao seu clã. Era também um presente problemático.

Se o usasse, Musashi estaria se vendendo.

Mas e se não tivesse o dinheiro?

"Minhas dúvidas surgiram depois que soube da existência dele. Se não o tivesse, viveria muito bem do mesmo modo, está claro!"

Chegando a essa conclusão, o jovem juntou as moedas espalhadas aos seus pés e tornou a guardá-las na mochila que lhe servia para transportar miudezas.

— Muito bem, taberneiro. Aceite isto como paga pela refeição — disse, apresentando-lhe a escultura da deusa Kannon.

Desta vez, porém, o dono da casa de chá não mostrou nenhum entusiasmo.

— Que é isso, patrão? Não posso aceitar essa escultura! — disse, sem sequer pegá-la nas mãos.

E quando Musashi lhe perguntou o motivo da recusa, o homem respondeu:

— Ora essa, patrão! Eu disse que aceitava a estatueta porque o senhor me disse que não tinha sequer uma pequena moedinha. Mas... que vejo eu?

O senhor não só tem dinheiro, como tem até demais! Deixe de ser avarento e me pague, por favor!

Os três bandoleiros que acompanhavam os acontecimentos com expressões agora sóbrias, moveram as cabeças, concordando com o que dizia o taberneiro em tom queixoso.

VIII

Seria muita tolice tentar explicar àquela gente que o dinheiro não lhe pertencia.

— Tem razão. Creio que tenho de lhe pagar em dinheiro.

Apanhou uma moedinha de prata e a pôs na palma da mão do taberneiro.

— Ih...! Agora sou eu que não tenho troco. Não tem moedas menores, patrão?

Musashi tornou a examinar, mas não tinha nenhuma de menor valor.

— Não precisa me dar o troco. Fique com ele pelo serviço.

— Ora, muito obrigado, patrão! — sorriu o homem, agora melifluamente.

O jovem guardou o restante na faixa abdominal debaixo do seu *obi*, já que havia começado a gastar. Tornou a meter a estatueta de madeira recusada no saco e o pôs às costas.

— Vamos, fique mais um pouco e aqueça-se ao fogo — convidou o velho, acrescentando lenha ao braseiro. Musashi, porém, considerou o momento oportuno para partir, e despediu-se.

Era noite ainda, mas já não sentia fome.

Decidiu vencer o pico Wada e alcançar o de Daimon até o amanhecer. Fosse dia claro, as campinas do planalto estariam repletas de rododendros, gencianas e campânulas, mas na escuridão, apenas a névoa branca que lembrava fiapos de algodão rastejava sobre o solo.

Flores havia no céu, que se assemelhava a um jardim de exuberantes espécimes.

— Eeeei! — chamou uma voz ao longe, quando já havia percorrido quase dois quilômetros. — Patrão! Deixou cair uma coisa!

Um dos bandoleiros que havia pouco tinham estado na casa de chá alcançou-o correndo e disse:

— Anda rápido, hein, senhor? Isto deve ser seu. Só notei algum tempo depois que partiu da casa de chá.

O homem exibia uma moedinha na palma da mão, acrescentando que viera devolvê-la.

Musashi discordou, dizendo que não deveria ser dele, mas o desconhecido sacudiu a cabeça com vigor, afirmando que a peça, não tinha dúvida, havia rolado para um canto do aposento quando o jovem deixara cair o embrulho com o dinheiro.

Uma vez que não sabia o montante exato que possuía, Musashi acabou achando que o homem tinha razão.

Assim, agradeceu-lhe o empenho em devolver-lhe a moeda e a guardou na manga do quimono, não conseguindo porém sentir simpatia pelo homem, apesar da sua aparente honestidade.

— Desculpe a indiscrição, mas com quem aprendeu artes marciais, senhor? — perguntou o desconhecido, continuando a andar ao lado de Musashi, mesmo depois de levar a termo a tarefa que se havia proposto. Este fato também causou estranheza ao jovem.

— Sou autodidata — respondeu em tom displicente.

— Pois eu também já fui um samurai, apesar de viver hoje em dia metido no meio das montanhas.

— Sei...

— O mesmo aconteceu com os homens que viu há pouco em minha companhia. Nossa vida se assemelha um pouco ao do lendário dragão que se oculta no fundo de um poço à espera de uma oportunidade para alçar voo rumo à vastidão infinita. Vivemos enfurnados nestas montanhas ganhando o sustento como lenhadores, ou ervatários, mas no momento certo, vamo-nos erguer como Sano Genzaemon, empunhar uma espada rústica, vestir uma velha armadura e inscrever-nos nas fileiras de algum famoso *daimyo* para lutar!

— É partidário da coalizão de Osaka, ou do leste?

— Isso não importa. O importante é verificar para que lado sopram os ventos. Caso contrário, a gente pode terminar a vida sem ter ganhado nada.

— Ah-ah! Essa é boa! — riu Musashi, sem dar importância alguma ao que lhe dizia o estranho. Aumentou as passadas para ver se se livrava de sua companhia, mas o homem apressou-se em acompanhá-lo.

Outro detalhe chamou-lhe a atenção: o estranho esforçava-se por andar rente ao seu lado esquerdo. O posicionamento era do tipo que maior suspeita despertava em qualquer espadachim com razoável adestramento por ser o preferido dos que maquinam desfechar um golpe relâmpago.

IX

Musashi, porém, deixou o lado esquerdo visado por seu bárbaro e desconhecido acompanhante intencionalmente desguarnecido, oferecendo-o até ao seu golpe.

— Como é, forasteiro? Não quer passar a noite conosco? Além do pico de Wada, está o de Daimon. Sei que quer vencê-los ainda esta noite, mas a tarefa não é nada fácil para quem desconhece o terreno. A estrada, daqui para a frente, só tende a ficar cada vez mais íngreme e difícil.

— Acho que vou aceitar seu convite.

— Isso, isso mesmo! Mas não espere nenhum tipo de recepção.

— Claro! Quero apenas um canto onde possa me deitar. Por falar nisso, onde moram vocês?

— Meio quilômetro além, subindo por esse caminho à esquerda do vale.

— Em que encosta íngreme foram morar!

— Como já lhe expliquei há pouco, eu e meus companheiros levamos por enquanto uma vida de reclusos, fingindo-nos de caçadores e ervatários, à espera de dias melhores.

— Por falar nisso, onde estão seus dois companheiros?

— Devem estar ainda na taberna. Costumam beber tanto que precisam ser carregados de volta para a casa, tarefa que sempre me cabe. Hoje, porém, achei que era demais e larguei-os lá. Êpa, atenção, forasteiro! Além desse barranco tem um rio: desça com cuidado.

— Atravessamos para a outra margem?

— Sim. Cruze por esse tronco caído sobre a parte mais estreita do rio e suba ao longo do vale, para a esquerda — indicou o homem, embora ele próprio permanecesse parado no meio do barranco.

Musashi nem sequer se voltou e começou a atravessar a ponte.

Com um repentino salto, o bandoleiro parado no meio do barranco desceu para a margem do rio, e agarrando a ponta do tronco, ergueu-a tentando lançar Musashi para dentro da água.

— Que pretende?

O grito, partindo do meio do rio, sobressaltou o homem, que ergueu a cabeça.

O jovem não estava mais sobre o tronco, mas parado numa rocha no meio da correnteza espumante, como uma lavandisca pousada no rio.

— Ah!

O homem largou bruscamente o tronco que bateu na água e jogou uma espuma branca sobre a margem. E antes ainda que as gotas espirradas chegassem ao solo, o vulto no meio do rio tão parecido com uma lavandisca saltou de volta para a margem, desembainhou a espada num movimento rápido que olhar algum detectaria, e abateu o dissimulado e covarde bandoleiro.

Nessas situações, Musashi nem sequer se dava ao trabalho de lançar outro olhar sobre sua vítima. Enquanto ela ainda cambaleava, o jovem, espada em riste, já se preparava para enfrentar algo mais. Cabelos arrepiados, lembrava um falcão de penas arrufadas à espera de um ataque, o qual podia provir de qualquer ponto da montanha.

Conforme esperara, um estrondo que pareceu romper o vale em dois ribombou do outro lado do caudaloso rio proveniente das montanhas.

O tiro tinha partido de uma arma de caça. A bala passou certeira pelo ponto ocupado por Musashi e se encravou no barranco logo atrás.

O jovem tombou ali mesmo depois que a bala se alojou no barranco. E enquanto observava a clareira do outro lado do rio, notou dois pontos vermelhos que piscavam como vagalumes.

Dois vultos rastejavam cautelosamente para a beira do rio.

O bandoleiro que antecedera os demais para a terra dos mortos havia dito que seus dois companheiros tinham ficado bebendo na taberna, mas era mentira: os comparsas haviam lhes passado à frente e armado a emboscada, exatamente como Musashi tinha previsto.

Não viviam da caça ou de colher ervas, como lhe havia dito o bandoleiro morto: eram, isto sim, assaltantes, e seu covil sem dúvida situava-se naquela montanha.

Contudo, o homem devia estar falando a verdade quando afirmara diversas vezes que se ocultavam à espera de uma oportunidade para se reerguer, já que mesmo os piores bandidos deviam querer uma vida melhor para seus filhos e netos. Bandoleiros e ladrões começavam a pulular nas montanhas, nos campos e nas cidades em todas as províncias, gente que havia optado por tais expedientes apenas para atravessar o difícil período do país, conturbado por guerras. E quando enfim chegasse o dia da grande batalha, todos eles voltariam à condição de cidadãos respeitáveis e se apresentariam a diversos suseranos, levando consigo lanças enferrujadas e vestindo armaduras rotas. Infelizmente, porém, este que aqui tombara nunca chegaria a ver o grande dia.

QUEIMANDO VERMES

I

Segurando a mecha acesa com os dentes, um dos homens preparava o mosquete para um segundo tiro.

O outro, acocorado, espreitava na direção de Musashi. O bandoleiro havia visto um vulto tombando na margem oposta, mas parecia inseguro e sussurrava para o companheiro:

— Tem certeza?

O indivíduo recarregando a arma assentiu vigorosamente:

— Absoluta! Vi quando ele caiu!

Enfim tranquilizado, o homem ergueu-se, disposto a atravessar pelo tronco para o outro lado do rio com seu comparsa.

Quando o vulto empunhando o mosquete aproximava-se do meio da ponte, Musashi ergueu-se.

— Ah!

Com um grito de espanto, o homem pressionou o dedo que descansava no gatilho, mas àquela altura, a arma já não mirava o alvo: a bala disparou para o alto, e o estrondo apenas despertou ecos no vale.

Os dois bandoleiros retornaram em desordenada carreira, e fugiram beirando o rio, mas ao ver que Musashi lhes vinha no encalço, um deles pareceu repentinamente irritar-se com a situação e gritou para o companheiro:

— Ei! Ei! Por que estamos fugindo? Ele está sozinho! Eu, Toji, posso acabar com ele sozinho, mas volte aqui e venha me dar uma mão, por segurança!

O homem que gritava não era o do mosquete. Seu comportamento e o fato de haver declinado o próprio nome alto e bom som indicavam ser ele o líder da quadrilha que infestava aqueles ermos.

A essas palavras, assaltante do mosquete, seu asseclia talvez, encheu-se de coragem.

— Já vou! — respondeu. Lançou longe a mecha acesa e empunhando a arma pelo cano, avançou também na direção do jovem.

No mesmo instante Musashi percebeu que os dois bandoleiros não eram simples ladrões de estrada, em especial o que vinha brandindo uma espada rústica, pois sua postura deixava entrever um bom treinamento.

Ao se aproximar, porém, os dois homens foram arremessados longe por um único golpe desferido por Musashi. O bandoleiro que empunhava o mosquete havia sido atingido fundo, de viés, desde o ombro até o torso e jazia imóvel à beira do barranco, meio corpo pendendo sobre a correnteza.

Quanto ao outro, que se denominara Toji, fugia agora às carreiras montanha acima apesar das bravatas, segurando o antebraço ferido.

Musashi perseguiu o fugitivo seguindo o rastro de terra que rolava do alto.

Estavam numa ravina entre os picos Wada e Daimon, onde as faias cresciam exuberantes, e que por isso mesmo era chamada de Vale das Faias. No topo da elevação que acabava de galgar, Musashi avistou uma casa solitária, simples e grande, construída com toras das próprias faias.

Um clarão avermelhado provinha dela.

Havia claridade também no interior da casa, mas a luz que chamou a atenção de Musashi parecia provir de uma dessas tochas feitas de tocos de madeira embebidos em óleo, empunhada por uma pessoa no alpendre da cabana.

O líder dos bandoleiros correu esbaforido na direção da luz enquanto gritava:

— Apague o fogo, apague o fogo!

A isso, o vulto que empunhava a tocha e a protegia do vento com a manga do quimono respondeu:

— Que foi?

Era uma voz feminina.

— Que horror, quanto sangue! Você está ferido?! Eu desconfiei que havia algo errado quando ouvi o estampido lá no vale…!

O homem voltou-se aflito, atento aos passos que lhe vinham no encalço e tornou a esbravejar, ofegante:

— Apaga a tocha de uma vez, mulher burra! E também o fogo dentro da casa!

Jogou-se para dentro da cabana, seguido pela mulher em pânico que soprava a tocha desesperada por apagá-la. Momentos depois, quando Musashi enfim parou à entrada, já não havia luz dentro da casa e a porta achava-se hermeticamente fechada.

II

Musashi estava furioso.

A raiva não era pessoal. Ela não tinha sido provocada pela covardia do bandoleiro nem pela sensação de ter sido enganado. Aqueles bandoleiros não passavam de vermes, pensava ele, não podia deixá-los impunes por uma questão de justiça.

— Abram! — gritou.

Ninguém o atendeu, naturalmente.

A porta, de madeira grossa, parecia à prova de chutes. Mesmo que não fosse, ninguém com um mínimo de preparo guerreiro haveria de bater nela ou sacudi-la para tentar abrir. O jovem manteve-se a uma cautelosa distância de quase cem metros.

— Não vão abrir?

Dentro, o silêncio era total.

Musashi ergueu nas mãos uma rocha de bom tamanho e a lançou de súbito contra a porta.

Ele havia visado o vão entre duas folhas de madeira, de modo que a porta se partiu e tombou para dentro da cabana. Uma espada voou do meio dos escombros, ao mesmo tempo em que um homem saiu rastejando, pôs-se de pé num salto e embarafustou-se casa adentro.

Musashi saltou em seu encalço e agarrou-o pela gola.

— Poupe-me!— gritou o bandoleiro em tom de súplica, como todo bandido quando se vê em perigo. Apesar do que dizia, não se curvava humildemente pedindo perdão: ao contrário, procurava uma brecha para atracar-se com Musashi. Como previra, o líder dos bandoleiros tinha um bom preparo, conforme mostravam suas ágeis tentativas de agarrar o adversário.

O jovem, contudo, bloqueou sem tréguas cada um dos ardis adversários, e se preparou para jogar o homem ao chão e imobilizá-lo.

— Maldito! — rosnou o bandoleiro, recuperando o vigor. Extraiu de súbito uma adaga e, com ela em riste, atacou-o.

Musashi a arrancou de suas mãos.

— Rato! — disse entre os dentes.

Com um movimento do corpo, aplicou um golpe que ergueu o bandoleiro no ar, e o lançou longe na direção do aposento contíguo. Na queda, seu braço ou perna bateu no gancho sobre o braseiro: uma viga partiu-se com estrondo e uma nuvem de cinzas elevou-se no ar, lembrando um vulcão em atividade.

Do outro lado da espessa cortina de cinzas, tampas de panela, lenha, louça e tenazes vinham voando cegamente na direção de Musashi, com a óbvia intenção de deter seu avanço.

Quando as cinzas baixaram um pouco, o jovem conseguiu ver que o homem jazia inconsciente perto de um pilar, talvez porque tivesse batido a cabeça ao cair.

Outra pessoa, porém, continuava a lançar em desespero os objetos à mão, intercalando imprecações: a mulher do homem.

Musashi logo a dominou e a imobilizou. Ainda assim, a mulher conseguiu extrair da cabeça um longo grampo de cabelo e com ele tentou um novo ataque, mas o jovem pisou em seu braço.

— Que aconteceu, meu bem? Não diga que você não pode nem com esse novato! — gritou a mulher, raivosa, contra o marido desacordado.

— Que...quê?! — exclamou Musashi nesse momento, soltando-a involuntariamente.

Mais corajosa que a maioria dos homens, a mulher ficou em pé e, apanhando a adaga que o marido havia deixado cair, tentou golpeá-lo, mas estacou petrificada ao ouvir uma inesperada exclamação:

— Oba-san?!

— Co... como? — gaguejou a mulher, ofegante, contemplando fixamente o rosto de seu adversário. — Mas... Ora, você é... Takezo-san! — completou, atônita.

III

Quem, além de Osugi, a velha mãe de Matahachi, o haveria de chamar ainda hoje pelo antigo nome de sua infância?

Musashi observou, ainda em dúvida, o rosto da mulher.

— Você me saiu um guerreiro bem garboso, Take-san! — observou ela. Sua voz tinha um tom saudoso.

Ali estava Okoo, a moradora dos pântanos de Ibuki, a que mais tarde abriria uma casa de chá suspeita em Kyoto, empregando a filha Akemi como chamariz.

— Como lhe acontece de estar por aqui? — indagou Musashi.

— Nem me pergunte: tenho vergonha até de pensar nisso!

— Esse homem é seu marido?

— Você deve ter ouvido falar dele... Isto é o que restou de Gion Toji, o primeiro discípulo da academia Yoshioka.

— Como é? Este é Gion Toji, da academia Yoshioka? — ecoou o jovem. O espanto foi tão grande que chegou até a perder a fala.

Depois de andar pelo país inteiro angariando fundos com a desculpa de que iam reformar a academia, Toji havia-se evadido em companhia de Okoo levando todo o dinheiro arrecadado. À época, seu nome andara de boca em boca pela cidade de Kyoto, como exemplo de homem covarde, indigno de ser um samurai.

Musashi também tinha ouvido os boatos. E agora, o que restara do antigo discípulo Yoshioka bandoleiro jazia no chão à sua frente na forma de um vil assaltante de estradas. Apesar de lhe ser um estranho, Musashi não pôde deixar de sentir tristeza pelo triste destino que lhe coubera.

— Cuide dele, oba-san! Se eu soubesse que era seu marido, nunca o teria tratado tão mal — observou.

— Quisera achar um buraco para me esconder agora! — resmungou Okoo, aproximando-se de Toji, dando-lhe água e cuidando de seu ferimento. Contou a seguir ao marido, ainda não refeito por completo, a história de como se haviam conhecido.

— Como?! — exclamou Toji, revirando os olhos. — Então, o senhor é o famoso mestre Miyamoto Musashi! Ah, que vexame!

Devia restar ainda um resto de honra no homem, pois ocultou o rosto nas mãos e permaneceu por muito tempo de cabeça baixa, contrito, sem coragem de encarar seu adversário.

De um ponto de vista abrangente, a vida desse indivíduo que decaíra da condição de guerreiro e vivia agora como assaltante de estrada, nada tinha de excepcional: seu destino era comparável ao da espuma rala que flutua na água e é levada pela correnteza deste mundo efêmero. Mesmo assim, sentiu pena de Toji: esse homem tinha de continuar vivendo, apesar de toda a sua degradação.

A raiva se foi. Toji e a mulher se esmeravam agora em arrumar o aposento, varrendo-o, limpando a cinza em torno do braseiro e acrescentando lenha ao fogo, como se estivessem recebendo um inesperado e distinto hóspede.

— Não temos nada para lhe oferecer, mas aceite ao menos esta taça de saquê — ofereceu Okoo.

— Jantei na taberna, há pouco. Não se incomode comigo — respondeu Musashi.

— Não diga isso! Prove ao menos estas iguarias que eu mesma preparei e vamos passar esta longa noite da montanha conversando! — insistiu Okoo. Ajeitou um caldeirão no gancho sobre o braseiro, retirou a bilha das cinzas e serviu o saquê.

— Isto me lembra a casinha no sopé do monte Ibuki — comentou Musashi.

Lá fora, a tempestade rugia, fazendo com que as labaredas se erguessem vivas no braseiro apesar das portas e janelas fechadas.

— Não me faça lembrar os velhos tempos...! E que terá sido feito de Akemi? Sabe alguma coisa sobre ela?

— Quando eu vinha de Eizan para Outsu, ela estava havia alguns dias acamada numa casa de chá existente nesse trecho de estrada. Ela furtou nessa ocasião a carteira de Matahachi, com quem viajava, e fugiu...

— Até ela está nessa vida? — murmurou Okoo cabisbaixa, comparando o próprio destino ao da enteada, incapaz de ocultar o brilho sombrio que lhe surgiu no olhar.

IV

Okoo não era a única arrependida. Seu companheiro também parecia bastante envergonhado. Afirmando que fora levado pela tentação, suplicou a Musashi que se esquecesse do infeliz incidente. Como prova de arrependimento, prometeu-lhe que retornaria nos próximos dias à condição de samurai, voltaria a ser o velho Gion Toji.

A bem da verdade, grande diferença não fazia se esse frustrado bandoleiro voltasse ou não a ser o antigo Gion Toji. As estradas, porém, tornar-se-iam, com certeza, um pouco mais seguras para os viajantes.

— E você também, oba-san! Deixe essa vida perigosa — aconselhou Musashi, ligeiramente embriagado com o saquê que Okoo insistia em lhe oferecer.

— Não é que eu me dedique a este tipo de profissão por gosto. Depois de fugir de Kyoto, resolvemos ir para Edo, a cidade do futuro. A caminho dela, passávamos por Outsu quando este homem resolveu jogar *bakuchi* e perdeu tudo que possuía, até os trocados para as despesas de viagem. Sem outro recurso, lembrei-me de minha antiga profissão e acabamos colhendo ervas nestas montanhas para vendê-las nas cidades e prover nosso sustento. Mas o incidente desta noite serviu de lição: prometo não me dedicar nunca mais a este tipo de atividade.

Sob o efeito do saquê, a linguagem de Okoo retomou o tom familiar dos velhos tempos dos pântanos de Ibuki.

Quantos anos teria ela agora? O tempo parecia não passar para essa mulher. Bem alimentado e cuidado, um gato ronrona no colo de seu dono, mas se ele for abandonado no meio da montanha torna-se um predador: seus olhos faíscam no escuro e ele não hesita em se alimentar de seres vivos ou mortos. Para saciar-se, é capaz de violar caixões ou atacar viajantes enfermos caídos à beira de uma estrada.

Okoo era desse tipo.

— Escute, meu bem... — disse, voltando-se para Toji. — Takezo-san disse-me há pouco que Akemi deve ter ido para Edo. Vamos nos esforçar um pouco e voltar a viver no meio de pessoas normais. Talvez possamos abrir uma nova casa de chá se pusermos as mãos em Akemi outra vez...

— Hum!... — fez Toji, abraçando os joelhos.

A essa altura, o homem já devia estar se arrependendo de ter-se juntado a Okoo, conforme tinha acontecido com Matahachi.

Musashi teve pena de Toji. E ao lembrar-se de Matahachi e de seu infeliz modo de viver, veio-lhe também à mente que em certo dia distante, ele próprio havia sido tentado por essa mesma mulher. Um súbito arrepio percorreu-lhe o corpo.

— Que barulho é esse? Chuva? — perguntou Musashi, erguendo o olhar para o teto escuro.

Okoo o contemplou de esguelha com um olhar lânguido de bêbada, e respondeu:

— Nada disso. São galhos e folhas de árvores que caem sobre o telhado, trazidos pela ventania. No meio das montanhas, não se passa noite sem que alguma coisa chova sobre o seu telhado. A lua pode estar radiante e o céu estrelado, mas o vento carrega terra solta, gotas de cerração ou a névoa da cascata, e as lança sobre a casa.

— Mulher! — disse Toji, erguendo a cabeça. — Vai começar a clarear dentro de instantes. Nosso hóspede deve estar fatigado. Trate de arrumar as cobertas no aposento dos fundos.

— É verdade. Acompanhe-me, Takezo-san! Cuidado, que está escuro.

— Vou aceitar seu convite — respondeu Musashi, erguendo-se e seguindo Okoo pela escura varanda.

V

O quarto em que Musashi foi alojado havia sido construído com toras à beira de um penhasco que dava para um vale. A escuridão impedia uma observação melhor, mas o assoalho do aposento parecia projetar-se no vazio, diretamente sobre o abismo.

O sereno gotejava sobre o teto, e a água da cascata também caía em borrifos, trazida pelo vento.

A cada lufada uivante, o pequeno aposento sobre o precipício jogava como um barco.

Deslizando os pés brancos pelo assoalho, Okoo retornou ao aposento do braseiro.

Toji, que havia estado contemplando o fogo com olhar pensativo, ergueu a cabeça e perguntou em tom agressivo:

— Ele dormiu?

— Parece... — respondeu Okoo, ajoelhando-se ao lado dele. — E agora?

— Vá chamá-los!

— Você está realmente decidido?

— Claro! E não é só pelo dinheiro. Se eu acabar com ele, vou me transformar no herói que liquidou o inimigo número um da academia Yoshioka!

— Nesse caso, vou até lá!

Aonde?

Okoo arrepanhou a barra do quimono, prendeu-a e saiu.

A noite ia alta. O vulto de pernas brancas e cabelos negros esvoaçantes que corria em linha reta em meio às lufadas escuras só podia ser o do gato demoníaco encarnado numa mulher.

As pregas ao longo das encostas das montanhas não são habitadas apenas por pássaros e animais selvagens. Dos vales, dos picos e das plantações percorridos por Okoo logo surgiu um pequeno exército de mais de vinte pessoas.

O modo como o grupo agia dava a perceber que aqueles homens eram treinados: silenciosos como folhas trazidas pelo vento, reuniram-se diante da cabana de Toji.

— Ele está sozinho?
— É um samurai?
— Tem dinheiro?

As perguntas cruzavam-se em surdina. Gestos e olhares indicaram as posições habituais de cada um e o grupo dispersou-se.

Empunhando lanças de caçar javalis, mosquetes e espadas rústicas, metade do pequeno exército espreitou o lado externo do aposento em que Musashi dormia. A outra metade pareceu descer pelo precipício até o fundo do vale.

Dois ou três deste último grupo separaram-se dos demais no meio da descida e rastejaram para o lado, parando bem debaixo do assoalho do aposento.

Os preparativos estavam concluídos.

A pequena construção que se projetava sobre o precipício nada mais era que uma armadilha. O assoalho era forrado de esteira e guardava pilhas de ervas medicinais secas, assim como pilões e utensílios farmacêuticos, ali postos de propósito para desfazer qualquer desconfiança de eventuais hóspedes e induzi-los a um pesado sono. A verdadeira profissão desses homens, porém, não era preparar e produzir remédios homeopáticos.

O relaxante aroma das ervas fez com que Musashi sentisse o sono pesar-lhe nas pálpebras. Seus pés e mãos formigavam. Mas para quem sempre viveu nas montanhas, como ele, alguns pontos no pequeno aposento que se projetava sobre o vale despertavam desconfiança.

Nas montanhas de Mimasaka, sua terra natal, também havia cabanas usadas para armazenar ervas medicinais. Entretanto, Musashi sempre soubera que as ervas eram todas, sem exceção, avessas à umidade. Ninguém construiria um depósito para elas num lugar sombrio como aquele, debaixo de densas copas, sobretudo numa área atingida por borrifos de cascata.

Sobre a mesinha que sustentava o pilão, havia uma pequena candeia enferrujada e, à sua luz bruxuleante, Musashi descobriu mais alguns pontos que lhe despertaram suspeita.

As juntas das toras, nos quatro cantos do aposento, haviam sido firmadas com cantoneiras, mas havia um número muito grande de buracos para fixá-las.

As junções, além disso, deixavam à mostra pedaços mais claros de cinco a seis centímetros, evidenciando que o aposento passara por recentes reformas.

— Entendi...!

Um sorriso aflorou lentamente nos lábios de Musashi. Sua cabeça, porém, continuou sobre o travesseiro, captando estranhos sinais em meio ao gotejar do sereno no telhado.

VI

— Takezo-san! Você já dormiu?

Era Okoo, chamando de manso do lado de fora da porta corrediça.

A mulher apurou os ouvidos e, ao ouvir seu ressonar tranquilo, entreabriu a porta silenciosamente e se aproximou da cabeceira.

— Vou-lhe deixar a água aqui — disse, aproximando-se mais ainda do rosto adormecido. Depositou a bandeja e retirou-se em silêncio.

Na construção principal, agora às escuras, Toji a aguardava.

— Tudo em ordem? — perguntou num sussurro.

— Dorme profundamente! — respondeu Okoo cerrando os próprios olhos e dando ênfase à afirmativa.

Toji saltou da varanda no mesmo instante e agitou a lamparina na direção do escuro vale.

Era o sinal.

No momento seguinte, o pilar que sustentava o assoalho da pequena cabana onde Musashi dormia foi removido. Com um estrondo, teto, paredes e assoalho desabaram abismo abaixo, rumo ao fundo do vale.

— É agora!

Como caçadores que avistam a caça, os ladrões surgiram dos esconderijos e desceram o precipício, cada um a seu modo, ágeis como macacos.

Era dessa maneira — lançando para o fundo do vale cabana e viajantes incautos — que o bando os roubava com a maior facilidade. E no dia seguinte, o rústico aposento era uma vez mais construído à beira do precipício.

No fundo do vale, a outra metade do grupo já aguardava. Ao ver madeiras e pilares da cabana desabando, os homens avançaram como cães sobre despojos, procurando pelo cadáver de Musashi.

— Como é? Acharam?

Os poucos que tinham permanecido no alto já vinham chegando ao fundo e punham-se a ajudar nas buscas.

— Não o estou vendo! — gritou alguém.

— Vendo o quê?

— O cadáver!
— Impossível!
Momentos depois, porém, a mesma voz aborrecida se fez ouvir:
— Não está em parte alguma. Que terá acontecido?
Toji, o mais aflito de todos, berrou com os olhos congestionados:
— Não é possível! O corpo deve ter batido numa rocha e ricocheteado. Procurem mais adiante!
Nem tinha acabado de falar quando as rochas, o rio e a vegetação da encosta tingiram-se de vermelho como num lindo pôr-do-sol.
— Ei!
— Que é isso?
Os bandoleiros ergueram a cabeça, projetando os queixos para o alto. E lá estava a cabana de Toji, no topo do barranco de quase 25 metros de altura, expelindo uma fumaça vermelha pelos quatro cantos, teto, portas e janelas!
— Socorro! Socorro! Me acudam! — gritava alguém com voz aguda, esganiçada: Okoo, com certeza.
— Que está acontecendo? Vamos lá, homens!
Agarrando-se a cipós e raízes, o bando tornou a rastejar barranco acima. A casa solitária sobre o despenhadeiro era presa fácil do fogo e do vento. Okoo tinha sido amarrada a um tronco de árvore com as mãos para trás, e sobre ela choviam fagulhas.
Como e quando havia Musashi escapado? Os bandoleiros não conseguiam acreditar.
— Atrás dele, homens! — gritou alguém.
Toji tinha perdido o ânimo por completo, mas seus comparsas, que não conheciam Musashi, jamais concordariam em deixar a situação nesse pé. Partiram portanto todos eles no seu encalço como um vendaval, mas não o encontraram mais: Musashi talvez tivesse se embrenhado no meio da mata ou procurado abrigo sobre alguma árvore frondosa, desta vez para dormir realmente.
Enquanto os homens procuravam pelo meio da montanha que o incêndio tingia em lindas cores, a luz branca da manhã aos poucos se infiltrou sobre os picos Wada e Daimon.

RUMO LESTE

I

À beira da estrada de Koshu, as árvores ainda não tinham crescido o suficiente para sombreá-la devidamente e as postas não funcionavam a contento.

Nos antigos períodos Eiroku, Genki e Tensho (1558 a 1592), aliás nem tão distantes, essa estrada tinha sido simples rota de passagem para os exércitos dos generais Takeda, Uesugi e Hojo. Posteriormente, cidadãos comuns passaram a trafegar por ela. Basicamente, porém, ela não tinha sido modificada, não existindo portanto um caminho principal e outros secundários, como o que se vê comumente em torno de núcleos populacionais.

Para os viajantes procedentes de grandes centros urbanos como Kyoto, uma das maiores inconveniências da estrada era a inexistência de hospedarias de bom nível. O despreparo tornava-se patente por exemplo nos lanches de viagem, quase sempre embalados de forma rústica, nos moldes dos primitivos lanches do período Fujiwara: *mochi* simples, envoltos em folhas de bambu, ou arroz puro embrulhado em folhas secas de carvalho.

Apesar de tudo, o congestionamento da estrada de Koshu era algo digno de atenção e perceptível nas estalagens dos postos de muda como Sasago, Hatsugari e Iwadono, desertos até bem pouco tempo atrás. Chamava sobretudo a atenção o fato de que a maioria dos viajantes que por ali passavam não se dirigia a Kyoto, mas fazia o percurso contrário, rumo leste.

— Olhe outra leva chegando! — observou um dos viajantes que descansava no topo de Kobotoke, apontando para um grupo que vinha subindo. O forasteiro aguardou na beira da estrada a chegada do grupo, feliz por essa distração que lhe animava a monótona jornada.

O grupo era sem dúvida grande e ruidoso.

Só de jovens meretrizes devia haver cerca de trinta, assim como cinco ou seis *kamuro*, mal saídas da infância. Além delas, havia também mulheres velhas e de meia-idade, que somadas aos serviçais masculinos perfaziam um total de quase quarenta pessoas.

Os animais de carga transportavam em seus lombos cestos de roupas e utensílios em quantidade considerável. O chefe dessa numerosa trupe, um homem de cerca de quarenta anos, não se cansava de incentivar as meretrizes, acostumadas a uma vida sedentária:

— Se a corda das sandálias fez bolha no pé, troquem-nas por sandálias de dedo. Como é possível que não consigam mais andar? Não têm vergonha? Vejam as crianças!

Levas de prostitutas de Kyoto semelhantes àquela passavam em média uma vez a cada três dias por essa estrada, provocando a curiosidade dos viajantes, conforme acontecera momentos atrás, o destino de todas elas sendo naturalmente Edo, a cidade em expansão.

Com a chegada do novo xogum Tokugawa Hidetada a Edo e o seu estabelecimento no palácio do mesmo nome, a cultura dos grandes centros urbanos como Kyoto — da qual naturalmente também faziam parte essas meretrizes — deslocou-se com grande rapidez rumo à cidade em expansão. As rotas terrestres costumeiras, como a estrada de Tokaido, assim como as vias fluviais e marítimas, andavam nos últimos tempos congestionadas, apenas atendendo ao tráfego oficial, ao transporte de materiais de construção e aos cortejos de pequenos e grandes *daimyo*, não restando às levas de prostitutas outro recurso senão optar por estradas menos frequentadas, como a Nakasendo e a de Koshu.

O patrão desta leva chamava-se Shoji Jinnai e era originário da região de Fushimi. Samurai de origem, optara por exercer a profissão de dono de bordel por um motivo qualquer. Lançando mão do talento e da esperteza que lhe eram inatos, o homem estabelecera vínculos com a casa Tokugawa do castelo de Fushimi e obtivera permissão oficial para transferir seu empreendimento para a cidade de Edo. Shoji aconselhara seus colegas de profissão a lhe seguirem o exemplo, e nos últimos tempos remetia levas e levas de mulheres do oeste para o leste.

— Vamos parar um pouco! — ordenou ele quando atingiu o pico Kobotoke e descobriu uma área conveniente para descansar. — Ainda é cedo, mas vamos lanchar por aqui. Velha Onao, distribua o lanche entre as meretrizes e *kamuro*, por favor!

Um volumoso cesto foi descarregado do lombo dos animais. Ao receber o seu quinhão de arroz embrulhado em folhas secas de carvalho, cada mulher dirigiu-se ao canto de sua preferência e o comeu avidamente.

Pele suja e amarelada, cabelos brancos do pó da estrada apesar dos sombreiros e toalhas que os protegiam, as mulheres estalavam a língua e deglutiam ruidosamente a comida seca, pois nem chá lhes havia sido servido para auxiliar a passagem da refeição pelas gargantas secas e empoeiradas. A visão nem de longe evocava a imagem idealizada de prostituta dos versos de certo poeta: "Quem tua pele macia haverá de tocar/ Rubra flor de perdição?"

— Ah, que delícia! — exclamavam as mulheres com sinceridade, o que por certo faria suas mães chorarem, caso as ouvissem.

Nesse momento, algumas mulheres do grupo descobriram um jovem que passava casualmente e logo começaram a sussurrar entre si:

— Olhe! Que homem bonito!

— Lindo!

Outra interveio:

— Eu o conheço muito bem. Ele costumava frequentar nossa casa na companhia dos discípulos da academia Yoshioka.

II

Kanto devia parecer, para essa gente nascida em Kyoto, mais distante que Michinoku[10] pareceria para os nascidos na própria Kanto. As mulheres, todas apreensivas quanto ao destino que as aguardava na distante terra desconhecida e já saudosas da terra de origem, alvoroçaram-se ao ouvir que um antigo cliente de Fushimi passava por ali.

— Quem?

— Qual homem?

— Esse, todo imponente, que vem carregando uma enorme espada às costas.

— Ah, já sei! O rapaz de cabelos compridos, com jeito de aprendiz de guerreiro!

— Esse mesmo.

— Como é o nome dele? Chame-o!

Nem sequer imaginando que estivesse despertando o interesse das meretrizes estacionadas no topo do pico Kobosatsu, no meio das quais caminhava nesse momento, Sasaki Kojiro passou em largas passadas, abrindo caminho entre cavalos de carga e carregadores.

Foi então que uma das mulheres gritou com voz esganiçada:

— Sasaki-san! Sasaki-san!

Kojiro, que jamais esperaria ser abordado dessa maneira por prostitutas, nem ao menos se voltou. A mulher então insistiu:

— Moço dos cabelos compridos!

Só podia ser com ele. Desconfiado, cerrou o cenho e se voltou.

Shoji Jinnai, que comia seu lanche sentado próximo às patas de um cavalo de carga, admoestou a mulher severamente:

— Cale a boca! Você está sendo inconveniente!

Voltou a seguir o olhar na direção de Kojiro e lembrou-se imediatamente de havê-lo cumprimentado certa noite em seu bordel na cidade de Fushimi, quando ali aparecera com um bando de discípulos da academia Yoshioka.

---

10. Michinoku: outra denominação dada à região de Oushu, ou seja, das atuais províncias de Fukushima, Miyagi, Iwato, Aomori e Akita.

— Bom dia, senhor! — disse, erguendo-se e espanando os gravetos agarrados à sua roupa. — Para onde se dirige, Sasaki Kojiro-sama?

— Ora se não é o patrão da casa Sumiya! Eu estou a caminho de Edo. E o senhor, para onde vai com essas mulheres?

— Abandonei Fushimi e estou me transferindo para a cidade de Edo...

— E por que abandonou uma zona tão tradicional para se aventurar numa cidade, mas onde o sucesso é incerto?

— Fushimi é antiga demais. É como água parada, onde somente a podridão viceja, senhor. Nela não crescem plantas.

— Concordo que a cidade de Edo seja promissora para os profissionais do ramo da construção e para os fabricantes de armamentos, mas lá não deve haver ainda lugar para bordéis.

— Engana-se nesse ponto, senhor. Lembre-se de que quem primeiro chegou aos alagadiços de Naniwa e os desbravou foram as mulheres, antes ainda de Taiko-sama lá chegar.

— Mas não deve haver nem casas por lá!

— O supremo comandante Tokugawa nos destinou uma área de algumas dezenas de quilômetros quadrados numa região pantanosa denominada Yoshiwara. E ali já se encontram alguns dos meus colegas, fazendo o reconhecimento topográfico e providenciando a construção dos alojamentos. Não corremos o perigo de ficar ao relento.

— Quê? A casa Tokugawa anda distribuindo terras correspondentes a dezenas de quilômetros quadrados a profissionais do seu ramo? De graça?

— E quem haveria de pagar por uma área alagada, coberta de juncos, senhor? E além de tudo, prometeram-nos também material de construção, como pedras e madeira, em abundância.

— Ah, agora compreendi por que arrebanham todas as mulheres e se transferem em levas para o leste!

— O senhor também está indo para assumir um posto?

— Nada disso. Não estou interessado em servir casa alguma. Mas já que a cidade de Edo vai tornar-se a sede do novo xogunato assim como o centro decisório do poder, achei que tinha a necessidade de conhecê-la. Mas posso até concordar em servir à casa xogunal, desde que seja no cargo de instrutor de artes marciais...

Shoji calou-se.

Seus olhos, experientes em avaliar as correntezas do submundo, os rumos da economia e o caráter dos homens, haviam lido nas entrelinhas e percebido que o homem com quem falava talvez fosse um bom guerreiro, mas não chegava a ser metade do que pretendia.

— Bom! Vamo-nos pôr em marcha! — ordenou o homem para as mulheres, sem se incomodar mais com Kojiro.

Nesse momento, a velha serva de nome Onao, que estivera conferindo o número das meretrizes, observou:

— Ora essa! Está faltando uma! Quem é que desapareceu? Kicho-san, Sumizome-san... Ah, as duas estão aí! E então, quem é que está faltando?

III

Nem passou pela cabeça de Kojiro acompanhar a leva de prostitutas rumo ao leste, de modo que seguiu na frente. Mas o grupo do bordel Sumiya continuava parado no mesmo lugar porque faltava uma mulher.

— Ela estava conosco até há pouco.
— Que lhe teria acontecido?
— Vai ver, ela fugiu.

Em meio aos insistentes comentários que pipocavam por todos os lados, dois ou três servos voltavam de uma busca nas proximidades.

Shoji, que acabava de se despedir de Kojiro, voltou-se nesse momento e perguntou:

— Velha Onao, quem fugiu?

A mulher voltou-se com ar culpado:

— É a tal da Akemi. Essa que o patrão viu andando na estrada de Kiso e chamou para ser meretriz, lembra-se?

— Ela desapareceu?

— Achamos que talvez tenha fugido e um dos nossos desceu a montanha para procurá-la.

— Se foi realmente essa menina, não percam mais tempo. Afinal, não paguei por ela, apenas prometi dar-lhe emprego porque ela era bonita e disse que não se importava em ser meretriz se pudesse seguir conosco até Edo. É verdade que vou acabar tendo prejuízo com relação aos gastos dela em hospedarias, mas... que se há de fazer? Vamos embora!

Se conseguissem pernoitar em Hachioji nessa noite, amanhã entrariam em Edo.

Nesse momento, uma voz os interrompeu, vinda da beira da estrada:

— Procuravam por mim? Desculpem se lhes causei transtornos.

Era a tão procurada jovem, Akemi. Misturou-se à fila de mulheres em andamento e pôs-se também a caminhar.

— Onde se meteu? — censurou a velha Onao.

— Escute aqui, benzinho: nunca desapareça desse jeito, sem avisar, a não ser que esteja planejando fugir — disse-lhe outra meretriz em tom aborrecido, enfatizando o quanto todas tinham se preocupado.

— É que... — sorriu Akemi, ignorando as palavras ásperas — passou por aqui uma pessoa conhecida e eu não queria ser vista por ela, compreendem? Meti-me então às pressas no meio desse bambuzal, caí num barranco e escorreguei — explicou, exibindo o quimono rasgado, o cotovelo esfolado, desculpando-se sem cessar, sem o menor traço de arrependimento na voz.

Jinnai, que ia à frente do grupo, entreouviu suas palavras e voltou-se:

— Menina!

— Eu, senhor?

— Você mesma. Akemi?! É assim que se chama? Que nome difícil de ser lembrado! Se vai mesmo seguir a profissão, tem de mudar de nome. O que quero saber é o seguinte: você está preparada para ser meretriz?

— Por acaso a profissão exige algum preparo?

— Claro que exige! Você não pode começar hoje e largar daqui a um mês porque não gostou! Mulheres dessa profissão têm de se submeter à vontade dos seus clientes, não importando quem sejam eles. Se não está pronta para isso, é bom nem começar, ouviu bem?

— Ora, eu não sirvo para mais nada... Um maldito homem destruiu o que existe de mais precioso na vida de uma mulher.

— Isso não significa que você deva destruir ainda mais a sua vida. Pense bem até chegarmos a Edo. E se está preocupada com as despesas de hospedaria e os gastos miúdos que você fez nesta viagem, esqueça: não vou cobrá-los de você.

BRINCANDO COM O FOGO

I

Um homem maduro, com o ar descontraído dos que já abandonaram a profissão e vivem uma vida confortável, bateu à porta do templo Yakuou-in, em Takao, na noite anterior.

O forasteiro fazia-se acompanhar de um servo, a quem encarregara de transportar seu baú, e de um adolescente aparentando quinze anos.

— Dê-me pouso por uma noite. Amanhã, visitarei o templo — pediu ele ao monge que o atendeu na hora em que a tarde começava a cair.

O homem acordou bem cedo na manhã seguinte e fez um giro pela montanha do templo em companhia do garoto. Observou que também essa propriedade continuava abandonada depois de ter sido devastada por uma das muitas guerras empreendidas pelos generais Uesugi, Ikeda e Hojo, e retornou pela altura do almoço.

— Empregue-as para a reforma do telhado do templo — disse, entregando três grandes moedas de ouro, de formato ovalado, e ocupando-se logo em seguida em calçar as sandálias para partir.

O mordomo do templo Yakuou-in, espantado com o vultoso donativo que o caridoso homem lhe deixava, apressou-se em vir vê-lo partir, e lhe perguntou o nome.

— Eu o tenho registrado no livro de hóspedes — interveio nesse instante um outro monge, apresentado o registro.

O mordomo conferiu:

"Narai Daizou — Ervateiro da base do monte Ontake."

— Ah, então o senhor é o famoso Daizou-sama… — exclamou o mordomo, desculpando-se com insistência por ter-lhe dispensado tão pouca atenção na noite anterior. — Se eu soubesse…

O nome era por demais conhecido: em templos budistas e xintoístas do país inteiro seu nome constava em placas, junto com os de outros de beneméritos doadores. A quantia doada nunca era inferior a algumas moedas de ouro, tendo chegado a algumas dezenas em certa terra santa. Diletantismo, sede de fama ou puro espírito cívico? Só ele saberia dizer o que se escondia por trás das suas doações. Seja como for, o mordomo de Yakuou-in já havia ouvido falar desse ilustre filantropo, e não poucas vezes.

Em vista disso, tentou retê-lo por mais algum tempo insistindo em lhe mostrar as relíquias guardadas no templo, mas Daizou, em companhia do servo e do menino, já estava fora do portão.

— Pretendo passar algum tempo na cidade de Edo. Voltarei numa outra oportunidade — disse ele com uma reverência, despedindo-se.

— Nesse caso, acompanhá-lo-ei até os limites da propriedade — replicou o mordomo. — E então, senhor, pretende passar a noite na vila de Fuchu?

— Não. Esta noite, penso em alcançar Hachioji.

— Ah, não é longe daqui. Chegará com folga antes do anoitecer.

— E quem administra a área de Hachioji atualmente?

— Okubo Choan-sama passou a administrar essa área, pouco tempo atrás.

— Ah, o magistrado transferido de Nara…!

— Ele também está encarregado de administrar as minas de ouro e prata da ilha de Sado.

— O homem tem fama de ser eficiente…

Daizou e seus dois acompanhantes desceram a montanha e logo surgiram nas movimentadas ruas da vila Hachiouji com suas 25 pousadas. O sol ainda ia alto no céu.

— Onde quer passar a noite, Joutaro? — perguntou o homem ao garoto que caminhava rente a ele, como um apêndice.

A resposta foi imediata:

— Em qualquer lugar, menos num templo!

Em consequência, acabaram escolhendo a maior pousada de todo o vilarejo.

— Quero acomodações para uma noite — pediu Daizou.

— Chegou cedo, senhor! — disse a serviçal, apressando-se em atender o hóspede de fina aparência e que, além de tudo, trazia consigo um servo só para lhe carregar o baú. Conduziu-o portanto a um dos quartos nobres, além do pátio interno.

Mas o entardecer trouxe muita gente à estalagem em busca de alojamento, fazendo com que o dono e o gerente da hospedaria parassem à porta do aposento ocupado por Daizou com fisionomias pesarosas.

— Sei que estamos sendo injustos, mas o senhor concordaria em transferir-se para aposentos no andar superior? O andar de baixo inteiro vai ficar lotado e muito barulhento porque tivemos de aceitar um grupo grande de viajantes — disse o dono, embaraçado.

— Está certo. Alegra-me ao menos saber que seus negócios prosperam — replicou Daizou, aceitando o novo arranjo com bom humor. Mandou juntar seus pertences e transferiu-se rapidamente para o andar de cima. À saída do aposento, cruzou com os novos hóspedes: as meretrizes da casa Sumiya.

II

— Em que bela companhia vou ter de me hospedar! — resmungou Daizou, chegando ao andar superior e passando em revista o aposento que lhe fora destinado.

A lotação excessiva logo teve suas consequências: por mais que chamasse, nenhuma serviçal veio atendê-lo, o jantar atrasou, e quando enfim chegou a refeição, ninguém surgiu para retirar os pratos sujos.

Além de tudo, passos apressados soavam sem cessar nos dois andares, perturbando-lhe o sossego. Mesmo irritado, Daizou esforçou-se por não reclamar, apenas em consideração aos empregados do estabelecimento, visivelmente atarantados com o excesso de tarefas. Deitou-se apoiando a cabeça sobre o braço dobrado no meio da sala em desordem, mas um súbito pensamento fê-lo erguer a cabeça.

— Sukeichi! — gritou, chamando o servo, mas como não o viu surgir, sentou-se e tornou a chamar:

— Joutaro! Joutaro!

Quando nem este o atendeu, Daizou saiu do aposento e viu todos os hóspedes do seu andar recostados no corrimão da varanda que dava para o pátio interno, em animada conversa.

E no meio deles avistou Joutaro, também espiando o andar térreo.

— Venha cá! — disse, arrastando-o pela gola e repreendendo-o. — Que andou espiando, garoto?

Joutaro arrastou no *tatami* sua longa espada de madeira, da qual não se separava nem dentro de casa, e sentou-se.

— Eu só fui ver o que os outros tentavam espiar — replicou, com certa lógica.

— E o que é que os outros tentavam espiar? — perguntou Daizou, sentindo a curiosidade espicaçada.

— Ora, as mulheres que ocupam o andar de baixo, acho eu.

— Só isso?

— Só.

— E qual a graça?

— Sei lá! — replicou Joutaro sacudindo a cabeça, francamente perplexo.

Daizou sentia-se incomodado não pelo incessante ruído de passos, nem pelas meretrizes da casa Sumiya alojadas no andar inferior, mas pela balbúrdia que os demais hóspedes faziam espiando-as de cima.

— Vou sair por alguns instantes e dar uma volta no povoado. Fique por aqui e não se afaste do aposento, entendeu? — disse ele ao menino.

— Se vai dar uma volta, leve-me também — pediu Joutaro.

— Não. Sempre saio sozinho à noite.
— Por quê?
— Já lhe expliquei diversas vezes: minhas saídas noturnas não são recreativas.
— São o que, nesse caso?
— Devocionais.
— Mas o que o senhor faz durante o dia já deve ser suficiente. Tanto os deuses quanto os templos dormem de noite, não dormem?
— A devoção não se resume a visitas a templos. Tenho outras súplicas a fazer — desconversou Daizou. — Tire a sacola guardada no baú. Consegue abri-lo?
— Não consigo.
— Sukeichi deve estar com a chave. Aonde foi ele?
— Desceu, não faz muito tempo.
— Acha que ainda está na sala de banho?
— Estava espiando o aposento das mulheres quando o vi, há pouco.
— Até ele? — exclamou, estalando a língua de impaciência. — Vá chamá-lo, e depressa! — ordenou Daizou, ocupando-se agora em reatar o *obi*.

III

O andar inferior da hospedaria havia sido quase todo tomado pelas cerca de quarenta pessoas da casa Sumiya.

Os homens tinham sido alojados nos aposentos próximos à recepção, as mulheres nos quartos além do pátio interno, e o barulho que faziam era ensurdecedor.

— Não aguento andar nem mais um dia! — reclamava uma das meretrizes, estirando o pé branco enquanto outra lhe aplicava compressas de nabo ralado na planta dos pés inchados e quentes.

A mais animada pedira emprestado um *shamisen* em lastimável estado de conservação e dedilhava as cordas. As demais, pálidas e quase doentes, já haviam estendido as cobertas num canto e deitado, voltadas contra a parede.

Alguém disputava uma guloseima:

— O que você está comendo? Hum! Parece gostoso. Me dê um pedaço!

À luz de lamparinas, viam-se também aqui e ali vultos curvados entretidos em escrever longas cartas aos amados que haviam deixado atrás, sob o céu de Kyoto.

— É verdade que chegamos amanhã a essa tal cidade de Edo?

— Sabe-se lá! O pessoal da hospedaria diz que faltam ainda cerca de cinquenta quilômetros até lá.

— Quando vejo as luzes se acenderem, sinto que estamos perdendo um tempo precioso, paradas aqui sem fazer nada.

— Ora essa! E desde quando você resolveu se preocupar com os interesses do patrão?

— Não é isso, mas... Ai, a cabeça me coça! Empreste-me o grampo!

O quadro não podia ser mais prosaico, mas a fama das mulheres de Kyoto atiçava a imaginação dos homens. Sukeichi tinha saído da sala de banho, e embasbacado, ficara espionando escondido nos arbustos do jardim, esquecido de que, depois do banho quente, podia até resfriar-se exposto ao ar frio da noite.

Foi então que sentiu um puxão na orelha e alguém lhe disse:

— Está perdendo tempo!

— Ai-ai! — gritou o serviçal, voltando-se. — Ora, se não é o peste do Joutaro!

— Me mandaram chamar você, Suke-san!

— Quem?

— Seu patrão, ora essa!

— Mentira!

— É verdade! Ele disse que vai sair de novo. Esse homem vive andando a esmo!

— Ah, então é isso!

Joutaro preparava-se para correr atrás de Sukeichi, quando alguém no meio dos arbustos o chamou inesperadamente:

— Jouta-san! Você é Jouta-san, não é?

Joutaro voltou-se sobressaltado, o olhar inflamando-se de súbito. Embora parecesse esquecido de tudo, disposto apenas a seguir o caminho que o destino lhe traçava, o menino devia manter em seu íntimo uma contínua preocupação quanto ao que poderia ter acontecido a Otsu e Musashi.

A voz que o chamara era feminina e, no mesmo instante, seu coração bateu acelerado: talvez fosse Otsu! Apertou os olhos e perscrutou entre os ramos do arbusto próximo:

— Quem é? — perguntou, aproximando-se devagar.

— Eu.

A mulher de rosto alvo nas sombras dos arbustos abaixou-se, passou por baixo de algumas folhagens e surgiu inteira à frente de Joutaro.

— Ah, é você... — resmungou Joutaro, desapontado.

Akemi estalou a língua:

— Que menino malcriado! — exclamou. Ela própria tinha ficado empolgada com o reencontro, e sem saber como extravasar sua emoção ante a fria acolhida do menino, deu-lhe um tapa indignado nas costas. — Isso é jeito de falar a alguém que não vê há muito tempo? E como é que você veio parar aqui?

— Isso sou *eu* que lhe pergunto!

— Eu... me separei da minha madrasta, aquela da Hospedaria Yomogi, lembra-se? Depois disso, muita coisa me aconteceu.

— Você está no meio dessas meretrizes?

— Estou, mas ainda estou em dúvida....

— Sobre o quê?

— Se aceito ou não seguir a profissão de meretriz.

Sabia que Joutaro era apenas uma criança, mas a pobre moça não tinha mais ninguém a quem confiar suas dúvidas.

— E Musashi-sama? Por onde anda ele agora, Jouta-san? — perguntou baixinho, passados instantes. Na verdade, essa era a única coisa que queria saber desde o instante em que se tinham encontrado.

IV

Joutaro queria saber do destino de Musashi muito mais que qualquer um.

— Sei lá! — respondeu.

— Como é que você não sabe?

— É que meu mestre, Otsu-san e eu acabamos nos desgarrando no meio da viagem.

— Otsu-san? Quem é ela? — perguntou Akemi, a atenção subitamente despertada. Logo pareceu lembrar-se. — Ah, já sei... Então, ela continua atrás de Musashi-sama... — murmurou.

Musashi, na imaginação de Akemi, era um samurai peregrino de destino mais incerto que o da nuvem ou da gota de água, um homem que na quase religiosa busca a que se devotava fazia de pedras o leito, e de árvores o teto, um ser inatingível, por mais que o amasse. Akemi considerara o triste quinhão que lhe coubera da vida, e percebera, abatida, que o seu amor era impossível, que tinha de abrir mão de qualquer esperança.

No momento, porém, em que imaginou entrever outro vulto feminino rondando o cotidiano de Musashi, Akemi sentiu o seu amor por ele se reacender como brasa latente sob cinzas.

— Não podemos conversar à vontade no meio dessa gente toda. Que acha de sairmos um pouco?

— Para o centro do povoado?

O menino aceitou o convite no mesmo instante, pois era o que ele mais queria nesse momento.

Passando pelo portão dos fundos da hospedaria, os dois logo se viram no meio da rua ao entardecer.

Hachioji, a vila das 25 pousadas, pareceu a Joutaro a mais feérica de todas as cidades até então vistas. Embora as silhuetas do monte Chichibu e das montanhas que marcavam a fronteira de Koshu pesassem sobre a paisagem noroeste da cidade, as luzes agrupadas no centro do vilarejo eram a pura expressão da atividade humana: recendiam a saquê, vibravam com as agitadas vozes dos mercadores de cavalos, com as batidas dos pentes de teares, com as ordens dos fiscais da zona atacadista e com a triste melodia tocada por trupes mambembes.

— Ouvi Matahachi-san falando dela muitas vezes, mas... Que tipo de mulher é essa tal Otsu? — perguntou Akemi, a atenção de súbito despertada. Guardou momentaneamente a imagem de Musashi num canto do coração e permitiu que a irritação lhe tomasse o peito, alastrando-se como labaredas.

— Ela é muito boazinha — disse Joutaro. — É delicada, tem consideração pelos outros, muito bonita... e eu a adoro!

Akemi começou a sentir-se cada vez mais ameaçada.

Nessas situações, mulher alguma deixa transparecer o que lhe vai no íntimo. Ao contrário, esforça-se por sorrir. E era o que Akemi fazia nesse instante:

— Quer dizer que ela é boazinha!

— E entende de tudo, além do mais. Declama poesias, tem letra bonita, toca flauta muito bem...

— Para que haveria uma mulher de querer tocar flauta?

— Ah, mas todo o mundo elogia sua técnica. Até o grão-suserano Yagyu, da província de Yamato. Na minha opinião, ela tem só um defeito.

— Qualquer mulher tem um monte de defeitos. A única diferença é que algumas, como eu, os mostram francamente, enquanto outras os escondem muito bem por trás de uma fachada de delicadeza.

— Otsu-san não tem tantos defeitos assim! Como já disse, para mim ela só tem um.

— Qual?

— É chorona. Chora por qualquer coisa.

— Coitadinha! E por que choraria ela?

— Acho que ela chora quando se lembra de Musashi-sama. Isso me aborrecia de verdade no tempo em que andava em sua companhia.

Insensível à devastação que suas palavras estavam causando em Akemi, Joutaro continuou a falar, transformando sua ouvinte numa bola ardente de ciúme.

V

O ciúme aflorava nos olhos e na pele de Akemi, incontrolável. Ainda assim, a jovem quis saber mais detalhes.

— Quantos anos tem essa Otsu-san?

Joutaro lançou um olhar avaliador ao rosto de Akemi e respondeu:

— Deve ter mais ou menos a sua idade. Mas ela é mais bonita, e parece mais nova que você.

Para o seu próprio bem, Akemi deveria ter interrompido a conversa nesse ponto, mas voltou a comentar:

— Que eu saiba, Musashi-sama é do tipo forte e calado, que detesta mulheres chorosas. Essa Otsu deve ser do tipo que procura prender a atenção de um homem com lágrimas, parecida com essas meretrizes da casa Sumiya, tenho certeza.

A observação tinha o óbvio intuito de mostrar Otsu sob luzes menos favoráveis, ao menos aos olhos do menino, mas teve resultado oposto, pois Joutaro replicou:

— Não acho que seja assim. Meu mestre não é muito carinhoso com ela, mas no fundo, acho que gosta um bocado de Otsu-san.

A esse novo golpe, a expressão de Akemi, há muito alterada, mostrava agora sinais alarmantes, como se uma bola de fogo lhe subisse das entranhas: se ali houvesse um rio, a jovem se jogaria nele com certeza.

Ah, se estivesse conversando com um adulto, pensou Akemi, teria muito mais a dizer e a contestar. Mas o ar ingênuo do seu interlocutor desencorajou-a.

— Venha comigo, Jouta-san! — disse ela de repente, puxando o garoto pela mão, dobrando uma esquina e entrando numa estreita viela, rumo a uma casa iluminada.

— Ei! Isto aqui é uma taberna! — reclamou Joutaro.

— Claro que é!

— E você vai entrar aí sozinha?

— Me deu uma vontade louca de beber! Venha comigo, por favor. Sozinha não posso entrar.

— Mas eu também não me sinto à vontade nesses lugares.

— Qual é o problema? Você janta enquanto eu bebo. Pode pedir o que quiser, Jouta-san.

Espiaram o interior da taberna, felizmente deserta. O mesmo cego impulso que a faria jogar-se num rio fez Akemi embarafustar-se porta adentro e pedir, olhando para a parede:

— Saquê, por favor.

A partir desse instante, a jovem emborcou sucessivas taças da bebida e já estava incontrolável na altura em que, temeroso, Joutaro resolveu intervir.

— Não amole, menino! Que coisa…! — reclamou ela, afastando-o a cotoveladas. — Quero mais… por favor! — pediu, meio corpo tombado sobre a mesa, rosto em brasa e ofegante.

— Não sirvam nem mais um gole a ela — pediu Joutaro, interpondo o próprio corpo, ansioso.

— Por que não? Você não se importa comigo, Jouta-san! Você gosta dessa Otsu, não gosta? Eu não gosto dela! Odeio mulheres que compram a piedade dos homens com lágrimas!

— E eu detesto mulheres que não sabem se comportar e bebem feito homem! — disse Joutaro.

— Pouco se me dá…! E de qualquer modo, como é que um pirralho como você haveria de entender o que eu sinto?

— Vamos, pague a conta de uma vez e vamos sair!

— E quem disse que eu tenho dinheiro?

— Quê? Você não tem com que pagar?

— Taberneiro, apresente a conta ao dono da Sumiya, que está hospedado na estalagem logo adiante. Eu já me vendi mesmo!

— Ora essa…! Você está chorando?

— Que tem isso de mais?

— Mas você acabou de dizer que detesta choronas como Otsu-san, e logo depois, começa a chorar?!

— Existe uma grande diferença entre as minhas lágrimas e as dela, está bem? Ai, estou cheia desta vida…! Por que não me mato?

Akemi ergueu-se de súbito e disparou para fora. Apavorado, Joutaro tentou retê-la em seus braços.

Mulheres bêbadas não deviam ser novidade para o taberneiro, que riu e ficou apenas contemplando. Nesse instante, porém, um *rounin* que dormitava a um canto da loja ergueu de súbito a cabeça e acompanhou com olhar turvo os dois vultos que saíam da taberna.

VI

— Ei! Não vá se matar, Akemi-san! — gritava Joutaro, seguindo-a de perto.

A jovem corria em linha reta, embrenhando-se cada vez mais em áreas escuras.

Embora desse a impressão de correr cegamente, sem se importar com a escuridão ou com o terreno pantanoso, Akemi tinha perfeita consciência de que Joutaro a seguia gritando alguma coisa.

Ela tinha passado pela amarga experiência de ver seu virginal sonho de amor destruído por Yoshioka Seijuro na enseada de Sumiyoshi. Na ocasião, tentara realmente matar-se no mar. Agora, porém, sua alma já tinha perdido a pureza e ela não tentaria uma segunda vez, muito embora fosse ainda capaz de sentir a mesma revolta.

"Quem disse que eu vou me matar?" pensava Akemi. Apenas... era divertido ver como o menino se desesperava e lhe corria atrás. Sentia-se bem ao saber que alguém se preocupava com ela.

— Cuidado! — gritou Joutaro nesse momento: havia percebido a água de um fosso brilhando na direção em que a jovem corria.

O menino agarrou com firmeza o vulto cambaleante.

— Não faça isso, Akemi-san! Não vale a pena morrer... — disse, afastando-a da beira do fosso.

— Me deixe em paz! Você e Musashi-sama acham que eu não presto, mas eu morro, e levo Musashi-sama junto comigo, no meu peito. Nunca, jamais o entregarei a essa mulherzinha! — gritou Akemi, cada vez mais revoltada.

— Quê? Não entendi nada! Que é que aconteceu para você ficar desse jeito?

— Vá, me empurre! Jogue-me para dentro desse fosso, Jouta-san. Ande logo! — gritou Akemi chorando e ocultando o rosto nas mãos.

Joutaro contemplava a jovem tomado de um estranho temor, sentindo ele próprio muita vontade de chorar.

— Vamos embora, está bem? — sussurrou, em tom conciliador.

— Ah, eu queria tanto estar com ele! Procure-o, Jouta-san! Ache Musashi-sama para mim!

— Não vá para esse lado!

— Musashi-samaa!

— É perigoso, estou lhe dizendo!

Um *rounin* que os vinha seguindo desde o momento que se afastaram da viela da taberna surgiu nesse instante contornando o muro da mansão cercada pelo estreito fosso, e aproximou-se como um felino que fareja a presa.

— Ei, moleque! Vá-se embora! Deixe a mulher comigo que eu a escolto mais tarde até a hospedaria — ordenou, empurrando Joutaro e agarrando de súbito o frágil corpo de Akemi com um dos braços.

Era um homem alto, de seus trinta e cinco anos, de olhar insistente e rosto sombreado por uma escura barba. Usava quimono mais curto que o habitual e a espada, ao contrário, era mais longa que as que Joutaro estava acostumado a ver. Esses dois detalhes da aparência masculina, talvez definitivos da moda masculina de Kanto, tornavam-se cada vez mais evidentes aos olhos do menino conforme se aproximava da cidade de Edo.

— Quê? — disse Joutaro, erguendo o olhar e reparando na feia cicatriz que ia do queixo até a orelha direita do homem, marca antiga da passagem da ponta de uma espada por seu rosto e que o deixara sulcado como a base de um pêssego.

"Este parece ser dos perigosos!" pensou, engolindo em seco.

— Pode deixar, pode deixar! — disse o menino, tentando reaver Akemi.

— Olhe só! — replicou o *rounin*. — A moça parece tão satisfeita em meus braços, que acabou dormindo. Eu a levo de volta, já disse.

— Deixe disso, tio!

— Vá-se embora, moleque!

— ...

— Não quer ir, não é? — gritou o *rounin*, de súbito estendendo o braço e agarrando-o por trás, pela gola do quimono. Pés retesados, opondo-se à poderosa tração do braço do homem, Joutaro lembrava o guerreiro Tsuna resistindo ao gigantesco braço do diabo no portal Rashomon.[11]

— Que...que vai fazer?

— Moleque dos infernos! Prefere tomar um banho no fosso antes de ir embora?

— Quê?!

Nos últimos tempos, o menino já se tornara alto o bastante para lidar com a espada de madeira. Torceu portanto o torso e sacou-a da cintura em rápido movimento, desferindo um golpe lateral contra os quadris do *rounin*.

No mesmo instante, porém, viu-se descrevendo uma pirueta no ar, e embora não chegasse a ser lançado dentro do fosso, foi ao chão, batendo a cabeça contra uma pedra. Joutaro soltou um gemido e se imobilizou.

VII

Crianças costumam desmaiar com frequência, não sendo Joutaro o primeiro e único caso. Elas têm alma pura, e talvez por isso não hesitem em cruzar de pronto as fronteiras que separam este mundo do outro.

— Garoto! Ei, garoto!

— Menino!

Vozes alternadas de diversas pessoas trouxeram Joutaro de volta a este mundo. Olhos piscando, o menino passeou o olhar ao redor e se viu rodeado de rostos estranhos. Alguém o amparava.

---

11. O autor refere-se ao lendário guerreiro Watanabe-no-Tsuna, (953-1025) e a uma famosa cena de teatro nô, em que Tsuna luta contra um gigantesco diabo que habita o portal Rashomon, vence-o, e lhe decepa um braço.

— Você está bem?

A solícita pergunta o embaraçou: num rápido gesto, o menino apanhou a espada, caída ao seu lado, levantou-se e pôs-se a caminho.

— Ei, calma! Aonde foi a moça que estava com você? — perguntou-lhe o ajudante da hospedaria, segurando-o pelo braço.

Só então Joutaro percebeu que dos homens ao seu redor, alguns eram servos da casa Sumiya, e os demais, empregados da hospedaria, todos à procura de Akemi.

Aparentemente, os *chochin* — as práticas lanternas portáteis projetadas por algum inventor muito criativo — estavam em voga tanto em Kyoto como naqueles rincões da região de Kanto, pois alguns homens os traziam para iluminar o caminho, enquanto outros empunhavam bordões.

— Um homem veio nos avisar que você e uma moça da casa Sumiya estavam em apuros nas mãos de um samurai arruaceiro qualquer. Você deve saber para onde ela foi — disse um dos homens.

Joutaro sacudiu a cabeça, negando.

— Não sei de nada.

— Como não sabe? Você tem de saber, garoto!

— Ele a carregou para lá. Só sei disso — respondeu o menino a contragosto. Tinha medo de ser envolvido no incidente e de levar uma reprimenda de Daizou, caso ele ficasse sabendo. Tinha também vergonha de admitir em público que fora lançado longe e desmaiara.

— Para lá, onde?

— Lá — disse, apontando vagamente numa direção. No instante em que todos se preparavam para disparar para esse lado, alguém gritou, mais adiante:

— Achei-a!

Lamparinas e bordões deslocaram-se até onde o homem gritava. Akemi estava ali, com as roupas desalinhadas, semioculta por um casebre, por certo o depósito de feno de algum camponês. Tudo indicava que ela havia sido derrubada sobre o feno e se erguera assustada ao ouvir os passos. Seu quimono estava entreaberto na altura do peito e a ponta do *obi* desatado pendia-lhe às costas.

— Ora... o que foi que lhe aconteceu?

À luz dos *chochin*, os homens logo inferiram que ali acabara de ocorrer um grave delito, mas ninguém se animou a tocar no assunto, parecendo esquecidos até mesmo de sair no encalço do *rounin* criminoso.

— Vamos... Vamos embora! — disse alguém, tomando-lhe a mão. Akemi afastou-o de repelão, e apoiando o rosto contra as tábuas do casebre, pôs-se a chorar mansamente.

— Acho que ela está embriagada.
— Por que ela veio beber longe da hospedaria?

Por algum tempo os homens deixaram-se ficar por ali, apenas vendo-a chorar.

Joutaro também espiava de longe. O menino não conseguia sequer imaginar o que teria acontecido a Akemi, mas lembrou-se de repente de certa experiência do passado que nada tinha a ver com Akemi, do prazer, misto de culpa e sobressalto, que tinha experimentado numa estalagem do feudo de Yagyu, na província de Yamato, quando ele e a menina Kocha da hospedaria haviam rolado sobre o feno de um depósito como dois cãezinhos, mordendo-se e beliscando-se mutuamente.

— Vou-me embora! — gritou, aborrecido. Enquanto corria, sua alma, que há pouco ameaçara partir para o outro mundo, provou estar firmemente presa ao mundo dos vivos: Joutaro pôs-se a cantar a plenos pulmões:

Santinho de ferro
No meio da campina,
Viu por acaso
Moça perdida
Passar por aqui?
'Ding' — ele diz,
'Dong' — quando bato.

O GAFANHOTO

I

Certo de que sabia o rumo da hospedaria, Joutaro viera até ali correndo sem pensar, mas parou.

— Ué? Que caminho é esse? — murmurou, observando ao redor em dúvida. — Não me lembro de ter passado por aqui antes.

Ao redor das ruínas de um antigo forte erguiam-se mansões de famílias guerreiras compondo um núcleo residencial. Os antigos muros do forte, de pedras sobrepostas, haviam sido destruídos por hordas invasoras em tempos idos e seus destroços ainda restavam abandonados. Parte da fortificação, porém, havia sido restaurada e servia de moradia para Okubo Nagayasu, o administrador designado para essa localidade.

Diferente dos palácios fortificados, construídos em áreas planas após o período Sengoku, este era um forte antigo, no estilo preferido de velhas e poderosas famílias que reinaram soberanas, gerações após gerações, numa mesma terra. Assim sendo, em torno dele não havia fossos, muralhas ou pontes, mas apenas um vasto matagal.

— Ei, aquilo só pode ser um homem! Quem será e de onde vem ele?

A um dos lados do caminho onde Joutaro estacara, o muro de uma mansão cercava a parte inferior do forte. Do outro lado da estrada havia apenas um arrozal e pântano.

Logo além do arrozal e desse terreno pantanoso erguia-se um íngreme paredão rochoso que parecia ter brotado abruptamente da terra: o paredão era a encosta do monte Yabuyama.

Não havia caminho, nem escada cavada na rocha, de modo que a área devia ter sido os fundos do antigo forte. E ante o olhar admirado do menino, um homem tinha soltado uma corda do topo do paredão rochoso de Yabuyama e por ela vinha descendo.

Na ponta superior da corda devia haver um dispositivo em forma de gancho, pois ao escorregar até a outra ponta da corda, o homem procurava pontos de apoio com a ponta dos pés, agarrava-se a rochas e raízes e sacudia a corda. Em seguida, tornava a soltar a corda para baixo e a descer por ela.

E quando enfim o vulto atingiu os limites do arrozal, desapareceu momentaneamente dentro da mata.

— Que estranho!

Com a curiosidade despertada, Joutaro esqueceu-se de que, no momento, ele próprio estava perdido, longe das luzes e da segurança da hospedaria.

Arregalou os olhos para observar melhor, mas não viu mais nada.

Sua curiosidade, porém, aumentou ainda mais. Colou-se então ao tronco de uma árvore que crescia à beira do caminho e esperou pelo vulto que, assim lhe parecia, em breve surgiria pela estreita senda do arrozal e lhe passaria bem na frente.

Ele estivera certo em suas expectativas: depois de uma longa espera, avistou enfim um vulto que vinha gingando pela senda e encaminhando-se em sua direção.

— Ora, é apenas um catador de lenha!

Em todas as localidades sempre havia gente invadindo a propriedade alheia em busca de lenha. Esse tipo de gente costumava agir na calada da noite e não hesitava em vencer despenhadeiros perigosos. Se o homem era um deles... Joutaro sentiu de súbito que fizera papel de bobo e perdera tempo inutilmente. Uma cena espantosa, porém, desenrolou-se uma vez mais diante de seus olhos, cena essa que teve a capacidade não só de satisfazer sua curiosidade, como também de fartá-la, produzindo-lhe uma vaga sensação de terror.

Sem ter ideia de que havia um pequeno vulto colado ao tronco de uma árvore, o homem que viera do arrozal para a estrada passou por ali com toda a calma. Simultaneamente, Joutaro quase deixou escapar um grito de espanto.

Pois o furtivo homem era, sem sombra de dúvida, Daizou de Narai, o ervateiro a quem o menino confiara nos últimos dias o próprio destino.

Logo, porém, Joutaro procurou negar o que seus olhos tinham acabado de presenciar:

— Deve ser alguém parecido com ele.

No momento seguinte, começou a acreditar que realmente havia se enganado.

O vulto que se afastava a passos rápidos cobria a cabeça com um lenço preto, usava calção e perneiras também pretos, e calçava sandálias leves, de palha.

Preso às costas, carregava ainda um volume de aspecto pesado. Aqueles ombros robustos e quadris poderosos não podiam ser de Daizou, um ancião de mais de cinquenta anos, pensou o menino.

II

O vulto à sua frente tornou a sair da estrada e enveredou para uma colina do lado esquerdo.

Joutaro foi atrás dele sem pensar muito bem no que fazia.

Se pretendia voltar à estalagem, o menino tinha de decidir que direção tomar, mas como não havia ninguém a quem pudesse perguntar o caminho, acompanhou o misterioso homem quase sem querer, esperando logo avistar as luzes do povoado.

Entretanto...

Depois de tomar o atalho, o desconhecido descarregou o pesado saco que levava às costas ao pé de um marco de estrada e leu com atenção as letras gravadas na pedra.

— Ué! Que estranho! Esse homem se parece muito com Daizou-sama.

Com a curiosidade espicaçada, Joutaro decidiu que o seguiria de perto furtivamente a partir dali.

Como o misterioso homem já subia o caminho da colina, o menino aproximou-se do marco e leu por sua vez a inscrição:

Pinheiro dos Decapitados
Suba a Colina

— Ah, deve ser o pinheiro lá no alto — murmurou.

A copa era visível da base da colina. Subiu cuidadosamente e viu o homem que o havia precedido sentado ao pé do pinheiro, fumando.

— Só pode ser ele! — sussurrou Joutaro.

Pouca gente fumava nessa época, e era quase impossível que mercadores e camponeses locais tivessem acesso ao tabaco. Joutaro tinha ouvido dizer que o hábito fora implantado pelos bárbaros vindos de barco do sul, e mesmo agora que as folhas passaram a ser produzidas no país, o preço exorbitante permitia a apenas uma pequena parcela da população afluente de grandes centros urbanos como Kyoto cultivasse esse hábito. Além do preço, outro fator impedia um maior consumo do produto: o organismo do povo japonês não se tinha adaptado ainda ao tabaco, e as folhas provocavam tonturas e desmaios em ocasionais fumantes. Este último fator fazia com que o tabaco fosse de um modo geral apreciado, mas visto como um tipo de entorpecente.

Por essa razão, Date Masamune, o suserano de Oushu, dono de um feudo de mais de 60.000 *koku* e considerado profundo apreciador do tabaco, policiava-se para não se exceder, conforme consta num registro de seus hábitos elaborado por seu secretário:

Pela manhã: três baforadas.
À tarde: quatro baforadas.
Antes de dormir: uma baforada.

Claro está que Joutaro desconhecia esses pormenores, mas até uma pessoa de pouca idade como ele sabia muito bem que um homem comum jamais poderia entreter um vício tão dispendioso. O menino já havia visto Daizou acender o seu cachimbo de porcelana muitas vezes por dia, mas isso não lhe causara estranheza pois sabia que seu protetor era o famoso proprietário da maior casa comercial de Kiso. Mas nesse momento, a visão da brasa do cachimbo avivando intermitente como a luz de um pirilampo levantou dúvidas em seu espírito, e certo temor.

— Que faz ele aqui?

Aos poucos, o menino começou a apreciar a aventura: rastejando, aproximou-se até uma pequena distância para observar melhor.

Momentos depois, o homem guardou o cachimbo e pôs-se de pé. Retirou em seguida o lenço que lhe cobria a cabeça, descobrindo inteiramente o rosto: o homem era Daizou de Narai, sem dúvida.

Prendeu no quadril o lenço preto e deu uma volta em torno do gigantesco pinheiro, pisando suas grossas raízes. E então, uma enxada surgiu inexplicavelmente em suas mãos.

— ...

Apoiado ao cabo da ferramenta, Daizou permaneceu algum tempo em pé, imóvel, apenas contemplando a paisagem noturna. Só então Joutaro percebeu: a colina onde se encontravam situava-se entre o povoado, com suas estalagens e lojas comerciais, e o forte, na área residencial, constituindo um limite natural entre as duas zonas.

Nesse instante, Daizou meneou a cabeça como se concordasse consigo mesmo e empenhou-se em rolar uma enorme pedra situada junto às raízes do lado norte. Em seguida, cravou a enxada na terra no ponto em que a pedra havia estado.

III

Uma vez começado o trabalho, Daizou concentrou-se inteiro nele.

Num instante o buraco se aprofundou até a altura de um homem. Nesse ponto, fez uma pausa: retirou a toalha preta da cintura e enxugou o suor do rosto.

Joutaro tinha-se imobilizado atrás de uma pedra no meio da relva, e contemplava a cena com olhos esbugalhados: sabia que o homem era Daizou, mas ainda assim, parecia-lhe ver um desconhecido, um homem diferente daquele que conhecia. Teve a impressão de que existiam dois Daizous de Narai no mundo.

— Pronto! — disse Daizou de dentro da cova. Apenas sua cabeça emergia dela.

Se ele pretende enterrar-se vivo, tenho de detê-lo, pensou Joutaro. Mas não era nada disso.

De um salto, o homem emergiu da cova e dirigiu-se ao pé do pinheiro, de onde retornou arrastando o pesado volume ali depositado. A seguir, começou a desatar a corda de cânhamo que amarrava a boca do saco.

Joutaro imaginou que o tecido que envolvia o volume fosse um simples *furoshiki*, mas verificou com espanto que se tratava de um casaco de couro grosso, do tipo usado sobre armaduras. Aberto o casaco, surgiu um pano que lembrava uma rede e que, também removido, revelou uma quantidade espantosa de barras de ouro. Para adquirir esse formato, o ouro derretido costumava ser vertido em gomos de bambus grossos partidos em dois, sendo por essa razão também conhecido como "bambus de ouro".

E não era só isso. Ante o olhar atônito do menino, o homem agora pôs-se a retirar do *obi*, das costas, da faixa ao redor da barriga, uma quantidade espantosa de moedas de ouro, cunhadas no formato característico das moedas do período Keicho, espalhando-as no chão. Daizou apanhou-as todas com rapidez e envolveu-as, assim como as barras de ouro, no casaco de couro, jogando o pesado volume dentro da cova como se estivesse enterrando um grande cão morto.

Cobriu a cova com terra.

Pisoteou a área.

Repôs a pedra em seu lugar, espalhou galhos e folhas secas sobre a terra revolvida para despistar e, finalmente, começou a trocar-se para voltar ao seu costumeiro aspecto.

Fez uma única trouxa com as sandálias, perneiras e tudo o mais que havia deixado de ser útil, amarrou-a ao cabo da enxada e lançou o conjunto para dentro de um matagal denso, de difícil acesso. Trocou então as sandálias, vestiu um sobretudo e passou pelo pescoço a alça de um pequeno saco, do tipo usado por monges itinerantes.

— Um trabalho e tanto! — murmurou, afastando-se rapidamente na direção do povoado.

Depois que o viu afastar-se, Joutaro aproximou-se num salto do local onde vira o ouro ser enterrado, mas por mais que procurasse, não encontrou vestígios de terra revolvida. Boquiaberto, o menino contemplou o solo com tanta intensidade quanto examinaria a mão de um prestidigitador.

— Ih! Tenho de estar de volta à hospedaria antes dele, senão ele vai desconfiar.

Já sabia para que lado dirigir-se, pois dali avistava as luzes do povoado. Escolheu um caminho diferente daquele por onde Daizou desaparecera, e disparou colina abaixo, como se tivesse asas nos pés.

Ao chegar à estalagem, subiu ao andar superior com a maior naturalidade e entrou no aposento que ocupavam. Por sorte, Daizou ainda não havia retornado.

Sob a lamparina, o servo Sukeichi dormitava sozinho, recostado no baú. Um fio de saliva escorria por seu queixo. Acordou-o de propósito, dizendo:

— Ei, Suke-san, vai acabar se resfriando.

— Jouta? — resmungou Sukeichi, esfregando os olhos. — Por onde andou até esta hora, sem pedir a permissão do meu amo?

— Do que é que você está falando? — replicou o menino. — Faz muito tempo que eu cheguei. Você nem me viu porque estava dormindo!

— Mentiroso! Eu fiquei sabendo que você saiu com uma menina da casa Sumiya. Se você é capaz disso na sua idade, imagina o que não fará quando crescer!

Pouco depois, Daizou retornou.

— Estou de volta! — disse, correndo a porta.

IV

Havia ainda quase cinquenta quilômetros a percorrer até a cidade de Edo, não importava o caminho que escolhessem. Se quisessem chegar antes do anoitecer, tinham de partir bem cedo.

O grupo da casa Sumiya partiu de Hachioji muito antes do amanhecer.

Daizou e seus acompanhantes partiram muito mais tarde, depois de fazer tranquilamente a refeição matinal. O sol já ia alto no céu.

O servo carregando o baú e Joutaro seguiram juntos, mas depois do que presenciara na noite anterior, o comportamento do menino com relação à Daizou tinha-se alterado ligeiramente.

— Jouta! — disse o homem, voltando-se para o pequeno que lhe vinha atrás, desanimado. — Que tem você esta manhã?

— Como?

— Está se sentindo mal, por acaso?

— Não, senhor.

— Estranho. Você está quieto demais.

— É que... não sei quando conseguirei encontrar meu mestre se continuar desse jeito. Estou pensando em me separar do senhor e procurar por conta própria. Posso?

Daizou respondeu no mesmo instante:

— Não pode!

Joutaro estendeu o braço e ia dependurar-se no braço do homem como sempre, mas recolheu a mão abruptamente e tornou a perguntar, hesitante:

— Por quê?

— Vamos parar um instante.

Daizou sentou-se no meio da campina de Musashino, ao mesmo tempo em que gesticulava para Sukeichi, mandando-o seguir sozinho na frente.

— Mas eu quero encontrar meu mestre o mais rápido possível, tio! E para isso, acho melhor procurá-lo sozinho…

— Já lhe disse que não! — replicou Daizou com expressão séria, tirando uma baforada do seu cachimbo de porcelana. — A partir de hoje, você será meu filho.

Joutaro engoliu em seco, mas ao reparar que o homem sorria agora, achou que era uma brincadeira e respondeu com a petulância costumeira:

— Que os deuses me livrem! Nunca vou querer ser seu filho adotivo.

— E por quê? Posso saber?

— Porque o senhor é um mercador, não é? E eu quero ser um samurai!

— Nesse caso, procure saber as origens deste Daizou de Narai: vai descobrir que não sou um mercador. Aceite ser meu filho e eu prometo fazer de você um *bushi* famoso, Joutaro.

A proposta era séria, pelo jeito. O menino sentiu um arrepio percorrer-lhe o corpo.

— Por que puxou esse assunto tão de repente, tio?

Daizou agarrou de súbito a mão do menino, puxou-o para perto de si e o prendeu em seus braços. Aproximou em seguida os lábios de seu ouvido e disse baixinho:

— Você me viu, não foi, menino?

— Co… como?

— Viu ou não?

— O quê?

— O que eu estive fazendo, ontem à noite.

— …

— Por que me espionou?

— …

— Para que quer saber dos segredos alheios?

— Me perdoe, tio, me perdoe! Juro que não conto a ninguém!

— Fale baixo! Não vou perder tempo com sermões, agora que me viu, mas você terá de ser meu filho adotivo. Se recusar, não tenho outro recurso senão matá-lo, embora eu goste muito de você. E então, que decide?

V

Joutaro percebeu que podia ser morto de verdade e pela primeira vez na vida sentiu medo.

— Desculpe! Me perdoe! Não me mate! Não quero morrer! — gritou, debatendo-se debilmente como um passarinho contra o peito de Daizou. A um movimento seu mais brusco — temia ele — a morte poderia estender a sufocante mão em sua direção.

Não obstante, Daizou não o retinha com tanta força a ponto de sufocá-lo: ele apenas o envolvia de leve com seus braços e o mantinha junto ao corpo.

— Quer dizer que aceita ser meu filho? — perguntou Daizou, tocando o rosto do menino com o seu, onde uma barba rala despontava.

A barba picava.

A leve pressão de seus braços era aterrorizante, e o cheiro desse corpo adulto inibia qualquer tipo de reação por parte do menino.

Por que sentia tanto medo? Joutaro não conseguia compreender. Não podia ser pelo risco, pois já vivera situações muito mais perigosas que essa e contra elas reagira corajosamente. No entanto, ali estava ele, sem poder esboçar um gesto, sem conseguir fugir desse abraço, como um bebê indefeso.

— Qual é a resposta? Que escolhe?

— ...

— Quer ser meu filho, ou prefere morrer?

— ...

— Vamos, responda de uma vez!

— ...

Sentindo-se enfim derrotado, Joutaro começou a chorar. Gotas de lágrimas, pretas por causa da mão suja que levara aos olhos, empoçaram-se na aba do seu nariz.

— Por que chora? Você terá um belo futuro como meu filho! Melhor ainda se deseja ser um samurai. Prometo fazer de você um bravo guerreiro, repito.

— Mas...

— Mas o quê?

— ...

— Fale de uma vez!

— O tio...

— Hum?

— Mas...

— Você me irrita! Fale claro, como um homem!

— É que... o tio... o tio é um ladrão, não é? — acabou por dizer o menino, desesperado por sair correndo, mas ainda preso entre as coxas do homem, sem sequer conseguir se aprumar.

— Ah-ah! — gargalhou Daizou, dando uma leve palmada nas costas do menino, sacudidas por soluços. — E por isso não quer ser meu filho?

— I...isso! — confirmou Joutaro.

Daizou sacudia-se todo de tanto rir, mas explicou:

— Talvez eu ande pelo país inteiro apossando-me do que é dos outros, mas não sou um simples gatuno ou ladrão de galinhas. Pense bem: Ieyasu, Hideyoshi e Nobunaga também não se apossaram do país inteiro? Venha comigo e fique observando o meu trabalho a longo prazo. Um dia você há de compreender.

— Quer dizer que o tio não é um ladrão?

— Eu jamais entraria para uma profissão tão pouco compensadora. Sou um homem muito mais corajoso que um larápio.

Joutaro sentiu que não tinha conhecimento suficiente para contestar essa declaração.

Daizou então soltou-o de súbito e o afastou.

— Pronto! Agora ande, sem choramingar. A partir de hoje, você é meu filho e vou tratá-lo com muito carinho. Em troca, jamais se refira ao que viu ontem a ninguém. Se falar, torço-lhe o pescoço na hora, entendeu?

OS PIONEIROS

I

Maio chegava ao fim quando Osugi, a velha mãe de Hon'i-den Matahachi, chegou à cidade de Edo.

O tempo tinha esquentado nos últimos dias e havia muito não caía uma única gota de chuva, indício de que nesse ano não teriam o habitual aguaceiro do início de todos os verões.

— Como foram construir tantas casas neste pântano cheio de juncos?

O murmúrio da anciã resumia sua primeira impressão de Edo.

Quase dois meses já se haviam passado desde o dia em que partira de Outsu, em Kyoto. Ao que tudo indicava, Osugi viera pela estrada Tokaido, mas o percurso havia sido interrompido diversas vezes por causa de suas dores crônicas, visitas a santuários e uma bobagem ou outra. De modo que a velha cidade de onde partira lhe devia parecer agora distante, muito de acordo com o que disse um poeta: "Parti da velha Kyoto perdida em meio às brumas…"

Mudas de árvores e indicadores de distância já tinham sido plantados à beira da estrada de Takanawa. Uma espessa poeira branca, resultante da seca atípica, cobria como nuvem o trecho entre Shioiri a Nihonbashi. Este caminho constituía a principal via de acesso ao centro urbano, sendo portanto razoavelmente bem conservado, muito embora as constantes idas e vindas dos pesados carroções de bois carregando material para aterro, assim como toras e pedras para novas construções, a deixassem bastante esburacada.

— Com os diabos! Que é isso? — gritou Osugi indignada, lançando um olhar feroz para o interior de uma casa em construção à beira do caminho por onde passava.

Dentro da obra, alguém riu. Era um pedreiro, alisando uma parede. Um movimento desastrado da sua mão tinha feito o barro espirrar e atingir o quimono de Osugi, sujando-o.

A idade não abrandara o gênio irascível da velha senhora: a atitude autoritária com que costumava tratar os aldeões de sua terra natal, onde era uma líder respeitada, sempre vinha à tona nessas situações.

— Como se atreve a me sujar de barro e rir, em vez de pedir desculpas?

Uma reprimenda nesse tom teria sido suficiente para estremecer arrendatários e aldeões e prostrá-los por terra, temerosos, se tivesse sido feita em meio às plantações de sua terra natal. Mas o pedreiro, um migrante transplantado de súbito para Edo, a cidade em expansão, riu com ar de desprezo e continuou a remexer o barro grosso.

— O que foi? Que é que essa velha caduca está resmungando? — disse um dos companheiros do pedreiro.

Osugi sentiu a raiva crescer.

— Quem foi o mal-educado que riu, há pouco? — gritou, exasperada.

— Nós todos!

— Atrevidos!

Quanto mais Osugi se indignava, mais os pedreiros riam.

Transeuntes paravam, aflitos pela anciã que se comportava de modo nada condizente com a idade, mas a geniosa Osugi não podia ignorar a ofensa.

Em silêncio, a velha senhora entrou no aposento em construção e pousou a mão na prancha de madeira sobre a qual alguns pedreiros trabalhavam.

— Foi você, não foi? — disse, deslocando a tábua.

Perdendo o apoio para os pés, os trabalhadores sobre a prancha desabaram e tomaram um banho de reboco.

— Desgraçada! — gritaram, saltando em pé num instante e avançando para Osugi com fúria assassina.

A velha senhora, porém, levou a mão ao cabo da espada curta:

— Para fora, vamos! — comandou, sem hesitar.

Seu ar decidido abalou os trabalhadores, que pareciam duvidar do que viam. O aspecto e o modo de falar da anciã indicavam que ela devia ser a matriarca de alguma família guerreira. Os homens se acovardaram.

— Não voltem a tomar atitudes grosseiras, porque senão, vão se haver comigo!

"Assim é que se faz!" — pensou Osugi afinal satisfeita, voltando para a rua. Os curiosos contemplaram por instantes seu vulto orgulhoso afastar-se e se dispersaram.

E quando tudo parecia ter voltado à normalidade, um ajudante de pedreiro surgiu correndo de um canto da obra, arrastando aparas de madeira nas solas das sandálias barrentas.

— Velha coroca! — gritou ele, lançando de súbito sobre Osugi um balde de lama, desaparecendo num átimo.

II

— Ah, miserável! — gritou a anciã, voltando-se. Mas o manhoso ajudante de pedreiro já tinha desaparecido.

Ao perceber que suas costas estavam sujas de barro, o rosto de Osugi contorceu-se num esgar, misto de ódio e de choro.

— Estão rindo de quê? — gritou ela, agora contra os transeuntes. — Ao que vejo, é assim que costuma se comportar o povo de Edo. Em vez de tratar com carinho e compreensão uma velha que veio de longe com muito custo, jogam-lhe às costas um balde de barro e riem dela. Sou velha, não nego, mas nunca se esqueçam que, não demora muito, vocês também serão como eu.

Osugi parecia não compreender que quanto mais esbravejava, mais atraía a atenção das pessoas, as quais paravam e riam cada vez mais alto.

— Cidade de Edo! Grande porcaria! Pelo que se ouve no país inteiro, até parece que são terras maravilhosas! Mas que vejo eu? Um povo inquieto que destrói montanhas, aterra brejos, cava fossos e empilha areia do mar, levantando poeira por todos os lados. Não existe gente tão vulgar a oeste de Kyoto!

Sentindo que havia descarregado parcialmente a raiva, a anciã deixou para trás a aglomeração, que ainda ria, e se afastou a passos rápidos.

No centro da cidade tudo que via tinha um brilho de coisa nova: para onde quer que se voltasse, madeira recém-cortada e paredes recém-erguidas feriam os olhos. Nos terrenos baldios, hastes secas de juncos e de plantas de brejo despontavam no meio do aterro que mal tinha coberto o pântano, e o estrume seco recendente era uma ofensa para os olhos e o nariz.

— E isto é Edo! — murmurou Osugi, sentindo a antipatia pela cidade crescer. Teve a desagradável sensação de ser o ente mais velho naquela cidade onde tudo era novo.

Realmente, quase toda a população ativa da cidade era composta de gente jovem. O dono da loja, o oficial a cavalo, o samurai andando com grandes passadas segurando a aba larga do sombreiro, o trabalhador braçal, o marceneiro, o vendedor, o comandante e o soldado raso, todo o mundo era jovem. A cidade era o paraíso deles.

— Se eu não estivesse à caça de certa pessoa, não daria a esta cidade a honra de pernoitar nela nem uma única noite... — resmungou, parando de novo. Ali também cavavam um fosso, de modo que teve de dobrar uma esquina.

Mal a terra era retirada do fosso, carroções a transportavam; mal a levavam, era lançada sobre juncos e caniços, e logo compactada; mal o aterro se firmava, marceneiros erguiam casas; e enquanto estes ainda trabalhavam, já surgiam cortinas no interior das casas, à sombra das quais mulheres de pesada maquiagem branca raspavam sobrancelhas, ou homens surgiam vendendo saquê, ou afixavam placas anunciando ervas medicinais, ou empilhavam roupas e tecidos à espera de compradores.

A rua ao longo da qual surgiam tantas construções tinha sido até bem pouco tempo atrás uma estreita senda em meio a arrozais, entre as vilas Chiyoda e Hibiya. Mais para perto do castelo de Edo — construído por Outa Doukan[12] — havia áreas urbanas mais antigas, bairro residenciais com majestosas mansões de grandes senhores feudais que ali vieram se agrupando desde que Ieyasu se transferira para o referido castelo durante o período Tenshou (1590). Osugi, porém, ainda não havia tido a oportunidade de conhecer essa região.

E por imaginar que a cidade inteira fosse semelhante ao bairro que de ontem para hoje se formava com vertiginosa velocidade bem diante dos seus olhos, a anciã sentiu-se completamente deslocada.

Lançou um olhar casual para a cabeça da ponte sobre o fosso ainda seco e viu um casebre feito de estacas de bambu e esteiras. Uma cortina curta pendia à porta, de onde também despontava uma bandeirola. Nela se lia: Banho.

A anciã entregou uma moeda ao encarregado do casebre e entrou. Não estava interessada no banho em si, mas em lavar o quimono, que mais tarde estendeu num varal e pôs para secar atrás do casebre. Enquanto esperava, sentou-se sob o varal vestida apenas com a roupa de baixo, abraçou os joelhos e deixou-se ficar contemplando o movimento da rua.

III

Osugi apalpava o quimono de vez em quando. Tinha achado que o sol forte secaria sua roupa num instante, mas logo descobriu que errara.

Vestida apenas com as roupas de baixo e *obi*, a anciã mantinha-se agachada por trás da casa de banho de modo a não ser vista da rua, embora não desse nenhuma importância às aparências.

Foi então que ouviu, do outro lado da rua:

— Quantos *tsubo*[13] tem este terreno? Dependendo do tamanho, podemos conversar.

— Mais de oitocentos *tsubo*[14], ao preço que já lhe dei. Por menos não fecho.

---

12. Outa Doukan: general e poeta do período Muromachi, vassalo de Uesugi Sadamasa, especializado em estratégias de guerra e em arquitetura casteleira. Foi o idealizador e construtor do castelo de Edo (1457), posteriormente transformado em residência dos xoguns Tokugawa (1590), e finalmente em residência imperial, a partir do primeiro ano do período Meiji (1868).

13. *Tsubo*: medida superfície, corresponde aproximadamente a 3.306 m².

14. Oitocentos *tsubo*: 2.644,8 m².

— É muito caro! O preço é absurdo!

— De modo algum! O senhor não tem ideia do quanto paguei só para transportar o aterro! Além disso, não existe mais terra à venda nestas redondezas.

— Isso não é verdade. Olhe aí, quanto terreno sendo aterrado!

— Já estão todos vendidos, muito antes de terem sido aterrados. A disputa por terrenos é acirrada, não existe mais terra como a minha, à espera de comprador, acredite! O senhor só vai encontrar outros lotes bem mais para baixo, perto das margens do rio Sumidagawa.

— Tem certeza de que este mede oitocentos *tsubo*?

— Pode conferir. Foi pensando nisso que eu trouxe esta corda.

Quem assim discutia era um grupo de quatro a cinco mercadores, entretidos em negociar um terreno.

E ao ouvir o preço, a velha Osugi arregalou os olhos de admiração. Cada *tsubo*, ali, valia o preço de algumas dezenas de medidas de terras aráveis, no interior.

A especulação imobiliária era uma febre entre os mercadores de Edo e cenas iguais a essa repetiam-se em todos os cantos da cidade.

— Por que o povo deste lugar dá tanto valor a terras que não servem nem para produzir arroz, nem estão no meio do povoado? — indagava-se a anciã, intrigada.

Enquanto isso, negócio fechado, o grupo no meio do terreno bateu palmas[15] e se dispersou.

— Quê…? — gritou Osugi nesse instante agarrando uma mão que se tinha insinuado em seu *obi*. — Ladrão! — esbravejou.

Sua carteira com o dinheiro trocado já estava nas mãos do gatuno — pelo aspecto, um carregador de liteiras ou trabalhador braçal — que fugia voando pela rua.

— Peguem o ladrão! — gritou a anciã correndo-lhe no encalço, como se tivesse perdido a cabeça e não a carteira, e atracando-se com ele.

— Acudam-me! Socorro! Peguei um ladrão!

Vendo que um ou dois socos no rosto não tinham sido suficientes para livrá-lo, o larápio, sem saber mais o que fazer, levantou um pé e deu-lhe um chute nas costelas, dizendo:

— Não amola!

O grande erro do ladrão foi imaginar que Osugi era uma velha como qualquer outra. Com um gemido, a anciã foi ao chão, é verdade, mas ao

---

15. O costume, muito em voga no passado, sinalizava a concretização de um negócio: nesse momento, as partes envolvidas na negociação batiam palmas e se congratulavam. O gesto selava o acordo, e tinha um valor correspondente ao do aperto de mãos entre cavalheiros da Idade Média, no Ocidente.

mesmo tempo, extraiu da cintura a espada curta que carregava consigo — mesmo sumariamente vestida — e desferiu um golpe no tornozelo do homem.

— Ai! Ai,ai! — berrou o larápio sem soltar a carteira ainda, correndo por mais alguns metros apesar de ferido. A visão do sangue que lhe jorrava do ferimento, porém, deixou-o em estado de choque: o homem sentou-se de súbito à beira do caminho.

Hangawara Yajibei — um dos homens que havia pouco tinham batido palmas e negociado o terreno — afastava-se nesse momento em companhia de um capanga, mas voltou-se ao ouvir a comoção:

— Ei! Esse não é o sujeito que veio de Koshu e que vivia no alojamento sem fazer nada até poucos dias atrás?

— Parece. E tem uma carteira nas mãos.

— Ouvi alguém gritando: "Pega ladrão!" Pelo visto, ele não perdeu o hábito, mesmo depois de expulso do alojamento. Ah, e tem uma velha caída mais adiante! Deixe que eu cuide do homem de Koshu e vá acudir a velha — ordenou Yajibei ao capanga, agarrando pela gola o gatuno manco que tentava escapulir e lançando-o no meio do terreno baldio como se estivesse se livrando de um incômodo gafanhoto.

IV

— Acho que o larápio deve estar de posse da carteira da velha, chefe!

— Está sim, mas já a tenho comigo. Que aconteceu à velha?

— Não parece muito ferida. Estava desmaiada, mas mal recobrou os sentidos, começou a esbravejar que quer a carteira, como o senhor bem pode ouvir.

— Mas continua sentada no chão! Acha que ela não tem forças para se levantar?

— Diz que esse sujeito lhe deu um chute nas costelas...

— É um mau caráter! — comentou Yajibei, fixando um olhar feroz no ladrão. Voltou-se então para o capanga. — Ushi, mande erguer a estaca!

Ao ouvir a ordem, o larápio originário de Koshu estremeceu, mais nervoso do que se lhe tivessem apontado uma espada ao pescoço.

— Tudo, menos isso, chefe! Por favor! Juro que nunca mais vou roubar, que vou me emendar e trabalhar daqui para a frente! — implorou, lançando-se no chão.

Yajibei, porém, sacudiu a cabeça:

— Nada feito!

Enquanto isso, Ushi, o capanga, correu para cumprir as ordens e voltou trazendo consigo dois marceneiros que trabalhavam na construção de uma ponte provisória.

— Finquem a estaca por aqui — ordenou Yajibei, apontando com a ponta dos pés uma área no meio do terreno baldio.

Os dois marceneiros assim fizeram.

— Está bom? — perguntaram, depois de concluído o trabalho.

— Ótimo! Agora, amarrem esse gatuno e preguem uma tabuleta na altura de sua cabeça.

— Pretende escrever alguma coisa na tabuleta?

— Isso mesmo.

Yajibei pediu pincel e tinta emprestados e escreveu:

Atenção:
Este sujeito morava até há pouco de favor no alojamento Hanga-
wara. Aqui o prendo por sete dias e sete noites, no sol e na chuva, como
castigo pelos repetidos delitos que vem cometendo.
Yajibei dos Marceneiros

— Obrigado — disse Yajibei, devolvendo o pote de tinta. — Se não se incomodam, quero que vocês deem de comer e de beber de vez em quando a este tratante, apenas o suficiente para que ele não morra — pediu para os marceneiros que trabalhavam na construção da ponte e para os homens próximos.

No mesmo instante, todos concordaram em uníssono:

— Deixe conosco, chefe. Dependendo de nós, ele vai passar a maior vergonha da vida dele!

Passar vergonha era, mesmo entre mercadores e artesãos, a pior das punições. Como a classe guerreira dominante estava entretida apenas em promover guerras entre si e se esquecera de governar o país e de estabelecer um código penal adequado, a classe mercantil recorria a esse tipo de punição para manter a ordem em seu meio.

Na verdade, um magistrado já tinha sido nomeado para administrar a cidade de Edo e, ao mesmo tempo, vinha tomando forma o antigo sistema de governar através de representantes locais — geralmente lavradores, designados um para cada vila ou conjunto de vilas. No entanto, os velhos costumes não se extinguem só porque o governo resolveu implantar algumas diretrizes.

O magistrado, além disso, não se opunha às punições públicas por considerá-las necessárias ainda por algum tempo à manutenção da ordem nessas terras selvagens, em vias de expansão.

— Ushi, devolve a carteira à anciã — disse Yajibei, entregando-a ao capanga. — Pobrezinha! Com essa idade e viajando sozinha... Que aconteceu às roupas dela?

— Foram lavadas e estão secando ao lado da casa de banho.

— Vá então buscá-las. Depois, carregue a velha às suas costas.

— Pretende levá-la para casa?

— Claro! Não adianta castigar o ladrão e deixar esta velha entregue ao seu próprio destino. Ela logo vai cair nas mãos de outro larápio.

E depois de ver que Yajibei se afastava em companhia do capanga carregando a velha às costas e levando na mão a sua roupa meio úmida, a multidão que se tinha juntado na beira do caminho começou a se dispersar, alguns para o leste, outros para o oeste.

V

Nem um ano tinha se passado desde a construção da ponte Nihonbashi.

A largura do rio era muito maior do que hoje se vê retratada em pinturas: paredões de pedra recém-erguidos nas duas margens sustentavam cabeças de ponte e projetavam-se para dentro do rio, corrimões novos de madeira branca protegiam as laterais da ponte.

Barcos provenientes de Kamakura e Odawara entravam até bem perto da ponte. Na margem oposta uma pequena multidão alvoroçada e cheirando a peixe comercializava pescados.

— Ai! Ai, ai! — gemia a velha Osugi nas costas do capanga, contorcendo o rosto de dor, mas mesmo assim arregalando os olhos e contemplando interessada a aglomeração ruidosa do mercado de peixes.

Yajibei voltou-se ao ouvir os intermitentes gemidos da anciã.

— Aguente mais um pouco, senhora, que já estamos quase chegando. E não faça tanto escândalo: afinal, não está tão machucada. — reclamou, pois seus queixumes chamavam a atenção dos transeuntes.

Osugi então calou-se e dali em diante permaneceu com o rosto apoiado às costas do capanga como uma criancinha.

A cidade dividia-se em diversos bairros, de acordo com a profissão de seus moradores. Havia o bairro dos ferreiros, dos fabricantes de lanças, dos tingidores de tecido, dos urdidores de *tatami* etc. A casa Hangawara, no bairro dos marceneiros, era entre todas a mais diferente: seu telhado era coberto por telhas até a metade, donde advinha a alcunha Hangawara, ou "metade de telha", literalmente.

A partir do grande incêndio que arrasara a cidade havia dois ou três anos, as casas locais passaram a ter telhados de madeira. Antes disso, porém, a grande maioria era de colmo. Yajibei havia coberto com telhas a metade da sua casa que dava para a rua, motivo por que o povo passara a chamar de *Hangawara*, tanto a casa como o seu proprietário, este último aliás muito orgulhoso da alcunha.

À época em que fixara residência em Edo, Yajibei era um *rounin*. Homem talentoso e galante, sabia tratar com todas as pessoas. Com o tempo, tornou-se mercador e especializou-se no ramo de telhados, e logo estava incumbido de fornecer mão de obra para as reformas das mansões dos *daimyo*, progredindo pouco depois para a área de compra e venda de terrenos. E nos últimos tempos, havia recebido o título especial de *oyabun*, ou chefe, não precisando mais ele próprio trabalhar para viver.

Além dele, começava a surgir ultimamente na cidade de Edo um grande número de pessoas com o mesmo título, mas entre todos os *oyabun*, Yajibei era o mais respeitado.

A gente do povo respeitava os samurais, mas também tinha pelos *oyabun* grande consideração. As pessoas os consideravam galantes defensores dos fracos e oprimidos, aliados que se interpunham entre elas e os temíveis *bushi*.

A história nos mostra que esse tipo de homem galante não é originário de Edo, mas seu modo de ser e sua mentalidade mudaram bastante depois de transplantados para essa cidade. No final do conturbado período dos xoguns Ashikaga já existiam facções como o Ibara-gumi, cujos membros não eram tão galantes como os *oyabun* de Edo, mas que são descritos do seguinte modo no livro "Histórias do Período Muromachi" (*Muromachidono Monogatari*):

> *Usam todos eles caracteristicamente tangas vermelhas, obi longos com os quais dão muitas voltas ao redor do ventre e carregam consigo em bainhas vermelhas espadas de 114 cm, cujas empunhaduras medem 54 cm, e espadas curtas de 63 cm, preparadas da mesma maneira. Têm os cabelos revoltos, cordas de palha urdida amarradas à testa, usam perneiras de couro preto, e andam sempre em bandos de vinte homens. Há ainda os que carregam consigo forcados e machados...*

Tão poderosos eram eles que ao vê-los, diz o livro, o povo estremecia de medo e abria caminho dizendo: "São os Ibara-gumi: calem a boca e saiam de perto." Louvavam a honestidade, mas por vezes saíam a pilhar, afirmando: "Roubar e assaltar fazem parte da tradição do *bushi*." Por ocasião das guerras urbanas, transformaram-se em espiões mercenários e trabalharam para os dois lados em conflito, passando por esse motivo a sofrer perseguições por parte tanto do povo quanto dos *bushi*. Os de pior reputação foram banidos para as montanhas e se degradaram, transformando-se em bandoleiros.

Os mais audaciosos descobriram Edo, a cidade do futuro, onde havia uma nova cultura em formação. "O senso de justiça é o nosso esqueleto, o povo é a nossa carne, integridade e cavalheirismo são a nossa pele." Com esse lema, uma nova classe de homens imbuída de espírito galante começou a surgir no seio das diversas profissões e grupos sociais.

— Estou de volta! Ninguém vem me receber? Trouxe comigo uma visita! — gritou Yajibei, mal pôs os pés em sua casa.

O RIO DAS DISCÓRDIAS

I

Osugi devia sentir-se muito à vontade na casa Hangawara, pois um ano e meio já se havia passado desde o dia em que ali chegara.

E o que teria ela feito durante esse tempo? Nada mais que repetir, dia após dia, desde o momento em que se viu curada: "Fiquei muito mais tempo do que pretendia, mas acho que já é hora de partir."

Mas a quem apresentar as despedidas se Hangawara Yajibei, o proprietário, quase nunca estava em casa? Além disso, nas poucas vezes em que o via, o homem logo atalhava:

— Que é isso? Para que tanta pressa? Continue morando nesta casa e procure seu desafeto com calma. Eu já lhe disse que meus homens também estão procurando esse tal Musashi sem descanso; e quando descobrirmos onde ele mora, nós a ajudaremos a dar cabo dele, prometo.

As bondosas palavras faziam Osugi perder por completo a vontade de partir.

Edo, suas terras e seus costumes haviam a princípio despertado a antipatia da velha senhora. Durante o ano e meio passado na casa Hangawara, porém, Osugi começara a sentir a bondade inata daquele povo e a apreciar seu modo despreocupado de viver.

Especialmente o povo da casa Hangawara. Ali viviam parvos camponeses recém-saídos das lavouras, *rounin* produzidos no campo de Sekigahara, filhos pródigos em busca de valhacouto depois de esbanjar a fortuna dos pais, e até um criminoso liberado há dois dias da cadeia, sentenciado a trazer para sempre a marca do seu passado criminoso tatuada na pele. Reunidos sob o teto de Yajibei, formavam uma grande família de origem variada, vivendo de modo selvagem e conduzindo-se de modo bastante impróprio. Em meio a tudo isso, porém, esses desgarrados da vida haviam estabelecido algo semelhante a um regulamento e um lema: "cultivar a masculinidade", e compor uma academia de marginais, um lar, enfim.

A hierarquia nessa academia de marginais tinha, no topo, um *oyabun* ou chefe; abaixo dele um *aniki* ou capataz, que por sua vez tinha sob seu comando os *kobun* ou capangas. Entre estes últimos, havia uma rígida distinção de veteranos e calouros, existindo também uma classe especial de visitantes. Sustentando todo esse esquema hierárquico havia regras de etiqueta, de origem incerta, mas rigorosamente cumpridas.

— Se lhe aborrece ficar à toa, encarregue-se de olhar por meus homens e ajude-me, — pediu Yajibei à velha Osugi certo dia. A anciã então passou a fiscalizar o serviço de lavagem das roupas, a costurar e a reformar os quimonos dos rudes habitantes da casa Hangawara.

— Ela entende de tudo e com razão: afinal, é a matriarca de uma família de samurais. Os Hon'i-den devem ser uma casa tradicional e fina! — comentavam os capangas de Yajibei, observando com admiração seu modo espartano de administrar a casa.

Os modos de Osugi auxiliavam também a manter a disciplina da academia de marginais.

— Se virem ou ouvirem falar de um samurai chamado Miyamoto Musashi, avisem incontinenti a velha senhora — tinha ordenado Yajibei aos seus homens.

Um ano e meio já se passara desde então. Apesar da atenção de todos da casa Hangawara, ninguém em Edo ouvira falar de Musashi, ao que parecia.

Osugi havia contado a Hangawara Yajibei as circunstâncias do seu envolvimento com Musashi, e os motivos por que o procurava com tanto afinco. Assim sendo, Yajibei via Musashi pelo mesmo prisma de Osugi e sua simpatia à causa da velha senhora era incondicional.

— Que mulher formidável! E que sujeito desprezível é esse Musashi! — disse Yajibei.

Com o intuito de mostrar maior consideração por ela, mandou construir um anexo para o uso exclusivo dela nos fundos da residência, lá surgindo todas as manhãs e noites nos dias em que estava em casa para cumprimentá-la.

Um dos capangas certo dia lhe perguntou:

— Sei que um hóspede deve ser bem tratado, mas não entendo para que tanta deferência. Principalmente partindo de um homem tão importante como o senhor, um *oyabun*, afinal.

A isso, Yajibei respondeu:

— Ultimamente, quando vejo uma anciã, sinto vontade de mimá-la, de tratá-la como se fosse minha mãe e assim dar vazão ao meu amor filial, justamente porque negligenciei minha própria mãe...

II

Com a chegada da primavera, as flores das ameixeiras silvestres, que tanto haviam alegrado a paisagem da cidade de Edo com o seu colorido, já tinham acabado e poucas eram ainda as cerejeiras na cidade nessa época.

Havia porém algumas na base das montanhas, e suas flores, de um rosa claro, quase branco, eram visíveis à distância. Em anos recentes, alguém tinha tomado a louvável iniciativa de mandar transplantar mudas de cerejeira nas duas margens da alameda em frente ao templo Asakusa-dera e, ao que se dizia, as árvores estavam carregadas de botões nesse ano.

— Senhora obaba, que acha de irmos juntos visitar o templo Asakusa-dera no dia de hoje? — perguntou certo dia Yajibei.

— Com muito prazer! Sou devota da deusa Kanzeon!

— Nesse caso...

Tudo resolvido, o grupo composto por Yajibei, Osugi e dois capangas — Jyuro, apelidado Mendigo, e Koroku, o Coroinha — carregando caixas de lanches tomou um barco próximo ao fosso da ponte Kyobashi.

O apelido Coroinha faz imaginar um homem do tipo bondoso, mas o capanga Koroku era, muito pelo contrário, um homem atarracado e musculoso com uma feia cicatriz na testa, sempre pronto a brigar, e com uma qualidade: remava bem.

Quando o barco afastou-se do fosso e entrou na correnteza do rio Sumidagawa, Yajibei mandou que abrissem as caixas de lanche e disse:

— Velha senhora, hoje é o aniversário de morte de minha mãe. Em homenagem a ela, quero praticar uma boa ação neste dia. E já que me é impossível visitar seu túmulo, situado em terras distantes, quero ao menos fazer uma peregrinação ao templo Asakusa-dera. Vamos beber a isso, senhora.

Apanhou uma taça, estendeu o braço pela borda do barco e lavou-a no rio. Enxugou-a a seguir rapidamente e a ofereceu a Osugi.

— Realmente? Mostra um louvável sentimento filial — replicou Osugi, pensando de súbito no final de seus próprios dias e em Matahachi, por associação.

— Vamos, senhora, beba o quanto quiser, pois estamos aqui a seu dispor, caso suas pernas fraquejem.

— Fico imaginando se é certo bebermos no aniversário de morte de sua querida mãe...

— Nós, que vivemos à margem da sociedade, odiamos a hipocrisia. Além disso, somos uns pobres coitados, cheios de fé, mas ignorantes. Vamos beber!

— Há muito que não bebo, ao menos em local tão aprazível.

Osugi bebeu muitas taças.

O rio naquele trecho era caudaloso e largo. Na margem para os lados de Shimousa havia uma densa floresta de árvores entrelaçadas e perto das raízes das árvores a água formava um poço sombrio de um azul profundo.

— Escute, são rouxinóis!

— Na época das chuvas, na boca do verão, os cucos cantam noite e dia nesta região, mas nunca tinha ouvido rouxinóis...

— Deixe-me servi-lo, *oyabun*-sama. Que belo passeio o senhor está me proporcionando!

— Fico feliz que esteja apreciando. Vamos, beba mais!

Nesse momento, o capanga Coroinha interveio, em tom de inveja:

— E eu, *oyabun*?

— Eu o trouxe comigo porque você rema bem. Mas se eu lhe der de beber na ida, ninguém garante que chegaremos de volta incólumes. Beba o quanto quiser na volta — replicou Yajibei.

— É triste ter de esperar tanto tempo! A vontade de beber é tanta que o rio inteiro me parece um enorme barril de saquê! — suspirou Coroinha.

— Esqueça-se disso por ora e aborde esse barco que está lançando a rede. Quero que me compre alguns peixes.

O capanga fez como lhe mandavam. O dono do barco pesqueiro, interpelado, abriu a tampa do porão e mostrou-lhes os pescados, dizendo-lhes que levassem o que quisessem.

Osugi, nascida e criada nas montanhas, arregalou os olhos de espanto: peixes ainda vivos saltitavam no fundo do barco. Havia desde carpas a trutas até pescadinhas, gobiões e pargos, assim como camarões e bagres.

Yajibei logo preparou alguns peixes de carne branca e os comeu com molho de soja, oferecendo-os também a Osugi.

— Não consigo comê-los desse jeito!— replicou a velha interiorana que desconhecia peixes frescos, arrepiando-se toda.

Momentos depois, o barco aportou à margem do rio Sumidagawa, no lado ocidental. Da praia logo avistaram o telhado de colmo do templo Asakusa-dera surgindo entre as árvores de um bosque na orla do rio.

III

Desembarcaram todos na praia. A velha Osugi estava ligeiramente embriagada: seus pés pareceram vacilar ao tocarem a terra firme, mas talvez fosse a idade.

— Cuidado! Dê-me a mão! — disse Yajibei.

— Deixe-me! Sei andar sozinha — replicou Osugi, livrando a mão, não querendo ser tratada como uma velha, como era do seu costume.

Os capangas Mendigo e Coroinha amarraram o barco e vieram atrás. A praia era apenas uma vasta extensão de água e pedregulhos, a perder de vista.

Nesse momento, crianças que aparentemente revolviam pedras à caça de caranguejos notaram a presença dos estranhos na praia e acorreram aos gritos:

— Compra, tio!

— Compra, vó!

Yajibei parecia gostar de crianças. Sem demonstrar impaciência, perguntou:

— Que têm aí, meninos? Caranguejos?

Os pequenos responderam, todos ao mesmo tempo:

— Não são caranguejos, não!

Exibiram então o que tinham guardado nas mangas, nas dobras do quimono e nas mãos:

— São flechas! São flechas! — explicavam, disputando a atenção dos adultos.

— Ah! Pontas de flechas!

— Isso mesmo. Pontas de flechas.

— No matagal perto do templo há um túmulo onde enterraram gente e cavalos. Os fiéis costumam visitar ao túmulo e depositar estas pontas de flechas e rezam. Deposite você também, tio!

— Não quero as pontas de flechas, mas vou lhes dar alguns trocados — disse Yajibei.

Dinheiro na mão, as crianças logo se dispersaram para retomar a tarefa de revirar pedras. Instantes depois, porém, um homem surgiu de uma choupana e tomou o dinheiro das crianças.

— Que absurdo! — resmungou Yajibei, contrariado, desviando o olhar. A velha Osugi, porém, estava absorta contemplando a vasta praia.

— Pela quantidade de pontas de flechas que essas crianças acham nestas redondezas, deduzo que esta área tenha sido palco de alguma grande batalha. Estou certa? — perguntou Osugi a Yajibei.

— Não tenho muita certeza, mas parece-me que estas terras foram o palco de muitas batalhas no tempo em que faziam parte do antigo feudo de Edo. As mais antigas aconteceram no período Jishou (1177-1181), quando Minamoto-no-Yoritomo veio de Ito e agrupou o exército da região de Kanto nesta praia. Além disso, no período Nanboku (1336-1392), o exército de Nitta Musashi-no-kami, que vinha da batalha de Kotesashi-ga-hara, foi recebido com uma chuva de flechas disparada pelo exército do xogum Ashikaga também nesta área. E em anos mais recentes, no período Tenshou (1573--1592), os clãs de Outa Doukan e de Chiba, dizem, insurgiram-se diversas vezes nesta área.

Os dois andavam lentamente, conversando. Enquanto isso, os capangas, que os haviam precedido, já se encontravam sentados na varanda do santuário.

Asakusa-dera nem parecia um templo: o santuário era um barraco com telhado de colmo, e um casebre nos fundos servia de alojamento para os monges.

— E isto é o templo Asakusa, a que o povo de Edo se refere com tanto orgulho? — disse Osugi, decepcionada.

A construção era primitiva demais para alguém acostumada a ver os soberbos e tradicionais templos da milenar cultura de Kyoto e Nara.

Pelo visto, o rio costumava submergir as raízes das árvores nas cheias, pois chegava em pequenas ondas até bem perto do santuário, mesmo em tempos normais. As árvores em torno eram altas, centenárias. Alguém derrubava uma delas em algum lugar, pois o som das machadadas vibrava agudo no ar como gritos de ave fantástica.

— Olá! Sejam bem-vindos! — disse uma voz de repente acima de suas cabeças.

Osugi ergueu o olhar, espantada, e descobriu alguns bonzos sentados no telhado do templo, recompondo as camadas de colmo.

Yajibei parecia ser conhecido até nestes ermos. Sorrindo, o homem devolveu o cumprimento:

— Olá! Hoje é dia de reformar o telhado? Belo trabalho!

— Temos pássaros de grande porte nestas redondezas que insistem em levar as palhas do telhado para construir seus ninhos. De modo que vivemos reformando sem nunca conseguir eliminar as goteiras. Logo desceremos. Enquanto isso, descansem um pouco — disse um dos monges.

IV

O grupo sentou-se no interior do santuário e acendeu as luzes votivas. Visto de dentro, tornava-se óbvio que a água devia vazar em dias de chuva: teto e paredes pareciam um céu repleto de estrelas, tantos eram os buracos por onde a luz do dia se infiltrava.

Sentada ao lado de Yajibei, Osugi havia extraído um terço da manga do quimono e, absorta, começou a entoar a prece à deusa Kannon: *Nyonichi kokuju/ Wakuhi akuninchiku...*

A voz, baixa a princípio, aos poucos foi se tornando alta e clara conforme a ladainha progredia. Esquecida da presença de Yajibei e dos capangas, a idosa mulher tinha as feições alteradas e parecia possuída.

Osugi terminou a primeira parte da oração. Rolou o terço entre as palmas das mãos, comprimindo-as uma contra a outra com os dedos trêmulos e continuou:

— Ó Deusa Kannon misericordiosa, glória ao vosso nome. Tende piedade desta velha e ouvi minha prece. Fazei com que Musashi caia em minhas mãos o mais breve possível. Permiti que eu aniquile Musashi... que eu aniquile Musashi.

E então prostrou-se de súbito e, baixando a voz, prosseguiu:

— Fazei com que Matahachi se torne um bom filho e que a casa Hon'i-den prospere.

Ao ver que a anciã terminava suas preces, o monge convidou:

— Vamos tomar chá no outro aposento.

Yajibei e seus capangas ergueram-se massageando as pernas dormentes em consequência da longa oração de Osugi.

Jyuro, o Coroinha, perguntou:

— Posso beber agora a minha parte do saquê?

Ao receber a permissão dirigiu-se às pressas para o alojamento dos monges, no fundo do santuário, e acomodando-se na varanda em companhia de Koroku, o Mendigo, tratou de abrir sua caixa de lanche. Pediu também que lhe assassem os peixes comprados na viagem e, enfim descontraído, comentou:

— Até parece que vim para um festival de flores! Pena que não haja cerejeiras em flor nas proximidades...

Yajibei envolveu algumas moedas não muito valiosas num pedaço de papel e as ofereceu ao monge dizendo:

— São para o conserto do telhado.

Foi então que notou: pregadas na parede havia placas de madeira com nomes de doadores e as respectivas quantias doadas. Dentre elas, uma em particular chamou sua atenção e o fez arregalar os olhos de espanto.

Pois a maioria delas registrava valores iguais ou até inferiores ao que Yajibei acabava de doar. Uma, porém, trazia o nome de um benfeitor extremamente generoso:

Daizou, da Parada de Narai, em Shinano
Dez Moedas de Ouro.

— Monge — chamou Yajibei.

— Sim, senhor?

— Releve minha indiscrição, mas... dez moedas de ouro são uma doação excepcional! Esse senhor Daizou de Narai deve ser muito rico!

— Não sei ao certo. Ele me surgiu por aqui de repente no final do ano passado. Considerou lastimável o estado deste templo, afinal o mais famoso da região de Kanto, e foi embora deixando esse donativo, recomendando que o usasse para comprar madeira no dia em que o templo for reconstruído.

— Quanta generosidade!

— Mais tarde, fiquei sabendo que Daizou-sama tinha doado três moedas de ouro ao templo Tenjin de Yushima, e mais vinte ao templo Myoshin, de Kanda, a este último só por cultuar o guerreiro Taira-no-Masakado. Segundo ele, afirmar que esse guerreiro foi um reles rebelde, conforme se propala pelo país hoje em dia, é um ultraje à sua memória, sem mencionar que a região de Kanto deve a ele o progresso que hoje desfruta... Muito louvável da parte dele, sem dúvida!

Nesse instante, passos soaram no interior do bosque situado entre a margem do rio e o templo, indicando que algumas pessoas se aproximavam correndo.

V

— Vão brincar na praia, moleques! Não quero confusão no templo! — gritou o monge, de pé na varanda.

Mas as crianças juntaram-se ofegantes à beira da varanda como um cardume de pequenos peixes e puseram-se a falar, todas ao mesmo tempo:

— Venha ver, monge!

— Tem um samurai brigando com outros lá na beira do rio!

— É um contra quatro!

— ...e já estão com as espadas desembainhadas!

— Venha de uma vez, monge!

Os bonzos calçaram as sandálias, resmungando:

— Outra vez?!

Já iam partir correndo, mas voltaram-se para Osugi e Yajibei, um deles explicando:

— Deem-nos licença por momentos, senhores. É que as praias dos rios, nestas bandas, são ideais para brigas. Volta e meia servem de palco para duelos, emboscadas e troca de socos, e o sangue corre em abundância. E de cada vez as autoridades nos cobram um relatório, de modo que temos de testemunhar os acontecimentos do começo ao fim.

As crianças já haviam disparado na direção do bosque, e de pé na sua orla, gritavam agitadas.

Yajibei e seus dois capangas também apreciavam uma boa briga e correram atrás deles, entusiasmados:

— Será um duelo?

Osugi atravessou o bosque por último e parou em pé próximo à raiz de uma árvore na orla da praia, mas não viu nada que se parecesse com uma briga quando passeou o olhar ao redor.

Notou porém que as crianças — que tinham estado gritando assustadas até então — assim como os homens que as tinham precedido e os moradores de uma vila de pescadores próxima, estavam todos imóveis, em silêncio sepulcral, semiocultos atrás das árvores.

— ...?

A anciã estranhou, mas logo conteve a respiração como os demais e passou a contemplar um ponto intensamente.

A praia continuava a ser uma vasta extensão de água e seixos a perder de vista. O rio tinha a mesma cor azul límpida do céu e uma andorinha solitária cortava livremente o espaço.

E então, um samurai veio andando com ar displicente, pisando a água cristalina e os seixos da beira do rio. Ele era o único vulto humano visível na praia.

Era jovem ainda, e de aparência vistosa: carregava uma espada comprida atravessada às costas e vestia uma meia-casaca de seda importada, com estampas de peônias em cores vibrantes. Talvez soubesse das dezenas de pessoas que o contemplavam das sombras das árvores, talvez não, mas o fato era que o samurai parou de súbito.

— O...olhe! — deixou escapar baixinho um homem, perto de Osugi.

No mesmo instante, a anciã também sobressaltou-se. Um brilho estranho cruzou-lhe o olhar.

A quase vinte metros do ponto em que o samurai da casaca vistosa havia parado, Osugi acabara de descobrir quatro corpos caídos em posições diversas, indicando incontestavelmente que o vencedor dessa contenda era o jovem.

Entretanto, um dos homens caídos não tinha sido mortalmente ferido ao que parecia, pois nesse momento, o jovem voltou-se com um sobressalto. Simultaneamente, o único sobrevivente ergueu-se como um fantástico fogo-fátuo ensanguentado e lhe veio no encalço gritando:

— Não fuja! O duelo não acabou!

O vistoso samurai virou-se de frente e o esperou com toda a calma, mas no momento em que o ferido o atacou, cambaleando e urrando que ainda estava vivo, recuou um passo, deixou-o passar e gritou.

— Agora não mais!

A cabeça do homem partiu-se em dois como uma melancia. O instrumento usado para isso tinha sido a famosa espada Varal, carregada às suas costas, mas tanto os movimentos da sua mão esquerda, agora segurando a bainha da espada na altura do ombro, quanto os da direita, que descarregara o golpe de cima para baixo, foram tão rápidos que os espectadores não conseguiram acompanhar.

VI

O jovem limpava agora a espada.
Lavou as mãos no rio.
A calma do jovem guerreiro arrancou suspiros até de alguns moradores locais, acostumados às cenas sangrentas daquela praia. Outros porém empalideciam, tocados pelo clima desolador.

Ninguém conseguiu proferir palavra durante todo o tempo.
O jovem samurai enxugou a mãos, distendeu as costas e murmurou:
— Este rio me lembra os de Iwakuni... Sinto falta da minha terra.
Por instantes permaneceu contemplando a extensa praia e as andorinhas de peito branco que roçavam a superfície da água com seus voos rasantes.
Logo, pôs-se em movimento a passos rápidos: seus inimigos estavam todos mortos, ninguém mais haveria de lhe vir atrás, mas pareceu dar-se conta de que teria aborrecimentos com as autoridades caso permanecesse por mais tempo no local.
Notou um barco atracado nas águas rasas da margem. A embarcação era provida de vela e o jovem samurai sem dúvida achou que vinha a calhar, pois embarcou e procurou desfazer as amarras.
— Ei! Samurai!
O grito partiu de um dos dois capangas de Yajibei, que tinham de súbito surgido da sombra das árvores e se aproximado correndo da beira do rio.
— Que pretende fazer com o barco? — perguntou ele.
Um forte cheiro de sangue impregnava o corpo do jovem guerreiro e os dois capangas o sentiram conforme se aproximavam. Gotas vermelhas manchavam seu *hakama* e os cordões das sandálias.
— Por quê? Não posso usá-lo? — respondeu ele com um súbito sorriso, ainda segurando as amarras.
— Claro que não! Essa embarcação é nossa. Propriedade privada!
— Ah, sei! Nesse caso, pago pelo empréstimo.
— Não me venha com gracinhas. Não somos barqueiros, está sabendo?
A atitude ríspida de Coroinha e Mendigo frente a um samurai que sozinho acabava de exterminar quatro adversários nada mais era que a expressão da poderosa cultura emergente na região de Kanto, destemida como o novo xogum, selvagem como as terras de Edo.
Silêncio.
Nenhum pedido de desculpas.
Mas o jovem pareceu considerar pouco razoável iniciar ali uma nova disputa. Desembarcou, portanto, e foi andando rio abaixo pela praia, sem nada dizer.
— Mestre Kojiro! O senhor deve ser mestre Kojiro! — disse nesse instante a velha Osugi barrando-lhe a passagem.
— Olá! — exclamou Kojiro ao dar com os olhos na anciã. Sorriu e seu rosto só então perdeu a desoladora palidez. — Vejo que conseguiu chegar! Para dizer a verdade, andei pensando em que lhe teria acontecido...
— Hoje, vim até aqui para rezar à deusa Kanzeon em companhia do proprietário da casa Hangawara e de seus capangas.

— Quando nos vimos na última vez... Onde foi mesmo? Ah, no monte Eizan... você me disse que estava a caminho de Edo. Imaginei então que um dia nos encontraríamos, mas jamais nestas circunstâncias... — Voltou-se a seguir para os dois capangas e indicou-os com o olhar. — Quer dizer que esses dois são seus companheiros?

— São. O chefe deles é uma personalidade e tanto, mas os capangas não passam de dois marginais.

A familiaridade que parecia existir entre a velha senhora e Kojiro, entretidos em conversar cordialmente, deixou todos admirados. Hangawara Yajibei também considerou inesperada a atitude e aproximou-se:

— Acho que meus capangas acabam de lhe dirigir palavras insolentes, senhor — disse, escusando-se com delicadeza. — No entanto, já estávamos de partida. Não quer aproveitar e seguir conosco no mesmo barco? Posso deixá-lo onde quiser...

LASCAS DE MADEIRA

I

Juntos, encetaram a viagem de retorno. "Estar no mesmo barco" é uma expressão que indica compartilhar de um mesmo destino. Talvez por isso, os ocupantes daquele barco em particular viram-se forçados a entender-se, mormente porque peixe fresco e saquê foram servidos durante a viagem.

Curiosamente, Osugi e Kojiro sempre se haviam entendido muito bem, e parecia ter inesgotáveis assuntos para conversar.

— E então, mestre Kojiro? Ao que vejo, continua viajando para se adestrar — comentou Osugi.

Kojiro também demonstrou preocupação pela velha senhora:

— Conseguiu realizar seu velho sonho, obaba? — perguntou solícito, a certa altura.

O velho sonho de Osugi era, como todos sabiam, eliminar Musashi. Mas ninguém conhecia seu paradeiro, queixou-se a velha.

— Soube que entre o outono e o inverno do ano passado, ele andou batendo à porta de alguns guerreiros desta área. Ele tem de estar ainda em Edo! — disse Kojiro em tom confortador.

O dono de Hangawara interveio:

— Depois que soube de seu triste passado, estou fazendo o que posso para ajudá-la, mas não consigo encontrar o rastro desse indivíduo.

A conversa girou por momentos em torno das circunstâncias da anciã, e de tema em tema se generalizou.

— Espero doravante poder contar com sua amizade — disse Yajibei a Kojiro em determinado momento, ao que o jovem, servindo saquê a todos, até mesmo aos capangas, por sua vez replicou:

— E eu também com a sua.

Uma vez conquistados, Coroinha e Mendigo, que vinham de testemunhar a competência de Kojiro como espadachim no duelo da praia, passaram incondicionalmente a respeitá-lo. Yajibei, por sua vez, ao saber que o jovem samurai era um aliado da sua protegida, sentiu sua simpatia por ele crescer. Quanto a Osugi, vendo-se rodeada de tão poderosos protetores, comentou com lágrimas nos olhos:

— Em toda parte existe bondade, diz o povo, e é verdade: como prova disso, aqui estão mestre Kojiro e as pessoas da casa Hangawara, todos tão solícitos para com esta velha decrépita. Nem tenho palavras para expressar minha gratidão. E devo tudo isso à proteção da misericordiosa deusa Kannon.

A conversa começava a ficar lacrimosa, de modo que Yajibei mudou de assunto.

— Quem são os quatro homens que acaba de eliminar, mestre Kojiro? Conte-nos — disse ele.

Kojiro parecia estar à espera da oportunidade para explicar e logo disparou a falar com sua costumeira eloquência e um sorriso displicente:

— Aqueles homens? São *rounin* da academia Obata. Nos últimos tempos, andei promovendo alguns debates nessa academia e em todas as oportunidades eles se opuseram ao meu ponto de vista. Esses homens contestaram não só os conceitos por mim enunciados sobre a arte guerreira, como até sobre a própria esgrima. Mandei então que comparecessem às margens do rio Sumidagawa todos os homens que discordavam de mim. Lá eu lhes mostraria os princípios secretos do estilo Ganryu, assim como a eficiência da minha espada Varal. Cinco aceitaram o meu desafio dizendo que me aguardariam nas margens do rio, e eu ali os esperei. Mal nos defrontamos, um deles fugiu... Já vi que esta terra está cheia de bravateiros — terminou, sacudindo os ombros num riso silencioso.

— E quem são esses Obata? — inquiriu Yajibei.

— Como? Não conhece Obata Kanbei Kagenori? Ele descende de Obata Nyudo Nichijou, vassalo da antiga família Takeda, de Kai. Foi descoberto por Toyotomi Hideyoshi, e hoje é instrutor de artes marciais do seu filho Hidetada, e dono de uma academia.

— Ah! Refere-se a esse Obata-sama! — exclamou Yajibei, fitando com redobrado interesse o rosto do homem que falava com tanta familiaridade desse importante personagem. No íntimo, perguntou-se: "Afinal, qual será o valor real deste jovem samurai que ainda se arruma como um adolescente?"

II

Gente como Yajibei, que vive à margem da sociedade, é simplória por natureza. A vida nos centros urbanos é complexa, mas o homem galante deve viver com simplicidade nesse meio, achava ele.

Por tudo isso, Yajibei passou a venerar o jovem Kojiro.

"Este homem é digno de respeito", decidiu-se ele. Uma vez chegada a essa conclusão, sua lealdade e admiração por ele só cresceriam.

— Escute-me, senhor — disse, fazendo-lhe de imediato uma proposta. — Tenho sempre ao meu redor um bando de quase cinquenta desocupados, e disponho de um terreno baldio nos fundos da minha casa. Eu poderia construir ali uma academia… Que acha, senhor?

Yajibei dava assim a entender seu desejo de ser patrono do jovem Kojiro em troca de aulas de esgrima.

— Não me recuso a dar aulas aos seus homens, mas veja bem: no momento, diversos *daimyo* me importunam com ofertas de 300 ou até 500 *koku* em troca dos meus serviços. Eu, porém, não tenho intenção de aceitar nada abaixo de mil *koku*, de modo que, por ora, preciso continuar morando na mansão de certa pessoa de meu conhecimento, de onde não posso sair de uma hora para a outra por uma questão de cortesia. No entanto, posso fazer-lhe o favor de ir à sua academia três a quatro vezes por mês — respondeu Kojiro.

Kojiro subia cada vez mais no conceito dos dois capangas, os quais não eram capazes de perceber que havia uma boa dose de autopromoção em suas palavras.

— De minha parte, acho o acordo satisfatório e agradeço seu interesse — disse Yajibei, com humilde submissão. — Espero vê-lo em breve.

— Eu também estarei à sua espera, não se esqueça — acrescentou Osugi.

O barco preparava-se para entrar no canal Kyobashi quando Kojiro pediu:

— Deixem-me aqui.

Ante os olhares dos que restaram no barco, a vistosa meia-casaca de padrão florido logo desapareceu em meio à poeira que pairava sobre a cidade.

— Que jovem promissor! — exclamou Yajibei, ainda sob o efeito da hábil autopromoção feita por Kojiro.

Osugi também opinou:

— Ele, sim, é um verdadeiro *bushi*. Não me admira que os *daimyo* lhe ofereçam 500 *koku*!

Em seguida, murmurou:

— Quisera eu que Matahachi fosse como ele…

Cinco dias depois, Kojiro surgiu na casa Hangawara.

Um a um, os cerca de cinquenta capangas apresentaram-se à sala de visitas para cumprimentá-lo.

— Que vida interessante levam vocês! — exclamou Kojiro, parecendo sinceramente divertido.

— Pretendo construir a sala de treinos no fundo da casa e gostaria de ouvir sua opinião quanto ao posicionamento ideal — disse Yajibei, levando-o ao terreno baldio.

Era uma área de quase sete mil metros quadrados, e nela havia se estabelecido um especialista em tinturas. Diversas peças recém-tingidas secavam em varais. Yajibei, porém, garantiu que não haveria falta de espaço, uma vez que ele havia apenas alugado o terreno para o tintureiro.

— Esta área fica longe da rua, a salvo da curiosidade dos transeuntes. Não é preciso construir um salão especial para os treinos: eles poderão ser realizados ao ar livre— declarou Kojiro.

— E nos dias de chuva? — quis saber Yajibei.

— Basta evitá-los. Lembre-se que não posso vir com tanta frequência. Uma coisa, porém, quero deixar bem claro: meus métodos são muito mais rigorosos que os empregados por mestres de casas como Yagyu, ou outro qualquer. Fique ciente de que podem aleijar ou provocar a morte de algum infeliz.

— Isso, senhor, é óbvio.

Yajibei reuniu então seus homens e fê-los jurar que aceitavam as condições.

III

Estabeleceu-se que os treinos seriam realizados três vezes ao mês, nos dias 3, 13 e 23. Nos dias combinados, Kojiro aparecia na casa Hangawara.

— Viram? Surgiu um homem ainda mais galante no meio desse bando de homens galantes! — era o que mais se comentava na vizinhança. Os boatos eram inevitáveis, já que Kojiro, com seu jeito dândi, chamava a atenção onde quer que fosse.

Especialmente notável era o espetáculo do elegante jovem empunhando sua espada de madeira feita do cerne da ameixeira, adestrando um bando de capangas no secadouro da tinturaria aos gritos de "O seguinte! O seguinte!".

Apesar de seus vinte e três ou vinte e quatro anos de idade, Kojiro ainda insistia em manter os cabelos longos e o estilo vistoso de vestir dos adolescentes. Sua roupa de baixo — que surgiu quando o jovem despiu um ombro e um braço para facilitar seus movimentos — era de tecido estampado no padrão Momoyama, e a tira de couro que lhe continha as mangas, roxa.

— Dizem que um golpe dado com uma espada feita com o cerne da ameixeira é capaz de apodrecer os ossos. Apresentem-se portanto preparados para sofrer as consequências! Quem é o próximo?

Seu jeito de falar agressivo impressionava os capangas, tanto mais que contrastava violentamente com o seu aspecto dândi.

Além de tudo, esse instrutor era impiedoso. Apenas três treinos haviam sido realizados até aquele dia na academia do terreno baldio, mas a casa Hangawara já contabilizava um aleijado e cinco feridos, que gemiam deitados nos aposentos dos fundos.

— Já desistiram? Ninguém mais se apresenta? Nesse caso, vou-me embora!

O tom mordaz indignou um capanga, que se destacou da roda:

— Está bem, eu me apresento!

Adiantou-se, parou na frente de Kojiro e fez menção de apanhar a espada de madeira, mas não completou o gesto: com um grito de agonia, o capanga tombou, ainda com as mãos vazias.

— Isto é para vocês aprenderem a não se descuidar nunca. A falta de atenção é o defeito que mais se condena em esgrima — disse Kojiro, examinando um a um os rostos dos quase quarenta homens reunidos em torno dele, todos pálidos, trêmulos de medo ante a violência do adestramento.

Os homens que haviam arrastado o colega abatido para a beira do poço comentaram nesse instante:

— Não adianta fazer mais nada.

— Ele morreu?

— Parou de respirar...

Outros acorreram e logo o tumulto se generalizou, mas Kojiro nem sequer se dignou a lançar-lhes um olhar.

— Se vão se acovardar só por isso, será melhor que desistam neste instante! Que é feito da sua fama de marginais corajosos, sempre prontos a brigar? — disse Kojiro, dirigindo um sermão aos homens. — Pensem bem! Vocês, os valentões da cidade de Edo, partem para a briga por qualquer motivo, ora porque alguém lhes pisou o pé, ora porque alguém ousou esbarrar no cabo da espada. A qualquer gesto que não lhes agrade, logo desembainham suas espadas, ávidos por sangue. Mas no momento em que se veem num duelo real, perdem a coragem e já não são capazes de esboçar nenhum gesto. Perdem a vida por questões ridículas como mulheres e falso brio, mas não são homens bastantes para arriscar a vida por uma causa nobre. Vocês são apenas agressivos e emocionais, mas isso não é suficiente.

Empinou o peito e prosseguiu:

— A verdadeira coragem só surge sobre uma firme base de autoconfiança, e esta só se adquire através do adestramento. Quero vê-los em pé, vamos!

Nesse momento, vendo sua oportunidade de acabar com a pose do jovem instrutor, um dos capangas o atacou por trás. Kojiro, contudo, curvou-se rente ao chão, e o atacante que pretendera pegá-lo de surpresa cambaleou para a frente.

— Ai, ai! — berrou o capanga, caindo sentado: com um estalo seco, a espada de madeira manejada por Kojiro havia-lhe atingido o osso do quadril.

— Basta por hoje! — declarou, lançando longe sua espada e dirigindo-se para a beira do poço para lavar as mãos. Branco e mole, o homem que ele abatera havia pouco jazia morto ao seu lado, mas Kojiro se absteve de expressar qualquer simpatia, continuando a lavar as mãos ruidosamente. Vestiu o quimono que havia parcialmente despido e arrumou-se.

— Soube que o famoso bairro Yoshiwara anda efervescente, nos últimos tempos — disse ele entre risadas. — Quem se habilita a me mostrar a zona alegre esta noite? Sei que vocês a conhecem muito bem!

IV

Se queria beber ou farrear, Kojiro falava sem reservas, atitude que tanto podia ser interpretada por presunção como por franqueza. Yajibei naturalmente era dos que interpretavam do segundo modo.

— Como? Nunca foi a Yoshiwara, mestre Kojiro? Mas isso é imperdoável, precisa conhecê-lo! Eu até poderia conduzi-lo, mas como vê, tenho de providenciar o enterro deste defunto...

Yajibei voltou-se então para os capangas Mendigo e Coroinha e entregou-lhes certa quantia para as despesas da noite, dizendo:

— Encarreguem-se de conduzi-lo.

Antes de sair, os dois capangas ainda ouviram minuciosas recomendações de seu *oyabun*:

— Prestem bastante atenção, malandros: não estão indo para se divertir esta noite. A função de vocês é conduzir seu mestre. Ocupem-se em mostrar-lhe o bairro minuciosamente, ouviram direito?

Apesar disso, os dois malandros de tudo se esqueceram, mal dobraram a primeira esquina.

— Que tarefa agradável nos tocou esta noite, meu irmão! — comentou um deles.

— Vou pedir-lhe um favorzinho, mestre: diga mais vezes ao nosso *oyabun* que quer visitar Yoshiwara! — solicitou o outro, entusiasmado.

— Ah, ah! Prometo-lhes que toco mais vezes no assunto! — concordou Kojiro, andando na frente.

Quando o sol se punha, a cidade de Edo mergulhava na mais completa escuridão. Tamanho negrume não se via nem nos bairros periféricos de Kyoto, muito menos em Nara ou Osaka, pensou Kojiro, tateando o caminho com passos inseguros, não acostumado ainda à falta de iluminação, apesar de estar há quase um ano na cidade.

— Que estrada esburacada! Não vejo nada! Devíamos ter trazido uma lanterna — disse Kojiro irritado.

— Não podemos nos dirigir a um bairro como Fujiwara com uma lanterna na mão, mestre! Vão rir da gente! Ei, cuidado! Isso que o senhor está pisando são terras retiradas do canal em construção. Existe um barranco enorme do outro lado. Melhor caminhar aqui embaixo, mestre.

— A área de baixo está cheia de água. Ainda há pouco escorreguei para dentro de um alagado cheio de juncos e molhei minhas sandálias.

De súbito, a água do canal avermelhou-se. Kojiro ergueu o olhar e percebeu o céu rubro na outra margem do rio. Uma lua branca e redonda estava suspensa sobre o telhado de uma mansão próxima.

— É ali, mestre!
— Interessante!

Começavam a atravessar uma ponte quando Kojiro voltou até a cabeceira dela para observar a placa ali afixada e perguntar:

— Por que a ponte tem esse nome?
— Ela se chama *Oyaji*-bashi[16], mestre!
— Disso eu sei, já que acabo de ler a placa! Pergunto por que ela tem esse nome?
— Deve ser porque o bairro foi fundado por um homem chamado Shoji Jinnai, cujo apelido era *oyaji*. Tem uma modinha em voga no bairro, cantada pelas meretrizes, que fala dele — explicou o Mendigo, entoando-a em voz baixa, já excitado pelas luzes do bairro alegre.

> Oyaji — *enfim o vejo além da treliça,*
> Oyaji — *a sua falta senti.*
> *Quero ao menos uma noite ao seu lado passar!*
> Oyaji — *enfim o vejo além da treliça,*
> Oyaji — *a sua falta senti.*
> *Não se vá, não me deixe...*
> *Quem me dera para sempre ao seu lado viver!*

— Quer que lhe empreste?
— O quê?
— Uma toalha. Nestas bandas, costuma-se andar com o rosto oculto deste jeito — explicaram os capangas, abrindo uma toalha de mão vermelha e com ela envolvendo a cabeça.

— Ah, compreendi — respondeu Kojiro. Desatou um lenço de crepe roxo que trazia à cintura e com ele envolveu a cabeça e os cabelos longos presos no alto em rabo. Amarrou-o a seguir sob o queixo, deixando as pontas caírem livremente.

— Ora... que elegância, mestre!

---

16. *Oyaji* é um termo coloquial que pode significar "meu pai", "meu velho", "chefe" ou "patrão".

— Caiu-lhe muito bem.

Do outro lado da ponte, as ruas estavam festivamente iluminadas. Sombras moviam-se sem cessar por trás das treliças das janelas.

V

Kojiro e os dois capangas andaram de porta em porta, das quais pendiam cortinas vermelhas e amarelas, algumas estampando emblemas. Uma das casas tinha instalado um guizo na cortina: quando alguém passava por ela, o guizo tilintava e chamava as mulheres à treliça da janela.

— Já vi que conhece muito bem este bairro, mestre! Não tente esconder — disse um dos capangas.

— Por que diz isso?

— Não finja inocência, senhor! Como as mulheres podem conhecê-lo se nunca andou por aqui? Nós vimos quando uma das mulheres soltou um gritinho mal o viu e se escondeu por trás de um biombo — acusaram os dois capangas.

Kojiro, contudo, não tinha ideia do que falavam os dois homens.

— Ora essa…! E como era a mulher?

— Desista de esconder o jogo e vamos entrar de uma vez nessa casa!

— Afirmo que esta é a minha primeira visita ao bairro.

— Logo, logo, saberemos a verdade. Vamos, vamos entrar.

— Continuo dizendo que nunca estive aqui.

— Lá dentro está a solução do enigma.

Ainda falando, os dois capangas já afastavam a cortina e tornavam a entrar na casa da qual acabavam de sair. Um círculo partido em três partes — cada uma com uma folha de carvalho com o pecíolo voltado para o centro — era o emblema do estabelecimento estampado na cortina, com o nome *Sumiya* a um canto.

A construção, com suas colunas grossas e corredores vazios, era espaçosa como um templo. Nada havia porém da sobriedade e refinamento que os anos emprestam à arquitetura dos templos: debaixo da varanda, ainda se viam folhas verdes de junco mal encobertas pelo aterro realizado às pressas, e as portas, paredes, mobílias, e tudo o mais no interior da casa eram ostensivamente novos e brilhantes a ponto de ferir o olhar.

Os três homens haviam sido introduzidos num amplo aposento do segundo andar, que dava para a rua. A sala devia ser uma das melhores da casa, mas restos de aperitivos e lenços de papel usados pelos ocupantes anteriores juncavam o piso.

A rudeza das serviçais do bordel, versões femininas de trabalhadores braçais, transparecia em seus gestos limpando a desordem. Segundo uma das servas mais idosas, de nome Onao, o movimento era tão intenso todas as noites que ninguém tinha tempo sequer para dormir. Três anos nessa vida, dizia ela, significavam morte certa.

"Nisto se resume a zona alegre de Edo!" pensou Kojiro, contemplando o teto de madeira mal aplainada, cheia de nódulos.

— Mais parece um campo de batalha! — disse em voz alta, com um riso desdenhoso.

Onao justificou-se incontinenti:

— Mas esta construção é provisória! No momento, estamos construindo no terreno dos fundos o estabelecimento definitivo, uma obra como ninguém jamais viu, nem em Fushimi nem em Kyoto. — e analisou o jovem abertamente, da cabeça aos pés. — Já o vi em algum lugar, senhor. Ah, lembrei-me! Foi no ano passado, quando vínhamos pela estrada de Fushimi para cá!

Kojiro lembrou-se também da ocasião em que encontrara a comitiva do Sumiya assim como o dono do bordel, Shoji Jinnai, no topo do Kobotoke.

— Quanta coincidência! Parece que o destino insiste em nos reunir — comentou, começando a se divertir.

Mendigo interveio:

— E insiste com razão, já que o senhor conhece uma das mulheres da casa! — troçou, ordenando a Onao que a chamasse ao aposento.

Pela descrição dos capangas — uma moça vestida assim e assim, com tal tipo de rosto —, a idosa serva logo adivinhou.

— Já sei de quem se trata! — disse ela.

Afastou-se para buscá-la, mas não retornou, por mais que a esperassem. Mendigo e Coroinha saíram então ao corredor para saber o motivo da demora e perceberam uma agitação incomum no interior do estabelecimento.

— Servas! Servas! — gritaram, convocando Onao para exigir explicações.

— A menina que me mandaram chamar desapareceu! — disse ela.

— Como assim? Por que haveria ela de desaparecer?

— Mas é isso que estávamos nos perguntando, o senhor Jinnai e eu. Lembramo-nos então de um episódio muito parecido com este: na ocasião, estávamos todos no passo Kobotoke e o senhor conversava com o nosso patrão. E de repente, essa mesma menina desapareceu!

VI

A construção no terreno dos fundos estava em fase de cobertura. Metade das telhas já haviam sido dispostas, mas ainda não havia paredes nem divisórias internas.

— Hanagiri! Hanagiri! Apareça!— chamava alguém à distância.

Vultos a procuravam com insistência entre as pilhas de serragem que formavam verdadeiras montanhas.

Akemi tinha se agachado e prendia até a respiração. Hanagiri era o seu nome profissional na casa Sumiya.

— Não vou aparecer de jeito nenhum!

A princípio, ela havia se escondido de Kojiro porque o odiava e sabia que era ele o cliente que a chamava. Com o passar dos minutos, porém, começou a odiar todo o mundo.

Odiou Seijuro, odiou Kojiro, odiou o *rounin* que a havia encurralado num depósito de feno quando se embriagara em Hachioji. Odiou os clientes da casa Sumiya, que se divertiam com seu corpo todas as noites.

Eram todos homens. Os homens eram seus inimigos. Mas, ao mesmo tempo, ela vivia em busca de um homem. Isto é, de um homem como Musashi.

"Pode até ser alguém parecido com ele!" pensava ela.

E quando encontrasse esse homem, faria de conta que o amava: isso ao menos haveria de consolá-la um pouco. Akemi, porém, não encontrava ninguém parecido com ele entre os homens que frequentavam a casa Sumiya.

Embora buscasse Musashi, e amasse Musashi, tinha consciência de estar se afastando dele cada vez mais. O saquê tinha cada vez menos poder de embriagá-la.

— Hanagiri! Hanagiri!

Era Jinnai, o patrão, chamando-a do portão dos fundos da casa, perto da obra. Instantes depois, Kojiro e os dois capangas também surgiram no terreno baldio.

Depois de reclamarem dezenas de vezes e obrigarem o dono da casa Sumiya a se desculpar outras tantas vezes, os três homens saíram para a rua. Quando os viu enfim afastando-se, Akemi saiu do esconderijo com um suspiro de alívio.

— Você estava aí o tempo todo?! — começou a gritar a ajudante de cozinha, quando a descobriu.

— Cale-se! — disse Akemi tapando-lhe a boca e espiando a ampla cozinha. — Dê-me um pouco de saquê. Não precisa amornar.

— Saquê?

— Hum... — resmungou Akemi.

O brilho no olhar de Akemi assustou a mulher, que encheu uma chávena até a borda. Akemi levou a chávena aos lábios, cerrou os olhos, tombou a cabeça para trás e bebeu até a última gota.

— A...aonde vai, Hanagiri-san! Aonde?

— Que mulher enxerida! Vou lavar os pés e entrar!

Tranquilizada, a ajudante da cozinha fechou a porta. Akemi, porém, não fez o que tinha prometido: com os pés ainda sujos, calçou o primeiro par de sandálias que encontrou e saiu para a rua com passos vacilantes, murmurando:

— Estou me sentindo tão bem...!

Na rua iluminada pela luz avermelhada das lanternas, vultos masculinos cruzavam-se em tumulto. Akemi passou correndo por eles, cuspiu na direção deles e os amaldiçoou:

— Pragas!

Logo, chegou ao fim da área iluminada e ao trecho escuro da cidade. Estrelas brancas brilhavam no fundo do canal. Enquanto as contemplava, ouviu uma correria às suas costas.

— Lanternas da casa Sumiya! Eles acham que podem me explorar até os ossos só porque me encontraram perdida na beira da estrada... E é com o sangue e a carne da gente que eles fazem as vigas e as paredes dos bordéis! Mas agora não vão mais me fazer de boba: eu lá não volto nunca mais.

O mundo inteiro parecia hostilizá-la. Akemi correu em linha reta, avançando sem hesitar para a noite escura. Uma fina lasca de madeira serrada soltou-se dos seus cabelos e flutuou por algum tempo no escuro.

A CORUJA

I

Kojiro estava bêbado, como seria de se esperar. Com certeza tinha estado farreando durante as últimas horas numa casa qualquer.

— Os ombros...!

— Como é, mestre?

— Deixe-me andar amparado nos seus ombros... — pediu Kojiro com voz pastosa, passando os braços nos pescoços dos dois capangas e cambaleando pelas ruas na suja madrugada da zona do meretrício.

— Devíamos ter passado a noite na última casa, conforme sugeri — reclamou um dos capangas.

— Não sou de passar a noite num bordel de quinta categoria. Ei! Quero voltar mais uma vez ao Sumiya!

— Não é uma boa ideia.

— Por quê, posso saber?

— A menina fugiu ao vê-lo, mestre! Agarrá-la à força não será nada divertido.

— Acham...?

— Está apaixonado por ela, mestre?

— Ah, ah!

— Que foi?

— Nunca fui de me apaixonar por mulher alguma. Não sou desse tipo. Tenho uma ambição grande demais queimando no peito para perder tempo com isso.

— Que tipo de ambição?

— A de ser o maior espadachim do país, está claro! E para isso, o caminho mais curto é tornar-me instrutor de artes marciais da casa xogunal.

— Infelizmente, a casa xogunal já nomeou um Yagyu para a função. Além dele, um certo Ono Jiroemon também foi indicado para a mesma função nos últimos tempos, senhor.

— Jiroemon... Bela porcaria! Aliás, nem Yagyu é grande coisa. Esperem e verão: dentro em breve, passarei pisando sobre suas cabeças!

— Epa! Cuidado, mestre! Por enquanto, acho melhor passar olhando onde pisa!

As luzes do bairro licencioso haviam ficado para trás e raros eram os transeuntes.

Nesse instante, os três homens aproximaram-se do problemático barranco à beira do canal em construção, área de difícil passagem, como já haviam tido a oportunidade de verificar na ida.

O caminho estava obstruído pela terra escavada, que formava um morro da metade da altura de um chorão. Se não quisessem passar por cima do barranco, teriam de ir pela faixa de terra pantanosa cheia de juncos e de poças de água refletindo as estrelas dessa madrugada.

— Cuidado para não escorregar! — preveniram os capangas,

E no momento em que os dois homens se dispunham a descer o barranco com a incômoda carga, Kojiro soltou um súbito grito. Simultaneamente, Mendigo e Coroinha, que tinham sido repentinamente empurrados para os lados, também gritaram.

— Quem está aí?! — disse Kojiro, lançando-se de costas no meio da rampa, protegendo-se.

Vindo de trás dele, uma espada pareceu rasgar suas palavras ao meio. O vulto que a empunhava tinha tentado atingi-lo de surpresa mas cambaleou, desequilibrado pelo próprio impulso: com um berro alarmado, o homem escorregou barranco abaixo na direção da terra pantanosa.

— Já nos esqueceu, Sasaki? — disse alguém, no momento invisível.

— Somos colegas dos quatro homens que você matou na margem do Sumidagawa — disse outro.

— Ora, ora! — murmurou Kojiro, saltando em pé sobre o barranco e procurando os homens que o haviam emboscado. Havia mais de dez vultos nas sombras das árvores, atrás do barranco e dentro do canal recém-cavado. Ao ver Kojiro no topo do barranco, todos abandonaram seus esconderijos e sacando das respectivas espadas, formaram um cerco em torno dos seus pés.

— Discípulos da academia Obata, hein? Cinco dos seus me desafiaram no outro dia e quatro morreram. Quantos são os que me desafiam hoje, e quantos querem morrer? Terei muito prazer em eliminar todos, se quiserem. Em guarda, covardes! — intimou Kojiro. Sua mão voou para o cabo da longa espada Varal, cujo cabo emergia na altura do ombro.

II

Obata Kagenori era dono de uma mansão cujos fundos davam para o templo Hirakawa Tenjin, com um bosque de permeio. Ele havia acrescentado um novo vestíbulo e um amplo auditório à casa colmada, bem ao estilo das antigas construções, e nesse anexo estabelecera uma academia.

Kagenori descendia de Obata Nyudo Nichijo, em tempos idos vassalo da casa Takeda e um dos mais famosos guerreiros da área de Koshu.

Desde a queda da casa Takeda, o clã Obata viveu discretamente por um longo período, mas na geração de Kagenori, foi descoberto por Tokugawa Ieyasu. Kagenori chegou até a participar de batalhas, mas nos últimos tempos, doente e velho, manifestou o desejo de realizar um velho sonho, o de tornar-se um pacato professor de estratégia militar, e assim terminar seus dias. Ao saber disso, a casa xogunal lhe reservou um quarteirão na área central da cidade para residência, mas Kagenori recusou o presente, dizendo:

— Essa área é elegante demais para mim, um rude guerreiro de Koshu.

Fez então reformar uma velha mansão campestre na área do templo Hirakawa Tenjin, e para lá se mudou. Nos últimos tempos vivia acamado em seus aposentos, quase nunca surgindo no salão de conferências.

O bosque nos fundos da mansão era habitado por um grande número de corujas e era comum ouvi-las piar mesmo durante o dia. Obata Kagenori resolveu então chamar a si próprio de "Inshi Kyoou", ou seja, Eremita Coruja Velha, comparando sua discreta vida de guerreiro reformado à da coruja oculta no arvoredo, rindo melancólico da própria debilidade.

— Sou um deles — dizia, apontando os pássaros.

O mal que o atormentava devia ser o que hoje chamamos de neuralgia. Nos momentos de crise, uma dor intensa lhe subia dos quadris e paralisava metade do seu corpo.

— Está se sentindo melhor, mestre? Quer um pouco de água? — perguntou Hojo Shinzo, o jovem discípulo que velava à sua cabeceira noite e dia, sem descanso.

Shinzo era filho de Hojo Ujikatsu, também estrategista. Pequeno ainda, Shinzo se tornara aprendiz na casa Obata, e estudara sob a orientação espartana de Kagenori. Começara partindo lenha e baldeando água para o uso da casa, e estudara nas horas vagas. Seu sonho era suceder ao pai e concluir o Estilo Hojo de Estratégia Militar, cuja elaboração o pai havia iniciado.

— Estou bem melhor. Pode retirar-se. A madrugada vem chegando e você deve estar cansado. Vá descansar um pouco, meu jovem, vá... — respondeu Kagenori. Os cabelos do ancião tinham a brancura da neve, e o seu corpo estava ressequido como o tronco de um velho pessegueiro.

— Não se preocupe comigo, senhor. Tenho dormido durante o dia.

— Não me parece que você tenha tempo para dormir durante o dia, já que faz preleções em meu lugar, e é o único capaz de me substituir.

— Dormir pouco também faz parte do aprendizado, senhor. Ao menos, assim acredito.

Shinzo percebeu que a lamparina estava prestes a se apagar. Parou de alisar as costas do ancião e fez menção de erguer-se em busca do óleo para alimentar a luz.

— Ora... que significaria isso? — disse Kagenori erguendo de súbito o rosto magro do travesseiro e apurando os ouvidos. A luz da lamparina incidiu em cheio em suas faces encovadas.

Ainda segurando o pote de óleo, Shinzo voltou-se para o ancião e indagou:
— Que foi, mestre?
— Escute... Barulho de água, para os lados do poço... Está ouvindo?
— Ah... Tem alguém daquele lado!
— Quem será, a esta hora? Algum interno retornando de uma farra?
— Pode ser. Vou verificar, senhor.
— Admoeste-o duramente, Shinzo.
— Encarregar-me-ei disso, mestre. Deixe tudo por minha conta e descanse.

O mal sempre dava uma trégua ao amanhecer, permitindo ao ancião adormecer placidamente. Shinzo puxou as cobertas, cobriu os ombros do seu mestre com cuidado e saiu pela porta dos fundos.

Na beira do poço, dois discípulos da academia içavam o balde e lavavam mãos e rostos ensanguentados.

III

Shinzo sobressaltou-se a essa visão e franziu o cenho. Empertigou-se a seguir e correu na direção do poço calçado apenas com as meias de couro, esquecendo-se, na pressa, das sandálias.

— Idiotas! Foram atrás dele? — gritou-lhes abruptamente.

A voz era de espanto e desolação ante a inevitabilidade do fato consumado. Ele tinha insistido tanto que não fossem!

Caído à beira do poço gemia mais um homem gravemente ferido, agonizante. Este havia chegado carregado pelos companheiros.

— Mestre Shinzo! — exclamaram os dois discípulos que lavavam pés em mãos. Seus rostos se contorceram, prestes a chorar. — Que lástima!

Soluços escaparam entre os dentes cerrados: os dois homens pareciam criancinhas indefesas que veem surgir um poderoso irmão mais velho no meio de uma crise.

— Idiotas! — tornou a gritar Shinzo. O berro teve o efeito de uma bofetada em seus rostos. — Consumados idiotas! Eu os proibi de enfrentá-lo, não uma nem duas, mas diversas vezes, por saber muito bem que não seriam páreo para ele! Por que me desobedeceram?

— Porque... esse maldito Sasaki Kojiro teve a ousadia de vir até aqui para zombar de nosso velho mestre enfermo, e em seguida, eliminou quatro de nossos colegas nas margens do Sumidagawa! Como podíamos deixá-lo impune, diga-me? O senhor, mestre Shinzo, exige demais quando nos manda esquecer o orgulho e a espada, e suportar tudo em silêncio. Isso é pedir demais!

— Do que estão falando? — esbravejou Shinzo.

Apesar da pouca idade, ele era respeitado por ser o mais graduado discípulo da academia Obata, o que cuidava de todos durante a doença do mestre.

— Se o problema fosse apenas enfrentá-lo, eu o teria feito muito antes de vocês, não compreendem? Não é por medo que deixo em paz esse indivíduo chamado Sasaki Kojiro, que fala com insolência ao nosso mestre enfermo em sua própria casa, e que nos trata a todos nós, seus discípulos, de modo tão ultrajante!

— Mas é exatamente isso o que os outros pensam! Além de tudo, esse Kojiro anda por todos os lados falando em termos pejorativos do nosso mestre e até das ideias que ele defende como estrategista!

— Deixe-o falar! Os que conhecem o verdadeiro valor de nosso mestre jamais imaginarão que esse guerreiro de fraldas possa tê-lo derrotado num debate!

— Não sabemos quanto ao senhor, mas para nós, isso é insuportável!

— Nesse caso, que pretendem?

— Dar-lhe uma lição, retalhá-lo!

— Vocês contrariaram minhas ordens, foram até as margens do Sumidagawa para enfrentá-lo e perderam quatro nesse duelo. Não contentes com isso, emboscaram-no de novo esta noite e foram uma vez mais derrotados. Se isso não for dupla humilhação, não sei o que mais possa ser! Ainda não perceberam que quem mais contribui para envergonhar nosso mestre não é Kojiro, mas sim vocês, seus discípulos?

— Isto agora é demais, mestre Shinzo! Por que estaríamos nós contribuindo para humilhar nosso mestre?

— E não estão? Nesse caso, respondam-me com franqueza: conseguiram derrotar Kojiro?

— ...

— As baixas foram todas do nosso lado também esta noite, não foram? Vocês não compreenderam ainda a habilidade real desse homem. Têm razão: ele é um novato, tem uma personalidade mesquinha, vulgar e arrogante! No entanto, sua habilidade no manejo da espada a que chama de Varal é inegável, ela resulta de um dom natural! Não o subestimem, porque cometerão um erro fatal!

Nesse instante, um dos discípulos deu um passo à frente e o encarou:

— E só por isso temos de aceitar calados todas as suas grosserias? Tem tanto medo dele, mestre Shinzo?

IV

— Se é isso o que pensam, paciência! — disse Shinzo. — Podem me chamar de medroso se minha atitude assim lhes parecer.

Nesse momento, o homem gravemente ferido que jazia aos pés do grupo pediu entre gemidos:

— Água…! Quero água!

— Espere um instante!

Seus dois companheiros o ampararam e se preparavam para oferecer-lhe a água do balde, mas Shinzo os impediu às pressas:

— Não lhe deem água agora, ou ele morre!

Enquanto os dois discípulos hesitavam, o ferido agarrou o balde e sorveu um grande gole de água. No mesmo instante cerrou os olhos e pendeu a cabeça para dentro dele. Estava morto.

Uma coruja piou para a lua no céu que ameaçava clarear.

Shinzo afastou-se em silêncio.

Ao retornar à casa, Shinzo espiou o quarto de seu mestre. O ancião ressonava tranquilo, profundamente adormecido. Com um suspiro de alívio, Shinzo retirou-se para os seus aposentos.

Um tratado militar estava aberto sobre a escrivaninha. Ele havia começado a ler o livro, mas não conseguia terminar porque os cuidados com o mestre doente tomavam muito do seu tempo. Sentou-se à escrivaninha e, enfim livre das obrigações, sentiu o cansaço acumulado nas longas noites de vigília invadindo-o de vez.

Cruzou os braços e soltou um profundo suspiro involuntário. Não havia mais ninguém para cuidar do mestre acamado naqueles dias.

Um bom número de aprendizes internos morava na academia, mas eram todos rudes estudantes de ciências militares: Shinzo não podia contar com eles e muito menos com os que frequentavam a academia durante o dia. Estes últimos estavam sempre prontos a mostrar-se autoritários ou a se engajar em intermináveis discussões teóricas, mas não tinham capacidade alguma para compreender a alma do solitário e idoso mestre. Quase todos prezavam demais a opinião pública e reagiam com calor quando espicaçados em seus brios ou hostilizados.

O caso atual era um bom exemplo disso.

Nesse dia, Shinzo estivera ausente e Sasaki Kojiro surgiu na academia alegando que tinha dúvidas quanto a um ponto obscuro de uma teoria militar qualquer e solicitou uma entrevista com Kagenori para esclarecê-las. Os discípulos então providenciaram a entrevista, momento em que Kojiro, contrariando a alegada disposição de solicitar esclarecimentos, iniciou um insolente debate, mostrando que na realidade tinha vindo com o intuito de pôr em xeque o velho mestre. Ao perceber a manobra de Kojiro, os discípulos cercaram-no e o escoltaram a um outro aposento, onde questionaram a atitude presunçosa. Obtiveram então uma resposta ainda mais arrogante, e um desafio: se estavam descontentes, ele, Kojiro, os enfrentaria quando quisessem.

Tais tinham sido os preâmbulos. As causas do conflito eram insignificantes, mas as consequências, monstruosas. E para exaltar ainda mais os ânimos, tinha chegado aos ouvidos dos discípulos certos comentários malévolos que Kojiro andara espalhando por toda a cidade de Edo, a saber: que a teoria militar defendida pelo clã Obata carecia de consistência, que o estilo Koshu por eles divulgado era puro engodo, nada mais que adaptação de antigas teorias, como a Kusunoki, ou do tratado militar chinês *Rikutou*, ou Seis Segredos.

Indignados, os discípulos ergueram-se jurando vingança:

— Kojiro não pode espalhar essas ofensas e continuar vivo.

Desde o instante em que a ideia da vingança tomou corpo, Hojo Shinzo opôs-se a ela com os seguintes argumentos: primeiro, a questão era por demais insignificante; segundo, o velho mestre estava doente; e terceiro, o adversário não era um estudioso das ciências militares. Por último, apresentou mais um argumento: Yogoro, o único filho do mestre, andava muito longe, em viagens.

— Proíbo-os terminantemente de aceitar o desafio — dissera Shinzo, severo.

Apesar de tudo, os discípulos haviam comparecido às margens do Sumidagawa em segredo. Não contentes com a derrota, haviam uma vez mais se reunido e emboscado Kojiro e, segundo parecia, do grupo composto de dez pessoas, apenas alguns haviam sobrevivido.

— Em que bela enrascada nos meteram — murmurou Shinzo, contemplando a lamparina em vias de se extinguir e suspirando diversas vezes, ainda de braços cruzados.

V

Shinzo acabou adormecendo com a cabeça apoiada na escrivaninha.

Vozes alteradas discutindo à distância despertaram-no de súbito, e ele logo deduziu que os discípulos haviam-se reunido uma vez mais. No mesmo instante lembrou-se dos acontecimentos da madrugada.

Mas as vozes vinham de algum lugar muito distante. Foi espiar o salão de conferências, mas não viu ninguém.

Shinzo calçou as sandálias.

Saiu pelos fundos da casa, atravessou um bambuzal verdejante e logo alcançou o bosque que dava para o templo Hirakawa Tenjin.

Conforme desconfiara, ali estavam reunidos os discípulos da academia Obata.

Os dois homens que Shinzo encontrara de madrugada lavando os ferimentos na beira do poço também estavam presentes com os braços enfaixados pendendo de tipoias. Pálidos, contavam aos companheiros o trágico desfecho da emboscada da noite anterior.

— Estão querendo me dizer que eram dez contra um, e que Kojiro sozinho liquidou mais da metade de vocês? — indagou alguém.

— Infelizmente... Não pudemos enfrentar a monstruosa espada de estimação a que o homem chama de Varal!

— Mas tanto Murata como Ayabe eram dedicados praticantes de esgrima...

— Pois esses dois foram os primeiros a tombar; o restante saiu gravemente ferido. Yosobei, por exemplo, conseguiu voltar conosco até a beira do poço, mas bebeu um gole de água e morreu no mesmo instante. Compreendem agora o tamanho da revolta que nos ferve as entranhas, não compreendem, senhores?

Um silêncio soturno caiu sobre os homens. Ardentes estudiosos das ciências militares, a grande maioria dos discípulos da academia Obata considerava que, na qualidade de futuros comandantes, não lhes competia praticar esgrima ou adestrar-se para a luta corporal, pois para isso existiam os soldados.

Agora, contudo, depois de haverem provocado o duelo contra Kojiro e, por duas vezes, sofrido numerosas baixas em suas próprias fileiras, lamentavam agudamente não terem dedicado maior atenção à esgrima no cotidiano.

— E agora? — murmurou alguém.

Uma coruja piava em algum lugar, como sempre. E então, um dos homens pareceu ter de repente uma ideia original:

— Tenho um primo servindo à casa Yagyu. Que acham de pedir ajuda a essa casa por intermédio dele?

— Idiota! — replicaram muitas vozes simultâneas. — Se fizermos isso, nossa reputação ficará realmente comprometida e desonraremos ainda mais o nome do nosso mestre!

— Que outra solução você propõe, nesse caso?

— Vamos mandar mais uma carta de desafio a Sasaki Kojiro, em nome dos que aqui estão reunidos. Desta vez, será melhor não tentarmos nada semelhante a emboscadas. Esses expedientes só servem para nos envergonhar ainda mais.

— Esta vai ser então a última tentativa?

— Não necessariamente. Temos de continuar tentando tantas vezes quantas forem necessárias. O que não podemos é deixar as coisas no pé em que estão.

— Concordo! Mas se mestre Shinzo souber do que planejamos vai se opor outra vez.

— Vamos agir em segredo: nem nosso mestre nem seu querido discípulo podem saber. E já que todos concordam, vamos até o alojamento dos monges para pedir papel e tinta. Lá redigiremos o desafio e mandaremos alguém entregá-lo a Kojiro.

Ergueram-se todos e começavam a andar em cauteloso silêncio rumo ao templo, quando o homem que ia adiante soltou um grito de espanto e recuou.

No momento seguinte o grupo inteiro estacou. Os olhares de todos estavam erguidos e convergiam para um corredor antiquado por trás de um santuário.

A sombra de um galho de pessegueiro carregado de frutos verdes projetava-se sobre uma parede banhada de sol. E ali, com um pé sobre o gradil do corredor, estava Sasaki Kojiro, aparentemente assistindo à reunião havia já algum tempo.

VI

Repentinamente desencorajados, os discípulos Obata contemplavam Kojiro, pálidos e com expressões atoleimadas, duvidando dos próprios olhos. Ninguém conseguia dizer nada, nem mesmo respirar, ao que parecia.

Com um sorriso arrogante e olhar de desprezo, Kojiro contemplou os homens agrupados aos seus pés.

— Eu os ouvi daqui, discutindo se deviam ou não de mandar-me uma carta de desafio. Tinha certeza de que vocês tentariam mais alguma coisa, de modo que segui seus colegas covardes ontem à noite, e estive aqui à espera do amanhecer sem ao menos limpar o sangue que suja minhas mãos. Dispenso o mensageiro: desafiem-me agora mesmo — disse ele, como sempre fazendo uso das palavras com grande habilidade.

Se esperava por alguma réplica, enganou-se: o grupo inteiro parecia ter perdido a língua. Em vista disso, Kojiro prosseguiu:

— Que foi? Não conseguem estabelecer o dia do duelo? Será possível que os discípulos da academia Obata têm de consultar o calendário para escolher o dia mais auspicioso e o do padroeiro mais forte para ajudá-los no duelo? Ou será ainda que vocês só se animam a desembainhar as espadas quando emboscam na calada da noite um adversário que retorna bêbado de uma noitada?

— ...

— Por que se calam? Estão todos mortos? Um de cada vez, ou todos juntos — venham do jeito que quiserem, podem escolher. Eu, Sasaki Kojiro, jamais dou as costas a um bando de covardes, mesmo que ataquem em formação, rufando tambores e vestindo armaduras.

— ...

— E então?

— ...

— Desistiram?

— ...

— Ninguém desse grupo tem fibra?

— ...

— Pois então, ouçam, e nunca mais se esqueçam! Eu sou Sasaki Kojiro, discípulo do falecido Tomita Gorozaemon. Dominei a técnica secreta de desembainhar espadas, criada por Katayama Hisayasu, senhor de Hoki, aperfeiçoei-a e criei eu mesmo uma nova técnica a que chamo Ganryu. Não sou um simples teórico como vocês, sempre envolvidos em fantásticas discussões a respeito do que disse Sun Tzu, ou ainda o que preconiza o tratado Seis Segredos! A diferença entre nós está aqui, nestes meus braços e na minha coragem!

— ...

— Não sei o que vocês aprendem de Obata Kagenori no dia a dia, mas neste instante, estou-lhes dando uma lição prática do que é, na verdade, a ciência militar. Não quero me gabar, mas quando um homem sobrevive a uma emboscada, como aconteceu comigo ontem à noite, esse homem procura em seguida um refúgio seguro na maioria dos casos. E na manhã seguinte, a esta hora, relembra os acontecimentos passados com um suspiro de alívio. Mas não eu. Eu os combati sem tréguas, dizimei-os, persegui os poucos sobreviventes e, por fim, surgi de modo inesperado na própria cidadela inimiga. Não lhes dei tempo de sequer compor uma contraofensiva, arrasei-lhes o ânimo de vez! Este modo de agir representa a quintessência da estratégia militar, entenderam?

— ...

— Eu, Sasaki Kojiro, sou espadachim, e não um estrategista militar, é verdade. Alguém me dirigiu severas críticas, no outro dia, dizendo que não devia invadir uma academia de ciências militares para falar de assuntos que não são da minha especialidade. Mas o episódio de hoje serviu para demonstrar com clareza que não só sou um magistral espadachim, como também que domino perfeitamente as artimanhas da estratégia militar. Compreenderam, agora? Ah, ah, acabei dando-lhes uma lição de estratégia! Mas se eu continuar a semear em seara alheia, o pobre Obata Kagenori vai acabar perdendo o emprego!

Coroinha! Mendigo! Estou com sede! Vão buscar um pouco de água, imprestáveis! — disse, voltando-se para trás.

Uma vigorosa resposta se fez ouvir a um dos cantos da varanda e os dois capangas dispararam para cumprir as ordens. Em instantes, retornaram com um vasilhame de barro cheio de água:

— E então, mestre Kojiro? Vai ou não haver duelo? — perguntaram.

Kojiro lançou aos pés do estático bando Obata o vasilhame vazio e disse:

— Perguntem a esses sujeitos aparvalhados!

— Ah, ah! Que caras infelizes! — gargalhou Mendigo, ao que Coroinha logo acrescentou:

— Estão vendo, covardes? É assim que se faz! Vamos, mestre Kojiro, vamos embora que nesse bando não tem nenhum com coragem suficiente para enfrentá-lo!

VII

Oculto nas sombras, Hojo Shinzo assistia a tudo em silêncio e viu quando Kojiro, acompanhado dos dois capangas, passou sob o portal do templo e desapareceu, andando com arrogância.

— Maldito...! — murmurou Shinzo.

Estremeceu de impaciência, como se um remédio amargo lhe descesse pela garganta e lhe percorresse as entranhas. No momento, porém, só lhe restava jurar:

— Ainda acertaremos esta conta!

Os discípulos, que acabavam de sofrer um atordoante revés, continuavam agrupados em silêncio, desanimados.

Conforme o próprio Kojiro havia dito, tinham sido envolvidos inteiramente em sua tática. Sentiam-se acovardados, não tinham mais ânimo para lutar.

Simultaneamente, a raiva que devastara suas entranhas como uma labareda parecia ter-se extinguido, deixando apenas cinzas. Ninguém mostrou disposição de correr no encalço de Kojiro para enfrentá-lo.

Foi então que um serviçal do templo saiu do santuário e veio correndo na direção do grupo. Comunicou que o fabricante de esquifes da cidade havia entregado cinco unidades no templo, e queria saber se realmente tinham encomendado tantos caixões.

Os discípulos da academia Obata nem tiveram ânimo para responder à pergunta.

— O fabricante de esquifes está à espera de uma resposta... — insistiu o serviçal.

— Não sei ao certo quantos caixões serão necessários porque os homens que foram buscar os corpos ainda não retornaram. De qualquer modo, encomende mais um. Quanto aos que já foram entregues, vamos guardá-los no depósito por hora — respondeu alguém, em tom sombrio.

Nessa noite, os corpos foram velados no auditório da academia.

Os discípulos empenharam-se em realizar a cerimônia com a maior discrição possível a fim de não dar a conhecer o ocorrido ao velho mestre enfermo e acamado num aposento nos fundos da mansão. Embora nada perguntasse, Kagenori parecia já ter adivinhado.

Shinzo, que como sempre cuidava dele, não tocou porém no assunto.

A partir desse dia, os discípulos que haviam estado tão revoltados caíram em pesado silêncio. Um sombrio desânimo abateu-se sobre eles. Em contraste, a chama da revolta passou a brilhar no fundo dos olhos de Shinzo — o homem que todos consideravam um covarde, o de atitude mais passiva até o momento.

Shinzo contava nos dedos o dia em que enfim estaria livre para tomar uma atitude.

E enquanto esperava, o jovem divisou certo dia uma coruja pousada no galho de uma árvore, visível da cabeceira do enfermo. Ela ficava sempre no mesmo galho e piava mesmo de dia, voltada para uma lua que nos últimos tempos continuava no céu esquecida de se ir.

O verão se foi e no começo do outono, o estado de saúde de Kagenori agravou-se: doenças oportunistas haviam-se instalado.

Para Shinzo, a coruja parecia anunciar o próximo fim do mestre com seu pio soturno: "Vou! Vou!"

Yogoro, o único filho de Kagenori, estava em terras distantes, mas ao saber do agravamento da doença, havia mandado uma carta anunciando seu retorno para breve. Nos últimos quatro a cinco dias, Shinzo o esperava ansioso, torcendo para que ele chegasse a tempo de encontrar o pai vivo.

Agora, sabia que estava perto o dia em que finalmente realizaria seu mais precioso desejo. Na noite anterior ao do retorno de Yogoro, o jovem deixou um testamento sobre a escrivaninha e despediu-se mentalmente do mestre:

— Perdoe-me por sair deste modo, sem o seu consentimento.

De pé, à sombra das árvores, Shinzo contemplou por instantes o quarto onde seu velho mestre dormia e afastou-se em seguida.

— Seu filho estará ao seu lado amanhã. Parto com o coração leve por saber que agora terá alguém para cuidá-lo. Não estou certo porém de poder retornar à sua presença trazendo a cabeça de Kojiro como troféu. Se eu for derrotado por esse maldito, chegarei primeiro à estrada dos mortos. Lá estarei à sua espera, mestre.

O VELÓRIO

I

A vila, miserável, situa-se a quase quatro quilômetros da aldeia Gyotoku, na província de Shimousa.[17] Aliás, nem vila era o pequeno aglomerado de casas. A região, que os habitantes locais chamam de Hoten-ga-hara, é uma planície inculta coberta de bambuzais, juncos e pequenas árvores de espécies variadas.

Da direção da estrada de Hitachi vem andando um homem solitário. Os caminhos que cruzam esta área parecem conservar o mesmo aspecto dos tempos em que Taira-no-Masakado por ali vagara em companhia de seus rebeldes. O vento geme nos bambuzais.

— E agora?

Parado numa bifurcação da estrada, Musashi parecia perdido.

O sol de outono começava a cair além da extensa campina, tingindo de vermelho as poças de água que se espalhavam aqui e ali. A penumbra começava a envolver-lhe os pés, esmaecendo as cores da relva e dos arbustos.

Musashi queria encontrar um ponto de luz.

Na noite anterior havia dormido no meio da campina; na anterior a essa, numa montanha.

Quatro ou cinco dias atrás, uma violenta tempestade o pegara desprevenido nas proximidades do passo de Tochigi e desde então sentia um mal-estar generalizado. Resfriados nunca o haviam incomodado, mas hoje, a perspectiva de passar mais uma noite ao relento o desanimou. Queria estar abrigado, nem que fosse numa choupana de palha, e comer algo quente diante de um belo fogo.

— Este cheiro é de maresia... O mar deve estar a quase vinte quilômetros daqui. Vou na direção do cheiro — resolveu, recomeçando a andar.

Não sabia se acertara na escolha. Se não conseguisse chegar ao mar ou encontrar uma casa, teria de dormir mais uma vez entre os juncos, no meio de uma campina varrida pelos ventos.

Uma lua enorme se ergueria no céu assim que o sol se escondesse no horizonte. O cricri dos grilos vinha do chão, ensurdecedor. Musashi era o único ser humano andando na campina, mas os grilos assustavam-se até com os seus passos calmos e saltavam, agarrando-se ao cabo de sua espada e ao seu *hakama*.

---

17. Shimousa: antiga denominação de uma área que corresponde à região setentrional da atual província de Chiba e a parte da vizinha Ibaragi.

Fosse ele um homem de gosto refinado, talvez conseguisse sentir prazer em caminhar por esta paisagem desolada, imaginou Musashi. No momento, porém, só ansiava por convívio humano e um pouco de comida. Estava cansado da solidão e da necessidade de exercitar-se continuamente em busca de aprimoramento.

Não estava feliz com sua situação e vinha absorto em amargas reflexões. Passara por Kiso, e entrara em Edo pela estrada Nakasendou, mas permanecera apenas alguns dias nessa cidade, e logo tornara a partir na direção de Michinoku.

Um ano e meio havia se passado desde então e Musashi retornava agora para a cidade de Edo, onde tinha permanecido tão pouco tempo na primeira vez.

O que o teria levado a Michinoku? Simplesmente a vontade de alcançar Ishimoda Geki, o vassalo da casa Date de Sendai, e lhe devolver a bolsa cheia de moedas que o homem havia introduzido em sua mochila sem o seu conhecimento. A generosa dádiva pesava em seu espírito.

— Se ainda tivesse a intenção de servir à casa Date…

Musashi era muito orgulhoso.

Estava cansado de sua vida espartana, de passar fome e de ser pego ao fim de um dia vagando mal vestido por regiões ermas. Ainda assim, um sorriso lhe vinha aos lábios quando pensava na grande ambição que habitava seu peito: a poderosa casa Date, com seus 600.000 *koku* de renda, não estavam à altura dela.

— Que é isso? — murmurou. Havia acabado de ouvir um forte espadanar no rio a seus pés. Musashi parou sobre a ponte e espiou um buraco escuro.

II

Alguma coisa chapinhava na água. Em contraste com as nuvens que flutuavam no extremo da campina, o buraco no barranco do rio parecia ainda mais escuro. Em pé sobre a ponte, Musashi observou com cuidado.

— Deve ser uma lontra… — pensou.

Logo, porém, descobriu um pequeno camponês na penumbra. O menino se parecia realmente com uma lontra e olhava desconfiado para o homem que via sobre a ponte.

Sem nenhum motivo especial Musashi dirigiu-lhe a palavra. Ele era sempre levado a isso quando via uma criança.

— Que faz aí, garoto?

O pequeno camponês respondeu lacônico:

— Bagres.

Mergulhou outra vez o pequeno cesto de vime no ribeirão e peneirou a água.

— Ah, você está pescando bagres!

Na imensa planície deserta, o breve diálogo pareceu uni-los.

— E então, pegou muitos?

— Nem tanto. Já estamos no outono, e eles começam a rarear.

— Pode me dar alguns?

— Bagres?

— Ponha alguns nesta toalha e eu lhe dou moedinhas em troca.

— Não posso. Estes são para o meu pai — disse o menino, agarrando o cesto e saltando para cima do barranco. Disparou então pela campina com a agilidade de um esquilo.

— Parece um azougue…! — murmurou Musashi com um sorriso.

Lembrou-se de sua infância e de momentos iguais a esse, passados em companhia de Matahachi.

"Joutaro também era desse tamanho quando o vi pela primeira vez…"

Joutaro… Que lhe teria acontecido? Onde andaria a essa altura?

Quase três anos já se haviam passado desde o dia em que o menino, Otsu e ele tinham se desgarrado. Na ocasião, o menino tinha catorze anos, quinze no ano passado…

— …e dezesseis, este ano! — murmurou.

"Apesar de minha pobreza, Joutaro sempre me respeitou, me amou e me serviu com lealdade. Mas que lhe dei eu em troca? Nada. E no decorrer da viagem que fazíamos juntos, esse pobre menino teve ainda de suportar pressões minhas e de Otsu por causa do nosso relacionamento deteriorado", pensou Musashi.

Tornou a parar no meio da campina.

Com o pensamento preso em Otsu, em Joutaro e em inúmeras recordações, caminhara o último trecho esquecido da fome e do cansaço, mas de súbito deu-se conta de que continuava mais perdido que nunca.

Sua única alegria era a lua, grande e redonda no céu de outono. E também os grilos, em extasiado cri-cri. Lembrou-se de que Otsu gostava de tocar sua flauta em noites de luar. Entremeadas ao cricrilar, parecia-lhe ouvir as vozes de Otsu e de Joutaro.

— Uma casa! — exclamou Musashi. Tinha avistado uma luz. Esqueceu-se de tudo por instantes e caminhou na direção do ponto luminoso.

Era uma casa solitária, pobre e de alpendre inclinado, quase oculta no meio de eulálias e arbustos altos. Vistosas boas-noites enfeitavam as paredes da casa.

Aproximou-se, e um súbito resfolegar irado recebeu Musashi. Era um cavalo castanho, preso ao lado do casebre. Alertado pelo animal, alguém gritou de dentro da casa:

— Quem está aí?!

Musashi espiou pela porta e viu o menino que há pouco se recusara a repartir os bagres pescados. Sorriu, feliz com a coincidência.

— Dê-me pouso por uma noite. Vou-me embora ao amanhecer — disse Musashi.

Desta vez, o menino observou-o cuidadosamente, da cabeça aos pés, e respondeu com um aceno:

— Pode entrar.

III

O casebre estava em péssimas condições.

Havia inúmeros buracos no telhado e nas paredes, por onde o luar se infiltrava. Musashi perguntou-se como seria a casa num dia de chuva.

Desatou a tira da trouxa de viagem, mas não achou sequer um prego onde dependurá-la. O piso estava forrado de esteiras, mas o vento entrava pelas frestas.

— Você disse que queria alguns bagres, não disse, tio? Gosta deles? — perguntou o menino, sentando-se formalizado na frente de Musashi.

Este apenas observava o menino, esquecido até de responder.

— Por que olha tanto para mim?

— Quantos anos você tem, menino?

— Eu? — perguntou o garoto de volta, parecendo perturbado.

— Hum!

— Doze anos.

Musashi continuou a analisar-lhe o semblante, impressionado com a sua expressão determinada.

De tão sujo, o rosto lembrava uma raiz de lótus recém-extraída da lama. Os cabelos estavam crescidos e desgrenhados, e um cheiro muito semelhante ao do excremento de pássaros veio-lhe do menino. Ainda assim, dois detalhes chamaram-lhe a atenção: o físico — robusto e saudável como o de uma criança bem alimentada — e os formidáveis olhos, duas esferas brilhantes e límpidas no meio da sujeira.

— Você está com fome, tio? Tenho arroz com painço e os bagres que pesquei há pouco. Já os servi primeiro ao meu pai.

— Aceito, e agradeço-lhe muito.

— Quer um pouco de chá, também?

— Quero.

— Espere um pouco, está bom?

O menino correu uma porta e logo desapareceu no aposento contíguo.

Momentos depois, Musashi o ouviu quebrando gravetos e abanando um fogareiro. A casa logo se encheu de fumaça, que expulsou os insetos pousados em suas paredes e teto.

— Pronto!

Os pratos foram depositados diretamente no assoalho. Os bagres haviam sido salgados e assados, e vinham acompanhados de um caldo de *miso* escuro e arroz.

— Delicioso! — elogiou Musashi.

O menino era do tipo que encontra satisfação na alegria dos outros, pois retrucou entusiasmado:

— Que bom que você gostou!

— Quero apresentar também meus agradecimentos ao dono da casa. Ele já foi dormir?

— Está bem acordado, não está vendo?

— Onde?

— Aqui! — disse o garoto, apontando para o próprio nariz. — Não tem mais ninguém nesta casa.

Musashi perguntou-lhe do que ele vivia e ouviu do menino que eram lavradores, mas haviam desistido da profissão desde que o pai adoecera. Hoje, ele se sustentava como condutor de cavalos, informou.

— O óleo da lamparina acabou... Mas o senhor já vai dormir mesmo, não vai, tio?

A lamparina apagou-se realmente, mas os buracos deixavam passar a luz do luar.

Musashi cobriu-se com um cobertor fino de palha, recostou a cabeça num travesseiro de madeira e deitou-se rente a uma parede. Caiu num sono leve, mas acordou suando diversas vezes, talvez em consequência do resfriado.

E de cada vez, ouvia um ruído que lembrava o da chuva. O contínuo cricrilar dos grilos aos poucos o embalou e aprofundou seu sono. E com certeza dele não despertaria tão cedo, não fosse pelo ruído de uma lâmina correndo sobre uma pedra de amolar.

Musashi soergueu-se, espantado.

O pilar do quarto vibrava de leve a cada movimento da lâmina na pedra e dava ideia da força que estava sendo empregada nessa tarefa. Que estaria o menino afiando a esta hora? Mas a questão não era essa.

Musashi introduziu bruscamente a mão debaixo do travesseiro e agarrou o cabo da própria espada. No momento seguinte, o menino perguntou do quarto ao lado:

— Ainda não dormiu, tio?

IV

E como teria o menino percebido que ele acordara se estavam em quartos diferentes? A percepção aguda do menino deixou Musashi atônito. Ignorou porém a pergunta e lhe fez outra em tom contundente:

— Para que afia uma lâmina a esta hora da noite?

O garoto gargalhou:

— Ora essa, eu o assustei? Você é bem medroso apesar de parecer tão forte, hein, tio?

Musashi calou-se. Parecia-lhe estar conversando com um espírito maligno incorporado no menino.

O ruído surdo da lâmina sobre a mó voltou a soar compassado: o garoto tinha retomado o trabalho. As palavras destemidas assim como a espantosa força contida em cada um dos seus movimentos espantaram Musashi.

Aproximou-se da porta e espiou por uma fresta. O aposento vizinho era uma cozinha e anexo a ela havia um pequeno quarto de pouco mais de três metros quadrados.

O menino havia instalado a mó debaixo de uma janela iluminada pelo luar, e afiava uma espada rústica cuja lâmina media quase cinquenta centímetros.

— O que pretende cortar com essa espada? — perguntou Musashi, ainda espiando pela fresta.

O garoto olhou de relance para a porta, mas nada respondeu, continuando apenas a trabalhar. Momentos depois, enxugou as gotas de água que escorriam da lâmina agora brilhante e disse, voltando-se para a porta:

— Você acha que consigo cortar um homem em dois pelo tronco usando esta espada, tio?

— Talvez. Depende da sua habilidade.

— Isso eu tenho.

— E a quem pretende você cortar?

— Meu pai.

— Que disse? — exclamou Musashi, abrindo a porta num gesto involuntário. — Está brincando, moleque?

— Não estou, não!

— Pretende partir o próprio pai em dois? Se fala sério, não é humano. Sei que se criou sem orientação alguma, como um rato de campo ou uma abelha, mas tem idade suficiente para saber o respeito que se deve a um pai. Até um animal selvagem tem essa noção!

— Eu também tenho. Mas é que se não o corto em dois, não consigo levá-lo.

— Para onde?

— Para o cemitério na montanha.
— Como é?!

Musashi voltou o olhar para um dos cantos do quarto, onde um volume tinha-lhe chamado a atenção havia algum tempo. Nem de leve, porém, imaginara que o volume em questão fosse o cadáver do pai do menino. Forçou a vista e percebeu que o morto repousava a cabeça num travesseiro e que o menino havia estendido um sujo quimono sobre ele. Ao seu lado, havia também uma oferenda: uma tigela de arroz, água e um pouco do bagre cozido, do qual Musashi também comera poucas horas atrás.

Bagres teriam sido o prato predileto do falecido, e por esse motivo o menino fora pescá-los, aliás com certa dificuldade, uma vez que o outono já ia a meio e os peixes rareavam nos rios. Quando Musashi o encontrara, o garoto devia estar lavando os bagres que havia conseguido pegar.

Musashi lembrou-se de haver pedido os preciosos pescados levianamente e sentiu certo constrangimento. Ao mesmo tempo, aturdiu-o a ideia de que o menino pensava em cortar em dois o cadáver do pai, já que inteiro não teria forças para transportá-lo ao cemitério no topo da montanha. Por momentos, ficou contemplando o rosto infantil, esquecido de tudo o mais.

— Quando foi que seu pai faleceu? — perguntou finalmente.
— Esta manhã.
— O cemitério fica longe daqui?
— A uns dois quilômetros.
— Por que não pensou em levá-lo ao templo com a ajuda de alguém?
— Não tenho dinheiro.
— Eu lhe dou.

O menino sacudiu a cabeça:
— Não quero. Meu pai detestava esmolas. E templos, também.

V

Cada uma de suas palavras mostrava firmeza de caráter.

Aquele pai não devia ter sido um rústico camponês, mas um homem bem-nascido que por alguma razão terminara os dias na pobreza.

Musashi respeitou a vontade do menino e lhe ofereceu apenas sua força para ajudar a transportar o morto até o cemitério.

A remoção foi facilitada pelo cavalo, em cujo dorso o defunto foi carregado até o sopé da montanha, restando a Musashi apenas o trabalho de carregá-lo às costas montanha acima pelo trecho mais íngreme do caminho.

O cemitério nada mais era que uma área marcada por uma pedra arredondada sob um castanheiro. Além desse marco natural, não havia nada que lembrasse uma lápide.

Enterrado o morto, o menino depositou algumas flores sobre a terra e disse, juntando as mãos em prece:

— Meu avô, minha mãe e agora o meu pai estão todos repousando aqui.

Estranho destino, que o levava a rezar junto ao túmulo desse desconhecido, pensou Musashi.

— O marco de pedra me parece novo, ainda. Deduzo por isso que vocês vieram para esta terra na geração do seu avô. Acertei?

— Assim me contaram.

— E antes disso, onde viviam?

— Meu avô era vassalo da casa Mogami, que foi derrotada numa batalha. E no momento em que fugia de suas terras, minha gente queimou todos os registros. É por isso que hoje não temos nenhum documento.

— E por que não gravaram o nome do seu avô na pedra tumular? Uma família tão distinta como a sua devia ter cuidado disso. Não vejo nem o emblema da casa, nem a data do seu falecimento na pedra...

— Meu pai me contou que, antes de morrer, meu avô proibiu a família de gravar o que quer que fosse nesta pedra porque ele se havia transformado em um simples camponês e não tinha mais direito ao emblema familiar. Ele achava que deixar seu nome gravado nessa pedra só serviria para desonrar a casa dos seus antigos amos. Anos atrás, muito antes dele morrer, parece que mensageiros das casas Gamou e Date vieram até aqui para convidar o meu avô a servi-las. Disseram-me que ele recusou ambos os convites, alegando que um samurai só serve a um único amo numa vida.

— E como se chamava seu avô?

— Ele se chamava Misawa Iori, mas meu pai abandonou o sobrenome, já que somos lavradores, e passou a chamar-se simplesmente San'emon.

— E você, como se chama?

— Sannosuke.

— Tem parentes vivos?

— Uma irmã, numa província distante.

— Só uma irmã?

— Ah-han.

— E como pretende viver a partir de amanhã?

— Continuo a trabalhar como condutor de cavalos — disse o menino.

Fez uma ligeira pausa e logo voltou a dizer:

— Tio, você é um samurai peregrino, e deve andar por todo o país, não é verdade? Que acha de andar no meu cavalo para sempre? Eu o conduziria.

— ...

Fazia já algum tempo que Musashi contemplava a vasta planície deserta, sobre a qual a claridade da manhã lentamente se insinuava. Estava intrigado: por que um povo levava uma vida tão miserável nessa planície fértil?

As águas do grande rio Tone[18] haviam se juntado às do mar de Shimousa[19] incontáveis vezes, para transformar a planície de Kantou em um mar de lama e, no decorrer de milhares de anos, as cinzas expelidas pelo monte Fuji haviam também soterrado a área. Com o passar dos tempos, juncos, arbustos e plantas rasteiras se apossaram da área, a força da natureza sobrepujando a do homem.

Mas uma civilização tem início apenas quando o homem consegue dominar o solo, a água e a força da natureza. Na planície de Kanto, a natureza continuava a dominar o ser humano, a subjugá-lo. E ali se deixava ficar ele, com toda a sua inteligência, apenas a fitar atordoado a vasta planície.

O sol despontou, e Musashi descobriu pequenos animais saltitando aqui e ali, pássaros esvoaçando. Na planície ainda não desbravada, pássaros e animais, muito mais que o homem, tiravam proveito da abençoada natureza.

VI

Apesar da aparente maturidade, Sannosuke era afinal apenas um menino: no caminho de volta do enterro, já parecia ter se esquecido do pai. Talvez não o tivesse esquecido por completo, mas o sol, surgindo entre as folhas orvalhadas, espantou sua tristeza numa reação fisiológica.

— Que acha disso, hein, tio? Ande no meu cavalo até o fim do mundo, e leve-me com você! Podemos começar hoje mesmo!— começou a insistir o menino, levando pela rédea o cavalo montado por Musashi.

— Hum...— respondeu Musashi vagamente, embora no íntimo já estivesse depositando grandes esperanças no menino.

O que mais o preocupava era a própria vida nômade: perguntava-se nesse momento se tinha realmente condições de tornar essa criança feliz, se estava disposto a responsabilizar-se por seu futuro.

Musashi já tivera uma experiência anterior: Joutaro, um menino talentoso. E porque levava uma vida nômade, sempre às voltas com inúmeras situações problemáticas, hoje não sabia sequer por onde andava o garoto.

---

18. Tone: (do ainu tanne, longo): famoso rio da planície de Kanto, também apelidado de Bando Tarou, nasce nas cordilheiras que compõem os limites das provincias de Gunma, Nagano e Niigata e corre na direção sudeste, desaguando no Pacífico pela cidade de Choushi, depois de percorrer as províncias de Gunma, Tochigi, Saitama, Ibaragi e Chiba. Com 322 km de extensão, é o maior rio em volume de água do Japão.

19. Shimousa: antiga denominação de uma área ao norte da província de Chiba e parte da de Ibaragi.

O VELÓRIO

"Se Joutaro acabar no mau caminho, a responsabilidade é minha", pensava Musashi com o coração oprimido.

Mas esse tipo de preocupação inibe qualquer tipo de iniciativa. Ninguém é capaz de prever o que poderá acontecer a si próprio dentro de alguns minutos, quanto mais de garantir que uma criança — um ser cuja vida mal começou — será feliz ou não num remoto futuro. Pouco razoável era também planejar o futuro de uma pessoa dotada, como todas, de vontade própria.

"Mas posso muito bem aprimorar-lhe o talento, guiar-lhe os passos para o bom caminho", pensou. Disso era capaz.

— E então, tio? Quer? — insistiu Sannosuke.

Musashi então lhe perguntou:

— Escute, Sannosuke. Você quer ser condutor de cavalos ou samurai?

— Um samurai, está claro!

— Você é capaz de se tornar meu discípulo e suportar em minha companhia todos os tipos de provações?

No mesmo instante Sannosuke soltou as rédeas do cavalo. Ante o olhar espantado de Musashi, o menino sentou-se formalmente no meio da relva molhada de sereno e se curvou profundamente, tocando o solo com ambas as mãos.

— Por favor, deixe-me ser um samurai. Esse também era o desejo do meu falecido pai, mas… nunca até hoje tive a oportunidade de fazer esse pedido a alguém.

Musashi desmontou, procurou ao redor um galho seco de bom tamanho e entregou-o a Sannosuke. Procurou outro para si, empunhou-o e disse:

— Ainda não decidi se vou aceitar você como discípulo. Primeiro, quero ver se tem talento para ser um samurai. Tente atacar-me com esse pedaço de pau.

— Quer dizer que você me aceitará como discípulo se eu conseguir golpeá-lo, tio?

— É capaz disso? — desafiou-o Musashi com um sorriso, guardando-se com o seu bastão improvisado.

Sannosuke ergueu-se, empunhou o seu e o atacou às cegas. Musashi o golpeou sem dó e o fez cambalear diversas vezes, atingindo-o nos ombros, no rosto e nas mãos.

"Vai começar a chorar daqui a pouco", imaginou, mas Sannosuke não desistia. Num dado momento, o pedaço de madeira que o menino usava como arma partiu-se. Ao ver isso, o menino avançou com as mãos limpas e atracou-se com Musashi, agarrando-o pela cintura.

— Moleque impertinente! — gritou este em tom propositadamente áspero, lançando-o ao chão.

— Ainda não viu nada! — retrucou Sannosuke, erguendo-se num salto e avançando outra vez. Musashi tornou a agarrá-lo com ambas as mãos e ergueu-o no ar, contra o sol nascente.

— E agora? Pede água?

Ofuscado, o garoto debateu-se no ar.

— Ainda não!

— Se eu o lançar contra aquela pedra, você morre! E então: pede água?

— Ainda não!

— Teimoso! Não está vendo que está perdido? Peça água, vamos!

— Não peço porque sei que um dia o vencerei, tio! Basta que eu continue vivo!

— E de que jeito você vai me vencer?

— Adestrando-me.

— Mas se você se adestra dez anos, eu também terei me adestrado mais dez anos.

— Mas você é mais velho que eu, vai morrer primeiro!

— E daí?

— Daí, quando você estiver dentro do caixão, eu o golpearei. É por isso que eu digo: se eu continuar vivo, eu o vencerei!

— Espertinho! — exclamou Musashi, derrubando-o no chão como se acabasse de levar um golpe frontal. Não o lançou, porém contra a pedra, como ameaçara havia pouco.

Sannosuke saltou em pé a poucos passos de distância. Musashi bateu palmas e riu.

O CÉU POR LIMITE

I

— Eu o aceito como discípulo — disse Musashi.

A alegria do menino foi indescritível. Uma criança não é capaz de esconder a alegria.

Juntos, os dois retornaram à cabana. Ao saber que partiriam no dia seguinte, Sannosuke contemplou o barraco em que três gerações de sua família haviam vivido. Os dias passados com o avô, as lembranças da avó e da mãe lhe vieram à mente. O menino falou delas por toda a noite.

Na manhã do dia seguinte, Musashi arrumou-se primeiro e saiu da casa.

— Iori! Iori! Venha de uma vez! Não deve haver nada que você possa levar. Mesmo que haja, não se apegue a objetos inúteis.

— Sim, senhor! Estou indo! — respondeu o menino, saltando para fora. Levava apenas a roupa do corpo.

Musashi o chamara de Iori por ter sabido na noite anterior pelo menino que o avô, o vassalo da casa Saijo, chamava-se Misawa Iori, e que Iori era um nome há gerações na sua família.

— Agora, você é meu discípulo e retornou à condição de samurai. Deve portanto usar o nome Iori de seus antepassados — decidira então Musashi. E embora o menino estivesse longe ainda da maioridade, Musashi julgou que a mudança de nome haveria de prepará-lo mentalmente para a nova condição.

Mas nada no aspecto do garoto que acabava de saltar pela porta lembrava um samurai: calçava um par de sandálias do tipo usado pelos condutores de cavalos, trazia nas costas um fardo de arroz e painço para as refeições durante a jornada, e vestia um quimono curto que lhe ia somente até as coxas.

— Amarre o cavalo numa árvore, longe daqui — ordenou Musashi.

— Monte primeiro, mestre, por favor!

— Faça o que estou mandando, Iori: amarre o cavalo longe daqui e volte em seguida.

— Sim, senhor.

A partir dessa manhã, as respostas vinham acompanhadas de um respeitoso "senhor", mostrando que o menino esforçava-se por adotar uma linguagem mais educada.

Iori retornou depois de amarrar o cavalo conforme lhe fora ordenado. Musashi continuava em pé, sob o alpendre.

"Que faz ele parado no mesmo lugar?" estranhou o menino.

Musashi pousou a mão sobre a cabeça do garoto.

— Você nasceu neste casebre e deve a ele o seu gênio forte e o espírito indomável — disse.

— Sim, senhor — respondeu Iori, balançando a cabeça sobre a qual ainda repousava a mão de Musashi.

— Fiel ao princípio de servir apenas a um amo na vida, seu avô abriu mão da condição de guerreiro e optou por terminar seus dias neste casebre. Seu pai, Iori, procurou realizar o desejo de seu avô e a ele dedicou sua juventude: tornou-se um lavrador, e morreu, deixando você. Agora, você está sozinho e tem de viver por sua própria conta, Iori.

— Sim, senhor.

— Torne-se um homem de valor, Iori!

— Sim, senhor! — respondeu o menino, esfregando os olhos.

— Junte as mãos, agradeça e despeça-se da cabana que o protegeu, assim como a três gerações da sua família, contra a chuva e o sereno. Pronto? Muito bem!

Musashi retornou para dentro do casebre e pôs fogo nele.

As labaredas logo tomaram conta de tudo e Iori contemplou a cena emocionado. Musashi notou a infinita tristeza de seu olhar e lhe explicou:

— Se deixássemos a cabana em pé, ela logo se transformaria em moradia de ladrões, assaltantes e perturbadores da ordem pública, maculando a memória de pessoas íntegras como seu pai e seu avô. Entendeu, Iori?

— Sim, senhor, e lhe agradeço por ter-se lembrado disso.

Num instante o casebre transformou-se em um monte de cinzas.

— Vamos, mestre! — apressou-o Iori.

Era óbvio que cinzas e passado não exerciam nenhuma atração sobre a criança.

— Ainda não! — retrucou Musashi, sacudindo a cabeça.

II

— Como assim? Que vamos fazer agora? — perguntou Iori, fitando-o com olhar perplexo.

Musashi riu de sua expressão desconfiada:

— Vamos construir uma cabana.

— Ora! Mas... para quê? E essa, que acabamos de queimar?

— Essa era a de seus antepassados. A que vamos construir a partir de hoje será nossa, onde nós dois vamos viver daqui para a frente.

— Nestas terras?

— Correto.

— Não íamos partir numa jornada de aprendizagem?

— Já partimos. Eu próprio tenho ainda muito a aprender, não só a ensinar.

— Aprender o quê?

— A ser um exímio espadachim e um nobre guerreiro, está claro! Isto também significa que tenho de aprimorar-me espiritualmente. Iori, vá buscar o machado!

No meio dos arbustos que Musashi apontava, o menino descobriu machados, serrotes e instrumentos agrícolas, os quais deviam ter sido retirados da cabana sem que ele soubesse, num momento qualquer anterior ao fogo.

Iori seguiu Musashi carregando ao ombro um grande machado.

Dentro em breve, chegaram a um bosque de castanheiros, onde também cresciam cedros e pinheiros.

Musashi despiu-se da cintura para cima e foi derrubar algumas árvores. Lascas brancas de madeira voavam ao compasso das machadadas.

"Que pretende ele? Construir um salão de treinos? Transformar a campina num centro de treinamento?"

A explicação que seu mestre lhe dera não havia sido suficiente para Iori. Aborrecia-o além de tudo o fato de ter de permanecer nessas terras.

Uma árvore tombou com um baque, a seguir outra e mais outra.

O suor começou a escorrer pela pele morena de Musashi lavando a indolência, o langor e a solidão que o haviam atormentado nos últimos dias.

A ideia de deixar momentaneamente de lado a espada e empunhar a enxada lhe havia ocorrido de súbito como uma revelação, enquanto contemplava a extensa e primitiva planície de Kanto do topo da montanha a que subira para enterrar o pai de Iori, o samurai que acabara seus dias como um simples camponês.

Para aprimorar a esgrima ele praticava o zen, estudava em livros, descontraía-se numa cerimônia de chá, pintava ou esculpia uma imagem santa. Ou podia pegar numa enxada.

A vasta planície constituía-se no melhor e mais ativo salão de treino do mundo. Além disso, ao empunhar a enxada e trabalhar aquela terra, estaria expandindo a área, que por seu turno transformar-se-ia em meio de subsistência para inúmeras pessoas por algumas centenas de anos vindouros.

A mendicância sempre tinha sido a base do aprimoramento de um guerreiro. Do mesmo modo que os monges zen, o aprendiz de guerreiro considerava natural que seu aprendizado fosse custeado por doações, e que o teto alheio o defendesse da chuva e do sereno.

No entanto, o valor real de uma porção de arroz ou de legumes só pode ser avaliado por quem os produz. Musashi considerava óbvio que, sem passar pela experiência de lavrar a terra, o monge zen sempre haveria de fazer sermões vazios, assim como o guerreiro que vivia de doações seria sempre inculto e agressivo, jamais chegando a ser um bom governante.

Musashi sabia cultivar a terra. Em sua infância, tinha-se dedicado à horta nos fundos da mansão em companhia da mãe.

Mas o tipo de lavoura a que pretendia dedicar-se a partir desse dia visaria não só o seu sustento físico, como também o espiritual. Além disso, ele queria sair da mendicância e aprender a prover a própria subsistência.

Sobretudo, esperava com seu trabalho transformar-se numa lição viva para os camponeses — essa classe tão sofrida que não sabia combater a exuberante vegetação dos alagadiços, contemplava apática a ação das enchentes e das tempestades, e se conformava com o que a natureza lhes dava, vivendo geração após geração em condições de extrema penúria.

— Vá buscar uma corda e amarre os troncos, Iori. Arraste-os na direção da margem do rio — ordenou Musashi, fazendo uma pausa e enxugando o suor do rosto.

III

Iori arrastou os troncos e Musashi removeu-lhes a casca com a ajuda do machado.

Quando a noite chegou, os dois acenderam uma fogueira com as lascas da madeira, descansaram as cabeças em troncos e dormiram.

— Está gostando da experiência, Iori?

— Nem um pouco — respondeu o menino com franqueza. — Trabalhar na lavoura não é novidade para mim. Para isso eu não precisaria ter-me tornado seu discípulo.

— Pois vai gostar logo — prometeu Musashi.

O outono avançava. A cada noite, o cricrilar dos grilos tornava-se menos intenso, árvores e relva secavam.

A essa altura, porém, a cabana já estava pronta na campina de Hotengahara, e mestre e discípulo já se dedicavam a limpar o terreno em torno dela.

Inicialmente, Musashi havia percorrido um bom trecho da vasta área inculta procurando investigar por que o homem teria se dissociado da natureza e permitido que ervas e arbustos se apossassem de toda a área.

A culpa era das enchentes. Tinha de ordenar o curso da água em primeiro lugar.

Vista do topo de uma colina, a planície agreste era o retrato de uma época da sociedade japonesa compreendida entre a revolta de Ouni e o Sengoku.

Depois de um forte aguaceiro, as águas transformavam-se em rios que abriam seus próprios caminhos na terra, cada torrente escolhendo seu próprio traçado e arrastando consigo pedras e rochas.

Não havia um curso principal onde desaguassem todos os afluentes. Em regime normal, havia uma corrente aparentando ser a principal correndo entre largas faixas de leito seco. O leito, porém, não comportava o volume de água produzido na região e o seu traçado não era sempre o mesmo, nem seu curso disciplinado.

Sobretudo, os pequenos riachos não tinham um ponto de convergência. A própria corrente principal estava à mercê dos caprichos do tempo, em alguns momentos inundando os campos, em outros varando florestas, ou ainda, nos seus piores dias, ameaçando homens e animais, e cobrindo lavouras com um mar de lama.

Não ia ser nada fácil domar o rio, concluiu Musashi. A dificuldade, porém, pareceu aumentar seu interesse pela tarefa.

"É como administrar um país", pensou.

A tarefa de trabalhar a água e o solo e produzir uma área fértil e habitável era no seu entender o mesmo que trabalhar o homem, governar um país e conduzi-lo para o progresso.

"Por coincidência, exatamente o ideal que viso", concluiu.

Foi a partir dessa época que Musashi começou a vislumbrar a esgrima ideal. Ultimamente, vinha considerando inútil golpear outro ser humano, vencê-lo, tornar-se imbatível em duelos. Não queria que a espada servisse apenas para demonstrar sua superioridade sobre os demais. Isto lhe parecia cada vez mais vão.

Nos dois últimos anos aproximadamente, seu modo de ver a esgrima havia evoluído. Ela não era mais simplesmente "um meio para vencer o próximo", mas um "meio para vencer a si próprio e alcançar a vitória na vida". Essa visão continuava inalterada, mas sua busca da esgrima ideal não cessara nesse ponto.

"Se a esgrima é realmente um caminho, deve haver um modo de empregar a moralidade inerente a esse caminho para valorizar a vida", pensou. "Vou usar a esgrima não só para a evolução pessoal, mas também como meio para governar um povo e administrar um país", concluíra.

Ele sonhava alto. Era livre para isso. Mas no momento, seu sonho era apenas um ideal.

Para pô-lo em prática precisava ocupar um importante posto político.

Trabalhar a terra e a água da planície inculta não exigia postos no governo ou poder. Musashi empenhou-se de corpo e alma à tarefa.

IV

Os dois juntos arrancaram raízes de árvores, peneiraram a terra, desfizeram barrancos, nivelaram a terra, arrastaram pedras de bom tamanho e as depuseram umas ao lado das outras para conter as enchentes.

E então, ao ver Musashi e Iori trabalhando todos os dias com afinco desde antes do sol raiar até a hora em que estrelas despontavam no céu, os camponeses locais de passagem na outra margem do rio paravam para apreciar.

— Que pretendem esses dois? — perguntavam-se uns aos outros, desconfiados.

— Construíram um barraco! Será possível que queiram morar nele?

— O menino não é o filho do falecido San'emon?

A notícia começou a se espalhar.

Nem todos zombavam. Alguns davam-se ao trabalho de vir até ali e gritar conselhos:

— Ó senhor samurai! Não adianta se matar de trabalhar essa terra que no primeiro aguaceiro ela vai-se embora!

Alguns dias depois, o mesmo homem retornou e pareceu ofender-se ao ver que Musashi ignorara seus conselhos e continuava a trabalhar no mesmo local em companhia de Iori:

— Eeei! Parem com isso! A única coisa que vão conseguir produzir aí é buracos e poças de água!

Passados outros tantos dias, o homem tornou a aparecer. Desta vez, enfureceu-se de verdade ao ver os dois fazendo-se de surdos e persistindo no trabalho.

— Idiota! — gritou ele a Musashi, ao que parece considerando-o um débil mental. — Se essas terras alagadas produzissem coisa que preste, a gente viveria tocando flautas, ora essa!

— Teríamos fartura todos os anos! — gritou outro.

— Parem com isso! Chega de esburacar essa terra!

— Só mesmo um cretino se dá a tanto trabalho para nada!

Brandindo a enxada, Musashi apenas sorria, voltado para a terra.

Iori tinha sido prevenido por seu mestre, mas não conseguiu conter a revolta:

— Vai deixar essa gente caçoar à vontade, mestre?

— Já lhe disse para não lhes dar atenção, Iori.

— Mas… — disse o menino. Apanhou uma pedra e se preparava para jogá-la nos camponeses, quando Musashi interveio:

— Iori! Que vai fazer com essa pedra? Se não é capaz de obedecer minhas ordens, não poderá ser meu discípulo.

O menino sobressaltou-se como se a reprimenda lhe tivesse doído, mas ainda assim conseguiu largar a pedra.

— Cretinos! — disse, lançando-a com toda a força contra uma rocha próxima. A pedra bateu, soltou faíscas e partiu-se em dois pedaços, cada um voando numa direção diferente. A visão o entristeceu de súbito: Iori abandonou a enxada e pôs-se a chorar mansamente.

Musashi não lhe deu atenção.

O menino começou então a chorar cada vez mais alto, e a certa altura ele já esbravejava como se fosse o único ser vivo restante na face da terra.

Ao chorar, toda a energia espiritual que o levara até a pensar em cortar o cadáver do pai em dois para sepultá-lo no topo da montanha o abandonava, e Iori voltava a ser um simples menino.

— Pai! Mãe! Meu avô querido, minha avó! — pareciam chamar os sentidos soluços, ecoando dolorosamente no coração de Musashi.

Ali estava outro ser solitário, pensou.

Tanta tristeza pareceu comover a natureza: árvores e arbustos vergavam-se e farfalhavam ao vento frio do entardecer. A escuridão envolveu lentamente a desolada campina. Gotas de chuva começaram a cair.

V

— Aí vem chuva, Iori, e das fortes! Vamos para casa! — gritou Musashi. Juntou pás e enxadas e correu para a cabana.

No instante em que entrou na casa a tempestade desabou branqueando a paisagem.

— Iori! Iori! — chamou Musashi. Estava certo de que ele o tinha acompanhado, mas não o viu ao seu lado, nem a um canto do alpendre.

No momento em que espiou pela janela, um raio rasgou as nuvens, tremulou sobre a campina e um ribombo ensurdecedor se seguiu, obrigando-o a cerrar os olhos e levar as mãos aos ouvidos. Musashi continuou a contemplar a campina, quase em transe.

Toda vez que se via diante de uma tempestade intensa, ou ouvia o vento uivar, lembranças de quase dez anos atrás lhe vinham à mente: Musashi revia então o cedro centenário do templo Shippoji, e tornava a ouvir a voz do monge Shuho Takuan.

Sabia que devia a sua atual existência ao que o cedro lhe ensinara.

E hoje, ele próprio tinha um pequeno discípulo, Iori. Pensou no próprio passado e sentiu uma ponta de vergonha: não sabia se possuía a fortaleza do cedro, ou a grandiosidade de Takuan.

Mas ele teria de ser para o menino forte como um cedro, e ao mesmo tempo duro e compassivo como Takuan. Só assim, pensava ele, estaria pagando sua dívida para com o seu grande benfeitor.

— Iori! Iori! — tornou a chamar em meio à tempestade.

Nenhuma resposta. Os únicos sons que ouvia eram o ribombar dos trovões e o ruído da água escorrendo pelo alpendre.

— Que lhe teria acontecido? — murmurou, sem coragem de sair e enfrentar a chuva.

Instantes depois, porém, a tempestade transformou-se em chuva fina como por encanto e Musashi saiu à sua procura. Iori não se havia arredado um passo sequer da área que trabalhavam antes da tempestade. Como podia um menino ser tão obstinado?

"Deve ser retardado!" chegou a pensar Musashi ao vê-lo ainda de boca aberta, com a mesma expressão de choro de há pouco. Encharcado da cabeça aos pés, parecia um espantalho plantado no meio da terra preparada, agora transformada em lamaçal.

Musashi correu até um morro próximo e gritou-lhe:

— Idiota! Entre em casa de uma vez ou poderá adoecer! Ande, antes que essa área se transforme num rio e o impeça de voltar para a cabana!

Iori passeou o olhar em torno procurando descobrir de onde provinha a voz, e sorriu zombeteiro.

— Para que tanta pressa? Essa chuva é passageira! As nuvens já estão indo embora, não está vendo? — disse, apontando o céu.

Musashi não encontrou o que responder: acabara de aprender uma lição do menino a quem devia ensinar.

Iori, porém, não tinha pretendido dar nenhuma lição: sua mente era simples e ele não costumava fazer complexos raciocínios antes de agir ou falar, como Musashi.

— Venha, mestre! Vamos trabalhar mais um pouco enquanto há luz — disse, retomando o trabalho interrompido pela chuva sem ao menos trocar as roupas molhadas.

TAL MESTRE, TAL DISCÍPULO

I

Quatro a cinco dias de sol se seguiram. Tordos e picanços trinavam no céu azul e a terra em torno das raízes das eulálias já começava a secar, quando do extremo da planície, densas nuvens negras pareceram avolumar-se e estender enormes braços, eclipsando num instante o sol e escurecendo toda a região de Kanto.

— Agora sim, mestre, vamos ter chuva de verdade! — avisou Iori, parecendo preocupado.

Cortando as palavras do menino, o vento sibilou pelo espaço enegrecido. Pássaros retardatários eram impiedosamente lançados ao chão, árvores estremeciam, exibindo as costas brancas das folhas.

— Vai cair um novo aguaceiro? — perguntou Musashi.

— Pelo jeito, vai ser muito mais que um aguaceiro. Ah, tenho de ir até a aldeia. É melhor recolher os instrumentos e voltar para a cabana, mestre!

As previsões que o menino fazia de cabeça erguida e contemplando o céu nunca tinham falhado até esse dia. Iori afastou-se correndo pela campina, seu vulto lembrando o de um pássaro a cortar uma fria rajada de inverno, ora surgindo, ora desaparecendo no mar de relva ondulante.

Cumprindo sua previsão, o vento e a chuva recrudesceram.

— Aonde foi ele? — perguntou-se Musashi, sozinho na cabana. Preocupado, voltava o olhar constantemente para fora.

O volume de água desabado nesse dia foi espantoso: a chuva parava de súbito para logo em seguida voltar com intensidade dobrada.

Chegou a noite, mas o aguaceiro continuou, ameaçando inundar a terra inteira, quase destelhando a cabana diversas vezes, espalhando por todos os lados as cascas de cedro que forravam o teto.

Iori porém não voltou.

— Que menino! — murmurou Musashi.

A manhã chegou sem trazê-lo de volta.

Quando o dia clareou, Musashi saiu para verificar os estragos e quase perdeu a esperança de vê-lo retornar. A conhecida planície inculta havia-se transformado num mar de lama. Aqui e ali, arbustos e árvores despontavam como bancos de areia.

Por sorte, o casebre havia sido construído em local alto, que se manteve seco. A várzea, porém, tinha-se transformado numa única torrente de lama que corria impetuosamente.

Musashi começou a preocupar-se de verdade: Iori não teria tentado voltar durante a noite passada e se afogado nesse rio barrento?

Foi então que ouviu uma voz distante chamando no meio da tempestade:

— Meestre! Meestre!

E num minúsculo banco de areia que mais parecia um ninho de pássaro boiando no meio do rio, Musashi descobriu algo que se assemelhava ao menino. Era ele mesmo que voltava, cavalgando um boi. O animal carregava ainda em seu lombo dois grandes fardos atados à frente e às costas do menino.

Ante o olhar consternado de Musashi, Iori conduziu o boi para dentro da correnteza. A água barrenta espumou e engoliu imediatamente o menino e sua cavalgadura. Mesmo assim, cavaleiro e montaria cruzaram o rio pela correnteza e emergiram na margem próxima, sacudiram a água dos corpos e subiram correndo a colina, aproximando-se do casebre.

— Onde esteve, Iori! — disse Musashi, entre aliviado e irritado.

— Na vila, onde mais? Fui buscar provisões, porque esta chuva vai durar muito tempo. Mesmo que pare, a água com certeza não vai baixar por um bom tempo.

II

Musashi admirou-se da sagacidade do menino, mas logo percebeu que muito mais digna de admiração era a própria estupidez.

Para quem vive no campo, era apenas uma questão de bom senso estocar provisões quando o tempo mostrava sinais de deteriorar, e Iori já devia ter passado por inúmeras experiências semelhantes em sua curta vida.

Ainda assim, considerou espantosa a quantidade de víveres descarregada do lombo do boi. O menino abriu os fardos embrulhados em esteira e papel oleado e foi anunciando:

— Isto é painço, isto é feijão *azuki*, isto é peixe seco salgado.

Enfileirou os diversos sacos e completou:

— Com tudo isto, mestre, não precisamos nos preocupar com a enchente, mesmo que ela não baixe por um ou dois meses.

Lágrimas brilhavam agora nos olhos de Musashi. Impressionava-o a coragem e o senso de previsão do menino. Ele havia estado orgulhoso de si mesmo por imaginar que promovia a expansão da terra e contribuía para o desenvolvimento dos camponeses, e tinha se esquecido por completo de prover o próprio sustento, quase condenando-se à morte por inanição. Mas o pequeno camponês acabava de salvá-lo.

No entanto, como havia Iori conseguido obter provisões na comunidade se o povo os considerava uma dupla de idiotas e não os via com simpatia? Além de tudo, os próprios aldeões estariam com toda a certeza apavorados ante a perspectiva de morrer de inanição por causa da enchente.

O menino explicou:

— Deixei minha carteira no templo Tokuganji como caução e pedi em troca as provisões.

— Que templo é esse? — indagou Musashi.

Era o único de Hotengahara e distava quase quatro quilômetros dali, disse Iori. O menino havia se lembrado do que o pai em vida lhe dissera: "Se um dia eu morrer e você se vir sozinho e em apuros, use aos poucos o ouro em pó que tenho dentro desta carteira."

— E foi assim que peguei essas provisões na cozinha do templo — completou o garoto com um brilho triunfante no olhar.

— Mas essa bolsa... era uma lembrança do seu falecido pai, Iori — disse Musashi.

— Exato. A casa inteira foi queimada, de modo que as únicas lembranças de meu pai são a bolsa e esta espada — respondeu Iori, apontando a arma rústica que trazia na cintura.

Musashi já havia examinado a espada anteriormente e percebido que se tratava de uma arma nobre, muito embora não tivesse o nome do forjador gravado.

Imaginou que a carteira devia conter algo mais que simples ouro em pó, e tê-la depositado no templo em troca de alimento mostrava a imaturidade do menino, assim como uma tocante ingenuidade.

— Lembranças deixadas por nossos entes queridos são sagradas: nunca as entregue a um estranho, Iori. Qualquer dia desses passarei pelo templo e reaverei a carteira para você. E depois, nunca mais se desfaça dela, compreendeu?

— Sim, senhor.

— E você pediu pernoite no templo, Iori?

— É que o monge me aconselhou a ir embora quando o dia clareasse.

— Fez ele muito bem. Você já comeu?

— Não. Aposto que nem o senhor, mestre.

— É verdade. E lenha?

— Temos até de sobra. O vão debaixo do assoalho está cheio de lenha.

Musashi enrolou uma esteira, ergueu a tábua do assoalho e espiou. Ali havia uma espantosa provisão de raízes de bambus e de árvores diversas, armazenadas pouco a pouco pelo menino para essas emergências.

Quem ensinara Iori a agir desse modo? A rigorosa natureza desses rincões, onde um passo em falso levava o homem à morte por inanição.

Depois da refeição, Iori apresentou um livro a Musashi e disse, mais formal:

— Ensine-me, mestre, já que não temos o que fazer enquanto a água não baixa.

Fora, a tempestade rugiu durante todo esse dia e os seguintes.

III

O livro era uma antologia de Confúcio. Iori explicou que o ganhara também no templo.

— Você gostaria de estudar mais, Iori? — perguntou Musashi.

— Sim, senhor.

— Já leu alguma coisa?

— Muito pouco.

— Com quem aprendeu a ler?

— Com meu pai.

— Até onde?

— O básico.

— E você gostou?

— Muito.

A sede de saber queimava o menino.

— Muito bem. Vou-lhe ensinar tudo o que sei. Se quiser saber mais no futuro, terei de achar um bom mestre para você.

Lá fora, a tempestade rugia, mas dentro do casebre ecoavam as vozes do menino lendo alto e de seu mestre fazendo preleções, ambos tão concentrados que dificilmente notariam o pavoroso uivar do vento, mesmo que ele carregasse o telhado.

A chuva continuou a cair por mais dois dias.

Quando enfim cessou, a campina inteira tinha sido encoberta pela água. Iori parecia até feliz com a novidade.

— Vamos estudar mais, mestre! — disse, preparando-se para abrir o livro.

Musashi porém o interrompeu:

— Basta de livros, Iori.

— Por quê?

— Observe! — disse ao jovem, apontando o rio. — Vivendo no fundo do rio, um peixe não tem visão do próprio rio. Não se apegue demais à leitura ou se transformará numa traça, perderá de vista a palavra viva e se transformará num homem sombrio. Basta de estudos por hoje e vá brincar! Eu lhe faço companhia.

— Brincar como? Nem posso sair lá fora, com esse tempo!

— Assim! — disse Musashi, deitando-se de costas com a cabeça apoiada nos braços dobrados. — Vamos, deite-se também.
— Você está me mandando deitar, mestre?
— Ou sente-se, ou estique as pernas!
— E depois?
— Depois, eu lhe contarei histórias.
— Que bom!— exclamou Iori, deitando-se de barriga e agitando os pés como se fossem o rabo de um peixe. — Que história?
— Vejamos…

Musashi evocou a própria infância e escolheu histórias de guerra que o haviam entusiasmado nessa época, a maioria extraídas de *Genpei Josuiki*, o relato das batalhas entre as antigas casas Genji e Heike. Ao chegar ao trecho em que Genji é derrotado e a casa Heike assume o poder, Iori ficou consternado. A fuga da princesa Tokiwa — mulher do derrotado Minamoto-no-Yoshitomo — e de seus filhos pelos campos cobertos de neve trouxe lágrimas aos olhos do menino. Mas no ponto em que todas as noites Shanao Ushiwaka — posteriormente denominado Minamoto-no-Yoshitsune — passa a aprender esgrima com os *tengu*, os duendes da floresta, e desse modo logra escapar da cidade de Kyoto, Iori sentou-se de súbito e disse com fervor:

— Eu admiro Yoshitsune!

Pensou alguns instantes e perguntou:

— Os *tengu* existem mesmo, mestre?

— Talvez… Ou melhor, no nosso mundo existem seres extraordinários. Mas quem ensinou esgrima a Ushiwaka não foi um *tengu*.

— Quem foi, então?

— Acredito que foram os sobreviventes da casa Genji. Esses homens não podiam andar livremente por um país dominado por Heike, e se ocultaram no interior de montanhas e florestas à espera de dias melhores.

— Como meu avô?

— Exatamente. Seu pobre avô morreu sem ver esse dia raiar, mas os remanescentes da casa Genji criaram uma nova oportunidade para eles próprios na pessoa de Ushiwaka.

— Mas eu… também estou criando agora uma nova oportunidade para a minha casa no lugar do meu avô, não estou, mestre?

— Exatamente!

Entusiasmado com a observação do menino, Musashi agarrou-o pelo pescoço, atraiu-o a si e, ainda deitado, ergueu-o no ar sustentando-o com as pernas e as mãos:

— Quero vê-lo crescer e transformar-se num homem de valor, Iori!

O menino soltava gritos de alegria, como um bebê feliz:

— Cuidado, cuidado! Vai me derrubar, mestre! Você me lembra um *tengu*! Meu mestre é um *tengu* de nariz comprido! — gritou, estendendo a mão e apertando o nariz de Musashi.

IV

A chuva continuou por mais dez dias, com breves períodos de trégua, mas a campina estava inundada e o rio não dava mostras de ceder.

Musashi não teve outro recurso senão esperar paciente o recuo da natureza.

Nessa manhã, Iori, que tinha saído bem cedo da cabana, gritou sob luminosos raios solares:

— Mestre! Já está dando passagem!

Pela primeira vez em vinte dias, os dois pioneiros juntaram suas ferramentas e saíram para o campo.

Um grito de espanto escapou-lhes das bocas no instante em que alcançaram a área onde tinham estado trabalhando com tanto afinco: pedras grandes e pedregulhos cobriam o terreno, e inúmeros riachos antes inexistentes corriam agora velozes entre as pedras, zombando do trabalho executado por esses dois minúsculos seres humanos.

— Idiotas! Malucos! — ecoavam em seus ouvidos os gritos dos aldeões.

Iori ergueu o olhar para seu mestre, imóvel ao lado, e disse:

— Não tem mais jeito. Vamos procurar uma área melhor, mestre!

Musashi porém não concordou:

— Nada disso. Basta desviar o curso da água e esta área vai se transformar num campo fértil. Eu considerei muito bem a topografia do terreno antes de escolher este pedaço de terra.

— Mas se vier uma nova tempestade...

— Desta vez, vamos construir um dique com essas pedras, desde o topo daquela colina, e evitar que o rio torne a invadi-lo.

— O trabalho vai ser monstruoso!

— Esqueceu-se de que este é o nosso salão de treino? Não cedo um passo sequer enquanto não vir espigas de trigo brotando nesta área.

Quase dez dias depois de extenuante trabalho desviando o curso da água, construindo um dique e removendo pedras e pedregulhos, uma área cultivável de pouco mais de trinta metros quadrados começou a tomar forma no local.

Uma noite de chuva, porém, bastou para que tudo voltasse a ser um lamaçal.

Até Iori cansou-se e reclamou:

— Vamos desistir, mestre. Um bom estrategista não insiste num projeto que sabe ser inútil, não é?

Musashi, porém, nem sequer pensava em escolher outro local: lutando contra a torrente, refez o trabalho inúmeras vezes.

Com a chegada do inverno, fortes nevascas caíram esporadicamente. Quando a neve derretia, o rio tornava a transbordar. O ano chegou ao fim, um novo começou, fevereiro se foi, mas o suor e a enxada dos dois pioneiros não tinham produzido nem mesmo um pedacinho de terra arável.

Quando as provisões chegaram ao fim, Iori voltou ao templo Tokuganji em busca de mais. Falavam mal de Musashi também no templo, ao que parecia, pois o menino retornou com expressão aborrecida.

Para piorar a situação, Musashi também parecia ter entregue os pontos, pois nos últimos dias nem sequer se aproximara da enxada. Absorto em pensamentos, permanecia em pé na terra que teimava em ser inundada, por mais que a protegesse.

Certo dia, porém, Musashi de súbito pareceu dar-se conta de algo.

— É isso! — exclamou, mais para si mesmo do que para Iori. — Como é que não percebi antes? O que fiz até hoje foi tentar administrar a terra e a água de acordo com planos por mim estabelecidos, como um estadista — murmurou, febrilmente. — Mas está errado! A água tem seu caráter, e a terra princípios que a regem, e eu tinha de obedecê-los! Meu papel tinha de ser apenas o de servo para água e de protetor para a terra!

Musashi retraçou então toda a sua estratégia expansionista: desistiu de tentar dominar a natureza e passou a trabalhar no sentido de servi-la lealmente.

A neve tornou a cair e, ao degelar, ocorreu uma enchente de grandes proporções. O trecho trabalhado por Musashi, porém, foi preservado.

"A mesma regra deve valer para governar os homens", compreendeu o jovem.

Registrou então em seu caderno de anotações uma advertência para si mesmo:

Nunca se oponha aos caminhos do mundo.

A CHEGADA DOS BANDOLEIROS

I

Entre os paroquianos que frequentavam o templo Tokuganji, Nagaoka Sado era um dos mais poderosos. Vassalo e secretário de Hosokawa Tadaoki — famoso general e suserano do castelo Kokura, em Buzen[20] —, Sado surgia no templo apoiado numa bengala por ocasião dos aniversários de morte de parentes, ou quando sua apertada agenda permitia.

Tokuganji distava mais de trinta quilômetros da cidade de Edo, o que muitas vezes obrigava o idoso paroquiano a pernoitar no templo. Seu séquito era quase sempre composto de três ou quatro samurais e um servo, o que podia ser considerado bastante modesto em vista de sua importante posição.

— Monge.
— Senhor?
— Não se dê a tanto trabalho. Sua atenção me deixa feliz, mas eu nunca esperaria cercar-me de luxo num templo.
— Agradeço a sua consideração, senhor.
— Deixe-me apenas descansar à vontade.
— Claro, senhor!
— Nesse caso, com sua licença…

Sado deitou-se e repousou a cabeça de cabelos já brancos no braço dobrado.

Seus deveres na sede do clã não lhe davam sossego, de modo que as frequentes visitas ao templo talvez fossem uma escusa para descansar. Depois de um relaxante banho quente ao ar livre e uma taça do saquê produzido naquela área, Sado dormia embalado pelo coaxar das rãs, esquecido das atribulações do mundo real.

Nessa noite, o idoso paroquiano decidira uma vez mais pousar no templo e dormitava ouvindo o coaxar distante.

O monge retirou silenciosamente os restos do jantar. Sentados a um canto à luz bruxuleante do candeeiro, os samurais do séquito contemplavam a figura adormecida do amo com expressões ansiosas, temendo que o idoso homem viesse a pegar um resfriado.

---

20. Buzen: antiga denominação de uma área constituída pela região oriental da atual província de Fukuoka e por parte da região setentrional da província de Oita, em Kyushu.

— Ah, que doce sensação! Sinto-me quase atingindo o Nirvana! — murmurou, mudando a posição do braço. Um dos homens do seu séquito interveio:

— Não vá se resfriar, senhor! Esta brisa noturna está carregada de sereno.

— Ora, deixe-me em paz! Não vou me resfriar por causa de um pouco de sereno. Meu corpo foi temperado em campos de batalha, não se esqueçam. Sinto o perfume de colzas na brisa. Perceberam?

— Não, senhor.

— Vocês não têm nariz! Ah, ah... — riu Sado.

Ele não riu alto, mas o coaxar cessou de súbito. Quase simultaneamente, uma voz muito mais alta que o riso do ancião partiu da varanda da biblioteca:

— Que faz aí, moleque! Pare de espiar os aposentos do nosso hóspede!

O berro tinha sido dado por um monge do templo.

Os samurais do séquito logo se ergueram para perscrutar em torno.

— Que foi?

— Que se passa?

Passos leves, como os de uma criança, dispararam rumo à cozinha do templo, enquanto o monge causador do tumulto se desculpava:

— Era um pequeno órfão da vila, senhor. Não o castigue.

— Que fazia ele? Espionava-me?

— Acho que sim, senhor. É filho de um condutor de cavalos que vivia em Hotengahara, a cerca de quatro quilômetros daqui. Seu avô, ao que me consta, era um samurai, de modo que o sonho do menino é tornar-se também um guerreiro. Por isso, quando vê alguém da sua importância, senhor, o interesse do moleque se aguça e ele vem espionar.

Ao ouvir isso, Sado ergueu-se repentinamente, sentou-se no meio do aposento e chamou o monge que o guardava a certa distância:

— Atendente!

— Pronto, Nagaoka-sama! Vejo que acabou acordando, senhor...

— Não se assuste, não pretendo reclamar... Esse menino despertou meu interesse. Quero conversar com ele e quebrar a monotonia desta noite. Chame o menino à minha presença: vou dar-lhe alguns doces.

II

Iori surgiu na cozinha e gritou:

— Tia, nosso estoque de painço acabou. Vim buscar mais.

O saco que apresentou à serviçal devia comportar mais de quinze litros de cereal.

— Que modos são esses, moleque? Do jeito que fala, parece até que veio cobrar uma dívida! — gritou de volta a velha cozinheira do templo.

O serviçal que se ocupava em lavar algumas verduras fez coro com a cozinheira:

— Olhe os modos, moleque! Você só vai ganhar porque o nosso abade ficou com pena de vocês e nos mandou dar, ouviu bem?

— Que têm meus modos?

— Um mendigo deve falar mansinho, humildemente, entendeu?

— E quem disse que estou mendigando? Eu entreguei ao abade o saquinho com dinheiro que meu pai deixou de herança, está bem? Dentro dele tem ouro em pó, fique sabendo!

— Até parece que um condutor de cavalos que viveu num casebre no meio do nada tinha tanto dinheiro para deixar para o filho!

— Vai me dar o painço ou não?

— Além de tudo, você é um retardado!

— Por quê?

— Para começar, trabalha de sol a sol para um *rounin* maluco que ninguém sabe de onde veio, e depois, tem de arrumar comida até para ele.

— Não se meta no que não é da sua conta!

— Todos da vila estão zombando de vocês! De que adianta cavar e aplainar uma terra que não serve para nada?

— Deixe que riam, não me importo!

— Acho que você também está ficando maluco como o *rounin*. Ele até merece morrer de fome, já que esburaca a terra atrás do pote de ouro de que falam as histórias para crianças, mas você ainda tem uma vida inteira pela frente. Para que cava desde já a própria sepultura?

— Não enche e me dê o painço de uma vez!

— Maluco! Maluco! — continuou a caçoar o ajudante de cozinha, arregalando os olhos e enviesando-os.

Algo molhado e frio, como um trapo de cozinha, colou-se ao rosto do ajudante. O homem soltou um berro e empalideceu: o objeto frio e úmido era um sapo enorme.

— Moleque dos infernos! — gritou, avançando e agarrando o menino pelo pescoço.

Nesse exato momento, outro serviçal veio dizer que o nobre paroquiano Nagaoka Sado-sama mandava chamar o menino à sua presença.

— Que foi? Esse moleque meteu-nos em apuros? — preocupou-se agora o abade, surgindo na cozinha. Ao saber que o ilustre hóspede apenas queria quebrar a monotonia da longa noite conversando com o menino, pareceu aliviado. Por via das dúvidas, pegou-o pela mão e levou-o pessoalmente à presença de Sado.

No aposento ao lado da biblioteca, as cobertas já tinham sido arrumadas para o ilustre hóspede. Sado já estava velho e na verdade queria deitar-se, mas conteve-se porque gostava de crianças. Indagou portanto ao pequeno Iori, sentado formalmente ao lado do abade.

— Quantos anos tem você, meu filho?
— Treze. Isto é, faço treze este ano — disse o menino.
— Ouvi dizer que quer ser um samurai?
— Isso! — respondeu Iori.
— Nesse caso, venha à minha mansão em Edo. Se conseguir passar pela fase inicial de aprendizado, em que vai ajudar a baldear a água e a cuidar das sandálias dos veteranos, promovo-o e o incluo mais tarde no grupo jovem do clã.

Iori porém apenas sacudiu a cabeça negativamente. Certo de que o menino se sentia constrangido, Sado prometeu levá-lo consigo a Edo quando partisse no dia seguinte, mas recebeu como resposta uma malcriada careta.

— E os doces? Dê-me os doces que prometeu de uma vez e eu vou-me embora!

O abade empalideceu com a insolência do menino e lhe deu uma violenta palmada na mão.

III

— Não o castigue! — repreendeu-o Sado. — Um samurai jamais mente. Os doces já lhe vão ser servidos.

Voltou-se para o samurai que o atendia e ordenou que os providenciasse.

Quando as guloseimas lhe foram apresentadas, Iori as guardou incontinenti nas dobras do quimono. Sado estranhou e lhe perguntou:

— Por que não os come?
— Porque meu mestre está à minha espera!
— Ora... seu mestre? — tornou Sado.

Sem se dar ao trabalho de explicar, Iori saltou em pé e correu para fora do aposento. Aflito, o abade pediu desculpas e curvou-se repetidas vezes diante do ilustre hóspede que, com um sorriso de pura diversão nos lábios, preparava-se para deitar. Ao vê-lo enfim entre as cobertas, o abade correu para a cozinha atrás do menino.

— Aonde foi o moleque? — perguntou.
— Acaba de ir-se embora, com o fardo de painço às costas — respondeu o ajudante de cozinha.

Com efeito, um assobio desafinado se afastava na noite: Iori soprava uma folha de árvore improvisada em apito para matar o tédio da longa caminhada que tinha pela frente.

O menino lamentava não conhecer melodias que pudessem ser assobiadas. As canções em voga no meio dos condutores de cavalo não se prestavam para isso, e as músicas folclóricas — ao som das quais o povo dessas redondezas costumava dançar durante o festival dos finados — eram complexas demais.

Iori então imaginava melodias dos festivais *kagura*, arrancava estranhos sons da folha apertada contra os lábios e se aproximou de Hotengahara.

— Que é isso? — exclamou, com um súbito sobressalto. Cuspiu folha e saliva, e escondeu-se ligeiro numa moita à beira do caminho.

Naquele ponto, dois braços do rio juntavam-se num só e a corrente unificada prosseguia na direção da aldeia. Sobre uma rústica ponte, quatro homens musculosos conversavam em voz baixa.

No instante em que viu os estranhos, Iori lembrou-se de certo acontecimento ocorrido dois anos atrás, no final do outono.

— Ih! São eles! — murmurou, assustado.

Um pavor antigo, gravado em sua memória quando ainda era muito novo, reviveu num átimo. As mães daquela localidade costumavam ameaçar os filhos malcriados com uma frase: "Não faça isso que eu o ponho na padiola da divindade dos montes e o dou para os homens da montanha!"

Num passado mais distante ainda, uma padiola feita de madeira nobre dessa "divindade dos montes" costumava aportar de tempos em tempos num santuário situado no topo de uma montanha a quase quarenta quilômetros da aldeia. Toda vez que isso acontecia, o povo de uma determinada aldeia nas proximidades da montanha era avisado. Os aldeões, conformados com a sina que lhes tocava em turnos, dirigiam-se então para o santuário em procissão levando oferendas de cereais e verduras, assim como preciosas filhas virgens cuidadosamente enfeitadas. Com o passar dos anos, o povo começou a perceber que a "divindade dos montes" era um ser humano como qualquer um deles, e aos poucos, deixou de contribuir.

A partir do período Sengoku, porém, ao ver que o povo já não trazia oferendas mesmo avisado da chegada da padiola, homens que se diziam seguidores da "divindade dos montes" passaram a visitar as aldeias uma a uma a cada dois ou três anos armados de lanças, arcos, flechas e foices, em vista dos quais os aldeões se encolheriam de medo, sabiam eles.

Um grupo desses bandoleiros tinha atacado a aldeia de Iori durante o outono de dois anos atrás.

E no instante em que viu os vultos sobre a ponte, a trágica cena do passado ressurgiu como um corisco na mente do menino.

IV

Logo, um novo grupo surgiu correndo pela campina.

— Eeei! — gritaram na direção dos vultos sobre a ponte.

— Eeei! — soou a resposta.

Outras vozes responderam de diversos pontos da vasta campina enevoada.

Olhos arregalados, contendo a respiração, Iori observava oculto na moita. Instantes depois, havia uma pequena multidão negra de quase cinquenta bandoleiros agrupada perto da ponte, trocando ideias e discutindo. Estabelecido o plano, o líder do grupo ergueu o braço e gritou:

— Atacar!

Correu então na direção da vila com os demais no encalço como um bando de gafanhotos.

— E agora?

Iori pôs a cabeça para fora da moita, revendo a horrível cena de dois anos atrás.

Da pacífica aldeia até então adormecida no meio da cerração passaram a ecoar nitidamente gritos estridentes de aves, mugidos de bois, relinchar alarmado de cavalos, choro e lamento de crianças e velhos.

— Vou avisar o guerreiro que se hospeda no templo Tokuganji! — resolveu Iori, saltando resolutamente da moita.

Quando porém o menino se aproximou da ponte, que acreditava deserta a essa altura, um vulto surgiu de súbito das sombras:

— Ei! — gritou o homem.

Iori disparou pela estrada, quase tombando para a frente na pressa de escapar, mas o homem era mais rápido e logo o agarrou pela gola com a ajuda de um companheiro.

— Aonde ias, moleque?

— Quem és tu?

Em vez de chorar como faria qualquer criança indefesa, Iori arranhou o robusto braço que o agarrava pela gola e despertou a desconfiança dos homens.

— O moleque pretendia avisar alguém!

— Mete-o no meio da plantação!

— Não! Vou dar uma outra solução.

Iori foi chutado para baixo da ponte. Logo em seguida, o homem saltou atrás e o amarrou a um pilar.

— Pronto!

Despreocupados agora, os dois homens galgaram a ponte num salto.

O sino do templo começou tocar e o som grave ecoou pela campina, indicando que a notícia do ataque já havia chegado até lá.

Uma língua de fogo subiu na aldeia. A água sob a ponte tingiu-se de vermelho como se o rio nesse ponto fosse de sangue. Um bebê chorava em algum lugar e seu choro misturou-se aos gritos agudos de uma mulher.

De repente Iori ouviu o barulho de rodas passando na ponte sobre a sua cabeça. Quatro ou cinco bandoleiros conduziam carroças e cavalos carregados de objetos pilhados.

— Maldito!
— Que disse, verme?
— Devolve minha mulher!
— Quer morrer, idiota?

Sobre a ponte, bandoleiros e aldeões haviam começado a lutar. Gritos esganiçados misturaram-se ao som de passos apressados, e de repente, um corpo ensanguentado tombou aos pés de Iori, seguido de outro e mais outro, derrubados a pontapés de cima da ponte. A água do rio respingou no rosto do menino.

V

Os mortos foram sendo levados pela correnteza e o único sobrevivente arrastou-se para a margem, agarrando-se às plantas aquáticas.

Iori, que o observava de perto ainda atado à pilastra, gritou:

— Desamarra-me! Se tu me soltares, eu te vingarei!

Caído de bruços na margem, o aldeão ferido não se mexia.

— Vamos, homem! Me solta que eu preciso salvar a aldeia! Anda! — ordenou Iori aos gritos em voz urgente, incentivando o pobre aldeão agonizante.

Apesar de tudo, o homem não reagia. Iori debateu-se, tentando desvencilhar-se das cordas, mas era inútil.

— Ei, ei! — gritou então o menino, esticando os pés ao máximo e chutando o ombro do aldeão ferido.

O homem ergueu o rosto coberto de sangue e lama e fixou em Iori o olhar vago.

— Desata esta corda, vamos!

O aldeão aproximou-se arrastando, desfez as amarras e caiu morto no momento seguinte.

— Vão ver agora! — sussurrou o menino.

Espiou a ponte e mordeu os lábios: os bandoleiros haviam matado todos os camponeses com quem lutaram, e no momento, achavam-se ocupados em mover um dos carroções, cuja roda tinha-se entalado num buraco no local onde a madeira apodrecera.

O menino disparou rente ao barranco, atravessou o rio no trecho mais raso e subiu para a outra margem.

Uma vez do outro lado, Iori disparou pelos campos desertos de Hotengahara por quase dois quilômetros e aproximou-se da cabana onde morava com seu mestre. Havia um vulto em pé ao lado da casa, contemplando o céu. Era Musashi.

— Meestre!

— Olá, Iori.

— Depressa, corra até lá!

— Lá onde?

— À vila!

— Algo a ver com esse incêndio?

— São os homens da montanha! Eles atacaram de novo, do mesmo jeito que fizeram dois anos atrás.

— Homens da montanha? Bandoleiros, você quer dizer!

— São quase cinquenta!

— Então é por isso que o sino do templo está tocando...

— Por favor, salve aquela gente, mestre!

— Deixe comigo!

Musashi entrou na cabana, mas logo reapareceu. Havia calçado sandálias resistentes.

— Venha comigo, mestre! Eu o levo até eles!

Musashi sacudiu a cabeça.

— Fique aqui e espere, Iori!

— Mas... por quê?

— É perigoso.

— Não tenho medo!

— Vai acabar me atrapalhando.

— Mas você não sabe o atalho para a vila, mestre!

— O incêndio será meu melhor guia. Ouça bem e me obedeça: fique dentro da cabana e espere-me.

— Sim, senhor — respondeu Iori, desapontado. Não ia ver a justiça sendo feita, conforme tanto desejara.

A aldeia continuava em chamas.

Contra o rubro pano de fundo, o vulto escuro de Musashi corria cortando a campina em linha reta.

O EXTERMÍNIO

I

As mulheres escolhidas pelos bandoleiros seguiam amarradas umas às outras como contas de um terço. Muitas haviam assistido ao assassinato de pais e maridos, outras tinham se desgarrado dos filhos e, chorando alto, estavam agora sendo tocadas pela campina.

— Calem a boca!
— Mais depressa!

Chicote nas mãos, os bandoleiros vergastavam as mulheres.

Uma delas tombou soltando um grito agudo e arrastou consigo as que lhe iam à frente e atrás.

Um bandoleiro deu um forte safanão na corda e as puxou em pé.

— Bando de imprestáveis! Não perceberam ainda que vão se divertir muito mais conosco do que trabalhando essa terra ingrata de sol a sol, comendo o pão que o diabo amassou?

— Estou cansado de puxá-las. Amarre a ponta da corda no cavalo e faça-o arrastá-las!

Todos os cavalos carregavam pilhas de objetos e cereais roubados. Um bandido amarrou a ponta da corda que prendia as mulheres na sela de um dos animais e chicoteou-o.

Gritando, as mulheres tentaram acompanhar o trote do cavalo, mas logo, algumas tombaram e foram arrastadas pelo chão.

— Meu braço, meu braço! — gritavam elas.

Os bandoleiros gargalhavam e corriam atrás.

— Ei, devagar! Mais devagar, homem! — gritou um bandoleiro no meio do grupo que corria atrás.

Quase ao mesmo tempo, cavalo, mulheres e bandidos foram parando, sem que o homem que corria na frente chicoteando o cavalo tivesse respondido.

— Que foi? E agora, quem mandou parar? — gritou alguém de trás, gargalhando e aproximando-se do homem à frente da coluna. No mesmo instante o grupo inteiro apurou olhos e ouvidos: o olfato aguçado dos homens havia detectado o inconfundível cheiro de sangue no ar.

— Que...quem é?
— ...
— Que...quem está aí?
— ...

O vulto detectado pelos bandoleiros veio aproximando-se calmamente, pisando a relva com firmeza. O forte cheiro de sangue que envolveu o grupo como uma névoa vinha da espada desembainhada que o estranho trazia na mão.

— E...eei!

Os homens da frente deram um passo para trás, empurrando os que lhes vinham às costas.

Enquanto isso, Musashi havia contado os bandoleiros — cerca de treze —, e fixou o olhar no mais promissor deles.

Alguns desembainharam suas espadas rústicas, outros se aproximaram lateralmente empunhando foices. Os que empunhavam lanças assestaram-nas de viés, visando o ventre de Musashi.

— Queres morrer, idiota? — berrou um dos bandoleiros.

— De onde saíste, vagabundo? E como ousaste eliminar um dos nossos?

Enquanto ainda falavam, o homem à direita do grupo e que empunhava uma foice soltou um grito estranho como se tivesse mordido a língua, e cruzou cambaleando a frente de Musashi.

— Não me conhecem? — disse Musashi em meio à névoa de sangue ainda retraindo a espada. — Sou o mensageiro da divindade que protege estas terras e o povo desta aldeia!

— Deixa-te de gracinhas! — gritou um bandido, investindo com a lança. Musashi esquivou-se, ignorou o homem e, espada em riste, avançou para o meio do grupo que lhe apontava espadas rústicas.

II

A luta foi árdua para Musashi enquanto os bandidos o desprezaram, confiantes na sua superioridade numérica. Aos poucos, porém, os bandoleiros foram perdendo a calma: seus companheiros estavam sendo rechaçados e tombavam uns após outros pela espada do inimigo solitário.

— Não pode ser! — exclamavam.

— Deixe comigo! — diziam outros.

Aqueles que se adiantavam, ansiosos por liquidar o insolente que ousava enfrentar o poderoso bando, eram eliminados um a um impiedosamente.

No momento em que correu para dentro do círculo e se bateu com o primeiro bandoleiro, Musashi conseguiu sentir o grau de habilidade do grupo inimigo.

Ele avaliara a força do bando como um todo. Enfrentar um grupo numeroso podia não ser a sua tática favorita, mas era a que lhe despertava maior interesse porque todas as situações passavam a mortais. Em outras palavras, um inimigo numeroso ensinava lições impossíveis de serem aprendidas numa luta de um contra um.

Nessa ocasião, por exemplo, Musashi havia se apossado da espada do bandoleiro que conduzia o cavalo e as mulheres encadeadas no momento em que o eliminara, longe dali, e com ela na mão enfrentara o resto do bando, poupando assim as suas duas espadas, ainda presas à cintura.

Não era por considerar que eliminando reles ladrões conspurcava a própria espada — a representação material do espírito guerreiro — que Musashi tinha agido desse modo, mas porque tinha real cuidado com ela.

Os inimigos eram muitos e a lâmina de sua espada acabaria lascada, ou pior ainda, quebrada, numa luta contra tantos. Exemplos havia de gente que acabou vencida no último momento por não ter uma espada a que recorrer.

Por tudo isso, Musashi não desembainhava sua espada a esmo. Esse era o seu procedimento normal em todas as situações. Sem que disso se desse conta, aos poucos acabara dominando a técnica de apossar-se rapidamente da arma do adversário e com ela golpeá-lo.

— Tu me pagas ainda! — gritavam os bandoleiros, começando a bater em retirada.

Dos quase quinze homens iniciais, haviam restado apenas cinco ou seis, que se afastaram agora correndo na direção de onde tinham vindo.

Na aldeia devia ainda restar um bom número de seus comparsas, no auge da violência. E aparentemente, era para perto deles que os remanescentes fugiam a fim de juntar forças e renovar o ataque.

Musashi fez uma breve pausa para recuperar-se.

Retornou então para o lugar onde as mulheres ainda continuavam caídas, amarradas umas às outras, cortou-lhes as cordas, e ordenou às que estavam em melhores condições que ajudassem as demais a se erguer.

As mulheres já não tinham sequer ânimo para expressar seus agradecimentos e erguiam os olhares para Musashi apenas chorando e curvando-se em mesuras silenciosas.

— Vocês agora estão salvas, fiquem tranquilas — disse-lhes Musashi. — Seus pais, maridos e filhos ainda estão na aldeia, não estão?

— Sim, senhor!

— Pois temos de salvá-los. Afinal, de nada adiantará serem salvas, se eles também não o forem, não é verdade?

— Sim, senhor!

— E vocês têm força para proteger-se e ajudar uns aos outros, mas não sabem como juntar essas forças, nem como fazer uso delas. Eis porque se transformaram em alvo dos bandoleiros. Vocês têm de pegar em armas também! Eu as ajudo!

Assim dizendo, Musashi apanhou as armas que os bandoleiros haviam deixado cair na fuga e as deu uma para cada mulher.

— Precisam apenas seguir-me e fazer o que eu lhes ordenar! Vamos, ânimo! Estão indo salvar seus entes queridos das chamas e das mãos dos bandidos! A divindade que protege estas terras vela por vocês, nada temam!

Encorajando-as, Musashi atravessou a ponte e rumou para a aldeia.

III

O fogo ainda queimava a vila, mas estava restrito a um único bloco porque o número de casas era pequeno e porque havia grandes espaços abertos entre elas.

As chamas tingiam de vermelho a rua e projetavam delgadas sombras das pessoas que por ela caminhavam. Quando Musashi se aproximou da aldeia à frente das mulheres, diversos vultos vieram surgindo dos esconderijos e se juntaram a elas. Eram maridos e pais que, reconhecendo-as, exclamavam:

— És tu mesmo?

— Estás salva!

— Estavas aqui, então!

Logo se formou um aglomerado composto por algumas dezenas de aldeões. Abraçadas aos seus entes queridos, as mulheres choravam de alegria, e apontando Musashi, explicavam:

— Este senhor nos salvou!

Entusiasmadas, contavam aos homens as peripécias do seu salvamento no rude dialeto local.

A princípio, os aldeões fixaram em Musashi olhares de espanto: afinal, o homem que acabara de salvar suas mulheres era aquele a quem sempre se referiam com desprezo, o "maluco de Hotengahara".

Musashi exortou-os então a reagir, do mesmo modo que fizera com as mulheres:

— Peguem em armas, todos vocês. Pode ser um bordão, ou um pedaço de bambu. Qualquer coisa serve!

Os homens obedeceram.

— Quantos são os bandidos que continuam na vila? — perguntou Musashi.

— Quase cinquenta — respondeu alguém.

— E quantas são as casas?

"Quase setenta", foi a resposta. Aquela gente costumava constituir famílias grandes por tradição, de modo que devia haver em média dez habitantes por casa. Isto significava que havia entre setecentos a oitocentos camponeses morando na região. Deixando de lado velhos, inválidos e crianças, deviam restar ainda quase quinhentos homens vigorosos e mulheres jovens. Musashi não conseguia atinar com o motivo pelo qual um grupo tão grande submetia-se mansamente aos desmandos de um bando composto por apenas cinquenta a sessenta bandoleiros, permitindo que lhes pilhassem a aldeia todos os anos e lhes tomassem as mulheres.

O despreparo dos governantes podia ser culpado em primeiro lugar, mas parte da culpa cabia também aos aldeões, que não tinham iniciativa, nem conheciam o poder das armas.

Quanto mais indefeso é o povo, mais teme a força das armas. Mas se o povo conhecesse o verdadeiro caráter das armas, passaria a não temê-las tanto, o que em última instância ajudaria a manter a paz.

O povo daquela aldeia tinha de aprender a pegar em armas para a paz. Caso contrário, nunca se livraria de tragédias como o desse dia. Exterminar os bandoleiros não era o objetivo principal de Musashi nessa noite.

— Senhor *rounin* de Hotengahara! Os homens que fugiram há pouco foram buscar ajuda e estão voltando para cá! — gritou um apavorado aldeão nesse instante, correndo e aproximando-se.

Apesar das armas em suas mãos, os aldeões tinham um medo antigo arraigado em suas mentes, de modo que ficaram tensos no mesmo instante, prontos para fugir.

— Claro que voltaram! — disse Musashi em tom tranquilo, ordenando-lhes a seguir: — Escondam-se dos dois lados do caminho.

Os camponeses obedeceram, disputando a frente.

Musashi permaneceu sozinho no mesmo lugar.

— Ouçam bem: eu enfrentarei sozinho os bandidos, que já devem estar chegando. Em seguida, finjo bater em retirada — explicou, olhando à esquerda e à direita da estrada onde os vultos acabavam de se ocultar. Parecia estar falando sozinho.

— Mas vocês continuam escondidos aí mesmo. Depois de algum tempo, os bandidos que saíram em minha perseguição vão voltar correndo por este mesmo caminho, assustados e em desordem, alguns de cada vez. Esse será o momento em que vocês deverão surgir de repente de ambos os lados da rua e atacar aos berros, golpeando-lhes as pernas e derrubando-os, ou ainda descarregando o bordão frontalmente em suas cabeças. Exterminado o grupo, escondam-se outra vez, aguardem o próximo grupo e ataquem novamente de surpresa, até não restar mais nenhum.

Mal acabou de falar, um grupo de bandoleiros surgiu à distância e se aproximou rapidamente, como um exército do mal.

IV

Os bandidos vinham em formação que lembrava o de um exército primitivo. Perdidos no tempo, esses homens não haviam visto a era dos Toyotomi passar; para eles Tokugawa não existia. As montanhas constituíam seu único reino, e as aldeias o local onde satisfaziam suas necessidades, todas ao mesmo tempo.

— Esperem um pouco! — comandou o líder, parando e detendo os companheiros com a mão.

Eram quase vinte ao todo, uns poucos carregando enormes machados, outros sobraçando lanças enferrujadas. Seus vultos destacavam-se negros e demoníacos contra o vermelhão do incêndio ao fundo.

— Como é, estão vendo o homem? — perguntou o líder.

— Acho que é esse que está aí!

— É ele! — disse alguém apontando para Musashi que, em pé a quase vinte metros de distância, lhes impedia a passagem.

E ao ver que ele os enfrentava sozinho com ostensiva indiferença, os bandidos hesitaram. A atitude era estranha e os deixou inseguros, incapazes de dar um passo à frente.

Mas o momento de hesitação passou e logo dois ou três bandoleiros adiantaram-se.

— Então, és tu... — começou a dizer um deles.

Musashi contemplou o homem que se aproximava com olhos brilhantes. Seu olhar era um ímã e atraiu o olhar do bandido, que apenas conseguiu fixá-lo de volta ferozmente.

— Quer dizer que tu és o sujeito que veio nos atrapalhar!

— Correto! — trovejou Musashi.

Mas então, a espada que empunhava até esse momento do modo displicente já havia golpeado de frente o bandoleiro.

No alarido que se seguiu, não foi mais possível discernir quem era quem. A confusa escaramuça ali originada era a própria imagem de um bando de insetos arrastados por um remoinho.

A topografia favorecia Musashi em detrimento dos bandoleiros, pois de um lado do caminho havia um extenso arrozal de terras inundadas e do outro, uma barragem encimada por árvores. Além disso, aqueles homens furiosos não tinham noção de unidade nem treinamento guerreiro, de modo que Musashi não se sentia pisando a fina linha que divide a vida da morte, como acontecera no episódio do pinheiro solitário de Ichijoji.

Outro motivo que o fazia sentir-se diferente era sem dúvida o fato de estar procurando uma oportunidade para recuar. Quando lutara contra os discípulos

Yoshioka, não lhe havia sequer passado pela cabeça a ideia de recuar, mas agora, pelo contrário, o que não lhe passava pela cabeça era enfrentar de igual para igual os bandoleiros. Seu objetivo era apenas um: atrair os bandidos segundo o plano de batalha previamente estabelecido.

— Ah, covarde!
— Vai fugir!
— Não o deixem escapar!

Os homens o seguiram de perto e foram aos poucos sendo atraídos para um ponto na campina.

Diferente do estreito caminho ladeado por obstáculos, a vasta área descampada parecia topograficamente desvantajosa para Musashi, que no entanto correu para um lado, escapou para o outro, e conseguiu dividir o compacto grupo inimigo em diversos grupos menores, quando então de súbito tomou a ofensiva e atacou.

Um golpe seguiu-se a outro e mais outro.

O sangue borrifava a cada movimento de Musashi, apenas uma silhueta escura, saltando de vítima em vítima.

Era tão fácil golpeá-los quanto cortar um caule de cânhamo. O homem visado imobilizava-se quase paralisado de medo, enquanto seu algoz retraía-se do mundo a cada golpe: "eu" e tudo ao redor tinham deixado de existir para Musashi. A despeito da aparente agressividade, os bandoleiros começaram a debandar com gritos de pavor, rumo ao estreito caminho por onde tinham vindo.

V

— Atenção!
— Aí vêm eles!

Os camponeses ocultos nos dois lados do caminho à espera dos bandoleiros em fuga atacaram com um alarido.

— Cão dos infernos!
— Animal!

Desferindo golpes com lanças de bambu, bordões e armas diversas, os camponeses envolveram os poucos bandoleiros que chegaram esbaforidos e os eliminaram um a um. Em seguida, desapareceram novamente na beira da estrada, obedecendo ao comando: "Escondam-se outra vez!"

E assim, com a mesma disposição com que liquidavam gafanhotos, os camponeses trucidaram todos os bandoleiros, comentando afinal:

— Esses bandidos não valem nada!

A vitória fortaleceu-os e a visão dos muitos corpos fê-los perceber pela primeira vez na vida que tinham força, algo em que não acreditavam até então.

— Aí vem outro!

— Esse vem sozinho!

— Acabem com ele!

Aos gritos, os lavradores se agruparam, mas logo viram que quem se aproximava correndo era Musashi.

— Esperem! Esperem! É o senhor *rounin* de Hotengahara!

Os homens abriram caminho e se perfilaram dos dois lados do caminho como soldados rasos recebendo a visita de um general, observando hipnotizados o homem e a espada cobertos de sangue.

A lâmina estava lascada e denteada como uma serra. Musashi jogou-a fora e apanhou a lança de um dos mortos.

— Armem-se vocês também com as lanças e as espadas dos bandoleiros mortos! — ordenou.

Ao ouvir o comando, os camponeses mais jovens caíram sobre os cadáveres e disputaram suas armas.

— Muito bem, é agora que começa a verdadeira guerra. Unam suas forças e expulsem os bandidos! Salvem suas mulheres e filhos, recuperem suas casas! — instigou-os Musashi, encabeçando a corrida rumo à aldeia.

Atrás deles seguiram até mesmo mulheres, velhos e crianças, cada qual com uma arma na mão.

Uma casa grande, construção antiga e tradicional, queimava vivamente quando entraram na aldeia. Os reflexos do fogo tingiam de vermelho a estrada e todos os vultos que corriam por ela.

O incêndio parecia ter-se propagado para um bambuzal próximo, pois vez ou outra ouviam-se os gomos do bambu verde explodindo.

Em algum lugar uma criança chorava em tom estridente, bois presos em currais mugiam enlouquecidos ante a visão das chamas.

— De onde vem esse cheiro de saquê? — indagou Musashi de súbito a um camponês.

Desnorteados pela visão do incêndio, os homens ainda não se haviam dado conta do forte cheiro no ar, mas logo o sentiram.

— A única casa que estoca saquê em barris é a do líder da vila. Esse cheiro só pode estar vindo de lá — concordaram todos.

Musashi logo percebeu que o restante dos bandidos devia estar agrupado nessa casa e expôs seu plano aos homens.

— Sigam-me! — comandou, começando a correr uma vez mais.

A essa altura, mais camponeses haviam retornado dos diversos lugares para onde tinham fugido. Muitos apareceram do vão sob as casas e de dentro das moitas, engrossando para quase cem pessoas o pequeno exército, fortalecendo-o cada vez mais.

— Aquela é a casa do líder da comunidade — apontaram de longe os homens. Cercada por um muro de barro, era a maior da vila. Ao se aproximarem, o cheiro do saquê tornou-se mais forte, como se uma fonte dessa bebida brotasse ali.

VI

Os camponeses nem se haviam ainda ocultado completamente quando Musashi pulou o muro e invadiu a casa, transformada em quartel-general dos bandoleiros.

O chefe do bando e os asseclas mais graduados haviam se agrupado no grande vestíbulo de terra batida, e, completamente embriagados, tinham estado divertindo-se com algumas jovens prisioneiras.

— Não se apavorem! — gritava o líder nesse momento, furioso por algum motivo. — Não vejo por que eu tenha de interferir pessoalmente, só porque um desgraçado resolveu nos perturbar! Tratem de resolver o problema sozinhos!

A recriminação era dirigida a um dos asseclas, que acabara de entrar trazendo a notícia do desastre. E nesse exato momento, o líder ouviu um estranho gemido no outro aposento. Os bandoleiros ao seu redor, que nesse momento rasgavam com os dentes a carne de aves assadas e bebiam grandes goles de saquê, também estranharam:

— Que foi isso?

Apanharam suas armas num gesto automático e ergueram-se todos juntos. Seus rostos estavam destituídos de expressão mostrando o despreparo espiritual de todos eles, e suas atenções tinham convergido para a entrada do aposento de onde partira o estranho gemido.

A essa altura, Musashi havia muito tinha alcançado os fundos da casa, onde encontrou uma janela. Usou então o cabo da lança como apoio e pulou para dentro da casa, surgindo silenciosamente às costas do líder dos bandoleiros.

— És tu o líder desta corja de malfeitores? — gritou.

No instante em que o homem voltou-se para ver quem falava, foi trespassado pela lança de Musashi.

O homem, porém, era um bruto feroz: com um rugido, agarrou o cabo da lança com ambas as mãos, e, banhado de sangue, tentou erguer-se. Musashi então soltou o cabo da lança, de modo que o líder rolou por terra com a arma ainda enterrada no peito.

No momento seguinte, Musashi já tinha uma nova espada na mão, arrebatada a um outro bandoleiro, e com ela abateu um e trespassou outro. No mesmo instante os bandoleiros debandaram como abelhas abandonando a colmeia.

Musashi lançou a espada contra o grupo em fuga, arrancou a lança do peito do líder morto e com ela em riste, correu também para fora da casa. O grupo dos fugitivos partiu-se em dois, deixando-lhe espaço suficiente para manejar a lança. Musashi agitou a arma com tanta violência que o cabo, feito de rijo carvalho, chegou a vergar-se. Trespassou os bandidos, lançou-os longe ou descarregou-lhes golpes sobre a cabeça.

Acovardados, os bandoleiros dispararam rumo à abertura no muro, mas ao encontrar uma multidão furiosa de camponeses esperando por eles, desistiram de fugir por ali e começaram a pular o muro para tentar alcançar a liberdade.

A maioria foi exterminada pelos aldeões nesse momento. Os poucos que lograram escapar estavam aleijados. Por momentos, os camponeses — velhos, jovens, mulheres e crianças sem distinção — cantaram e dançaram, loucos de alegria. Aos poucos, cada um reencontrou seus entes queridos e, abraçados, choraram de felicidade.

Foi então que alguém murmurou:

— E se eles voltarem?

Um burburinho ansioso percorreu a multidão.

— A esta aldeia não voltam nunca mais! — declarou Musashi com firmeza. Ao ouvir isso, os camponeses acalmaram-se.

— No entanto, aviso-os: nunca superestimem a própria força. Lembrem-se sempre de que a enxada, e não a arma, é o instrumento da sua classe. Se se deixarem empolgar pelo poder que as armas conferem e confundirem os objetivos de suas vidas, a ira dos céus, muito mais temível que a dos bandoleiros, cairá sobre suas cabeças.

VII

— Descobriram o que houve? — perguntou Nagaoka Sado, o hóspede do templo Tokuganji, ainda acordado e à espera do retorno dos seus homens.

O clarão provocado pelo incêndio na aldeia havia estado visível até bem pouco tempo atrás no extremo da campina e da área pantanosa, mas agora, o fogo parecia ter sido debelado.

— Sim, senhor! — responderam os dois vassalos destacados para a missão.

— E os bandoleiros? Escaparam? E quanto aos danos aos aldeões?

— Não chegamos a tempo para defendê-los, senhor. Eles mesmos acabaram exterminando metade dos bandidos, e expulsaram a metade restante, pelo que soubemos.

— Ora essa!

Sado pareceu intrigado. Se o que lhe diziam seus homens era verdade, tinha de repensar seriamente os critérios com que seu amo, o suserano da casa Hosokawa, administrava o seu feudo.

Mas a noite já ia alta, e o ancião resolveu descansar.

Sado tinha programado seu retorno a Edo para a manhã seguinte, de modo que resolveu fazer um pequeno desvio e passar pela aldeia a caminho. Um monge do templo lhe serviu de guia.

No trajeto para a aldeia, Sado voltou-se para os dois vassalos da noite anterior e expôs suas dúvidas:

— Que foi que vocês viram realmente na noite passada? Os bandoleiros mortos que estamos vendo à beira do caminho não me parecem ter sido mortos a pauladas pelos camponeses.

Os aldeões, que haviam varado a noite arrumando a casa incendiada e removendo os referidos cadáveres, correram a esconder-se em suas casas mal avistaram os vultos de Sado, a cavalo, e dos homens do séquito.

— Ora, ora! Parece-me que esses homens estão me tomando por outra pessoa! Procure alguém um pouco mais esclarecido e traga-o à minha presença — ordenou Sado ao monge que lhe servia de guia. Este logo retornou trazendo consigo um aldeão.

Só então o velho guerreiro conseguiu saber todos os detalhes do que acontecera na noite anterior.

— Ah, foi o que me pareceu! — disse, acenando gravemente a cabeça. — E esse *rounin*... Como se chama ele?

O aldeão pensou por instantes e respondeu que não sabia. Sado, porém, queria saber a todo o custo, de modo que o monge tornou a sondar aqui e ali, e voltou com a resposta.

— O *rounin* chama-se Miyamoto Musashi, senhor.

— Que disse? Musashi? — perguntou Sado, lembrando-se do menino da noite anterior. — Nesse caso, é o mestre do moleque que entrevistei ontem à noite...

— Esse homem é um *rounin* excêntrico que dedica seus dias à lavoura e à expansão de uma área selvagem em Hotengahara em companhia do menino.

— Queria conhecer esse homem... — murmurou Sado, mas lembrou-se dos muitos problemas aguardando solução na sede do clã e desistiu. — Vamos deixar para a próxima oportunidade — disse, tocando adiante o seu cavalo.

Ao passar pela casa do líder da comunidade, algo chamou-lhe a atenção: uma placa recém erguida, onde a tinta negra dos caracteres nem acabara de secar. A placa dizia:

> *Povo da aldeia:*
> *A enxada é também uma espada,*
> *Assim como*
> *A espada é também uma enxada.*
> *Na lavoura não se esqueçam da rebelião,*
> *Mas rebelados, não se esqueçam da lavoura.*
> *Dispersos, voltem sempre a unir-se.*
> *E lembrem-se ainda:*
> *Os caminhos do mundo não podem ser contrariados.*

— Hum…! — gemeu Sado. — Quem escreveu isso?

O líder da aldeia, chamado à sua presença, prostrou-se no chão em profunda reverência e respondeu:

— Miyamoto-sama, senhor!

— E vocês entendem o sentido dessas palavras?

— Esta manhã, ele nos reuniu aqui e nos explicou. Agora, parece que compreendemos.

— Monge! — chamou Sado, voltando-se. — Pode retornar ao templo. Está dispensado. Sinto não poder encontrar-me com esse homem, mas tenho pressa. Adeus por ora. Breve estarei de volta!

Estugou o cavalo e afastou-se.

A CHEGADA DA PRIMAVERA

I

Hosokawa Sansai, o líder do clã, vivia em seus domínios de Kokura, na província de Buzen e nunca vinha à mansão de Edo.

Nessa cidade costumava ficar seu primogênito, Tadatoshi, resolvendo a maioria dos assuntos com a ajuda de um idoso conselheiro.

Tadatoshi era brilhante. Com pouco mais de vinte anos, o jovem suserano do clã Hosokawa sabia conduzir-se com dignidade. Convivia com *daimyo* muito mais velhos — alguns do tipo arrogante e cruel, outros de lendária valentia, todos aportados na cidade de Edo, a nova sede xogunal, no esteio de Hidetada, o segundo xogum da casa Tokugawa — e nunca envergonhara o pai. Pelo contrário: Tadatoshi, com sua juventude e idealismo e sua percepção aguda da nova era que começava, chegava a sobrepujar em muitos aspectos os *daimyo* idosos e rudes, temperados nos campos de batalha do período Sengoku, e cuja única distração era rememorar lances heroicos que haviam protagonizado nos velhos tempos.

— Onde está o nosso jovem amo? — procurava Nagaoka Sado.

Não o viu na sala de leitura, nem o encontrou no campo de equitação.

A mansão do clã era ampla, mas inacabada: seu jardim, por exemplo, era ainda parcialmente uma floresta. Parte dela tinha sido desmatada e transformada em centro de equitação.

Nesse momento, Sado vinha retornando do centro de equitação e perguntou a um jovem samurai com quem cruzou:

— Sabe onde posso encontrar nosso jovem amo?

— Ele está no estande praticando arco e flecha, senhor.

— Ah, no estande!

Sado percorreu uma estreita senda no meio da floresta e ao alcançar as proximidades do estande, já ouviu o zumbido vigoroso de flechas cortando o ar.

— Olá, senhor Sado! Em boa hora o vejo!— disse uma voz nesse instante.

Era Iwama Kakubei, outro vassalo do mesmo clã. Arguto e competente, o homem gozava de boa reputação no clã.

— Aonde ia? — perguntou Kakubei, aproximando-se.

— Procurar nosso jovem amo.

— Mas ele está praticando arco e flecha…

— Não tem importância. É uma questão trivial, posso tratar disso no próprio estande.

Sado ia prosseguir seu caminho quando Kakubei tornou a interrompê-lo:

— Se não está com pressa, gostaria de trocar algumas palavras com o senhor.

— A respeito de quê?

— Vamos para um lugar mais tranquilo. Ali, por exemplo... — disse Kakubei, dirigindo-se ao mesmo tempo a um quiosque próximo a uma cabana usada para realizar cerimônias de chá.

— Quero pedir-lhe um favor: caso haja uma oportunidade, gostaria que recomendasse certa pessoa ao nosso jovem amo quando conversar com ele.

— Pretende indicar alguém para servir a casa Hosokawa?

— Sei que muita gente o procura com o mesmo objetivo, direta ou indiretamente, por meio de contatos, senhor Sado. No entanto, o homem que hospedo em minha mansão me parece diferente dos demais, digno de uma atenção especial.

— Sei... É claro que homens talentosos sempre interessam à casa Hosokawa, mas infelizmente, o que se vê com mais frequência é gente em busca de um bom estipêndio.

— O homem a que me refiro é um pouco diferente desse tipo. Na verdade, ele é aparentado com minha mulher e veio há dois anos de Iwakuni, na província de Suo. No momento, está desocupado, mas é uma pessoa que gostaria muito de ver avassalada à casa Hosokawa.

— Iwakuni? Nesse caso, deve ser um *rounin* da casa Kitsukawa.

— Não, ele é filho de um *goushi* de Iwakuni, e chama-se Sasaki Kojiro. É novo ainda, e aprendeu de Kanemaki Jisai o estilo Tomita de esgrima, e de Katayama Hisayasu — o parasita da casa Yoshikawa — a técnica de desembainhar a espada com rapidez e precisão. Não contente com isso e apesar da sua juventude, o homem desenvolveu um estilo próprio, a que chama de Ganryu — explicou Kakubei, tentando enfaticamente vender Kojiro a Sado.

O idoso conselheiro da casa Hosokawa, porém, não o ouvia com muito interesse, já que qualquer um empenhado em indicar um protegido faria esse tipo de referência elogiosa. Mais exatamente, seus pensamentos voltavam-se para um outro homem, por quem se interessara mais de ano e meio atrás, mas com quem não conseguira encontrar-se, premido como esteve pelas obrigações rotineiras.

O homem que tanto interessara Sado era um *rounin* que se dedicava a expandir as terras áridas de Hotengahara, a leste do rio Sumidagawa. Seu nome: Miyamoto Musashi.

II

O nome Musashi tinha permanecido profundamente gravado na memória de Sado.

"Ele, sim, é o tipo do homem necessário à casa Hosokawa!", decidira Sado havia muito tempo.

Antes de recomendá-lo, porém, o velho conselheiro queria avistar-se com ele pessoalmente e manter um franco diálogo.

Pensando agora, mais de um ano já se havia decorrido desde a noite do incêndio. Na ocasião, ele se encontrava hospedado no templo Tokuganji, mas para lá não conseguira retornar porque seus deveres oficiais o haviam ocupado.

"Que terá sido feito dele?" indagou-se Sado. Musashi tinha sido trazido à sua lembrança em associação ao outro nome. Iwama Kakubei continuou por algum tempo a apregoar as qualidades de Sasaki Kojiro, na esperança de conseguir o apoio de Sado.

— Quando se avistar com nosso amo, diga algumas palavras favoráveis a ele, por favor — completou Kakubei, antes de se afastar.

— Vou ver o que posso fazer — respondeu Sado.

O velho conselheiro, porém, sentia-se muito mais propenso a indicar Musashi.

No estande, Tadatoshi treinava arco e flecha em companhia de alguns vassalos. Cada flecha disparada pelo jovem suserano atingia o alvo com incrível precisão, e seu zumbido tinha um tom característico, refinado.

Certa vez, um dos seus vassalos o aconselhara:

— Os tempos mudaram, e daqui para a frente a arma mais usada em campo de batalha será a espingarda, e depois, a lança. A espada, assim como o arco e flecha, deverá cair em desuso. De modo que talvez fosse melhor à sua senhoria dedicar-se ao arco e flecha tempo apenas suficiente para aprender as regras desta modalidade de competição, mais como um complemento à sua educação guerreira.

A isso, Tadatoshi havia respondido com certa aspereza:

— Parece-lhe por acaso que me dedico ao treino do arco e flecha com o objetivo de alvejar dez ou vinte soldados num campo de batalha? Minhas flechas têm o espírito como alvo!

A totalidade dos vassalos da casa Hosokawa admirava incondicionalmente o velho suserano Sansai, mas não era por influência dessa admiração que serviam com tanta lealdade ao filho Tadatoshi. A importância de Sansai não pesava minimamente na devoção dos vassalos a Tadatoshi, pois este tinha brilho próprio e por seu valor havia conquistado a fidelidade de seus súditos.

O seguinte episódio, ocorrido anos mais tarde, serve para ilustrar o quanto Tadatoshi era reverenciado por seus súditos:

Aconteceu quando o xogum Tokugawa atribuiu à casa Hosokawa um novo feudo, o de Kumamoto, e para lá transferiu o clã, tirando-o de seus antigos domínios de Kogura, em Buzen. No dia da posse do novo castelo, reza a lenda que Tadatoshi, ainda envergando as roupas do cerimonial, desceu da liteira diante do portão principal e, antes de entrar, sentou-se formalmente sobre uma esteira e fez uma profunda reverência ao castelo, tocando o solo com as duas mãos. Nesse momento, seus súditos viram a ponta do cordão do seu barrete cerimonial — o símbolo do poder — roçar a soleira do portal. Desse momento em diante, continua a lenda, nenhum súdito de Tadatoshi, assim como nenhum dos antigos vassalos da casa Hosokawa, ousou pisar o centro da soleira, o local roçado pelo cordão do barrete de seu suserano.

O episódio serve também para ilustrar a alma dos samurais desses tempos: a solene consideração de um suserano por seu castelo, assim como o grau de reverência e admiração que vassalos nutriam por seu suserano. E porque Tadatoshi desde a juventude sempre tinha sido um homem de mente aberta, recomendar um vassalo a ele não era tarefa das mais fáceis, demandando profunda consideração anterior.

No instante em que avistou seu amo no estande de arco e flecha, Nagaoka Sado arrependeu-se de ter prometido levianamente a Kakubei que ajudaria a indicar Kojiro.

III

Suado e disputando um torneio com vassalos de sua idade, o jovem suserano Tadatoshi, com seu modo de vestir simples e comportamento jovial, nada mais era que um jovem samurai, igual aos muitos que o rodeavam.

Nesse momento, Tadatoshi vinha-se aproximando da sala de espera em companhia de seus vassalos para um curto descanso, rindo e enxugando o suor, quando de súbito deu com seu idoso vassalo, o conselheiro Sado, esperando-o.

— Olá, meu velho! Que tal competir conosco? — perguntou alegremente.

— Não, obrigado. Não faz bem à minha reputação competir com crianças — esquivou-se Sado, também com jovialidade.

— Ora essa! Ele nunca vai reconhecer que crescemos! — retrucou Tadatoshi voltando-se para seus vassalos, fingindo aborrecimento.

— Não por isso! Acontece apenas que sou um arqueiro hábil demais para os senhores. Já fui muito elogiado por nosso velho suserano por ocasião das batalhas de Yamazaki e da tomada do castelo de Nichiyama, não me presto, portanto, a divertir criancinhas.

— Ah, ah! Lá vem o conselheiro Sado com suas velhas histórias de guerra! — riram os jovens vassalos.

Tadatoshi também sorriu, mas logo retomou a seriedade.

— Que assunto o traz à minha presença? — perguntou.

Sado o pôs a par das pequenas questões administrativas e perguntou, para finalizar:

— Soube que o senhor Iwama Kakubei quer apresentar-lhe um protegido dele para ocupar um cargo neste clã. Já se encontrou com esse homem, senhor?

Aparentemente, Tadatoshi tinha-se esquecido do assunto, pois sacudiu a cabeça em negativa, mas logo atalhou:

— Lembrei-me agora: é um certo Sasaki Kojiro. Kakubei fez insistentes elogios a esse personagem, mas ainda não concordei em entrevistá-lo.

— E que tal fazê-lo, senhor? Hoje em dia, é difícil encontrar um homem realmente talentoso. Todas as casas disputam seus serviços, oferecendo vultosos estipêndios...

— E quem me garante que ele é realmente talentoso?

— Chame-o à sua presença e verifique pessoalmente, senhor.

— Sado.

— Senhor?

— Estou vendo que Kakubei andou pedindo seu apoio... — disse Tadatoshi com um sorriso nos lábios.

Sado conhecia muito bem a mente lúcida de seu jovem amo, lucidez que simples palavras de recomendação de sua parte não haveriam nunca de toldar. Sorriu portanto de volta, dizendo simplesmente:

— Acertou, senhor.

Tadatoshi tornou a calçar as luvas e tomou o arco das mãos de um vassalo, comentando:

— Posso entrevistar esse protegido de Kakubei, mas quero também conhecer o tal Musashi que você mencionou certa noite, numa de nossas proveitosas conversas noturnas, meu velho.

— Lembra-se ainda dele, meu amo?

— Com certeza! Mas esse não parece ter sido o seu caso...

— Pelo contrário! Acontece simplesmente que não voltei mais ao templo Tokuganji porque não houve nenhuma cerimônia religiosa a encomendar desde então.

— Creio que vale a pena sacrificar alguns deveres quando se trata de procurar um homem de talento. Nem parece coisa sua, meu velho, subordinar algo tão importante a uma trivial visita ao templo!

— Perdoe-me, meu senhor, mas acontece que nos últimos tempos houve tanta gente recomendando seus protegidos... Além disso, pareceu-me que sua senhoria não se havia interessado pelo meu homem, razão por que não me empenhei mais a fundo.

— Que diz, Sado? Tenho todo o interesse do mundo, mais ainda porque a recomendação não partiu de um qualquer, mas de você, meu velho e bom conselheiro.

Reiterando desculpas, Sado retirou-se para a sua casa. Lá chegando, mandou aprestar o cavalo imediatamente e partiu em seguida para Hotengahara, levando consigo apenas um homem.

IV

Sado pretendia ir e voltar em seguida. Desta vez, não haveria tempo para hospedar-se uma noite no templo, de modo que resolveu ir direto ao seu objetivo, e apressou o passo do cavalo.

— Genzou!— chamou Sado, voltando-se para o samurai que o acompanhava. — Já não estamos em Hotengahara?

— Foi o que eu também imaginei, senhor — respondeu Sato Genzou. — Mas como vê, há plantações verdejantes à vista nesta área, de modo que devemos estar ainda nas proximidades da vila. A área que estava sendo expandida deve ficar um pouco mais além, senhor.

— Será?

Tokuganji já havia ficado bem para trás. Se prosseguissem ainda, acabariam saindo na estrada para Hitachi.

O sol começava a descambar no horizonte. Ao longe, revoadas de garças pareciam poeira branca, ora pairando, ora erguendo-se do mar verde das plantações. À beira do rio e nas sombras das colinas surgiam aqui e ali lavouras de cânhamo. O trigo agitava suas hastes ao vento.

— Olhe lá, senhor!

— Que foi?

— Um bando de camponeses agrupados naquele ponto!

— Onde? Ah, é verdade!

— Quer que eu pergunte a eles, senhor?

— Espere um momento. Que estarão eles fazendo? Veja como se abaixam um por um... Parece que estão rezando.

— Assim me parece também. Vamos até lá, senhor.

Genzou tomou as rédeas do cavalo e o conduziu através de um baixio para o outro lado do rio, junto aos homens agrupados.

— Camponeses! — chamou.

Assustados, os homens voltaram-se e se separaram.

No local onde antes se agrupavam, Sado divisou uma rústica cabana e ao lado dela, um minúsculo santuário, do tamanho de uma casa de passarinhos. Os camponeses haviam estado rezando voltados para esse santuário.

Depois de um árduo dia de trabalho, os quase cinquenta lavradores já se preparavam para ir embora, conforme evidenciavam seus instrumentos de trabalho limpos, ordeiramente enfileirados. Por algum tempo discutiram entre si alguma coisa, mas logo, um monge adiantou-se do meio do grupo e disse:

— Mas é o nosso benemérito paroquiano, Nagaoka Sado-sama! Não o havia reconhecido, senhor!

— Ora, ora, é o monge do templo Tokuganji que me acompanhou até a vila na primavera do ano passado, por ocasião dos distúrbios nesta aldeia!

— Exatamente. Esteve em nosso templo para alguma cerimônia, senhor?

— Nada disso. Vim direto para cá, em uma missão especial e urgente. Aproveito a oportunidade e lhe pergunto: que é feito de certo *rounin* de nome Musashi, e do seu discípulo, um menino de nome Iori, que trabalhavam para desbravar estas terras?

— Pois esse Musashi-sama já partiu, senhor.

— Partiu? Quando?

— Há pouco mais de meio mês, sem avisar ninguém.

— Algum motivo especial para a sua partida?

— Nenhum, senhor. No dia anterior ao da sua partida, os camponeses desta vila decretaram feriado para festejar a transformação das terras áridas da bacia do rio em lavouras verdejantes, como o senhor mesmo pode ver pessoalmente ao seu redor. E na manhã seguinte ao dos festejos, não havia mais sombra de Musashi-sama, nem do menino Iori nesta cabana.

Em seguida, o monge contou os detalhes, comentando também que nenhum aldeão ainda se conformara: parecia-lhes que Musashi-sama estava em algum lugar, nas proximidades.

V

Segundo o relato do monge, depois de exterminados os bandoleiros e restabelecida a ordem na vila, os camponeses haviam retomado a vida pacífica. Ninguém mais, no entanto, referia-se a Musashi em termos pejorativos como antigamente. Muito pelo contrário, ele era designado pelo respeitoso título de "*rounin*-sama de Hoten", ou "Musashi-sama".

Lavradores que antes o haviam chamado de maluco, passaram a comparecer ao seu casebre, solicitando respeitosamente a honra de ajudá-lo no trabalho de expansão daquelas terras incultas.

Musashi foi imparcial com todos.

"Quem quiser me ajudar, pode vir. Quem sonha com uma vida melhor, também. Prover apenas o próprio sustento e morrer é o destino de pássaros e animais selvagens. Mas quem almeja deixar o fruto do seu trabalho como herança para filhos e netos deve vir aqui e me ajudar", teria ele dito.

No mesmo instante, quase cinquenta pessoas se apresentaram entusiasticamente, ajudando-o a recuperar a terra árida para a lavoura, o número de voluntários chegando a cem no período da entressafra, todos trabalhando unidos, visando o mesmo objetivo.

Em consequência, no outono do ano anterior as cheias tinham sido contidas e a terra preparada no inverno; na primavera, as sementeiras estavam prontas e a água canalizada; e nesse verão, embora as lavouras ainda estivessem restritas a pequenas áreas, as espigas de arroz agitavam-se verdejantes nas plantações, e os caules dos trigos e do cânhamo já haviam crescido cerca de trinta centímetros, reportou o monge.

Os bandoleiros não tornaram a aparecer. Os camponeses uniram-se mais ainda e passaram a trabalhar com prazer. Os idosos e as mulheres passaram a venerar Musashi como a uma divindade, e lhe traziam de presente sandálias novas e verduras frescas.

— No ano que vem, teremos o dobro de terras aráveis, e no outro, teremos o triplo! — diziam eles, a confiança nas próprias conquistas e a crença na paz fortalecendo-se a cada dia, assim como a confiança no projeto de recuperação das terras tomadas pelo aluvião.

E em sinal de gratidão, o povo da aldeia havia deixado de trabalhar um dia inteiro e se reunido diante da cabana de Musashi, trazendo enormes potes de saquê. E prendendo Musashi e Iori no interior de uma roda, os camponeses haviam dançado ao som de tambores e flautas, cantando a alegria de ver os campos verdes e o arroz cacheando.

Nessa oportunidade, Musashi havia dito:

— Tudo isso foi o resultado do seu trabalho, não meu. Eu apenas mostrei-lhes como externar a força que existia em vocês.

A seguir, voltara-se para o monge do templo Tokuganji, que havia comparecido aos festejos e dissera:

— Não haverá futuro para eles se continuam a depender de um nômade como eu. Vou portanto deixar-lhes isto, para que lhes sirva de guia espiritual, e para que nunca se esqueçam da confiança e da união que tão duramente conquistaram.

Desembrulhara a seguir uma imagem esculpida da deusa Kannon e a entregara ao monge.

E na manhã seguinte, quando os camponeses vieram até a cabana, Musashi já não estava mais ali. Ao que parecia, havia partido antes do alvorecer levando consigo o pequeno Iori, pois não encontraram nenhum de seus pertences na cabana.

— Musashi-sama desapareceu!

— Ele se foi para sempre!

Atônitos e consternados, os camponeses não conseguiram trabalhar o dia inteiro, desesperados de dor, comentando episódios de sua breve passagem por suas vidas.

Em meio a tantas lamúrias, o monge do templo Tokuganji lembrou-se de repente das palavras de Musashi e ergueu-se para dizer aos camponeses:

— Não é assim que vocês vão retribuir a dedicação dele. Não deixem os brotos das plantas morrerem! Aumentem as áreas aráveis! — instigou.

Depois, construiu ao lado da cabana um pequeno santuário e nele depositou a imagem da deusa Kannon esculpida por Musashi. Sem que ninguém lhes recomendasse, os aldeões passaram então a se ajoelhar perante a imagem todas as manhãs e tardes, antes de seguir para a lavoura e no retorno, como se tomassem a bênção de Musashi todos os dias.

O relato do monge terminava nesse ponto. Nagaoka Sado sentiu um enorme arrependimento queimar-lhe o peito:

— Cheguei tarde demais!

A névoa da primavera começou a embaçar a lua. Sado voltou o cavalo e, abatido, iniciou a viagem de volta.

— Que lástima! Parece-me que traí meu amo com minha negligência. Cheguei tarde demais! Tarde demais! — murmurou ele diversas vezes enquanto se afastava.

NA CIDADE DE EDO

I

Sobre o rio Sumidagawa, a ponte Ryokoku que liga Shimousa a Oushu ainda não existia nesses dias, e as estradas provenientes das duas regiões terminavam abruptamente em cada margem do grande rio num ponto próximo ao local onde mais tarde foi construída a referida ponte.

No cais da balsa havia sido instalado um posto de inspeção que se constituía em verdadeira barreira, tamanho era o rigor com que seus oficiais revistavam os transeuntes.

Ali gritavam ordens os subordinados do magistrado urbano Aoyama Tadanari — o primeiro nesse posto administrativo desde a sua criação:

— Alto!

— Pode passar.

"Ora, ora... Parece-me que o xogunato começa a cercar-se de precauções!", percebeu Musashi de imediato.

Há três anos, quando Musashi entrara em Edo pela estrada Nakasendo e prosseguira logo depois para Oushu, entrar e sair da cidade havia sido muito simples.

"E então, por que tanto rigor agora?", pensava Musashi enquanto aguardava sua vez na fila da balsa em companhia de Iori.

Quando um povoado crescia e se transformava em cidade, gente proveniente de todos os quadrantes para lá convergiam naturalmente, dando origem a inúmeros conflitos que exigiam o estabelecimento de um governo e de uma legislação para reforçá-lo. E enquanto de um lado a sociedade se esforçava por erigir uma civilização próspera, do outro a luta pela sobrevivência e ambições mesquinhas entravam também em cena sob a égide dessa mesma civilização, transformando a vida na cidade num palco sangrento.

Este seria sem dúvida um dos motivos.

Outro motivo que ocorria a Musashi era o fato de que a cidade de Edo era agora a sede do xogunato Tokugawa. A segurança precisava portanto ser reforçada, principalmente por causa dos espiões provenientes de Osaka.

O aspecto da cidade, mesmo vista de longe com o rio de permeio, parecia também totalmente diferente: o número de casas aumentara e a área verde diminuíra visivelmente.

— Sua vez, senhor *rounin*!

No mesmo instante em que era assim interpelado, Musashi já estava sendo revistado por dois oficiais do posto, que lhe apalpavam a cintura, as costas e as coxas.

Outro oficial de olhar severo iniciou o interrogatório:
— Que pretende fazer na cidade de Edo?
— Não tenho um objetivo estabelecido. Sou um samurai peregrino.
— Não tem objetivo estabelecido? — repetiu o oficial. — Como assim? O aprendizado não é um objetivo?

Musashi apenas sorriu e manteve-se em silêncio.
— Terra de origem? — prosseguiu o oficial.
— Vila Miyamoto, terras de Yoshino, na província de Mimasaka.
— Quem é seu amo?
— Não sirvo a ninguém.
— Nesse caso, quem está pagando as despesas de sua viagem?
— Faço esculturas e pinto em minhas horas vagas, hospedo-me em templos, dou aulas de esgrima a quem me solicita, vivo com o que as pessoas me pagam. Quando nem isso é suficiente, durmo ao relento, e me alimento de raízes e frutos silvestres.
— Hum…! E de onde vem?
— Passei meio ano na região de Michinoku, dois anos em Hotengahara onde me dediquei amadoristicamente à lavoura, mas cansei-me dessa vida e resolvi vir para cá.
— Quem é o moleque em sua companhia?
— Um órfão que adotei nessa última localidade. Seu nome é Iori, e vai fazer quatorze anos.
— Onde vai ficar na cidade de Edo? Não estamos admitindo ninguém que não tenha emprego em vista ou endereço fixo.

O interrogatório parecia não ter fim, e a fila crescia às costas de Musashi. Não fazia sentido responder com honestidade a todas as perguntas, além do que tinha de levar em conta o transtorno que a demora estava causando aos outros. De modo que respondeu:
— Tenho um endereço fixo.
— Dê-me o nome e o endereço da pessoa que vai hospedá-lo.
— Lorde Yagyu Munenori, senhor de Tajima.

II

— Que disse? Vai ficar na mansão de lorde Yagyu? — repetiu o oficial desconcertado, calando-se momentaneamente.

O jovem divertiu-se com a confusão do funcionário, ao mesmo tempo em que se congratulava pela pronta lembrança do nome Yagyu.

Musashi não concretizara o encontro com Yagyu Sekishusai na província de Yamato, mas o velho suserano o conhecia através do monge Takuan. Se os oficiais procurassem confirmar sua declaração, a casa Yagyu com certeza não haveria de negar que o conhecia.

Talvez o próprio Takuan estivesse em Edo. Através dele, Musashi esperava ser apresentado a Munenori, o herdeiro da casa Yagyu e atual instrutor de artes marciais de Hidetada, o segundo xogum da casa Tokugawa. Talvez conseguisse então a oportunidade de duelar com ele, coisa que não conseguira com o pai, Sekishusai.

E porque vinha havia algum tempo pensando nisso, o nome Yagyu surgira prontamente em resposta à pergunta do oficial.

— Ora... isto quer dizer que o senhor goza da amizade dos Yagyu! Perdoe-me se o ofendi com minhas insistentes perguntas, mas é que tenho estritas ordens superiores para investigar rigorosamente todos os *rounin* antes de permitir-lhes a entrada na cidade. Como deve estar sabendo, todos os tipos de samurais suspeitos têm tentado chegar a esta cidade — desculpou-se o oficial, assumindo uma atitude mais respeitosa. Fez mais algumas perguntas por mera formalidade e abriu a cancela, convidando-o a passar.

Iori seguiu-o de perto e perguntou:

— Por que só os samurais são investigados com tanto rigor, mestre?

— Medidas de precaução contra espiões inimigos, creio eu.

— Até parece que um espião tentaria passar disfarçado de *rounin*! Esses oficiais são bem ingênuos, não, mestre?

— Fale baixo porque são capazes de ouvi-lo.

— Ih, a balsa acaba de zarpar.

— Por certo querem que contemplemos o monte Fuji enquanto esperamos pela próxima. Reparou que ele é visível daqui, Iori?

— Grande novidade! Cansei de vê-lo em Hotengahara!

— Mas não deste ângulo.

— A montanha é sempre a mesma, qualquer que seja o ângulo!

— Engana-se. O aspecto dessa montanha varia todos os dias.

— Não varia, não.

— Varia de acordo com o horário, o clima, o ângulo e a estação do ano. Sobretudo, de acordo com o estado de espírito de quem o contempla.

— ...

Iori apanhou pedregulhos na margem do rio e se divertiu fazendo-os ricochetear sobre a superfície da água. Passados instantes, retornou correndo.

— Mestre, é verdade que vamos em seguida para a mansão dos Yagyu?

— Não sei ainda.

— Mas se foi isso que afirmou no posto, há pouco!

— Pretendo ir, mas não sei quando. Lembre-se que ele é um *daimyo*.

— Um instrutor de artes marciais da casa xogunal é importante, não é, mestre?

— Sem dúvida.
— Quando eu crescer, vou ser igual a esse Yagyu-sama.
— Não pense tão pequeno, Iori.
— Como assim?
— Veja o monte Fuji!
— Mas como posso ser uma montanha?
— Não perca tempo e energia querendo ser igual a esse ou aquele homem. Em vez disso, veja se consegue ser uma personalidade sólida, inabalável como o monte Fuji. Se conseguir, não terá de se preocupar em impressionar as pessoas, pois elas o olharão com respeito naturalmente.
— Olhe a balsa aí!
Iori abandonou Musashi e embarcou primeiro na balsa: como toda criança, não queria andar atrás dos outros.

III

O rio ora se alargava, ora se estreitava. Bancos de areia surgiam aqui e ali, trechos rasos de água rápida ficavam para trás. Nessa época, o rio Sumidagawa seguia livremente o seu curso natural e o cais situava-se numa enseada próximo ao estuário. Quando o mar se agitava, o rio inundava as duas margens, dobrava de largura e tornava-se gigantesco.

A vara do barqueiro tocava o leito arenoso do rio, produzindo um som rascante.

Em dias de sol, as águas ficavam translúcidas, permitindo rápidas visões das sombras dos peixes. Um ou outro elmo enferrujado surgia também enterrado nos pedregulhos do fundo do rio.

— E agora? Acham que esta paz é duradoura? — disse alguém dentro da balsa.

— Não vai ser tão fácil assim — replicou outro.

O companheiro do segundo reforçou seu ponto de vista:

— Não que eu queira, é claro, mas vai haver outra guerra com certeza!

O assunto era empolgante, mas nem todos estavam dispostos a discuti-lo. Alguns chegavam a demonstrar franca desaprovação e fitavam o rio em silêncio, temendo ser ouvidos por algum oficial.

Mas o povo simplesmente gosta de furtar-se aos olhos e ouvidos das temíveis autoridades e comentar assuntos proibidos.

— Prova disso é o posto de inspeção do cais: reparou como a revista anda rigorosa? E sabem por quê? Porque o número de espiões de Kyoto e Osaka infiltrados na cidade está aumentando cada vez mais, foi o que eu ouvi dizer.

— Por falar nisso, ouvi dizer também que há ladrões assaltando as mansões dos *daimyo*. O assunto não se torna público porque os *daimyo* assaltados têm vergonha de admitir que foram roubados.

— Não devem ser ladrões comuns. Devem ser espiões. Afinal, por mais atraente que seja o ouro, assaltar um *daimyo* é tarefa arriscada, o ladrão tem de estar preparado para morrer.

Um rápido olhar pelos passageiros da balsa revelava uma miniatura da sociedade de Edo. Ali estavam madeireiros com suas roupas sujas de serragem, saltimbancos provenientes de Osaka e Kyoto, marginais arrotando valentia, um grupo de trabalhadores braçais com jeito de poceiros pilheriando com algumas prostitutas, monges, *komuso*, e alguns *rounin*, entre os quais Musashi.

A balsa atracou e todos desembarcaram, subindo em fila o barranco da margem.

— Ei, senhor *rounin*! — gritou um homem, correndo atrás de Musashi. Era um dos marginais da balsa, o de compleição robusta. — Acho que perdeste isto. Eu vi quando esse moleque que te acompanha deixou-o cair.

Aproximou do rosto de Musashi uma pequena bolsa de brocado vermelho, tão velha que o ouro tecido já se havia esgarçado.

Musashi sacudiu a cabeça:

— Agradeço a gentileza de me trazer até aqui, mas isso não me pertence. Deve ser de outro passageiro — disse.

— É meu! — exclamou alguém, apanhando o objeto bruscamente e metendo-o entre as dobras do quimono. Era Iori, tão pequeno ao lado de Musashi que somente um gesto como aquele o poria em evidência.

O rufião irritou-se:

— Escuta aqui, pirralho: a bolsa pode até ser tua, mas não podes arrancá-la das minhas mãos sem ao menos agradecer! Devolve a bolsa, dá três voltas e faz uma mesura, e então eu a darei a ti. Caso contrário, eu te jogo no rio!

IV

Iori fora precipitado, sem dúvida, mas o rufião também não era dos mais compreensivos. Musashi alegou que o menino era ainda muito novo, não tinha noção de cortesia, e desculpou-se em nome dele.

— Está bem! Não sei se tu és irmão ou mestre desse moleque, mas quero saber como te chamas.

Musashi respondeu cortês:

— Sou Miyamoto Musashi, um *rounin*.

O rufião arregalou os olhos:

— Musashi? — repetiu, examinando-o atentamente por alguns instantes. — Mais cuidado doravante, ouviste?— gritou para Iori, e com um súbito movimento, fez menção de partir.

— Para aí! — gritou Musashi de chofre.

Assustado com a rudeza do jovem que julgara delicado como uma mulher, o rufião voltou-se:

— Que... que é isso? — gaguejou, tentando desvencilhar-se da forte mão que o retinha pelo cabo da espada.

— Diz o teu nome!

— Meu nome?

— Como te atreves a ir embora sem declinar teu nome depois que me fizeste dizer o meu?

— E... eu me chamo Juro, de alcunha "Mendigo", e pertenço ao grupo Hangawara.

— Agora, sim, podes ir — declarou Musashi, afastando-o com um safanão.

— Ainda me pagas! — murmurou Mendigo entre dentes. Tropeçou, deu alguns passos meio tombado para a frente e se afastou correndo.

— Ah, ah! Covarde! Bem-feito! — disse Iori sentindo-se vingado. Postou-se em seguida rente ao seu mestre e ergueu para ele um olhar repleto de admiração.

Musashi pôs-se a caminho da cidade e disse:

— Iori.

— Sim, senhor?

— Até hoje, você viveu despreocupado no meio de esquilos e raposas, mas agora estamos numa cidade grande onde existe muita gente. Doravante, terá de ser mais cuidadoso e educado, compreendeu?

— Sim, senhor.

— Se os homens soubessem conviver em paz, o mundo seria um paraíso. Infelizmente, porém, todo ser humano nasce com duas naturezas, uma santa e outra diabólica. Um passo em falso, e o mundo se transforma num inferno. Para que isso não aconteça, é preciso inibir a ação da metade diabólica, dando o devido valor à cortesia e valorizando a dignidade. As autoridades, por seu lado, fazem cumprir a lei e só assim se estabelece ordem numa sociedade. Sua rudeza de há pouco não constituiu falta grave, mas desperta a ira numa sociedade ordeira.

— Sim, senhor.

— Não sei para onde iremos daqui para a frente, mas aonde quer que formos, respeite os costumes locais e trate as pessoas sempre com muita cortesia, entendeu? — disse Musashi, terminando o longo sermão cuidadosamente elaborado para facilitar a compreensão da criança.

Iori balançou a cabeça concordando.

— Perfeitamente, senhor! — respondeu com súbita cortesia, acrescentando uma pequena reverência que pareceu forçada. — Por gentileza, mestre, poderia guardar com o senhor esta bolsa? Tenho receio de perdê-la de novo.

Musashi pegou-a e de súbito lembrou-se:

— Esta não é a carteira que o seu pai lhe deixou, Iori?

— Isso mesmo. Eu a tinha deixado no templo Tokuganji por conta de nossas despesas, mas o abade me devolveu no começo deste ano, sem nada dizer. O ouro também está aí, nada foi tocado. Use-o quando precisar, mestre.

V

— Obrigado, Iori — disse Musashi. As palavras do menino eram simples, mas nelas transparecia sua preocupação pelo mestre pobre. Musashi sentiu-se tocado por sua gentileza. — Fico com ela provisoriamente — completou, levando o pequeno volume à testa em sinal de respeito e guardando-o a seguir no próprio *obi*.

"Iori é uma criança, mas preocupa-se com as questões financeiras", pensou ele enquanto andava. A dura infância em meio à pobreza nas áridas terras de Hotangahara tinham-no ensinado naturalmente. Em compensação, ele próprio tinha tendência a desprezar o dinheiro e a ignorar problemas financeiros, percebeu Musashi.

Grandes questões financeiras despertavam seu interesse, sem dúvida, mas as pequenas, no âmbito restrito das despesas diárias, não o atraíam. Em consequência, Iori sempre acabava tendo de se preocupar por ambos nesse aspecto.

"Este menino tem qualidades que eu não possuo", reconheceu Musashi, cada vez mais atraído por sua inteligência, conforme o conhecia melhor. Nem Joutaro tinha esse tipo de qualidade.

— Onde nos hospedaremos esta noite, Iori? — perguntou. Não havia decidido nada por enquanto.

O menino, que havia estado contemplando a cidade maravilhado, exclamou nesse instante com voz emocionada, como se acabasse de descobrir um velho amigo numa terra estranha:

— Olhe lá, mestre, quantos cavalos! Não sabia que promoviam feiras de cavalos nas cidades!

Um grande número desses animais juntava as ancas numa viela do bairro Bakurochou, assim chamado porque para ali convergiam os *bakuro*, ou seja, os mercadores de cavalo, com a consequente proliferação de casas de chá, tabernas e hospedarias a eles destinadas.

Conforme se aproximavam do centro urbano, o zumbido de moscas e de gente falando aumentava. Pessoas esbravejavam no dialeto de Kanto e das mais diversas regiões interioranas, de modo que a balbúrdia era quase incompreensível.

No meio disso, um samurai e seu acompanhante procuravam com insistência um bom cavalo, material tão raro nesses dias quanto guerreiros talentosos, ao que parecia.

— Vamos embora!— disse o samurai, cansado de procurar. — Não vi nenhum que pudesse recomendar ao nosso amo.

O homem deu um largo passo para o lado a fim de afastar-se dos animais e viu-se de súbito frente a frente com Musashi.

— Ora essa! — disse o samurai. — Mestre Musashi!

Musashi o olhou por sua vez e sorriu:

— Olá!

Ali estava Kimura Sukekuro, um dos vassalos veteranos de Yagyu Sekishusai, em cuja companhia Musashi havia passado uma noite no Shin'in-do do castelo Yagyu, em Yamato, discutindo esgrima.

— Mas que encontro inesperado! Quando chegou a Edo? — perguntou Sukekuro, percebendo pelo aspecto de Musashi que este ainda continuava em sua cruzada em busca de aperfeiçoamento.

— Acabo de chegar do feudo de Shimousa. Como está o grão-mestre? Com saúde, espero.

— Ele está bem, mas debilitado pela idade — informou Sukekuro, acrescentando em seguida: — Venha nos ver na mansão do senhor de Tajima. Eu o apresentarei a ele com muito prazer. Além disso...

Nesse ponto, Sukekuro encarou Musashi e, sorrindo por algum motivo, acrescentou:

— ...seu tesouro perdido está na mansão. Venha reavê-lo!

Um tesouro? Que poderia ser? Mas Sukekuro já atravessava a rua com o seu acompanhante.

MOSCAS

I

A hospedaria ficava numa viela afastada da rua principal, no extremo do bairro Bakurochou, por onde Musashi havia pouco perambulara.

Hospedarias baratas e pouco asseadas enfileiravam-se dos dois lados da rua e constituíam a metade das casas do bairro.

Musashi havia escolhido pernoitar nessas redondezas, atraído pelos baixos preços. Todas elas eram providas de cocheira, detalhe que as tornava muito mais parecidas com hospedarias de cavalos do que de seres humanos.

— Senhor samurai, vou transferi-lo para o aposento no andar de cima e de frente para a rua. Ele é um pouco melhor, tem menos moscas — disse o dono, visivelmente preocupado por estar recebendo uma pessoa que não era mercador de cavalo.

Comparado com o casebre onde haviam morado até a noite anterior, o aposento podia até ser considerado confortável. Ao menos, era forrado de *tatami*. Musashi não teve intenção de reclamar, mas tinha murmurado: "Quanta mosca!"

A observação fora entreouvida pela mulher do estalajadeiro, que a havia interpretado como uma queixa e se apressara em oferecer-lhe melhores acomodações.

Musashi e Iori agradeceram a gentileza e transferiram-se, para logo descobrir que o novo aposento era quente como um forno: voltado para o oeste, recebia em cheio o sol da tarde.

— Ótimo quarto — murmurou Musashi, acomodando-se e contendo-se para não reclamar uma vez mais. Não podia ser indulgente consigo mesmo, admoestou-se.

Era espantoso o que a civilização provocava nas pessoas. Até poucos dias atrás, o sol da tarde havia representado uma bênção e uma esperança, a força por trás do crescimento dos brotos. Quanto às moscas, nem eram percebidas quando pousavam sobre a pele suada. Por elas chegara até a sentir certo companheirismo, como dois seres vivendo debaixo do mesmo céu.

No entanto, bastou-lhe cruzar um rio e passar a fazer parte desse ativo centro urbano para que de súbito lhe viesse a vontade de reclamar: "O sol da tarde é quente demais! As moscas importunam!" Logo, uma outra vontade se insinuava: a de comer algo gostoso.

Essa impudente mudança de estado de espírito surgia claramente no rosto do pequeno Iori, em certo aspecto compreensivelmente, já que bem ao seu lado alguns barulhentos mercadores de cavalo comiam e bebiam saquê agrupados em torno de uma panela fumegante. Em Hoten, quando alguém queria comer um prato de macarrão sarraceno, tinha de semear o trigo na primavera, contemplar a floração durante todo o verão, colher o fruto no fim do outono e moer o trigo nas frias noites de inverno para enfim fazer o macarrão. Nas cidades, porém, bastava bater palmas e encomendá-lo: pouco mais de uma hora depois, o macarrão era servido.

— Iori, quer comer um prato de *soba*? — perguntou Musashi.

— Quero! — respondeu o menino, com os olhos brilhando de prazer antecipado.

Musashi então chamou a mulher do estalajadeiro e lhe perguntou se lhe prepararia o macarrão. A mulher respondeu que sim, já que outros hóspedes também haviam feito o mesmo pedido.

Enquanto aguardava, Musashi reclinou-se contra o gradil da janela sob o intenso sol da tarde e espiou o movimento externo. Do outro lado da rua, havia uma casa com um grande cartaz anunciando:

Zushino Kosuke — Da Escola Hon'ami
Polidor de Almas.

Iori o descobriu primeiro e chamou a atenção de Musashi:

— Olhe lá, mestre! A placa diz: "Polidor de Almas". Que tipo de profissão exerce esse homem?

— Se é da Escola Hon'ami, deve ser um polidor de espadas. A espada, Iori, é também conhecida como alma do samurai, não se esqueça — respondeu Musashi.

Pensou por instantes e murmurou consigo:

— Pensando bem, está na hora de mandar polir a minha. Vou até lá mais tarde.

Algum tempo depois, os ocupantes do quarto ao lado desentenderam-se no jogo e iniciaram um tumulto. A algazarra dos vizinhos despertou Musashi, que cansado de esperar pelo prato de macarrão sarraceno, havia se estirado sobre o *tatami* e dormitava com a cabeça apoiada no braço.

— Iori! Peça aos hóspedes do quarto ao lado que se aquietem um pouco — ordenou.

II

Bastava-lhe entreabrir a divisória próxima a Musashi e pedir, mas em consideração ao seu mestre deitado na passagem, Iori saiu para o corredor e de lá alcançou o quarto ao lado.

— Ei, tios! Não façam tanto barulho, por favor. Meu mestre está tentando repousar do outro lado dessa divisória.

— Como é?

Os mercadores de cavalo voltaram instantaneamente os olhos congestionados para a minúscula figura.

— Repete, fedelho!

O menino ofendeu-se com a grosseria e disse em tom amuado:

— Lá embaixo eram as moscas que não davam sossego, e aqui em cima são os tios.

— Quem diz isso: tu ou teu mestre?

— Meu mestre, ora!

— Foi ele que te mandou dizer isso?

— Todos os hóspedes devem estar querendo dizer a mesma coisa.

— Ora, muito bem! Tirar satisfações de um pirralho que mais parece bosta de coelho não faz meu estilo. Volta atrás e fica quieto no teu quarto que eu, o Urso Kumagoro, já vou lá dar a resposta ao teu mestre.

Urso ou lobo, no meio do grupo havia dois ou três homens que pareciam bastante ferozes. Ao ver-se alvo dos olhares irritados, Iori apressou-se em bater em retirada.

Musashi continuava dormindo. O sol da tarde começava a cair no horizonte e seus raios incidiam agora apenas numa área aos pés de Musashi e ao lado da divisória. Enormes moscas pretas enxameavam nessa poça de luz.

Iori continuou contemplando a rua em silêncio porque não queria acordar seu mestre, mas a algazarra no quarto ao lado continuou tão intensa quanto antes.

Pelo jeito, a reclamação do menino havia feito com que os homens desviassem a atenção do jogo e a concentrassem na fresta da porta, por onde espiavam todos juntos, rindo, zombando e insultando.

— Certos *rounin* que vieram arrastados por não sei que correntes e acabaram dando com os costados na cidade de Edo não deviam estar se hospedando em nossas estalagens e reclamando do barulho! Fazer barulho é a especialidade dos mercadores de cavalo!

— Bota o sujeito para fora!

— Finge que dorme só para parecer valente!

— Alguém precisa dizer a ele que nenhum mercador de cavalo da região de Kanto tem medo de samurais.

— Dizer só não basta! Vamos botá-lo para fora aos pescoções e lavar-lhe a cara com urina de cavalo.

Nesse instante, o Urso interveio:

— Esperem! Para que tanta gente para pôr um samurai morto de fome fora da casa? Eu sozinho vou até lá e arranco um pedido de perdão por escrito. Ou escreve, ou lava a cara na urina do cavalo! Fiquem aí mesmo, observem e divirtam-se!

— Vai lá! Vai lá!

Os homens acomodaram-se por trás da divisória entreaberta.

Urso, o mais forte do grupo na opinião dos próprios mercadores, apertou a faixa ao redor da cintura e abrindo de vez a divisória, avançou de joelhos dizendo:

— Com tua licença!

O macarrão sarraceno encomendado havia sido servido em forma de seis apetitosos ninhos numa grande caixa de laca, e Musashi ocupava-se em desfazer um deles com seu *hashi*.

— Ih! Ele veio tirar satisfações, mestre! — disse Iori assustado, pondo-se em pé e afastando-se. O Urso sentou-se no lugar que o menino desocupara, cruzou as pernas na frente ostensivamente, fincou os cotovelos nas coxas, apoiou a cabeça nas mãos e ficou contemplando Musashi com seu olhar feroz.

— Ei, *rounin*! Deixa o macarrão para mais tarde. Sei que a tua garganta está apertada de medo e a comida vai acabar te fazendo mal!

Musashi não respondeu. Sorrindo, desfez outro ninho de macarrão, mergulhou-o no molho e o sorveu com satisfação.

III

O Urso impacientou-se.

— Para de comer! — gritou de súbito.

Musashi, ainda segurando o *hashi* numa das mãos e a pequena vasilha com o molho na outra, perguntou:

— Quem és tu?

— Não sabes? Aqui no bairro, só um surdo ou um falso mercador pode não saber quem sou!

— Pois faço parte dos que não ouvem bem. Fala portanto teu nome e de onde vens, alto e claro!

— Entre os mercadores de Kanto, sou conhecido como o Urso Kumagoro, e meu nome é temido até pelas criancinhas.
— Ora, ora! Um agenciador de cavalos!
— Me respeita, porque meus fregueses são samurais! E pede desculpas!
— Desculpas por quê?
— Mandaste ou não esse pirralho ao nosso quarto reclamar do barulho? Fazer barulho é nossa segunda natureza. E isto aqui não é uma hospedaria de luxo para *daimyo*, mas uma estalagem de mercadores de cavalo, ouviste bem?
— Sei disso.
— Se sabes, por que mandaste interromper nosso joguinho? Anda, pede desculpas. Meus companheiros estão todos ali reunidos, à espera.
— Como assim?
— Vou te explicar melhor: declara aí por escrito que tu pedes perdão ao senhor Urso e aos seus excelentíssimos companheiros. Senão, lavo-te a cara com urina de cavalo!
— Muito interessante!
— Que disseste?
— Disse que acho interessante teu modo de falar.
— Não estou para brincadeiras. Anda, resolve de uma vez o que vais fazer!
Excitado com os próprios berros e pela bebida, o Urso enrubescia cada vez mais, ameaçando sufocar de uma hora para outra. O suor escorria da sua testa e brilhava ao sol da tarde. Para dar maior ênfase à aparência ameaçadora, o homem despiu-se da cintura para cima e exibiu o peito peludo.
— Como é? Escolhe de uma vez o que preferes porque estou esperando a resposta! Dependendo dela...
Urso extraiu da cintura uma adaga, cravou-a no *tatami* diante da caixa do macarrão e cruzou ainda mais ostensivamente as pernas.
Musashi esforçava-se por ocultar o sorriso.
— Deixe-me pensar... Qual das duas alternativas devo escolher? — resmungou.
Baixou ligeiramente a mão que sustentava a vasilha com o molho e estendeu a outra para o macarrão, ao que parecia entretido em apanhar com o *hashi* pequenas impurezas que formavam pontos escuros sobre os ninhos, e a jogá-las para fora da janela.
As veias da testa do Urso se intumesceram perigosamente. Feroz, o mercador de cavalos esbugalhou os olhos e encarou Musashi, mas este continuava em silêncio a tarefa de remover com o *hashi* os pontos escuros sobre os ninhos de macarrão.
De súbito, o olhar do Urso convergiu para a ponta do *hashi*. No mesmo instante, o homem arregalou ainda mais os olhos esbugalhados e conteve a respiração, a atenção irresistivelmente presa ao que via ali.

Os numerosos pontos escuros sobre a superfície do macarrão não eram impurezas, mas sim moscas. Os insetos nem tentavam escapar e se deixavam apanhar docilmente, como grãos de feijão, aparentemente hipnotizados pelo poder de Musashi.

— Isto não tem fim! Iori, vá lavar este *hashi* para mim — pediu Musashi.

No instante em que o menino saiu do quarto para fazer o que lhe pediam, Urso retornou sorrateiramente para o aposento contíguo.

Por instantes, os mercadores conversaram em voz baixa, mas logo, o silêncio reinou do outro lado da divisória: os homens tinham preferido mudar de quarto.

— Enfim, um pouco de paz, Iori! — riu Musashi.

O sol já se tinha posto e uma lua em forma de crescente tinha surgido sobre o telhado da casa do polidor de espadas quando os dois terminaram a refeição.

— Bom, acho que vou visitar o polidor do anúncio interessante — disse Musashi, apanhando sua espada simples, bastante maltratada.

Nesse instante, a dona da estalagem gritou ao pé da escada:

— Senhor, um samurai desconhecido deixou-lhe uma carta!

A mulher tinha um envelope nas mãos.

IV

"Quem haveria de me escrever?" pensou Musashi. Examinou o verso do invólucro e descobriu apenas um nome: Suke.

— E o mensageiro? — perguntou à dona da estalagem.

— Já se foi — respondeu a mulher, tornando a acomodar-se por trás do balcão.

Parado no meio da escada, Musashi rasgou o envelope e leu. Logo descobriu que "Suke" era a abreviatura de Kimura Sukekuro, o samurai com quem se encontrara pela manhã na feira de cavalos. Dizia:

> *Levei ao conhecimento do meu amo o nosso encontro desta manhã. Sua senhoria, o senhor de Tajima, declarou-se agradavelmente surpreso e manda perguntar quando nos dará o prazer de sua visita. Aguardo resposta.*
>
> *Sukekuro.*

— Empreste-me o pincel — pediu Musashi à mulher do estalajadeiro.

— Não é de boa qualidade, senhor.

— Não tem importância.

Em pé ao lado do balcão, o jovem escreveu nas costas da carta de Sukekuro:

> *Um guerreiro não tem outras ocupações. Se o senhor de Tajima se dispõe a cruzar armas comigo, terei muito prazer em visitá-lo a qualquer dia ou hora.*
>
> *Masana.*

Masana era o nome de guerra de Musashi. Terminando de escrever, o jovem dobrou a carta e a encerrou no mesmo envelope, em cujo reverso escreveu: "*Ao mestre Suke — Vassalo da casa Yagyu.*"

Ergueu o olhar para o topo da escada e chamou:

— Iori!
— Senhor?
— Tenho uma tarefa para você.
— Sim, senhor.
— Leve esta carta para mim.
— Aonde?
— À mansão de lorde Yagyu, senhor de Tajima.
— Está bem.
— Sabe onde fica?
— Pergunto por aí.
— Bem pensado — disse Musashi, afagando-lhe a cabeça. — Não se perca.
— Sim, senhor.

Iori calçou as sandálias rapidamente. A dona da estalagem, entreouvindo o diálogo, interveio bondosamente nesse instante e explicou ao menino que a mansão Yagyu era bastante conhecida e qualquer um lhe indicaria o caminho. Em todo o caso, continuou ela, bastava sair na rua principal e seguir sempre em frente, atravessar a ponte Nihonbashi e continuar depois para a esquerda, beirando o rio. E se tiver de perguntar a alguém, diga que quer ir para o bairro Kobiki, ensinou a mulher.

— Sei. Sei. Já entendi — respondeu Iori, feliz por poder sair à rua e orgulhoso por estar levando uma carta à importante casa Yagyu.

Musashi também calçou suas sandálias e saiu. Acompanhou com o olhar o pequeno vulto de Iori até vê-lo dobrar à esquerda a esquina do ferreiro e desaparecer.

"Esse menino peca por excesso de confiança", pensou, enquanto espiava a loja do polidor de almas. Nada na casa sugeria um estabelecimento comercial: não tinha a fachada de treliça característica das lojas, nem mercadorias expostas.

Dentro, um único aposento de terra batida parecia constituir a cozinha e a oficina de trabalho, mais para o fundo. À direita, num plano um pouco mais elevado, havia um aposento forrado de *tatami* que parecia ser a loja propriamente dita, e pendendo do teto na divisa com os fundos, Musashi notou os indefectíveis festões de palha do cerimonial xintoísta.

— Boa tarde! — disse, entrando no aposento de terra batida e voltando-se para a parede próxima, ao lado da qual havia uma robusta caixa de madeira para guardar espadas. Cotovelos fincados sobre a tampa da caixa e queixo apoiado nas mãos, um homem dormitava. Parecia feliz como um desses sábios taoístas idosos muitas vezes retratados em pinturas.

O homem devia ser Zushino Kosuke, o dono da loja. O rosto, magro e pálido, nada tinha do ar penetrante, comum em profissionais desse ramo, mas parecia incrivelmente longo quando considerado em conjunto com a área acima da testa, onde o cabelo fora raspado. Mais longo ainda era o rastro da saliva que lhe escorria da boca até a caixa.

— Boa tarde! — tornou a dizer Musashi um pouco mais alto para o adormecido sábio taoísta.

CONSIDERAÇÕES EM TORNO DE UMA ESPADA

I

A voz pareceu enfim ter penetrado nos ouvidos de Zushino Kosuke, que ergueu o rosto lentamente como se despertasse de uma letargia de cem anos. Sem ao menos piscar, o homem deixou-se ficar contemplando Musashi por algum tempo com uma interrogação no olhar.

Momentos depois, Kosuke aparentemente deu-se conta de que estivera dormindo e que o homem à sua frente, um provável freguês, já devia tê-lo chamado diversas vezes.

— Seja bem-vindo — disse afinal.

Sorriu e esfregou com as costas da mão o rastro da saliva que escorrera pelo queixo. Aprumou-se e acrescentou:

— Em que posso servi-lo?

O homem era incrivelmente pachorrento. Ele se anunciava bombasticamente um "polidor de almas", mas Musashi desconfiou que as "almas" a ele confiadas para polir podiam voltar mais cegas que antes. Apesar da preocupação, retirou a espada da cintura e a entregou a Kosuke, dizendo que a queria afiada.

— Deixe-me examiná-la, por favor — disse o homem.

No momento em que viu a espada, sua atitude mudou radicalmente: aprumou os ombros magros, apoiou uma mão sobre a coxa, estendeu a outra e, apanhando a arma que Musashi lhe apresentava, fez uma cortês mesura. Antes mesmo de saber se a espada era uma obra-prima de algum renomado forjador ou um produto padrão, igual aos muitos espalhados pelo país, o homem mostrava por ela um respeito que não tivera por seu dono.

Introduziu a mão entre as dobras do quimono na altura do peito e extraiu um lenço de papel, levou-o à boca e o prendeu entre os lábios. Segurou a bainha com uma mão e com a outra o cabo da espada, extraiu-a e ergueu-a verticalmente diante de si de modo a ter a lâmina posicionada bem no centro do rosto, entre os olhos. Enquanto a examinava com cuidado desde o cabo até a ponta, os olhos do homem passaram a brilhar intensamente, como se alguém tivesse incrustado olhos novos em suas órbitas.

Com um gesto rápido e um sonoro estalido, devolveu a espada à bainha e ficou observando o rosto de Musashi em silêncio.

— Aproxime-se, senhor. Sente-se, por favor — disse, enfim afastando-se e oferecendo uma almofada redonda para Musashi.

— Se me permite — respondeu Musashi, aceitando o convite e sentando-se.

A crer no que dizia o cartaz, Zushino Kosuke era da escola Hon'ami, e portanto um profissional proveniente da área de Kyoto, um antigo discípulo de Koetsu, com certeza. Ao bater em sua oficina, Musashi tinha tido não só a intenção de mandar polir sua espada, como também de saber notícias do grande amigo Hon'ami Koetsu e de sua gentil mãe, Myoshu, de quem havia muito não tinha notícias.

Todavia, mesmo sem saber desse relacionamento, Kosuke formalizou-se ligeiramente depois de ter examinado a arma e perguntou:

— Esta espada está há muito tempo em sua família?

O jovem então respondeu-lhe que a arma não tinha tradição alguma.

— Nesse caso, teria ela sido usada em campo de batalha, ou apenas do modo usual? — tornou a perguntar o polidor.

— Nunca a usei em campo de batalha. É uma espada de pouco valor, sem nome ou história, que trago sempre comigo por não possuir outra melhor — explicou Musashi.

— Sei... — disse Kosuke, ficando a observar o rosto do jovem por mais algum tempo. — E como quer que eu a afie? — perguntou em seguida.

— Não entendi sua pergunta.

— Quer que a afie para torná-la cortante? Ou o corte não importa?

— Quero que a deixe cortante, é claro!

Kosuke então arregalou os olhos, atônito, e exclamou:

— Como? Mais que isso?

II

Polir uma espada significava aprimorar seu corte. Esse era o trabalho de um bom polidor, estava claro.

Musashi observou Kosuke com desconfiança por um breve momento. O homem então balançou a cabeça.

— Não posso polir sua espada, senhor. Leve-a a outro profissional, por favor — disse, devolvendo-a bruscamente.

Musashi não conseguiu ocultar o seu descontentamento diante dessa atitude para ele incompreensível. E durante todo o tempo em que permaneceu calado, Kosuke também manteve um grosseiro silêncio.

Nesse momento, um homem — um vizinho, pelo aspecto — meteu a cabeça pela porta e chamou:

— Kosuke, meu velho! Empreste-me sua vara de pescar! A maré cheia trouxe um cardume de peixes rio acima e eles estão pulando perto da margem. Se você tem a vara, empreste-me que eu providenciarei o meu jantar e o seu.

Kosuke, irritado por algum motivo ainda obscuro, descarregou sua ira no vizinho:

— Não guardo instrumentos para matanças em minha casa! Vá bater noutra porta! — berrou.

Espantado, o vizinho foi-se embora. Passado o incidente, o polidor voltou a ficar mudo e sombrio, sentado diante de Musashi.

Agora, porém, o homem havia começado a despertar o interesse de Musashi. Não por seu talento ou inteligência, mas por um traço de sua personalidade que se tornava cada vez mais aparente. Comparado a uma cerâmica, ele lembrava certas peças rústicas e simples como um pote de saquê Karatsu ou uma tigela Nonkou — obras em que o barro se oferecia sem pejo ao exame.

Por falar nisso, havia uma ferida coberta por emplastro na têmpora de Kosuke, onde os cabelos tinham sido raspados. O detalhe tornava-o ainda mais semelhante a uma peça de cerâmica a que, por acidente, uma pelota de barro tivesse aderido dentro da fornalha, e aumentava o interesse humano do polidor.

Musashi lutou por ocultar o sorriso e disse com forçada tranquilidade, instantes depois:

— Polidor.

— Sim, senhor…? — veio a resposta em tom desanimado.

— Por que não quer polir esta arma? Seria ela tão vulgar a ponto de não valer a pena afiá-la?

— Nada disso… — respondeu Kosuke, sacudindo a cabeça. — Esta espada, como o senhor que é o seu dono deve saber muito bem, é uma boa e honesta peça forjada em Bizen. No entanto, e falando com franqueza, desgosta-me o seu pedido de torná-la mais cortante ainda.

— Ora essa!... E posso saber por quê?

— Todos que me surgem nesta loja pedem sempre a mesma coisa: "quero que me prepare esta espada de modo a torná-la mais cortante". Afiar as espadas, é só no que pensam! E isso me desgosta profundamente.

— Mas se aqui vêm com esse objetivo… — ia dizendo Musashi, quando Kosuke ergueu a mão e o interrompeu.

— Espere, ouça até o fim. Não vou começar a teorizar para não alongar a conversa, mas peço-lhe apenas um favor: saia daqui e leia o que diz o cartaz sobre a loja.

— Dizia: "Zushino Kosuke — Polidor de Almas." Ou terei deixado escapar mais alguma coisa?

— Pois aí chegamos ao âmago da questão. Não declaro que sou afiador de espadas, digo que sou polidor das almas dos samurais. Embora ninguém o saiba, foi esse o ofício que aprendi de meu mestre.

— Estou entendendo.

— E porque prezo acima de tudo o ensinamento do meu mestre, eu, Zushino Kosuke, recuso-me a atender samurais que me pedem simplesmente para afiar suas espadas a fim de poder cortar outros seres humanos e assim se sentirem importantes.

— Suas palavras têm certo fundamento. E por falar nisso, quem e de onde é o mestre que assim preparou seu discípulo?

— Isso também está escrito no cartaz. Hon'ami Koetsu, de Kyoto, é meu mestre.

Kosuke pronunciou o nome com orgulho, endireitando as costas e estufando o peito.

III

A essa altura, Musashi declarou conhecer muito bem o senhor Koetsu e sua gentil mãe, Myoshu, contando ao polidor algumas passagens do seu relacionamento. Atônito, Zushino perguntou, olhos fixos em Musashi:

— Estarei eu por acaso na presença de Miyamoto Musashi-sama, o espadachim cuja habilidade tornou-se conhecida no país inteiro pelo episódio em torno do pinheiro solitário, em Ichijoji?

O jovem considerou exagerada a admiração do polidor e ligeiramente constrangido, declarou:

— Eu sou Musashi.

Kosuke então afastou-se a uma respeitosa distância, como o faria na presença de uma importante personalidade, e disse:

— Peço-lhe sinceras desculpas. Não imaginava estar na presença de tão famoso espadachim e me portei como um tolo, falando demais e pretendendo dar-lhe uma lição.

— Não se desculpe. Muito do que falou serviu-me de lição, realmente. Quanto ao ensinamento que diz ter recebido, nele ouço a voz de mestre Koetsu.

— Como deve saber, a casa Hon'ami vem se dedicando a reformas e polimento de espadas desde o período Muromachi, dos xoguns Ashikaga. Ela mereceu a confiança até da casa imperial, que lhe tem dado a honra de polir algumas peças de importância histórica. E é mestre Hon'ami Koetsu, o atual líder da casa, que me repetia constantemente: "Originariamente, a espada japonesa não foi desenvolvida para retalhar seres humanos, nem para feri-los. Pelo contrário, ela foi idealizada como instrumento para pacificar o império, protegê-lo do mal e dele expulsar os demônios. Ao mesmo tempo, a espada destina-se a aprimorar o caminho dos homens, e deve ser levada à cintura dos que estão no comando como uma contínua advertência no sentido de manter a própria compostura e de vigiar a si mesmos para não incorrer em erros. Ela é a alma do samurai, e o seu polidor tem de realizar o trabalho sem perder de vista tais princípios."

— Bem observado!

— Por esse motivo, cada vez que mestre Koetsu examinava uma boa espada, dizia que lhe parecia ver "o brilho da luz sagrada, que conduz uma nação à paz e à prosperidade". E quando se deparava com uma espada maléfica, dizia sentir arrepio e repulsa mesmo antes de extraí-la da bainha.

— Sei... — murmurou Musashi. De súbito, pareceu dar-se conta de um detalhe. — E minha espada é das tais maléficas, por acaso?

— Nada disso. Ocorre apenas que muitos foram os samurais que me confiaram suas armas desde que cheguei a esta cidade, mas nenhum pareceu compreender essa missão verdadeira e nobre da espada. Só o que ouço falar é que ela serviu para rasgar o ventre de quatro, que partiu a copa do elmo e atingiu em cheio o crânio de outro. Tais homens parecem achar que a única virtude de uma espada é o poder de corte. Por esse motivo, eu estava começando a desgostar de minha profissão, mas pensei melhor e achei que ainda havia esperança. Há alguns dias, decidi então refazer o cartaz da minha loja, e nele anunciei claramente: "Polidor de almas". Mesmo assim, os guerreiros que me procuram continuam insistindo em ter apenas as suas espadas afiadas, o que me aborrece sobremodo...

— E quando até eu surgi em sua loja insistindo no mesmo pedido, recusou-se. Acertei?

— Seu caso é um pouco diferente, senhor. Na verdade, quando há pouco examinei sua arma, espantou-me o deplorável estado da lâmina, toda denteada. Ao mesmo tempo, nela senti entranhado o sangue e o espírito de incontáveis mortos e, com o perdão da palavra, imaginei estar na presença de um reles *rounin* assassino, do tipo que se vangloria das muitas mortes desprovidas de sentido que semeia por onde passa.

Pela boca do polidor, Musashi pareceu ouvir a voz de Koetsu, e cabisbaixo, prestou atenção. Instantes depois, declarou:

— Compreendi perfeitamente o sentido de suas palavras. Sempre tive esta espada comigo e a sinto quase parte de minha pessoa, de modo que até hoje nunca me ocorreu pensar em seu verdadeiro caráter. Peço-lhe, porém, que se tranquilize: asseguro-lhe que doravante a usarei com muito cuidado.

O humor de Kosuke melhorou instantaneamente.

— Nesse caso, terei muito prazer em polir sua espada. Aliás, ter a honra de cuidar da alma de um samurai de seu nível é bênção divina para qualquer polidor — declarou.

IV

Já havia luzes acesas no interior da loja.

Musashi confiou sua arma e preparou-se para partir.

— Perdoe minha indiscrição, mas o senhor possui espada sobressalente? — perguntou Kosuke.

Quando Musashi lhe respondeu que não, o polidor levou-o para um aposento nos fundos, dizendo:

— Nesse caso, gostaria de lhe oferecer uma das que tenho em minha loja, embora não sejam muito valiosas.

Abriu caixas e armários, escolheu algumas e as depositou na frente de Musashi.

— Escolha a que mais lhe agrada, senhor — ofereceu.

Atônito, Musashi contemplou as armas, incapaz de escolher uma. Sempre quisera uma espada de boa qualidade, mas até agora, suas modestas posses não lhe haviam permitido sequer sonhar com isso.

Uma boa espada tem invariavelmente um forte apelo. A que acabara de escolher dentre as diversas expostas e que empunhava ainda embainhada, fazia-o sentir algo, talvez o espírito do forjador, vibrando através da bainha.

Musashi extraiu-a e, conforme pressentira, viu-se diante de uma peça admirável, provavelmente do início do período Yoshino (1336-1392). O jovem chegou a pensar que a arma era valiosa demais para um samurai em suas condições, mas ao examiná-la contra a luz, suas mãos pareceram irremediavelmente atraídas por ela, incapazes de soltá-la.

— Nesse caso, fico com esta — disse.

Não disse que a tomava emprestada, porque podendo ou não, havia percebido que não a devolveria. Uma obra-prima forjada por um exímio ferreiro exerce invariavelmente essa espécie de terrível fascinação. Muito antes de ouvir a resposta de Kosuke, Musashi já sentia o desejo de possuí-la queimando no íntimo.

— Escolheu como um grande especialista, conforme eu esperava — disse Kosuke, guardando as demais.

Mas o desejo de posse atormentava Musashi. Pedir que a vendesse estava fora de cogitação; a espada devia ser valiosa demais para suas posses. Em dúvida e incapaz de se conter, tocou no assunto.

— Mestre Kosuke, eu poderia de algum modo ficar com esta espada?

— Claro que sim, senhor.

— Mas quanto custa?

— Eu a venderei pelo mesmo preço que paguei por ela.

— E quanto é isso?

— Vinte moedas de ouro.
— ...

Musashi estava longe de possuí-las, e sentiu um profundo desgosto por ter desejado tal raridade. Logo disse:

— Nesse caso devolvo-a.

— Por quê, senhor? — perguntou o polidor, estranhando. — Não será preciso comprá-la, eu a empresto. Use-a, por favor.

— Nem me passa pela cabeça tomá-la emprestada. Se só de ver esta espada sofro com a vontade de possuí-la, imagino quanto não sofrerei quando tiver de devolvê-la depois de a ter comigo por algum tempo.

— Ela o agradou tanto assim? — disse Kosuke, transferindo o olhar da espada para Musashi. — Muito bem! Se sua paixão por ela é tão forte, eu a dou em casamento. Em troca, quero que me dê algo, obra pessoal sua.

Musashi queria tanto a espada que, antes de mais nada, decidiu aceitar o presente sem reservas. Pensou em seguida no que lhe daria em troca. Mas ele era um guerreiro pobre que dedicara a vida inteira à espada, nada tinha com que lhe pagar.

O polidor lhe disse então ter ouvido de Koetsu, seu mestre, que Musashi era também um escultor. Caso ele possuísse uma imagem esculpida da deusa Kannon, por exemplo, ficaria muito feliz em recebê-la em troca, disse o homem, preocupado em aliviar-lhe a preocupação.

V

A estatueta da deusa Kannon que por muito tempo andara em sua trouxa havia sido deixada na vila Hotengahara, de modo que Musashi pediu alguns dias de prazo para esculpir outra.

— Naturalmente. Nunca pretendi que me pagasse de imediato — respondeu Kosuke, aceitando o arranjo com a maior naturalidade. Não só aceitou, como também lhe ofereceu:

— Em vez de se hospedar nessa estalagem barata de mercadores de cavalo, que acha de transferir-se para um aposento vago nos fundos da minha oficina?

O convite vinha bem a calhar.

Musashi respondeu que nesse caso aceitaria com prazer o oferecimento a partir do dia seguinte, e, aproveitando, esculpiria a imagem nesse quarto.

Satisfeito, Kosuke convidou:

— Venha então conhecer o aposento.

Musashi o seguiu até os fundos. A casa não era espaçosa. O aposento em questão media quase dezesseis metros quadrados e situava-se no extremo da varanda da sala de estar, cinco a seis degraus acima do nível do chão. Ao lado da janela erguia-se um pessegueiro repleto de folhas novas molhadas de sereno.

— Aquela é a minha oficina de trabalho — disse o proprietário da casa, apontando um telhado coberto de conchas.

Cumprindo uma ordem que a Musashi passara despercebida, a mulher de Kosuke surgiu nesse instante, trazendo o jantar numa bandeja.

— Vamos, sirva-se — insistiu o casal.

O saquê foi servido. Anfitrião e hóspede descontraíram-se e passaram a conversar com franqueza. O assunto não podia ser outro: espadas.

O tema era capaz de absorver Kosuke por completo. Seu rosto enrubescia como o de um menino, e ele punha-se a falar entusiasticamente, esquecido de que as gotas de saliva juntadas nos dois cantos dos lábios podiam atingir o hóspede.

— Todos neste nosso país concordam da boca para fora que a espada é um instrumento sagrado, é o espírito do guerreiro, mas tanto samurais como mercadores e sacerdotes tratam-na muito mal. Durante muitos anos, visitei templos e casas tradicionais em diversas províncias atrás de um objetivo: conhecer as espadas antigas e valiosas guardadas nesses lugares. Pois declaro que fiquei triste ao ver como eram poucas as relíquias conservadas em bom estado. No templo Suwa, em Shinshu, por exemplo, existem trezentas e tantas espadas antigas consagradas aos deuses do xintoísmo, mas no meio delas não havia nem cinco em bom estado, sem pontos de ferrugem. No templo Omishima, em Iyo, há um famoso depósito que conserva cerca de três mil espadas antigas, datadas de algumas centenas de anos atrás, e nele me enfurnei por quase um mês, pesquisando. Sabe o que descobri? Coisa espantosa: das três mil e tantas espadas, nem dez tinham brilho!

Fez uma ligeira pausa para prosseguir:

— O problema é que quanto mais tradicionais ou famosas as espadas, mais são guardadas, acabando por transformar-se em alvo de ataque da ferrugem. São como crianças amadas demais pelos pais e que acabam estragadas por excesso de mimo. Aliás, crianças podem até ser estragadas sem grandes prejuízos, pois outras boas haverão de nascer depois. No meio de tantas existentes neste nosso país, algumas desajustadas quebram a monotonia da vida. Mas esse não é o caso da espada!

Aqui, Kosuke enxugou a saliva acumulada nos cantos da boca e aprumou os ombros magros. Seus olhos brilharam ainda mais.

— A espada, e somente a espada, cai inexplicavelmente de qualidade com o passar das gerações. Desde o período Muromachi até o período Sengoku, a habilidade dos forjadores de espadas vem caindo ano a ano e a tendência é piorar ainda mais, segundo receio. Por esse motivo, acho que as boas e antigas espadas têm de ser conservadas e protegidas. Sinto muita raiva quando penso no que fazem com essas peças magistrais, verdadeiras relíquias que nenhum forjador atual consegue duplicar por mais que se esforce em imitar a técnica dos antigos!

Ergueu-se de súbito.

— Veja esta, por exemplo: é de um forjador famoso e me foi confiada por um freguês. Mas olhe: já tem pontos de ferrugem! — disse, apresentando a Musashi uma espada espantosamente longa como prova do que vinha falando até então.

Musashi lançou um olhar casual à arma e sobressaltou-se: ali estava a espada Varal, de Sasaki Kojiro.

VI

Pensando bem, não havia nenhum mistério. Afinal, Musashi estava na loja de um polidor de espadas, local procurado por todo samurai que quisesse ter sua arma afiada.

Ainda assim, nunca havia imaginado possível ver de tão perto a longa espada Varal de Sasaki Kojiro.

— Bela espada! Seu dono deve ser um samurai hábil, já que consegue manejar uma arma tão longa — comentou.

— É o que também acho — concordou Kosuke. — Já vi muitas espadas em minha vida, e posso afirmar que são poucas as deste nível. No entanto...

Desembainhou a arma, voltou as costas da lâmina para Musashi e lhe passou o cabo.

— Pegue-a na mão e veja: lamentavelmente, existem três ou quatro pontos de ferrugem. E apesar deles, seu dono continuou a usá-la durante um bom tempo.

— Estou vendo.

— Por sorte, esta é uma lâmina resistente, forjada com a excepcional técnica de um período anterior ao Kamakura, e acredito que serei capaz de eliminar até a sombra da ferrugem, embora o processo seja trabalhoso. Mas isso só é possível porque a ferrugem, em lâminas desta qualidade, só chega a manchar o aço. Se o mesmo tivesse acontecido a uma espada moderna, ela estaria completamente perdida! No caso de peças produzidas em tempos recentes, a ferrugem costuma atacar a cerne do aço como um cancro maligno, apodrecendo-o. Só por esse detalhe percebe-se a superioridade das técnicas de forja antigas, quando comparadas às modernas.

— Receba-a de volta, por favor — disse Musashi, voltando por sua vez as costas da lâmina na direção de Kosuke e devolvendo-lhe a espada pelo cabo.
— Diga-me, se não lhe for inconveniente: o proprietário desta arma a trouxe pessoalmente até aqui?

— Não. Estive na mansão dos Hosokawa alguns dias atrás para tratar de certos negócios, e fui procurado por Iwama Kakubei-sama, um vassalo da casa, que me pediu para passar em sua residência antes de ir-me embora. A espada me foi confiada na casa desse vassalo. Ele me disse que era de um hóspede seu.

— O acabamento é elegante — murmurou Musashi, contemplando a arma sob a luz do candeeiro.

— Disseram-me que em virtude do seu excepcional comprimento, a arma vinha sendo levada de viés às costas, e pediram-me que a reformasse de modo a poder ser carregada à cintura. O dono deve ser um homem muito grande, ou bastante hábil. Caso contrário, não será capaz de manejá-la — murmurou Kosuke, também contemplando.

O anfitrião começava a sentir a língua pesada sob o efeito do saquê. Musashi considerou a hora oportuna para as despedidas e retirou-se em seguida.

Era muito mais tarde do que ele havia imaginado e já não havia nenhuma casa com a luz acesa. A rua estava mergulhada na mais completa escuridão.

A ausência de iluminação não o incomodou, pois a estalagem ficava do outro lado. Entrou pela porta aberta, subiu para o andar superior tateando pelas paredes da casa impregnada do cheiro de corpos adormecidos e entrou no quarto, certo de ali encontrar Iori dormindo profundamente. Dois conjuntos de cobertores haviam sido arrumados para a noite, mas neles não viu Iori. Os travesseiros estavam dispostos em rigorosa ordem e as cobertas geladas indicavam que ninguém os havia ocupado ainda.

Musashi sentiu um súbito desassossego. Talvez o menino estivesse perdido nessa cidade estranha.

Desceu as escadas e sacudiu o plantonista adormecido em busca de notícias.

— O menino não voltou ainda? Eu pensei que ele estivesse com o senhor... — respondeu o serviçal entreabrindo os olhos sonolentos.

— Que lhe teria acontecido? — resmungou Musashi. Perdeu o sono e tornou a sair para a noite escura como breu, permanecendo em pé sob o alpendre, à espera do menino.

A RAPOSA

I

— Isto não pode ser o bairro Kobiki-cho — resmungou Iori, revoltado com as pessoas que lhe haviam dado informações erradas pelo caminho. — Como pode um importante *daimyo* morar neste lugar horrível?

Sentou-se sobre uma das toras empilhadas na beira do rio e esfregou na relva fresca a sola do pé, quente e inchada de tanto andar.

Eram tantas as balsas carregadas de toras flutuando no canal que chegavam a ocultar a água. Cerca de trezentos metros além já era o mar, visível apenas como uma mancha escura onde as ondas cintilavam.

Além disso, havia apenas uma vasta campina deserta e uma área espaçosa recentemente aterrada. Sempre havia algumas luzes, aqui e acolá, mas quando Iori se aproximava delas, descobria que se tratava de simples casebres de lenhadores e pedreiros.

Perto do rio havia montanhas de madeira e pedras. A presença maior de lenhadores, serralheiros e pedreiros nas proximidades de centros urbanos era uma decorrência lógica das reformas que estavam sendo empreendidas no palácio de Edo e do vertiginoso aumento das moradias populares. Mas, apesar de criança, o bom senso dizia a Iori que a mansão de um homem tão importante quanto o senhor de Tajima não poderia situar-se lado a lado com esses casebres rústicos de trabalhadores braçais.

— E agora, que faço?

A relva estava úmida de sereno. Iori descalçou as sandálias, molhadas e duras como pedaços de prancha. O contato da sola dos pés ardentes com a relva fria refrescou-o.

A noite já ia tão alta que o menino nem cogitava mais voltar para a estalagem. Além de tudo, o orgulho não lhe permitia retornar sem ter cumprido a missão que lhe fora confiada.

— Tudo culpa daquela velha da estalagem, que me informou errado — resmungou, esquecendo-se convenientemente do tempo que perdera espiando os teatros do bairro Sakai-cho.

Não havia mais viva alma nas ruas a quem pudesse pedir informações. Nesse passo, o dia amanheceria e o encontraria ainda ali. Infeliz e com a consciência pesada, resolveu bater à porta de um dos casebres, acordar um morador para poder cumprir a missão e voltar à estalagem.

Iori ergueu-se e recomeçou a andar na direção de uma luz.

Nesse instante, avistou uma mulher rondando os casebres, assobiando curto como costumavam fazer as prostitutas em busca de clientes. A esteira de palha que a envolvia desde o ombro deixava-a com o aspecto de um guarda-chuva semiaberto.

Os assobios não tinham conseguido atrair nenhum morador para fora dos casebres, de modo que a prostituta vagava de um lado para o outro.

Iori não tinha a mais remota ideia do que uma mulher desse tipo fazia vagando na noite escura, de modo que a chamou:

— Tia!

A mulher voltou o rosto, branco como uma parede caiada, e o olhou com raiva:

— Tu me atiraste uma pedra há agora pouco, não atiraste, moleque? — disse.

Iori assustou-se, mas logo respondeu:

— Não sei nada disso! Nem moro por aqui!

A mulher veio chegando-se, e de súbito caiu na risada, como se achasse graça de si mesma.

— Que queres, hein, pirralho?— perguntou ainda rindo.

— Eu queria uma informação.

— Que menino bonito...

— Vim trazendo recado para uma mansão, mas não consigo achá-la. Você não podia me ajudar, tia?

— Qual mansão estás procurando?

— A do senhor de Tajima.

— Quê? — exclamou a mulher, gargalhando com vulgaridade.

II

— Moleque, esse senhor de Tajima é um *daimyo* da casa Yagyu, sabias? — disse a prostituta contemplando dos pés à cabeça o pequeno Iori, não acreditando no que este lhe dizia. — Ele é o instrutor de artes marciais da casa xogunal! Achas que o guarda abriria as portas para ti? Mas talvez tu estejas à procura de um dos seus serviçais...

— Estou levando uma carta.

— Para quem?

— Para certo Kimura Sukekuro.

— Um vassalo? Ah, agora tua história começa a fazer sentido. Do jeito que me falaste, parecia que eras amigo íntimo de Yagyu-sama.

— Isso não vem ao caso. Diga-me apenas onde ele mora.

— Do outro lado do canal, está claro! Depois de atravessar aquela ponte, a primeira construção é a do depósito de Kii-sama, a segunda, a do Kyogoku Suzen-sama, a terceira, a de Kato Kisuke-sama…

A mulher apontava os depósitos, fossos e telhados visíveis do outro lado do canal, enumerando-os.

— Acho que a outra ainda deve ser a mansão que procuras — ensinou.

— Nesse caso, o bairro Kobiki-cho continua do outro lado do canal?

— Claro!

— Ah, essa não!

— Como assim? Não sabes agradecer? És bem malcriado, hein, moleque! Mas não faz mal: levo-te até lá porque te acho bonitinho.

A mulher foi na frente.

Quando já ia pela metade da ponte, a prostituta, que lembrava o folclórico guarda-chuva assombrado, cruzou com um homem vindo em sentido contrário. O estranho recendia a saquê e no momento em que passou por ela, assobiou curto, roçando de leve a mão na manga do seu quimono.

No mesmo instante, a mulher esqueceu-se por completo de que levava o menino e correu no encalço do homem.

— Ora essa, eu te conheço!! — exclamou a prostituta, barrando-lhe a passagem. — Agora, tens de vir comigo — disse, tentando arrastá-lo para baixo da ponte.

— Me larga, mulher!

— Nada feito!

— Não tenho dinheiro.

— Não faz mal…

Colou o corpo ao do homem, mas de súbito, deu-se conta de Iori, que a contemplava atônito.

— Já sabes o caminho, não sabes? Então vai, que eu tenho um negócio a resolver com este homem — disse ela.

Iori porém continuava a contemplar admirado os dois adultos, homem e mulher, agarrados no meio da ponte.

Passados instantes, os dois afastaram-se juntos para baixo da ponte, talvez porque a mulher tivesse vencido o homem pela força, ou porque o homem fingisse estar sendo arrastado.

O menino, ainda curioso, projetou o pescoço para fora do corrimão para espiar. O mato crescia viçoso na estreita faixa de terra debaixo da ponte.

A mulher ergueu a cabeça nesse momento e deu com o garoto espiando-a de cima.

— Moleque safado! — gritou, furiosa. Apanhou então uma pedra e jogou-a contra ele. — Vai-te embora, malandro!

Apavorado, Iori cruzou correndo para o outro lado do canal. Criado numa casa solitária no meio de uma campina deserta, nunca tinha visto nada tão apavorante quanto aquele rosto branco e raivoso.

III

Com o rio agora às costas, Iori caminhou até encontrar um depósito, um fosso, outro depósito e outro fosso.

— Ei! Acho que é aqui! — murmurou de repente.

Destacando-se no escuro contra uma parede caiada, o menino havia descoberto um emblema — dois sombreiros estilizados sobrepostos no interior de um círculo. Iori sabia que esse era o emblema da casa Yagyu, conforme os versos de uma canção folclórica.

O portal escuro ao lado do depósito devia ser a entrada da mansão. Iori bateu com toda a força.

— Quem é? — gritou de dentro uma voz irritada.

O menino respondeu o mais alto que pôde:

— Sou discípulo do guerreiro Miyamoto Musashi e trago uma carta dele.

O porteiro resmungou algumas palavras ininteligíveis, mas minutos depois, abriu uma fresta do portal e espiou:

— Que quer a esta hora da noite? — perguntou.

Iori levou a carta quase ao nariz do homem que espiava e disse:

— Por favor, entregue isto ao destinatário. Se há resposta, espero por ela. Se não há, vou-me embora.

O porteiro tomou a carta nas mãos e examinou-a.

— Que é isso? Ei, menino, a carta é para Kimura Sukekuro-sama?

— Sim, senhor.

— Mas ele não vive aqui.

— E onde posso encontrá-lo?

— Na mansão em Higakubo.

— Mas... me disseram que a mansão ficava em Kobiki-cho.

— É o que todos pensam, mas na verdade, esta mansão é apenas um depósito de víveres e de materiais para a reforma da residência do senhor de Tajima.

— Quer dizer que sua senhoria e todos os vassalos estão em Higakubo?

— É isso.

— E Higakubo fica muito longe daqui?

— Um bocado.

— Onde, exatamente?

— No meio das montanhas, quase no limite da cidade.

— Que montanhas?

— As da vila Azabu.

— Não conheço — suspirou Iori. O senso do dever não lhe permitia contudo desistir. — O senhor não poderia fazer um mapa e me mostrar como se chega a esse lugar?

— Se está pensando em ir até lá a esta hora, desista, pois terá de andar a noite inteira.

— Não faz mal.

— Acontece que faz. Azabu é um dos locais preferidos das raposas e é muito arriscado andar por ali à noite. E se uma delas o enfeitiçar?... Menino, você realmente conhece Kimura-sama?

— Eu não, mas meu mestre parece conhecê-lo muito bem.

— Bem... a noite já vai a meio. Acho melhor você dormir num dos nossos celeiros e esperar o dia raiar.

Iori mordiscava a unha, pensativo.

Nesse instante, o supervisor do depósito surgiu e, posto a par do assunto, opinou:

— Nem pense em seguir até Azabu sozinho no meio da noite. Nem sei como conseguiu chegar sem acidentes desde o bairro dos mercadores de cavalos até aqui andando por essas ruas cheias de assaltantes!

Ante a insistência do supervisor, o menino passou a noite num celeiro. Dormir entre os incontáveis fardos de arroz fê-lo sentir-se um mendigo no meio de montanhas de ouro, e lhe provocou pesadelos.

IV

O sono transformava Iori numa simples criança cansada.

Esquecido pelo supervisor do depósito e pelo porteiro, o menino só veio a despertar no dia seguinte, pouco depois do meio-dia.

— Onde estou? — disse ele, erguendo-se num pulo. — Ih, dormi demais!

Lembrou-se da missão incompleta e saiu do meio da palha e dos fardos esfregando os olhos, apavorado. A claridade do sol a pino o estonteou.

O porteiro almoçava dentro de sua guarita e se admirou de vê-lo:

— Acordou agora, menino?

— Tio, faça um mapa e mostre-me como chegar a Higakubo, por favor.

— Ah, dormiu demais e agora tem pressa! Está com fome?

— Tanta que sinto tudo girar ao meu redor.

— Ah, ah! Tenho aqui uma caixa de lanche a mais. Coma antes de partir — convidou o porteiro bondosamente.

Enquanto o menino comia, o homem preparou o mapa mostrando como chegar à vila Azabu e à mansão Yagyu em Higakubo.

Com o mapa na mão, Iori apressou-se em seguir caminho. Tinha presente na cabeça a ideia do dever a cumprir, mas esqueceu-se por completo de que não voltara para a estalagem na noite anterior e que Musashi poderia estar preocupado com a sua segurança.

Seguindo às riscas as instruções do mapa, Iori percorreu inúmeras ruas e vielas, atravessou a estrada que cruzava a cidade e chegou enfim ao pé do castelo de Edo.

Nas proximidades, viu canais recém-cavados por todos os lados e a terra deles extraída havia servido para cobrir uma vasta área pantanosa, sobre a qual erguiam-se agora majestosas mansões de *daimyo*, assim como residências dos seus vassalos. Nos canais flutuavam barcaças carregadas de pedras e madeira, e nas muralhas em torno do castelo haviam sido armados andaimes de toras que, à distância, assemelhavam-se a frágeis treliças para sustentação de trepadeiras.

Nos campos do vale Hibiya ecoavam as batidas de martelos e machados, glorificando o poder do novo xogum. Para Iori, tudo era novidade.

Quem me dera colher
Gencianas e campânulas
Dos campos de Musashino,
São tantas e tão bonitas,
Que nem sei qual escolher.
Meu benzinho, minha flor,
Orvalhada de sereno,
Quem me dera te colher
Sem molhar as minhas mangas,
No sereno ao teu redor.

Homens cantavam enquanto arrastavam pedras, lascas de madeira voavam das mãos de serralheiros e marceneiros. Encantado, Iori perdeu um precioso tempo contemplando.

À visão das muralhas subindo e das construções surgindo do nada, a imaginação do menino criava asas, voava. O coração batia forte.

— Ai! Quem me dera crescer de uma vez e construir um castelo para mim! — pensou Iori, encantado com os imponentes samurais supervisionando as obras.

Entretempo, a água do canal tingiu-se de dourado e os corvos começaram a grasnar, voando de volta para os ninhos.

— Ih, o sol já está caindo!— exclamou o menino, só então dando-se conta de que tinha acordado depois do meio-dia e a tarde já se fora. Mapa na mão e apertando o passo, finalmente despontou na estrada que levava à vila Azabu, no meio das montanhas.

V

Depois de um extenso e íngreme trecho de mata fechada onde os raios solares não chegavam a penetrar, a estrada o levou ao topo da montanha. Ali, o sol ainda brilhava a caminho do poente.

Pouca gente morava nas montanhas de Azabu: espalhados no fundo de um vale, entre hortas e plantações, pontilhavam aqui e ali alguns telhados de casas rurais.

Em tempos remotos, a área também fora conhecida como vila Asaou, ou seja, Vila do Cânhamo, que como diz o nome, era um centro produtor de cânhamo. No distante período Tenkei (938-947), época em que Taira-no-Masakado campeara pelas oito províncias da região de Kanto, diz-se que Minamoto-no-Tsunemoto entrincheirou-se nas montanhas de Azabu para enfrentá-lo. Decorridos outros oitenta anos, Taira-no-Tadatsune iniciou uma rebelião, ocasião em que Minamoto-no-Yorinobu recebeu do governador e comandante supremo para as áreas de Kamakura, Muromachi e Edo, a espada Onimaru[21] e a incumbência de comandar uma expedição punitiva contra as tropas rebeldes. Diz-se que Yorinobu então estabeleceu seu quartel general nessas mesmas montanhas de Azabu, e a partir dali arregimentou os soldados das oito províncias de Kanto.

— Que cansaço! — suspirou Iori depois de ter galgado a montanha correndo. Parou por alguns instantes, contemplando vagamente o mar de relvas verdejantes, as distantes montanhas de Shibuya e Aomori, assim como as vilas nas proximidades de Imai, Iigura e Mita.

O menino não tinha noção da importância histórica do local, mas sentia nas velhas árvores de aspecto centenário, nos regatos murmurantes correndo apressados pelas pregas das montanhas e no próprio ar desses montes e vales, o espírito da gente guerreira dos clãs Taira e Minamoto que por ali haviam campeado nos longínquos dias em que a região ainda era conhecida como Asaou.

Nesse momento, as batidas profundas de um tambor agitaram o ar. Iori espiou ao redor e descobriu, emergindo entre a densa folhagem aos seus pés, o telhado de um santuário xintoísta.

---

21. Onimaru: famosa espada, mais tarde tornada tradicional dos Minamoto.

Iori tinha passado há pouco pelo santuário de Iigura, dedicado à deusa de Ise. Na área, existiam arrozais que abasteciam tanto a cozinha imperial como o grande santuário de Ise, de cuja importância já sabia muito antes de começar a estudar com Musashi.

De modo que não conseguia compreender por que ultimamente o povo reverenciava Tokugawa-sama, e não a deusa do santuário de Ise, a deusa-mãe da nação japonesa. Ainda agora, havia visto com seus próprios olhos a imponência do palácio de Edo, as mansões luxuosas dos *daimyo*, e as comparava ao humilde santuário logo abaixo, muito semelhante às construções rurais ao redor.

"Tokugawa-sama deve ser mais importante que a deusa", imaginou. "Já sei: vou perguntar a Musashi-sama quando voltar", decidiu-se o menino.

Resolvido o problema, dedicou a atenção a localizar a mansão dos Yagyu, retirando das dobras do quimono, à altura do peito, o mapa que lhe dera o porteiro.

"Que é isso?", pensou, com uma leve carranca. O local onde se encontrava era bem diferente daquele descrito no mapa.

"Que estranho!"

O sol caía no horizonte, mas a paisagem ao seu redor parecia iluminar-se cada vez mais, como num quarto fechado em cujo *shoji* o sol poente incide em cheio. Aumentando a sensação de sonho, a névoa cobriu tudo com seu manto, e as minúsculas gotas de orvalho que teimavam em acumular-se nas pontas dos seus círios faziam com que as coisas ao seu redor assumissem cambiantes tonalidades do arco-íris.

— Ah, bicho maldito! — gritou ele de repente, saltando e disparando na direção de uma moita logo atrás, golpeando às cegas.

Uma raposa regougou e borrifos de sangue e relva voaram no meio da névoa iridescente.

VI

O pelo da raposa era brilhante, da cor de um esporão de eulália seco. Ferido no rabo, ou talvez na pata, o animal disparou pela campina como uma flecha.

— Já te pego, maldita!— gritou Iori, correndo no encalço com a espada na mão, pronto para matá-la.

Manquitolando, meio tombada para a frente, a raposa parecia presa fácil, mas no momento em que o menino conseguia aproximar-se, ela tornava a disparar e a distanciar-se.

Como toda criança criada no campo, Iori ouvira desde pequeno, ainda no colo da mãe, histórias ditas verídicas em que raposas haviam pregado peças em seres humanos. Assim, o menino tinha raiva e medo delas, embora fosse capaz de amar os filhotes de javali, coelhos e esquilos.

Essa era a razão por que, ao descobrir a raposa dormindo no meio do mato, imaginara imediatamente: não era por acaso que andava perdido, a raposa o havia enfeitiçado! E então, uma ideia ainda mais apavorante lhe ocorreu de súbito: a maldita raposa talvez já estivesse atrás dele desde a noite anterior!

Maldita!

Tinha de acabar com ela, ou continuaria enfeitiçado.

Foi pensando nisso que o menino a perseguira com tanto ímpeto, mas a raposa logo mergulhou no meio de arbustos à beira de um barranco e desapareceu.

Iori sabia que as raposas eram astutas. Talvez essa apenas fingisse ter fugido, quando na verdade estaria bem atrás dele, à espreita por trás de uma moita, pensou. Chutou todos os arbustos ao redor, examinando-os um a um.

O sereno já umedecia a relva e gotas brilhavam nas pequenas flores-do--campo. O menino desabou no meio das plantas e sorveu a água acumulada nas folhas da hortelã para umedecer a boca.

Depois de instantes, pôs-se a arfar: o suor começou a escorrer por todo o corpo e o coração disparou.

— Ah, raposa dos infernos! Aonde foi que você se escondeu?

Se pelo menos não a tivesse ferido, pensou, aflito.

— Ela vai tentar vingar-se, com certeza! — murmurou, preparando-se para o ataque.

Dito e feito. Mal começava a recuperar a calma, Iori ouviu um som estranho, quase sobrenatural.

— ...?

Apavorado, procurou vivamente ao redor, concentrando-se para não ser enfeitiçado.

O estranho som que lembrava o de uma flauta vinha se aproximando.

— Aí vem ela!

Pronto para tudo, Iori ergueu-se com cuidado.

Nesse instante, surgiu em seu campo visual um vulto feminino, cujos contornos a névoa do entardecer tornava imprecisos. A mulher usando um véu longo que a cobria desde a cabeça vinha a cavalo, sentada de lado no selim. As rédeas do animal estavam soltas e as pontas descansavam na sela à sua frente.

É sabido que cavalos em geral são sensíveis à música, e este, sem fugir à regra, parecia enfeitiçado: andava a passos lentos, acompanhando o ritmo da melodia tocada pela mulher em seu lombo.

— Ah, raposa dos infernos! Assumiu a forma de uma mulher para me pregar uma peça...! — pensou Iori no mesmo instante.

A confusão do menino era até justificável: com o sol poente às costas, a mulher a cavalo que se aproximava tocando flauta constituía uma visão fantasmagórica, algo capaz de levar qualquer um a duvidar dos próprios olhos.

VII

Iori mergulhou no meio da relva e se achatou contra o solo como uma pequena serpente.

No ponto onde se encontrava, o caminho descia abrupto rumo aos vales da região setentrional. Quando a mulher passasse por ali, decidiu o menino, ele se ergueria de repente, a golpearia e obrigaria a mostrar sua verdadeira identidade.

Rubro, o disco solar caía a um canto da montanha Shibuya. Nuvens escuras orladas de vermelho começavam a preparar o céu para a noite, mas a penumbra já havia invadido a superfície da terra.

— Otsu-san...! — pensou Iori ter ouvido em algum lugar nesse momento.

"Otsu-san...!", repetiu o menino baixinho, imitando o chamado.

Até a voz soava sobrenatural aos ouvidos do desconfiado menino.

"Deve ser a companheira desta raposa", decidiu o menino. Uma chamara a outra, com certeza.

Ergueu o olhar das moitas onde se escondera e percebeu que a estranha mulher já tinha alcançado o início da ladeira. A área era um descampado, de modo que, destacando-se da névoa e da penumbra, o vulto a cavalo surgiu nítido da cintura para cima contra o céu em chamas.

Iori preparou-se para dar o bote.

"Ela ainda não percebeu que estou aqui!" pensou, empunhando a espada com firmeza. Mais dez passos, e o cavalo começaria descer a ladeira, momento em que saltaria das moitas e golpearia suas ancas, decidiu.

Iori havia ouvido dizer muitas vezes que a raposa está sempre alguns metros atrás da aparição produzida por ela mesma. A noção era parte de uma complexa teoria popular em torno de raposas. Rígido de antecipação, o menino engoliu a saliva e esperou.

Contudo...

Ao chegar ao começo da ladeira, a mulher a cavalo freou de súbito a montaria e, parando de tocar a flauta, guardou-a num saquinho, enfiando-o a seguir entre as dobras do *obi*. Levou então as mãos à beira do véu, soergueu-o e pôs-se a olhar em torno, procurando algo ainda sentada sobre a sela.

— Otsu-san! — voltou a chamar a mesma voz.

No mesmo instante, um sorriso surgiu no rosto alvo da bela aparição a cavalo.

— Ah, é Hyogo-sama! — exclamou ela em voz baixa.

Só então Iori também conseguiu avistar o vulto de um samurai que vinha subindo a ladeira, proveniente do vale.

"Que é isso?" assustou-se o menino.

Pois o samurai coxeava! E a raposa que ferira havia pouco também mancava! Isso queria dizer que este samurai era o animal que ele tinha ferido na pata e deixado escapar. Como ele era ardiloso, hábil em seus truques, pensou Iori assombrado. Um arrepio percorreu-lhe o corpo inteiro e o fez molhar as calças sem querer.

Entrementes, a mulher e o samurai coxo trocaram algumas palavras e, em seguida, o homem apanhou as rédeas e passou conduzindo o cavalo bem na frente dos arbustos onde Iori se escondia.

"É agora!" pensou o menino, mas o corpo não o obedeceu. Não obstante, o samurai coxo pressentiu de imediato o movimento nos arbustos, pois voltou-se imediatamente e lançou um olhar feroz para o lado do menino.

O olhar tinha um brilho duro, mais intenso que os raios vermelhos do sol caindo por trás das montanhas.

Iori tombou no meio do mato. Nos seus curtos quatorze anos de vida, nunca tinha sentido tanto medo como nesse instante. Não fosse o medo mortal de revelar a própria posição, o menino teria desandado a chorar a plenos pulmões.

IMAGEM SEMPRE PRESENTE

I

A ladeira era íngreme.

Segurando as rédeas do cavalo, Hyogo descia inclinando-se para trás, contendo o passo da montaria.

— Está atrasada, Otsu-san! — disse, voltando-se para o vulto sobre a sela. — Demorou demais para quem só ia fazer uma visita ao santuário. A tarde começou a cair e o meu tio a preocupar-se, de modo que vim à sua procura. Foi a mais algum lugar?

— Sim — respondeu Otsu. Inclinou-se para um lado, e agarrando-se ao apoio na frente da sela, desmontou.

— Por que desmontou, Otsu-san? Sabe que eu a conduziria muito bem — protestou Hyogo.

— Não me sinto bem sendo conduzida por um homem de sua importância, Hyogo-sama.

— Continua cheia de formalidades, Otsu-san. Pior pareceria se *eu* voltasse a cavalo conduzido por você…

— Nesse caso, andamos os dois, cada um segurando um dos lados da rédea — resolveu Otsu.

A penumbra se adensava conforme desciam a ladeira e estrelas já surgiam brancas no céu. As luzes de casas rurais pontilhavam o vale, o rio Shibuya murmurava.

Os habitantes locais chamavam de Higakubo Setentrional a área aquém do rio, e de Higakubo Meridional a margem oposta.

A área ribeirinha próxima à ponte era ocupada por uma academia de monges, fundada pelo bonzo Kan'ei Rintatsu. Quando desciam a ladeira, os dois haviam passado pela entrada, assinalada por uma placa: "Academia Sendan'en da Seita Zen Soto".

A mansão Yagyu ficava frente a frente com a academia, do outro lado do rio. Por esse motivo, os camponeses e pequenos mercadores que habitavam as margens do rio Shibuya referiam-se genericamente aos discípulos da academia dos monges como "guerreiros do norte", e aos discípulos da casa Yagyu como "guerreiros do sul".

Yagyu Hyogo vivia sempre em companhia dos discípulos da academia Yagyu, mas gozava de uma situação privilegiada por ser neto de Yagyu Sekishusai e sobrinho do senhor de Tajima.

Em contraposição à casa Yagyu de Yamato, esta era chamada "Yagyu de Edo". E entre todos os netos, o velho suserano Sekishusai de Yamato tinha especial predileção por Hyogo.

Logo depois de completar vinte anos, ele havia chamado a atenção de Kato Kiyomasa e fora convidado a servir à sua casa na província de Mango em troca de um alto estipêndio. Mais tarde, ficou estabelecido que se fixaria em Kumamoto por fabulosos 3 mil *koku*. Terminada a batalha de Sekigahara, a casa Tokugawa, que saíra vencedora da guerra, usara critérios políticos extremamente complexos para separar os *daimyo* em dois grupos: o dos fiéis a ela e o dos partidários da coalizão de Osaka.

Hyogo então considerara melhor afastar-se da casa Kato para não se envolver em questões que nada tinham a ver com sua pessoa e, dando como desculpa a doença do avô, retornara a Yamato. Depois disso, informou que desejava sair em jornada de estudos e nunca mais retornou à casa Kato. Desde então, percorreu diversas províncias adestrando-se e no ano anterior tinha chegado à casa do tio em Edo, onde permanecia até esse dia.

Hyogo estava agora com 28 anos, e nos últimos dias havia surgido na casa do tio uma jovem de nome Otsu. Sendo ambos jovens, os dois logo tornaram-se amigos, ou mais que amigos, se dependesse da vontade de Hyogo. Ele porém sabia que Otsu tinha um passado confuso. Além disso, o olhar vigilante do tio vivia sobre os dois, de modo que não havia revelado a ninguém o que lhe ia no coração.

II

Neste ponto, torna-se imprescindível explicar também a razão da presença de Otsu na mansão Yagyu.

Três anos já se haviam passado desde o dia em que, a caminho de Edo, Otsu havia-se desgarrado de Musashi na estrada de Kiso, e desaparecido sem deixar rastros.

O sequestrador a emboscara entre o posto de inspeção de Fukushima e a pousada de Narai, forçara-a a transpor a serra e escapara para os lados de Koshu, conforme foi narrado anteriormente.

Esse malfeitor, lembram-se ainda os leitores, era Hon'i-den Matahachi. Otsu, apesar de constantemente vigiada e coagida por ele, tinha conseguido manter-se casta. E na época em que Musashi e Joutaro teriam presumivelmente entrado na cidade de Edo depois de percorrer seus próprios caminhos, Otsu também ali havia chegado.

Como vivia ela?

E em que parte da cidade?

Para esclarecer esses pontos obscuros da narrativa, teria de voltar dois anos no tempo, de modo que vou simplificar, contando-lhes apenas de que modo Otsu acabou chegando à casa Yagyu.

Ao entrar em Edo, Matahachi resolveu que a primeira providência a tomar seria encontrar um emprego para garantir a subsistência.

Mas até para procurar emprego Matahachi não se afastava de Otsu nem por um instante.

Aonde ia, anunciava:

— Somos um casal recém-chegado de Kyoto.

Sempre havia empregos para ajudante de pedreiro, carpinteiro e marceneiro porque o palácio de Edo estava sendo reconstruído, mas Matahachi conservava amargas lembranças dos tempos em que trabalhara na reforma do palácio de Fushimi.

— Conhece alguém disposto a contratar um casal? Estou procurando um trabalho que possa ser feito dentro de casa, como de escriba, por exemplo — pedia ele aqui e ali com seu habitual jeito vacilante, irritando os poucos interessados em ajudá-lo.

— Um emprego tão conveniente é difícil, até nesta cidade onde não faltam oportunidades! — respondiam, dando-lhe as costas.

Alguns meses se passaram. Desde que Matahachi não lhe ameaçasse a castidade, Otsu mostrava-se dócil para ganhar sua confiança e poder fugir à primeira oportunidade.

Certo dia, andavam os dois por uma rua quando se depararam com o cortejo de um *daimyo*. Baús e liteiras coloridas, ornadas com o emblema da casa — dois sombreiros estilizados sobrepostos no interior de um círculo — desfilaram diante de seus olhos. Os transeuntes abriram passagem para o cortejo prostrando-se dos dois lados do caminho e, de cabeças baixas, sussurravam:

— É Yagyu-sama!

— É o senhor de Tajima, o homem que ensina artes marciais ao xogum pessoalmente!

Otsu lembrou-se dos dias passados no feudo de Yagyu na província de Yamato, assim como da sua amizade com o velho suserano Sekishusai e sentiu uma indizível tristeza. Como seria bom se estivesse agora em Yamato, pensou, contemplando vagamente a comitiva passar, uma vez que Matahachi se encontrava rente ao seu lado.

E foi então que ouviu:

— Otsu-san! É Otsu-san, como pensei!

Um samurai tinha vindo no seu encalço, procurando-a no meio da multidão que começava a se dispersar.

Quando passara havia pouco escoltando a liteira do senhor de Tajima, Otsu não lhe vira o rosto, oculto debaixo de um largo sombreiro. Agora, porém, que o tinha à sua frente, percebeu com grande surpresa que se tratava do seu velho conhecido Kimura Sukekuro, um dos quatro vassalos veteranos de Sekishusai.

Otsu soltou-se de Matahachi, correu para perto de Sukekuro e a ele se agarrou, dizendo:

— Como estou feliz em revê-lo, senhor!

Desse momento em diante, Sukekuro tomara conta da situação e a conduzira para a mansão Yagyu de Higakubo. Como era de se esperar, Matahachi não permaneceu contemplando passivamente a presa escapar-lhe das garras. Sukekuro, porém, interrompeu sua arenga e ordenou:

— Se tem alguma reclamação a fazer, compareça à mansão Yagyu. Lá conversaremos.

Covarde como era, Matahachi não conseguiu dizer mais nada ao ouvir o nome Yagyu. E assim, deixou-se ficar apenas contemplando o cortejo que se afastava, imóvel, rosto contorcido de ódio.

III

Sekishusai nunca tinha ido à cidade de Edo. Isso, porém, não o impedia de preocupar-se constantemente com a sorte do filho, o senhor de Tajima, designado para o importante cargo de instrutor marcial do novo xogum Tokugawa Hidetada.

Nos últimos tempos, o nome Yagyu crescia de importância não só em Edo, mas no país inteiro, a ponto de o estilo Yagyu de esgrima ser considerado por unanimidade o mais expressivo entre os praticantes de artes marciais, e o nome do senhor de Tajima ser citado como o do melhor espadachim da atualidade.

Aos olhos do pai, contudo, o mais famoso espadachim do país não passava de uma criança, o seu pequeno filho de antigamente.

"Tomara que ele saiba controlar aquele velho hábito seu", ou "Espero que seu gênio voluntarioso não interfira em sua carreira" eram frases que lhe escapavam vez ou outra, demonstrando que, em se tratando do filho querido, o monstro sagrado da esgrima era tão vulnerável quanto qualquer outro pai.

Nos últimos tempos, a preocupação com o filho e com o futuro do neto aprofundava-se cada vez mais porque Sekishusai andava bastante debilitado desde o ano anterior e percebia com maior clareza a aproximação da morte. E talvez como parte dos preparativos para abandonar esta vida, o velho suserano havia recomendado seus fiéis discípulos Debuchi, Shoda e Murata às casas Echizen, Sakakibara e Chiki, abrindo-lhes a possibilidade de constituir suas próprias casas.

Sekishusai não se esquecera também de remeter Kimura Sukekuro para junto do filho em Edo, certo de que o experiente vassalo ajudaria o senhor de Tajima a tomar decisões corretas no desempenho de suas importantes funções.

Com o exposto, creio que pus o leitor a par dos principais acontecimentos da casa Yagyu destes últimos três anos e dos motivos por que certa jovem e o sobrinho do senhor de Tajima viviam agora sob um mesmo teto.

Na ocasião em que Sukekuro trouxe Otsu para a mansão, o senhor de Tajima aceitara de bom grado abrigá-la, pois sabia que, tempos atrás, a jovem havia servido ao pai corretamente.

— Não se preocupe com nada e permaneça em minha casa o tempo que quiser. Você poderá me ajudar a administrar a casa — sugerira ele.

Com a chegada do sobrinho Hyogo, porém, essa disposição despreocupada alterou-se ligeiramente. Tinha agora sob seus cuidados dois jovens convivendo intimamente e via-se obrigado a mantê-los sob constante vigilância, o que começava a cansá-lo.

Hyogo, no entanto, ao contrário do tio, tinha um gênio aberto e descontraído.

— Otsu-san é uma boa moça. Gosto dela — vivia ele sempre dizendo, sem se importar com o olhar sisudo do tio. Consciente da própria posição, contudo, o jovem Hyogo jamais dera a entender que a amava ou a queria desposar.

Voltamos agora ao ponto em que os dois, com o cavalo no meio e segurando cada qual um lado da rédea, vinham caminhando pelo vale Higakubo, de onde o sol há muito desaparecera. Subiram em seguida um ligeiro aclive para o sul e pararam na frente do portão da casa Yagyu. Hyogo bateu com força à porta e gritou:

— Abra a porta, Heizo! Somos nós, Hyogo e Otsu-san!

CARTA URGENTE

I

Munenori, o senhor de Tajima, estava com 38 anos. Nem brilhante nem audacioso, era contudo inteligente, um tipo mais racional que espiritual.

Nisso ele diferia do ilustre pai, Sekishusai, e do genial sobrinho Hyogo.

Anos atrás, quando o idoso suserano de Koyagyu havia recebido ordens de Tokugawa Ieyasu no sentido de designar alguém de seu clã para servir o filho Hidetada na qualidade de instrutor de artes marciais, Sekishusai procurou, entre os próprios filhos, netos, sobrinhos e vassalos, alguém cujo perfil se adaptasse ao cargo, e logo decidiu:

— Mandem Munenori.

Pesaram na escolha a inteligência e o temperamento suave de Munenori.

A personalidade de Munenori, acreditava o idoso suserano, era a que melhor interpretava o pensamento básico da escola Yagyu, ou seja, o de que arte militar devia ser um instrumento para governar o país.

Ieyasu, por seu lado, não pensava em aprimorar o nível técnico de esgrima do filho Hidetada quando procurara um bom instrutor de artes marciais para ele. Na época, o próprio Ieyasu tomava aulas de esgrima com um certo mestre de nome Okuyama, e havia muitas vezes repetido que, desse modo, procurava "obter a visão necessária para governar o país."

De modo que, muito além da questão de ser ou não um hábil espadachim, o instrutor de Hidetada tinha de ter como objetivo básico ensinar ao aluno esgrima como um meio de compreender e governar o país.

Isto não queria dizer que, só por defender tais objetivos, Munenori não precisasse ser ele próprio um hábil espadachim e demonstrar essa habilidade em duelos, já que a esgrima era fundamentalmente a arte de vencer sempre e sobreviver em quaisquer circunstâncias. Mais que isso, esperava-se dele que superasse os demais, independente de estilos ou correntes, até para preservar a dignidade do nome Yagyu.

E a constante necessidade de provar sua superioridade representava uma grande angústia para Munenori. Enquanto os demais membros do clã o invejavam por ter sido escolhido para o honroso cargo, o senhor de Tajima considerava uma indizível provação a função ora exercida por ele, e invejava Hyogo e sua vida despreocupada.

Por falar em Hyogo, vinha ele nesse instante atravessando o longo corredor em forma de ponte, dirigindo-se para os aposentos ocupados por Munenori.

A mansão, no estilo arquitetônico de Nara, era propositadamente rústica e sua construção fora realizada por marceneiros locais, os quais não contaram com nenhum auxílio da refinada mão-de-obra da região de Kyoto. Morando nesse ambiente, Munenori procurava mitigar a saudade do vale Yagyu, onde as árvores eram esparsas e as montanhas baixas, iguais às que via ao seu redor nesse momento.

— Senhor meu tio! — disse Hyogo, ajoelhando-se no corredor e espiando o aposento.

Munenori já havia pressentido sua aproximação.

— É você, Hyogo? — disse, sem tirar os olhos do jardim.

— Posso trocar algumas palavras com o senhor?

— Assunto sério?

— Não, senhor. Quero apenas conversar.

— Entre.

— Com sua licença — disse Hyogo, só então passando para dentro do aposento.

A rigidez protocolar era uma das características da casa. Hyogo, por exemplo, considerava mais fácil conviver com Sekishusai do que com o tio. Com o avô ele tomava certas liberdades que jamais tomaria com Munenori, todo formal até no modo de sentar-se. Por vezes, Hyogo sentia pena do tio.

II

Munenori era homem de poucas palavras, mas ao ver o sobrinho, pareceu de súbito lembrar-se e perguntou:

— E Otsu?

— Já está de volta — respondeu Hyogo.— Ela tinha ido visitar o santuário de Hikawa, como de costume, e disse que acabou se atrasando porque deixou-se levar pelo cavalo e perambulou por aí.

— Você foi procurá-la pessoalmente?

— Sim, senhor.

Munenori permaneceu em silêncio por alguns instantes, com a luz da lamparina iluminando-lhe lateralmente o rosto.

— Ter essa jovem aos meus cuidados transformou-se numa responsabilidade muito grande. Será melhor procurar uma casa que a receba convenientemente e transferi-la. Já instrui Sukekuro nesse sentido.

— Contudo... — disse Hyogo, parecendo discordar da decisão do tio —, ouvi dizer que ela não tem ninguém no mundo a quem recorrer. Se a mandar embora daqui, não terá para onde ir.

— Se pensar desse modo, nunca me livrarei dessa responsabilidade.
— Ela é gentil. Meu avô costumava elogiá-la.
— Não o estou contradizendo, mas... esta é uma casa só de homens. A presença de uma mulher bonita e solteira no meio deles distrai-lhes a atenção, é capaz de provocar comentários entre os que frequentam a mansão.
— ...

Hyogo não quis interpretar as palavras do tio como uma censura velada a ele. Primeiro, porque era solteiro e não precisava temer a língua do povo, e segundo, porque não nutria por Otsu nenhuma intenção escusa de que tivesse de se envergonhar.

As palavras do tio — sentiu Hyogo — eram antes uma referência à própria situação. Munenori tinha uma esposa, que descendia de uma família influente e em boa posição social. Como convinha às grandes damas, os aposentos dela e das mulheres que compunham sua pequena corte ficavam longe dos quartéis de Munenori, tão longe que ninguém conseguia saber com certeza se a relação do casal era ou não harmoniosa. No entanto, era fácil deduzir-se que a jovem esposa, obrigada a viver confinada em aposentos tão distantes do marido, não via com bons olhos o aparecimento de outra mulher jovem e bela partilhando o cotidiano do marido.

Por esse motivo, ao encontrá-lo vez ou outra sozinho e desanimado, Hyogo, apesar de solteiro e, portanto, inexperiente em assuntos conjugais, era levado a imaginar se não tivera algum tipo de aborrecimento nos distantes aposentos da esposa. Sobretudo porque o tio era o tipo do marido sério, incapaz de mandar a mulher calar-se, mesmo quando ela se tornava inconveniente.

De um lado, portanto, Munenori suportava em silêncio o peso da responsabilidade inerente ao cargo de instrutor xogunal e do outro, o humor instável da jovem esposa. Ultimamente, porém, era visto sozinho, perdido em pensamentos, com frequência cada vez maior.

— Falarei com Sukekuro e encontraremos um meio de aliviar suas preocupações, tio. Deixe Otsu-san por nossa conta — disse Hyogo.
— Faça isso o mais breve possível — atalhou Munenori.

Nesse instante, seu administrador Sukekuro surgiu no aposento contíguo.
— Senhor! — chamou ele. Tinha se sentado num local distante da área iluminada pela lamparina e depositou uma caixa de correspondências na sua frente.
— Que quer? — disse Munenori, voltando-se.

Sukekuro aprumou-se e posicionou-se de frente para o seu amo.
— Um mensageiro a cavalo acaba de trazer esta carta expressa de Koyagyu — disse.

III

— Carta expressa? — repetiu Munenori agitado, como se adivinhasse o teor da correspondência.

Hyogo também logo desconfiou, mas como o assunto não podia ser tratado levianamente, absteve-se de qualquer comentário, ocupando-se apenas em passar a caixa das mãos de Sukekuro para as do tio.

— Que poderá ter acontecido? — disse.

Munenori desdobrou a carta que o administrador do clã Yagyu, Shoda Kizaemon, havia escrito às pressas, conforme indicavam os traços corridos dos caracteres. Dizia:

Referência: o estado de saúde do grão-senhor, Sekishusai-sama.

Acometido novamente por um resfriado muito forte, desta vez seu estado é crítico, e leva-nos a crer com grande pesar que seu fim se aproxima. Não obstante, sua senhoria mantém-se lúcido e insiste que o senhor de Tajima não deve afastar-se de Edo e do importante cargo que lhe foi confiado, mesmo em caso de luto. Apesar de sua expressa recomendação, nós, os vassalos, discutimos o caso entre nós e optamos por remeter a presente.

— Em estado crítico... — sussurraram Munenori e Hyogo, calando-se em seguida por alguns minutos.

Pela expressão do tio, Hyogo viu que ele já havia tomado uma resolução. O jovem sobrinho admirava o autocontrole de Munenori — traço da sua personalidade racional, sem dúvida —, que lhe permitia manter a calma e a compostura mesmo em situações como aquela, enquanto ele, Hyogo, emocionava-se imaginando o rosto morto do avô e a consternação dos vassalos, sentindo-se incapaz de tomar qualquer medida prática.

— Hyogo!
— Sim, senhor?
— Apronte-se imediatamente e siga para o castelo em meu lugar.
— Em seguida, senhor.
— Diga ao meu pai que não se preocupe comigo ou com minha função, e que tenho tudo sob controle.
— Assim direi.
— Cuide dele por mim, Hyogo.
— Sim, senhor.

— Depreendo que seu estado é grave. A mim, só me resta pedir a proteção dos deuses e dos santos budistas... Apresse-se, por favor, Hyogo. Faça de tudo para chegar a tempo de vê-lo ainda com vida.

— Parto em seguida. Até mais ver, meu tio.

— Ainda esta noite?

— Minha situação me leva a partir a qualquer momento. É a minha única vantagem em relação ao senhor, meu tio, e tenho de fazer uso dela em seu benefício — disse Hyogo. Pediu licença ao tio e retornou aos seus aposentos.

Enquanto o jovem preparava-se para viajar, a triste notícia espalhou-se pela mansão e chegou aos ouvidos da criadagem. Sussurros pesarosos encheram a casa.

Sem que ninguém tivesse percebido, Otsu havia-se trocado e surgiu timidamente à entrada dos aposentos ocupados por Hyogo.

— Hyogo-sama: deixe-me seguir em sua companhia, por favor — suplicou ela em lágrimas. — Sei que nada haverá de pagar a grande dívida que tenho para com o grão-senhor, mas gostaria ao menos de estar ao seu lado neste momento e de proporcionar-lhe um mínimo de conforto. Nunca me esquecerei do quanto ele fez por mim e sei que se hoje encontro abrigo nesta mansão, devo-o também à sua bondosa recomendação. Por tudo isso, eu lhe suplico: leve-me com o senhor.

Hyogo sabia muito bem o caráter correto de Otsu e não conseguiu recusar, embora no íntimo tivesse a certeza de que, se o tio estivesse em seu lugar, não teria hesitado em negar permissão. Por outro lado, lembrou-se do que havia prometido a Munenori momentos atrás, e considerou que talvez esta fosse uma boa oportunidade para cumprir a promessa.

— Muito bem, eu a levarei comigo. Contudo, lembro-lhe que nesta viagem cada minuto será precioso. Será capaz de viajar dia e noite sem descanso, a pé, a cavalo e de liteira?

— Prometo-lhe que acompanharei seu ritmo, por mais rápido que seja — respondeu Otsu feliz, enxugando as lágrimas e apressando-se em ajudar Hyogo a se aprontar.

IV

Otsu apresentou-se nos aposentos de Munenori, expôs sua decisão e lhe pediu permissão para partir depois de agradecer-lhe a gentil acolhida durante os dias e meses que ali passara.

— Estou satisfeito com a sua decisão. Tenho certeza de que sua presença alegrará o meu velho pai — disse Munenori satisfeito. — Vá com cuidado —

acrescentou, ao mesmo tempo em que mandava providenciar, como presente de despedida, um quimono novo e uma considerável quantia em dinheiro para as despesas de viagem e miudezas.

Os vassalos descerraram o portão e, enfileirados dos dois lados da passagem, acompanharam a partida do neto de Sekishusai.

— Adeus! — despediu-se Hyogo de todos com um breve aceno, saindo pelo portão.

Otsu tinha prendido o quimono sob o *obi*, deixando-o mais curto para facilitar-lhe os passos, e levava nas mãos um bastão e um sombreiro feminino finamente envernizado, aprontando-se para a longa jornada. Se levasse um ramo de glicínias ao ombro seria um exemplar vivo das tradicionais beldades retratadas em pinturas, muito comum em Outsu, pensavam os vassalos, tristes ante a ideia de que não a veriam mais andando pela mansão.

Hyogo havia decidido contratar liteiras ou cavalos a cada posto de muda no qual passassem, de modo que o objetivo dessa primeira etapa da viagem era alcançar Sangen'ya ainda durante a noite. Para tanto, tinham de pegar a estrada de Ouyama até o rio Tamagawa, tomar a balsa, cruzar para a outra margem e sair na estrada Tokaido, explicara Hyogo. O sereno já molhava o sombreiro de Otsu. Depois de percorrer um bom trecho de mata no fundo do vale à beira do rio, os dois saíram numa estrada mais larga, em subida.

— Esta é a ladeira Dougen-zaka — explicou Hyogo.

O caminho, um dos mais frequentados da região de Kanto desde o período Kamakura, era ladeado por morros cobertos de mata fechada e árvores altas, de modo que pouca gente por ele transitava depois do anoitecer.

— Está com medo de andar por esta estrada escura? — perguntou Hyogo, diminuindo o passo para que Otsu pudesse alcançá-lo.

— Nem um pouco — respondeu Otsu, sorrindo e apressando-se por seu lado para não ficar para trás. Afligia-a a ideia de que, por sua causa, Hyogo se atrasasse e não chegasse a tempo de ver o idoso suserano com vida.

— Esta área costumava ser infestada de bandoleiros.

— Bandoleiros?! — exclamou, arregalando os olhos de espanto.

— Mas isso foi antigamente — enfatizou Hyogo, rindo. — Dizem que um certo Dougen Taro, um homem do clã de Wada Yoshimori, tornou-se bandoleiro e vivia numa caverna nestas proximidades.

— Vamos falar de assuntos menos apavorantes, está bem?

— Mas você acaba de dizer que não está com medo!

— Não seja maldoso!

Hyogo gargalhou, e seu riso ecoou no escuro.

Não sabia bem por quê, mas o jovem sentia-se em boa disposição. Estava feliz pela oportunidade de poder viajar a sós com Otsu, o que lhe provocava uma vaga sensação de culpa quando se lembrava do avô, às portas da morte na distante província natal.

— Que é isso? — exclamou Otsu de súbito, dando um passo para trás.

— Que foi? — disse Hyogo, passando sem o perceber um braço protetor em torno dos seus ombros.

— Tem alguma coisa movendo-se ali.

— Onde?

— Ora... é uma criança! Olhe, está sentada na beira da estrada. Ah, que horror! Ela está falando sozinha!

Hyogo aproximou-se. O menino era o mesmo que ele vira escondido no meio das moitas naquela mesma tarde, quando voltava em companhia de Otsu para a mansão.

V

Mal avistou os dois, Iori — pois, tratava-se dele — saltou em pé rapidamente e investiu, golpeando a esmo.

— Malditos! — esbravejou.

— Que é isso, menino! — gritou Otsu.

No mesmo instante, Iori voltou-se na sua direção aos berros:

— Raposa dos infernos! Bicho maldito!

Era apenas um menino, e brandia uma espada curta, mas o que causava apreensão era o seu olhar selvagem. O menino parecia possuído por um espírito demoníaco e investia cegamente, obrigando Hyogo a recuar um passo.

— Raposa maldita! Maldita!

A voz de Iori era rascante como a de uma mulher velha. Desconfiado, Hyogo continuou apenas a desviar-se dos golpes enquanto observava o comportamento do menino.

— Toma isto! — gritou Iori nesse instante, erguendo a espada e descarregando-a num arbusto delgado, decepando-o. A metade superior da planta tombou e no mesmo instante, Iori sentou-se molemente no chão.

— E agora, que me diz disso, raposa maldita! — disse, arquejante.

O menino tinha a expressão chocada de alguém que acaba de matar um homem e se arrepia ante a visão do sangue. Ao ver isso, Hyogo sorriu e voltou-se para Otsu:

— Pobrezinho! Parece ter sido enfeitiçado por uma raposa! — comentou.

— Que horror! Isso explica esse olhar enlouquecido!

— Obra da raposa, sem dúvida.

— Não podemos fazer nada por ele?

— Já diz um velho ditado que burro e louco só a morte cura, mas esta loucura é fácil de ser curada.

Hyogo parou na frente de Iori e o fixou duramente. O menino, que havia estado com os olhos arregalados, quase em transe, tornou a empunhar a espada e gritou:

— Ainda está aí, bicho dos infernos?

Ia erguer-se, quando ouviu o *kiai* estridente de Hyogo. No mesmo instante, viu-se apanhado pela cintura e levado dali em disparada.

O jovem desceu a ladeira correndo e ao chegar à ponte que cruzara havia pouco, segurou Iori pelos pés e o dependurou de ponta-cabeça por cima do corrimão sobre o rio.

— Mããão! — gritou Iori em voz aguda. — Paaai!

Hyogo continuava a segurá-lo sobre o rio, quando ouviu o terceiro berro:

— Meeestre! Me acuda!

Otsu alcançou-os nesse instante e ao ver o tratamento brutal dispensado a Iori, gritou como se ela própria estivesse sendo maltratada:

— Pare! Pare com isso, Hyogo-sama! Não pode tratar desse jeito um menino que nem conhece!

Hyogo depositou então o menino sobre a ponte gentilmente dizendo:

— Creio que basta.

No momento seguinte, Iori desatou a chorar como uma criança totalmente desamparada, sem ninguém no mundo para acudi-la.

Otsu aproximou-se e pôs a mão sobre o ombro, sentindo-o menos tenso que há pouco.

— De onde você veio? — perguntou.

Com voz entrecortada de soluços, o menino respondeu, apontando a esmo:

— De lá.

— Lá onde?

— Da cidade de Edo.

— De que bairro de Edo?

— Dos mercadores de cavalo.

— Ora essa! E que faz você neste lugar tão distante?

— Eu vim trazendo uma mensagem e acabei me perdendo...

— Quer dizer que você andou o dia inteiro e...

— Nada disso — interrompeu Iori, balançando a cabeça, recuperando parcialmente a calma. — Estou andando desde ontem.

— Como é? Você andou perdido por dois dias? — exclamou Otsu atônita.

VI

— E aonde ia você com a mensagem? — insistiu Otsu.

Iori parecia esperar a pergunta, pois respondeu sôfrego:

— À mansão de Yagyu-sama.

Tirou em seguida da altura do umbigo uma carta amarfanhada, guardada com muito zelo. Ergueu-a e leu à luz das estrelas:

— Diz aqui: Kimura Sukekuro-sama. Ele é vassalo de Yagyu-sama e mora em sua mansão. A carta é para ele.

Ah, mundo cruel! Por que Iori não mostrou nesse instante a carta às pessoas que tão bondosamente o tinham acudido? Ou teria o destino intervindo uma vez mais intencionalmente?

Pois o papel amarfanhado que o menino sustinha bem perto do rosto de Otsu era o próprio instrumento de sua felicidade, a tão esperada notícia do homem com quem ela sonhara todas as noites dos últimos anos, mas a quem só conseguia encontrar uma vez a cada muitos anos, como no velho conto chinês da tecelã e do pastor.

Sem saber de nada, Otsu não olhou para o papel.

— Hyogo-sama. O menino está à procura do senhor Kimura — disse, voltando o rosto para o outro lado.

— Se estava à procura dele, o coitado andou realmente perdido — comentou Hyogo. Voltou-se de novo para Iori e disse: — Agora, porém, você já está quase lá, menino. Basta atravessar esta ponte e seguir por algum tempo beirando o rio. A certa altura, o caminho vai transformar-se numa subida para o lado esquerdo e encontrará uma trifurcação. Nesse ponto, siga na direção de um pinheiro robusto, compreendeu?

— E cuidado para não ser enfeitiçado por outra raposa! — acrescentou Otsu.

Iori sentia como se lhe tivessem removido um véu dos olhos e respondeu com firmeza:

— Muito obrigado.

Afastou-se em seguida correndo, andou alguns metros beirando o rio Shibuya e parou.

— Para a esquerda? É para subir para o lado esquerdo? — frisou, apontando nessa direção.

— Isso mesmo — respondeu Hyogo, balançando a cabeça. — Tem um trecho escuro mais à frente. Vá com cuidado!— acrescentou, mas já não obteve resposta.

O pequeno vulto aos poucos desapareceu tragado pela estrada entre as colinas cobertas de árvores.

Hyogo e Otsu permaneceram ainda por algum tempo recostados ao parapeito da ponte, contemplando o ponto onde o menino desaparecera.

— Que garoto decidido! — comentou Hyogo.

— E esperto também — acrescentou Otsu, no íntimo comparando-o com Joutaro. A jovem lembrava-se dele como um moleque um pouco maior que Iori, mas pensando bem, hoje já teria dezessete anos!

"Deve estar tão mudado!" pensou.

No momento seguinte, a imagem de Musashi lhe veio à mente. Uma tristeza infinita avolumou-se em seu peito, mas ela logo a combateu.

"Não devo ficar triste. Talvez o encontre em algum lugar, durante a jornada!" pensou. Nos últimos tempos ela havia aprendido a enganar a saudade.

— Vamos embora! Teremos de nos apressar daqui para a frente — disse Hyogo, quase numa autocensura. Percebia em si certa tendência à despreocupação, e isso o incomodou.

Otsu apressou o passo, mas seu espírito vagava sem rumo, debruçando-se sobre as pequenas flores de campo, imaginando se Musashi não teria passado por ali pisando sobre elas. E assim andou por muito tempo perdida em pensamentos que não podia partilhar com o companheiro ao lado.

O SERMÃO DO FILHO INGRATO

I

— Que é isso, obaba? Treinando caligrafia?

Mendigo havia acabado de chegar da rua e parou à entrada do quarto de Osugi, entre assombrado e admirado.

Estamos na casa de Hangawara Yajibei.

Obaba voltou-se.

— Ah... olá! — disse, como quem não quer perder tempo com conversas. Segurou melhor o pincel e tornou a concentrar-se no que escrevia.

Mendigo sentou-se de manso ao seu lado.

— Ora essa! Ela está copiando um sermão de Buda... — murmurou.

Como nem assim conseguiu chamar a atenção de Osugi, irritou-se:

— Não está velha demais para treinar caligrafia, obaba? Ou pretende ensinar no outro mundo?

— Silêncio! Quem copia um texto sagrado tem de se abstrair. Faça-me o favor de se retirar.

— Justo hoje que voltei mais cedo para poder contar umas novidades...

— Mais tarde, faça-me o favor.

— Quando é que você vai acabar?

— Cada um dos caracteres tem de ser copiado com a mente iluminada, de modo que são precisos quase três dias para completar uma cópia.

— Santa paciência!

— Mas não pretendo dedicar apenas três dias para esta tarefa. Quero terminar algumas dezenas de cópias durante o verão, e mil até o fim de minha vida. Vou deixá-las para serem distribuídas a todos os filhos ingratos deste mundo.

— Mil cópias? Tudo isso?

— Esta será a minha última missão na terra.

— Incomoda-se de me explicar por que quer deixar essas cópias para os filhos ingratos? Não estou querendo me gabar, mas este que lhe fala faz parte desse grupo, sim senhora.

— Você é também um deles?

— Não só eu, como todos os malandros desocupados que vivem nesta casa. Excetuando o nosso chefe, o resto é um bando de ingratos que há muito esqueceu o sentido da palavra dever filial.

— Em que mundo vivemos!

— Ah-ah! Você hoje me parece bastante deprimida, obaba. É impressão minha, ou seu filho também é um malandro ingrato?

— Ele é o mais ingrato de todos os filhos! Resolvi copiar mil vezes este sermão de Buda sobre a importância do amor dos pais pensando em dá-lo a ler a outros filhos iguais a Matahachi. Esta será a última missão da minha vida. Mas nunca pensei que houvesse tantos filhos ingratos neste mundo...

— Quer dizer então que vai fazer mil cópias do sermão de Buda sobre o amor dos pais e distribuí-las a mil filhos?

— Não pense que me contento com tão pouco. Dizem as escrituras que se você semeia a luz numa alma, logo haverá cem almas iluminadas, e que se a luz brotar nessas cem, logo haverá dez milhões de almas iluminadas.

Entretida na conversa, Osugi tinha posto de lado o pincel. Apanhou então um exemplar no meio dos cinco ou seis já acabados e o entregou com uma respeitosa reverência a Mendigo.

— Eu lhe ofereço esta cópia. Deve lê-la sempre que tiver um tempo disponível.

Ao ver a cara séria da idosa mulher, Mendigo conteve a custo um acesso de riso. Não podia enfiar a cópia de qualquer modo nas dobras do quimono, como o faria a papéis para assoar o nariz. Assim sendo, levou-a rapidamente à testa simulando deferência e logo mudou o rumo da conversa.

— Acho que sua fé foi recompensada, obaba. Você não vai acreditar, mas hoje, andando na rua, dei de cara com um sujeito interessantíssimo!

— De que sujeito interessante fala você?

— Do seu inimigo jurado, o tal Miyamoto Musashi! Topei com ele no atracadouro da balsa que cruza o rio Sumidagawa.

II

— Como é?! Você topou com Miyamoto Musashi? — ecoou Osugi, empurrando para longe a escrivaninha, esquecendo-se no mesmo instante das cópias. — E para onde foi ele? Você verificou?

— Para esse tipo de trabalho você pode confiar em mim, obaba. Nunca o deixaria escapar. Fingi que me afastava dele, escondi-me numa viela e fui ao seu encalço. Vi quando entrou numa estalagem no bairro dos mercadores de cavalo.

— É um pulo daqui! Ele está bem pertinho do nosso bairro!

— Não é tão perto assim, obaba.

— É perto, é muito perto! Pense bem! Até hoje, eu o imaginava a muitas e muitas léguas de distância, muito além destes rios e montanhas! Mas não, ele está aqui, nesta mesma cidade!

— Bem, considerando-se que tanto o bairro dos mercadores de cavalo quanto o dos marceneiros ficam perto da ponte Nihonbashi...

Osugi ergueu-se bruscamente, abriu a porta de um armário e espiou. Apanhou a seguir a velha e conhecida espada curta, tradicional da família Hon'i-den, e disse:

— Leve-me até lá, Mendigo!

— Lá onde?

— Preciso dizer?

— Que coisa, obaba! Você quer ir agora até o bairro dos mercadores de cavalo? Uma hora você parece paciente demais, e noutra, impaciente demais!

— Claro que quero! Eu estou sempre pronta para o confronto. Se o pior acontecer, quero que mande minhas cinzas à casa Hon'i-den, em Yoshino, na província de Mimasaka.

— Calma, calma! No dia em que isso acontecer, o chefão acaba comigo! Ele nem vai levar em consideração que fui eu quem trouxe a boa notícia...

— Irra, como posso ficar me preocupando com tais minúcias a esta altura? Musashi pode ir-se embora da estalagem a qualquer momento!

— Quanto a isso, pode ficar tranquila. Mandei um desses vagabundos que passam o dia inteiro deitados no quarto vigiar o homem.

— Você me garante então que ele não vai fugir?

— Ei, espere aí! Eu lhe faço um favor e sou cobrado por isso? Ah, paciência. Em consideração aos seus cabelos brancos, obaba, eu garanto — disse Mendigo. — E que acha de continuar copiando esses sermões? Você precisa acalmar-se. Tem de ter a cabeça fria nestas horas...

— E o chefe Yajibei? Ainda não voltou?

— Ele foi a Chichibu com os membros de uma associação religiosa, e não disse quando voltava.

— E eu também não posso ficar aqui até não sei quando, à espera do seu retorno...

— O que acha de chamar mestre Kojiro e pedir conselhos a ele?

No dia seguinte, o homem destacado para vigiar Musashi retornou do bairro dos mercadores de cavalo com a seguinte informação: Musashi tinha permanecido até altas horas da madrugada na casa do polidor de espadas, do outro lado da hospedaria, e pela manhã, acertara as contas na hospedaria, mudando-se para a casa do dito polidor, de nome Zushino Kosuke.

Osugi irritou-se:

— Que foi que lhe disse? Eu sabia que ele não ia ficar muito tempo no mesmo lugar! — disse em tom acusador para Mendigo, agitada demais até para sentar-se à escrivaninha onde estivera copiando o sermão.

Mendigo, assim como todos os moradores da casa Hangawara, já conhecia o gênio irascível da idosa mulher, de modo que não deu mostras de se ofender.

— Por que se desespera, obaba? Afinal, Musashi não tem asas, não vai desaparecer de repente. Daqui a pouco, o Coroinha vai até a casa de Sasaki-sama e conversa com ele — replicou.

— Que disse? Ainda não foi? Mas ele me afirmou que ia procurá-lo ontem mesmo! Irra, deixe que eu mesma vou! Não posso ficar esperando por vocês. Ensine-me apenas como chegar à casa dele — exigiu Osugi, começando a se arrumar.

III

Sasaki Kojiro morava a um canto da mansão de Iwama Kakubei, vassalo do clã Hosokawa. A casa situava-se no meio da ladeira Isarago, na estrada Takanawa, num promontório também conhecido como Tsuki-no-misaki, e tinha um portão pintado de vermelho, disseram os habitantes de Hangawara, descrevendo o trajeto com tantos detalhes que qualquer um chegaria lá, até de olhos fechados.

— Já entendi, já entendi! — exclamou Osugi, irritada com a explicação minuciosa. Aquela gente a via como uma pobre velha, senil e meio parva, desconfiou ela. — Será fácil achar o caminho, chego lá num instante. Tomem conta da casa durante a minha ausência, e muito cuidado com o fogo. Não a incendeiem na ausência do chefe, ouviram?

Atou os cordões das sandálias, guardou a espada curta na cintura, apanhou um bastão e saiu.

Mendigo, que estivera ocupado com alguma tarefa, surgiu nesse instante e perguntou:

— Ué?! Onde está a velha?

— Já se foi. Mandou-nos explicar como se chega à mansão em que o mestre Sasaki se hospeda, e depois foi-se embora sem nem ouvir direito o que a gente explicava. Acaba de sair.

— Essa velhinha dá muito trabalho! Coroinha! — chamou Mendigo na direção do grande aposento onde conviviam os mais jovens. Coroinha abandonou o jogo e veio correndo:

— Que quer, meu irmão?

— Que quero? Chamar tua atenção: a velhinha irritou-se e partiu sozinha para falar com mestre Sasaki porque tu não foste ontem à noite à casa dele, embora tivesses prometido.

— Ora, se foi, melhor para ela.

— Devagar com o andor, meu irmão! Quando o chefe voltar, ela vai se queixar de nós com certeza.

— Boca para isso com certeza ela tem!

— Mas o corpo é seco e magro como o de um gafanhoto. Tenho a impressão de que se quebra em dois por qualquer motivo. A única coisa forte nela é o gênio. Se um cavalo a pisotear, era uma vez...

— Irra, que amolação!

— Sei que é pedir muito, mas corre atrás dela e acompanha-a até a casa de mestre Kojiro. Ela acaba de sair, não deve ter ido longe.

— Estou te estranhando! Aposto que nunca tiveste tanta consideração nem com teus próprios pais!

— Por isso mesmo. Em parte, estou expiando meus pecados.

Coroinha abandonou o jogo e saiu correndo atrás de Osugi.

Contendo um sorriso de pura diversão, Mendigo entrou no aposento ocupado pelos mais jovens e deitou-se a um canto.

O aposento tinha quase trinta metros quadrados e era forrado com esteiras de junco. Adagas, dardos e bastões com ganchos jaziam por todos os lados, ao alcance das mãos dos seus proprietários.

Pendendo de pregos na parede, havia uma variedade infinita de artigos usados pelos habitantes do quarto, os rufiões de Edo: toalhas, quimonos, capuzes para proteger a cabeça em caso de incêndio, roupas de baixo. Em meio a essa variada coleção havia até um quimono feminino com forro vermelho que obviamente não era de nenhum dos homens. Um único toucador laqueado, com acabamento em *makie*, repousava a um canto.

Certa vez, um dos capangas havia tentado tirar o quimono feminino do prego, reclamando:

— Para que serve isso?

No mesmo instante, outro interviera:

— Deixa-o aí mesmo. Foi mestre Sasaki quem o pôs aí.

Quando lhe perguntaram se sabia a razão disso, o homem respondeu:

— Ouvi o mestre explicando ao nosso chefe que num aposento como o nosso, onde só vivem homens, a gente tende a brigar por dá cá aquela palha, cada um louco por tirar sangue do outro, e perde energia para as lutas reais.

Mas a simples presença de um quimono feminino e de um toucador não haveria nunca de abrandar o ânimo sangrento daqueles homens.

Prova disso era a tensão quase palpável que se estabelecera no meio dos homens agrupados a um canto, e que, aproveitando a ausência de Yajibei, dedicavam-se à jogatina.

— Tu estás roubando!

— A quem chamas de ladrão?
— A ti mesmo!
— Como te atreves?
— Calma! Calma!

IV

Observando de longe o tumulto, Mendigo comentou:
— Como é que não se enjoam disso?

Rolou o corpo até ficar de costas, dobrou um joelho e descansou sobre ele o outro pé, ficando a contemplar o teto, já que não conseguia dormir por causa da briga dos jogadores, ainda discutindo ganhos e perdas. Não queria participar da jogatina em companhia da arraia-miúda, de modo que fechou os olhos tentando dormir.

— Maldição! Hoje não estou com sorte! — disse alguém, jogando-se no chão ao seu lado com a expressão desolada dos que apostaram até a roupa do corpo e perderam. Outro e mais outro se juntaram, formando um grupo de perdedores, todos abandonados pela sorte.

De súbito, um deles perguntou, estendendo a mão para a cópia do sermão que Mendigo havia deixado cair:

— Que é isso? Ora essa... é um sermão! Não pensei que ligavas para esse tipo de coisa! Carregas como um amuleto, por acaso?

Mendigo, que tinha começado a cair numa gostosa modorra, entreabriu os olhos pesados de sono.

— Hum? Ah, isso? Foi a velha Osugi quem me deu. Disse que fez voto de copiar mil vezes esse sermão, até o fim de seus dias.

— Deixa-me ver — disse, pegando os papéis, um dos capangas que sabia ler um pouco. — Vê-se bem que foi escrito por uma vovozinha: ela acrescentou até indicação de leitura ao lado dos ideogramas mais difíceis. Até uma criancinha seria capaz de ler isto.

— E tu? És capaz de ler também?
— Claro!
— Lê então em voz alta, e cantado, como uma música.
— Nem pense nisso! Isto não é uma modinha popular.
— Quem disse que não? Antigamente, usava-se cantar esses sermões, como uma modinha qualquer. E os *wasan* nada mais são que preces budistas cantadas, não são?
— Mas estes versos não se adaptam ao ritmo de um *wasan*.
— Não importa! Lê de qualquer jeito ou te esgano!

O SERMÃO DO FILHO INGRATO

— Está bem, está bem!

Sem se dar ao trabalho de erguer-se, o homem que sabia ler desdobrou os papéis e, segurando-os acima do rosto, começou:

> *Buda Prega Sobre o Quanto Devemos aos Pais.*
> *Ouvi todos, pois em verdade assim aconteceu:*
> *Estava Buda certo dia na montanha Grdhrakuta,*
> *Próxima à cidade de Rajagriha[22],*
> *Em companhia de seus santos eleitos e de discípulos iluminados*
> *Quando uma multidão composta de monges e monjas,*
> *Fiéis de ambos os sexos,*
> *Seres celestiais, dragões e espíritos demoníacos,*
> *Juntou-se querendo ouvir sua pregação.*
> *E ao redor do trono de lótus em que Buda se sentava,*
> *Respeitosos reuniram-se todos, seu santo rosto contemplando*
> *Sem ao menos piscar.*

— Que significa isso? Não estou entendendo nada!

— Monjas? Monjas não são essas mulheres de cara pintada, mais baratas que as prostitutas do bairro alegre?

— Shhh! Cala a boca!

> *Foi então que Buda*
> *Pregando, disse:*
> *'Devotos do mundo inteiro, ouvi-me:*
> *Deveis muito à bondade do pai,*
> *Deveis muito à compaixão da mãe.*
> *Pois se o homem está neste mundo*
> *Tem por causa o carma,*
> *E por agentes do carma os pais.'*

— Ah, é sobre os pais da gente. Pelo jeito, Sakyamuni era também do tipo que repete sempre a mesma conversa!

— Cala a boca, Take! Estás perturbando.

— Viste? Ele parou de ler. Justo agora que eu estava quase dormindo, embalado pela ladainha.

— Está bem, prometo não interromper de novo. Lê mais, lê mais!

---

22. Rajagriha: antiga província no interior da Índia, atual estado de Bihar.

V

'Não fosse pelo pai não nasceríeis,
Não fosse pela mãe não cresceríeis.
Eis porque:
Da semente paterna recebeis o espírito,
Ao ventre materno deveis a forma.'

Nesse ponto, o homem encarregado da leitura rolou o corpo, deitou-se de barriga, enfiou o dedo no nariz e o limpou.

'E por causa dessa relação cármica,
Nada neste mundo se compara
Ao misericordioso amor de uma mãe:
A ela deveis eterna gratidão.'

Agora, o silêncio desestimulou o ledor, que se voltou em busca de apoio:
— Ei! Estão ouvindo?
— Estamos, estamos!

'Desde o momento em que a mãe
O filho recebe no ventre,
Dez meses ela passa sofrendo,
Em cada ato cotidiano —
No andar, no parar, no sentar e no dormir.
E o sofrimento não lhe dando trégua,
Perde a mãe a vontade
De satisfazer a fome e a sede, e também de ataviar-se,
Apenas pensando em dar à luz o filho com segurança.'

— Cansei! Posso parar?
— Por quê? Não estás vendo que a gente quer ouvir mais?

'Os meses se completam
O dia do nascimento chega,
E os ventos cármicos o acontecimento apressam.
Sente dores a mãe em cada osso e cada junta,
Treme o pai de ansiedade pela mãe e pelo filho,
Parentes e conhecidos com ele sofrem.
Nasce o filho sobre a relva,

> *Infinita é a alegria dos pais,*
> *Semelhante à da mulher pobre que de súbito ganha,*
> *Mágica pérola que todos os desejos realiza.'*

Os rufiões, que a princípio pilheriavam, passaram aos poucos a compreender o sentido do sermão e, sem que disso se dessem conta, a ouvir embevecidos.

> *'Ao ouvir o primeiro choro do filho,*
> *Sente a mãe também ela renascer.*
> *A partir desse dia o filho*
> *No colo da mãe dorme,*
> *Em seus joelhos brinca,*
> *Do seu leite se alimenta,*
> *E em sua misericórdia vive.*
> *Sem a mãe o filho não se veste nem se despe.*
> *A mãe, mesmo faminta, tira da própria boca*
> *Para o filho alimentar.*
> *Sem a mãe um filho não se cria.*
> *Considerai, todos,*
> *Quanto leite sorvestes ao seio materno:*
> *— Oitenta medidas repletas por dia!*
> *E o tamanho do débito para com vossos pais:*
> *— Infinito como o céu!'*

— ...
— Ei, que houve?
— Espera um pouco. Já vou continuar.
— Ué?! Estás chorando? Olha, pessoal, ele está chorando!
— Cala a boca!
Depois, redobrando o ânimo:

> *'A mãe sai a trabalhar na aldeia vizinha:*
> *Tira a água, acende o fogo,*
> *Mói o trigo e a farinha peneira.*
> *A caminho de volta, findo o dia,*
> *Antes ainda de chegar à casa,*
> *Imagina o filho à sua espera,*
> *A chorar e a gritar por ela ansiando.*
> *Peito confrangido, coração disparado,*

Leite vertendo e incapaz de mais suportar,
Corre e da casa se aproxima.
De longe o filho vê a mãe chegando,
O cérebro usa, a cabeça agita,
E à mãe se dirige entre gritos e soluços.
Curva-se a mãe, estende os braços,
Os lábios aos do filho junta,
Duas emoções unificadas,
Nada no mundo supera este amor arrebatado.
Dois anos: o filho do colo se desprende,
E pela primeira vez sozinho anda.
E agora,
Sem o pai não saberia que o fogo queima,
Sem a mãe, que a lâmina corta o dedo.
Três anos: o filho recusa o leite materno,
E pela primeira vez de outras coisas se alimenta.
Sem o pai não saberia que o veneno mata,
Sem a mãe, que as ervas curam.
Se os pais a uma festa são convidados,
E guloseimas e delicadas iguarias lhes são oferecidas,
Nada comem mas tudo consigo guardam.
Ao retornar, o filho chamam e tudo lhe dão,
Felizes, apenas de ver o filho feliz.'

— Ei! Estás chorando de novo?!
— É que me lembrei de umas coisas...
— Para com isso! Tu ficas lendo com essa voz chorosa e... sei lá, estou com vontade de chorar também.

VI

Rufiões também já tiveram um pai e uma mãe: esses homens brutos, desesperados, inconsequentes e imprestáveis, não nasceram afinal da forquilha de uma árvore.

Acontecia apenas que, no grupo, quem falasse de pai ou mãe era logo tachado de maricas, de modo que todos se esforçavam em aparentar desprezo por eles, adotando, segundo imaginavam, a atitude padrão do homem forte.

O sentido do sermão — de início incompreensível, cantado em tom de puro deboche — aos poucos se havia tornado claro e esse pai ou mãe adormecidos no fundo de seus corações de súbito afloraram, deixando-os chorosos e sentimentais.

"Eu também já tive um pai e uma mãe", lembravam-se os rudes homens, voltando no tempo para uma época em que haviam sugado o seio da mãe e brincado nos seus joelhos. Hoje, barbudos, deitados de costas, cabeças sobre braços cruzados, peitos cabeludos à mostra e pés para o ar, alguns rufiões sentiam as lágrimas umedecendo-lhes as faces.

— Ei! Tem mais? — perguntou um deles para o homem que lia o sermão.
— Tem.
— Continua então a ler para mim...
— Espera — disse o ledor, erguendo-se e assoando o nariz. Desse ponto em diante, continuou a ler sentado.

'*O filho cresce,*
E ao iniciar o convívio com amigos,
Roupas de seda o pai lhe compra,
Seus cabelos a mãe com capricho penteia.
Esquecidos de si mesmos ao filho tudo dedicam,
Eles próprios vestindo roupas velhas e rasgadas.
Passa o tempo e o filho se casa,
E uma estranha ao lar conduz,
Mais e mais os pais ele passa a ignorar,
Mais e mais o novo casal íntimo se torna,
Trancado no quarto em animada conversa.'

— Ai-ai! Eu me lembro! Eu me lembro! — gemeu alguém.

'*Envelhecem os pais:*
Ânimo quebrantado, forças lhes faltando,
O filho apenas têm para recorrer,
E a nora para ajudá-los.
Mas a manhã se vai, a noite chega,
Sem que lhes vejam os rostos,
Cerrada está a porta na gélida madrugada.
Seu quarto é frio, semelhante ao da estalagem,
Que dá pouso por uma noite ao solitário viajante.
Não há mais repouso, nem risos.
E eis que num momento de crise,
O filho chamam para lhe pedir ajuda,
Mas nove em dez vezes ele não os atende.

E quando enfim chega, raivoso os ofende,
Aos gritos dizendo que melhor lhes seria,
Morrer a continuar vivos, velhos e imprestáveis.
Peito repleto de mágoa, atordoados,
Os pais vertem lágrimas sentidas.
— Ah, quando eras pequeno,
Sem nossa ajuda não terias te alimentado,
Sem nossa ajuda não terias crescido.
Ah, nós a ti...'

— Eu... eu não aguento mais! Quem quiser que continue!... — disse o ledor lançando longe a cópia do sermão e chorando agora abertamente.

Deitados de lado ou de costas, ou sentados cabisbaixos e de pernas cruzadas, imóveis, nenhum dos que ouviam se ofereceu para substituí-lo.

De um lado do aposento, o grupo dos apostadores continuava a discutir aos berros, a ganância contorcendo-lhes as feições como seres demoníacos, e do outro, diversos rufiões choravam e soluçavam como criancinhas.

E no meio desse cenário peculiar surgiu Sasaki Kojiro.

— Hangawara não voltou ainda? — perguntou à entrada do aposento, inspecionando o ambiente.

VERÃO SANGRENTO

I

A pergunta ficou sem resposta, pois os ocupantes do aposento ou estavam entretidos no jogo, ou deprimidos e soluçantes.

— Que acontece aqui? — insistiu Kojiro, aproximando-se de Mendigo, que continuava deitado de costas no chão, braços dobrados escondendo o rosto.

— Ora, mestre Kojiro! — exclamou Mendigo, erguendo-se. Os demais o imitaram, enxugando os olhos às pressas ou assoando os narizes.

— Nem sabíamos de sua presença — desculparam-se todos constrangidos, apresentando suas boas-vindas.

— Não me digam que choravam! — perguntou Kojiro, incrédulo.

— Não, que é isso!

— Muito estranho... Onde anda o Coroinha, Mendigo?

— Ele foi levar obaba à sua casa, mestre Kojiro.

— À minha casa?

— Sim, senhor.

— E por que iria a velha Hon'i-den à minha casa?

Cientes da presença de Kojiro, a essa altura o grupo entretido em jogatina dispersou-se e o bando que choramingava ao redor do Mendigo também desapareceu furtivamente.

Este último contou a Kojiro seu encontro com Musashi no atracadouro da balsa, no dia anterior, finalizando:

— Infelizmente, nosso chefe encontra-se ausente. Sem saber a quem consultar nestas circunstâncias, obaba foi se aconselhar com o senhor.

O nome Musashi acendeu uma centelha no olhar de Kojiro.

— Sei. Isto quer dizer que Musashi está passando os dias numa hospedaria no bairro dos mercadores de cavalo?

— Não senhor. Segundo me informaram, ele já saiu da estalagem em que se hospedava e transferiu-se para a casa do polidor de espadas Kosuke, logo em frente.

— Ora, que estranha coincidência!

— Como assim?

— Pois nas mãos desse Kosuke está Varal, minha espada de estimação.

— Aquela espada comprida? Realmente, uma coincidência e tanto!

— Na verdade, achei que já devia estar pronta e saí hoje para pegá-la.

— Ora essa! Então já passou na loja desse Kosuke?

— Não. Pretendo ir depois daqui.

— Ainda bem! O senhor poderia ter chegado lá sem saber de nada e levado um golpe à traição…

— Ora, ele não é tudo isso que dizem. De qualquer modo, como posso aconselhar obaba se ela não está aqui?

— Duvido que ela já tenha alcançado Isarago. Vou mandar um dos corredores mais rápidos no seu encalço e chamá-la de volta.

Kojiro retirou-se para um aposento nos fundos e esperou.

O crepúsculo caiu e quando as luzes começavam a acender-se, Osugi finalmente retornou numa liteira, acompanhada por Coroinha e pelo homem que saíra a chamá-los.

De noite, uma conferência teve início na sala de visitas.

Kojiro achava que não precisavam esperar a volta de Hangawara Yajibei. Ele, Kojiro, estava ali e ajudaria obaba a liquidar Musashi.

Coroinha e Mendigo tinham nos últimos tempos ouvido muitas referências à excepcional habilidade de Musashi, mas não conseguiam imaginá-lo superando Kojiro, por mais que se esforçassem.

— Nesse caso, vamos entrar em ação — decidiram.

Osugi mostrou-se valente como sempre:

— Quero ver quem me impede de matá-lo! — declarou.

Apesar de tudo, a idade constituía um grande empecilho para a obstinada anciã: com dores nos quadris por causa da corrida até Isarago, considerou melhor descansar por essa noite. Assim, ficou combinado que Kojiro iria reclamar sua espada na loja do polidor na noite seguinte.

II

Osugi passou o dia seguinte em preparativos: tomou banho, tingiu os cabelos e os dentes.

Ao cair da tarde, arrumou-se solenemente. Na roupa de baixo feita de algodão branco — sua mortalha, talvez — havia carimbos de todas as espécies, obtidos em cada um dos templos e santuários das diversas províncias por que tinha passado até então: templos Sumiyoshi, de Osaka, Kiyomizudera e Hachiman-gu, de Kyoto, Kanze-on, de Asakusa. Vestindo-a, Osugi sentia-se fortalecida como se usasse uma armadura de cota de malha, pois todos os deuses do xintoísmo e os santos budistas estariam ao seu lado, acreditava ela.

Apesar disso, a anciã não se esqueceu de introduzir, preso entre as cópias do sermão do filho ingrato, bem fundo no seu *obi*, o testamento endereçado ao filho Matahachi. Outra prova admirável da prudência dessa mulher era o pedaço de papel que levava sempre no fundo de sua carteira, com os seguintes dizeres:

> *Apesar da idade avançada, estou percorrendo diversas estradas do país tentando realizar uma antiga promessa. Não sei ao certo se não acabarei morta por um golpe traiçoeiro, ou se não cairei doente na beira de alguma estrada. Se isso me acontecer, peço à alma caridosa que me encontrar e às autoridades competentes que usem o dinheiro nesta carteira para tomar as devidas providências com relação ao meu corpo.*
>
> *Sugi — matriarca da casa Hon'i-den*
> *Moradora de Yoshino, na província de Sakushu.*

Deste modo, Osugi havia preparado até o próprio funeral.

Além disso, introduziu a espada curta na cintura, calçou perneiras brancas e ajustou os protetores de mãos, apertou uma faixa por cima do sobretudo sem mangas e considerou-se pronta para tudo. Sentou-se a seguir à escrivaninha onde estivera copiando os sermões, tomou um gole de água, cerrou os olhos e sussurrou:

— Estou pronta, ouviu?

Pelo jeito, falava ao velho Gon, que havia morrido anos atrás, no meio de uma jornada.

Mendigo entreabriu de manso a porta e espiou:

— Tudo pronto, obaba?

— Sim.

— Kojiro-sama já está à sua espera.

— Parto quando ele quiser.

— Nesse caso, venha para o outro aposento — disse Mendigo.

Na sala ao lado havia muito aguardavam Kojiro, Coroinha e Mendigo — os três homens que se haviam oferecido para ajudá-la.

O lugar de honra do aposento estava reservado para a velha Osugi, que se sentou rígida como um boneco de porcelana.

— Vamos brindar à ocasião — disse Coroinha. Apanhou uma taça da mesinha de pé alto, entregou-a a Osugi e a encheu de saquê.

Em seguida, foi a vez de Kojiro e assim, sucessivamente, os quatro brindaram. Terminada a cerimônia, ergueram-se todos, apagaram as luzes e partiram.

Não tinham sido poucos os capangas que se haviam oferecido para participar da excursão noturna, mas Kojiro recusara a ajuda de todos eles por considerar que, ao invés de ajudar, atrapalhariam. Além disso, a movimentação de um grupo muito grande em plena cidade de Edo acabaria chamando a atenção das autoridades, o que não lhes convinha.

— Um momento, por favor! — disse um dos capangas, detendo o grupo que se aprestava a sair para a rua. Bateu a pederneira às costas de cada um deles e tirou faíscas para chamar a sorte.

Fora, nuvens de chuva cobriam o céu.

Um cuco cantava em algum lugar.

III

Cães ladravam no escuro, pressentindo talvez a sinistra intenção dos quatro vultos andando na noite.

— Ora... — murmurou Coroinha, voltando-se.

— Que foi?

— Parece-me que há um estranho nos seguindo há algum tempo.

— Deve ser um dos nossos novatos. Dois deles queriam nos acompanhar a todo custo, lembram-se? — disse Kojiro.

— São dos tais que preferem brigar a comer, com certeza. Que faremos?

— Não se incomodem com eles! Tipos tão determinados até podem ser úteis.

Assim, sem maiores cuidados, os quatro dobraram a esquina da rua que levava ao bairro dos mercadores de cavalo.

— Alto! Essa deve ser a loja do tal polidor de espadas — disse Kojiro, parando a certa distância e apontando a loja do outro lado da rua.

A essa altura, os quatro conversavam em voz bem baixa.

— Nunca esteve na loja, mestre?

— Nunca. Quem entregou a minha espada a esse homem foi meu anfitrião, o senhor Iwama Kakubei.

— E então, que faremos?

— Vocês e obaba escondam-se em algum lugar, conforme combinamos.

— E se Musashi pressente a nossa presença e foge pela porta dos fundos?

— Quanto a isso, não se preocupem: ele tem tanta vontade de fugir de mim quanto eu dele. Caso tente, no entanto, vou providenciar para que sua carreira de espadachim termine aqui e agora. De qualquer modo, ele preza demais o próprio nome para fugir.

— Nesse caso, separamo-nos e nos escondemos dos dois lados do alpendre.

— Eu vou atrair Musashi para fora da loja e virei caminhando com ele a meu lado. Quando me afastar quase dez passos, eu o golpearei de súbito e o deixarei ferido. Nesse ponto, vocês dois ajudam obaba a dar-lhe o golpe de misericórdia.

Osugi juntou as mãos num gesto de adoração, e agradeceu repetidas vezes:
— Muito obrigada, senhor. Vejo-o como a reencarnação de Hachiman, o deus da guerra!

Seguido por seu olhar grato, Kojiro aproximou-se da entrada da casa de Zushino Kosuke sentindo-se o próprio justiceiro correndo em auxílio dos fracos e oprimidos.

Na verdade, não havia entre ele e Musashi nenhuma velha conta para acertar.

Ocorria apenas que, com o passar dos anos, Kojiro vinha-se sentindo cada vez mais incomodado com a crescente fama de Musashi. Este, por sua vez, sempre considerara extraordinária a habilidade de Kojiro, mas não a sua personalidade, de modo que o encarava com grande dose de prevenção.

E essa situação já perdurava alguns anos. A primeira desavença tinha ocorrido numa época em que ambos eram ainda muito novos e impetuosos, e não passou de um atrito de duas personalidades igualmente capazes.

Desse dia até hoje, porém, o desentendimento se agravara e os levara a posições antagônicas irreversíveis com o acréscimo de fatores como o conflito da casa Yoshioka, a jovem Akemi — perigosa como um pássaro a voar com um estopim aceso no bico — e a velha Osugi dos Hon'i-den.

Sobretudo agora, que Kojiro resolvera acertar as contas por Osugi e mascarava os próprios sentimentos escusos com a desculpa de que agia em defesa dos fracos e oprimidos, o conflito havia assumido todas as características de uma grande fatalidade.

— Já foi dormir, polidor? — disse Kojiro, batendo de leve na porta cerrada.

IV

A loja parecia deserta, mas uma réstia de luz passava pelo vão da porta, indicando que havia gente acordada nos fundos da casa.

— Quem bate? — disse alguém, com certeza o dono da casa.
— Vim buscar minha arma, encomendada pelo senhor Iwama Kakubei, da casa Hosokawa.
— Ah, a espada longa!
— Essa mesmo. Abra a porta.
— Sim, senhor.

Instantes depois, a porta se abriu, e os dois homens contemplaram-se friamente.

Kosuke bloqueou a passagem e disse com aspereza:
— Sua espada não está pronta.

— Realmente? — disse Kojiro. A essa altura, já tinha passado pelo dono da casa e se acomodado à entrada do aposento no canto do vestíbulo de terra batida. — E quando estará?

— Não sei ao certo — respondeu Kosuke, beliscando a própria bochecha e puxando-a. A face alongada tornou-se ainda mais longa e os cantos dos olhos descaíram.

O gesto pareceu zombeteiro a Kojiro, que se irritou.

— Está levando tempo demais — reclamou ele.

— Mas eu já tinha prevenido Iwama-sama de que o prazo de entrega teria de ficar a meu critério.

— De um jeito ou de outro, essa demora me prejudica.

— Se não está contente, leve-a embora, por favor.

— Que disse?

Para um simples artesão, o homem falava com muita insolência, achou Kojiro, que além de tudo não tinha o hábito de sondar a alma de um interlocutor por suas palavras ou atitude. Logo, interpretou a arrogância de Kosuke como prova de que Musashi tinha sido avisado de algum modo e dava cobertura ao artesão.

Assim sendo, achou melhor agir com rapidez.

— Mudando de assunto, ouvi dizer que mestre Miyamoto Musashi, de Sakushu, hospeda-se em sua casa. É verdade?

— Ora, onde soube? — replicou Kosuke, admirado. — Realmente, ele aqui se encontra, mas...

— Vá chamá-lo, então. Somos velhos conhecidos, e não o vejo há algum tempo.

— E o seu nome, por favor?

— Diga-lhe que Sasaki Kojiro o procura. Ele logo se lembrará.

— Bem, não sei o que ele dirá. Em todo o caso, vou avisá-lo.

— Ei. Espere um pouco.

— Algo mais?

— Não quero que mestre Musashi me interprete mal. Diga-lhe, portanto, que vim porque um dos vassalos da casa Hosokawa comentou ter visto alguém muito parecido com ele nesta casa. Diga-lhe também que se apronte para sair, porque eu o estou convidando a beber comigo em algum lugar, fora daqui.

— Sim, senhor.

Kosuke saiu para uma varanda e desapareceu.

Sozinho no aposento, Kojiro pensou: "Pode ser que Musashi não fuja, mas também pode ser que não atenda ao meu convite. E então, que farei? Talvez seja melhor desafiá-lo abertamente em nome da velha Osugi e obrigá-lo a aparecer."

Kojiro tentava estabelecer planos de combate avançados, quando de súbito ouviu, do lado de fora da loja, um grito que sobrepujou de longe todas as situações por ele antecipadas.

Não era um grito comum, mas um estertor agoniado que falava direto à alma, tão horrendo que chegava a arrepiar.

V

"E essa agora!" pensou Kojiro, erguendo-se de um salto, como se alguém o houvesse chutado. "Ele adivinhou meus planos! Mais que isso, ele tomou a iniciativa!"

Musashi com certeza havia saído pelos fundos e eliminado os mais fracos, Osugi, Mendigo e Coroinha.

— Se é assim que ele quer... — disse, saltando para a rua escura.

O momento tinha chegado.

Todos os músculos se contraíram e avolumaram, a vontade de entrar em luta percorrendo-lhe o corpo em surtos.

"Um dia nos confrontaremos com uma espada na mão!", tinham-se prometido os dois na pequena casa de chá no passo entre Eizan e Outsu.

Kojiro não se esquecera. E o dia havia chegado.

Se Osugi tinha sido morta à traição, ao seu enterro iria levando o sangue de Musashi, pensou Kojiro. Imbuído dos mais elevados ideais de nobreza e justiça, Kojiro correu quase dez passos quando uma voz agoniada à beira do caminho o chamou:

— Me...mestre!

— Coroinha?

— Me pegaram! Me pegaram, mestre!

— E Mendigo? Que foi feito dele?

— Também!

— Quê?

Só então Kojiro percebeu, caído a quase dez metros dali, o vulto ensanguentado e agonizante de Mendigo. Não viu porém Osugi em lugar algum.

Não havia tempo para procurá-la. Kojiro imaginava o próximo ataque e assustava-se com o que ele próprio imaginava. Sentia Musashi em todos os cantos da treva e guardou-se.

— Coroinha! Coroinha! — gritou ele às pressas no ouvido do moribundo. — E Musashi? Aonde foi ele?

— Na... não foi ele!— murmurou Coroinha, esfregando a cabeça no chão, já sem forças para erguê-la. — Não foi Musashi!

— Como é?
— O homem que atacou não era Musashi!
— Repita!
— ...
— Coroinha! Repita o que disse! Não era Musashi?

Coroinha porém não disse mais nada.

Kojiro sentiu uma perturbação enorme, como se alguém tivesse revirado seu cérebro. Se não havia sido Musashi, quem teria eliminado esses dois num único golpe?

Aproximou-se agora do Mendigo caído numa poça de sangue e agarrou-o pela gola do quimono:

— Mendigo! Ânimo, homem! Quem foi que os atacou! Aonde foi ele?

O rufião abriu os olhos de súbito, mas o que escapou de seus lábios entre arquejos de agonia nada tinha a ver com a pergunta, nem com o incidente.

— Mãe! Mãezinha! Perdoe... ingrato...! — disse. O sangue ontem impregnado com o sermão do filho ingrato jorrava hoje em golfadas pelo corte aberto em seu corpo.

Kojiro, que nada sabia, estalou a língua de impaciência:

— Perdeu tempo falando bobagens — resmungou, largando bruscamente a gola do seu quimono.

VI

Nesse instante, ouviu Osugi gritando de algum lugar:

— Mestre Kojiro!

Correu na direção da voz e deparou-se com outra cena incrível: a velha senhora estava caída dentro de uma fossa com restos de verduras e palha grudados na cabeça e no pescoço.

— Ajude-me a sair daqui! Ajude-me! — gritava ela, estendendo os braços e sacudindo-os.

— Que quer dizer isso?! — gritou Kojiro, frustrado. Pegou nas mãos da anciã e a puxou com toda a força. Obaba então caiu sentada, achatando-se no chão como um trapo sujo, e perguntou:

— E o homem? Fugiu?

Era o que Kojiro mais queria saber.

— E então, obaba! Quem era esse homem?

— Não estou entendendo nada! Apenas... pode ser que se tratasse do mesmo homem que nos seguia quando vínhamos para cá.

— E atacou o Mendigo e o Coroinha de repente?

— Isso mesmo! Surgiu como uma ventania e não nos deu tempo para dizer nada! Saiu das sombras, atacou o Mendigo, e no momento em que, espantado, o Coroinha foi desembainhar a espada, ele já tinha sido mortalmente ferido.

— E depois? Para que lado ele fugiu?

— Não consegui ver direito porque acabei levando um golpe acidental e caí neste lugar malcheiroso. Mas seus passos foram se distanciando naquela direção.

— Na direção do rio!

Kojiro correu. Atravessou um terreno baldio onde sempre realizavam feiras de cavalos e chegou até os barrancos de Yanagihara.

Troncos de chorões jaziam empilhados a um canto da campina, e perto dali, Kojiro divisou uma fogueira e vultos. Ao aproximar-se, notou que era um agrupamento de quatro a cinco liteireiros.

— Vocês aí!

— Senhor?

— Dois de meus companheiros jazem mortos no meio dessa ruela. Além deles, tem uma velha que caiu no esgoto. Ponham-nos nas liteiras e levem-nos até a casa Hangawara, no bairro dos marceneiros.

— Como? Foi obra do matador do beco?

— Existe algum assassino à solta nestas proximidades?

— Claro que existe! Esta área está tão perigosa que nos últimos tempos até nós temos medo de andar por aí.

— O homem que matou meus companheiros deve ter vindo da ruela e corrido nesta direção. Por acaso o viram?

— Não. Isso acaba de acontecer, senhor?

— Sim.

— Que coisa desagradável!

Os homens carregaram as três liteiras vazias e um deles perguntou:

— E quem vai nos pagar?

— A casa Hangawara — disse Kojiro, já começando a correr de novo. Espiou a margem do rio, atrás da pilha de troncos, mas nada descobriu.

"Terá sido obra de algum louco testando uma espada nova?", pensou.

Voltou atrás e logo chegou a um aceiro. Dali, Kojiro pensava em retornar para a casa Hangawara: a expedição falhara antes de começar e não havia como retomá-la sem Osugi. Sobretudo, era-lhe desvantajoso defrontar-se com Musashi no estado de espírito em que se encontrava.

Foi nesse exato instante que Kojiro percebeu o súbito brilho de uma lâmina na beira do caminho que bordejava a plantação. Nem teve tempo de voltar o olhar surpreso: folhas de árvore decepadas desabavam sobre ele e o rápido lampejo já vinha de encontro à sua cabeça.

VII

— Covarde! — gritou Kojiro.

— Engana-se! Não sou covarde! — veio a resposta.

O segundo golpe saltou das sombras das árvores, cortou a noite e lhe veio no encalço enquanto se desviava.

Com um terceiro volteio Kojiro interpôs uma distância de quase vinte metros entre ele próprio e o seu agressor.

— Musashi! Como pode agir de modo tão inusitado... — começou ele a dizer quando de repente sua voz adquiriu um tom de puro espanto. — Que...quem é você? Quem é você, afinal? Confundiu-me com alguém?!

O homem falhara três vezes e já começava a ofegar. Ciente agora de que sua estratégia não surtira efeito, preferiu não desfechar o quarto golpe e avançou palmo a palmo com a espada em posição mediana, o olhar queimando por trás dela.

— Cale-se! Não o confundi com ninguém! Sou Hojo Shinzo, discípulo de Obata Kanbei Kagenori! Isto lhe lembra alguma coisa?

— Ah, discípulo de Obata!

— Como se atreveu a insultar meu mestre e a assassinar meus colegas?

— Se isso o revolta, venha tirar satisfações quando quiser, de acordo com as regras guerreiras. Declare-se abertamente, pois eu, Sasaki Kojiro, nunca fui de me esconder de ninguém!

— Estou aqui para isso!

— E acha que pode me bater?

— Como não!

Shinzo avançou trinta centímetros. E depois, mais três, mais seis. Contemplando com toda a calma sua lenta aproximação, Kojiro expôs o peito ao adversário e levou a mão direita à espada na cintura.

— Pode vir! — convidou.

No instante em que Shinzo se sobressaltou com o convite e preparou-se, Kojiro, ou melhor dizendo, a metade superior de seu corpo, dobrou-se bruscamente e se alongou, ao mesmo tempo em que o cotovelo se distendia como um arco cuja corda se parte.

Um tilintar metálico — e a espada já estava de volta à bainha, guarda batendo na borda. Naturalmente, a lâmina havia sido extraída da bainha e para ela voltara, mas o movimento fora tão rápido que olhos humanos não conseguiriam acompanhá-lo. O único fenômeno visível havia sido um fino fio prateado que mal pareceu atingir o pescoço de Shinzo.

No entanto... Shinzo continuava em pé, pernas abertas e retesadas. Não havia indício de sangue em lugar algum, mas era óbvio que ele havia sido atingido, pois ainda guardando-se em posição mediana, tinha involuntariamente levado a mão esquerda ao lado esquerdo do pescoço.

— Aah! — exclamou alguém nesse instante.

A voz tanto poderia ter partido de Kojiro como das trevas atrás dele. Kojiro pareceu levemente desnorteado, enquanto os passos no escuro aproximavam-se correndo cada vez mais rápido.

— Que lhe aconteceu, senhor? — disse o vulto chegando ao lado de Shinzo. Era Kosuke. Estranhando a imobilidade do jovem, o polidor de espadas ia ampará-lo quando de súbito Shinzo tombou como um tronco seco, quase indo ao chão.

Sentindo de súbito o peso do corpo nos braços, Kosuke gritou:

— Está ferido! Acudam! Alguém me acuda!

Simultaneamente, um molusco vermelho pareceu abrir a boca no pescoço de Shinzo e o sangue começou a jorrar, morno, escorrendo do peito para as mangas do quimono de Kosuke.

A DIFÍCIL ARTE DA ESCULTURA

I

Um leve baque indicou que outra ameixa caíra no piso do pátio interno. Curvado para a luz de uma lamparina, Musashi nem sequer ergueu a cabeça.

A chama iluminava claramente o topo da sua cabeça assim como seus cabelos secos e avermelhados, rebeldes por natureza. Um olhar mais cuidadoso revelava também, na raiz deles, uma pequena cicatriz escura, lembrança de um furúnculo que lhe surgira nos tempos de criança.

"Nunca vi criança de gênio mais difícil!", queixara-se a mãe constantemente nesses tempos, quase em prantos. Passados tantos anos, traços desse gênio continuavam nítidos.

Musashi tinha, nesse exato instante, se lembrado de súbito da mãe. Desconfiava que o rosto que esculpia com a ponta da adaga começava a se assemelhar ao dela.

Algumas horas atrás — ou teria sido há pouco?— pareceu-lhe que Kosuke, o dono da casa, temendo abrir a porta e perturbá-lo, tinha-o chamado do lado de fora:

— Continua trabalhando, senhor? Um certo Sasaki Kojiro encontra-se neste instante na porta da minha loja e diz que quer vê-lo. Vai encontrar-se com ele, ou prefere que o mande embora dizendo que já se recolheu? Que lhe respondo...? Digo-lhe qualquer coisa que quiser...

Musashi não se lembrava direito se respondera ou não.

Momentos depois, pareceu-lhe que Kosuke soltava uma exclamação de espanto e se afastava bruscamente, atraído por algum ruído inesperado, mas nem assim o jovem desviou a atenção da ponta da adaga e do pedaço de madeira de quase 25 centímetros em que trabalhava. Lascas de madeira espalhavam-se sobre suas coxas, em torno do seu vulto curvado, assim como da pequena escrivaninha ao lado.

Musashi prometera a Kosuke esculpir a imagem da deusa Kannon em troca da valiosa espada que ganhara dele, e a isso se dedicava desde a manhã do dia anterior.

Mas Kosuke, homem de gosto refinado e exigente, tinha um pedido especial a fazer: queria vê-la esculpida em um material antigo, uma preciosidade que estava em seu poder havia muitos anos.

O referido material, que o homem apresentou solenemente, era um pedaço de madeira de quase trinta centímetros de altura, de formato semelhante a um paralelepípedo e, pelo aspecto, velho de quase setecentos anos.

Musashi, porém, não compreendia por que o Kosuke prezava tanto esse toco antigo. A crer no que ele lhe dizia, a madeira provinha do mausoléu de Toujou Isonaga, em Ishikawa, província de Kawachi, e datava da era Tenpyo (729-749). Certa vez, estando o polidor de passagem por essas terras, deparara-se com as obras de reconstrução do mausoléu do príncipe Shotoku, em deplorável estado de conservação por ter permanecido abandonado por muitos anos. Na ocasião, alguns bonzos e marceneiros que haviam estado substituindo o pilar de sustentação do mausoléu transportavam o material substituído para a cozinha do complexo a fim de que fosse usado como lenha. Revoltado com o descaso, Kosuke pedira que lhe cortassem um pedaço de trinta centímetros do pilar e o trouxera consigo, explicara-lhe ele.

A textura da madeira era boa e a adaga deslizava com facilidade, mas Musashi sentia-se inibido por ter de trabalhar material tão valorizado por Kosuke, insubstituível.

O pequeno portão rústico na sebe bateu, talvez por obra do vento.

Musashi ergueu a cabeça, apurou os ouvidos e murmurou:

— Será Iori?

II

Não havia sido nem o vento, nem Iori, pois logo Musashi ouviu o dono da casa gritando:

— Ande logo, mulher! Não fique parada no mesmo lugar como uma tonta! Este homem está gravemente ferido e precisa de ajuda imediata se quisermos salvá-lo! A cama? Arrume-a num lugar tranquilo!

Além de Kosuke, vinham outros homens ajudando a trazer o ferido.

— E saquê para desinfetar o ferimento? Se não têm, vou buscar em minha casa — ofereceu alguém.

— Vou correndo chamar o médico — disse outro.

Vozes agitadas e ruídos confusos perturbaram o ambiente por algum tempo. Com o passar dos minutos, a calma voltou a reinar parcialmente e Musashi ouviu Kosuke dizendo:

— Obrigado, meus bons vizinhos. Graças à ajuda que lhe deram, parece-me que o ferido vai salvar-se. Podem ir agora e tenham uma boa noite de sono.

Um acidente de certa gravidade aconteceu a alguém da casa, pensou Musashi, sentindo-se na obrigação de verificar. Espanou as aparas de madeira espalhadas sobre as coxas, ergueu-se e desceu para o andar térreo. No extremo da varanda, descobriu um aposento iluminado e espiou. Kosuke e sua mulher confabulavam sentados à cabeceira de um homem ferido, de aspecto agonizante.

— Ora... não se havia deitado ainda, senhor? — perguntou o polidor, afastando-se ligeiramente e abrindo espaço à cabeceira do ferido.

Musashi sentou-se de manso.

— Quem é ele? — indagou por sua vez, espiando o rosto pálido iluminado pela lamparina.

— Pois foi um susto para mim! — exclamou Kosuke. — Eu o acudi sem saber quem ele era e só depois de trazê-lo até aqui descobri: é o discípulo de um dos cientistas marciais que mais respeito, mestre Obata, da Academia Obata de Ciências Marciais.

— Ora essa!

— Ele se chama Hojo Shinzo, e é filho de lorde Hojo Awa-no-kami. Estuda há muitos anos com o mestre Obata.

— Sei...

Musashi ergueu de leve a ponta da bandagem branca em seu pescoço. Um naco de carne do tamanho de uma concha de bom tamanho havia sido escavado com a ponta da espada, deixando uma ferida aberta que acabara de ser lavada com saquê. A luz da lamparina alcançou o fundo do ferimento, tão profundo que expunha com nitidez a carótida pulsando rosada no seu interior.

Foi por um fio de cabelo — diz o povo. Realmente, o homem tinha se salvado por um fio de cabelo. Ainda assim, de quais mãos teria partido esse golpe espetacular, que homem possuía a magistral habilidade de produzir esse tipo de ferimento?

A espada teria escavado de baixo para cima e voltado atrás em brusca reversão, como num voo de andorinha. Só assim teria sido possível cortar desse modo — como se a carne tivesse sido escavada com uma colher —, visando à artéria carótida com tamanha precisão.

Golpe da andorinha?

Musashi lembrou-se: esse era o golpe favorito de Sasaki Kojiro. Com um sobressalto, lembrou-se também da voz de Kosuke anunciando a visita de Kojiro, do lado de fora do seu aposento.

— Tem ideia de como tudo isto aconteceu? — indagou.

— Ainda não, senhor.

— Não importa, porque eu descobri: o autor deste golpe foi Sasaki Kojiro. Confirme quando o ferido recuperar os sentidos — disse, sacudindo a cabeça enfaticamente.

III

Retornando ao próprio aposento, Musashi deitou-se sobre as aparas de madeira, repousando a cabeça nos braços dobrados. A cama já estava feita, mas ele ainda não sentia vontade de dormir.

Dois dias e duas noites haviam se passado desde que Iori partira. Mesmo que tivesse se perdido, o menino já devia estar de volta a essa altura. Kimura Sukekuro talvez o tivesse convidado a descansar um pouco e Iori, sendo apenas uma criança, podia ter-se entusiasmado e perdido a noção do tempo.

Assim pensando, Musashi não se preocupou muito com o menino. O mesmo não ocorria com relação à escultura da deusa Kannon, a que se dedicava desde a manhã do dia anterior, e que o estava esgotando física e espiritualmente.

Musashi não era um escultor com conhecimento da técnica, um especialista nessa arte. Não conhecia os pequenos estratagemas usuais que ajudam a contornar dificuldades ou permitem imitar a entalhadura de hábil profissional.

Ele apenas tinha a imagem da deusa Kannon no fundo do seu coração e tentava reproduzi-la com a maior fidelidade possível, em estado de abstração. No entanto, antes ainda que essa imagem chegasse às suas mãos e norteasse os movimentos da adaga, pensamentos fúteis invadiam-lhe a mente e perturbavam a sua manifestação na madeira.

Em vista disso, mal a escultura tomava forma, Musashi a destruía e tornava a esculpir, perturbava-se de novo e recomeçava uma vez mais. As repetidas tentativas haviam provocado o encolhimento da preciosa madeira do período Tenpyo para 24, 15 e para minúsculos nove centímetros finais.

Enquanto dormitava por cerca de uma hora, pareceu-lhe ouvir os cucos por duas vezes. Despertou então de súbito, sentindo-se revigorado, o cansaço enfim expulso de todos os recantos da mente.

— Desta vez não vou falhar — pensou, erguendo-se.

Foi ao poço nos fundos da casa, lavou o rosto e enxaguou a boca. Espevitou o morrão da lamparina nesse horário próximo ao amanhecer e empunhou a adaga com novo ânimo.

Depois do descanso, foi capaz de sentir a madeira respondendo à lâmina com maior suavidade. Mil anos de civilização pareciam ocultar-se em riscos concêntricos no cerne recém-esculpido. Se errasse outra vez, nada faria com que as lascas espalhadas por todos os lados voltassem a ser o precioso toco de trinta centímetros que lhe fora confiado. Era essa noite, ou nunca mais, pensou.

Os olhos brilhavam intensamente, como nas ocasiões em que, espada na mão, se defrontava com um adversário. Havia muita energia concentrada na adaga.

Não distendeu as costas em nenhum momento, nem ao menos se ergueu para beber água.

Em estado *sanmai*[23], não percebeu o céu clarear e não ouviu os pássaros chilreando, nem as portas de todos os aposentos da casa, exceto a sua, serem escancaradas.

— Tudo em ordem, Musashi-sama? — disse Kosuke, entrando no quarto nesse instante com expressão preocupada. Só então o jovem aprumou-se e exclamou:

— Não consegui!

Jogou a adaga ao chão.

A madeira tinha sido escavada vezes sem fim e se transformado num monte de lascas, que se amontoavam como neve sobre seus joelhos e ao seu redor. Da preciosa matéria prima restava apenas um pequeno toco do tamanho de um polegar.

— Ah, não conseguiu... — ecoou Kosuke.

— Infelizmente.

— E a madeira?

— Transformada em lascas... Por mais que esculpisse, a imagem da deusa não surgiu— suspirou Musashi, atordoado como se tivesse andado suspenso entre os limites da iluminação e das paixões impuras e se visse de súbito chutado de volta à terra. Cruzou as mãos na nuca e jogou-se de costas no chão.

— Não consegui! Acho que vou me dedicar ao zen por algum tempo.

Cerrou os olhos pretendendo dormir e só então os muitos e erráticos pensamentos se dissiparam. Na mente enfim apaziguada, um único ideograma significando "vazio" pareceu flutuar, embalando o sono.

IV

De manhã, hóspedes de partida agitavam a entrada da estalagem. Eram, em sua grande maioria, mercadores de cavalo que tinham apurado na noite anterior os lucros e as perdas da feira realizada nos últimos cinco dias. A estalagem ficaria vazia a partir desse dia.

Iori acabara de chegar e dirigia-se resoluto para o andar de cima quando a dona da estalagem o chamou do seu posto atrás do balcão:

— Ei, menino!

Iori voltou-se no meio da escada, contemplando a calva na cabeça da mulher.

— Que é? — perguntou.

---

23. *Sanmai* (*samadhi* em sânscr.): estado de intensa concentração obtida sem esforço algum, de completa absorção da mente em si mesma, de elevada e ampla consciência.

A DIFÍCIL ARTE DA ESCULTURA

— Aonde vai?
— Quem, eu?
— Claro!
— Aonde mais posso estar indo senão ao quarto do meu mestre, lá em cima?
— Como é? — disse a mulher, admirada. — Quando foi que você partiu daqui, hein, menino?
— Deixe-me ver... — retrucou Iori, contando nos dedos — No dia anterior ao de anteontem.
— Isto quer dizer três dias atrás?
— É isso!
— Não me diga que está voltando agora da mansão de Yagyu-sama!
— Estou. Alguma objeção?
— Muitas! Afinal, a mansão Yagyu fica dentro da cidade de Edo, até onde sei!
— A culpa é sua! Foi a tia quem me disse que a mansão ficava em Kobikicho. Por sua causa perdi um tempo incrível! Nesse lugar só existe um depósito do clã. A verdadeira mansão fica na vila Azabu!
— De qualquer modo, a distância não é grande a ponto de você levar três dias para ir e voltar. Aposto que uma raposa o enfeitiçou.
— Adivinhou! A tia tem parentesco com raposas? — disse Iori zombeteiro, pronto a subir o resto da escada. Mas a mulher tornou a intervir apressadamente:
— Seu mestre não está mais aqui!
— Mentira! — replicou Iori, correndo para o andar superior. Logo, desceu outra vez com expressão aturdida.
— Ele mudou de quarto, não foi, tia?
— Que menino mais desconfiado! Eu já não lhe disse que ele se foi?
— Mas isso é verdade?
— Se pensa que minto, venha ver o livro de hóspedes. Olhe aqui: tem até o valor da conta encerrada.
— Mas por quê... por que ele se foi sem esperar por mim?
— Porque você demorou demais, ora essa.
— Mas... — começou Iori a dizer com cara de choro. — Tia, ele não lhe disse para onde ia? Não deixou nenhum recado para mim?
— Não que eu saiba. Com certeza ele o abandonou porque o considerou incompetente.

Iori correu para a rua, apavorado, olhou-a de cima a baixo, ergueu os olhos para o céu. Ao ver que lágrimas começavam a escorrer por suas faces, a dona da estalagem começou a rir e, passando o pente nos cabelos para esconder a calva, disse:

— É mentira, é mentira! Seu mestre mudou-se para o segundo andar da loja do polidor de espadas bem em frente. Pare de chorar e vá até lá.

Mal acabou de falar, um protetor de patas imundo aterrissou dentro do balcão da mulher.

V

— Estou de volta! — disse Iori, temeroso, sentando-se rígido aos pés Musashi, que dormia a sono solto.

Kosuke, que o havia introduzido no aposento, havia se afastado de manso e retornado para a cabeceira do homem ferido.

Nesse dia, havia um clima pesado na casa, perceptível até pelo menino. Além disso, lascas de madeira espalhavam-se em torno de Musashi e uma lamparina seca continuava sobre a escrivaninha.

— Cheguei... — tornou a dizer Iori baixinho. A voz não saía de puro medo.

— Quem está aí? — perguntou Musashi. Abriu os olhos em seguida.

— Iori, mestre.

No mesmo instante Musashi ergueu-se. Contemplou por instantes o pequeno vulto, sentado em posição rígida aos seus pés.

— Ah, é você... — disse, em tom de alívio. E nada mais acrescentou.

— Sei que demorei demais. Desculpe-me — disse o menino.

Ainda assim Musashi não respondeu, contentando-se em apertar o próprio *obi*. Passados instantes, porém, ordenou:

— Abra as janelas e varra o quarto.

— Sim, senhor!

O menino pediu uma vassoura emprestada a um empregado e caprichou na limpeza do aposento, ainda preocupado. Espiou o pátio, tentando saber aonde tinha ido seu mestre e o viu bochechando à beira do poço.

Diversas ameixas verdes estavam caídas ao redor do poço. À visão delas, Iori lembrou-se logo do gosto ácido que invadia a boca quando as comia com sal. Não sabia por que os moradores daquela casa não as apanhavam para fazer conservas. Desse modo, haveria ameixas o ano inteiro.

— Como vai o ferido? — disse Musashi, enxugando o rosto e voltando-se para o aposento no extremo da casa.

Iori ouviu a voz de Kosuke respondendo de dentro da casa:

— Seu estado parece ter se estabilizado, senhor.

— Deve estar cansado, senhor Kosuke. Mais tarde eu o substituirei à cabeceira do ferido — ofereceu-se Musashi.

Kosuke agradeceu, mas disse não ser necessário, acrescentando em seguida:

— No entanto, gostaria de avisar Obata Kagenori-sama sobre o ocorrido. Infelizmente, não tenho ninguém que possa ir até lá.

Musashi disse que nesse caso iria pessoalmente à casa dele ou mandaria Iori levar um recado, e retornou para o seu quarto no andar superior. O aposento tinha sido arrumado com presteza.

Musashi sentou-se e chamou:

— Iori!

— Senhor?

— Como foi a missão?

Menos mal: ainda não seria desta vez que ouviria a reprimenda. Iori sorriu, enfim tranquilizado, e respondeu:

— Realizei-a a contento, senhor. E aqui está a resposta do senhor Kimura Sukekuro, da mansão Yagyu.

Retirou triunfalmente a carta das dobras internas do quimono, na altura do peito.

— Deixe-me vê-la.

Musashi estendeu a mão. Iori adiantou-se de joelhos e depositou a carta sobre ela.

VI

Na resposta, Kimura Sukekuro dizia, em linhas gerais: "Sentimos não poder satisfazer seu desejo, já que o estilo Yagyu é também o da casa xogunal e não estamos autorizados a usá-lo em duelos públicos. No entanto, caso o senhor deseje encontrar-se com o senhor de Tajima com outros objetivos, venha ao salão de treinos, pois nosso amo por vezes ali comparece para cumprimentar os visitantes. Se quer, porém, a todo o custo conhecer o nosso estilo, a melhor solução será enfrentar Yagyu Hyogo-sama. Ele, porém, partiu ontem à noite às pressas de volta a Yamato porque o estado de saúde de Sekishusai-sama agravou-se. Por mais essa razão, acho melhor postergar a visita ao senhor de Tajima para dias melhores. E quando esse dia chegar, eu o apresentarei a ele com muito prazer."

Com um ligeiro sorriso, Musashi tornou a dobrar lentamente a longa carta, em silêncio.

Ao vê-lo assim descontraído, Iori sentiu-se ainda mais confiante e aproveitou para desfazer a posição formal e esticar as pernas.

— Por falar nisso, mestre, a mansão Yagyu não se situa em Kobiki-cho, mas em Azabu, sabia? É espaçosa, impressionante! E Kimura Sukekuro-sama ofereceu-me uma porção de guloseimas deliciosas... — ia prosseguindo o menino quando foi interrompido por Musashi.

— Iori!

Seu mestre tinha contraído de leve as sobrancelhas, detalhe que não passou despercebido ao menino. Iori retraiu as pernas bem depressa e formalizou-se de novo.

— Sim, senhor!

— Você pode ter-se perdido, mas são passados três dias desde a sua partida. A que devo a demora?

— Uma raposa me enfeitiçou quando andava pelas montanhas em Azabu...

— Raposa?

— Sim, senhor.

— Como pode um menino criado numa casa solitária no meio da campina ter sido enfeitiçado por uma raposa?

— Nem eu compreendi, mas o fato é que andei metade de um dia e uma noite inteira vagando no mato sob o efeito desse encantamento. É verdade! Tanto que não consigo lembrar-me por onde andei, por mais que pense!

— Muito estranho!

— Também acho. Até hoje nunca dei muita atenção a raposas, mas acho que as de Edo são mais poderosas, elas enfeitiçam mais.

— Ah...! Mas diga-me — continuou Musashi, sentindo-se incapaz de ralhar por mais tempo ante a expressão séria do menino. — Você por acaso não fez algo que não devia?

— Pode ser. Uma raposa vinha me seguindo, e para não ser enfeitiçado por ela, eu a golpeei na perna ou no rabo. E foi ela que me pregou as peças, eu acho.

— Não foi, não.

— Não foi, senhor?

— Quem lhe pregou a peça não foi a raposa de carne e osso, mas algo invisível dentro de você mesmo. Pense bem no assunto. Resolva esse enigma e dê-me a resposta quando eu retornar.

— Sim, senhor... Vai sair a esta hora, mestre?

— Vou até as proximidades do templo Hirakawa-tenjin, em Koji-machi.

— Mas volta ainda esta noite?

— Talvez leve três dias se uma raposa se engraçar comigo! Ah-ah!

Saiu, deixando Iori à sua espera. Nuvens pesadas cobriam o céu prenunciando a chegada das chuvas do verão.

UMA ACADEMIA DESERTA

I

O bosque do templo Hirakawa-tenjin vibrava com o barulho das cigarras. Corujas piavam nalgum lugar.

Musashi parou.

— Deve ser aqui.

Uma construção silenciosa erguia-se sob a lua ainda no céu em pleno dia.

— Deem-me licença! — disse alto à porta de entrada. A voz ecoou, como se ele falasse à entrada de uma caverna, indicando que o prédio estava deserto.

Minutos depois, ouviu passos provenientes dos fundos da casa. Logo, um jovem trazendo uma espada na mão parou à sua frente. Pela aparência, não era um simples atendente.

— Que deseja? — perguntou, barrando a entrada.

Tinha cerca de 25 anos. Musashi analisou-o desde a ponta dos pés calçados em macias meias de couro até o topo da cabeça e percebeu que este moço era algo mais que bem-nascido.

Musashi declinou o próprio nome e perguntou a seguir:

— Esta é a Academia Obata de Ciências Marciais, do mestre Obata Kagenori?

— Sim — respondeu o jovem, lacônico.

Sua atitude indicava que estava à espera da conhecida ladainha do estudante de artes marciais andando pelas províncias em busca de aprimoramento. As palavras seguintes de Musashi, porém, o surpreenderam:

— Um certo senhor Hojo Shinzo, discípulo desta academia, encontra-se neste momento recuperando-se de um grave ferimento na casa do polidor de espadas Kosuke, que os senhores devem conhecer. Aqui estou a pedido deste último para avisá-los.

— Como? Quer dizer que Hojo Shinzo também não conseguiu? — deixou escapar o jovem, consternado, mas logo conteve-se. — Perdoe meus modos. Sou Obata Yogoro, filho único de Kagenori. Agradeço-lhe a bondade de vir nos avisar. Entre e descanse um instante.

— Agradeço, mas vou-me embora em seguida. Vim apenas avisá-los.

— E... como está Shinzo?

— Parece-me que seu estado estabilizou-se esta manhã. Sua situação, porém, ainda é grave e ele não pode ser removido. De modo que o aconselho a deixá-lo por hora aos cuidados de Kosuke.

— Transmita-lhe então meus agradecimentos. Diga-lhe que confio o ferido à sua guarda.

— Assim farei.

— Na verdade, estamos com falta de pessoal porque meu pai continua acamado, e Shinzo, que deveria ser o seu preletor substituto, estava desaparecido desde o outono do ano passado. Por essa razão, tivemos de fechar a academia. Espero que compreenda.

— Claro. Diga-me, porém: existe algum ódio antigo envolvendo sua casa e Sasaki Kojiro?

— Não sei lhe dizer o que aconteceu de verdade, pois o fato se deu em minha ausência. No entanto, ouvi dizer que Sasaki Kojiro insultou meu pai, que já se achava enfermo e fraco, e isso provocou a revolta dos discípulos. Eles tentaram tirar satisfações por diversas vezes, e de cada vez levaram a pior. Por fim, Hojo Shinzo resolveu intervir pessoalmente: deixou esta casa e andou seguindo Kojiro por muito tempo, em busca de uma boa oportunidade para acertar as contas, ao que me parece.

— Ah, agora compreendi. Deixe-me contudo dar-lhe um conselho: desista de querer bater-se com Sasaki Kojiro. Ele é do tipo que não pode ser vencido com recursos usuais, nem com o emprego de estratagemas. Em suma, é preciso muito mais que um homem hábil para vencê-lo, tanto na esgrima, como em estratagemas ou palavras.

Ao ouvir isso, o descontentamento queimou como um chama fria no olhar de Yagoro. Musashi percebeu e sentiu-se na obrigação de tornar a aconselhar:

— Deixe-o vangloriar-se à vontade. Não permita que um pequeno desentendimento assuma graves proporções. Espero que a derrota de Hojo Shinzo não lhe provoque também a vontade de vingá-lo pessoalmente, pois estará entrando na mesma trilha sangrenta percorrida por ele. É tolice, pura tolice.

Dado o conselho, Musashi retirou-se.

II

Sozinho, Yogoro permaneceu recostado na parede por um longo tempo, braços cruzados e perdido em pensamentos.

— Que lástima! Nem Shinzo conseguiu calar esse insolente! — disse. Seus lábios tremiam de emoção.

Fitou o teto com olhar vago. Não se via viva alma no espaçoso auditório nem no corpo principal da casa.

Ao chegar de viagem, Yogoro já não encontrara Shinzo na casa. Tinha partido, deixando uma carta de despedida em que prometia vingar-se a qualquer custo de Sasaki Kojiro e terminava dizendo que, caso falhasse, não se veriam mais nesta vida.

A ausência de Shinzo provocara o fechamento da academia e a opinião pública manifestou-se solidária a Sasaki Kojiro. Boatos maldosos davam conta de que a academia era um antro de covardes, um agrupamento de incompetentes que só sabia teorizar.

A maledicência havia mexido com o orgulho de alguns discípulos, que se afastaram; outros viram na doença de Obata Kagenori sinais de declínio do estilo Koshu e bandearam-se para o estilo Naganuma. E assim, aos poucos a academia foi sendo desertada, sobrando nos últimos tempos apenas dois ou três internos, encarregados dos serviços gerais.

— "Não vou contar ao meu pai" — resolveu Yogoro no íntimo. — "Mais tarde, veremos."

No momento, sua obrigação era envidar todo o esforço no sentido de cuidar do pai enfermo. "Mais tarde, veremos", tornou a pensar, suportando a amargura.

— Yogoro! Yogoro! — ouviu nesse instante o pai chamando-o dos fundos da casa.

O idoso homem devia estar às portas da morte, mas quando excitado, chamava o filho com incrível energia.

— Pronto, senhor! — respondeu, correndo a atendê-lo.

Ajoelhou-se no aposento contíguo ao do enfermo e disse:

— Chamou-me, meu pai?

Como sempre fazia quando se aborrecia por permanecer deitado, o doente havia aberto a janela e encontrava-se sentado sobre as cobertas, apoiado no travesseiro.

— Yogoro.

— Sim, senhor?

— Um *bushi* acaba de afastar-se pelo portão, estou certo? Eu apenas o vi de costas.

Então, o pai já sabia! Espantou-se Yogoro.

— Ah! Deve ser o homem que veio há pouco com uma mensagem.

— Mensagem? De quem?

— Ocorreu um ligeiro imprevisto com Hojo Shinzo, e o *bushi* a que se referiu veio nos avisar. Disse que se chama Miyamoto Musashi.

— Miyamoto Musashi?... Não deve ser desta cidade.

— Disse que era um *rounin* originário de Sakushu. Conhece-o por acaso, meu pai?

— Não... — respondeu Kagenori, agarrando com firmeza o próprio queixo, onde a barba havia crescido, branca e rala. — Não o conheço nem nunca o vi antes. Digo-lhe no entanto, meu filho, que este velho já teve a oportunidade de se avistar com muitos homens respeitáveis nos longos anos de sua vida, tanto em campos de batalha como no cotidiano, mas poucos, muito poucos dentre eles eram autênticos *bushi*. Algo, porém, chamou-me a atenção nesse que acaba de se afastar. Quero vê-lo! Quero a todo custo avistar-me com esse Miyamoto Musashi e trocar algumas palavras com ele. Vá atrás dele neste instante, Yogoro, e traga-o até aqui!

III

O estado de saúde do doente era tão delicado que o médico havia até desaconselhado conversas muito longas.

Yogoro temia um agravamento da doença só de ouvir o tremor emocionado da sua voz.

— Já vou, meu pai! — disse, mas não fez menção de se levantar. — O que viu de tão atraente nesse samurai? Afinal, como o senhor mesmo disse, apenas o viu de costas enquanto se afastava... — acrescentou.

— Você não compreenderia. Quando enfim compreender, já estará com um pé na cova, como eu.

— Mas deve haver um motivo.

— Pode ser que haja.

— Pois fale-me sobre isso. Servir-me-á de lição.

— Esse samurai... manteve-se em guarda até contra mim, um velho enfermo! E isso é admirável.

— Não acho que ele soubesse de sua presença nesta janela, senhor.

— Engana-se! Ele sabia.

— Como poderia?

— Quando entrou pelo portão, ele parou um instante logo ali e passeou o olhar pela casa inteira, verificou janelas abertas e fechadas, a trilha que leva aos fundos. Ele não deixou escapar nenhum detalhe. Apesar disso, comportava-se com muita naturalidade, diria até que com muita educação. Quem será este homem, pensei eu surpreso, observando-o desta distância.

— O homem era então um samurai bem preparado, meu pai?

— Tenho certeza de que teremos infindáveis assuntos para conversar. Vá logo atrás dele, meu filho.

— Tenho medo de que uma conversa tão longa lhe faça mal, senhor.

— Eu desejei a vida inteira conhecer um homem como ele. Não vim elaborando minhas teorias simplesmente para transmiti-las ao meu filho.

— Sei disso. O senhor não se cansou de me dizer isso o tempo todo.

— Embora se denomine estilo Koshu, minhas teorias não se destinam apenas a divulgar a disposição de tropas equacionada dos guerreiros de Koshu. Para começar, vivemos hoje uma situação diferente daquela em que generais como Takeda Shingen e Uesugi Kenshin disputavam a hegemonia. O próprio objetivo das ciências militares mudou. O que eu preconizo nesta academia é o estilo Obata Kagenori — a ciência militar realmente voltada para a construção da paz. Ah, mas a quem posso transmitir meus ensinamentos? A quem?

— ...

— Yogoro.

— ... senhor.

— Minha vontade é transmiti-los a você, acredite. Mas confrontado com o *bushi* que se retirou há pouco, você é tão imaturo que nem ao menos consegue avaliar a habilidade dele.

— Sinto muito, senhor.

— Se este é o seu nível, mesmo visto por um complacente prisma paterno, não está apto a receber meus ensinamentos. E nesse caso, a solução seria transmiti-los a um estranho qualificado, e a ele confiar o seu futuro, depois que me for. Com esse intuito, esperei até hoje esse estranho. Queria ir-me do mesmo modo que a flor se vai, derramando em profusão o pólen sobre a terra...

— Ainda não, meu pai. Não se vá ainda, eu lhe peço. Viva por muitos e muitos anos...

— Não diga asneiras! Não diga asneiras! — disse o ancião duas vezes. — Corra atrás dele de uma vez.

— Sim senhor.

— Seja cortês, meu filho, exponha com clareza o meu desejo e traga-o até aqui.

— Sim senhor!

Yogoro disparou pelo portão da casa.

IV

Yogoro correu, passou pelo bosque do templo e chegou às ruas de Koujimachi, mas Musashi havia desaparecido.

— Paciência, haverá outra oportunidade — pensou Yogoro, desistindo rapidamente.

Em sua opinião, Musashi não era tudo que o pai havia dito. Afinal, pareciam ter a mesma idade, não sendo possível portanto que houvesse tanta diferença em matéria de habilidade, por mais genial que fosse o outro.

Além disso, as palavras de Musashi ao se despedir tinham um eco desagradável. "Não se bata com Kojiro", havia dito ele, "isso é tolice. O homem é invulgar. Deixe de lado pequenas desavenças para o seu próprio bem."

Yogoro tinha a impressão de que Musashi havia vindo especialmente para louvar as qualidades de Kojiro. "Ainda mostro a ele!", pensou.

Sentia-se superior a Kojiro e também a Musashi. Como se não bastasse, sentia-se desafiador com relação ao próprio pai, embora o ouvisse com todo o respeito. "Não sou tão imaturo quanto me julga, meu pai!" sussurrava em seu íntimo.

Até esse dia, Yogoro havia se ausentado diversas vezes da casa por períodos que variavam de um a três anos, dependendo do consentimento do pai, e usara esse tempo para percorrer diversas províncias na qualidade de samurai peregrino, internar-se em outras academias de ciências marciais e estudar, e até para frequentar as casas de tradicionais mestres do zen. Assim, o jovem achava-se razoavelmente adestrado e preparado. Apesar de tudo, o pai continuava a considerá-lo imaturo, um guerreiro cheirando a fraldas, e o que era pior, superestimava um novato como Musashi — afinal um vulto mal vislumbrado da sua janela. Doía-lhe ainda no íntimo o tom de suas recentes palavras, que pareciam insinuar: "Siga o exemplo de Musashi!"

— Desisto. Vou para casa — resolveu. Uma súbita tristeza o invadiu. "Um filho deve parecer sempre imaturo para o pai", pensou.

Como gostaria de ter o próprio valor reconhecido! Mas o pai já estava à beira da morte, considerou com tristeza.

— Olá! Senhor Yogoro! — chamou-o alguém nesse instante.

— Olá! Como vai? — respondeu o jovem, voltando-se e aproximando-se por sua vez do homem que o detivera. Era Nakatogawa Handayu, vassalo da casa Hosokawa, em tempos passados assíduo frequentador da academia, mas ausente nos últimos meses.

— E como está passando o nosso venerando mestre? Meus deveres me prendem e não tenho tido tempo de visitá-lo — desculpou-se o homem.

— Sem grandes alterações.

— É a idade, que se há de fazer... Por falar nisso, ouvi dizer que Hojo Shinzo, mestre substituto de seu pai, levou a pior num duelo com Sasaki Kojiro. É verdade?

— A notícia já chegou aos seus ouvidos?

— Ouvi comentários na sede do clã ainda esta manhã.

— Como pôde ter chegado tão rápido à mansão Hosokawa, se o acontecimento se deu apenas ontem à noite?

— É porque Sasaki Kojiro hospeda-se na mansão do senhor Iwama Kakubei, um dos mais importantes vassalos da casa Hosokawa. Acho que foi ele quem se encarregou de espalhar a notícia logo cedo. Até o nosso jovem amo, lorde Tadatoshi, já está a par do assunto, segundo soube.

Yogoro, com sua juventude e inexperiência, sentiu dificuldade em simular indiferença ante o que ouvia. Por outro lado, era-lhe insuportável expor sua perturbação, de modo que se despediu de seu interlocutor com a naturalidade que lhe foi possível aparentar e voltou para casa. A decisão, no entanto, já estava tomada.

ERVAS DANINHAS

I

A mulher de Kosuke preparava uma papa de arroz para o homem ferido do quarto dos fundos. Iori meteu a cabeça pela cozinha e espiou.

— Tia, as ameixas já estão ficando amarelas — anunciou.

A mulher porém respondeu em tom desprovido de emoção:

— Estão amadurecendo. É tempo de cigarras também.

— Por que você não faz conservas com elas, tia?

— Porque somos uma família pequena. Já imaginou quanto sal preciso para fazer picles de tantos frutos?

— O sal não apodrece, mas as ameixas se estragam se não forem conservadas. Sei que sua família é pequena, mas se você não se prevenir, vai passar fome em tempo de guerra ou de inundações. Não se preocupe, continue a cuidar do doente que eu as prepararei para você.

— Que menino estranho! Mais parece um velho, preocupando-se com fome e inundações!

Iori já havia rumado para o galpão, onde encontrou uma barrica vazia. Arrastou-a para o pátio, parou debaixo da ameixeira e ergueu o olhar para a copa da árvore.

Era esperto e tinha experiência de vida suficiente para dar lições de sobrevivência a uma mulher madura, mas no instante em que pôs os olhos numa cigarra chiando no tronco da árvore, voltou a ser um menino comum. Aproximou-se de manso e capturou o inseto na palma da mão fechada. A cigarra continuou a chiar em sua mão, seu chiado lembrando agora o grito trêmulo e estridente de um velho.

Contemplando o próprio punho fechado, Iori sentia uma estranha emoção: insetos deviam ser desprovidos de sangue, mas a cigarra estava mais quente que a sua mão.

Ao pressentir a própria morte, mesmo seres inferiores como cigarras deviam reagir com calor. O raciocínio do menino não foi tão profundo, mas sentiu um súbito medo, e ao mesmo tempo, pena do inseto. Ergueu portanto a mão para o alto e abriu-a.

A cigarra saiu voando, bateu uma vez contra o telhado da casa vizinha e desviou-se rumo ao centro da cidade. Iori subiu na árvore.

A ameixeira era frondosa e abrigava taturanas sadias, que rastejavam com suas maravilhosas coberturas de pelos coloridos. Havia ainda besouros e minúsculas pererecas aderidas às costas das folhas, pequenas borboletas adormecidas e moscardos dançando em torno dos frutos.

Iori sentiu-se transportado para outro mundo e, encantado, permaneceu algum tempo apenas observando. Talvez o constrangesse a perspectiva de sacudir de repente os galhos da árvore e apavorar damas e cavalheiros desse pequeno reino animal, pois apanhou de manso uma ameixa levemente colorida e a mordeu.

Logo, começou a sacudir os galhos mais próximos, mas as ameixas, embora parecessem prestes a cair, continuavam firmemente agarradas. O menino então passou a colher as que estavam ao alcance de sua mão e a lançá-las na barrica vazia embaixo dele.

— Ah, malandro! — gritou ele de repente, jogando alguns frutos na direção do terreno baldio ao lado da casa.

No momento seguinte, um varal estendido na sebe foi ao chão com estrépito e passos se afastaram em disparada rumo à rua.

Musashi havia se ausentado outra vez nesse dia, e Kosuke, que estivera entretido em sua oficina, pôs a cabeça para fora pela janelinha com moldura de bambu e perguntou, arregalando os olhos:

— Que foi isso?

II

Iori saltou de cima da ameixeira.

— Tinha um estranho agachado nesse terreno baldio outra vez, tio! Acertei algumas ameixas nele e o homem fugiu correndo, mas ele vai voltar se não estivermos atentos! — gritou para a janela da oficina.

Kosuke surgiu enxugando as mãos.

— Como era esse homem? — indagou.

— Parecia um rufião.

— Um dos capangas de Hangawara, com certeza.

— Igual àqueles que apareceram na porta da sua loja, algumas noites atrás.

— São furtivos como gatos.

— Que será que eles pretendem, hein?

— Estão atrás do meu hóspede, o que convalesce no quarto dos fundos.

— Ah, do senhor Hojo! — disse Iori, voltando-se para o referido quarto.

O ferido comia nesse instante a papa de arroz. O ferimento cicatrizara a ponto de tornar a bandagem dispensável.

— Mestre polidor! — chamou Shinzo.

Kosuke aproximou-se beirando a varanda.

— Como está, senhor? — perguntou.

Shinzo afastou para um dos lados a bandeja com a refeição e sentou-se formalizado.

— Não tive a intenção, mas acabei lhe dando um bocado de trabalho, mestre Kosuke — disse.

— Trabalho algum. Sinto apenas não ter podido dispensar-lhe a atenção devida por causa do meu ofício.

— Não só lhe dei trabalho, como estou sendo inconveniente: ao que vejo, os capangas de Hangawara andam rondando sua casa com o intuito de me pegar. Se eu continuar aqui só lhe trarei aborrecimentos. E se algum dos seus familiares vier a se ferir por minha causa, estarei pagando com o mal todo o bem que me fez até agora.

— Ora, quanto a esse tipo de preocupação...

— Nada disso. Pretendo sair daqui ainda hoje, pois, como vê, já me restabeleci.

— Como? Hoje, senhor?

— Dentro de alguns dias voltarei para expressar formalmente meus agradecimentos.

— Espere! Espere um pouco! Consulte Musashi-sama antes de mais nada! Ele, porém, não está aqui neste momento.

— Pois transmita-lhe meus agradecimentos quando voltar. Já consigo andar com facilidade, de modo que vou embora agora mesmo.

— Mas os baderneiros da casa Hangawara estão à sua espera do lado de fora, sedentos por vingar a morte de Mendigo e Coroinha. Esse é o motivo por que rondam minha casa! Sabendo disso, não posso permitir que saia daqui sozinho.

— Tive motivos mais que justificados para eliminar Mendigo e Coroinha. Eles sabem disso, e também que não têm motivo algum para querer uma revanche. Mas se ainda assim insistirem...

— ...não poderá defender-se, debilitado como está, senhor.

— Agradeço-lhe os cuidados, mas não se preocupe. Onde está sua mulher? Quero agradecer-lhe também.

Pronto para partir, Shinzo ergueu-se.

Vendo que não conseguiriam demovê-lo, o polidor de espadas e a mulher acompanharam-no até a porta e se despediam a contragosto quando Musashi retornou, suado e com o rosto queimado de sol.

Mal viu Shinzo, arregalou os olhos de admiração e disse:

— Aonde vai, mestre Hojo? Como? Está indo para casa? Fico feliz em vê-lo tão bem, mas será perigoso ir sozinho. Voltei em boa hora: eu o acompanharei até Hirakawa-tenjin.

III

Shinzo recusou o oferecimento, mas Musashi não lhe deu ouvidos.

— Eu o acompanho — disse, peremptório.

Desse modo, Shinzo acabou por aceitar e afastaram-se juntos da casa de Kosuke.

— Deve ser difícil andar, depois de ter permanecido tanto tempo em repouso — comentou Musashi.

— É verdade. O chão parece estar mais perto do que imagino, e sinto tonturas quando ergo o pé.

— Não é para menos! A distância daqui até Hirakawa-tenjin é considerável. Será melhor ir de liteira.

Ao ouvir isso, Shinzo replicou:

— Devia ter-lhe dito antes, mas na verdade, não estou indo para a academia Obata.

— Para onde, então?

— Vou ficar por algum tempo na casa de meu pai — disse Shinzo, cabisbaixo. — A ideia não me agrada muito, mas... Moro em Ushigome.

Musashi contratou uma liteira e nela embarcou Shinzo quase à força. O liteireiro ofereceu outra a Musashi, que recusou com firmeza e continuou andando a pé ao seu lado.

No momento em que a liteira escoltada por Musashi dobrou à direita depois do canal, um grupo de rufiões de braços à mostra e quimonos arregaçados passou a acompanhá-la.

— Ah, o maldito o embarcou na liteira!

— Ele está olhando para cá!

— Calma! Ainda é cedo!

Eram capangas de Hangawara, e tinham a óbvia intenção de acertar contas. Os olhos brilhantes pareciam prestes a saltar das órbitas e pular nas costas de Musashi ou para dentro da liteira.

E quando enfim alcançaram as proximidades de Ushigafuchi, uma pedra veio voando e bateu no cabo da liteira produzindo um som cavo. Ao mesmo tempo, o bando de rufiões fechou o cerco em torno da liteira, gritando:

— Alto!

— Parem aí!

— Parados, malandros!

Os carregadores da liteira, havia já algum tempo assustados, saltaram para os lados e fugiram mal perceberam que o cerco se fechava, enquanto do meio dos rufiões partiam mais algumas pedras que passaram por cima dos vultos em fuga e voaram na direção de Musashi.

Hojo Shinzo rastejou para fora da liteira empunhando a espada, talvez com medo de ser considerado covarde.

— Que querem comigo? — perguntou, erguendo-se e posicionando-se para a luta. Musashi protegeu-o com o próprio corpo e disse na direção de onde partiam as pedras:

— Digam claramente o que querem.

Os rufiões tentavam fechar o cerco, como se vadeassem um rio. Logo, um deles gritou quase cuspindo as palavras:

— Nem é preciso! Entregue-nos esse miserável, ou morre junto!

A essas palavras, os homens se entusiasmaram. Um frêmito selvagem percorreu o bando.

Nem por isso algum deles brandiu a espada rústica ou tentou o primeiro golpe, detidos talvez pela força do olhar de Musashi. Seja como for, o fato era que, mantendo ainda uma considerável distância, os rufiões ladravam de um lado, enquanto Musashi e Shinzo apenas os contemplavam com olhar feroz.

— Hangawara, o chefe deste bando, está no meio de vocês? Se está, dê um passo à frente — exigiu Musashi a certa altura.

Do meio dos rufiões veio a resposta:

— Nosso chefe não está aqui, mas, na sua ausência, eu, o mais velho do bando, sou responsável pela casa. Meu nome é Nenbutsu Tazaemon. Se quer me dizer alguma coisa, estou disposto a ouvi-lo.

O homem que se adiantou era idoso. Vestia um quimono branco e usava um terço budista grosso em torno do pescoço.

IV

— Que têm vocês contra mestre Hojo Shinzo? — perguntou Musashi.

Nenbutsu Tazaemon estufou o peito com arrogância e respondeu pelos rufiões:

— Esse homem matou dois de nossos companheiros. Deixá-lo impune é o mesmo que manchar nossa imagem.

— Não foi isso o que ele me contou. Segundo mestre Hojo, Mendigo e Coroinha haviam anteriormente ajudado Sasaki Kojiro a eliminar diversos discípulos da academia Obata na calada da noite.

— Uma coisa nada tem a ver com outra. Se um companheiro nosso é morto, temos de vingá-lo com as nossas mãos ou deixamos de ser rufiões!

— Começo a entender — disse Musashi, dando mostras de concordar, para logo acrescentar:

— Essas talvez sejam as regras no mundo a que pertencem, mas não no dos samurais. Samurais não reconhecem rancores infundados. Ódios têm de ter fundamentos claros e não podem ser transferidos. Um samurai preza acima de tudo a justiça: se a causa é justa, ele reconhece o direito das pessoas à vingança, mas nunca a perpetuação de um ressentimento pelo ressentimento em si. Isso é covardia, e os samurais desprezam esse tipo de atitude. Como por exemplo, a de vocês neste instante.

— Que disse? Chamou-nos de covardes?

— Vocês até estariam certos se aqui me trouxessem Sasaki Kojiro e ele pessoalmente quisesse tirar satisfações como um samurai, mas considero fora de cogitação tratar com um bando de rufiões alvoroçados.

— Não quero saber dessa arenga de samurais. Nós aqui somos rufiões e temos a nossa imagem a preservar!

— Vivemos num único mundo, onde não há lugar para comportamentos diferenciados. Se rufiões e samurais puserem-se a agir cada qual segundo seus padrões, logo haverá banhos de sangue não só aqui, mas em cada esquina da cidade. O único poder capaz de julgar esta questão é o do magistrado. Você, que diz chamar-se Nenbutsu, escute-me.

— Fale!

— Vamos ao escritório do magistrado. E pediremos a ele que julgue este caso.

— Vá para o inferno! Se julgasse que o problema podia ser resolvido por um magistrado não me teria dado a tanto trabalho.

— Quantos anos tem, Nenbutsu?

— Quê?

— Com todos os anos que carrega nas costas, ainda pretende tomar a frente dessa gente jovem e vê-la morrer uma morte inútil?

— Chega de papo furado! Eu, Tazaemon, posso ser velho, mas os anos não afetaram minha disposição para a briga, entendeu? — declarou, extraindo a espada curta da cintura.

Ao ver isso, os demais rufiões que se aglomeravam às suas costas alvoroçaram-se e avançaram esbravejando:

— Acabem com ele!

— Não deixem o velho levar a pior!

Musashi esquivou-se do golpe desferido por Tazaemon, agarrou-o pelo pescoço velho e enrugado, caminhou cerca de dez passos e lançou-o dentro de um fosso. Voltou a seguir correndo para dentro da roda dos rufiões e extraiu Hojo Shinzo do centro da escaramuça, apanhou-o pela cintura e disparou pela campina de Ushigabuchi, logo se distanciando pela ladeira Kyudanzaka. Os vultos em fuga diminuíam de tamanho conforme subiam o íngreme caminho, deixando atrás os atônitos rufiões.

V

Ushigabuchi, ou mesmo Kyudanzaka, são denominações de eras bem mais recentes. Nos dias em questão, existia ainda nos arredores uma floresta de aspecto quase ancestral e riachos provenientes das montanhas desaguavam nos arredores do fosso, formando grandes extensões de terra pantanosa onde a água se empoçava, verde do limo. As áreas teriam, quando muito, nomes pitorescos apenas conhecidos pela gente local, como ponte do Grilo ou ladeira do Azevinho.

Quando alcançou a metade da ladeira, Musashi, que tinha deixado para trás os embasbacados rufiões, soltou pela primeira vez a cintura de Shinzo e o depôs no chão, dizendo:

— Já nos distanciamos o suficiente. Vamos embora de uma vez, mestre Hojo!

Seguiu então na frente, apressando o hesitante companheiro.

Só então os rufiões recobraram-se, e aos gritos de "Eles vão fugir!", "Não os deixem escapar!", vieram-lhes no encalço ladeira acima com o vigor renovado.

— Covardes!

— São valentes da boca para fora?

— Nunca vi samurai tão medroso!

— Vão pagar pelo que fizeram ao velho Tazaemon, malditos!

— Musashi! Agora você também está na nossa mira!

— Parem aí, os dois!

— Samurais maricas!

— Parem, já disse!

Musashi ignorou as ofensas e injúrias que lhe eram dirigidas, e também não permitiu que Shinzo parasse.

— Não há estratégia melhor que a fuga em momentos iguais a este — tinha ele dito, acrescentando pouco depois, sorrindo a meio: — Mas não é nada fácil fugir!

Quando afinal se sentiu seguro, voltou-se e não avistou mais os seus perseguidores. Shinzo estava pálido e ofegante: a corrida fora demais para ele, que ainda convalescia.

— Cansou-se — comentou Musashi.

— Na... não é tanto o cansaço... — arquejou Shinzo.

— Está abalado com as ofensas dos rufiões?

— ...

— Ah-ah! Quando recuperar a calma haverá de compreender que, vez ou outra, fugir também é agradável. Há um riacho logo adiante. Vá até lá e molhe a boca. Em seguida, eu o escoltarei até a porta da sua casa.

A floresta de Akagi já surgia à frente deles. Hojo Shinzo disse que sua casa situava-se logo abaixo do templo Akagi Myojin.

— Entre, por favor. Faço questão de apresentá-lo ao meu pai — insistiu Shinzo, mas Musashi parou aos pés de uma escadaria, acima da qual o muro em terracota da mansão Hojo era visível.

— Deixe para uma próxima oportunidade. Cuide-se bem, mestre Shinzo — disse, afastando-se.

Em virtude desse incidente, Musashi tornou-se, não por gosto, famoso na cidade de Edo.

— Ele é um farsante.

— É o exemplo vivo da covardia.

— É um desavergonhado, o homem que mais denegriu o código de honra do *bushi*. E se os Yoshioka de Kyoto foram realmente derrotados por ele, ou eram todos incapazes, ou Musashi, o perito em fugas, escapuliu espertamente e construiu uma falsa reputação em cima do episódio.

A fama era portanto negativa, mas Musashi não encontrou ninguém que depusesse a seu favor, porque os capangas de Hangawara tinham logo em seguida espalhado boatos maldosos por toda a redondeza e erguido placas em cada esquina da cidade, anunciando em linguagem grosseira:

Recado a um certo Miyamoto Musashi, que meteu o rabo entre as pernas e fugiu da nossa gente:

A matriarca dos Hon'i-den quer vingança e procura por você. Nós também temos uma conta a acertar. Mostre a cara se é um samurai de verdade.

Bando Hangawara

AS DUAS FORÇAS

OPINIÃO UNÂNIME

I

Os dias de Tadatoshi, o jovem suserano do clã Hosokawa, costumavam ser cheios. Pela manhã, dedicava-se aos estudos ainda antes da refeição matinal. Durante o dia, resolvia os negócios do clã ou cumpria seus deveres oficiais na sede xogunal no palácio de Edo e, nas horas vagas, praticava artes marciais. Quando enfim a noite chegava, Tadatoshi tinha por hábito cercar-se de jovens samurais e entreter-se por alguns momentos conversando descontraidamente.

— E então? Quais são as notícias mais recentes?

Quando Tadatoshi iniciava a reunião nesse tom, seus vassalos sabiam que não precisavam pedir permissão para quebrar o protocolo e logo aderiam ao clima descontraído:

— Ouvi falar, senhor, que...

Nessas ocasiões, os mais variados assuntos eram abordados dentro do mais estrito respeito, transformando esses encontros em algo semelhante a uma reunião familiar em que todos os membros da casa se agrupam em torno do líder.

Suseranos e vassalos eram de classes sociais diferentes, de modo que Tadatoshi nunca quebrava o rígido protocolo em reuniões oficiais, mas nesses encontros noturnos, o jovem suserano gostava de vestir um quimono leve e descontrair-se, assim como de ver seus homens divertindo-se também.

Tadatoshi conservava ele próprio um certo ar simples de jovem guerreiro e gostava de se sentar de pernas cruzadas no meio de seus homens e de ouvir o que eles tinham a lhe dizer. Não só gostava de ouvi-los, como também considerava as informações assim obtidas um excelente meio para compreender o mundo, uma fonte de saber mais viva que as teorias estudadas nas primeiras horas da manhã.

— Okatani.

— Senhor?

— Soube que fizeste grandes progressos com a lança.

— Realmente fiz, senhor.

— Vejo porém que a modéstia não é o teu forte.

— Mas se todos afirmam a mesma coisa e eu nego por modéstia, estaria mentindo, não estaria?

— Ah-ah! Tu és um fanfarrão incorrigível, reconhece! Ainda hei de testar esse teu tão apregoado progresso.

— Eis por que rezo todos os dias por uma guerrinha, mas não vejo nem sombras dela, senhor.

— E isso te deixa ainda mais feliz, não deixa?

— Vós ouvistes a modinha que está em voga ultimamente, meu jovem amo?

— Que modinha?

— "Lanceiros e mais lanceiros / Aos montes existem / Mas Okatani Goroji / Dentre todos é o maior."

— Estás brincando! — riu Tadatoshi.

Os vassalos também riram em coro.

— A modinha original diz: "Nagoya Sanzou / Dentre todos é o maior!" Não diz, Okatani? — espicaçou-o sua senhoria.

— Ora essa! Quer dizer que a conhecíeis?

— Sei muito mais do que imaginas — replicou Tadatoshi. Pensou em prover uma pequena amostra desse conhecimento, mas conteve-se e mudou de assunto. — Quantos dos que aqui estão treinam habitualmente a lança, e quantos a espada? — indagou.

Eram ao todo sete, dos quais cinco ergueram a mão declarando-se lanceiros, e apenas dois, esgrimistas.

Tadatoshi voltou-se então para os cinco lanceiros e perguntou:

— Por que escolheram lancear?

— Porque a lança é mais eficaz em campos de batalha — foi a resposta unânime.

— E por que escolheram a espada? — perguntou para os dois restantes.

— Porque vemos vantagens em seu uso tanto em campos de batalha quanto no cotidiano — responderam os defensores do uso da espada.

II

Qual arma seria mais eficaz — espada ou lança?

A questão era polêmica e originava intermináveis discussões. Diziam os defensores da lança:

— Os pequenos truques e floreios treinados no cotidiano são inúteis em campo de batalha. Por ser levada junto ao corpo, quanto mais longa a arma, melhor. A lança, particularmente, tem a vantagem de possibilitar três tipos diferentes de golpes: estocar, bater com o cabo e golpear para trás, também com o cabo. Se uma lança se parte na batalha, o guerreiro ainda tem uma espada à cintura como último recurso. Mas ele estará perdido se conta apenas com a espada e ela se quebra ou entorta!

Os adeptos da espada diziam:

— Em nossa opinião, um campo de batalha não é o único local de ação de um *bushi*. A espada é a alma do *bushi*, ele a tem sempre consigo. Treinando o uso da espada, um *bushi* aprimora sua alma, razão por que consideramos a esgrima a arte marcial por excelência, mesmo que ela represente ligeira desvantagem num campo de batalha. E uma vez dominados os segredos desta arte, todo o conhecimento adquirido terá igual serventia tanto no uso da lança, quanto no da espingarda, possibilitando ao guerreiro um desempenho muito além do medíocre. "Arte para todos os fins", é como denominam a esgrima, senhor.

A polêmica estava aberta. Tadatoshi, que apenas ouvia sem tomar o partido de nenhum dos lados, voltou-se então para um jovem samurai de nome Matsushita Mainosuke, caloroso defensor do uso da espada, e perguntou:

— Mainosuke! A teoria que acabas de expor não me parece de tua autoria. Onde a ouviste?

Mainosuke defendeu-se com ardor:

— Não, senhor! Esta é a minha teoria favorita!

Tadatoshi, porém, não se deixou convencer e insistiu:

— Não adianta! Sê honesto!

O jovem samurai então acabou confessando:

— Na verdade, senhor, fui há poucos dias convidado à mansão do senhor Iwama Kakubei. Em dado momento, a questão surgiu e foi então que ouvi um certo Sasaki Kojiro, um jovem hóspede da casa, defendendo essa tese. No entanto, ela é a expressão exata do ponto de vista habitualmente defendido por mim, senhor, de modo que não vi mal algum em considerá-la minha. Não pretendi com isso mentir, nem prejudicar ninguém.

— Estás vendo? — replicou Tadatoshi sorrindo a meio, lembrando-se subitamente de um dos seus muitos deveres como líder de clã.

Tinha de decidir se contratava ou não esse indivíduo, Sasaki Kojiro, há tempos indicado por Iwama Kakubei.

Este lhe havia dito: "Julgo que 200 *koku* são mais que suficientes, uma vez que ele é ainda bastante jovem."

A questão do estipêndio, porém, não era primordial. Contratar um novo vassalo era o problema, e exigia sérias considerações. Mormente quando se tratava de novatos. Seu pai, o velho suserano Hosokawa Sansai, o havia prevenido inúmeras vezes.

Em primeiro lugar, tinha de avaliar a pessoa. Em segundo lugar, era preciso considerar se essa pessoa — por mais desejável que fosse — encaixava-se harmoniosamente no grupo dos antigos vassalos hereditários, homens que tinham construído a casa Hosokawa e ainda hoje a sustentavam.

Um clã era comparável a uma muralha, e o pretendente ao cargo a uma rocha. A rocha podia então ser grande e resistente, da melhor qualidade, mas tornava-se inútil se não se encaixava entre as já existentes na muralha.

Lamentavelmente, no mundo existiam infinitas pedras de excelente qualidade, mas que, desajustadas, permaneceriam inúteis, enterradas nas campinas.

E seu número devia ter crescido depois da batalha de Sekigahara. Pedras comuns, insignificantes — do tipo que se ajusta a qualquer muralha — dessas havia em profusão, tantas que deixavam os *daimyo* atordoados. Por outro lado, as que lhes chamavam a atenção pelo tamanho tinham arestas incômodas que impediam a acomodação, dificultando a transferência imediata para suas muralhas.

Nesse ponto, a juventude e o talento de Kojiro eram qualificações seguras para uma possível contratação pela casa Hosokawa.

Pois Sasaki Kojiro não chegava ainda a ser uma pedra real, era apenas um objeto inacabado.

III

Ao lembrar-se de Sasaki Kojiro, Tadatoshi era sempre levado a compará-lo a outro guerreiro, Miyamoto Musashi. Este último nome lhe havia sido mencionado pela primeira vez pelo idoso conselheiro, Nagaoka Sado.

Certa noite, quando amo e vassalos se entretinham trocando ideias, bem como o faziam nesse momento, Sado havia dito: "Descobri em dias recentes um samurai que me chamou a atenção por sua originalidade." Em seguida, o velho conselheiro contara a Tadatoshi as particularidades do desbravamento de Hotengahara. E depois, Sado retornara da viagem a essa localidade e lhe relatara entre suspiros de pesar: "É pena, mas não consegui sequer saber para onde ele foi."

Tadatoshi porém não conseguia desistir de Musashi e tinha insistido: "Sado, não se descuide. Mantenha-se sempre atento. Um dia ainda saberemos o paradeiro desse indivíduo."

Foi assim que os dois nomes — Sasaki Kojiro, indicado por Iwama Kakubei, e Miyamoto Musashi — começaram a ser mentalmente comparados por Tadatoshi.

Segundo o que ouvira de Sado, Miyamoto Musashi não só era um talentoso guerreiro como também um homem de formação mais completa, que tinha visão administrativa: provava-o o fato de haver ele ensinado a um povo — humildes camponeses, é verdade, mas não por isso menos importantes — técnicas de aproveitamento de uma terra inculta, permitindo-lhes perceber ao mesmo tempo que eram capazes de autogestão.

Por outro lado, a crer no que lhe dizia Iwama Kakubei, Sasaki Kojiro descendia de uma boa família, conhecia esgrima profundamente, tinha noções de ciências militares, e apesar de jovem ainda, era tão competente que chegara a criar um estilo próprio a que chamava de Ganryu. Era portanto também este um indivíduo invulgar. Sobretudo, nos últimos tempos muita gente além de Kakubei havia feito referências elogiosas a Kojiro e à sua capacidade como espadachim.

Como, por exemplo, que o referido samurai eliminara quatro discípulos da academia Obata às margens do Sumidagawa, e se retirara depois com toda a tranquilidade.

O incidente sobre o barranco à beira do rio Kanda, ou o recente caso envolvendo Hojo Shinzo — em que este tentara vingar os discípulos da academia e acabara levando a pior — eram histórias que vinham à baila a todo o instante.

De Musashi, no entanto, nunca ouvia falar.

Seu duelo contra numerosos discípulos da academia Yoshioka de Kyoto, ocorrido havia alguns anos, tivera grande repercussão também em Edo, mas fora sobrepujado em seguida por uma nova versão nada abonadora do incidente, em que Musashi surgia como um grande mistificador.

"Não se deixem enganar!", ou "Musashi é exímio na arte de vender a própria imagem: ele transformou o duelo de Ichijoji num grande espetáculo, mas no momento em que se viu em apuros, tratou de se refugiar no monte Eizan", eram os comentários mais comuns. A reação negativa que sempre acompanha um fato positivo acabara por apagar seu nome.

E assim, onde quer que o nome Musashi fosse mencionado, logo surgiam comentários depreciativos. Ou então ele era sumariamente ignorado, nem sendo reconhecido como um espadachim.

Em seu socorro não surgia ninguém, já que era filho de um obscuro *goshi* e tinha nascido no meio das montanhas de Mimasaka: o mundo não havia perdido ainda o hábito de julgar as pessoas por seu berço e linhagem, apesar da recente história de sucesso protagonizada por Toyotomi Hideyoshi, o humilde lavrador da vila Nakamura, em Owari, elevado à posição de líder do país.

— Por falar nisso... — disse Tadatoshi, batendo de leve na coxa. Passeou o olhar pelos jovens samurais reunidos. — Alguém neste meio conhece um certo Miyamoto Musashi, ou dele ouviu falar?

No mesmo instante os homens trocaram olhares entre si:

— Musashi? Esse nome está em todas as esquinas da cidade nos últimos dias, de modo que fomos obrigados a inteirar-nos de sua existência.

IV

— Realmente? E como acontece? — perguntou Tadatoshi, arregalando os olhos de surpresa.

— O nome dele está em placas de madeira no topo de postes cravados em esquinas — explicou um dos samurais.

Logo, outro samurai, de nome Mori, interveio:

— Havia gente copiando o texto — aliás insólito —, de modo que eu também resolvi transcrevê-lo. Quereis que o leia, senhor?

— Lê!

Mori desdobrou um pedaço de papel e leu: "Recado a um certo Miyamoto Musashi, que meteu o rabo entre as pernas e fugiu da nossa gente."

Os homens começaram a rir, mas Tadatoshi continuou sério e perguntou:

— Só?

— Não senhor — disse Mori, continuando: — "A matriarca dos Hon'i-den quer vingança e procura por você. Nós também temos uma conta a acertar. Mostre a cara se é um samurai de verdade. Bando Hangawara." Ouvi dizer que isto aqui, senhor, foi escrito pelos capangas de um certo Hangawara Yajibei e afixado nos lugares mais movimentados da cidade. O estilo é típico dos rufiões, diz o povo, que não se cansa de ler e de se divertir com isso.

Tadatoshi não parecia nada feliz: havia uma diferença gritante entre esse Musashi e a imagem que dele guardara no coração. Tinha sido um tolo e o cartaz era uma cuspada que atingira não só Musashi como também a ele próprio, pela grande estupidez de ter acreditado nele.

— Musashi é isso...? — murmurou, esperando apesar de tudo que alguém o desmentisse. Seus vassalos, porém, foram unânimes:

— Esse homem não é digno de atenção.

— É covarde, muito covarde. Os boatos dão conta de que ele não apareceu nem depois de humilhado por gente da laia desses rufiões.

Dentro de instantes, um relógio bateu as horas, e os jovens vassalos retiraram-se. Tadatoshi deitou-se também, mas continuou a pensar. Era surpreendente, mas o jovem soberano não compartilhava do ponto de vista dos seus vassalos. Ao contrário, concluiu:

— Que homem interessante!

Pôs-se na situação de Musashi e divertiu-se em imaginar como se vingaria.

Na manhã seguinte, depois da preleção matinal, Tadatoshi saiu do aposento como sempre para a varanda e avistou Sado no jardim, à distância.

— Sado! Sado! — chamou. O idoso conselheiro voltou-se e curvando-se com toda a cortesia, cumprimentou seu jovem suserano do outro extremo do jardim.

— Continuas atento? — perguntou Tadatoshi.

A pergunta fora tão repentina que Sado apenas o fitou de volta, surpreso.

— Estou falando de Musashi! — explicou-se Tadatoshi.

— Sim senhor! — respondeu Sado, com uma ligeira mesura.

— Se o encontrares, traze-o à minha presença sem falta. Quero ver que tipo de homem é.

Mais tarde, pouco depois do almoço desse mesmo dia, o jovem suserano surgiu no estande de arco e flecha. Iwama Kakubei, que aparentemente estivera aguardando-o na saleta de espera, tornou a tocar de modo casual no nome de Sasaki Kojiro.

Tadatoshi empunhou o arco e disse:

— Tinha-me esquecido da promessa. Muito bem, traz o indivíduo a esta arena quando quiseres. Vou avaliá-lo primeiro e depois decidirei se o admito no clã.

GRILOS EM ALVOROÇO

I

Estamos dentro dos muros da mansão de Iwama Kakubei, a meia-altura da ladeira Isarago.

Os aposentos destinados a Kojiro constituem uma construção à parte dentro da mansão.

— Está em casa, mestre Kojiro? — perguntou uma voz do lado de fora.

Sentado num aposento nos fundos do anexo, Kojiro contemplava serenamente sua espada Varal de estimação — a que havia sido mandada polir na loja de Zushino Kosuke por intermédio do dono da mansão, Iwama Kakubei.

Depois do incidente com Musashi, Kojiro tinha perdido a confiança no polidor, de modo que solicitara a Iwama Kakubei que a pedisse de volta. E eis que, nessa manhã, Kosuke mandara entregá-la na mansão.

O trabalho não deve ter sido feito, imaginou Kojiro. Acomodando-se no meio do aposento, o jovem extraiu a arma da bainha e com espanto, verificou que, muito pelo contrário, ela havia sido polida com capricho: o aço — escuro, de um azul profundo como águas abissais —, tinha recuperado o brilho original de um século atrás e feriu-lhe os olhos como um corisco.

As leves manchas de ferrugem na superfície do aço e que lembravam equimoses tinham desaparecido, assim como os resíduos de gordura e sangue acumulados no decorrer dos anos. Livre da capa de sujeira, a lâmina revelava em todo o esplendor o seu *nie*[1], lembrando um nevoento céu noturno salpicado de minúsculas estrelas esbranquiçadas.

— Bela! Quase não a reconheço! — murmurou Kojiro, não se cansando de admirar sua espada.

Seu aposento situava-se no extremo de um promontório denominado Tsuki-no-misaki e lhe proporcionava uma vista magnífica: a enseada de Shiba até a foz do rio Shinagawa jazia a seus pés, e na altura dos olhos, flutuavam nuvens que pareciam brotar das montanhas de Kazusa.[2] Nesse momento, por exemplo, as cores das nuvens e do mar pareciam dissolver-se na espada.

---

1. *Nie*: dois pontos são considerados de importância capital na avaliação do *nihonto*, ou seja, da espada japonesa: *nioi* e *nie*. *Nioi* é a denominação dada às marcas tênues como neblina resultantes do processo de forjadura da espada e que surgem na lâmina propriamente dita, formando um padrão ondulante único para cada espada. *Nie*, o segundo detalhe avaliado, são pontos brilhantes lembrando partículas de prata espargidas e que surgem entre a lâmina e o corpo da espada. Quando menores e mais homogêneas as partículas, melhor será a qualidade da arma.

2. Kazusa: antiga denominação da área central da atual província de Chiba.

— Está em casa, mestre Kojiro?

A pessoa que tinha estado à porta de entrada tornou a chamar, agora do outro lado do pequeno portão na sebe dos fundos da mansão.

— Quem é? — respondeu Kojiro, guardando a espada na bainha. — Estou aqui, nos fundos. Entre pelo portãozinho e dê a volta pela varanda, por favor.

— Ele está em casa... — disse agora outra voz. Logo, Osugi e um dos capangas de Hangawara surgiram no extremo da varanda;

— Ora, é você, obaba? O que a traz de tão longe neste dia quente?

— Já vou cumprimentá-lo formalmente. Antes de mais nada, porém, quero limpar os pés: diga-me onde posso lavá-los.

— Há um poço logo adiante, mas é profundo. Cuidado para não cair. Homem, acompanha a senhora e cuida para que nada lhe aconteça.

O homem referido era o capanga do bando Hangawara que nesse dia tinha vindo em companhia de Osugi na função de guia.

A idosa mulher lavou os pés na beira do poço, enxugou o suor e, enfim recomposta, subiu para o aposento e cumprimentou Kojiro. Apertou então os olhos, satisfeita com a brisa fresca que percorria o quarto e comentou:

— Que casa gostosa! Diga-me, porém, mestre Kojiro: tanta comodidade não vai estragar a sua formação guerreira?

Kojiro riu:

— Nada tema, obaba. Não sou como seu filho Matahachi.

Uma sombra percorreu o semblante de Osugi, que piscou e permaneceu calada por instantes, fitando-o com olhar triste. Logo, porém, disse:

— Por falar em Matahachi, lembrei-me: não lhe trouxe nada, mestre Kojiro, mas tenho comigo a cópia de um sermão. Vou dá-la de presente. Leia-a em seus momentos de ócio.

Entregou-lhe então o Sermão do Filho Ingrato.

Kojiro já estava a par da última tarefa que a idosa mulher se propusera e apenas bateu os olhos nos papéis, dizendo para o rufião, que aguardava um pouco afastado:

— Lembrei-me agora. Homem, ergueste as placas que eu escrevi alguns dias atrás?

II

O capanga balançou a cabeça, avançou os joelhos e disse:

— Aquelas que diziam: "Se você é um samurai de verdade, apareça, Musashi"?

— Essas. O bando dividiu-se em grupos e as ergueu em todas as ruas da cidade conforme minhas instruções?

— Levamos dois dias, mas fincamos todas elas nas principais ruas. O senhor não as viu, mestre?

— Não. E não tenho nenhum interesse em vê-las.

A velha Osugi logo interveio:

— Eu as vi a caminho para cá. Em torno delas sempre havia uma pequena multidão e os comentários ferviam. Asseguro-lhe que me diverti um bocado só de ouvi-los!

— Se Musashi não aparecer depois de ler aqueles anúncios, sua carreira como espadachim estará acabada. O país inteiro vai rir dele. E então, sua missão na terra estará cumprida, não é verdade, obaba?

— Qual o quê! O mundo inteiro pode rir, mas não vai afetar em nada esse homem: ele é incapaz de sentir vergonha. Cenas como a que acabei de presenciar nunca apaziguarão o ódio que ferve em mim.

— Hum! — fez Kojiro, relanceando o olhar pelo rosto resoluto da velha senhora e sorrindo de satisfação. — Quanto mais velha, mais teimosa, não é mesmo, obaba? Sua persistência é digna de admiração! — provocou.

Depois de ligeira pausa, perguntou:

— E a que devo sua visita de hoje?

Osugi aprumou-se e explicou que dois anos já se haviam transcorrido desde o dia em que fora carregada para a casa Hangawara. E uma vez que não tinha a intenção de lá ficar para sempre e que a tarefa de tomar conta dos rudes homens já começava a cansá-la, pensava em mudar-se para uma casa pequena e viver sozinha por algum tempo. Por sorte, acabava de vagar uma que preenchia os requisitos nas proximidades do cais da balsa de Yoroi.

— Pelo jeito, Musashi não vai aparecer tão cedo e não sei onde anda Matahachi, embora eu sinta que ele se encontra nesta cidade. Que acha se eu pedisse à gente da minha terra que me mandasse algum dinheiro e, depois disso, vivesse por minha conta nesta cidade? — aconselhou-se Osugi com Kojiro.

Este naturalmente nada tinha a objetar e apenas concordou. Na verdade, nos últimos tempos seu relacionamento com os rufiões — que de início lhe havia sido conveniente e proveitoso — tinha se tornado um aborrecimento em certos aspectos. Segundo agora imaginava, essa gente teria de ser cuidadosamente evitada caso viesse a servir algum clã importante, motivo por que havia espaçado as aulas de esgrima na casa Hangawara.

Ordenou a um serviçal da casa Iwama que apanhasse uma melancia na horta dos fundos e serviu-a às visitas.

— Se Musashi manifestar-se de alguma forma, mande-me avisar incontinenti. Ando muito ocupado nos últimos tempos, de modo que não nos veremos mais por um bom tempo — avisou, apressando a partida das visitas com a desculpa de que era melhor irem embora antes que o sol se pusesse.

Depois que os viu partir, Kojiro varreu o aposento rapidamente, tirou água do poço e a espargiu sobre o jardim.

Inhames e boas-noites plantados junto à cerca lançavam gavinhas até o pé do poço, e as flores brancas começaram a agitar-se levemente, uma a uma, tocadas pela brisa da tarde.

Deitou-se de comprido, contemplando a fumaça da fogueira acesa em torno da construção principal para espantar pernilongos, e perguntou-se onde andaria Kakubei essa noite.

Não pretendia acender a lamparina, pois o vento a apagaria. Além disso, a lua subiu do mar e logo clareou sua sala.

E foi nessa altura que um jovem samurai surgiu no cemitério na base da ladeira, rompeu a sebe e galgou o barranco de Isarago.

III

Iwama Kakubei costumava fazer a cavalo o percurso entre sua casa e a sede do clã. À tarde, ao chegar ao pé da ladeira, desmontava e entregava as rédeas para um ancião — o dono da banca de flores, à entrada do templo — que sempre acudia apressadamente mal o avistava.

Nessa tarde, porém, espiou o alpendre da casinha do velho e não o viu, de modo que foi ele próprio amarrar o cavalo numa árvore atrás da casa.

— Olá, senhor! — disse nesse instante o velho florista, vindo da direção do morro atrás do templo, como sempre se apressando em tomar as rédeas das mãos de Kakubei. — Um jovem samurai acaba de romper a sebe do cemitério e subir pelo barranco. Estranhei e lhe disse que por ali não chegaria a lugar algum, mas o homem voltou-se, lançou-me um olhar feroz e desapareceu no meio do mato. Acha que são tipos como esse que se infiltram nas mansões dos *daimyo* e os roubam, senhor? — perguntou, contemplando com olhar preocupado a densa mata escura que o crepúsculo começava a invadir.

Kakubei não pareceu impressionar-se. Boatos havia de estranhos tipos invadindo mansões de suseranos, mas a casa Hosokawa jamais fora visitada por nenhum tipo semelhante. E mesmo que tivesse sido, jamais se exporia ao ridículo de confessar, assim como qualquer outro suserano nas mesmas circunstâncias.

— Ah-ah! São boatos, apenas. Além disso, tipos que se enfurnam em morros próximos a templos devem ser ladrões de galinha, ou assaltantes de estrada.

— Mas, senhor, esta área dá acesso à estrada Tokaido, rota de fuga de tipos perigosos que tencionam alcançar outras províncias por ela. Dizem que essa gente comete atrocidades só para ganhar alguns trocados antes de pôr o pé na estrada, de modo que passo as noites sobressaltado quando vejo por aqui tipos estranhos ao cair da tarde.

— Se vir algo anormal, corra e bata à porta da minha casa. O homem que hospedo reza pela oportunidade de encontrar um desses tipos, mas como nunca os vê, reclama de tédio.

— Ah, fala de Sasaki-sama? O povo desta redondeza comenta que, além da aparência elegante, sua habilidade como espadachim é excepcional!

Qualquer boato elogioso ao seu protegido inflava de orgulho o peito de Iwama Kakubei.

Ele apreciava os jovens. Além disso, havia nos últimos tempos no meio dos samurais uma tendência a considerar nobre e de muito bom gosto sustentar os mais promissores.

O bom vassalo era aquele que, numa emergência, acorria levando consigo sua contribuição particular na forma de combatentes para engrossar as fileiras do seu suserano, mesmo que essa contribuição se restringisse a um único homem. E se algum se destacasse pela coragem, o bom vassalo o apresentaria à casa senhorial provando mais uma vez sua lealdade ao suserano, e assim expandindo também a própria influência no clã.

O bom vassalo não devia pensar em interesse próprio: isso não era exatamente o que se esperava dele. No entanto, vassalos totalmente destituídos de ambição própria eram raros, mesmo num clã administrado por suseranos exigentes como os Hosokawa.

Assim, Iwama Kakubei, por exemplo, era calculista mas não podia ser considerado um súdito desleal. Ao contrário, era um vassalo padrão, que herdara o cargo do pai e que se contentava em realizar seus deveres conscienciosamente, o tipo ideal para desempenhar certas funções burocráticas e rotineiras.

— Estou de volta! — gritou ele na porta da mansão. A ladeira Isarago era íngreme, de modo que a voz sempre lhe saía ligeiramente ofegante quando chegava à entrada da própria casa.

Por ter deixado mulher e filhos no feudo de origem, a mansão era habitada apenas por homens que o serviam e por algumas mulheres da criadagem. Apesar da ausência de uma dona de casa, o caminho entre bambuzais que conduzia do portão vermelho até a mansão estava sempre úmido da água recém-espargida e brilhava convidativo nas noites em que era sabido que Kakubei não estaria a serviço do jovem suserano na sede do clã.

— Bem-vindo de volta à sua casa, senhor — disseram-lhe os serviçais, recebendo-o à entrada da casa.

— E mestre Kojiro, onde anda? Saiu ou está por aqui? — perguntou de imediato.

IV

Ao saber pela serviçal que Kojiro permanecera a tarde inteira em seus aposentos e que no momento encontrava-se estirado no *tatami* aproveitando a brisa fresca, Kakubei disse:

— Prepare então o saquê e, na hora apropriada, convide-o a vir aqui.

Enquanto isso, tomaria um bom banho, pensou Kakubei. Despiu as roupas suadas e, momentos depois, saiu da sala do banho vestindo um quimono leve.

Quando entrou na sala de estar, encontrou Sasaki Kojiro à sua espera, abanando-se com uma ventarola.

— Chegou cedo — comentou.

O saquê foi servido.

— Primeiro, um brinde — disse Kakubei. — Chamei-o porque tenho uma boa notícia a lhe dar.

— Boa notícia? — ecoou Kojiro.

— Como sabe, há algum tempo indiquei seu nome ao meu amo. Ele tem ouvido falar muito a seu respeito nos últimos dias e manifestou o desejo de encontrar-se com você. Mas não pense que foi fácil conduzir as negociações até este ponto. Afinal, outros vassalos também têm interesse em indicar pretendentes à casa Hosokawa... — comentou Kakubei, certo de que Kojiro mostrar-se-ia grato e feliz.

Contrariando suas expectativas, Kojiro apenas o ouviu em silêncio com a borda da taça pressionada contra os lábios.

— É a minha vez de servi-lo — comentou depois de um breve instante, sem mostrar muita alegria.

A atitude não contrariou Kakubei: pelo contrário, aumentou o respeito por seu jovem protegido.

— Sua convocação, porém, compensou todo o trabalho e me deixa muito feliz. Vamos beber a isso esta noite — disse, enchendo-lhe a taça uma vez mais.

Só então Kojiro disse, inclinando de leve a cabeça:

— Agradeço seu empenho.

— Não tem por quê. Afinal, apresentar uma pessoa com suas qualificações é, sob certo aspecto, uma forma de bem servir ao meu amo.

— Interesse houve também de minha parte. Se me candidatei sem estipular condições com relação ao estipêndio foi porque me interessava servir à casa Hosokawa, que se tornou famosa graças aos três sucessivos e renomados suseranos, os senhores Yusai, Sansai e, nos últimos tempos, Tadatoshi. E também porque acredito que servir a um clã dessa importância é a verdadeira função de um *bushi*.

— Não seja tão modesto. Hoje em dia, Sasaki Kojiro é um nome conhecido em toda a Edo. E não porque eu tenha me esforçado para isso, pode acreditar.

— Não sei como isso possa ter acontecido! Afinal, nada mais faço que passar os dias ocioso — disse Kojiro. Sorriu jovialmente, mostrando os dentes alvos e bem alinhados. — Creio que a fama não se deve tanto às minhas excepcionais qualidades, mas porque existem muitos falsos heróis no mundo.

— Meu amo Tadatoshi ordenou-me que o levasse quando achasse conveniente... E então, quando pretende apresentar-se?

— Qualquer dia.

— Amanhã, nesse caso?

— Ótimo! — respondeu Kojiro com naturalidade.

Ao ver isso, Kakubei admirou-o ainda mais, mas lembrou-se de súbito da advertência de Tadatoshi e achou conveniente prevenir seu protegido:

— No entanto, meu amo disse que só decidirá em termos definitivos depois de conhecê-lo e avaliar sua pessoa. Creio, porém, que a entrevista será mera formalidade: sua contratação já deve estar 99 por cento acertada — explicou.

No mesmo instante, Kojiro depositou a taça e encarou Kakubei de frente. A seguir, disse de modo brusco:

— Desisto. Agradeço seu empenho, mas declino a honra de servir à casa Hosokawa.

Estava embriagado, e os lóbulos das suas orelhas destacavam-se como duas bolas de sangue prestes a estourar.

V

— Ora essa...! Mas por quê? — indagou Kakubei, contemplando-o atônito.

— Porque já não me agrada — respondeu Kojiro lacônico.

Ao que parecia, a condição imposta por sua senhoria, o jovem suserano Tadatoshi, de só o admitir depois de avaliá-lo pessoalmente havia sido a causa da insatisfação.

"A casa Hosokawa pode recusar, não me importo. Tenho certeza de ser bem aceito em qualquer lugar com estipêndios de 300 a 500 *koku*", vivia dizendo Kojiro. Para alguém que se tinha em tão alta conta, as palavras de Kakubei deviam ter soado ofensivas.

Kojiro nunca fora do tipo de se importar com a opinião dos outros, de modo que não se incomodou também com a expressão atarantada do seu protetor, muito menos com a impressão desfavorável que estaria dando. Terminou a refeição e retirou-se em seguida para o pequeno anexo da mansão que lhe havia sido destinado como moradia.

O luar branco incidia sobre o *tatami* do aposento. Embriagado, Kojiro estirou-se de comprido apoiando a cabeça sobre o braço dobrado.

— Ah-ah! — riu baixinho de repente. — Esse Kakubei é bem ingênuo! — murmurou.

Conhecia de sobra o caráter de seu protetor e sabia de antemão que embora a recusa o embaraçasse, ele não teria a coragem de chamar-lhe a atenção.

Apesar de ter afirmado que não fazia nenhuma imposição quanto ao estipêndio, tornava-se óbvio que Kojiro, ambicioso ao extremo, queria uma boa paga por seus serviços, além de fama e uma bela carreira.

Se não fosse por isso, para que teria ele se sujeitado a tão penoso treinamento? — pensava. Queria independência, um nome, e voltar à terra natal coberto de glória, tirar o máximo proveito do fato de ter nascido como um ser humano, era claro! Para tanto, o caminho mais rápido nos tempos atuais era destacar-se nas artes marciais. E para sua grande felicidade, havia nascido com o dom certo na época certa: ele era um gênio da esgrima, pensava Kojiro, e disso tinha orgulho. Além disso, conduzia-se pelos meandros da vida de forma inteligente.

De modo que cada avanço, cada recuo, era calculado com base nesses objetivos. Visto através desse prisma, Iwama Kakubei, seu protetor, embora bem mais velho que o próprio Kojiro, era um pobre indivíduo ingênuo, facilmente manipulado.

Embalado por esses pensamentos, Kojiro acabou adormecendo. O luar caminhou quase trinta centímetros sobre a superfície do *tatami* sem que o jovem percebesse. Uma brisa fresca agitava sem cessar as bambusas próximas à janela livrando o corpo adormecido do calor do dia e induzindo-o a um sono tão pesado que nem mesmo um soco parecia capaz de despertá-lo.

Foi então que um vulto, até então oculto nas sombras do barranco infestado de pernilongos, pareceu escolher esse momento para entrar em ação e aproximou-se rastejando como um sapo do alpendre às escuras.

VI

O homem era um *bushi* de aparência viril. Talvez fosse o mesmo detectado pelo florista durante a tarde e que desaparecera atrás do templo.

Sempre rastejando, aproximou-se da varanda e permaneceu por instantes em silêncio, contemplando o interior do aposento.

O vulto agachava-se evitando o luar, de modo que ninguém notaria sua presença caso não fizesse barulho.

O ressonar tranquilo de Kojiro soava em surdina. Partindo das moitas molhadas de sereno, o cricri alvoroçado dos grilos, que havia cessado de súbito por instantes — tornou a se elevar intenso, como se nada tivesse acontecido.

Minutos se passaram, e então o vulto se ergueu de súbito.

O homem extraiu a espada da bainha, saltou com agilidade para a varanda e golpeou o vulto adormecido rangendo os dentes. Ato contínuo, um bastão escuro pareceu saltar com um zumbido da mão direita de Kojiro e atingiu com força o punho do desconhecido.

O agressor devia ter descarregado o golpe com força impressionante, pois mesmo depois de ter sido atingido no pulso, sua espada cravou-se no *tatami*.

Kojiro, contudo, já tinha escapado para perto de uma parede como um peixe que se esquiva de um golpe desferido sobre a superfície da água e surge nadando placidamente em outro local. Em pé no novo posto, encarava agora seu agressor, empunhando a espada de estimação na direita e a bainha na esquerda.

— Quem é você?! — gritou. Pelo tom, inferia-se que Kojiro havia muito percebera a presença do intruso. Com a parede às costas e tranquilo, mostrava que era um jovem em constante estado de vigilância, capaz de perceber sinais de alerta no súbito silêncio dos grilos ou no quase imperceptível gotejar do orvalho.

— So... sou eu! — esbravejou o agressor. Contrastando com a calma do agredido, sua voz era nervosa.

— "Eu" não define ninguém. Decline seu nome, covarde! Atacar pessoas adormecidas não é digno de um *bushi*!

— Sou Obata Yogoro, filho único de Obata Kagenori!

— Yogoro?!

— Ele mesmo. Como se atreveu...

— Atreveu a quê? De que me acusa?

— Acuso-o de ter tirado proveito da delicada saúde de meu pai para difamar o nome Obata e...

— Espere! Quem difamou o nome Obata não fui eu. A sociedade encarregou-se disso.

— ...e desafiar os discípulos da academia, matando-os em duelo.

— Este último feito foi meu, sem dúvida alguma. Fui mais hábil, mais capaz que eles. De acordo com as regras que regem a arte marcial, não tem do que se queixar.

— Atrevido! Pediu ajuda a um grupo de vilões de certo bando Hangawara e...

— Isso aconteceu no segundo duelo.

— Não importa se foi no primeiro ou no segundo!

— Isto está se tornando aborrecido! — interrompeu Kojiro, dando um passo à frente. — Se quer me odiar, esteja à vontade, mas previno-o: guardar rancor porque foi derrotado num duelo ocorrido estritamente de acordo com as regras da arte marcial é pura covardia. Tal atitude não só fará com que o mundo ria ainda mais do nome Obata, como também resultará em mais uma morte: a sua. Está pronto para isso?

— ...

— Perguntei se está pronto!

Kojiro deu mais um passo à frente. Ato contínuo, o luar incidiu nos quase trinta centímetros da ponta da espada. Um raio prateado feriu os olhos de Yogoro, que sentiu uma leve tontura.

A espada acabara de ser polida. Kojiro observou seu adversário como um homem faminto contemplaria um banquete.

A ÁGUIA

I

Como pode alguém solicitar sua indicação a um posto em um clã e, no momento em que a consegue, recusar por considerar ofensivas as palavras do amo em perspectiva?

Desconcertado, Iwama Kakubei resolveu esquecer-se de que Kojiro existia. Patronear novatos era uma atitude louvável, mas indulgenciar seus caprichos não era nada interessante, decidiu ele.

Todavia, Kakubei admirava seu protegido, um homem extraordinário na sua opinião. Passado o momento de raiva, começou a reconsiderar: "Talvez ele seja extraordinário por causa desse seu jeito destemido."

Um homem comum aceitaria de modo incondicional entrevistar-se com um suserano em perspectiva. Mas não Kojiro: ele era atrevido, qualidade até certo ponto louvável num jovem, mais ainda se o jovem possuía qualificações que justificavam esse atrevimento.

Passados portanto cerca de quatro dias, Kakubei — que até então vinha evitando Kojiro, em parte porque os deveres o haviam retido na sede do clã, e em parte porque não se sentira no melhor dos humores — surgiu pela manhã casualmente no anexo ocupado pelo jovem.

— Sua senhoria, o suserano Tadatoshi, perguntou-me ainda ontem o que era feito de você, no momento em que me dispunha a voltar para casa. Ele o convidou ao estande de arco e flecha. Que acha de ir até lá e observar os jovens súditos treinando? — sugeriu Kakubei.

Kojiro porém apenas sorriu, em silêncio. Kakubei então tornou a insistir:

— Um suserano normalmente entrevista os candidatos à vassalagem. Esse é o procedimento normal na maioria das casas e você não devia sentir-se afrontado.

— Sei disso. No entanto... — disse Kojiro.

— No entanto...?

— ... se seu amo não me aprovar e recusar meus serviços, eu, Kojiro, serei um objeto refugado e ficarei marcado para sempre. E, no momento, não me degradei a ponto de pôr minha pessoa à venda, como uma mercadoria.

— Acho que me expressei mal no outro dia. Meu amo não tinha essa intenção ao falar comigo.

— E que respondeu o senhor ao suserano Tadatoshi?

— Nada, por enquanto. E é por isso que sua senhoria o aguarda com certa ansiedade.

— Ah-ah! Constrangi o homem a quem eu devo tanto! Sinto muito.

— Esta noite, estarei outra vez de serviço na sede do clã e talvez seja inquirido uma vez mais. Não me deixe em apuros e apareça ao menos uma vez na sede.

— Está bem — disse Kojiro como se concedesse um grande favor. — Comparecerei.

Kakubei sorriu feliz:

— Hoje mesmo? — confirmou.

— Pode ser.

— Ótimo!

— Qual a melhor hora?

— A qualquer hora, disse-me sua senhoria. No entanto, a melhor hora será pouco depois do almoço. Nesse horário, meu amo costuma estar no estande de arco e flecha e você poderá ter uma audiência informal com ele.

— Combinado.

— Não falhe — enfatizou Kakubei, partindo para a sede.

Ficando a sós, Kojiro preparou-se com esmero. Embora costumasse definir-se como um genuíno guerreiro pouco propenso a incomodar-se com a própria aparência, ele era na verdade bastante vaidoso e preocupado com sua imagem.

Vestiu um quimono formal de tecido leve próprio para o verão e um *hakama* de tecido importado, mandou que lhe trouxessem sandálias e sombreiro novos, e pediu um cavalo a um servo.

Ao saber que o velho florista ao pé da ladeira tinha aos seus cuidados um cavalo branco de Kakubei, Kojiro parou à entrada da loja e espiou, mas não viu o homem.

Procurou em torno e avistou a pouca distância, ao lado do templo, um pequeno grupo alvoroçado composto por gente da vizinhança e monges, e no meio deles, o velho florista.

II

Curioso, Kojiro aproximou-se e viu, caído aos pés do grupo, um cadáver coberto com uma esteira. Os homens ali reunidos tratavam dos detalhes do enterro do morto.

Aparentemente, a identidade do falecido era desconhecida. Sabiam apenas que se tratava de um jovem samurai.

O golpe de espada o havia acertado na altura do ombro e descera fundo por seu tronco. O sangue já estava seco e preto. O desconhecido não tinha nada de valor consigo.

— Mas eu já vi este samurai! Foi numa tarde, a cerca de quatro dias atrás... — estava dizendo o florista.

— Como é? — disseram os demais, voltando-se para o velho, que ia prosseguir explicando, quando sentiu alguém lhe batendo de leve no ombro. O homem voltou-se e viu-se frente a frente com Kojiro, que lhe pediu:

— Apronte-me o cavalo do senhor Iwama que, segundo soube, está aos seus cuidados.

— Ah, boa tarde, senhor — apressou-se o velho a cumprimentar. — Está de saída?

O florista afastou-se rapidamente na direção da loja em companhia de Kojiro.

— Belo animal! — disse Kojiro, alisando o cavalo que o florista lhe trouxera.

— Sim, senhor! Um belo animal, sem dúvida.

— Vou cavalgá-lo — avisou.

O velho ergueu o olhar para Kojiro, agora escanchado sobre a sela e elogiou:

— Parece ainda mais garboso a cavalo, senhor!

Kojiro apanhou algumas moedas em sua carteira e disse, de cima do cavalo:

— Velho! Use isto e compre incenso e flores!

— Como? Para quem...?

— Para esse defunto! — respondeu. Passou em seguida pela frente do portão do templo na base da ladeira e saiu para a estrada Takanawa.

De cima do cavalo, Kojiro soltou uma vigorosa cusparada. A boca continuava cheia de saliva, como normalmente lhe acontecia quando se deparava com uma visão desagradável. Parecia-lhe que o homem, morto por ele quatro noites atrás com sua recém-polida espada Varal, afastava a esteira e vinha-lhe no encalço.

— Ele não tem por que me odiar! — justificou-se intimamente.

O cavalo branco galopou pela estrada debaixo de um sol escaldante, espantando transeuntes, viajantes e samurais, que se voltavam para vê-lo.

Realmente, seu vulto a cavalo chamou a atenção até das pessoas que andavam pelas ruas da cidade, gente acostumada a ver montarias e cavaleiros vistosos. O povo voltava-se para vê-lo passar, conjeturando quem seria o elegante samurai.

Chegou à sede do clã com o sol a pino, no horário combinado. Entregou o cavalo aos cuidados de um servo e logo Iwama Kakubei surgiu para atendê-lo, conduzindo-o para dentro da mansão.

— Seja bem-vindo! — exclamou com entusiasmo. — Venha para a sala de espera refrescar-se um pouco, enquanto o anuncio ao meu amo — disse, oferecendo-lhe chá fresco e água, assim como tabaco e cachimbo.

Pouco depois, um vassalo surgiu para lhe dizer:

— Acompanhe-me por favor à quadra de arco e flecha.

Kojiro confiou sua espada predileta ao vassalo e o acompanhou levando consigo apenas a espada curta.

Como sempre costumava fazer nesse horário, Hosokawa Tadatoshi praticava arco e flecha no estande. Ele havia decidido praticar cem tiros ao dia durante o verão, e ali estava ele cumprindo o ritual.

Diversos samurais o rodeavam. Alguns corriam para retirar as flechas dos alvos, outros lhe assistiam, outros ainda acompanhavam absortos a trajetória das flechas.

— Uma toalha! Dê-me uma toalha! — ordenou Tadatoshi, firmando o arco no chão e descansando por momentos. O suor escorria da testa e lhe entrava pelos olhos.

Kakubei aproveitou a breve pausa para aproximar-se.

— Meu senhor — chamou, pondo um joelho em terra ao seu lado.

— Que queres?

— Sasaki Kojiro está logo ali e aguarda vossa atenção.

— Sasaki? Ah, sim! — respondeu o jovem suserano sem sequer voltar-se. Armou a flecha seguinte no arco, retesou as pernas, trouxe o arco para perto do rosto e a mão da flecha à altura dos olhos.

III

Tadatoshi, assim como todos os samurais ao seu redor, não deu a mínima atenção a Kojiro.

Quando terminou a quota predeterminada de cem tiros, Tadatoshi finalmente parou, arquejante.

— Água! Quero água! — disse.

Seus vassalos correram ao poço, içaram um balde de água fresca e encheram uma tina grande.

O herdeiro dos Hosokawa despiu-se da cintura para cima, enxugou o suor e lavou os pés. Seus vassalos azafamavam-se ao redor, alguns segurando-lhe as mangas do quimono para que não se molhassem, outros correndo a trocar a água da tina, todos assistindo-o prestimosamente. Apesar de tudo, as maneiras de Tadatoshi não eram as que se esperaria de um *daimyo*, elas tendiam muito mais para as de um guerreiro rústico.

Kojiro ouvira dizer que lorde Sansai — o pai do jovem suserano que vivia no castelo de Kumamoto — era um ardente cultor da cerimônia do chá e o avô, lorde Yusai, havia sido um poeta de hábitos ainda mais refinados. Assim, imaginou que Tadatoshi fosse do tipo delicado, um palaciano refinado mais parecido com um nobre citadino e observou com certo espanto o musculoso corpo do homem entretido em se refrescar.

Tadatoshi calçou as sandálias com os pés ainda molhados e retornou para o estande com passos decididos. Voltou-se então para Iwama Kakubei, que o aguardava havia algum tempo com expressão confusa, e disse:

— Vou atendê-lo agora, Kakubei.

Mandou que instalassem um banquinho debaixo de uma tenda e nele se acomodou, tendo às costas um cortinado com o emblema da casa Hosokawa.

Em resposta a um gesto de Kakubei, Kojiro aproximou-se de Tadatoshi e pôs um joelho em terra diante dele. Nessa época em que o talento guerreiro era valorizado, a deferência era também o procedimento padrão de qualquer pessoa em audiências. Tadatoshi, porém, logo ordenou aos súditos:

— Aprontem-lhe um banco.

A ordem significava que Kojiro passaria a ser tratado como um convidado. O jovem ergueu-se e disse:

— Com a vossa permissão.

Fez uma ligeira mesura e sentou-se frente a frente com Tadatoshi.

— Iwama falou-me a teu respeito. És originário de Iwakuni?

— Sim, senhor.

— O suserano Kikkawa Hiroie de Iwakuni fez fama por ser um sábio administrador. Teus antepassados terão sido vassalos da casa Kikkawa, por acaso?

— Não, senhor, nunca servimos à casa Kikkawa. Minha gente descende dos Sasaki de Oumi, mas com a queda da casa Ashikaga, meu pai, assim me contaram, retirou-se para a terra natal de minha mãe.

Depois de mais algumas perguntas envolvendo relações de parentesco e amizades, o jovem suserano perguntou:

— Esta é a primeira vez que procuras avassalar-te?

— Nunca servi a nenhum amo em minha vida, senhor.

— Kakubei me disse que queres servir a esta casa. Posso saber por quê?

— Porque ela me parece uma casa acolhedora, onde poderei passar os dias finais de minha vida tranquilamente.

— Hum! — gemeu Tadatoshi. A resposta o agradara, era evidente. — Qual o teu estilo?

— Estilo Ganryu, senhor.

— Ganryu?

— Foi desenvolvido por mim.

— Mas deves tê-lo baseado em algum outro estilo.

— Iniciei aprendendo o estilo Toda, desenvolvido por Tomita Gorozaemon. Além disso, de um idoso eremita de nome Katayama Hisayasu, senhor de

Hoki, que vivia em minha terra natal, aprendi a técnica Katayama de extrair a espada e golpear com rapidez. Aperfeiçoei-a abatendo andorinhas em pleno voo à beira do rio Iwakuni.

— E disso adveio a denominação Ganryu!
— Como bem deduzistes, senhor.
— Gostaria de ver-te praticando esse estilo. — Tadatoshi contemplou os rostos de seus súditos. — Quem se habilita a um duelo contra Sasaki? — perguntou.

IV

"Este é o famoso Sasaki, tão falado nos últimos tempos? Ora, é jovem ainda para tanta fama!", pensavam os vassalos, acompanhando em silêncio sua entrevista com Tadatoshi. À pergunta do seu suserano, os homens apenas entreolharam-se, voltando-se todos em seguida uma vez mais para Kojiro.

Longe de se perturbar, este pareceu entusiasmar-se: seu rosto ruborizou-se de leve, mostrando que esperava por isso.

Ao ver que seus vassalos hesitavam, temendo adiantar-se e parecer impertinentes, Tadatoshi convocou o primeiro:

— Okatani!
— Às ordens, senhor!
— Dias atrás, quando discutíamos vantagens e desvantagens do uso da lança sobre a espada, foste tu que defendeste com maior ênfase o uso da lança.
— Sim, senhor.
— Eis aqui uma bela oportunidade para demonstrar tua teoria. Aceita o desafio.
— Com prazer, meu amo! — respondeu Okatani, voltando-se em seguida para Kojiro. — Aceita-me como adversário, senhor? — perguntou.

Kojiro balançou a cabeça vigorosamente, dizendo:
— Sinto-me honrado!

A troca de cumprimentos decorrera em tom cortês, mas algo gelado pareceu percorrer o ambiente, arrepiando a todos.

Ao ouvir isso, os vassalos que haviam estado varrendo o estande ou pondo em ordem as flechas deixaram de lado seus afazeres e agruparam-se todos atrás de Tadatoshi. Para aqueles homens, espadas, lanças ou arcos eram instrumentos tão familiares quanto *hashi*. Apesar disso, a experiência deles limitava-se a treinos na academia, raras sendo em todas as suas vidas as oportunidades de participar de um duelo real.

E se alguém lhes pedisse que respondessem com franqueza que situação lhes parecia mais temível: lutar num campo de batalha, ou duelar com alguém em tempos de paz, dez dentre dez deles com certeza diriam que a perspectiva de enfrentar um duelo lhes era muito mais temível.

Batalha é uma ação grupal, enquanto o duelo é o confronto de um contra um: o desafiado ganha ou morre, ou ainda acaba aleijado para o resto da vida. Cada um dos contendores tem de empenhar desde os dedos dos pés até o último fio dos cabelos na luta em defesa da própria vida. O duelo de um contra um não proporciona as eventuais pausas para respirar comuns numa batalha, quando o combatente repousa um breve momento enquanto seus companheiros continuam a lutar.

Os companheiros de Okatani observavam seu comportamento em respeitoso silêncio, e ao vê-lo tranquilo, concluíram que ele não corria perigo.

O clã Hosokawa não tinha em seu quadro nenhum guerreiro especializado na arte de lancear. Desde os tempos de Yusai e Sansai, serviam aos senhores do clã apenas homens que se haviam destacado nos diversos campos de batalha, e gente hábil no manejo de lanças havia muitos, mesmo entre os soldados rasos. Lancear era portanto uma qualificação normal, motivo por que nunca haviam contratado um instrutor para esta modalidade de combate.

Em meio a tantos hábeis lanceiros, contudo, Okatani Goroji era considerado o melhor: já havia participado de batalhas reais, somara muitas horas de treino e divisara novos recursos para a lança. Ele era, enfim, um veterano.

— Concedam-me alguns minutos — disse Goroji com uma ligeira mesura dirigida inicialmente ao seu amo e em seguida ao seu oponente. Afastou-se a seguir com calma a fim de preparar-se para o duelo, felicitando-se por estar usando roupas de baixo imaculadas, seguindo às riscas a tradição do bom vassalo, que deve começar o dia a serviço do amo sempre com um sorriso, pronto no entanto a terminá-lo como um cadáver.

V

Kojiro esperava em pé, com a guarda aberta. Havia escolhido a área para o duelo e aguardava, empunhando uma espada de madeira emprestada de pouco mais de noventa centímetros, sem se preocupar em arrepanhar a barra do *hakama,* que pendia em elegantes pregas.

Ele era a própria figura do guerreiro destemido. Nesse aspecto, mesmo o mais inflexível inimigo teria de concordar. O perfil belo e arrojado, que lembrava o de uma águia, estava sereno, inalterado.

Sua atitude confiante fez com que todos os presentes se sentissem solidários com Okatani. "Por que ele demora tanto?", pareciam dizer os olhares ansiosos voltados para o cortinado, por trás do qual ele se preparava.

Indiferente ao clima geral, Okatani continuava a preparar-se com absoluta tranquilidade, envolvendo cuidadosamente a ponta da lança com uma longa faixa de pano umedecido, um dos motivos por que demorava tanto.

Kojiro relanceou o olhar na sua direção e observou:

— Mestre Goroji: se prepara a lança em consideração à minha pessoa, declaro desde já que dispenso tais cuidados.

As palavras foram ditas em tom tranquilo, mas seu significado era arrogante. Goroji tinha muito orgulho da lança com ponta em forma de adaga que preparava nesse momento: era arma tradicional, e ele a usara em campos de batalha. O cabo media aproximadamente dois metros e setenta, trabalhado com madrepérola a partir da empunhadura, só a lâmina medindo quase 25 centímetros. E havia sido com um olhar quase zombeteiro lançado a essa fina arma de aspecto letal que Kojiro havia dito: "Dispenso dispositivos protetores."

— Dispensa? — ecoou Goroji, voltando um olhar penetrante na sua direção.

Ao ouvir a enfática afirmativa de Kojiro, Tadatoshi e todos os vassalos presentes concentraram em Goroji olhares brilhantes, instigadores, que pareciam dizer:

"Que espera? Esse arrogante está pedindo!"

"Trucide-o sem dó!"

"Trespasse-o de uma vez!"

Kojiro voltou a dizer, seguro de si e com um toque de impaciência na voz, fixando o adversário:

— Isso mesmo!

— Nesse caso… — disse Goroji, livrando a ponta da lança. Empunhou-a pelo meio do cabo e avançou com passos decididos. — … atenderei ao seu pedido. Contudo, se vou usar a lâmina nua peço-lhe que lute também com sua espada.

— Não! Esta arma de madeira é suficiente.

— Discordo!

— Mas eu insisto! — pressionou Kojiro, encobrindo com a sua a voz de Goroji. — Com certeza os senhores não esperam que eu, um estranho, cometa a descortesia de empunhar uma espada real na presença do seu jovem suserano!

— Mesmo assim… — replicou Goroji mordendo os lábios, ainda insatisfeito.

Tadatoshi, porém, interveio com certa aspereza, como se a indecisão de seu vassalo o irritasse:

— Okatani! Ninguém haverá de tachar-te de covarde por teres concordado com o pedido do teu adversário. Vamos, vai em frente!

O tom de voz do jovem suserano indicava também certa irritação quanto à atitude de Kojiro.

— Nesse caso... — disse outra vez Goroji.

Os dois homens cruzaram olhares num mudo cumprimento, seus rostos de súbito crispando-se vigilantes. Ato contínuo, Goroji afastou-se com um salto, mas Kojiro seguiu-o como um pássaro preso em visco, mergulhando por baixo do cabo da lança e avançando direto contra o peito do adversário.

Sem tempo ou espaço para dar uma estocada, Goroji desviou o corpo bruscamente e descarregou o cabo da lança num golpe que visou a nuca do adversário.

Um estalo sonoro vibrou no ar, ao mesmo tempo em que o cabo da lança, repelido, subiu alto no espaço. Na fração de segundo seguinte, a espada de madeira manejada por Kojiro mergulhou fundo visando as costelas de Goroji, desguardadas no momento em que suas mãos subiam, levadas pelo ímpeto ascendente da lança.

Arquejando levemente, Goroji desviou alguns passos para o lado, deu um salto lateral e, sem tempo para respirar, desviou-se de outro golpe, saltando de novo.

Inútil: ele já era um falcão acuado por uma águia. Sob os persistentes golpes da espada de madeira, a lança partiu-se num instante. No momento seguinte, Goroji urrou, como se alguém lhe arrancasse a alma do corpo. O breve confronto tinha chegado ao fim.

VI

Retornando à casa na ladeira Isarago, Kojiro perguntou ao seu protetor, Iwama Kakubei:

— Acha que me excedi no duelo?

— Não, acho que você esteve magnífico — respondeu Kakubei.

— E o jovem suserano Tadatoshi: comentou alguma coisa depois que me fui?

— Nada em particular.

— Impossível. Ele deve ter feito alguma observação.

— Não. Ele retirou-se para os seus aposentos sem dizer palavra.

— Hum! — fez Kojiro, claramente desagradado.

— Breve teremos alguma notícia — disse Kakubei, conciliador.

— Pouco me importa se ele me contrata ou não, mas tenho de reconhecer: lorde Tadatoshi é um grande homem, está à altura da sua fama. E se tenho mesmo de servir a alguém... Bom, o que tem de ser, será.

Desde o dia anterior, Kakubei havia começado a perceber toda a extensão da agressividade do seu jovem protegido e sentia-se pouco à vontade. Sentia-se como o homem que pensava abrigar junto ao peito um pobre passarinho e descobre uma águia em seu lugar.

Kojiro, por seu lado, pretendera exibir seu talento perante sua senhoria no mínimo contra mais quatro ou cinco adversários. Mas a brutalidade com que eliminara Okatani Goroji tinha talvez desgostado o jovem suserano, que interviera de imediato dizendo:

— Basta! Vi o suficiente.

E assim, Tadatoshi dera por encerrado o duelo.

Okatani, segundo se soube mais tarde, havia recuperado a consciência, mas ficara aleijado para sempre: tinha a bacia ou o fêmur esquerdo esmigalhado. Kojiro felicitou-se intimamente. Mesmo que a casa Hosokawa não o contratasse, a magnífica exibição do dia anterior não deixara dúvidas quanto à sua competência.

Ainda assim, lamentaria muito se o recusassem: afinal, depois de clãs mais poderosos como Date, Kuroda, Shimazu e Mouri, a casa Hosokawa era uma das que mais segurança ofereciam. O castelo de Osaka era ainda um problema não resolvido, pairando como uma ameaçadora nuvem de tempestade sobre o país inteiro, de modo que um homem tinha de escolher direito a quem servir nesses dias. Caso contrário, corria o sério risco de se ver de um momento para o outro de volta à condição de *rounin* sem eira nem beira, ou de amargar o resto de seus dias como um fugitivo. A busca por emprego tinha de ser cuidadosa, e levar em consideração projeções futuras do quadro político do país. Uma avaliação errada era capaz de sacrificar toda uma carreira em troca de meio ano de estipêndios.

Kojiro já tinha essa percepção clara do futuro. Segundo avaliava, enquanto lorde Sansai reinasse absoluto em seus domínios, a casa Hosokawa estava em perfeita segurança e seu futuro era bastante promissor. Nesse barco cavalgaria a crista das ondas de um novo tempo.

Porém, quanto melhor o clã, mais rigoroso o processo de seleção de vassalos. Kojiro impacientava-se.

Passados alguns dias, Kojiro anunciou bruscamente que ia visitar Okatani Goroji e partiu a pé, sem dar maiores explicações.

A casa situava-se próxima à ponte Tokiwabashi. Ao receber a visita cortês de seu oponente, Goroji, acamado e ainda incapaz de se erguer, agradeceu com um sorriso nos lábios e lágrimas nos olhos.

— Agradeço-lhe a gentileza e a solidariedade. E por favor, não se desculpe. Vitória ou derrota, tudo depende da habilidade. Posso lamentar a própria incapacidade, mas nunca pensaria em lhe guardar rancor — disse.

Depois que Kojiro se foi, Okatani voltou-se para um amigo presente na ocasião e comentou:

— Eis aí um samurai dotado de bons sentimentos. Eu o considerava arrogante, mas vejo que me enganei: é do tipo solidário e correto.

Kojiro já esperava por isso: o amigo de Okatani ouvira da boca da vítima palavras de louvor ao próprio algoz, conforme tinha planejado.

UM CAQUI VERDE

I

Kojiro visitou Okatani quatro vezes, com intervalos de dois a três dias entre as visitas.

Numa das vezes, chegou a comprar peixes ainda vivos no mercado da cidade e entregou-os na casa do ferido.

Estavam no auge do verão. Na cidade de Edo, o mato crescia viçoso nos terrenos baldios a ponto de ocultar as casas, e caranguejos rastejavam lentamente pelas ruas ressequidas.

A maioria das placas erguidas nos locais mais movimentados da cidade pelos capangas do bando Hangawara intimando Musashi a aparecer se fosse um samurai de verdade já se achava semioculta pelo mato. As chuvas tinham deixado algumas ilegíveis, enquanto outras haviam sido roubadas e transformadas em lenha. Ninguém mais lhes prestava atenção.

Kojiro deu-se conta nesse instante de que estava com fome e procurou um lugar para comer.

Na cidade de Edo, porém, não existiam ainda estabelecimentos de refeições ligeiras como os muitos espalhados por Kyoto. A única coisa que lhe chamou a atenção foi uma bandeira, erguida no meio de um terreno baldio, cercada por esteiras rústicas de junco, onde se lia: Donjiki.

A palavra trouxe-lhe à mente a expressão *tonjiki*, que num distante passado havia significado "bolinho de arroz", tão apreciado pelo povo japonês. E Donjiki, que significaria?

A fumaça que saía de trás do cortinado de juncos rastejava sobre o mato e ali permanecia por muito tempo sem se dissipar. Ao aproximar-se, Kojiro sentiu cheiro de cozidos no ar. Embora fosse pouco provável que vendessem bolos de arroz, ainda assim achou que encontrara o que procurava.

Entrou na sombra dos cortinados e viu dois outros homens ali sentados comendo com avidez de uma tigela e de uma chávena respectivamente.

Kojiro sentou-se frente a frente com os dois homens, na ponta do banco.

— Que tem para me servir? — perguntou ao proprietário da casa.

— Refeições. E saquê, se quiser — respondeu o homem.

— Que significa a palavra "Donjiki", em sua bandeira?

— Muita gente me pergunta, mas falando com sinceridade, nem eu sei.

— Não foi você quem a escreveu?

— Não, senhor. Foi um senhor idoso que parou para descansar em minha loja e se ofereceu para escrevê-la.

— Por falar nisso, a caligrafia é de uma pessoa culta.

— Esse homem me disse que era um peregrino e que se distraía visitando templos em diferentes províncias. Parece que era o patriarca de uma família rica e poderosa de Kiso e, segundo me disse, tinha feito generosas doações aos templos Hirakawa-tenjin, Hikawa e Kanda porque isso lhe proporcionava indizível prazer. Um filantropo, sem dúvida.

— E como se chamava esse homem?

— Daizou, de Narai.

— O nome não me é desconhecido...

— Embora eu nem saiba o que quer dizer Donjiki, achei que uma bandeira escrita por um homem tão virtuoso talvez espantasse os demônios da pobreza... — completou o homem, rindo.

Kojiro examinou o conteúdo de diversas tigelas expostas na mesa e resolveu pedir peixes e arroz. Espantou as moscas com seu *hashi* e começou a comer.

Um dos samurais sentados à sua frente havia se levantado e espiava a campina pela fresta das esteiras. Nesse instante, o homem voltou-se para o companheiro e disse:

— Lá vem ele! É esse vendedor de melancias, não é, Hamada?

O outro homem largou seu *hashi* às pressas, ergueu-se e espiou também:

— Ele mesmo! — anunciou, sacudindo a cabeça gravemente.

II

Sob o sol escaldante, o vendedor de melancias arrastava os pés pela relva morna da campina. Levava ao ombro um longo bordão, de cujas pontas pendiam melancias contidas em cestos.

Os dois *rounin*, que haviam saído das sombras do Donjiki, foram-lhe no encalço e, extraindo a espada, cortaram a corda que sustentava as melancias.

O vendedor perdeu o equilíbrio, tropeçou e foi ao chão.

O homem a quem o companheiro havia pouco chamara Hamada acorreu, agarrou o vendedor pelo pescoço e gritou:

— Aonde a levaste? Falo da mulher que servia às mesas na casa de chá perto do fosso! E não me faças cara de desentendido, porque sei muito bem que foste tu que a escondeste!

O outro homem aproximou a ponta da espada ao nariz do vendedor e também pressionou:

— Vamos! Fala de uma vez!

— Onde moras? — disse em tom ameaçador. — Como pudeste pensar em raptar uma mulher sendo tão insignificante? — acrescentou indignado, batendo no rosto do vendedor com a lateral da lâmina.

O vendedor, cujas faces adquiriram um tom terroso, continuava apenas a sacudir a cabeça negativamente. Em dado momento, porém, empurrou violentamente o *rounin* que o segurava, agarrou o bordão das melancias e investiu contra o outro homem.

— Queres briga? — gritou o *rounin* ameaçado. — Cuidado, Hamada! Ele não me parece um simples vendedor de melancias!

— Quem? Esse maricas? — esbravejou Hamada. Tomou com facilidade o bordão que o vendedor brandia, jogou-o ao chão e imobilizou-o. Atravessou então o bastão às costas do homem caído e nele amarrou seus braços com diversas voltas de corda.

Nesse momento, Hamada ouviu atrás de si um gemido estranho, como se um gato acabasse de levar um chute e logo, algo foi ao chão com um baque. Curioso, voltou-se casualmente, e recebeu em cheio no rosto uma fina névoa vermelha, trazida pela brisa morna que soprava sobre o mato viçoso.

— Que... quê? — gritou atônito, saltando no mesmo instante de cima do vendedor de melancias, arregalando os olhos como se não acreditasse no que via. — Quem... raios, quem é você?

Mas, naturalmente, a ponta da espada que avançava furtivamente na direção do seu peito como uma cabeça de serpente nada lhe respondeu.

Sasaki Kojiro empunhava a referida espada — aquela longa, sua preferida, a mesma que tivera as manchas de ferrugem eliminadas e o brilho restabelecido por Zushino Kosuke, e que, desde esse dia, vinha sentindo sede de sangue e implorava ao dono que lhe satisfizesse a vontade.

Mudo, sorriso nos lábios, Kojiro caçava Hamada, que recuava andando de costas pela campina. De súbito, o vendedor de melancias, ainda amarrado e caído no chão, deu-se conta da identidade de Kojiro e gritou, surpreso:

— Ah! Mas é... mestre Sasaki Kojiro! Socorro, ajude-me!

Kojiro nem sequer voltou-se, apenas acompanhando, inexorável, cada passo para trás dado por Hamada, contando um a um os arquejos do homem com a ponta da espada assestada contra ele. Se Hamada dava um passo para trás, Kojiro também avançava um passo, se ele se esquivava com um rápido passo para o lado Kojiro também dava um rápido passo para o lado, como se pretendesse encurralá-lo até a beira da morte.

O pálido Hamada, ao ouvir o nome Sasaki Kojiro, gritou:

— Que disse? Sasaki?

Nitidamente atarantado, rodopiou a esmo algumas vezes e disparou pela campina.

Varal rasgou o ar.

— Aonde vai? — gritou Kojiro, ao mesmo tempo em que a espada decepava a orelha de Hamada e descia, atingindo o ombro e penetrando fundo no seu tronco.

III

Mesmo depois que Kojiro cortou as cordas que o prendiam, o vendedor de melancias continuava caído por terra, rosto enterrado na relva.

Passados instantes, sentou-se, ainda cabisbaixo.

Kojiro limpou o sangue da espada, devolveu-a à bainha e voltou-se com um olhar de pura diversão para o vendedor.

— Ei! — disse, batendo-lhe nas costas. — Não precisa ficar tão constrangido! Estou falando com você, Matahachi!

— Sei.

— É só isso que você me diz? Vamos, erga a cabeça! Há quanto tempo não nos vemos, homem?

— Muito tempo. Como tem passado?

— Muito bem, está claro! O mesmo não posso dizer de você. Que estranha profissão escolheu para exercer, hein, Matahachi?

— Por isso estou constrangido…

— Bom, vamos começar recolhendo as melancias e… Ah, deixe-as por hoje aos cuidados do dono dessa casa, Donjiki.

Do meio da campina, Kojiro acenou para o taberneiro:

— Eeei, taberneiro!

Confiou as melancias ao homem, abriu seu estojo portátil e escreveu a um canto da esteira de juta que cercava a taberna:

> *Declaro que o autor dos golpes que eliminaram os dois homens caídos no meio da campina é Sasaki Kojiro — morador do promontório Tuski-no-misaki, ladeira Isarago.*
> *Deixo o nome aqui registrado para investigações futuras.*

— Assim não terás problemas com as autoridades, taberneiro — comentou Kojiro.

— Muito obrigado, senhor.

— Não me agradeças, porque logo virão parentes dos mortos para pedir-te satisfações. Caso isso aconteça, dize-lhes que me procurem: estarei sempre pronto a atendê-los.

Voltou-se a seguir para Matahachi, que aguardava do lado de fora da taberna e convidou:

— Vamos embora.

Hon'i-den Matahachi o seguiu cabisbaixo. Nos últimos tempos, ele se sustentava vendendo melancias aos pedreiros que enxameavam em torno do castelo de Edo, assim como aos habitantes dos casebres dos marceneiros e aos oficiais encarregados da vigilância do fosso externo.

Ao pisar as terras de Edo, Matahachi mostrara, ao menos na frente de Otsu, a séria intenção de abrir caminho na vida buscando uma carreira ou adestrando-se para tornar-se um samurai. Mas Matahachi, tipicamente, tinha pouca força de vontade e nenhuma habilidade para sobreviver, de modo que já havia mudado de profissão três ou quatro vezes.

Depois que Otsu lhe havia escapado, sobretudo, a força de vontade, pouca desde o começo, se esvaíra por completo, de modo que andara passando algumas noites de graça em diversos antros de rufiões espalhados pela cidade. Servira de sentinela para os jogadores de *bakuchi* em troca de um prato de comida, ou ainda, vendera lembrancinhas nos festivais da cidade. De modo que não tinha até agora profissão definida.

Kojiro, que conhecia de sobejo o caráter de Matahachi, não estranhou sua aparente degradação.

Preocupava-o apenas os parentes dos mortos, que com certeza surgiriam em sua casa exigindo satisfações depois de ler a declaração na esteira da taberna Donjiki. Achou melhor, portanto, saber em detalhes o envolvimento do jovem Hon'i-den com os homens mortos.

— Afinal, qual o motivo da rixa entre você e aqueles *rounin*? — perguntou.

— Uma mulher, para ser franco... — murmurou Matahachi, constrangido.

Onde quer que ele fosse, logo parecia surgir em seu caminho dificuldades envolvendo mulheres. Em vidas passadas, Matahachi e as mulheres deviam ter sido condenados a um sinistro relacionamento cármico, pensou Kojiro, sem conseguir disfarçar o sorriso apesar de toda a frieza do seu caráter.

— Hum! Você e seus casos amorosos... Quem é a mulher e como foi se envolver com ela?

Não era tarefa das mais fáceis fazer o reticente Matahachi contar os detalhes, mas Kojiro, que nada tinha a fazer na mansão da ladeira Isarago, sentiu-se estimulado pela perspectiva de quebrar o tédio de sua vida com histórias picantes. Afinal, ter encontrado o filho de Osugi talvez não tivesse sido um mau negócio, pensou.

IV

A história que aos poucos veio à tona era a seguinte:

Na beira do canal onde as pedras para a reforma do castelo de Edo eram descarregadas, haviam se estabelecido algumas dezenas de barracas oferecendo chá e descanso aos trabalhadores e transeuntes, aliás numerosos.

Em uma dessas barracas, havia uma empregada servindo às mesas que chamava a atenção por sua beleza. E no meio dos homens que, de olho na menina, vinham tomar chá ou apreciar os doces gelatinosos, estava o samurai de nome Hamada, o *rounin* morto posteriormente por Kojiro.

Certo dia, a garota sussurrou a Matahachi, que às vezes frequentava a barraca depois de um dia de trabalho vendendo melancias: "Eu odeio esse samurai, mas o meu patrão quer que eu saia com ele depois do serviço. Você não me esconderia no seu casebre? Posso cozinhar e costurar para você."

Sem ver motivos para recusar, contava Matahachi, acabara cedendo: levara a moça e a escondera na sua casa num dia combinado com antecedência. E isso era tudo, insistia ele.

— Você está me escondendo alguma coisa... — comentou Kojiro.

— Como assim? — replicou Matahachi agressivamente, fingindo-se revoltado com a observação.

A longa história, misto de justificativa e fanfarronice de conquistador barato, não era do tipo capaz de trazer sorrisos complacentes ao rosto de um ouvinte, mormente debaixo de um sol escaldante.

— Está bem, está bem. Vamos deixar a história de lado por ora e ir para a sua casa. Lá você me contará com mais detalhes.

Matahachi parou de repente. A expressão contrariada indicava claramente que não gostara da sugestão.

— Que foi? Não quer que eu vá? — indagou Kojiro.

— Bem... Não moro num lugar apresentável, como bem pode imaginar.

— Não importa.

— Mesmo assim... — resmungou —, deixe para uma próxima oportunidade.

— Por quê?

— É que hoje... — engrolou, aparentando tamanho aborrecimento que Kojiro viu-se impossibilitado de insistir e disse, sem pedir maiores explicações:

— Está bem. Nesse caso, venha você me procurar quando puder. Moro a um canto da mansão do senhor Iwama Kakubei, no meio da ladeira Isarago.

— Eu o procurarei sem falta nos próximos dias.

— Mudando de assunto: você chegou a ler o desafio a Miyamoto Musashi erguido pelo bando Hangawara nas ruas da cidade?

— Li.

— Ali também estava escrito que a matriarca dos Hon'i-den procurava por ele, não dizia?

— Dizia, realmente.

— E por que não foi vê-la em seguida?

— Deste jeito?

— Tolo! Para que dar-se ares para a própria mãe? Ela pode a qualquer momento topar com Musashi, e se você não estiver ao seu lado nessa hora, lamentará para o resto de sua vida!

Matahachi ouviu com expressão ressentida a quase admoestação de Kojiro. Um estranho não é capaz de entender a complexa relação entre mãe e filho, pensou, irritado. Lembrou-se, no entanto, de que esse estranho acabara de salvar-lhe a vida e portanto disse, evasivamente, à guisa de despedida:

— Está certo, qualquer dia desses...

Separaram-se numa ruela na altura do bairro Shiba. Kojiro, porém, fingiu ir-se embora e logo voltou atrás, seguindo à distância o vulto de Matahachi que tinha dobrado para uma estreita viela na periferia da cidade.

V

No local, havia um cortiço composto por diversas casas geminadas. A área havia sido desmatada em dias recentes e pessoas haviam começado a morar muito antes da civilização ali chegar.

Ruas não havia: elas surgiam conforme o povo andava de um lado para o outro. O sistema de esgoto não tinha sido planejado, mas os moradores locais consideravam satisfatório ter suas águas de banho e de cozinha escorrendo a céu aberto de cada porta e juntando-se naturalmente às águas do ribeirão mais próximo.

A população de Edo crescia dia a dia de modo assustador e as moradias eram escassas, demandando certa dose de insensibilidade por parte dos pioneiros, caso quisessem criar raízes naquelas terras. A maioria era de trabalhadores braçais, empregados nos serviços de desassoreamento dos rios, ou na reforma do palácio.

— Já de volta, Matahachi-san? — gritou um homem da casa vizinha, o capataz dos poceiros. Estava sentado dentro de uma tina, e esticara o pescoço por cima de uma porta tombada de lado e que lhe servia de escudo contra olhares curiosos.

— Olá! Tomando banho? — cumprimentou-o Matahachi, chegando da rua.

— Já estou acabando. Não quer aproveitar a água? — ofereceu o capataz.

— Muito obrigado. Akemi me disse que também preparou o banho em casa.

— Vocês se dão muito bem! Dá gosto vê-los.

— Ora, que é isso...

— São irmãos ou marido e mulher? O povo do cortiço bem que gostaria de saber. E então?

— Ah-ah!

Nesse instante, Akemi surgiu e interrompeu o diálogo. Carregava uma grande tina, que depositou debaixo de um caquizeiro. Logo, despejou nela um balde de água.

— Veja se está do seu gosto, Matahachi-san — disse Akemi.

— Um pouco quente — respondeu ele.

A roldana do poço gemeu. Nu, Matahachi correu até a beira do poço, apanhou o balde, temperou a água da tina, e nela entrou em seguida.

— Que gostoso! — exclamou.

O capataz, já vestido com um quimono leve, trouxe um banquinho de bambu para baixo de uma treliça que sustentava um pé de bucha e perguntou:

— Como foi seu dia? Vendeu as melancias?

— Bem poucas — respondeu Matahachi, que nesse momento acabava de descobrir sangue seco no vão entre os dedos e ocupava-se em esfregar o local com expressão de nojo.

— Acredito! Ainda acho que trabalhar de poceiro, a dia, é melhor que vender melancias...

— Também acho, e agradeço por me convidar para o seu ramo. Mas se eu me tornar poceiro, terei de trabalhar dentro do palácio. Isso quer dizer que não poderei voltar para casa com frequência.

— É claro! Vai precisar de uma autorização especial do encarregado para voltar.

— Pois é. Akemi me pediu para não aceitar, porque vai se sentir muito só se eu não voltar todos os dias.

— Ora, ora, o casal de pombinhos!

— Não, não disse com essa intenção...

— Depois de me fazer aturar suas confissões amorosas, acho que mereço um bom trago!

— Ai-ai!

— Que foi isso?

— Um caqui verde caiu do pé e me atingiu em cheio a cabeça.

— Ah-ah! Bem feito! Quem manda se gabar? — riu o capataz, batendo a coxa com o abanador. Nascido em Ito, na península de Izu, o capataz chamava-se Unpei e era bastante respeitado no seu meio. De cabelos secos semelhantes a palha, tinha mais de sessenta anos e era um fiel seguidor da seita Nichiren-shu, cuja oração recitava todas as manhãs religiosamente. Bondoso, tratava os jovens sob sua direção como filhos.

"Aqui mora o capataz Unpei, poceiro. Agencia-se emprego de escavador no castelo." — dizia uma placa na entrada do cortiço. "A abertura de poços na propriedade casteleira requer conhecimento técnico especializado, muito acima da capacidade do poceiro comum. Foi por isso que me mandaram chamar em Izu. Sou especialista em cavar minas, e estou atuando como conselheiro e agenciador dos poceiros locais", costumava gabar-se Unpei, sentado debaixo da treliça de buchas em flor, quando o saquê barato de todas as noites o deixava alegre e falador.

VI

Um poceiro designado para trabalhar na propriedade casteleira precisa de autorização especial para voltar para casa, é rigidamente vigiado durante as horas de trabalho e seus familiares são quase reféns, sofrendo coerções tanto por parte dos capatazes quanto dos líderes da comunidade. Para compensar, o trabalho é mais leve e o serviço melhor remunerado.

Confinados no interior dos muros do castelo até o término do serviço, esses poceiros especiais dormem nos casebres a eles destinados, e não têm meios para gastar o dinheiro em diversões.

E então, por que não suportava durante algum tempo esses pequenos inconvenientes e juntava um pouco de dinheiro para poder abrir um negócio por conta própria, em vez de continuar a vender melancias? — havia proposto inúmeras vezes o capataz a Matahachi até esse dia. Akemi, porém, sempre discordava.

— Se você aceitar esse trabalho, vou-me embora no dia seguinte — ameaçava ela.

— Imagine se vou, deixando você sozinha! — havia respondido Matahachi toda vez.

Na verdade, esse tipo de trabalho não interessava a Matahachi. O que ele procurava era um serviço menos cansativo e mais respeitável.

Quando Matahachi saiu do banho, Akemi cercou melhor a tina com portas, trocou a água quente e banhou-se também. A seguir, ambos vestiram quimonos leves, e agora o assunto voltou a ser discutido à mesa do jantar.

— Não quero me tornar um prisioneiro por causa de alguns trocados a mais. Tampouco pretendo passar o resto da vida vendendo melancias. Vamos aguentar esta vida um pouco mais, Akemi.

Do outro lado de uma terrina de *tofu* gelado recendendo a ervas, Akemi respondeu com a boca cheia de arroz:

— Claro! Mostre a essa gente que tem fibra, ao menos uma vez na vida!

O povo do cortiço parecia considerá-los casados, mas no íntimo, Akemi jurava que nunca haveria de ter um marido tão indeciso.

Sua capacidade de avaliar os homens melhorara de modo considerável. Ela havia tido a oportunidade de conhecer diferentes tipos de homens, principalmente durante o tempo em que trabalhara na área de Sakai, em Edo.

Pedir abrigo na casa de Matahachi tinha sido apenas uma medida temporária: Akemi pretendia usar Matahachi como trampolim e saltar para locais mais aprazíveis.

Contudo, não lhe agradava a ideia de ver Matahachi saindo de casa para trabalhar no castelo. Ou melhor, era perigoso para ela, já que Hamada, o *rounin* que a perseguira na casa de chá, podia encontrá-la a qualquer hora.

— Ah, ia-me esquecendo — disse Matahachi quando terminaram de comer.

Contou então minuciosamente os acontecimentos do dia: de como sofria nas mãos de Hamada quando fora salvo por Sasaki Kojiro; de como este insistira em acompanhá-lo até ali e de como conseguira dissuadi-lo do intento.

— Como é? Encontrou-se com Kojiro? — perguntou Akemi, pálida, ofegante. — Contou que eu moro aqui? Não me diga que contou!

Matahachi segurou-lhe a mão e a trouxe para perto de si.

— Claro que não! Por que haveria eu de revelar seu esconderijo àquele maldito! Ele viria até aqui no mesmo momento e...

Com um grito de dor, Matahachi interrompeu o que dizia e levou a mão ao próprio rosto.

Um caqui tinha entrado voando pela janela e atingido uma das faces. O fruto, verde ainda, partiu-se com o choque e pedaços da polpa branca espirraram no rosto de Akemi.

Lá fora, no meio das moitas agora iluminadas pelo luar, um vulto afastava-se nesse momento com jeito displicente. O vulto lembrava Kojiro.

UMA CASA NA CAMPINA

I

— Mestre! — chamou Iori, tentando não perder Musashi de vista.

A planície de Musashino[3] estendia-se sem fim em torno do menino. Com a aproximação do outono, o mato tinha crescido com exuberância, ultrapassando-o em altura.

— Venha de uma vez!

Voltando-se vez ou outra, Musashi esperava por instantes, atento à aproximação do menino que lhe vinha no encalço como uma pequena ave nadando na relva alta.

— Sei que tem uma picada em algum lugar, mas eu sempre a perco de vista.

— Esta campina faz limite com dez distritos. Eis por que é tão extensa, Iori.

— Até onde pretende seguir, mestre?

— Até achar um lugar aprazível para morarmos.

— Vamos morar *aqui*?

— Gosta da ideia?

— ...

Iori não externou sua opinião com clareza.

— Não sei, não... — disse, contemplando o céu, tão vasto quanto a campina.

— Deixe o outono chegar e verá esta imensidão sobre a sua cabeça adquirir um transparente tom azul, e este vasto campo carregar-se de sereno. Não sente a alma revigorada só de pensar nisso?

— A vida na cidade não o atrai, não é mesmo, mestre?

— Pelo contrário, acho-a interessante. Mas aquelas placas difamadoras espalhadas em todas as esquinas da cidade tornaram minha vida difícil, muito embora eu não seja do tipo que dá importância à opinião alheia.

— E por isso fugiu?

— Sim.

— Não gostei!

— Não dê importância a pequenas coisas, Iori.

— Mas todo mundo fala mal do senhor, mestre! Morro de raiva!

— Paciência!

---

3. Musashino: parte da planície de Kanto, estende-se desde a cidade de Kawagoe, na província de Saitama, até a cidade de Tokyo.

— Não concordo! Eu queria vê-lo liquidar um por um todos esses difamadores, e depois erguer avisos pela cidade intimando os descontentes a se apresentar.

— Nunca se deve começar uma briga que se sabe perdida, Iori.

— O senhor é capaz de liquidar todos eles, mestre! O senhor é mais forte que qualquer rufião, não vai perder de nenhum deles.

— Você se engana: serei derrotado.

— Como assim?

— Não há como vencer uma turba. Se você derrotar dez homens, cem logo estarão no seu encalço, e enquanto você persegue os cem, mil lhe virão atrás. De que jeito os venceria, Iori?

— Quer dizer que vai deixá-los rindo do senhor para sempre, mestre?

— Prezo muito meu nome e o de meus ancestrais para deixar que isso aconteça. E porque não quero de jeito algum tornar-me um pária, vim buscar nos campos orvalhados de Musashino a resposta a uma pergunta: que fazer para me tornar uma pessoa melhor?

— Só se a gente pedir pouso em um templo por alguns dias! Porque nestas bandas, só vamos encontrar casas de camponeses, por mais que andemos.

— A ideia é boa, mas será melhor ainda procurar uma área onde haja árvores, derrubar algumas e construir nossa própria casa, trançando bambus e cobrindo o teto com colmo.

— Do mesmo jeito que fizemos em Hotengahara?

— Desta vez, não vou lavrar a terra. Talvez eu me dedique ao *zazen*[4] todos os dias. Quanto a você, Iori, leia bastante e pratique esgrima. Eu o orientarei em ambas as atividades.

Mestre e discípulo haviam chegado a essa campina sem fim partindo da vila Kashiwagi, na entrada de Koshu. Da colina dos Doze Avatares haviam descido até o fim uma ladeira em meio a bosques denominada Jikkanzaka e, desde então, os dois vinham percorrendo uma estreita senda que muitas vezes desaparecia em meio a esse mar de relva.

Aos poucos, foram surgindo os contornos de uma colina rasa coberta de pinheiros, cuja forma lembrava um sombreiro.

Musashi analisou o terreno e disse:

— Vamos morar por aqui.

Onde quer que vá, o homem sempre encontra o céu e um pedaço de terra; onde quer que os encontre, ali aprende a viver. Construir uma choupana era um trabalho simples, mais fácil para os dois do que para um pássaro

---

4. *Zazen*: processo de concentração e absorção pelo qual a mente é tranquilizada e trazida à concentração num ponto fixo (Philip Kapleau, *Os Três Pilares do Zen,* Editora Itatiaia, 1978).

construir seu ninho. Iori dirigiu-se à casa de camponeses próxima e contratou um homem a dia para ajudá-los no trabalho, trazendo também emprestados serrotes, enxadas e outras ferramentas.

II

Alguns dias depois, surgiu no local uma estranha construção entre o rústico e o refinado.

"As primitivas moradias dos tempos dos deuses talvez se parecessem com isto", pensou Musashi, contemplando sua obra com ar francamente divertido.

A casa tinha sido construída com casca de árvores, bambu, colmo e pranchas de madeira. Toras serviam de colunas de sustentação. Dentro dela, no entanto, pedaços de papel velho haviam sido empregados em pequenas áreas limitadas como paredes e *shoji*. Os pequenos retângulos de papel pareciam subitamente preciosos nesse ambiente rústico, dando-lhe um toque de civilização e provando que aquela afinal não era uma construção erguida por homens primitivos, da época em que os deuses haviam reinado sobre a terra.

Sobretudo, havia a voz clara e forte de Iori lendo livros, e que soava por trás de estores feitos de junco. Indiferentes à chegada do outono, as cigarras continuavam cantando nas árvores, mas não conseguiam competir com a voz possante do menino.

— Iori!

— Pronto, senhor!

No instante em que respondeu, o menino já estava ajoelhado aos pés de Musashi. Esse era um hábito que Musashi vinha incutindo com rigor em seu discípulo nos últimos tempos.

Joutaro não tinha sido educado desse modo porque Musashi acreditara, à época, que uma criança devia ter a liberdade de agir como bem entendesse, e que essa seria a maneira correta de promover o crescimento natural de um ser. Ele próprio fora criado assim.

Com o passar dos anos, porém, seu modo de pensar alterou-se. O homem tinha tendências naturais que precisavam ser estimuladas e outras que, ao contrário, deviam ser inibidas. Deixadas à vontade, certas qualidades indesejáveis vicejavam, enquanto outras, positivas, estagnavam.

Era uma realidade, que constatava até com relação às plantas que cortara para construir a choupana: árvores que gostaria de ver brotando uma vez mais desapareciam para sempre, enquanto arbustos inúteis e ervas daninhas tornavam a medrar por mais que os ceifasse.

AS DUAS FORÇAS

Desde a época da revolta de Ounin, o país estava em caos. Oda Nobunaga havia iniciado a faina e ceifara esse matagal desordenado, Toyotomi Hideyoshi enfeixara o capim ceifado, e Tokugawa Ieyasu dedicava-se agora a aplainar a terra limpa e a iniciar a construção do país sobre ela. Mas no ocidente, o fogo da rebelião continuava a fumegar, pronto a entrar uma vez mais em combustão à aproximação da primeira fagulha.

Era porém chegada a época de ocorrer uma nova mudança, achava Musashi. Já se iam os tempos em que homens de personalidade brutal tinham valorizado a selvageria. Bastava analisar as pessoas com quem ele tivera contato até esse momento para perceber claramente: o povo já havia optado por um caminho, voltasse a direção do país às mãos dos Toyotomi ou permanecesse ela nas de Tokugawa.

O caminho escolhido era o que levava do caos para a ordem, da destruição para a construção. Em outras palavras, os próximos rumos da civilização estavam aos poucos se definindo na alma do povo, invadindo-a à revelia como inexorável maré.

Musashi às vezes pensava: "Vim ao mundo tarde demais. Tivesse eu nascido vinte, ou mesmo dez anos mais cedo!"

Ele havia nascido no ano da batalha de Komaki, no ano X do período Tensho (1573-1592), e aos dezessete anos vira-se no meio da batalha de Sekigahara. A partir dessa época, os dias dos feitos heroicos tinham começado a ficar para trás. Pensando agora, percebia como fora ridículo, extemporâneo, típico de um aldeão ignorante o sonho acalentado naqueles dias de conquistar um reino e um castelo com o auxílio da lança.

O tempo corria, rápido como uma torrente. Por incrível que parecesse, o fim da era Hideyoshi fora decretado nos dias em que seus valorosos feitos começaram a encontrar eco no espírito da gente jovem de todos os quadrantes. Já nessa época, tinha-se tornado tarde demais para seguir-lhe os passos.

Era nisso que Musashi pensava ao disciplinar o menino com rigor jamais empregado no tempo de Joutaro. Ele tinha de formar o samurai do futuro.

— Que deseja, mestre?

— Veja: o sol está caindo no horizonte. É hora de treinar. Vá buscar as espadas de madeira.

— Sim, senhor!

O menino trouxe as duas espadas conforme lhe havia sido ordenado e depositou-as diante de Musashi.

— Por favor, senhor — disse, com respeitosa reverência.

III

A espada de madeira do mestre era longa, a do discípulo, curta.

Com as pontas dirigidas para os olhos dos respectivos adversários, mestre e discípulo se defrontaram, guardando-se em posição mediana.

— ...

— ...

O sol, que em Musashino nascia e morria no meio da relva, já se havia posto, deixando no horizonte o reflexo de sua esplêndida queda. O bosque de cedros atrás da choupana tinha mergulhado na escuridão e a lua fina em fase crescente vinha-se chegando de manso ao topo de uma árvore onde uma cigarra cantava, indiferente à aproximação da noite.

Em silêncio, Iori imitava a postura do seu mestre. Ele queria golpear, pois tinha a permissão para fazê-lo a qualquer momento, mas o corpo não lhe obedecia.

— ...

— Os olhos! — disse Musashi.

Iori arregalou os dele.

— Olhe nos meus olhos! Encare-os com firmeza, Iori! — tornou a ordenar Musashi.

Calado, o menino tentava cravar um olhar feroz nos olhos de seu mestre, mas no instante em que os olhares se chocavam, Iori sentia o seu rechaçado e subjugado pela força do de Musashi. E se, apesar de tudo, teimava em fixá-los, Iori acabava sentindo estranha confusão, como se a cabeça já não lhe pertencesse. Não só a cabeça, como também os braços e as pernas, o corpo inteiro lhe parecia fugir do controle. No mesmo instante, tornava a ser admoestado:

— Meus olhos, Iori!

Aos poucos, sem se dar conta de que o fazia, o menino começava a mover os dele, inquieto, tentando escapar ao agudo brilho do olhar do seu mestre. Com um sobressalto, Iori logo tornava a concentrar-se. Mas então acabava esquecendo-se da espada, ao mesmo tempo em que começava a senti-la pesada como grossa barra de ferro.

— Os olhos! Meus olhos! — dizia Musashi, adiantando-se aos poucos.

Nesses momentos, Iori sempre tentava retrair-se inconscientemente, dando alguns passos para trás, e por causa disso ouvira até agora inúmeras admoestações. Para evitá-las, o menino esforçava-se agora por imitar seu mestre e adiantar-se também, mas sentia que jamais conseguiria nem mesmo mover o dedão do pé enquanto lhe contemplasse os olhos.

Se recuasse, seria admoestado; queria avançar, mas não conseguia. O pequeno corpo se incendiava, como uma cigarra presa nas mãos de um ser humano.

E então chegava o momento em que o espírito do menino se inflamava e soltava faíscas: "Vai ver agora do que sou capaz!"

Assim que sentia esse aquecimento em seu discípulo, Musashi convidava:
— Venha!

Simultaneamente, ele pendia de leve um dos ombros e recuava o corpo, oferecendo-se ao golpe com um rápido movimento sinuoso que lembrava o de um peixe.

Iori soltava uma exclamação afobada e saltava para golpear. Mas então já não encontrava Musashi no lugar visado. O menino girava sobre si mesmo e voltava-se incontinenti para descobrir em seguida que o seu mestre estava agora no lugar que ele próprio ocupara anteriormente.

E assim voltavam os dois ao estágio inicial em posições invertidas, encarando-se em silêncio.

Despercebido, o sereno encharcava a campina. A lua crescente lembrando fina sobrancelha havia se afastado da floresta de cedros, e cada vez que uma lufada percorria as copas das árvores, todos os grilos emudeciam. As flores-do-campo, quase imperceptíveis durante o dia, ondulavam então suas vistosas corolas à breve aragem, dançando talvez ao compasso de uma divina melodia só por elas ouvida.

— Basta por hoje!

E foi quando Musashi baixou a própria arma e a entregou a Iori que este ouviu uma voz chamando nas proximidades do bosque de cedros, por trás da choupana.

IV

— Acho que temos visita — observou Musashi.
— Deve ser outro viajante perdido, que veio pedir pouso por uma noite.
— Vá verificar.
— Sim, senhor.

Iori rodeou a casa até os fundos.

Sentado na varanda feita de bambus entrelaçados, Musashi contemplava a vasta campina noturna. As eulálias já projetavam sedosos espigões nas pontas de suas longas hastes, emprestando ao mar de relva ondulante o aveludado brilho do outono.

— Mestre!
— Era um viajante perdido?
— Não, o senhor tem uma visita.
— Visita?
— Hojo Shinzo-sama.

— Ora, mestre Hojo!

— Em vez de vir pela senda no meio do campo, ele se perdeu no bosque de cedros e disse que só achou a nossa casa com muito custo. Prendeu o cavalo mais adiante e está à sua espera nos fundos.

— Esta casa não tem fundos ou frente, mas acho que este lado é mais agradável. Conduza-o até aqui.

— Sim, senhor.

Iori gritou, pelo lado da casa:

— Hojo-san, meu mestre está aqui. Venha, por favor.

Musashi ergueu-se para receber o visitante. Seu olhar brilhou de alegria ao vê-lo totalmente recuperado.

— Sei que procurava a solidão quando veio morar nestas paragens e quero que me perdoe a súbita intromissão, senhor — disse Shinzo, à guisa de cumprimento.

Musashi curvou-se ligeiramente em resposta, e o convidou à varanda.

— Sente-se, por favor.

— Obrigado.

— Como encontrou?

— Fala da casa, senhor?

— Exato. Não me lembro de ter falado dela a ninguém.

— Soube por intermédio de Zushino Kosuke. Há poucos dias, seu discípulo, mestre Iori, parece ter levado à casa de Kosuke uma certa estatueta da deusa Kannon a ele prometida...

— Ah, entendi. Iori deve ter-lhe falado desta casa na ocasião. Não me interprete erroneamente, mestre Shinzo: não estou ainda velho a ponto de me retirar para um canto esquecido do mundo. Apenas imaginei que mantendo-me desaparecido por estes 75 dias, os desagradáveis boatos tenderiam a desaparecer e em consequência, as probabilidades de trazer algum tipo de prejuízo a Kosuke também diminuiriam.

— E tudo isso por minha causa — disse Shinzo, pendendo a cabeça. — Peço-lhe sinceras desculpas pelos transtornos que lhe causei.

— Não tem por que se desculpar, mestre Shinzo. Seu caso não passou de um simples pretexto. Na raiz deste episódio estão desavenças surgidas há muito tempo entre mim e Kojiro.

— E nas mãos desse Sasaki Kojiro acabou morrendo também mestre Yogoro, o filho do idoso mestre Obata.

— Como? Até o filho dele?

— Mestre Yogoro ouviu dizer que eu tinha sido ferido por Kojiro e foi buscar vingança. Ele o seguiu por longo tempo, tentou abatê-lo, mas levou a pior e acabou morto.

— Mas eu o tinha prevenido!

Musashi evocou a imagem do jovem Yogoro, em pé na entrada da mansão Obata, e lamentou no íntimo mais essa morte inútil.

— Apesar de tudo, compreendo muito bem o que o filho do meu mestre deve ter sentido. Os discípulos da academia tinham-nos abandonado, eu mesmo encontrava-me gravemente ferido, e o velho mestre tinha acabado de falecer! Acredito que tenha sentido que era chegada a ocasião e foi buscar Kojiro na própria casa onde ele morava.

— Sei! Eu devia ter insistido um pouco mais. Tentei dissuadi-lo do intento, mas acho que minhas palavras tiveram o efeito contrário, mexeram com seu brio. Só posso dizer que lamento muito.

— Por tudo isso, coube a mim sucedê-lo na casa Obata. Meu velho mestre não tinha parentes consanguíneos além do filho Yogoro, de modo que, na verdade, a linhagem devia extinguir-se. Meu pai, o senhor de Awa, porém, explicou as circunstâncias a Yagyu Munenori-sama, que tomou as medidas legais e nomeou-me herdeiro adotivo dessa casa, conseguindo assim ao menos preservar o nome Obata. Sei, no entanto, que ainda sou imaturo, e temo não estar à altura do honroso cargo de representante do estilo Koshu de ciências marciais.

V

A Musashi não tinha passado despercebido que Shinzo dissera: "Meu pai, o senhor de Awa."

— Quando diz senhor de Awa, refere-se a Hojo Awa-no-kami, o fundador do estilo Hojo de ciências marciais, líder de uma casa que rivaliza em fama com a Obata, do estilo Koshu?

— Ele mesmo. Meus ancestrais prosperaram na região de Enshu.[5] Meu avô serviu sucessivamente aos senhores Hojo Ujitsuna e Ujiyasu, de Odawara, e meu pai foi descoberto por lorde Tokugawa Ieyasu. De modo que, com a dele, são três gerações de Hojos que vêm se destacando na área das ciências militares.

— E como acontece de um filho de tão famosa casa ter se tornado discípulo dos Obata?

— Meu pai tem diversos discípulos e faz preleções na casa xogunal, mas nada ensina aos filhos. Ele tem por princípio mandá-los servir a casas estranhas para que se adestrem através das dificuldades.

---

5. Enshu: antiga denominação de certa área a oeste da atual província de Shizuoka.

Eis por que Shinzo lhe parecera um rapaz de fina educação e ao mesmo tempo muito bem preparado. O pai dele devia ser o terceiro representante do estilo Hojo, Awa-no-kami Ujikatsu. E nesse caso, a mãe dele era a filha de Hojo Ujiyasu, de Odawara.

— Acho que falei de assuntos pouco relevantes e o fiz perder precioso tempo — desculpou-se Shinzo. — O que me trouxe até aqui de modo tão abrupto, senhor, é o seguinte: era intenção de meu pai vir até aqui pessoalmente agradecer-lhe, mas por coincidência, ele entretém em nossa casa alguns ilustres hóspedes que, por sinal, querem vê-lo. Eles estão impacientes à sua espera. Em vista disso, estou aqui com ordens expressas para conduzi-lo à nossa casa.

— Ora essa! — murmurou Musashi. — Terei eu entendido direito? Seu pai quer que eu o acompanhe à sua casa porque tem hóspedes que querem me ver?

— Isso mesmo. Eu o escoltarei até lá, senhor, se não se incomoda.

— Agora?

— Sim, senhor.

— Mas quem são esses hóspedes a que se refere? Eu, particularmente, não tenho conhecidos nesta cidade.

— É uma pessoa que o conhece desde a infância.

— Desde a infância? — ecoou Musashi.

"Quem poderá ser?", perguntou-se. Era por certo uma pessoa muito querida, que não encontrava havia muito. Hon'i-den Matahachi, algum samurai do castelo Takeyama, ou um velho amigo de seu pai?

Podia ser Otsu, pensou. Curioso, insistiu em saber a identidade desse ilustre visitante, mas Shinzo, com ar perdido, apenas disse:

— Tenho ordens expressas para não revelar o nome, porque meu pai acha que desse modo a alegria do reencontro será bem maior. O senhor me acompanhará, mesmo assim?

Repentinamente, Musashi sentiu irreprimível vontade de encontrar-se com o misterioso visitante. Não deve ser Otsu, começou a achar a essa altura, ao mesmo tempo desejando que fosse.

— Eu o acompanharei! — declarou, erguendo-se. — Iori, não espere por mim. Durma primeiro — ordenou ao menino.

Aliviado pela perspectiva de levar a bom termo sua missão, Shinzo correu a buscar o cavalo que deixara preso perto do bosque de cedros e o trouxe pela rédea até a varanda. A sela e os estribos estavam molhados de sereno.

VI

— Monte, por favor — convidou Hojo Shinzo, segurando o cavalo pela rédea.

Musashi aceitou de bom grado.

— Talvez não volte hoje à noite, Iori. Vá dormir — disse ele para o menino. Iori veio para fora acompanhar a partida de seu mestre.

— Boa viagem, senhor — disse ele.

Os vultos de Musashi, a cavalo, e de Shinzo, a pé a seu lado, conduzindo o cavalo pela rédea, afastaram-se e foram aos poucos sendo encobertos pela névoa e pelas eulálias e *hagi* ondulantes.

Sozinho, Iori permaneceu algum tempo sentado na varanda contemplando vagamente ao redor. Esta não era a primeira vez que ficava sozinho na casa. O menino não se sentia especialmente solitário, pois já havia tido experiências semelhantes no tempo em que vivera em Hotengahara.

"Os olhos, Iori!!! Meus olhos!"

As palavras do seu mestre vinham-lhe à mente sem cessar. Ainda agora, pensava nelas enquanto contemplava vagamente o céu onde a Via Láctea era um exuberante rio de prata.

"Por quê?", indagava-se ele. Por que não conseguia sustentar o olhar severo do seu mestre? Iori não conseguia compreender. Mortificado, remoía a ideia em sua pequena cabeça tentando desvendar o mistério, com empenho muito maior que o de muitos adultos.

E enquanto se debatia em dúvidas, Iori percebeu um par de olhos brilhantes fitando-o severamente entre as folhas da videira selvagem que se enroscava na árvore próxima.

— Que é isso?!

Os olhos ferinos eram quase tão brilhantes quanto os de seu mestre nos momentos em que o observava com uma espada de madeira na mão.

— Deve ser o esquilo voador! — logo imaginou o menino. Ele o conhecia muito bem, pois o via com frequência comendo os frutos da videira. Os olhos amberinos brilhavam sinistros, monstruosos, refletindo talvez a luz proveniente da choupana.

— Ah, maldito! Também imagina que não sou de nada, e por isso me encara desse jeito, não é? Acontece que de você não perco! — murmurou o menino, devolvendo o olhar agressivamente, imóvel, cotovelos fincados na varanda, sem ao menos respirar.

O pequeno animal, teimoso, desconfiado e persistente por natureza, devolveu-lhe então o olhar que inexplicavelmente se tornara ainda mais agressivo.

"Quem pensa que é? Com você eu posso!", pensou Iori, encarando-o também.

O impasse continuou por algum tempo, mas logo a força do olhar do menino pareceu vencer a vontade do esquilo, pois um brusco movimento das folhas da videira anunciava que o pequeno animal tinha-se ido.

— Está vendo? — gritou o menino, triunfante.

Seu quimono estava encharcado de suor, mas ele se sentiu leve. "Da próxima vez que enfrentar meu mestre, hei de devolver-lhe o olhar do mesmo jeito", decidiu.

Baixou os estores de junco e foi dormir. Apagou a luz, mas a claridade da lua refletida na campina orvalhada infiltrava-se pálida pelas frestas.

Iori achou que caíra no sono assim que se deitou, mas continuou a sentir algo, uma esfera brilhando em sua cabeça. Enquanto vagava na fronteira do sono, aos poucos o ponto de luz começou a assumir as feições do esquilo.

— Hum! — gemeu o menino diversas vezes.

Com o passar dos minutos, o menino começou a sentir que os olhos o encaravam agora dos pés da sua cama. Iori ergueu-se abruptamente e olhou. Para seu espanto, descobriu sobre a esteira palidamente iluminada pelo luar um pequeno animal a observá-lo fixamente.

— Ah, maldito!

Iori estendeu a mão para a espada à sua cabeceira disposto a matar o animal, rolou para fora das cobertas para em seguida descobrir a sombra do esquilo agarrado a um dos estores, que subitamente se agitou.

— Maldito! — tornou a berrar. Retalhou os estores e, em seguida, a videira do lado de fora da casa e, ainda insatisfeito, contemplou a campina em busca dos brilhantes olhos. Finalmente descobriu-os num canto do céu na forma de estrela azulada, enorme e solitária.

QUATRO SÁBIOS E UMA LUZ

I

Devia haver um festival noturno nas proximidades, pois Musashi era capaz de distinguir débeis sons de flauta ritual *kagura*, assim como o reflexo avermelhado de fogueira no arvoredo distante.

A cavalgada de quase três horas até Ushigome tinha sido cômoda para ele, mas não para Hojo Shinzo, que seguia a pé conduzindo o cavalo pela rédea.

— Chegamos! — disse Shinzo afinal.

Estavam na base da ladeira Akagi. De um lado do caminho ficava a extensa propriedade do templo Akagi, e do outro havia uma residência quase tão espaçosa quanto o templo, cercada por longo muro de pedras sobrepostas.

Diante do imponente portal, típico das tradicionais casas guerreiras, Musashi desmontou e entregou a rédea a Shinzo, agradecendo-lhe o serviço.

O portal achava-se hospitaleiramente aberto.

Ao som das patas do cavalo que Shinzo conduzia para dentro dos portões, um grupo de samurais que parecia estar aguardando sua chegada acorreu trazendo velas e iluminando o caminho.

— Já de volta, senhor?

Um deles recebeu as rédeas das mãos de Shinzo, enquanto outro conduzia Musashi e Shinzo por entre o arvoredo até a entrada principal da casa.

Tochas em suportes altos nos dois lados da entrada iluminavam o alpendre, onde agora se enfileiravam, em respeitosa reverência, todos os vassalos do senhor de Awa.

— Nosso amo o aguarda, senhor. Tenha a gentileza de entrar.

— Com sua permissão — disse Musashi.

Seguindo os passos do vassalo que lhe servia de guia, o jovem subiu uma escada.

O estilo arquitetônico da mansão era inusitado. De escada em escada, Musashi foi subindo cada vez mais alto, porque a casa tinha sido construída rente ao paredão da ladeira Akagi, os aposentos empilhando-se uns sobre os outros como num torreão.

— Descanse por um momento, senhor — convidaram os vassalos, introduzindo-o em um dos aposentos e retirando-se em seguida.

Mal se acomodou, Musashi deu-se conta de que estava agora em posição bem mais alta em relação aos arredores. O jardim além da varanda terminava bruscamente num precipício, e bem aos pés dele avistou o fosso setentrional do castelo de Edo rodeado por suaves colinas e bosques. De dia, a vista devia ser sensacional, imaginou.

Uma porta da passagem em arco correu silenciosamente. Uma linda criada surgiu e depositou à sua frente, em silêncio e graciosamente, chá, doces e os apetrechos para fumar, afastando-se em seguida.

Quando os vistosos *obi* e quimono desapareceram como que tragados por uma parede, tinha restado no aposento apenas um suave perfume. Subitamente, Musashi lembrou-se de que no mundo existiam mulheres, algo que havia já algum tempo esquecera.

Momentos depois, seu anfitrião surgiu no aposento, acompanhado por um pajem. Era o pai de Shinzo, Awa-no-kami Ujikatsu. Ao ver Musashi e perceber que era quase da mesma idade de seus filhos, o senhor de Awa dispensou formalidades e o cumprimentou alegremente, como o faria a um deles:

— Olá! Estou feliz em recebê-lo.

Cruzou as pernas na frente como um genuíno guerreiro e sentou-se na almofada que seu pajem posicionou no devido lugar.

— Soube que meu filho, Shinzo, lhe deve a vida. Não estou sendo cortês em chamá-lo à minha presença para agradecer, mas releve.

Assim dizendo, o poderoso homem apoiou a mão sobre a coxa e curvou-se de leve.

— Nada tem a me agradecer — respondeu Musashi, devolvendo por sua vez o cumprimento com ligeira mesura e analisando o homem à sua frente. Ele tinha uma pele lustrosa que teimava em não envelhecer, mas três incisivos superiores já lhe faltavam na boca. Em torno dela, um grosso bigode entremeado de alguns fios brancos camuflava destramente as rugas provocadas pela ausência dos dentes.

"Este homem deve ter muitos filhos, o que talvez explique a simpatia que logo desperta em gente jovem", pensou Musashi, sentindo-se à vontade para perguntar:

— Seu filho me disse que há nesta casa uma pessoa que me conhece bem. Quem seria?

II

— Você a verá muito em breve — disse o senhor de Awa com toda a calma. — Aliás, por coincidência, são duas as pessoas que o conhecem, e o conhecem muito bem, segundo me afirmam.

— Duas pessoas? — repetiu Musashi.

— Que, por coincidência, são dois amigos meus muito queridos. Na verdade, encontrei-os hoje no palácio xogunal e os trouxe até aqui. E enquanto conversávamos sobre amenidades, Shinzo veio apresentar-lhes seus respeitos. Seu nome surgiu em conexão com meu filho, mestre Musashi. De repente, um deles disse que queria revê-lo, pois há tempos não sabia de você. Logo, o outro também quis.

O anfitrião discorria longamente sobre detalhes, mas não revelava a identidade de seus hóspedes. Para Musashi, porém, o enigma começou aos poucos a se desvendar.

— Creio ter descoberto a identidade de um deles: monge Shuho Takuan. Acertei? — perguntou, com um sorriso.

— Ora essa! Acertou, realmente! — admirou-se o senhor de Awa, dando uma leve palmada na própria coxa. — Absolutamente certo! O amigo que encontrei no castelo xogunal é realmente o bonzo Takuan. Feliz com a oportunidade de revê-lo, mestre Musashi?

— Há muito não o vejo!

A identidade de um dos misteriosos hóspedes ficava assim estabelecida, mas a do outro continuava incógnita.

O anfitrião logo se ergueu para conduzir seu visitante:

— Acompanhe-me — convidou.

Uma vez fora do aposento, Musashi subiu mais um curto lance de escadas, dobrou o corredor e se aprofundou cada vez mais no interior da mansão.

E foi a essa altura que, de súbito, deu-se conta de que havia perdido de vista o seu anfitrião. Por causa das escadas e corredores escuros, e por desconhecer a disposição da casa, não tinha conseguido acompanhar o ritmo do apressado senhor de Awa.

— ...

Parou no meio do corredor e descobriu mais adiante um aposento iluminado, a cujo umbral o senhor de Awa surgiu, chamando:

— Aqui, mestre Musashi!

— Ah! — exclamou o jovem. Seus pés, porém, não se adiantaram nem um passo.

Entre o ponto onde Musashi se imobilizara e o trecho iluminado da varanda interpunha-se um intervalo escuro de quase três metros. E ali, nas sombras, o jovem sentira a presença de algo que não lhe agradava.

— Por que parou, mestre Musashi? Estamos aqui! Venha de uma vez! — tornou a chamar o senhor de Awa.

— Sim, senhor — respondeu Musashi, a contragosto. Ainda assim, não se adiantou.

Pelo contrário: com toda a calma, o jovem deu as costas a seu anfitrião e voltou atrás quase dez passos. Ali, na beira da varanda, encontrou um degrau de pedra destinado a facilitar a saída para uma bica no jardim. E sobre o degrau havia um par de tamancos, que Musashi calçou. Em seguida, prosseguiu pelo jardim até alcançar a varanda na altura do aposento iluminado onde o senhor de Awa o aguardava.

— Ora... pelo jardim? — admirou-se o anfitrião, voltando-se para observá-lo de um canto do aposento, algo desconcertado.

Musashi, porém, não lhe deu atenção.

— Olá! — disse ele com sorriso caloroso para Takuan, sentado de frente para a porta.

— Olá! — respondeu por sua vez Takuan, arregalando os olhos. Levantou-se em seguida para dizer com clara expressão de prazer: — Musashi!

Repetindo diversas vezes que era um prazer revê-lo, o monge adiantou-se.

III

Muito tempo se havia passado desde a última vez que se tinham visto, e os dois amigos não se cansavam de contemplar-se mutuamente.

E em que maravilhosas circunstâncias reencontravam-se! Musashi parecia viver um sonho.

— Para começar, vou-lhe contar o que me aconteceu nestes últimos tempos — disse Takuan.

Vestia como sempre o humilde e despojado hábito, mas o monge tinha hoje em seu aspecto algo que o distinguia dos velhos tempos: certa suavidade tinha-se acrescido tanto à sua aparência quanto ao seu linguajar.

Do mesmo modo que Musashi havia evoluído de brusco camponês para homem muito mais gentil, embora basicamente ainda rústico, Takuan também parecia ter finalmente adquirido certa elegância no seu jeito de ser, assim como a profundidade típica de um mestre zen...

A transformação era perfeitamente explicável, já que o monge era onze anos mais velho que Musashi: dentro em breve, faria quarenta anos.

— Foi em Kyoto que nos despedimos, não foi? É verdade, não nos vemos desde então... Bem, naquela ocasião fui-me embora para Tajima para atender minha mãe em seus últimos momentos na terra — começou ele. — Permaneci por lá durante um ano, em luto, e depois parti para nova jornada. Fiquei algum tempo no templo Nansoji, em Senshu, visitei em seguida o templo Daitokuji, tornei a me encontrar com lorde Mitsuhiro e juntos nos dedicamos à criação poética e à arte do chá. E lá permaneci longe das atribuições deste mundo por alguns anos, sem o perceber. Em tempos recentes, porém, tive vontade de ver de perto a formidável expansão da cidade de Edo, e me agreguei à comitiva de sua senhoria Koide Ukyo-no-shin, que para cá se dirigia.

— Quer dizer que acaba de chegar, monge?

— Com o Ministro da Direita, Tokugawa Hidetada, encontrei-me duas vezes no templo Daitoku-ji, e com o pai dele, o xogum Ieyasu, tive a honra de ser recebido em audiência algumas vezes, mas esta é a primeira vez que visito a sede xogunal de Edo. E você?

— Eu também acabo de chegar, no começo deste verão.

— E nesse curto espaço de tempo conseguiu a façanha de se tornar bem famoso na região, pelo que vejo.

Musashi sentiu calafrios de vergonha percorrendo-lhe o corpo.

— Nada de que me possa orgulhar, infelizmente — comentou, cabisbaixo.

Takuan observou de perto seus modos, que lhe lembravam tão bem o Takezo dos velhos tempos, mas logo disse:

— Não se deixe abater. Não considero proveitoso para ninguém fazer a fama muito cedo, por exemplo, na sua idade. Um pouco de má fama é até benéfico, desde que não seja por perfídia, imoralidade ou traição.

Fez uma pequena pausa e prosseguiu:

— Quero saber agora o que fez de bom nos últimos tempos, e qual é sua situação atual.

Musashi resumiu em poucas palavras o que andara fazendo em anos recentes, e concluiu:

— Ainda hoje, continuo imaturo e despreparado. Parece-me que nunca chegarei a despertar espiritualmente. Quanto mais ando, mais o caminho me parece sem fim; sinto-me vagando interminavelmente numa montanha...

— Muito bem! Assim é que deve ser! — replicou Takuan, aparentemente satisfeito com as queixas e o profundo suspiro que Musashi deixara escapar. — Se um indivíduo na sua idade der a entender, mesmo de leve, que já sabe para onde o leva o caminho, seu crescimento estagnou a partir desse ponto. Eu, que cheguei a este mundo dez anos antes de você, ainda me considero um bonzo rude, incapaz de manter conversa inteligente sobre zen... Mas por estranho que pareça, as pessoas continuam me procurando, pedindo-me que lhes faça sermões, que lhes ensine a verdade da doutrina sagrada. Você, pelo menos, tem a vantagem de não estar sendo supervalorizado, pode mostrar-se como é. O difícil na carreira religiosa é que as pessoas logo querem adorá-lo, transformá-lo na reencarnação de Buda...

Perdidos em confidências, os dois não tinham percebido que o jantar e o saquê já estavam servidos.

— É verdade, senhor de Awa: assumo o seu lugar de anfitrião momentaneamente e peço-lhe que apresente seu outro visitante a Musashi. — disse Takuan de repente.

O serviço era para quatro, mas na sala havia apenas três pessoas: o senhor de Awa, Takuan e Musashi. Quem seria o quarto convidado?

Musashi já tinha adivinhado, mas permaneceu em silêncio, apenas aguardando.

IV

Ao ser instado pelo monge, o anfitrião aparentou confusão:
— Acha mesmo que devemos chamá-lo? — perguntou.

Voltou-se então para Musashi e disse, quase desculpando-se:
— Você frustrou meu plano lindamente e eu, o idealizador, sinto-me humilhado.

Takuan riu:
— Já que ele lhe passou a perna, reconheça-o francamente e confesse seus pecados. Afinal, o que o senhor preparou era quase uma brincadeira de salão: não tem por que se constranger tanto, senhor de Awa, muito embora seja o fundador do Estilo Hojo de Ciências Militares.

— Tem razão, perdi esta partida — suspirou o anfitrião, ainda com ar de dúvida.

Revelou a seguir todos os detalhes do seu malogrado plano para Musashi:
— Na verdade, meu filho Shinzo e o monge Takuan já me haviam falado do senhor, de modo que eu pensava conhecê-lo suficientemente bem quando o convidei a vir à minha casa. No entanto, e sem querer ofendê-lo, não tinha meios para avaliar o nível do seu adestramento guerreiro. Resolvi portanto sondá-lo pessoalmente quando o visse, antes ainda de lhe perguntar qualquer coisa. E como aconteceu de ser o meu outro convidado uma pessoa qualificada nesse campo, perguntei-lhe o que achava do meu plano e recebi de pronto uma resposta positiva. Como lhe dizia, na verdade esse meu digno convidado aguardava a sua passagem escondido naquele canto escuro.

Só agora, o senhor de Awa pareceu dar-se conta de que fora inconveniente ao procurar testar seu convidado e, envergonhado, disse constrangido:
— Foi por isso que o chamei diversas vezes deste aposento: "Venha de uma vez, mestre Musashi!", tentando fazê-lo cair em minha cilada. E agora, gostaria que me esclarecesse um ponto que me intriga deveras: o que o fez retroceder alguns passos, descer ao jardim e por ele chegar a esta varanda? Responda-me!

Musashi apenas sorria sem nada dizer.

Takuan então interveio:

— Mas aí está a diferença entre um cientista militar e um espadachim, senhor de Awa!

— Explique-me isso!

— Em outras palavras, digamos que a diferença está no modo de perceber as coisas. De um lado existe uma ciência militar baseada no raciocínio lógico, e do outro, o caminho da espada, essencialmente espiritual. A ciência militar espera que determinada provocação produza determinada resposta. Já o caminho da espada é um estado de espírito que possibilita detectar a provocação antes mesmo que ela seja percebida por olhos ou pele, e a evitar a área de perigo.

— Estado de espírito?

— Estado zen.

— Nesse caso, o senhor também possui essa capacidade, monge Takuan?

— Não tenho certeza.

— Seja lá o que for que o tenha levado a reagir daquele jeito, o fato é que me impressionou deveras. Mormente porque, ao pressentir o perigo, o homem comum se intimidaria, ou seria tentado a demonstrar sua habilidade, se a tem. Quando porém o vi retornar, descer ao jardim, calçar os tamancos e surgir por esta porta, reconheço que me assustei.

Musashi encarava tudo com naturalidade, sem achar muita graça no assombro do seu anfitrião. Ao contrário, começava a sentir-se incomodado pela percepção de que o outro convidado dessa noite continuava em pé, do lado de fora do aposento, bastante constrangido porque ele, Musashi, tinha desvendado a trama do seu anfitrião.

— Senhor, peço-lhe a gentileza de convidar o senhor de Tajima a ocupar o seu lugar neste aposento — disse ele ao senhor de Awa.

— Como? — exclamou ainda mais atordoado o senhor de Awa.

— Como soube que se tratava do senhor de Tajima? — indagou o também espantado Takuan.

Musashi recuou ligeiramente a fim de abrir maior espaço em torno do lugar de honra e disse:

— O corredor estava realmente escuro, mas a presença pressentida naquele vão dava claros sinais de ser um exímio espadachim. E quando a isso juntei a distinção das pessoas aqui reunidas, deduzi: o homem oculto nas sombras só pode ser Tajima-sama.

V

— Parabéns, acertou. — disse o senhor de Awa com admiração.

Takuan também o secundou:

— Tem razão, é o senhor de Tajima. Desista, senhor, nossa trama foi totalmente desvendada — disse ele na direção da parede. — Que acha de vir-nos honrar com vossa companhia uma vez mais?

Uma súbita risada ecoou do lado de fora, e logo Yagyu Munenori, o senhor de Tajima, entrou no aposento. Era a primeira vez que ele e Musashi se encontravam.

A essa altura, Musashi já se havia afastado para um canto da sala, em respeitosa distância. O lugar de honra continuava aberto, mas Munenori não o ocupou, preferindo sentar-se frente a frente com Musashi em demonstração de igualdade.

— Sou Mataemon Munenori. Tenho muito prazer em conhecê-lo — cumprimentou-o.

Musashi, por sua vez, disse:

— Sinto-me honrado em conhecer-vos, senhor. Sou Miyamoto Musashi, *rounin* de Sakushu. Espero doravante ser honrado com vossa estima.

— Recebi há algum tempo recado seu por intermédio de meu vassalo, Kimura Sukekuro, mas na ocasião meu pai encontrava-se seriamente enfermo em nossa terra...

— E como vai de saúde o grão-senhor Sekisusai-sama?

— A idade é um grande empecilho para a recuperação. A qualquer momento, agora... — disse, sem completar a frase, e logo mudando de assunto. — Quanto à sua pessoa, sei bastante pelas cartas de meu pai e pelo que me contou o monge Takuan. Mais que tudo, impressionou-me a sua atitude prudente de há pouco. Sei que não estou sendo completamente correto, mas depois deste episódio, gostaria que considerasse o nosso duelo realizado com este episódio. Espero que não se ofenda.

Como um suave manto, a cordialidade de todos os homens presentes na sala envolveu o vulto pobremente vestido de Musashi. Munenori era, conforme a fama, exímio e inteligente espadachim, sentiu o jovem de imediato.

— Agradeço vossas gentis palavras, senhor — disse, curvando-se profundamente para poder corresponder à atitude de aberta camaradagem do senhor de Tajima.

Apesar de seu feudo valer apenas dez mil *koku*, Munenori era um importante suserano, descendente de conhecida e poderosa família que havia reinado em Yagyu desde o período Tenkei (938-947). Além de tudo, era o instrutor de artes marciais da casa xogunal, homem de posição social incomparavelmente mais alta que a do rústico *goushi* Miyamoto Musashi.

A maioria das pessoas da época consideraria quase impossível estar o jovem e Munenori reunidos na mesma sala, conversando do jeito como o faziam nesse momento. Além dele, ali estava também o senhor de Awa, o cientista militar contratado pela casa xogunal. Contudo, o monge Takuan, de origem também humilde, não parecia nada constrangido com suas presenças, e sua atitude descontraída ajudou Musashi a comportar-se com maior naturalidade.

Logo, os homens passaram a confraternizar-se, brindando-se mutuamente. O riso explodia com frequência.

Ali não havia barreiras sociais ou de idade.

Musashi concluiu que o ambiente de franca camaradagem não era tratamento especial à sua pessoa, mas uma graça que o caminho da espada lhe concedia, demonstração de companheirismo permitida apenas às pessoas que trilhavam um mesmo caminho.

— E Otsu, por onde anda nos últimos tempos? — perguntou o monge a certa altura, depositando sua taça como se lembrasse de súbito.

A abordagem direta constrangeu Musashi, que enrubesceu de leve.

— Não faço a menor ideia. Perdi-a de vista há algum tempo, e desde então... — respondeu.

— Não faz ideia? — repetiu o monge.

— Não, senhor.

— Ora, que pena! Até quando pretende ignorá-la? Acho que está na hora de você tomar algumas providências.

Munenori interrompeu-os:

— Referem-se à jovem que cuidou de meu pai no Vale Yagyu há algum tempo?

— Ela mesma — respondeu Takuan no lugar de Musashi.

Se era dessa Otsu que falavam, seguira para Yagyu em companhia do sobrinho, Hyogo, e devia estar a essa altura à cabeceira de Sekishusai, cuidando dele, informou Munenori.

— Não sabia que eram conhecidos de tão velha data! — comentou por fim, arregalando os olhos.

Takuan riu.

— Quem disse que são apenas conhecidos? — observou.

VI

No grupo havia um cientista militar, mas não conversaram sobre estratégias; havia um monge zen-budista, mas em nenhum momento falaram de zen; e havia ainda dois espadachins, mas a esgrima sequer aflorou como tema de conversa.

— Sei que este assunto não deve agradar muito ao mestre Musashi, porém... — começou Takuan com ar trocista. Explicou a seguir aos demais o passado de Otsu e a sua relação com Musashi.

— Mais dia, menos dia, o caso desses dois tem de ser solucionado, mas foge à alçada deste rude monge. Acho que terei de pedir a cooperação de suas senhorias — concluiu Takuan, solicitando veladamente que Munenori e o senhor de Awa se interessassem pelo futuro de Musashi.

Passados instantes, em meio a assuntos diversos, Munenori disse:

— Já está na idade de pensar em constituir casa e família, mestre Musashi.

Acompanhando o rumo da conversa, o senhor de Awa logo disse:

— Praticamente já completou o aprimoramento na carreira de espadachim, pelo que fui capaz de observar.

Continuou então a sugerir, como já fazia desde o começo da noite, que Musashi se estabelecesse na cidade de Edo.

Segundo imaginava Munenori, Otsu devia ser reconduzida de Koyagyu nos próximos dias e dada em casamento a Musashi, que se estabeleceria então em Edo. Desse modo, com a ajuda das casas Yagyu e Ono, estaria estruturado um formidável tripé, capaz de fazer prosperar o caminho da esgrima na cidade em expansão.

O monge partilhava esse sonho, o anfitrião tinha o mesmo interesse.

Este último, particularmente, devia a vida do filho a Musashi e em sinal de gratidão pensava em indicá-lo à casa xogunal para que fosse incluído no seleto grupo de instrutores marciais da casa. Ele já havia falado a respeito com os demais antes ainda de mandar o filho Shinzo buscar Musashi em sua cabana, e chegara à conclusão de que tinha de avistar-se primeiro com o jovem e avaliar-lhe a capacidade. Agora que Munenori já o havia testado, não restavam dúvidas quanto a esse aspecto. E uma vez que Takuan ali estava para lhes garantir a idoneidade moral e o passado impoluto do seu protegido, assim como para confirmar os detalhes de sua carreira, ninguém mais teve nada a objetar.

Mas o cargo de instrutor de artes marciais exigia que o indicado fosse elevado à categoria de *hatamoto*[6], e ali surgia uma pequena dificuldade: os *hatamoto* eram quase todos antigos vassalos da família Tokugawa — fiéis a ela desde os tempos em que Ieyasu era um simples *daimyo* do feudo de Mikawa — e não viam com bons olhos recém-nomeados que não fossem da mesma origem. Nos últimos tempos, muitas desavenças haviam surgido por esse motivo.

Mas uma palavra de Takuan, ou o endosso dos seus dois companheiros seriam suficientes para contornar esta dificuldade.

Outro possível entrave seria sua linhagem. Musashi não tinha o registro de sua árvore genealógica.

---

6. *Hatamoto*: posto no xogunato, criado por Tokugawa.

Ele sabia que seus antepassados haviam pertencido ao clã Akamatsu e que descendia de Hirata Shogen, mas não possuía nenhum documento que comprovasse tais dados. E quanto à possível relação com a casa Tokugawa, tinha em seu passado, pelo contrário, uma passagem nada recomendadora, a de ter lutado contra ela na guerra de Sekigakara, muito embora como obscuro soldado raso.

No entanto, havia antecedentes de indivíduos que lutaram do lado inimigo na batalha de Sekigahara mas que hoje serviam à casa xogunal, ou, ainda, que eram de baixa extração, mas serviam atualmente à casa xogunal como instrutores de artes marciais. Como exemplo deste último caso, podia-se citar Ono Jirouemon, um *rounin* originário da casa Kitabatake que passava os dias obscuramente em Matsuzaka, na região de Ise, quando fora descoberto e selecionado por Tokugawa para ocupar o importante cargo.

— De qualquer modo, podemos indicá-lo para o cargo. Resta-nos agora saber o que ele próprio pensa do assunto — disse Takuan, voltando-se para Musashi, decidido a resolver definitivamente o problema.

— Agradeço tanta consideração, e nem sei se a mereço, senhores. Como veem, sou ainda um principiante sem qualquer preparo, incapaz sequer de decidir o rumo da própria vida — começou dizendo o jovem.

— Exatamente por isso, estamos tentando dar nós mesmos rumo à sua vida. Ou está querendo dizer-me que não tem intenção de constituir família, e que pretende deixar Otsu à mercê de seu próprio destino? — pressionou Takuan abertamente.

VII

Musashi sentiu-se cobrado quanto ao destino de Otsu.

"Sigo o meu coração: feliz ou infeliz, a escolha é apenas minha", já declarara ela uma vez a Takuan, e muitas vezes a Musashi. O mundo, porém, não perdoava. O mundo responsabilizava o homem. Uma mulher podia escolher seu próprio destino, mas o homem era sempre considerado responsável pelo resultado dessa escolha.

Musashi jamais afirmaria que nada tinha a ver com o caso. Pelo contrário, gostaria de achar que tinha. O amor movera Otsu, e esse ônus era de ambos.

Mas quando lhe perguntavam: "Que pretende fazer com ela?", Musashi não encontrava resposta adequada.

Basicamente, porque imaginava ser ainda muito cedo para estabelecer-se e constituir família. A vontade de prosseguir no caminho da espada, tanto mais longo e envolvente quanto mais nele se aprofundava, continuava inteira, inabalada ante a perspectiva de casar-se.

Melhor explicando, desde a experiência de reaproveitamento das terras de Hotengahara, Musashi passara a encarar o caminho da espada de modo diferente: sua busca estava agora direcionada para objetivos totalmente diversos dos perseguidos pelo comum dos guerreiros.

Hoje, ele preferia ensinar os camponeses a juntar suas forças e a encontrar um caminho para a autogestão, a ensinar a técnica da esgrima aos guerreiros do clã xogunal.

O apogeu da espada como instrumento de domínio e morte já tinha passado havia muito tempo.

Desde que recuperara as terras de Hotengahara e aprendera a amá-las, vinha tentando atingir o âmago da questão referente à espada e ao caminho que passava por ela.

Governar, defender e aprimorar... Se pudesse divisar o caminho de esgrima ideal, não poderia ele ser empregado como instrumento para governar o mundo e proporcionar tranquilidade ao povo?

E desde então, Musashi tinha perdido o interesse pela esgrima como simples técnica.

O que levara Musashi a mandar Iori com uma carta na mão bater à porta do senhor de Tajima não tinha sido o mesmo espírito aventureiro que o fizera desafiar Sekishusai apenas com o intuito de derrubar o místico líder do clã Yagyu.

Por tudo isso, ele se sentia no momento muito mais propenso a servir um feudo, por pequeno que fosse, onde tivesse a oportunidade de governar um pedaço de terra, do que a tornar-se instrutor marcial da casa xogunal. Tinha muito mais vontade de implantar uma correta política administrativa do que de explicar a técnica de empunhar a espada.

Se um espadachim desses tempos o ouvisse falar de suas aspirações, por certo diria:

"Atrevido!", ou ainda: "És mesmo um novato ignorante!"

Ou ainda, lamentaria sua escolha explicando que a política corrompia o homem, e que a espada — instrumento puro por excelência — terminaria maculada no contato com ela.

Musashi sabia muito bem que se expusesse francamente o que lhe ia na alma aos três homens ali presentes, eles reagiriam por uma dessas opções.

Eis por que vinha recusando a oferta, dando como motivo a própria imaturidade.

Takuan, porém, lhe disse simplesmente:

— Não se preocupe com isso.

O senhor de Awa, por sua vez, impôs:

— Deixe por nossa conta. Cuidaremos para que tudo se resolva da maneira mais proveitosa para você.

A madrugada vinha chegando.

A bebida era servida continuamente, mas a luz vacilava vez ou outra. Hojo Shinzo, que ia a intervalos no aposento para espevitar o candeeiro, entreouviu a conversa e alegrou-se.

— Que ótima proposta! Se a indicação for aceita, comemoraremos uma vez mais com brindes tanto ao fortalecimento do xogunato e das artes marciais, quanto ao sucesso de mestre Musashi — sugeriu ele ao pai e aos demais convidados.

A ÁRVORE-DOS-PAGODES

I

Ao acordar pela manhã, ele não a viu em lugar algum.

— Akemi! — chamou Matahachi, pondo a cabeça para fora pela porta da cozinha. — Onde foi que ela se meteu? — resmungou. Pendeu a cabeça para um lado, pensativo.

Vinha pressentindo algo anormal havia já algum tempo, de modo que abriu o armário: conforme pensara, o vestido novo, mandado fazer depois de chegar a Edo, também desaparecera.

Pálido, Matahachi calçou as sandálias e correu para fora.

Espiou a casa de Unpei, o capataz dos poceiros, vizinha à dele, mas lá também não a encontrou.

Cada vez mais aflito, saiu perguntando pelas casas da vila:

— Viram Akemi?

— Vi, sim, hoje de manhã, bem cedo — disse-lhe alguém.

Matahachi voltou-se:

— Ah, senhora do carvoeiro! E onde foi que a viu?

— Ela estava bem arrumada, de modo que lhe perguntei aonde ia. Ela então me respondeu que estava indo visitar uns parentes em Shinagawa.

— Shinagawa?

— Têm parentes naqueles lados?

Uma vez que ele mesmo se dizia marido de Akemi e todos na área assim o consideravam, Matahachi respondeu com estudada indiferença:

— Sim, senhora. Ela deve ter ido vê-los, sem dúvida.

Ele não ia correr-lhe atrás: seu apego a ela não era forte a esse ponto. Isso porém não o impediu de sentir ligeira amargura e irritação.

— Dane-se ela! — murmurou, cuspindo no meio da rua.

Apesar do que dizia, Matahachi seguiu com ar absorto na direção da praia. Cruzou a estrada de Shibaura, e logo se viu à beira-mar.

Ao longo da costa, havia algumas casas de pescadores espalhadas. Enquanto Akemi punha o arroz para a refeição matinal no fogo, Matahachi costumava vir até ali todas as manhãs, apanhar na areia da praia alguns peixes caídos das redes dos pescadores, enfiá-los numa vareta e levá-los para casa, bem a tempo de encontrar a mesa posta.

Nessa manhã, achou os peixes caídos na praia, como de costume. Alguns ainda estavam vivos, mas Matahachi não teve ânimo para apanhá-los.

— Que se passa, Mata-san? — disse-lhe alguém, batendo-lhe nas costas nesse instante.

Matahachi voltou-se. Um mercador rechonchudo, aparentando 54 ou 55 anos, ar próspero e feliz, fitava-o sorridente. Pequenas rugas juntavam-se em torno dos seus olhos.

— Ah, é o senhor? — disse ele para o dono da loja de penhores.

— Gosto deste ar puro da manhã!

— Eu também.

— Costuma andar pela praia todos os dias a esta hora? O exercício faz bem à saúde.

— Me faria mais bem ainda se eu tivesse a vida boa que o senhor tem!

— Por falar nisso, noto que está pálido!

— Devo estar mesmo.

— Que lhe aconteceu?

— ...

Matahachi tinha apanhado um punhado de areia e agora o espalhava ao vento.

Ele e Akemi tinham travado conhecimento com esse homem porque o encontravam sempre atrás do balcão de sua loja toda vez que levavam seus objetos para penhorar.

— Por falar nisso, queria tratar de um assunto com você. Está indo trabalhar, Mata-san?

— Que diferença faz? Não há de ser vendendo melancias e peras que chegarei a algum lugar.

— Que acha de ir pescar?

— Patrão... — disse Matahachi, coçando a cabeça, constrangido como se confessasse um crime — eu, na verdade, não gosto de pescar.

— Se não gosta, não precisa. Está vendo aquele barco? É meu. Vamos sair nele para o alto mar, fará bem a você. E não me diga que não sabe nem segurar uma vara de pescar.

— Se for só para segurar...

— Venha comigo, de qualquer modo. Quero lhe falar sobre uma maneira de ganhar mil *ryo*[7] de ouro. Ou isso não lhe interessa?

---

7. *Ryo*: unidade de peso para aferir ouro e prata.

II

A cerca de meio quilômetro da costa, o mar continuava raso a ponto de ser possível impelir o barco com uma vara.

— E que história é essa de ganhar mil *ryo*, patrão? — perguntou Matahachi.

— Vamos com calma — respondeu o dono da loja de penhor. Acomodou o volumoso corpo no meio do bote pesadamente. — É melhor você lançar a vara para fora do bote e fingir que está pescando, Mata-san.

— Por quê?

— Porque tem gente olhando em toda a parte, mesmo no meio do mar, como você mesmo pode notar. E duas pessoas em um bote apenas conversando podem levantar suspeitas.

— Está bom assim?

— Ótimo — respondeu o homem, enchendo calmamente o cachimbo de porcelana com tabaco de fina qualidade e dando algumas lentas baforadas. — Antes de revelar o que tenho em mente, quero perguntar-lhe: o que os moradores do seu cortiço acham de mim?

— Do senhor, patrão?

— Isso mesmo.

— Dizem que todo penhorista é impiedoso, mas que o senhor Daizou da casa Narai empresta com facilidade, e que é compreensivo porque já sofreu muito na vida.

— Não estou falando da minha fama profissional, mas de mim como pessoa.

— Dizem que é bondoso e compassivo. E falam com sinceridade, não estão tentando agradar.

— Ninguém comenta que sou bastante religioso?

— Pois dizem que protege os pobres exatamente por ser bastante religioso, e que isso é muito louvável. Nesse ponto, todos concordam.

— Nunca ouviu falar de funcionários do magistrado fazendo perguntas sobre mim, ouviu?

— Ora, isso seria impossível!

— Ah-ah! Na certa me acha um tolo por lhe estar fazendo essas perguntas. Mas na verdade, este Daizou que lhe fala não é penhorista.

— Como é?

— Matahachi!

— Senhor?

— Mil *ryo* de ouro é muito dinheiro, e poderá mudar a sua vida. Concorda?

— Claro, claro.

— Não quer agarrar esta oportunidade?

— Que...que devo fazer?
— Tem de me prometer uma coisa.
— Si... sim, senhor.
— Promete?
— Prometo.
— Se mudar de ideia pelo meio do caminho, diga adeus à sua vida. Sei que quer muito o dinheiro, mas pense bem antes de me dar qualquer resposta.
— Diga-me de uma vez o que eu preciso fazer.
— Um trabalho simples: cavar um poço.
— Quer dizer... no castelo de Edo?
Daizou contemplou o mar.
Navios cargueiros carregados de madeira, de pedras e de material para a reforma do castelo fervilhavam na baía de Edo, ostentando as bandeiras dos seus clãs.
Toudo, Arima, Kato, Date — muitos eram os barcos, e no meio deles, alguns com bandeiras dos Hosokawa.
— Já vi que compreende as coisas rapidamente, Matahachi — comentou Daizou, tornando a encher seu cachimbo. — É isso mesmo. Por sorte, você tem Unpei, o capataz dos poceiros, como vizinho. E Unpei, pelo que sei, vive convidando-o a integrar o grupo dos poceiros, não é verdade? É juntar o útil ao agradável!
— É só isso? Basta cavar poços para ganhar o dinheiro?
— Calma, homem. Vou-lhe falar agora da minha proposta.

III

"Quando a noite cair, venha secretamente à minha casa. Vou lhe dar trinta moedas de ouro adiantado", tinha-lhe prometido Daizou antes de se separarem.

E essas eram as únicas palavras de que Matahachi se lembrava com clareza. Quanto ao resto — o trabalho que lhe tinha sido imposto em troca do dinheiro — lembrou-se de tê-lo aceitado incondicionalmente sem sequer compreendê-lo muito bem. Em seus lábios tinha restado também uma espécie de formigamento, um resíduo do tremor que o havia agitado quando respondera: "Prometo."

O dinheiro exercia atração irresistível sobre Matahachi, mormente nesse valor. Compensá-lo-ia de todo o sofrimento passado e lhe asseguraria bom futuro.

Mas no momento, não era a ganância que o movia, e sim a vontade de dar o troco, olhar com desprezo todas as pessoas que o tinham desprezado até esse dia.

Mesmo depois de desembarcar na praia, chegar de volta ao cortiço e jogar-se de costas no chão, o dinheiro era a única ideia que permanecia em sua cabeça, asfixiante como um pesadelo.

"Tenho de pedir a mestre Unpei que me inclua no grupo de poceiros!", lembrou-se Matahachi de repente. Espiou o vizinho, mas o capataz não estava em casa. "Falo com ele logo mais, à noite", decidiu. Retornou para a própria casa, mas continuou agitado, febril.

E só então lembrou-se do que Daizou lhe ordenara. Um arrepio percorreu-lhe o corpo enquanto observava com atenção o matagal e o estreito caminho que cortava o cortiço, ambos desertos.

"Quem será esse homem?" — começou a pensar.

Poceiros costumam ser reunidos no canteiro de obras próximo ao pátio fortificado ocidental, dissera-lhe ele. Até isso Daizou sabia!...

"Aguarde uma boa oportunidade e dê um tiro em Hidetada, o novo xogum!", havia-lhe ordenado o homem. E mais: ele, Daizou, se encarregaria de mandar enterrar a pistola e a mecha necessárias para o serviço debaixo de uma gigantesca árvore-dos-pagodes, que se erguia ao lado do portão ocidental do castelo, na base do morro Momijiyama. A arma devia ser desenterrada secretamente e usada na hora certa.

O canteiro de obras vivia sob constante e severa vigilância de magistrados e oficiais, mas o xogum Hidetada — um jovem de mente aberta — não costumava inibir-se. Era sabido que costumava surgir em companhia de alguns escudeiros no meio da obra para verificar pessoalmente o andamento das reformas, ocasião em que seria fácil eliminá-lo com uma arma de fogo.

Matahachi devia aproveitar a confusão que se instalaria e atear fogo ao palácio, transpor a muralha e mergulhar no fosso externo, onde mãos amigas estariam aguardando para salvá-lo.

Olhos arregalados e fitando o teto vagamente, Matahachi repetiu mentalmente as recomendações sussurradas por Daizou e se arrepiou inteiro. Ergueu-se de um salto.

— Em que fui me meter! Vou agora mesmo desfazer o trato!

No mesmo instante, porém, reviu o olhar sinistro de Daizou no momento em que lhe avisara: "Agora que já está sabendo, tem de aceitar a missão. Se recusar, dentro de três dias um companheiro nosso o visitará na calada da noite para lhe cortar o pescoço."

IV

Nessa noite, Matahachi seguiu pela rua Nishikubo, dobrou na direção da estrada de Takanawa e entrou por uma estreita ruela, no fim da qual o mar fulgurava. Na esquina, andou ao longo da parede da conhecida loja de penhores e bateu na porta dos fundos mansamente.

— Está aberta! — respondeu-lhe alguém, no mesmo instante.

— Boa-noite, patrão!

— Seja bem-vindo, Mata-san. Vamos para o depósito.

Matahachi entrou, e logo foi conduzido por um corredor até o referido depósito.

— Sente-se.

Daizou descansou a vela sobre um baú e nele apoiou o braço.

— Procurou seu vizinho, o capataz Unpei?

— Sim, senhor.

— E então?

— Ele aceitou.

— E quando é que o homem vai levá-lo ao castelo?

— Depois de amanhã, quando o grupo de dez novos poceiros entrará para o serviço.

— Esse problema está resolvido, então?

— Ele me disse que, agora, o líder comunitário e a Associação dos Cinco deste bairro têm de aprovar meu nome, carimbando um documento que atesta minha idoneidade.

— É mesmo? Ah-ah! Pode ficar tranquilo quanto a esse aspecto, porque sou membro da Associação dos Cinco desde o começo deste ano, por insistência do líder comunitário.

— O senhor está até nisso, patrão?

— Por que a cara de espanto?

— Não estou espantado, não, senhor!

— Ah, já entendi: você está estranhando que um homem perigoso como eu tenha sido indicado para integrar a Associação dos Cinco, que afinal é um braço do líder comunitário, não é isso? Pois então, fique sabendo: dinheiro é tudo. Basta tê-lo para que até homens de minha espécie sejam louvados e considerados os mais caridosos do mundo, e sejam insistentemente convidados a aceitar cargos inúteis, mesmo que os recuse. Aprenda a lição, Mata-san, e junte logo um pouco de dinheiro você também.

— Si... sim, senhor. Vo... vou fazer o que me pede. Dê... dê-me agora o adiantamento — gaguejou Matahachi na ânsia de falar rápido, trêmulo de excitação.

— Espere aí mesmo — recomendou Daizou, apanhando a vela e erguendo-se. Foi em seguida para dentro do depósito e retirou pequeno cofre de uma prateleira. Abriu-o e pegou trinta peças de ouro, trazendo-as nas mãos.

— Tem onde guardar tudo isto?

— Não, senhor.

— Embrulhe neste trapo e leve-o firmemente enrolado na faixa abdominal — disse, jogando-lhe um pedaço de pano.

Matahachi fez como lhe fora mandado, sem sequer dar-se ao trabalho de contar as moedas.

— Quer que assine recibo, patrão?

— Recibo? — ecoou Daizou, rindo abertamente. — Que homenzinho honesto! Não preciso de recibos, Mata-san. Seu pescoço é garantia mais que suficiente para mim.

— Peço licença para ir-me embora, nesse caso.

— Calma, calma aí. Quero adverti-lo uma vez mais: não pode ficar com esse adiantamento e se esquecer do que me prometeu ontem, no barco. Compreendeu bem?

— Compreendi.

— Procure debaixo da árvore-dos-pagodes, no portão dos fundos do pátio ocidental, não se esqueça.

— A pistola?

— Isso mesmo. Vou mandar plantá-la nesse local muito em breve.

— Como é? Quem vai plantá-la? — perguntou Matahachi, sem compreender muito bem.

V

Entrar no castelo era tarefa das mais difíceis, mesmo para um homem que se apresenta apenas com a roupa do corpo e por indicação do capataz Unpei, levando além de tudo uma carta de recomendação assinada pelo líder comunitário e pela Associação dos Cinco. De que modo então haveria alguém de burlar essa estrita vigilância e entrar carregando pistola e pólvora?

Conseguir, além de tudo, plantar essas coisas debaixo da árvore dentro dos quinze dias prometidos devia ser quase impossível, proeza realizável só mesmo com a ajuda divina. Assim pensando, Matahachi ficou olhando para Daizou.

— Não se preocupe com pormenores, Mata-san. Apenas leve a cabo com perfeição a sua parte no trato — respondeu o penhorista, sem se mostrar disposto a aprofundar suas explicações. — Você aceitou o trabalho, mas deve ainda estar bastante assustado, de modo que vai precisar desses quinze dias no interior do castelo para acostumar-se à ideia.

— Na verdade, estou contando com isso.

— E quando se sentir preparado, procure a oportunidade.

— Sim, senhor.

— Mais uma coisa. Acho que você não é tolo, mas deixe-me alertá-lo com relação a esse adiantamento: não o gaste, esconda-o em algum lugar até terminar o seu trabalho. A maioria dos planos fracassa por causa do dinheiro.

— Já pensei nisso também, pode ficar tranquilo. Mas diga-me, patrão: não vai dar para trás depois que eu levar a cabo a minha parte no trato, vai? Dizer, por exemplo, que não paga o restante...

— Ah-ah! Pode parecer que estou me gabando, mas dinheiro é o que não falta para Daizou de Narai! Você mesmo pode ver as caixas de mil *ryo* em ouro, empilhadas no meu depósito. Quer olhar de perto?

Daizou ergueu a vela e deu a volta por um canto empoeirado, iluminando algumas caixas confusamente empilhadas. Algumas continham louças e armaduras, outras não mostravam o conteúdo. Matahachi nem as observou direito e se desculpou:

— Não quis duvidar do senhor, patrão.

Continuou conversando mais algum tempo com o penhorista e depois, ligeiramente reconfortado, saiu pelo portão de trás tão mansamente quanto havia chegado.

Mal o viu partir, Daizou abriu o *shoji* de um aposento iluminado, e pondo a cabeça para dentro, chamou:

— Akemi! Acho que ele foi daqui direto enterrar o dinheiro. Vá atrás dele.

Logo, alguém saiu pelo portão do banheiro e se afastou. Era Akemi, cuja ausência Matahachi tinha notado naquela mesma manhã. A história de que ia ver parentes em Shinagawa tinha sido naturalmente pura invenção.

Ela tinha estado diversas vezes na loja para penhorar suas coisas e aos poucos foi sendo conquistada por Daizou, que acabara inteirando-se de suas circunstâncias e ambições.

Não era a primeira vez que os dois se encontravam. Ela já o havia visto em companhia de Joutaro na pousada de Hachi-oji, quando ali pernoitara com um bando de meretrizes a caminho de Edo pela estrada Nakayama. Daizou também se lembrava vagamente de tê-la visto do segundo andar da estalagem no meio das alegres mulheres.

E ao ouvir, havia poucos dias, que ele precisava urgentemente de uma mulher para cuidar de sua casa, Akemi não pensara duas vezes.

Para o penhorista, o arranjo fora duplamente satisfatório: agora, tanto Akemi quanto Matahachi serviriam aos seus propósitos. Ele vinha prometendo à moça havia já algum tempo que daria um jeito em Matahachi e parecia que chegara a oportunidade.

Matahachi, que de nada disso sabia, prosseguiu caminhando. Voltou para casa, apanhou a enxada, perambulou longo tempo pelo matagal atrás do cortiço, e por fim subiu ao morro Nishikubo, onde enterrou o dinheiro.

Akemi ficou observando até o fim, retornou para a casa de Daizou e informou-o. O penhorista então saiu em seguida, retornando somente de madrugada. Entrou no depósito, abriu o embrulho desencavado e contou as moedas, mas faltavam duas. Desapontado, Daizou contou e recontou as moedas diversas vezes.

A LADEIRA

I

Desesperar-se pelo filho perdido, afogar-se em tristeza com pena de si mesma — Osugi não era do tipo que perdia tempo com tais delicadezas sentimentais, mas o intermitente cricri dos grilos na campina, onde as espigas das eulálias ondulavam ao vento e a visão do grande rio a correr lentamente transformaram-na em simples mortal capaz de sentir a melancólica beleza deste mundo em que tudo era transitório.

— Ó de casa!
— Quem é?
— Sou do bando Hangawara. Um bocado de vegetais frescos chegou hoje de Katsushika, e o patrão me mandou trazer alguns.
— Mestre Yajibei, sempre tão bondoso! Transmita-lhe meus agradecimentos, não se esqueça.
— Onde os ponho?
— Deixe-os perto da bica. Mais tarde os guardarei.

Com a lanterna acesa sobre a escrivaninha, a velha senhora dedicava-se também nessa noite a transcrever as cópias do sermão do filho ingrato, conforme prometera.

Osugi parecia ter remoçado nesse outono depois de morar sozinha por um tempo na campina de Hamamachi. De dia, ganhava os trocados necessários para sobreviver tratando alguns doentes com moxabustão, e à noite dedicava-se com calma às cópias do sermão. A rotina tranquila e a vida despreocupada haviam-na curado das doenças crônicas, e eram também a causa do seu rejuvenescimento.

— Ah, ia-me esquecendo, obaba!
— De quê?
— Não apareceu um jovem procurando por você esta tarde?
— Queria tratar-se com moxabustão?
— Não acho que quisesses. Apareceu como se estivesse com muita pressa lá no bairro dos marceneiros, e perguntou seu novo endereço.
— Quantos anos ele aparentava?
— Acho que uns 27, 28 anos.
— Que aparência tinha esse jovem?
— Rosto do tipo arredondado, estatura mediana...
— Hum...

— Não veio ninguém parecido com ele?

— Não.

— O sotaque lembrava o seu, de modo que desconfio que seja seu conterrâneo... Bem, boa noite.

Assim dizendo, o mensageiro se foi.

Mal o som de seus passos cessou ao longe, o cricri dos grilos voltou a envolver a pequena casa.

A idosa mulher tinha largado o pincel e contemplava a brilhante auréola da lamparina. Lembrara-se de repente de um passatempo há muito esquecido, a leitura da sorte pela cor de uma chama.

Nos dias de sua mocidade, o país andara em guerra dia após dia e as mulheres dedicavam-se a esse passatempo porque não tinham meios para obter notícias dos filhos e maridos em distantes campos de batalha.

Uma auréola clara em torno da chama significava boas notícias, uma sombra arroxeada, morte, faíscas lembrando agulhas de pinheiro trariam a pessoa amada de volta, diziam elas, reunindo-se em torno das lamparinas todas as noites, alegrando-se ou entristecendo-se conforme os presságios.

Osugi era ainda muito nova nesse tempo, e agora nem sequer lembrava quais teriam sido os critérios para interpretar os augúrios. Essa noite, porém, Osugi sentia no vigor da chama da sua lamparina que algo bom aconteceria. E de tanto desejar, uma linda auréola com as cores do arco-íris formou-se de repente em torno da luz. — Talvez fosse Matahachi!

Só de imaginar, o pincel caiu-lhe da mão. Extasiada, evocou a imagem do filho ingrato e deixou-se ficar por quase duas horas apenas pensando nele. Um súbito baque no portão dos fundos despertou a anciã de seus devaneios. Osugi apanhou a lamparina e foi para a cozinha, certa de que era a fuinha praticando suas costumeiras travessuras.

Descobriu então um pacote semelhante a uma carta sobre as verduras deixadas havia pouco pelo mensageiro de Hangawara. Abriu o embrulho e achou duas moedas de ouro. A breve mensagem no papel dizia:

> *Não tenho coragem de encará-la ainda. Perdoe-me se a negligencio por mais meio ano. Eu a estou vendo da janela, e daqui me despeço.*
>
> *Matahachi*

II

Um samurai de aparência selvagem veio abrindo caminho pelo meio do mato e aproximou-se correndo.

— Não era ele, Hamada? — perguntou, ofegante.

O outro, a quem o recém-chegado chamara de Hamada, era ainda muito novo, do tipo sustentado pelos pais, e tinha estado em pé na beira do rio procurando em torno.

— Não era! — gemeu ele, percorrendo com um olhar sinistro os arredores.

— Pois parecia-se muito com ele.

— Mas era um barqueiro.

— Barqueiro?

— Vim correndo atrás dele, mas embarcou nesse bote.

— Continuo achando que era ele.

— Acontece que fui verificar. Era uma pessoa totalmente diferente.

— Ora essa...

Um terceiro havia se juntado aos dois primeiros, e juntos voltaram-se para a campina de Hamamachi.

— Eu o vislumbrei no bairro dos marceneiros esta tarde e o vim seguindo até aqui, mas... esse sujeitinho foge rápido!

— Aonde foi que ele se meteu?

O marulhar suave do rio lhes chegou aos ouvidos.

Ainda em pé na escura margem, os três homens apuravam os ouvidos.

E foi então que ouviram:

— Matahachii! Matahachii!

Uma breve pausa, e a mesma voz tornou a percorrer a campina:

— Matahachi! Matahachi!

No primeiro momento, os homens permaneceram em silêncio achando que os ouvidos lhes pregavam peças, mas ao segundo chamado, entreolharam-se rapidamente.

— Ei! Tem alguém chamando por ele!

— É voz de velha!

— Matahachi é o nome dele, não é?

— Claro!

Yamada disparou na frente, seguido pelos demais.

Os três logo alcançaram Osugi, que com o seu andar jamais conseguiria escapar deles, mesmo que quisesse. De mais a mais, a idosa mulher não tentava afastar-se, mas sim aproximar-se dos três, assim que lhes ouviu os passos.

— Matahachi está no meio de vocês? — perguntou de longe.

Os homens a agarraram pelos braços e pela gola.

— Pois é justamente atrás desse Matahachi que andamos. Quem é você?

Antes de responder qualquer coisa, a velha Osugi desvencilhou-se das mãos que a agarravam e se irritou:

— Que pretendem? — gritou. — Agora, sou eu quem quer saber: quem são vocês?

— Somos discípulos da casa Ono. E este aqui é Hamada Toranosuke.

— Que raio é a casa Ono?

— Não sabe quem é Ono Jirouemon-sama, fundador do estilo Ono Ittoryu, instrutor de artes marciais do xogum Hidetada?

— Não sei!

— Velha insolente!

— Espere, espere um pouco. Antes de mais nada, pergunte qual a relação dela com esse Matahachi — interveio um dos homens.

— Eu sou a mãe de Matahachi! E daí? — gritou Osugi.

— Você então é a mãe do vendedor de melancias?

— Que disse? Não o chamem de vendedor de melancias só porque é forasteiro! Ele é o herdeiro legítimo dos Hon'i-den, proprietários de cem *kan* de terras hereditárias, vassalos de Shinmen Munetsura, senhor do castelo de Takeyama em Yoshino, província de Mimasaka. E eu sou a mãe dele, ouviram?

Sem sequer lhe dar atenção, um deles voltou-se para os demais e disse:

— Ela vai nos dar trabalho.

— Que fazemos?

— Vamos levá-la embora.

— Como refém?

— Quando ele souber que temos a mãe dele conosco, ver-se-á obrigado a aparecer para salvá-la.

Ao ouvir isso, Osugi vergou o corpo esquelético e debateu-se furiosamente.

III

Sasaki Kojiro mal conseguia conter o descontentamento. Suas vísceras pareciam contorcer-se.

Sem nada para fazer, pegara ultimamente o hábito de dormitar durante o dia.

— Até a minha espada deve estar chorando de agonia... — murmurou para as paredes, jogado sobre o *tatami*. — E pensar que esta maravilhosa arma e seu hábil proprietário não conseguem ser contratados nem por módicos 500 *koku*, e continuam vivendo de favor nesta casa...

Extraiu a espada da bainha com um rápido movimento e cortou o ar.

— Bando de cegos! — gritou.

Um raio prateado descreveu um semicírculo no espaço e logo desapareceu dentro da bainha, furtivo como serpente.

— Bela demonstração de habilidade! — aplaudiu-o nesse momento um servidor da casa Iwama, surgindo na varanda — Está se exercitando, senhor?

— Não me venha com comentários tolos — disse Kojiro, rolando o corpo e pondo-se de bruços. Com um piparote, lançou para a varanda os restos de inseto caídos sobre o *tatami*. — Isto aqui voejava em torno da lamparina e o abati porque me aborrecia.

— Ah, um inseto!

O homem aproximou o rosto do pequeno cadáver e arregalou os olhos de espanto.

O inseto, muito semelhante a uma mariposa, tinha sido cortado perfeitamente em dois, o macio corpo e as asas separadas meio a meio.

— Você veio preparar as cobertas?

— Na...não! Desculpe se não mencionei o fato de saída, mas...

— Que é?

— Um mensageiro do bairro dos marceneiros deixou-lhe uma carta e foi-se embora.

— Carta? Deixe-me vê-la.

O remetente era Hangawara Yajibei.

Ultimamente, Kojiro tinha perdido o interesse pelo grupo. Aqueles homens começavam a incomodá-lo. Sempre deitado, abriu a carta. Logo, sua fisionomia começou a mudar. A velha Osugi tinha desaparecido desde a noite anterior, dizia a carta. Os moradores da casa Hangawara haviam todos saído à rua e procurado por ela o dia inteiro, finalmente descobrindo-lhe o paradeiro. O local onde ela se encontrava detida nesse momento era porém inacessível a eles, e por essa razão queriam consultá-lo quanto ao que fazer em seguida, prosseguia dizendo Yajibei em sua carta. Seus homens tinham descoberto o paradeiro da velha por causa do aviso que certo dia ele, Kojiro, havia deixado escrito na taberna Donjiki. O referido aviso tinha sido apagado, e um novo tinha sido escrito no lugar:

Ao mestre Sasaki Kojiro:
Quem levou a mãe de Matahachi foi Hamada Toranosuke, da casa Ono.

Kojiro acabou de ler e murmurou entre dentes, fitando o teto:

— Até que enfim!

Ele tinha estado impaciente à espera dessa resposta. Não fora à toa que deixara escrito seu nome e endereço no cartaz da casa Donjiki no dia em que eliminara os dois discípulos da casa Ono.

E ali estava a resposta. O murmúrio "Até que enfim!" lhe escapara da boca abafado por um risinho de satisfação. Saiu à varanda e contemplou o céu noturno. Havia nuvens, mas não pareciam ser de chuva.

Momentos depois, Kojiro foi visto montando um cavalo de carga, alugado na estrada Takanawa. Tarde da noite, chegou à casa Hangawara, no bairro dos marceneiros, e ouviu os detalhes do próprio Yajibei. Decidiu então que agiria somente no dia seguinte e dormiu em um dos quartos da casa do marceneiro.

IV

Alguns anos atrás, o homem era conhecido como Mikogami Tenzen, mas depois da batalha de Sekigahara havia sido convidado a fazer palestra sobre a arte da espada perante o exército do xogum Hidetada. A palestra agradou ao novo xogum, que lhe deu uma mansão no morro Kanda, em Edo, e o nomeou, junto com Yagyu Munenori, instrutor de artes marciais da casa xogunal, concedendo-lhe também novo nome: Ono Juroemon Tadaaki.

Essa era portanto a história do fundador da casa Ono. Do morro Kanda onde se erguia sua mansão, avistava-se o monte Fuji, e nos últimos anos a área havia sido designada para moradia dos vassalos da casa Tokugawa chegados de Suruga, motivo por que a região passara a ser conhecida como Promontório Suruga.

— Vejamos... Ouvi dizer que a casa se situa na ladeira Saikachi.

Kojiro chegou ao topo dela e parou. Nesse dia o monte Fuji não era visível.

Da beira do precipício, contemplou o fundo do vale. No meio do arvoredo, divisou um regato, o Ocha-no-mizu, cujas águas, dizia-se, eram usadas para o chá do xogum.

— Espere aqui mesmo, mestre. Vou me informar — disse um rufião da casa Hangawara, que viera servindo-lhe de guia até ali.

Pouco depois, o homem estava de volta:

— Descobri! — disse.

— Onde fica?

— Bem no meio da ladeira por onde viemos ainda agora.

— Não me lembro de ter visto mansão.

— Como o senhor disse que ele era instrutor de artes marciais do xogum, imaginei que morasse em imponente mansão, parecida com a de Yagyu-sama. Mas aí estava o erro: o homem mora em uma mansão velha e malconservada, cujo muro vimos à direita da ladeira, lembra-se? Eu tinha ouvido dizer que essa casa pertencia ao comandante da cavalaria do xogum.

— Bastante compreensível. Os Yagyu valem 11.500 *koku*, enquanto a casa Ono, apenas 300 *koku*.

— A diferença entre eles é tão grande assim?

— A habilidade deles é semelhante, mas são de níveis sociais diferentes. Pode-se dizer que sete décimos do estipêndio destinados à casa Yagyu são um tributo à sua linhagem.

— É aqui... — disse o rufião.

Kojiro parou e contemplou por instantes as instalações.

Um muro velho, dos tempos do oficial da cavalaria, o morador anterior, erguia-se a partir da metade da ladeira e desaparecia no meio do mato em direção a um morro ao fundo. Kojiro espiou pela entrada sem portas. Em terreno aparentemente extenso, erguia-se a construção principal, e por trás dela surgia o telhado de um prédio — talvez salão de treinos — cujo madeirame, de cor mais clara, sugeria que fora construído em dias mais recentes.

— Podes retirar-te — disse Kojiro ao rufião. — Diz a Yajibei que me considere morto se eu não voltar até o fim do dia.

— Sim, senhor.

O homem desceu correndo a ladeira, voltando-se diversas vezes durante o percurso.

Não adiantava querer aproximar-se de Yagyu Munenori e derrotá-lo para usurpar-lhe a fama. O estilo Yagyu era agora intocável por ser o praticado pela casa xogunal. Com essa desculpa, Munenori jamais aceitava desafios de *rounin* ou espadachins, fossem eles quem fossem.

A casa Ono, ao contrário, vinha aceitando duelar com estranhos ou com guerreiros notórios por sua habilidade, assim ouvira Kojiro dizer, pois arriscava apenas 300 *koku*. Diferente do estilo tradicional como o dos suseranos de Yagyu, o dos Ono visava exercitar os guerreiros para situações sangrentas, de combate real.

Nem por isso Kojiro tinha ouvido falar que alguém tivesse invadido a casa do representante do estilo Ono Ittoryu, e o vencido. De modo geral, o mundo respeitava a casa Yagyu, mas considerava que fortes mesmo eram os Ono.

Sabedor desses detalhes, Kojiro vinha aguardando, desde que chegara a Edo, a oportunidade de bater um dia à porta dos Ono, na ladeira Saikachi.

E ali estava a porta, bem na sua frente.

TADAAKI E AS CIRCUNSTÂNCIAS EM TORNO DE SUA LOUCURA

I

Hamada Toranosuke procedia de Mikawa[8], ou seja, era vassalo hereditário dos Tokugawa desde os tempos em que estes tinham-se estabelecido na província. Esse, aliás, era o único motivo por que o homem gozava certo prestígio na cidade de Edo, apesar do módico estipêndio que recebia.

Nesse momento, Numata Kajuro, que olhava para fora da janela da saleta ao lado do salão de treinos, soltou uma exclamação de susto e voltou-se em busca do colega Hamada. Ao localizá-lo no meio do salão de treinos, aproximou-se correndo e disse em voz baixa, sofregamente:

— Ele está aí! Ele veio, Hamada!

Hamada, que no momento treinava um calouro, não respondeu. Dando as costas para Numata e para o seu aviso sussurrado, disse ao calouro:

— Preparado?

Com a espada de madeira apontando diretamente à frente, Hamada avançou com estrépito pelo salão, perseguindo vigorosamente seu discípulo até o canto do lado norte. Encurralado, o calouro rodopiou e caiu, deixando ao mesmo tempo a espada de madeira voar-lhe das mãos.

Hamada voltou-se então pela primeira vez e perguntou:

— Quem está aí, Numata? Fala de Sasaki Kojiro?

— Ele mesmo! Acaba de entrar pelo portão e já deve estar chegando.

— Vejo que atendeu rápido à intimação! Só pode ter sido por causa da refém.

— Que faremos agora?

— Como assim?

— Quem se encarrega de recebê-lo, e com que palavras? Se é audaz o suficiente para se apresentar sozinho no meio da gente, é também capaz de agir de modo totalmente inesperado!

— Vamos introduzi-lo no salão de treinos e fazê-lo sentar-se bem no meio. Eu lhe dirigirei as primeiras palavras. Os demais devem sentar-se ao nosso redor e ficar calados.

— Somos suficientes! — disse Numata, contemplando os companheiros e contando-os. Ao todo, eram quase vinte.

---

8. Mikawa: denominação antiga da área oriental da atual província de Aichi, região que exerceu decisivo apoio ao fortalecimento da casa Tokugawa.

Discípulos da qualidade de Kamei Hyosuke, Negoro Hachikuro e Ito Magobei faziam-no sentir-se fortalecido. Todos os discípulos ali reunidos sabiam dos últimos acontecimentos. Dos dois samurais mortos no terreno baldio da taberna Donjiki, um era o irmão mais velho de Hamada Toranosuke, ali presente.

O homem assassinado tinha sido um inútil, e sua fama na academia nunca fora das melhores. Ainda assim, os discípulos concordavam que pertenciam todos à mesma academia e não podiam ignorar os acontecimentos: Kojiro tinha de ser punido.

Principalmente porque Hamada Toranosuke era um dos discípulos treinados pessoalmente por Ono Juroemon: com Kamei, Negoro e Ito, anteriormente mencionados, fazia parte do grupo de bravos conhecido como "Generais da Ladeira Saikachi". Nessas circunstâncias, a academia inteira vinha acompanhando atentamente os acontecimentos, torcendo para que Hamada reagisse de algum modo ao insolente aviso público afixado por Kojiro na taberna Donjiki, considerando que ignorar a provocação seria ultrajar o estilo Ono Ittoryu.

E tinha sido em meio a esse clima que Hamada e Numata chegaram na noite anterior trazendo uma idosa mulher. Em seguida, os dois haviam explicado os pormenores do plano engendrado, que recebeu a entusiástica aprovação dos demais discípulos.

— Ela será um refém valioso! Vocês dois mostraram que são bons estrategistas ao estabelecer esse plano que obrigará Kojiro a vir até nós. Quando ele aparecer, dar-lhe-emos surra memorável, cortaremos seu nariz e o deixaremos pendendo de uma árvore à beira do rio Kanda para que seja visto por todos.

Ainda nessa manhã eles tinham estado comentando tranquilamente se Kojiro viria ou não à academia, como se a questão não lhes afetasse diretamente.

II

Ao ouvir de Numata que Sasaki Kojiro, contrariando a expectativa da maioria, acabava de entrar sozinho pelo portão, os discípulos empalideceram visivelmente, repetindo atordoados:

— Quê? Ele veio?

E assim, sentados em roda no vasto salão de treinos, todos, a começar por Hamada Toranosuke, aguardavam em tenso silêncio esperando a qualquer momento ouvir a voz de Sasaki Kojiro, ou vê-lo surgir pessoalmente na entrada da academia.

— Numata!
— Hum?
— Você realmente o viu entrando pelo portão?
— Vi.
— Mas então, ele já devia estar aqui a esta altura.
— Realmente...
— Está demorando demais.
— Que lhe teria acontecido?
— Você se enganou.
— Nunca!

E quando enfim começavam a cansar-se da longa espera nesse clima tenso criado por eles mesmos, os homens perceberam que, do lado de fora, alguém chegava correndo e parava sob a janela da sala de espera.

— Senhores! — disse um discípulo, espiando pela janela na ponta dos pés.
— Que houve?
— Não adianta esperar. Sasaki Kojiro não virá a esta sala.
— Estranho! Numata acaba de dizer que o viu passar pelo portão...
— Acontece que ele se dirigiu para a ala residencial da mansão e conseguiu de algum modo ser introduzido e levado à presença do nosso grão-mestre. Neste momento, os dois estão conversando na sala de estar.
— Está conversando com o grão-mestre?

Hamada pareceu atordoado com a notícia.

Se as circunstâncias do assassinato do seu irmão fossem investigadas a fundo, logo haveriam de descobrir que ele tinha sido vítima da própria má conduta. E para que essa verdade não viesse à tona, Toranosuke tinha apresentado uma versão diferente dos fatos ao mestre Ono Tadaaki. Quanto ao sequestro da velha senhora na noite anterior, naturalmente nada contara.

— Está falando sério?
— Como poderia não estar? Se duvidam, deem a volta pelos fundos do jardim e espiem a sala ao lado do escritório do grão-mestre!
— E agora?

Os demais discípulos, porém, irritaram-se com a hesitação de Hamada. Não importava que Kojiro falasse diretamente com o mestre deles ou, ainda, apresentasse sua versão dos fatos. Hamada devia enfrentar seu adversário frente a frente, denunciá-lo pelo crime e arrastá-lo até o salão de treinos.

— Por que hesita, Hamada? Está bem: *nós* iremos até lá por você para ver como andam as coisas — disse Kamei Hyosuke, saindo do salão em companhia de Negoro Hachikuro.

E no momento em que se preparavam para calçar as sandálias, uma jovem veio correndo na direção deles, apavorada.

— Ora, é Omitsu-san! — disseram os dois, parando por um momento. Sobressaltados, os demais acorreram à entrada do salão e a ouviram dizer com voz aguda e nervosa:

— Acudam, senhores! Meu tio e um estranho desembainharam as espadas e confrontam-se no jardim! Eles vão duelar!

III

Omitsu era a sobrinha de Ono Tadaaki. As más línguas diziam que Tadaaki na verdade adotara a filha do seu mestre Yagoro Ittosai com uma amante. Contudo, ninguém sabia ao certo se isso era verdade.

Seja como for, Omitsu, uma jovem bonita de pele imaculada esclareceu os espantados discípulos:

— Meu tio e o estranho começaram a discutir em voz alta, e de repente, lá estavam eles confrontando-se no jardim! Meu tio é muito hábil e não creio que nada de mal possa lhe acontecer, mas...

Sem ouvir até o fim, Kamei, Hamada, Negoro e Ito, os cabeças do movimento, saíram correndo com exclamações assustadas.

Havia boa distância entre o salão de treinos e o jardim da mansão. As duas construções eram separadas por uma sebe com pequeno portão rústico de bambu. A separação da ala residencial das demais por meio de sebes era tradicional em construções castelares. Em mansões guerreiras pouco mais abastadas existiam, além de salões de treino, alojamentos para a criadagem e outros pequenos acréscimos.

— Está fechado!
— Como é? Tente abrir!

Conjugando as forças, os discípulos alvoroçados acabaram por arrombar o pequeno portão. Diante dos seus olhos, surgiu então o jardim plano e relvado de quase mil e quinhentos metros quadrados com uma montanha ao fundo. O mestre, Ono Juroemon Tadaaki, estava em pé no meio do jardim empunhando em posição mediana sua espada Yukihira de estimação, e assestava a ponta firmemente pouco acima do nível dos olhos do seu adversário. Além dele e a uma considerável distância, estava a inconfundível figura de Kojiro, empunhando arrogantemente a sua longa espada Varal em posição alta, acima da própria cabeça. Olhos chamejantes, contemplava o oponente.

A visão estonteou os discípulos Ono por alguns momentos. A atmosfera tensa impregnava o extenso jardim formando uma barreira invisível que impedia qualquer um de aproximar-se.

De nada lhes tinha adiantado acorrer freneticamente: arrepiados, apenas contemplavam de longe, incapazes de mover-se.

Algo na atitude dos dois combatentes inspirava admiração reverente e os impedia de intervir. Pessoas ignorantes talvez não se intimidassem e se sentissem capazes de atirar-lhes pedras ou cusparadas. Mas aqueles discípulos, nascidos e criados em casas guerreiras, educados desde a infância nas regras da arte da guerra, conseguiam apenas suspirar. A solenidade de um duelo com armas reais os atingia em cheio, fazendo-os esquecer por momentos ódios e devoções, provocando-lhes apenas a vontade de contemplar em respeitoso silêncio.

O atordoamento, porém, foi momentâneo. Logo, a emoção despertou-os a todos:

— O atrevido!

— Secundemos nosso mestre!

Imediatamente, dois ou três correram e tentaram aproximar-se de Kojiro pelas costas.

— Fiquem longe! — esbravejou Tadaaki no mesmo instante.

A voz soou diferente aos ouvidos dos discípulos: parecia vir de longe, varando a espessa névoa.

Os poucos que tinham avançado recuaram instantaneamente, juntando-se aos demais. Proibidos de agir, só lhes restava agora continuar contemplando, ainda agarrando a boca da bainha de suas espadas.

Contudo, seus olhares indicavam que, a qualquer sinal de perigo para o mestre, interviriam apesar da proibição e estraçalhariam Kojiro, atacando-o simultaneamente por todos os lados.

IV

Com seus 54 ou 55 anos de vida, Juroemon Tadaaki era ainda um homem vigoroso. Seus cabelos continuavam negros, de modo que, à primeira vista, ninguém lhe daria mais de quarenta anos.

Apesar de miúdo, tinha quadris potentes, pernas e braços flexíveis. Aliás, nada em seu aspecto sugeria rigidez.

E Kojiro, posicionado diante dele, não tinha ainda desferido nenhum golpe. Melhor dizendo, não se sentira capaz disso.

Tadaaki, por sua vez, sentiu instantaneamente que não podia menosprezar seu adversário no momento em que o viu além da ponta da sua espada: "Não é possível!", pensou, fechando ainda a própria guarda. "É Zenki reencarnado!"

Zenki! Era verdade: Tadaaki nunca mais se defrontara com uma espada tão agressiva desde que Zenki se fora.

Zenki tinha sido um temido colega veterano de Tadaaki, nos tempos em que este, muito novo ainda, era conhecido como Mikogami Tenzen e andava em companhia de seu mestre, Ito Yagoro Ittosai, em jornadas de adestramento.

Filho de um barqueiro de Kuwana, Zenki era pouco instruído, mas forte por natureza. Com o passar dos anos, nem seu próprio mestre Ittosai fora capaz de dominá-lo.

Com o envelhecimento de Ittosai, Zenki tinha passado a desprezá-lo e a vangloriar-se de que o estilo Ittoryu tinha sido criação sua. E conforme a habilidade desse discípulo aumentava, mais ele pesava negativamente para a sociedade, percebia Ittosai.

— Zenki é o grande erro de minha vida. Ele me parece um demônio que encarna todos os meus defeitos. Quando o vejo, sinto repugnância de mim mesmo — chegou ele a se lamentar.

Mas para o jovem Tenzen, Zenki tinha sido importante: fora o exemplo a não ser seguido, o estímulo para buscar melhores metas. Anos depois, acabou por lutar contra ele na batalha de Kogane-ga-hara, em Shimousa, e por vencê-lo. E tinha sido nesse dia que Tenzen, ou seja, o atual Ono Juroemon Tadaaki, recebeu das mãos de Ittosai o diploma do estilo Ittoryu.

Observando agora Sasaki Kojiro, era desse Zenki que Tadaaki tinha se lembrado. Zenki era forte, mas não tinha instrução. Kojiro possuía, além da fortaleza, uma aguda inteligência. Em outras palavras, tinha o perfil bem educado do moderno samurai, que se evidenciava em sua esgrima.

"Não sou páreo para ele", admitiu francamente Tadaaki. Nunca havia se sentido inferior aos Yagyu. De fato, ainda hoje ele não tinha Yagyu Munenori em grande conta. Nesse momento, porém, contemplou o jovem Sasaki Kojiro e percebeu que sua espada envelhecera: "Os anos passaram e eu fui deixado para trás."

Alguém já tinha dito: "É mais fácil ultrapassar que ser ultrapassado."

Agora, Tadaaki sentia essa verdade dolorosamente. Ele se situara no mesmo nível dos Yagyu, vivera o apogeu do estilo Ittoryu, e enquanto conjeturava sobre vida e velhice, esse prodigioso jovem já estava no seu encalço vindo do batalhão de trás, pensou, fitando com absoluto espanto o seu oponente.

V

Os dois permaneciam imóveis, nenhuma alteração ocorrera em suas posturas.

Entretanto, Kojiro e Tadaaki consumiam uma terrível energia vital.

Fisicamente, essa alteração tornava-se visível no suor que escorria abundante por seus cabelos, nas narinas frementes e no rosto pálido, embora as espadas, tão perto de se entrechocarem, continuassem imobilizadas na mesma posição.

— Desisto! — gritou nesse instante Tadaaki, recuando a espada e dando simultaneamente um repentino salto para trás.

O grito talvez tivesse sido mal-interpretado por Kojiro. O fato é que, na fração de segundo seguinte, o jovem saltou com um movimento ferino, ao mesmo tempo em que a espada Varal descia com ímpeto sobre Tadaaki, para parti-lo em dois. O brusco movimento executado por Tadaaki para desviar-se do golpe fez com que seu topete se erguesse no ar e, no mesmo instante, partiu-se o fino barbante de papel torcido que segurava a base do topete.

Contudo, Tadaaki tinha por sua vez baixado o ombro e movido a ponta da espada para cima, cortando simultaneamente quase meio metro da manga de Kojiro.

— Covarde!

A ira queimava os discípulos, pois a expressão "Desisto!", gritada havia pouco pelo mestre deles, tornava claro que o confronto não era uma luta, mas um duelo, e que Kojiro se aproveitara da capitulação de seu oponente para tentar matá-lo.

Já que se comportava de modo tão pouco ético, os homens da academia Ono consideraram desnecessário manter a imparcialidade e reagiram.

— Maldito!

— Não se mexa!

Aos gritos, todos eles avançaram. Kojiro moveu-se com a agilidade de um cormorão alçando voo e se escondeu atrás de uma enorme jujubeira, a um canto do jardim. Mostrando-se a meio de trás de seu tronco, gritou movendo rapidamente os olhos brilhantes:

— O duelo terminou! Viram tudo?

No mínimo, queria dizer se tinham-no visto ganhar.

Tadaaki respondeu:

— Eu vi!

Voltou-se então para os discípulos e os repreendeu:

— Afastem-se!

Guardou a seguir a espada na bainha, retornou para a varanda do seu escritório e sentou-se.

— Omitsu! — chamou. — Refaça o penteado para mim — pediu, enfeixando os cabelos que lhe caíam em desordem pelo pescoço.

Enquanto a sobrinha os prendia, Tadaaki começou finalmente a ofegar. O suor porejava no peito.

— Ofereça água ao jovem visitante para que ele possa lavar-se e conduza-o de volta à sala de visitas — ordenou ele a Omitsu, depois que esta lhe prendeu os cabelos uma vez mais.

— Sim, senhor.

Tadaaki, porém, não foi para dentro da casa. Ao contrário, calçou as sandálias, passeou o olhar pelas fisionomias dos discípulos e disse:

— Reúnam-se no salão de treinos.

Foi-se então ele próprio liderando o grupo.

VI

Por quê?

Sem entender muito bem, os homens o acompanharam. Para começar, não compreendiam também por que Jiroemon Tadaaki tinha gritado: "Desisto!"

"Com aquela única palavra, nosso mestre lançou por terra a honra do estilo Ono Ittoryu, até hoje invencível!", pensavam alguns, raivosos, contemplando Tadaaki com olhos rasos de lágrimas.

Os quase vinte discípulos tinham-se sentado rigidamente em fileira tríplice no assoalho da academia, aguardando.

Tadaaki sentou-se solitário no tablado destinado aos mestres e contemplou em silêncio por algum tempo os rostos enfileirados à sua frente.

— Muito bem. Parece-me que os anos passaram e eu envelheci. As gerações se renovam em instante — começou ele depois de longa pausa. — Analisando o caminho por mim percorrido, percebo que a época em que derrotei Zenki correspondeu à do meu apogeu como espadachim, e que nestes últimos anos, quando estabeleci uma academia em Edo e me incluí no meio do seleto grupo de instrutores marciais do xogunato, quando o estilo Ittoryu foi considerado imbatível, minha carreira como espadachim já tinha começado a declinar.

— ...

Os discípulos ainda não conseguiam perceber onde Tadaaki queria chegar, e embora mantendo respeitoso silêncio, estampavam em suas fisionomias expressões que iam do descontentamento à desconfiança e dúvida.

— Penso — disse Tadaaki, de súbito firmando a voz, erguendo o olhar até então ligeiramente voltado para baixo e abrindo os olhos semicerrados

— que este é um caminho que todos nós temos de percorrer. Tem início no momento em que começamos a nos sentir tranquilos e a nos acomodar, e sinaliza a aproximação da velhice. Assim se sucedem as gerações, com novatos ultrapassando veteranos, com jovens abrindo novos caminhos. Esta é a ordem natural das coisas, pois o mundo progride por intermédio dessas renovações. Mas a esgrima não permite esse tipo de acomodação. Isto porque não existe velhice no caminho da espada.

— ...

— Vejam, por exemplo, o caso do meu mestre Ito Yagoro, de quem nunca mais ouvi falar, e que nem sei se ainda vive ou se já morreu. Quando derrotei Zenki em Kogane-ga-hara, meu velho mestre concedeu-me instantaneamente o diploma do estilo Ittoryu, optou por tornar-se monge e se foi para as montanhas. Na ocasião, deu a entender que partia em busca ainda dos caminhos da espada, do zen, da vida e da morte, em busca da vereda por onde galgar a montanha da suprema revelação. Comparado a ele vejo que eu, Juroemon Tadaaki, acabei por exibir prematuros sinais de envelhecimento que me levaram a sofrer afinal a vergonhosa derrota de hoje. Não saberia encarar meu mestre se o visse agora. Nem gosto de pensar no que foi a minha vida até hoje...

— Me... mestre! — interveio Negoro nesse instante, incapaz de se conter por mais tempo. — Fala em derrota, mas nós, os discípulos, sabemos que o senhor jamais seria derrotado por um novato da classe deste Kojiro! O senhor deve ter tido alguma razão especial para deixar que as coisas acontecessem do jeito como aconteceram.

— Razão especial? — repetiu Tadaaki, sacudindo a cabeça e sorrindo. — E por que haveria eu de deixar que considerações de ordem pessoal, por importantes que fossem, interferissem em duelo com armas reais? Você diz que fui derrotado por um novato. Não acho, porém, que foi um novato que me infligiu esta derrota. Creio que a responsável por ela foi muito mais a renovação de uma geração.

— Me... mesmo assim...

— Espere um pouco — interrompeu-o com calma Tadaaki, voltando a olhar para os demais rostos insatisfeitos. — Vou ser rápido, porque Sasaki Kojiro me aguarda na mansão. Quero dar-lhes em seguida alguns conselhos, e também falar-lhes a respeito do que espero de vocês.

VII

— Hoje, renuncio não só à direção desta academia, como também ao mundo. Não estou me ocultando. Estou indo para as montanhas, seguindo as pegadas de meu mestre Yagoro Ittosai, esperando alcançar na velhice a grande iluminação. Este é o meu primeiro desejo — disse Tadaaki para os discípulos.

A Ito Magobei, seu sobrinho, pediu que velasse pelo futuro do único filho, Tadanari. Magobei devia também solicitar a oficialização da posição de tutor junto ao xogunato e, simultaneamente, comunicar que ele, Tadaaki, optara pelo retiro monástico.

— Este é o meu segundo desejo — enumerou.

— Em terceiro lugar, quero nesta oportunidade deixar-lhes claros certos fatos. Não lamento especialmente minha derrota para esse jovem Sasaki Kojiro. No entanto, considero uma grande vergonha que novos valores iguais a ele estejam surgindo em outros lugares, e não nesta academia. Isso acontece porque existem entre meus discípulos muitos guerreiros originários do antigo clã do nosso xogum, gente que tende a confundir o poder xogunal com o próprio, e se considera um invencível praticante do estilo Ittoryu em troca de um mínimo de dedicação.

— Perdoe-me a ousadia de interrompê-lo, mestre, mas protesto: nós não passamos os dias em doce ócio, apenas cultivando a arrogância e... — interveio Kamei Hyosuke, a voz trêmula de emoção.

— Cale-se! — ordenou Tadaaki rispidamente, fixando no discípulo olhar feroz. — O erro de um discípulo recai sobre seu mestre. Neste momento, faço envergonhado o meu próprio julgamento. Não estou afirmando que todos vocês sejam arrogantes, mas que alguns são. Vocês têm de limpar o ambiente e, mais tarde, transformar a Academia Ono no berço correto e pujante de uma nova geração. Caso contrário, minha renúncia à liderança desta academia com vistas à reformulação deixará de fazer sentido.

A tristeza e a sinceridade aparente em suas palavras finalmente abriram caminho no coração dos discípulos. Cabisbaixos, começaram agora a refletir sobre as palavras de seu mestre.

— Hamada! — chamou Tadaaki depois de breve pausa.

— Pronto, senhor! — respondeu Hamada, erguendo a cabeça bruscamente e fitando seu mestre.

O olhar de Tadaaki veio ao encontro do seu, severo, inflexível. Hamada não suportou e baixou a cabeça.

— Levante-se!

— Sim, senhor.

— Agora!
— Si... sim, senhor!
— Eu disse agora, Hamada! — disse Tadaaki rispidamente.
Toranosuke ergueu-se do meio da tríplice fileira de discípulos. Seus amigos, assim como os discípulos mais novos, permaneciam em tenso silêncio à espera das palavras seguintes.
— Eu o expulso da academia: a partir de hoje, não faz mais parte deste grupo. Mas se dedicar-se uma vez mais às práticas deste caminho e regenerar-se, tornando-se um homem que se enquadre nos princípios da arte guerreira, nesse dia então talvez possamos nos rever como mestre e discípulo.
— Mas me... mestre! Diga-me a razão disso! Eu mesmo não me lembro de ter feito nada para merecer tamanho castigo!
— Não se lembra porque com certeza não sabe o verdadeiro sentido do caminho do guerreiro. Ponha a mão no peito e pense com calma em outra hora. E então, logo perceberá.
— Diga-me o senhor, mestre! Diga-me! Não posso partir se não me disser! — gritou ele, rosto congestionado, veias salientando-se na testa.

VIII

— Nesse caso, direi — replicou Tadaaki a contragosto, ainda mantendo Toranosuke em pé na sua frente, mas dirigindo-se também aos demais.
— Covardia. Eis o que um *bushi* mais despreza. A covardia é severamente repudiada pela arte guerreira. E uma das regras básicas, inflexíveis, desta academia sempre foi expulsar o discípulo que cometesse ato de covardia. E você, Hamada Toranosuke, quando o irmão foi assassinado, deixou que os dias passassem sem tomar qualquer providência. Sobretudo, não tentou vingar-se de Sasaki Kojiro, o perpetrante do crime, mas resolveu perseguir certo Matahachi, pobre vendedor de melancias, transformando-o no alvo de sua vingança, sequestrou a idosa mãe dele, trouxe-a para esta mansão e a manteve como refém. Quem consideraria tais atos dignos de um *bushi*?
— Mas isso foi uma medida estratégica que visava atrair Kojiro a esta academia — tentou justificar-se Toranosuke, frenético.
— Pois é exatamente disso que estou falando: é um procedimento covarde. Se queria matar Kojiro, por que não foi procurá-lo pessoalmente em sua casa, ou não lhe entregou uma carta de desafio, dando-se a conhecer abertamente?
— Mas eu pensei, pensei nisso, realmente!
— Pensou? E por que esperou tanto tempo para realizar o que pensou? Com estas palavras, você acaba de confessar a própria covardia: não fez o que

pensou, mas foi buscar ajuda junto a seus colegas para atrair mestre Kojiro a este local e liquidá-lo! Comparado a isso, considero exemplar o comportamento desse indivíduo, Sasaki Kojiro.

— ...

— Ele se apresentou a mim sozinho, exigindo que me batesse com ele por considerar que o desmando de um discípulo é responsabilidade de seu mestre, alegando que não tinha disposição de se bater com um reles covarde.

Revelavam-se afinal as circunstâncias que haviam levado Tadaaki a duelar.

— E quando me bati frente a frente com ele, eu próprio descobri em mim um claro erro, que me envergonhou. E foi porque percebi esse erro que declarei, circunspecto: "Desisto!" — acrescentou Tadaaki.

— ...

— Toranosuke: depois de refletir sobre tudo que lhe disse, ainda assim você insiste em dizer que é um guerreiro, e que nada tem do que se envergonhar?

— Peço-lhe desculpas, senhor.

— Saia da minha frente!

— Sairei.

Cabisbaixo, Toranosuke andou de costas dez passos, sentou-se formalmente, e tocando o piso com as duas mãos, fez uma profunda reverência:

— Desejo-lhe muita saúde, mestre! — disse.

— Hum!

— E também aos senhores... — disse, voltando-se para os colegas. Sua voz era sombria, carregada de emoção. Afastou-se em seguida e desapareceu.

— Eu também me retiro — disse Tadaaki, erguendo-se por sua vez.

Alguns homens choravam alto, virilmente.

Tadaaki contemplou uma vez mais seus discípulos, cabisbaixos e pesarosos.

— Animem-se! — disse, com muito amor. — Por que lamentam e se entristecem? Uma grande missão os espera: preparar esta academia para receber de braços abertos a nova geração, a geração de vocês. A partir de amanhã, prometam que se dedicarão ao treino uma vez mais, com humildade e afinco!

IX

Momentos depois, Tadaaki retornou à mansão e surgiu na sala de visitas onde Kojiro o aguardava havia algum tempo:

— Releve minha longa ausência — disse ele, sentando-se.

Sua fisionomia estava calma como sempre. Nenhuma emoção transparecia.

— Bem — começou ele —, acabo de ordenar a expulsão de Hamada Toranosuke. Aconselhei-o também severamente a retomar o caminho do adestramento. Quanto à idosa senhora que Toranosuke sequestrou, ela está livre, naturalmente. Quer levá-la em sua companhia, ou prefere que a levemos até a casa dela?

— Estou satisfeito. Levo a senhora em minha companhia — respondeu Kojiro, mostrando-se disposto a levantar-se e partir.

— E agora que esclarecemos a situação, gostaria que considerasse o caso encerrado, e bebesse em minha companhia. Omitsu! — chamou Tadaaki, batendo palmas. — Prepare-nos saquê!

Kojiro sentia-se esgotado em virtude do confronto de há pouco. A longa espera solitária naquele aposento também o desgastara, de modo que sentia vontade de retirar-se imediatamente. Não querendo parecer medroso, porém, resolveu acalmar-se e disse:

— Aceito.

A partir desse ponto, Kojiro passou a desprezar Tadaaki intimamente. E mesmo desprezando-o, elogiou-o dizendo que já se batera com muitos hábeis espadachins, mas nunca com alguém de sua qualidade; e que ele, Tadaaki, era digno de sua fama. Assim procedendo, Kojiro sentiu-se cada vez melhor.

Ele era jovem, forte, cheio de vitalidade. Tadaaki começou a sentir que não o venceria, nem mesmo na bebida. Ainda assim, do alto de sua experiência, julgou Kojiro imaturo demais, e duvidosa a sua habilidade.

"Ele terá o mundo a seus pés se souber polir essa pedra bruta que é o seu dom; mas se for para o caminho errado, corre o risco de se transformar em novo Zenki", pensou. Palavras de advertência lhe vieram à boca, mas Tadaaki optou por calar-se. "Ele não é meu discípulo...", pensou. Respondeu portanto com sorrisos modestos à maioria dos seus comentários.

Em meio a assuntos diversos, o nome Musashi veio à tona.

Foi Tadaaki quem primeiro se referiu a ele. Comentou ter ouvido dizer que, por indicação do senhor de Awa e do monge Takuan, um novo espadachim até agora desconhecido, de nome Miyamoto Musashi, tinha sido indicado para o cargo de instrutor de artes marciais da casa xogunal, e que talvez viesse a ser aceito.

— Ora essa!... — disse apenas Kojiro. Traços de desassossego surgiram porém em seu rosto.

Contemplou em seguida o sol que caminhava para o poente e anunciou:
— Vou-me embora.

Tadaaki então ordenou à sobrinha Omitsu:
— Acompanhe a idosa senhora até o pé da ladeira. Conduza-a cuidadosamente pela mão.

E foi algum tempo depois desses acontecimentos que Jiroemon Tadaaki — *bushi* que se tornara famoso por seu caráter honrado e simples, desprovido de avareza ou interesses mesquinhos, e que ao contrário dos Yagyu, mantinha-se distante da política — desapareceu da cidade de Edo.

O povo comentou, ao saber que havia optado pela vida religiosa:

— Que lástima! Justo ele, que tinha trânsito livre com o xogum!

— O caminho para o sucesso estava aberto para ele! Bastava-lhe trabalhar direito...

Aos poucos, a notícia de que Tadaaki havia sido derrotado por Kojiro e que o choque fora excessivo para ele começou a se espalhar entre as pessoas que continuavam a estranhar seu desaparecimento:

— Dizem que Ono Juroemon Tadaaki enlouqueceu!

COMOVENTE TRANSITORIEDADE

I

A ventania da noite anterior tinha sido apavorante. Até Musashi afirmara nunca ter visto tempestade tão forte.

Iori sempre ouvira dizer que eram turbulências climáticas passíveis de acontecer 210, 220 dias depois do primeiro dia do ano. Mais acostumado que Musashi a lidar com tais fenômenos, o prudente menino já tinha subido ao telhado muito antes da tempestade desabar para amarrar os bambus que faziam o acabamento, e sobre ele havia posicionado pesadas pedras a fim de evitar que fosse levado pelo vento. Tudo inútil: a força do vento havia arrancado o telhado no meio da noite e hoje pela manhã não havia vestígios dele nos arredores.

"Meus livros se foram", pensou Iori, contemplando tristemente as folhas despedaçadas, espalhadas pelas encostas dos barrancos e pelo mato. Essa era a perda que mais lamentava.

Mas as perdas não se restringiram aos livros: a própria casa onde morava com Musashi fora bastante danificada e parecia não haver jeito de consertá-la.

No meio desse caos particular, Musashi se afastara, dizendo apenas:

— Acenda um bom fogo, Iori.

— Que homem tranquilo! Foi ver os arrozais inundados no meio desta confusão! — resmungou Iori, juntando material para a fogueira. A lenha era constituída de pedaços de madeira da própria casa destruída.

"Onde vamos dormir esta noite?", perguntou-se o menino. O pensamento trouxe água a seus olhos. Talvez fosse a fumaça.

A fogueira crepitava, mas Musashi não retornava.

Aos poucos, Iori começou a dar-se conta de que havia castanhas caídas ao redor, ainda fechadas em espinhudas cascas, assim como pássaros mortos, derrubados pela ventania. Iori apanhou-as, assou-as e comeu-as. Era a sua refeição matinal.

Pela altura do almoço, Musashi retornou, e uma hora depois, aldeões vestindo capas de palha vieram aos poucos se juntando em torno dele, um dizendo que a ajuda por ele prestada fora essencial para a rápida solução dos problemas causados pela enchente, outro dizendo que certa pessoa acamada estava agora muito contente, todos agradecendo de um modo ou outro o auxílio recebido. Um deles, o mais idoso, principalmente, repetia sem parar que os prejuízos logo seriam recuperados nesse ano porque, obedecendo às instruções de Musashi, todos tinham juntado as forças para combater as dificuldades, fossem elas de quem fossem, e não se tinham perdido em discussões inúteis como nos anos anteriores, cada um priorizando a solução do próprio problema.

"Ah, foi para dar essas instruções que se ausentou!"

Iori enfim compreendeu a razão por que seu mestre desaparecera mal o dia clareara. O menino tinha depenado alguns pássaros mortos e os assara para o almoço de Musashi, mas os aldeões trouxeram doces, salgados, e até deliciosos *mochi* tão apreciados por Iori.

— Não se preocupe com a alimentação, senhor. Temos muita comida em nossas casas — disseram.

A carne das aves mortas não era saborosa. Iori arrependeu-se de ter pensado apenas em si mesmo, e de ter-se fartado com essas carnes rançosas. Nesse dia, aprendeu que nunca se morria de fome quando se esquecia os problemas particulares e se trabalhava em prol da comunidade.

— Venha morar em minha casa durante alguns dias, enquanto reconstruímos a sua, desta vez de modo a não ser destruída na próxima tempestade — ofereceu ainda o velho camponês.

Sua casa era a mais antiga dos arredores. Musashi e Iori hospedaram-se nela nessa noite, deixando aos cuidados dos anfitriões roupas molhadas para que as pusessem para secar.

— Ora... — disse o menino, depois que os dois já se haviam deitado. Rolou o corpo para perto de Musashi e disse, baixinho:

— Mestre?!

— Hum?

— Está ouvindo? É uma banda *kagura*![9] Está ouvindo?

— Às vezes me parece que sim, outras que não.

— Que estranho! Quem estaria tocando *kagura* logo depois de uma noite de tempestade?

— ...

Ao ver que apenas um tranquilo ressonar lhe respondia, Iori acabou adormecendo também.

II

Pela manhã, o menino veio dizer:

— Mestre! É verdade que o santuário xintoísta Mitsumine, de Chichibu, não fica muito longe daqui?

---

9. *Kagura*: música e dança rituais do xintoísmo.

— Acho que a distância não é grande, realmente.
— Leve-me até lá, mestre! Quero visitá-lo!

Musashi perguntou-lhe o motivo do súbito interesse e soube que, impressionado pela música entreouvida na noite anterior, o menino havia indagado sobre sua procedência ao idoso hospedeiro logo cedo, ao acordar. O camponês então lhe havia contado que, em tempos passados, tinha-se fixado na vila Asagaya, bem perto dali, uma família de músicos. Geração após geração, a família vinha executando as sagradas músicas de Asagaya, e todos os meses, na fase lunar certa, outros músicos reuniam-se em sua casa, para depois saírem todos juntos em procissão até o santuário Mitsumine de Chichibu e participar do festival. Era isso que o menino por certo ouvira.

O único espetáculo grandioso de música e dança que Iori conhecia era o *kagura*. E quando ouvira, além de tudo, que o do santuário Mitsumine era um dos três mais importantes e tradicionais do xintoísmo, o menino sentira-se irresistivelmente atraído.

— Me leva, mestre? Por favor! — insistiu Iori, manhoso. — De qualquer modo, vai demorar cerca de cinco dias para a nossa choupana ficar pronta!

A insistência do menino fez com que Musashi se lembrasse de Joutaro, cujo paradeiro ainda desconhecia. Joutaro era tão persistente! Ele implorava, ameaçava, chantageava, tirava-o do sério, lembrou-se.

Diferente dele, Iori era reservado a ponto de entristecer Musashi, que sentia falta de algumas manifestações infantis.

Contribuíam para isso os diferentes passados e personalidades dos dois meninos, mas muito se devia também à educação dada pelo próprio Musashi. A Iori ensinara, desde o começo, que mestre e discípulo deviam manter-se cada qual em sua posição. Hoje, tentava exercer conscientemente o papel de mestre porque se sentia desgostoso com o resultado da pouca atenção dispensada a Joutaro, a quem apenas levara junto em suas andanças país afora.

E ao ver Iori quebrar a reserva e insistir como qualquer criança manhosa, Musashi respondeu com vago grunhido, pensou alguns instantes e logo disse:

— Está bem! Eu o levarei.

Iori saiu dançando de alegria:

— Que bom! E o tempo hoje está firme!

Esquecido por completo da temível tempestade de duas noites atrás, o menino foi incontinenti comunicar a intenção ao velho camponês e pedir-lhe que aprontasse lanches e sandálias.

— Vamos, mestre! — apressou-o ele.

Afirmando que a choupana estaria pronta quando retornassem, o idoso dono da casa os viu partir. Aqui e ali, a água ainda se empoçava formando pequenos lagos, mas picanços esvoaçavam por todos os lados e o céu azul, límpido e distante, fazia duvidar que havia apenas dois dias uma tempestade tivesse castigado aquela região.

Os festivais de Mitsumine duravam sempre três dias. Sabendo disso, Iori acalmou-se: havia tempo de sobra.

Nesse dia, dormiram numa pousada rústica de Tanashi e prosseguiram viagem no dia seguinte, ainda dentro dos limites da campina Musashino.

As águas do rio Irumagawa tinham triplicado. Da ponte restara apenas uma pequena seção no meio da correnteza, totalmente inútil. Os moradores da área dedicavam-se agora a reconstruí-la, lançando ao rio botes normalmente usados nos arrozais para o transporte da safra e fincando estacas nas duas margens.

E enquanto esperavam a reconstituição da ponte, Iori, que andara cavando a areia revolvida pela enchente, gritou:

— Olhe, mestre! Quantas pontas de flechas. E copas de elmos também! Esta área foi o cenário de alguma grande batalha, não foi?

Divertiu-se por algum tempo desencavando pedaços de espadas e peças metálicas não identificáveis. Passados instantes, porém, retraiu a mão com um grito de susto:

— São ossos humanos!

III

— Traga-os aqui! — ordenou Musashi, voltando-se.

Embora já os tivesse tocado uma vez inadvertidamente, o menino não parecia disposto a mexer neles outra vez mais.

— Que pretende fazer com eles, mestre?

— Enterrá-los em algum lugar seguro para não serem pisados de novo.

— Mas são muitos!

— É um trabalho adequado para preencher o tempo enquanto aguardamos a reconstrução da ponte. Junte o que for possível... — disse Musashi, examinando a área próxima à margem do rio — ... e enterre perto daquelas campânulas.

— Mas não tenho enxada.

— Cave com esse toco de espada.

— Sim, senhor.

Iori abriu uma cova rasa e nela enterrou as pontas de flechas, os elmos e pedaços de metal junto com os ossos.

— Está bom assim, senhor? — perguntou, quando acabou o serviço.

— Está. Ponha uma pedra sobre a terra. Muito bem, você acaba de realizar uma bela cerimônia fúnebre.

— Quando aconteceu essa batalha, mestre?
— Já se esqueceu? Você leu a respeito nos livros, tenho certeza.
— Não me lembro.
— Falo de um trecho da obra Taiheiki. As duas sangrentas batalhas nele mencionadas — travadas no ano III do período Genkou (1331-1334) e no ano VII do período Shohei (1346-1370), entre as tropas de Nitta-no-Yoshisada, Yoshimune e Yoshioki, de um lado, e o exército de Ashikaga Takauji, do outro — aconteceram em Kotesashi-ga-hara, que corresponde a esta região.
— Ah, então este é o local da batalha de Kotesashi-ga-hara! Eu conheço esse episódio! O senhor também já me falou dele diversas vezes.
— Vejamos então — disse Musashi, disposto a avaliar o aproveitamento do seu aluno —, este trecho de Taiheiki relativo ao episódio em que o príncipe imperial Munenaga[10], "havia muito tempo estacionado na região oriental, devotado apenas à lide guerreira e, surpreso por ter sido nomeado comandante das forças de ocupação do leste japonês por decreto imperial, compôs o seguinte poema: ...". Você sabe como era o poema, Iori?
— Sei, sim senhor — respondeu Iori de imediato. Ergueu o olhar para o céu azul onde um pássaro planava e declamou:

Noite e dia na lide guerreira,
Com espanto contemplo minhas mãos:
Como foram elas a isso habituar-se
Sem nunca antes um arco terem tocado?

Musashi sorriu, satisfeito:
— Muito bem! E agora, vejamos se se lembra de outro poema desse mesmo príncipe Munenaga, posterior ao seguinte trecho introdutório: "Nessa época, depois de deixar para trás as terras de Musashi-no-kuni, e aproximando-se de um local denominado Kotesashi-ga-hara..."
— ...?
— Esqueceu-se, não foi?
— Espere! Espere um pouco! — pediu Iori sacudindo a cabeça, ferido em seus brios. Lembrou-se de súbito, e declamou, à sua maneira:

---

10. Príncipe imperial Munenaga (1311): filho do imperador Godaigo, foi deportado para Sanuki (uma das seis províncias que compõem a região de Nankaido) por ter participado de um movimento contra a autoridade militar bakufu. Com o declínio do poder bakufu, o príncipe retomou seu antigo status, sendo nomeado pelo imperador para o comando geral (*seito shogun*) das tropas designadas a dominar o leste japonês rebelado.

Por vós,
Meu senhor e imperador,
Por ti,
Meu amigo, meu povo,
Minha vida ofereço sem pesar:
Por todos morrer vale a pena.

— É isso, não é, mestre?
— E qual o sentido desse poema?
— Eu sei!
— Diga, então.
— Para quê? Quem não conhece o sentido destas palavras não é japonês, muito menos guerreiro.
— Está certo. Mas então, Iori, diga-me: depois de remover os ossos, por que você não para de esfregar as mãos? Está com nojo?
— Aposto que nem o senhor se sentiria bem, mestre.
— Estes ossos, Iori, são dos soldados que, chorando de emoção ao ouvir o poema do príncipe Munenaga, deram a vida por nobre ideal. Enterrados, constituem ainda hoje o invisível alicerce desta nação. Graças a isso o nosso país está hoje em paz, perpetuando outonos de farta colheita.
— Entendi.
— Guerras eclodem vez ou outra, mas são passageiras como a tempestade de ontem, não chegam a afetar minimamente a estrutura do nosso país. Devemos muito às gerações atuais, sem dúvida alguma, mas não se esqueça nunca do quanto devemos a esses que hoje são apenas ossos.

IV

Iori balançou a cabeça várias vezes em sinal de compreensão.
— Entendi. Acha que devo então enfeitar com flores o túmulo e fazer uma reverência?
Musashi riu.
— Não precisa reverenciá-los, Iori. Grave apenas bem fundo no seu coração o que você acaba de dizer agora.
— Mesmo assim...
Apanhou algumas flores-de-campo e enfeitou o túmulo para apaziguar a consciência. E já ia juntar as mãos, quando algo pareceu lhe ocorrer.
— Mestre! — chamou, hesitante. — Quem é capaz de me afirmar com certeza que estes restos mortais são realmente dos leais súditos do príncipe

Munenaga e não dos soldados de Ashikaga Takauji? Porque, se forem deste último grupo, não tenho nenhuma vontade de rezar por eles.

Musashi não encontrou uma boa resposta à pergunta. Decidido a não juntar as mãos enquanto não obtivesse uma resposta convincente, o menino aguardava, apenas contemplando-lhe o rosto.

Um grilo cricrilava em algum lugar. Musashi ergueu o olhar para o céu e descobriu a lua em fase crescente, mas nenhuma resposta à pergunta do menino.

Depois de curta pausa, disse:

— Segundo Buda, existe salvação mesmo para o mísero pecador que praticou todas as dez más ações e os cinco pecados mortais. Basta que, em estrita conformidade com o seu coração, o pecador abra os olhos para a verdade de Buda, e todos os crimes serão perdoados, dizem as escrituras. Se Buda perdoa os vivos, que dirá estes pobres ossos...

— Isto quer dizer que vassalos leais ou rebeldes, todos são a mesma coisa depois de mortos?

— Nada disso! — replicou Musashi, enfático. — Não tire conclusões precipitadas, Iori. Um *bushi* preza o nome acima de tudo. Podem gerações e gerações se suceder, mas não haverá salvação para um samurai que conspurcou seu nome.

— Nesse caso, por que Buda dá a entender que bandidos e vassalos fiéis são todos a mesma coisa?

— Porque, basicamente, todos os seres humanos são iguais, têm o mesmo espírito búdico. Mas alguns sucumbem à tentação da fama e da fortuna e se transformam em pecadores e em rebeldes. Mas Buda não os rejeita e os incita a abrir os olhos para a sua verdade, explicando-a através de um milhão de sermões. Tudo isso porém só é válido enquanto vivemos. Depois de mortos, não podemos recorrer à salvação. Nada mais existe além da morte.

— Ah, entendi — disse Iori, para logo observar:

— Mas isso não vale para um samurai, não é verdade? Para ele, resta algo mesmo depois de morto, não resta?

— Como assim?

— Resta-lhe o nome.

— Certo.

— Se conspurcou o nome, resta-lhe um mau nome. Se o honrou, um nome honrado.

— Isso mesmo.

— Mesmo depois de virar um monte de ossos, não é?

— No entanto, Iori — disse Musashi, receoso de que o menino, na ânsia de aprender, visse apenas um lado da verdade —, todo samurai precisa, a seu turno, possuir a visão *mono-no-aware,* a sensibilidade para perceber a frágil beleza das coisas terrenas e de comover-se com sua transitoriedade. Um *bushi* sem o senso *mono-no-aware* é uma campina árida, sem flores nem luar. Ser apenas forte o torna semelhante à tempestade de dois dias atrás, mormente se ele se dedica apenas à esgrima, noite e dia sem cessar. *Mono-no-aware* torna o *bushi* compassivo, capaz de compreender e comover-se com a insignificância de todas as coisas terrenas.

Iori nada mais perguntou.

Em silêncio, dispôs as flores diante do túmulo e juntou as mãos em sincero tributo.

DUAS BAQUETAS

I

Os minúsculos vultos humanos que se arrastavam como formigas em ininterrupta fileira pela encosta da montanha desde o sopé até o topo do monte Chichibu desapareciam momentaneamente no interior de densas nuvens quando se aproximavam do cume.

Pouco depois, esses mesmos vultos ressurgiam no santuário Mitsumine Gongen, no topo da montanha, erguiam o olhar e viam sobre eles o céu sem nuvens. Estavam agora numa vila de onde se avistavam quatro das oito províncias que constituem Bando, a região oriental do Japão. Dali era fácil o acesso aos picos Kumotori, Shiraiwa e Myoho-ga-take.

Um extenso muro cercava o complexo religioso que abrigava santuários xintoístas e templos budistas, com suas edificações, pagodes. Em continuação ao muro, surgiam residências e escritórios relacionados com o templo, lojas de lembranças e casas de chá, constituindo a pequena cidade movimentada. Além disso, havia ainda, espalhadas na região, cerca de setenta casas de lavradores da propriedade religiosa.

— Escute! São os tambores! — gritou Iori. Estava desde a noite anterior hospedado, em companhia de seu mestre, no templo *betto* Kannon'in.[11] Engoliu às pressas o resto do arroz *okowa* que lhe tinha sido servido e disse, lançando sobre a mesa seus *hashi:*

— O espetáculo já começou, mestre! Vamos!

— Já assisti a ele ontem à noite. Vá sozinho.

— Mas ontem só mostraram dois números!

— Não tenha tanta pressa, Iori. Disseram-me que hoje o festival vai se prolongar por toda a noite.

Iori reparou que ainda havia meia porção de arroz no prato de Musashi. Quando terminasse de comê-lo, seu mestre concordaria em ir, achou o menino. Acalmou-se portanto, e disse em tom comedido:

— O céu está cheio de estrelas, mestre.

---

11. No original, *betto no Kannon'in*: templo budista que cultua a deusa Kannon, anexo a um santuário xintoísta. O início do período Nara (710-784) viu surgir no Japão um novo credo, o *shinbutsu shugo*, mistura das crenças budista e xintoísta, segundo a qual Buda ter-se-ia manifestado nas diversas formas das divindades do xintoísmo para salvar o povo japonês. A essas manifestações era dado o nome genérico de Gongen. A teoria de que as duas religiões, budista e xintoísta, eram na verdade um só, fez surgirem complexos religiosos xintoístas com templos budistas anexos. Estes últimos eram denominados *betto*. Com a restauração Meiji, as duas religiões tornaram a ser separadas por decreto.

— Está?

— Mais de mil pessoas chegaram a este pico desde ontem. Seria muito triste se chovesse, não seria?

Musashi comoveu-se com a ansiedade do menino.

— Vamos lá assistir a esse espetáculo, Iori — disse.

— Vamos, vamos! — concordou o menino, saltando e correndo para a entrada. Tomou emprestados dois pares de sandálias do templo e ajeitou um deles para Musashi sobre o degrau de pedra.

Na frente do templo, assim como dos dois lados do portal à entrada da cidade, o fogo ardia no interior de grandes cestos de ferro montados sobre tripés, e todos os moradores tinham acendido tochas em seus portões. Resplandecia o topo da montanha de algumas centenas de metros de altura.

No céu, de azul profundo que lembrava um lago, a Via Láctea era uma faixa de prata fumegante. E indiferente ao frio desse cume de montanha, a multidão iluminada pela deslumbrante claridade celeste e pela luz fumarenta das fogueiras movia-se como sombra em torno de um palco.

— Ora essa! — exclamou Iori, no meio da multidão. — Aonde foi meu mestre? Ele estava aqui ainda agora...

O som de flautas e tambores ecoava pelas montanhas e era transportado para longe pelo vento. A multidão crescia, mas o palco, onde cortinas tremulavam à luz cambiante das fogueiras, continuava vazio.

— Mestre!

Costurando no meio da multidão, Iori finalmente descobriu Musashi parado diante de um santuário, contemplando algumas tabuletas que discriminavam os nomes de diversos doadores, pregadas ao beiral.

— Mestre! — tornou a chamar o menino, puxando-lhe a manga do quimono. Musashi, porém, continuava em silêncio, olhos voltados para o alto.

O alvo de seu olhar fixo era a tabuleta que se destacava das dezenas de outras tanto pelo tamanho quanto pelo valor doado. Dizia:

Daizou, de Narai.
Procedência: Vila Shibaura, em Bushu.

Daizou era o homem que, havia alguns anos, Musashi tinha procurado com tanta persistência desde Kiso até as proximidades de Suwa. Na ocasião, ele tinha ouvido dizer que o homem partira em jornada para outras províncias levando Joutaro consigo.

Vila Shibaura, em Bushu! Tão perto do lugar onde morara até bem pouco tempo atrás, em Edo!

Atônito, Musashi contemplava a plaqueta, relembrando as pessoas de quem se desgarrara.

II

Não que tivesse se esquecido delas no cotidiano. As lembranças reviviam só de ver Iori.

"Três anos já se passaram, como em um sonho!"

Quantos anos teria Joutaro hoje? Musashi fez as contas mentalmente.

O grande tambor dos festivais *kagura* começou a soar alto, trazendo-o de volta à realidade.

— Já vai começar! — disse Iori, a atenção instantaneamente atraída para o palco. — O que faz aí, mestre? — perguntou.

— Nada em especial. Iori, vá assistir ao espetáculo sozinho. Vou mais tarde, porque preciso verificar algumas coisas.

Apressou o menino e dirigiu-se sozinho para a área residencial do templo.

— Quero algumas informações sobre um doador — disse ele para o sacerdote xintoísta idoso e surdo que o atendeu.

— Não lidamos com esse tipo de assunto neste local, mas se quiser, posso conduzi-lo ao escritório central — respondeu-lhe o sacerdote, indo-lhe na frente.

Uma placa anunciava, em caracteres garrafais: "Administração Geral — Monge Superior". Extensa parede branca, com certeza um depósito de relíquias, surgia ao fundo. Budismo e xintoísmo tinham-se mesclado, e ali devia ser o escritório administrativo, cujo chefe seria um monge budista graduado.

O velho sacerdote xintoísta que servira de guia falou longamente na entrada do escritório, por certo comunicando o pedido de Musashi.

Momentos depois, o monge encarregado apresentou-se e, em atitude extremamente cortês, disse-lhe:

— Por favor, acompanhe-me.

Logo, chá e doces finos foram-lhe servidos. Novo serviço lhe foi apresentado, mal o primeiro terminou e uma linda menina surgiu para lhe servir o saquê.

Passados instantes, apresentou-se o monge que se intitulava superior máximo do complexo religioso.

— Seja bem-vindo, senhor, a este topo de montanha. Não posso lhe oferecer nada além de simples iguarias montanhesas, mas sirva-se à vontade — disse com extrema educação.

Havia algo estranho, sentiu Musashi. Sem ao menos tocar na taça de saquê, tratou de esclarecer:

— Na verdade, estou aqui para lhes pedir informações sobre um doador deste templo.

O roliço monge de quase cinquenta anos arregalou os olhos instantaneamente:

— Como? — disse, contemplando-o com nova expressão no olhar. — Informações?

Desconfiado, examinou Musashi abertamente, agora com certa insolência.

E quando o jovem lhe indagou quando teria o senhor Daizou de Narai — morador da vila Shibaura de Bushu, conforme constava na plaqueta de doações — vindo até aquele pico; se ele costumava vir com frequência ao templo; se se fazia acompanhar de alguém quando veio e, em caso positivo, que aparência tinha esse acompanhante, o monge superior mostrou franco desagrado e respondeu:

— Não veio para oferecer doação, mas para levantar informações sobre um de nossos benfeitores?

Pelos deuses! De quem tinha sido o erro: do velho sacerdote xintoísta surdo, ou do monge atendente? — parecia pensar agora o superior do templo, exasperado:

— Alguém deve ter me compreendido mal: vim apenas saber se esse indivíduo Daizou... — começou Musashi a explicar, mas foi rudemente interrompido.

— Se esse era o seu verdadeiro objetivo, devia tê-lo dito claramente quando foi atendido na entrada desta casa. O senhor deve ser um *rounin*, pelo aspecto. Pois digo-lhe que não posso correr o risco de prejudicar nossos benfeitores fornecendo informações sobre eles a gente que não conheço!

— Longe de mim a intenção de prejudicá-lo! — replicou Musashi.

— Bem, vamos ouvir a opinião do monge encarregado — disse o superior. Ergueu-se e se afastou movendo as mangas bruscamente.

III

Com o livro de ouro na mão, o monge encarregado da administração examinou superficialmente as páginas e logo disse com rispidez:

— Nada consta neste livro. Parece-me que o senhor Daizou vem com frequência a este templo, mas aqui não diz quantos anos tem o seu acompanhante.

Apesar de tudo, Musashi agradeceu cortesmente e saiu. Dirigiu-se em seguida para o local onde apresentavam o espetáculo em busca de Iori, e o descobriu atrás da multidão que cercava o palco. O menino tinha subido numa árvore para compensar a baixa estatura e agora apreciava o espetáculo sentado num dos galhos superiores.

Cinco tiras de tecido de cores diferentes compunham o pano de fundo do palco. A madeira escura do tablado era de cipreste. O vento atiçava as fogueiras e suas labaredas cresciam, ameaçando atingir os grossos festões de palha trançada pendentes dos quatro cantos do telhado sobre o palco.

Musashi contemplava agora o espetáculo, tão absorto quanto Iori.

Em outros tempos, tinha sido como Iori. Os festivais noturnos do santuário de Kinumo, em sua terra natal, surgiram-lhe vívidos na mente, as imagens da distante infância sobrepondo-se às atuais. No meio da multidão, entrevia o rostinho branco de Otsu, Matahachi mastigava alguma coisa, tio Gon passava andando, e a mãe vagava aflita entre vultos imprecisos à procura do filho que tardava a voltar.

Sobre o palco, os músicos preparavam as flautas e empunhavam baquetas. Suas estranhas vestimentas de brocado — réplicas das usadas pelos guardas imperiais na Antiguidade — destacavam-se à luz das fogueiras, remetendo o público a eras primitivas, quando os deuses ainda reinavam sobre a terra.

Lentamente, baquetas começaram a bater nos tambores[12], e o som repercutiu no bosque de cedros. Aos poucos, flautas e tambores menores despertaram, executaram os acordes preliminares, o mestre da dança religiosa surgiu no palco usando máscara de faces e queixo descoloridos pelo uso. A máscara representava um rosto do tempo dos deuses, e com ela o dançarino bailou majestosamente, entoando a canção *Kamiasobi*:

> *Sempre verdes sakaki*[13]
> *Das sagradas montanhas Mimuro*[14]*,*
> *Perante os deuses eternamente vicejam,*
> *Eternamente vicejam.*

Na pausa que se seguiu, os instrumentos intervieram aos poucos, acelerando o ritmo da melodia:

> *Princesa imperial,*
> *Serva dos deuses, a eles servi,*
> *Rezai pela perpetuação*
> *Do povo destas montanhas.*

---

12. No original, *ookawa*: tambor ou *tsuzumi* grande.

13. Sakaki: arbusto médio da família das camélias, de folhas grossas perenes e de cor verde escura brilhante. Considerada a planta dos deuses, seus galhos e folhas são usados em cerimônias xintoístas desde a Antiguidade.

14. Mimuro: montanhas em que os deuses são reverenciados.

E logo depois:

> *Que lança é esta?*
> *Esta é a lança sagrada*
> *Do palácio celestial*
> *Onde reina a princesa Toyo-oka,*
> *É a lança sagrada*
> *Do palácio celestial.*

Musashi também sabia algumas dessas canções desde pequeno, e nesse momento cenas do passado — ele próprio dançando no santuário de Sanumo da terra natal com a máscara no rosto — voltaram-lhe à memória.

> *Espada sagrada,*
> *Protetora dos homens,*
> *A vós, ó deuses, ofereço,*
> *A vós ofereço.*

Enquanto ouvia a canção, Musashi contemplava as mãos dos músicos batendo tambores, e de súbito murmurou, esquecido da presença dos demais espectadores:

— É a técnica das duas espadas!

IV

De cima da árvore, Iori ouviu o murmúrio e olhou para baixo.

— Ora essa, mestre! O senhor estava aí? — observou, espantado.

Musashi nem sequer voltou-se para o menino. Olhava o palco, não com o êxtase dos demais espectadores, mas com aterrorizante intensidade.

— É isso! — gemeu ele — Duas espadas, duas baquetas! As baquetas são duas, mas o som é um só!

Imóvel e de braços cruzados, ele se deixou ficar contemplando por muito tempo, mas o cenho descontraído indicava que tinha finalmente solucionado um mistério há muito lhe habitando a mente: a lógica por trás do recurso das duas espadas.

O homem nasce com duas mãos, mas ao esgrimir, usa-as como se fossem uma.

Qualquer adversário as usa desse modo, é assim que todos as usam habitualmente, não há muito o que discutir quanto a isso. Mas se alguém viesse usando as duas mãos distintamente, com uma espada em cada mão, como as enfrentaria quem usasse apenas uma?

Musashi já tinha vivido essa experiência no episódio do duelo de Ichijoji, quando combatera sozinho o pequeno exército de partidários dos Yoshioka. E no fim da refrega, dera-se conta de que empunhava uma espada em cada mão: a longa, na direita, e a curta, na esquerda.

A ação tinha sido instintiva. Inconscientemente, suas duas mãos tinham feito uso integral dos respectivos potenciais para protegê-lo. A proximidade da morte ensinara-as.

Se na batalha é inimaginável que um exército enfrente outro sem empregar os flancos esquerdo e direito independentemente, que dirá em luta envolvendo um único corpo!

O hábito torna natural o antinatural, e o homem se esquece de questionar-se.

"O correto é usar duas espadas. Essa é a atitude natural no ser humano!", vinha acreditando Musashi desde aquele dia.

Mas o cotidiano ensejava apenas comportamentos habituais, enquanto visitar a fronteira da morte era uma situação rara, poucas vezes experimentada por um homem. E a essência da esgrima consistia em banalizar essa experiência extrema, nada mais, nada menos.

Um movimento consciente, e não inconsciente. Sobretudo, um movimento consciente realizado com espontaneidade, quase inconscientemente. Assim tinha de ser a técnica das duas espadas. Musashi vinha pensando nisso todos os dias dos últimos tempos. Ele precisava apenas encontrar a lógica dessa convicção, a fim de poder chegar a um princípio inabalável — o do uso simultâneo das duas espadas.

E nesse instante, ao ver as duas mãos do músico empunhando duas baquetas e com elas batendo no tambor, começara de súbito a ouvir a verdade das duas espadas.

Duas eram as baquetas batendo no tambor, mas o som era um só. E o músico batia, esquerda e direita, direita e esquerda — em movimento consciente e ao mesmo tempo inconsciente. Em outras palavras, tinha atingido um estágio de alienação e liberdade totais. Musashi sentiu a compreensão chegar-lhe como uma luz.

A dança sagrada, que tinha começado com a canção do mestre cerimonial, tinha prosseguido e agora dançarinas a ele se tinham juntado. A dança de Iwato já terminara e, com a exibição do bailado "A Lança de Aramikoto", o ritmo se tornara mais rápido, a flauta soava estridente e os guizos tilintavam.

— Iori! Vai continuar assistindo? — perguntou Musashi, voltando-se para o alto.

— Mais um pouco — respondeu o menino, absorto, a alma presa, sentindo-se ele próprio um dos dançarinos.

— Volte cedo para poder dormir. Amanhã, subiremos ao pico para visitar o santuário interno — disse Musashi, retornando sozinho para o *betto* Kannon'in.

Atrás dele seguiu um homem em companhia de um cão preto, preso à correia. O homem esperou Musashi desaparecer no interior do templo e voltou-se para a noite, acenando e chamando alguém, em surdina:

— Venha cá!

A ESTIRPE DO MAL

I

Os cães eram considerados mensageiros dos deuses da montanha Mitsumune, e referidos como estirpe dos deuses naquelas paragens.

Esculturas, tabuletas e porcelanas representando cães eram vendidas em lojas de lembranças locais e levadas por fiéis quando desciam a montanha.

Além dessas representações, cães reais pululavam na montanha. Alguns eram criados reverentemente pelos habitantes locais, mas por viverem isolados naquela região inculta, continuaram, em sua grande maioria, não muito distantes dos cães selvagens de grandes presas agudas.

Esses animais eram o resultado do cruzamento dos cães selvagens que desde sempre habitavam as montanhas de Chichibu com certa estirpe trazida por imigrantes coreanos e introduzida na planície de Musashino havia mais de mil anos.

E preso na corda de cânhamo do homem que acompanhara Musashi, estava também o cão dessa raça, do tamanho de um bezerro. No momento em que o dono acenou para o escuro, o cão voltou-se na mesma direção e pôs-se a farejar.

Aparentemente, o animal tinha sentido cheiro conhecido, pois abanou o rabo e começou a ganir baixinho.

— Quieto! — ralhou o dono, encurtando a corda e vergastando-lhe o traseiro.

A cara do dono nada ficava a dever à do cão em matéria de ferocidade.

Rugas fundas marcavam seu rosto e faziam supor que o homem estivesse na casa dos cinquenta, mas o corpo era robusto, denotando intrepidez raramente encontrada até mesmo em pessoas mais jovens. Tinha pouco mais de um metro e sessenta de altura, mas cada articulação das musculosas pernas e braços ocultava uma elasticidade agressiva, algo difícil de ser enfrentado. Em outras palavras, era um bandoleiro e, como o cão, fazia parte da espécie intermediária entre o selvagem e o doméstico.

As roupas, pelo menos, eram apresentáveis porque o homem trabalhava para o templo. Vestia peça curta sem mangas semelhante a um colete ou sobrecasaca presa à cintura com uma faixa, *hakama* de linho, e calçava sandálias novas.

— Baiken-sama! — disse a mulher, surgindo das trevas e aproximando-se.

O cão tentava aproximar-se dos pés da mulher, desesperado por brincar, de modo que ela se conservou a considerável distância.

— Quieto, eu disse! — admoestou Baiken, dando agora violenta chicotada na cabeça do animal. — Belo trabalho, Okoo! Você o encontrou.

— Era ele mesmo?

— Era Musashi, sim, senhora.

Os dois calaram-se por instantes, apenas contemplando as estrelas que surgiam entre as nuvens. O ritmo do *kagura* tinha-se acelerado e ecoava agora no meio do bosque de cedros.

— Que faremos? — perguntou Okoo.

— Ainda não sei — respondeu-lhe Baiken.

— Vai ser uma pena deixá-lo partir impune.

— Realmente. Não podemos perder esta oportunidade.

Okoo incentivava Baiken à ação com o olhar, mas o homem parecia estranhamente indeciso. Um pensamento qualquer queimava no fundo de suas pupilas brilhantes.

Seu olhar era aterrador. Instantes depois, perguntou:

— Onde está Toji?

— Na loja. Bebeu demais no festival e está dormindo desde o início da noite.

— Vá até lá e acorde-o.

— E você?

— Não posso largar o emprego. Vou fazer a ronda do depósito do templo, terminar alguns serviços, e depois disso irei ter com vocês.

— Na minha loja?

— Na sua loja.

Os dois vultos separaram-se e foram aos poucos desaparecendo na noite iluminada pelo clarão vermelho das tochas.

II

Depois de passar pelo portal do templo, Okoo apressou o passo e começou a correr.

O pequeno vilarejo era constituído por quase trinta casas, lojas de lembranças e casas de chá em sua grande maioria. No meio delas, porém, havia uma ou outra mais animada, de onde provinham vozes e o indisfarçável cheiro de saquê e cozidos.

A porta pela qual Okoo se embarafustou era de uma dessas casas. Na sala de terra batida enfileiravam-se alguns bancos, e no alpendre pendia o cartaz:

"Sala de Descanso".

— Onde está meu marido? — perguntou Okoo à empregada, que cabeceava sentada num banco. — Dormindo?

Imaginando que a patroa a repreendia, a meninota sacudiu a cabeça diversas vezes, negando.

— Não estou falando de você, sua tonta. Pergunto do meu marido!

— Ah, o patrão? Ele está dormindo!

— Está vendo? — disse Okoo, estalando a língua de impaciência. — O único taberneiro capaz de dormir no meio de um festival é o idiota do meu marido!

Passeou o olhar pelo aposento escuro à procura dele.

Uma velha e um empregado preparavam-se para cozinhar no vapor o arroz *okowa* do dia seguinte, e um trêmulo clarão avermelhado provinha do fogão.

— Escute aqui, preguiçoso! — disse Okoo, que descobrira um vulto deitado sobre um dos bancos, dormindo a sono solto. — Acorde, vamos! Você tem de acordar! — insistiu ela, apertando-lhe de leve o ombro e sacudindo-o.

— Quê? — disse o homem, soerguendo-se abruptamente.

— Ora!... — exclamou a mulher, dando um passo para trás e fitando o homem.

Pois esse não era o seu marido, Toji, mas um jovem provinciano desconhecido, de rosto arredondado e olhos grandes. Perturbado em seu sono, o moço arregalou os olhos e fixou um olhar inquisidor em Okoo.

— Ah-ah! — riu ela para disfarçar o embaraço. — Desculpe-me se o acordei, confundi-o com outra pessoa.

O jovem provinciano nada disse. Apanhou a esteira que lhe escorregara para baixo do banco durante o sono e com ela cobriu o rosto, tornando a dormir.

Perto do seu travesseiro havia um prato com restos de comida e a tigela de arroz. Dois pés calçados de sandálias sujas projetavam-se para fora da esteira. Encostados à parede havia ainda uma trouxa de viagem, um sombreiro e um bastão, provavelmente pertencentes a ele.

— Esse jovem é nosso freguês? — perguntou Okoo para a meninota.

— Sim, senhora. Disse que ia tirar uma soneca para depois subir até o templo interno, de modo que lhe emprestei o travesseiro — respondeu a menina.

— E por que não me falou? Por sua causa confundi-o com meu marido. Aliás, onde anda aquele... — começou a reclamar, quando Toji, até então deitado no aposento forrado de esteira, semioculto pelo *shoji* quebrado, ergueu-se.

— Que quer, mulher? Estou aqui, ainda não percebeu? E agora, sou eu que lhe pergunto: aonde foi depois de abandonar a loja em pleno expediente? — reclamou com o mau humor típico dos que são acordados no meio da sesta.

Este era, naturalmente, o velho Gion Toji. Os anos o tinham maltratado, era verdade, mas ainda continuava em companhia de Okoo, sem coragem de romper com ela. O tempo, aliás, não tinha sido menos inclemente com a própria Okoo e apagara toda a sua sensualidade, transformando-a em mulher masculinizada.

Parte da culpa dessa transformação Okoo atribuía a Toji: sua indolência a obrigava a tomar a frente dos negócios e a ser o homem da casa. A vida não havia sido tão dura nos tempos em que tinham possuído o casebre de plantas medicinais no passo de Wada, para onde atraíam os incautos viajantes da estrada Nakayama a fim de matá-los e roubar-lhes as posses.

Os dois, porém, tinham perdido o antro num incêndio, e por causa disso todos os asseclas que os serviam tinham se dispersado. Nos últimos tempos, Toji caçava apenas durante o inverno para se sustentar, e Okoo tinha de trabalhar duramente para manter a Taberna do Cão.

III

Toji continuava com a cara avermelhada, talvez porque tivesse acabado de acordar.

Seus olhos caíram sobre a tina no aposento de terra batida. No mesmo instante levantou-se, caminhou até ela, pegou uma concha e bebeu a água em grandes goles para matar a sede da bebedeira.

Sentada em um dos bancos, Okoo apoiou-se numa das mãos e voltou-se agressivamente, torcendo o corpo:

— Sei que estamos no meio do festival, mas é melhor parar de beber! Aposto como andou por aí a esmo, quase tropeçando em certa espada muito conhecida nossa, sem ao menos imaginar o risco que corria.

— Que disse?

— Não se descuide, estou lhe avisando!

— Por que diz isso?

— Está sabendo que Musashi está aqui entre nós para assistir ao festival?

— Mu... Musashi?

— Você ouviu muito bem. Eu disse Musashi.

— Fala de Miyamoto Musashi?

— Dele mesmo. Ele se hospeda desde ontem no *betto* Kannon'in.

— Mentira!

Ao ouvir o nome, os últimos vestígios da bebedeira se dissiparam do rosto de Toji, tão efetivamente quanto se tivessem lhe despejado toda a água da tina sobre a cabeça.

— Que perigo, mulher! Acho bom você também não aparecer na loja até ele ir-se embora desta montanha.

— Que é isso? Vai se esconder só de ouvir-lhe o nome?

— Não estou disposto a passar pelo mesmo apuro que experimentamos no passo de Wada.

— Covarde! — disse Okoo, com risadinha maldosa. — E pensar que você, além do episódio do passo de Wada, ainda tem a conta da academia Yoshioka a acertar com ele! Eu sou apenas uma frágil mulher, mas não me esqueci do ódio de quando ele me amarrou as mãos e queimou a nossa preciosa casa, nem da promessa de me vingar!

— Naquela ocasião, tínhamos ainda diversos homens para nos ajudar...

Toji conhecia-se muito bem e sabia que não tinha capacidade para ganhar de Musashi num confronto. Não fizera parte do pequeno exército Yoshioka no episódio do pinheiro solitário de Ichijoji, mas tinha ouvido os discípulos remanescentes falarem da sua habilidade. Disso, aliás, tivera provas na própria pele, no passo de Wada.

— Então! — disse ela, achegando-se a Toji. — Sozinho, você não o venceria, sei disso. Mas existe mais uma pessoa nesta montanha que lhe devota ódio profundo.

Às palavras da mulher, Toji deu-se conta pela primeira vez: o homem a quem ela se referia trabalhava no escritório administrativo do templo, guardava o depósito de relíquias, e seu nome era Shishido Baiken! Era dele que Okoo falava, com certeza.

Aliás, Toji conseguira a permissão para explorar a taberna naquele cume por intermédio de Baiken.

Os dois tinham-se conhecido depois que o primeiro, obrigado a abandonar o passo de Wada, chegara às montanhas de Chichibu com Okoo. Aos poucos, em meio a conversas, Toji ficara sabendo que Baiken tinha morado anteriormente nas terras de Ano, aos pés da montanha Suzuka, em Ise, e que antes ainda tinha sido o líder de um grupo de bandoleiros. O bando tinha aproveitado os turbulentos anos do período Sengoku para explorar as sobras de guerra e viver com fartura. Com o término das guerras, Baiken tinha se ocultado nas montanhas da região de Iga, onde sobrevivera trabalhando ora como forjador de foices ora como lavrador. Com o tempo, o senhor dessas terras, o suserano Todo, tinha conseguido impor a ordem em seus domínios, dificultando a vida de gente como Baiken, que se viu então forçado a dissolver seu grupo composto por bandoleiros remanescentes do passado e a dirigir-se sozinho para Edo. Chegando a essa cidade, certa pessoa que tinha relações com o povo de Mitsumine tinha lhe falado de um emprego honesto no templo da montanha. Assim era que Baiken trabalhava havia agora alguns anos como vigia do depósito de relíquias do templo.

Além da montanha de Chichibu, nos ermos da região de Bukou, habitava um bando armado ainda mais selvagem e primitivo que os bandoleiros, de modo que a contratação de Baiken pelos monges tinha seguido o princípio de combater fogo com fogo.

IV

No depósito da administração estavam armazenados não só relíquias religiosas como também donativos em moedas de ouro e prata.

A fortuna, isolada no topo da montanha, vivia constantemente ameaçada por bandidos, de modo que Baiken era, sem dúvida, o homem certo para combatê-los. Não só conhecia os hábitos de bandoleiros e bandidos das montanhas, como também seus métodos de ataque. Mais importante ainda, era o idealizador do estilo Yaegaki para a corrente com foice: sua habilidade no manejo dessa arma, dizia-se, era incomparável, não havia quem o vencesse.

Tinha, portanto, qualificação suficiente para ser contratado por um bom suserano, não fosse o seu passado de crimes. Aliás, era da pior estirpe: seu irmão, Tsujikaze Tenma, tinha sido o chefe de uma quadrilha de ladrões que assolara desde a área de Ibuki até Yasukawa, atolando-se em sangue.

E esse irmão, Tenma, tinha morrido em uma campina na base do monte Ibuki quase dez anos atrás, logo depois da batalha de Sekigahara, atingido pela espada de madeira de Musashi, na época ainda conhecido como Takezo.

Baiken preferia pensar que devia a própria degradação, e a de todos os seus companheiros, muito mais à morte do irmão Tenma do que aos tempos. Em consequência, seu ódio por Musashi não conhecia limites.

Anos depois, Baiken e Musashi se encontraram quando o último passava por Ise. Na cabana de Ano, onde morava, Baiken tentara matar Musashi durante o sono, mas este tinha escapado e desaparecido. Depois disso, o bandoleiro nunca mais o vira.

Okoo, que tinha ouvido Baiken contar essa história diversas vezes, revelou-lhe por sua vez o próprio passado. Visando comprar a simpatia do bandoleiro, a mulher pintou em tintas ainda mais negras seu ódio por Musashi. Nessas ocasiões, Baiken costumava apertar os olhos no rosto riscado por profundas rugas e sussurrar, o olhar fixo em ponto distante: "Qualquer dia desses…"

E tinha sido justamente nesse cume maldito, mais perigoso que qualquer outro lugar no mundo, que Musashi viera parar desde a noite anterior, em companhia de Iori.

De dentro de sua loja, Okoo o tinha visto passar na rua e, subitamente alerta, procurara por ele no meio da multidão, mas não o viu mais.

Pensou em falar sobre isso a Toji, mas o homem só sabia beber e andar a esmo pelos arredores. Inquieta, aproveitou uma pausa no movimento e no começo da noite postou-se na entrada do *betto,* de onde logo viu Musashi e Iori saindo para assistir ao espetáculo *kagura.*

Agora, tinha certeza.

Okoo dirigiu-se em seguida para o escritório administrativo central e pediu para falar com Baiken, que apareceu trazendo o seu cão preto. A partir desse instante, o ex-bandoleiro tinha acompanhado à distância todos os passos de Musashi, até o momento em que este se recolheu.

Ouvindo o minucioso relato, Toji disse, finalmente convencido:

— Entendi.

Se Baiken também ia enfrentá-lo, juntos poderiam até vencê-lo. Toji lembrou-se de que, havia dois anos, Baiken tinha se sagrado campeão nos torneios de Mitsumine dedicados aos deuses, batendo todos os espadachins da área de Bando, usando a técnica Yaegaki de corrente com foice.

— Baiken-sama está então a par do assunto...

— Ele me disse que virá até aqui mais tarde, quando terminar sua ronda.

— Para planejarmos uma cilada, você quer dizer?

— Claro!

— Mas não se esqueçam: o adversário não é qualquer um, é Musashi. Desta vez, precisamos trabalhar direito, senão... — disse Toji, arrepiando-se inteiro e falando alto, sem o querer.

Assustada, Okoo voltou o olhar para o canto sombrio do aposento de terra batida. No banco, o jovem interiorano continuava roncando com a esteira no rosto, profundamente adormecido.

— Fale baixo — disse Okoo.

— Tem gente aí? Ora essa!... — exclamou Toji, tapando a própria boca com a mão.

V

— Quem é ele?

— Diz a menina que é um freguês — respondeu Okoo, despreocupada. Toji, porém, careteou.

— Acorde-o e mande-o embora! Já está na hora de Baiken-sama chegar — disse ele.

Era a melhor solução, sem dúvida alguma. Okoo chamou a menina e deu-lhe as instruções em surdina.

A pequena serviçal dirigiu-se ao banco no canto da casa e acordou o jovem que ainda roncava, avisando-o secamente que já estavam fechando a loja e que ele precisava ir-se embora.

— Ah! Como dormi bem! — exclamou o jovem, erguendo-se e espreguiçando. Diferia dos lavradores das vilas próximas tanto pelo sotaque como pelas roupas de viagem. Seja como for, era bem-humorado, pois pestanejou e sorriu. Moveu então o robusto corpo com agilidade e juntou rapidamente as suas coisas. Vestiu a capa de esteira, apanhou o sombreiro e o bastão, pôs às costas a pequena trouxa de viagem e, agradecendo o momento de descanso, partiu com vivacidade.

— Que sujeito estranho! Ele pagou a conta? — perguntou Okoo à meninota, mandando-a empilhar os bancos e fechar a loja.

Em seguida, foi com Toji ajeitar a casa para a noite, enrolando as esteiras e arrumando a desordem.

Foi então que o cão preto, do tamanho de um bezerro, entrou loja adentro seguido por Baiken.

— Bem-vindo!

— Vamos, entre.

Em silêncio, Baiken descalçou as sandálias.

O cão ocupou-se em farejar e comer restos de comida caídos no chão.

A área residencial, de paredes não caiadas e beirais partidos, era separada da loja por uma varanda. Uma luz se acendeu no aposento onde Baiken se acomodou, dizendo:

— Segundo o que Musashi deixou escapar há pouco para o menino que o acompanhava enquanto assistiam ao *kagura*, amanhã os dois vão subir até o pico para visitar o templo interno. E para ter certeza de que se hospedavam realmente no Kannon'in, passei por lá e averiguei. Foi por isso que me atrasei.

— Então, Musashi vai mesmo subir até o templo interno amanhã...

Okoo e Toji prenderam a respiração. Seus olhares contemplaram, além do beiral, a enorme silhueta do pico recortado sobre o céu cheio de estrelas.

Não haveria de ser com medidas comuns que venceriam Musashi. Disso Baiken sabia, muito mais que Toji.

Além de Baiken, podiam ainda contar com dois robustos monges — guardas do depósito de relíquias — sem falar no homem remanescente do grupo Yoshioka, que tinha construído uma pequena academia dentro da comunidade religiosa e que se ocupava em adestrar alguns jovens locais na arte guerreira. Além deles, havia também alguns bandoleiros que tinham acompanhado Baiken desde as montanhas de Iga. Esses homens tinham agora mudado de profissão, mas acorreriam à primeira convocação de Baiken e logo constituiriam um pequeno grupo de quase dez homens perigosos.

Toji devia fazer uso da arma de fogo, tão sua conhecida, enquanto ele, Baiken, já tinha vindo munido de sua arma favorita, a corrente com foice. Os dois monges guardiães do depósito já tinham partido na frente para juntar o maior número possível de ajudantes, e estariam esperando por eles a caminho do pico Outake na ponte sobre o vale Kosaruzawa, local de encontro de todos eles antes do amanhecer. Esse era o plano, e Baiken achava que não omitira nenhuma providência.

— Ora essa! O senhor já preparou essas medidas todas? — exclamou Toji, admirado.

Baiken sorriu a contragosto. A admiração era até certo ponto explicável, já que todos ali o viam apenas como um bonzo guerreiro, mas para quem o conhecera como Tsujikaze Kohei, irmão do bandoleiro Tsujikaze Tenma, sua movimentação tinha sido tão natural quanto a de um javali ao despertar do sono no meio de arbustos.

O FIM DO ESTILO YAEGAKI

I

A névoa continuava densa.

A lua ia alta no céu, bem distante do fundo do vale, e o pico Outake ainda dormia.

O único a quebrar o silêncio era o rio no fundo do vale Kosaruzawa, a correr ora estrondeando ora murmurando.

Na ponte sobre o rio agrupavam-se vultos humanos negros, envoltos em neblina.

— Toji — chamou alguém.

Era Baiken.

Toji lhe respondeu no meio do grupo, também em voz baixa.

— Não deixe o pavio molhar — advertiu-o Baiken.

Dois bonzos com as vestes contidas em tiras de couro, de aspecto em tudo semelhante a monges guerreiros, misturavam-se ao grupo de aparência sinistra.

Os restantes deviam ser samurais locais e rufiões, vestidos das mais diversas maneiras, mas eles estavam todos muito bem preparados para se locomover com facilidade nesse terreno acidentado.

— São só esses?

— Só.

— Quantos somos?

Todos puseram-se a contar e concluíram: eram treze ao todo.

— Muito bem! — disse Baiken. Repetiu então mais uma vez o papel de cada um e os homens assentiram em silêncio. Baiken então apontou o único caminho que levava da ponte para o topo, indicando-lhes que deviam seguir por aquele lado, e no mesmo instante todos desapareceram, tragados por uma nuvem.

"Templo Interno a quatro quilômetros daqui" — lia-se em um marco de pedra na beira da ponte sobre o precipício, as letras pouco legíveis à luz branca do luar. O silêncio voltou a reinar, apenas quebrado pelo barulho da água e do vento.

Mal os homens desapareceram, seres que até então tinham-se mantido ocultos surgiram nas copas das árvores, alvoroçados. Eram macacos, existentes em grande número desde essa área até o topo do pico.

De cima do barranco, os animais rolaram pedregulhos, balançaram-se em cipós, desceram à beira do caminho, correram sobre a ponte, ocultaram-se debaixo dela, saltaram para o vale.

A névoa perseguia seus vultos ágeis, brincava com eles. A cena era fantástica, fazia até imaginar que um ser celestial poderia descer das alturas naquele instante e lhes dizer na linguagem santa, compreensível até aos animais:

— Que fazem perdidos em brincadeiras neste confinado espaço entre montanhas e vales, seres a quem dei a vida? As nuvens estão por partir! Assumam-lhes a forma, apressem-se! Para oeste se estendem terras sem fim, em Lu Shan poderão dormir, e o pico E Mei Shan de lá avistarão. Poderão lavar os pés na baía de Chang Jiang e respirar o ar do universo. A vida se estende sem fim. Venham, sigam conosco!

Talvez então as nuvens se transformassem em macacos, e os macacos em nuvens que subiriam em flocos ao céu e desapareceriam.

À luz do luar, a névoa refletia e duplicava os vultos dos macacos, que pareciam agora brincar aos pares.

Um cão ladrou nesse instante, e seu latido repercutiu longe no vale.

No momento seguinte, os macacos agitaram-se como folhas mortas varridas pelo vento e desapareceram num átimo. E então, o cão preto que Baiken criava para vigiar o depósito do templo surgiu com estrépito, arrastando atrás de si uma corda partida.

— Kuro! Kuro, cão tinhoso! — gritava Okoo, correndo-lhe no encalço.

Ao que parecia, o cão tinha roído a corda ao perceber que seu dono partira para o pico Outake.

II

Com muito custo, Okoo agarrou a ponta da corda roída. Contido, o enorme cão jogou-se contra ela e quase a derrubou.

— Maldito!

Okoo, que não gostava de cães, afastou-o de si com violento empurrão e fustigou-o com a corda.

— Vamos para casa! — gritou ela, tentando arrastá-lo de volta, mas o cão arreganhou a bocarra de orelha a orelha e ladrou ameaçadoramente. Okoo o tinha preso na corda, mas sua força não era suficiente para arrastá-lo, e se insistia, o animal rosnava e uivava como lobo.

— A culpa é de Baiken! Quem o mandou trazer este maldito cão à minha casa? Devia tê-lo deixado amarrado na casinha dele, no depósito do templo! — reclamou em voz alta.

Tinha de resolver a situação de uma vez, pois do contrário, Musashi, que tinha ficado de partir do templo Kannon'in bem cedo nessa manhã, podia surgir a qualquer momento, e com certeza estranharia a sua presença. Aliás, só o cão já levantaria suspeitas no sempre alerta Musashi.

— E agora, que faço com você? — disse Okoo, desanimada.

O cão continuava a ladrar.

— Vamos em frente, paciência! Mas prometa que não vai mais latir depois que chegar ao templo interno... — resmungou.

E assim, ofegante, se foi levando, ou melhor, levada pelo cão, subindo pela mesma trilha há pouco percorrida pelos homens que a tinham precedido.

Depois disso, o silêncio voltou a reinar uma vez mais. Kuro tinha se calado: farejara talvez a pista de seu dono e devia estar agora seguindo-o alegremente.

A névoa, que se agitara incessante durante toda a noite, aquietou-se afinal como espessa nuvem no fundo do vale. Aos poucos, as silhuetas das montanhas da região de Bukou, bem como os contornos dos picos Myoho, Shiraishi e Kumotori começaram a se definir, e a estrada para o templo interno revelou-se à luz branca do amanhecer. Pássaros começaram a despertar em seus ninhos, enchendo o ar com seus alegres trinados.

— Não entendo, mestre!
— O que, Iori?
— Já clareou, mas não consigo ver o sol.
— Porque você está olhando para o poente.
— Ah, é verdade!!!

O menino voltou-se na direção certa mas descobriu, em vez do sol, o fino crescente da lua caindo além da serra.

— Iori.
— Senhor?
— Você tem muitos amigos nestas redondezas.
— Onde?
— Olhe lá, quantos!

Na área apontada por Musashi havia um bando de filhotes de macacos em torno de um casal adulto.

— Achou-os? — riu Musashi.
— Não sou um deles... — reclamou o menino, para logo acrescentar: — Mas os invejo.
— Por quê?
— Eles têm pais.
— ...

O caminho era íngreme. Musashi ia à frente em silêncio. Depois de curto trecho, o terreno tornou a aplainar ligeiramente.

— Mestre, lembra-se da carteira de couro que meu pai me deixou? Ainda a tem?

— Nunca a perderia, Iori.

— Verificou o conteúdo?

— Não.

— Pois além do amuleto, existe também um documento. Gostaria que o lesse para mim qualquer dia desses.

— Está bem.

— Na época em que o tinha comigo, eu ainda não sabia ler os ideogramas mais difíceis, mas agora talvez já consiga.

— Nesse caso, abra-o você mesmo na próxima oportunidade e leia-o.

A cada passo, a noite recuava.

Musashi caminhava observando a relva do caminho. Numerosas pegadas marcavam o mato, indicando que muita gente lhe ia à frente.

III

O caminho serpenteava pela encosta da montanha, dando voltas e tornando a voltar, até que afinal os levou a um planalto na face oriental.

No mesmo instante, Iori gritou: — É o sol nascendo!

Dedo apontando o horizonte, Iori voltou-se para Musashi.

— Belo!

Reflexos vermelhos tingiam-lhe o rosto.

Em torno deles, tudo era um mar de nuvens. As terras baixas da região oriental desapareciam sob ele, e as montanhas das províncias de Koshu e Joshu[15] assemelhavam-se à Ilha da Eterna Juventude[16] a sobressair em meio a ondas revoltas.

Boca cerrada com firmeza, corpo aprumado, Iori contemplava fixamente o disco solar em ascensão. A emoção tomou conta do pequeno coração e o emudeceu. Tinha a sensação de que seu sangue e o sol partilhavam a mesma vermelhidão.

"Sou filho do sol!", definiu-se ele. Mas a definição não o satisfez: a emoção não se coadunava com seu estado de espírito, de modo que continuou em extasiado silêncio. De súbito, gritou:

---

15. Koshu e Joshu: antiga denominação das atuais províncias de Yamanashi e Gunma.
16. No original, Horai: de acordo com a tradição chinesa, ilha nos mares orientais habitada por santos, onde a velhice e a morte não existem.

— É a deusa Amaterasu Oumikami![17]

Voltou-se para Musashi em busca de confirmação.

— É isso, não é, mestre?

— Isso mesmo.

Iori ergueu as duas mãos, interpondo-as entre ele e o sol, e contemplou a transparência dos dedos.

— O sol e eu temos o mesmo sangue vermelho! — gritou de novo.

Bateu as mãos como num ritual xintoísta e se curvou, dizendo em seu íntimo: "Os macacos têm pais. Eu não tenho. Os macacos não têm a deusa-mãe. Eu tenho!"

Uma enorme alegria o afogou, lágrimas ameaçaram correr por seu rosto, obrigando-o a mover pés e mãos. Aos ouvidos do menino, as melodias *kagura* da noite anterior ressoavam no mundo além das nuvens. Iori apanhou um ramo de bambu e começou a dançar e a cantar o número que aprendera no festival:

Quem me dera assistir,
A cada primavera,
Aos suntuosos folguedos
Dos deuses destas montanhas.

Quando percebeu, Musashi já ia distante. Iori o seguiu apressadamente. O caminho penetrava uma vez mais num bosque. O santuário já devia estar próximo, pois as árvores começavam a apresentar uniformidade natural no seu aspecto.

Os troncos das gigantescas árvores estavam cobertos por espessos tapetes de musgo pontilhados de flores brancas. "Esses gigantes devem estar aqui há quinhentos, mil anos", pensou Iori, sentindo-se tentado a reverenciá-los também.

Moitas baixas de bambu começavam a forçar os passos para dentro da trilha. Heras de folhas vermelhas, à espera do inverno, chamavam a atenção. No meio do bosque, a noite ainda se demorava, a claridade sendo visível apenas além das copas das árvores.

Foi então que, de súbito, a terra sob os pés de ambos pareceu estremecer e, simultaneamente, um estrondo agitou os arredores.

---

17. Amaterasu Oumikami: filha de Izanagi-no-Mikoto e de Izanami-no-Mikoto. Na mitologia japonesa, Izanagi-no-Mikoto é a divindade masculina criada por Amatsu-kami (literalmente: Deus do Céu), que com sua companheira, Izanami-no-Mikoto, criou as terras japonesas, deu origem aos demais deuses, às montanhas, ao mar, às árvores e plantas. Sua filha, Amaterasu Oumikami (literalmente: Poderosa Divindade que Ilumina os Céus) é a adorada deusa do Sol. Seu santuário situa-se em Ise (Naigu).

— Ah! — gritou Iori tapando os ouvidos e lançando-se nos arbustos rasteiros. Na mesma fração de segundo um berro de agonia soou no meio das árvores, na direção de onde se elevava agora um rastro de fumaça.

IV

— Iori! Continue abaixado! — disse Musashi, oculto no bosque, ao menino que se tinha jogado de cabeça no meio dos arbustos. — Não se levante, mesmo que pisem em você!

O menino não respondeu. A fumaça com cheiro de pólvora passou sobre suas costas como névoa e se dissipou mais adiante. Uma lança ou espada ocultava-se no arvoredo próximo, na árvore ao lado de Musashi, no fim da trilha, atrás de todas as coisas.

Os vultos dissimulados pareciam momentaneamente aturdidos, tentando saber aonde teria ido Musashi. Além disso, procuravam talvez averiguar as consequências do tiro, pois nenhum movimento ou som denunciava-lhes as presenças.

Os homens emboscados achavam que o berro de agonia ouvido poucos instantes atrás tinha partido de Musashi, mas não conseguiam vê-lo caído perto do local onde o tinham visto por último, e isso sem dúvida alguma contribuía para que não se mexessem.

No entanto, todos eles viam perfeitamente o menino, imóvel no meio das moitas, mostrando apenas o traseiro como filhote de urso. Iori, que estava bem na mira de todos os olhares e armas, teve a impressão de ter ouvido alguém lhe dizer para não se levantar, mas o medo penetrava em seu corpo pela raiz dos cabelos. Ao estrondo que quase lhe rompera os tímpanos, seguira-se um silêncio de morte, obrigando-o a erguer cautelosamente a cabeça. Logo ao seu lado, a espada enorme aparecia por trás de um grosso cedro.

— Meeestre! Um homem se esconde atrás dessa árvore! — berrou o menino no mesmo instante. Saltou em pé, em seguida, e saiu correndo.

— Maldito moleque! — gritou alguém. A enorme espada veio dançando das sombras e se posicionou sobre a cabeça do menino.

E então, uma adaga cravou na face do homem que empunhava a arma.

Nem é preciso dizer, ela tinha sido lançada por Musashi que, sem tempo de chegar até o menino, valera-se desse recurso para salvá-lo.

— Ma... maldito! — rosnou entre os dentes um monge que tinha assestado a lança contra Musashi, pois este já a tinha agarrado com a mão esquerda. A direita, que acabara de lançar a adaga, continuava vazia, pronta para o movimento seguinte.

Um dos motivos que impediam Musashi de agir com maior agressividade era a impossibilidade de avaliar com exatidão quantos eram os inimigos por trás das gigantescas árvores que o rodeavam.

E então, outro gemido — como o de alguém que de súbito se vê com enorme pedra empurrada para dentro de sua boca — ecoou em algum lugar.

Simultaneamente, sons de violenta luta travada em ponto inesperado, distante de Musashi, pareceram indicar o aparecimento de um traidor no seio do grupo que o tocaiava.

Intrigado, Musashi desviou o olhar e, ato contínuo, percebeu que um segundo monge, atento à espera da brecha em sua guarda, investia contra ele, lança em riste.

Com uma exclamação, Musashi agarrou, usando a mão direita, a outra lança, ficando agora com uma lança debaixo de cada braço. Os dois monges, um à sua frente, outro às suas costas, ainda segurando as respectivas armas, passaram a gritar para os companheiros:

— Ataquem agora!

— Que estão esperando?!

Mais alto que eles, porém, soou o rugido de Musashi:

— Quem são vocês? Identifiquem-se! Caso contrário, são todos meus inimigos. Não me agrada profanar com sangue estas terras santas, mas dentro de instantes haverá uma pilha de cadáveres!

Sacudiu as lanças que imobilizava debaixo dos braços e lançou os dois monges à distância em um átimo. Saltou em seguida sobre um deles, abateu-o com rápido golpe, e com um ágil volteio enfrentou os três homens que se aproximavam agora empunhando espadas.

V

A trilha era estreita.

Musashi avançou aos poucos, ocupando toda a passagem.

Aos três iniciais, logo se juntaram mais dois, todos lhe apontando as armas. Ombro contra ombro na estreita passagem, os homens andavam para trás, arrastando os calcanhares.

Iori não estava à vista, e isso era preocupante. Apenas guardando-se contra os homens à sua frente, Musashi chamou:

— Iori!

De repente, localizou-o no meio do bosque sendo perseguido pelo segundo monge, que tinha recuperado a lança e com ela caçava agora o menino.

— Ah, miserável! — gritou Musashi, voltando-se de leve para ir em socorro do menino. No mesmo instante, os cinco adversários avançaram, gritando:

— Não se mexa!

Com vigoroso movimento, Musashi também se adiantou e foi ao encontro das armas, lançando-se como um vagalhão contra o vagalhão inimigo. A névoa rubra espalhou-se ao redor. Dobrado para frente em posição um pouco mais baixa que a dos seus adversários, Musashi parecia o centro de um redemoinho.

Sangue esguichando, carne rasgando, ossos quebrando, eram muitos os sons no ar. Dois ou três gritos agonizantes ecoaram de permeio. Homens tombavam à direita e à esquerda como árvores secas, todos eles com profundos cortes. E nas mãos de Musashi havia agora duas espadas.

Com gritos de pavor, dois deles fugiram correndo, quase caindo na pressa de escapar.

— Aonde vão? — gritou, indo-lhes atrás.

A espada na mão esquerda golpeou a nuca de um deles, e um líquido escuro esguichou, atingindo-o no olho. Involuntariamente, Musashi levou ao rosto a mão esquerda que ainda empunhava a espada. No mesmo instante, ouviu um estranho som metálico vir-lhe de trás, voando na direção de sua cabeça. Com gesto instintivo, brandiu a espada na mão direita para rebater, mas não concluiu o movimento: uma bola de ferro girava em torno da sua espada na altura da guarda.

No momento em que se deu conta do que acontecia, percebeu uma fina corrente enroscando-se à espada com um ranger metálico.

— Musashi! — gritou Baiken, foice na mão e sempre puxando a corrente presa à espada adversária. — Esqueceu-se de mim?

— Quem... — começou a dizer Musashi. Seus olhos fixaram-se com agressiva intensidade no oponente. — Ora, se não é Baiken, do monte Suzuka!

— E irmão de Tsujikaze Tenma, lembra-se? Sua sorte se acabou no momento em que subiu ao topo desta montanha. Meu irmão o chama do vale da morte. Apresse-se!

Musashi não conseguia desvencilhar a espada. Aos poucos, Baiken começou a puxar para si a corrente, encurtando a distância entre os dois: era o movimento preparatório para lançar contra o adversário a mortífera foice segura em sua outra mão.

Musashi usava agora a espada curta na mão esquerda para fazer frente ao adversário. Pensando bem, percebia que se estivesse lutando apenas com a espada longa da mão direita, não teria a essa altura nenhuma arma com que se defender.

Baiken soltou um *kiai* forte e seu pescoço engrossou, ficando quase do tamanho de sua cabeça. O *kiai* pareceu explodir de todo o seu corpo e, no mesmo instante, o bandoleiro puxou a corrente, trazendo Musashi para perto de si enquanto ele próprio se aproximava um passo, encurtando a corrente.

VI

Estaria Musashi prestes a sofrer a primeira derrota de sua vida?

A corrente com foice era arma inusitada, mas Musashi já a tinha conhecido. Ele a vira alguns anos atrás nas mãos da mulher de Baiken, em sua pequena oficina de ferreiro nas terras de Ano. E se até a mulher manejava tão bem a arma, qual não seria a capacidade do marido?, pensara Musashi na ocasião. Ao mesmo tempo, tinha percebido com clareza a eficiência dessa arma rara, cujo manejo tão pouca gente conhecia.

Até aquele momento, Musashi imaginara que conhecia esse instrumento mortal e suas características.

Mas havia diferença muito grande entre conhecer uma arma e enfrentá-la realmente, em situação de vida ou morte. E no momento em que se deu conta disso, estava enredado em suas mortíferas funções.

Pior ainda, Musashi não podia concentrar toda a sua atenção em Baiken porque sentia a lenta aproximação de outros inimigos às costas.

Baiken sentiu-se vitorioso. Torcendo a corrente, arreganhou os lábios em breve sorriso. Musashi sabia que seu único recurso seria soltar a espada retida pela corrente, mas esperava o momento certo para fazê-lo.

Baiken soltou um segundo *kiai* vigoroso. Simultaneamente, a foice, até então segura na sua mão esquerda, veio voando para o rosto de Musashi.

No momento seguinte, Musashi soltou a espada da mão direita. A foice passou raspando por cima de sua cabeça e, ao desaparecer, a bola de ferro presa na corrente veio voando na sua direção. Enquanto Musashi desviava-se dela, Baiken tornou a lançar a foice.

Foice ou bola de ferro, desviar-se de qualquer uma delas exigia perícia incomum porque a esfera de ferro tinha sido idealizada de modo a atingir, no tempo certo, o exato local em que o adversário se colocava depois que conseguia desviar-se da foice.

Musashi mudava de posição sem cessar com rapidez que os olhos não seriam capazes de acompanhar, tendo ainda de manter a guarda contra os homens que sentia às suas costas.

"Desta vez, estou perdido!", pensou.

Aos poucos, sentiu o corpo inteiro enrijecendo-se numa reação fisiológica, involuntária. Pele e músculos tinham entrado instintivamente na luta contra a morte, não havia tempo para suar. Cabelos eriçavam-se, poros arrepiavam-se.

Musashi sabia que o recurso mais eficaz contra a bola e a foice era interpor uma árvore entre si e o atacante, mas não tinha tempo para aproximar-se das árvores. Além disso, por trás de diversos troncos ocultavam-se outros homens.

Foi então que Musashi ouviu um grito cristalino ecoando.

— Iori? — pensou, sem tempo para voltar-se. Rezou por ele mentalmente. E no preciso instante em que o fazia, a foice já lhe vinha ao encontro, brilhante, e a bola chegava voando.

— Morre, cão!

A injúria não tinha partido nem de Baiken nem de Musashi. Este último sentiu que havia alguém às suas costas. E logo, uma voz viva disse:

— Mestre Musashi! Não entendo por que perde tanto tempo com esse desqualificado! Deixe que eu defendo suas costas!

Segundos depois, ouviu aquela mesma voz dizer:

— Vai-te para o inferno!

Baques, berros, passos, ruído de bambusas quebrando — o incógnito aliado que estivera até pouco tempo atrás atuando em área ligeiramente distante tinha destruído os inimigos que se interpunham entre os dois e transferido o palco de ação para perto dele.

VII

"Quem poderá ser?", pensou Musashi, grato pela inesperada proteção, mas ainda sem tempo de voltar-se para ver. Graças ao desconhecido, porém, podia agora concentrar sua atenção unicamente em Baiken.

Em suas mãos, porém, restava agora apenas a espada curta, pois a longa já tinha sido arrebatada pela corrente do adversário.

Se tentasse avançar, Baiken logo pressentia e saltava para trás. Para o bandoleiro, o mais importante era manter a distância dele próprio com o adversário. A extensão da corrente era o comprimento da arma.

Para Musashi, era interessante manter-se cerca de trinta centímetros além desse comprimento, ou quebrar a defesa e aproximar-se trinta centímetros. Baiken, porém, não permitia nenhuma das opções.

Musashi não conseguia divisar um meio de interromper o ataque de Baiken. Sentia-se exausto, como um soldado atacando um castelo inexpugnável. Mas então, enquanto lutava, descobriu de súbito em que se baseava a delicada técnica de seu adversário: seus princípios eram os mesmos dos das duas espadas.

A corrente era apenas uma, mas a bola de ferro representava a espada da mão direita, a foice a da mão esquerda. E Baiken usava as duas simultaneamente.

— Yaegakiryu! Descobri a chave da sua técnica! — gritou Musashi triunfante, acreditando agora na própria vitória. Saltou para trás quase um metro e meio para desviar-se da bola e lançou de súbito contra o inimigo a espada curta que mantinha na mão direita.

Baiken estava prestes a saltar para frente no encalço de Musashi e não tinha nada com que rebater a espada, que vinha voando agora na sua direção. Com um grito de espanto, torceu o corpo involuntariamente.

A lâmina não achou o alvo e se enterrou no tronco de uma árvore, mas como Baiken tinha torcido o corpo bruscamente, a corrente da bola enroscou-se com um zumbido em torno de seu próprio corpo.

Um grito trágico partiu da garganta de Baiken, mas antes ainda que se extinguisse, Musashi lançou-se com o mesmo ímpeto da bola de ferro contra o seu adversário. Este ia levando a mão ao cabo da própria espada quando lhe golpeou o punho com a mão. O cabo da arma que Baiken fora obrigado a largar já estava agora na mão de Musashi.

"É uma pena!", lamentou este no íntimo, erguendo a espada e descarregando-a sobre Baiken para parti-lo em dois. Puxou então para si a porção da lâmina 20 ou 25 centímetros além da guarda. O efeito foi o mesmo do raio atingindo um tronco de árvore: a espada lhe partiu a cabeça em dois e desceu, penetrando fundo pelo tronco, atingindo e quebrando algumas costelas.

— Ah! — exclamou alguém às suas costas, como que vocalizando o suspiro de Musashi. — Este é o Karatake-wari, o golpe do bambu fendido! É a primeira vez que o vejo sendo aplicado.

Musashi voltou-se.

Em pé à sua frente, viu um jovem provinciano empunhando um bastão de quase 120 centímetros. Rechonchudo, ombros robustos puxados para trás e rosto redondo molhado de suor, o jovem sorria exibindo os dentes brancos.

— Ora...?!

— Sou eu! Faz muito tempo que não nos vemos!

— Mas se não é mestre Muso Gonnosuke, o guerreiro de Kiso!

— Não esperava me ver, esperava?

— Não, realmente!

— Foram os deuses Gongen dos picos Mitsumine que nos trouxeram um para perto do outro, com a ajuda do espírito de minha veneranda mãe, a inspiradora do golpe Luz Materna.

— Quer dizer que ela...

— Faleceu.

Estonteados ainda, os dois tinham começado a se engajar numa conversa sem fim quando Musashi de súbito interrompeu-se:

— Iori! Que foi feito dele?

Seus olhos procuraram ao redor sofregamente. Gonnosuke então interveio:

— Não se preocupe. Eu o salvei e o mandei subir nessa árvore — disse, apontando para o alto.

Iori contemplava os dois com expressão desconfiada, mas logo sua atenção voltou-se para o ponto de onde partiam nesse instante os latidos furiosos de um cão.

— Que é isso? — murmurou, desviando o olhar.

VIII

Mão em pala, o menino procurou observar o ponto distante, no extremo do bosque de cedros, onde havia pequena clareira plana antes do declive rumo ao vale. E lá estava um cão preto preso ao tronco de uma árvore. O cão tinha abocanhado a manga do quimono de uma mulher, que se debatia desesperadamente tentando livrar-se e fugir.

Logo, a mulher conseguiu rasgar a manga e fugiu, quase rolando pela campina.

Ia-lhe à frente um dos monges que tinham vindo ajudar Baiken, o que perseguira Iori havia pouco no meio do bosque. Apoiado à lança, sangue vertendo do ferimento na cabeça, o homem caminhava cambaleante. A mulher o ultrapassou em um instante e desceu pela encosta em vertiginosa carreira.

O cão latia cada vez mais alto: atiçado pelo cheiro de sangue que o vento lhe trazia havia já algum tempo, o animal estava prestes a enlouquecer, seus latidos ecoando sinistramente pelas montanhas.

E nesse instante, a fera arrebentou a corda e disparou atrás da mulher como uma grande bola preta, passando também pelo monge ferido. Este, imaginando-se atacado, ergueu a lança e golpeou-o na cabeça.

A ponta da arma rasgou a cabeça preta do cão que, com um ganido, desviou de sua rota e se refugiou no bosque de cedros, não sendo mais visto ou ouvido a partir desse minuto.

De cima da árvore, Iori comunicou:

— Mestre! A mulher fugiu!

— Desça, Iori! — ordenou Musashi.

— Tem mais um bonzo fugindo do outro lado do bosque. Vai deixá-lo ir-se embora?

— Deixe-o.

Quando Iori enfim conseguiu alcançá-los, Musashi já tinha ouvido de Gonnosuke em linhas gerais as circunstâncias que tinham antecedido a emboscada dessa manhã.

— Essa mulher que o menino viu fugindo deve ser a tal Okoo — deduziu Gonnosuke, o jovem provinciano que, por desígnios divinos, tinha estado dormindo no banco da taberna administrada por Okoo enquanto ela e Toji tramavam a cilada dessa manhã.

Musashi agradeceu-lhe do fundo do coração.

— Você então liquidou o homem que disparou a arma contra mim bem no início da refrega? — indagou.

— Não fui eu, foi este bastão — disse Gonnosuke com bom humor, rindo abertamente. — Eu tinha certeza de que de nada lhes adiantaria tentar emboscá-lo, pois conheço muito bem a sua habilidade, mestre Musashi. Dispunha-me a ficar só contemplando se tudo corresse normalmente, mas quando vi que um deles levava arma de fogo, galguei o pico antes ainda do amanhecer e me escondi à espera dele. Vi-o então assestar a mira e o eliminei com o meu bastão.

Depois disso, os dois andaram pela campina verificando os mortos. Sete tinham sido eliminados com o bastão, cinco com a espada.

— Embora a culpa não tenha sido minha, estas terras são sagradas e creio que haverá um inquérito. Acho melhor apresentar-me ao magistrado local e explicar os fatos. Gostaria muito de saber o que mais lhe aconteceu, mestre Gonnosuke, e também de contar-lhe o que fiz nos últimos tempos, mas terá de ficar para mais tarde. Por ora, vamos retornar ao templo Kannon'in.

Contudo, ainda a caminho do templo, Musashi deparou com um grupo de oficiais do magistrado reunidos na ponte sobre o vale e lhes prestou esclarecimentos voluntariamente. Os homens pareceram um pouco intrigados, mas logo um deles ordenou aos subordinados:

— Prendam-no.

"Prender?", pensou Musashi. A ordem tinha sido inesperada, e o espantou. Não era justo prender um homem que se apresentava voluntariamente para prestar esclarecimentos. Sentiu que sua correção estava sendo paga com desconfiança.

— Caminhe! — ordenou o oficial.

Musashi enfureceu-se, pois aquele homem já o tratava como criminoso. Agora, porém, era tarde demais, pois o número de oficiais armados até os dentes e cercando-o por todos os lados aumentava conforme prosseguiam, chegando a mais de cem até alcançarem a cidade.

O RETORNO

I

— Não chore, não chore! — disse Gonnosuke, apertando ao peito a cabeça de Iori, como se ali quisesse abafar seus soluços. — Um homem não deve chorar. Você é ou não um homem?

— Sou! E é por isso que choro. Eles prenderam meu mestre! Eles o levaram amarrado! — berrou Iori, escapando do abraço de Gonnosuke, abrindo a boca e clamando aos céus.

— Não é verdade. Eles não o prenderam. Foi seu mestre que se apresentou voluntariamente — tentou consolá-lo Gonnosuke, sentindo-se ele próprio inquieto.

Os oficiais que tinham encontrado no percurso entre a ponte e a cidade pareciam extremamente irritados. Além deles, tinham ainda visto aqui e ali diversos agrupamentos de dez a doze soldados.

"Por que tratar desse modo um homem que se apresenta para depor com a melhor das intenções?", indagava-se, bastante aflito.

— Vamos embora — disse, puxando o menino pela mão.

— Não vou! — berrou este de volta, sacudindo a cabeça, sem se mover de cima da ponte. Parecia infeliz, prestes a chorar de novo. — Não vou embora enquanto não devolverem meu mestre!

— Tenho certeza de que logo ele estará de volta. E se você não vier comigo, vou-me embora e o deixo aqui sozinho.

Nem assim Iori moveu-se. E foi então que o cão preto avistado havia pouco de cima da árvore surgiu correndo e atravessou a ponte impetuosamente. O animal parecia ter-se saciado com o sangue fresco dos cadáveres espalhados no bosque.

— E... ei! Tio? — assustou-se Iori, alcançando Gonnosuke às pressas.

Este ignorava que o pequeno, anos atrás, vivera sozinho numa casa no meio da campina, e que tinha espírito indomável, a ponto de imaginar o estratagema de cortar em dois o cadáver do pai por não ser capaz de carregá-lo inteiro até o cemitério local, e de afiar a própria espada com essa finalidade.

— Cansou-se, pequeno? — disse-lhe, à guisa de consolo. — Você deve ter sentido muito medo também, é natural. Venha, eu o levarei a cavalo.

Abaixou-se, dando-lhe as costas.

Iori parou de chorar e disse em tom dengoso, passando os braços em torno do seu pescoço.

— Me leva?

A noite anterior tinha sido a última do festival. A multidão que abarrotara o local já havia descido a montanha, e tanto a pequena vila quanto o interior da propriedade religiosa estavam agora silenciosos.

Cascas de bambu e pedaços de papel redemoinhavam ao vento. Gonnosuke passou pela taberna da noite anterior e espiou o interior cuidadosamente.

Das suas costas, veio a voz admirada de Iori:

— Tio! A mulher que vi há pouco no pico está dentro da casa!

— Com certeza está — disse Gonnosuke, parando. — Quem devia ser presa era ela, e não mestre Musashi! — exclamou.

Okoo tinha acabado de chegar e arrumava-se às pressas para partir, juntando dinheiro e pertences, mas voltou-se casualmente. E ao dar com os olhos em Gonnosuke, parado à sua porta, resmungou entre dentes:

— Maldito!

II

Ainda levando Iori às costas, Gonnosuke enfrentou o olhar carregado de ódio de Okoo e disse, sorrindo:

— Está se aprontando para fugir?

Okoo ergueu-se abruptamente e veio em sua direção dizendo:

— Não lhe interessa! Mas ouça bem, cretino!

— Que modos! Mas fale, mulher.

— Bela ajuda você deu a Musashi esta manhã, não? E matou meu marido também.

— A gente colhe o que planta. Essa é a ordem natural das coisas.

— Pois vai receber o troco!

— De que jeito?

Iori ajudou:

— Mulher do diabo!

Okoo não respondeu. Em vez disso, deu-lhes as costas bruscamente e riu:

— Se eu sou mulher do diabo, sabe o que você é? Ladrão, assaltante do depósito de relíquias do templo! Ou melhor, comparsa do assaltante.

— Como é? — quis saber Gonnosuke, descendo o menino das costas e entrando no aposento de terra batida. — Ladrão? Repita o que disse!

— Não adianta disfarçar.

— Explique o que acaba de dizer!

— Daqui a pouco entenderá.

— Explique! — ordenou Gonnosuke, agarrando-a pelo braço. De súbito, Okoo extraiu uma adaga oculta em suas roupas e investiu contra o jovem.

Ele empunhava o bastão na mão esquerda, mas não vendo necessidade de usá-lo, arrebatou simplesmente a arma e lançou a mulher no chão do alpendre.

— Socorro! Acudam-me, povo da montanha! O comparsa do ladrão do depósito... — começou Okoo a gritar, repetindo a enigmática acusação de há pouco e correndo para a rua aos trambolhões.

Enfurecido, Gonnosuke lançou a adaga arrebatada contra as costas do vulto em fuga. A arma trespassou o pulmão da mulher que, com grito agudo, foi ao chão, coberta de sangue.

Nesse instante, o enorme cão preto surgiu de súbito e, rosnando com ferocidade, lançou-se sobre o corpo caído, lambeu-lhe o sangue e uivou lugubremente para o céu.

— Veja os olhos do cão! — gritou Iori, assustado com seus claros sinais de loucura.

Mas os aldeões não tinham tempo para preocupar-se com os olhos de um cão, pois desde essa manhã estavam todos aflitos, correndo de um lado para o outro, quase tão loucos quanto o animal.

Diziam que um desconhecido havia arrombado o depósito da administração do templo entre a meia-noite e o amanhecer, aproveitando-se da confusão do festival e do fato de que todos na aldeia tinham estado noite e dia ocupados com os visitantes, os fogos e as danças *kagura*.

Era óbvio que o ladrão era gente de fora. Relíquias, como espadas antigas e espelhos, não tinham sido tocadas, mas algumas centenas de quilos de ouro em pó, em barra e em moeda, amealhadas ao longo dos anos, tinham desaparecido sem deixar rastros.

O boato não parecia ser de todo exagerado. Comprovava-o a presença de numerosos oficiais e patrulheiros no local.

Prova mais consistente que isso foi a reação do povo ao único grito de Okoo. Ao ouvi-lo, as pessoas próximas acorreram umas após outras, gritando:

— É aqui!

— Aqui dentro se esconde um dos ladrões que arrombaram o depósito.

Armados com paus e pedras, os aldeões começaram a atirá-las na direção da casa. Só por esse detalhe é possível ter ideia da excitação que tinha tomado conta dos moradores daquela montanha.

III

Gonnosuke e Iori haviam conseguido escapar pelo meio do mato aprofundando-se na montanha Chichibu, e alcançaram o passo Shomaru, que dava passagem para o sopé da montanha na área próxima ao rio Irimagawa.

Os aldeões os tinham perseguido com chuços e espingardas de caça, aos gritos de "Pega o ladrão do depósito!", mas os dois tinham conseguido despistá-los e, enfim, respiravam aliviados.

Era verdade que tinham conseguido salvar-se, mas afligiam-se por Musashi. A preocupação por sua segurança aumentara depois que se deram conta de que ele com certeza fora detido e encaminhado à prisão em Chichibu por ter sido considerado o arrombador do depósito. Por esse motivo, seu depoimento voluntário sobre o outro incidente também fora mal interpretado.

— Daqui já se pode ver Musashino à distância, tio. O que acha que aconteceu a meu mestre? Será que ele continua preso, na mão das autoridades?

— Parece-me que sim. A esta hora, ele deve estar passando dificuldades.

— E você, tio, não conseguiria salvá-lo?

— Claro que consigo. Ele é inocente!

— Faça isso, então, por favor!

— Musashi-sama é quase um mestre para mim. Eu vou ajudá-lo, você pedindo ou não. No entanto, Iori-san... Você é pequeno, e vai me atrapalhar se continuar andando comigo. Daqui não lhe será difícil chegar à choupana na campina de Musashino onde disse que morava, não é verdade?

— Acho que sim...

— Vá então para casa sozinho.

— E você, tio?

— Eu vou retornar à vila para tentar saber do paradeiro de Musashi-sama. Se as autoridades teimarem em mantê-lo preso, acusando-o de um crime que não cometeu, vou salvá-lo de qualquer jeito, nem que para isso tenha de arrombar a prisão — disse Gonnosuke, batendo com o bastão na terra.

Iori, que já presenciara o poder dessa arma, concordou imediatamente em separar-se do guerreiro de Kiso e seguir sozinho para a choupana, e lá permanecer à espera de Musashi.

— Muito bem! Você é um bom menino! — elogiou-o Gonnosuke. Fique lá quietinho até eu retornar em companhia de seu mestre.

A seguir, meteu o bastão sob o braço e foi-se outra vez na direção de Chichibu.

E assim, Iori viu-se sozinho de repente, mas não se intimidou. Ele tinha nascido e se criado no meio de uma campina. Além disso, já conhecia o caminho, uma vez que o havia percorrido na ida a Mitsumine.

O único problema era o sono. Havia passado a noite anterior inteira acordado, e não havia dormido nada desde o momento em que começara a fugir pelas matas. Comera castanhas, cogumelos, carne de aves, mas, até o momento em que os dois tinham chegado a esse passo, não se lembrara de dormir.

E agora, caminhando em silêncio por uma estrada banhada por mornos raios solares, acabou sentindo um sono irresistível e deitou-se no meio da relva à beira do caminho mal entrou em Sakamoto.

Iori tinha se deitado à sombra de uma pedra, em cuja superfície havia entalhada a imagem de Buda. E na altura em que os raios do sol poente incidindo na imagem santa começavam a enfraquecer, o menino ouviu vozes do outro lado da pedra. As vozes o tinham despertado, mas continuou a fingir que dormia porque não queria saltar em pé e assustar as pessoas que conversavam.

IV

Um deles tinha se sentado na pedra, outro em um toco de árvore, aparentemente para descansar.

Dois cavalos de carga estavam presos em árvore próxima. Amarrados de cada lado da sela, pendiam potes de laca e uma tabuleta onde se lia:

Departamento de Controle da Laca
Administração da Província de Yashu[18]
Laca para a Reforma do Pavilhão Ocidental do Castelo de Edo.

Subentendia-se por isso que os dois homens seriam membros da equipe de carpinteiros encarregada da reforma do palácio de Edo, ou funcionários de um departamento do governo encarregado de controlar a distribuição e comercialização da laca.

Um deles era um *bushi* idoso, de mais de cinquenta anos, com físico de dar inveja a qualquer jovem. Tinha um sombreiro sem copa[19], do tipo dobrável, e o sol poente, incidindo fortemente em seu rosto, não permitia distinguir suas feições.

O outro, sentado à frente do primeiro, era um jovem esbelto dos seus dezessete ou dezoito anos. Usava os cabelos longos, como todo adolescente, e envolvia a cabeça com uma toalha de rosto, cujas pontas estavam amarradas sob o queixo. Sorridente, acenava em concordância com o outro.

— E então, *oyaji*-sama? O artifício dos potes de laca surtiu efeito, não surtiu? — disse o jovem.

A isso, o homem idoso a quem o jovem chamara de *oyaji*-sama respondeu:

---

18. Yashu: também conhecida como Shimotsuke, antiga denominação da atual província Tochigi.
19. No original, *ichimonji-gasa*.

— Tenho de reconhecer que você está ficando bastante esperto. Nem eu, Daizou, me lembraria disso.

— Fui aprendendo aos poucos com o senhor.

— Isso é ironia? Desconfio que daqui a quatro ou cinco anos, você é quem estará dando as ordens ...

— Muito natural que isso aconteça. Um jovem evolui, não adianta impedir, e o idoso envelhece, por mais que se aflija.

— Acha mesmo que estou aflito?

— Dói-me o coração perceber o quanto se preocupa em concluir o que se propôs, antes que a velhice o impeça.

— Você me saiu um belo jovem, bem compreensivo.

— Bem... Vamos indo?

— Será melhor, antes que escureça e se torne difícil enxergar onde pisamos.

— Isso me soa agourento, *oyaji*-sama! Eu vejo muito bem onde piso.

— Ah, ah! Apesar de toda a sua bravura, você é bem supersticioso!

— É porque ainda sou novo neste ramo, não tenho a calma que provém da tarimba. Até o barulho do vento me assusta.

— Isso acontece porque você se vê como um simples ladrão. Pense que está trabalhando para o bem da nação e não se sentirá tão vulnerável.

— Tento pensar, *oyaji*-sama, de acordo com o que vem me afirmando repetidas vezes. Mas por mais que tente pensar, chego à conclusão de que um roubo é sempre um roubo, e a consciência me acusa.

— Que é isso? Não seja tão melindroso.

O mais velho devia sentir, ele próprio, escrúpulos semelhantes, pois resmungou as últimas palavras com certa impaciência, mais para si mesmo que para o seu interlocutor, enquanto montava o cavalo que levava os dois potes de laca.

O jovem também saltou agilmente à sela do seu animal e o fez ultrapassar o do outro, que já se tinha posto a caminho.

— O batedor tem de ir na frente, *oyaji*-sama. Preste atenção em mim: se vir alguma anormalidade, sinalizarei.

O caminho descia rumo ao sul, na direção das extensas campinas de Musashino. Cavalo e cavaleiros aos poucos foram desaparecendo com o sol poente.

POTES DE LACA

I

Iori, que tinha estado dormindo atrás da estátua, acabara ouvindo o diálogo e, mesmo sem compreender-lhe o sentido, viu-se desconfiando dos dois homens.

Mal os cavalos puseram-se em marcha, Iori também se ergueu e os seguiu.

Estranhando, os dois homens voltavam-se vez ou outra da sela para olhar, mas considerando o aspecto e a idade do menino, decidiram que ele era inofensivo e ignoraram-no por completo algum tempo depois.

Além disso, a noite veio caindo aos poucos, impedindo-os de ver o que quer que fosse. O caminho continuou em declive até desembocar em um canto da campina de Musashino.

— Olhe lá, *oyaji*-sama! São as luzes da cidade de Ougimachi — disse o mais jovem voltando-se da sela. Nesse ponto, o caminho cruzava uma área quase plana, e além, o rio Nyumon serpenteava como uma faixa ou um *obi* lançado ao chão.

Os dois homens tinham vindo até ali despreocupados, enquanto Iori, apesar da pouca idade, ia-lhes no encalço com muito cuidado para não despertar suspeitas.

Ladrões eram temíveis. Ele sabia pelas experiências vividas na vila de Hotengahara, assolada a cada dois anos por bandoleiros: depois que passavam, não costumava restar nem ovo ou medida de feijão *azuki* no povoado. O menino adquirira também desde muito novo a vaga noção de que ladrões eram seres inescrupulosos, capazes de matar sem motivo aparente. Se os dois homens percebessem que os seguia, podia ser morto facilmente, achava.

E se tinha tanto medo, por que não enveredava por outra senda? O motivo era muito simples.

"Estes dois são os homens que arrombaram o depósito do templo de Mitsumine e roubaram todo o dinheiro!", concluíra.

A ideia, que lhe ocorrera enquanto os ouvia conversar deitado atrás da estátua de pedra, a essa altura já era uma certeza inabalável: eles tinham de ser os ladrões de Mitsumine.

Momentos depois estavam os dois homens e o menino andando pelo posto de Ougimachiya, na rua ladeada por hospedarias. O velho, que estava no cavalo de trás, ergueu a mão e chamou o jovem:

— Jouta! Jouta! Vamos jantar por aqui. Os cavalos têm de ser alimentados, e eu estou com muita vontade de tirar algumas baforadas do meu cachimbo.

Amarraram os animais do lado de fora de uma taberna mal-iluminada, e entraram. O mais novo sentou-se no banco próximo à entrada e ficou vigiando a carga mesmo enquanto comia. Mal terminou a refeição, levantou-se e veio para fora, agora para dar feno aos cavalos.

II

Enquanto isso, Iori também comeu em outra taberna. Ao perceber que os dois homens começaram a se afastar, foi-lhes atrás ainda mastigando.

O caminho logo se tornou escuro uma vez mais, cruzando a interminável planície de Musashino.

De cima das selas, os dois homens trocavam algumas palavras vez ou outra.

— Jouta.

— Senhor?

— Já mandou o mensageiro expresso para Kiso?

— Sim, senhor.

— Isto quer dizer que a nossa gente está à espera debaixo do Pinheiro dos Decapitados?

— Sim, senhor.

— A que horas?

— À meia-noite. Chegaremos bem a tempo.

O mais velho chamava o jovem de Jouta, e por este era chamado de *oyaji*-sama. "Qual seria a relação entre eles?", pensava Iori, cada vez mais desconfiado. Entretanto, já tinha percebido que não conseguiria agarrá-los e prendê-los sozinho, mas acreditava que, se lhes descobrisse o esconderijo, poderia denunciá-los às autoridades e provar a inocência de seu mestre, contribuindo desse modo para que fosse solto.

Era duvidoso que as coisas corressem com tanta facilidade, mas sua sagacidade, que o levara a concluir que os dois eram os ladrões de Mitsumine, não era nada desprezível.

Tanto o sentido do que aqueles homens falavam em voz alta, certos de que não havia ninguém ouvindo, quanto as suas ações, mostravam que o menino tinha razão.

A vila do outro lado do rio parecia um pântano adormecido e silencioso. Passando ao lado das casas escuras, os dois cavalos começaram a galgar a colina. À beira do caminho havia um marco de pedra com os dizeres: "Pinheiro dos Decapitados — Suba a Colina."

A partir dessa altura, Iori embarafustou-se mato adentro.

No topo da colina erguia-se um enorme pinheiro solitário, em cujo tronco havia um cavalo preso. E sentados na raiz da árvore, três *rounin* em roupas de viagem esperavam impacientes.

De súbito, ergueram-se.

— É Daizou-sama! — exclamaram, recebendo com expressões de apreço e cordialidade o homem que vinha subindo a colina, congratulando-se mutuamente por estarem se revendo uma vez mais.

Passados instantes, começaram a azafamar-se para concluir o trabalho "antes que o dia raiasse", diziam. Obedecendo às ordens de Daizou, removeram uma enorme pedra na base do pinheiro, depois do que um deles se pôs a cavar o local com uma enxada.

O ouro surgiu com a terra revolvida. Ao que parecia, fazia já bom tempo que aqueles homens escondiam até o produto de suas pilhagens, pois a quantidade do precioso metal desenterrado era assombrosa.

O jovem a quem o velho chamava de Jouta descarregou os potes de laca dos lombos das montarias, quebrou-lhes as tampas e espalhou o conteúdo sobre a terra.

O material esparramado não era laca em absoluto, mas ouro, em pó e em barras, desaparecido do depósito do templo Mitsumine Gongen. Juntando ao que havia sido desenterrado naquele local, perfazia algumas centenas de quilos.

Os homens então tornaram a distribuir o produto dos roubos em diversos sacos de palha, amarrando-os firmemente às selas dos três cavalos, e após esse trabalho jogaram na cova os potes e os invólucros agora inúteis e os cobriram com terra.

— Está tudo em ordem agora e falta ainda um bocado para o amanhecer. Bem, deixem-me tirar uma baforada — disse Daizou, sentando-se na raiz do pinheiro. Os demais espanaram as roupas e sentaram-se à sua volta.

III

Quatro anos já haviam se passado desde o dia em que Daizou partira de sua verdadeira casa, a loja especializada em ervas homeopáticas em Narai, alegando que ia peregrinar pelos locais santos do país.

Sua passagem fora registrada em todos os recantos do leste japonês: quase todos os templos budistas e santuários xintoístas dessa área exibiam placas de donativo com seu nome, mas aparentemente ninguém até agora se havia dado ao trabalho de questionar onde o filantropo arrumava o dinheiro que doava.

Sua atividade não se restringira a isso: desde o final do ano anterior, havia fixado residência na região de Shibaura, na cidade casteleira de Edo, ali montara a loja de penhores, e era hoje um respeitável cidadão integrante do Conselho dos Cinco da cidade.

E era esse mesmo Daizou que, havia alguns meses, tinha saído com Hon'i-den Matahachi para um passeio a barco na baía de Shibaura e o convencera a atirar no novo xogum Hidetada em troca de uma vultosa recompensa. E tinha sido ele também quem, poucos dias atrás, aproveitando a confusão do festival religioso de Mitsumine Gongen, roubara o ouro do depósito do templo, e o carregava agora com a pilhagem desenterrada do pé do pinheiro em sacos de palha trançada sobre os lombos de três cavalos.

O mundo era assim mesmo, repleto de gente perigosa levando aparentemente uma vida honesta. Por outro lado, a vida seria um inferno se todos vivessem desconfiando de todos.

As pessoas, portanto, esforçam-se por agir com inteligência, mas vez ou outra um infeliz pouco dotado como Matahachi acaba caindo na esparrela de gente como Daizou e, em troca de dinheiro, é levado a um caminho tenebroso.

A esta altura, Matahachi já devia estar dentro dos muros do castelo de Edo e, de posse do rifle desenterrado da raiz da jujubeira, com certeza aguardava o dia certo para desfechar um tiro no xogum Hidetada, sem ao menos perceber que esse dia marcaria também o fim de sua própria existência.

Daizou era sem dúvida um homem sinistro, sendo também compreensível que simplórios como Matahachi caíssem em suas garras. Até Akemi tinha se tornado sua amante com funções especiais! Mas mais espantoso que tudo era ver Joutaro, o menino criado com tanto carinho por Musashi e hoje um bonito rapaz de dezoito anos, em termos tão íntimos com Daizou, a ponto de chamá-lo carinhosamente de *"oyaji*-sama".

E se acaso se tornasse pública a notícia de que Joutaro, embora involuntariamente, trabalhava sob as ordens de tal ladrão e com ele privava, Otsu, muito mais que Musashi, haveria de lamentar e se desesperar.

Deixando estas considerações de lado e retornando à narrativa, os cinco homens sentados em roda na raiz do velho pinheiro confabularam por cerca de uma hora, terminando por resolver que depois dos últimos acontecimentos Daizou de Narai não devia mais retornar a Edo. A essa altura, consideravam eles, ser-lhe-ia mais seguro ocultar-se momentaneamente em Kiso.

No entanto, alguém tinha de voltar a Edo para fechar a casa, disse o homem: os móveis e miudezas podiam ser abandonados, mas lá restara Akemi, assim como alguns documentos que precisavam ser queimados.

— Vamos mandar Joutaro. Ele é o mais indicado para esse serviço — decidiram por unanimidade.

Foi assim que, instantes depois, os três homens vindos de Kiso tomaram a direção de Koushu em companhia de Daizou, levando os cavalos carregados com o valioso fardo, enquanto Joutaro retornava para Edo sozinho.

Uma solitária estrela ainda brilhava sobre a colina. Iori saltou para o meio da estrada depois que todos se tinham afastado.

— E agora? A quem eu devo seguir? — murmurou, perdido. A noite estava escura como o fundo de um pote de laca.

DISCÍPULOS DE UM MESMO MESTRE

I

O céu continuava claro nesse dia de outono e os raios ardentes do sol pareciam perfurar a pele. Um ladrão, um profissional da noite, não se sentiria capaz de andar de cabeça erguida num mundo banhado por essa pura claridade, mas Joutaro não sentia esse tipo de escrúpulos.

Ele tinha o aspecto de um jovem idealista decidido a abrir caminho nesse novo tempo que se aproximava, e caminhava pela campina de Musashino como se o mundo inteiro lhe pertencesse.

Apesar disso, Joutaro voltava-se vez ou outra para trás, como se alguma coisa o estivesse incomodando, não com o jeito do criminoso que teme ver a própria sombra: ele se voltava porque um menino estranho o seguia incansavelmente desde que saíra de Kawagoe nessa manhã.

"Estará perdido?", pensou. Mas o garoto desconhecido tinha cara esperta, não era do tipo parvo capaz de perder o rumo da própria casa.

"Talvez queira alguma coisa comigo", pensou. Parou por um instante, à espera, mas o moleque desapareceu. A essa altura, Joutaro começou a desconfiar e meteu-se no meio de algumas eulálias, à espreita. O menino então parou de súbito, apavorado por ter perdido Joutaro de vista. Seus olhos inquietos procuravam por todos os lados.

Joutaro ergueu-se repentinamente do meio da moita. Uma toalha cobria-lhe a cabeça como no dia anterior.

— Moleque! — disse.

Era assim que o próprio Joutaro costumava ser chamado até quatro ou cinco anos atrás, mas hoje ele já era um rapaz alto e estava em posição de interpelar outras crianças desse modo.

— Ai!... — gritou o menino, procurando instintivamente fugir, mas parou ao perceber que não conseguiria.

— Que quer? — disse agora com estudada calma, recomeçando a andar casualmente.

— Pare! Aonde pensa que vai? Espere, pirralho!

— Quer alguma coisa de mim?

— Quem deve estar querendo alguma coisa é você! Não adianta esconder: sei que me segue desde Kawagoe.

— Eu, não! — disse Iori, sacudindo a cabeça. — Estou retornando para a vila Nakano.

— Não adianta mentir. Sei muito bem que vinha me acompanhando. Quem é que o mandou seguir-me?

— Não sei de nada disso.

Tentou fugir, mas Joutaro esticou o braço e o agarrou pela gola do quimono.

— Vamos, confesse!

— Mas... eu não sei de nada!

— Atrevido!... — disse Joutaro, apertando-o de leve. — Você com certeza é ajudante de um magistrado ou foi mandado por alguém para me seguir Deve ser espião, ou melhor, filho de espião!

— Se eu lhe pareço filho de espião, você me parece um ladrão.

— Que disse?! — gritou Joutaro horrorizado, fitando o menino com ferocidade.

Iori desvencilhou-se das mãos que o seguravam, abaixou-se a ponto de quase raspar o chão, e no momento seguinte, disparou pela campina como um pequeno pé-de-vento.

— Malandro! — gritou Joutaro, correndo-lhe atrás.

No extremo da campina, Iori avistou uma série de telhados cobertos de palha. Eram moradias dos vigilantes da campina, para ali destacados com o intuito de detectar e conter eventuais focos de incêndio.

II

Devia haver um ferreiro morando nesse local, pois o som do malho ecoava límpido pela campina. Marmotas tinham feito montículos na relva avermelhada pela chegada do outono, e roupas lavadas gotejavam estendidas nos alpendres das casas.

E no meio desse pacífico cenário, um menino surgiu gritando na beira do caminho:

— Ladrão! Pega ladrão!

Pessoas surgiram de trás de escuras estrebarias e de sob alpendres, onde caquis secavam ao sol.

Iori gesticulou na direção dessa gente:

— Prendam o homem que vem atrás de mim! Ele é um dos ladrões que arrombaram o depósito do templo Mitsumine Gongen! Por favor, segurem esse homem! Olhem! Ele vem vindo! — anunciou o menino berrando o mais alto que pôde.

A princípio, as pessoas da vila pareceram atônitas com o que Iori lhes gritava depois de ter surgido tão repentinamente, mas logo se deram conta de que, realmente, um jovem vinha voando na direção deles.

Mas os camponeses continuavam a contemplar sua aproximação sem esboçar qualquer reação.

— Ladrão! Ladrão! É verdade! Vamos, peguem esse homem ou ele vai-se embora! — tornou então a gritar o menino, como um general tentando incentivar seus medrosos soldados. Mas, pelo visto, o pacífico ambiente da comunidade não se perturbaria com tanta facilidade. Os camponeses de fisionomias pacatas continuaram a contemplar o jovem, atônitos e embaraçados, sem esboçar sequer um gesto.

Nesse ínterim, Joutaro já se tinha aproximado tanto que Iori não teve outro recurso senão esconder-se com a agilidade de um esquilo. Sem se importar com nada disso, o jovem passou pelos moradores da comunidade, enfileirados dos dois lados do caminho, examinando-lhes os rostos abertamente e andando agora com passos lentos, desafiantes.

"Quero ver quem é capaz de encostar o dedo em mim!", dizia sua atitude de deliberada calma enquanto atravessava a aldeia.

Enquanto isso, os homens continham a respiração e apenas o viram passar. Haviam ouvido um menino gritando algo incoerente a respeito de um arrombador, de modo que esperavam ver surgir um bandoleiro de aspecto selvagem, mas contra todas as suas expectativas o rapaz de seus dezessete a dezoito anos que lhes surgiu à frente era garboso, bonito. Na certa era brincadeira de mau gosto do moleque, pensaram eles, agora irritados com Iori.

Este, por seu lado, logo percebeu que apesar dos seus gritos, nenhum defensor da lei e da ordem surgiria para prender o ladrão. Aborrecido com a covardia dos adultos, mas sabendo, por outro lado, que sozinho não seria capaz de enfrentar Joutaro, decidiu que tinha de voltar à choupana da vila Nakano e pedir aos lavradores vizinhos, seus conhecidos, que o denunciassem às autoridades para que estas enfim o prendessem.

Embrenhou-se portanto no meio das plantações, no mato por trás da comunidade, e andou rapidamente por algum tempo rumo à vila. Logo, avistou o conhecido bosque de cedros. Mais um quilômetro e alcançaria o casebre destruído na noite de tempestade, percebeu ele, com o coração palpitante, disparando nessa direção.

Foi então que, de súbito, viu um vulto surgir-lhe na frente com os braços abertos, impedindo a passagem. Era Joutaro, que o tinha ultrapassado depois de vir por outro caminho. Iori sentiu-se gelar, como se alguém lhe tivesse jogado um balde de água fria na cabeça. Agora, porém, sabia que estava em território conhecido, e isso o fortaleceu. Percebeu que era inútil fugir, de modo que saltou para o lado e extraiu a espada rústica que levava à cintura, reagindo como se um animal selvagem tivesse atravessado seu caminho:

— Ah, maldito! — gritou, golpeando o ar.

III

Embora tivesse desembainhado a espada, seu adversário era apenas uma criança, pensou Joutaro, saltando-lhe de súbito em cima com as mãos limpas para agarrá-lo pela gola do quimono.

Iori, porém, soltou um silvo agudo e escapou, pulando quase três metros para o lado.

— Espiãozinho barato! — gritou Joutaro raivoso, correndo-lhe atrás. De súbito, sentiu que algo quente lhe escorria pela ponta dos dedos da mão direita. Estranhando, ergueu o cotovelo e, espantado, descobriu um pequeno corte de cinco centímetros no antebraço. Tinha sido ferido pela espada do menino!

— Ah, por esta você me paga! — disse Joutaro entre dentes, fixando seu adversário com renovada ferocidade. Iori guardou-se na posição que Musashi sempre lhe ensinara.

"Os olhos, Iori! Os olhos! Os olhos!"

As repetidas instruções do seu mestre vieram-lhe inconscientemente à lembrança: uma súbita força aflorou no seu olhar, enquanto os olhos pareceram ocupar-lhe o rosto inteiro.

— Preciso acabar com ele! — sussurrou Joutaro, incapaz de enfrentar-lhe o olhar, extraindo agora a própria espada, de considerável tamanho, da cintura. Foi então que Iori, ainda incapaz de avaliar a verdadeira extensão do perigo e encorajado pela proeza inicial de ferir seu adversário, ergueu de repente a espada acima da própria cabeça e investiu contra Joutaro.

A investida era em tudo semelhante à que sempre realizava contra Musashi, de modo que Joutaro, apesar de ter conseguido aparar o golpe, sentiu-se superado espiritualmente.

— Ora essa, atrevido! — gritou este último, agora se empenhando em nome da segurança do seu grupo em eliminar de verdade esse pirralho que, por algum motivo misterioso, estava a par dos fatos relacionados com o arrombamento do depósito.

Joutaro ignorou o ataque do menino excitado e pressionou de volta, disposto a lhe desferir um golpe frontal. Mas a agilidade de Iori era superior à de Joutaro em muitos aspectos. "Ele se parece com uma pulga!", pensou Joutaro.

Passados instantes, Iori disparou de repente pela campina. Certo de que o menino fugia, Joutaro lhe foi atrás para de repente vê-lo parar e enfrentá-lo. Irritado, o jovem investia, quando então o menino desviava-se e punha-se a correr de novo.

Ao que parecia, Iori tentava atrair seu adversário ardilosamente para a vila. Aos poucos, conseguiu trazer Joutaro para dentro do bosque próximo ao casebre onde morara com Musashi:

O sol havia muito se tinha posto, de modo que o bosque já estava escuro quando Joutaro nele entrou correndo impetuosamente, sempre no encalço de Iori. E como não o viu mais, parou para respirar.

"Onde se meteu esse pirralho!", pensou, examinando os arredores.

E então, de cima de uma árvore frondosa, fragmentos de casca vieram caindo e lhe roçaram a nuca.

— Ah! Você está aí! — esbravejou olhando para cima, mas avistou apenas o céu escuro acima da copa e uma ou duas estrelas brancas.

IV

Nenhuma resposta lhe veio de cima da árvore. Joutaro considerou a situação por momentos e concluiu que o menino tinha-se ocultado na copa da árvore, de modo que abraçou o grosso tronco e subiu cautelosamente.

Conforme calculara, algo se moveu no meio das folhas, que farfalharam.

Sentindo-se encurralado, Iori foi subindo cada vez mais, como um macaquinho, mas logo se viu nos galhos superiores, sem ter mais por onde subir.

— Ah, moleque!

— ...

— Daqui você me escapa só se tiver asas. Peça clemência, e talvez eu lhe poupe a vida!

— ...

Iori continuava agarrado à forquilha de um galho como um macaquinho.

Joutaro começou a aproximar-se lentamente, mas como o menino se mantinha em silêncio, estendeu a mão e tentou agarrar-lhe o tornozelo.

Ainda em silêncio, Iori transferiu-se para outro galho. Joutaro agarrou então com as duas mãos o galho até então ocupado pelo menino e ia jogar sobre ele todo o peso do corpo quando Iori, que parecia estar aguardando esse momento, golpeou a forquilha com a espada oculta na mão direita.

No momento seguinte, o galho, que a essa altura já sustentava todo o peso de Joutaro, cedeu com estrépito. Com exclamação assustada, Joutaro pareceu vacilar no meio das folhas e, ato contínuo, despencou levando consigo o galho partido.

— E agora, ladrão! — gritou Iori do alto.

O galho veio esbarrando em ramos e serviu para amenizar a velocidade da queda, de modo que Joutaro não bateu com força no chão.

— Ah, não perde por esperar, moleque! — gritou ele do solo, mirando uma vez mais o alto com olhar selvagem. Logo tornou a subir, desta vez com a impetuosidade da pantera, alcançando num instante os pés do menino.

Com a espada apontando para baixo, Iori começou a golpear a esmo entre os ramos. Como não podia usar as duas mãos, Joutaro evitou aproximar-se descuidadamente.

O menino era pequeno, mas inteligente. Joutaro, por ser mais velho, não tinha seu adversário em grande conta, mas pouco podia fazer por estar no alto de uma árvore, onde era difícil qualquer movimento. Nesse ponto, Iori, com seu corpo miúdo, levava certa vantagem.

E enquanto os dois se debatiam, no canto distante do bosque alguém começou a tocar uma flauta *shakuhachi*. Os dois não viam o misterioso tocador, nem sabiam com certeza onde ele se encontrava, mas ouviram nitidamente a melodia.

Iori e Joutaro pararam de lutar e, ofegantes, quedaram-se imóveis por alguns segundos suspensos na copa da árvore no meio da escuridão.

— Moleque... — sussurrou Joutaro, despertando do momentâneo silêncio, mas falando agora em tom conciliador. — Reconheço que você luta com bravura, apesar de pequeno. Diga apenas quem o mandou me seguir e eu lhe pouparei a vida. Que acha disso?

— Peça água!

— Quê?

— Posso parecer um moleque inofensivo, mas fique sabendo que sou Misawa Iori, único discípulo do mestre Miyamoto Musashi. Eu nunca pediria por minha vida a um ladrão, pois será o mesmo que desonrar meu mestre. Vamos, peça água você, cretino!

V

O susto de Joutaro foi muito maior agora que o de quando caíra da árvore. O que acabara de ouvir tinha sido tão inesperado que chegou a duvidar dos próprios ouvidos.

— Co... como é? Repete o que acaba de dizer!

Sua voz estava trêmula, e Iori, ao se dar conta disso, pensou ter assustado seu adversário e repetiu mais alto ainda:

— Eu disse: sou Misawa Iori, único discípulo de mestre Miyamoto Musashi. E agora, assustou-se?

— Realmente! — reconheceu Joutaro com sinceridade. Logo perguntou, entre desconfiado e cordial: — Diga-me: como vai o meu mestre nos últimos tempos? Onde está ele?

— Seu mestre? Que história é essa de seu mestre! O *meu* mestre não tem um discípulo ladrão!

— Pare de me chamar de ladrão, isso é constrangedor. Sou Joutaro e não tenho a alma negra desses bandidos.

— Quê? Você disse Joutaro?

— Se é realmente discípulo de Musashi-sama, deve tê-lo ouvido falar de mim. Eu o servi por muitos anos, no tempo em que tinha mais ou menos a sua idade.

— Mentira! Está mentindo!

— É verdade, eu lhe asseguro que é verdade!

— Não pense que me engana com conversa fiada!

— Mas estou lhe dizendo que é verdade!

Todo o amor que Joutaro guardava no peito por seu mestre aflorou nesse momento, e em movimento impensado, aproximou-se de Iori tentando lançar o braço em torno dos seus ombros e trazê-lo para perto de si.

Iori não conseguia acreditar. Tinha ouvido muito bem o que Joutaro dizia, enquanto o abraçava: somos quase irmãos, discípulos de um mesmo mestre. De alguma forma, porém, interpretou erroneamente suas palavras e, com a espada que ainda mantinha desembainhada, tentou atravessar com uma única estocada lateral o ventre do jovem ao seu lado.

— Ei! Espere, já disse! — gritou Joutaro, agarrando com muito custo o pulso do menino. Mas o golpe inesperado forçou-o a soltar o galho em que se segurava e o fez desequilibrar-se. Além disso, Iori tinha-se lançado com toda a força contra ele, obrigando-o a levantar-se sobre o galho, ainda enlaçando o pescoço do menino.

No momento seguinte, os dois desabaram juntos do alto da árvore, levando com eles folhas e galhos partidos.

Diferente da vez anterior, o peso e a velocidade da queda foram muito maiores: os dois jovens pássaros foram ao chão com um baque, soltaram um longo gemido e imobilizaram-se, desacordados.

A área em que estavam era continuação do bosque de cedros, em cujo extremo se erguiam os escombros do casebre construído por Musashi.

Conforme tinham prometido na manhã em que Musashi partira para o festival de Chichibu, os homens da vila estavam reconstruindo a choupana, estando agora já refeitos o telhado e os pilares de sustentação.

E nessa noite havia uma luz dentro do casebre em construção, ainda sem paredes ou portas. Era Takuan, que tendo ouvido falar sobre a enchente, tinha vindo da cidade para ver como passava Musashi, e ali permanecia sozinho, esperando o seu retorno.

No entanto, poucas são neste mundo as oportunidades para um homem permanecer sozinho. Logo na segunda noite, um mendigo que avistara de longe sua luz tinha aparecido por ali de repente, pedindo um pouco de água quente para tomar, já que queria jantar.

Sem dúvida, a flauta entreouvida no extremo do bosque estava sendo tocada por esse mendigo, pois o horário correspondia mais ou menos àquele em que o pobre homem acabara de lamber os últimos grãos de arroz aderidos à folha de carvalho que envolvia o seu jantar.

A CRISE

I

O velho monge *komuso* talvez fosse cego ou tivesse a vista fraca por causa da idade. Qualquer que fosse a razão, tateava.

O homem ofereceu-se para tocar a flauta sem que Takuan lhe pedisse. Ele era um amador sem aptidão musical, e tocava muito mal, logo percebeu Takuan.

Enquanto o ouvia, porém, o monge sentiu que a inepta execução estava impregnada de genuína emoção, a mesma qualidade que por vezes transparece em poemas de pessoas sem vocação poética. Podia parecer incongruente, mas o mendigo dava a conhecer claramente o fundo de sua alma por intermédio da flauta de bambu.

Que dizia então esse *komuso* com seu *shakuhachi*? Em poucas palavras, que se arrependia. Desde as primeiras notas até o fim, o som do *shakuhachi* era um soluçante grito de arrependimento.

Imóvel, atento à melodia, Takuan começou a perceber que o *komuso* lhe revelava o seu passado. Não há diferenças notáveis entre os íntimos de uma eminente personalidade e os de um homem comum. A única diferença consiste no modo como essas duas personalidades diferentes se apresentam para além desse conteúdo humano e passional que lhes é comum. Tanto é verdade que, no momento em que as almas desses dois homens, o monge mendigo e Takuan, tocaram-se por intermédio da flauta, ambos conseguiram compreender-se, pois eram ambos, basicamente, focos de paixão revestidos de pele.

— Conheço-o de algum lugar... — murmurou Takuan.

O mendigo então pestanejou e disse:

— Já que toca no assunto, senhor, deixe-me dizer-lhe: quando ouvi sua voz pela primeira vez, também acreditei tê-la ouvido anteriormente em algum lugar. O senhor por acaso não seria o monge Shuho Takuan, da região de Tajima, que por muito tempo se hospedou no templo Shippoji de Yoshino, em Mimasaka?

Takuan não precisou ouvir até o fim para se lembrar, com um ligeiro sobressalto. Espevitou o pavio no pequeno prato e aproximou-o do rosto do mendigo, observando-lhe a barba branca e rala, o rosto cadavérico.

— Ora essa! O senhor é Aoki Tanzaemon!

— Acertei então! O senhor é realmente o monge Takuan! Quisera eu achar um buraco para me esconder! Estou acabado, no limite da degradação. Esqueça que um dia fui Aoki Tanzaemon, eu lhe imploro.

— Nunca esperaria vê-lo nesta região! Dez anos já se passaram, desde os tempos de Shippoji, não é mesmo?

— Não mencione aqueles tempos... É uma tortura para mim, sinto-me fustigado por uma chuva de gelo. A esta altura, eu já devia ser um monte de ossos branquejando no meio da campina. No entanto, apenas uma coisa mantém-me vivo na escuridão em que se transformou minha vida: a vontade de rever meu filho.

— Rever o filho? E onde anda esse seu filho? Que faz ele?

— Ouvi dizer que se tornou discípulo de um certo Miyamoto Musashi, um jovem a quem eu, Aoki Tanza, cacei pelas montanhas de Snumo num distante passado, amarrei no topo do cedro centenário e torturei. Dizem que hoje ele está na região de Kanto.

— Que disse? Discípulo de Musashi?

— Exatamente. Quando soube disso, senti tanto remorso, tanta vergonha de mim... Não tenho coragem de encará-lo! Abatido e temeroso, pensei em nunca mais procurar Musashi e desistir do meu filho. Mas a vontade de revê-lo foi maior, muito maior. Conto um a um os anos passados, e calculo que Joutaro deve estar hoje com dezoito anos. Quero apenas vê-lo uma vez mais, encontrá-lo crescido, transformado em garboso rapaz e alegrar-me com essa visão. Depois disso, morrerei tranquilo, nada mais desejarei deste mundo... De modo que pus de lado orgulho e vergonha e percorro as estradas do leste em busca dos dois.

II

— Está me dizendo que o menino Joutaro é seu filho?

A notícia era total novidade para Takuan. Nem Musashi, nem Otsu lhe tinham falado do seu passado, apesar de terem sido tão íntimos.

Aoki Tanza sacudiu a cabeça em silêncio. Estava alquebrado e nada mais restara do arrogante capitão Bigodinho-de-arame, ou do seu voraz apetite sexual. Takuan contemplou-o por instantes tristemente, sem saber de que jeito consolá-lo. Como poderia alguém dirigir palavras de consolo superficiais a um homem que, abandonando a sebenta casca humana das paixões, já caminhava pela silenciosa campina da vida onde os sinos vespertinos soavam anunciando o fim do dia?

Por outro lado, não podia continuar apenas contemplando esse homem fustigado pelo remorso, a caminhar trôpego de dor pelas estradas como se não lhe restasse mais nenhum recurso no mundo, arrastando esse corpo quase transformado em carcaça. No momento em que se vira destituído de seu *status*,

Takuan tinha também perdido de vista o mundo do êxtase religioso, a salvação prometida por Buda. No apogeu da carreira, ele tinha abusado do poder mais que qualquer um, manipulara as pessoas à vontade. No entanto, homens como ele possuem aguda moralidade que se manifesta de forma violenta, asfixiante, no momento em que perdem tudo.

Agora, Takuan começou a sentir que Tanza, uma vez realizado o único desejo que lhe restava na vida — o de encontrar-se com Musashi e pedir-lhe perdão, e de ver o filho crescido e tranquilizar-se com relação ao seu futuro —, era capaz de rumar em seguida para uma árvore, de cujos galhos amanheceria pendendo.

Muito antes de promover o encontro desse homem com o filho, era imprescindível promover o encontro dele com Buda. Primeiro, tinha de providenciar para que ele conhecesse a misericordiosa luz do santo Buda, que prometera salvar o mais empedernido dos pecadores capaz de cometer todas as dez más ações e os cinco pecados capitais, bastando apenas que, para isso, procurasse a salvação. Só depois disso é que ele devia rever o filho e Musashi. Este último, sobretudo, sentir-se-ia bem melhor assim.

Chegando a essa conclusão, Takuan, no primeiro momento, ensinou a Tanza como chegar a um determinado templo zen-budista, na cidade de Edo. "Mencione meu nome para os monges desse templo e se hospede lá quantos dias quiser", disse. "E então, quando eu tiver um tempo livre, irei até lá e nós dois conversaremos com mais calma. Quanto a Joutaro, tenho ideia do seu paradeiro, e envidarei todos os esforços para promover o reencontro dos dois. A vida pode ser boa mesmo depois dos sessenta anos; um homem pode encontrar trabalho depois de velho. Deve parar de se preocupar e conversar a respeito disso com o abade do templo enquanto espera por mim", acabou Takuan por aconselhar, fazendo o mendigo partir dali depois de algum tempo. Tanza compreendeu muito bem a bondade de Takuan, pois se inclinou diversas vezes em sinal de agradecimento, e pondo ao ombro a estola e a flauta, saiu amparado num cajado de bambu. Aos poucos, seu vulto se distanciou do alpendre da casa sem paredes ou portas.

Tanza estava agora em uma colina, e temendo escorregar na descida, encaminhou-se para dentro do bosque. A estreita senda o levou para o aglomerado de árvores contíguo, e de súbito seu cajado esbarrou em um volume estranho.

— ...?

Não sendo completamente cego, abaixou-se para tentar saber o que era. Por instantes nada conseguiu ver, mas aos poucos, discerniu à luz de estrelas que coava por entre os galhos das árvores, dois vultos humanos caídos, molhados de sereno.

III

Abruptamente, Tanza voltou pelo caminho percorrido e espiou o interior do casebre em construção.

— Monge Takuan! Sou eu, Tanza! Acabo de encontrar dois jovens desmaiados no bosque. Eles aparentemente caíram de uma árvore.

Takuan ergueu-se e aproximou-se. Tanza então continuou:

— Infelizmente, não tenho um remédio comigo e sou cego, além de tudo. Não pude sequer dar-lhes água. Os dois devem ser filhos de alguma família *goushi* ou guerreira das redondezas, e com certeza vieram ao campo em busca de diversão. Sinto incomodá-lo, mas não gostaria de ir até lá para ajudá-los?

Takuan concordou imediatamente e, calçando as sandálias, veio para fora. A seguir, chamou os moradores da casa logo abaixo da colina, cujo teto era visível dali.

Um homem logo surgiu de dentro da casa e voltou o olhar para o casebre sobre a colina. Takuan ordenou-lhe que trouxesse um archote e cantil com água.

Quase na mesma hora em que o camponês se aproximava com o archote, Tanza — a quem Takuan acabara de explicar o caminho mais curto — descia a colina, de modo que o camponês e ele cruzaram-se no meio da ladeira.

Se naquele instante o monge mendigo tivesse voltado pelo mesmo caminho anteriormente percorrido, teria com certeza visto o tão procurado filho à luz do archote do camponês. Mas a vida é feita desses momentos em que a sorte parece dar as costas aos que mais precisam dela: por ter perguntado ao monge o caminho mais curto para chegar à cidade de Edo, Tanza acabou enveredando por uma trilha escura que o levou para longe do filho.

Se isso representou ou não uma infelicidade para eles, é difícil saber, pois o verdadeiro significado dos acontecimentos que marcam uma vida só pode ser avaliado com precisão ao fim dela.

O camponês que acudiu pressuroso com o archote e o cantil era um dos que tinham estado reconstruindo o casebre nos últimos dias. Preocupado, acompanhou o monge para dentro do bosque.

Logo, o archote clareou a mesma cena há pouco adivinhada por Tanza. Agora, porém, havia uma pequena diferença: Joutaro havia voltado a si e, atordoado, sentava-se no chão ao lado de Iori, ainda desmaiado, a mão descansando sobre seu corpo. Parecia em dúvida se o acudia ou se o deixava ali e fugia.

Foi então que ouviu passos, viu o clarão do archote e, como todo predador, preparou-se para fugir.

— Ora! ... — disse Takuan.

Ao lado dele, o camponês ergueu o archote crepitante e iluminou o local. No momento seguinte, Joutaro percebeu que nada tinha a temer dos homens diante de si. Acalmou-se, portanto, e ficou apenas a contemplá-los em silêncio.

A princípio, o monge surpreendeu-se ao ver um dos feridos recuperado. Logo, porém, Joutaro e ele contemplaram-se fixamente e, aos poucos, a surpresa transformou-se em estupefação.

Takuan não reconheceu Joutaro de imediato, pois ele tinha se desenvolvido e transformado no jovem alto, de feições e aspecto diferentes dos do moleque dos velhos tempos, mas o rapaz tinha reconhecido o monge instantaneamente.

IV

— Joutaro! Você é Joutaro, não é? — disse Takuan, passados minutos, olhos arregalados de espanto.

Ele tinha começado a reconhecê-lo quando o viu lançar as duas mãos ao chão e curvar-se respeitosamente.

— Sim. Sim, senhor, sou eu, Joutaro — respondeu ele temeroso, erguendo uma vez mais o olhar para o monge e parecendo voltar a ser o molequinho ranhento de antigamente.

— Quem diria! Como você cresceu! E transformou-se num rapaz de aspecto bem agressivo! — comentou o monge, contemplando-o por algum tempo, atônito com a mudança. Iori, porém, demandava seus cuidados.

Ergueu-o nos braços e descobriu que seu corpo ainda estava quente. Deu-lhe de beber a água do cantil, e logo o viu recuperar os sentidos. O menino passeou o olhar em torno e começou a chorar alto.

— Que foi? Está com dores? Onde? — perguntou Takuan.

Iori sacudiu a cabeça negando qualquer dor, contando, porém, que seu mestre tinha sido preso e levado à prisão em Chichibu, e que tinha muito medo do que lhe poderia acontecer, chorando cada vez mais alto enquanto falava.

A notícia era tão extraordinária e contada em meio a tantos soluços que Takuan a princípio não conseguiu entender direito. Aos poucos, foi-se inteirando dos detalhes e, assustado, concordou que o acontecimento era realmente grave, ficando momentaneamente tão triste quanto o menino.

Entretanto, Joutaro, que ouvia o relato, pareceu de súbito arrepiar-se inteiro, e disse com voz trêmula, horrorizada:

— Monge Takuan, tenho algo a lhe contar. Vamos a um lugar onde possamos conversar a sós.

Iori parou de chorar, aconchegou-se ao monge, e fixando no jovem um par de olhos brilhantes, repletos de suspeita, disse, apontando-o com o dedo:

— Esse aí é um dos ladrões. Tudo o que ele disser é pura mentira. Não se deixe enganar, monge!

E quando o jovem se voltou para ele zangado, Iori fitou-o desafiante, disposto a retomar a luta.

— Não briguem! Vocês são, afinal, discípulos-irmãos. Confiem em meu julgamento e acompanhem-me — ordenou o monge, retornando pelo mesmo caminho até o casebre em construção.

Ali chegando, mandou que os dois acendessem uma fogueira na frente da casa. O camponês retirou-se para a própria casa assim que viu sua missão cumprida. Takuan sentou-se à beira do fogo e mandou que os dois jovens fizessem as pazes e se acomodassem também em torno da fogueira. Iori, porém, não parecia disposto a obedecer, ainda ressentido por ter sido chamado de discípulo-irmão desse arrombador, segundo achava.

Ao ver, porém, que Takuan conversava agora afetuosamente com Joutaro sobre fatos passados, Iori sentiu um ligeiro ciúme e se aproximou também da fogueira.

Em silêncio, ouviu por algum tempo o que os dois conversavam em voz baixa, e percebeu que Joutaro confessava seus crimes com lágrimas nos olhos, como uma pecadora arrependida diante de Amitabha.

— ... Sim, senhor. Já se passaram quatro anos, desde que me separei de meu mestre. Nesse ínterim, fui criado por um homem de nome Daizou, de Narai, e conforme fui me inteirando do grande projeto de sua vida e de sua visão deste país, acabei achando que por ele podia dar minha vida. E desde então, venho-o auxiliando no seu trabalho. No entanto, não me conformo em ser chamado de ladrão. Sou, afinal, um discípulo de mestre Musashi: mesmo vivendo longe dele, não me considero nem um passo distante dele espiritualmente.

V

Joutaro disse ainda:

— Entre mim e o senhor Daizou existe um pacto, firmado perante os deuses, qual seja, o de não contar a ninguém nossos objetivos. De modo que nem ao senhor, monge Takuan, posso revelá-los. Por outro lado, não posso permanecer indiferente quando sei que meu mestre, Musashi-sama, foi preso e levado à prisão de Chichibu por um crime que não cometeu. Vou portanto amanhã mesmo a essa cidade confessar a autoria do crime e libertá-lo.

Takuan, que tinha estado ouvindo em silêncio, acenando vez ou outra, ergueu nesse instante a cabeça e disse:

— Está me afirmando que os arrombadores do depósito sagrado foram você e esse Daizou?

— Sim, senhor.

A resposta era convicta. Parecia estar declarando que não se envergonhava de nada, nem perante os deuses nem perante os homens.

— Nesse caso, vocês são ladrões, realmente.

— Não... Não, senhor! Não somos assaltantes comuns.

— Não existem duas ou três espécies diferentes de ladrões, que eu saiba.

— Nós não agimos para satisfazer interesses próprios. Apenas movimentamos dinheiro público para o bem público.

— Não entendi — disse Takuan, como se o repreendesse. — Você está me afirmando, então, que os fins justificam os meios? Você se compara àqueles personagens da literatura chinesa, àquelas figuras misteriosas, misto de espadachim e ladrão galante? Afirma que é uma imitação barata desses tipos?

— Se eu começar a me justificar, acabarei, mesmo sem o querer, revelando o segredo do senhor Daizou. De modo que vou manter-me em silêncio. Paciência.

— Ah-ah! Não vai cair na cilada, não é isso?

— Ainda assim, vou me entregar, para poder salvar meu mestre. Peço-lhe apenas que explique as circunstâncias a ele mais tarde.

— Recuso-me a explicar qualquer circunstância. Mestre Musashi é inocente, não precisa de sua ajuda para livrar-se da acusação. Quem mais me preocupa é você: que acha de ter um contato direto com Buda, de entregar-se do fundo do coração a ele? Felizmente, eu posso ser o mediador desse encontro...

— Com Buda? — repetiu o jovem, como se a proposta jamais lhe tivesse passado pela cabeça.

— Isso mesmo — disse Takuan, como se explicasse a coisa mais óbvia do mundo. — Você parece sentir-se muito importante quando fala em servir ao povo, mas neste exato momento tem de se preocupar consigo e não com os outros, não é verdade? Você não percebe que existem pessoas bastante infelizes bem perto de você?

— Não posso levar em conta pequenos problemas pessoais se quero servir ao povo.

— Tolo imaturo! — berrou Takuan, dando-lhe um forte soco no rosto.

Pego de surpresa, Joutaro cobriu a face com a mão, mas pareceu de súbito desencorajado, sem saber o que responder.

— Você está na origem de todas as suas ações! Todos os seus atos são realizações pessoais! E como pode uma pessoa incapaz de pensar em si ser capaz de fazer algo pelos outros, diga-me?

— Eu disse apenas que não levo em conta desejos pessoais.

— Cale a boca! Você ainda não compreendeu que é um pobre ser distante da verdadeira maturidade? Não existe nada mais temível que um ignorante que julga saber tudo e anda por todos os lados disposto a mudar o rumo do mundo. Já adivinhei em linhas gerais o que você e esse Daizou estão tramando, nem é preciso me contar. Moleque tolo! Cresceu fisicamente, mas o espírito não acompanhou esse crescimento. Por que chora? O que o deixa tão revoltado? Não perca tempo chorando, assoe esse nariz!

VI

Takuan ordenou às duas jovens criaturas que fossem dormir. Não havia mais nada a fazer, de modo que Joutaro se cobriu com algumas esteiras e deitou-se.

Takuan e Iori seguiram-lhe o exemplo.

Joutaro, porém, não conseguiu dormir. A imagem do mestre aprisionado vinha-lhe sem cessar à mente. Perdoe-me! Suplicou em pensamento, juntando as duas mãos sobre o peito.

Estava deitado de costas, e sentiu as lágrimas correndo pelo rosto e pingando para dentro dos seus ouvidos. Virou-se então de lado e continuou a pensar. Que teria acontecido a Otsu? A ela, sim, não saberia encarar se lhe aparecesse agora na sua frente. O rosto ainda doía do soco do monge. Otsu não bateria. Em vez disso, agarrar-se-ia à gola do seu quimono e choraria, recriminando-o amargamente.

Mas nem por isso podia revelar o que jurara a Daizou nunca dizer a ninguém. Quando o dia amanhecesse, Takuan com certeza o castigaria de novo. Era melhor escapar agora, concluiu o jovem, levantando-se mansamente. O casebre sem portas ou parede facilitaria a fuga. Saiu e ergueu a cabeça para contemplar as estrelas. Pelo jeito, a manhã já se aproximava e tinha de se apressar.

— Alto! Pare aí!

Sobressaltado pelo súbito comando, Joutaro parou. Takuan estava ali, como uma sombra. O monge se aproximou e pôs a mão sobre o ombro do rapaz.

— Vai mesmo entregar-se?

Em silêncio, Joutaro assentiu. Takuan lhe disse então com uma ponta de piedade na voz:

— Pobre insensato. Quanta vontade de morrer por nada!

— Morrer por nada?

— Exatamente. Você parece imaginar que basta apresentar-se como autor do crime para que mestre Musashi seja libertado, mas nada no mundo é tão fácil. Se se entregar, terá de confessar às autoridades esses mesmos fatos que não quis me revelar. Musashi continuará preso, e você será mantido vivo e interrogado sob tortura por um, dois anos, até que confesse tudo, é óbvio!

— ...

— Não será o mesmo que morrer por nada? Se quiser, realmente, restaurar o nome do seu mestre, terá de começar limpando o seu. E como prefere fazer isso: confessando sob tortura às autoridades, ou a mim, Takuan?

— ...

— Sou apenas um discípulo de Buda, não pergunto com o intuito de julgar. Vou confiar a questão à luz de Buda, serei o intermediário nessa questão.

— ...

— Mas se não quer aceitar esta solução, existe mais uma. Por um grande acaso, encontrei-me hoje com seu pai, Aoki Tanzaemon, neste mesmo lugar. Inescrutáveis são os desígnios de Buda, pois logo depois, me encontro com você... Mandei Tanza procurar abrigo no templo de amigos meus. Se pretende morrer, vá até lá primeiro e permita ao menos que seu pai o abrace. Aproveite e pergunte a ele se o que lhe digo está certo ou errado.

— ...

— Joutaro, três caminhos se abrem à sua frente. Acabo de expô-los. Escolha qualquer um deles — disse Takuan, dando-lhe as costas e preparando-se para retornar ao abrigo.

Joutaro estava se lembrando da flauta entreouvida na noite anterior, enquanto lutava com Iori em cima da árvore. Só de saber que aquela flauta era tocada pelo pai, Joutaro compreendeu instantaneamente que tipo de vida ele tinha levado desde o dia em que se separaram. Uma grande tristeza oprimiu-lhe o coração.

— E... espere, por favor! Eu confesso, monge! Jurei ao senhor Daizou que não revelaria a ninguém, mas a Buda..., ao santo Buda, tudo direi — gritou Joutaro, agarrando a manga do quimono de Takuan e arrastando-o de volta para o bosque.

VII

E assim, Joutaro confessou tudo. Como num monólogo, o jovem falou longamente no interior do bosque escuro e deu a conhecer a sua alma.

Takuan ouviu do começo ao fim, sem interrupções. E quando enfim Joutaro disse: "Isto é tudo. Não tenho mais nada a dizer", o monge procurou confirmar:

— Isso é tudo, realmente?

— Sim, senhor.

— Muito bem — disse ele, calando-se de novo por quase uma hora. O céu sobre o bosque de cedros adquiriu aos poucos um tom azulado. Amanhecia.

Um bando de corvos passou fazendo estardalhaço. A paisagem em torno dos dois começou a se definir, branca e orvalhada. Takuan estava sentado na raiz de uma árvore e aparentava cansaço. Joutaro se recostava ao tronco, cabisbaixo, à espera de novo castigo.

— Com que belo grupo você foi se envolver... Pobres coitados que não conseguem discernir os rumos deste país! Por sorte, ainda estamos em tempo de evitar uma tragédia — murmurou o monge.

Agora, já não havia traços de preocupação em seu rosto. De dentro da faixa abdominal, retirou algo bastante inesperado para uma pessoa que vivia modestamente: duas moedas de ouro. Entregou-as a Joutaro, aconselhando-o a partir imediatamente para uma longa viagem.

— Vá o quanto antes, pois caso contrário, acabará prejudicando tanto seu pai quanto seu mestre. Parta para o mais longe que puder. Quanto mais longe, melhor. Evite, além disso, as estradas de Koshu e Kiso, pois, a partir desta tarde, os postos de inspeção dessas estradas terão redobrado a vigilância.

— E que acontecerá ao meu mestre? Como posso refugiar-me em outra província, sabendo que ele está em situação difícil por minha causa?

— Deixe tudo por minha conta. Dentro de dois ou três anos, quando você notar que a situação se acalmou, procure-o uma vez mais e peça-lhe perdão. Eu o ajudarei.

— Parto neste instante, então.

— Espere um pouco. Antes de ir-se, passe pelo templo zen-budista Shojuan, na vila Azabu, de Edo. Lá encontrará seu pai, Aoki Tanza. Ele deve ter chegado lá na noite de ontem.

— Sim, senhor.

— Aqui está um certificado. Ele comprova que o portador é um agregado do Templo Daitokuji. Este documento lhe facilitará a passagem pelos postos de inspeção. E quando chegar ao templo Shoju-an, peça que lhe forneçam sobrepeliz e sombreiro, tanto para você como para Tanza. Assumam a aparência de monges, e afastem-se daqui o mais rápido possível.

— Por que tenho de assumir a aparência de um monge?

— Tolo! Ainda não percebeu a gravidade do crime que estava por cometer? Não se deu conta de que é um dos idiotas que pretendiam alvejar o novo xogum Tokugawa, incendiar o castelo onde o antigo xogum Ieyasu se encontra, e iniciar uma revolução, mergulhando o leste do país no caos? Em outras palavras, você é um agitador, um fora-da-lei. Se for preso, será enforcado, está mais que claro.

— ...

— Vá, antes que o sol suba no horizonte.

— Monge Takuan, quero apenas mais uma explicação. Por que um homem que trama contra a casa Tokugawa tem de ser um agitador? E por quê, ao contrário, não o são os que tramam contra a casa Toyotomi e tentam usurpar-lhe o poder?

— Não sei! — respondeu Takuan, voltando um olhar feroz para o rapaz que tentava argumentar.

Ninguém poderia fornecer-lhe a resposta a essa pergunta. Takuan tinha, é claro, argumentos suficientes para convencer um ingênuo como Joutaro, mas não a si próprio. Uma coisa, porém, não podia passar despercebida: dia a dia, a sociedade vinha naturalmente chamando de traidores os que atentavam contra a casa Tokugawa. E aqueles contrários a essa nova tendência acabariam inexoravelmente soterrados no mar de lama que lhes conspurcaria a honra e os deixaria à margem da história.

A DOR DE UMA ROMÃ

I

Nesse dia, Takuan entrou pelo portão da mansão de Hojo Ujikatsu, o senhor de Awa, trazendo em seu rastro o menino Iori. As folhas do magnífico pé de boldo ao lado da entrada tinham-se preparado para o outono tingindo-se de um flamejante tom vermelho, tornando-se quase irreconhecíveis para quem as tinha visto havia apenas algumas semanas.

— O senhor de Awa está? — perguntou ao porteiro.

— Um momento, por favor — disse, entrando às pressas para anunciá-lo.

O filho, Shinzo, o atendeu. O senhor de Awa, declarou, tinha ido ao palácio xogunal, mas Takuan devia fazer a gentileza de entrar.

— Ao palácio? — repetiu Takuan.

Nesse caso, ele também iria para lá em seguida. Shinzo não poderia abrigar o moleque Iori na mansão por algum tempo?, perguntou o monge.

— Com prazer — respondeu-lhe Shinzo, lançando um sorridente olhar de esguelha para o menino. Ele já o conhecia de vista. Perguntou a seguir ao monge se não queria que chamasse uma liteira para ir ao palácio.

— Quero — respondeu Takuan, agradecido.

Enquanto a liteira não chegava, Takuan permaneceu debaixo do boldo contemplando a copa vermelha, mas logo se lembrou de perguntar:

— A propósito: como se chama o magistrado de Edo?

— O desta cidade?

— Isso mesmo. Ouvi dizer que existe agora uma nova categoria, encarregada das questões urbanas.

— Ele se chama Hori Shikibu Shoyu-sama.

Uma liteira fechada, do tipo usado apenas por pessoas influentes, chegou nesse momento. Takuan embarcou, recomendando a Iori que se comportasse bem. A liteira passou sob as folhas flamejantes e saiu pelo portão, oscilando gentilmente.

Iori já não estava mais ali para vê-la distanciar-se. Espiava os dois estábulos onde descobriu cavalos castanhos e cinzentos, de raça pura, todos bem alimentados. O menino não compreendia os critérios administrativos de uma casa guerreira: como se davam eles ao luxo de criar tantos cavalos se não os mandavam para a lavoura?

— Ali! Devem usá-los para a guerra — concluiu, depois de pensar por algum tempo.

Observou-lhes as caras cuidadosamente e descobriu diferenças entre as desses, criados por guerreiros, e as dos campeiros. Não se cansava de vê-los. Conhecia-os muito bem e os amava por ter-se criado no meio deles.

Foi então que ouviu Shinzo gritando alguma coisa na entrada da mansão. Imaginou que ele o admoestava e voltou-se assustado. Notou então uma mulher idosa e magra amparada numa bengala no portão da casa. A mulher tinha ar resoluto e encarava Shinzo, que lhe barrava a entrada.

— Como se atreve a dizer que minto? Digo que meu pai não está, porque não está. Para que teria ele de se esconder de uma velha caduca desconhecida? — gritava o jovem, irritado, ao que parecia, com alguma coisa dita pela desconhecida.

A repreenda enfureceu ainda mais a idosa mulher, que pondo de lado o comportamento digno esperado de uma pessoa da sua idade, respondeu:

— Ofendeu-se? Deduzo por suas palavras que você seja o filho do senhor de Awa. Pois tem ideia de quantas vezes já bati a esta porta nestes últimos tempos? Não foram nem cinco nem seis, asseguro-lhe. E de cada vez, me dizem que ele não está. Tenho ou não razão de imaginar que mentem?

— Não me interessa saber quantas vezes esteve aqui. Adianto-lhe, porém, que meu pai não gosta de estranhos. A culpa é sua, que insiste em vê-lo quando ele se recusa.

— Não gosta de estranhos? E por quê, nesse caso, vive em uma cidade cheia de estranhos?

Arreganhando os incisivos proeminentes, Osugi parecia mais que nunca decidida a não ir-se embora enquanto não o visse.

II

Nada a arrancaria dali. Mais que qualquer pessoa no mundo, Osugi se ressentia da própria velhice achando que todos tentavam aproveitar-se de sua situação. E resolvida a impedi-lo, assumia teimosamente essa atitude de desafio.

Para o jovem Shinzo, Osugi era do tipo que mais detestava. Uma única expressão mal empregada, e a velha se aproveitara para ridicularizá-lo! Por outro lado, berros não surtiam efeito. Além de tudo, ria dele de um modo cínico, mostrando os dentes.

Tinha vontade de lançar a mão ao cabo da espada e gritar: "Velha insolente!", só para assustá-la. Sabia, porém, que se irritar significava perder a batalha. Sobretudo, duvidava que esse tipo de ameaça a assustasse.

— Sente-se um instante no alpendre. Meu pai não está, mas talvez eu possa ajudá-la. Diga o que quer — disse, contendo o mau humor.

A mudança de atitude foi muito mais eficaz do que Shinzo esperava, pois a velha respondeu:

— Não é fácil vir a pé desde a margem do rio até aqui, sabe você? Com efeito, sinto as pernas doloridas. Acho que vou aceitar seu convite e sentar-me aqui.

Mal disse isso, acomodou-se na beira da varanda e começou a massagear as próprias coxas. A língua, porém, não dava mostras de ter-se cansado, pois logo prosseguiu:

— Escute aqui, meu filho. Não sou nenhuma velha caduca. Quando me tratam com cortesia, sou também capaz de perceber que não devia falar de maneira desrespeitosa. Vou lhe dizer então por que vim até aqui. Quando o senhor de Awa retornar, transmita-lhe, por favor, tudo o que vou lhe contar.

— Está bem. Que devo dizer ao meu pai?

— Algumas coisas sobre o *rounin* de Sakushu, Miyamoto Musashi.

— Ah! E que tem ele?

— Esse indivíduo lutou contra a casa Tokugawa na batalha de Sekigahara, quando tinha dezessete anos. Além disso, andou praticando tantas vilanias em sua terra natal que ninguém por lá diz uma única palavra elogiosa a seu respeito. Já matou muita gente e, pior que tudo, é tão mau caráter que anda fugindo de mim por diversas províncias. Em suma, é o pior tipo de *rounin* imaginável.

— E... espere, obaba.

— Não me interrompa, deixe-me falar, por favor. Não é só isso. Ele ainda foi capaz de se envolver com Otsu, a noiva de meu filho, isto é, teve a capacidade de seduzir essa moça que já era considerada esposa do seu melhor amigo...

— Pare, pare por aí! — interrompeu-a Shinzo. — Afinal, qual é o seu objetivo? Andar por todos os cantos da cidade falando mal de Musashi?

— Que tolice! Estou tentando prestar um serviço ao país.

— E que tem uma coisa a ver com a outra?

— E como não teria? — devolveu Osugi de imediato. — Pois não dizem os boatos que muito em breve ele será nomeado instrutor marcial da casa xogunal por indicação do seu pai e do monge Takuan, aos quais por certo conseguiu engambelar?

— Quem lhe disse? O assunto é confidencial, não se tornou público ainda!

— Ouvi de alguém que esteve na academia Ono.

— E se for verdade, o que tem você a ver com isso?

— Estou-lhes dando a conhecer o verdadeiro caráter de Musashi. Deixar um indivíduo dessa laia privar com a casa xogunal já é repugnante. Transformá-lo em instrutor marcial será insuportável! É disso que eu estou lhes falando.

Um instrutor de artes marciais do xogum deve ser exemplo de virtudes para o país. Dá-me arrepios de repugnância imaginar Musashi nessa posição. E esta velha veio hoje aqui para advertir o senhor de Awa a esse respeito. Entendeu, meu filho?

III

Shinzo confiava cegamente em Musashi, e tinha apoiado entusiasticamente a decisão tanto do pai quanto de Takuan de indicar seu nome para o posto de instrutor.

Embora se esforçasse agora por conter o antagonismo que as palavras de Osugi lhe despertavam, seu rosto devia exprimir o que lhe ia no íntimo. A velha senhora, porém, nada mais via ou ouvia quando deixava a saliva acumular-se nos cantos da boca e falava do jeito como fazia nesse instante.

— Por tudo isso, penso que presto um serviço ao país aconselhando o senhor de Awa a retirar a indicação. E você também, meu filho, cuide-se para não ser envolvido na lábia desse Musashi.

Com nojo de tudo o que ouvia, Shinzo pensou em gritar: "Cale a boca!", mas receou que a velha, em vez de calar-se, usasse a língua viperina com ânimo redobrado. Dominou portanto a revolta e disse:

— Compreendi. Transmitirei sua advertência ao meu pai.

— Assim espero — disse Osugi, dando afinal por encerrada a sua missão.

Ergueu-se enfim e começou a se afastar, arrastando as sandálias, quando ouviu alguém gritar:

— Velha nojenta!

Osugi parou de imediato e procurou ao redor.

— Quem disse isso? — gritou ela de volta.

À sombra de uma árvore, Iori lhe fazia caretas e arreganhava os lábios. Relinchou em seguida imitando um cavalo e lançou algo duro na sua direção, aos berros.

— Toma isto!

— Ai! — exclamou Osugi, levando a mão ao peito e procurando no chão o objeto que a tinha atingido. Uma romã, igual às muitas caídas nas proximidades, jazia no solo com a casca partida.

— Moleque! — disse ela, apanhando por sua vez outro fruto e preparando-se para jogá-lo contra o menino. Iori continuou a insultá-la e fugiu. A idosa mulher foi-lhe atrás até os estábulos e espiou por um canto da construção. No mesmo instante, foi atingida em cheio no rosto, desta vez por algo mole, que se desfez ao bater nela.

Era um bolo de esterco. Lágrimas começaram a escorrer por suas faces enquanto cuspia e limpava com o dedo a massa fétida que lhe sujava o rosto. Tanta humilhação! E tudo isso porque andava por terras estranhas, e porque amava o filho. Osugi estremeceu de indignação.

Iori pôs a cabeça para fora do esconderijo e espiou de longe. E ao ver a velha senhora desalentada, chorando em silêncio, o menino sentiu culpa e uma súbita tristeza, como se acabasse de cometer um crime.

Teve vontade de aproximar-se e lhe pedir desculpas. Em seu peito, porém, a raiva ainda queimava: a mulher tinha difamado seu mestre. Apesar disso, o espetáculo de uma velha chorando o entristecia. Presa de sentimentos contraditórios, Iori mordiscava a unha, pensativo.

Nesse instante, Shinzo o chamou do alto de um barranco. Era a salvação. O menino disparou para esse lado.

— Venha cá! Venha ver o sol poente avermelhando o monte Fuji! Disse-lhe Shinzo.

— Ah! É o monte Fuji!

Iori esqueceu suas mágoas instantaneamente. O mesmo parecia ter acontecido a Shinzo. Ele já tinha decidido, mesmo enquanto ouvia Osugi, que não transmitiria ao pai nada do que ela lhe contara.

O MUNDO DOS SONHOS

I

Tokugawa Hidetada, o segundo xogum, tinha pouco mais de trinta anos. O pai, Ieyasu, despendia agora tranquilamente os dias de sua velhice no castelo de Sunpu[20] depois de conquistar quase setenta por cento da nação, e encarregara Hidetada de terminar o que havia começado.

Hidetada sabia que o trabalho de uma vida inteira do pai podia ser resumido em uma só palavra: guerrear. Estudos, aprimoramento, casamento e vida familiar, tudo isso ele vira passar entre guerras.

E, ao que parecia, as guerras estavam por acabar: a última, decisiva, seria travada contra os partidários da casa Toyotomi, de Osaka. Depois disso, rezava o povo, a paz voltaria a reinar no Japão, e o longo, conturbado período de batalhas iniciado com a revolta de Ounin ficaria definitivamente para trás.

O povo ansiava por paz. Com exceção da classe guerreira, as demais apenas rezavam para que a paz se estabelecesse sobre bases sólidas, não importava se pelas mãos de Tokugawa ou de Toyotomi.

Ao passar o cargo para o filho, diz-se que Ieyasu lhe teria perguntado:

— Quais são seus objetivos?

Hidetada teria então respondido de imediato:

— Construir, senhor.

Ao ouvir isso, Ieyasu tinha-se tranquilizado, diziam os que privavam com o xogum.

E a construção da cidade de Edo era a manifestação pura da convicção de Hidetada: com a aprovação do pai, tinha levado adiante a gigantesca obra a toda pressa.

Em contraposição, no castelo de Osaka, Hideyori — filho e herdeiro de Toyotomi Hideyoshi — preparava-se freneticamente para entrar em guerra uma vez mais. Generais mergulhavam na clandestinidade para conspirar, mensagens do alto comando eram distribuídas por intermédio de mensageiros secretos para as diversas províncias, um número interminável de *rounin* e generais ociosos eram contratados, a munição estocada, as lanças polidas, os fossos aprofundados.

— Aí vem outra guerra! — sussurravam apavorados os moradores das cinco cidades em torno do castelo de Osaka.

---

20. Sunpu: antiga denominação da atual cidade de Shizuoka.

— Agora, sim, teremos um pouco de paz! — dizia em contraste o povo que vivia ao redor do castelo de Edo.

E assim, muito naturalmente, o povo começou a afluir cada vez mais para a cidade de Edo, abandonando as instáveis terras de Osaka.

A tendência podia também ser tomada como uma opção: o povo estaria demonstrando na prática que apreciava a administração Tokugawa e abandonava os Toyotomi.

Realmente. Cansadas das guerras, as pessoas tinham também começado a rezar pela vitória definitiva dos Tokugawa no confronto que se avizinhava por temer que uma vitória dos Toyotomi desequilibraria a delicada balança do poder e remeteria o país uma vez mais ao tempo das guerras intermináveis.

Sob a mesma ótica analisavam os fatos cada senhor feudal e seus respectivos vassalos, tentando decidir a quem confiar o futuro de seus filhos e netos. Planejando a cidade de Edo em torno do castelo, desassoreando os rios, melhorando-lhes o aproveitamento, efetuando ainda a reforma do castelo, a casa Tokugawa era sem dúvida a promessa de uma nova era.

Nesse dia, como em tantos outros, Hidetada, vestido para atividades externas, tinha saído do pátio principal da antiga edificação, atravessado a colina conhecida como Fukiage, chegado ao canteiro de obras do novo palácio e feito uma visita de inspeção. E ali se demorava ele emocionado, vendo, ouvindo e sentindo a intensa movimentação dos homens em torno da reforma.

A seu lado estavam, como sempre, os ministros Doi, Honda e Sakai, além de atendentes e até um monge. Hidetada ordenou então que lhe instalassem um banco sobre uma elevação, e nele se sentou para descansar por momentos.

Foi então que gritos e correria ecoaram nas vizinhanças do morro Momijiyama.

— Canalha!

— Maldito!

— Alto aí, já disse!

Sete ou oito marceneiros surgiram correndo atrás de um poceiro em fuga, contribuindo para aumentar ainda mais a confusão sonora do canteiro.

II

O poceiro fugia de um lado para outro com incrível rapidez. Ocultou-se por trás de uma pilha de pranchas, correu para trás do barraco estucador, tornou a saltar dali e tentou galgar o andaime dos construtores da muralha a fim de saltar para o lado externo.

— Espertinho! — gritou um dos marceneiros que o perseguiam. Logo, dois ou três homens o encurralaram em cima do andaime e agarraram-no pelo tornozelo. O poceiro caiu de cabeça dentro do monte de serragem.

— Peguei-te, malandro!

— Asqueroso!

— Acabem com ele!

Um homem calcava o pé sobre o peito do poceiro, outro lhe chutava o rosto, um terceiro agarrou-o pela gola e o arrastou para uma área aberta, disposto a linchá-lo.

O poceiro não gritou, nem reclamou. Deitado de bruços, agarrava-se ao solo como se ele fosse sua única salvação. Podia ser arrastado, chutado, logo tornava a achatar-se contra o solo.

— Que se passa aqui? — disse o samurai responsável pelos marceneiros, surgindo nesse instante. — Acalmem-se!

Um dos homens adiantou-se e denunciou, excitado:

— Ele pisou num esquadro! Para nós, marceneiros, o esquadro é instrumento sagrado, tem o mesmo valor da espada para o samurai. E esse cretino...

— Fala com calma.

— Como posso me acalmar? Que faria o senhor, um samurai, se lhe pisassem na espada com o pé enlameado?

— Já entendi. Mas vê: sua senhoria, o xogum, acaba de visitar o canteiro de obras e se encontra descansando neste exato momento naquela elevação. Controla-te! Não perturbes seu descanso!

— Sim, senhor.

Os homens acalmaram-se momentaneamente, mas logo emendaram:

— Já sei o que faremos: vamos carregar esse imprestável para longe. Não sossego enquanto não obrigar esse sujeitinho a purificar-se fisicamente com banhos de água fria, e a reverenciar de mãos postas o esquadro que ele pisou!

— Deixem o castigo por nossa conta e voltem ao trabalho — impôs o oficial.

— Como acha que podemos voltar a trabalhar? Ele pisou o esquadro, e quando lhe ordenamos que se desculpasse, respondeu com imprecações!

— Já entendi, já entendi. Asseguro-te que me encarrego de castigá-lo devidamente. Voltem ao trabalho, voltem!

O oficial agarrou o poceiro que continuava deitado de bruços e ordenou:

— Levanta-te!

— Sim, senhor.

— Ora essa! Tu és um dos nossos poceiros!

— Sou, sim senhor.

— Neste canteiro estão sendo executadas a reforma do depósito de livros e a pintura do muro do portal leste. Trabalham aqui apenas pintores, jardineiros, pedreiros e marceneiros, mas nenhum poceiro.

— Isso mesmo! — concordou um dos marceneiros, secundando a desconfiança do encarregado. — Pois este miserável está desde ontem perambulando por nossa área de trabalho, e tanto fez que acabou pisando nosso precioso esquadro com seu pé imundo, de modo que lhe dei belo pontapé no rosto. Foi então que teve o desplante de nos insultar! E isso nos enfezou tanto que um dos nossos resolveu acabar com ele.

— São detalhes que não vêm ao caso... Poceiro: com que intuito vagavas por aqui se não tinhas nada a fazer neste canteiro? — perguntou o oficial, contemplando o rosto pálido do prisioneiro.

Examinou com atenção o esverdeado Matahachi — pois era ele! —, cujo rosto e físico eram delicados demais para um poceiro, e sentiu a desconfiança aumentar.

III

Em torno de Hidetada havia vários samurais destacados para a sua segurança, além de escudeiros, ministros, bonzos e cultores da cerimônia do chá. Além deles, várias sentinelas espalhadas em pontos estratégicos cercavam a elevação, constituindo barreira dupla que isolava o xogum do comum dos mortais.

As sentinelas mantinham um olhar vigilante sobre qualquer incidente anormal, por menor que fosse, de modo que acorreram de imediato ao local onde Matahachi quase acabara linchado.

E ao ouvir as explicações do oficial, alertaram:

— Afastem-se e levem esse homem para longe. Sua senhoria não deve ser perturbada.

O oficial, em combinação com o mestre carpinteiro, reconduziu então os indignados marceneiros de volta aos seus respectivos locais de trabalho.

— Quanto a este poceiro, terá de ser submetido a investigações posteriores — disse o oficial, encarregando-se de Matahachi e levando-o dali.

Pequenas guaritas espalhavam-se pelo canteiro de obras. Eram simples casebres de madeira onde os oficiais costumavam permanecer em pé, vigiando em turnos. Muitas vezes por dia os oficiais em período de folga ali vinham para trocar suas sandálias ou, ainda, para tomar chá, preparado em enorme chaleira pendente sobre um braseiro.

Matahachi foi lançado no depósito de lenhas anexo a uma dessas guaritas. O depósito não guardava apenas lenha. Servia também para armazenar grandes tinas de vegetais em conserva assim como sacos de carvão, e era frequentado pelos ajudantes da cozinha.

— Este poceiro está sendo investigado por suas atitudes estranhas. Deixem-no aqui até que o inquérito seja concluído — recomendou o oficial para os companheiros que compartilhavam a guarita. Não mandou, porém, que o amarrassem, porque se Matahachi era realmente um criminoso, seria entregue em seguida às autoridades competentes. Além de tudo, era difícil escapar dali: estavam dentro dos limites do castelo, cercados por uma muralha alta e fossos profundos.

Nesse ínterim, o oficial entrevistaria o capataz dos poceiros, assim como o oficial encarregado deles, para saber dos antecedentes e das atividades diárias de Matahachi. Até o momento, não sabiam de qualquer crime que ele tivesse cometido, mas o inquérito estava aberto porque seu tipo não correspondia ao padrão físico desses profissionais. Assim, Matahachi permaneceu alguns dias trancado no casebre sem que nada pior lhe acontecesse.

Ele, porém, sentia que cada hora ali passada o levava para mais perto da morte, pois tinha-se convencido de que seu tenebroso segredo fora descoberto. Por segredo entenda-se o plano de atirar no xogum, plano este a que aderira instigado por Daizou, de Narai.

Matahachi devia estar preparado para arcar com as consequências, já que se incumbira de executar o atentado e se introduzira no castelo com a ajuda de Unpei, o capataz dos poceiros. Contudo, até esse dia não tinha conseguido reunir coragem suficiente para desenterrar a espingarda de sob a jujubeira e executar o plano, apesar das diversas oportunidades que tivera de ver de perto o xogum Hidetada, durante suas inspeções ao canteiro.

Havia jurado a Daizou que executaria o atentado porque temera ser assassinado caso recusasse, e também porque queria o dinheiro da recompensa. Uma vez dentro dos portões do castelo, porém, percebeu que jamais atentaria contra a vida do xogum, nem que isso significasse terminar seus dias como poceiro. Empenhara-se portanto conscientemente em esquecer a promessa feita a Daizou e trabalhara todos os dias no meio da lama com os poceiros.

Mas um inesperado acontecimento tinha surgido e o obrigou a sair da rotina.

IV

O referido acontecimento nada mais foi que a remoção da velha jujubeira do portão ocidental: ela tinha de ser transplantada porque atrapalhava a reconstrução da biblioteca, situada nas proximidades do morro Momijiyama.

Havia considerável distância entre essa área e o canteiro de obras do morro de Fukiage — para onde Matahachi tinha sido mandado com o grupo dos poceiros. Ele, porém, mantinha a jujubeira sob constante vigilância por causa do trato com Daizou e aproveitava as folgas no horário das refeições, ou os minutos anteriores ou posteriores ao expediente para aproximar-se do portão ocidental e certificar-se de que a jujubeira ainda permanecia no mesmo lugar, depois do que se ia embora aliviado.

Entrementes, dava tratos à imaginação tentando descobrir um meio de desenterrar a espingarda e descartá-la sem ser notado.

E tinha sido numa dessas incursões que pisara por distração o esquadro dos marceneiros, comprara o ódio desses profissionais e fora perseguido por todo o canteiro. Matahachi, porém, tinha temido muito mais a revelação do complô do que a fúria desses homens.

Ainda agora, o pavor não se dissipara: dentro do escuro casebre, continuava a tremer de medo todos os dias. A jujubeira talvez já tivesse sido transplantada. Quando os jardineiros cavassem em torno de sua raiz, encontrariam a espingarda e dariam início a uma série de investigações.

"A próxima vez que eu for retirado deste casebre será para ouvir minha sentença de morte", imaginava Matahachi, suando frio e tendo pesadelos todas as noites. Sonhou diversas vezes que vagava pela escura estrada da morte, margeada por enormes jujubeiras.

Certa noite teve um vívido sonho com a mãe. Sem qualquer palavra de solidariedade pela triste situação em que ele se encontrava, Osugi gritara e lhe lançara um cesto cheio de bichos-da-seda. Casulos brancos caíram sobre a cabeça de Matahachi, que tentava escapar. Mas em sua perseguição vinha a mãe, agitando os cabelos brancos semelhantes aos fios em torno dos casulos. Encharcado de suor, no sonho Matahachi saltava de um barranco, mas nunca conseguia chegar ao chão: seu corpo flutuava no escuro abismo do inferno.

— Mãe! Perdão, mãe! — gritou Matahachi como uma criancinha, e acordou. O mundo real era ainda mais temível que o dos sonhos, e veio ao encontro dele com toda a força.

"Só me resta um recurso!", decidiu Matahachi. Para acabar com esse pavor, tinha de verificar pessoalmente se a jujubeira havia ou não sido transplantada.

Não podia fugir do castelo fortemente vigiado, mas do casebre escaparia com facilidade.

A porta tinha sido trancada, naturalmente, mas a sentinela noturna não permanecia ali o tempo todo. Matahachi subiu sobre as tinas de picles, quebrou a janela e saiu. Rastejou para as sombras das pilhas de madeiras, pedras e terra, e aproximou-se do portão ocidental. A jujubeira ainda estava no mesmo lugar.

— Que alívio — suspirou Matahachi. Era por isso que ele continuava vivo.
— Tem de ser agora!

Afastou-se por instantes e voltou com uma enxada. Logo, começou a cavar freneticamente ao redor da raiz, como se ali pretendesse achar a própria vida. A cada golpe, seu coração acelerava esperando pelo som metálico, e seus olhos procuravam agudamente na terra revolvida.

Por sorte, a sentinela não aparecia. Os golpes tornaram-se cada vez mais audazes e um novo monte de terra começou a formar-se na beira do buraco.

V

Matahachi escavou em torno da árvore como cachorrinho atrás do seu osso, mas encontrou apenas terra e pedras.

— Alguém me teria tomado à dianteira? — começou ele a desconfiar.

Redobrou os esforços, mas em vão. Rosto e braços logo ficaram molhados de suor, ao suor aderiram partículas de terra. Ofegando penosamente, agora tinha o aspecto de um homem que acabou de tomar um banho de lama.

Os ruídos dos sucessivos golpes e a respiração começaram a acusar crescente cansaço. Matahachi estava estonteado, mas não queria parar.

Instantes depois, a enxada bateu em algo duro. Havia um objeto longo atravessado no fundo do buraco. Matahachi lançou longe a enxada, enfiou a mão na cova e exclamou:

— Achei!

Era estranho: se aquilo fosse realmente uma espingarda, devia estar envolta em algumas camadas de papel encerado, ou guardada em caixa hermeticamente fechada. Mas o que seus dedos sentiam era algo diferente.

Sem perder de todo a esperança, extraiu o objeto com gesto que lembrou o do lavrador arrancando uma bardana da terra, e examinou-o: era um osso comprido, do braço ou da perna de um ser humano.

— ...!

Matahachi tinha perdido por completo a vontade de retomar a enxada. Achou que estava tendo outro pesadelo.

Ergueu o olhar para a copa da jujubeira e viu estrelas no céu, esfumaçadas pela névoa noturna. Não sonhava. Tinha percepção real das coisas, conseguia contar as folhas da árvore, uma a uma.

Daizou lhe havia dito que mandaria enterrar a espingarda no pé da jujubeira. Com ela Matahachi tinha de alvejar Hidetada. Daizou não iria mentir. Que lucraria com isso? Mas então, por que não encontrava nem vestígios da espingarda?

Agora que não a achava, sua apreensão cresceu. Inquieto, começou a caminhar no meio da terra revolvida, chutando-a para ter certeza de que a arma não passara despercebida.

Foi então que um vulto se aproximou por trás dele. A pessoa tinha estado ali havia já muito tempo, observando maldosamente sua aflição das sombras, e bateu-lhe de súbito no ombro.

— O que procura não está aí — disse rente ao ouvido do jovem, rindo baixinho.

O toque no ombro fora leve, mas Matahachi sentiu que o corpo inteiro, desde as costas até as pontas dos pés, adormecia a esse contato, e quase tombou para dentro de uma das covas que ele mesmo acabara de abrir.

— ...?

Voltou-se, e por momentos fitou com olhar vago o vulto parado à sua frente. E foi só depois de alguns instantes, quando o sentido lhe voltou por completo, que soltou um grito de espanto.

— Venha cá! — disse Takuan, puxando-o pela mão.

Rígido, Matahachi não saiu do lugar. Seus dedos gelados tentavam livrar a mão que Takuan retinha na sua, enquanto o corpo inteiro era sacudido por arrepios que lhe vinham da ponta dos pés até a cabeça.

— Venha, já disse.

— ...

— Não me escuta? Venha de uma vez! — disse Takuan, agora severamente.

Matahachi, porém, gaguejou:

— A... aqui..., a... aqui atrás...

Lutou por desembaraçar a língua e simultaneamente tentou chutar para dentro da cova a terra revolvida, procurando, ao que parecia, desfazer o que havia feito.

Takuan então lhe disse em tom de piedade:

— Pare, é inútil. Nem que mil anos se passem, um homem não consegue apagar da face da terra as marcas de suas ações, sejam elas boas ou más. Elas são como manchas de tinta negra sobre papel branco. Sua vida transformou-se nessa sucessão de erros porque você não encara essa realidade: pensa que para apagar seu mais recente ato, basta-lhe mover os pés e jogar terra sobre ele, como acaba de fazer agora. Venha comigo, já lhe disse. Você é um grande criminoso, um homem que arquitetava horrível assassinato. Eu o serrarei em dois e chutarei seu corpo para dentro de um lago de sangue.

E como nem assim Matahachi se movia, o monge agarrou-o pela orelha e o arrastou dali.

VI

Takuan sabia muito bem de onde Matahachi tinha fugido. Ainda puxando-o pela orelha, o monge bateu na porta do alojamento dos ajudantes de cozinha e gritou:

— Acordem! Levantem-se, vamos!

O ajudante surgiu apressadamente e, desconfiado, ficou olhando para Takuan. No momento seguinte reconheceu-o: era o bonzo que vivia em companhia do xogum Hidetada, e que conversava em tom cordial tanto com ele como com o seu primeiro-ministro. De modo que lhe perguntou, agora prestimoso:

— Que deseja, senhor?

— Que desejo? Que abras esse depósito onde guardas missô, ou picles ou sei lá o quê.

— Mas, senhor, ali temos um poceiro aprisionado, à espera de averiguações. Deseja alguma coisa lá de dentro?

— Continuas sonhando! Ainda não percebeste que o prisioneiro a que te referes quebrou a janela e escapuliu? Eu o recuperei, mas jogá-lo de volta no quartinho não é tão fácil quanto meter um grilo numa caixa, percebes? Anda, abre a porta!

— Ora! É o poceiro!

Assustados, os ajudantes de cozinha foram acordar o oficial de plantão, que surgiu esbaforido, desculpando-se pelo descuido, pedindo diversas vezes ao monge que não o denunciasse ao ministro.

Takuan apenas balançou a cabeça, concordando, e empurrou Matahachi com força para dentro do casebre assim que a porta lhe foi aberta. Entrou em seguida atrás dele e trancou a porta por dentro.

O oficial e o encarregado da cozinha entreolharam-se, sem saber o que fazer. Continuaram portanto parados do lado de fora da porta, quando Takuan tornou a abri-la e, pondo só a cabeça para fora, disse para o oficial:

— Quero uma navalha. Veja se acha uma em algum lugar, afie-a muito bem e traga-a aqui.

O oficial queria saber para que o monge a queria, mas não se atreveu a perguntar. Assim, correu a cumprir as ordens imediatamente.

— Ótimo! — comentou Takuan quando recebeu a navalha. De dentro do casebre, mandou que todos fossem dormir, pois já não precisava mais deles. O tom era de comando, de modo que os homens acharam melhor obedecer e retiraram-se para os respectivos alojamentos.

Dentro do casebre, a escuridão era total, mas a luz das estrelas entrava pela janela quebrada. Takuan sentou-se sobre um feixe de lenhas, enquanto

Matahachi acomodava-se cabisbaixo sobre a esteira. Havia muito não proferia palavra. Estava interessado em saber onde estava a navalha, se nas mãos do monge ou sobre algum apoio, mas não conseguia enxergar nada.

— Matahachi!

— ...

— Achou alguma coisa debaixo da jujubeira?

— ...

— Porque, fosse eu a cavar, acharia. Não uma espingarda, mas "algo" do "nada", a luminosa verdade deste mundo a partir do imenso nada do mundo dos sonhos.

— Sim, senhor.

— "Sim, senhor", diz você. Mas não compreendeu nada do que eu disse, não sabe o significado da expressão "luminosa verdade deste mundo". Você continua no mundo dos sonhos. Você é ingênuo como uma criancinha. Bem, vou ter de trocar em miúdos e explicar-lhe tudo. Diga-me, Matahachi: quantos anos você tem?

— Vou fazer 28.

— A mesma idade de Musashi...

Ao ouvir isso, Matahachi levou as mãos ao rosto e começou a chorar mansamente.

VII

Takuan calou-se, disposto a deixá-lo chorar à vontade. E quando os soluços afinal se espaçaram, voltou a falar.

— Não é horrível? A jujubeira quase se transformou em lápide, a marcar a cova de um insensato. Porque você cavava a própria cova, sabia? Você já se tinha enterrado nela até o pescoço!

— A... ajude-me, por favor, monge Takuan! — gritou Matahachi de súbito, agarrando-se às canelas do monge. — Creio que acordei, afinal! Eu fui ludibriado por esse Daizou de Narai!

— Não acho que você tenha acordado, realmente. Daizou não o enganou. Ele apenas achou um sujeitinho ganancioso, ingênuo, covarde, mas ao mesmo tempo capaz de fazer o que um homem normal jamais faria. Em outras palavras, ele encontrou o maior patife da face da terra, e tentou usá-lo.

— Eu sei, eu sei. Sou um patife mesmo.

— Para começar, quem você achou que fosse esse tal Daizou?

— Não sei. Esse é um mistério que até agora não consegui decifrar.

— Pois ele é um dos generais derrotados na batalha de Sekigahara. Seu nome verdadeiro é Mizoguchi Shinano, e era vassalo de Otani Gyobu, que foi posteriormente decapitado em companhia de Ishida Mitsunari.

— Como é? Quer dizer que é um dos procurados pelas autoridades?

— É por isso que atentava contra a vida do xogum Hidetada! Não entendo o seu espanto: como é que nunca desconfiou disso até agora, Matahachi?

— E como poderia? Ele me disse apenas que odiava os Tokugawa, que o país estaria muito melhor nas mãos dos Toyotomi, e que não era apenas por causa do seu próprio ódio, mas para o bem do país...

— E se ele lhe disse tudo isso, por que não pensou um pouco mais, não tentou decifrar suas verdadeiras intenções? Você ouve vagamente, e aceita tudo do mesmo modo. E depois, encontra não sei onde a coragem para cavar a própria sepultura. Tenho medo dessa sua coragem, Matahachi.

— E agora? Que faço?...

— Como assim?

— Takuan-sama!

— Largue-me! Não adianta agarrar-se em mim, é tarde demais.

— Mas eu nem cheguei a apontar a arma para o xogum! Por favor, ajude-me! Eu lhe juro que vou regenerar-me, eu juro!

— Nada disso. Você apenas não teve tempo de realizar o prometido porque aconteceu um imprevisto com o homem encarregado de enterrar a espingarda debaixo da jujubeira. Se Joutaro, que tinha sido engambelado por Daizou e fazia parte desse horrível complô, tivesse retornado a Edo conforme previsto, a espingarda teria sido enterrada naquela mesma noite debaixo dessa árvore.

— Joutaro? Joutaro não seria...

— Isso não vem ao caso. O importante é que esse crime de alta traição que você aceitou cometer não tem perdão nem pelas leis dos homens, de Buda, ou dos deuses do xintoísmo. Não pense que vai escapar com vida.

— Quer dizer... quer dizer que de modo algum...?

— É óbvio!

— Misericórdia, monge! — uivou Matahachi, agarrando-se a Takuan.

Este se ergueu e o afastou com o pé.

— Idiota! — gritou ele, tão alto que ameaçou mandar pelos ares o telhado do casebre.

Santo cruel, que repelia o pecador, santo temível, que não estendia a mão salvadora a quem se arrependia dos seus pecados...

Ressentido, Matahachi olhou-o nos olhos, mas logo pendeu a cabeça, resignado. Lágrimas de medo, medo da morte próxima, correram sem parar por suas faces.

Takuan apanhou a navalha sobre o feixe de lenha e com ela tocou-lhe de leve a cabeça.

— Matahachi... Já que vai morrer, siga o caminho da morte como um discípulo de Buda. Eu o conheço de longa data, não me recuso a rezar missa por sua alma. Cruze as pernas, acalme-se. Apenas uma fina pálpebra separa a vida da morte, nada há de tão temível nela. Não chore. Peça ajuda aos santos Bodhisattvas. Eu o ajudarei a morrer tranquilamente.

A VIDA DE UMA FLOR

I

A sala dos conselheiros é fortemente protegida. Diversos aposentos e corredores interpõem-se entre ela e as demais alas do palácio para evitar o vazamento de informações sigilosas.

Havia agora alguns dias que Takuan e o senhor de Awa compareciam a essa sala e ali permaneciam confabulando. Muitas foram as vezes em que o grupo todo se apresentou perante Hidetada para solicitar aprovações, e outras tantas aquelas em que a caixa de correspondências circulou pelos corredores nas mãos de intermediários que cobriam apressadamente a considerável distância entre a sala dos conselheiros e os aposentos xogunais.

Nesse dia, uma informação foi passada à sala dos conselheiros:

— O mensageiro de Kiso retornou.

— Vamos ouvi-lo pessoalmente — disseram os conselheiros, mandando introduzir o mensageiro em outro aposento e apressando-se em recebê-lo.

O referido mensageiro era um vassalo do clã Matsumoto, de Shinshu. Alguns dias atrás, um estafeta a cavalo tinha sido mandado do palácio de Edo para a sede do referido clã, com ordens de encontrar e prender certo Daizou, dono de loja de ervas medicinais estabelecida na cidade de Narai, em Kiso.

A ordem foi cumprida de imediato, mas, infelizmente, Daizou havia muito tinha fechado o velho estabelecimento comercial e se transferido com a família para a área de Osaka e Kyoto, e ninguém sabia de seu paradeiro.

Uma busca pela casa revelou que seus moradores tinham feito uma rápida limpeza. Algumas armas e um pouco de munição, incompatíveis com as posses de um mercador, haviam, porém, escapado da apressada faxina e sido encontradas, assim como algumas cartas dos partidários de Osaka. Todo o material restante na casa seria enfardado e remetido posteriormente em lombo de cavalos para servir como prova, mas ele, o mensageiro, tinha vindo na frente para poder dar-lhes a notícia o mais rápido possível, relatou o homem.

— Chegamos tarde demais... — suspiraram irritados os conselheiros, sentindo-se como pescadores que recolhem a rede e nela não encontram sequer um peixinho.

No dia seguinte, chegou outro mensageiro, este de Kawagoe, cidade onde se situa a sede do clã Sakai, cujo líder era um dos conselheiros. O mensageiro era um dos vassalos da casa Sakai e informou ao seu suserano:

— Conforme vossas ordens, mandamos soltar da prisão de Chichibu o *rounin* de nome Miyamoto Musashi. Na ocasião, explicamos detalhadamente as razões da lamentável confusão a certo Muso Gonnosuke, que ali compareceu para receber mestre Musashi.

A notícia logo foi transmitida pelo próprio suserano Sakai Tadakatsu a Takuan, que agradeceu com ligeira mesura as providências tomadas.

Como a injustiça tinha sido cometida dentro de seu feudo, Sakai Tadakatsu apresentou também suas excusas ao monge:

— Diga a esse *rounin*, Musashi, que não nos queira mal.

E assim, Takuan foi resolvendo uma por uma todas as questões pendentes. À casa de penhores de Shibaguchi, próximo ao castelo, onde Daizou tinha morado em dias recentes, o magistrado da cidade tinha ido em seguida, confiscando todas as mobílias e documentos secretos, ao mesmo tempo em que detinha Akemi que, sem saber de nada, ali ainda permanecia.

Algumas noites depois, Takuan aproximou-se dos aposentos do xogum Hidetada e reportou todas as providências até então tomadas.

— Não vos esqueçais, por momento sequer, que no mundo existem muitos outros Daizous, senhor — lembrou o monge a Hidetada.

Este assentiu vigorosamente. Takuan sabia que o novo xogum era pessoa de mente aberta, de modo que acrescentou:

— Por outro lado, não podeis deter-vos em minuciosos inquéritos toda vez que um desses traidores é descoberto, pois nesse caso não vos sobrará tempo para realizar a missão que o povo espera do segundo xogum Tokugawa, missão essa a vós foi confiada por vosso nobre pai.

Tadaaki era inteligente: já tinha considerado e absorvido integralmente o sentido das palavras do monge, pois determinou:

— Que o castigo seja brando, por esta vez. A resolução deste incidente ficará ao teu cargo, monge. Confio em teu juízo.

II

Takuan agradeceu-lhe a confiança e aproveitou para anunciar:

— É chegada a hora deste vosso humilde servo se despedir. As circunstâncias aqui me retiveram por mais de um mês, mas eis que pretendo partir para uma jornada de pregações. No trajeto, vou parar em Yamato para visitar o senhor Sekishusai, que se encontra acamado. De lá, seguirei para Sennan, por onde retornarei ao templo Daitokuji.

Ao ouvir o nome Sekishusai, Hidetada pareceu lembrar-se e perguntou:

— E como está de saúde o idoso senhor de Koyagyu?

— O filho, o senhor de Tajima, já está conformado. Diz ele que é chegado o momento da despedida final.

— Tão mal assim? — disse Hidetada, lembrando-se de si próprio ainda criança, sentado ao lado do pai, Ieyasu, em audiência perante o então jovem suserano Sekishusai Munetoshi.

Rompendo o breve silêncio, Takuan voltou a falar:

— Mais uma questão, senhor. Esta já foi levada ao conselho dos anciões e por ele aprovada. Trata-se da indicação de Miyamoto Musashi para o cargo de instrutor marcial desta casa. A iniciativa partiu de mim e do senhor de Awa. Nesta ocasião, peço-vos humildemente que a leve em consideração.

— Ouvi falar disso pessoalmente. Soube também que a casa Hosokawa o considera um indivíduo digno de sua atenção. Concordo que seria interessante nomear mais um instrutor para a casa xogunal, além de Yagyu e de Ono.

E assim, Takuan considerou realizadas todas as tarefas a que se propusera. Momentos depois, o monge retirou-se. Recebeu diversos presentes de despedida do xogum, mas os doou integralmente ao templo zen-budista da cidade casteleira e partiu, como sempre levando apenas a roupa do corpo e um único sombreiro.

Ainda assim, as más línguas entraram em ação e comentaram que Takuan imiscuía-se em assuntos do estado, que ambicionava o poder e que, engambelado pelos Tokugawa, era um espião em vestes monásticas denunciando as manobras dos partidários de Osaka. Mas glória ou decadência de castelos como Osaka ou Edo tinham para o monge tanto interesse quanto o desabrochar ou fenecer de uma flor. O que realmente lhe interessava era apenas a felicidade ou a infelicidade do povo, esses minúsculos seres comuns que rastejavam sobre a face da terra. Este, sim, era um assunto com que se preocupava constantemente.

E depois de se despedir dos muitos e influentes vassalos da casa xogunal, Takuan retirou-se do castelo de Edo levando consigo um discípulo.

Com o poder a ele atribuído por Hidetada, o monge dirigiu-se ao casebre no pátio de obras do castelo e mandou que lhe abrissem a porta. No quarto às escuras, havia um jovem bonzo de cabeça recém-raspada, sentado em silêncio, cabisbaixo. A veste tinha-lhe sido mandada por Takuan no dia seguinte ao da sua visita ao casebre.

— Ah!... — exclamou o jovem bonzo recém-convertido, voltando o rosto para a porta, deslumbrado pela claridade.

— Acompanhe-me — disse Takuan, acenando com a mão do lado de fora do casebre.

O jovem bonzo ergueu-se, mas cambaleou, como se as pernas tivessem apodrecido.

Takuan tomou suas mãos e o amparou.

Eis que chegava o dia da sua execução — pensou Matahachi, olhos baixos, resignado. Os pés tremiam incontrolavelmente. Imagens dele próprio sentado sobre a esteira da decapitação lhe vinham à mente e as lágrimas escorreram por suas faces encovadas.

— Tem forças para andar? — perguntou Takuan.

Matahachi pensou em responder, mas nenhum som lhe saiu da boca. Moveu então a cabeça em sinal de concordância, amparado ao ombro do monge.

III

Saíram pelo portão intermediário, passaram pelo depósito de armas e cruzaram pontilhões sobre fossos internos, mas Matahachi não teve clara consciência disso.

Sua imagem era a do próprio cordeiro a caminho do abatedouro.

"Namu Amida-butsu.... ", *"Namu Amida, Namu Amida!"*, rezava Matahachi, certo de que se aproximava, passo a passo, do pátio de execuções.

Finalmente, alcançaram o fosso externo.

As mansões da cidade alta estavam à vista. Notou as plantações próximas à vila Hibiya, e as pequenas embarcações cruzando os rios próximos. Viu gente andando pelas ruas da cidade baixa, no centro urbano.

"Últimas visões deste mundo!...", pensou Matahachi. Um apego muito forte ao mundo e intensa vontade de misturar-se uma vez mais às pessoas desse ilusório mundo passional fizeram-no chorar sentidamente.

"Nan-maida, Nan-maida!"

Cerrou os olhos. A prece avolumou-se em seu peito, rompeu a barreira dos lábios e soou bem alta, quase frenética.

Takuan voltou-se.

— Vamos, ande mais rápido!

Caminhando rente ao fosso, o monge seguiu na direção do portão principal e cruzou a campina diagonalmente. Matahachi parecia estar andando léguas intermináveis: o caminho o levava direto ao inferno, o dia de repente escureceu.

— Espere-me aqui — disse-lhe o monge. Estava em pé, no meio da campina. Perto dele, uma canaleta drenava a água barrenta do fosso sob a ponte Tokiwa-bashi.

— Sim, senhor — disse Matahachi.

— Não tente fugir. Será inútil — avisou o monge.

Contorcendo o rosto em expressão triste que o fazia parecer semimorto, o noviço Matahachi assentiu em silêncio.

Takuan deixou para trás o campo e atravessou para o outro lado da rua. Diante dele, havia um muro que estava sendo caiado nesse instante. Em continuação à parede, uma paliçada, por trás da qual apareciam os telhados de uma série de construções escuras, diferentes das mansões ou das casas comuns.

— Mas ali... — pensou o noviço Matahachi, enrijecendo-se. O conjunto era o escritório do magistrado urbano, constituído pela cadeia e por diversas residências oficiais. E por uma dessas portas tinha entrado Takuan.

Matahachi sentiu as pernas amolecerem, e incapaz de se manter em pé por mais tempo, caiu sentado no meio do campo.

Uma codorniz arrulhava em algum lugar no meio da relva, e o seu piar modulado em pleno dia já lhe lembrava a estrada do além.

"E se eu fugisse agora?", pensou Matahachi. Talvez conseguisse. Não estava amarrado, nem algemado.

Não, era inútil. De nada lhe adiantaria mergulhar na relva como a codorniz, pois arbusto algum do país conseguiria frustrar uma busca severa ordenada pela casa xogunal. Além disso, a cabeça raspada e a veste monástica denunciá-lo-iam, aonde quer que fosse.

"Obaba!", chamou ele, com intimidade. Como sentia falta do seu calor! Se a tivesse obedecido, não estaria agora à espera da própria execução, pensou, arrependido até a alma.

Okoo, Akemi, Otsu, uma ou outra mulher com quem se irritara ou se divertira nos bons dias de sua mocidade... Pensou em todas elas naquele instante em que enfrentava a morte, mas a que chamou do fundo do coração foi apenas uma:

— Obaba! Obaba!

IV

Pudesse ele escapar da morte só mais esta vez, nunca mais haveria de desobedecê-la. Haveria de comportar-se como bom filho, compensá-la-ia de todo o sofrimento.

Mas sua cabeça logo estaria rolando...

Um arrepio gelado percorreu-lhe a nuca. Matahachi ergueu o olhar e contemplou as nuvens. O céu prometia chuva. Dois ou três gansos selvagens pousaram no banco de areia próximo.

"Que inveja!", pensou Matahachi, sentindo aumentar ainda mais a vontade de fugir. Não tinha nada a perder a essa altura. Observou o portão do outro lado da rua com medonha intensidade. Takuan continuava invisível.

"É agora!", pensou.

Ergueu-se e começou a correr.

E então, um súbito grito o deteve:

— Alto!

Foi o bastante: Matahachi perdeu por completo a vontade de fugir. Havia um oficial do magistrado em pé em ponto inesperado. Ele empunhava o bastão e aproximou-se correndo. Com um golpe no ombro do jovem, lançou-o ao chão e o imobilizou.

— Aonde pensa que vai? — disse ele, assestando-lhe a ponta do bastão nas costas e imobilizando-o contra o solo como se fosse um sapo.

Takuan surgiu nesse momento. Em sua companhia vieram os oficiais do posto do magistrado, desde os mais graduados até os subalternos.

Na altura em que todos se enfileiraram ao lado de Matahachi, surgiu outro grupo composto de quatro ou cinco indivíduos com aspecto de guardas de prisão, arrastando mais um prisioneiro. Este vinha amarrado.

Os funcionários graduados escolheram então o local da execução e ali mandaram posicionar duas esteiras.

Em seguida, dirigiram-se ao monge:

— Testemunhe, por favor.

Os executores rodearam as esteiras, enquanto Takuan e os oficiais graduados acomodavam-se em banquinhos.

Matahachi, que continuava imobilizado no solo pela ponta do bastão, ouviu nesse instante uma ordem gritada:

— Em pé!

Ergueu-se cambaleante, mas já não tinha forças para andar. Impaciente, o oficial que o vigiava agarrou-o pela gola da veste e o arrastou até a esteira.

Matahachi sentou-se sobre a esteira virgem, cabisbaixo, sentindo o vento gelar a cabeça raspada e o pescoço. A codorniz tinha-se calado, e ele ouvia agora as vozes desencontradas de diversas pessoas tumultuando ao seu redor. As vozes, porém, pareciam abafadas, como se viessem de outro lado de uma grossa parede.

— Ah! Matahachi-san?! — disse alguém a seu lado nesse instante. Matahachi voltou os olhos esbugalhados para o lado e percebeu que o outro preso arrastado até ali era uma mulher.

— Que... quê? Akemi?! — exclamou ele, atônito.

No mesmo instante, um oficial interpôs-se entre os dois, separou-os com o bastão de carvalho e ordenou-lhes:

— Não podem comunicar-se!

O oficial mais graduado, que até então estivera sentado ao lado de Takuan, levantou-se nesse momento e proferiu a sentença em tom severo.

Akemi não chorou. Matahachi, porém, não entendeu o teor de sua sentença porque derramava sentidas lágrimas, indiferente à presença de estranhos.

— Comecem! — ordenou o comandante em voz severa, voltando a seu banco. No mesmo instante, dois ajudantes que se tinham mantido agachados por trás dos prisioneiros saltaram em pé, e empunhando seus respectivos bordões[21], começaram a açoitar as costas de Matahachi e de Akemi, contando:

— Uma, duas, três, quatro...

Matahachi soltou um grito agudo, mas Akemi cerrou os dentes e suportou o castigo em silêncio.

— ... Sete, oito, nove...

As pontas dos bordões ameaçavam fumegar e partir-se em tiras ainda mais estreitas.

V

Pessoas começaram a se aglomerar na estrada além do campo:
— Que é isso?
— Uma execução, é claro!
— Ah! São os famosos cem açoites públicos.
— Deve doer um bocado!
— Com certeza.
— Ainda nem chegaram à metade do castigo.
— Você está contando?
— Estou. Viu? O homem nem grita mais.

Um oficial aproximou-se, e batendo na relva com o bordão, ordenou:
— Vamos, circulem! Não podem ficar aí parados.

O povo começou a se dispersar. Depois de se afastarem a alguma distância, as pessoas voltaram-se para olhar. O castigo tinha acabado: os dois ajudantes encarregados da execução enxugavam agora os rostos, lançando ao chão os bordões que se tinham transformado em feixes de finas tiras de bambu.

— Agradeço o correto cumprimento da sentença — disse Takuan.
— E eu, o seu testemunho — respondeu o oficial graduado.

E assim, depois de cumprimentar-se formalmente, os dois se separaram. O magistrado e seus subordinados voltaram para a sede, enquanto Takuan ainda permanecia por instantes perto da esteira onde os dois prisioneiros

---

21. No original, *waridake*: bordão grosso de bambu, cuja ponta é fendida em diversas tiras. Usado para açoitar criminosos.

jaziam de bruços. Logo, afastou-se sem proferir palavra, cruzou impassível a campina e desapareceu.

Um raio de sol filtrou-se por entre as nuvens escuras precursoras de chuva e iluminou a campina. Com o silêncio restaurado, a codorniz voltou a arrulhar.

Akemi e o noviço Matahachi permaneceram imóveis por longo tempo, mas não estavam completamente desfalecidos. Sentiam o corpo arder por causa dos açoites, e a vergonha não lhes permitia erguer a cabeça.

— Água!... — sussurrou Akemi.

Na frente dos dois haviam sido deixados um pequeno balde e uma concha. Aqueles objetos revelavam silenciosamente que mesmo um severo magistrado acostumado a sentenciar criminosos era também capaz de compaixão.

Akemi bebeu avidamente, e só depois de esgotar boa parte da água, ofereceu-a a Matahachi:

— Quer um pouco?

Matahachi estendeu a mão com muito custo e bebeu em grandes goles, ruidosamente. Não viu mais nenhum oficial, nem mesmo Takuan, mas parecia não estar acreditando no que estava acontecendo.

— Matahachi-san... Quando foi que você se tornou um noviço?

— Será que a gente pode... ?

— Pode o quê?

— O castigo foi só isso? Nós ainda não fomos executados...

— Que os deuses nos livrem! Não ouviu a sentença proferida pelo oficial sentado no banquinho?

— Que sentença?

— Ele disse que nos bania da cidade de Edo. Ainda bem que não nos baniu deste mundo, não é mesmo?

— Ah! Fui poupado, então! — exclamou Matahachi maravilhado. Sua alegria era imensa. O noviço Matahachi ergueu-se e pôs-se a caminhar, sem ao menos olhar para Akemi.

Esta levou as mãos aos cabelos e arrumou as mechas desordenadas. Ajeitou a gola, tornou a apertar o *obi*. Enquanto isso, Matahachi já se tinha distanciado. Ele era agora um pequeno ponto no extremo da campina.

— Covarde!... — sussurrou Akemi, curvando de leve os lábios. Cada vez que o corpo latejava, sentia aumentar a vontade de desafiar o mundo. Sua vontade era uma flor, misteriosa e fragrante, que brotara em seu caráter distorcido pelo infortúnio, e agora, depois de muitos anos, enfim começava a desabrochar.

O RASTRO DA ÁGUA

I

Quantos dias já se tinham passado desde que fora deixado nessa mansão? — perguntava-se Iori, entediado e cansado de repetir as mesmas traquinagens.

Onde andará o monge Takuan? — indagou-se. Não era tanto a saudade do monge, mas a preocupação com seu mestre que o fazia suspirar desse modo.

Hojo Shinzo sentiu pena do menino

— Meu pai também não voltou ainda. Acredito que os dois continuam muito ocupados no interior do castelo. Mas quando você menos esperar, ambos estarão de volta. Enquanto isso se divirta com os cavalos nas cocheiras.

— Posso cavalgar um deles?

— Claro que pode.

Iori correu para o estábulo, escolheu um bom cavalo e o trouxe para fora da baia. Já o cavalgara no dia anterior, e também no anterior a esse, escondido de Shinzou.

Hoje, porém, era diferente: conseguira a permissão e podia cavalgá-lo abertamente. Saltou para a sela e disparou como uma flecha pelo portão dos fundos. Seu destino era o mesmo, tanto nesse dia como nos anteriores.

Mansões, sendas entre hortas, colinas, plantações, campinas, bosques, toda a paisagem desse fim de outono ficava para trás num piscar de olhos. Logo, a extensa campina de Musashino, agora transformada num mar prateado de eulálias agitadas pelo vento, abriu-se aos poucos diante de seus olhos.

Iori freou o cavalo.

— Ele está ali, além daquela serra...

A cadeia de montanhas Chichibu debruçava-se sobre o extremo da campina. Pensou no mestre, preso na cela, e as lágrimas correram por suas faces.

Um vento gelado acariciou-lhe o rosto molhado. O vermelho das folhas dos pequenos arbustos e das flores de cabaceiras, rastejando sobre a relva, anunciava que o outono já ia a mais do meio. Breve, a névoa subiria pelo outro lado da montanha.

— Vou ao encontro dele! — decidiu Iori, fustigando o traseiro do cavalo.

A montaria disparou abrindo caminho pelas ondulantes espigas das eulálias, e num instante venceu alguns quilômetros.

"Calma! E se ele já estiver de volta à nossa choupana?", pensou Iori.

Justo nesse dia, o menino sentiu que podia ser assim e foi ver a pequena casa no meio da campina. Telhados e paredes destruídos na tempestade já tinham sido reconstruídos, mas não havia ninguém dentro da choupana.

— Sabem do meu mestre? — gritou ele para os lavradores das proximidades, todos entretidos com a colheita. Mas os homens apenas sacudiram as cabeças, negando tristemente.

Agora, só lhe restava cavalgar toda a distância até Chichibu.

— A cavalo, devo chegar lá num dia — considerou. Partiu outra vez em rápido galope, certo de que lhe bastava chegar até lá para encontrar-se com Musashi.

Aproximou-se num instante do povoado dos vigilantes do fogo, onde tinha sido encurralado, havia alguns dias, por Joutaro. Mas a entrada da pequena comunidade estava bloqueada por cavalos de montaria e de carga, baús e liteiras, assim como por cerca de cinquenta samurais almoçando.

— Ora essa! Não vou conseguir passar.

O trânsito não tinha sido impedido, mas para prosseguir, o menino teria de desmontar e levar seu cavalo pela rédea. Era trabalhoso, pensou Iori dando meia-volta. A campina lhe oferecia diversas outras opções de passagem.

E, então, alguns lacaios abandonaram seus lanches e correram atrás do cavalo de Iori, gritando:

— Ei, moleque! Para aí!

Iori parou o cavalo e voltou-se para encarar os cerca de cinco homens que lhe vinham no encalço.

— Que disseram? Repitam! — disse, em tom autoritário.

Ele era pequeno fisicamente, mas seu cavalo era soberbo e a sela, rica.

II

— Desce! — ordenaram os lacaios, aproximando-se por ambos os lados da montaria.

Iori não estava entendendo nada, mas a atitude dos homens o irritou.

— Para que haveria eu de descer? Estou dando meia-volta, não estou?

— Não interessa. Desce de uma vez, sem reclamar.

— Não desço!

— Como é?! — gritou um dos homens, agarrando-o por uma das pernas e empurrando-o para cima.

Iori, cujos pés não alcançavam ainda os estribos, foi jogado facilmente para o outro lado do cavalo.

— Algumas pessoas querem falar contigo e te esperam lá atrás. Para de choramingar e vem de uma vez!

Agarrado pela gola, o menino foi arrastado até o local onde o grupo descansava.

E então, uma velha apoiada na bengala destacou-se do grupo e veio andando em sua direção. Ergueu a mão para os lacaios e disse, rindo com gosto:

— Ah-ah! Vocês o pegaram! Belo trabalho!

— Ah!... — exclamou Iori, ao ver a idosa mulher. Era a mesma que surgira havia alguns dias na casa de Hojo Shinzou, e contra ela o menino tinha atirado uma romã!

Hoje, ela estava bem arrumada em suas roupas de viagem e parecia um pouco diferente. Aonde ia ela no meio desse numeroso grupo de samurais?

Mas o menino nem teve tempo de pensar melhor no assunto, apreensivo como estava quanto ao que a idosa senhora lhe faria em seguida.

— Olá, moleque! Tu te chamas Iori, se não me engano. E foste muito estúpido comigo, há alguns dias!

— ...

— Estás me ouvindo? — disse Osugi, golpeando de leve seu ombro com a ponta da bengala. Iori aprumou-se, pronto para reagir, mas havia uma multidão de samurais nas proximidades. Se todos tomassem o partido da velha, não teria qualquer chance. Seus olhos encheram-se de lágrimas.

— Musashi tem sorte com seus discípulos, todos tão valentes!... Tu és um deles, estou certa?

— Não te atrevas a falar mal do meu mestre!

— Para quê? Já falei o suficiente no outro dia ao filho do senhor Hojo.

— E... eu vou-me embora! Não tenho nada a tratar contigo, velha coroca! Vou-me embora!

— Nada disso! *Eu* tenho algumas coisas a tratar contigo. Quem te mandou seguir-nos? Vamos, diz!

— E desde quando eu teria interesse em seguir uma velha enxerida?

— Olha a boca, moleque! É essa a educação que te dá o teu mestre?

— Não é da tua conta!

— Pois com essa mesma boca vais chorar, já e já! Vem de uma vez!

— A... aonde?

— Não te interessa.

— Estou dizendo que vou-me embora!

— Quem é mesmo que vai embora?

De súbito, a bengala de Osugi silvou e golpeou as canelas do menino.

— Ai-ai! — gritou o menino involuntariamente, caindo sentado.

A velha fez sinal aos lacaios, que tornaram a arrastar Iori pela gola até o casebre do moinho, na entrada do povoado.

E ali, ao lado do casebre, o menino encontrou um homem, que pelo aspecto era vassalo graduado de um clã qualquer. Vestia um caro *hakama* de viagem e trazia um par de espadas magníficas à cintura. O cavalo para muda estava preso a uma árvore próxima. Aparentemente, o samurai tinha acabado de almoçar e tomava o chá que o serviçal lhe trouxera à sombra de uma árvore.

III

O samurai, um tipo sinistro, mostrou os dentes em sorriso irônico ao dar com Iori. Este arregalou os olhos e se encolheu inteiro: o samurai era Sasaki Kojiro. E a ele se dirigiu *obaba:*

— Está vendo? Não lhe disse que o pirralho era Iori? Tenho certeza de que Musashi, por alguma razão que ainda descobriremos, mandou-o seguir-nos.

— Hum! — resmungou Kojiro. Balançou a cabeça, concordando. Mandou em seguida que os lacaios se afastassem e lhe abrissem espaço.

— Cuidado! Ele pode fugir, mestre Kojiro! Mande amarrá-lo por segurança — interveio Osugi.

Kojiro sorriu de leve e sacudiu a cabeça. Iori tinha desistido de fugir havia muito: o sorriso era sinistro demais, impedia-o até de erguer-se, muito mais de fugir.

— Moleque — disse Kojiro em tom normal. — Ouviste o que *obaba* acaba de dizer. Concordas com ela?

— Na... não concordo!

— Como assim?

— Eu apenas queria cavalgar livremente pela campina. Não vim atrás de ninguém!

— Acredito — replicou Kojiro. — Se Musashi é realmente um samurai e tem um pingo do orgulho, não há de tomar atitude tão covarde. Mas se ele soube que *obaba* e eu íamos encontrar-nos aqui para partir com os vassalos da casa Hosokawa, pode ser que ficasse curioso e o mandasse seguir-nos para satisfazer essa curiosidade. Seria natural, seria humano — raciocinou alto Kojiro, sem dar ouvidos às explicações de Iori.

Só então o menino estranhou as circunstâncias de seus captores. Algum fato novo muito especial devia ter sobrevindo na vida desses dois, era óbvio.

Antes de mais nada, Kojiro tinha passado por transformação radical que quase o tornava irreconhecível: seus característicos cabelos longos tinham sido cortados e o sobretudo de cores vibrantes, antes preferido por ele, tinham cedido lugar a um conjunto sóbrio, de aspecto oficial.

A única coisa imutável era a sua lendária espada Varal que, em vez de ser transportada enviesada às costas, tinha sido modificada de modo a poder ser levada à cintura. Ele a levava agora numa das mãos.

E tanto Kojiro quanto a velha Osugi estavam vestidos para viajar. Nesse momento, almoçavam no povoado em companhia de Iwama Kakubei, outro importante vassalo da casa Hosokawa, e de mais dez homens do clã, acompanhados de seus respectivos subalternos, serviçais e cavalos de carga. Pelo aspecto, podia-se afirmar, sem medo de errar, que Kojiro tinha enfim conseguido realizar o sonho dos últimos anos e fora contratado pela casa Hosokawa, não por mil *koku*, mas talvez por ainda consideráveis 400 ou 500 *koku*.

E por falar nisso, comentários nos círculos palacianos davam conta de que Hosokawa Tadatoshi estaria retornando a Kokura, em Buzen.[22] O pai, lorde Sansai, estava envelhecendo, de modo que Tadatoshi tinha solicitado, fazia algum tempo, licença ao xogum para retornar ao próprio feudo. A petição tinha sido atendida, e provava que a casa xogunal reconhecia a lealdade dos Hosokawa, diziam os boatos.

E preparando o caminho para a volta de Tadatoshi a Buzen, ali estava a vanguarda da comitiva de retorno, nas pessoas de Iwakama Kakubei e vassalos, assim como do recém-contratado Kojiro.

IV

Ao mesmo tempo, as circunstâncias em torno da velha Osugi também se tinham alterado: agora, seu retorno à terra natal tinha-se tornado imperativo.

Seu único herdeiro, Matahachi, tinha desertado, e Osugi, o pilar da casa Hon'i-den, nunca mais retornara à sua terra desde o dia em que partira havia quase dez anos. O parente mais próximo, tio Gon, havia falecido no decorrer de uma das muitas jornadas empreendidas pelos dois, e novos fatos deviam estar ocorrendo nas terras de Osugi, a demandar suas urgentes providências.

E assim, a velha matriarca apenas protelara, sem nunca desistir, de seu projeto de se vingar de Otsu e Musashi. Pedira permissão à casa Hosokawa para integrar-se à comitiva de Kojiro que descia rumo a Buzen, e retornava também à própria casa. No caminho, pensava em parar na cidade de Osaka e recolher as cinzas do tio Gon, depositadas provisoriamente no templo. Resolveria em

---

22. Buzen: antiga denominação de uma área correspondente em sua maior parte à região oriental da atual província de Fukuoka, e à porção setentrional da atual província de Oita.

seguida todos os problemas pendentes em sua terra, prestaria homenagens aos ancestrais, havia muito negligenciados, mandaria realizar cerimônia religiosa para a alma do tio Gon, e só então reencetaria viagem para cumprir seu juramento.

Mas Osugi não ia deixar passar qualquer tipo de oportunidade que se relacionasse a Musashi e à sua vingança.

Na ocasião em que fora salva da mansão Ono por Kojiro, este lhe tinha contado que Musashi fora indicado para o cargo de instrutor marcial da casa xogunal, e isso a irritara profundamente: se a indicação fosse aceita, dificultaria bastante a realização de sua vingança. Além disso, sinceramente achava que, impedindo a ascensão de tipos como Musashi, não só prestava bom serviço à casa xogunal, como também dava uma lição ao mundo.

E com esse intuito tinha visitado a mansão Hojo, e ido também especialmente à casa Yagyu. E em ambos os lugares, denunciara com veemência o erro que seria promover a ascensão de Musashi, no seu entender, um criminoso. Suas visitas não se restringiram a essas duas casas: por intermédio de conhecidos, conseguiu os nomes de alguns membros do conselho de anciões, a cujas mansões também foi para, como sempre, caluniar Musashi.

Kojiro naturalmente não a impedia, mas também não a instigava. Uma vez resolvida a difamar Musashi, Osugi não sossegaria enquanto não conseguisse seu intento. Distribuiu cartas anônimas no escritório do magistrado e no tribunal xogunal superior, relatando do modo mais venenoso possível o seu comportamento passado. Sua tática destinada a obstruir o sucesso de Musashi era tão maldosa que o próprio Kojiro começou a sentir-se mal.

Assim, ele tinha aconselhado Osugi a acompanhá-lo para o sul, dizendo:

— Vou para Kokura. Cedo ou tarde, porém, meu destino será bater-me com Musashi. As circunstâncias e a sorte impelem-nos nessa direção. Por ora, deixe as coisas como estão. Mais tarde, quando Musashi falsear o pé no caminho para o sucesso, fique observando sua queda, e então aja no momento certo.

Osugi relutava ainda em partir por causa de Matahachi, mas considerou que o filho acabaria por cair em si e voltar para a casa dentro de algum tempo. E ali ia ela, abandonando todas as ilusões, a caminho de sua casa pela extensa campina de Musashino nesse final de outono.

Mas tudo isso não era do conhecimento de Iori, nem lhe seria possível entender, por mais que pensasse.

Não podia fugir, nem chorar, pois isso envergonharia seu mestre. Assim pensando, o menino suportou valentemente o medo e enfrentou Kojiro.

Este, por sua vez, verrumou o menino com olhar intencionalmente feroz. Mas Iori não desviou o seu. Usando a mesma técnica de quando enfrentara o olhar fixo do esquilo voador no dia em que Musashi o tinha deixado sozinho guardando a casa da campina, o menino arfava de leve, deixando o ar escapar pelas narinas, apenas fixando o rosto de Kojiro.

V

O medo do que lhe poderia acontecer em seguida arrepiava-o inteiro, mas não passava de excesso de imaginação infantil: Kojiro não tinha a menor intenção de disputar com uma criança, como Osugi. Sobretudo porque, hoje, precisava cuidar de sua imagem.

— Obaba — disse ele de repente.

— Pronto! Que deseja?

— Tem um estojo portátil com você?

— Estojo eu tenho, mas o tinteiro está seco. Para que precisa deles?

— Quero mandar uma carta a Musashi.

— A Musashi?

— Exatamente. Avisos públicos em todas as ruas não tiveram o poder de trazê-lo à minha frente. Além disso, não faço ideia de onde se encontra atualmente. Este menino é, portanto, o mensageiro ideal. Quero deixar-lhe uma carta antes de partir de Edo.

— O que vai lhe escrever?

— Nenhuma obra-prima de retórica. Vou apenas dizer-lhe que por certo vai ouvir falar que me fui para Buzen. Que deve adestrar-se e seguir no meu encalço, pois vou esperá-lo a vida inteira se for preciso. E também que me procure quando sentir-se suficientemente preparado.

— Não, não! — disse Osugi, abanando a mão. — Uma vida inteira é tempo demais. Eu vou voltar à minha casa em Sakushu, mas pretendo retomar minha peregrinação logo em seguida. E dentro dos próximos três anos tenho de acabar com Musashi.

— Fique tranquila, deixe tudo por minha conta. Prometo-lhe que seu grande sonho se realizará no mesmo dia em que eu resolver este impasse com Musashi.

— Sei disso, sei disso! Contudo, não posso deter o tempo. O que você planeja tem de ser realizado enquanto eu ainda estiver neste mundo.

— Cuide de sua saúde para poder viver muitos anos. Assim, terá a oportunidade de ver Musashi tombando sob o golpe da minha espada justiceira.

Apanhou o estojo portátil, e se aproximou de um riacho próximo, mergulhou a mão na água, deixou algumas gotas caírem no interior do tinteiro e diluiu a tinta. Ainda em pé, correu o pincel sobre uma folha de papel em branco. Sua caligrafia era elegante e ele redigia muito bem.

— Pegue estes grãos para selar a carta — ofereceu Osugi, apresentando-lhe a folha larga de bambu que embalara o seu lanche e onde tinha restado um pouco de arroz. Kojiro colou a extremidade do papel com o grão de arroz e escreveu no verso o remetente:

Sasaki Ganryu — Vassalo da Casa Hosokawa.

— Moleque! — disse ele, em seguida.
— ...
— Não tenhas medo. Podes ir embora levando esta carta. O assunto é de suma importância, de modo que tens de entregá-la em mãos ao teu mestre, Musashi, ouviste bem?

Iori não estendeu logo a mão para recebê-la. Parecia em dúvida, sem saber se aceitava a missão, ou se a recusava categoricamente. Logo, balançou a cabeça concordando e arrancou a carta das mãos de Kojiro. Ergueu-se em seguida com agressividade e disse:

— Qual o teor desta carta, tio?
— Aquilo que tu me ouviste comentando com obaba.
— Posso ler o que está escrito?
— Proíbo-te de romper o selo.
— Mas quero deixar bem claro: se tem algo ofensivo ao meu mestre escrito nestas folhas, não levo.
— Sossega menino. Nela não há nenhuma palavra desrespeitosa. Só o estou me lembrando de uma antiga promessa e também que, embora eu esteja longe, continuo esperando pelo dia do reencontro.
— Quem vai se reencontrar: o senhor com meu mestre?
— Isso mesmo. Na fronteira da morte — respondeu Kojiro, enrubescendo de leve.

VI

— Entrego sem falta — disse Iori, guardando a carta nas dobras do quimono na altura do peito. No momento seguinte, deu um salto de mais de dez metros e gritou: — Adeusinho, bobalhões!
— Que... quê? — gaguejou Osugi roxa de indignação, pronta a ir-lhe atrás, mas foi logo detida por Kojiro.
— Deixe-o! É apenas uma criança.

Iori ainda bufava de raiva, e queria dizer-lhes mais alguns desaforos, mas as lágrimas o cegavam e os lábios não lhe obedeciam.

— Que quer ainda, moleque! "Bobalhões!", é só isso que sabes dizer? — gritou Kojiro.

— É sim! E daí?

— Ah-ah! Este menino chega a ser cômico! Vai-te de uma vez, vai!

— Logo irão descobrir quem é o cômico nessa história! Vou entregar esta carta direitinho ao meu mestre, e então veremos!

— Isso, entrega de verdade.

— Mais tarde vocês vão se arrepender. Podem fazer o que quiserem, mas meu mestre vencerá!

— É tão falador quanto Musashi, esse vermezinho. Mas louvo a lealdade que te faz defender teu mestre com lágrimas nos olhos. Quando Musashi morrer, vem me procurar. Dou-te um emprego de varredor em minha mansão! — caçoou Kojiro, rindo.

Iori, porém, sentindo-se humilhado até os ossos, abaixou-se de súbito e apanhou uma pedra, disposto a arremessá-la contra Kojiro. No instante em que ergueu o braço, Kojiro fixou no menino um olhar duro e gritou:

— Pirralho!

Não tinha sido uma simples mirada: os olhos pareceram saltar sobre Iori, e eram incomparavelmente mais apavorantes que os do esquilo voador.

O menino esqueceu-se de tudo: deixou cair a pedra e fugiu. Por mais que se distanciasse, não conseguia livrar-se da sensação de perigo.

Algum tempo depois, acabou sentando-se no meio da campina, arfante, e ali permaneceu por algumas horas, imóvel.

E assim, o menino foi levado pela primeira vez a perceber, embora de modo vago, as circunstâncias em que vivia o homem a quem chamava de mestre, e a quem tanto respeitava. Musashi era um homem com muitos inimigos, compreendeu o menino.

"Tenho de me tornar um homem influente", decidiu-se Iori. Para poder servi-lo e protegê-lo por muitos anos, ele tinha de evoluir com seu mestre e ter forças para ajudá-lo.

"Será que consigo?"

Pensou em si mesmo com a imparcialidade que lhe foi possível. No mesmo instante, tornou a sentir o olhar de Kojiro sobre si e se arrepiou inteiro.

E se seu mestre não estivesse à altura daquele homem? — começou a preocupar-se Iori. Talvez Musashi devesse adestrar-se mais, pensou, como sempre preocupando-se por antecipação.

Enquanto permanecera imóvel no meio da relva, o povoado e a cadeia de montanhas Chichibu foram aos poucos sendo envolvidos por névoa esbranquiçada.

Estava resolvido! Shinzou-sama talvez se preocupasse, mas ele iria a Chichibu entregar a carta a seu mestre, na cadeia. Bastava-lhe apenas vencer o pico Shoumaru, logo adiante. Não importava que o sol se pusesse antes disso.

Iori levantou-se e olhou ao redor, lembrando-se de repente do cavalo que abandonara havia pouco.

— Aonde foi ele?

VII

A montaria pertencia à casa Hojo, e estava ajaezada de fina sela adornada de madrepérola. Juntos, valiam uma pequena fortuna, e um ladrão não o deixaria escapar por nada no mundo. Iori cansou-se de procurá-lo, e afinal começou a percorrer o extremo da campina, assobiando para chamar o animal.

Algo branco, esfumaçado, rastejava sobre a relva. Névoa ou um rio? Iori pensou ter ouvido os passos do cavalo e disparou nessa direção, mas não encontrou nem animal nem rio.

— Que será aquilo? — murmurou. Pensara ter visto algo escuro movendo-se mais adiante. Aproximou-se correndo e descobriu que se tratava de um javali procurando comida no meio de alguns arbustos. O animal passou rente a Iori e se ocultou no meio do mato. O menino voltou-se para olhar. No caminho percorrido pelo javali, havia restado o traço branco de névoa rastejante que parecia ter sido criado pelo bastão de um mágico invisível.

Aos poucos, o traço branco que o menino imaginara ser névoa começou a rumorejar, e logo se transformou em riacho que espelhava o luar.

Iori começou a sentir medo. Conhecia, desde pequeno, os mistérios que uma campina é capaz de guardar. O menino acreditava piamente que um minúsculo besouro, do tamanho de um grão de gergelim, era dotado de vontade e poder divinos. As folhas mortas que se moviam no solo, o sedutor riacho murmurante, o vento que lhe vinha no encalço, todas as coisas eram dotadas de espírito. E ao entrar em contato com esse mundo senciente, o espírito do pequeno Iori refletia a tristeza das plantas, insetos e rios desse fim de outono, estremecia e soluçava.

De repente, Iori começou a chorar alto. Não porque tivesse perdido o cavalo, ou porque sentisse o peso da orfandade. Dobrou o braço, levou o dorso da mão aos olhos e caminhou soluçando, os ombros estremecendo a cada onda de tristeza que lhe subia do peito.

As lágrimas tinham gosto doce quando se sentia assim. Se um ente sobre-humano, uma estrela ou um espírito, lhe perguntasse: "Por que chora, menino?", ele por certo responderia, sem parar de chorar:

— Como posso saber? Se soubesse, não estaria chorando.

Curioso, o ser podia insistir incentivando-o a explicar-se. E então, Iori talvez dissesse:

— Muitas vezes, sinto vontade muito grande de chorar quando me vejo sozinho no meio de um campo. Penso que vou encontrar a casa de Hotengahara bem perto de mim.

A alma desse menino que sofria do estranho mal de chorar sozinho era também capaz de sentir prazer nisso. Chorava, chorava muito por longo tempo, e então a natureza se compadecia e o vinha consolar. E quando enfim as lágrimas começavam a secar, sua alma estava leve e lúcida, como se acabasse de sair de um denso nevoeiro.

— Iori! É você, Iori?

— É ele, sim!

Vozes às suas costas chamaram-lhe a atenção de repente. O menino voltou os olhos inchados e deparou com dois vultos humanos escuros recortados contra o céu noturno. Um estava a cavalo, de modo que lhe pareceu muito mais alto que o companheiro a pé.

VIII

— Ah! Mestre! — gritou o menino, correndo aos tropeções até alcançar os pés do vulto a cavalo. — Me... mestre! Meu mestre!

Agarrou-se ao pé firmado no estribo, mas ergueu de chofre a cabeça, desconfiado de que pudesse estar sonhando. Observou também o outro vulto em pé ao lado do cavalo, este empunhando um longo bastão: Muso Gonnosuke.

— Que foi? — o rosto de Musashi, que o contemplava de cima do cavalo, lhe pareceu dolorosamente emaciado, talvez pelo efeito do luar, mas a voz era carinhosa, a mesma que o menino tanto ansiara ouvir nos últimos dias.

— Que fazia sozinho neste lugar? — perguntou Gonnosuke, estendendo a mão e atraindo ao próprio peito a cabeça do menino.

Se Iori não tivesse chorado todas as suas lágrimas havia pouco, teria sem dúvida começado a chorar nesse instante. Mas agora, suas faces apenas brilhavam à luz do luar.

— Eu estava indo à sua procura, mestre, em Chichibu... — começou ele explicando, quando sua atenção foi atraída para o animal que Musashi cavalgava. Examinou a pelagem, a sela, e disse:

— Ora!... Eu cavalgava este cavalo!

Gonnosuke riu.

— Ah, então ele é seu?

— É.

— Ele parecia perdido nas proximidades do rio Iruma, de modo que o peguei e o ofereci a Musashi-sama, que me parece um tanto debilitado.

— Já entendi! Foi o espírito da campina que o fez fugir para aqueles lados, a fim de servir ao meu mestre!

— Mas como pode um cavalo tão caro ser seu? Só a sela deve custar mais de mil *koku*.

— Ele pertence aos estábulos de Hojo-sama.

Musashi desmontou.

— Isto significa que você passou todos estes dias na mansão do senhor de Awa, Iori?

— Sim, senhor. O monge Takuan me levou até lá. Foi ele quem me mandou ficar lá.

— E a nossa choupana?

— Já foi toda reformada pelos camponeses.

— Ótimo. Nesse caso podemos passar a noite lá.

— Mestre...

— Que é?

— Está tão magro... Por quê?

— Porque andei praticando *zazen* no interior da cela.

— E como foi que saiu de lá?

— Gonnosuke lhe explicará com calma mais tarde. Em poucas palavras, devo ter tido a ajuda divina, porque ontem fui de súbito declarado inocente e libertado.

Gonnosuke explicou em seguida:

— Não tem mais nada a temer, Iori. Um mensageiro do clã Sakai, de Kawagoe, me procurou ontem pedindo desculpas pela prisão de mestre Musashi. Reconheceu que imputaram o crime a um inocente.

— Ah, deve ter sido obra do monge Takuan. Ele deve ter pedido ao xogum. Ele ainda está no palácio, não retornou à casa de Hojo-sama — explicou Iori, aos poucos recuperando a loquacidade.

E enquanto andava, o menino relatou seu encontro com Joutaro, a fuga deste em companhia do pai, um mendigo *komuso*, o aparecimento da velha Osugi na casa Hojo, as mentiras por ela espalhadas. O último assunto o fez lembrar-se da carta de Sasaki Kojiro, guardada em seu peito, e disse:

— Ah, e tenho também uma história muito séria para lhe contar, mestre!

Apalpou o quimono e dele extraiu a carta, que entregou a Musashi.

IX

— Como? Uma carta de Kojiro? — quis saber Musashi.

O homem era seu rival, mas fazia algum tempo que não ouvia falar dele. A falta de notícias o fez sentir-se ligeiramente saudoso. Sobretudo porque, sendo adversários, concorriam mutuamente para o aprimoramento um do outro. Musashi tomou a carta em suas mãos com certa avidez.

— Onde o encontrou, Iori? — perguntou, passando os olhos pelo invólucro.

— No povoado do grupo dos vigilantes do fogo — respondeu o menino. — Estava com aquela velha horrorosa.

— Velha? Fala da matriarca dos Hon'i-den?

— Disseram que vão para Buzen.

— Ora...

— Estavam em companhia de alguns vassalos da casa Hosokawa e... Acho que os detalhes estão nessa carta. Cuidado com essa gente, mestre!

Musashi guardou a carta nas dobras do quimono, junto ao peito, acenando gravemente em sinal de compreensão. Mas o menino pareceu não se convencer.

— Esse tal Kojiro me parece temível. O que aconteceu para ele odiá-lo tanto, mestre?

De assunto em assunto, o menino foi relatando todos os acontecimentos até esse dia.

E assim, passados instantes, chegaram enfim à choupana depois de longa ausência. A primeira providência era acender um bom fogo e fazer comida. Já era noite alta, mas Iori correu às casas camponesas próximas enquanto Gonnosuke juntava madeira e água.

Instantes depois, o fogo crepitava no braseiro e os três sentaram-se em torno dele.

A alegria de se contemplarem mutuamente uma vez mais sãos e salvos em torno do clarão vivo de um braseiro era um raro prazer. A vida o concede apenas a pessoas submetidas a duras provações.

— Que foi isso? — exclamou de repente Iori, descobrindo marcas recentes de ferimentos ainda não cicatrizados nos braços e em torno do pescoço do seu mestre, escondidos pelo quimono. — Que lhe aconteceu, mestre? — perguntou solidário, franzindo o cenho, querendo espiar pelas aberturas do quimono.

— Não foi nada — disse Musashi. E para mudar de assunto, perguntou: — Já alimentou o cavalo?

— Dei-lhe feno.

— Não se esqueça de devolvê-lo amanhã na mansão Hojo.

— Sim, senhor. Assim que o dia amanhecer.

Iori acordou bem cedo, sabendo que Shinzou poderia estar preocupado à sua espera. Disposto a dar uma corrida antes ainda da refeição matinal, montou e já se dispunha a chicotear o animal, quando percebeu, a leste da campina, o disco solar boiar de repente no céu, soltando-se do mar de relva.

— Ah! — exclamou Iori freando o cavalo, fixando o olhar admirado na esfera rubra. Voltou o cavalo na direção da choupana e gritou:

— Mestre! Mestre! Venha ver o sol! É igual ao que vimos do topo da montanha Chichibu. Só que hoje parece prestes a sair rolando sobre a relva. Venha ver também, Gonnosuke-san!

— Estou vendo! — respondeu Musashi de fora da casa. Ele já se tinha levantado, e nesse momento passeava pelo bosque ouvindo o canto dos pássaros.

Quando Iori disse: "Volto em seguida!", e pôs o cavalo em movimento, Musashi surgiu na beira do bosque para vê-lo partir. O menino parecia um corvo voando pela campina rumo ao centro do sol: seu vulto diminuiu de tamanho num instante, transformou-se num ponto negro e desapareceu afinal, consumido pelas fagulhas rubras.

O PORTAL DA FAMA

I

As folhas mortas costumavam acumular-se da noite para o dia no jardim da mansão. Na altura em que os serviçais as juntavam em pequenos montes, ateavam-lhes fogo, abriam o portal e iniciavam a primeira refeição do dia, Hojo Shinzou terminava a leitura dos clássicos chineses e o treino da esgrima, enxugava o suor à beira do poço e vinha espiar os cavalos na cocheira.

— Cavalariço!

— Senhor?

— O castanho não retornou ontem?

— Não, senhor. Mas estou muito mais preocupado com o menino que com o cavalo.

— Fala de Iori?

— Sim, senhor. Sei que meninos gostam de cavalgar, mas não posso acreditar que ele tenha vagado a noite inteira no lombo do cavalo.

— Não se preocupe. Ele foi criado na campina, e deve ter vontade de sair para espaços abertos de vez em quando.

Nesse momento, um idoso porteiro aproximou-se correndo e lhe disse:

— Jovem amo, seus amigos estão ali, à sua espera.

— Amigos?

Shinzou encaminhou-se para a direção indicada e viu cinco ou seis jovens agrupados à entrada da casa.

— Olá! — saudou.

— Como vai? — cumprimentaram eles de volta, aproximando-se. Seus rostos estavam brancos de frio naquele horário matinal.

— Prazer em vê-los — disse Shinzou.

— Ouvi dizer que você se feriu.

— Nada sério. E então, a que devo a honra de suas visitas tão cedo?

— Bem...

Os amigos entreolharam-se. Eram todos eles jovens bem-nascidos, filhos de *hatamoto* ou de mestres confucionistas.

Até pouco tempo atrás, aqueles rapazes tinham frequentado a Academia Obata de Ciências Militares, sendo, portanto, discípulos de Shinzou, o primeiro instrutor da academia.

— Vamos para aquele lado — disse Shinzou, apontando um monte de folhas secas fumegantes a um canto do jardim. E ali, à beira da fogueira, conversaram.

— Dói um pouco quando o tempo esfria — explicava Shinzou, apontando a cicatriz. Os jovens espiaram.

— Soubemos que o culpado disso foi Sasaki Kojiro. É verdade?

— É.

Shinzou calou-se e desviou o rosto: a fumaça lhe ardia nos olhos.

— E o assunto que nos trouxe aqui é exatamente esse Kojiro. Contaram-nos ontem que ele é o assassino de mestre Yogoro, o filho de nosso falecido velho mestre, Obata Kagenori.

— Eu também suspeitava disso, mas... existe alguma prova?

— O corpo do mestre Yogoro foi encontrado em um morro, nos fundos do templo de Isarago. Desde o dia que o descobriram, nós nos separamos em grupos e fizemos algumas investigações. Descobrimos então que no topo da ladeira Isarago mora um importante vassalo da casa Hosokawa chamado Iwama Kakubei. Pois Sasaki Kojiro morava no anexo existente nos fundos dessa mansão.

— Sei. Isto quer dizer que mestre Yogoro tinha ido até lá sozinho...

— Parece-nos que ele foi se vingar e acabou morto. Um velho, dono de floricultura, disse que o viu nas proximidades da mansão um dia antes do corpo ter sido descoberto no fundo do barranco. Não há mais dúvidas: Kojiro o assassinou e depois chutou seu cadáver para o fundo do barranco.

— ...

Um pesado silêncio caiu de súbito sobre eles. Alguns pares de olhos ressentidos contemplaram por instantes a fogueira fumarenta, como se nela vissem a imagem da casa Obata, destruída.

II

— E então?— indagou Shinzou, erguendo o rosto avermelhado pelo calor da fogueira. — Que querem de mim?

Um dos jovens disse:

— Perguntar-lhe sobre o futuro da casa Obata. E, também, como acha que devemo-nos preparar com relação a Kojiro.

Um segundo acrescentou:

— Queremos que você nos lidere.

Shinzou meditou por alguns momentos. Os jovens tornaram:

— Você já deve ter ouvido falar que Sasaki Kojiro foi tomado a serviço da casa Hosokawa pelo jovem suserano Tadatoshi, justo ele, entre todos os suseranos deste país, e se encontra agora a caminho das terras do clã. Nosso velho mestre morreu antes de ver seu nome restaurado, o filho foi assassinado quando buscava vingar o pai, e muitos de nossos colegas foram ofendidos por ele. E nós teremos de vê-lo partir com pompa desta cidade, sem nada fazer?

— Não considera ultrajante, mestre Shinzou? Na qualidade de discípulo da academia Obata...

Alguém tossiu, engasgado com a fumaça. A cinza das folhas ergueu-se branca do meio da fogueira.

Shinzou continuou em silêncio por algum tempo, mas afinal disse em resposta ao desesperado apelo dos colegas:

— Como sabem, estou ainda me recuperando do golpe que recebi de Kojiro. A cicatriz ainda dói quando o tempo esfria. Sou apenas um homem derrotado e envergonhado. Não tenho nenhum plano no momento, mas que pretendem vocês?

— Ir à casa Hosokawa para discutir esta questão.

— Discutir como?

— Em primeiro lugar, pondo-os a par dos acontecimentos e, depois, solicitando que nos entreguem Kojiro.

— E depois que o tiverem em suas mãos, que pretendem fazer?

— Depositar a cabeça desse verme no túmulo do nosso mestre e do filho dele.

— Isto só lhes será possível se os Hosokawas o entregarem a vocês de mãos atadas. Acredito, porém, que eles se recusarão a isso. Se nós estivéssemos à altura da habilidade dele, há muito o teríamos liquidado. E os Hosokawas o contrataram exatamente por sua habilidade como espadachim. Pedindo que o entreguem, vocês estarão apenas contribuindo para aumentar a fama de Kojiro. A essa altura, os Hosokawas dirão que não entregam um homem tão valente. Aliás, acho que suserano algum entregaria seu vassalo facilmente, mesmo que ele seja recém-contratado.

— Nesse caso, só nos resta um recurso.

— Qual?

— A comitiva de Iwama Kakubei e Kojiro acabou de partir ontem. Se corrermos, alcançá-los-emos rapidamente. Nós seis aqui presentes e todos os discípulos mais corajosos da extinta academia nos juntaremos, e liderados por você...

— Pretendem pegá-lo no meio da viagem?

— Isso mesmo. Venha conosco, mestre Shinzou.

— A ideia não me agrada.

— Como não? Logo você, que segundo os boatos herdou a academia, e que muito em breve restaurará a casa do nosso falecido velho mestre? Diga-nos o motivo!

— Ninguém gosta de pensar que o inimigo lhe seja superior, mas sejamos justos, ele realmente é. Não estamos em condições de derrotá-lo, mesmo que o enfrentemos formando pequeno exército. Serviremos apenas para desonrar ainda mais o nosso mestre.

— Está querendo nos dizer que vamos ficar apenas olhando, impassíveis?

— Não pensem que não sinto a mesma raiva que vocês. Eu apenas acho mais prudente aguardar oportunidade melhor.

— Você é paciente demais! — reclamou um deles.

— Isso é desculpa para não agir! — acusou outro.

Dando a entender que nada mais tinham a discutir, os jovens deixaram Shinzou e as cinzas da fogueira para trás e se retiraram nervosos na fria manhã.

Em sentido contrário veio chegando Iori. Desmontou na entrada da mansão e veio trazendo o cavalo pela rédea para dentro dos portões.

III

Iori entregou o cavalo ao cavalariço e retornou.

— Olá, tio! — disse, aproximando-se vivamente do fogo.

— Olá! Enfim chegou!

— Por que está tão pensativo, tio? Andou brigando?

— Por que pergunta?

— Porque cruzei com um grupo de samurais furiosos no portão. Eles diziam que o tinham em grande conta, mas que se enganaram, que você era covarde.

— É mesmo? Ah-ah! — disse Shinzou, disfarçando com uma gargalhada. — Deixe esses assuntos espinhosos de lado e venha aquecer-se.

— Aquecer-me, eu? Estou fumegando de tanto calor! Vim em disparada desde a campina de Musashino.

— Invejo sua disposição. E onde foi que você dormiu ontem?

— Ah, tenho uma coisa para lhe contar: meu mestre voltou!

— Assim ouvi dizer.

— Já sabia? E eu, que queria fazer-lhe uma surpresa.

— O monge Takuan nos disse que, a esta altura, mestre Musashi já devia ter sido solto e estar de volta à choupana.

— E o monge?

— Lá dentro. Iori...

— Senhor?

— Você já soube da novidade?

— Que novidade?

— Seu mestre vai receber bela promoção! É uma notícia espetacular. Aposto que você não sabe ainda...

— Que é? Conte, conte! Que tipo de promoção ele vai receber?

— É chegado o dia em que seu mestre vai ser reconhecido como instrutor de artes marciais da casa xogunal! Doravante, ele vai ser respeitado como ilustre espadachim.

— Verdade?

— Está feliz?

— Claro! Me empresta o cavalo de novo?

— Para quê?

— Vou voltar à cabana e avisar meu mestre.

— Não é preciso. Durante o dia de hoje o conselho dos anciões deve mandar o mensageiro levando um convite especial para o seu mestre. Com o convite nas mãos, ele deverá apresentar-se amanhã na entrada Tatsu-no-kuchi do palácio, e aguardar permissão para a audiência na sala de espera. De modo que, assim que o mensageiro aparecer, eu mesmo irei pessoalmente à choupana buscá-lo.

— Quer dizer que meu mestre vem para cá?

— Vem.

Shinzou começou a se afastar na direção da casa.

— Você já fez a refeição matinal?

— Ainda não.

— Então entre e vá comer.

A angústia tinha-se amenizado enquanto conversava com o menino, mas a sorte dos jovens discípulos, que se tinham retirado furiosos, ainda preocupava Shinzou.

Cerca de uma hora depois, o mensageiro do conselho de anciões surgiu na mansão. Trazia a carta para Takuan com instruções para mandar Musashi na manhã seguinte à sala de espera da mansão do introdutor do palácio, ao lado do portão Tatsu-no-kuchi.

Shinzou recebeu a missão de levar o recado à choupana de Musashi. Logo, o jovem partiu a cavalo acompanhado de um servo a pé, que levava pelas rédeas vistoso cavalo ricamente ajaezado.

— Vim buscá-lo — anunciou a Musashi que, com um filhote de gato no colo, estava ao sol conversando com Gonnosuke.

— E eu que pensava neste exato momento em ir à sua mansão apresentar meus agradecimentos! — disse Musashi, montando e acompanhando Shinzou imediatamente.

IV

Uma grande distinção estava à espera de Musashi, recém-saído da prisão. Muito mais que com a indicação para o posto de instrutor, ele se alegrou por ter amigos como o monge Takuan, o senhor de Awa e o leal Shinzou, que mostravam tanta consideração por ele, um forasteiro. Uma vaga sensação de gratidão pelas circunstâncias que lhe permitiram aproximar-se e receber a ajuda desses estranhos invadiu-lhe o coração.

No dia seguinte, os Hojo presentearam Musashi com um conjunto de quimono e sobretudo, e até miudezas pessoais, como leque e lenços de papel.

— Hoje é um dia de alegria. Vá com o espírito tranquilo ao encontro do seu destino — disseram-lhe pai e filho.

A refeição matinal era um banquete, composto de pratos somente apresentados em ocasiões festivas: arroz com *azuki* e peixes artisticamente assados que conservavam seu vigoroso aspecto original. O entusiasmado senhor de Awa parecia estar comemorando a maioridade de um de seus filhos.

Em resposta a essa calorosa acolhida, e também ao esforço do monge Takuan em vê-lo encaminhado na vida, Musashi não podia impor-lhes a sua vontade. Andara ponderando bastante sobre a indicação durante o tempo em que estivera preso em Chichibu.

Nos quase dois anos vividos em Hotengahara, Musashi tinha-se familiarizado com a terra. E ao trabalhá-la com os lavradores, havia por algum tempo desejado pôr realmente a esgrima a serviço do país, usá-la para governar. Ao chegar a Edo, porém, havia percebido que a situação real dessa cidade, assim como os rumos do país, não tinham ainda alcançado o estágio que ele sonhara.

As casas Tokugawa e Toyotomi estavam destinadas a confrontar-se muito em breve em mais uma guerra sangrenta. Em consequência, o povo teria outra vez de mergulhar por algum tempo nos sombrios pântanos do caos, até que leste ou oeste dominassem de vez o resto do país. E enquanto isso não acontecia, não havia como desenvolver o seu sonhado projeto.

E supondo que a guerra tivesse início amanhã, que partido deveria ele tomar: o de Edo, ou o de Osaka?

Não seria mais sábio ignorar as turbulências políticas e retirar-se para as montanhas, aguardar a pacificação do país, e só então retornar ao convívio dos homens?

"Mas se aceito agora o cargo de instrutor da casa xogunal e me considero realizado, minha carreira terá terminado aqui e agora, sem ter visto grandes progressos."

Pela estrada banhada por luminosos raios matinais seguia Musashi formalmente vestido, cavalgando um magnífico cavalo ricamente ajaezado, passo a passo aproximando-se do portal da fama. Em seu peito, porém, havia uma vaga insatisfação.

Um aviso solicitando cavaleiros a desmontar chamou a atenção de Musashi. Tinha chegado à entrada da mansão do introdutor.

Diante do portão, havia um espaço forrado de pedregulhos e destinado a prender as montarias. Enquanto Musashi desmontava, um oficial acorreu acompanhado de um serviçal para guardar o animal.

— Sou Miyamoto Musashi. Estou aqui atendendo a uma mensagem urgente do conselho dos anciões. Solicito que me leve à presença do introdutor de plantão — disse ao oficial.

Nessa manhã, Musashi tinha vindo desacompanhado. Logo, um outro oficial surgiu, conduzindo-o para o interior da mansão do introdutor.

— Aguarde aqui até receber novas instruções — disse-lhe este último.

O aposento era largo, de quase quarenta metros quadrados. Em lugar de paredes, divisórias corrediças fechavam os quatro lados do aposento, cada uma delas sendo um quadro representando pássaros e centenas de orquídeas em plena floração.

Logo, chá e doces foram-lhe servidos.

Depois disso, ninguém mais se apresentou. E meio dia se passou.

Pássaros em painéis não cantam, orquídeas pintadas não exalam perfume. Musashi abafou um bocejo.

V

Foi então que um idoso e fino *bushi* de rosto avermelhado e cabelos brancos — membro do conselho de anciões, com certeza — surgiu mansamente no aposento, sentou-se e disse com simplicidade:

— Creio que o senhor seja mestre Musashi. Espero que nos perdoe por tê-lo feito esperar tanto tempo.

Era o suserano do feudo de Kawagoe, Sakai Tadakatsu. Dentro do castelo xogunal, porém, não passava de mais um servidor, de modo que se apresentou apenas com um pajem a seu lado. Seus modos davam a entender que não se prendia a rígidos procedimentos protocolares.

— Ao vosso dispor — disse Musashi, curvando-se em mesura profunda, as duas mãos tocando o *tatami*. Não importava se o idoso oficial incomodava-se ou não com o protocolo: ele, Musashi, tinha de demonstrar incondicional respeito pela posição de seu interlocutor. — Sou Musashi, *rounin* de Sakushu, filho de Miyamoto Munisai, da família Shinnmen. Aqui vim atendendo à convocação da casa xogunal.

Tadakatsu assentiu diversas vezes, meneando a cabeça e fazendo estremecer o queixo duplo no rosto gordo.

— Muito bem, muito bem — disse ele. Seu olhar assumiu de repente expressão penosa e disse, quase se desculpando:

— Com relação à sua contratação pela casa xogunal, indicada pelo monge Takuan e pelo senhor de Awa... Recebemos ontem à noite, muito de repente, aviso da parte de sua senhoria, o xogum, de que mudara de ideia e não o contrataria. Como não compreendemos o motivo dessa súbita mudança de decisão, e esperando que sua senhoria pudesse reconsiderar a questão... Na verdade, estivemos até agora em palácio. Infelizmente, porém, ficou decidido que sua indicação será rejeitada.

O velho conselheiro parecia procurar palavras de consolo, e prosseguiu:

— Francos elogios ou censuras mesquinhas, nada têm muita importância neste mundo fugaz. O simples olhar não é capaz de revelar se determinado fato ocorre para o nosso bem ou para o nosso mal. Não permita que este incidente empane a luz do seu caminho.

Ainda curvado em profunda reverência, Musashi disse: — Sim, senhor!

As palavras de Tadakatsu soavam cordiais em seus ouvidos. Ao mesmo tempo, sentiu forte perturbação invadi-lo: afinal, era humano.

Por outro lado, não podia deixar de refletir: caso a nomeação tivesse sido aprovada, sairia dali como servidor do xogunato. Nesse caso, nada garantia que o alto estipêndio e a fama inerentes ao cargo não se constituiriam em obstáculos ao seu progresso no caminho da espada. O raciocínio levou-o a dizer com a maior naturalidade:

— Declaro-vos que compreendi integralmente o sentido da decisão xogunal e vos agradeço as bondosas palavras.

Não se sentia ofendido e não ironizava. Pois Musashi sentia nesse instante que um ser muito superior ao xogum lhe destinava papel mais importante que o de instrutor de artes marciais.

"Que dignidade!", pensou Tadakatsu por seu lado, contemplando a reação de Musashi. Em voz alta, disse:

— Mudando de assunto, ouvi dizer que você tem educação refinada, incomum em rudes guerreiros. Qualquer que seja ela gostaria de apresentá-la ao xogum. Não tem por que se incomodar com os ataques e as maledicências da plebe, mas nesta oportunidade quero que você ultrapasse a barreira dos rumores populares e expresse a sua convicção, sua verdade interior, por intermédio da arte que melhor domina. Considero que esta será a sua resposta, a resposta de um *bushi* de alta formação.

E enquanto Musashi ainda ponderava sobre o sentido destas últimas palavras, Tadakatsu ergueu-se:

— Até mais ver — disse brevemente, e saiu.

Tadakatsu tinha usado intencionalmente palavras como maledicências da plebe, elogios e ataques ocultos, percebeu Musashi. "Você não tem de lhes dar resposta, mas de algum modo, deixe registrada a inabalável convicção de um *bushi* em sua própria integridade!", parecia-lhe ouvir dizer o homem nas entrelinhas.

"Está certo! Minha dignidade pode ser lançada na terra, mas não posso permitir que este episódio deslustre a dos meus amigos, que me indicaram para este posto...", pensou.

Seus olhos caíram sobre enorme biombo de seis folhas a um canto da sala. As folhas estavam imaculadamente brancas, à espera de pintura. Musashi chamou o encarregado do aposento e comunicou-lhe que, por solicitação do senhor Sakai, desejava pintar um quadro, e que para isso precisava de tinta *sumi* da melhor qualidade, e um pouco de tinta comum nas cores vermelho velho e verde.

VI

Qualquer pessoa desenha na infância. Desenhar ou cantar são igualmente fáceis para a criança. Conforme os anos passam e se tornam adultas, as crianças perdem essa habilidade: mente e visão mal desenvolvidas as impedem.

Musashi também gostava de pintar, em criança. Esta arte era a sua preferida, talvez porque levasse uma vida solitária.

Mas durante a sua adolescência, isto é, dos treze aos vinte anos, tinha-se esquecido por completo de desenhar. Mais tarde, durante suas jornadas de aprendizado, tivera a oportunidade de entrar em contato com diversos tipos de quadros e pinturas, a maioria em templos onde pedira abrigo por uma noite, outros em mansões da nobreza, o que lhe despertou uma vez mais o interesse por essa forma de arte.

Em certa ocasião, vira um quadro na casa de Hon'ami Koetsu representando um esquilo junto a castanhas caídas. A pintura o havia emocionado realmente. A sóbria elegância do quadro, típica dos grandes mestres, assim como a riqueza das diversas tonalidades de preto da tinta *sumi* o impressionaram tanto que Musashi não conseguiu tirá-lo da cabeça por muito tempo.

E foi provavelmente a partir dessa época que ele tinha se interessado uma vez mais pela pintura.

Musashi fizera questão de observar, toda vez que a ocasião se apresentava, raridades chinesas do período Hokusou e Nansou[23], obras-primas do período

---

23. Referências ao período da dinastia chinesa Sung (960-1279).

do xogum Ashikaga Yoshimasa (1449-1473), o patrono das artes, além de peças de pintores considerados modernos, como Sanraku e Yusho, e os Kanou.

Naturalmente nem todas lhe agradaram, mas analisados pelo prisma do espadachim, os traços ousados do pintor Liang k'ai, por exemplo, tinham a força de um magistral esgrimista. Por outro lado, Kaiho Yushou, por sua origem guerreira, era modelo digno de ser seguido, tanto pelo estilo de suas pinturas como por seu modo de viver na velhice.

Além desses, Musashi apreciava as obras leves, quase improvisadas, do pintor de gosto refinado Shokado Shojo, especialmente porque sabia que o artista era amigo íntimo do seu querido monge Takuan.

No entanto, considerava que todos eles viviam em mundo muito distante do seu, muito embora percebesse que no fim todos os caminhos levavam ao mesmo lugar.

E assim, Musashi divertia-se pintando em segredo. A verdade era, porém, que ele também se tinha transformado em adulto inibido pelo intelecto. Quanto mais se esforçava por pintar com inteligência, mais difícil se tornava expressar-se.

Irritado, desistia de pintar, para de súbito ser abalado por nova emoção, quando então tentava uma vez mais, em segredo.

Imitava os traços de Liang k'ai, estudou o estilo de Yusho, tentou imitar o estilo de Shokado. E embora já tivesse submetido suas esculturas à apreciação de algumas pessoas, nunca mostrara suas pinturas a ninguém até esse dia.

— Está pronto! — murmurou Musashi, terminando nesse instante de desenhar de um só fôlego no enorme biombo de seis folhas.

Suspirou profundamente, como fazia logo depois do duelo, e mergulhou mansamente a ponta do pincel na água. Em seguida, ergueu-se e saiu do aposento, sem ao menos lançar um único olhar para a obra recém-acabada.

Um portal.

Musashi cruzou-o, e voltou-se abruptamente para contemplá-lo.

Portal da fama.

Onde estava a glória: em entrar ou sair por ele?

No aposento, só tinha restado o biombo com a pintura ainda úmida.

De ponta a ponta, ocupando todas as seis folhas do biombo, o quadro revelava a imensa planície de Musashino. Enorme sol nascia sobre o campo, só ele rubro — a veemente afirmação da sua sinceridade. O resto era a composição em tinta *sumi* preta, representando a campina em dia de outono.

Sakai Tadakatsu sentava-se agora diante do biombo de braços cruzados, absorto em muda contemplação. Logo, sussurrou para si:

— Que lástima! O tigre retornou à selva!

SOM CELESTIAL

I

Nesse dia, depois de deixar para trás o portal Tatsunoguchi, Musashi não retornou à mansão dos Hojo, em Ushigome, e seguiu direto para a choupana da campina.

Gonnosuke, que tinha ali permanecido, logo acorreu.

— Já de volta? — disse, tomando a rédea do cavalo. Observou as roupas formais de Musashi, a magnífica sela trabalhada em madrepérola do cavalo, e concluiu que a audiência já tinha terminado e que a contratação se efetivara.

— Parabéns! Quando começa, senhor? Amanhã? — cumprimentou-o Gonnosuke, sentando-se formalmente no canto da sala mal viu Musashi acomodar-se sobre a esteira.

— A indicação foi rejeitada — disse Musashi com sorriso.

— Como...?

— Alegre-se, Gonnosuke! A decisão foi repentina, aconteceu apenas esta manhã.

— Não compreendo! Que poderá ter ocorrido?

— Não nos compete perguntar. De mais a mais, de que nos adiantaria saber as razões? Prefiro imputá-las à vontade divina.

— Ainda assim...

— Até você parece considerar que o caminho do meu progresso tem de passar pelo portal do castelo de Edo.

— ...

— Confesso que, por momentos, eu também ambicionei esse cargo. Mas não sonho apenas em conquistar prestígio social ou um bom estipêndio. Posso parecer presunçoso, mas o que ocupa minha mente nos últimos tempos é uma questão bem diferente: como empregar a essência da esgrima para governar o país, como utilizar a iluminação que nos vem dela para planejar a paz de um povo. Esgrima e humanidade, esgrima e caminho búdico, esgrima e artes — se todos os caminhos puderem ser vistos como um só — a essência do caminho da espada e a estadística também coincidiriam. Assim acreditei. E, porque queria experimentar essa teoria na prática, pensei em avassalar-me.

— Alguém deve tê-lo caluniado, senhor. Sinto muito.

— Continua lamentando, Gonnosuke? Acho que você não me compreendeu! Escute até o fim. Por algum tempo pensei desse modo, mas depois — hoje, para ser mais exato — descobri de súbito: meu objetivo não passava de um sonho.

— Não concordo! Como o senhor, eu também acredito que o caminho da espada e a ciência de governar, em seus respectivos estágios mais evoluídos, têm o mesmo espírito.

— Quanto a isso, não há dúvida. Mas é pura teoria, não é a realidade. A verdade a que chega um sábio confinado no aposento nem sempre coincide com a verdade do mundo real.

— Está querendo me dizer que essa verdade que estamos perseguindo não tem utilidade no mundo real?

— Não diga tolices! — disse Musashi, quase irritado. — Pode o mundo mudar quanto quiser, mas enquanto este país existir, o caminho da espada, isto é, o espírito do bravo, nunca haverá de ser inútil.

— Compreendo...

— Mas pensando um pouco mais, a estadística não deve ter como base única as artes militares. Um governo sem jaça só pode surgir onde houver *bunbu nidou*, a concorrência de dois caminhos, o das armas e o das letras; na fronteira destes dois mundos está a perfeição política, a culminância do caminho das armas capaz de fazer o mundo mover-se. Portanto, para mim, principiante nesse ramo, o sonho continua sendo um sonho. Antes de qualquer coisa, tenho de me dedicar com humildade a aprender. Antes de pensar em governar o mundo, tenho de aprender do mundo.

Mal acabou de falar, Musashi sorriu abertamente, como se zombasse de si mesmo, e acrescentou:

— Gonnosuke! Arrume uma pedra de *sumi,* ou um estojo portátil.

II

Musashi escreveu uma carta e pediu:

— Leve este recado para mim, por favor.

— À mansão Hojo, em Ushigome?

— Sim. Registrei nesta carta tudo o que me vai à alma. Transmita verbalmente minhas recomendações ao monge Takuan e ao senhor de Awa. Ah, e mais uma coisa: leve também isto a Iori — disse, entregando a Gonnosuke a carteira de couro que o menino um dia lhe confiara, dizendo ser o único bem a ele legado pelo pai.

— Mestre! — disse Gonnosuke, ligeiramente desconfiado, aproximando-se.

— Por que isso? Por que devolve justo hoje esta carteira a Iori?

— Porque pretendo embrenhar-me uma vez mais nas montanhas, longe de tudo e de todos.

— Tanto Iori como eu somos seus discípulos, estamos dispostos a acompanhá-lo a qualquer canto do mundo, mestre!

— Não será por muito tempo. Peço-lhe que tome conta de Iori por apenas três anos, Gonnosuke.

— Senhor! Não me diga que pretende tornar-se eremita!

— Absurdo! — disse Musashi, rindo. Dobrou o joelho e reclinou-se para trás, apoiado nas mãos. — Por que haveria eu de me tornar desde já ermitão se tenho tanto a aprender? Já lhe disse dos meus sonhos. Ambições, dúvidas, tudo isso está à minha espera. Existe o poema, não me lembro de quem, que diz:

> *De tanto procurar*
> *Em montanhas me embrenhar,*
> *Ao convívio dos homens retornei*
> *Sem saber como ou por quê.*

Cabisbaixo, Gonnosuke ouviu seu mestre declamar até o fim. Guardou em seguida as duas encomendas no quimono e disse:

— Seja como for, vou partir neste instante, pois a noite não tarda.

— Muito bem, devolva também esse precioso cavalo à cocheira deles por mim. Diga-lhes que o suor já impregnou o quimono, de modo que o levo comigo.

— Sim, senhor.

— Na verdade, eu devia ter retornado diretamente do castelo para a mansão do senhor de Awa. Mas o indeferimento de hoje só pode significar uma coisa: que a casa xogunal nutre por mim algum tipo de desconfiança. E nesse caso, mostrar-me íntimo dos Hojo só poderá ser constrangedor para o senhor de Awa, servidor tão próximo ao xogum. De modo que evitei aproximar-me de sua mansão e voltei diretamente para esta choupana. Nada disso está explicado na carta, de modo que o encarrego de transmitir verbalmente ao senhor de Awa, Gonnosuke.

— Certo. De qualquer modo, volto ainda esta noite, senhor.

O sol já se punha a meio no extremo da campina. Gonnosuke apressou-se a seguir caminho, puxando o cavalo pela rédea: o animal tinha sido emprestado ao seu mestre, e não a ele. Ninguém estava ali para conferir, mas ele jamais o cavalgaria.

Eram quase oito horas quando chegou à mansão.

Os Hojo e o monge estavam reunidos, apreensivos com a demora de Musashi, de modo que Gonnosuke foi levado às suas presenças logo que chegou. Takuan rompeu o lacre da carta imediatamente.

III

Muito antes de Gonnosuke ali chegar com a carta, os homens reunidos naquele aposento já tinham sido informados por fonte palaciana que a indicação tinha sido indeferida.

A fonte informava também que o motivo do indeferimento foram, sem sombra de dúvida, as informações nada abonadoras relacionadas ao caráter e ao comportamento de Musashi, informações essas fornecidas pelo magistrado urbano e por alguns membros do conselho de anciões.

Um dos aspectos que mais pesaram fora o de que Musashi tinha muitos inimigos. Pior ainda, as informações davam conta de que a causa da desavença era Musashi, e a prejudicada, uma sofrida velhinha de mais de sessenta anos. A simpatia de todos convergiu naturalmente para a idosa mulher, e a animosidade contra Musashi cresceu no momento em que a questão da sua contratação veio à tona, concluía a fonte.

Quanto à origem dessas informações desabonadoras, Hojo Shinzo disse subitamente:

— Lembrei-me agora de que a velhinha bateu à nossa porta e nos importunou um bocado, dias atrás!

O jovem explicou então ao pai e ao monge as circunstâncias em que a velha Osugi ali surgira para difamar Musashi.

Ali estava o motivo.

O único ponto obscuro em tudo isso era: por que as pessoas acreditavam em histórias maldosas espalhadas por uma velhinha de língua viperina, sobretudo quando essas pessoas não eram simples boateiros reunidos em mais uma sessão de diz-que-me-diz-ques, mas homens que se supunham esclarecidos, e estadistas, além de tudo? Os três amigos tinham estado, a tarde inteira, comentando, atônitos e indignados.

Foi a essa altura que Gonnosuke surgira com a carta de Musashi. Todos estavam certos de que ele derramava sua insatisfação na missiva, mas leram com surpresa:

> *Peço-lhes a fineza de ouvir do mensageiro, Gonnosuke, os detalhes de minha decisão. De repente, sou uma vez mais acossado pela costumeira vontade de sair sem rumo, em busca da pureza das montanhas. Um poema me vem com persistência à mente nos últimos dias, e aqui o transcrevo:*
>
> > *De tanto procurar*
> > *Em montanhas me embrenhar,*

> *Ao convívio dos homens retornei*
> *Sem saber com ou por quê.*

A ele acrescento um de minha autoria, improvisado e inepto, à minha próxima partida:

> *Quando um dia eu julgar*
> *Que o mundo é o meu jardim*
> *Da casa, esta vida ilusória,*
> *Partindo estarei.*

Gonnosuke acrescentou: — Meu mestre encarregou-me de lhes transmitir também que, embora soubesse que lhes devia a cortesia de retornar diretamente do castelo para cá e pô-los a par dos acontecimentos, evitou aproximar-se desta mansão para não causar embaraços ao senhor de Awa, agora que se sabe não merecedor da confiança do xogum.

Ao ouvir isso, os Hojo lamentaram:

— Mestre Musashi preocupa-se demais. Deixá-lo partir sem uma palavra de despedida não nos agrada. Monge Takuan: não creio que ele venha, mesmo que o chamemos. Que tal irmos nós até Musashino a galope?

Disse e fez menção de erguer-se. Gonnosuke então interveio:

— Um momento, senhores. Tenho ainda mais uma missão a cumprir. Se não se incomodam, gostaria que mandassem chamar Iori.

Retirou a seguir a antiquada carteira de couro de dentro do quimono e a depôs à sua frente.

IV

Iori logo chegou.

— Pronto! Que desejam? — perguntou, mas seus olhos já tinham encontrado a carteira de couro.

— Seu mestre mandou-me devolver isto a você, recomendando-lhe que a conserve com cuidado, já que se trata da única lembrança de seu pai — disse Gonnosuke.

Acrescentou também que Musashi tinha decidido partir para continuar seu aprendizado sozinho, e que Iori deveria, desse dia em diante, viver em companhia dele, Gonnosuke, por algum tempo.

Iori parecia descontente, mas estava na presença do monge e do senhor de Awa. Concordou, portanto, a contragosto.

Ao saber que a carteira era um legado do pai de Iori, Takuan quis conhecer os detalhes de sua vida, suas origens, e ficou sabendo que seus ancestrais tinham sido vassalos hereditários da casa Mogami, e que ele se chamava Misawa Iori.

Com a queda dos Mogami algumas gerações atrás, a família Misawa tinha-se dispersado e vagado por diversas províncias, até que San'emon, o pai de Iori, acabara fixando-se na localidade de Hotengahara, em Shimousa, como lavrador, explicou o menino.

— Meu pai me revelou que tenho uma irmã, mas nunca quis me dizer nada sobre ela. Minha mãe morreu cedo, de modo que não tenho ninguém a quem perguntar se ela é viva ou morta, ou por onde andaria.

Ao ouvir isso, Takuan apanhou a velha carteira, que parecia ter uma história inteira pra contar, e a abriu, examinando com cuidado os papéis antigos e amarelados, comidos por traças, assim como os amuletos cuidadosamente guardados. Logo, uma expressão de espanto veio-lhe ao rosto e passou a comparar a passagem de um documento com o rosto do menino.

— Seu pai registrou tudo nesse papel sobre essa irmã, Iori.

— Sei disso, mas nem eu nem o abade do templo Tokuganji entendemos nada do que está escrito.

— Eu, porém, entendi muito bem — disse Takuan.

Estendeu o papel diante dos demais e leu em voz alta. O registro tinha pouco mais de dez linhas, mas o monge ignorou as linhas iniciais e leu o trecho que lhe interessava:

> *Decidido a jamais servir a outro amo, mesmo que por isso morra de fome, e depois de vagar por muitos anos por diversas províncias à custa de trabalho humilde, certo dia abandonei minha filha na varanda de um templo na região de Chugoku. Com ela deixei o som celestial, o mais precioso bem da minha família, e saí uma vez mais a vagar pelo país, rezando por sua felicidade e para que o templo dela se condoa.*
>
> *Mais tarde, fixei-me neste casebre na campina de Shimousa. Passam os anos e me pergunto se a procuro além destas montanhas e rios, mas contenho-me: encontrando-a, talvez a prejudique.*
>
> *Desprezível me sinto, como pai e como ser humano. Disse certa vez Minamoto-no-Sanetomo: "Mesmo as feras/ Que falar não sabem/ São comoventes/ No seu amor à prole."*
>
> *Seja como for, não permitirei conspurcar a honra servindo a um segundo amo apenas para livrar-me destas agruras. Que meus filhos sigam os passos do pai, honrem seu nome e não o vendam por um prato de comida.*

— Se está à procura dessa irmã, você a verá, com certeza: eu a conheço há muito tempo, assim como Musashi. Vamos, Iori, venha conosco à choupana você também!

Assim dizendo, Takuan ergueu-se.

Mas, nessa noite, o grupo que acorreu apressadamente à cabana de Musashino já não encontrou Musashi ali.

No extremo da vasta campina uma nuvem branca flutuava no céu. Estava por amanhecer.

A HARMONIA FINAL

ARAUTOS DA PRIMAVERA

I

Estamos uma vez mais no vale Yagyu, terra dos rouxinóis e sede do castelo de Koyagyu.

O morno sol de fevereiro aquece o pátio dos guerreiros, a um canto do castelo. Um galho de ameixeira projeta sua sombra na parede branca, compondo um quadro sereno.

Embora as ameixeiras voltadas para o sul já comecem a desabrochar encorajando os rouxinóis, o trinado desses pássaros ainda é raro e hesitante. Em contrapartida, aumenta visivelmente pelas estradas que cortam campos e montes o número desses indivíduos genericamente denominados *shugyosha*, ou aprendizes de guerreiros.

— Ó de dentro! Atendei-me!

— Um único duelo com o grão-mestre Sekishusai, eu vos imploro!

— Este que vos fala é o guerreiro fulano, legítimo sucessor do estilo tal, do mestre tal!

A abordagem podia diferir ligeiramente, mas todos batiam em vão no portal cerrado da muralha do castelo.

— O grão-mestre é idoso. Ele não os atenderá, não importa de quem seja a carta de apresentação — recusava polidamente a sentinela, repetindo dia após dia, ano após ano, a mesma ladainha.

— Devia haver maior solidariedade entre os praticantes de uma mesma arte! Não podem existir distinções entre calouros e veteranos, mestres e iniciantes! — bufavam alguns aprendizes, retirando-se indignados.

Tudo em vão. Sekishusai já não existia desde o ano anterior.

A morte do idoso suserano não havia sido divulgada porque seu filho mais velho, Munenori, senhor de Tajima, retido na cidade de Edo a serviço do xogum, só retornaria em meados do mês de abril.

Talvez essa fosse a razão do silêncio e do ar de tristeza que envolvia o antiquado castelo em forma de fortaleza, datado de período anterior ao Yoshino-chou (1336-1403), em contraste com a primavera que já vinha invadindo as montanhas próximas.

— Otsu-sama!

No jardim do pátio principal, um menino de recados chamava, espiando alguns aposentos.

— Otsu-sama! Onde está a senhora?

Um *shoji* correu lentamente. Do interior do aposento, Otsu surgiu em meio à fumaça de incensos. Estava pálida como flor de pereira, triste em sua alvura. Passados cem dias da morte de Sekishusai, ela ainda guardava o luto.

— Aqui, no oratório — respondeu ela.
— De novo? — admirou-se o menino.
— Deseja alguma coisa?
— Hyogo-sama pede a sua presença.
— Irei imediatamente.

Otsu percorreu varandas, atravessou pontilhões em forma de corredor e se foi em direção aos aposentos de Hyogo, bem distante dali.

Hyogo estava sentado na beira da varanda diante dos seus aposentos.

— Agradeço por me atender, Otsu-san. Quero que vá em meu lugar cumprimentar algumas pessoas.
— Visitas, senhor?
— Sim. Foram recebidas por Sukekuro, e estão, há algum tempo, com ele. Suas longas conversas costumam me aborrecer, sobretudo quando começam a teorizar sobre vocação religiosa e arte da guerra.
— Ah, entendi! Seu visitante é o monge do mosteiro Hozo-in!

II

O mosteiro Hozo-in e a casa Yagyu mantinham estreito relacionamento porque eram próximos geograficamente e tinham afinidades no campo das artes marciais, o primeiro com sua escola de lanceiros, a segunda com sua academia de esgrima.

Sobretudo, Sekishusai e o monge In'ei — o fundador do estilo Hozo-in para lanças — tinham sido muito amigos em vida.

Vale aqui lembrar que Sekishusai deveu a sua iluminada carreira de espadachim na idade madura ao lorde Kamiizumi, senhor de Ise, e que tinha sido In'ei quem apresentara este último ao primeiro.

O monge In'ei já havia falecido, e seu sucessor, In'shun, herdara os segredos do estilo que fizera a fama dos lanceiros de Hozo-in. Nos últimos tempos, o templo Hozo-in tinha-se transformado num dos centros de atenção do mundo guerreiro em virtude da crescente popularidade das artes marciais.

— O senhor Hyogo está demorando muito. Por acaso não se esqueceu de lhe transmitir que quero lhe falar e que estou aqui à espera dele?

Quem assim cobrou sem muita sutileza foi exatamente o monge In'shun, havia já algum tempo entretido em conversas na sala de visitas anexa ao estúdio do castelo. In'shun tinha sido guindado a um alto posto na hierarquia do mosteiro Hozo-in e viera nesse dia escoltado por dois monges-discípulos, que se sentavam mais ao fundo, a respeitosa distância.

O homem que o atendia era Kimura Sukekuro, um dos quatro vassalos veteranos da casa Yagyu.

Por ter conhecido Sekishusai em vida, In'shun costumava aparecer com frequência no palácio, não para combinar cerimônias religiosas ou missas, mas para avistar-se com Hyogo e enredá-lo em intermináveis discussões teóricas. Suspeitava-se também que nutria o secreto desejo de desafiar para um duelo esse neto que Sekishusai mais amara, e a quem este último sempre se referira como "o menino que supera em habilidade o tio, senhor de Tajima, e até mesmo a mim, o avô". Corria também no mundo dos praticantes de artes marciais o boato de que Yagyu Hyogo teria recebido das mãos do avô os três rolos contendo os princípios secretos do estilo Shinkage de esgrima, além de mais um, registrando as diversas posições de luta em desenhos, preciosidades que o senhor de Ise havia muito legara a Sekishusai.

Hyogo aparentemente percebera a secreta pretensão do monge, pois vinha evitando encontrar-se com ele em suas últimas duas ou três visitas, dando como desculpas indisposições, resfriados e assuntos urgentes.

Nesse dia, In'shun parecia como sempre disposto a permanecer indefinidamente, na esperança de ver Hyogo surgir na sala de visitas.

Sukekuro, sabendo disso, respondeu-lhe em tom cortês:

— Não me esqueci, de modo algum. Ele está sabendo de sua presença desde o instante em que o senhor aqui chegou. Se ele se sentir melhor, creio até que comparecerá a esta sala para cumprimentá-lo, mas...

— Ele continua resfriado? — perguntou In'shun.

— Mais ou menos...

— Parece-me que tem a saúde delicada...

— Ao contrário, é muito saudável. Creio, porém, que a longa permanência na cidade de Edo o fez estranhar o clima frio destas montanhas.

— E falando nele, lembrei-me agora de episódio que parece ter ocorrido à época em que o suserano Kato Kiyomasa, encantado com as qualidades do então ainda menino Hyogo-sama, levou-o consigo a Mango em troca de alto estipêndio. É verdade que, nessa oportunidade, o senhor Sekishusai impôs uma condição muito interessante ao suserano Kato antes de permitir-lhe que levasse o neto?

— Não sei de nada parecido.

— Ouvi esta história de meu antecessor, o monge In'ei. Diz-se que o grão-senhor Sekishusai teria dito ao suserano Kato que o neto Hyogo tinha um gênio inusitadamente explosivo e que ele, Sekishusai, só concordaria com sua ida a Mango se o referido suserano concedesse, por três vezes, perdão para a pena capital em que por certo o menino incorreria em virtude do seu gênio. Ah-ah! O episódio ilustra bem quanto o senhor Hyogo deve ser exaltado, e o profundo amor que o avô lhe dedicava.

III

Foi então que Otsu surgiu no aposento.

— Seja bem-vindo, senhor. Hyogo-sama prepara relatório urgente para o palácio de Edo, e não poderá atendê-lo, infelizmente. Pede que o desculpe — disse ela, servindo chá e doces que tinha mandado transportar até o aposento vizinho.

In'shun pareceu desapontado.

— Que lástima! Eu queria avistar-me com ele para pô-lo a par de certos fatos graves que andam acontecendo...

— Fale-me a respeito, se não se importa, e eu cuidarei de transmitir-lhe as informações — disse Sukekuro, prestimoso.

— Se não há outra solução... Diga-lhe então o seguinte — pediu In'shun.

Cerca de quatro quilômetros a leste dali, nas proximidades do vale Tsukigaseki, famoso por suas ameixeiras, situava-se a fronteira das terras dos Yagyu com as do castelo de Ueno, nas terras de Iga.[1] Não havia clara demarcação separando um feudo do outro, e raros eram os povoados nessa área, bastante acidentada e sujeita a quedas de barreiras, cortada como era por torrentes que desciam livremente das montanhas. O castelo de Ueno tinha pertencido originariamente ao senhor Tsutsui Nyudo Sadatsugu, mas Ieyasu, que o havia derrotado, tinha-lhe tomado o castelo e reatribuído o feudo a Toudo Takatora. O clã Toudo tomara posse das terras no ano anterior e se empenhava agora em reformar o castelo, em rever os impostos sobre a terra, em promover o aproveitamento dos rios, em demarcar e reforçar as fronteiras, dedicando-se com admirável energia a estabelecer nova política administrativa.

E talvez em virtude disso, corriam nos últimos tempos insistentes boatos dando conta de que havia grande número de samurais construindo casebres na área de Tsukigaseki, derrubando ameixeiras, detendo viajantes que passavam pelas estradas, invadindo enfim as terras do clã Yagyu.

— O clã Toudo talvez esteja querendo tirar proveito do luto desta casa para ampliar suas fronteiras e, quando menos se esperar, construirá muros

---

1. Iga: antiga denominação de certa área a oeste da atual província de Mie.

e cancelas em lugares que melhor lhe convenha. Talvez não haja razão para preocupações, mas não seria melhor protestar antes que seja tarde demais? — disse In'shun.

Como um dos mais antigos vassalos da casa Yagyu, Sukekuro viu-se na obrigação de agradecer profundamente o interesse do monge.

— A informação é valiosa. Procederemos imediatamente a uma investigação e apresentaremos os nossos protestos, se o caso assim exigir — disse ele.

Depois que os visitantes se foram, Sukekuro dirigiu-se diretamente aos aposentos de Hyogo. O neto de Sekishusai ouviu atentamente o relato, mas não deu maior importância ao fato.

— Deixe o assunto de lado. Mais tarde, quando meu tio retornar de Edo, tomará as devidas providências — disse ele.

Mas a disputa de fronteiras não podia ser deixada de lado, nem que envolvesse apenas alguns centímetros de terra. Sem saber o que fazer, Sukekuro decidiu levar a questão ao conhecimento dos vassalos mais idosos e do grupo dos quatro veteranos, a fim de planejar uma contraofensiva. Afinal, o vizinho era o poderoso clã Toudo e não podia ser menosprezado.

Assim pensando, esperou pelo dia seguinte.

Nessa manhã, depois de supervisionar o treino dos principiantes, Sukekuro vinha saindo do Shin'in-dou, quando um menino, filho de carvoeiros, lhe veio atrás.

— Tio! — chamou ele, com respeitosa reverência.

O garoto costumava vir ao castelo em companhia de alguns adultos desde a distante vila Araki, nas terras de Hattori, muito além de Tsukigaseki, para entregar carvão e carne de javali. Chamava-se Ushinosuke e devia ter seus treze ou quatorze anos.

— Olá! Já vi que andou espionando o salão de treinos de novo, não foi? E então? Trouxeste carás?

IV

Os carás que o garoto costumava trazer de suas terras eram mais saborosos que os produzidos na região do castelo, razão por que Sukekuro sempre os cobrava em tom de brincadeira.

— Não trouxe. Em compensação, tenho isto para Otsu-san — disse o menino, erguendo um pequeno cesto de palha trançada.

— Ruibarbos-do-brejo?

— Coisa muito melhor! É um animal vivo.

— Animal vivo?

— Um rouxinol. Ele sempre gorjeia tão bonito quando passo por Tsukigaseki que fiquei de olho nele e o peguei. Pensei em dá-lo de presente a Otsu-san.

— Por falar nisso, tu sempre atravessas Tsukigaseki quando vem da vila Araki para cá?

— Sim, senhor. Não tem outro caminho.

— Nesse caso, diz-me: tens visto um número inusitado de samurais naquela área?

— Não são tantos, mas tem alguns, sim senhor.

— Que fazem eles?

— Construíram algumas casas, e moram e dormem nelas.

— Não estão construindo cercas nas proximidades?

— Não, isso não.

— E não andam derrubando ameixeiras, cercando os viajantes e fazendo-lhes perguntas?

— Acho que cortaram algumas árvores, mas foi para construir casas, consertar pontes levadas pelas enxurradas do degelo, ou então para usar como lenha.

— Ora... — murmurou Sukekuro. A história era bem diferente da contada pelos monges do Hozo-in. — Ouvi dizer que esses samurais seriam gente do clã Toudo. Se fossem, por que estariam se juntando nessa área? Ouviste algum comentário a este respeito na vila Araki?

— Ah, tio! Deve haver algum engano.

— Como assim?

— Esses samurais que se agruparam em Tsukigaseki são todos *rounin* banidos de Nara! Eles foram expulsos de Uji e Nara, e como não têm onde morar, vieram para as montanhas. Foi o que ouvi dizer.

— *Rounin*?

— Isso mesmo.

Enfim o mistério se esclarecia, pensou Sukekuro.

O magistrado Okubo Nagayasu, nomeado para o posto de magistrado de Nara pela casa Tokugawa, havia expulsado algum tempo atrás os samurais que tinham perdido o emprego em consequência da guerra de Sekigahara, e agora tumultuavam a vida dos cidadãos de Nara.

— E Otsu-san? Onde posso encontrá-la, tio? Quero lhe dar este rouxinol.

— Deve estar lá dentro. Ushinosuke, não podes andar a esmo pelo interior do castelo. Tu és filho de lavradores, mas permiti que assistas a algumas aulas do lado de fora do salão de treinos porque sempre mostraste um interesse incomum pela esgrima, ouviste?

— Nesse caso, será que o senhor não a chamaria para mim?

— Estás com sorte! Ali vai ela, saindo do jardim.

— Ah! É Otsu-san! — gritou o menino, correndo na sua direção.

O menino idolatrava Otsu por ser a única a dar-lhe doces e a dirigir-lhe palavras bondosas. Além disso, aos olhos do menino criado no rude ambiente montanhês, a jovem devia parecer um ser etéreo, frágil e lindo.

Otsu voltou-se e lhe sorriu de longe. Ushinosuke aproximou-se correndo.

— Peguei um rouxinol! É seu, Otsu-san! — disse o menino, dando-lhe o cesto.

— Como? Um rouxinol? — repetiu Otsu. Mas em vez de demonstrar prazer, conforme esperara o menino, franziu o cenho e nem sequer estendeu a mão para o cesto.

Ushinosuke então observou, magoado:

— O trinado dele é lindo, Otsu-san. Você não gosta de criar passarinhos?

V

— Não é que não goste, mas é uma pena prender rouxinóis em cestos ou gaiolas. Não precisamos prendê-los para ouvi-los cantar. Deixa que voem livremente para onde quiserem: eles cantarão para nós do mesmo jeito, concordas?

A explicação teve o poder de abrandar a mágoa do menino.

— Quer que o solte?

— Quero sim, obrigada.

— Você ficará mais feliz se eu o soltar?

— Exatamente. No entanto, agradeço a tua atenção.

— Vou deixá-lo ir-se, então — disse entusiasmado.

O menino partiu a palha. No mesmo instante o rouxinol saltou para fora e voou em linha reta como flecha para além dos muros do castelo.

— Vê como ele parece feliz!

— Dizem que os rouxinóis são chamados de "arautos da primavera". Sabia, Otsu-san?

— Ora... Quem te ensinou isso?

— Qualquer um sabe disso.

— Desculpa! Não quis dizer que eras ignorante.

— E como você soltou o rouxinol, vai receber uma notícia muito boa, com certeza.

— Estás me dizendo que eu vou receber uma notícia tão agradável quanto a da chegada da primavera? Pois estou mesmo esperando ansiosamente por uma...

Otsu tinha começado a andar, de modo que Ushinosuke lhe foi atrás. O menino, porém, reparou que estavam agora nas proximidades de um bosque de bambus, longe do pátio principal.

— Aonde vai, Otsu-san? Esta área já é parte da montanha!

— Fiquei com vontade de espairecer um pouco porque já estive muito tempo trancada no interior do castelo. Vou passear um pouco e apreciar a vista das ameixeiras em flor.

— Para isso, você tem de ir a Tsukigaseki, Otsu-san. Comparadas às ameixeiras de lá, estas não têm graça alguma.

— É longe, não é?

— Qual o quê! Tsukigaseki fica bem pertinho, a apenas uns quatro quilômetros daqui.

— Bem que gostaria de ir, mas...

— Então vamos! Tenho um boi preso logo adiante. Trouxe lenha nele.

— Vou andar no lombo de um boi?

— Isso mesmo! Eu o conduzo para você.

De súbito, Otsu se viu tentada. Ela havia estado no interior do castelo por todo o inverno, como o rouxinol preso na gaiola.

Otsu desceu contornando o morro até o portão dos fundos, por onde entrava e saía a gente humilde do povo. A sentinela de lança ao ombro patrulhava a área permanentemente. Ao avistar Otsu, a sentinela sorriu de longe e cumprimentou com um aceno de cabeça. Ushinosuke tinha seu salvo-conduto, mas o vigia o conhecia tão bem que não precisou exibi-lo.

"Devia ter vindo com o véu", pensou Otsu, depois que já se achava sobre o lombo do animal.

Os camponeses com quem cruzava, ou que surgiam às portas das casas à beira da estrada, cumprimentavam-na educadamente, conhecendo-a ou não:

— Belo dia, senhora.

Aos poucos, porém, as casas da cidade castelar foram ficando para trás. Otsu voltou-se do lombo do animal e viu o castelo à distância, branco, ao pé das montanhas.

— Tens certeza de que estaremos de volta antes do anoitecer? Saí sem avisar ninguém...

— Tenho! Eu a trago de volta, sem falta.

— Mas vais voltar para a vila Araki, não vais?

— Quatro quilômetros a mais ou a menos não farão diferença alguma para mim.

Sempre conversando, os dois prosseguiram. Momentos depois, um homem com aspecto de *rounin*, que os viu passar enquanto comprava carne de javali na casa do vendedor de sal, passou a segui-los em silêncio.

UM BOI EM DISPARADA

I

O caminho seguia beirando uma torrente; tornava-se cada vez mais difícil transitar por ele conforme prosseguiam. As neves acabavam de degelar depois do longo inverno e os viajantes eram ainda raros, mais raras ainda as pessoas que vinham até essa distância apenas para ver se as ameixeiras estariam floridas.

— Passas por aqui toda vez que vens da aldeia, Ushinosuke-san?
— Passo.
— O castelo de Ueno fica mais perto da tua casa, não fica?
— Mas em Ueno não existe academia igual à de Yagyu-sama...
— Quer dizer que gostas de esgrima?
— Gosto.
— Mas um lavrador não precisa esgrimir.
— Sou lavrador, hoje em dia, mas não antigamente.
— Teus antepassados eram samurais?
— Isso mesmo.
— E tu? Queres tornar-te um samurai também?
— Muito!

Ushinosuke abandonou a rédea do boi e desceu correndo a ribanceira até a beira do rio.

A extremidade de uma tora atravessada entre duas rochas tinha caído para dentro da torrente. O menino a repôs e voltou.

O *rounin* que lhes vinha atrás os ultrapassou nesse ponto e atravessou a ponte antes deles. Uma vez no meio da ponte, o desconhecido voltou-se para observar Otsu abertamente, tornando a observá-la ainda diversas vezes da outra margem. Em seguida, desapareceu no meio das montanhas.

— Quem será? — murmurou ela de cima do boi, ligeiramente apreensiva.

Ushinosuke riu:

— Está com medo desse tipinho?
— Não é bem medo, mas...
— Deve ser um dos *rounin* que foram expulsos de Nara e que moram nestas montanhas. Seguindo um pouco mais, você verá muitos deles.
— Muitos?

Otsu pensou se não seria melhor retornar ao castelo. As ameixeiras já estavam logo ali, floridas, mas em vez de se alegrar com a visão, o vento gelado proveniente das ravinas a fez sentir inquietação, uma vaga vontade de retornar para áreas mais povoadas.

Ushinosuke, porém, continuava a andar, indiferente.

— Otsu-san! Você não intercederia por mim junto a Kimura-sama? Não seria capaz de lhe pedir para me contratar, nem que seja para varrer o jardim do castelo? Por favor!

Esse era o maior desejo do menino. Em certa época, sua família tivera o privilégio de usar um sobrenome — Kikumura. Nessa época, todos os primogênitos da família eram chamados Mataemon. Se ele conseguisse voltar a ser um samurai, receberia também o nome Mataemon, dizia o menino. E no dia em que conseguisse chamar-se Kikumura Mataemon, empenhar-se-ia em tornar-se um *bushi* influente e honrar o nome da família, já que não havia antepassado seu famoso, acrescentou, revelando ambição que ninguém suspeitaria existir no peito de um menino com aquela aparência.

Ouvindo-o falar, Otsu lembrou-se de Joutaro e de suas ambições. Uma vaga preocupação invadiu-lhe o peito.

"Ele já deve estar com quase vinte anos!"

Contando os anos um a um, Otsu deu-se conta de que ela também envelhecera e sentiu insuportável melancolia. A primavera começava para as ameixeiras de Tsukigaseki, mas a sua já chegava ao fim. Otsu há muito passara dos 25 anos.

— Vamos embora, Ushinosuke-san. Leve-me de volta, por favor.

O menino pareceu desapontado, mas voltou o animal, obediente. Nesse instante, alguém os chamou de longe:

— Eeei!

II

Era o *rounin* de há pouco em companhia de mais dois homens, todos com o mesmo aspecto. Aproximaram-se correndo e pararam de braços cruzados em torno do animal montado por Otsu.

— Que querem? — perguntou Ushinosuke, mas ninguém lhe deu atenção.

Os três contemplavam apenas Otsu, com olhos cobiçosos.

— É! Tem razão! — disse um. Entreolharam-se.

— É linda! — disse outro.

— Esperem! — disse o terceiro. — Conheço esta mulher de algum lugar. Talvez a tenha visto em Kyoto.

— Sem dúvida a viu em Kyoto! Ela não se parece nem um pouco com as caipiras destas redondezas.

— Não sei se a vi de relance na cidade, ou se na academia do mestre Yoshioka, mas uma coisa é certa: esta não é a primeira vez que me encontro com ela.

— Ora essa! Você chegou a frequentar a academia Yoshioka?

— Claro! Depois da batalha de Sekigahara, andei por lá uns três anos.

Indiferentes ao fato de que tinham detido duas pessoas, os três homens conversavam trivialidades, enquanto seus olhares percorriam cobiçosamente o corpo e o rosto de Otsu.

Ushinosuke irritou-se.

— Ei, tios! Se querem alguma coisa, digam de uma vez. Nesse passo, o sol é capaz de ir-se embora — reclamou.

Um dos homens lançou um olhar maldoso para o menino, como se só agora o visse.

— Tu és o moleque do carvoeiro, o que vem da vila Araki? — perguntou.

— E era para perguntar isso que nos deteve? — reclamou o menino.

— Cala a boca. Não quero nada contigo. Vai-te embora de uma vez!

— Nem é preciso me mandar. Saiam da frente! — retorquiu o garoto, puxando outra vez o boi pela rédea.

— Dá essa rédea! — interrompeu-o o desconhecido, fixando-o com ferocidade.

Ushinosuke não a soltou. — Para que quer a rédea?

— Para levar apenas quem me interessa.

— Aonde?

— Que te importa? Dá essa corda de uma vez.

— Não dou!

— Tu não sabes o que é ter medo? Para de resmungar e obedece!

Os outros dois *rounin* intervieram, empinando o peito e dirigindo-lhe também olhares maldosos:

— Vai, garoto! Dá aqui!

— Não discutas!

Os três desconhecidos rodearam o menino e lhe apontaram o bordão. Otsu estremeceu de medo e se agarrou à sela do boi. E ao perceber que aflorava no olhar de Ushinosuke um brilho perigoso, capaz de levá-lo à cometer violência, a jovem gritou:

— Esperem!

Ao contrário do que Otsu pretendia, seu grito atiçou o menino que, com súbito movimento, ergueu o pé e atingiu o homem à sua frente. No momento seguinte, arremeteu de cabeça — aliás, dura como pedra — contra o peito do homem ao lado. Ato contínuo se apossou da espada dele, voltou-se inteiramente para o homem às suas costas e o golpeou cegamente.

III

Otsu achou que o menino tinha enlouquecido, tão rápida e temerária fora a sua reação.

Com sua instantânea movimentação, Ushinosuke tinha, porém, conseguido igualar-se aos seus três adversários, adultos e bem maiores que ele fisicamente. Os homens, com seus raciocínios lógicos e conhecimentos de esgrima, tinham sido pegos de surpresa pelo instinto, ou melhor, pela imprudência desse pequeno.

O golpe que o menino desferira às cegas atingiu o terceiro homem em cheio no peito. Otsu gritou alguma coisa, mas o berro furioso do *rounin* atingido encobriu sua voz e teve a capacidade de espantar o boi.

Além de tudo, o sangue do *rounin* que tinha ido ao chão jorrou como uma névoa vermelha e lavou os chifres e a cara do boi.

Um profundo mugido seguiu-se ao grito do homem ferido: o segundo golpe desferido por Ushinosuke tinha acabado de atingir o traseiro do boi. Com outro berro, o animal disparou pela estrada em desesperada carreira, levando Otsu.

— Ah, moleque!

— Vais ver o que é bom!

Os dois *rounin* restantes envidavam agora todos os esforços para alcançar Ushinosuke, que tinha saltado para a beira do rio e fugia pulando de rocha em rocha no meio da correnteza.

— A culpa não é minha! Não tenho culpa de nada! — gritava o menino enquanto fugia.

Os homens, porém, não podiam competir com ele em matéria de velocidade e agilidade.

Percebendo que cometiam uma tolice indo-lhe atrás, um deles gritou:

— Deixa o menino para mais tarde!

No mesmo instante, os dois dispararam no encalço do boi que se tinha desembestado levando Otsu.

Ao notar que seus perseguidores mudavam de alvo, Ushinosuke foi-lhes agora no encalço, gritando:

— Que foi? Estão com medo de mim?

— Que... quê? — gritou um, indignado, parando e voltando-se.

— Deixa o menino para mais tarde, já disse! — berrou seu companheiro, correndo cada vez mais depressa atrás do boi.

O animal tinha deixado o caminho que beirava o rio e se embrenhado cegamente pela mata, alcançando a estreita senda entre plantações conhecidas como estrada de Kasagi, e agora disparava por ela, deixando atrás morros e casas de camponeses.

— Para!

— Para aí!

Os dois *rounin* sabiam que alcançariam o boi em circunstâncias normais, mas aquela não era uma delas.

O boi de carga aproximou-se com ímpeto da cidade casteleira, ou melhor, da estrada que levava a Nara.

Otsu continuava de olhos fechados. Não fossem as armações destinadas a suportar lenha e sacos de carvão, fixadas às costas do animal, ela já teria sido lançada ao chão havia muito.

— Acudam!

— O boi enlouqueceu!

— Salvem a moça!

Pelo jeito, corriam agora por uma área bastante movimentada, pois mesmo quase desfalecendo, Otsu ouvia gritos ao seu redor.

Num instante, porém, essas vozes assustadas também foram ficando para trás.

IV

A planície de Hannya já estava próxima.

Otsu já se considerava quase morta, mas o animal não dava mostras de parar. E agora?

Por Otsu, emudecida de medo, gritavam os transeuntes. Pessoas voltavam-se, mas, impotentes, continuavam contemplando o animal que se distanciava rapidamente.

Pela estrada vinha nesse instante um homem com aparência de serviçal, transportando ao pescoço uma caixa para correspondências.

— Cuidado!!! — gritou alguém, mas o serviçal ignorou a advertência e continuou a caminhar sempre em frente. No momento seguinte, homem e boi — o último ainda em cega disparada — pareceram chocar-se com horrível violência.

A aflição fez com que as pessoas se irritassem com o distraído serviçal.

— Ah! Foi apanhado pelos chifres do boi!

— O tolo!

Erraram, porém, os que assim imaginaram. A pancada que tinham ouvido resultara do golpe dado pelo serviçal na cara do boi com a palma da mão.

A força do golpe devia ter sido impressionante, pois o animal projetou a cabeça para o alto e para o lado, mas logo reassestou os chifres para frente e voltou a disparar, agora com redobrado ímpeto.

Desta vez, porém, não chegou a correr três metros e parou de súbito, imobilizando-se por completo. Respirando ruidosamente, baba escorrendo da boca em quantidade assustadora, o animal acalmou-se desta vez, o enorme corpo ondulando a cada arquejo.

— Senhora! Desça de uma vez! — disse o serviçal, parado atrás do boi. Os transeuntes acorreram, alvoroçados e maravilhados com a proeza. Logo, seus olhares admirados se voltaram para o chão: um dos pés do serviçal pisava com firmeza a ponta da rédea do boi.

— ...?

Quem seria esse homem que não se assemelhava nem a um servo de casa guerreira, nem a um empregado de uma casa comercial?, pareciam perguntar-se os curiosos. Seus olhares voltavam-se uma vez mais para o pé pisando a rédea:

— Que força prodigiosa! — comentavam, sinceramente admirados.

Otsu tinha descido do lombo do animal e fazia delicada reverência ao serviçal que acabava de salvá-la, mas não parecia ainda ter recuperado por completo o domínio próprio. A multidão em seu redor a intimidava e ela não conseguia recuperar a tranquilidade.

— Como é que um animal tão manso disparou? — quis saber o serviçal, que a essa altura o atava ao tronco de uma árvore na beira do caminho.

Logo, soltou exclamação admirada:

— Ele tem extenso ferimento no traseiro! — disse, parecendo afinal compreender.

E enquanto o homem ainda murmurava seu espanto, um samurai veio abrindo caminho entre a multidão, empurrando os curiosos e ordenando-lhes que se afastassem.

— Ora! Tu não és o escudeiro do monge In'shun, do templo Hozo-in? Vejo-te sempre com ele no castelo! — disse o recém-chegado, parando ao lado do serviçal.

Suas palavras soavam ofegantes, prova de que Kimura Sukekuro tinha vindo às carreiras.

V

O escudeiro do Hozo-in disse:

— Em bom lugar nos encontramos, senhor.

Retirou o porta-cartas de couro que levava ao pescoço e explicou que, por ordem do superior do templo, se dirigia naquele instante ao castelo para entregar-lhe uma carta. Agradeceria se Sukekuro passasse os olhos na correspondência ali mesmo, caso não achasse inconveniente, concluiu o homem.

— É para mim? — confirmou Sukekuro, rompendo o lacre em seguida. Tinha sido mandada por In'shun, com quem se avistara no dia anterior. Dizia ele:

Com relação aos samurais estranhos ora habitando a região de Tsukigaseki, mandei investigar cuidadosamente a origem deles depois de nos separarmos, e descobri que não se trata de vassalos da casa Toudo, mas de rounin *que tinham passado o inverno naquela área. Considere, portanto, nula a informação de ontem. Sem mais...*

Esses eram os termos aproximados da carta. Sukekuro a guardou na manga e disse:

— Agradeço a gentileza. Diz ao teu mestre que o assunto tratado nesta carta já sofreu investigações de nossa parte, e estávamos tranquilos por termos percebido que tinha havido engano. Portanto, diz-lhe que não se preocupe mais.

— Nesse caso, despeço-me aqui mesmo — disse o homem, fazendo menção de se afastar.

— Espera, espera um pouco! — interveio Sukekuro. Em seguida, disse em tom mais cerimonioso:

— Diga-me: desde quando serve ao templo Hozo-in?

— Sou um novato recém-contratado, senhor.

— Seu nome?

— Chamam-me Torazo.

Sukekuro examinou cuidadosamente suas feições e disse:

— Pode ser que me engane, mas você não seria Hamada Toranosuke, um dos discípulos mais graduados de Ono Jiroemon, o instrutor de artes marciais da casa xogunal?

— Co... como disse?

— Eu não o conheço pessoalmente, mas um dos meus homens, que já o tinha visto em dias passados, comentou que o novo escudeiro do monge In'shun era com certeza Hamada Toranosuke, um dos mais graduados discípulos de Ono Jiroemon.

— Hum...

— Terá ele se enganado?

— Na verdade... — disse Hamada Toranosuke, enrubescendo violentamente e baixando a cabeça — trabalho hoje como serviçal no templo Hozo-in em cumprimento a uma promessa. Minhas atuais circunstâncias são, porém, uma desonra para o meu mestre e uma vergonha para mim. Por favor, guarde segredo disso, senhor.

— Longe de mim imiscuir-me em sua vida e em seus problemas particulares. Apenas quis confirmar a suspeita que vinha alimentando há dias.

— Creio já ser do seu conhecimento a notícia de que meu mestre, Jiroemon, abandonou a academia e se retirou para viver nas montanhas. E na base desse acontecimento estou eu. De modo que, para expiar meu erro, resolvi também descer a um nível de vida bem baixo. Hoje, varro o jardim do templo, baldeio a água do poço e tento aprimorar-me um pouco mais. Eis por que não revelo minha verdadeira identidade. Para mim, é uma vergonha ser reconhecido.

— A notícia de que mestre Ono foi vencido por Sasaki Kojiro é fato conhecido por todos hoje em dia, já que o próprio Kojiro se encarregou de espalhá-la pelos quatro ventos a caminho de Buzen, para onde se dirigiu nos últimos dias. A mim me parece que você está se preparando para um dia vingar-se da afronta que seu mestre sofreu.

— Até mais, senhor... Até mais ver.

Comovido até o fundo da alma e enrubescendo ainda mais, Torazo, o serviçal do templo, afastou-se bruscamente a passos rápidos.

UM GRÃO DE LINHO

I

— Ela ainda não retornou?

Em pé diante do portão do castelo, Yagyu Hyogo esperava apreensivo.

O alarme tinha sido dado muito tempo depois de Otsu partir em companhia de Ushinosuke, montada no boi de carga do menino.

Uma carta expressa vinda da cidade de Edo, que Hyogo quisera mostrar imediatamente para Otsu, tinha originado a busca por ela.

— Quais foram os homens que saíram à procura dela na direção de Tsukigaseki? — quis saber Hyogo.

— Não se preocupe, senhor: no encalço dela partiram sete ou oito homens — tentavam acalmar os vassalos em torno dele.

— E Sukekuro?

— Partiu dizendo que percorreria as estradas que seguem na direção do morro Hannya e Nara.

— Como demoram! — suspirou Hyogo.

O jovem neto de Sekishusai sentia por Otsu um amor casto. Hyogo fazia questão de mantê-lo casto, uma vez que sabia muito bem a quem pertencia o coração da jovem.

Só havia lugar para Musashi no peito de Otsu, mas mesmo assim Hyogo a amava. Ele julgava conhecê-la agora perfeitamente pois convivera com ela todos os dias durante a longa viagem desde Edo até o castelo de Yagyu. Mais tarde, observara sua incansável dedicação ao avô até o momento de sua morte.

"Um homem amado por uma mulher como Otsu pode considerar-se possuidor de uma das condições básicas para ser feliz", pensava com certa inveja.

Hyogo, porém, jamais pensaria em roubar a felicidade alheia. Era nobre demais para isso. Pautava todos os seus pensamentos e ações pelo código de honra dos guerreiros e dele não se afastava, nem mesmo para amar.

Nunca se encontrara com Musashi, mas tinha a impressão de já conhecê-lo só de saber que era o eleito de Otsu. Um dia, ele ainda haveria de entregar Otsu sã e salva a Musashi, pois esse tinha sido sem dúvida alguma o desejo do falecido avô. Nesse dia, chegaria ao fim sua história de amor — triste amor guerreiro, pensava Hyogo.

Voltando, porém, à carta expressa, tinha sido remetida da cidade de Edo por Takuan e datava de outubro do ano anterior. Por motivos ainda desconhecidos, a correspondência ficara retida no caminho e só chegara às mãos de Hyogo havia poucos minutos.

Nela, Takuan lhe comunicava que, por indicação do senhor de Tajima, tio de Hyogo, assim como do senhor Hojo, Musashi tinha sido aceito como instrutor de artes marciais da casa xogunal, etc.

Não só isso como também informava que, uma vez empossado, Musashi teria de estabelecer residência. Por isso, necessitava incontinenti de algumas pessoas que cuidassem dele. O monge solicitava que pelo menos Otsu retornasse imediatamente para Edo. Maiores detalhes seguiriam em correspondências posteriores, terminava ele dizendo na carta.

"Posso imaginar como Otsu ficará feliz!" pensava Hyogo, alegrando-se sinceramente por ela. E com a carta na mão, tinha ido aos aposentos da jovem, descobrindo em seguida que ela não se encontrava em lugar algum do castelo.

II

Otsu retornou ao castelo logo depois de ter sido salva por Sukekuro.

Os samurais que tinham seguido para os lados de Tsukigaseki também tinham encontrado Ushinosuke e o trazido de volta pouco depois.

Ushinosuke, apavorado como se tivesse acabado de cometer um crime, andava desculpando-se com todos:

— O que fui fazer! Perdoem-me, por favor! — dizia. Momentos depois, porém, começou a dizer: — Minha mãe deve estar preocupada comigo. Deixem-me ir embora para a vila Araki.

— Não digas asneira! Se tornares a passar por Tsukigaseki, os *rounin* de há pouco o pegarão e, desta vez, não viverás para contar a história — repreendeu-o Sukekuro.

Os demais o apoiaram, aconselhando:

— Dorme esta noite no palácio e vai para casa amanhã.

E assim, o menino foi levado para o depósito de lenha no pátio fortificado externo do castelo.

Dentro do castelo, Hyogo mostrou a carta para Otsu, e lhe perguntou:

— E agora? Que pretende fazer?

O tio, Munenori, tinha obtido do xogum licença para ausentar-se e estaria de volta a Yagyu em abril. Otsu podia esperar até lá e retornar com sua comitiva para Edo ou, se quisesse, dirigir-se para lá sozinha, imediatamente.

Só de ouvir falar que a carta era de Takuan, Otsu sentiu a saudade pesando em seu coração. Até o cheiro da tinta *sumi* despertava-lhe a vontade de rever o querido monge.

Que dizer então da notícia que ele lhe mandava, segundo a qual Musashi em breve estaria servindo ao xogunato e fixaria residência em Edo?

Agora que sabia disso, cada dia longe de Musashi representava um ano inteiro, cada hora parecia-lhe mais longa que os anos em que o procurara em vão. De que jeito esperar até abril?

Seu coração pulsava de alegria. Incapaz de conter o rubor das faces, Otsu murmurou:

— Parto amanhã mesmo.

Hyogo a compreendia:

— Achei que essa seria a sua resposta.

Ele próprio não pensava em permanecer por muito mais tempo no castelo. Havia muitos anos que lorde Tokugawa Yoshinao, do ramo Owari da casa Tokugawa, o convidava com insistência a visitá-lo, e sentia que era chegada a hora de ir a Nagoya, atendendo a seu convite.

Hyogo queria, portanto, acompanhá-la até um bom trecho do caminho, mas teria de esperar o retorno do tio e as exéquias do avô. Otsu teria de seguir sozinha, sem ele, caso insistisse em partir antes da comitiva do tio, disse-lhe o jovem.

Só o fato de a carta ter levado quase quatro meses para lhes chegar às mãos mostrava que, apesar da aparente ordem, a normalidade não se restabelecera nas postas, nas estalagens, ou no próprio país. E uma mulher viajar desacompanhada nesse meio não parecia recomendável. Se apesar de tudo ela ainda insistisse, nesse caso...

As insistentes advertências de Hyogo fizeram o coração de Otsu transbordar de gratidão.

— Agradeço de coração, senhor, os seus conselhos. No entanto, estou acostumada a viajar sozinha, e conheço muito bem as armadilhas do mundo. Não sou nenhuma frágil donzela desprotegida. Esteja tranquilo quanto a esse aspecto — respondeu ela.

Resolvido o assunto, Otsu passou a noite preparando-se para a viagem e participando de uma pequena reunião de despedida.

O dia amanheceu glorioso, convidando as ameixeiras a desabrocharem.

Sukekuro e os demais vassalos da casa Yagyu que conheciam Otsu enfileiraram-se ao lado do portão para vê-la partir.

III

— Espere um pouco! — disse Sukekuro, no momento em que viu a jovem aproximar-se do portão. Voltou-se então para o homem a seu lado. —

Ocorreu-me que podemos mandá-la ao menos até a altura de Uji no lombo de um boi. Ushinosuke vem a calhar: ele deve estar dormindo no casebre de lenha.

— Bem pensado! — comentaram os demais. Apesar de já terem-se despedido de Otsu, pediram-lhe que esperasse mais um momento e mandaram chamar o garoto. Logo, um dos samurais retornou dizendo:

— Ushinosuke não estava lá. Segundo o serviçal, seguiu no meio da noite de volta para a vila Araki, passando outra vez por Tsukigaseki.

— Como é? Ele foi embora durante a noite? — repetiu Sukekuro, atônito.

Todos os que estavam a par dos acontecimentos do dia anterior não podiam deixar de se espantar com a intrepidez do menino.

— Tragam um cavalo, então — ordenou Sukekuro.

Um dos serviçais correu às cavalariças.

— Não vou aceitar. É demais para mim, simples mulher do povo — disse Otsu.

Como, porém, até Hyogo insistia, acabou aceitando e montou no castanho que o jovem cavalariço lhe trouxe.

O cavalo levando Otsu começou a descer por suave ladeira, afastando-se do portão interno do castelo, rumo ao portão principal. O cavalariço naturalmente seguiria até Uji, conduzindo o animal pela rédea.

De cima da sela, Otsu voltou-se e se despediu com leve reverência. Um ramo da ameixeira que crescia no barranco roçou-lhe o rosto e algumas flores foram ao chão.

"Adeus!...", diziam os olhos de Hyogo, embora dos lábios não saísse qualquer som. O perfume das flores caídas no meio da ladeira chegou-lhe de leve. Uma tristeza indizível apossou-se desse guerreiro que, contrariando os próprios sentimentos, rezava pela felicidade da mulher amada junto a outro homem.

Pouco a pouco o vulto de Otsu foi diminuindo e desaparecendo na distância. Como o jovem senhor do castelo não dava mostras de querer afastar-se do local, os demais se foram, deixando-o ali sozinho.

"Invejo Musashi...", pensou Hyogo, apesar de tudo. E então, percebeu de súbito que o menino Ushinosuke estava parado às suas costas.

— Hyogo-sama — disse o garoto.

— Olá, moleque!

— Bom dia.

— Ouvi dizer que tinhas ido embora ontem à noite.

— Sim, senhor. Minha mãe ia preocupar-se demais.

— Foste por Tsukigaseki?

— Sim. Não tem outro caminho para chegar à vila Araki.

— Não ficaste com medo?

— Nem um pouco.
— E esta manhã?
— Nem agora.
— Conseguiste passar sem ser notado pelos *rounin*?
— Mas aí é que está o ponto interessante, Hyogo-sama. Dizem que mais tarde, quando os *rounin* ficaram sabendo que a jovem a quem quiseram molestar ontem à tarde era hóspede do castelo, apavoraram-se, certos de que os samurais daqui iriam atrás deles tomar satisfações. E então, largaram tudo para trás, venceram as montanhas e desapareceram, ainda durante a noite passada.

— Ah-ah! Interessante, realmente! E tu, moleque? Que vieste fazer aqui esta manhã?

— Eu? — disse o menino, demonstrando súbita timidez. — É que ontem, Kimura-sama elogiou os produtos naturais de minha vila, de modo que hoje cedo, com a ajuda da minha mãe, desenterrei alguns carás e os trouxe — explicou.

IV

— Ótimo! — disse Hyogo. Pela primeira vez naquela manhã a nuvem de tristeza afastou-se de seu rosto. O humilde menino montês tinha tido a capacidade de despertá-lo do quase transe em que se encontrava em virtude do choque e da tristeza de ter perdido Otsu. — Isto quer dizer que hoje teremos um belo ensopado de cará!

— O senhor também gosta, Hyogo-sama? Porque, se for assim, posso trazer muitos mais!

— Ah-ah! Não te preocupes.
— Onde está Otsu-sama esta manhã?
— Ela acaba de partir para Edo.
— Edo? Ah!... Então não chegou a comentar com o senhor ou com Kimura-sama sobre o meu pedido, não é mesmo?
— E que foi que pediste?
— Que lhes dissesse que quero trabalhar como serviçal neste castelo.
— És muito novo ainda para esse tipo de serviço. Quando cresceres mais, eu te empregarei. Mas por que queres trabalhar aqui?
— Porque quero aprender a esgrimir.
— Sei...
— Ensine-me, senhor, ensine-me! Quero dar à minha mãe a alegria de presenciar meu progresso antes de morrer.

— Dizes que queres aprender, mas tenho certeza de que já estudas com alguém.

— As árvores têm sido minhas mestras. Vez ou outra, golpeio javalis com a espada de madeira, ou luto sozinho contra adversários imaginários.

— É desse jeito mesmo que se começa.

— Mas...

— Quero que venhas procurar-me dentro de alguns anos onde quer que eu esteja.

— Como assim?

— Acho que vou morar em Nagoya por algum tempo.

— Nagoya? Nagoya, na província de Owari? Não posso ir para tão longe enquanto minha mãe for viva.

Os olhos de Ushinosuke umedeciam toda vez que se referia à mãe.

Hyogo comoveu-se. De súbito, disse:

— Vem.

— ...?

— Vem comigo ao salão de treinos. Vou testá-lo para ver se és ou não talhado para ser guerreiro.

— Ve... verdade?

Ushinosuke achou que sonhava. O salão de treinos era a culminância dos sonhos do menino, no local se concentrava toda a sua esperança futura. E era para ali que Hyogo o estava mandando! Além de tudo, o homem que assim lhe ordenava não era discípulo da academia, nem vassalo da casa, mas membro da família Yagyu!

A alegria foi tão grande que o menino sentiu o peito pesando de emoção e perdeu a palavra. Hyogo já ia em frente. Ushinosuke correu-lhe atrás em rápido trote.

— Lava os pés! — ordenou-lhe Hyogo.

— Sim, senhor!

O menino mergulhou os pés no reservatório de águas pluviais e os lavou cuidadosamente, esfregando uma a uma as unhas sujas de terra.

Logo, pisou pela primeira vez em toda a sua vida o assoalho de um salão de treinos.

O assoalho brilhava tanto que o menino chegou a pensar que se veria refletido nele. As resistentes tábuas do piso, a potente viga mestra do telhado, tudo contribuiu para intimidá-lo.

— Apanhe a espada de madeira — ordenou-lhe Hyogo. Sua voz também soou diferente aos ouvidos do menino. A um canto do salão, no local onde costumavam se agrupar os discípulos, Ushinosuke notou a parede com diversas espadas de madeira enfileiradas. O menino aproximou-se e escolheu uma de carvalho. Hyogo também apanhou a sua e, empunhando-a verticalmente, veio para o meio do salão.

— Pronto? — perguntou.

Ushinosuke ergueu a sua na extensão do braço e respondeu:

— Pronto, senhor.

V

Hyogo posicionou-se enviesando ligeiramente o corpo, mas não ergueu a espada: ela ficou voltada para baixo, empunhada na mão direita.

A isso, Ushinosuke respondeu guardando-se em posição mediana, o corpo inteiro parecendo inchar como porco-espinho ameaçado. Seus olhos arregalaram-se, as sobrancelhas arquearam, o sangue disparou por suas veias. O olhar dizia: "Não tenho medo!"

"É agora!", anunciou Hyogo, não em palavras, mas pelos olhos que de repente brilharam pétreos, as pupilas parecendo aumentar de tamanho. Ushinosuke gemeu, crispando as sobrancelhas.

De súbito Hyogo avançou, pés estrondeando sobre o assoalho do salão, encurralando o menino e golpeando-o lateralmente na altura dos quadris, mantendo ainda a espada em uma única mão.

— Não me pegou! — berrou Ushinosuke. Seu pé também provocou um estrondo, como se tivesse batido no lambril às suas costas. No momento seguinte, seu corpo projetou-se no ar e passou sobre o ombro de Hyogo.

Este se abaixou rapidamente e tocou de leve o pé do menino com a mão esquerda, dando-lhe um empurrão para cima. O efeito foi imediato: levado pelo ímpeto do próprio movimento, o menino deu várias voltas sobre si mesmo e caiu estatelado às costas de Hyogo.

A espada escapou-lhe da mão e rolou ruidosamente pelo assoalho liso como gelo, indo parar a uma considerável distância. Ushinosuke saltou em pé, e longe de se dar por vencido, correu atrás da espada e tentou apanhá-la uma vez mais.

— Basta! — disse Hyogo.

Ushinosuke, porém, voltou-se e gritou:

— Ainda não!

A essa altura, já tinha empunhado novamente a espada e a erguido bem alto sobre a cabeça. Desta vez, investiu contra Hyogo com vigor de um filhote de águia. Hyogo apenas assestou a ponta da própria espada na direção do menino. No mesmo instante, Ushinosuke imobilizou-se no meio da investida.

— ...!

Inconformado, olhos cheios de lágrimas, ele se deixou ficar ali, apenas olhando. Hyogo o observou cuidadosamente e decidiu: "Este tem espírito guerreiro."
Não obstante, fingiu zanga e lhe disse com severidade:
— Moleque!
— Sim, senhor!
— És bem insolente! Como ousas saltar sobre meu ombro?
— ...
— Esqueceste tuas origens? Só porque te trato com familiaridade não significa que podes tomar tanta liberdade! Vamos, senta-te aí!
Ushinosuke sentou-se. Não estava entendendo direito a razão da reprimenda, mas ia tocar o assoalho com ambas as mãos e desculpar-se quando Hyogo lançou sua espada de madeira no chão diante dos seus olhos e extraiu a de aço da própria cintura, metendo-a sob o nariz do menino.
— Vou executar-te! E não ouses gritar.
— Co... como? Vai me matar?
— Isso mesmo. Espicha o teu pescoço.
— ...?
— Boas maneiras são imprescindíveis no guerreiro. Sei que não passas de um camponês ignorante, mas teu comportamento foi imperdoável.
— Quer dizer que vai me matar porque o desrespeitei?
— Exato!
Ushinosuke ficou contemplando o rosto do homem por algum tempo, mas logo pareceu conformar-se. E em vez de curvar-se em reverência a Hyogo, voltou-se na direção da vila Araki, tocou o assoalho com as duas mãos e fez profunda mesura:
— Mãe! — disse. — Estão me dizendo que vou ser parte da terra do castelo. Perdoa este teu filho ingrato, que não soube fazer a tua felicidade!

VI

Hyogo sorriu. Repôs a espada na bainha e deu uma leve palmada no ombro do menino.
— Está bem! — disse com suavidade. — Isto foi uma brincadeira. Por que haveria eu de matar uma criança?
— Co... como é? Foi brincadeira?
— Foi. Está tudo bem.
— Onde estão os bons modos? Acaba de me dizer que bons modos são imprescindíveis para um *bushi*, e depois faz essa brincadeira de mau gosto comigo?

— Não te zangues. Isto foi um teste. Queria saber se tens ou não estrutura para seres bom guerreiro.

— Mas eu pensei que fosse verdade... — disse Ushinosuke, afinal respirando aliviado, mas sentindo raiva do mesmo jeito.

Hyogo até lhe deu razão. Reatou portanto o diálogo em tom conciliador:

— Dissestes há pouco que não tinhas um mestre. Acho, no entanto, que mentiste. Quando te encurralei contra a parede, há pouco, tu tentaste saltar sobre mim. Na situação em que te viste, a maioria das pessoas, mesmo os adultos, costuma encostar-se à parede e reconhecer que perdeu. Teu recurso foi inusitado, não costuma ser empregado mesmo por discípulos com três ou quatro anos de treino.

— Mas... Eu não treinei com ninguém.

— É mentira! — rebateu Hyogo, ainda sem conseguir acreditar. — Por mais que queiras esconder, teu comportamento mostra que tens um bom mestre. Por que não revelas o nome dele?

Encurralado, o menino calou-se.

— Pensa bem! Alguém te deu algum tipo de lição, não te deu?

No momento seguinte, Ushinosuke ergueu o rosto, sorridente:

— Ah! Agora entendi! Falando desse modo, vejo que fui ajudado!

— Quem te ajudou?

— Não foi uma pessoa.

— Se não foi gente, foi o quê? Um *tengu*?

— Brotos de linho!

— Quê?

— Brotos de linho, ora! Aquilo que se costuma dar para as aves!

— Falas por enigmas. Como pode um broto de linho ter sido teu mestre?

— Na minha vila não tem, mas um pouco mais para dentro das montanhas existem diversas mansões habitadas por grupos *ninja* de Iga, Koga etc. Eu costumava ficar observando-os enquanto treinavam e aprendi, por imitação.

— Treinavam com brotos de linho?

— Isso mesmo! Quando a primavera chega, a gente planta o linho. E então, uma fileira de brotos desponta da terra.

— E que fazes com eles?

— Eu os pulo. O treino consiste em pular todos os dias por cima desses brotos. Quando o tempo começa a esquentar, não tem nada que cresça mais depressa que esses brotos. A gente salta sobre eles todos os dias, desde a manhã até a noite. Enquanto isso, eles vão crescendo trinta, quarenta, cinquenta centímetros, cada vez mais alto. De modo que, se me descuido, não consigo saltá-los mais, acabo vencido pelos brotos.

— Ora essa! E tu praticaste dessa maneira?

— O ano passado e o anterior a esse, desde a primavera até o outono.

— Agora compreendi — disse Hyogo, batendo de leve na própria coxa.

Nesse instante, Sukekuro o chamou de fora do salão de treinos:

— Hyogo-sama. Esta correspondência acaba de chegar da cidade de Edo.

Carta na mão, o fiel vassalo veio entrando no salão.

VII

O missivista era, uma vez mais, o monge Takuan, que dizia:

Houve uma súbita alteração nos planos e a indicação sobre a qual lhes falei na carta anterior foi recusada...

— Sukekuro!

— Senhor?

— Acha que Otsu já vai muito longe? — disse Hyogo de repente, mal acabou de ler.

— Creio que não. É verdade que está a cavalo, mas como os condutores estão a pé, não deve ter ido muito longe. No máximo uns oito quilômetros.

— Se for essa a distância, alcanço-a em três tempos. Vou galopar um pouco.

— Alguma emergência, senhor?

— Segundo Takuan me comunica nesta carta, a indicação do mestre Musashi foi recusada pela casa xogunal. Alguma coisa no seu passado parece ter desagradado.

— Como? Recusada?

— E sem saber disso, Otsu corre feliz ao seu encontro em Edo. Ela precisa ser avisada.

— Eu irei, senhor. Dê-me a carta.

— Não, eu mesmo quero ir. Ushinosuke, tenho um assunto urgente a resolver. Volta outro dia, está bem?

— Sim, senhor.

— Dedica-te com afinco aos treinos até que chegue o momento certo. Não te esqueças nunca de trabalhar para a felicidade de tua mãe, ouviste?

Ainda falando, Hyogo saiu. Escolheu um cavalo na cocheira, montou e saiu galopando na direção de Uji.

Mal, porém, tinha percorrido alguns quilômetros, Hyogo repensou: o amor de Otsu por Musashi não se alteraria, fosse ele nomeado ou não para o cargo de instrutor de artes marciais da casa xogunal. O único desejo de Otsu, quase obsessivo, era reencontrar-se com Musashi. Apenas isso. Só o fato de ter-se recusado a esperar até abril pela comitiva do senhor de Tajima e preferido enfrentar os perigos de uma viagem solitária mostrava o quanto esse desejo era forte.

Hyogo sabia que não lhe adiantava mostrar a carta agora e aconselhá-la a retornar ao castelo: Otsu não haveria de voltar tristemente para o castelo em sua companhia. A notícia serviria apenas para desanimá-la, para tornar sombria a sua viagem.

"Vamos com calma", pensou Hyogo, parando o cavalo. Já tinha percorrido mais de quatro quilômetros. Um pouco mais e talvez a alcançasse, mas o esforço seria inútil.

"Quando ela encontrar-se com Musashi e os dois conversarem, todo esse episódio não passará de banalidade e desaparecerá na alegria do reencontro."

Voltou o cavalo na direção do castelo e retornou, agora a trote lento.

As plantas desabrochavam na beira da estrada, a paisagem adquiria o suave colorido da primavera e ele era a personificação da paz nesse ambiente. Em seu peito, porém, a tormenta rugia uma vez mais. Hyogo relutava em deixar Otsu partir.

"Vê-la apenas mais uma vez..." Não teria sido esse secreto desejo que o havia feito galopar até ali? Se alguém lhe fizesse essa pergunta, Hyogo seria incapaz de responder "Não!" com convicção.

Apesar disso, desejava do fundo do coração que Otsu fosse muito feliz. O *bushi* era afinal um ser humano, capaz de lamúrias e sofrimento. Mas tais sentimentos o avassalam apenas até o momento em que consegue enxergar claramente pelo prisma do código de honra guerreiro. Um passo além dos limites da paixão — e a refrescante brisa da primavera o espera, o puro verde das árvores ali está para despertá-lo do pesadelo. Um novo mundo se abre à sua frente. O amor não há de ser a única fonte de calor a aquecer os dias da juventude...

O país atravessava momento histórico. O tempo era uma gigantesca mão a chamar os jovens: "Tirem o máximo proveito de cada dia, não se atrasem contemplando flores à beira do caminho!"

O PEREGRINO

I

Vinte dias já eram passados desde que Otsu partira de Yagyu.

A primavera se firmava gradativamente sobre a face da terra, deixando para trás os dias mornos e nevoentos, repetindo os dias quentes e ensolarados.

— Quanta gente!

— Não é para menos, senhor: o dia hoje está maravilhoso, incomum até nesta região de Nara, e atraiu o povo para fora das casas.

— Como num piquenique?

— Mais ou menos.

Yagyu Hyogo e Kimura Sukekuro eram as duas pessoas que assim conversavam.

Hyogo usava sombreiro fundo em forma de cesto, que lhe escondia quase todo o rosto. Sukekuro tinha envolvido cabeça e parte do rosto com pano semelhante aos usados pelos monges guerreiros. Estavam ambos em missão secreta.

A observação sobre o piquenique tanto podia referir-se às pessoas ali presentes quanto a eles próprios. A sombra de um sorriso passou pelos lábios dos dois e logo desapareceu.

Para servi-los, o menino Ushinosuke, da vila Araki, acompanhava-os nesse dia. Hyogo o tomara sob sua proteção, de modo que o garoto aparecia com maior frequência no castelo nestes últimos tempos. Com a trouxa de lanches às costas e um par de muda de sandálias para Hyogo pendendo da cintura, vinha atrás dos dois, parecendo pequeno demais para o cargo de serviçal.

Os três, assim como as pessoas andando naquela estrada, dirigiam-se todos para a mesma direção como se estivessem combinados, e desaguaram momentos depois em extensa campina, no meio da cidade. Bem próximo dali e cercado por denso bosque, ficava o mosteiro de Koufukuji, em cuja propriedade se avistava uma torre.

Nas terras altas além da campina surgiam algumas residências de monges e sacerdotes xintoístas em meio a plantações, enquanto as casas da cidade de Nara propriamente dita agrupavam-se nas terras baixas mais adiante, seus contornos diluídos pela névoa.

— Será que já encerraram por hoje? — estranhou Hyogo.

— Devem estar na pausa do almoço — disse-lhe Sukekuro.

— Tem razão! Ali estão alguns, abrindo seus lanches. Nunca pensei que monges guerreiros almoçassem.

Sukekuro riu da troça.

Devia haver cerca de quinhentas pessoas reunidas no local, mas achavam-se espalhadas pela extensa campina.

Algumas estavam em pé, outras sentadas, outras ainda vagavam a esmo, comportando-se como as hordas de cervos da campina de Kasuga.

Mas o local onde o povo se reunia nesse momento denominava-se Naishiga-hara, e ficava muito distante de Kasuga. Ali, havia nesse dia uma atração ao ar livre.

Aliás, as atrações quase nunca eram exibidas no interior de barracos, com exceção daquelas levadas à cidade. Ilusionistas famosos, bonequeiros, competidores de arco e flecha e esgrima em busca do prêmio em dinheiro — todos se exibiam a céu aberto.

O evento desse dia, porém, tinha uma proposta mais séria, não era simples entretenimento como os acima referidos. Aquele era o dia da competição organizada uma vez por ano pelos lanceiros do templo Hozo-in. Durante os treinos diários no salão do templo, os monges sentavam-se de acordo com o grau de valentia: primeiro os mais fortes, seguidos pelos mais fracos. E como a posição de cada lanceiro era estabelecida de acordo com os resultados por eles obtidos nesses eventos anuais, dizia-se que os competidores, fossem eles monges ou samurais, empenhavam-se genuinamente, transformando os duelos em violentos combates, a presença de numerosos espectadores contribuindo ainda mais para atiçar-lhes o espírito de luta.

Nesse momento, porém, a campina estava vazia e tranquila.

A única cena a chamar alguma atenção eram cortinados estendidos em três ou quatro pontos a um canto da campina, ao redor dos quais alguns monges com vestes contidas em tiras de couro tinham aberto seus lanches embalados em folhas de carvalho e os comiam, compondo bucólico quadro.

— Sukekuro.

— Senhor?

— Que acha de lancharmos também? Tudo indica que a espera vai ser longa.

— Um momento, senhor.

Sukekuro passeou o olhar em busca de um local aprazível.

Logo, Ushinosuke surgiu com a esteira.

— Sente-se nisto, Hyogo-sama! — ofereceu o menino, forrando o chão. "Garoto atencioso!", pensou Hyogo, admirando o cuidado que ele sempre lhe dispensava. Por outro lado, tanta consideração pelos outros talvez fosse negativa para a formação guerreira.

II

Os três sentaram-se sobre a esteira e abriram o lanche embalado em macias cascas internas de bambu.

Bolinhos de arroz integral, ameixas em conserva e *miso* constituíam a leve refeição.

— Delicioso! — exclamou Hyogo, apreciando esse momento de descontração ao ar livre: parecia-lhe que comia um pedaço do límpido céu azul.

— Ushinosuke — chamou Sukekuro.

— Senhor?

— Quero oferecer um pouco de chá quente a Hyogo-sama.

— Vou buscá-lo. Peço um pouco àqueles monges guerreiros reunidos ali adiante.

— Vai, então. Mas não revele aos lanceiros do Hozo-in que somos da casa Yagyu, ouviste? — instruiu Hyogo. — Não os quero ao meu redor apresentando-me respeitos.

— Sim, senhor.

Ushinosuke ergueu-se.

Vinte metros adiante, duas pessoas movimentavam-se ativamente havia algum tempo.

— Ora essa! Não estou achando a nossa esteira. Onde está ela?

Perto deles havia *rounin,* mulheres e mercadores, mas ninguém ocupava a esteira procurada.

— Deixe para lá, Iori — disse o mais velho dos dois, cansando-se de procurar.

Era homem robusto, de músculos rijos e rosto arredondado, e empunhava um bastão de carvalho de seus 125 centímetros. Se andava em companhia de Iori, só podia ser Muso Gonnosuke.

— Não precisa procurar mais, Iori — tornou a dizer Gonnosuke, mas o menino parecia cada vez mais inconformado e reclamou:

— Quem será o cretino que levou a esteira?

— Não se enfeze. É apenas uma esteira.

— Não estou reclamando do valor que perdemos, mas da atitude desse sujeito que se apossou de coisa que não lhe pertence.

Gonnosuke esqueceu-se rapidamente do incidente. Sentou-se na relva, retirou o estojo portátil e uma caderneta e passou a registrar as despesas miúdas dessa manhã.

Ele tinha adquirido o hábito de anotar cada uma dessas miudezas depois que passara a viajar com o menino e a admirá-lo. Iori nem parecia criança, tão prudente se mostrava no cotidiano. Era do tipo metódico, incapaz de desperdiçar o que quer que fosse, e sabia agradecer cada porção de arroz, cada dia de sol.

Seu amor à correção era tão grande que não lhe permitia perdoar as faltas alheias. E esse aspecto tinha-se acentuado cada vez mais no contato com o mundo, depois que se separara de Musashi. O menino não conseguia perdoar a falta de consideração desse desconhecido que lhe tinha roubado a esteira.

— Ei! Os culpados são eles!

Iori encontrara enfim os criminosos, os indivíduos que tinham levado a esteira que Gonnosuke usava para dormir!

— Vocês aí! — disse, aproximando-se. Deu dez passos apressados, mas logo parou, imaginando como apresentaria o protesto. Nesse momento, Ushinosuke, que tinha se erguido para buscar o chá, trombou com ele.

— Que quer? — disse, empinando o peito.

III

Iori acabava de completar quatorze anos. Ushinosuke tinha apenas treze, mas parecia muito mais velho que o primeiro.

— Que modos são esses? — irritou-se Iori.

Ushinosuke contemplou o forasteiro de cima a baixo e disse:

— Não gostou? Perguntei-lhe o que quer porque você nos interpelou.

— Quem leva a propriedade alheia sem pedir licença é ladrão, ouviu? — replicou Iori.

— Ladrão? Ora, pirralho! Está me chamando de ladrão?

— Pois não acaba de pegar a esteira que meu companheiro de viagem depositou logo ali?

— Ah, a esteira! Eu a peguei porque estava abandonada. Ademais, tanto barulho por causa de simples esteira?

— Pode ser simples esteira, mas é muito valiosa para um viajante: é com ela que se abriga da chuva e se protege contra o vento à noite. Quero-a de volta.

— Posso até devolvê-la, mas não gostei do seu jeito de falar. Peça desculpas por ter me chamado de ladrão e a devolverei.

— Pedir desculpas para reaver o que é meu? Nunca! Se não vai devolver por bem, vai por força.

— Isso eu quero ver! Sou Ushinosuke, da vila Araki, e não tenho a mínima intenção de perder para você.

— Arrogante, não é? — replicou Iori, empinando também o pequeno peito. — Posso ser miúdo, mas sou discípulo de um grande guerreiro, ouviu?

— Nesse caso, vamos nos encontrar mais tarde, longe daqui. Você fala grosso porque está no meio dessa gente toda, mas quando estivermos sozinhos, frente a frente, quero ver se tem coragem de me enfrentar.

— Não se esqueça do que disse agora porque vai ter de engolir tudo, palavra por palavra.

— Você vem?

— Aonde?

— À torre do templo Koufukuji. E não traga ninguém para ajudá-lo, ouviu bem?

— É óbvio!

— E quando eu erguer a mão, é sinal para ir até lá. Não se esqueça!

O confronto, por ora verbal, terminou, e os dois se afastaram. Ushinosuke foi buscar o chá.

Quando ele retornou com a chaleira de porcelana, uma coluna de poeira já se erguia no meio da campina. A competição tinha recomeçado. A multidão acorreu, formando larga roda em torno dos guerreiros.

Por trás da roda, passou Ushinosuke com sua chaleira. Iori, que já estava na roda contemplando a disputa em companhia de Gonnosuke, voltou-se. Ushinosuke então sinalizou com o olhar: "Não se esqueça!" Iori respondeu-lhe com outro: "Claro que não!"

Com o reinício da competição, o pacífico ambiente daquela tarde de primavera na campina Naishi-ga-hara sofreu brusca transformação. Colunas de poeira amarelada passaram a subir vez ou outra, e com elas rugia a multidão, como exército em marcha.

Vencer ou perder, nisso se resume uma competição. Esse era o espírito de uma época, com reflexos naquelas duas crianças, crias da época. Tão naturalmente quanto a criança necessita fortalecer-se para poder chegar à idade adulta, assim também essas pequenas criaturas tinham, desde os seus treze ou quatorze anos, de aprender a não se curvar ante imposições pouco convincentes. A questão não era a esteira.

Mas tanto Iori quanto Ushinosuke estavam em companhia de adultos, de modo que fingiram momentaneamente assistir ao duelo junto com eles.

IV

Um monge guerreiro estava em pé no meio do campo, empunhando bastão longo semelhante àqueles com visgo na ponta, usados por crianças para apanhar libélulas.

Muitos desafiantes o vinham confrontando, uns após outros, mas tinham sido todos rechaçados ou lançados ao chão. Nenhum era páreo para ele.

— Quem se habilita? — gritava o monge vencedor em atitude provocadora, mas ninguém mais parecia disposto a enfrentá-lo.

Os competidores agrupados em cortinados à direita e à esquerda dele pareciam todos achar mais inteligente abster-se de desafiá-lo, pois permitiam que o monge vencedor continuasse a provocar.

— Se ninguém mais se apresenta, vou me retirar. Concordam, portanto, que a competição foi vencida por mim, Nanko-bou, do templo Jurin'in? — desafiava em alto e bom som o monge, voltando-se à direita e à esquerda.

Nanko-bou, dizia-se, tinha aprendido a técnica de lancear do Hozo'in diretamente do seu fundador, monge In'ei, e com o tempo tinha criado estilo próprio, a que denominara "estilo Jurin'in", rivalizando nos últimos tempos com In'shun, o atual instrutor do templo Hozo'in.

In'shun não comparecera ao evento desse dia, declarando-se doente e acamado: talvez temesse perder, ou simplesmente não quisesse competir.

Com ar enfarado, Nanko-bou deitou a lança que empunhara em pé até então, como se estivesse cansado de derrotar tantos discípulos do Hozo'in.

— Declaro-me então invencível e vou me retirar — disse.

— Espere! — interveio alguém nesse instante.

Um monge saltou do meio da multidão, empunhando a lança diagonalmente.

— Sou Daun, discípulo de In'shun!

— Ah!

— Aceito o desafio!

— Adiante-se!

Seus calcanhares bateram no chão erguendo novas nuvens de poeira. No instante em que saltaram, distanciando-se mutuamente, os dois bastões pareceram criar vida e encarar-se ferozmente.

A multidão, que havia desanimado, certa de que a competição chegara ao fim, rugiu de alegria, quase enlouquecida. Logo, porém, pesado silêncio caiu sobre ela, sufocante. Sonora pancada tinha ecoado, e enquanto conjecturavam se o som fora ou não provocado pelo choque dos bastões, descobriram que Nanko-bou tinha atingido com força a cabeça de seu adversário.

Daun tombou de lado, como espantalho soprado por forte ventania. Três ou quatro monges destacaram-se de um grupo e acorreram, dando a impressão de que ali se iniciaria uma nova briga. Contra todas as expectativas, porém, os monges ergueram Daun e se retiraram.

No meio do círculo tinha restado apenas Nanko-bou, cada vez mais arrogante, peito estufado, ombros para trás.

— Pelo jeito, ainda restam alguns bravos neste mundo. Vem, quem mais se habilita? Não me importo de enfrentá-los, sozinhos ou em bandos!

Foi então que um homem com roupas do tipo usado por peregrinos das montanhas[2] descarregou à sombra de um cortinado o cesto que levava às costas. Livre do peso, apresentou-se perante os monges do Hozo'in e indagou:

— Esta competição está restrita aos discípulos de mosteiros?

Os monges do Hozo'in responderam, em uníssono, que não.

Conforme avisos afixados em frente ao templo Todaiji e à beira do lago Sarusawa, qualquer homem em busca de aprimoramento marcial podia desafiá-los. No entanto, explicaram, não havia ninguém tolo o suficiente para desafiar os selvagens monges lanceiros do Hozo'in — cuja violência superava a dos antigos monges guerreiros — e expor-se voluntariamente ao ridículo, saindo afinal aleijado.

O peregrino então fez uma leve reverência aos demais monges presentes e disse:

— Nesse caso, aqui está um desses tolos a que acabam de se referir. Aceito o desafio. Emprestem-me uma espada de madeira.

V

Hyogo, que contemplava o espetáculo a distância, voltou-se para Sukekuro nesse momento e comentou:

— Está começando a ficar interessante, Sukekuro.

— Parece que esse peregrino vai aceitar o desafio...

— Mas o resultado desse duelo já é evidente.

— Acha que Nanko-bou o vence, senhor?

— Pelo contrário: Nanko-bou vai evitar este confronto porque, se aceitar, exporá seu despreparo.

— Ora essa... Realmente? — disse Sukekuro, em tom de dúvida.

O comentário tinha partido de Hyogo, homem que conhecia muito bem Nanko-bou. Mas por que seria ele imprudente aceitando esse desafio?

Momentos depois, Sukekuro compreendeu por quê. Pois agora, no centro do círculo, o peregrino tinha-se aproximado de Nanko-bou com a espada de madeira emprestada e desafiava o monge:

— Estou pronto para a luta.

---

2. Tal categoria de peregrino é chamada *nobushi*, ou também *yamabushi*, isto é, homem "que dorme no campo". Esses religiosos procuravam a purificação peregrinando por templos e terras sagradas situados em topos de montanhas. Andavam com longos cajados, pés protegidos por perneiras, trajavam-se inteiramente de branco, levavam às costas um cesto onde guardavam seus pertences e materiais de culto e envolviam a cabeça com bandanas de cor preta. A bandana era provida de doze pregas, alusivas às doze provações pelas quais um homem passa na vida, e protegia o peregrino contra miasmas e espíritos malignos que rondam montanhas e rios.

E, vendo-lhe a postura, Sukekuro também compreendeu.

O peregrino, proveniente talvez das montanhas Oomine, ou praticante do estilo Shogo'in, parecia ter pouco mais de quarenta anos. Seu corpo, rijo como ferro, não parecia ter sido construído por intermédio de exercícios ascéticos, mas temperado em campos de batalha. Esse homem moldara o corpo na fronteira da vida e da morte.

— Aceite, por favor, o meu desafio — disse o forasteiro.

Suas palavras eram tranquilas, o olhar sereno. Apesar de tudo, esse olhar observava de um ponto distante, muito além da fronteira da vida e da morte.

— É forasteiro? — perguntou Nanko-bou, contemplando o novo desafiante.

— Sou, de fato — respondeu o peregrino.

— Espere! — disse então Nanko-bou, acabando por posicionar agora a lança verticalmente, apoiada no chão. Ao que parecia, tinha-se dado conta de que estava perdido. Se a questão se restringisse apenas ao aspecto técnico talvez o vencesse. Havia, porém, algo além da técnica nesse adversário impossível de ser vencido, sentira ele. Nos últimos tempos muitos guerreiros famosos costumavam ocultar sua identidade por inúmeras razões, e viajavam pelo país disfarçados de peregrinos, de modo que Nanko-bou achou mais prudente evitar o confronto.

— Não duelo com forasteiros — disse, sacudindo a cabeça negativamente.

— Mas acabo de confirmar o regulamento com os monges do Hozo-in, ali adiante — disse o peregrino, disposto a dar legitimidade à sua pretensão, calmo, mas com persistência.

— Os outros são os outros, eu sou eu — replicou Nanko-bou. — Minha lança não é usada com o único intuito de vencer adversários. Minha técnica foi desenvolvida dentro do espírito búdico, é uma atividade religiosa em certos aspectos. Não me agrada duelar com forasteiros.

— Ora, ora!... — sorriu o peregrino, disposto a replicar mais alguma coisa, mas pensou melhor e murmurou que, nesse caso, se retirava: pelo jeito, não queria discutir em público. Devolveu, portanto, a espada de madeira a um dos monges no agrupamento e retirou-se pacificamente, desaparecendo a seguir.

Nanko-bou aproveitou a oportunidade para retirar-se também. Monges do Hozo-in presentes e demais espectadores sussurraram entre si que seu comportamento era covarde, mas Nanko-bou nem lhes deu atenção e se foi majestosamente em companhia de dois ou três discípulos, como um general em parada triunfal.

— Não lhe disse, Sukekuro? — perguntou Hyogo.

— Estava certo, senhor!

— Claro! Aquele peregrino deve ser um dos *rounin* refugiados na montanha Kudoyama. Remova os trajes brancos e a bandana do religioso, vista-lhe capacete e armadura, e você verá surgir com certeza um experiente guerreiro, razoavelmente famoso.

Com o término da competição, a multidão tinha começado a se dispersar. Sukekuro olhou em torno e murmurou:

— Ora, onde foi que ele se meteu?

— Quem procura, Sukekuro?

— Não vejo Ushinosuke em lugar algum, senhor.

PEQUENOS GUERREIROS

I

Os dois meninos tinham prometido encontrar-se sozinhos.

Enquanto os adultos se entretinham assistindo aos duelos, Ushinosuke sinalizou:

— Vem!

Iori escapuliu do meio da multidão sem nada dizer a Gonnosuke e encontrou-se na base da torre do templo Koufukuji com Ushinosuke — que também escapara de Sukekuro e Hyogo em segredo.

— Ei, você!

— Que há?

Os dois pequenos guerreiros encararam-se ferozmente sob o pagode de cinco andares.

— Prepare-se, porque você poderá morrer — disse Iori.

— Ora, o convencido! — rebateu Ushinosuke, segurando com firmeza o seu bastão, já que não possuía uma espada.

Iori tinha a sua e, nesse momento, desembainhou-a e atacou:

— Insolente!

Ushinosuke esquivou-se com um salto, afastando-se. Iori julgou ver sinal de fraqueza no adversário e lhe foi no encalço, golpeando cegamente.

No mesmo instante, Ushinosuke saltou sobre Iori, como fazia com os brotos de linho. Ainda no ar, seu pé atingiu o rosto do adversário.

— Ai! — gritou Iori, cobrindo uma das orelhas com a mão e indo ao chão, mas saltou em pé em seguida com o mesmo ímpeto com que caíra.

Quando se reaprumou, ergueu a espada acima da cabeça com as duas mãos. Ushinosuke também tinha erguido o seu bastão acima da cabeça. Iori esqueceu-se instantaneamente das lições que Musashi — e nos últimos tempos Gonnosuke — lhe vinham dando todos os dias e convenceu-se de que, se não golpeasse, acabaria golpeado.

"Os olhos, os olhos, Iori!" — a advertência insistente de Musashi tinha desaparecido de sua mente. Iori fechou os olhos e avançou às cegas, apontando a espada para o adversário. Ushinosuke, que o esperava em guarda, desviou-se da carga e atingiu-o pela segunda vez com força, derrubando-o.

Iori gemeu alto e não conseguiu erguer-se de novo, ficando estatelado no chão.

— Venci! Eu venci! — gritou Ushinosuke, orgulhoso. Ao perceber, porém, que Iori não se mexia, sentiu súbito medo e saiu correndo na direção do portal do templo.

— Alto! — gritou nesse instante alguém às suas costas. O grito mais parecia rugido, e repercutiu no arvoredo próximo. Simultaneamente, o bastão com mais de um metro de comprimento veio sibilando no seu encalço e o atingiu na altura dos quadris.

— Ai-ai! — gritou o menino, rolando para um dos lados.

Logo, um homem veio perseguindo o bastão: era Gonnosuke, naturalmente, que tinha estado à procura de Iori.

— Pare aí!

Ao pressentir a aproximação de Gonnosuke, o menino esqueceu a dor nos quadris e saltou em pé com a agilidade de uma lebre. Mal, porém, tinha corrido dez passos quando se chocou com outro homem que vinha entrando pelo portal nesse instante.

— Ushinosuke?

— Há?!...

— Que lhe aconteceu?

Ali estava Sukekuro. Num piscar de olhos o menino ocultou-se atrás dele.

E então, muito repentinamente, Sukekuro viu-se frente a frente com Gonnosuke, que tinha vindo no encalço do menino. Os olhares chocaram-se e os dois homens assumiram instantaneamente a posição de duelo.

II

Olhos nos olhos: no momento do choque, em que chispas pareceram saltar dos olhares de ambos, tudo pareceu possível.

A mão de Sukekuro tinha ido ao cabo da espada, e a de Gonnosuke ao bastão. Os dois imobilizaram-se.

E se dessa situação foi-lhes possível passar para o diálogo seguinte, que ajudou a elucidar a verdade, deviam os dois pura e exclusivamente à capacidade que tiveram de intuir a personalidade um do outro.

— Forasteiro! Não sei direito os detalhes deste caso, mas por que persegue este menino? Ele não passa de uma criança!

— Sua pergunta me é inesperada. Antes de mais nada, olhe na direção do pagode e verá que ali jaz o meu companheiro de viagem. Ele foi duramente atingido por seu menino e está desmaiado.

— Aquele garoto é seu acompanhante?

— Exato — disse Gonnosuke, logo revidando: — E esse, é seu servo?

— Não é meu servo. É o protegido do meu amo, e se chama Ushinosuke. Ouve bem, Ushinosuke: por que feriste o acompanhante deste forasteiro? — indagou Sukekuro, voltando-se para o menino, havia já algum tempo escondido às suas costas em silêncio. — Diz honestamente.

Antes, porém, que Ushinosuke abrisse a boca para responder, Iori ergueu a cabeça e gritou, de longe:

— Foi um duelo! Um duelo!

Ergueu-se em seguida, apesar da dor que sentia em todo o corpo, e veio caminhando na direção do grupo.

— Duelamos e eu perdi. O menino não tem culpa. Eu é que fui fraco — disse ele.

Sukekuro arregalou os olhos e contemplou, com expressão aprovadora, o menino que bravamente confessava a própria derrota.

— Muito bem! Quer dizer que os dois se bateram regularmente em duelo? — disse, sorrindo e voltando o olhar para Ushinosuke. Este último pareceu um pouco encabulado e explicou:

— Eu também não agi direito. Peguei a esteira sem saber que era deles e a levei embora.

A vítima parecia ter-se recobrado por completo, e o motivo da briga nada mais era que um mal-entendido. O episódio, quase divertido, por pouco não se transformara em sangrento confronto se os dois adultos que acorreram ao local não tivessem tido a capacidade de raciocinar com clareza e evitado valer-se de suas respectivas armas no momento em que se tinham encontrado pela primeira vez.

— Ora essa! Perdoe minha rudeza — disse Sukekuro.

— Eu também peço desculpas — respondeu Gonnosuke.

— Muito bem, meu amo me aguarda. Adeus.

— Adeus.

Sorrindo, os quatro saíram pelo portal, Sukekuro levando Ushinosuke, Gonnosuke em companhia de Iori.

Os dois grupos seguiram em direções opostas, mas de súbito Gonnosuke voltou atrás.

— Senhor! Pode dar-me uma informação? Qual o caminho que devo tomar para ir ao feudo de Yagyu? Posso seguir sempre em frente por este caminho?

Sukekuro voltou-se.

— A que parte do feudo se dirige? — perguntou.

— Ao castelo de Yagyu.

— Ao castelo? — ecoou Sukekuro, por sua vez retrocedendo na direção de Gonnosuke.

III

E assim, sem o querer, os dois homens conheceram a identidade um do outro.

Hyogo, que esperava de longe por Sukekuro e pelo pequeno protegido, aproximou-se também nesse momento. Posto a par do que falavam, suspirou pesarosamente:

— Que lástima!

Olhou a seguir com simpatia para Gonnosuke e Iori, que tinham vindo da distante Edo até ali, e disse:

— Se tivessem chegado vinte dias mais cedo...

Sukekuro também murmurou diversas vezes:

— Que pena!

Contemplou em seguida as nuvens, como se indagasse a elas sobre o destino de certa pessoa distante.

A esta altura, fica claro que Gonnosuke e Iori tinham vindo até o castelo de Yagyu por terem ouvido falar certa noite, na mansão do senhor de Awa, que Otsu ali se encontrava. Na ocasião, o monge Takuan tinha explicado que a moça era, em verdade, a irmã que Iori tanto procurava.

Mas Otsu tinha partido quase vinte dias antes para encontrar-se com Musashi em Edo. Todos os males parecem acontecer de uma só vez quando a sorte dá as costas: agora, Hyogo estava sendo informado por Gonnosuke que, ainda antes deste partir de Edo, Musashi também tinha abandonado a cidade xogunal, e que ninguém, nem mesmo as pessoas com quem ele privara nos últimos tempos, sabia de seu destino.

— Ela deve estar se sentindo tão perdida... — murmurou Hyogo de repente.

Arrependeu-se por não tê-la alcançado e trazido de volta no dia em que galopara no seu encalço até quase a cidade de Uji.

"Pobrezinha! Até onde a má sorte haverá de persegui-la?", pensou, afogando na solidariedade a dor do amor não correspondido.

Mas bem ao lado de Hyogo havia outro ser digno de piedade: Iori, que havia já algum tempo escutava em triste silêncio a conversa dos adultos.

"A irmã que nunca vi em minha vida" era um ser distante, não despertara o seu interesse. Mas ao saber que ela existia de verdade, e que se encontrava nesse exato momento no castelo de Yagyu, tinha-se sentido como o navegante solitário que enfim descobre uma ilha no mar revolto. O amor ardente, a irresistível vontade de aconchegar-se a esse único parente que lhe surgia na vida como num passe de mágica, tinham-se transformado em incontrolável pressa e perturbado o bom Gonnosuke durante todo o percurso desde Edo até o feudo de Yagyu.

Em silêncio, Iori continha a custo a vontade de romper em choro.

Mas antes ele queria ir a um lugar deserto para poder chorar bem alto, à vontade. Ao ver que Gonnosuke, instado por Hyogo, se demorava pondo-o a par dos últimos acontecimentos da cidade de Edo, o menino seguiu a trilha de flores-de-campo e foi-se afastando aos poucos do grupo.

— Aonde vai? — perguntou-lhe Ushinosuke. Passou o braço em torno dos seus ombros tentando confortá-lo. — Você está chorando?

Iori negou, sacudindo a cabeça com vigor, fazendo as lágrimas saltarem para longe. — Não estou. Está vendo como não estou?

— Olhe! Esta hera é de cará! Você sabe desenterrar este tipo de batata?

— Claro que sei! Na minha terra também tem!

— Vamos ver quem consegue desenterrar uma inteira?

Iori aceitou o desafio e se agachou junto a outra hera.

IV

Notícias recentes do tio, Munenori, e também de Musashi, mudanças ocorridas no aspecto da cidade de Edo, o desaparecimento de Ono Jiroemon — quanto mais Hyogo perguntava, mais tinha a perguntar, quanto mais Gonnosuke contava, mais tinha a contar.

Nesta distante província de Yamato, cercada por montanhas, as notícias trazidas por raros viajantes provenientes de Edo eram o único meio que dispunham para vislumbrar o que ia pelo mundo.

Absortos em conversas, os homens tinham perdido a noção do tempo, mas Hyogo e Sukekuro deram-se conta de que o sol já tinha caminhado um bocado no céu.

— Acompanhe-nos ao castelo. Hospede-se conosco por algum tempo — convidou-o Hyogo.

Gonnosuke agradeceu sinceramente, mas recusou:

— Se Otsu-sama não se encontra entre os senhores... — disse, explicando que preferia seguir viagem. Era um guerreiro andarilho, peregrinando para aperfeiçoar-se, contou Gonnosuke, mas tinha agora outra missão: depositar no santuário do monte Koyasan, em Kishu, ou em Nyojin Kouya, em Kouchi, já que estava perto dessas localidades, relíquias de sua velha mãe falecida havia alguns anos em Kiso — uma mecha dos seus cabelos e a tabuleta memorial com seu nome —, as quais trazia consigo nesse momento.

— Nesse caso, teremos de nos separar... É uma pena! — murmurou Hyogo, percebendo que não devia insistir mais. E quando já se dispunha a despedir-se, notou que Ushinosuke tinha desaparecido outra vez.

— Aonde terá ido ele? — indagou Gonnosuke, também procurando Iori.

— Olhem! Lá estão eles. Que estarão desenterrando esses dois?

Os meninos se encontravam realmente na direção apontada por Sukekuro, a curta distância um do outro, absortos a ponto de não desviar o olhar sequer por um momento.

Os adultos sorriram e se aproximaram mansamente pelas costas.

O buraco já tinha a profundidade de um braço, mas os meninos continuavam a cavar cuidadosamente em volta do tubérculo a fim de não quebrá-lo, buscando-lhe a extremidade para poder arrancá-lo inteiro do solo.

Nesse instante, Ushinosuke deu-se conta da presença dos adultos e se voltou com exclamação de susto. Iori também se voltou, sorridente.

A atenção dos adultos só fez aumentar o fervor dos dois no desempenho de suas tarefas. Logo, porém, Ushinosuke gritou:

— Consegui!

Lançou a seguir aos pés dos homens uma longa batata.

Iori tinha quase desaparecido por inteiro no buraco, mas continuava a cavar furiosamente. Ao ver que a tarefa ainda estava longe de chegar ao fim, Gonnosuke interveio:

— Como é? Vai demorar muito? Vou-me embora!

Iori então se ergueu, e batendo nas próprias costas como ancião, aprumou-se:

— Esta batata é grande demais, vai anoitecer antes que eu consiga desencavá-la inteira — disse.

Com olhar pesaroso, começou a limpar a terra da roupa. Ushinosuke espiou dentro do buraco e comentou:

— Que foi? Vai parar depois de cavar tudo isso? Você desiste fácil! Quer que eu termine o serviço por você?

— Não, não! Você vai acabar por quebrá-la — recusou Iori. Em seguida, empurrou a terra com o pé para dentro do buraco e tornou a enterrar a batata, mais de dois terços desencavada.

— Adeus!

Ushinosuke pôs ao ombro orgulhosamente a sua batata e começou a se afastar. No entanto, logo se tornou óbvio que ela não estava inteira: a seiva branca começou a escorrer do ponto em que tinha sido quebrada.

— Perdeste esta, Ushinosuke! Ouvi dizer que venceste o duelo, mas perdeste para o outro menino na competição pela batata inteira, compreendes? — disse Hyogo dando leve empurrão na cabeça do menino.

O trigo tem de ser pisado para crescer a contento. Hyogo segurou o menino pela nuca com firmeza.

O SANTO DAINICHI

I

As cerejeiras de Yoshino já teriam empalidecido, passado o auge, e os cardos à beira do caminho estavam em plena floração. Os dias estavam agora um pouco mais quentes e deixavam os andarilhos ligeiramente suados. Contudo, era sempre agradável trafegar pelas estradas daquela região, onde ruínas históricas e até mesmo o cheiro do estrume secando ao sol traziam à lembrança cenas da velha Nara perdidas no tempo.

— Tio! Tio!... — chamou Iori, olhando repetidas vezes para trás e puxando Gonnosuke pela manga. — O homem está nos seguindo de novo.

Gonnosuke não se voltou de propósito e respondeu, olhando sempre para frente:

— Não lhe dê atenção. E não se volte com tanta frequência.

— Mas esse indivíduo está agindo de modo estranho!

— Estranho por quê?

— Ele vem nos seguindo desde ontem, desde o momento em que nos separamos de Hyogo-sama, perto do templo Koufukuji, ora passando à nossa frente ora ficando para trás.

— Que importa? Cada um anda do jeito que bem entende.

— Mas então, por que é que ele passou a noite na mesma hospedaria que a gente?

— De qualquer modo, não importa que nos siga. Não temos nada de valor que valha a pena ser roubado.

— Temos coisa muito valiosa, sim senhor: a vida.

— Ah-ah! A minha, está muito bem guardada. E a sua, Iori?

— A minha também!

Quanto mais aconselhado a não se voltar, mais Iori sentia-se tentado a isso. Sua mão esquerda segurava com firmeza a bainha da espada logo abaixo da empunhadura.

Gonnosuke também não se sentia muito à vontade. Ele se lembrava muito bem: o homem que os seguia era o peregrino que se havia apresentado para duelar na competição promovida pelo templo Hozo-in, no dia anterior. Por mais que pensasse, porém, Gonnosuke não atinava com o motivo por que o estranho os estaria seguindo.

— Ora!... Ele desapareceu! — disse Iori nesse momento, olhando para trás uma vez mais.

— Acho que se aborreceu. Ainda bem!

Nessa noite, os dois pediram pouso em uma casa de camponeses da vila Katsuragi e no dia seguinte, bem cedo, chegaram às terras de Amano, ao norte de Kawachi.[3] As casas do povoado tinham sido construídas à beira de um rio de águas cristalinas, próximas ao portal de um templo. Gonnosuke andou espiando pelos alpendres enquanto indagava:

— Conhecem a senhora de nome Oan-san? Ela é originária da região de Narai, em Kiso, e se casou com um artesão produtor de saquê desta localidade.

A pista era tênue, mas Gonnosuke a perseguiu.

Havia conhecido Oan-san no tempo em que morara em Kiso e tinha ouvido dizer que ela mudara para perto do templo Kongouji, no monte Amano. Gonnosuke considerara interessante procurá-la e pedir-lhe que intercedesse junto aos monges desse famoso templo para que aceitassem serem os depositários das relíquias da mãe, isto é, a plaqueta memorial e a mecha de seus cabelos.

Caso não conseguisse encontrar Oan, tinha decidido seguir até o monte Kouya. O templo desse monte, porém, era famoso por celebrar missas memoriais de pessoas da nobreza. Gonnosuke ouvira dizer que cuidavam ali de almas muito famosas, e sendo ele um simples plebeu nômade, sentia-se pouco à vontade para solicitar que aceitassem as relíquias de sua pobre mãe.

E enquanto se debatia em dúvida quanto à melhor solução, conseguiu com inesperada rapidez a informação desejada.

— Oan-san? Ela mora numa dessas casas geminadas ocupadas pelos artesãos produtores de saquê — disse-lhe uma mulher do povoado. Prestimosa, tomou a frente e os conduziu até lá. — Entre por este portão, vá até a quarta casinha à direita e pergunte pelo artesão Tohroku. Ele é o marido de Oan-san — explicou.

II

"É proibido passar por este portal com saquê e produtos de odor ofensivo."[4] O severo regulamento é costumeiramente visto na entrada da maioria dos

---

3. Kawachi: antiga denominação de certa área a leste da atual província de Osaka.
4. O regulamento diz: "*Sanshu san-mon ni hairu wo yurusazu*", e costuma estar gravado em lápides à entrada dos templos zen-budistas situados nas montanhas. Por produtos de odor ofensivo entendam-se, entre outras coisas, vegetais de cheiro especialmente forte como cebolinha e alho-poró. O regulamento visa impedir a entrada de tudo que é impuro ou perturbe o espírito.

templos zen-budistas. Não obstante, o mosteiro do templo Kongouji de monte Amano produzia saquê!

A produção não era comercializada, mas Toyotomi Hideyoshi apreciara o saquê produzido nesse templo e o tornara famoso entre os senhores feudais. Morto Hideyoshi, a fama da bebida também decaiu, mas persistia no templo a tradição de produzi-la e distribuí-la todos os anos pelos paroquianos que a pedissem.

— Por esse motivo, eu e mais dez artesãos fomos contratados pelo mosteiro e continuamos a trabalhar nesta montanha — explicou o marido de Oan-san a Gonnosuke, quando este lhe perguntou a razão da atividade incongruente com a tradição dos templos zen-budistas.

E com relação ao pedido de Gonnosuke, o artesão do saquê logo chamou a si a iniciativa de falar com os monges:

— Não me custa nada. Amanhã mesmo irei ter com o bispo, sobretudo porque se trata de pedido piedoso feito por um bom filho.

Na manhã seguinte, quando Gonnosuke se levantou, o proprietário da casa já tinha ido trabalhar, mas retornou pouco depois do meio-dia, anunciando:

— Pedi ao senhor bispo e ele aceitou imediatamente. Acompanhe-me.

Gonnosuke e Iori seguiram-no por trechos solitários e isolados no pico da montanha. Em torno deles, restavam ainda algumas cerejeiras em flor, quase brancas. O complexo religioso tinha sido construído no fundo do vale e era cortado pelo rio Amano. Sob a ponte que levava ao portal do templo, passavam apressadas pétalas de cerejeira trazidas do pico pelo rio.

Iori recompôs a gola do seu quimono. Gonnosuke também aprumou-se. A solene imponência da área sagrada os obrigou a isso.

Inesperadamente, porém, o bonzo que lhes dirigiu a palavra do santuário central tinha um aspecto descontraído e simples.

— Foi você quem pediu para celebrar uma missa pela alma da mãe? — perguntou.

Era do tipo roliço, alto, de pés grandes. Gonnosuke tinha ouvido dizer que seria atendido por um bispo, de modo que esperara encontrar um monge austero, usando estola bordada com fios de ouro, mas ali estava um bonzo bem humano, do tipo que se vê esmolando pelas portas das casas.

Tohroku, porém, prostrou-se no chão diante do santuário e respondeu, com todo o respeito, no lugar de Gonnosuke:

— Sim, senhor. Este é o homem sobre o qual lhe falei, senhor.

Gonnosuke concluiu então que esse era realmente o bispo. Murmurou, portanto, algumas palavras de cumprimento e preparou-se para se ajoelhar perto do artesão, mas o bispo não lhe deu tempo: desceu da varanda, calçou distraidamente os grandes pés em sandálias sujas e rotas que encontrou nas proximidades e disse:

— Vamos para perto de Dainichi-sama.

E empunhando apenas o terço nas mãos, seguiu na frente.

Passaram pelo santuário dos Cinco Santos e de Yakushi Nyorai, por um refeitório, por mais santuários e pagodes e, um pouco distantes do mosteiro, viram-se finalmente frente a frente com o Santuário Dourado e com o pagode do santo Tahou, que cultua o santo do mesmo nome e Buda.

Um jovem aprendiz acorreu um pouco atrasado, e perguntou nesse momento:

— Quer que o abra, senhor?

Ao aceno do bispo, pegou uma enorme chave e abriu a porta do Santuário Dourado.

— Tomem seus lugares — convidou o bispo. Gonnosuke e Iori sentaram-se sozinhos no interior da vasta construção. Ao olhar para cima, Gonnosuke viu a escultura de mais de três metros do santo Dainichi: o santo sorria para ele da altura do teto.

III

Momentos depois, o bispo surgiu devidamente paramentado do interior do santuário. Sentou-se a seguir no estrado e entoou suas preces.

Há pouco, tinha a aparência de um humilde monge peregrino das montanhas, mas agora suas costas mostravam uma energia autoritária que nada ficava a dever à do escultor Unkei.[5]

Mãos postas sobre o peito, Gonnosuke evocou a imagem da falecida mãe. E então, um floco de nuvem branca surgiu por trás de suas pálpebras cerradas, e de entremeio avistou as montanhas em torno do passo Shiojiri e a relva do planalto. Musashi estava em pé no meio da brisa, espada desembainhada, e ele próprio o enfrentava com o bastão.

Debaixo do único cedro no meio do campo, imóvel e pequenina, estava sentada sua idosa mãe, lembrando a estátua Jizo, esculpida em pedra.

Seus velhos olhos brilhavam inquietos, e ela parecia prestes a saltar para interpor-se entre o bastão e a espada.

Olhar repleto de amor de uma mãe que teme pela sorte do filho... E o terrível grito de advertência que lhe ensinara o golpe salvador, a que mais tarde dera o nome de "Luz Materna".

---

5. Unkei (1223): famoso escultor do início do período Kamakura (1185-1333). Suas esculturas realistas e de traços vigorosos exerceram forte influência no mundo artístico dessa época. Suas obras mais famosas encontram-se exatamente no templo Koufukuji, aqui mencionado, e também no Toudaiji.

"Mãe!... Você ainda observa o caminho deste seu filho com o mesmo olhar daquele dia? Hoje, porém, quero lhe dizer: não se preocupe mais. Mestre Musashi, meu adversário daquele dia, aceitou felizmente meu pedido e me tomou sob sua orientação. O dia em que este seu filho vai constituir um nome e uma casa pode estar longe ainda, mas ele jamais se desviará do caminho da retidão que a senhora lhe ensinou!"

Gonnosuke continha a respiração enquanto rezava. E então, de súbito, o sagrado rosto do santo Dainichi Nyorai, pairando alguns metros acima dele, confundiu-se em sua mente com o rosto da própria mãe, e seu sorriso transformou-se no da idosa mulher, chegando-lhe repleto de calor ao coração.

— Ora!... — exclamou ele, separando as mãos postas, dando-se conta repentinamente de que o bispo já se tinha retirado. A cerimônia tinha chegado ao fim. Ao seu lado, Iori parecia alheio a tudo, apenas contemplando com olhos sonhadores o rosto do santo Dainichi.

— Iori! — chamou Gonnosuke. — Por que olha com tanta intensidade o rosto do santo?

Iori pareceu despertar de um transe e disse:

— Porque este santo se parece com minha irmã!...

Gonnosuke riu alegremente e observou: como poderia ele saber o rosto daquela que nunca vira? Além do mais, esta era a representação do santo Dainichi. Não havia no mundo inteiro outro ser com feições tão misericordiosas e harmoniosas. Aquela imagem era uma espécie de milagre, que somente um devoto escultor como Unkei seria capaz de criar. A criatura ali representada não pertencia a este mundo.

Iori, porém, protestou com veemência cada vez maior:

— Não é bem assim! Eu me encontrei uma vez com essa irmã a quem chamam Otsu-sama, quando me perdi no meio da noite a caminho da mansão Yagyu, na cidade de Edo. Se eu soubesse que ela era minha irmã, eu a teria observado melhor. Agora, já não sou capaz de me lembrar direito de suas feições. Era nisso que eu estava pensando até o momento em que o bispo começou a rezar a missa. E então, o rosto de Dainichi-sama transformou-se no da minha irmã... e pareceu dirigir-me a palavra!

— Sei... — murmurou Gonnosuke, agora incapaz de contradizê-lo, sentindo-se cada vez mais relutante em se afastar desse santuário.

A noite chega mais rápido nos vales. O sol já se tinha posto do outro lado do passo e apenas o enfeite sobre o pagode Taho reluzia, refletindo ainda os últimos raios. Gonnosuke suspirou:

— Este dia foi maravilhoso, não só para minha mãe, que teve uma cerimônia fúnebre muito além do que poderia esperar uma mulher da sua condição, como também para nós, os vivos. Visto daqui, o mundo com suas armadilhas sangrentas parece tão distante...

Sentados na varanda do santuário, Gonnosuke e Iori permaneceram por bom tempo contemplando a paisagem que mergulhava lentamente na penumbra.

IV

Um leve raspar, como o de alguém varrendo folhas secas, vinha até eles de algum lugar. Gonnosuke ergueu o olhar para o barranco à sua direita e soltou uma exclamação de espanto.

No meio do barranco havia um caramanchão antiquado, em elegante estilo Muromachi, e um pequeno santuário. Um estreito caminho cheio de pedregulhos e quase oculto no musgo passava por ali e continuava sempre para cima, rumo ao deserto topo da montanha.

Duas pessoas ali se encontravam. Uma delas era uma delicada velhinha que se vestia como monja. A outra era um homem de cerca de cinquenta anos, roliço, vestindo modestas roupas de algodão, sobretudo sem mangas, meias de couro e sandálias novas. À cintura, trazia uma espada curta com empunhadura revestida em couro de tubarão, ficando, portanto, difícil definir-se a partir de sua aparência se o homem era um *bushi* ou um mercador. Inegável era apenas o ar refinado dos dois vultos que, vassouras nas mãos, se empenhavam em suas tarefas.

A velha senhora, que envolvia a cabeça em capuz branco de seda, voltou-se nesse instante e disse:

— Acha que ficou um pouco mais limpo?

Em seguida, passeou os olhos pelo trecho do caminho que estivera varrendo, transferindo o olhar de um ponto para o outro.

Pelo aspecto, a área não era muito visitada e não merecia a atenção nem dos guardiões do templo, pois, insensíveis à chegada da primavera, galhos quebrados em nevascas, folhas e pássaros mortos empilhavam-se aos pés dos dois como os montículos destinados a esterco que são vistos com frequência em casas de lavradores.

— Deve estar cansada, minha mãe. O sol já está se pondo. Vá descansar, senhora, deixe o resto por minha conta — disse o homem.

Segundo se depreendia dessas palavras, a idosa mulher era a mãe do homem que aparentava quase cinquenta anos. Sorrindo às palavras do filho, a mulher retrucou:

— Não estou cansada. O trabalho doméstico de todos os dias me fortalece. Mas você, com toda a sua gordura e desacostumado a este tipo de trabalho, deve estar muito mais cansado que eu. Suas mãos devem estar ficando ásperas.

— Sim, senhora. Conforme disse, estou com bolhas nas mãos por ter estado varrendo o dia inteiro.

— Leva uma bela lembrança para a casa, meu filho! — disse a mãe, soltando uma risadinha cristalina.

— Em compensação, passei um dia deveras agradável, sinal de que o humilde serviço que prestamos deve ter agradado a céus e terra.

— Seja como for, vamos descansar por hoje e continuar amanhã, já que pernoitaremos mais esta noite no mosteiro.

— Cuidado com os seus passos, senhora, que a tarde vem caindo e está escurecendo rapidamente.

Assim alertando, o filho tomou a mão da mãe e veio descendo pela estreita passagem até um dos lados do Santuário Dourado, em cuja varanda descansavam Gonnosuke e Iori.

Os dois últimos tinham-se erguido de súbito, e o movimento assustou a dupla que acabava de descer pelo barranco, pois estavam ambos certos de não haver ninguém nas proximidades.

— Ora, quem?... — pareceram perguntar-se, imobilizando-se bruscamente. Logo, expressão doce e sorridente surgiu em torno dos olhos da anciã, que disse à guisa de cumprimento, no tom cúmplice de um viajante que cruza com outro:

— Vieram visitar o templo? Tivemos um lindo dia, não tivemos?

Gonnosuke curvou-se também, retribuindo o cumprimento:

— Sim, senhora. Vim até aqui para pedir que celebrassem missa em memória de minha mãe, mas a tarde veio caindo com tanta placidez que me deixou quase em transe.

— Veio para mandar rezar missa em memória de sua mãe? Que bela atitude filial! — elogiou-o ela, logo transferindo o olhar para Iori. — Que menino bonito... É seu discípulo? — perguntou, acariciando-lhe a cabeça.

Voltou-se em seguida para o filho e pediu:

— Koetsu, sobraram alguns doces dos que comemos no alto da montanha... Você os guardou na sua manga, não guardou? Dê-os a este menino, por favor.

UM GIRO HISTÓRICO

I

Koetsu, o filho da idosa mulher vestida de monja, retirou do fundo da manga os doces embrulhados num pedaço de papel e os depôs nas mãos de Iori.

— São restos, sinto muito, mas aceite-os.

Com os doces na mão e em dúvida, Iori voltou-se para Gonnosuke e indagou:

— Posso, tio?

Gonnosuke respondeu-lhe:

— Claro que pode!

A seguir, agradeceu em nome do menino. A idosa senhora tornou então a dizer:

— Percebo que não são irmãos. Vocês são da região de Kanto, não são? Para onde se dirigem?

— Percorremos um caminho sem fim, numa jornada sem fim. Como a senhora bem percebeu, não somos irmãos de sangue. Mas apesar da grande diferença de idade que nos separa, somos discípulos-irmãos de um mesmo mestre no caminho da espada.

— São ambos aprendizes de guerreiro?

— Sim, senhora.

— Um duro aprendizado os espera! E quem é o seu mestre?

— Mestre Miyamoto Musashi.

— Co... como? Mestre Musashi?

— Sim. Conhece-o?

Esquecida de responder, a velha monja apenas arregalava os olhos, perdida em lembranças. Gonnosuke percebeu de imediato que ela conhecia Musashi muito bem.

E então, o filho da monja também se aproximou bruscamente, como se acabasse de ouvir um nome muito querido.

— E por onde anda mestre Musashi? Como tem ele passado? — perguntou.

As perguntas se sucediam e Gonnosuke fornecia-lhes as informações de que dispunha. De cada vez, mãe e filho entreolhavam-se, acenando em muda admiração.

Foi a vez de Gonnosuke perguntar:

— E os senhores, quem são?

— Perdoe-nos a rudeza! — exclamou o filho. — Eu me chamo Koetsu, e moro na rua Hon'ami, em Kyoto, e esta é Myoshu, minha mãe. Há quase sete anos, tivemos a felicidade de conhecer mestre Musashi casualmente, e de lá para cá, temo-nos perguntado muitas vezes como andaria ele...

Koetsu então contou resumidamente três ou quatro episódios dessa época.

Gonnosuke conhecia Koetsu por sua fama como restaurador de espadas. Além disso, durante os dias em que vivera na campina de Musashino, o próprio Musashi tinha-lhe contado certa noite à beira do fogo o seu relacionamento com Koetsu. Que incrível coincidência!, espantou-se Gonnosuke.

Parte do espanto devia-se ao fato de ver, nesse templo perdido no meio das montanhas, Myoshu, a matriarca de uma fina família de Kyoto, e o seu famoso filho, Koetsu, varrendo até tarde da noite as folhas secas de uma área pouco frequentada, descuidada até pelos mantenedores do templo.

Uma lua velada tinha subido, despercebida, e estava agora no topo do pagode Taho, sobre o enfeite em forma de labareda.[6] A noite chegara segregante, fazendo as pessoas ansiarem por companhia. Gonnosuke relutava em separar-se dos novos conhecidos:

— Entendi que os senhores andaram o dia inteiro varrendo a área mais acima e este estreito caminho que sobe pelo barranco. Há algum memorial de parentes ou conhecidos de sua família neste trecho da montanha? Ou fizeram piquenique nos arredores?

II

— Nada disso — negou Koetsu, sacudindo a cabeça. — Como poderíamos nós pensar em nos divertir num local tão sagrado, repleto de solenes lembranças?

E para enfatizar que não estava ali por mero passatempo, perguntou:

— É a primeira vez que vem ao templo Kongouji? Os monges não lhe contaram nada sobre a história desta montanha?

Gonnosuke respondeu francamente que não. Na qualidade de guerreiro, não lhe era vergonhoso desconhecer tais detalhes, achou ele.

— Se é assim — prosseguiu Koetsu —, ofereço-me no lugar dos monges para servir de guia em um giro histórico pelo local.

Passeou o olhar em torno.

---

6. No original, *sui'en* (cortina de água): o enfeite tem na verdade o formato de uma labareda e é posicionado no topo dos pagodes com o intento de exorcizar fogo e incêndio, mas é supersticiosamente denominado "cortina de água" para evitar qualquer menção a chamas ou labaredas.

— Por sorte, a lua vem subindo e me dá com a sua luz a possibilidade de indicar os locais daqui mesmo, como se os apontasse no mapa. Veja, acima de nós, o cemitério do templo, o mausoléu do fundador Kuukai, e o caramanchão. Para este lado, os santuários Gumonji, Goma, Daishi, logo depois o refeitório, seguidos pelo santuário xintoísta Nibu Kouya, pelo pagode das relíquias e pelo portal — disse Koetsu, apontando os locais um a um. — Observe. Cada pinheiro, cada rocha, cada árvore, cada arbusto, é a expressão de um propósito indomável e de rica tradição, à altura do povo deste país. Veja como cada um deles parece querer contar sua história a quem se interessar em perguntar. Eu, Koetsu, vou momentaneamente personalizar o espírito de cada árvore e arbusto, e traduzir-lhe o que eles tentam contar. Dizem eles:

Durante os longos e conturbados anos de guerra dos períodos Genkou (1331-1334), Kenmu (1334-1336) e Shohei (1346-1370), esta montanha chegou a presenciar o príncipe Morinaga erguer ardentes preces aos céus pedindo a vitória de suas tropas; em outras, ela foi protegida por exércitos legalistas como o de Kusunoki Masashige, enquanto em outras, ainda, se viu alvo das investidas do exército do rebelde Kyo Rokuhara. Posteriormente, no período mais negro do país, quando lorde Ashikaga tomou o poder, esta montanha viu chegar o imperador Go-Murakami que, tendo sido expulso de Otokoyama, vagou longo tempo em seu coche, chegou ao Kongouji e nele estabeleceu sua morada provisória, vivendo a vida frugal de um monge montês.

Em passado ainda mais remoto, os imperadores abdicados Kogan, Komyo e Sukou costumavam passear por estas montanhas, razão por que um número assustador de soldados da guarda imperial e muitos nobres aqui viveram, além naturalmente das tropas destinadas à sua proteção contra exércitos rebeldes. Ao longo dos meses e anos, escassearam os víveres para alimentar toda essa gente e o próprio imperador. A situação desesperadora por que passaram o templo e a montanha foi registrada pelo monge superior Zen'e, uma das testemunhas da época: "Os alojamentos dos monges e o escritório, tudo foi devastado. A perda é indescritível." Diz-se, ainda, que o refeitório do templo tinha sido destinado ao imperador para lhe servir de escritório, e ali teve ele de despachar todos os dias, sem aquecimento nos dias frios de inverno, sem meios para amenizar o calor no verão.

Nesse ponto, Koetsu parou por instantes, para logo prosseguir:

— De modo que, nestas redondezas, até o refeitório é um marco histórico que guarda heroicas lembranças. O cemitério do templo, visível logo acima, é famoso por guardar parte dos restos mortais do imperador Kogan, mas desde os anos turbulentos do domínio Ashikaga, folhas mortas soterram o túmulo, e a sebe em torno dele ruiu. Ao ver o estado de abandono em que ele se encontra, resolvemos, minha mãe e eu, varrer as redondezas, para tentar restabelecer um pouco de ordem. Reconheço, porém, que nosso gesto pode ser interpretado como simples passatempo de desocupados... — disse o homem, com um sorriso.

III

Gonnosuke sentiu o solene peso histórico do ambiente penetrando por cada poro do seu corpo, e sem o querer, formalizou-se. Muito mais formalizado que ele ouvia Iori: seu olhar não se desviou sequer por instantes do rosto do homem que assim lhe explicava a importância histórica do local.

— De modo que, no conturbado período que sobreveio com o término do domínio Taira e ascensão dos Ashikaga, essa rocha, aquela moita e esta árvore devem ter lutado para proteger a linhagem imperial. A rocha foi o forte que protegeu a pátria, as árvores deram a vida e se transformaram em lenha para a refeição do imperador, a relva em cama para os seus soldados.

Na presença de dois ouvintes tão atentos, Koetsu aproveitou para esgotar o pesar que lhe ia na alma pelo abandono em que se encontrava a montanha. Relutava em partir e contemplou a noite e a terra silenciosas, continuando:

— E talvez tenha sido obra de um dos soldados do exército imperial que, alimentando-se apenas de raízes e plantas, lutaram contra as tropas rebeldes, ou de um dos monges que, empunhando a lança, combateram o mal em companhia desses soldados... O fato é que, hoje, enquanto varríamos a senda nas proximidades do mausoléu, encontramos no meio dos arbustos uma pedra com uma poesia, que dizia: *"Cem anos de guerra/ Podem devastar o país/ Mas a primavera/ Sempre há de retornar./ Companheiros, cantá-la é preciso."* Isto me comoveu demais. Que largueza de espírito tinha este homem, que viu a própria vida destruída em dezenas de anos de guerra sem fim. Que notável fé tinha este homem na pátria! *"Sete vezes renascerei para proteger este país!"*, disse o grande general Kusunoki Masashige. Pois seu espírito aí está, visível no poema de um simples soldado. E por causa da heroica resistência e da largueza de espírito desses homens, estes santuários e pagodes ainda hoje se conservam como a sagrada terra deste império. A eles devemos gratidão, concorda? — concluiu Koetsu.

Gonnosuke soltou um suspiro audível e disse:

— Não sabia que estas terras testemunharam tantas batalhas importantes no passado. Desculpe-me se lhe fiz perguntas levianas!

— Não se desculpe — disse Koetsu, abanando a mão. — Na verdade, eu andava sequioso por companhia desde ontem, desesperado por abrir o meu coração...

— Talvez eu esteja fazendo outra pergunta tola, mas... Há quanto tempo o senhor está neste templo? — indagou Gonnosuke.

— Apenas sete dias, desta vez.

— Foi a fé que o trouxe aqui?

— Não exatamente. Minha mãe gosta de viajar por estas terras. Quanto a mim, não perco nenhuma oportunidade de contemplar, toda vez que venho a este templo, as pinturas e esculturas santas de vários mestres que datam do período Naia e Kamakura.

A lua projetava a sombra dos dois pares — Myoshu e Koetsu, Gonnosuke e Iori — que finalmente se afastavam da varanda do santuário rumo ao refeitório do monastério.

— No entanto, pretendo partir amanhã bem cedo. Caso reveja mestre Musashi, diga-lhe que Koetsu lhe pede encarecidamente que o procure, uma vez mais, na rua Hon'ami...

— Transmitirei, sem falta. Até mais ver, senhores!

— Já se vão? Boa noite!...

À sombra do portal, as duplas separaram-se: Myoshu e Koetsu rumo ao refeitório, Gonnosuke e Iori para fora da propriedade religiosa.

Do outro lado do muro, o rio torrencial correndo no fundo do barranco constituía um fosso natural em torno do templo. E foi no instante em que chegaram à ponte sobre o rio que algo branco saltou das sombras às costas de Gonnosuke. O menino não teve tempo sequer de gritar ao sentir a ponte fugindo sob seus pés.

IV

Iori caiu na água com um baque e saltou em pé no momento seguinte. A correnteza era forte, mas o rio não era fundo.

"Que aconteceu?", pensou o menino, sem saber como fora parar dentro do rio.

Mas, ao erguer o olhar, descobriu, recortado contra o céu, o responsável por sua queda: um homem, que nem sequer tinha se identificado, enfrentava Gonnosuke. O vislumbre branco que Iori tivera antes da queda eram as roupas do homem.

— Ei! É o peregrino!

Ali estava afinal o indivíduo que os vinha seguindo havia dois dias e de quem tanto desconfiara!

O peregrino empunhava o bastão, assim como Gonnosuke.

Súbito golpe fez o ar vibrar, mas Gonnosuke, que estava à espera dele, desviou-se a tempo com igual rapidez. Em consequência, o peregrino acabou por se posicionar na saída da ponte, para o lado que dava para a estrada, enquanto Gonnosuke permaneceu dando as costas para o portal do templo.

— Quem é você? — esbravejou este. — Não me confunda com um dos seus inimigos!

O peregrino nada respondeu. Sua atitude dizia de forma clara que não era dado a confusões. O cesto atado às suas costas dava-lhe aspecto pouco ágil, mas os pés retesados aparentavam extrema firmeza, como dois troncos profundamente enraizados.

Gonnosuke logo percebeu que tinha diante de si um adversário nada desprezível e preparou-se, agora inteiramente alerta. Recuou um pouco o bastão e o rodou com força na palma da mão, tornando a perguntar:

— Apresente-se, covarde! Declare seu nome! Ou senão, explique por que ataca a mim, Muso Gonnosuke!

— ...

O peregrino parecia não ter ouvidos. Somente seus olhos chispavam, como se tentassem envolver em labaredas o adversário. Os dedos dos pés, calçados em sandálias típicas dos peregrinos, pareciam ter vida própria e aproximavam-se como centopeias rastejando sobre a terra.

Urrando uma imprecação, Gonnosuke pareceu crescer, seus músculos enrijecendo-se e formando nodosidades pelo corpo inteiro, enquanto se adiantava ao encontro do peregrino.

Um forte estalo ecoou. Ao mesmo tempo, o bastão do peregrino partiu-se em dois e um dos pedaços saiu voando.

Mas o peregrino lançou rapidamente a metade que lhe restara na mão contra o rosto de Gonnosuke e, aproveitando a fração de segundo em que este desviava a cabeça, extraiu uma adaga da cintura e preparou-se para saltar sobre o adversário com a agilidade da andorinha.

Nesse exato instante, porém, o estranho homem soltou um grito. Simultaneamente, Iori, pés ainda metidos no rio, também esbravejava: — Cão maldito!

O peregrino cambaleou cinco ou seus passos para trás sobre a ponte, recuando na direção da rua.

A pedra lançada pelo menino tinha atingido em cheio o rosto do homem, o olho esquerdo, talvez. Qualquer que fosse o dano, o desconhecido aturdiu-se completamente com o inesperado ataque: com a guarda aberta, agora, girou uma vez sobre si mesmo e disparou na direção da vila pela estrada que beirava o rio e o muro do templo.

Iori saltou para cima do barranco, gritando a plenos pulmões: — Pare aí!

Ia correr-lhe no encalço, ajeitando outra pedra na mão, mas foi retido por Gonnosuke, de modo que apenas gritou: — Aprendeu a lição, maldito?

Arremessou a seguir a pedra na direção da rua escura, agora deserta.

V

Os dois foram dormir pouco depois de retornarem à casa do artesão, mas nenhum pôde conciliar o sono.

Não era apenas o vendaval noturno que estremecia o alpendre da casa, rugindo cada vez mais forte pela serra conforme a noite avançava.

Vagando nos limites da vigília e do sono, Gonnosuke sentia ressoando em seus ouvidos as palavras de Koetsu, e pensava: "Desde os períodos Kenmu e Shohei, o país assistiu à revolta de Onin, à queda dos Ashikaga, ao esforço de unificação de Nobunaga e ao surgimento de Hideyoshi. E hoje, depois da morte de Hideyoshi, Edo e Osaka disputam a supremacia, prontos a envolver o país uma vez mais em escuras nuvens. Pensando bem, contudo, que diferença havia entre os distantes períodos Kenmu, Shohei e o atual? Nos mais odiosos períodos em que grandes clãs como Hojo e Ashikaga perturbaram os alicerces do país, surgiam, em contrapartida, clãs leais ao imperador, como o de Kusunoki Masashige e de outros valentes guerreiros em diversas províncias, verdadeiros representantes da mais pura tradição guerreira deste país. Mas o que se podia dizer da classe guerreira e do código samuraico nos dias atuais?"

Gonnosuke não sabia.

Enquanto contemplava os poderosos de suas épocas como Nobunaga, Hideyoshi e Ieyasu disputando o poder, o povo tinha acabado por esquecer a própria existência do verdadeiro imperador e, em consequência, perdido de vista o sentido de unidade.

Parecia-lhe que os caminhos dos guerreiros, mercadores e camponeses existiam agora apenas para dar supremacia à classe guerreira, e que o povo tinha-se esquecido dos deveres mais importantes como súditos do imperador.

"O país prospera, a vida de cada cidadão torna-se mais ativa, mas basicamente o país não melhorou desde aqueles remotos tempos. Na realidade, vivemos hoje num mundo muito aquém daquele visionado por Kusunoki Masashige, estamos ainda muito longe do ideal dele."

Deitado sob as cobertas, Gonnosuke sentia o corpo febril: os picos de Kawachi, as árvores e os arbustos de Kongouji, a ventania a gemer na noite, todos os seres eram dotados de espírito e chamavam por ele.

Iori, por seu lado, não conseguia apagar da lembrança o vulto branco do peregrino.

"Quem será ele?", pensava, insone. A jornada que iniciariam no dia seguinte passou a preocupá-lo. "Que homem terrível!", murmurou, puxando as cobertas e protegendo os ouvidos contra o triste uivar do vento na montanha.

E por causa disso, acabou por madrugar, sem ter conseguido sonhar com o bondoso sorriso do santo Dainichi, nem com a irmã em busca de quem partiria às primeiras horas daquela manhã.

Oan-san e o marido, sabendo que os dois se iriam bem cedo, já tinham preparado a refeição matinal e o lanche. Ao se despedirem, a bondosa mulher ainda introduziu nas mãos do menino algumas bolachas feitas com o arroz fermentado usado na produção do saquê.

— Agradeço-lhes a bondosa acolhida — disseram os dois, saindo para a estrada. Àquela hora matinal, vagarosas nuvens iridescentes moviam-se em torno dos picos das montanhas, e um vapor branco se erguia do rio Amano.

E então, um vulto saltou agilmente do interior de uma das casas próximas e rompeu a névoa matutina:

— Bom dia! Vejo que gostam de madrugar! — disse às costas dos dois. Era um mascate, e sua voz tinha a vivacidade característica dos que madrugam.

O BARBANTE

I

O homem era um completo estranho, de modo que Gonnosuke apenas respondeu vagamente ao cumprimento. Ainda impressionado com os acontecimentos do dia anterior, Iori manteve-se em desconfiado silêncio. O estranho, porém, não se deixou desanimar e perguntou:

— Vocês acabaram pousando a noite passada na casa do produtor de saquê, não foi? Ele é um bom homem. Aliás, o casal é admirável! Eu conheço aquela gente de longa data, sabem?

Logo, o desconhecido pareceu achar que fora admitido à companhia dos dois, e passou a portar-se com familiaridade cada vez maior.

Gonnosuke não lhe deu muita importância e continuou seu caminho, mas o homem era persistente.

— Costumo ir muitas vezes ao palácio Yagyu. E deixe-me dizer-lhes que Kimura Sukekuro-sama é um dos meus fregueses: sempre me favorece com sua preferência — disse o homem, ainda procurando despertar o interesse dos dois companheiros. — E já que estiveram ontem no templo Kongouji, na montanha Nyojin Kouya, acredito que hoje se dirijam ao monte Kouya de Kishu. A neve já derreteu nas estradas e os deslizamentos ocorridos durante o inverno foram completamente arrumados. Se pretendem subir a essa montanha, esta é a melhor época do ano. Por hoje, vençam com calma os passos Amami e Kiimi, e passem a noite em Hashimoto ou Kamuro.

O estranho dava a impressão de saber tão bem dos planos dos dois que despertou a desconfiança de Gonnosuke.

— E quem é você? — perguntou.

— Na verdade, sou mascate e vendo barbantes. Aqui neste fardo — disse, apontando a pequena trouxa às costas — levo amostras de barbantes, e ando por províncias distantes anotando as encomendas.

— Ah, vendedor de barbantes!

— Já vendi muito no mosteiro do templo Kongouji, graças à apresentação do nosso amigo comum, mestre Tohroku. E ontem, eu me dirigi à casa dele para, como sempre, pedir pousada por uma noite, mas fui recusado e levado à casa de conhecidos, porque ele tinha visitas inesperadas, segundo me disse. E então, passei a noite numa dessas casinhas geminadas ocupadas pelos artesãos. Não, não se desculpem, a culpa não é dos senhores. Lamento apenas não ter podido experimentar o saquê especial que ele sempre me oferece quando me hospedo com ele. Devo confessar que é isso o que me atrai à casa do artesão Tohroku, muito mais que a sua hospitalidade. Ah-ah! — riu-se o homem.

A explicação abrandou a desconfiança de Gonnosuke. Aproveitando o minucioso conhecimento que o mascate tinha da área, começou a lhe fazer perguntas sobre detalhes geográficos, usos e costumes locais, e a trocar ideias com o desconhecido descontraidamente.

E na altura em que, já no planalto de Amami, avistaram diante deles o gigantesco pico Kouya a partir do passo de Kiimi, ouviram uma voz distante chamando: "Eeei!"

Os três voltaram-se e viram um homem também com aparência de mascate aproximando-se em rápida corrida.

— Isso não se faz, Sugizo! — disse arfando o recém-chegado, mal os alcançou. — Tu disseste que me chamarias antes de partir, de modo que fiquei te esperando na entrada da vila Amano! Como é que me largaste lá e seguiste sozinho na frente?

— Perdoa-me, Gensuke! Não é que me esqueci? Encontrei estes hóspedes do mestre Tohroku e me distraí conversando com eles — disse o mascateiro, rindo e coçando a cabeça.

Olhou de esguelha para o lado de Gonnosuke e tornou a rir.

O recém-chegado era também vendedor de barbantes, ao que parecia, e por algum tempo os dois homens trocaram informações sobre vendas, preços e situação do mercado. Pouco mais à frente, os mascates pararam de repente.

— Que perigo! — exclamou um deles.

Dois troncos de árvore tinham sido atravessados sobre um profundo precipício, ao que parecia surgido em eras distantes em consequência de algum terremoto.

II

— Que aconteceu? — indagou Gonnosuke, aproximando-se por trás. Os dois mascates voltaram-se.

— Patrão, espere um pouco. Esta ponte não está firme, pode balançar.

— A beirada do barranco ruiu?

— Nada tão sério, mas o degelo levou as pedras que calçavam os troncos e elas não foram repostas até agora. Vou dar um jeito nisso para o bem dos que precisam desta ponte. Sente-se ali e espere um pouco, patrão.

Os dois agacharam-se em seguida à beira do precipício e empenharam-se em travar os troncos com novas pedras e espalhar terra por cima delas para firmá-las.

"Que iniciativa louvável!", pensou Gonnosuke. Só mesmo um mascate para saber das agruras por que passa um viajante. No entanto, quanto mais afeito a viajar, mais indiferente costuma tornar-se o indivíduo com relação às dificuldades dos demais andarilhos.

— Tios! Querem que eu vá buscar mais pedras? — ofereceu-se também Iori, trazendo grandes blocos de rocha das proximidades.

O precipício era bastante fundo. Iori espiou e calculou que havia mais de seis metros até o fundo. Árvores mortas e rochas forravam sua base, já que a região era alta demais para juntar água.

Dentro de instantes, um dos mascates pisou experimentalmente a beirada da ponte e avisou:

— Está pronto.

Voltou-se a seguir para Gonnosuke e disse:

— Vou na frente.

Gingando com agilidade, o homem atravessou a ponte num instante.

— Sua vez, por favor — disse o outro mascate, convidando Gonnosuke a prosseguir. Iori lhe foi no encalço.

E quando já se tinham afastado quatro a cinco passos da margem do barranco e estavam no meio da ponte, mais precisamente sobre o precipício, Iori e Gonnosuke pararam e agarraram-se um ao outro com gritos de susto.

Pois o mascate que os precedera empunhava agora uma lança, por certo escondida de antemão em macega da margem contrária, e dirigia agora com firmeza a ponta prateada na direção do desprevenido Gonnosuke.

"Será um bandoleiro?", pensou Gonnosuke voltando-se, para descobrir no momento seguinte que também o outro mascate empunhava uma lança, extraída não sabia de onde, e lhes ameaçava as costas.

— Uma armadilha!

Gonnosuke mordeu os lábios, lamentando a própria imprevidência, sentindo os cabelos arrepiando-se ao perceber o perigo a que se expunha agora.

Ele se achava sobre dois troncos que mal sustentavam seu corpo trêmulo, preso entre duas lanças.

— Tio! Tio! — berrava Iori, compreensivelmente apavorado, agarrando-se aos quadris de Gonnosuke. Este tinha um braço protetor passado sobre seus ombros, mas cerrou os olhos por um breve segundo, confiando aos céus o próprio destino.

— Ladrões de meia-tigela! Como ousam? — gritou ele para os mascates.

E então, uma voz grossa, diferente da dos mascates, respondeu de algum lugar:

— Cala a boca!

Gonnosuke ergueu o olhar para o alto do barranco à sua frente e avistou no mesmo instante o rosto de um peregrino. O homem tinha um hematoma arroxeado sobre o olho esquerdo, o que o fez se lembrar num átimo da pedra lançada por Iori no dia anterior, à beira de uma torrente perto do templo Kongouji.

III

— Mantenha a calma! — disse Gonnosuke a Iori com carinho. Suas palavras seguintes, porém, nada tinham de carinhosas e vibravam de hostilidade.

— Malditos! — esbravejou, passeando pela ponte um olhar brilhante de tensão. — Foste tu, peregrino ladrão, que planejaste isto? Cuidado! Avalia direito com quem lidas, ou perdes a vida, ouviste?

Os dois mascates continuavam em silêncio, apenas assestando as lanças de cada extremo da ponte.

O peregrino, por sua vez, contemplava Gonnosuke friamente do alto do barranco.

— Ladrão? — gritou ele, em tom perigoso. — Tens de desenvolver olhos mais aguçados para diferenciar-me desses bandidos que assaltam viajantes nas estradas, atrás dos parcos recursos de gente de tua laia, ou não poderás desempenhar tua tarefa em terra inimiga! Ouviste, espião?

— De que me chamaste? Espião?

— Isso mesmo! Espião de Kanto! — gritou de volta o peregrino. — Joga a lança no precipício! Em seguida, joga também a espada que trazes à cintura. Põe as mãos atrás, deixa que te amarrem e segue-nos à nossa morada! — ordenou.

— Ah! — disse Gonnosuke com um suspiro, parecendo de repente ter perdido a vontade de lutar. — Agora entendi! Estás me confundindo com alguém. Eu vim da região de Kanto, não nego, mas não sou um espião. Eu me chamo Muso Gonnosuke, e ando pelas províncias adestrando-me no manejo deste bastão. Sou o criador de um estilo conhecido como estilo Muso!

— Não adianta procurar ocultar o óbvio. Nunca vi nenhum espião reconhecer-se como tal!

— Pois eu nego!

— Não quero saber, a esta altura.

— Insistes então em me acusar?

— Se queres que te ouça, ouvirei, mas só depois de ter-te bem amarrado.

— Não tenho a mínima vontade de matar sem motivo. Diz-me apenas por que achas que sou um espião.

— Nossos companheiros em Kanto há muito nos mandaram uma mensagem dizendo que um homem de aparência suspeita e um menino partiam da mansão do cientista militar Hojo, senhor de Awa, a serviço da casa xogunal. Esse suspeito estava levando instruções secretas a Kyoto. Não bastasse isso, tu tiveste encontro secreto com Yagyu Hyogo e um vassalo dele, antes de chegares aqui. Não adianta desmentir, pois eu mesmo assisti a esse encontro.

— Continuo assegurando-te que está havendo um terrível engano.

— Não me interessa. Conta tua história depois de chegarmos ao nosso destino.

— E que destino é esse?

— Logo verás.

— Ir ou não, depende da minha vontade. E se eu me recusar?

E então, os dois mascates nos extremos da ponte adiantaram-se, lanças assestadas brilhando ao sol:

— Nesse caso, morres trespassado!

— Quê? — berrou Gonnosuke. No mesmo instante, deu uma palmada nas costas de Iori, até então protegido debaixo do seu braço.

Iori tombou para frente. No exíguo espaço sobre o pontilhão, cuja largura mal comportava um pé de cada vez, o menino não encontrou meios de se reequilibrar e, com um grito agudo, saltou para o precipício de mais de seis metros.

No momento seguinte, Gonnosuke rugiu, girou o bastão sobre a cabeça, fazendo-o zumbir. A seguir, deu um salto e lançou-se sobre um dos mascates.

IV

A lança não é instantânea: para que possa cumprir plenamente sua função, necessita de uma fração de segundo e um pequeno espaço.

O mascate Sugizo estava preparado, e também estendeu a mão que empunhava a arma no tempo certo. Não obstante, conseguiu apenas soltar um grito estranho e trespassar o ar. Na fração de segundo seguinte, Gonnosuke, que se tinha lançado no ar, chocou-se com ele. Os dois homens foram ao chão, o mascate caindo sentado sobre o barranco.

No instante em que rolaram pelo chão, Gonnosuke empunhava ainda o bastão na mão esquerda, e ao ver o mascate prestes a saltar em pé, seu punho direito voou para o centro do rosto do adversário, atingiu-o em cheio, e nele se afundou.

O sangue esguichou e o rosto do homem realmente apresentava uma concavidade ao voltar-se para Gonnosuke com os dentes arreganhados. Gonnosuke pisou-lhe a cabeça, e com um salto firmou-se em pé sobre o terreno plano além do barranco. Cabelos arrepiados, assestou a ponta do bastão na direção do outro mascate, e gritou:

— Pode vir! Estou pronto para ti!

E quando enfim se sentiu livre do domínio da morte, Gonnosuke caía realmente nas garras dela.

Das moitas ao seu redor, fios achatados que lembravam tênias vieram voando baixo na sua direção, roçando a relva, um, depois outro e mais outro. Na extremidade de um dos fios havia uma guarda de espada amarrada, na de outra, uma espada curta com bainha e tudo. Os objetos deviam estar servindo de peso para os barbantes, que se enroscaram com ímpeto nos pés e no pescoço do jovem.

Gonnosuke tinha-se voltado em posição de guarda na direção do outro mascate e do peregrino que vinham cruzando a ponte em socorro do companheiro abatido, quando sentiu mais um barbante voando e se enroscando como gavinha à sua mão.

Com um grito de susto, Gonnosuke debateu-se instintivamente, como inseto tentando escapar da teia de aranha, mas logo se viu dominado por cinco ou seis homens que lhe saltaram em cima: o vulto do jovem guerreiro desapareceu em seguida, encoberto por seus inimigos.

Num instante Gonnosuke viu-se de pés e mãos atados. Instantes depois, quando os homens se aprumaram comentando que, realmente, o homem era muito perigoso, Gonnosuke jazia no chão totalmente amarrado por voltas e voltas de barbante.

O fio usado para amarrá-lo era de algodão bastante resistente, conhecido não só naquelas redondezas como também em províncias bem distantes dali. Chamavam-no de barbante Kudo-yama, ou ainda, de barbante Sanada.[7] O artigo já era tão conhecido que os mascates o encontravam nos últimos tempos em todos os lugares aonde iam.

Os sete homens tinham todos eles o aspecto de vendedores ambulantes, o único diferente sendo o peregrino.

— Um cavalo! Precisamos de um cavalo!— logo se deu conta este último. — Levá-lo contra a vontade e a pé até a montanha Kudo-yama é trabalhoso demais. Será mais fácil jogá-lo no lombo de um cavalo e cobri-lo com algumas esteiras.

— É verdade!

— E se formos a Amami?

Atingido o consenso, os homens rodearam Gonnosuke e o levaram aos empurrões, logo desaparecendo no ponto em que as nuvens pareciam tocar a relva.

---

7. No original, *Sanada-himo*: foi assim chamado porque Sanada Yukimura usava esse tipo de fio para envolver o cabo de sua espada. Seu aspecto achatado lembra também uma tênia, ou seja, um *sanada--mushi*, como é conhecido esse tipo de verme no Japão.

E quando todos já se tinham ido, uma voz veio do fundo do precipício: trazida pelo vento, o grito ecoou tristemente pelo planalto. Nem será preciso dizer, era Iori chamando do fundo do vale.

DOCE FLOR EXPOSTA À CHUVA

I

Pássaros existem cantando em todos os lugares, mas seu trinado soa diferente dependendo do local e da disposição do ouvinte.

Na floresta de cedros existente bem ao fundo das montanhas Kouya, ressoa o mágico gorjeio do pássaro celestial *kalavinka*. Nesta área, mesmo o trinado das mais simples aves, conhecidas no vil mundo como picanços e tordos, assemelha-se ao do sagrado pássaro que, dizem, habita o paraíso.

— Nuinosuke.

— Pronto senhor?

— Tudo é vão...

Em pé sobre uma ponte, o idoso *bushi* voltou-se para seu jovem acompanhante e assim comentou.

À primeira vista, o homem usando um grosso sobretudo sem mangas tecido em tear caseiro e *hakama* próprio para viagem parecia um velho samurai provinciano, mas o par de espadas à sua cintura era de rara qualidade. Além disso, seu acompanhante, o jovem chamado Nuinosuke, também chamava a atenção por sua excelente compleição e certo ar educado e fino, que falava de uma infância bem orientada, bem diferente do da grande maioria dos jovens samurais que andam de feudo em feudo oferecendo seus serviços para quem melhor lhes pague.

— Você notou os túmulos de Oda Nobunaga, de Akechi Mitsuhide[8], Ishida Mitsunari e Kingo Hideaki, bem como os dos diversos membros das casas Heike e Taira, ocultos sob o musgo? Ah, quanta gente sob lápides e musgo!...

— Aqui não há aliados ou inimigos, não é mesmo, senhor?

— Todos eles transformados em marcos... Particularmente Uesugi e Takeda, que tanto se rivalizaram em vida...

— É estranho pensar nisso...

— Que acha você de tudo isso?

— Fico pensando se tudo no mundo não passaria de uma formidável ilusão.

— Onde está a ilusão? Nestes túmulos ou na vida?

— Não saberia lhe dizer, senhor.

---

8. Akechi Mitsuhide: vassalo de Oda Nobunaga, acaba por traí-lo, encurralando-o no templo Honnoji. Com o templo tomado pelo fogo e não vendo outra saída, Oda Nobunaga suicida-se nesse episódio.

— Pergunto-me quem teria dado a esta ponte, no limite do Templo Interno com o Externo, o nome de "Meigo-no-hashi"[9]...

— Bastante apropriado, realmente, senhor.

— A ilusão é real. A compreensão também. Assim penso eu. Pois se você concluir que ambas são ilusões, este mundo deixaria de existir. Aliás, um vassalo que empenha a vida a serviço de um amo não pode dar-se ao luxo do niilismo. Por tudo isso, pratico um *zen* ativo, o zen *Saha*, bem mundano, o *zen* do inferno! Pois como seria possível haver vassalagem se o samurai se deixar impressionar pela impermanência das coisas e se desgostar do mundo? — disse o idoso *bushi*. — Eu já me decidi: atravesso para o lado de cá! Pronto, vamos voltar ao nosso velho e conhecido mundo!

O idoso *bushi* apressou-se em seguir caminho.

Seus passos eram seguros, apesar da idade. Marcas de capacete eram visíveis em seu pescoço, na altura da nuca. Aparentemente, os dois já tinham percorrido os pontos turísticos, santuários e pagodes principais desse topo de montanha, e terminado por visitar O Templo Interno. Agora, seus pés dirigiam-se objetivamente para o caminho que os levaria à base da montanha.

— Ora essa, eles vieram!... — murmurou nesse momento o idoso guerreiro, franzindo o cenho impaciente. Tinham-se aproximado do portal principal por onde alcançariam a estrada, e avistado, à distância, o monge principal do templo Seiganji, assim como quase vinte estudantes do mosteiro, enfileirados em ambos os lados do caminho, à espera deles.

A comitiva ali viera para despedir-se do idoso samurai. Pois tinha sido exatamente para evitar todo esse trabalhoso aparato que o velho *bushi* apresentara seus cumprimentos a todos, inclusive a estes monges, ainda no templo Kongoubuji. Muito embora agradecesse a homenagem, despedidas ostensivas não lhe convinham, já que viajava incógnito.

De modo que o idoso samurai acabou por apresentar formalmente as despedidas uma vez mais e veio descendo rapidamente a montanha, contemplando a seus pés a região conhecida como Noventa e Nove Vales. Aos poucos, recuperou seu humor costumeiro, assim como a fina camada de sujeira espiritual que envolvia a alma do mortal comum, conforme lhe chegavam ao nariz e ouvidos os cheiros e sons humanos do vil mundo — onde o zen Saha, o zen do inferno por ele mencionado se tornava tão necessário.

— Senhor! O senhor não seria por acaso... — disse-lhe de súbito alguém, quando o idoso homem se dispunha a dobrar um dos caminhos da montanha.

---

9. A palavra *meigo* é composta de dois ideogramas: *mei* (ou *mayoi*: perplexidade, dúvida, ilusão) e *go* (ou *satori*: compreensão, entendimento, despertar espiritual, iluminação). Em outras palavras, Ponte entre a Ilusão e a Compreensão.

O homem que o interpelara era um jovem samurai de boa aparência, robusto, de pele alva, mas que não podia ser classificado como bonito.

II

Surpresos, o velho *bushi* e seu acompanhante, Nuinosuke, pararam abruptamente.

— E o senhor, quem é? — perguntou de volta o idoso samurai.

Depois de uma profunda reverência, o jovem samurai disse, com estudada cortesia:

— Peço-lhe sinceras desculpas se cometi um engano. Estou aqui na qualidade de mensageiro de meu pai, que reside atualmente no monte Kudoyama. Sei o quanto é descortês interpelá-los deste modo, na beira da estrada, mas o senhor não seria por acaso Nagaoka Sado-sama, um dos mais antigos vassalos do suserano Hosokawa Tadatoshi, de Kokura, em Buzen?

— Como? — disse o idoso *bushi,* arregalando os olhos de espanto. — Eu sou realmente Nagaoka Sado, mas quem é você e como soube que eu me achava nesta área?

— Estou feliz por encontrá-lo, senhor. Permita que me apresente: sou o filho de Gesso, o eremita do monte Kudoyama, e me chamo Daisuke, ao seu dispor.

— Gesso... Não me lembro de ninguém com esse nome — disse Sado.

Daisuke voltou o olhar para o cenho franzido do velho samurai e explicou:

— Talvez se lembre então deste outro nome, embora meu pai já não o use desde os tempos da batalha de Sekigahara: Sanada Saemonnosuke.

— Como é? — disse Sado, atônito. — Fala do senhor Sanada... Sanada Yukimura?[10]

— Sim.

— E você é filho dele?

— Sim, senhor — confirmou Daisuke, mostrando constrangimento nada condizente com seu físico vigoroso. — Um monge proveniente do templo Seiganji parou hoje cedo na casa de meu pai e lhe deu a notícia de que o senhor visitava hoje estas montanhas. O monge disse também que o senhor estaria viajando incógnito, mas meu pai insiste em oferecer chá ao ilustre visitante em nossa humilde casa, mais ainda porque, de acordo com o roteiro,

---

10. Sanada Yukimura (1567-1615), segundo filho do general Sanada Masayuki, lutou com o pai ao lado dos Toyotomi na batalha de Sekigahara. Derrotado, refugiou-se na montanha Kudoyama. Morreu no cerco ao castelo de Osaka, lutando contra os Tokugawa.

o senhor passaria muito perto de onde moramos. Por essa razão, aqui estou para apresentar-lhe o convite e conduzi-lo até ele.

— Quanta gentileza! — disse Sado, apertando os olhos e dando a entender que apreciava o convite. Em seguida voltou-se hesitante na direção de Nuinosuke. — O convite me lisonjeia deveras... — acrescentou, parecendo indagar ao acompanhante a conveniência ou não de aceitá-lo.

— Realmente, senhor... — respondeu Nuinosuke, não se atrevendo a dar uma opinião leviana.

Daisuke então insistiu:

— Sei que o sol ainda vai alto no horizonte, mas caso o senhor se decida a passar uma noite em nossa casa, será uma honra para nós e dará alegria muito grande a meu pai.

Sado, que tinha estado pensativo por alguns instantes, pareceu de súbito ter chegado a uma conclusão, pois acenou em sinal de aquiescência.

— Está bem, aceito o convite. Quanto ao seu oferecimento de pouso, veremos mais tarde. Vamos, Nui, aceitar o chá que nos é oferecido.

— Sim, senhor. Eu o acompanharei.

Os dois trocaram um olhar alerta e seguiram Daisuke.

Logo, estavam nos campos ao pé do monte Kudoyama. Uma casa solitária tinha sido construída em local distante das casas camponesas, à beira da torrente, próxima a uma elevação. Um muro de pedras e uma sebe de bambu e galhos secos rodeavam a construção.

O estilo arquitetônico da casa assemelhava-se ao das casas de campo de famílias abastadas, a sebe e o portal baixos não perturbando a elegância do conjunto, muito apropriado, aliás, como moradia de um homem que se havia retirado do mundo.

— Aquela é a casa. Meu pai o aguarda, em pé ao lado do portal — disse Daisuke, apontando. Desse ponto em diante, cedeu respeitosamente a dianteira às visitas, e passou a segui-los alguns passos atrás.

III

Dentro dos muros, havia pequena horta onde cultivavam cebolinhas e verduras em quantidade necessária apenas para as refeições da casa.

A construção principal dava os fundos para a elevação, e da sua varanda avistava-se o monte Kudoyama e os telhados das casas campestres. Ao lado, havia um bambuzal cortado por regato murmurante. Além desse bosque, parecia ainda haver outras residências, pois dois alpendres eram vagamente visíveis em meio às folhas de bambu.

Sado foi introduzido a um aposento elegante, e Nuinosuke acomodou-se na varanda, em guarda.

— Como isto é calmo! — murmurou Sado, percorrendo cada canto do aposento com o olhar. Ele já tivera a oportunidade de se avistar com o proprietário da casa, Yukimura, no momento em que cruzara o portão.

Os dois, porém, não se haviam ainda cumprimentado formalmente. O anfitrião tinha com certeza a intenção de se apresentar uma vez mais, conforme mandava o protocolo. O chá fora servido por uma mulher — aparentemente a esposa do filho —, que se retirou em seguida.

Mais um tempo se passou, mas Sado não se aborreceu: cada objeto, cada detalhe dessa sala de visitas — a paisagem distante, além do jardim, o murmúrio de um riacho invisível, as minúsculas flores do musgo que vicejava na beirada do teto colmado — parecia ali estar para entreter o hóspede no lugar do anfitrião ausente.

Dentro do aposento não havia nenhum móvel ou objeto excepcionalmente fino, mas o proprietário, embora vivendo em retiro, era afinal o segundo filho de Sanada Masayuki, antigo suserano do castelo Ueda e de um feudo avaliado em 38 mil *koku*. Um perfume exótico provinha de algum canto da casa, dando a perceber que a madeira aromática queimada era de espécie rara, inexistente em casas comuns. As colunas eram finas, o forro baixo, e no elegante nicho central havia um galho de pereira com uma única flor, disposto casualmente em vaso delgado, bem ao gosto dos que prezam o sóbrio e o simples.

"Doce e única flor de pereira / Exposta à chuva desta primavera[11]..." — o trecho da obra Chang He Ke, de autoria do poeta Po Chü-i celebrando o amor do imperador chinês por sua delicada princesa Yang Kuei-fei veio-lhe de súbito à mente como um sussurro soluçante.

No momento seguinte, seu olhar caiu sobre o quadro na parede do nicho.

Apenas cinco ideogramas de um exercício caligráfico ali estavam representados em traços grossos e arrojados, em tinta *sumi* espessa. Havia algo ingênuo, infantil nas letras escritas num único ímpeto:

Toyokuni Daimyojin[12]

Ao lado, em letras bem menores, estava escrito: "Por Hideyori, aos oito anos."

---

11. No original: *"Rika ichishii haru ame wo obu"*.
12. Toyokuni Daimyojin é o nome dado a Toyotomi Hideyoshi depois de sua morte, quando o xogum foi elevado à categoria divina. Sua memória é venerada no santuário Toyokuni-jinja, em Kyoto.

"Claro!", pensou Sado no mesmo instante. O quadro despertava em sua memória lembranças quase esquecidas. Consciente de que dava as costas para um objeto de valor, Sado transferiu-se para uma posição um pouco lateral. O perfume que sentia no ar não provinha da queima apressada de madeira aromática para agradar um ilustre visitante: ele se achava impregnado na coluna e nas paredes do aposento porque o dono da casa cumpria ritual purificador todas as manhãs e tardes, queimando a madeira aromática naquela sala, cultuando a memória do antigo xogum Hideyoshi, pai de Hideyori, o autor do quadro. "Aqui está a confirmação dos boatos que envolvem o nome Yukimura!", deu-se conta Sado de imediato.

Sanada Yukimura, o guerreiro que vivia oculto no monte Kudoyama, era sem dúvida alguma um homem contra quem era preciso precaver-se. Ele, sim, podia ser definido como verdadeiro farsante. Sado tinha ouvido insistentes boatos dando conta de que as preferências políticas de Yukimura mudavam ao sabor do vento e do tempo.

E como podia ele, sendo tão ladino, expor tão claramente suas preferências por intermédio desse único detalhe? Por que mantinha no meio da sala o quadro que traía sua verdadeira cor política ao primeiro visitante ali convidado a entrar? Havia tantos outros trabalhos que poderiam ser expostos nessa parede, como, por exemplo, trabalhos caligráficos de monges do templo Daitokuji...

Nesse momento, passos na varanda fizeram Sado desviar discretamente o olhar do quadro. O homem miúdo e magro que havia pouco o encontrara no portão da casa surgiu à sua frente. Vestindo sobretudo sem mangas e com espada curta à cintura, o homem se curvou em profunda reverência:

— Desculpe-me a demora. Perdoe-me também a audácia de mandar meu filho ao seu encontro, interrompendo bruscamente a sua viagem.

IV

Aquela casa era um retiro, e seu dono, um *rounin*.

A própria natureza da relação entre anfitrião e convidado já removia barreiras sociais, mas, ainda assim, Sado, o convidado, muito embora fosse o mais antigo conselheiro da casa Hosokawa, em última análise não passava de vassalo de um vassalo do xogum.

Por seu lado, o anfitrião, muito embora nesses dias tivesse até mudado o nome para Denshin Gesso, era o filho do suserano Sanada Masayuki, e seu irmão mais velho, Nobuyuki, era atualmente um dos muitos *daimyo* ligados à casa Tokugawa.

E, ao ver que um homem dessa categoria depunha as mãos sobre o *tatami* em respeitosa reverência, Sado perturbou-se e, curvando-se por sua vez, insistiu:

— Por favor, senhor, sua formalidade me constrange. Por favor... — Fez breve pausa e completou: — Ouço falar muito a seu respeito, e esta inesperada oportunidade de encontrar-me com o senhor e vê-lo com boa saúde deixa-me sinceramente feliz.

A isso, Yukimura respondeu, demonstrando descontração à altura da perturbação do convidado:

— E eu em vê-lo, grão-conselheiro! Ouvi dizer que seu jovem amo Tadatoshi passa bem e que retornou de Edo a Buzen nos últimos tempos, notícia que me faz ainda mais feliz.

— É verdade. Este ano já é o terceiro desde que Yusai-sama, o avô do meu amo Tadatoshi-sama, partiu deste mundo.

— Tanto tempo assim?

— E para as cerimônias em memória do avô retorna o meu jovem amo para a sua terra. Como vê, eu próprio servi a três gerações da casa Hosokawa, senhores Yusai, Sansai e, atualmente, Tadatoshi-sama. Estou a caminho de me tornar rara antiguidade...

A essa altura, o diálogo já se tinha tornado bastante informal, a ponto de permitir que anfitrião e convidado rissem juntos. Essa era a primeira vez que Yukimura se encontrava com Nuinosuke, o acompanhante, mas aparentemente já conhecia o próprio Sado, pois em meio a assuntos diversos observou:

— Tem visto nosso bom monge Gudo, do templo Myoshinji?

— Infelizmente, não. Por falar nisso, foi no grupo de estudos zen dirigido pelo monge Gudo que o conheci, não foi? O senhor estava em companhia de seu pai, o então suserano Masayuki, se não me engano. Na época, eu mesmo ia com frequência ao templo Myoshinji para vistoriar a construção de uma nova ala, a mando de meu amo. Pensando bem, foi há muito tempo. O senhor era ainda muito novo... — disse Sado, em tom sonhador, relembrando o passado.

Yukimura juntou também suas lembranças:

— Lembro que naqueles tempos muitos valentes costumavam agrupar-se nas salas de aula do monge Gudo, para que ele lhes aparasse as arestas de seus temperamentos explosivos. O monge nunca fez distinção entre *daimyo* e *rounin*, idosos e jovens, sempre ouviu a todos com atenção.

— Ele amava especialmente *rounin* e jovens. Lembro que sempre dizia: "Ser *rounin* não é andar a esmo, pois andar a esmo é simplesmente ser um nômade. O verdadeiro *rounin* é íntegro e dotado de firme propósito, e carrega no peito a tristeza de sua condição nômade. O verdadeiro *rounin* não busca fama e riqueza, não se deixa atrair pelo poder; na carreira pública, não tenta usar o poder político para proveito próprio; o particular nunca entra em questão quando a justiça é envolvida; é distante, livre e transparente como nuvem branca, mas sua ação é rápida como o desabar de um aguaceiro; encontra conforto na pobreza, não perde tempo lamentando insucessos..." — disse Sado, sonhador.

— Ora, que memória fiel!

— Também me lembro de ouvi-lo dizer que esse tipo de *rounin* era tão raro quanto pérolas no vasto oceano; contudo, examinando a história deste país, quantos *rounin* não houve que sacrificaram suas vidas incógnitos para salvar o país em momentos de crise? Um grande número de *rounin* desconhecidos estão hoje enterrados no solo desta pátria, são eles os pilares que sustentam este país... E como vão os *rounin* de hoje? — indagava o monge Gudo a certa altura, voltando-se para o público.

Enquanto falava, Sado fixou diretamente o olhar no rosto de Yukimura. Este, porém, não se deu por achado e respondeu:

— É verdade! E falando nisso, lembrei-me agora: naqueles tempos, havia um jovem *rounin* sempre presente ao lado do monge Gudo. Ele provinha de Sakushu, e chamava-se Miyamoto... Não se lembra dele, grão-conselheiro?

V

— *Rounin* de Sakushu, de sobrenome Miyamoto? — repetiu Sado, quase num murmúrio.

— Sim, senhor. Lembrei-me dele neste momento: seu nome completo era Miyamoto Musashi.

— E que tem ele?

— Na época, mal tinha vinte anos, mas havia algo impressionante em seu jeito. Andava sempre com roupas encardidas, e escutava atentamente as pregações do monge Gudo, num canto da sala.

— Ora, ora, se não é esse Musashi!...

— Lembrou-se dele?

— Não, não! — negou Sado, sacudindo a cabeça. — Esse nome me chamou atenção faz muito pouco tempo, enquanto servia ao meu amo na cidade de Edo.

— Ah! Ele está em Edo, nesses últimos tempos?

— Não sei onde anda, infelizmente, apesar de ter tido instruções de meu amo no sentido de achá-lo.

— Musashi me veio à lembrança porque o monge Gudo costumava comentar: esse jovem tem futuro, a qualidade do zen que ele pratica é promissora. Eis porque o vinha observando com certo interesse. Mas um belo dia, ele partiu de repente, e passados alguns anos, ouvi falarem dele em conexão com o episódio do duelo de Ichijoji. Isso me fez admirar uma vez mais o discernimento do monge Gudo.

— Pois a mim ele chamou a atenção não por causa de feitos guerreiros como acaba de mencionar. No tempo em que servi em Edo, ouvi falar de certo *rounin* de visão aberta, que ajudava os aldeões do lugarejo chamado Hotengahara, em Shimousa. Esse *rounin* estaria orientando os referidos camponeses, educando-os e ajudando-os a recuperar e fertilizar terras áridas. Eu queria falar com ele ao menos uma vez e fui-lhe ao encontro em Hotengahara, mas já não o encontrei. E esse *rounin* digno de admiração era, conforme mais tarde fiquei sabendo, Miyamoto Musashi. Eis por que ainda mantenho grande interesse por ele.

— Seja como for, dentro do meu parco conhecimento, talvez seja ele um dos "verdadeiros *rounin*", de que o nosso monge tanto falava, a pérola rara deste nosso vasto oceano.

— Também o considera assim?

— Lembrei-me dele porque falávamos do monge Gudo, mas sem dúvida alguma Musashi deixa uma forte impressão.

— Na verdade, eu o indiquei ao meu amo Tadatoshi, mas está difícil localizar essa pérola no vasto oceano.

— Pois eu também apoio sua indicação.

— Mas um indivíduo da categoria dele não é atraído simplesmente por bom estipêndio. Há de querer espaço para desenvolver suas metas, no posto a que for indicado. E nesse caso, pode até ser que esteja aguardando convite, não da casa Hosokawa, mas do monte Kudoyama. Quem sabe?

— Como?

— Ah-ah! — riu Sado, como se quisesse desfazer o sentido incisivo da sua última observação.

Mas as palavras que pareceram ter escapado de sua boca podiam não ter sido tão aleatórias.

Tomadas negativamente, Sado talvez as tivesse usado para sondar seu anfitrião, assestando contra ele a ponta de uma lança.

— Não brinque — replicou Yukimura, incapaz de deixar passar a provocação com uma simples risada. — Nas condições em que me encontro hoje em dia, não tenho meios nem para convidar um jovem samurai para a montanha Kudoyama, que dirá um *rounin* famoso! E mesmo que tivesse, Musashi não aceitaria o meu convite — completou, sabendo que suas palavras soavam como desculpa.

Sado não deixou escapar a oportunidade:

— Ora, vamos falar francamente. Por ocasião da batalha de Sekigahara, a casa Hosokawa lutou ao lado da coalizão oriental, e é mais que conhecida a sua posição ao lado dos Tokugawa. Quanto ao senhor, é do conhecimento geral que Hideyori-sama, o filho único da casa Toyotomi, o considera o mais expressivo aliado de sua causa. Há pouco, tive a oportunidade de observar esse quadro no lugar de honra do aposento. Acho que vislumbrei uma louvável lealdade.

Voltou-se então para contemplar o exercício caligráfico que pendia da parede, com isso deixando bem claro que ali se encontrava ciente de que suas simpatias políticas difeririam.

VI

— Não diga isso, que me constrange, senhor — disse Yukimura, parecendo realmente aborrecido. — Esse quadro de autoria de lorde Hideyori me foi dado por certa pessoa do castelo de Osaka por lembrar o falecido lorde Hideyoshi. Não posso menosprezá-lo, portanto, e aqui o tenho como diz o senhor, no lugar de honra do aposento. Mas agora que lorde Hideyoshi está morto... — completou, cabisbaixo.

Depois de um curto silêncio, voltou a dizer:

— O tempo passa, nada podemos fazer quanto a isso. Hoje em dia, não é preciso ser sábio para avaliar o destino do castelo de Osaka, ou o poder de Kanto. Nem por isso posso mudar repentinamente minhas convicções ou servir a um segundo amo. Não se ria, mas esse é o fim deste que lhes fala, senhor.

— Embora assim se declare, o mundo não acreditará. Se me permite falar com franqueza, dizem que a dama de Yodo e o filho dela, Hideyori-sama, fazem chegar secretamente às suas mãos um incalculável valor em dinheiro, e que a um único gesto seu de comando, cinco ou seis mil *rounin* logo acorrerão para formar um exército...

— Ah-ah! Quanta tolice! Não há nada mais triste, para um homem, que ter a fama superando-lhe a capacidade, senhor Sado.

— Ainda assim, acredito que o povo tem razão. Desde a sua mocidade, o senhor sempre esteve ao lado do falecido lorde Hideyoshi, e dele mereceu muita estima e consideração. Eis por que hoje todos comentam: será o segundo filho de Sanada Masayuki um Kusunoki Masashige ou um Shokatsu Komei de nossos dias?

— Não continue. Quanto mais fala sobre isso, mais me constrange.

— Está me dizendo que ouvi mal?

— Eu apenas quero enterrar meus ossos ao pé desta montanha sagrada. Embora já não possa aspirar a uma vida elegante, desejo ao menos lavrar um pedaço de terra, ver o filho de meu filho nascer e crescer, e me consolar, comendo no outono um delicioso macarrão de trigo sarraceno, ou colhendo brotos na primavera para um bom prato aromático. Se possível, quero ter uma vida longa e tranquila, longe de cenas sangrentas e de histórias de guerra, e cujos rumores gostaria que chegassem a mim apenas como o uivar distante do vento em pinheirais.

— Realmente?

— Nestes últimos tempos, tenho lido velhos mestres chineses como Lao-tsu e Chuang-tsu e sinto que a vida vale a pena ser vivida com prazer. Ando me perguntando: para que serve a vida se dela não podemos tirar prazer? Não me despreze por pensar assim.

— Ora, ora... — disse Sado, não o levando a sério, mas fazendo propositadamente uma expressão admirada.

Mais uma hora tinha-se passado.

Uma mulher, provavelmente a nora de Yukimura, tinha surgido diversas vezes durante esse tempo, servindo o chá tanto ao anfitrião quanto ao convidado, dispensando-lhes respeitosa atenção.

Sado pegou um doce na bandeja e disse:

— Acabei falando demais, levado por sua hospitalidade. Vamos indo, Nui?

— Um instante, por favor! — interveio Yukimura. — Meu filho e minha nora querem lhe oferecer um prato de macarrão feito com trigo sarraceno, e o estão preparando. Como bem vê, moro no meio do mato e não posso lhe oferecer nenhuma iguaria digna de tão ilustre convidado. O sol, no entanto, ainda vai alto. Mesmo partilhando esta refeição ligeira conosco, terá tempo de sobra para alcançar Kamuro, se ali pretende passar a noite.

Nesse instante, Daisuke surgiu anunciando:

— Está pronto, meu pai.

— O aposento está em ordem?

— O do fundo, sim senhor.

— Vamos, então — convidou Yukimura, conduzindo o convidado pela longa varanda.

Sado acompanhou seu anfitrião, sem deixar de notar nesse instante que um ruído estranho soava além do bambuzal, nos fundos da casa.

VII

Em um primeiro momento, Sado imaginou que as batidas proviessem do tear, mas logo percebeu que o som era mais alto e o ritmo diferente.

A refeição leve à base de macarrão sarraceno tinha sido preparada no aposento que dava para o bambuzal. Um pequeno frasco de saquê acompanhava o serviço.

— Não se ofenda com a nossa simplicidade — disse Daisuke, adiantando-lhe o *hashi*. A nora, que não parecia ainda à vontade no papel de anfitriã, ofereceu o saquê, mas Sado recusou, emborcando a sua taça sobre a mesinha.

— Prefiro o macarrão — disse.

Daisuke e a mulher não insistiram e, passados instantes, retiraram-se. E durante todo o tempo, o ruído que lembrava o do tear continuava a soar além do bambuzal.

— Que barulho é esse? — perguntou Sado numa certa altura, incapaz de se conter por mais tempo.

Só então Yukimura pareceu dar-se conta de que o ruído devia estar incomodando seu convidado e disse:

— Ah, esse barulho! Na verdade, provém de uma roda de madeira que usamos em nossa fábrica de barbante, onde emprego meus familiares e servos. Não me sinto orgulhoso de confessar, mas esse é o recurso que encontrei para sustentar a família. O som já está tão entranhado no nosso cotidiano que nem me dei conta de que poderia estar incomodando seus ouvidos, senhor. Mandarei parar a roda de imediato.

Yukimura bateu palmas para chamar a atenção da nora e providenciar a cessação do ruído, mas Sado interveio:

— Nem me passa pela cabeça interromper a produção de sua fábrica! Se fizer isso estará apressando nossa partida, senhor.

Estavam aparentemente perto da ala onde a família se reunia, pois lhes chegava aos ouvidos o som de vozes, de passos entrando e saindo, o ruído da cozinha, o tilintar distante de moedas, havendo grande diferença entre esse ambiente e o da sala de visitas.

"Tanto esforço apenas para sobreviver?", indagou-se Sado no íntimo. Se em verdade a família não recebia ajuda do castelo de Osaka, talvez esse fosse realmente o retrato dos últimos dias de um *daimyo* que não tinha conseguido adaptar-se à lavoura e que fora obrigado a desfazer-se de todos os bens para sustentar uma família grande.

Perdido em pensamentos, Sado continuou a comer seu macarrão em silêncio, mas o aromático trigo sarraceno não lhe deu nenhuma pista quanto à verdadeira identidade de Yukimura.

"Ele é nebuloso!", pensou. Havia algo bem diferente, mas indefinível, entre o jovem que Sado conhecera nas reuniões de *zen* do monge Gudo e o homem à sua frente.

E enquanto se perdia em conjecturas, Yukimura talvez tivesse conseguido obter pistas sobre os reais propósitos e a situação atual da casa Hosokawa por intermédio da conversa inconsequente do idoso vassalo.

"No entanto, não percebi por trás de suas palavras qualquer indício de que sondava alguma coisa...", pensou Sado.

Por falar em indícios, Yukimura sequer tentara saber com que objetivo Sado viera àquelas montanhas.

Na verdade, o velho conselheiro tinha subido ao monte Kouya a pedido de seu amo, Tadatoshi. No tempo em que Toyotomi Hideyoshi ainda estava no poder, o falecido Hosokawa Yusai o havia acompanhado algumas vezes ao templo Seiganji. Em outra ocasião, ele próprio havia permanecido o verão inteiro nesse místico topo de montanha, escrevendo um livro de poesia. De modo que haviam restado no templo alguns papéis com anotações do próprio punho de Yusai, assim como o material que ele usara para escrever, hoje relíquias do falecido. E aproveitando as comemorações do terceiro ano do seu falecimento, Sado tinha vindo especialmente de Buzen até o templo para resgatar esse material e providenciar seu transporte.

Yukimura, porém, não tinha sequer tentado saber esses detalhes. Ao que tudo indicava, Sado fora apenas alvo de uma genuína demonstração de gentileza por parte do seu anfitrião. Conforme lhe dissera o filho na ocasião em que o interpelara na beira da estrada, Yukimura talvez tivesse desejado somente oferecer chá e um agradável momento ao viajante que lhe passava perto da casa.

VIII

Nuinosuke, o acompanhante, ainda permanecia a um canto da varanda, mas mal conseguia conter-se, tão preocupado estava com a segurança do seu idoso amo.

Parecia-lhe que o dono da casa apenas tentava entretê-los com calorosas demonstrações de hospitalidade, mas falando com franqueza, os dois se achavam em território inimigo. O anfitrião era, afinal, o alvo mais importante das desconfianças da casa Tokugawa, o homem de quem não se descuidavam nem por um instante.

Havia também boatos de que o suserano de Kishu, Asano Nagaakira, tinha sido especialmente orientado pela casa Tokugawa para manter contínua e severa vigilância sobre o monte Kudoyama. E por causa da importância e da ladinice de Yukimura, histórias das muitas dificuldades envolvendo essa tarefa eram do conhecimento geral.

"É mais que hora de nos retirarmos, meu amo!", queria dizer o apreensivo Nuinosuke a Sado.

Era-lhe impossível afirmar categoricamente que aquilo não era uma armadilha. E mesmo que não fosse, se a casa Asano, encarregada da vigilância da área, mandasse um relatório à casa xogunal informando que o velho conselheiro dos Hosokawa tinha visitado Yukimura em sua residência enquanto viajava incógnito por aquelas terras, a imagem da casa Hosokawa por certo sairia abalada.

Realmente, a crise entre Edo e Osaka tinha-se deteriorado a esse ponto. "Sado-sama com certeza está bem a par disso!", pensava Nuinosuke, lançando sem parar olhares preocupados na direção em que o idoso amo desaparecera. Nesse momento as campânulas e as rosas próximas à varanda foram agitadas por uma súbita lufada. O céu tinha escurecido havia já algum tempo, e uma grossa gota de chuva passou raspando pelo beiral e atingiu o solo.

"É agora!", decidiu-se Nuinosuke. Desceu ao jardim e por ele dirigiu-se aos fundos da casa. Aproximou-se então da varanda e disse, conservando-se a respeitosa distância:

— Parece-me que vamos ter chuva, meu amo, se pretendes seguir viagem será melhor nos irmos de uma vez, senhor.

Envolvido pela conversa do seu anfitrião, Sado procurava havia algum tempo uma escusa para erguer-se, de modo que, ao ouvir a voz do seu escudeiro, agradeceu-lhe mentalmente a engenhosa interferência e respondeu:

— Chuva? Vamo-nos então, antes que desabe um aguaceiro: ainda está em tempo. Perdoe-me se parto um tanto bruscamente — acrescentou, voltando-se para Yukimura.

A essa altura, esperava-se que o anfitrião oferecesse pouso por essa noite, mas ele pareceu ler a mente do seu hóspede, pois não insistiu. Chamou Daisuke e a nora, ordenando-lhes:

— Tragam capas de chuva para as visitas. Quanto a você, Daisuke, acompanhe nosso convidado até Kamuro.

— Perfeitamente — respondeu Daisuke, indo buscá-las. Sado e seu escudeiro as vestiram e saíram.

Nuvens ligeiras já vinham chegando por vales e picos do monte Kouya, mas a chuva ainda era fraca.

— Adeus!

Yukimura e seus familiares acompanharam os visitantes até o portão.

Sado devolveu o cumprimento com respeitosa reverência e disse:

— Talvez nos vejamos uma vez mais, quem sabe se em dia de vento ou de chuva... Até lá, desejo-lhe felicidades.

Yukimura sorriu e acenou, concordando.

Os dois com certeza vislumbraram mentalmente a imagem um do outro a cavalo, vestindo armaduras e carregando uma longa lança. Mas ali, ao pé do muro, havia apenas um anfitrião despedindo-se cortesmente de seu convidado, assim como o damasqueiro em flor derrubando suas pétalas sobre as capas dos que partiam e dando o tom desse fim de primavera.

Daisuke liderava o caminho, comentando:

— A chuva é passageira, uma das muitas com que essas nuvens rápidas costumam nos brindar todos os dias durante a primavera.

Seus passos, porém, continuaram apressados, fugindo das nuvens. E quando enfim já se encontravam perto das hospedarias de Kamuro, avistaram um peregrino em roupas brancas, que vinha às pressas em sentido contrário conduzindo um cavalo de carga.

IX

Uma esteira rústica tinha sido lançada sobre o dorso do cavalo. Sob ela, um homem tinha sido amarrado à sela com inúmeras voltas de corda. Pilhas de lenha fechavam-lhe a frente e as costas.

O peregrino veio correndo na frente, seguido de dois homens com aspecto de mascates, um conduzindo pela rédea o cavalo, outro fustigando as ancas do animal com uma vara fina.

E foi nesse ímpeto que se cruzaram.

Sobressaltado, Daisuke desviou o olhar, voltando-se propositadamente para o lado de Nagaoka Sado e dirigindo-lhe a palavra. O peregrino porém não percebeu a manobra e exclamou, ofegante: — Daisuke-sama!

Ainda assim, Daisuke fingiu não ouvir, mas tanto Sado como Nuinosuke imobilizaram-se instantaneamente com expressões admiradas:

— Mestre Daisuke, esse homem o chama — disse Sado, voltando o olhar na direção do peregrino.

Incapaz de continuar fingindo ignorância, Daisuke também se voltou para o peregrino e disse em tom casual:

— Olá, bonzo Rinshobou. Aonde vais?

— Vim correndo desde o passo Kiimi, e me dirigia neste instante para a sua casa — disse o peregrino, elevando a voz, excitado. — Localizei em Nara o tal homem misterioso de Kanto, sobre o qual fui informado, e com muito custo consegui prendê-lo no passo. Ele é muito mais forte do que a maioria das pessoas e deu um bocado de trabalho, mas pretendo levá-lo à presença de Gesso-sama para que o submeta a interrogatório. Talvez consigamos arrancar informações sobre a movimentação inimiga...

Entusiasmado, o homem disparou a falar, fornecendo voluntariamente informações não solicitadas, de modo que Daisuke teve de interrompê-lo, observando:

— Espera, Rinshobou. Do que estás falando? Não entendi nada do que me disse!

— Pois olhe bem sobre o cavalo. O homem que aí está, todo amarrado, é o tal espião de Kanto!

— Para de dizer tolices! — berrou Daisuke, incapaz de se conter por mais tempo, já que não tinha conseguido alertar seu interlocutor com olhares e cenhos franzidos. — Como ousas interpelar-me desse jeito no meio da rua, ignorando além de tudo meus ilustres companheiros? Este idoso guerreiro é nada mais nada menos que Nagaoka Sado-sama, o grão-conselheiro da casa Hosokawa, de Buzen. Não digas leviandades, ou melhor, deixa-te de brincadeiras!

— Co... como? — disse Rinshobou, pela primeira vez desviando o olhar na direção de Sado.

Este e seu escudeiro contemplavam ostensivamente os arredores, fingindo-se surdos. Mas nos breves minutos em que tinham parado, as nuvens ligeiras já os tinham alcançado e passavam agora sobre suas cabeças, despejando forte aguaceiro em meio à ventania. E a cada lufada, a palha do abrigo de Sado arrufava-se como penas de uma garça.

"Da casa Hosokawa?...", pareceu dizer o olhar de Rinshobou, que se tinha enfim calado, contemplando de esguelha, com um misto de espanto e desconfiança, o velho guerreiro.

— Por quê... — perguntou ele em voz baixa.

Algumas palavras foram trocadas em tom sussurrado, e logo Daisuke retornou para perto de Sado. Este aproveitou a oportunidade e declarou:

— Por favor, deixe-nos agora. Não quero dar-lhe mais trabalho. Agradeceu então rapidamente e se afastou.

Daisuke não conseguiu insistir e deixou-se ficar para trás, apenas observando os dois vultos que se afastavam. Logo, porém, voltou o olhar para o peregrino e o cavalo de carga.

— Leviano! Olha bem onde estás e com quem falas antes de abrires a boca! Se meu pai souber disso, não te deixará impune! — gritou ele.

— Sim, senhor! Mas tudo me pareceu tão tranquilo que... — desculpou-se o peregrino, arrependido. Naquela região, todos o conheciam muito bem como Toriumi Benzo, o vassalo dos Sanada.

O PORTO

I

"Devo ter enlouquecido!", pensava Iori, coração aos saltos e apavorado. Ao passar por uma poça de água, parou e espiou: "Estou vendo meu reflexo. Ainda bem!"

Ele vinha andando desde o dia anterior, sem saber direito por onde.

Desde que conseguira galgar de volta o precipício, vinha gritando a intervalos com o rosto voltado para o alto, como se estivesse possuído por um espírito maligno:

— Vem!

Ou ainda, fixando ferozmente o chão:

— Maldito! Maldito!

De repente, perdia o ânimo, dobrava o braço e levava a mão ao rosto para enxugar algumas lágrimas.

— Tiiio! — chamava às vezes por Gonnosuke.

Ele devia ter morrido naquela armadilha. Iori havia chegado a essa conclusão depois de encontrar diversos objetos pessoais de Gonnosuke espalhados nas proximidades da ponte.

— Tiiio!

Sabia que era inútil, mas o menino, perturbado, continuara a chamar e a andar a esmo desde o dia anterior, sem ao menos sentir cansaço. Havia sangue em seus pés e em torno dos ouvidos, seu quimono se rasgara, mas Iori nem sequer atentou para esses detalhes.

"Onde estou?", perguntava-se o menino às vezes, ocasiões em que, de súbito, sentia fome. Devia ter comido alguma coisa, mas não se lembrava direito o quê.

Talvez pudesse estabelecer um destino e para lá se encaminhar com maior objetividade se conseguisse lembrar-se do templo Kongouji, onde tinha dormido na véspera, ou do vale Yagyu, onde passara dois dias antes. No momento, porém, a lembrança de qualquer fato anterior à queda no precipício havia-se apagado da sua memória.

Tinha ideia de que continuava vivo e de que estava sozinho agora. E ao que parecia, tateava, buscando um jeito de sobreviver.

Alguma coisa com as cores do arco-íris cruzou-lhe a frente. Era um faisão. O perfume de glicínias silvestres chegou-lhe de leve. Iori sentou-se.

"Onde estou?", tornou a pensar.

De súbito, surgiu-lhe na mente algo em que se agarrar: o sorriso do santo Dainichi. Parecia-lhe que o santo estava nas nuvens, nos picos e nos vales, em todos os lugares para onde se voltava, de modo que se sentou de repente sobre a relva, cruzou as mãos sobre o peito e rezou:

"Dainichi-sama: mostre-me o caminho a seguir."

Ele tinha cerrado os olhos. Passados alguns instantes ergueu a cabeça e viu, muito além, no espaço entre uma montanha e outra, o mar, brilhando como névoa azulada.

— Garoto! — disse-lhe nesse exato momento uma mulher, que estivera havia já algum tempo em pé às suas costas. Em sua companhia havia outra, mais jovem, sua filha talvez. Estavam ambas bem vestidas em roupas leves de viagem, e nenhum homem as escoltava. Esses detalhes indicavam que eram de boa família, moravam nas proximidades e tinham saído talvez para visitar um templo ou santuário, ou ainda para um curto passeio, aproveitando o lindo dia de primavera.

— Hum? — disse Iori, voltando-se e olhando para as duas. Seu olhar era ainda um pouco vago.

A jovem voltou-se para a mãe.

— Que lhe teria acontecido? — perguntou.

A mãe pendeu a cabeça para um lado, em dúvida, e aproximou-se. Franziu o cenho ante a visão do sangue nas mãos e no rosto e quis saber: — Dói?

Iori sacudiu a cabeça, negando. A mulher voltou-se então para a filha e comentou:

— Parece ao menos compreender o que lhe dizem.

II

— De onde vem você? Onde é a sua terra? Qual é o seu nome?

— Sobretudo, que faz você sentado no meio do mato, rezando?

Enquanto tentava responder às perguntas das duas mulheres, Iori foi aos poucos recuperando a memória e explicou:

— O homem que me acompanhava foi morto nas proximidades do passo Kiimi. Eu caí no precipício, galguei o barranco e andei perdido desde ontem, sem saber para onde ir. Lembrei-me então do santo Dainichi, sentei-me ali para rezar, e quando abri os olhos, vi o mar lá na frente.

Aos poucos, a filha, que se mostrara a princípio mais assustada, começou a demonstrar interesse ainda maior que o da mãe e comentou:

— Coitadinho! Mãe, vamos levá-lo conosco a Sakai. Talvez possamos dar-lhe emprego na nossa loja, já que tem a idade certa para ser garoto de recados.

— Realmente. Mas será que o menino concorda?
— Acho que sim. Concorda, não concorda, menino?
E quando Iori respondeu que sim, a mulher disse:
— Então venha. Mas em troca, carregue a nossa trouxa, está bem?
— Hum... — disse Iori. Por um bom trecho do caminho, o garoto se mostrou arredio, respondendo com monossílabos às perguntas que lhe faziam.

Não se passou muito, e chegaram à base da montanha e à cidade de Kishiwada. O mar havia pouco avistado pelo menino era a baía de Izumi. Caminhar em meio à multidão, no centro de uma cidade, fez com que o menino se sentisse mais à vontade em relação às duas mulheres e lhes perguntasse:
— Tia! Onde fica a sua casa?
— Em Sakai.
— É perto daqui?
— Não, menino. Fica perto de Osaka.
— E para que lado fica Osaka?
— Vamos ter de pegar um barco em Kishiwada para chegar lá.
— Um barco?

A notícia entusiasmou-o. Iori começou a falar sem parar, contando que a caminho de Edo para Yamato andara diversas vezes de balsa para cruzar rios, mas que nunca cruzara o mar, embora tivesse nascido em Shimousa, perto do oceano.
— Que bom! Vou andar de barco! — disse ele diversas vezes.
— Escute bem, Iori — disse a jovem, que a essa altura já sabia seu nome. Pare de chamar minha mãe de "tia", está bem? Chame-a de senhora. E eu sou a senhorita. Você tem de aprender desde já, está bem?
— Hum — fez ele, com um aceno.
— E também, pare de responder "hum". Soa estranho. Diga "sim, senhora", doravante.
— Sim, senhora.
— Isso mesmo, muito bem. Você é um menino muito esperto. Se você aplicar-se e trabalhar com afinco na loja, logo o promoveremos para ajudante.
— E a tia... quero dizer, a senhora, tem uma loja de quê?
— Somos donos de uma frota mercante.
— Frota mercante?
— Talvez você não saiba, mas possuímos muitos barcos com os quais chegamos a diversos portos das áreas de Chugoku, Shikoku e Kyushu. Nossos barcos transportam mercadorias e também encomendas dos diversos *daimyo* por todos os portos. Em suma, somos mercadores.
— Ora essa! São mercadores! — sussurrou Iori, contemplando com certo ar desdenhoso a "senhora" e a "senhorita".

III

— Como é? Que quer dizer com isso? — disse a jovem, trocando olhares com a mãe, contemplando agora com certa irritação o menino que acabara de salvar.

— É porque ele imagina que todos os mercadores são iguais aos vendedores de roupa e de balas que vê todos os dias — disse a mãe, rindo e não dando grande importância ao fato.

A filha, porém, não se conformou: tinha de deixar claro alguns pontos para o menino, restabelecer a honra dos mercadores de Sakai.

E de acordo com o que orgulhosamente contou, o pai era um armador. Ele tinha-se estabelecido na faixa marinha do bairro chinês na cidade de Sakai, possuía três depósitos, e sua frota era composta de algumas dezenas de barcos.

Além disso, era dono de lojas não apenas em Sakai, como também nos portos de Akamagaseki[13], Marugame e Shikama.

Sobretudo, tinham a preferência do clã Hosokawa, de Kokura, em Buzen, e também a permissão para hastear a bandeira do clã em seus barcos quando a serviço dele. O pai era tão importante que obtivera o privilégio de usar sobrenome e portar duas espadas, como um samurai. Kobayashi Tarozaemon, de Akamagaseki, dizia a filha, era um nome conhecido por todos desde a região central do Japão até os confins de Kyushu.

E mais:

— Existem mercadores e mercadores, fique sabendo. Em situação de guerra, por exemplo, até grandes senhores feudais como Shimazu-sama e Hosokawa-sama precisam de mais barcos, além dos que já possuem. Nessas horas, são os proprietários de frotas mercantes, como meu pai, que são chamados a auxiliar. Entendeu? — disse Otsuru, a filha do famoso Kobayashi Tarozaemon, revoltada com o que considerou atitude ofensiva do menino.

A outra mulher era mãe de Otsuru e esposa de Tarozaemon, e chamava-se Osei. Aos poucos, Iori foi-se inteirando desses detalhes e percebeu que tinha sido arrogante, de modo que disse, em tom conciliador:

— Não tive a intenção de ofendê-la, senhorita.

A observação desarmou mãe e filha, que acabaram rindo.

— Pois não nos ofendeu. Você não passa de um menino ignorante e eu apenas quis abrir seus olhos para que não continue sendo insolente — disse a filha.

— Desculpe-me.

---

13. Akamagaseki: antiga denominação do atual porto de Shimonoseki.

— Em nosso estabelecimento você terá de conviver com outros empregados e moços, assim como com barqueiros e cules, quando os barcos atracam. Se você continuar petulante, será castigado na certa.

— Sim, senhorita.

— Que graça! Você às vezes parece tão atrevido, e no momento seguinte transforma-se em menino bem dócil — disse a jovem, agora sorrindo.

Ao dobrar uma esquina, o cheiro de maresia atingiu-os em cheio no rosto. Estavam então no porto de Kishiwada. E ali estava atracado um barco de uma tonelada e meia.

Otsuru apontou-o e disse para Iori:

— É nele que iremos. Faz parte da frota do meu pai — explicou com orgulho.

De uma barraquinha à beira-mar surgiram nesse instante três ou quatro homens. Pelo jeito, foi o capitão do navio e alguns empregados da casa Kobayashi que, pressurosos, cumprimentaram:

— Bem-vinda de volta, senhorita.

— Estávamos à sua espera!

— Infelizmente, estamos hoje carregados demais, e não consegui um espaço realmente confortável para as senhoras. Queiram, no entanto, me acompanhar, por favor.

Assim dizendo, o capitão as conduziu para o convés. A área reservada para elas na popa do barco estava cercada por um cortinado. Um tapete vermelho forrava o tombadilho, e sobre ele estava disposto o serviço de saquê com utensílios em estilo Momoyama, assim como caixas suntuosas com lanches, compondo a sala de visitas fina, raramente encontrada a bordo de barcos.

IV

A embarcação chegou sem novidades ao porto de Sakai nessa mesma noite.

Um gerente idoso e a maioria dos empregados da casa Kobayashi enfileiravam-se à vasta entrada da loja, bem próxima à foz do rio.

— Bem-vindas, senhoras.

— Fico contente em vê-las tão cedo de volta.

— O dia foi favorável à travessia.

As duas mulheres passaram por eles e se dirigiram para dentro da casa. A meio caminho, na divisória que separava a loja dos aposentos internos, a mulher voltou-se para Sahei, o gerente idoso, e disse:

— É verdade, ia-me esquecendo. O menino que está aí...

— Fala desse moleque sujo que veio com a senhora?

— Ele mesmo. Eu o recolhi a caminho de Kishiwada. Parece-me bastante esperto. Experimente empregá-lo na loja.

— Ah, a senhora o pegou na rua! Agora entendi.

— Pode ser que esteja infestado de piolhos. Dê-lhe bom banho frio na beira do poço, jogue suas roupas fora e dê-lhe um quimono usado qualquer, antes de pô-lo para dentro para dormir.

A divisória entre a parte externa da casa e os aposentos internos não podia ser transposta senão com ordens expressas dos donos, a rígida regra valendo também para os gerentes. Iori, pobre menino recolhido na estrada, não tinha naturalmente o direito de invadir a área interna, e a partir desse dia foi acomodado num dos cantos da loja. A partir de então, o menino não via a dona da casa e a filha por dias seguidos.

"Que gente desagradável!", pensou Iori, irritado com os severos regulamentos que regiam esse estabelecimento, esquecido de que devia a eles o teto protetor.

"Moleque! Faça isso, faça aquilo!", mandavam eles.

Desde Sahei, o gerente idoso, até o mais novo dos empregados, tratavam-no como se ele fosse um cachorrinho, quase a pontapés.

Mas essas mesmas pessoas arrogantes curvavam-se em obsequiosas mesuras que quase as levava a bater com a cabeça nos joelhos toda vez que defrontavam com os familiares da casa ou um freguês.

Noite e dia sem cessar falavam apenas de dinheiro e viviam sempre atarefadas, em constante correria.

"Que coisa mais chata! Acho que vou fugir!", chegou a pensar o menino inúmeras vezes. Ele sentia falta do infinito céu azul sobre a cabeça e do cheiro do mato nas noites em que dormia ao relento.

V

A vontade de fugir apertava nos dias em que lhe vinham à cabeça as histórias construtivas sobre artes marciais e aperfeiçoamento pessoal contadas por Musashi, ou ainda por Gonnosuke. Nesses momentos, Iori sentia o peito oprimir de tanta saudade.

Em outros, vinha-lhe à mente a imagem da irmã, Otsu.

Noites seguiam-se a dias, e a tentação de fugir persistia. Por outro lado, o menino não podia deixar de sentir, também, certa atração por essa luxuosa cidade portuária com sua cultura estranha, suas ruas de aspecto estrangeiro, seus barcos coloridos e sua vida faustuosa.

"Como é possível, que vivam desse jeito!", não podia deixar de pensar o menino.

Fascinado, atraído por esse mundo, Iori deixava os dias correrem.

— Io! Ei, Io!

Era o gerente Sahei, chamando-o da recepção. O garoto varria, nesse instante, o amplo vestíbulo de terra batida e a passagem entre a casa e o depósito.

— Io! — tornou a gritar o gerente, irritado por não ouvir a resposta. Ergueu-se da recepção e veio até a frente da casa.

— Moleque! Não me ouviu chamando? Por que não vem?

O menino voltou-se.

— Era comigo?

— Que tipo de resposta é essa?

— Está certo.

— Não gosto desta, tampouco. Diga: Pronto! E faça uma mesura!

— Pronto.

— É surdo, por acaso?

— Não, não sou.

— Então, por que não respondeu?

— Porque ouvi chamando um certo Io. Meu nome é Iori, de modo que não pensei que fosse comigo.

— Esse nome não condiz com um moleque de recados. Io é mais adequado para chamar você.

— Está bem.

— E aí está você de novo com essa espada na cintura. Já não o proibi de andar com essa arma, que mais parece um bordão?

— Sim, senhor.

— Idiota! Como é que um moleque de recados de um mercador pode andar com uma coisa dessas na cintura?

— ...

— Dê-me isso!

— ...

— Que cara brava é essa?

— Não posso entregá-la. Isto aqui me foi legado por meu pai.

— Teimoso! Dê-me isso, já disse!

— E eu nem quero ser um mercador!

— Escute aqui: você fala com desprezo dos mercadores, mas o mundo não seria mundo sem eles, ouviu? Nobunaga-sama, Hideyoshi-sama podem ter sido verdadeiros heróis, mas nenhum deles seria capaz de construir os castelos que fizeram a fama deles não fosse o trabalho dos mercadores. Nenhum desses objetos estrangeiros, tão ao gosto dessa gente, chegaria às suas mãos não fossem os mercadores, especialmente os de Sakai, que corajosamente atravessam mares para negociar com Nanban, Ruzon, Fukushu e Amoi. Compreendeu?

— Já sei de tudo isso.

— Verdade? Então, explique com suas próprias palavras.

— Basta observar a cidade e qualquer um verá grandes lojas de tecidos em bairros como Ayamachi, Kinumachi e Nishikimachi. Na parte mais alta da cidade existem verdadeiros palácios pertencentes à família de Ruzon Sukezaemon, e na praia enfileiram-se enormes mansões e depósitos de ricaços. Comparados a eles, esta casa, de que tanto a senhora e a senhorita parecem orgulhar-se, não é nada.

— Ah, moleque atrevido!

Saemon saltou para o vestíbulo enquanto Iori largava a vassoura e fugia.

VI

— Rapazes! Segurem esse moleque! Não o deixem fugir! — gritou Saemon do alpendre.

Os ajudantes, que nesse momento instruíam os cules quanto ao transporte da carga, voltaram-se.

— É Io, o moleque de recados outra vez!

Logo, o bando cercou o menino e o arrastou de volta à loja.

— Este moleque é impossível! É respondão e zomba da gente! Desta vez, deem-lhe uma lição bem dura.

Sahei voltou a sentar-se na recepção, mas logo acrescentou:

— E tirem dele essa espada que mais parece um pedaço de pau.

Antes de mais nada, os rapazes arrancaram a espada da cintura de Iori. Amarraram-no então com as mãos para trás, e o prenderam com uma corda a um dos fardos empilhados à entrada da casa, como fariam com o macaquinho amestrado de um saltimbanco.

— Fique aí para que riam de você — disseram, afastando-se em seguida.

Iori sentiu-se ferido em seus brios. Honra era uma das coisas que tanto Musashi como Gonnosuke sempre lhe haviam dito que prezasse.

— Soltem-me! — gritou o menino, possesso.

— Prometo que vou me comportar melhor! — disse ainda, sem resultado.

E quando enfim percebeu que nada surtia efeito, pôs-se a insultar:

— Gerente idiota! Cretino! Não vou trabalhar para vocês, ouviram? Desamarrem-me! Devolvam minha espada! — esbravejou.

Saemon saiu de trás do seu balcão e aproximou-se.

— Cale a boca! Não perturbe! — ordenou, pegando um pedaço de pano e metendo-o em sua boca. Iori então lhe mordeu o dedo, obrigando Saemon a chamar os rapazes da casa uma vez mais para que acabassem de amordaçá-lo.

Agora, já não lhe era possível gritar mais nada. Pessoas passavam na rua e o olhavam.

Situada entre a foz do rio e o bairro chinês, a rua tinha trânsito especialmente intenso. Por ali passavam viajantes rumo ao cais, mercadores puxando seus cavalos, vendedoras ambulantes.

Iori tentou gritar, gemeu, debateu-se, sacudiu a cabeça e, por fim, pôs-se a chorar.

A seu lado, um cavalo de carga começou a urinar, e a espuma amarelada escorreu em sua direção.

Ele queria prometer que nunca mais usaria a espada, nem voltaria a ser petulante, mas não conseguia.

E foi então que, de súbito, reparou numa jovem passando do outro lado do cavalo de carga. A jovem usava um sombreiro que lhe protegia a cabeça dos fortes raios solares desse quase verão, e vestia um leve quimono de linho, cuja barra tinha sido arrepanhada para facilitar o andar.

No mesmo instante os olhos de Iori pareceram querer saltar das órbitas. O coração deu um salto dentro do pequeno peito, e ele sentiu súbito calor abrasando-o, mas a jovem já se ia sem ao menos lançar um olhar para o seu lado, deixando entrever apenas o perfil do seu rosto branco. Logo, ela era apenas mais um vulto feminino que lhe dava as costas e se afastava.

— É ela! É Otsu-san, a minha irmã! — gritou Iori, espichando o pescoço. Mas, naturalmente, ninguém lhe ouviu a voz.

VII

Depois de muito chorar, não lhe sobrara nem voz para gemer. Lágrimas molharam a mordaça que o impedia de gritar.

"Era minha irmã Otsu-san, sem dúvida alguma! E quando afinal a encontro, não consigo falar com ela! Foi-se embora sem nem saber que estou aqui! Aonde foi? Para que lado?"

Desnorteado, o menino esbravejava e chorava intimamente, mas ninguém se voltava para vê-lo.

Um cargueiro acabava de atracar, e o movimento na entrada da casa tornou-se cada vez maior; passado o meio-dia, o calor começou a se intensificar e, na rua, os transeuntes apressavam o passo tentando escapar do forte mormaço e da poeira.

— Ei, Sahei! Por que amarrou o menino na entrada da casa como urso amestrado pronto para a função? Dá a impressão de que somos cruéis com nossos empregados. Vamos, tire-o daí — disse nesse momento um homem de rosto marcado por escuras marcas de varíola e cara feroz. O recém-chegado era de uma loja conhecida como Nanban'ya e primo de Tarozaemon, o quase sempre ausente dono do estabelecimento. Apesar de seu aspecto feroz, o homem tinha bom coração e costumava dar doces a Iori cada vez que aparecia na loja. Irritado, o homem da casa Nanban'ya prosseguiu:

— Prender menino tão novo na porta da casa depõe contra o bom nome deste estabelecimento. Ande, desamarre-o de uma vez!

Do seu posto na recepção, Sahei concordou com certa má vontade, fazendo questão ao mesmo tempo de salientar que o moleque era impossível, desobediente como poucos. O primo de Kobayashi Tarozaemon então disse:

— Se está lhe dando tanto trabalho, levo-o comigo. Vou falar a respeito disso com as senhoras da casa.

E sem dar mais ouvidos às lamúrias do velho gerente, afastou-se para os fundos da casa.

Sahei estava agora temeroso: o episódio ia chegar aos ouvidos da senhora e ele poderia ser repreendido. Talvez por isso, sua atitude com Iori tornou-se bastante branda, mas o menino chorou a tarde inteira, mesmo depois que as cordas lhe foram removidas.

Com o fim do dia e do expediente, a grande porta de entrada do estabelecimento fechou-se.

E quando a noite já vinha chegando, o primo de Tarozaemon tornou a aparecer vindo dos fundos da casa. Depois de beber alguns tragos de saquê e se fartar com o banquete servido pela dona da casa, o homem parecia bem-humorado. De passagem, notou Iori encolhido a um canto do vestíbulo de terra batida e lhe disse:

— Acabo de conversar com as senhoras a seu respeito. Disse-lhes que o queria levar comigo, mas tanto a senhora como a senhorita não querem abrir mão de você, por mais que eu insista. Acho que elas lhe querem muito bem, Iori. Esforce-se por merecer-lhes a atenção. Comporte-se direito e nunca mais terá de passar por situações semelhantes às de hoje. Ouviu bem, velho gerente? Ah-ah!

Fez um carinho na cabeça do menino e foi-se embora.

O homem não mentira. Os efeitos benéficos de sua intervenção fizeram-se sentir logo no dia seguinte, quando Iori recebeu permissão para frequentar a escola de um templo próximo.

Ordens vindas dos fundos da casa estabeleceram também que durante o período em que frequentaria a escola, Iori teria permissão para usar a espada na cintura. A partir desse momento, Sahei e os demais empregados passaram a tratá-lo com maior consideração.

Apesar das regalias que lhe foram concedidas, Iori continuou inquieto desde o dia do incidente. Seu olhar não se desgrudava da rua, mesmo enquanto cumpria os seus deveres no interior da loja.

Vez ou outra, via passar um vulto feminino e empalidecia, chegando por vezes a correr para fora da loja para observar de perto.

Agosto se foi e estavam agora nos primeiros dias de setembro.

Iori, que vinha voltando nesse instante da escola no templo, parou casualmente à porta do estabelecimento. No momento seguinte imobilizou-se, incrédulo. A cor lhe fugiu do rosto.

UM BANHO ESCALDANTE

I

Nesse dia, o movimento na agência de Kobayashi Tarozaemon era intenso. Um prodigioso número de bagagens e fardos tinha chegado pelo rio Yodo e achava-se agora empilhado no trecho compreendido entre a entrada do estabelecimento e a margem do rio, à espera de embarque em barco que partiria em instantes para Mojigaseki, em Buzen.

As bagagens pertenciam, em sua grande maioria, a guerreiros do clã Hosokawa, e trazia cada qual uma bandeira, identificando proprietário e destino: "Fulano — Vassalo da Casa Hosokawa, Buzen", ou ainda, "Beltrano, do clã Hosokawa — Kokura, Buzen".

E o motivo do espanto de Iori, pálido e imóvel na frente do estabelecimento, era Kojiro, cujo rosto o menino avistara de relance no meio dos muitos guerreiros que tumultuavam a entrada da casa tomando chá ou abanando-se com leques e ventarolas, acomodados em bancos que tinham sido dispostos desde o interior do grande vestíbulo de terra batida até o alpendre da casa.

Sentado nos fardos, Kojiro tinha-se voltado nesse momento na direção do velho Sahei e chamado:

— Gerente! Não me agrada esperar neste calor horroroso até a hora de zarpar. O nosso barco não aportou ainda?

— Nada disso, senhor — respondeu Sahei do outro lado do balcão, parando por momentos o frenético trabalho de anotar os embarques. Apontou a seguir a foz do rio e disse:

— O navio em que os senhores embarcarão é o Tatsumi-maru, que já se encontra atracado ali, no cais. Acontece que os senhores passageiros compareceram ao porto muito antes da bagagem. De modo que já instruí a tripulação no sentido de providenciar as acomodações dos senhores antes ainda de carregar o navio, senhor.

— Sobre a água deve estar bem mais fresco que em terra firme. Quero subir a bordo o mais rápido possível.

— Sim, com certeza, senhor. Tenha, por favor, um pouco mais de paciência. Enquanto isso, vou neste mesmo instante até o cais para apressar uma vez mais os preparativos.

Sahei saiu disparado para a rua, mal tendo tempo de enxugar o suor do rosto. Nesse instante, deu com Iori, estático à sombra de alguns fardos, e disse:

— Io! Que faz aí parado, como se acabasse de ver um fantasma? Não percebeu a azáfama na loja? Vamos, trate de oferecer mais chá ou água fresca aos senhores passageiros!

Seguiu depois apressadamente na direção do cais.

Iori respondeu um rápido "Sim, senhor!", afastou-se em abrupta correria rumo à estreita passagem entre o depósito e a casa, e lá chegando, parou perto de um abrigo, onde ferviam água para o chá de toda aquela gente.

Seus olhos estavam fixos em Kojiro, sentado no meio do amplo vestíbulo, e nem sequer pestanejavam.

"Maldito!", diziam eles.

Kojiro, no entanto, nada percebeu.

Desde que fora admitido no clã Hosokawa e tivera definida a sua posição na cidade de Kokura, em Buzen, parecia ter-se tornado mais imponente, tanto física como espiritualmente. Em muito pouco tempo seu olhar tinha perdido a agressividade que o tornava tão semelhante a um falcão, e adquirira um ar mais profundo, de tranquila autoridade. O rosto de tez clara parecia mais cheio, e a língua, sempre pronta a destruir aqueles que caíam em seu desagrado, estava mais contida, menos irônica. Em consequência, sua aparência geral tinha-se tornado muito mais digna, fenômeno que talvez indicasse também maior aprimoramento de suas qualidades como esgrimista.

E talvez por tudo isso os guerreiros que o cercavam o chamavam com todo respeito de "mestre", ou ainda "Ganryu-sama", apesar da recente admissão ao clã e ao posto de instrutor marcial.

Ele não havia abandonado o nome Kojiro, mas decidira ser chamado Ganryu no clã Hosokawa, talvez porque o achasse mais digno do posto que ocupava, ou ainda, mais de acordo com a idade, nos últimos tempos.

II

Sahei voltou do embarcadouro enxugando a testa suada.

— Desculpem a demora, mas a área destinada a acomodá-los no convés central ainda não foi desimpedida. Peço-lhes, portanto, a gentileza de esperarem um momento mais, aqui mesmo. No entanto, os senhores cujos lugares estão marcados na proa da embarcação já poderão subir a bordo — explicou.

A área da proa era destinada aos guerreiros mais jovens e aos novatos do clã, que se ergueram, recolheram seus pertences e, ainda procurando possíveis objetos esquecidos, saíram da agência saudando Kojiro:

— Até mais ver, mestre.

Sasaki Kojiro e mais sete ou oito companheiros tinham restado no amplo vestíbulo e comentavam:

— O conselheiro Sado ainda não nos alcançou.

— Em breve estará aqui, não se preocupem.

O grupo que restara era composto de homens maduros e bem vestidos, provavelmente ocupando postos de importância no clã.

Todos eles tinham vindo por terra desde Kokura até Kyoto, e passado o mês anterior na antiga mansão do clã na rua Sanjo para atender a uma missa em memória de lorde Yusai, falecido três anos atrás. Ao mesmo tempo, tinham aproveitado para prestar os devidos respeitos às casas nobres e aos amigos com os quais Yusai privara em vida, providenciando também o recolhimento de todos os legados e manuscritos do falecido. E no dia anterior, tinham finalmente descido o rio Yodo de barco e chegado a Osaka com a intenção de embarcar nesse mesmo dia no navio que os levaria para Buzen.

Juntando-se todos os fatos, parecia agora que Nagaoka Sado e seu escudeiro tinham descido das montanhas Kouya e parado em Kudoyama nos últimos dias da primavera, e de lá se tinham dirigido para Kyoto, a fim de preparar o cerimonial ocorrido no mês de agosto. O idoso conselheiro era, afinal, o mais indicado para a função, tanto por sua longa carreira no clã, como pelo prestígio que seu nome gozava em todos os meios.

— O sol vem avançando cada vez mais. Senhores, Ganryu-sama, por favor, recuem um pouco mais para dentro do vestíbulo — disse Sahei nesse momento, tentando agradar o grupo, cuidando do seu bem-estar.

Ganryu ergueu-se. O sol batia em cheio em suas costas.

— Quanta mosca! — reclamou.

Abanou-se por instantes com o leque e acrescentou:

— Estou com a boca seca. Serve-me um pouco mais do chá de trigo.

— É para já, senhor! Mas a bebida quente o deixará com mais calor ainda. Vou mandar que lhe sirvam uma água fresquinha, recém-tirada do poço, senhor.

— Não. Tenho o hábito de beber apenas água fervida durante minhas viagens. Traz-me chá.

— Moleque! — chamou Sahei do seu posto, esticando o pescoço para o lado do abrigo onde ferviam água. — Ainda aí, Io? Já lhe disse para se mexer. Vamos, sirva chá a Ganryu-sama e aos outros senhores também.

Dadas as ordens, Sahei tornou a se concentrar nos papéis que preenchia, mas logo se deu conta de que não ouvira o menino responder. Ergueu então a cabeça, pronto a gritar uma vez mais, quando viu Iori entrando cuidadosamente pela porta a um canto do vestíbulo. Trazia uma bandeja com cinco ou seis chávenas.

Tranquilizado, Sahei voltou a preencher suas papeletas.

— Chá, senhor? — disse Iori com leve mesura, parando na frente de um dos samurais.

— Sirva-se, por favor! — disse ele, parando com nova reverência diante de outro.

— Obrigado. Eu não quero — recusou este.

De modo que ainda restavam duas chávenas cheias de chá de trigo ferventes sobre a bandeja quando o garoto parou na frente do último *bushi*.

— Aqui está, senhor! — disse o menino, aproximando-se de Kojiro. Este, que ainda não se tinha dado conta da identidade do menino, estendeu a mão com displicência para apanhar a sua chávena.

III

Com gesto brusco, Ganryu retirou a mão, não porque o chá estivesse quente demais e lhe tivesse queimado a mão, mas porque antes ainda de tocar na chávena, seu olhar e o do menino se chocaram em pleno ar, soltando chispas.

— Ora... Você?!

A pergunta escapou-lhe da boca em tom de puro espanto.

Iori, ao contrário, entreabriu de leve os lábios que até então mordia.

— A última vez que nos vimos foi na campina de Musashino, não foi, tio? — disse, mostrando os pequenos dentes num meio sorriso.

A atitude ousada, impertinente, irritou Ganryu.

— Que disse? — esbravejou sem querer, perdendo o controle por alguns momentos. E enquanto se preparava para dizer mais alguma coisa, Iori lançou o conteúdo da bandeja — chá escaldante com chávena e tudo — contra o rosto de Kojiro:

— Lembrou-se agora? — gritou o menino.

— Ah! — gritou Kojiro. Ainda sentado, desviou o rosto e agarrou o menino pelo pulso com uma exclamação de dor. Ergueu-se então rubro de raiva, protegendo o olho com a outra mão.

A bandeja tinha ido de encontro ao pilar do vestíbulo às costas de Kojiro, e as chávenas haviam-se partido em cacos. A água quente, porém, atingira seu rosto, peito e *hakama*.

— Moleque dos infernos!

No momento em que as pessoas presentes no aposento se assustavam com o barulho da louça partida e dos gritos, Iori já tinha sido lançado para o alto como um gatinho e caído aos pés de Kojiro depois de descrever uma cambalhota no ar.

No instante em que o menino tentou erguer-se, Kojiro calcou o pé em suas costas e o pisou sem dó.

— Gerente! — gritou ele, ainda segurando um dos olhos. — O menino trabalha nesta casa? Pois castigue-o! Nunca vi tamanha ousadia!

Não houve tempo para Sahei sair de trás do balcão e saltar para o vestíbulo, pois Iori, que continuava no chão sob o pé de Kojiro, conseguiu extrair da cintura a espada — cujo uso o idoso gerente sempre proibira — e a moveu na direção do cotovelo do seu algoz, gritando:

— Maldito!

Uma vez mais pego de surpresa, Kojiro gritou:

— Peste!

Recuou um passo e chutou o menino, que saiu rolando pelo vestíbulo como uma bola.

Foi então que Sahei se aproximou, gritando:

— Idiota!

O homem saltou para agarrar Iori, mas este também pulava em pé, totalmente fora de si. Com outro grito, o menino escapuliu da mão do gerente e esbravejou:

— Idiota é você!

Com um brusco salto, Iori correu para a rua.

Porém, mal tinha corrido quatro metros, o menino tropeçou e caiu: Kojiro tinha lançado contra seus pés um peso de balança que encontrara por perto.

IV

Com a ajuda dos rapazes da loja, Sahei conseguiu agarrar Iori e arrastá-lo para a passagem lateral, até o abrigo onde ferviam água. Nesse local, Ganryu estava sendo atendido por seus ordenanças, que lhe enxugavam o rosto e o *hakama* molhados.

— Nem sei como me desculpar pela ousadia deste moleque.

— Por favor, releve esta malcriação, senhor!

Ainda arrastando Iori, Sahei e os empregados, submissos, pediam desculpas. Indiferente, Ganryu enxugava o rosto com a toalha que um dos companheiros lhe oferecia.

Durante todo o tempo, Iori, braços torcidos para trás e rosto contra o chão, continuou a gritar:

— Larguem-me! Soltem minhas mãos! Sou filho de samurais e não vou fugir, ouviram? Fiz tudo isso e tornaria a fazer. Não vou fugir, já disse!

Ganryu ajeitou os cabelos e a roupa em desalinho. Só então se voltou e disse em tom tranquilo:

— Soltem-no.

— Como? — perguntou Sahei, estranhando e contemplando fixamente o rosto de expressão magnânima. — Posso mesmo soltá-lo, senhor?

— Vou, porém, impor uma condição — salientou Ganryu, em tom enfático. — O menino não pode crescer pensando que basta pedir desculpas para que todos os seus atos sejam perdoados.

— Sim, senhor.

— Não vou interferir pessoalmente, pois o episódio não passou de travessura de mau gosto, cometida por reles moleque de recados. Mas se vocês julgam que seu ato precisa ser punido, encham essa concha com a água que ferve na chaleira e derramem sobre a cabeça do moleque. Ele não vai morrer por causa disso.

— Jogar uma concha cheia de água fervente?...

— Por outro lado, se pensam que ele pode continuar impune... A mim não importa.

Sahei e os demais se entreolharam em silêncio, hesitantes. Logo, porém, o velho gerente decidiu:

— Como poderíamos deixar impune esta afronta ao senhor? Na verdade, o menino nos tem irritado constantemente. O senhor foi magnânimo em não matá-lo aqui e agora, e ele tem de lhe agradecer pela sentença branda. Escute aqui, moleque: não temos culpa do que lhe faremos a seguir, ouviu bem?

"O menino vai se debater", "Peguem essa corda!", "Amarrem as mãos e os pés!"

Ordens pipocaram e a agitação tomou conta dos homens. Iori, contudo, desvencilhou-se das mãos que o seguravam e gritou:

— Parem!

Sentou-se a seguir formalmente no chão e declarou:

— Não lhes disse que não vou fugir? Sei muito bem o que fiz. Joguei chá quente nesse samurai porque tinha motivos para isso. E se ele em troca quer me jogar água fervente na cabeça, que o faça. Talvez um mercador se desmanche em desculpas, mas eu não tenho motivos para me desculpar. Um guerreiro não chora por tão pouco!

— Ora, vermezinho insolente! — gritou Sahei, arregaçando as mangas. Encheu a concha com a água escaldante da chaleira e a aproximou da cabeça do menino.

Lábios firmemente cerrados, Iori mantinha os olhos bem abertos e fixos num ponto, à espera do castigo.

Foi então que alguém gritou de longe:

— Iori! Feche os olhos! Feche os olhos, ou a água quente o cegará!

V

Quem gritara?

Sem tempo para descobrir, Iori apenas cerrou os olhos, obediente.

À espera da água fervente, e ao mesmo tempo esforçando-se para expulsar essa noção da consciência, o menino lembrou-se de súbito de certa história referente ao abade Kaisen, que Musashi lhe contara na época em que tinham vivido juntos na choupana de Musashino.

Kaisen era um monge zen-budista muito respeitado pelos *bushi* da região de Koshu. Certa vez, quando a coalizão comandada por Oda Nobunaga invadiu a ravina onde se situava o templo e incendiou o portal, diz-se que o monge deixou-se ficar sentado sobre um dos pilares, permitindo que o fogo tomasse conta do seu corpo. E enquanto morria, teria dito:

— Remova da mente todos os pensamentos e verá que mesmo o fogo pode ser refrescante.

Olhos firmemente cerrados, Iori pensou: "Não posso ter medo de um pouco de água quente!"

Logo, porém, deu-se conta de que nem isso devia pensar e esforçou-se por esvaziar mente e corpo de todos os tipos de pensamentos e sensações. E embora o corpo continuasse a existir, tentou transformar-se numa sombra, eliminar por completo a consciência de si próprio.

Era inútil.

Iori não conseguia atingir esse estado. Fosse ele mais novo ou bastante mais velho, talvez o conseguisse. Mas na sua idade, o menino já sabia demais.

"É agora! É agora!", pensava tenso, sentindo que cada gota de suor que lhe escorria pelo rosto era uma gota de água fervente, e cada segundo, um século. Iori sentiu vontade de tornar a abrir os olhos.

E então, ouviu a voz de Ganryu dizendo às suas costas:

— Ora, senhor conselheiro!

Todos os empregados da casa, assim como Sahei — ainda com a concha cheia de água quente suspensa sobre a cabeça do menino — tinham-se voltado involuntariamente para o homem que advertira o menino de longe.

— Bela confusão, não é mesmo? — disse o homem a quem Ganryu chamara de senhor conselheiro, atravessando a rua e aproximando-se. Rosto molhado de suor e usando quimono simples de linho e *hakama* de viagem de tipo indefinível, Nagaoka Sado, o idoso conselheiro do clã Hosokawa ali estava, fazendo-se acompanhar apenas do jovem escudeiro Nuinosuke.

— Ah-ah! Pegaram-me em situação constrangedora! Estou castigando um moleque — justificou-se Ganryu, preocupado em não parecer imaturo e rindo para disfarçar.

Sado apenas olhava fixamente o rosto do pequeno Iori. Passados instantes, disse:

— Castigando? Sei... Talvez um bom castigo seja interessante, dependendo do motivo. Vamos, vamos, não se prenda por minha causa! Leve adiante a execução. Vou assisti-la também.

Ainda empunhando a concha, Sahei lançou um olhar de esguelha para o rosto de Ganryu. Este, porém, estava-se dando conta de que arriscava sua imagem, já que seu adversário era apenas uma criança.

— Vamos parar por aqui. Acho que o moleque aprendeu a lição. Sahei, leve essa concha para lá! — ordenou.

E então, Iori, que abrira os olhos e estivera até então contemplando com olhos vagos o rosto do seu salvador, gritou:

— Ah! Mas eu o conheço, *obuke*-sama! O senhor costumava vir a cavalo ao templo Tokuganji, em Shimousa, não é verdade?

— Lembrou, Iori? Muito bem!

— Lembrei, lembrei! Como haveria eu de esquecer? Certa vez, o senhor me deu doces no templo Tokuganji!

— E que foi feito de seu mestre Musashi, Iori? Não anda mais em sua companhia ultimamente?

No mesmo instante um soluço sacudiu os ombros do menino. Grandes gotas de lágrimas escorreram entre o punho levado aos olhos e o nariz.

VI

Ganryu não podia imaginar que Sado conhecesse o menino.

Contudo, era de seu conhecimento que muito antes de ter sido ele próprio contratado pela casa Hosokawa, Sado indicara Musashi para o mesmo posto que ocupava agora. Ganryu também ouvira diversas vezes o próprio Sado comentando que continuava à procura de Musashi porque prometera apresentá-lo ao jovem suserano do clã.

Concluiu, portanto, que o velho conselheiro conhecera Iori enquanto procurava Musashi, mas não teve vontade alguma de confirmar sua suposição, mormente porque não lhe interessava ouvir o nome do rival a essa altura dos acontecimentos.

Não obstante, Ganryu tinha perfeita consciência de que, querendo ele ou não, teria de se bater num futuro próximo com Musashi. Essa certeza, sabia Ganryu, era partilhada tanto por seu atual amo, Tadatoshi, quanto por seu velho conselheiro Sado e baseava-se na história pregressa dos dois. Ainda assim, ficara bastante surpreso ao perceber, no momento em que chegara a Buzen para assumir o posto, que esse duelo já estava sendo considerado também uma certeza pelos habitantes tanto da área central do país como da região de Kyushu, e ainda pela maioria dos guerreiros dos diversos clãs espalhados por essas duas regiões.

Tanto ele quanto Musashi eram originários de Chugoku, o centro do país, e a fama dos dois em suas terras natais e nas províncias ocidentais era muito maior que a imaginada enquanto vivera em Edo.

Como consequência, fora inevitável o surgimento de duas facções antagônicas, tanto no ramo central do clã como em suas diversas ramificações, uma enaltecendo Miyamoto Musashi, outra louvando as qualidades do novo instrutor Ganryu Sasaki Kojiro.

Uma das facções era indiscutivelmente liderada por Iwama Kakubei, outro conselheiro idoso da casa Hosokawa e protetor de Ganryu. Analisando os fatos, certas pessoas consideravam que essa atmosfera de rivalidade surgira no meio guerreiro por causa do tema, sem dúvida apaixonante. No entanto, essas mesmas pessoas achavam que, na verdade, a origem do conflito estava dentro do clã Hosokawa, nada mais sendo que a manifestação da rivalidade de dois conselheiros da casa, Sado e Kakubei, igualmente antigos e poderosos.

De qualquer modo, a verdade era que Ganryu nutria certo antagonismo por Sado, e o último por sua vez não apreciava o primeiro.

— Seus lugares estão prontos. Os senhores poderão embarcar a qualquer momento — veio avisar nesse momento o chefe da tripulação do Tatsumimaru.

Para Ganryu, a notícia não podia ter vindo em melhor hora.

— Embarco imediatamente. Até mais ver, conselheiro — disse ele, afastando-se às pressas com os demais companheiros rumo ao cais.

Sado ficou para trás e perguntou a Sahei:

— O barco parte somente no fim da tarde, não é mesmo?

— Exatamente, senhor — disse o último, andando inquieto pelo vestíbulo, sentindo que o incidente não estava totalmente encerrado.

— Isto quer dizer que posso descansar mais alguns momentos nesta sala.

— Com toda a certeza, senhor. Vou-lhe servir um chá em seguida.

— Numa concha?

— Na... não, senhor — gaguejou Sahei, acusando o golpe e coçando a cabeça.

Nesse instante, o cortinado entre a loja e a área residencial da casa moveu-se de leve e Otsuru espiou por uma brecha.

— Sahei, vem cá um pouco — chamou ela em voz baixa.

VII

Sado atendeu ao convite de Sahei, que, instruído por Otsuru, insistia em conduzi-lo à sala de visitas no fundo da casa pelo portão do jardim, já que o vestíbulo não era local à altura dele.

— Quem quer falar comigo? A dona da casa? — inquiriu o velho conselheiro.

— Ela diz que quer lhe agradecer, senhor — respondeu Sahei.

— Agradecer-me por quê?

— Não tenho certeza, mas... — hesitou o gerente, constrangido, coçando a cabeça de novo. — Acho que ela quer apresentar seus agradecimentos em nome do dono deste estabelecimento por sua providencial intervenção no episódio que envolveu o moleque Iori.

— E por falar em Iori, quero trocar algumas palavras com ele. Chama-o aqui.

— Neste momento, senhor.

O jardim não desmentia o rico gosto dos mercadores de Sakai. Embora não passasse de pedaço de terra limitado de um lado pela extensa parede do depósito, a área constituía outro mundo e não lembrava em nada o calor e a balbúrdia da loja. As árvores e as rochas em torno da fonte tinham sido aspergidas e brilhavam úmidas. Um córrego murmurava mansamente, expulsando o calor.

Um tapete caro tinha sido estendido num dos aposentos e sobre ele estavam dispostos doces e cachimbos com misturas aromáticas. Osei e a filha Otsuru ali o aguardavam.

— Não vou descalçar estas trabalhosas sandálias de viagem. Além disso, minhas roupas estão cobertas de pó, de modo que prefiro não entrar. Relevem a rudeza — disse Nagaoka Sado, sentando-se à beira da varanda e aceitando apenas o chá.

Osei, então, dirigiu-lhe a palavra:

— Senhor, nem sei como lhe agradecer... — começou ela, desculpando-se pela ignorância dos seus empregados.

— Nem é preciso — disse Sado. — Eu conhecia o menino de vista por motivos que agora não vêm ao caso. Apenas apareci na hora certa. Gostaria, porém, de saber por que ele está aos cuidados desta casa. Não tive tempo de conversar sobre o assunto com ele.

A dona da casa contou então como encontrara o menino casualmente na estrada ao retornar de uma viagem a Yamato e como o trouxera consigo. Sado por sua vez comentou que andara nos últimos anos à procura de certo Miyamoto Musashi, mestre do menino, pondo-a a par dos detalhes dessa busca.

— Eu acompanhava do outro lado da rua os acontecimentos, e vi quando o menino se sentou em meio àquela multidão agitada. Admirei sua atitude corajosa e composta. Parece-me que uma criança com uma personalidade tão firme não deve ser criada segundo os padrões da classe mercantil, pois poderá perder essa qualidade que o torna admirável. Que acha de entregá-lo a mim, senhora? Gostaria de levá-lo comigo a Kokura e tomá-lo a meu serviço, como pajem — pediu Sado.

A isso, Osei respondeu:

— Não poderia haver melhor solução para ele.

Otsuru também se declarou feliz com o arranjo e ergueu-se, pronta para ir chamar Iori à presença deles. O menino porém ouvira, ao que parecia, a conversa do começo ao fim, escondido havia algum tempo atrás de algumas árvores. Quando indagado se gostava da ideia, respondeu prontamente que não só gostava como queria muito seguir para esse lugar chamado Kokura em companhia do idoso conselheiro.

Aproximava-se a hora do barco zarpar.

Enquanto Sado tomava seu chá, Otsuru providenciou um conjunto de quimono e *hakama* para Iori, assim como sombreiro e perneiras para a viagem com o carinho de quem ajuda um irmãozinho. E assim, usando pela primeira vez na vida um *hakama*, Iori acompanhou o conselheiro paramentado como autêntico pajem e embarcou.

Desfraldando as velas negras ao vento contra o céu rubro do entardecer, o barco iniciou sua longa rota marítima rumo a Kokura, em Buzen.

A bordo, Iori agitava o sombreiro despedindo-se da pequena multidão agrupada no cais, no meio da qual divisava os rostos brancos de Otsuru e Osei, e o vulto de Sahei. A cidade de Sakai aos poucos ficou para trás.

O CALÍGRAFO

I

Estamos numa área conhecida como Totoya, na cidade casteleira de Okazaki.[14]

À entrada de um estreito beco existe um cartaz anunciando:

Academia Infantil
Mestre Muka — Ensina-se a ler e a escrever

Pelo visto, esta é uma escola particular, mais um dos muitos empreendimentos a que recorre um *rounin* para sobreviver.

Cuidadoso exame do cartaz revela, porém, que os ideogramas, aparentemente do próprio punho do mestre, deixam muito a desejar como modelo caligráfico. Um ou outro especialista talvez lance um olhar de esguelha e sorria desdenhoso ao passar por ali. Mestre Muka, porém, não considera sua obra vergonhosa. E quando alguém se dá ao trabalho de questionar, dizem que responde: "Paciência! Eu também sou criança e estou aprendendo."

No fundo do beco existe um bambuzal, e além dele, um centro de equitação, de onde nuvens de poeira se erguem incessantes em dias de sol. O centro era o local de treino dos vassalos da casa Honda — a elite dos guerreiros de Mikawa[15] — que ali passavam o dia aprendendo a cavalgar.

Fica assim explicada a razão de tanta poeira.

E talvez fosse por essa mesma razão que mestre Muka costumava manter um dos lados da academia, infelizmente o mais claro e que dava para o centro de equitação, sempre vedado por uma cortina. Em consequência, a sala de aulas, em si já pequena e escura, tornava-se ainda mais sombria.

Ele era solteiro.

E nesse momento, o barulho da roldana girando sobre o poço mostrou que mestre Muka acabava de despertar da sua sesta. Momentos depois, um sonoro estampido soou no meio do bambuzal: alguém tinha quebrado um bambu.

---

14. Okazaki: pequena cidade situada na área central da província de Aichi, terra natal dos Tokugawa, e uma das 53 paradas existentes ao longo da estrada Tokaido, que partia de Nihonbashi, em Edo, e terminava na ponte Oubashi, da rua Sanjo, de Kyoto.

15. Mikawa, ou ainda, Sanshu: antiga denominação de certa área a leste da atual província de Aichi.

Os ramos do exemplar grande balançaram em seguida, e passados instantes mestre Muka emergiu do bosque trazendo um gomo de bambu, curto e grosso demais para fazer uma flauta *shakuhachi*.

Vestia quimono simples de tecido cinza, liso, e trazia à cintura uma única espada curta. Apesar do jeito sóbrio de se vestir, mestre Muka era jovem, ainda não parecia estar na casa dos trinta.

Lavou o gomo de bambu na beira do poço e entrou no aposento. Nele não existia o costumeiro nicho marcando o lugar de honra. Em vez disso, havia a um canto da sala o retrato de um venerando monge, de autoria desconhecida, e debaixo dele uma prateleira, na verdade simples tábua, sobre a qual mestre Muka depositou o gomo de bambu, agora transformado em vaso.

Dentro do vaso, vistoso ramo de bons-dias com a gavinha ainda enroscada no galho fora displicentemente arranjada.

"Nada mau", pensou, satisfeito.

Em seguida, mestre Muka sentou-se à escrivaninha e dedicou-se ao trabalho. Um padrão caligráfico, não cursivo, do mestre chinês Chu Sui Liang[16] e cópias de modelos do monge Kobo Daishi[17] estavam sobre a mesa.

Um ano já se tinha passado desde o dia em que se mudara para esse beco. E talvez por ter-se esforçado todos os dias, sua caligrafia era agora muito melhor que a do cartaz à entrada do beco.

— Está em casa, mestre? — chamou alguém à porta da casa nesse momento.

— Estou — respondeu Muka, reconhecendo a voz da vizinha. — Dia quente, não é mesmo? Entre! — convidou ele, depositando o pincel.

— Não, obrigada. Estou com pressa. Não ouviu por acaso um estampido, há pouco?

— Ah-ah! Não se assuste. Era eu, aprontando mais uma.

— Ora essa! Como pode um professor, que tem crianças sob sua responsabilidade, praticar tantas travessuras?

— Tem razão.

— E o que andou aprontando, desta vez?

— Apenas quebrei um bambu.

— Ah, entendi! Assustei-me tanto que meu coração disparou! Logo me lembrei do meu velho, que sempre reclama de *rounin* estranhos rondando esta área nos últimos tempos. Ele acha que esses estranhos estão no seu

---

16. No original, Chosuiryo (leitura japonesa do nome chinês): famoso estadista e calígrafo chinês (596--658).

17. Kobo Daishi: um dos nomes mais reverenciados do budismo japonês, foi em vida conhecido como Kuukai. Trouxe o budismo Shingon da China para o Japão. Notável líder religioso, homem de letras, artista e excelente calígrafo, foi também o inventor do silabário *hiragana* (774-835).

encalço. No mínimo, querem acabar com a sua vida, diz ele. São histórias do meu velho, e não merecem muito crédito, mas mesmo assim...

— Não se preocupe. Minha vida não vale três moedas furadas.

— Não brinque! Muita gente morre vítima de velhos rancores de que nem se lembra mais. Esteja sempre atento, é melhor tomar cuidado. Não por mim, mas pelas mocinhas casadoiras das redondezas. Elas vão chorar muito se algo ruim lhe acontecer.

II

O vizinho, um artesão, fabricava pincéis.

Marido e mulher eram pessoas muito bondosas, especialmente ela, do tipo maternal, sempre preocupada com o bem-estar do mestre Muka. Ensinara-lhe a fazer gostosos cozidos, preocupava-se até em cerzir e lavar as roupas do vizinho solteirão.

Mestre Muka era-lhe grato por tudo isso, exceto pela ideia fixa de lhe arrumar uma noiva.

— Sei de uma moça que daria uma ótima esposa para você — era o refrão predileto da boa mulher. — Por que não se casa? Não me diga que não gosta de mulheres — insistia, por vezes deixando o pobre professor perdido, sem saber o que responder.

Com relação a essa insistência, mestre Muka tinha boa parcela de culpa, já que deixara escapar distraidamente, no meio de uma conversa: "Sou um *rounin* proveniente de Sakushu, solteiro e razoavelmente instruído. Estudei em Kyoto e Edo, e pretendo construir uma escola nesta localidade e estabelecer-me futuramente."

Não foi, portanto, à toa que o casal vizinho pensara primeiro em comprar-lhe panelas e chaleira e, depois, em casá-lo, já que tinha boa aparência, idade ideal e, sobretudo, parecia ser sério e de boa índole. Além do mais, quando o viam passar na rua, muitas mocinhas da vizinhança costumavam suspirar e implorar a ajuda da mulher do fabricante de pincéis no sentido de alertá-lo para o fato de que estavam disponíveis e muito interessadas em se casar.

A vida nessa periferia era divertida e movimentada. Festivais, danças populares e comemorações religiosas alegravam o mundo simples dessa gente que dispensava comunitariamente a mesma e entusiástica atenção também aos acontecimentos tristes, como enterros, missas memoriais e até enfermidades.

E era no meio dessa comunidade que vivia mestre Muka. Sentado à sua pequena escrivaninha, dali contemplava a vida, ao que parecia tirando lições de tudo que via: "Muito interessante!"

Mas os tempos eram de instabilidade e nunca se podia saber com certeza a identidade real do inofensivo morador de pacatas comunidades como aquela.

Por exemplo, no bairro periférico próximo ao hipódromo e à zona alegre de Osaka morava um mestre calígrafo que usava vestes monásticas e se chamava Yumu. Pois rigoroso inquérito realizado pela casa Tokugawa entre seus antecedentes revelou algo inesperado: o inofensivo professor de caligrafia Yumu era, na verdade, Chosokabe Morichika, senhor de Tosa, um *daimyo* poderoso da coalizão ocidental, derrotado na batalha de Sekigahara. A notícia provocou verdadeiro frisson no pacato vilarejo, mas a essa altura, os moradores descobriram também que o homem tinha desaparecido da noite para o dia sem deixar rastros.

Outro exemplo era o de certo adivinho que vivia pelas ruas da cidade de Nagoya prevendo o futuro das pessoas e que também tinha despertado a desconfiança dos partidários da casa Tokugawa. Sondagens levadas a cabo por eles revelaram que o personagem era ninguém mais, ninguém menos que um vassalo de Mouri Katsunaga, Takeda Eio, sobrevivente da batalha de Sekigahara.

Além destes dois, havia ainda no monte Kudoyama o já mencionado Sanada Yukimura, e Goto Mototsugu, o valente guerreiro nômade partidário de Osaka, todos eles presenças exasperantes para a casa Tokugawa e que seguiam à risca o princípio de viver anonimamente.

Claro estava que nem todos os homens de vida dissimulada eram personalidades importantes. Pelo contrário, o número dos insignificantes era muito maior, como, aliás, acontece com tudo na vida. Mas era exatamente essa descontraída mistura de autênticos conspiradores e de inúteis vagabundos em harmonioso convívio que tornava a vida nesses bairros periféricos misteriosa e atraente.

Voltando a nosso mestre Muka, ninguém sabia ao certo de quem partira a iniciativa, mas nos últimos tempos algumas pessoas tinham passado a chamá-lo Musashi em vez de Muka.

— Aquele jovem chama-se Miyamoto Musashi e está exercendo a profissão de professor ninguém sabe por quê. Na verdade, ele é um exímio espadachim que venceu a casa Yoshioka no episódio do pinheiro solitário do templo Ichijoji — explicavam alguns boateiros.

Gente havia que contestasse, outros duvidavam, todos na vila observando com muito interesse o professor. E, em meio a esse clima, havia ainda alguns vultos espreitando mestre Muka — e tramando contra a sua vida, segundo a mulher do fabricante de pincéis —, vultos esses que eram vistos em meio ao bambuzal e na entrada do beco camuflados pela noite.

III

Mestre Muka, porém, parecia não dar importância ao perigo que o estaria rondando, pois nessa mesma noite, e apesar da recente advertência de sua vizinha, saiu novamente a passear, avisando de passagem:

— Meus bons vizinhos, vou dar uma volta de novo. Tomem conta da casa na minha ausência, por favor.

Os dois jantavam nesse momento com as portas escancaradas, e viram-no de relance cruzando o alpendre.

Vestia ainda o mesmo quimono cinzento gasto pelo uso, e levava à cintura suas duas espadas, como sempre fazia nessas ocasiões. No entanto, não usava *hakama* nem sobretudo, e se lhe vestissem uma sobrepeliz por cima do quimono, seria a própria imagem de um monge mendigo *komuso,* tão simples eram suas roupas.

A mulher estalou a língua e resmungou:

— Aonde vai ele a esta hora? Suas aulas terminam na parte da manhã, e depois do almoço ele faz a sesta. E quando chega a noite, sai ninguém sabe para onde. Esse homem mais parece um morcego!

O marido riu:

— Tem todo o direito, já que é solteiro! Não fique implicando com as saídas noturnas dos vizinhos, ou não fará mais nada na vida.

Um passo além do beco levava para dentro da cidade de Okazaki, com suas luzes piscando à brisa noturna antes ainda que o sufocante mormaço espalhado pelo vento da tarde se dissipasse. Alguém tocava uma flauta *shakuhachi,* grilos presos em pequenas gaiolas de vime cricrilavam, o massagista cego anunciava-se, vendedores de melancia e *sushi* apregoavam suas mercadorias aos turistas saídos de suas estalagens em frescos *yukata* para curtir a noite. Diferente de Edo, agitada e de ritmo acelerado como toda cidade em expansão, Okazaki tinha um ar tranquilo, típico de uma tradicional cidade casteleira.

— Ali vai o professor!

— Mestre Muka!

— Nem nos viu...

Mocinhas trocavam olhares e sussurravam. Uma lhe fez uma cortês reverência. O destino de mestre Muka era o tema das especulações também nessa noite.

Indiferente a tudo isso, mestre Muka caminhava com firmeza, em linha reta. Na direção dos seus passos ficava a famosa zona alegre de Okazaki, considerada uma das atrações da estrada Tokaido. As meretrizes, dizia-se, tinham exercido sua profissão nessa área desde a mais remota Antiguidade. Mestre Muka, porém, passou sem enveredar por suas ruas.

Logo, viu-se no extremo ocidental da cidade casteleira. Um rio rugia no escuro, dissipando de vez o mormaço. Uma longa ponte de quase quatrocentos metros ligava uma margem à outra. Entalhado no pilar da cabeça da ponte, a luz do luar revelava: "Ponte Yahagi".

Um homem magro com vestes monásticas e que parecia ter estado ali à espera destacou-se da noite.

— É você, mestre Musashi? — perguntou. Mestre Muka respondeu:

— Olá, Matahachi!

Aproximaram-se mutuamente e sorriram um para o outro.

Era verdade: vestido do mesmo jeito com que se apresentara ao magistrado da cidade de Edo para ser fustigado cem vezes em praça pública, o vulto à espera era Hon'i-den Matahachi.

E Muka era, realmente, o pseudônimo adotado por Musashi.

Sobre a ponte Yahagi e à luz do luar não se viam traços dos antigos ressentimentos.

— E o mestre zen-budista? — perguntou Musashi.

— Não retornou da viagem, nem deu notícias — respondeu Matahachi.

— Como demora! — murmurou Musashi. Conversando cordialmente, os dois cruzaram a ponte.

IV

Na margem oposta havia um antigo templo zen-budista. O povo local costumava referir-se a ele como templo Hachijoji, talvez porque a montanha próxima fosse conhecida como Hachijozan.

— E então, Matahachi? É árduo o aprendizado no templo? — indagou Musashi. Os dois subiam agora por escura ladeira que levava ao portal do templo.

— Demais! — respondeu o pálido Matahachi com sinceridade, pendendo a cabeça. — Perdi a conta das vezes que pensei em desistir ou me enforcar de uma vez, horrorizado ante a perspectiva de sofrer tão longamente apenas para me tornar um ser humano decente.

— E tudo o que você está passando é apenas o começo. Lembre-se de que você ainda não conseguiu que o grande mestre o aceitasse como discípulo, Matahachi.

— Mas graças a você, creio ter conseguido um pequeno progresso: nos últimos tempos, tenho tido forças para me admoestar e me incentivar, toda vez que me vejo quase desistindo.

— Isso já é um claro sinal de progresso.

— Quando me vejo angustiado, penso sempre em você e me digo: se você conseguiu, eu também consigo.

— Isso mesmo. Tudo que eu fiz você também será capaz de fazer.

— Além disso, nunca esqueço que o monge Takuan me salvou da morte certa. E quando me lembro do quanto sofri quando fui açoitado cem vezes, acabo encontrando forças para lutar contra a dureza deste aprendizado.

— Quando se vence um obstáculo difícil, experimenta-se em seguida a satisfação que supera todo o sofrimento. Na vida, sofrimentos e prazeres são ondas que se intercalam a todo momento. E se o homem procura espertamente navegar apenas nas ondas do prazer, permanecendo indolente, perderá o sentido da vida, alegrias ou prazeres deixarão de existir para ele.

— Acho que comecei a compreender tudo isso.

— Compare o bocejo do homem temperado pelo sofrimento com o do homem indolente, e veja como são diferentes. Quanta gente não existe neste mundo que morre como mísero inseto, sem saber o verdadeiro sabor de um bocejo.

— Ouço muitos comentários interessantes a meu redor todos os dias. Essa é uma das vantagens de se viver num templo.

— Estou ansioso por me encontrar com o mestre e pedir-lhe que o aceite como discípulo. Quero também aconselhar-me com ele quanto ao caminho que devo seguir...

— Quando será que ele pretende retornar? Dizem que às vezes fica sem dar notícias por mais de um ano.

— Isso não chega a ser novidade. Existem casos de monges zen-budistas que vagaram sem destino, como um floco de nuvem, por dois ou três anos consecutivos. Não se desespere: já que nos estabelecemos aqui, prepare-se para esperar com paciência, nem que seja por cinco ou seis anos, Matahachi.

— E você permanecerá comigo durante todo esse tempo?

— Claro que sim! Viver em beco dos subúrbios de uma cidade com Okazaki e entrar em contato com a complexa vida desse povo está sendo um aprendizado para mim, num certo sentido. Não pense que espero a volta do mestre ociosamente.

O portal do templo, com sua cobertura de colmo, não tinha nem sombra da riqueza dourada de certas instituições religiosas. O próprio santuário era a imagem da pobreza.

O noviço Matahachi conduziu seu amigo para o casebre ao lado da cozinha. Ele continuaria alojado nesse canto até a volta do mestre porque não fora ainda admitido oficialmente no templo.

Musashi costumava visitar o amigo nesse alojamento de vez em quando e varar a noite conversando. Muita coisa acontecera entre o momento em que deixara a cidade de Edo para trás e a situação atual de franca camaradagem com Matahachi. Este, por sua vez, tinha abandonado o mundo para dedicar-se puramente à vida religiosa.

A CONCHA DA INÉRCIA

I

Neste ponto, retrocedemos a narrativa para o ano anterior e retraçamos o caminho percorrido por Musashi desde o momento em que, desfeito o sonho de ser empregado pela casa xogunal, partira deixando no salão de espera do palácio a campina de Musashino retratada no biombo.

Não é nada fácil levantar suas pegadas, pois Musashi surgia de súbito num ponto para depois desaparecer casualmente, volátil como um floco de nuvem em torno de um pico.

Nem sempre essas aparições pareciam obedecer a um princípio ou ter objetivo claro.

Visto sob o prisma do próprio Musashi, ele seguira sem hesitar um caminho preestabelecido. Aos olhos de observador estranho, porém, parecia que andava a esmo, parando ou prosseguindo sem critério algum.

Acompanhando-se sempre o curso do rio Sagami até o extremo ocidental da campina de Musashino chega-se à parada de Atsugi, de onde se avistam as montanhas Ouyama e Tanzawa.

Nesse ponto, o rastro de Musashi desaparece e ninguém mais sabe por um bom tempo onde ou como ele viveu.

Dois meses depois, foi visto descendo das montanhas e surgindo numa vila das redondezas, sujo e com os cabelos revoltos. Aparentemente, tinha se refugiado nas montanhas próximas para tentar solucionar algum problema que o atormentava, mas delas fora expulso pelos rigores do inverno. A expressão de seu rosto magro era então ainda mais atormentada.

Dúvidas o afligiam com persistência. Bastava-lhe resolver uma e logo outra lhe surgia, embotando o espírito, empanando o destro uso da espada.

— Não adianta! — chegava ele a pensar às vezes com um fundo suspiro, quase desistindo de si próprio. Nessas horas, imaginava para si uma vida simples e indolente, como a de qualquer mortal. "Com Otsu?", pensava em seguida.

Sentia-se capaz de assumir de imediato uma vida tranquila com ela se pudesse convencer-se a isso. E se a questão fosse encontrar um recurso para não morrer de fome, emprego acharia facilmente em clãs em troca de 100 ou 200 *koku*.

Mas quando se aprofundava no questionamento e se indagava se não se frustraria com esse tipo de vida, a resposta era imediata: não se sentia capaz de assumir levianamente tais tipos de compromissos permanentes.

E no momento seguinte, via-se recriminando: "Covarde! Por que hesita?"

Contemplava então os picos distantes, difíceis de alcançar, e se debatia em dúvidas ainda mais profundas.

Por vezes devastado por paixões e transformado em demônio faminto, em outras satisfeito e orgulhoso da própria solidão, como a límpida lua que surge por trás dos picos, Musashi se via como presa de ímpetos ora luminosos ora sombrios. Seu espírito era excessivamente apaixonado, rancoroso e inquieto.

E enquanto o espírito se debatia entre a luz e a sombra, sua esgrima, a manifestação formal desse espírito, não atingia nível que ele próprio considerasse satisfatório. Tinha clara percepção de quão árduo era o caminho da espada e plena consciência do próprio grau de despreparo, de modo que se sentia devastado quando dúvidas e angústias o visitavam ocasionalmente.

Quanto maior pureza espiritual ele atingia enfurnado nas montanhas, mais sonhava com o convívio dos homens e com mulheres, e seu sangue tumultuava inutilmente. Nessas ocasiões podia jejuar, viver de nozes e raízes, permanecer horas a fio sob uma cascata flagelando o corpo, mas nada adiantava: sonhava com Otsu e se debatia no sono.

Dois meses depois, Musashi acabou descendo das montanhas. Passou a seguir alguns dias no templo Yugyoji, em Fujisawa, e quando afinal chegou ao templo zen-budista de Kamakura, ali encontrou inesperadamente um homem que se debatia em dúvidas e tormentos ainda maiores: seu amigo de infância, Hon'i-den Matahachi.

II

Banido da cidade de Edo, Matahachi tinha vindo para Kamakura por saber que nessa cidade existiam muitos templos.

Por motivos diferentes dos de Musashi, ele também passava por período de dúvidas e questionamentos. Agora, não tinha nenhuma vontade de voltar à vida indolente de até então.

Musashi lhe havia dito nessa ocasião:

— Nunca é tarde demais, Matahachi. Tente reformar-se, comece uma vida nova. Se desistir de si mesmo estará perdido, não haverá mais futuro para você.

Ao mesmo tempo, confessou:

— Eu próprio estou neste momento sem ânimo para nada. Parece-me que fui de encontro a uma parede e chego a pensar que estou acabado. Essa incapacidade de agir é uma espécie de doença que me devasta uma vez a cada dois ou três anos. Nessas ocasiões, costumo contra-atacar, fustigar meu espírito, que quer se render à lassidão, romper essa dura concha de inércia e sair. Uma vez fora, descortino um novo caminho, por onde sigo outra vez sem hesitar. E então, três ou quatro anos depois, torno a esbarrar numa nova parede, e sou acometido uma vez mais pela mesma doença.

Depois de uma curta pausa, continuou:

— Mas este último surto é grave, não consigo quebrar a barreira da inércia. Você talvez não saiba como é angustiante debater-se na negra zona entre o interior e o exterior dessa concha... E então, lembrei-me de repente de certa pessoa e cheguei à conclusão de que o único recurso era pedir ajuda a ela. Desci das montanhas em seguida e aqui estou em Kamakura, para saber do seu paradeiro.

A pessoa a que Musashi se referia era um mestre zen-budista de nome Gudo, também conhecido como Toshoku, morador da montanha Sakinohouzan. Musashi o tinha conhecido quando era ainda um jovem de seus dezenove ou vinte anos e andava pelo país impetuosamente buscando seu rumo. Na época, frequentara o templo Myoshinji, e recebera de Gudo aulas de autoiluminação.

Ao ouvir isso, Matahachi implorara:

— Quero conhecê-lo também! Apresente-me a ele e peça-lhe que me aceite como seu discípulo!

A princípio, Musashi duvidou que o amigo estivesse sendo sincero. Posto, porém, a par dos infortúnios por que passara desde o momento em que chegara a Edo, acabou considerando que o sofrimento talvez o tivesse mudado. Aceitou portanto a incumbência, e lhe prometeu empenhar-se no sentido de levar mestre Gudo a interessar-se por ele. Depois disso, os dois tinham batido à porta de diversos templos e instituições zen-budistas em busca do famoso monge, mas ninguém foi capaz de lhes dar qualquer informação sobre o seu paradeiro.

Mestre Gudo, diziam os monges, havia partido do templo Myoshinji alguns anos atrás. Sabiam apenas que viajava pelo leste e pelo nordeste do país, mas sendo pessoa dada a vagar sem rumo, sua presença era reportada ora ao lado do imperador Gomizuno, brindando-o com refrescantes preleções sobre zen, ora andando por estradas do interior inteiramente só, perplexo por ter sido surpreendido pela noite em plena estrada, sem saber onde jantar ou pernoitar.

–— Vá ao templo Hachijoji, em Okazaki, e informe-se. Ele costuma passar por lá de vez em quando — aconselhara um monge em certo templo.

Eis por que Musashi e Matahachi para ali tinham-se dirigido, mas em vão. Não obstante, souberam que o santo monge surgira no templo casualmente havia quase um ano, e prometera passar por ali de novo quando retornasse da viagem ao nordeste.

— Resta-nos apenas esperar sua volta, nem que seja por anos — decidira Musashi. Alugou então uma casa em área afastada do centro, enquanto Matahachi conseguia que lhe cedessem um casebre ao lado da cozinha do templo. Juntos, os dois esperavam havia mais de meio ano pela volta de Gudo.

III

— Os pernilongos não dão sossego — resmungou Matahachi, incomodado com o grande número desses insetos que os infernizava, apesar da fumaceira destinada a espantá-los. — Vamos sair, mestre Musashi. Sei que eles estão também do lado de fora, mas ao menos teremos ar puro.

— Como queira — disse Musashi, saindo na frente. Sentia certo consolo em saber que suas periódicas visitas contribuíam para trazer um pouco de tranquilidade à atribulada alma do amigo.

— Vamos para a frente do santuário central — disse ele.

A noite ia alta e não havia ninguém nos arredores. A porta achava-se cerrada, e uma brisa fresca varria a varanda.

— Isto me lembra o templo Shippoji — murmurou Matahachi, sentando-se. A infância e a terra natal eram tema constante de suas conversas, e vinham à baila associadas aos mais inesperados assuntos.

— Hum...

Musashi também tinha se lembrado. Nenhum dos dois, porém, ousara aprofundar-se no tema além desse ponto, e isso também vinha sendo uma constante.

Pois com as lembranças da terra natal, vinha-lhes também a imagem de Otsu, de Osugi, assim como numerosas outras amargas recordações, capazes de turvar o instante de camaradagem.

Matahachi parecia temer que isso acontecesse, de modo que Musashi também evitava qualquer comentário.

Nessa noite, porém, Matahachi deu mostras de querer aprofundar-se nas reminiscências.

— O morro por trás do templo Shippoji era mais alto que este, não era? E na base dele corria o rio Yoshino, do mesmo modo que aqui corre o Yahagi... Só não existe o cedro centenário — disse Matahachi, contemplando o perfil do amigo. De repente, pareceu decidir-se e começou a falar com sofreguidão:

— Há tempos venho tentando lhe dizer uma coisa, mas nunca tive coragem. Hoje, porém, estou decidido e vou lhe pedir um favor. Você me atenderá?

— Que tipo de favor? Diga.

— É a respeito de Otsu.

— Como?

Antes ainda de entrar no assunto, a emoção tolheu a língua de Matahachi, embaçou-lhe o olhar.

Incapaz de avaliar a intenção do amigo, que por iniciativa própria tocava em assunto até então cuidadosamente evitado pelos dois, a fisionomia de Musashi também traía comoção.

— Não consigo parar de pensar nela. Eu e você estamos aqui conversando depois de recuperar a nossa antiga amizade, mas como estará a pobre Otsu? Ou melhor, como ficará ela daqui para a frente? Ultimamente, venho lembrando-me dela e pedindo-lhe perdão do fundo da alma...

— ...

— Como pude atormentá-la tanto nestes últimos anos? Certa feita, persegui-a cruelmente, como um demônio; em Edo, obriguei-a a viver comigo, debaixo do mesmo teto, mas ela nunca se entregou a mim... Pensando bem, Otsu é como a flor que caiu do meu galho logo depois da batalha de Sekigahara. Hoje, ela desabrochou em ramo diferente, em outras terras.

— ...

— Escute aqui, Takezo... Quero dizer, mestre Musashi! Case-se com Otsu, eu lhe imploro. Só você é capaz de salvá-la. Fosse eu o mesmo Matahachi de alguns anos atrás, jamais lhe diria isso. Hoje, porém, sou outro homem, decidido a pagar meus erros sob a tutela de Buda. Asseguro-lhe que realmente abri mão dela. No entanto, seu futuro me preocupa, e por isso aqui estou implorando: encontre-a e realize seu mais caro desejo. Case-se com ela!

IV

Nessa noite, quando a madrugada já vinha chegando, Musashi foi visto descendo a ladeira do templo rumo à base do morro, braços cruzados sobre o peito, cabisbaixo, como se toda a angústia de sua existência não resolvida lhe tolhesse os passos.

As palavras de Matahachi — de quem acabava de se despedir diante do santuário — continuavam a soar em seus ouvidos, mais fortes que o vento no pinheiral.

"Case-se com Otsu, eu lhe imploro!"

Como era séria a voz do amigo, compenetrada a expressão do seu rosto!

Sentia pena de Matahachi. Quantas noites ele não teria sofrido antes de juntar coragem para abordar o assunto!

Todavia, muito mais perdido e angustiado estava ele, Musashi.

Depois de implorar quase de mãos postas, Matahachi, enfim livre da angústia que o atormentara noite e dia sem cessar nestes últimos tempos, devia estar a essa altura experimentando um torvelinho de emoções que iam da tristeza ao êxtase religioso, algo que se segue usualmente ao despertar espiritual. Em lágrimas, o amigo devia estar agora tateando em busca de uma nova vida, como uma criancinha recém-nascida.

No momento em que Matahachi o encarara e lhe fizera o pedido, Musashi não encontrara coragem para recusar, muito menos para dizer: "Otsu era sua noiva. Por que não lhe mostra que mudou, que está totalmente arrependido, e não a reconquista?"

E então, que lhe tinha ele respondido?

Nada. Pois o que quer que dissesse, seria mentira.

Por outro lado, não se sentia também disposto a revelar essa quase verdade, latente em seu coração.

Contrastando com seu mutismo, Matahachi tinha falado com desesperada franqueza. Tinha de resolver um por um os problemas íntimos, a começar pelo de Otsu, dissera-lhe ele, pois do contrário de nada lhe adiantaria entrar para a vida religiosa, ou iniciar qualquer outro tipo de treinamento.

— Foi você quem aconselhou a aprimorar-me. E se posso interpretar seu interesse como genuína demonstração de amizade, seja então meu amigo e case-se com Otsu, pois estará desse modo salvando-me também — insistira, voltando ao linguajar dos tempos de Shippoji, chorando muito.

Contemplando-o, Musashi pensara: "Conheço este homem desde os tempos em que tínhamos ambos cinco ou seis anos. Nunca imaginei, porém, que fosse tão ingênuo!"

Comovido com o desespero do amigo, Musashi sentira simultaneamente vergonha de si mesmo, de sua triste figura hesitante, e decidira despedir-se.

No momento em que se separaram, Matahachi agarrara-lhe a manga e lhe implorara uma vez mais, como um condenado à morte faria seu último pedido. E então, Musashi respondera: "Vou pensar no assunto."

Matahachi, porém, insistia numa resposta imediata, de modo que se viu obrigado a pedir: "Dê-me um tempo."

E assim, escapulira com muito custo e saíra pelo portal.

"Covarde!", censurara-se ele, com raiva de si mesmo, ainda assim sentindo-se incapaz de romper a negra casca da inércia que o envolvia nos últimos tempos.

V

A angústia dos acometidos pelo mal da inércia só pode compreender quem já a experimentou alguma vez. Ócio é algo com que todo ser humano sonha. O mal da inércia, entretanto, fica longe da agradável sensação de descanso e paz que o ócio proporciona: quem por ele é acometido não consegue agir, por mais que se empenhe. Mente amortecida e visão embaçada, o enfermo debate-se na poça do próprio sangue. Está doente, mas o corpo não apresenta alterações.

Batendo a cabeça na parede, sem conseguir recuar ou progredir, preso num vácuo imobilizante, a pessoa sente-se perdida, duvida de si mesma, despreza-se, e por fim chora.

Musashi se indignava, perdia-se em reflexões, mas nada adiantava.

Havia deixado Musashino para trás num impulso, abandonando Iori, separando-se de Gonnosuke e de todos os amigos da cidade de Edo porque já tinha sentido os primeiros sintomas da doença.

"Não posso entregar-me a ela!", tinha decidido, e desse modo pensara ter rompido de vez a dura casca que o aprisionava.

Passado meio ano, dava-se conta de que a concha continuava intacta, aprisionando seu ser aturdido.

E ali estava ele, um morto-vivo sem alma, flutuando no meio da escura brisa noturna, todas as crenças quase perdidas.

A questão relativa a Otsu, as palavras de Matahachi — não se encontrava agora em condições de resolver. Por mais que tentasse, não conseguia sequer ordenar os pensamentos.

A larga faixa do rio Yahagi surgiu bruxuleante à sua frente. A madrugada parecia ter chegado só ali. O vento sibilava na borda do sombreiro.

E quase imperceptível, camuflado no meio do silvo do vento, algo passou uivando a uma distância de quase um metro e meio do seu corpo. Musashi, porém, parecia até ter-se movido com maior rapidez que o som, pois já tinha desaparecido.

No mesmo instante um estrondo estremeceu o rio. A pólvora devia ter sido muito potente, e o tiro disparado de longe. Prova disso era o tempo transcorrido entre o sibilar da bala e o estrondo da explosão — suficiente para respirar duas vezes.

E Musashi? Uma cuidadosa averiguação mostrava que ele tinha se ocultado com surpreendente agilidade, saltando para trás de um pilar da ponte, e nele se colara, como morcego.

As palavras preocupadas do casal de vizinhos lhe vinham agora à lembrança, muito embora não conseguisse atinar quem poderia lhe querer mal na cidade de Okazaki.

Essa noite haveria de esclarecer a situação, decidiu-se no instante em que logrou ocultar-se por trás do pilar.

Um bom espaço de tempo transcorreu. E então, três homens desceram correndo a encosta do morro Hachijo como pinhas levadas pelo vento. Conforme previra Musashi, os três pararam mais ou menos no local onde ele estivera havia poucos instantes e pareciam procurar alguma coisa cuidadosamente.

— Ora essa!

— Aonde foi ele?

— Será que o homem estava mais perto da ponte?

Certos de que o encontrariam caído nos arredores, os estranhos tinham jogado fora a mecha e acorrido apenas com a espingarda na mão.

A arma cintilou. Era uma peça notável, digna de ser usada em campo de batalha. Tanto o homem que a empunhava como seus dois companheiros vestiam-se inteiramente de preto. Faixas da mesma cor envolviam-lhes cabeça e rosto, deixando apenas os olhos de fora.

REMOINHOS

I

Quem seriam eles?

Musashi não tinha ideia, mas estava sempre pronto a defender-se de qualquer ataque à sua pessoa.

Essa atitude vigilante era necessária a qualquer indivíduo dessa época que quisesse sobreviver.

A desordenada selvageria, herança do período Sengoku, ainda persistia. Tramas e maquinações faziam parte do cotidiano de todos os homens, tornando-os extremamente cautelosos e desconfiados, não lhes permitindo confiar sequer nas próprias mulheres: a grande doença social que por algum tempo ameaçara romper até os sagrados laços do sangue continuava presente no seio do povo.

Musashi, mais que ninguém, tinha motivos para ser cauteloso. Era grande o número de pessoas que tinham tombado sob sua espada, ou sido expulsas do convívio dos pares por sua causa. Somada à dos discípulos e parentes dessas pessoas, a quantidade de gente sedenta de vingança vagando pelo país em busca dele devia ser inacreditável.

Ele podia ter tido razão e o duelo sido justo, mas visto pelo prisma dos vencidos, Musashi era simplesmente o inimigo. Um bom exemplo era a velha mãe de Matahachi.

Por tudo isso, o perigo era uma constante na vida dos que trilhavam o caminho da espada nesses dias, e o aniquilamento de uma ameaça representava o surgimento automático de muitas outras, o crescimento da cadeia de inimigos. Não obstante, o perigo era também mó de incomparável qualidade, e os inimigos, preciosos mestres.

Afiado pelo perigo que ameaça o sono sem tréguas, ensinando por intermédio de inimigos que buscam incessantemente uma brecha para matar, o caminho da espada é ainda o instrumento capaz de dar vida às pessoas, governar a sociedade, proporcionar a quem o trilha a grande paz da suprema iluminação; é enfim, em sua essência, a expressão do sonho de compartilhar com todas as pessoas a alegria de viver eternamente em paz. E tudo indicava que quando um indivíduo, extenuado ante as excessivas dificuldades desse caminho, se via eventualmente preso numa sensação de aniquilamento e se deixava enclausurar na concha da inércia, o inimigo, sempre tocaiado à espera do momento oportuno, surgia de repente para atacar.

Curvado à sombra da ponte Yahagi, Musashi continuava imóvel, mas o perigo — uma brisa gelada a lhe ameaçar a vida agora exposta — tinha expulsado num átimo toda a hesitação e inércia dos últimos dias.

— Estranho...

Propositadamente imóvel a fim de atrair os inimigos para mais perto e assim tentar identificá-los, Musashi observava. Os vultos, porém, tinham compreendido de súbito o significado da inexistência de um cadáver, e num átimo ocultaram-se outra vez nas sombras das árvores próximas, de onde pareciam agora perscrutar em sinistro silêncio a estrada e a cabeça da ponte.

E tinham sido esses movimentos, rápidos demais, assim como a roupa preta, a trabalhada ponta da bainha de suas espadas e as meias e sandálias de boa qualidade que levaram Musashi a concluir: os homens não eram simples bandoleiros, nem *rounin* de poucas posses.

Se eram samurais avassalados, podiam pertencer a um clã dessa área, ou seja, à casa Honda, de Okazaki, ou à casa Tokugawa, de Nagoya. Mas por mais que pensasse, não atinava com nada que pudesse ter feito para provocar o rancor dessas casas. Era muito estranho. Talvez o tivessem confundido com alguém.

Mas, nesse caso, passava a não fazer sentido a história do casal vizinho, que o vinha advertindo constantemente nos últimos tempos sobre certas pessoas estranhas que o espionavam da entrada do beco e do bambuzal nos fundos de sua casa. Chegou portanto à conclusão de que os estranhos tinham armado a emboscada, cientes de que ele realmente era Musashi.

"Ah!... Tem mais gente do outro lado da ponte!", descobriu Musashi. Pois os vultos que se ocultaram no escuro tinham acendido a mecha da espingarda e a sacudiam, sinalizando para alguém na outra margem do rio.

II

Ficava agora claro que seus inimigos tinham preparado meticulosamente a tocaia. O fato de estarem separados em dois grupos, cada um numa das margens do rio, demonstrava a clara intenção de não o deixar escapar.

Se tinham estado acompanhando seus passos, tiveram tempo de sobra para estudar o terreno e se preparar, pois Musashi atravessara essa mesma ponte inúmeras vezes nos últimos meses para visitar o templo Hachijoji.

Em consequência, não podia abandonar levianamente o posto atrás do pilar da ponte: no momento em que saltasse para o campo aberto, um tiro viria certeiramente em sua direção. Contudo, a maior perigo ainda se exporia caso tentasse atravessar a ponte correndo. Apesar de tudo, permanecer no lugar não podia ser considerado um bom estratagema, porque seus inimigos se sinalizavam mutuamente por intermédio da mecha acesa: era óbvio que, com o passar dos minutos, sua desvantagem aumentaria.

Mas Musashi já tinha divisado um método de ação numa fração de segundo. O raciocínio, não só nas artes marciais, mas em quase tudo, deve ser composto na calma do cotidiano. Na prática, as situações de perigo exigem resoluções instantâneas. Aqui, os raciocínios não têm valor: vale a intuição.

O raciocínio é sem dúvida parte da própria trama da intuição, mas tem qualidade lenta, inútil em uma emergência, razão por que muitas vezes conduz à derrota.

A intuição, por outro lado, é algo comum a todos os animais, até aos irracionais, de modo que é facilmente confundida com a capacidade extrassensorial, não racional. Mas a intuição em indivíduos inteligentes e adestrados supera o raciocínio, atinge num piscar de olhos seu ápice e apreende com acerto a melhor solução para a emergência.

Especialmente no caso de esgrimistas em situações como a enfrentada por Musashi nesse momento.

Mantendo-se curvado e imóvel, Musashi esbravejou:

— Não adianta se esconderem. Estou vendo a mecha acesa. Não vejo proveito em continuarmos neste impasse. Se querem alguma coisa comigo, apresentem-se! Sou Musashi, e estou aqui! Bem aqui, ouviram?

O vento soprava forte na beira do rio, de modo que não lhe foi possível saber se os homens o tinham ouvido. Mas a resposta veio em seguida na forma de uma bala, visando aproximadamente o local de onde ele acabara de gritar.

Musashi, porém, não estava mais ali: tinha-se transferido para a área rente à pilastra, quase um metro e meio adiante, e corria agora na direção das escuras árvores onde sabia estarem escondidos os seus inimigos, quase simultaneamente ao disparo.

Não havia tempo para carregar o rifle uma vez mais e atear fogo à pólvora, de modo que os três desconhecidos entraram em pânico.

Com gritos desencontrados, desembainharam suas espadas apressadamente e se prepararam para receber Musashi, que já vinha saltando na direção deles. E se mal tiveram tempo de desembainhar suas armas, menos ainda tiveram para coordenar a defesa.

Musashi saltou no meio dos três e eliminou o que lhe estava à frente com um golpe certeiro de cima para baixo, ao mesmo tempo em que sua espada curta, empunhada na mão esquerda, cortava lateralmente o homem desse lado.

O terceiro fugiu, mas tão apavorado estava que bateu contra o pilar da ponte e, atordoado, correu aos trambolhões para a outra margem do rio Yahagi.

III

Momentos depois, Musashi também cruzou a ponte andando normalmente, apenas mantendo-se rente à balaustrada, mas nada mais aconteceu.

Atingindo a margem contrária, parou alguns instantes à espera de eventual ataque, mas ninguém mais apareceu, de modo que foi para casa dormir.

E então, dois dias depois, enquanto ensinava seus pequenos alunos a escrever, e se dedicava ele próprio ao treino da caligrafia, ouviu alguém gritando:

— Bom dia.

Ergueu os olhos e deu com dois samurais estranhos. Ao notar que a pequena entrada da casa se achava atulhada com as sandálias das crianças, os homens rodearam a casa para os fundos e surgiram ao lado da varanda da sala de aula.

— Podem nos dizer se mestre Muka está? Somos vassalos da casa Honda, e aqui estamos a mando de uma certa pessoa do clã.

Musashi ergueu a cabeça no meio das crianças e disse:

— Mestre Muka sou eu.

— Mestre Muka, cujo verdadeiro nome é Miyamoto Musashi?

— Como disse?

— Não é preciso esconder.

— Não tenho essa intenção: sou Musashi, realmente. A que vêm os senhores?

— Conhece por acaso o chefe dos vassalos do nosso clã, senhor Watari Shima?

— Não creio.

— Mas ele o conhece muito bem. O senhor compareceu duas ou três vezes a saraus que reuniam compositores de haicais, não é verdade?

— É verdade. Alguém me convidou e fui a algumas reuniões literárias. Muka é um pseudônimo que me veio de súbito à cabeça numa dessas reuniões, e com ele passei a assinar meus haicais.

— Ah, é um pseudônimo artístico! Isso, porém, não vem ao caso. O fato é que mestre Watari também é um grande apreciador dessa modalidade de poesia, no que aliás é secundado por diversos membros do nosso clã. Pois ele deseja passar uma noite tranquila em sua companhia, trocando ideias a respeito desse passatempo comum. Aceita, senhor?

— Se está me convidando para um sarau, acredito haver pessoas de gosto mais refinado. Embora tenha comparecido a algumas reuniões por simples passatempo, sou na verdade um rude guerreiro que não compreende muito bem essas delicadezas, tão ao gosto dos cortesãos.

— Não se preocupe: mestre Watari nem de longe pensa em reunir poetas para passar a noite compondo haicais. Ele o conhece há algum tempo, e quer apenas conversar, trocar ideias sobre assuntos relacionados à arte da guerra.

Os pequenos alunos tinham, todos, parado de escrever: seus olhares preocupados iam do rosto do mestre para o dos dois samurais, parados no jardim.

Em silêncio, Musashi apenas observava os dois emissários, mas logo pareceu decidir-se:

— Muito bem, aceito o convite. Quando é a reunião? — perguntou.

— Esta noite, se não se importa.

— Onde fica a mansão do senhor Watari?

— Quanto a isso, não se preocupe: mandaremos uma liteira buscá-lo na hora certa.

— Estarei à espera.

— Está combinado — disse o homem, trocando olhares com o companheiro e balançando a cabeça em sinal de aprovação. — Perdoe-nos por interromper seu trabalho. Esteja pronto na hora certa, senhor. Até mais ver.

A mulher do vizinho, que a tudo assistira da porta da sua cozinha, acompanhou com olhar ansioso os dois vultos que se afastavam.

Musashi voltou a atenção para os pequenos alunos.

— Quem lhes disse para interromper suas tarefas e prestar atenção à conversa dos adultos? Vamos, voltem aos estudos. Concentrem-se a ponto de nada mais ouvir, nem conversas nem cigarras. Eu também vou me dedicar. Se vocês não treinarem bastante nessa idade, vão ter de estudar depois de adultos, como eu — disse, olhando os pequenos, de rostos e mãos sujos de tinta.

IV

A tarde vinha caindo e Musashi vestia um *hakama,* aprontando-se para a reunião.

— Não vá! Por favor, dê uma desculpa qualquer e recuse o convite... — insistia a vizinha, sentada na varanda, quase chorando.

Momentos depois, porém, uma liteira estacionou à entrada do beco. Diferente do costumeiro cesto suspenso por cordas pelos quatro cantos, este mais parecia uma caixa fechada, do tipo usado por pessoas de alto nível social. Além dos liteireiros, havia ainda o cortejo composto por dois samurais, os mesmos dessa manhã, e três servos.

A vizinhança apurou olhos e ouvidos, alvoroçada. Uma pequena multidão reuniu-se em torno da liteira. Ao ver Musashi sendo recebido pelos samurais e embarcando, alguns boateiros já se encarregavam de espalhar a notícia de que o professor tinha sido promovido e era agora homem muito importante.

Crianças chamavam outras crianças, e gritavam:
— Viram, meu mestre é importante!
— Só gente muito importante anda neste tipo de liteira!
— Aonde ele vai?
— Será que não volta mais?

Os samurais cerraram a pequena porta da liteira, e abriram caminho, aos gritos:
— Afastem-se! Afastem-se todos!

E voltando-se para os liteireiros:
— Rápido! Vamos embora!

O céu tinha-se tingido de vermelho, e contra esse rubro pano de fundo corriam os boatos.

Quando os curiosos se afastaram, a mulher do vizinho jogou uma bacia cheia de água suja, grãos de arroz e sementes de pepino na rua.

E foi então que um bonzo surgiu nas proximidades, acompanhado de jovem noviço. Pelas vestes, foi possível identificar de imediato que se tratava de religioso zen-budista. Sua pele era escura e lustrosa como a casca de certos insetos, e por baixo das sobrancelhas seus olhos encovados eram duas esferas brilhantes. Parecia ter quarenta ou talvez cinquenta anos, pois era difícil para um leigo adivinhar a idade desses mestres do zen.

Era de compleição miúda, e seu corpo não tinha nenhum sinal de gordura excedente. Apesar da magreza, a voz era possante.
— Matahachi! Bonzo Matahachi! — disse ele, voltando-se para o pálido e raquítico noviço que o acompanhava.
— Sim, senhor! — respondeu Matahachi, que tinha estado espiando os alpendres das casas próximas. Aproximou-se do monge da cara escura e fez uma reverência.
— Não sabes onde fica?
— Estou procurando, senhor.
— Nunca tinhas estado na casa dele?
— Não, senhor. Ele sempre me fazia o favor de vir visitar-me no templo, de modo que...
— Pergunta então aos moradores das casas próximas.
— Neste instante, senhor.

O bonzo Matahachi deu alguns passos, mas logo retornou, chamando:
— Gudo-sama!
— Estou aqui.

— Descobri! Na entrada desse beco tem um cartaz anunciando: "Mestre Muka — Ensina-se a ler e a escrever."

— Ah, estou vendo.

— Aguarde-me aqui, senhor, enquanto vou até lá chamá-lo.

— Nada disso. Eu te acompanho.

Para Matahachi, que tinha estado apreensivo com o amigo depois da penosa conversa de duas noites atrás, esse dia tinha trazido uma grande alegria: o tão esperado monge Gudo surgira de repente no templo Hachijoji, vestes empoeiradas atestando a longa jornada.

Matahachi o pôs a par dos mais recentes acontecimentos envolvendo Musashi. O monge, que se lembrava perfeitamente do seu antigo aluno, disse:

— Vou atendê-lo. Vai chamá-lo, ou melhor, vou eu ao encontro dele: afinal, ele hoje já é um homem famoso.

E assim, depois de breve descanso no templo, o mestre zen-budista tinha descido o morro e vindo até a cidade, guiado por Matahachi.

V

Watari Shima era um dos mais graduados vassalos da casa Honda, e disso sabia Musashi. No entanto, nenhum outro detalhe da vida desse homem era do seu conhecimento.

Por que razão interessava-se ele por sua pessoa? Musashi não conseguia atinar com a resposta. Uma das hipóteses, talvez fantasiosa, seria a de que os dois covardes — vestidos de preto e aparentando pertencer a algum clã — por ele eliminados duas noites atrás à beira do rio Yahagi fossem vassalos da casa Honda, e agora Watari pretendesse criar dificuldades.

Ou ainda, talvez o desconhecido que o vinha perseguindo nos últimos tempos tivesse se sentido impotente e resolvido pedir a ajuda de um homem respeitável como Watari Shima para atacá-lo frontalmente.

Qualquer que fosse a hipótese, Musashi não esperava nada agradável dessa reunião. E se apesar de tudo atendia ao convite, era porque tinha se preparado.

Preparado como?, poderia alguém perguntar. Nesse caso, Musashi responderia: improvisando.

Não tinha outra saída senão atender ao convite e verificar. Adivinhações baseadas em estratégias baratas eram perigosas nessa situação. Ele tinha de enfrentar as circunstâncias e, no momento certo, tomar instantaneamente a resolução. Essa era a única estratégia possível.

O perigo podia surgir tanto no percurso como na casa do anfitrião. O inimigo podia aparentar uma face benigna ou agressiva, tudo era incógnito.

A liteira jogava como um barco no meio do oceano, a escuridão reinava do lado de fora, o vento sibilava no pinheiral. A área ao norte do castelo Okazaki era cercada por pinheiros. "Devo estar nessas proximidades", imaginou Musashi. Seu aspecto, no entanto, não era o de um homem alerta pronto para tudo: olhos semicerrados, dormitava no interior da liteira.

Um rangido indicou que abriam um portal. A cadência dos liteireiros tornou-se mais lenta, e logo vozes e luzes indicaram que tinham chegado.

Musashi desceu da liteira. Vassalos receberam-no cortesmente e o conduziram em silêncio para a ampla sala de visitas. Os estores haviam sido enrolados, as portas escancaradas, e o mesmo vento dos pinheirais também soprava nesse aposento feericamente iluminado, fazendo esquecer o verão.

O anfitrião logo surgiu e se apresentou: — Sou Watari Shima.

Era homem sério, de seus cinquenta anos e de aspecto robusto.

— Sou Musashi — apresentou-se ele, por sua vez.

— Esteja à vontade — disse Shima, entrando em seguida direto no assunto. — Soube que há duas noites o senhor eliminou dois de meus jovens vassalos nas proximidades da ponte Yahagi. É verdade?

A abordagem tinha sido brusca e não dava oportunidade para pensar numa resposta, muito embora Musashi não tivesse intenção alguma de esconder qualquer detalhe.

— É verdade — respondeu com simplicidade.

E agora, qual seria o próximo movimento do anfitrião? Musashi observava atentamente os olhos de Shima, à espera. Sombras moviam-se incessantes nos rostos dos dois homens conforme bruxuleavam as muitas luzes do aposento.

— Com relação a esse assunto — disse Shima em tom cauteloso —, gostaria que me desculpasse, mestre Musashi.

Fez ligeira reverência.

Musashi, porém, não conseguiu perceber se o pedido de desculpas fora sincero.

VI

Alegando que o fato lhe tinha sido revelado apenas nessa manhã, Shima prosseguiu:

— Alguém veio me comunicar que tinha havido baixas entre nossos vassalos. Mandei verificar e soube que dois dos meus homens haviam sido mortos nas proximidades do Yahagi, e que o agente causador de suas mortes teria sido o senhor. Eu conhecia de sobejo sua fama, mas foi apenas hoje que soube de sua presença nesta cidade.

Não parecia estar mentindo. Musashi acreditou e prestou atenção às palavras seguintes.

— Procedi então a um rigoroso inquérito com o intuito de averiguar os motivos que os tinham levado a planejar essa emboscada, e descobri que alguns discípulos de um certo guerreiro de nome Miyake Gunbei, ilustre estrategista do estilo Tougun e hóspede da casa Honda, tinham se juntado a mais alguns dos meus homens e planejado o ataque.

— Ora... — disse Musashi, ainda sem compreender.

Aos poucos, ouvindo as explicações de Shima, começou a entender.

Entre os discípulos de Miyake Gunbei havia alguns que tinham sido discípulos dos Yoshioka, de Kyoto. Por outro lado, a casa Honda também tinha em seu quadro diversos vassalos criados na academia Yoshioka. Nos últimos tempos tinha chegado aos ouvidos desses homens a notícia de que um certo *rounin* de nome Muka — vivendo nos últimos tempos na cidade casteleira de Okazaki — era ninguém mais, ninguém menos que Miyamoto Musashi, o guerreiro que eliminara um a um os membros da família Yoshioka, de Kyoto, nos campos de Rendaiji, no templo Renge-ou e sob o pinheiro solitário de Ichijoji. Os antigos discípulos, ainda hoje rancorosos, tinham começado a considerar afrontosa a presença de Musashi na cidade, e a tramar um meio de eliminá-lo, chegando ao plano que puseram em ação com infinitas precauções. O referido plano era o frustrado ataque de duas noites atrás, explicou Shima.

Yoshioka Kenpo era ainda hoje nome bastante respeitado e conhecido em todas as províncias. No auge da carreira, o número de seus discípulos tinha sido muito grande, e isso era visível ainda hoje.

Musashi considerou que Shima não exagerava quando afirmava possuir em seus quadros algumas dezenas de antigos discípulos da famosa academia. Na qualidade de ser humano dotado de sentimentos, mas não de praticante de artes marciais, compreendia essa gente que o odiava.

— Assim, reuni meus homens no interior do castelo e dirigi-lhes uma severa reprimenda, tachando essa atitude de impensada e covarde. Acontece, porém, que o ilustre visitante Miyake Gunbei, ao saber também que seus discípulos haviam participado desse episódio, ficou completamente envergonhado e insiste em avistar-se pessoalmente com o senhor para desculpar-se. Se não se opõe, gostaria de convidá-lo ajuntar-se a nós neste aposento e apresentá-lo ao senhor — concluiu Shima.

— Não creio haver necessidade, uma vez que mestre Gunbei, segundo me disse o senhor, não sabia dos planos dos seus discípulos. Para nós, guerreiros, acontecimentos como o da noite passada são comuns, não chegam a causar surpresa.

— Mesmo assim...

— No entanto, mestre Miyake é homem famoso com quem gostaria de me avistar, caso ele deixe de lado sua intenção de me pedir desculpas e se contente em trocar ideias sobre o caminho comum que trilhamos.

— Pois isto é, na verdade, o que ele mais deseja. Vou mandar chamá-lo — disse Shima, instruindo um de seus vassalos nesse sentido.

Momentos depois, Miyake Gunbei entrou no aposento acompanhado de quatro ou cinco discípulos. Pela presteza com que atendeu ao convite, Musashi percebeu que o homem já aguardava havia algum tempo no aposento próximo. Os referidos discípulos eram, naturalmente, todos vassalos da casa Honda.

VII

O perigo tinha passado. Ao menos, assim pareceu.

Watari Shima apresentou Miyake Gunbei e os demais a Musashi, e imediatamente Gunbei pediu que esquecesse a insensata ação de seus discípulos e os perdoasse.

Logo, uma atmosfera de franca camaradagem estabeleceu-se no aposento, e foram abordados os mais diversos temas, desde artes marciais até assuntos da atualidade.

— Se não me engano, o estilo Tougun não é praticado em muitos lugares, pois não tive a oportunidade de me avistar com nenhum de seus discípulos. O senhor seria o fundador desse estilo? — perguntou Musashi em dado momento.

— Nada disso. — respondeu Gunbei. — Consta em registros que meu mestre, Kawasaki Kaginosuke, guerreiro originário de Echizen, ter-se-ia retirado para o monte Hakuun e ali divisado esse estilo. Parece-me no entanto que, na verdade, a técnica lhe foi transmitida por um monge de Tendai, de nome Tougunbo, de quem aliás derivou o nome do estilo.

Enquanto falava, Gunbei examinava Musashi atentamente, comentando após curta pausa:

— Estou admirado com a sua juventude. Por tudo que ouvi dizerem a seu respeito, imaginava que fosse bem mais velho. Aproveitando esta rara oportunidade, gostaria muito que nos desse algumas lições de esgrima.

— Vamos deixar para a próxima oportunidade — esquivou-se Musashi.

— E uma vez que não tenho ideia do caminho percorrido para chegar até aqui... — começou ele a dizer para Shima, preparando-se para partir, mas logo foi interrompido.

Ainda era cedo, afirmou seu anfitrião. Quanto ao caminho de volta para a cidade, Musashi não devia preocupar-se, pois mandaria alguém acompanhá-lo. E então, Gunbei também interveio:

— Quando soube que dois de meus discípulos tinham sido eliminados na ponte Yahagi, corri até o local para examinar os cadáveres. E então, percebi que havia algo estranho na posição em que eles tinham tombado e nos tipos de cortes que apresentavam. Questionei então um dos meus discípulos sobreviventes e soube de algo que me espantou deveras: disse-me ele que lhe pareceu tê-lo visto empunhando uma espada em cada mão. Se o que ele me contou é verdade, seu estilo é raro, aliás único no país, creio eu. Talvez o chame de Nito-ryu?[18]

Musashi sorriu levemente e disse nunca até esse dia ter usado as duas espadas conscientemente. Ele sempre supunha estar lutando com um corpo e uma espada. Assim sendo, nunca lhe passara pela cabeça nomear Estilo das Duas Espadas esse modo de lutar.

Gunbei, no entanto, não quis aceitar a explicação.

— Está sendo modesto — disse ele.

Fez a seguir diversas perguntas pueris concernentes ao uso simultâneo das duas espadas: que tipo de treino necessitava um homem para adestrar-se e que nível de habilidade precisava ele possuir para dominar o estilo?

Musashi impacientava-se. Queria retirar-se de uma vez, mas sabia que seus anfitriões eram do tipo que não o dispensariam enquanto não obtivessem resposta que considerassem satisfatória. Seu olhar incidiu casualmente nos dois rifles que pendiam na parede do nicho central. Musashi pediu-os emprestado a Watari Shima.

VIII

Com a aquiescência do anfitrião, Musashi retirou as duas armas da parede e adiantou-se para o centro do aposento.

Os presentes contemplavam em desconfiado silêncio os movimentos de Musashi. Como pretendia ele responder às questões relativas ao uso de duas espadas usando duas espingardas?

Musashi segurou cada arma pelo cano, pôs um joelho em terra e disse:

— Duas espadas equivalem a uma espada, uma espada a duas. Duas são as mãos, mas o corpo é um só. Do mesmo modo, um único raciocínio se aplica a tudo: muitos são os estilos, mas a lógica por trás deles em última análise é a mesma. E se querem verificar...

---

18. Nito-ryu: Estilo das Duas Espadas.

Apresentou as armas, uma em cada mão.

— Com sua permissão — disse, começando a girar as duas espingardas. O movimento circular que as armas descreviam com incrível velocidade deslocou o ar, provocando impressionante ventania. Dois remoinhos pareciam girar em torno dos cotovelos de Musashi.

Atônitos, os demais apenas contemplavam em estático silêncio.

Momentos depois, Musashi imobilizou os braços. Ergueu-se, devolveu as armas à parede e aproveitou o momento para dizer:

— Até mais ver, senhores.

Sorriu e se foi em seguida, sem nada explicar quanto ao princípio do uso simultâneo das duas espadas.

Musashi saiu pelo portão sem que ninguém lhe viesse atrás para indicar o caminho de retorno, conforme Shima prometera momentos atrás: aparentemente, tinham-se esquecido de tudo, atônitos com a exibição.

Voltou-se para olhar: na sala de visitas, as luzes pareciam brilhar agora com certo ar ressentido em meio ao vento que sibilava por entre as agulhas dos pinheiros.

Com leve sensação de alívio, retomou o seu caminho. Escapar ileso dessa mansão talvez tivesse sido um feito maior ainda que o de romper o círculo de espadas desembainhadas: o perigo não tinha forma definida, e o impedira de tecer um plano de defesa.

De qualquer modo, sua identidade já era conhecida. Além disso, ele fora protagonista de um incidente que resultara em duas mortes, o que não lhe deixava outro recurso senão abandonar Okazaki. Considerou prudente partir ainda durante a noite, mas lembrou-se da promessa feita a Matahachi.

Sem saber o que fazer, veio andando no escuro e chegou ao ponto de onde avistou as luzes distantes da cidade. De súbito, um vulto ergueu-se da sombra de um pequeno santuário à beira da estrada e o interpelou:

— Mestre Musashi? É você mesmo? Sou eu, Matahachi! Estávamos à sua espera, preocupados com o seu destino.

Surpreso, Musashi por sua vez perguntou:

— Como lhe acontece de estar aqui?

No mesmo instante deu-se conta de outro vulto sentado na varanda do santuário e aprumou-se, antes ainda de ouvir as explicações de Matahachi:

— É o senhor, mestre? — indagou, ajoelhando-se respeitosamente aos pés do vulto.

Gudo lançou um calmo olhar às costas curvadas de Musashi, e após um breve instante, disse:

— Como vai? Há muito não nos vemos.

Musashi ergueu o rosto e disse por sua vez:

— Como vai, senhor?

Na troca de cumprimentos tão banais escondia-se um mundo de emoções.

Para Musashi, Gudo representava a salvação: somente ele ou Takuan seriam capazes de norteá-lo no meio do impasse em que se encontrava, achava ele. Ergueu o olhar para o rosto do mestre zen-budista como um viajante perdido no meio de uma noite escura se voltaria para contemplar a lua que de súbito irrompe por trás de pesadas nuvens.

IX

Tanto Matahachi como Gudo haviam estado apreensivos, sem saber se Musashi lograria retornar ileso da reunião dessa noite na mansão de Watari Shima. E para certificarem-se disso, tinham vindo até esse ponto da estrada.

Nessa tarde, quando Matahachi viera à procura de Musashi, sua vizinha lhe tinha falado minuciosamente dos estranhos que viviam espionando Musashi nos últimos tempos, assim como dos samurais que o tinham vindo buscar momentos antes.

Inquietos, sentindo pouca vontade de permanecer na casa à espera, os dois tinham chegado até as proximidades da mansão de Shima imaginando se não haveria algum jeito de intervir, explicou Matahachi.

— Não sabia que estava causando tantas preocupações. Agradeço-lhes os cuidados — disse Musashi. Não fez porém nenhuma menção de se erguer dos pés do religioso.

Passados instantes, chamou, quase gritou em tom de súplica:

— Monge Gudo!

Seu olhar, duro, quase varava o rosto do monge.

— Que quer? — respondeu Gudo. Como uma mãe que lê nos olhos do filho querido, o monge logo percebeu o que Musashi queria, mas ainda assim, tornou a perguntar:

— Que quer?

Musashi tocou o chão com as duas mãos e disse:

— Dez anos já se passaram desde o dia em que o vi pela primeira vez, na sala de aulas do templo Myoshinji.

— Tanto tempo assim? — respondeu Gudo em tom tranquilo.

— O tempo avançou, é verdade, mas e eu? Quantos centímetros fui capaz de progredir rastejando? Analiso o meu passado e as dúvidas me atormentam.

— Você continua falando como uma criancinha. É tudo tão óbvio!

— Sinto muito.

— Sente o quê?

— Sinto muito que não tenha havido progressos em meu aprendizado.

— Aprendizado, aprendizado... Enquanto você continuar a falar desse jeito, nada adiantará.

— Mas se o abandono...

— Estará perdido para sempre. E se transformará num rebotalho humano, muito pior que na época em que era apenas ignorante.

— Se abandono o caminho, caio num precipício. Se tento subir, não encontro forças. Estou preso no meio do despenhadeiro e me debato, tanto no caminho da espada como no da vida.

— Aí está o seu problema.

— Monge! Não sabe o quanto esperei por este dia. Que devo fazer para me livrar desta dúvida, desta inércia em que me encontro?

— Como posso saber? Tudo depende do seu próprio esforço.

— Por favor, eu lhe imploro senhor: aceite-me uma vez mais ao seu lado com este meu amigo Matahachi, e ilumine-me. Ou senão, golpeie-me com seu bastão, para que a dor me desperte desta inércia.

Rosto quase raspando na terra, Musashi implorou. Não chorava, mas a voz tremia, era quase um soluço. Uma intensa dor era perceptível em suas palavras.

Gudo, porém, não pareceu comover-se. Ergueu-se em silêncio da varanda do santuário e disse:

— Vem, Matahachi.

Afastou-se em seguida sozinho.

X

— Monge! — gritou Musashi, correndo-lhe no encalço e agarrando-o pela manga da veste, retendo-o, implorando ainda uma palavra, um conselho, uma resposta.

Gudo então sacudiu a cabeça negativamente, em silêncio. Ao ver que Musashi ainda assim lhe retinha a manga, disse:

— *Mu-ichibutsu*![19]

Fez breve pausa, e tornou:

— Nada existe! Que posso então conceder, que posso acrescentar? *Isto* é o que existe — gritou, erguendo um punho fechado.

---

19. *Mu-ichibutsu*: a expressão budista origina-se de outra, *Honrai mu-ichibutsu,* isto é: "Nada existe, desde o princípio." E se nada existe, nada há também a que o homem se apegar com tanta tenacidade. Expressa o estado de espírito de pessoa que se libertou de tudo.

Musashi soltou a manga, ainda tentando dizer alguma coisa, mas Gudo afastou-se com passos decididos, sem ao menos voltar-se.

Estático, Musashi contemplou por algum tempo as costas do monge que se afastava. Matahachi, que tinha ficado para trás, disse-lhe então rapidamente, em tom solidário:

— Parece-me que o monge detesta gente persistente. Quando surgiu no templo, comecei a lhe explicar a seu respeito, contei-lhe sobre meus sentimentos, e lhe pedi para aceitar-me como seu discípulo. Ele nem quis ouvir direito e disse-me apenas: "Ande comigo então durante algum tempo e sirva-me." Acho melhor você não insistir muito e apenas acompanhá-lo. E quando perceber que está de bom humor, aproxime-se e fale de suas dúvidas.

De longe, veio a voz de Gudo chamando Matahachi, que respondeu:

— Pronto, senhor!

Voltou-se então de novo para Musashi e lhe disse, antes de sair correndo:

— Você me entendeu? Faça como lhe disse.

Gudo parecia ter gostado de Matahachi, e Musashi lhe invejou a sorte. Ao mesmo tempo, fez profundas reflexões a respeito da própria personalidade, tão diferente da de Matahachi, ingênua e franca.

— Não importa o que ele me diga, vou segui-lo! — resolveu Musashi, sentindo o corpo aquecer-se com a resolução. Talvez acabasse levando um soco no rosto com o punho que Gudo erguera no ar, mas não podia deixá-lo ir-se sem resposta, pois não sabia quando o veria novamente. Comparada aos milhares de anos do mundo, uma existência de sessenta ou setenta anos não era mais que um piscar de olhos. E nada havia mais valioso que conhecer nesse curto espaço de tempo uma pessoa de valor.

"Não deixarei escapar essa inestimável oportunidade", resolveu Musashi, contemplando com os olhos rasos de lágrimas o vulto do monge que aos poucos se afastava. Ele haveria de segui-lo até o fim do mundo, se preciso fosse, e conseguir uma resposta, decidiu, correndo-lhe no encalço.

Gudo talvez soubesse disso, talvez não. O fato é que não voltou mais ao templo Hachijoji e retomou o errático estilo de jornada característico dos monges zen-budistas, rolando ao sabor das circunstâncias como um floco de nuvem ou uma gota de água. Seus passos o conduziram à estrada Tokaido, e na direção da cidade de Kyoto.

Se Gudo passava a noite numa estalagem à beira-estrada, Musashi dormia no alpendre da casa.

De manhã, ao ver Matahachi amarrando os cordões das sandálias de seu mestre e partir em sua companhia, Musashi sentia-se feliz pelo amigo. Gudo, porém, não lhe dirigia a palavra, embora o visse parado do lado de fora da casa.

Contudo, Musashi já não se deixava desesperar. Pelo contrário, evitava ser notado pelo monge para não o irritar, acompanhando-o discretamente dia após dia, à distância. Àquela altura, tinha-se esquecido de tudo que deixara para trás desde a noite em que partira de Okazaki — da casinha nos arrabaldes da cidade, da sua escrivaninha onde ensinara a ler e a escrever, do singelo vaso feito de gomo de bambu, da bondosa vizinha, dos olhares das mocinhas casadoiras, do ódio e das intrigas dos homens do clã Honda.

O CÍRCULO

I

A estrada os levava cada vez mais para perto da cidade de Kyoto.

Ao que parecia, Gudo pretendia ir para essa cidade, pois lá se situava o templo Myoshinji, sede da seita.

Mas a data da chegada a Kyoto não podia ser nem vagamente estimada, pois o roteiro do sábio monge era incerto. Num dia chuvoso em que Gudo nem sequer pôs os pés para fora da estalagem, Musashi espiou tentando saber o que ele fazia, e o descobriu estirado no chão, instruindo Matahachi a tratá-lo por moxibustão.

Em Mino, Gudo permaneceu sete dias no templo Daisenji, e outros tantos num templo zen-budista em Hikone.

Musashi não escolhia lugar para dormir: se o monge parava na estalagem, ele pousava na próxima, se permanecia no templo, ele passava a noite debaixo do portal, apenas esperando, ou melhor, buscando tenazmente a oportunidade de obter uma palavra, um conselho.

Certa noite, ao dormir sob o portal de um templo à beira de um lago, Musashi deu-se conta de que o outono havia chegado. Sem que ele percebesse, o tempo passara.

E ao voltar o olhar para si mesmo, descobriu-se transformado em farrapo humano, em mendigo. Os cabelos — nos quais jurara não passar o pente enquanto o monge não lhe dirigisse uma palavra bondosa — estavam longos e rebeldes. Não tomara banho nem se barbeara, e as roupas, expostas à ação da chuva e do sereno, estavam rotas. Passou a mão pela pele do braço e sentiu-a áspera como a casca de um pinheiro. Do mesmo modo sentiu também o próprio coração.

Estrelas ameaçavam derramar-se do firmamento, grilos anunciavam o outono.

"Estúpido!", disse para si, rindo do estado de espírito ensandecido.

Que tentava saber? Que buscava obter do monge? Não lhe seria possível viver sem se torturar tanto?

Sentiu pena de si, e até dos piolhos que tinham de viver num ser tão estúpido.

Gudo lhe havia dito claramente, tinha dado a resposta ao seu pedido: "Nada existe!"

Era ilógico continuar implorando algo inexistente com tanta persistência. Não tinha o direito de se aborrecer com o monge se ele não lhe dava a mínima atenção, por mais que o seguisse.

Em silêncio, ergueu o olhar e contemplou a lua através da fina névoa.
Era começo de outono e ainda havia pernilongos.

A pele estava tão curtida pelos longos dias e noites ao relento que já não sentia as picadas dos insetos, mas inúmeras pequenas marcas semelhantes a grãos de gengibre restavam por todos os lados.

— Não consigo entender!

Havia algo que ele não compreendia, um único ponto que, esclarecido, libertaria instantaneamente sua espada dos grilhões da dúvida. O difícil era perceber com clareza em que consistia esse ponto.

Se o seu caminho como espadachim estava destinado a terminar nessa altura, ele preferia morrer. Viver não teria valido a pena. Deitava-se, mas não conseguia dormir.

E no que consistia essa dúvida? Algo relacionado com a esgrima, uma nova técnica talvez? Não, não era apenas isso. Com o rumo de sua vida? Nada tão prosaico. Com Otsu? Não podia imaginar que problemas sentimentais pudessem abater tanto um homem.

Sua dúvida era algo muito grande, que englobava todas as questões. Por outro lado, visto pelo prisma cósmico, podia ser algo tão minúsculo quanto uma semente de papoula.

Musashi envolveu-se na esteira e deitou-se sobre a terra como uma enorme lagarta. E Matahachi, como estaria ele passando a noite? Comparou as duas atitudes, sua e a do amigo: Matahachi não se torturava, enquanto ele próprio parecia estar sempre procurando o sofrimento pelo simples prazer de sofrer. Invejou o amigo.

E então, Musashi ergueu-se de súbito, contemplando intensamente o pilar do portal.

II

O que havia atraído o olhar de Musashi eram versos ali gravados. Leu-os à luz do luar:

> *Perseverai em busca da essência.*
> *Haku'un[20] admirou os meritórios feitos de Hyakujo[21],*
> *E Kokyu[22] extasiou-se com os legados de Haku'un.*

---

20. Haku'un: leitura japonesa do nome chinês Pai-yün Shou-tuan (1025-1072).
21. Hyakujo: leitura japonesa do nome chinês Pai-chang Huai hai (720-814).
22. Kokyu: leitura japonesa do nome chinês Hu-chiu Chao-lung (1077-1136).

Assim como estes exemplos,
Buscai o tronco, não vos enganeis
Colhendo folhas, perseguindo galhos.

Era um trecho do testamento deixado por Daito, o fundador do templo Daitokuji, achou Musashi. Sua atenção estava presa ao trecho que dizia: "Buscai o tronco, não vos enganeis/Colhendo folhas, perseguindo galhos."

Claro! Quantas pessoas não havia no mundo desesperadas com nada mais que veleidades? Ele próprio era uma delas, reconheceu, sentindo-se de repente reconfortado.

E por que não conseguia restringir-se à esgrima, a essência do seu ser? Por que permitia que sua atenção se desviasse entre uma coisa e outra, isto e aquilo? Por que perdia tempo olhando à esquerda e à direita, por que vacilava? O caminho era um só: para que olhava as trivialidades à beira do caminho?

Fácil falar. Mas quando alguém como ele via o caminho subitamente interrompido, vacilar era natural. A irritação de se saber um tolo colhendo folhas e perseguindo galhos o oprimia, dúvidas surgiam.

Que fazer para destruir a muralha que o impedia de prosseguir? Como penetrar no núcleo e rompê-lo?

Dez anos passei peregrinando
Dos quais hoje escarneço, e a mim mesmo:
Vestes rotas, sombreiro despedaçado,
Às portas do zen bati,
Quando as leis de Buda são essencialmente tão simples!
Dizem elas: Coma o arroz, beba o chá, vista a roupa.

O poema — uma autozombaria escrita pelo monge Gudo — veio-lhe de súbito à mente nesse momento. Ele próprio enfrentava esse mesmo tipo de dúvida, passados dez anos de adestramento.

Quando Musashi havia ido pela primeira vez ao templo Myoshinji à procura do monge Gudo, este o atendera com rispidez, quase o expulsando do templo a pontapés, ao mesmo tempo em que gritava:

— Que te fez pensar que podias ser meu discípulo?

Aos poucos, porém, o severo monge pareceu ver nele pontos que considerou louváveis, pois permitiu-lhe participar de suas reuniões. Certa ocasião, o monge lhe mostrara o referido poema e comentara, em tom de zombaria:

— Estás longe de atingir a meta se continuas a dar tanta importância ao aprendizado.

"*Dez anos passei peregrinando/dos quais hoje escarneço, e a mim mesmo*", ensinara-lhe Gudo havia mais de dez anos. E ao reencontrá-lo dez anos depois, ainda perdido, sem saber que rumo tomar, o velho mestre tinha toda a razão de se sentir desgostoso, de considerá-lo tolo, perdido para sempre.

Estático, Musashi continuava em pé no mesmo lugar, sem vontade de dormir. Passado um tempo, começou a andar a esmo em torno do portal quando, de súbito, notou que alguém deixava o templo àquela hora tardia. Olhou casualmente para esse lado e deu-se conta de que o vulto passando pelo portal em passos inusitadamente rápidos era Gudo, seguido de Matahachi.

Alguma emergência o chamava talvez à sede da seita, pois o monge, dispensando todas as formalidades, cruzava agora com andar decidido a ponte Seta.

Musashi naturalmente seguiu a sombra escura sob o luar prateado, aflito por perdê-lo de vista.

III

Enfileiradas à beira do caminho, as casas estavam escuras, adormecidas. A sempre movimentada loja que vendia pinturas de Outsu, as barulhentas hospedarias, a loja do herbanário, tinham cerrado as portas e estavam silenciosas. Nas ruas desertas, apenas o luar se destacava quase aterrorizante em sua brancura.

A cidade de Outsu ficou para trás num piscar de olhos e a estrada entrou em ligeiro aclive.

As montanhas que abrigavam os templos Miidera e Sekiji dormiam envoltas em névoa. Quase não havia transeuntes àquela hora.

Momentos depois tinham atingido o topo da montanha.

Gudo tinha parado e, voltando-se para o noviço Matahachi, dizia-lhe alguma coisa. Rosto voltado para o alto, parecia contemplar a lua enquanto fazia uma pausa para recuperar o fôlego.

Daquela altura, Kyoto já surgia aos pés de ambos e, voltando o olhar para trás, era também possível discernir os contornos do lago Biwa. Com exceção da lua, porém, tudo o mais era uma paisagem prateada monocromática, o mar cintilante em repouso sob um manto de névoa.

Com alguns minutos de atraso, Musashi também alcançou o topo da ladeira e viu-se inesperadamente muito perto de Gudo, que ali continuava parado, descansando em companhia de Matahachi. Musashi sobressaltou-se ao perceber que o monge o tinha visto.

Gudo permaneceu em silêncio, assim como Musashi. Há quantos dias não o via de tão perto!

E foi então que Musashi decidiu: era agora ou nunca.

Kyoto estava logo ali, e se permitisse que o monge desaparecesse nas entranhas do templo Myoshinji, algumas dezenas de dias se passariam antes que tivesse a oportunidade de reencontrá-lo.

— Senhor! — gritou ele.

Estava, porém, tão agoniado que a voz lhe faltou, o peito oprimiu-se, mal conseguindo forças para arrastar os pés e se aproximar na atitude temerosa da criancinha que precisa confessar uma travessura e espera reprimendas.

O monge continuou em silêncio, nem sequer se dando ao trabalho de lhe perguntar o que queria.

Apenas os olhos — único detalhe branco no rosto parecendo uma rígida máscara de laca — fixavam Musashi, quase raivosos.

— Monge! Por favor...

Perdida agora a noção de tudo que o rodeava, Musashi correu como uma bola incandescente de sofrimento e jogou-se aos pés de Gudo.

— Uma palavra, senhor, eu lhe peço! Apenas um conselho... — conseguiu ele dizer antes de curvar-se, rosto quase tocando o chão.

Imóvel, corpo inteiro enrijecido, esperou por resposta. Nada, porém, lhe chegou aos ouvidos por um longo, interminável intervalo.

Incapaz de se conter por mais tempo, Musashi dispôs-se a abrir a boca para tentar esclarecer de vez a dúvida que o martirizava, quando de súbito Gudo lhe disse:

— Estou a par de tudo. Matahachi tem-me falado sobre você todas as noites, de modo que sei tudo a seu respeito... assim como a respeito dessa mulher.

As últimas palavras tiveram o efeito de uma ducha gelada sobre Musashi, que não ousava sequer erguer a cabeça.

— Matahachi! Empresta-me teu bastão — ordenou Gudo.

Musashi preparou-se para receber algumas vergastadas — comuns em sessões de meditação zen — e cerrou os olhos. Mas os esperados golpes não caíram sobre sua pessoa, apenas percorreram a área em torno do ponto em que ele se sentava.

Gudo tinha riscado um círculo com a ponta do bastão. E no centro dele, achava-se Musashi.

IV

— Vamos embora! — disse Gudo para Matahachi, jogando o bastão e afastando-se com passos decididos.

Musashi viu-se uma vez mais abandonado. Diferente, contudo, daquela ocasião em Okazaki, agora sentia súbita onda de indignação invadir-lhe o peito.

Afinal, nos quase vinte dias passados, havia acompanhado o monge cumprindo uma sincera penitência, aflito, miserável. E como recebia ele esse pobre e imaturo sofredor? Gudo era impiedoso demais, cruel, parecia estar zombando do seu sofrimento.

— Bonzo maldito! — murmurou, lábios fortemente cerrados, fixando com ferocidade as costas do vulto que se afastava. "Nada existe!", tinha-lhe dito ele. E era verdade! Nada existia em Gudo, seu cérebro era vazio, e suas palavras nada mais eram que falsidades destinadas a dar a impressão de sabedoria, prática comum a todos os monges, achou Musashi.

— Não preciso de sua ajuda! — gritou ele, arrependido da própria fraqueza, de ter sequer imaginado que possuía um mestre a quem recorrer. Ele podia contar apenas consigo, com sua força, não havia outro caminho possível. Em última análise, o monge era um homem, ele próprio era um homem, os incontáveis sábios da Antiguidade não passavam também de homens: não iria depender de mais ninguém, decidiu-se.

Ergueu-se de súbito, impulsionado pela raiva, e permaneceu ainda algum tempo contemplando com ferocidade a distância iluminada pelo luar. O rancor aos poucos se extinguiu do seu olhar, e os olhos voltaram-se naturalmente para si e para a área em torno dos próprios pés.

E então, uma súbita exclamação partiu de sua boca: rígido, Musashi deu uma volta em torno de si mesmo e achou-se em pé no meio de um círculo.

Lembrou-se de ter ouvido Gudo pedindo um bastão, há pouco. Na verdade, lembrava também que o monge tinha pressionado a ponta do bastão na terra e que, em seguida, correra em torno dele. E desenhara esse círculo, descobriu nesse momento.

— Para quê? — murmurou, mantendo-se rígido no mesmo lugar, sem afastar-se sequer um centímetro.

Círculo.

Um círculo.

Por mais que o contemplasse, o círculo era apenas um círculo. Interminável, inquebrável, sem extremidades, sem hesitações, era um círculo.

Ampliando-o infinitamente, era a própria representação do mundo. Diminuindo-o radicalmente, ali estava ele, Musashi, em seu centro.

O mundo era um círculo, ele também: não podiam ser duas identidades distintas. Eles perfaziam uma única identidade.

Com súbito e vigoroso movimento, extraiu a espada com a mão direita e a estendeu lateralmente: a sombra compôs no chão a letra "o" do silabário *katakana,* mas o mundo continuava um círculo, rígido e inquebrável. Se ele e o mundo eram uma única identidade, a mesma lógica podia ser aplicada com relação ao próprio corpo. E nesse caso, o que mudara de forma era apenas a sombra projetada no chão.

— É apenas uma sombra! — descobriu Musashi. A sombra não era ele próprio.

A muralha contra a qual se chocara no decorrer da sua carreira também era uma sombra, a sombra do seu espírito perdido em dúvidas.

Com um *kiai,* trespassou o espaço acima da cabeça com a espada.

A própria sombra empunhando agora também a espada curta na mão esquerda projetou-se na terra, compondo uma vez mais um formato diferente. O mundo, porém, não mudara de forma. Duas espadas eram uma — e as duas, um círculo.

— Ah!... — exclamou.

Seus olhos tinham-se aberto, finalmente. Moveu-os para cima e viu a lua. Lua cheia, círculo perfeito, podia ser a própria imagem da lâmina, ou de um espírito percorrendo os caminhos do mundo.

— Monge Gudo! Senhor! — chamou Musashi impulsivamente, correndo-lhe no encalço.

Agora, porém, já não sentia necessidade de implorar-lhe coisa alguma. Queria apenas pedir-lhe perdão por tê-lo odiado.

Logo, porém, parou abruptamente.

— Isso também é uma veleidade, folhas e galhos... — pensou.

E enquanto permanecia ali, aturdido, os telhados da cidade de Kyoto e as águas do rio Kamo aos poucos afloraram do fundo da neblina. O dia vinha raiando.

SHIKAMA

I

O outono avançava. Musashi e Matahachi tinham deixado Okazaki para trás rumo a Kyoto, e Iori, levado por Nagaoka Sado, seguira por mar para Buzen no mesmo barco em que Sasaki Kojiro também retornara à sede do clã.

Quanto à velha Osugi, tinha-se agregado no ano anterior à comitiva de Kojiro na ocasião em que este fora pela primeira vez a Kokura. A anciã seguira com o grupo até Osaka, de onde retornara a Mimasaka para resolver alguns problemas familiares e para mandar celebrar cerimônias religiosas em homenagem a seus ancestrais.

De Takuan sabia-se apenas que tinha partido de Edo, e que talvez estivesse nos últimos tempos em Tajima, sua terra natal.

Tais são em linhas gerais as informações sobre as pessoas conhecidas, excetuando Joutaro, sobre quem nada mais se soube desde a época em que a verdadeira identidade de Daizou de Narai viera a público.

Outra de quem nada se sabia era Akemi.

Além destes dois, um terceiro havia de quem não se sabia nem se era vivo ou morto: Muso Gonnosuke, que tinha sido aprisionado na montanha Kudoyama. Este, porém, podia ter sido salvo por intermédio de Nagaoka Sado. Alertado por Iori, o velho conselheiro podia ter iniciado entendimentos que levariam com certeza à sua libertação.

Mas nada disso adiantaria se Gonnosuke já tivesse sido morto sob suspeita de espionagem pelo grupo rebelde oculto em Kudoyama. Contudo, era mais provável que os líderes do grupo — os dois Yukimura, pai e filho — tivessem analisado o caso e, sendo perspicazes, percebido de golpe que tudo não passava de um engano, soltando-o em seguida. Nesse caso, Muso Gonnosuke estaria a essa altura desesperado, à procura de Iori.

De todos os personagens até agora mencionados, restou falar porém de um, cuja integridade física não despertava cuidados, mas cujo destino era mais digno de pena: Otsu. Desse personagem talvez devêssemos ter tratado em primeiro lugar. O mundo não existia para ela sem Musashi, por ele a jovem vivia, por ele esperava, perseguindo tenazmente a plenitude feminina. Desde que partira de Yagyu, andara sempre sozinha em sua interminável jornada. O auge da sua juventude já se fora, e Otsu, pobre flor solitária a estiolar, caminhava por caminhos desconhecidos, evitando os olhares dos viajantes com quem cruzava. E de onde estaria ela contemplando nesse outono a mesma lua que Musashi vira de cima da montanha?

— Você está aí, Otsu-san?

— Estou! Quem me chama?

— Sou eu, Manbei.

Assim dizendo, o referido Manbei esticou o pescoço e espiou por cima de uma sebe enfeitada com cacos de conchas.

— Ora, senhor Manbei, o distribuidor de linho!

— Como sempre dedicada ao trabalho, Otsu-san? Desculpe-me se interrompo, mas queria ter dois dedos de prosa com você.

— Entre, por favor. A portinhola só está encostada.

Otsu removeu cuidadosamente com os dedos azulados de índigo o pano que lhe cobria os cabelos.

Estamos numa aldeia de pescadores situada no delta do rio Shikama, na baía do mesmo nome, província de Banshu.[23]

A casa onde ela mora no momento não é, porém, de pescadores. Conforme atestam as diversas peças secando em varais e ramos de pinheiros próximos, os donos da casa em cujo jardim ela agora se encontra dedicam-se ao trabalho de tingir tecidos no famoso tom "índigo de Shikama"[24], como é conhecida essa particular tonalidade azul-escura.

Pequenas tinturarias iguais a essa espalhavam-se por toda a redondeza.

O processo, único, consistia em socar ao pilão o tecido previamente submetido a diversas imersões em tinta azul-marinho. O pano tingido por esse processo mantinha a cor original mesmo depois que o uso o puía, sendo por esse motivo muito procurado em todas as províncias.

O trabalho de pilar o tecido tingido era das jovens locais, e o ruído ritmado dos pilões que ecoavam por trás dos muros dos tintureiros costumava chegar às praias vizinhas. O povo costumava dizer que o tom das canções entoadas ao pilão por essas raparigas denunciava aquelas em cujos corações habitavam garbosos pescadores que rondavam as praias próximas.

Otsu não cantava.

Tinha chegado à vila no começo do verão e não parecia ainda afeita ao trabalho. Pensando bem, o vulto entrevisto por Iori naquela tarde quente de verão diante do armazém de Kobayashi Tarozaemon, no porto de Sakai, caminhando decididamente rumo ao cais, talvez fosse realmente Otsu.

---

23. Banshu: também conhecida como Harima, antiga denominação de uma área a noroeste da atual província de Hyogo.

24. No original, *Shikama-zome*.

Pois fora exatamente nessa época que Otsu desembarcara em Shikama de um navio procedente de Sakai com destino a Akamagaseki.[25]

E nesse caso, a sorte, sempre madrasta, lhe havia pregado nova peça: o barco que a havia conduzido até ali tinha sido, com toda a certeza, um dos navios mercantes do armador Tarozaemon, e nele tinham também viajado, em dia diferente, todo o clã Hosokawa, isto é, Nagaoka Sado, Iori e Sasaki Kojiro.

Sado e Kojiro lhe eram desconhecidos e nada representariam para Otsu, mesmo que cruzasse com eles no meio de uma rua qualquer. Mas como foi que não se encontrara com Iori se o barco, como todos os do armador cumprindo essa rota, parara obrigatoriamente em Shikama?

Pensando bem, contudo, talvez nada houvesse a estranhar nesse fato: por estar levando importantes personalidades do clã Hosokawa, os passageiros comuns — viajantes, mercadores, lavradores, peregrinos, monges e boneceiros — tinham sido todos agrupados com as mercadorias no fundo do barco, proibidos até de tentar espiar o que se passava por trás dos cortinados das áreas reservadas aos ilustres passageiros. Além disso, o barco aportara em Shikama de madrugada, de modo que Iori estaria dormindo e não a teria visto desembarcando.

Shikama era a terra da ama de leite de Otsu.

Depois de partir de Yagyu na primavera, ela chegara a Edo, mas Musashi já havia partido. Não o encontrando, nem a Takuan, indagara nas mansões Yagyu e Hojo sobre a direção tomada por Musashi e partira em seguida, na esperança de encontrá-lo. E de jornada em jornada, seu caminho acabara por trazê-la enfim a Shikama.

A vila situava-se nas proximidades da cidade castelar de Himeji, não muito distante de Yoshino, em Mimasaka, terra que a tinha visto crescer.

A mulher que a amamentara nos tempos em que fora adotada pelo abade do templo Shippoji procedia de Shikama, e seu marido era um dos pequenos tintureiros da região. Lembrando-se disso, Otsu a tinha procurado, mas quase nunca saía à rua com medo de cruzar com algum conhecido da vila natal.

A velha ama, já na casa dos cinquenta, não tinha filhos e era pobre. Constrangida de ficar ociosa em meio a tanta pobreza, Otsu oferecera-se para ajudá-la a pilar o tecido. E assim, deixava-se ela ficar na vila esperando um dia ouvir qualquer notícia sobre o homem amado no meio dos boatos que, tão numerosos quanto os viajantes, faziam a alegria da estrada de Chugoku. Dia após dia socando o pano tingido sem nunca cantar, guardando no peito

---

25. Akamagaseki: antiga denominação de Shimonoseki, cidade a noroeste da atual província de Yamaguchi.

um velho amor que não conseguia achar, Otsu vinha trabalhando no quintal do tintureiro sob o sol de outono, perdida em pensamentos.

E foi num desses momentos que Manbei — o revendedor de linho das vizinhanças — a tinha vindo procurar para conversar.

— Que quer ele? — pensou Otsu, lavando as mãos no córrego próximo e secando o rosto que o suor tornava ainda mais belo.

II

— Minha tia não se encontra no momento. Seja como for, sente-se — disse ela, convidando-o para a varanda da casa.

— Não quero perturbá-la mais que o necessário — recusou Manbei, sacudindo a mão e permanecendo em pé no mesmo lugar.

— Disseram-me que você procede da região de Yoshino, em Sakushu. É verdade? — perguntou o homem.

— Isso mesmo.

— Eu tenho frequentado anos a fio a estrada que leva à vila Miyamoto, próximo ao castelo de Takeyama, e mais além, até Shimo-no-sho, sempre em busca de linho. E então, recentemente ouvi por acaso um certo boato...

— Boato? A respeito de quem?

— A seu respeito.

— Ora!...

— Além disso — prosseguiu Manbei, sorrindo malicioso — ouvi falar também de um certo Musashi, da vila Miyamoto.

— Como disse? Musashi-sama?

— Ah-ah! Você enrubesceu!

O sol brincava no rosto de Manbei, enchendo-o de manchas amareladas. Fazia calor, e o homem dobrou uma toalha e a depositou no topo da cabeça.

— Conhece Ogin-sama? — perguntou, pondo-se de cócoras.

Otsu também se curvou ao lado do pilão manchado de azul.

— Refere-se à... irmã de Musashi-sama?

— Ela mesma — respondeu Manbei, movendo a cabeça. — Encontrei-me com ela há alguns dias na vila Mikazuki, em Sayo, e no meio da conversa, seu nome veio à baila. Ela ficou absolutamente espantada ao saber que você está aqui.

— Contou-lhe que estou morando nesta casa?

— Contei. Não vi nada de mau nisso. Aliás, até a dona desta casa já me tinha pedido para que a avisasse caso ouvisse alguma notícia desse senhor Musashi quando fosse para os lados da vila Miyamoto. De modo que eu mesmo puxei o assunto no breve instante em que conversamos em pé, à beira da estrada.

— E onde mora Ogin-sama ultimamente?

— Parece-me que na casa de um *goushi* de nome Hirata alguma coisa, na vila Mikazuki.

— Seriam parentes dela?

— Devem ser, mas isso não importa. O mais importante é que Ogin-sama quer encontrar-se com você. Disse que tem tanta coisa a lhe contar, algumas de teor íntimo. Ela quase chorou no meio da rua, de tanta saudade, de vontade de revê-la...

Os olhos de Otsu também se encheram de lágrimas. Não bastasse a emoção de ouvir falar na irmã do homem que tanto amava, deviam ter lhe ocorrido também velhas lembranças dos dias de sua infância.

— Estávamos no meio da rua e ela não podia escrever uma carta. De modo que lhe pede por meu intermédio que a procure sem falta o mais breve possível na casa Hirata, da vila Mikazuki. Disse que na verdade queria ela mesma vir até aqui encontrar-se com você, mas certas circunstâncias a impedem...

— Ela quer então que eu vá até lá?

— Isso. Não entrou em detalhes, mas entendi que recebe cartas do mestre Musashi de vez em quando.

Ao ouvir isso, Otsu sentiu vontade de partir imediatamente ao encontro dela, mas conteve-se: afinal, tinha a obrigação de prestar contas à dona da casa onde morava, já que ela se preocupava tanto com a sua pessoa e a vinha aconselhando sobre os passos a seguir.

— Vou considerar a questão e lhe darei uma resposta ainda esta noite — disse Otsu a Manbei.

O revendedor de linho pediu-lhe que atendesse ao pedido de Ogin, acrescentando ainda que no dia seguinte ele próprio iria a Sayo a negócios. Se Otsu quisesse, podia aproveitar sua companhia...

Do outro lado da sebe, o mar parecia uma espessa poça de óleo, a repetir vezes sem fim o mesmo murmúrio lânguido nesse quente dia de outono.

Sentado no chão junto à sebe, um jovem samurai abraçava os joelhos e contemplava o mar em silêncio havia já algum tempo.

III

O jovem, garboso e bem vestido, teria seus dezoito ou dezenove anos.

Seu aspecto fazia crer que se tratava de um jovem samurai, filho de algum vassalo do clã Ikeda, pois o castelo Himeji distava pouco mais de seis quilômetros dali.

Ele talvez tivesse vindo pescar, muito embora não houvesse sinais de vara ou anzóis nas vizinhanças, nem de cestos para carregar o pescado. Sentado no barranco e apoiado à sebe do tintureiro, o jovem apanhava vez ou outra mancheias de areia e as deixava escorrer entre os dedos num gesto que ainda guardava algo infantil.

— Está combinado, Otsu-san — disse nesse momento Manbei, de dentro da sebe. — Dê-me a resposta ainda esta tarde, porque parto amanhã bem cedo, e tenho providências a tomar.

A voz do homem ressoou alto no silêncio da tarde, apenas quebrado pelo surdo e monótono embate do mar na arrebentação.

— É o que farei. Agradeço seu interesse — veio também nítida a voz suave de Otsu.

Manbei abriu a portinhola e saiu. Ao ver isso, o jovem samurai recostado à sebe dos fundos da casa ergueu-se de súbito e ficou contemplando o vulto do vendedor de linho que aos poucos se distanciava.

Em atitude alerta, parecia estar-se assegurando da direção tomada pelo homem. Um sombreiro fundo ocultava-lhe o rosto, não permitindo verificar que tipo de emoção registrava.

O único ponto estranho era o fato de o jovem samurai ter se voltado na direção da sebe uma vez mais depois que Manbei se afastou, e espiado o quintal do tintureiro, onde o ruído do pilão tinha voltado a soar.

Sem saber de nada, Otsu tinha retomado seu trabalho logo depois da partida de Manbei. Do quintal próximo, também vinha o som ritmado de um pilão. Outra jovem trabalhava e cantava.

Otsu também manejava seu pilão com maior vigor agora.

O amor em meu peito
É mais profundo que o azul do mar.
Mais intenso que ele,
Só o índigo de Shikama.

Otsu não cantava, mas uma pequena voz murmurava em seu peito a trova que tinha lido numa antologia qualquer.

Se Ogin recebia cartas de Musashi, bastava encontrar-se com ela para saber do seu paradeiro.

Com ela, Otsu tinha a sensação de poder abrir-se, desnudar o coração e falar. Ogin haveria de acolhê-la como a uma irmãzinha querida. A mão movia o pilão automaticamente, o pensamento ia longe, mas pela primeira vez em muito tempo Otsu sentia a alma mais leve.

No meio dos pinheiros
À espera do meu amor,
Contemplo o mar de Harima,
De tantas e tão amargas lembranças.

Como ao autor do poema, o mar, que sempre lhe parecera um mundo ondulante de infinita tristeza, hoje parecia murmurar palavras de esperança em cores alegres, tão radiosas que a obrigaram a pestanejar.

Estendeu num varal alto o tecido que acabara de pilar, saiu a esmo pelo portãozinho que Manbei tinha largado aberto e se deixou ficar contemplando o oceano, pensativa.

Seu olhar caiu casualmente sobre o vulto que se afastava andando perto da arrebentação. Cabeça oculta por um sombreiro, o desconhecido se ia calmamente, o vento proveniente do mar aberto agitando de leve suas roupas.

Seus olhos ocuparam-se por breves instantes em acompanhar o vulto apenas porque a paisagem estava vazia demais, sem um pássaro sequer para lhe chamar a atenção.

IV

Otsu por certo falara com a mulher do tintureiro e avisara Manbei na tarde desse mesmo dia, conforme tinham combinado, pois surgiu na manhã seguinte bem cedo à porta da casa do revendedor de linho.

— Espero não estar sendo um transtorno para o senhor — disse ela. Deixavam para trás a vila de pescadores e iniciavam a jornada.

A viagem nem era tão longa assim: de Shikama a Sayo e à vila Mikazuki seriam apenas dois dias, mesmo no ritmo um pouco mais lento de uma mulher.

Os dois prosseguiram pela estrada de Tatsuno, tendo sempre ao norte o perfil do castelo de Himeji.

— Otsu-san.
— Sim?
— Vejo que está acostumada a andar.
— É que viajo muito.
— Soube que já esteve até na cidade de Edo. Admira-me muito a sua coragem.
— Minha velha ama lhe contou até isso?
— Estou sabendo de tudo. Aliás, a notícia já se espalhou até na vila Miyamoto.

— Isso me envergonha.

— Por quê? Sua persistente busca pelo homem que ama só pode ser vista como penosa, triste talvez, mas não vergonhosa. No entanto, deixe-me dizer-lhe apesar de estar na sua presença: mestre Musashi é bem insensível.

— Não concordo.

— Quer dizer que você nem sequer lhe guarda um pouco de rancor? Agora sim, você me parece mais comovente ainda.

— Ele é um homem que se dedica de corpo e alma à esgrima, apenas isso. Tola sou eu que não consigo desistir dele, mesmo assim.

— Considera-se culpada?

— Apenas sinto ser um estorvo para ele.

— Hum! Gostaria que minha mulher ouvisse isso. Você é a imagem da mulher ideal.

— O senhor me disse que Ogin-sama mora com parentes. Sabe me informar se ela se casou?

— Quanto a isso, não sei — disse Manbei.

Mudou de repente de assunto ao avistar uma casa de chá. — Vamos descansar um pouco ali.

Entraram, pediram chá e preparavam-se para lanchar quando um barulhento grupo de condutores de cavalo passou por perto e um deles gritou:

— Ei, Manbei! Não vais hoje a Handa para jogar? Os homens ferviam de raiva no outro dia porque tu passaste a perna neles!

— Obrigado! Não preciso de cavalos de carga neste momento — desconversou Manbei, erguendo-se apressadamente e preparando-se para partir. — Vamos indo, Otsu-san?

Os condutores de cavalo puseram-se a rir e a zombar:

— Viram essa? Ele hoje está acompanhado, aliás muito bem acompanhado! Bem que estranhei o jeito dele falar!

— Malandro! Vou contar tudo para tua mulher, ouviste?

— Ah-ah! Ele nem responde!

Manbei, o vendedor de linho, era dono de uma minúscula loja em Shikama, igual a muitas outras dessa área. Costumava comprar linho em lugarejos próximos e o distribuía entre as filhas e mulheres dos pescadores da vila para que lhe confeccionassem cordas e cordames. Apesar da pouca importância do seu trabalho, era o dono de uma casa comercial. Otsu achou estranho que trabalhadores braçais como esses carregadores e condutores de cavalo lhe dirigissem a palavra com tanta familiaridade.

Manbei também pareceu dar-se conta disso, pois depois de caminharem cerca de duzentos metros em silêncio, disse, como se tentasse dissipar a dúvida de sua companheira de viagem:

— São uns mal-educados, esses carregadores. Sentem-se no direito de pilheriar só porque os procuro para alugar cavalos quando quero transportar o linho — murmurou.

Manbei porém não tinha percebido que havia por perto outra pessoa, contra quem devia precaver-se muito mais. A pessoa em questão tinha começado a segui-lo desde a altura da casa de chá, onde descansaram havia pouco, e era o jovem samurai do sombreiro fundo que Otsu avistara um dia antes nas proximidades da casa do tintureiro.

NOTÍCIAS DE LONGE

I

Na noite anterior, pousaram numa estalagem em Tatsuno. A viagem transcorria normalmente, sem nenhuma alteração nem no percurso nem na atitude do solícito Manbei.

E quando enfim alcançaram a vila Mikazuki, em Sayo, o sol já começava a tombar e seus raios incidiam debilmente no sopé das montanhas, lembrando que o outono já ia a meio.

— Manbei-sama! — chamou Otsu.

Cansado talvez da longa jornada, o homem andava alguns passos na frente, em silêncio.

— Já estamos na vila Mikazuki, não estamos? Além daquelas montanhas fica a vila Miyamoto... — disse Otsu, quase para si.

— É verdade — disse Manbei, parando por instantes. — A vila Miyamoto e o templo Shippoji ficam bem atrás daquelas montanhas. Saudosa?

Otsu apenas contemplou o negro perfil das montanhas sobrepostas, recortado sobre o céu do entardecer, e nada disse.

Montanhas eram apenas natureza. Nelas não estava seu grande amor, nada havia ali — apenas tristeza.

— Falta pouco agora. Cansada, Otsu-san? — perguntou Manbei, recomeçando a caminhar.

Otsu foi-lhe atrás.

— Nada disso. O senhor, sim, me parece fatigado.

— Eu? Ora essa, estou muito acostumado a andar. Faz parte de minha profissão.

— E onde fica a casa em que Ogin-sama se recolheu?

— Logo ali — disse Manbei, apontando. — Ela também deve estar impaciente à sua espera. Vamos, é só mais um pouco.

Seus passos tornaram-se mais rápidos. Em instantes, alcançaram uma área no sopé das montanhas onde havia algumas casas espalhadas.

O local era apenas uma das paradas na estrada de Tatsuno, pequena demais para ser classificada como vila. Em todo caso, algumas tabernas, casas de pouso para condutores de cavalo e estalagens baratas enfileiravam-se dos dois lados da estrada.

Manbei passou por elas sem se deter, avisando:

— Vamos enfrentar uma boa subida daqui para a frente.

Dobrou então à direita e começou a galgar uma escadaria de pedra, em direção às montanhas.

Ele a estava conduzindo para dentro de uma propriedade religiosa, pensou Otsu ao ver os grandes cedros ao redor e ouvir o piar friorento de pássaros, sentindo-se de súbito ameaçada por algo que não sabia precisar.

— O senhor não teria se enganado, Manbei-sama? Não vejo casas nas proximidades — observou Otsu.

— Não se preocupe com isso. Sei que a área é deserta, mas quero que você se sente na beira da varanda desse santuário e me espere um pouco enquanto vou chamar Ogin-sama.

— Vai chamá-la? Como assim?

— Esqueci de dizer-lhe, mas essas foram suas instruções. Pediu-me que não a levasse à casa dela porque talvez houvesse alguém que não lhe interessasse encontrar. A casa fica do outro lado desse bosque, no meio de uma plantação. Espere um pouco aqui mesmo e eu a trarei em seguida.

O bosque de cedros já estava escuro. Manbei se afastou por um atalho que costurava entre as árvores.

Otsu não tinha por hábito suspeitar de ninguém, de modo que ali permaneceu contemplando placidamente o céu do entardecer.

Aos poucos, a noite veio chegando.

Observou de forma distraída em torno e sentiu um vento frio começando a percorrer a área. Algumas folhas mortas que corriam pela varanda, impelidas pelo vento, caíram-lhe no colo com lentidão.

Otsu apanhou uma delas e a girou distraída entre os dedos, ainda esperando com paciência.

E foi então que alguém, observando esse vulto ingenuamente à espera, gargalhou de trás do santuário.

II

Otsu saltou em pé, assustada.

Era crédula e sugestionável na mesma medida, de modo que se apavorava com facilidade ao deparar com qualquer fato que lhe causasse estranheza.

No instante em que a gargalhada cessou, uma voz velha, rouca e sinistra, se fez ouvir:

— Não se mexa, Otsu!

— Ah! — gritou Otsu, encolhendo-se e tapando os ouvidos instintivamente. E em vez de fugir, ali permaneceu transida de medo, como se tivesse sido atingida por um raio.

A essa altura, diversos vultos surgiram de trás do santuário e a rodearam. E por mais que cerrasse os olhos, Otsu via diante de si, crescendo cada vez mais, apenas uma única pessoa desse estranho grupo: Osugi, a anciã dos seus pesadelos, com seus longos cabelos brancos desgrenhados.

— Sua ajuda foi de muita valia, Manbei. Acerto as contas logo mais. Enquanto isso, minha gente, amordacem essa infeliz antes que ela se lembre de gritar por socorro e carreguem-na de uma vez para a mansão em Shimo-no-sho. Vamos logo com isso! — disse Osugi, apontando para Otsu. Seu tom era frio e autoritário, como o da rainha das trevas.

Seus companheiros — quatro a cinco homens, gente de seu clã, com certeza — gritaram uma resposta em uníssono e saltaram sobre Otsu como um bando de lobos famintos sobre a presa, amarrando-a com muitas voltas de corda.

— Pelo atalho!
— Vamos embora!

Gritando ordens uns aos outros, o grupo partiu em disparada.

Osugi ficou para trás, apenas observando com cínico sorriso. Retirou a seguir um volume de dentro do *obi* — por certo a paga pelos serviços — e o entregou a Manbei.

— Como conseguiu atraí-la até aqui? Sua sagacidade é digna de admiração — elogiou-o ela, frisando a seguir: — Não fale disso com ninguém, ouviu?

Manbei guardou o dinheiro e respondeu, também ele com satisfação:

— Nem precisei ser tão sagaz, apenas segui suas instruções. Seu plano é que foi muito bem urdido. Além disso, Otsu nem sequer sonhava que a senhora estava de volta à sua terra, e isso facilitou todo o trabalho.

— Nunca me senti tão feliz! Você viu a cara de espanto dessa maldita?

— Parece que se esqueceu de fugir, de tão apavorada. Ah-ah! Mas para ser franco, sinto um pouco de pena dela.

— Pena? Pena por quê? Do meu ponto de vista...

— Sei, sei. Já ouvi a história dos seus ódios no outro dia.

— E eu também não tenho tempo a perder. Deixe passar alguns dias e venha me ver na mansão em Shimo-no-sho.

— Até mais, velha senhora. Os atalhos nestas redondezas são acidentados. Vá com cuidado.

— E quanto a você, cuidado com o que fala!

— Sou reservado por natureza, senhora. Pode ficar tranquila — disse Manbei, começando a se encaminhar para a escadaria tateando o caminho no escuro com a ponta dos pés. Ato contínuo, soltou um estranho berro, foi ao chão e não se mexeu mais.

Osugi voltou-se.

— Que houve, Manbei? Foi você que gritou? Manbei? — chamou, perscrutando o solo na escuridão.

III

Manbei não haveria de responder, pois não respirava mais.

Com um grito de susto, Osugi forçou a vista para tentar discernir o vulto escuro que subitamente se tinha materializado ao lado de Manbei.

Uma espada — gotejando sangue — brilhava em sua mão.

— Que... quem é você?

— ...

— O nome! Revele o maldito nome! — gritou Osugi, forçando a garganta seca.

Pelo jeito, a idosa mulher ainda não tinha se curado do defeito de gritar e ameaçar as pessoas com palavras violentas. O desconhecido, porém, parecia conhecer muito bem seus truques, pois seus ombros se agitaram levemente no meio da noite: ele ria mansamente.

— Sou eu... obaba!

— Quem?...

— Ainda não adivinhou?

— Claro que não! Nunca ouvi essa voz. Aposto que é um ladrãozinho de meia tigela.

— Ah-ah! Se fosse, não teria escolhido uma velha sem vintém como você.

— Quê? Está me dizendo que me perseguiu deliberadamente?

— Isso mesmo.

— A mim?

— Quantas vezes tenho de repetir? Para que haveria eu de vir atrás de um pé-rapado como Manbei até esta vila Mikazuki? Se enfrentei esta longa viagem foi para dar uma lição a você, obaba!

Um grito que lembrava o som de uma flauta rachada irrompeu da garganta de Osugi, que cambaleou e disse:

— Você deve estar me confundindo com alguém! Deixe-me esclarecer: eu sou Osugi, a matriarca da casa Hon'i-den!

— Ah! Quantas odiosas lembranças não me traz esse nome! É chegada a hora do acerto de contas, obaba. O nome Joutaro lhe diz alguma coisa?

— Co... como? Joutaro? Você é Joutaro?

— Três anos já se passaram, tempo suficiente para uma criança crescer. Hoje, você é um tronco velho e seco, e eu, uma árvore jovem, repleta de seiva. Sinto muito, mas não vai mais me fazer de bobo!

— Ora, ora, se não é Joutaro, realmente!...

— Quantos anos você não andou atormentando meu mestre! Musashi-sama tinha pena de você, pobre velha, e andou esses anos todos evitando-a apenas porque não queria machucá-la. E aproveitando-se dessa consideração, você andou por diversas províncias, e por fim até por toda Edo, não só difamando seu nome, como também o impedindo de alcançar o sucesso!

— ...

— E não é só isso. Você também perseguiu Otsu-sama, atormentou-a, e quando enfim julguei que se tinha retirado para sua terra por ter finalmente compreendido a extensão do crime que perpetrava, que vejo eu? Estava aliciando o revendedor de linho Manbei e o convencendo a ajudá-la a realizar não sei que tipo de maldade contra ela.

— ...

— Eu a odeio mais que tudo neste mundo. Cortá-la em duas é fácil, mas infelizmente eu já não sou o filho de Aoki Tanza, o vagabundo. Meu pai foi afinal aceito de volta ao clã e hoje é um vassalo da casa Ikeda, como nos velhos tempos. De modo que sou obrigado a poupar-lhe a vida, para não prejudicar meu pai.

Joutaro deu alguns passos para a frente. Embora dissesse que lhe poupava a vida, a espada continuava em sua mão direita, longe da bainha.

Afastando-se passo a passo para trás, Osugi procurava uma oportunidade para fugir.

IV

E finalmente achou-a, pois se preparou para correr pela vereda que cortava o bosque de cedros. Joutaro, porém, alcançou-a num salto.

— Aonde vai? — perguntou, agarrando-a pela nuca.

Osugi voltou-se e, arreganhando os dentes, perguntou:

— Como se atreve?

Combativa apesar da idade, extraiu uma adaga da cintura e com ela golpeou de lado, na altura das costelas do jovem.

Mas Joutaro já não era o indefeso menino de anos atrás: desviando-se agilmente do golpe, lançou a idosa mulher ao solo com um violento empurrão.

— Moleque dos infernos! — esbravejou ela com o rosto enterrado numa moita. Apesar de ter ido ao chão por causa de Joutaro, ele ainda era moleque, em sua opinião.

— Víbora! — disse Joutaro então, pisando as frágeis costas da mulher caída e torcendo-lhe facilmente a mão para trás.

Se obaba não mudara de opinião com relação a Joutaro, este por seu lado era realmente o mesmo, apesar de ter crescido: em sua atitude não se viam resquícios de piedade pelo sofrimento que infligia a essa frágil e idosa mulher. Crescera fisicamente, mas não amadurecera.

— E agora, que faço com você?

Arrastou-a até a frente do santuário e a jogou sobre a varanda, incapaz de decidir-se quanto ao seu destino: não podia matá-la, mas permitir que se fosse estava fora de cogitação.

Sobretudo, afligia-o não saber o que estava acontecendo com Otsu, que acabara de ser arrastada dali para uma mansão em Shimo-no-sho, conforme ouvira Osugi instruindo.

Na verdade, Joutaro soubera fortuitamente da presença de Otsu na casa do tintureiro de Shikama porque o pai e ele moravam agora em Himeji. Por causa da nova situação, Joutaro comparecia diversas vezes ao escritório do magistrado da praia a serviço do pai. Numa dessas oportunidades, tinha visto do outro lado de uma sebe certo vulto que lhe chamara a atenção por lembrar-lhe Otsu. Investigou melhor e acabou por encontrá-la.

Joutaro emocionou-se: era desígnio divino. Ao mesmo tempo, seu ódio por Osugi, a velha que a perseguia impiedosamente, reviveu.

"Tenho de eliminar essa velha para que Otsu-san possa viver em paz!", pensou.

Por algum tempo planejou até matá-la friamente, mas teve maturidade suficiente para perceber que se envolver com uma família *goushi* — classe problemática por natureza — podia dificultar a carreira do pai, recuperada com tanto custo. De modo que decidiu dar uma fenomenal lição na velha senhora e salvar Otsu em seguida.

— Achei um bom buraco para metê-la. Vem, obaba! — disse ele, tentando levantá-la pela gola do quimono. Osugi, porém, agarrou-se com firmeza ao solo, recusando-se a acompanhá-lo.

— Nesse caso... — passou o braço em torno de sua cintura e a pôs debaixo do braço, saindo a correr para trás do santuário.

Um barranco fora cortado na época em que esse santuário havia sido construído, e constituía agora um íngreme paredão quase vertical. E na base dele havia uma caverna com entrada estreita, semelhante a um buraco, que mal dava passagem para uma pessoa rastejando.

V

Um ponto de luz surgiu à distância, sinal de que o vilarejo de Sayo estava próximo.

As montanhas, as plantações de amora e as margens dos rios achavam-se cobertas por densa escuridão, assim como o passo Mikazuki, por onde tinham acabado de passar.

E, quando chegaram ao ponto em que sentiram sob os pés os pedriscos da beira do rio e ouviram o murmúrio do Sayo, o homem que cerrava a fileira chamou os dois que lhe iam à frente:

— Ei, esperem um pouco.

Interpelados, os dois homens — que conduziam Otsu na ponta de uma corda, como uma prisioneira — voltaram-se.

— Estranho! Obaba disse que vinha em seguida, mas nem sinal dela.

— Realmente, já devia ter-nos alcançado.

— Ela é geniosa, mas deve ser difícil andar no escuro por esses caminhos acidentados na idade dela.

— Que acham de descansarmos um pouco nestas redondezas? Podemos também esperá-la na casa de chá de Sayo...

— Já que temos de esperar e de cuidar também deste trambolho, vamos tomar uns tragos.

E foi quando os três tinham decidido cruzar o rio no seu ponto mais raso, à tênue claridade do luar, que ouviram ao longe:

— Eeei!

Os homens entreolharam-se, duvidosos. Apuraram os ouvidos e tornaram a ouvir, desta vez mais perto:

— Eeei!

— Será obaba? — disse um deles.

— Não parece.

— Quem será então?

— É voz de homem.

— Mas não deve ser com a gente.

— Realmente! Quem mais haveria de nos chamar a não ser obaba?... E se a voz não é dela...

A água do rio estava gelada, cortante como uma lâmina. Principalmente para Otsu, obrigada a andar na ponta de uma corda.

E então, ouviram passos aproximando-se em rápida correria. No instante em que o som dos passos lhes chegou aos ouvidos, o homem que os vinha seguindo já passava ao lado deles espadanando água e gritando:

— Otsu-san!

O recém-chegado atravessou o rio impetuosamente e galgou a margem contrária.

Com exclamações de susto, os três homens cercaram Otsu e se imobilizaram no meio das águas rasas.

Na outra margem, Joutaro bloqueava o caminho.

— Parem! — ordenou, erguendo as duas mãos.

— Quem está aí?

— Isso não importa. Aonde vão levar Otsu-san?

— Ah! Você veio recuperar esta jovem?

— Exato!

— Não meta o nariz onde não é chamado ou perde a vida!

— Vocês são homens da casa Hon'i-den, não são? Pois estas são as ordens da obaba: entreguem-me Otsu-san!

— Ordens da obaba, você disse?

— É isso mesmo.

— Está mentindo! — riram os homens.

VI

— Não é mentira! Se não acreditam, leiam!

Ainda impedindo-lhes a passagem, Joutaro esfregou-lhes no rosto um recado que Osugi escrevera num pedaço de papel.

As coisas não deram certo. Entreguem Otsu para Joutaro,
o portador desta, e voltem para me salvar.

— Que significa isso?

Depois de ler a carta, os homens examinaram Joutaro da cabeça aos pés. Em seguida, acabaram de cruzar o rio e juntaram-se na outra margem, desconfiados.

— Não entenderam? Ou será que não sabem ler?

— Cale a boca! O tal Joutaro mencionado neste bilhete é você?

— Isso mesmo! Aoki Joutaro!

No mesmo instante, Otsu gritou:

— Jouta-san!

Deu alguns passos, quase tombando para a frente.

Entre atônita e duvidosa, contorcendo-se inteira, havia tempos Otsu observava cuidadosamente o recém-chegado. E no instante em que Joutaro disse seu nome, ela também gritara, em desespero.

— Ei! A mordaça afrouxou! Aperte de novo! — ordenou o homem que se tinha transformado em porta-voz do grupo. — Tem razão, esta é a letra de obaba. E qual o sentido desta frase final: "Voltem atrás para me salvar"? — inquiriu o homem, rosto contorcido pela tensão.

— Ela está presa. É minha refém — respondeu Joutaro com calma. — Entreguem-me Otsu-san e eu lhes indico o lugar onde a escondi. Sim ou não?

Estava claro agora por que a idosa mulher não os tinha alcançado, pensaram os homens entreolhando-se. Logo, porém, decidiram que Joutaro era novo demais e não representava perigo.

— Não venha com gracinhas! Não sei de onde surgiu, moleque cheirando a fraldas, mas se pertence ao clã Himeji já deve ter ouvido falar de nós, os Hon'i-den, de Shimo-no-sho.

— Não me venham vocês com conversa fiada. Sim ou não? Respondam! Se não concordam, obaba vai apodrecer nas montanhas. Deixem que ela morra de fome, deixem!

— Ora, seu... — gritou um deles, saltando sobre Joutaro e prendendo-lhe o pescoço com uma gravata.

Outro lançou mão da empunhadura da espada e ameaçou golpeá-lo.

— Não brinque conosco ou corto-lhe a cabeça. Onde escondeu obaba?

— Entregue-me Otsu-san! — insistiu Joutaro.

— Nunca!

— Nesse caso, não digo onde a escondi.

— Essa é a sua última palavra?

— Entregue-me Otsu-san e saímos todos ilesos deste impasse.

— Mas é muito arrogante, este fedelho!

Ainda torcendo o braço de Joutaro para trás, o homem tentou derrubá-lo para frente passando-lhe uma rasteira.

— Devagar com isso! — gritou Joutaro, tirando proveito do impulso do homem e lançando-o ao solo por cima do próprio ombro. Na fração de segundo seguinte, Joutaro soltou um grito de dor e também caiu sentado, segurando a coxa direita: ao ser jogado no chão, o homem tinha extraído a espada e golpeado num único movimento.

VII

Joutaro conhecia a técnica de lançar um homem ao chão, mas não o seu princípio.

O adversário é afinal um ser animado e quase sempre reage extraindo a espada ou, caso não a possua, agarrando-se às pernas do oponente.

Antes, portanto, de recorrer a esse golpe, um homem tem de levar esses fatores em consideração. Joutaro, porém, lançara o adversário aos seus pés com a mesma displicência com que jogaria um enorme sapo, sem sequer preocupar-se em retrair o corpo.

E no momento em que se sentia triunfante, tinha sido atingido na altura da coxa pela espada adversária em golpe lateral e, ferido, caiu com o seu inimigo.

O ferimento, porém, fora aparentemente superficial, pois Joutaro saltou em pé em seguida, assim como o adversário.

— Não o mate!

— Precisamos dele vivo!

Os companheiros do homem lançado ao chão gritaram advertências e se aproximaram por trás de Joutaro, cercando-o agora por três lados, temendo talvez não encontrar Osugi, caso o eliminassem de imediato.

Joutaro também não tinha intenção de envolver-se numa rixa sangrenta com importunos *goushi,* já que não queria prejudicar o pai na eventualidade do caso chegar aos ouvidos dos seus superiores hierárquicos.

As circunstâncias, porém, levam as pessoas a praticar atos com que jamais sonhariam. Em luta de três contra um, quase sempre o lutador solitário é levado a indignar-se e partir para o ataque. Sem fugir à regra, Joutaro sentiu o sangue ferver. Os três homens insultavam, socavam e empurravam, e quando enfim estavam prestes a derrubá-lo, o jovem reagiu de súbito com calor:

— Malditos! — gritou.

Foi sua vez agora de extrair de súbito a espada curta num único movimento e de trespassar o ventre de um dos adversários, o qual tentava imobilizá-lo com o peso do próprio corpo.

O homem gemeu. Quanto a Joutaro, percebeu de súbito que tinha o braço sujo de sangue, desde o pulso até quase a altura do ombro. Em sua mente, nada mais havia.

— Isto é para você! — esbravejou, erguendo-se de chofre e descarregando a espada frontalmente contra mais um adversário. A lâmina atingiu um osso e resvalou lateralmente. Um naco de carne do tamanho de um filé de peixe voou pela ponta da espada.

— Ah, diabo! — gritou o homem, mas não viu tempo de extrair a espada e enfrentá-lo: a certeza de que estavam em vantagem numérica tinha sido tão grande que o imprevisto desastre o transtornou.

— Malditos, malditos! — continuava a esbravejar Joutaro a cada golpe lançado às cegas contra os dois restantes.

Diferente de Iori, que recebera de Musashi instruções básicas de esgrima, Joutaro não tinha preparo como espadachim. No entanto, não só conseguia manter-se calmo ante a visão do sangue como também mostrava, ao empunhar a espada, temeridade incomum em gente de sua idade. Estas últimas características ele com certeza adquirira nos quase três anos perambulando pelo submundo em companhia de Daizou.

Os dois *goushi* restantes estavam por sua vez totalmente transtornados, um deles já ferido. O sangue escorria do ferimento na altura da coxa de Joutaro, e o quadro era o de um verdadeiro campo de batalha, com feridos dos dois lados.

Se não interviesse de algum modo, haveria mais baixas, ou pior, Joutaro talvez acabasse morto por seus adversários. Desesperada, Otsu subiu às carreiras o barranco do rio e, torcendo as mãos atadas, gritou pedindo a ajuda divina no meio da escuridão:

— Alguém nos acuda! Socorro! Venham ajudar este jovem que luta sozinho contra dois adversários!

VIII

Otsu gritou e se debateu o quanto pôde, mas da noite não lhe chegou resposta alguma a não ser o murmúrio do rio e a voz do vento.

E nesse instante, a frágil Otsu deu-se conta de súbito de que tinha forças também: muito antes de pedir a ajuda alheia, tinha de fazer uso da sua, percebeu ela com um sobressalto.

Sentou-se ali mesmo na margem do rio e friccionou a corda que a prendia contra o canto de uma rocha. Com um mínimo de esforço, a corda, rústica, feita de palha trançada e apanhada por acaso pelos homens na beira do caminho, rompeu-se.

Ato contínuo, Otsu apanhou uma pedra em cada mão e correu na direção em que Joutaro e os dois *goushi* ainda lutavam.

— Jouta-san! — gritou ela, lançando uma das pedras contra o rosto de um dos adversários. — Eu estou do seu lado! Vamos vencer juntos!

Mirou de novo e lançou a segunda pedra.

— Não se descuide! — gritou ela de novo, lançando uma terceira pedra, sem que nenhuma acertasse o alvo.

Otsu apanhou às pressas um novo pedaço de rocha e se preparava para lançá-lo quando um dos *goushi* gritou:

— Vagabunda!

Com dois saltos o homem afastou-se de Joutaro, tentando atingir as costas da jovem em fuga com um golpe *mineuchi*.[26] No mesmo instante, Joutaro saiu em socorro de Otsu, disposto a impedir que o homem a alcançasse.

---

26. *Mineuchi:* golpe desferido com as costas da lâmina.

"Não vou deixar!", pensou Joutaro. E na fração de segundo em que o *goushi* ia descer a espada sobre a cabeça de Otsu, gritou:

— Nada disso, velhaco!

Esticou então o braço na direção das costas do *goushi* em estocada: a espada curta varou as costas do adversário e lhe saiu pela frente na altura da barriga, detendo-se apenas na empunhadura e no próprio punho de Joutaro.

O golpe tinha sido tenebroso, e a espada acabou presa ao cadáver. Por mais que a puxasse, Joutaro não conseguia liberá-la. E que aconteceria se o terceiro adversário lhe pulasse em cima enquanto o jovem lutava por livrar sua arma?

O resultado era mais que óbvio.

Felizmente, porém, o *goushi* restante, que já tinha sido ferido no início do conflito, apavorara-se ao ver que o companheiro — em cuja habilidade confiara para livrá-los dessa situação imprevista — tinha sido tragicamente eliminado.

Quando Joutaro se voltou para olhar, o homem fugia cambaleando como gafanhoto de perna quebrada. Ao ver isso, Joutaro enfim recuperou-se do pânico: apoiou um pé no cadáver, extraiu a espada presa e saiu em perseguição ao sobrevivente, gritando:

— Alto aí!

No calor da refrega, Joutaro tinha perdido a noção de tudo. Seu único pensamento agora era alcançar o adversário e golpeá-lo. Otsu, porém, agarrou-se a ele com unhas e dentes e gritou:

— Não faça isso, Jouta-san! Não vê que o coitado já está bastante ferido e em fuga?

O desespero de Otsu era comparável ao de alguém implorando pela própria vida e espantou Joutaro. Ele não conseguia compreender como podia uma pessoa pensar em salvar um homem que tantos maus-tratos lhe havia infligido.

— Deixe o homem ir-se embora, Jouta-san. Prefiro conversar com você, ouvir e contar os últimos acontecimentos. Vamos, vamos embora daqui o mais rápido possível!

Otsu tem razão, pensou Joutaro. Sanumo ficava logo além da primeira montanha. Se a notícia chegasse a Shimo-no-sho, os Hon'i-den acorreriam trazendo batedores que percorreriam campos e várzeas chamando por obaba, era evidente.

— Está em condição de correr, Otsu-san?

— Estou, estou sim!

Os dois esgueiraram-se então de sombra em sombra, como nos velhos tempos em que não passavam de um menino e uma rapariga, tão rápido quanto o fôlego lhes permitia.

IX

Havia apenas uma ou duas casas com luzes acesas em todo o vilarejo de Mikazuki, uma delas sendo a única estalagem da localidade.

Um grupo barulhento composto por monges peregrinos, negociantes de minérios e mercadores de linha — os dois últimos frequentadores de minas em montanhas próximas e de rotas que passavam por Tajima — tinha estado até havia pouco reunido na ala principal, mas já se retirara, restando apenas uma luz acesa no pequeno anexo da casa.

O idoso estalajadeiro — único ocupante do minúsculo anexo — por certo imaginou que os dois eram o típico caso de mulher mais velha fugindo com amante jovem, de modo que desocupou o quarto onde empilhava rocas e panelões para o cozimento de bichos-da-seda em benefício dos dois.

— Quer dizer que você também não conseguiu avistar-se com Musashi-sama na cidade de Edo, Jouta-san? — indagou Otsu com tristeza na voz, depois de ouvir o detalhado relato dos últimos anos.

Joutaro por sua vez sentia até certo constrangimento em continuar sua história, pois sabia agora que Otsu nunca mais havia visto Musashi desde o dia em que se tinham separado na estrada de Kiso.

— Mas não fique tão triste, Otsu-san! É verdade que são apenas boatos, mas quer saber o que dizem ultimamente no castelo de Himeji?

— Que dizem? Que boatos, Jouta-san? — perguntou ela sofregamente. Na atual situação, ela era uma náufraga, pronta a agarrar-se a qualquer palha.

— Dizem que Musashi-sama virá a Himeji muito em breve.

— A Himeji? Será verdade?

— Como já lhe disse, são boatos. Ninguém sabe até onde merecem crédito, mas no clã estão levando a história a sério. Dizem que Musashi-sama vai para o sul muito em breve, a Kokura para ser mais exato, com o intuito de duelar com Sasaki Kojiro, o instrutor de artes marciais da casa Hosokawa.

— Também já ouvi algumas vezes essa história, mas se você tenta averiguar mais a fundo, acaba descobrindo que ninguém tem sequer ideia do paradeiro dele.

— Não é bem assim. Ao menos, a notícia que corre no clã é um pouco mais consistente. Dizem que o paradeiro de Musashi-sama se tornou conhecido por intermédio do templo Myoshinji, de Kyoto. Esse templo, aliás, mantém um estreito relacionamento como os Hosokawa, cujo idoso conselheiro, Nagaoka Sado-sama, já teria até entregado uma carta escrita por Kojiro desafiando Musashi-sama para um duelo.

— E a data? É para breve?

— Esse ponto ninguém foi capaz de precisar com clareza. Mas se ele se encontra atualmente em Kyoto e pretende descer para Kokura, em Buzen, terá de passar obrigatoriamente por Himeji.

— Mas se for por mar...

— Não creio nisso — disse Joutaro, balançando a cabeça. — E sabe por quê? Porque tanto em Himeji, como em Okayama, assim como nos diversos feudos ao longo do Mar Interno, suseranos planejam reter Musashi-sama ao menos uma noite quando ele passar por suas terras, a fim de melhor poderem avaliá-lo. Além disso, querem saber se ele teria interesse em servir a um clã, etc., etc. O mesmo acontece por exemplo em Himeji, onde o clã Ikeda mandou uma carta convidando o bonzo Takuan a comparecer a esse eventual encontro, e outra ao Myoshinji, tentando saber mais detalhes. E, por fim, dizem que uma ordem foi baixada aos empregados dos postos de muda à entrada da cidade casteleira no sentido de avisarem incontinenti caso avistem um indivíduo correspondendo à descrição de Musashi-sama.

Ao contrário do que esperara Joutaro, Otsu pareceu de súbito perder o ânimo ao ouvir isso.

— Ah! — suspirou ela. — Agora, sim, tenho certeza de que ele não vai escolher a rota terrestre. Musashi-sama detesta todo tipo de manifestação exagerada e sem sombra de dúvida vai passar longe desses feudos quando souber da festa que lhe preparam...

X

Joutaro, que contara os boatos na esperança de animar Otsu, percebeu de imediato, por sua reação, como era ínfima a possibilidade de rever Musashi em Himeji.

— Mudando de assunto, diga-me, Jouta-san: acha que se eu for ao templo Myoshinji terei notícias mais precisas sobre seu paradeiro?

— Talvez. Mas como já lhe disse, tudo que lhe contei são boatos.

— Deve haver ao menos uma gota de veracidade neles...

— Por que pergunta? Já decidiu ir até lá?

— Claro! Amanhã mesmo, se possível.

— Espere, espere um pouco! — interveio Joutaro. Diferente dos velhos tempos, hoje ele estava em condições de aconselhar Otsu. — Sabe por que nunca consegue encontrar-se com Musashi-sama, Otsu-san? Porque dispara no seu encalço ao ouvir o primeiro boato ou uma mínima notícia. Sabe muito bem que quem quer ver um rouxinol tem de procurá-lo alguns pontos além do lugar onde o ouviu trinando, não sabe? Você, ao contrário, segue sempre atrás do trinado! Não será por isso que se desencontram com tanta frequência?

— Talvez seja. Mas o amor é cego, não obedece à razão, não é mesmo?

Otsu sentia-se livre para falar do que quer que fosse com Joutaro. Mas, ao deixar escapar a palavra amor, Otsu sobressaltou-se: Joutaro tinha se ruborizado.

E então, de súbito ela deu-se conta de que Joutaro já não era o menino com quem podia falar livremente sobre amor, ele próprio estando em idade de sofrer-lhe os tormentos. Retomou portanto o tom comedido e disse:

— Em todo caso, muito obrigada pelo conselho. Prometo pensar seriamente sobre o que você me disse.

— Isso mesmo! E antes de fazer qualquer coisa, volte uma vez para Himeji — disse Joutaro.

— Está bem.

— Venha à minha casa, onde moro com meu pai.

— ...

— Contei sobre você a meu pai, Tanza, e para minha surpresa, ele conhecia coisas do seu passado, dos tempos em que você viveu no templo Shippoji. Expressou o desejo de tornar a vê-la, de conversar sobre algo que não especificou claramente.

Otsu manteve-se em silêncio.

À luz da lamparina que quase se apagava, ergueu o olhar e contemplou o céu por uma fresta da cobertura do alpendre.

— Olhe! É chuva! — disse ela.

— Chuva? E nós, que temos de percorrer a estrada de volta para Himeji amanhã...

— Deve ser uma chuva rápida de outono. Viajaremos tranquilamente com a capa de palha.

— Tomara que não engrosse.

— Parece-me que vai ventar também.

— Deixe-me fechar a porta.

Joutaro ergueu-se e cerrou a pesada porta de madeira. De repente, o pequeno aposento ficou abafado, impregnado com o perfume de Otsu.

— Deite-se e durma à vontade, Otsu-san. Eu mesmo vou-me enrolar nisto e ficar por aqui — disse Joutaro, apanhando um travesseiro e deitando-se debaixo da janela, voltado para a parede.

Otsu continuava sentada, apenas ouvindo a chuva cair.

— Durma de uma vez, Otsu-san! Amanhã, teremos uma longa jornada de retorno — tornou a aconselhar Joutaro, dando-lhe as costas e puxando o fino cobertor até a altura das orelhas.

MISERICORDIOSA KANZEON

I

A chuva fustigava o teto partido do alpendre e a ventania havia se intensificado.

Estavam no meio das montanhas, onde o tempo era sempre caprichoso. Além de tudo, havia a instabilidade natural da estação. Talvez o sol surgisse pela manhã, pensava Otsu, ainda sem desfazer o laço do seu *obi*.

Joutaro, que tinha estado remexendo-se inquieto debaixo das cobertas em busca de uma posição mais confortável, tinha afinal adormecido.

Havia uma goteira em algum lugar e a água pingava monotonamente. A chuva batia com violência na porta do casebre.

— Jouta-san! — chamou Otsu. — Acorde um instante, por favor.

Logo, Otsu desistiu de chamá-lo, pois não havia qualquer reação debaixo das cobertas. Constrangia-a ter de acordar uma pessoa tão profundamente adormecida.

Um assunto a vinha preocupando nos últimos minutos: o destino da velha Osugi.

Ouvira Joutaro dizer aos *goushi* na beira do rio e também à própria, enquanto fugiam, algo a respeito de como se havia livrado da idosa mulher. Parecia-lhe agora que o castigo tinha sido muito duro, cruel até, sobretudo por causa da chuva.

"Ela já está velha e é frágil. Se se molhar e permanecer nessa ventania, vai-se resfriar e será até capaz de morrer antes do dia raiar. Pior ainda, poderá morrer de fome se ninguém conseguir achá-la."

Ansiosa por natureza, Otsu começou a inquietar-se com a segurança da velha senhora conforme a chuva e o vento recrudesciam, esquecida do que ela pretendera lhe fazer poucas horas atrás.

"No fundo, obaba-sama não é uma pessoa má...", considerava, quase a justificando perante os céus. "A verdade sempre chega às pessoas se a gente se empenha realmente em lhes fazer o bem. Jouta-san talvez me recrimine mais tarde, mas..."

Otsu tomou de súbito uma decisão. Ergueu-se, abriu a pesada porta e saiu.

Fora, reinava a escuridão, e as gotas de chuva eram traços brancos riscando a noite.

Calçou as sandálias, cobriu a cabeça com o sombreiro de bambu que pendia de uma parede e dobrou as mangas para que não lhe tolhessem os passos. Vestiu a seguir a capa de palha e enfrentou a chuva.

A estalagem não ficava muito longe do local que visava. Bastava tomar o atalho ao lado do vilarejo para chegar à escadaria, que por sua vez a conduziria ao santuário na base da montanha.

A escadaria, por onde subira nessa mesma tarde em companhia do revendedor de linho Manbei, tinha-se transformado em cascata. Alcançou o topo e chegou ao bosque de cedros, onde agora o vento rugia, bem mais forte que no vale onde se situava a estalagem.

— Onde estará ela?

Otsu sabia apenas que Joutaro a tinha prendido em algum lugar para castigá-la, mas não tinha ideia de onde seria esse local.

Espiou dentro do santuário, no vão sob a construção, sempre a chamando, mas nada viu nem ouviu.

Passou para a parte de trás do santuário e ali se deixou ficar por instantes, em pé, fustigada pela tempestade que uivava entre as árvores como um mar revolto, quando de súbito ouviu:

— Eee... ei! Socoorro! Alguém me acuda, por favor! Não há ninguém por perto?

Os gritos vinham intercalados de sons que se assemelhavam a gemidos ou lamentos, quebrados pelo uivar da ventania.

— É ela, com certeza! Obaba-sama! — gritou Otsu de volta, tentando sobrepor a própria voz ao lamento da tempestade.

II

O vento carregou o grito para longe e dissolveu-o na noite escura, mas talvez a sua intenção tivesse chegado ao coração da invisível Osugi, pois logo lhe chegou uma vez mais a sua voz, gritando de algum lugar indefinido, ainda quebrada pelo vento:

— Oh! Oh! Alguém me ouviu, alguém chegou para me salvar! Acuda-me, eu lhe imploro!

Apesar do violento rugir da tempestade nos cedros e das palavras quase ininteligíveis, Otsu percebeu agora claramente que se tratava da velha Osugi. Cansada de tanto gritar, a voz soava roufenha:

— Onde está a senhora? Diga-me onde está, obaba-sama! — gritou uma vez mais Otsu, dando voltas em torno do santuário.

E numa dessas voltas, percebeu, a cerca de vinte passos do santuário e do bosque de cedros, a entrada de uma caverna lembrando toca de urso, caverna essa escavada na face de um paredão.

— Deve ser ali!

Aproximou-se e espiou o interior da caverna. A voz da velha senhora vinha com certeza do fundo dela, mas a boca tinha sido selada por três ou quatro pesadas rochas, empilhadas umas sobre as outras.

— Quem está aí? Quem é a bondosa alma que se encontra aí fora? Talvez seja a misericordiosa Kanzeon de minha devoção! Deusa bondosa, tende misericórdia desta pobre velha, submetida a esta provação por conta do malefício alheio! — começou a gritar Osugi, quase louca de alegria quando vislumbrou um vulto pelo vão das rochas empilhadas.

Entre chorosa e queixosa, visualizando a imagem da deusa a quem orava no cotidiano em meio à escura zona que separa a vida da morte, Osugi rezava com fé, certa agora de que sobreviveria.

— Quanta alegria, ó deusa! Com certeza vós vos apiedastes desta alma correta que vos tem rezado todos os dias, e nesta extrema emergência descestes à terra assumindo forma humana a fim de me salvar. Glória a vós, ó misericordiosa Kannon, entre todos os deuses misericordiosos! Glória a vós!

E então, de súbito, sua voz cessou.

Pensando bem, Osugi julgava-se um modelo de perfeição, tanto como ser humano quanto como mãe. Sua certeza na própria correção era tamanha que consideraria faltosos divindades ou santos que não a protegessem.

Assim sendo, decidiu que Kanzeon tinha descido à terra para salvá-la e considerou o acontecimento perfeitamente natural.

Mas... não era um ser místico ou visão, e sim um ser humano real que se aproximava do lado de fora da caverna! A constatação fez Osugi sentir-se realmente salva, e no mesmo instante, perdeu os sentidos.

Do lado de fora, Otsu começou a se desesperar quando não conseguiu mais ouvir a voz que até então rezava e implorava tão nítida. Empurrando e puxando com toda a força de que dispunha, ela vinha tentando mover as rochas da entrada, mas nada conseguia. O cordão do sombreiro partiu-se, e seus cabelos, assim como a capa de palha, esvoaçavam à mercê da fúria da tempestade.

III

— Como conseguira Joutaro mover essas pesadas rochas sozinho? — perguntava-se ela, admirada. Empurrou com as mãos, empregou a força de todo o corpo, mas as rochas não se moveram sequer milimetricamente.

A decepção a fez voltar-se contra Joutaro: "Que coisa mais insensata esse menino foi fazer!", pensou, irritada.

Por sorte ela havia voltado para salvar obaba. Se o socorro tardasse um pouco mais, a velha senhora teria morrido louca dentro da caverna. E agora, por que ela tinha parado de falar? Teria morrido?

— Obaba-sama! Um pouco mais de paciência! Vamos, resista! Vou salvá-la daqui a pouco! — disse ela, aproximando o rosto de uma fresta entre as rochas, mas não ouviu nenhuma resposta.

O interior da caverna continuava imerso na mais negra treva, não deixando sequer entrever o vulto da velha senhora. Mas nesse instante, chegou-lhe aos ouvidos sua voz recitando gravemente um sutra:

> *E se te vires de súbito frente a frente com o diabo,*
> *Com o horrível dragão maléfico, ou com demônios mil,*
> *Reza à misericordiosa Kannon e pede-lhe força!*
> *E a qualquer momento em que te vires sem coragem,*
> *Cercado por todos os lados pelo mal em forma de bestas selvagens*
> *Que te aterrorizam com cortantes presas e unhas,*
> *Reza à misericordiosa Kannon e pede-lhe força!*

Era Osugi. Seus olhos e ouvidos não viam nem ouviam Otsu. Eles apenas enxergavam a imagem de Kannon e ouviam sua voz.

Mãos postas, confiante, rosto banhado em lágrimas, a velha mulher murmurava a prece com lábios trêmulos.

Otsu, porém, não possuía a força dos deuses e não se sentia capaz de remover nem sequer uma das três rochas empilhadas. A chuva e o vento não lhe davam tréguas e logo despedaçaram sua capa de palha, encharcando seus ombros, braços e peito, sujando-os de barro.

IV

Passados instantes, Osugi pareceu dar-se conta de que algo não estava de acordo com o que imaginava. Juntou o rosto à fresta, espiou e esbravejou:

— Quem é? Quem está aí?

Otsu, a essa altura cansada tanto física como espiritualmente, tinha estado encolhida e imóvel, fustigada pela tempestade, e alegrou-se ao ouvir-lhe a voz:

— Obaba-sama! Sou eu, Otsu! Que alívio! Agora sei que está bem.

— Que disse? Otsu? — perguntou a matriarca em tom desconfiado.

— Sim, senhora.

Seguiu-se uma breve pausa, e então tornou a voz:

— Será que ouvi bem? Você é Otsu?

— Sim, é Otsu que está aqui.

Despertada bruscamente do transe e de volta à realidade, Osugi permaneceu em silêncio por algum tempo, parecendo chocada.

— Co... como é que você veio parar aqui? Já sei: deve ser esse maldito Joutaro que voltou atrás para me pegar e a trouxe com ele.

— Já vou salvá-la, senhora. E, por favor, perdoe Joutaro!

— *Você* veio me salvar?

— Sim, senhora.

— *Você*... veio para *me* salvar?

— Esqueça o que se passou, obaba-sama. Por mim, asseguro-lhe que guardo apenas as doces lembranças da minha infância, do tempo em que me tratava com tanto carinho, e não lhe guardo rancor pelo ódio e perseguição posteriores. Pensando bem, acho que fui obstinada também em certo sentido...

— Quer dizer que se arrepende, e que volta a ser a noiva prometida da casa Hon'i-den?

— Não, não é bem assim...

— E então, que veio fazer aqui?

— É que me partiu o coração pensar na senhora nessa situação.

— Já entendi: vai me fazer um favor e tirar proveito disso para me pedir que esqueça o passado!

— ...

— Engana-se, Otsu: recuso sua ajuda. Aliás, quem lhe pediu para vir me salvar? E se pensou em livrar-se da minha perseguição em troca deste favor, está muito enganada! Posso estar no fundo do mais tenebroso abismo, mas não mudo minhas convicções, nem por amor à vida!

— Compreenda-me, obaba-sama: como poderia eu continuar indiferente, sabendo que a senhora, com todos os seus cabelos brancos, se encontrava nesta penosa situação?

— Você e Joutaro são da mesma laia: pretendem me comprar com fala mansa. Eu, porém, não me esqueço que foram você e Joutaro que me deixaram nesta situação! Se conseguir escapar desta caverna, juro que lhes darei o troco.

— Um dia... Um dia ainda há de me entender, obaba-sama. Enquanto isso não acontece, contudo, não pode continuar abandonada nesse lugar, ou acabará adoecendo.

— Pare de gracejar! Você e Joutaro estão na certa mancomunados, querem zombar de minha situação aflitiva!

— Nada disso, nada disso! Espere um pouco e verá: minha sinceridade há de apagar para sempre o ódio que nutre por mim, obaba-sama!

Otsu ergueu-se e empurrou uma vez mais a pesada rocha, em prantos.

Mas o obstáculo, que a força até há pouco não conseguira remover, pareceu ceder às lágrimas: com um surdo baque uma das pedras foi ao chão, e em seguida, a segunda também cedeu com relativa facilidade, desobstruindo enfim a entrada da caverna.

Não tinham sido apenas as lágrimas a causa desse milagre: obaba havia ajudado a empurrar, juntando sua força à de Otsu.

Rosto enrubescido, expressão vitoriosa como se tivesse sozinha conseguido remover as rochas, Osugi saltou para fora da caverna no mesmo instante.

V

Que alegria! As rochas tinham sido removidas! As preces foram atendidas! Levada pelo impulso, Otsu deu dois ou três passos cambaleantes atrás da última rocha deslocada, enquanto seu peito se enchia de gratidão pelo milagre alcançado.

Mas sua alegria foi de curta duração: saltando para fora da caverna, Osugi avançou para Otsu e a agarrou pela gola do quimono, como se esse tivesse sido desde o início o único objetivo de sair viva daquela caverna.

— Que... que é isso, obaba-sama?!
— Cale a boca!
— Que pretende?
— Deve saber muito bem!

Osugi juntou toda a força de que dispunha, puxou Otsu pela gola e a derrubou, imobilizando-a em seguida contra o solo.

Claro! A reação era mais que esperada, mas para Otsu, inimaginável. Em sua pureza, ela sempre acreditara que o amor com amor se pagava, de modo que o rumo dos acontecimentos devia tê-la pego realmente de surpresa.

— E agora, que acha disto? — disse Osugi, sem soltar ainda a gola e arrastando-a pelo chão onde a água da chuva corria torrencial.

O aguaceiro tinha amainado um pouco, mas a chuva era ainda uma sucessão contínua de riscos prateados sobre os cabelos da velha senhora. Otsu juntou as mãos e implorou:

— Não me importo de ser castigada, se isso a faz sentir-se melhor, mas por favor, obaba-sama, saia da chuva, ou seu mal crônico voltará a incomodá-la!

— Que disse, megera calculista? Ainda insiste em tentar sensibilizar-me com palavras doces?

— Prometo-lhe que não fujo, mas solte um pouco a minha gola! Não consigo respirar, obaba-sama!

— Claro que não consegue!
— So... solte-me! So... solte!

Sufocada, Otsu conseguiu a custo tirar a mão de Osugi da própria gola e tentou erguer-se.

No mesmo instante, a mão da matriarca voou para os cabelos da jovem, e os agarrou próximo à raiz:

— Nem pense em fugir!

Puxada, a cabeça tombou bruscamente para trás. A chuva batia agora intensa sobre o rosto branco de Otsu, voltado para cima. Seus olhos estavam cerrados.

— Faz ideia do quanto sofri por sua causa durante todos estes longos anos? E quanto mais Otsu se debatia e tentava dizer alguma coisa, mais Osugi esbravejava em fúria, arrastando-a, batendo e chutando-a.

Passados instantes, porém, Osugi pareceu de súbito sobressaltar-se e soltou os cabelos. Otsu tombou molemente: não respirava mais.

Em pânico agora, a matriarca espiou o rosto branco inerte e chamou:

— Otsu! Ei, Otsu!

O rosto lavado pela chuva estava gelado como um peixe.

— Morreu!... — murmurou Osugi, como se apenas constatasse um fato.

Ela não tinha tido a intenção de matá-la, muito embora não pretendesse também perdoá-la facilmente.

— Seja como for, acho melhor voltar para casa por ora...

A velha mulher começou a se afastar, mas voltou atrás de repente e arrastou o corpo frio de Otsu para dentro da caverna.

A entrada era estreita, mas o interior era inesperadamente espaçoso. Em tempos que já se iam, a caverna havia abrigado e oferecido descanso para peregrinos. Em alguns lugares, havia ainda vestígios da passagem desses religiosos.

E no momento em que Osugi se preparava para rastejar uma vez mais para fora, a tempestade recrudesceu e a água, caindo pelo paredão, começou a desabar como uma catarata na boca da caverna.

— Que chuva horrorosa! — exclamou Osugi.

VI

Agora que já estava livre para sair quando quisesse, Osugi considerou que não valia a pena partir de imediato e enfrentar a tempestade.

— Além disso, vai amanhecer daqui a pouco...

Assim pensando, Osugi deixou-se ficar encolhida no interior da caverna à espera da manhã.

Contudo, ela não podia deixar de sentir certo temor em permanecer nessa escuridão ao lado do corpo gelado de Otsu. Seu rosto branco, frio, parecia contemplá-la o tempo todo com expressão acusadora.

— Estava escrito no livro do destino, Otsu! Descanse em paz, não me queira mal...

Osugi cerrou os olhos e começou a entoar um sutra em voz baixa. Enquanto rezava, conseguia esquecer-se momentaneamente do arrependimento e do medo, de modo que assim permaneceu por longo tempo.

E então, pássaros começaram a chilrear timidamente do lado de fora.

Osugi abriu os olhos.

A manhã tinha chegado, e a claridade agora inundava a caverna, revelando nitidamente a áspera formação das rochas internas.

A chuva e o vento tinham cessado por completo, ao que parecia desde a madrugada, e havia uma resplandecente mancha dourada de sol na entrada da gruta.

— Que será isso? — murmurou Osugi. Seus olhos tinham caído acidentalmente em letras gravadas na parede da caverna, bem à sua frente, reveladas pela luz da manhã. Era uma prece, escrita por um desconhecido, e dizia:

> *No ano XIII do período Tenmon (1545) vi meu filho Mori Kinsaku de 16 anos partir com o exército do suserano Uragami para a batalha do castelo Tenjinzan, e nunca mais tornei a encontrá-lo. A tristeza é tanta que vivo desde então peregrinando pelos templos, apegando-me a todos os santos, e aqui estou agora descansando por instantes, juntando as mãos em prece diante da imagem da misericordiosa Kannon. Banhada em lágrimas, rezo pela vida do meu querido Kinsaku, no além.*
>
> *E vós, que em futuro distante acaso aqui passardes, tende piedade, rezai por nós neste ano em que são passados 21 anos de sua morte.*
>
> *Da vila Aita, em luto,*
mãe de Kinsaku

A erosão tinha corroído alguns trechos, tornando-os ilegíveis. Do período Tenmon, Osugi guardava uma pálida lembrança.

Nessa época, os distritos Aita, Sanumo e Katsuta, próximos àquele local, tinham sido invadidos pelos exércitos do suserano Amago, e o clã Uragami tinha sido desalojado dos seus diversos castelos. Osugi lembrava-se ainda dos dias de sua infância em que, noite e dia, o céu escurecera com a fumaça dos castelos incendiados. Cadáveres de soldados e cavalos jazeram então por muitos dias, abandonados à beira dos caminhos, plantações, e até perto das casas dos camponeses.

Aparentemente, aquela pobre mãe vagara por diversos templos, rezando pela alma do filho que tinha morrido aos dezesseis anos numa dessas batalhas.

E passados 21 anos de sua morte, ela ainda o pranteara em luto, nunca se esquecendo de cultuar-lhe a memória.

— Ah, como a compreendo! — murmurou Osugi, que também chorava pelo irresponsável filho Matahachi. — *Namu...*

Voltou-se para a parede, juntou as mãos e rezou, quase soluçando. E depois de assim permanecer por momentos, de súbito deu-se conta do rosto de Otsu, logo abaixo de suas lágrimas e de suas mãos postas. Inconsciente da gloriosa manhã, ela jazia gelada a seus pés.

VII

— Otsu! Perdoe-me, Otsu! Como pude fazer isso? Perdoe-me, perdoe-me!...

Movida por algum obscuro impulso, a matriarca abraçou de súbito o corpo inanimado de Otsu e o ergueu nos braços, rosto molhado e feições alteradas pelo arrependimento.

— Horror dos horrores! Agora compreendo o que significa a expressão "amor cego": de tanto amar meu próprio filho, tornei-me um demônio para os filhos de outras mães! Otsu, minha Otsu! Você também é filha, teve uma mãe que a amou. E para essa mãe, sou uma desprezível anciã que lhe persegue a filha, sou a vilã, sou o próprio espírito do mal. Por certo ela me vê como um *yasha* encarnado!

A voz repercutia nas paredes da caverna e soava aguda aos ouvidos da própria Osugi. Ela estava sozinha na gruta, ninguém a via, nada a constrangia. Em torno dela, havia apenas escuridão. Nada disso, havia luz, a luz da suprema iluminação.

— E pensar que durante todos estes longos anos você vem me tratando com tanta bondade, não odiando esta velha demoníaca, *yasha* em forma humana! E pensar, ainda, que você voltou atrás para tirar-me desta gruta! Vejo agora como seu coração era puro e como, em contraste, o meu era perverso, capaz de ver maldade em tudo e de pagar o bem com o mal.

Ergueu o corpo inanimado, juntou o próprio rosto ao de Otsu e continuou:

— Nem uma filha seria tão bondosa com a própria mãe! Abra os olhos só uma vezinha mais, Otsu, veja como estou arrependida! Fale comigo de novo, nem que seja para me insultar e assim aliviar seu coração! Fale, por favor!

Todos os seus atos passados vinham-lhe à lembrança, agora à luz da verdade, e o arrependimento corroía seu coração. Esquecida de tudo, Osugi implorava:

— Perdoe-me, Otsu! Perdoe-me!

Chegou até a pensar em morrer, abraçada ao corpo inanimado, mas logo reagiu:

— Em vez de ficar aqui me lamentando, devo providenciar socorro! Se acudirmos a tempo, talvez... talvez ela se recupere! Ela é jovem ainda, tem toda uma vida pela frente!

A matriarca dos Hon'i-den removeu Otsu cuidadosamente do próprio colo e saiu engatinhando e cambaleando para fora da gruta.

— Ai! — gritou, protegendo os olhos com as duas mãos, cegada pelos raios solares que subitamente feriram suas retinas.

— Povo da minha aldeia! — berrou ela em seguida, saindo a correr. Acudam, acudam! Venham cá, homens da minha aldeia!

Ato contínuo, vultos no interior do distante bosque de cedros moveram-se e vozes lhe chegaram aos ouvidos:

— Achamos! Obaba-sama está lá, sã e salva! Venham todos!

E ali vinha um grupo de quase dez pessoas da casa Hon'i-den.

Pelo jeito, tinham todos arrostado a tempestade e saído em busca de Osugi depois de saber do desastre que lhe acontecera pelo *goushi* ferido na noite anterior à beira do rio Sayo e que tinha chegado ensanguentado de volta à aldeia. Apesar dos sombreiros, estavam todos eles encharcados da cabeça aos pés como peixes recém-pescados.

— Ah, obaba-sama!

— Que bom vê-la sã e salva!

Mas em vez de se alegrar com as demonstrações de alívio e solidariedade dos seus homens, que agora a sustinham pelos dois braços, Osugi gritou impaciente:

— Não percam tempo comigo! O importante é acudir a mulher caída dentro da gruta! Andem logo, ajudem-na, eu lhes peço! Já se passou muito tempo desde o momento em que ela perdeu os sentidos. Precisam dar-lhe remédios, depressa, depressa!

Quase em transe, língua embaralhada na ânsia de falar com rapidez, rosto contorcido de dor e banhado em lágrimas, Osugi implorou, apontando a boca da caverna.

CAMINHOS DA VIDA

I

O ano se foi, e no seguinte, mais precisamente num dos primeiros dias do mês de abril do ano XVII do período Keicho (1612), o porto de Sakai na província de Izumi fervilhava como sempre, com passageiros e carga destinados a Akamagaseki.

Musashi, que descansava na sala de espera do armador Kobayashi Tarozaemon, ergueu-se nesse instante ao receber o aviso de que seu barco estava por zarpar. Com uma leve mesura aos homens que tinham vindo até ali para vê-lo partir, despediu-se:

— Até breve.

Saiu em seguida pela porta do estabelecimento comercial.

— Faça uma boa viagem! — disseram seus companheiros, erguendo-se também e acompanhando-o até a doca.

Hon'ami Koetsu estava no meio do grupo. Haiya Shoyu, doente e acamado, tinha mandado seu filho Shoeki em seu lugar.

Shoeki, recém-casado, tinha vindo em companhia de sua jovem mulher, cuja beleza chamou a atenção de todos os presentes.

— Mas essa é Yoshino-dayu!

— Da zona alegre?

— Isso mesmo! É a Yoshino, da casa Ougi-ya! — comentavam em voz baixa os homens, puxando as mangas uns dos outros para chamar a atenção.

Shoeki apresentara a mulher a Musashi, mas nem sequer tocara no assunto. Além disso, Musashi não a reconheceu. Se ela em verdade fosse a Yoshino-dayu de Ougi-ya, tê-la-ia reconhecido de pronto e se lembrado da noite de nevasca em que ela o entretivera queimando galhos de peônia no braseiro, cantando-lhe canções ao som de um *biwa*.

Na verdade, a mulher que Musashi conhecera tinha sido a primeira de uma série de Yoshino-dayu da casa Ougi-ya, sendo a mulher de Shoeki a segunda Yoshino-dayu, sucessora da primeira.

Flores vêm, flores vão. O tempo no quarteirão dos prazeres tende a passar com inclemente rapidez. A noite da nevasca, o extraordinário fulgor da lenha de peônia, não passavam agora de um sonho longínquo que se acabara, assim como a Yoshino desses tempos, cujo destino era completamente ignorado. Ninguém hoje sabia se era casada ou solteira, ninguém dela falava ou se lembrava mais.

— Como o tempo passa! Já se vão quase oito anos, desde que nos conhecemos — murmurou Koetsu de súbito, a caminho do cais.

— Oito anos... — ecoou Musashi, sentindo uma imensa tristeza pelos anos passados. Quando o barco zarpasse, estaria virando uma página de sua vida.

No meio das muitas pessoas que tinham vindo despedir-se, estavam, além de Koetsu, o velho amigo Hon'i-den Matahachi, ainda servindo ao monge Gudo no templo Myoshinji; dois ou três vassalos do clã Hosokawa procedentes da mansão situada à rua Sanjo, em Kyoto; um séquito da casa nobre Karasumaru; e, por fim, quase trinta homens a quem Musashi acabara conhecendo durante sua estada de meio ano em Kyoto, e que, apesar de repelidos repetidas vezes, insistiam em considerar-se discípulos de Musashi, atraídos por sua personalidade e sua habilidade marcial.

E toda essa pequena multidão, aliás considerada um estorvo por Musashi, viera até ali para vê-lo partir, e acabara obrigando-o a embarcar sem ter conseguido conversar livremente com as pessoas que mais prezava.

Seu destino era a cidade de Kokura, em Buzen. Sua missão, bater-se no longamente esperado duelo com Sasaki Kojiro, duelo esse cuja realização contara com a mediação de Nagaoka Sado, o velho conselheiro da casa Hosokawa.

Para que este evento se concretizasse, houve da parte do velho conselheiro sincero empenho e intensa troca de correspondências com as partes envolvidas. Para se ter uma ideia, desde o momento em que Sado soubera da presença de Musashi na mansão Hon'ami, de Kyoto, até os ajustes finais, tinham-se transcorrido quase seis meses.

II

Havia muito, Musashi vinha sofrendo com a certeza de que um dia teria de se bater com Sasaki Kojiro.

E esse dia enfim chegava.

Em momento algum, porém, ele imaginara dirigir-se para essa luta decisiva em meio a tantas manifestações de popularidade.

A comitiva que o seguia nesse dia, por exemplo, era exagerada. Esse tipo de manifestação jamais haveria de lhe proporcionar prazer. E embora assim pensasse, ali estava algo irrecusável: o interesse público.

Na verdade, Musashi tinha medo. Era capaz de aceitar com uma reverência a admiração de pessoas esclarecidas, mas temia a frívola popularidade, em cuja onda não queria embarcar.

Afinal, ele era apenas humano, ninguém garantia que o sucesso não lhe subiria à cabeça.

O duelo desse dia, por exemplo: quem estabelecera essa data, tão próxima? Pensando bem, não tinha sido Kojiro, nem ele próprio. Musashi achava que tinham sido as demais pessoas que gravitavam em torno dos dois. A partir de uma determinada altura, elas tinham passado a esperar avidamente pelo confronto dos dois, por um duelo entre eles. "Dizem que vão se bater!", começaram elas dizendo, "Vão se bater!", resolveram, e "Em tal dia de tal mês!", estipularam, em meio a boatos.

Musashi lamentava o fato de ter-se tornado alvo de tanto interesse popular. Sabia que sua fama iria se espalhar largamente, mas ele próprio nunca a quisera. Ao contrário, sentia necessidade de solidão para poder meditar, de tempo para uma silenciosa contemplação. Isto não era em absoluto rabugice, mas condição essencial para que conseguisse adestrar-se melhor. E desde que fora iluminado pelo monge Gudo, ele sentia com dolorosa intensidade como era longo o caminho que tinha pela frente.

"Apesar de tudo...", pensava ele, devia gratidão às pessoas.

Nesse memorável dia, por exemplo, o quimono escuro que vestia tinha sido feito, ponto a ponto, com toda a dedicação, pela mãe de Koetsu.

O sombreiro novo em suas mãos, assim como as sandálias também novas, as pequenas coisas que levava consigo, nada tinha que não lhe tivesse sido dado.

Posto sob um prisma correto, ele, membro da classe guerreira, não sabia fiar nem arar. Mas se mesmo assim tinha com que cobrir o corpo e comia o arroz colhido por camponeses, era pela graça dos outros.

E que fazer em paga? Nesse ponto do raciocínio, chegava à conclusão de que se irritar com o interesse alheio era mostrar ingratidão. Ainda assim, quando a apreciação sobrepujava-lhe o valor real, Musashi começava a temer as pessoas.

Palavras de despedida, desejos de boa viagem, bandeirolas, cumprimentos: o tempo passou quase despercebido.

— Adeus!

— Até breve!

Amarras desfeitas, o barco levando Musashi desfraldou a larga vela contra o céu azul e aos poucos se afastou do cais em meio a gritos de despedida.

E foi então que um homem chegou correndo ao cais:

— Ah, que lástima! — gritou ele, ao ver o barco se afastando.

III

Batendo os pés de impaciência, inconformado, o jovem que chegara tarde demais não cessava de se lamentar, olhos pregados no barco que deslizava do porto:

— Tarde demais! Sonhasse eu com isto, teria viajado sem dormir nem um segundo!

Nos olhos que contemplavam o barco havia uma expressão muito mais sentida que a de um simples passageiro atrasado para o embarque.

— Olá! Mestre Gonnosuke, se não me engano... — disse Koetsu, destacando-se do grupo que ainda permanecia no cais e aproximando-se do recém-chegado.

Muso Gonnosuke pôs sob o braço o bastão e voltou-se:

— O senhor...

— Nós nos conhecemos certo dia no templo Kongouji, em Kawachi, lembra-se?

— Lembro-me muito bem, mestre Hon'ami Koetsu!

— Estou muito feliz em vê-lo são e salvo. Soube de suas atribulações e me preocupei bastante nos últimos tempos com o seu destino. Não sabia se você estaria vivo ou morto.

— Quem lhe contou?

— Mestre Musashi.

— Co... como? Meu mestre sabia do que me aconteceu? Como foi possível?

— A notícia de que o senhor tinha sido ferido e preso pelos rebeldes da montanha Kudoyama, sob suspeita de espionagem, proveio de Kokura. Nagaoka Sado-sama, o idoso conselheiro da casa Hosokawa, tinha-nos avisado em suas missivas.

— E como foi que essa notícia chegou aos ouvidos do meu mestre?

— Mestre Musashi esteve hospedado em minha casa até ontem. Ao saber dessa particularidade, Sado-sama me escreveu. Durante a troca de correspondências que se seguiu, ficamos sabendo também que o menino Iori, seu companheiro de viagens, vive hoje em Kokura, na mansão de Sado-sama, sob seus cuidados.

— Está me dizendo que Iori saiu ileso daquele episódio? — exclamou Gonnosuke. Pelo visto, ele nada soubera do menino até esse momento, de modo que permaneceu por instantes em aturdido silêncio.

— Vamos, venha comigo. Não podemos conversar direito neste local — disse Koetsu, conduzindo-o até uma casa de chá próxima, onde se sentaram para trocar informações.

Por ocasião do incidente na montanha Kudoyama, Sanada Yukimura, o *rounin* ali oculto, não desmentira a fama de homem sagaz e deduzira de imediato que Gonnosuke era homem de bem e não um espião. De modo que ordenou aos subordinados que lhe desfizessem as amarras incontinenti e se desculpou pelo engano cometido por seus homens. E assim o episódio terminara satisfatoriamente e lhe angariara ainda um novo amigo.

Depois disso, Gonnosuke saíra em companhia dos vassalos de Yukimura à procura do menino Iori, que tinha caído numa ravina no passo de Kii, e até esse dia nada conseguira descobrir, nem mesmo se estava vivo ou morto.

Nenhum corpo tinha sido encontrado no fundo da ravina, de modo que Gonnosuke teve quase certeza de que Iori não morrera. A situação, porém, era desconfortável para ele, não o deixara à vontade para encontrar-se com Musashi.

Desde então, Gonnosuke andara buscando o menino nas vizinhanças do local onde tinham sido emboscados. E então, ouviu por acaso a notícia de que Musashi e Ganryu, da casa Hosokawa, iriam duelar em breve, e que Musashi se encontrava em Kyoto. De um lado ansiando por rever seu mestre e de outro sem saber como justificar-se pelo acontecido a Iori, Gonnosuke tornava-se a cada dia mais aflito.

E então, estando no dia anterior ainda em busca de Iori nas proximidades de Kudoyama, fora informado que Musashi partia para Kokura.

Gonnosuke sabia que algum dia teria de explicar-se e decidiu que o momento chegara. Acorrera então ao porto de Sakai, mas por não saber o horário exato da partida do navio, acabara chegando tarde demais, o que era uma grande lástima, lamentava-se ele incessantemente.

IV

Koetsu no entanto o consolou:

— Não lastime tanto, mestre Gonnosuke. O próximo barco só sairá daqui a muitos dias, é verdade. Contudo, existe outra solução: siga por terra até Kokura, e será ainda capaz de encontrar-se com mestre Musashi, e até de passar alguns dias em companhia de Iori, na mansão dos Nagaoka.

— Sei disso, e já tinha me decidido a seguir por terra no seu encalço. No entanto, o que eu mais desejava era fazer esse trajeto com meu mestre, cuidar dele pessoalmente pelo menos durante este período — disse Gonnosuke. — Além disso, acredito que o próximo duelo será decisivo: dele dependerá seu futuro sucesso ou fracasso. A seriedade com que se empenha nos treinos no cotidiano faz-me acreditar que não existe uma chance em mil de perder para Ganryu. A vitória, todavia, nem sempre é de quem se empenha mais, assim como a derrota nem sempre é do arrogante. O imponderável, algo além das forças humanas, tem parte nesse jogo. Isto é normal num duelo e faz parte do cotidiano de um guerreiro.

— Mas pelo que me foi possível deduzir dos modos seguros e compostos do mestre Musashi, acho que a vitória será dele, não se preocupe.

— Também eu acredito nisso. Não obstante, dizem que Ganryu tem uma habilidade extraordinária, que faz jus à sua fama. Sobretudo agora, que foi contratado pela casa Hosokawa, ouvi dizer que o adestramento espartano a que se submete todos os dias, desde cedo até tarde da noite, é algo extraordinário.

— Este será um duelo entre dois hábeis espadachins: um, que possui aptidão natural e é arrogante; o outro, que sabe de suas limitações e se empenhou em polir a própria habilidade.

— Não acho que Musashi-sama seja limitado.

— Mas também não nasceu com o dom. Nada nele lembra a displicência do gênio que confia cegamente em seu talento. Mestre Musashi sabe que é homem comum e por isso se empenha incessantemente em polir suas habilidades. A agonia por que passa nesse processo só ele sabe. E quando, em determinado momento, essa habilidade alcançada com tanto custo explode em cores, o povo logo diz que a pessoa tem aptidão natural. Aliás, é a desculpa que os indolentes dão para justificar a própria incapacidade.

— Agradeço suas sábias palavras — disse Gonnosuke com humildade, sentindo-se incluído na última categoria. Ao mesmo tempo, contemplou o perfil sereno, de traços generosos do seu interlocutor e não pôde deixar de pensar: "Ele também se inclui na mesma categoria de Musashi-sama."

Nada havia de cortante ou contundente no olhar de Koetsu, mas Gonnosuke imaginava que aqueles olhos brilhariam de modo bem diferente no momento em que pusesse um pé no mundo artístico onde reinava. A diferença seria comparável à que existe entre o lago em dia de sol — com sua superfície vitrificada, sem ondas a quebrar-lhe a placidez — e em dia de tempestade, quando o vento e a chuva provenientes das montanhas fustigarem suas águas.

— Vamos, senhor Koetsu? — disse nesse instante um jovem noviço, espreitando pela porta da casa de chá.

— Ah, Matahachi-san! — disse Koetsu, erguendo-se do banco. — Meu companheiro me espera, mestre Gonnosuke — disse, voltando-se para o jovem.

Gonnosuke, porém, ergueu-se ao mesmo tempo e perguntou:

— Pretendem seguir na direção de Osaka?

— Isso mesmo. De lá pegaremos o barco noturno que sobe o rio Yodo, se chegarmos a tempo para o embarque.

— Nesse caso, eu os acompanharei — disse Gonnosuke, pensando em seguir de Osaka até Kokura, em Buzen, por via terrestre.

O filho de Haiya Shoyu, em companhia de sua jovem esposa, os homens do clã Hosokawa de Edo e todos os que tinham vindo até ali despedir-se de Musashi seguiram na mesma direção, alguns andando à frente, outros ficando um pouco para trás.

No trajeto, a conversa girou em torno de Matahachi, sua atual condição e sua vida pregressa.

— Rezo pelo sucesso do mestre Musashi, mas Sasaki Kojiro é matreiro como poucos, além de extremamente hábil... — resmungava Matahachi vez ou outra em tom sombrio. Ele, mais que ninguém, conhecia muito bem as temíveis qualidades de Kojiro.

Ao entardecer, os três já caminhavam no meio da multidão agitada da cidade de Osaka. De súbito, Koetsu e Gonnosuke deram-se conta de que tinham perdido Matahachi de vista.

V

— Aonde foi ele?

Os dois refizeram o trecho percorrido em busca do companheiro desaparecido.

Matahachi estava parado na boca de uma ponte, contemplando vagamente diante de si.

— Por que teria ele parado naquele lugar? — perguntaram-se os dois, observando-o de uma certa distância. Matahachi, o olhar preso em ponto à margem do rio, parecia estar apreciando a movimentação de um grupo de donas de casebres próximos, que tagarelavam ruidosamente enquanto iniciavam os preparativos do jantar, batendo em panelas e chaleiras, lavando verduras e arroz integral nas águas do rio nesse fim de tarde.

— Ora, que estará acontecendo? — disse Gonnosuke.

Seu aspecto era tão estranho que os dois, pressentindo algo anormal, contentaram-se em contemplá-lo à distância.

— É Akemi!... É ela, sem dúvida alguma! — deixou escapar Matahachi nesse momento, quase num gemido.

Pois ele tinha acabado de entrevê-la entre as mulheres, na beira do rio.

Que incrível coincidência! — pensou, mas ao mesmo tempo com uma forte sensação de que não se tratava absolutamente de coincidência.

Ali estava a pessoa com quem convivera numa casinha da cidade de Edo e a quem levianamente chamara de sua mulher. Na época, não pensara por um momento sequer que estivessem fadados a viver um com o outro. O tempo passara, e hoje, depois que optara pela vida monástica e via o mundo sob um novo prisma, esse tipo de relação leviana parecia-lhe um crime, do qual se arrependia profundamente.

Akemi estava quase irreconhecível. Só mesmo ele teria a capacidade de emocionar-se tanto, de sentir o coração disparar ao vê-la tão mudada. Não podia ser coincidência: viviam no mesmo mundo e suas vidas destinadas a se cruzarem uma vez mais.

Voltando porém a Akemi, nada nela fazia lembrar a jovem esbelta e vivaz de quase dois anos atrás. Atada por uma faixa de aspecto encardido, ela carregava nas costas uma criança de pouco mais de um ano.

Akemi dera à luz uma criança!

A constatação foi um choque, logo de início.

Magra como nunca, tinha os cabelos cheios de pó enfeixados displicentemente. Vestia, sem qualquer consideração à elegância ou ao amor-próprio, um quimono rústico bem curto, de mangas estreitas, e carregava nos braços um cesto de aparência pesada. E desse modo andava ela entre os gracejos por vezes malévolos das tagarelas comadres dos casebres à beira-rio, humildemente curvada, apregoando sua mercadoria.

No fundo do cesto restavam ainda algas e moluscos que não conseguira vender. A criança às suas costas chorava vez por outra. Akemi depositava então o cesto no chão e a embalava até calar-se, quando então continuava a pedir às mulheres que lhe comprassem os frutos do mar.

— Essa criança...

Matahachi apertou com as mãos as próprias bochechas. Contou os meses mentalmente. Se a criança tinha pouco mais de um ano... só podia ter sido gerada na época em que vivera em Edo.

E nesse caso... quando Akemi e ele tinham sido penalizados com os cem açoites públicos no descampado próximo à ponte Sukiya-bashi, ela já devia estar grávida dessa criança!

Brandos raios do sol poente batiam na superfície do rio e seus reflexos ondulavam no rosto de Matahachi, fazendo-o parecer inteiramente banhado em lágrimas.

Alheio ao intenso tráfego de pedestres desse fim de tarde, apenas contemplava, estupefato. Logo, Akemi tornou a erguer nos braços o cesto com as mercadorias restantes e começou a afastar-se andando pesadamente pela margem do rio. Matahachi então gritou, esquecido de tudo: — Espere!

Ergueu a mão e dispunha-se a disparar no seu encalço, quando Koetsu e Gonnosuke resolveram aproximar-se às carreiras e interferir:

— Que foi? Que houve, noviço Matahachi?

VI

Matahachi voltou-se com um sobressalto, como se só então se tivesse dado conta de que seus companheiros deviam ter estado à sua procura.

— Ah, eu... Na verdade...

Nessa emergência, como revelar aquilo em poucas palavras aos companheiros, sobretudo quando ele próprio não conseguia ainda explicar a súbita resolução que lhe brotara no íntimo nesse exato instante?

Tudo que dissesse nessas circunstâncias soaria brusco, rude até, mas dentre as diversas emoções que lhe tumultuavam o peito, Matahachi escolheu apenas as essenciais para explicar:

— Por certos motivos... motivos que não vêm agora ao caso, resolvi abandonar as vestes monásticas. Na verdade, eu ainda não tinha sido oficialmente ordenado pelo abade, de modo que não vai haver diferença alguma, de um jeito ou de outro.

— Como é? Vai abandonar a vida monástica?

Matahachi pensava estar seguindo um raciocínio lógico, mas para um estranho, o discurso devia soar bastante curioso.

— Mas por quê, Matahachi-san? Estou estranhando seu comportamento.

— Não posso entrar em detalhes agora, e mesmo que entrasse, pareceriam tolices para estranhos. O fato é que acabo de rever a mulher com quem vivi até algum tempo atrás.

— Ah, uma mulher!...

Matahachi enfrentou as expressões atônitas de seus companheiros com um olhar sério:

— Isso mesmo. E essa mulher carregava uma criança às costas. Contei os meses e cheguei à conclusão de que essa criança é minha.

— Tem certeza?

— Tenho. Ela a levava e vendia frutos do mar na beira do rio.

— Calma! Pense direito: não sei quando foi que você se separou dela, mas essa criança pode não ser sua.

— Não tenho dúvida alguma. Sem o saber, eu já era pai! Há pouco, senti-me devastado pelo arrependimento. Não posso deixá-la continuar ganhando a vida desse modo tão difícil. Além de tudo, tenho de cumprir meu papel de pai.

Koetsu trocou olhares com Gonnosuke e, embora se sentisse ligeiramente apreensivo, murmurou:

— Isto quer dizer que está agindo de caso bem pensado...

Matahachi despiu a sobrepeliz, juntou o terço e os entregou a Koetsu.

— Sei que estou sendo inconveniente, mas agradeceria muito se o senhor devolvesse estas coisas a Gudo-sama, no templo Myoshinji. E abusando um pouco mais de sua bondade, gostaria que lhe transmitisse o que acabo de lhe contar, acrescentando que Matahachi resolveu ser pai e trabalhar por algum tempo em Osaka.

— Tem certeza de estar certo devolvendo estas vestes de modo tão brusco?

— O monge Gudo sempre me dizia: "Se tiveres vontade de retornar à companhia dos homens comuns, vai-te embora quando quiseres."

— Sei...

— Dizia-me ele também: "É claro que podes te adestrar num templo, mas o mais difícil é fazê-lo no mundo. Gente existe que repudia tudo que é sujo e conspurcado e se abriga no templo em busca da pureza. Entretanto, verdadeiramente se adestra aquele que convive com a mentira, a impureza, a dúvida e a competição; enfim, com todos os tipos de tentação, e não se deixa macular."

— Ele tem toda a razão!

— Além disso, embora já o estivesse servindo há um ano, o monge Gudo ainda não me tinha dado um nome religioso, continuava a me chamar de Matahachi... Por tudo isso, diga-lhe por favor que, se em um dia qualquer no futuro deparar com um tipo de problema insolúvel, correrei em busca de seus conselhos.

Mal disse isso, Matahachi desceu correndo o barranco e esgueirou-se entre os vultos cujos contornos se diluíam agora em tênue neblina, parando ora aqui ora ali, procurando por Akemi.

O BARCO NOTURNO

I

Uma nuvem rubra flutuava no céu lembrando uma bandeira desfraldada. Era uma tarde límpida, e o mar, calmo, deixava entrever seu fundo arenoso, por onde um polvo rastejava.

Um pequeno barco ocupado por uma família estava atracado desde o meio-dia na foz do rio junto à baía de Shikama. Um delgado fio de fumo se elevava dele contra o crepúsculo indicando que preparavam o jantar a bordo do barco.

— Está com frio? Um vento gelado começa a soprar... — disse a velha Osugi voltada para o fundo do barco, alimentando simultaneamente o fogareiro com gravetos.

Por trás dos estores feitos de esteira, uma doente esguia repousava a cabeça num travesseiro de madeira. Seus cabelos estavam enfeixados com simplicidade e o rosto branco encontrava-se semioculto pelas cobertas.

— Não senhora — respondeu a doente, sacudindo mansamente a cabeça. Soergueu-se então de leve e voltou o olhar grato na direção de Osugi, atarefada em lavar o arroz com que mais tarde faria um pirão. — Estou mais preocupada com a sua saúde, obaba-sama. Não se desgaste tanto por minha causa, cuide-se um pouco também. Afinal, andou resfriada nos últimos dias.

— Não se preocupe comigo — disse a anciã, voltando-se. — Não pense tanto nos outros e trate de repousar. O barco trazendo a pessoa que tanto espera vai surgir dentro em breve no horizonte, Otsu. Coma o pirão que vou lhe preparar e refaça as forças para poder esperá-lo.

Otsu sentiu os olhos encherem-se de lágrimas. De trás do estore, contemplou por instantes o oceano. Barcos pesqueiros em busca de polvos, assim como alguns cargueiros, pontilhavam aqui e ali, mas o que fazia regularmente a ligação entre o porto de Sakai e Buzen ainda não tinha despontado no horizonte.

Osugi contemplou em silêncio a boca do fogareiro portátil. Logo, o pirão começou a borbulhar.

Aos poucos, o céu escureceu.

— Como demora! Devia estar aqui o mais tardar no começo da tarde — murmurou impaciente, quase consigo mesma, contemplando o mar.

O barco que as duas mulheres esperavam tão ansiosas era, nem é preciso dizer, o do armador Tarozaemon e levava Miyamoto Musashi para Kokura. Essa notícia tinha-se espalhado como um rastilho por todas as cidades portuárias ao longo da rota marítima.

Quando a notícia chegou a Himeji e aos ouvidos de Aoki Tanzaemon e do filho Joutaro, os dois mandaram incontinenti um recado para a casa Hon'i-den, em Sanumo.

Ao receber o bilhete com as boas-novas, Osugi levou-o em seguida ao templo Shippoji, onde Otsu se encontrava tratando a sua doença.

Depois daquela madrugada no outono do ano anterior, quando retornara à caverna da montanha Sayo em noite de tempestade para salvar a velha Osugi e desmaiara em consequência dos maus-tratos que dela recebera, Otsu recuperara a consciência, mas nunca mais voltara a ser a mesma.

— Perdoe-me, Otsu! Descarregue sua ira em mim, faça de mim o que quiser, mas perdoe-me... — repetia Osugi sem cessar desde esse dia, toda vez que seus olhares se cruzavam, derramando sentidas lágrimas de arrependimento.

— Que absurdo, obaba-sama! — interrompia-a Otsu cada vez, realmente perturbada com a atitude da idosa mulher, explicando-lhe que já devia sofrer desse mal havia muito tempo, não sendo portanto por culpa de Osugi que ela hoje se encontrava adoecida.

E talvez Otsu tivesse razão, pois certa feita, muitos anos atrás, ela passara alguns meses acamada na mansão Karasumaru, de Kyoto, apresentando sintomas muito parecidos com os atuais a cada manhã e a cada entardecer.

Todas as tardes, uma febrícula e um acesso de tosse se manifestavam, e ela emagrecia aos poucos, de maneira quase imperceptível. Sua silhueta, naturalmente delicada, dia a dia tornava-se mais frágil, e a beleza se tornava tão apurada que chegava a entristecer as pessoas que a viam.

II

No entanto, seus olhos brilhavam, cheios de alegria e esperança.

A alegria podia ser imputada à constatação de que a velha senhora não só acabara por entendê-la, como também por perceber que se enganara quanto a Musashi, transformando-se a partir disso numa gentil velhinha, totalmente diferente daquela dos outros tempos.

A esperança resultava da sensação de que, muito em breve, haveria de se encontrar com a pessoa que tanto amava.

Até Osugi costumava repetir, desde o incidente:

— Prometo-lhe que em troca de todo o sofrimento que lhe infligi por conta de minha teimosia e falta de discernimento, ajeitarei sua situação com mestre Musashi, nem que para isso eu tenha de pedir perdão a ele de joelhos, Otsu.

A mesma coisa repetiu ela a seus familiares e a todos os moradores do vilarejo, acrescentando ainda que o antigo compromisso de Otsu com seu filho Matahachi estava desfeito de vez, e que o homem com quem a jovem proximamente se casaria tinha de ser Musashi.

De Ogin, irmã de Musashi — muito embora Osugi tivesse tempos atrás mentido, dizendo que vivia em vilarejo próximo a Sayo, com o intuito de atrair Otsu para uma armadilha — nada se sabia na verdade, exceto que permanecera realmente em casa de alguns parentes logo depois que Musashi desaparecera da aldeia natal, mas que se casara e se fora para outras terras.

De modo que, de volta ao templo Shippoji, a pessoa que melhor conhecia Ostu era sem dúvida alguma a velha Osugi. A idosa a visitava todos os dias, pela manhã e à tarde:

— Tomou seus remédios? Está se alimentando direito? Como se sente hoje? — dizia, cobrindo-a de cuidados, acompanhando seu tratamento, esforçando-se por mantê-la animada.

Vez por outra, porém, lhe dizia, em tom emocionado:

— Se naquela noite, na gruta, você não recuperasse os sentidos, eu tinha decidido que morreria também, Otsu.

A princípio, Otsu não se sentia muito segura do seu arrependimento. A matriarca sempre fora mulher dissimulada, de modo que podia a qualquer momento mudar de atitude outra vez, acreditava a jovem. Com o passar do tempo, porém, ela foi-se dando conta de que Osugi se tornava a cada dia mais bondosa, mais compreensiva e atenciosa.

"Nunca pensei que obaba-sama pudesse ser uma pessoa tão boa!", chegava ela a pensar por vezes, incapaz de imaginar que esta Osugi fosse a mesma de outrora. O mesmo achavam os membros do clã Hon'i-den e todos os aldeões. "Como pode ela ter mudado tanto?", perguntavam-se, admirados.

E no meio de toda essa gente, uma havia que passara a sentir, mais que todas as outras, o sentido da palavra felicidade: a própria Osugi.

Pois nos últimos tempos, todo mundo — gente que com ela se encontrava, falava ou convivia — tinha passado a tratá-la de modo bem diferente. E depois dos sessenta anos, ela havia conhecido pela primeira vez na vida a verdadeira felicidade de receber e ser recebida sempre com um sorriso.

Alguns lhe diziam com franqueza:

— Que diferença! A senhora está até mais bonita!

"Talvez seja verdade", pensava Osugi, apanhando furtivamente o espelho e contemplando-se pensativa.

E então, percebia como os anos tinham passado. Os cabelos, que à época em que deixara para trás sua terra natal estavam apenas grisalhos, hoje tinham a alvura da neve.

O mesmo lhe acontecera à alma, à expressão do seu rosto: tudo se tinha purificado, recuperado a brancura original. Ao menos, assim lhe pareceu.

III

"Dizem que mestre Musashi se dirige para Kokura no barco do armador Tarozaemon, que parte no dia primeiro do porto de Sakai", dizia a carta mandada por Joutaro de Himeji.

— O que você quer fazer? — indagara Osugi a Otsu, embora já soubesse a resposta.

— Vou ao seu encontro — respondera-lhe ela, conforme previra.

A jovem guardava o leito todas as tardes no horário em que a febre começava a subir, mas não estava doente a ponto de não poder caminhar.

— Nesse caso... — dissera Osugi, partindo em seguida do templo Shippoji com Otsu, dela cuidando durante todo o trajeto como se fosse sua própria filha. E assim, passaram uma noite na mansão de Aoki Tanzaemon, onde este lhes dissera:

— Barcos da linha marítima Sakai-Buzen aportam sempre em Shikama, e costumam passar uma noite ancorados para poder descarregar a mercadoria. Homens do meu clã estarão a postos para recebê-lo, mas vocês duas deverão permanecer ocultas no bote, na foz do rio. Meu filho e eu nos encarregaremos de criar a oportunidade para o reencontro.

Agradecendo e deixando tudo a cargo de Tanza, as duas mulheres tinham chegado por volta do meio-dia à baía de Shikama. Otsu tinha-se acomodado no barco com as cobertas trazidas da casa da sua antiga aia, a qual providenciara também as pequenas coisas que acrescentariam conforto às duas. E desde então, esperaram ansiosamente pelo barco.

E junto à sebe da casa da antiga ama de Otsu, cerca de vinte homens trazendo até uma liteira permaneciam em pé: eram todos vassalos da casa Ikeda, que, avisados da passagem do barco pelo porto, tinham vindo para desejar boa viagem, e se possível, passar uma noite em companhia do ilustre visitante e avaliar a sua personalidade.

No meio do grupo encontravam-se naturalmente Aoki Tanzaemon e seu filho Joutaro. A casa Ikeda e Musashi tinham fortes ligações: uniam-nos as mesmas terras, assim como lembranças dos tempos em que Musashi ainda era um jovem rebelde.

"Está claro que Musashi se sentirá honrado!", consideraram os homens do clã Ikeda. E com isso concordavam também Aoki Tanzaemon e o filho Joutaro.

No entanto, pai e filho não queriam que Otsu fosse vista pelos companheiros para não dar margem a interpretações maliciosas. Além de tudo, Musashi poderia não apreciar. De modo que tinham chegado à conclusão de que as duas mulheres deviam permanecer escondidas no barco, longe da vista de todos.

Todavia, algo estranho estava acontecendo.

O mar escurecia, o vermelhão das nuvens se apagava e a paisagem marinha aos poucos cambiava para um tom verde-escuro, mas nem sombra do barco surgia no horizonte.

— Podem ter protelado a partida — disse alguém, voltando-se para o grupo.

— Não pode ser — replicou um dos homens, o mensageiro que viera fustigando um cavalo desde a mansão do clã em Kyoto até o castelo de Himeji para trazer a notícia de que Musashi embarcava no primeiro dia do mês rumo a Kokura. Parecia sentir-se cobrado. — Mandamos um mensageiro à casa do armador Kobayashi em Sakai antes da saída do barco e eles confirmaram o embarque para o primeiro dia do mês.

— O mar está calmo e sem vento: não há motivos para atraso.

— Exatamente por não haver vento é que barcos a vela acabam se atrasando. Eis por que não chegaram ainda.

Alguns homens sentaram-se na areia, cansados da espera. Uma estrela branca brilhou solitária no céu sobre o mar de Harima.

— Ali está ele!

— É ele, com certeza.

— São as velas do barco!

Os samurais enfim animaram-se, encaminhando-se uns após outros rumo ao cais.

Joutaro escapuliu às pressas e correu para o barco atracado na foz do rio. Do barranco da margem, gritou:

— Otsu-san! Obaba! O barco trazendo Musashi-sama está à vista!

IV

No interior do pequeno bote, o estore se agitou:

— Que disse ele? Está à vista?

— Onde? — gritou também obaba, erguendo-se.

Aflita, Otsu tentou erguer-se agarrada à borda do bote.

— Cuidado! — advertiu Osugi, passando o braço em torno da jovem e lançando o olhar para o horizonte ao mesmo tempo. — Deve ser esse!

Contendo a respiração, as duas mulheres observavam o progresso de um grande barco que, velas negras desfraldadas à luz das estrelas, vinha deslizando pela superfície do mar e em um instante se agigantou.

De pé sobre o barranco, Joutaro gritou, apontando-o:

— É esse, é esse!

— Mestre Joutaro! — chamou obaba, ainda abraçando com firmeza o delicado corpo de Otsu, prestes a escorregar pela borda do bote para dentro do mar, não fossem os braços de Osugi a ampará-la. — Faça-me um favor: desfralde as velas deste bote e leve-o para perto do navio. Quero a qualquer custo levá-la ao encontro dele o mais rápido possível, ter a alegria de vê-los conversando novamente.

— Não adianta se apressar tanto, senhora. Como vê, os homens do clã já o estão aguardando no cais. Um deles já se dirige para o navio num pequeno bote para trazer Musashi-sama à terra firme.

— Maior motivo ainda para nos apressarmos. Vamos esquecer um pouco essa história de não mostrar Otsu a ninguém, ou ela não terá nunca a oportunidade de se avistar com Musashi-sama. Podem deixar que me encarrego de achar uma desculpa para manter as aparências. O importante é que Otsu se encontre com ele antes que os homens do seu clã tomem as rédeas da situação.

— Isto agora é um problema...

— Está vendo? Devíamos ter ficado esperando na casa do tintureiro! Mas não: com essa história de temer o falatório, você nos meteu no fundo deste bote e nos deixou sem saída.

— Nada disso! Meu pai estava certo tomando estas medidas: o povo gosta de falar, e ele não podia correr o risco de ver o nome do meu mestre envolvido em qualquer tipo de boato escandaloso, mormente agora, às vésperas de um duelo tão importante. Vou falar com ele e nós dois juntos encontraremos um meio de trazê-lo até aqui. Sei que o bote não é espaçoso, mas esperem tranquilas até lá.

— Promete-me então que trará Musashi-sama impreterivelmente ao nosso encontro?

— Quando ele desembarcar do bote que o foi buscar, vamos levá-lo por um instante até a casa do tintureiro, em cuja varanda descansará alguns minutos com meus companheiros. E nesse momento, arranjaremos uma desculpa para trazê-lo até aqui.

— Estamos à espera, não se esqueça!

— Façam isso, por favor. Otsu-san, deite-se e descanse um pouco mais enquanto espera.

Depois disso, Joutaro retornou às pressas para junto do grupo.

Osugi, ainda amparando Otsu, levou-a com cuidado ao leito por trás dos estores e lhe disse carinhosamente:

— Deite-se.

Otsu descansou a cabeça sobre o travesseiro e foi acometida por uma crise de tosse, provocada talvez pela súbita movimentação de há pouco ou pelo forte cheiro de maresia.

— Que tosse persistente... — murmurou Osugi, acariciando-lhe as costas magras. E talvez para mitigar-lhe o sofrimento, pôs-se a falar do próximo encontro com Musashi, e de como estava perto a hora de revê-lo.

— A crise já passou, obaba-sama. Obrigada por me ajudar. Descanse a senhora também — disse Otsu, quando enfim conseguiu abrandar a tosse, alisando os cabelos e de súbito dando-se conta da própria aparência.

V

Um tempo considerável transcorreu, mas o homem tão ansiosamente esperado não surgiu.

A velha senhora deixou Otsu deitada sozinha no barco e subiu o barranco, à espera do vulto que Joutaro ficara de conduzir até ali.

E Otsu...

Otsu sentia o coração disparar e não conseguia conter-se no leito só de imaginar que Musashi logo surgiria ali.

Afastou o travesseiro e as cobertas para um canto escuro por trás dos estores, ajustou a gola do quimono, refez o laço do *obi*. A palpitação que hoje sentia em nada diferia daquela de muitos anos atrás, quando tinha dezessete anos e conhecera o amor.

Uma lanterna tinha sido amarrada à proa do bote. A chama rubra iluminava tanto as águas escuras da baía quanto o coração de Otsu.

Ela agora tinha-se esquecido da doença que a atormentava. Introduziu a mão branca na água pela borda do bote, molhou o pente e o passou pelos cabelos. Dissolveu uma pequena quantidade de pó para maquiagem num pouco de água e o passou de leve pelo rosto.

Tinha ouvido dizer que, preocupado em aparentar uma disposição festiva, até um guerreiro usava quantidade mínima de ruge nas faces quando acabava de despertar ou não se sentia bem e era chamado à presença de seu amo.

"E quando o vir, que direi?", pensou Otsu. O que tinha guardado no peito daria para preencher todos os silêncios de uma vida inteira. Não obstante, nada conseguia dizer toda vez que se defrontava com Musashi.

E se ele se irritasse de novo com ela? — indagou-se ansiosa.

Esta não era a ocasião propícia para o reencontro. Afinal, ele era o centro da atenção pública e estava a caminho de importante duelo. Otsu conhecia-lhe o temperamento e convicções, e duvidava que ele se alegraria em vê-la nessas circunstâncias.

Mas para Otsu, esta era uma oportunidade que não podia deixar escapar, por tudo que representava. Não achava que Musashi fosse vencido por Kojiro, mas imprevistos podiam acontecer. Aliás, a opinião pública se dividia: metade acreditava na força de Musashi, a outra considerava Kojiro invencível.

Se deixasse escapar esta oportunidade de revê-lo e se, por acaso — um infeliz acaso —, o inimaginável acontecesse, o arrependimento haveria de atormentá-la por toda a vida e mais cem anos.

De nada lhe adiantaria morrer chorando, repetindo inúmeras vezes o triste poema do imperador chinês que, depois de ver sua amada princesa morrer, desejou ardentemente com ela renascer formando um par indissolúvel.

Musashi podia irritar-se quanto quisesse, mas ela não perderia esta oportunidade, decidira Otsu. E para realizar seu desejo, chegara até ali aparentando disposição muito maior que a real. Contudo, conforme o tempo passava e o momento do reencontro se aproximava, ela não conseguia sequer imaginar o que lhe diria quando o visse, peito oprimido pela intensidade das palpitações, tentando angustiada imaginar a reação do homem que tanto amava.

Em pé sobre o barranco, Osugi por sua vez esperava ardentemente poder aliviar o coração do peso que carregava nestes últimos tempos, pedindo em primeiro lugar perdão a Musashi por todo o ódio que lhe devotara. E como prova de seu arrependimento, tinha de fazê-lo compreender que entregava Otsu a ele, não importava o que alegasse. Faria Musashi aceitá-la, nem que tivesse de se ajoelhar diante dele e implorar. Isso ela devia a Otsu também.

Perdida em pensamentos, vigiava a praia vagamente iluminada quando viu Joutaro surgindo mais além.

— Senhora! — gritou ele, aproximando-se às carreiras.

VI

— Não sabe o quanto o esperei, mestre Joutaro! E então, ele já está vindo para cá?

— É uma lástima, senhora, mas...

— Como? Lástima por quê?

— Ouça-me com atenção, obaba.

— Deixe os detalhes para mais tarde! Diga-me apenas uma coisa: mestre Musashi vem ou não?

— Não vem.

— Como é?

No rosto atônito de Osugi a febril animação das longas horas de espera em companhia de Otsu desapareceu num passe de mágica, deixando um ar desolado, cuja visão era quase insuportável.

Joutaro, constrangido, começou então a explicar: depois de se despedir de Osugi, ele tinha retornado para junto do grupo e ali permanecido à espera do retorno do bote do clã, mas o tempo passara sem que lhes chegasse notícia alguma.

Apesar de tudo, o grande navio do armador Tarozaemon continuava ancorado em mar aberto, suas velas bem visíveis da terra, de modo que permaneceram à espera, comentando entre eles que por certo algum imprevisto o retivera. Passados mais alguns minutos, o pequeno bote veio de volta com o mensageiro do clã no remo.

Até que enfim! — alegraram-se todos, mas a animação fora curta: Musashi não se encontrava a bordo. Ao ser perguntado, o mensageiro respondera que nesta viagem não houvera passageiros desembarcando em Shikama e que a pequena quantidade de carga à espera de embarque no cais tinha sido transportada por outro bote e transferida em alto mar para o navio em questão. Assim sendo, o navio zarpava em seguida para Tsu, pois tinham pressa em chegar ao destino.

E então, o mensageiro insistira dizendo que ele era um membro do clã de Himeji, e que sabia existir no navio um passageiro de nome Miyamoto Musashi, por quem seus companheiros aguardavam em terra, certos de poder com ele passar uma noite. Mas se isso não fosse possível, que esperava ao menos poder levá-lo à praia no bote em que viera, a fim de poderem passar nem que fossem alguns minutos em sua companhia.

O capitão do navio transmitiu o recado ao senhor Musashi, aparentemente, pois logo ele próprio surgira no convés, debruçara-se na amurada, de onde teria dito ao mensageiro do clã: "Aprecio o interesse, mas como o senhor deve saber, estou a caminho de importante missão em Kokura; além do mais, este navio está programado para passar ainda esta noite por Tsu. Transmita meus agradecimentos aos homens do seu clã, e também minhas escusas."

Impossibilitado de insistir, o mensageiro retornara, e enquanto ainda relatava os acontecimentos aos companheiros em terra, o grande navio tornou a desfraldar as velas e partir, poucos instantes atrás, da baía de Shikama, acabou por contar Joutaro.

— E assim, já que nada mais podíamos fazer, meus companheiros foram todos para casa. O que mais me preocupa agora, senhora, é como contar estes fatos a ela — disse Joutaro com ar de total desânimo, olhando na direção do bote onde Otsu permanecera.

— Como é? Quer então dizer que o navio já deixou esta baía e se dirige agora para Tsu?

— Isso mesmo. Está vendo o navio que bordeja agora a floresta de pinheiros na boca da foz e se dirige para oeste? Pois aquele é o navio do armador Tarozaemon. Musashi-sama talvez esteja em pé no convés.

— Ah! Está querendo me dizer que ali vai Musashi-sama?...

— Infelizmente...

— Escute bem, mestre Joutaro! O culpado de tudo é você! Por que não seguiu no bote em companhia do mensageiro, diga-me?

— Tarde demais para discutirmos.

— Não é possível! E pensar que estávamos com o barco à vista, ancorado logo ali! E agora, de que modo vou contar essa triste história para Otsu? Onde vou encontrar coragem? Mestre Joutaro, conte-lhe você, por favor. Mas tome muito cuidado, acalme-a primeiro, ou seu estado poderá agravar-se, ouviu bem?

VII

Mas não foi preciso Joutaro contar, nem Osugi aparentar tranquilidade, disfarçando a frustração, pois Otsu apurava os ouvidos ao diálogo dos dois por trás dos estores do bote ancorado.

As águas do rio batiam ritmicamente no casco da embarcação num surdo marulhar. Otsu sentia o ruído repercutir em seu coração e não conseguia conter as lágrimas.

Ainda assim, ela não se abateu nem considerou os acontecimentos dessa noite irremediáveis, como obaba.

"Se não for hoje, será em outro dia. Se não for neste porto, em outro qualquer!" A forte esperança que a mantivera viva nos últimos anos em nada se abalara.

Longe de se desesperar, sentiu que compreendia Musashi e sua resolução de não descer em nenhum porto antes de chegar ao seu destino.

"Ele está certo!", pensou.

Segundo ouvira dizer, Ganryu Sasaki Kojiro era hoje um nome famoso em toda a região de Chugoku e Kyushu, um campeão.

E se esse brilhante personagem concordara em se bater com Musashi, era porque acreditava na própria vitória, muito mais que qualquer um.

Apesar de toda a sua aparente fleuma, esta viagem de Musashi a Kyushu não era em absoluto mais uma das muitas que fizera pelo país. Muito antes de se abater com pena de si mesma, Otsu pensou nisso. E pensando, afogou-se em lágrimas.

"Naquele navio se vai Musashi-sama..." Recostada à borda do bote, rosto banhado em lágrimas que não procurava enxugar, Otsu acompanhava com o olhar as largas velas que se dirigiam para o oeste bordejando a floresta de pinheiros da foz do rio.

E então, repentinamente, a jovem apelou uma vez mais para a vontade férrea que a havia sustentado por todos estes longos meses e anos, para a força que lhe havia possibilitado vencer doenças e todos os tipos de adversidades, e que agora vinha em seu socorro do fundo da alma e lhe aflorava nas faces como delicado rubor. Onde naquele frágil corpo e delicada alma se esconderia tamanho poder?

— Obaba-sama! Jouta-san! — chamou ela de súbito.

Os dois aproximaram-se pelo barranco.

— Otsu-san! — começou a dizer Joutaro com voz embargada, sem saber como dar-lhe a notícia, mas logo foi interrompido.

— Eu ouvi tudo. Já sei que Musashi-sama não descerá à terra firme por problemas relacionados com a escala do navio.

— Ouviu?

— E não adianta ficarmos lamentando, nem perdendo tempo com tristezas inúteis. Já que assim é, desejo partir de imediato para Kokura e ver Musashi-sama com meus próprios olhos, assim como o andamento do duelo. Ninguém é capaz de afirmar categoricamente que não acontecerá um imprevisto. E se isso por acaso acontecer, lá quero estar para receber seus restos mortais.

— No estado em que você se encontra?

— Que estado? — indagou Otsu, a essa altura esquecida por completo de que era uma mulher gravemente enferma. E embora Joutaro lhe chamasse a atenção para a sua real condição física, sua vontade férrea possibilitou sobrepujá-la, levando-a a sentir-se saudável como nunca.

— Não sinto mais nada, não se preocupem. E mesmo que sentisse, até conseguir saber o desenlace do duelo... — não posso morrer, ia dizer ela, mas conservou para si as últimas palavras. A seguir, empenhou-se em arrumar-se para a viagem. Desceu então do bote agarrando-se às suas bordas e veio subindo sozinha o barranco, quase rastejando.

Joutaro ocultou o rosto nas mãos e deu-lhe as costas; Osugi chorava alto.

O FALCÃO E A MULHER

I

Até a decisiva batalha de Sekigahara, ocorrida no ano V do período Keicho (1600), o castelo Katsunojou na cidade de Kokura tinha sido a morada do suserano Mori Katsunobu, senhor de Iki. De lá para cá, o castelo fora reformado, as muralhas brancas e os torreões novos a ele acrescidos contribuindo em muito para aumentar sua imponência.

E no castelo reformado, duas gerações Hosokawa — Tadaoki e seu filho Tadatoshi — já se haviam sucedido, perpetuando o feudo.

Na qualidade de instrutor marcial, Ganryu Sasaki Kojiro apresentava-se no palácio em dias alternados, instruindo o jovem suserano Tadatoshi e seus vassalos. O estilo Ganryu — baseado no estilo Toda, de Toda Seigen, mais tarde aperfeiçoado junto a Kanemaki Jisai e posteriormente acrescido de fundamentos divisados pelo próprio Kojiro — ganhou popularidade em pouco tempo e era já praticado por todos os membros do clã, iniciantes e veteranos. Além deles, crescia dia a dia a sua fama tanto em Kyushu como em Shikoku, assim como nas distantes províncias do Chugoku, muitos sendo os guerreiros provenientes de outras localidades que permaneciam na cidade casteleira de Kokura um ou dois anos apenas para aprender o estilo, na esperança de um dia poder retornar às suas terras qualificados como mestres.

E conforme a popularidade em torno de Kojiro crescia, seu amo, Tadatoshi, sentia crescer a certeza e a satisfação de ter contratado um bom vassalo.

Além disso, o clã o afirmava unanimemente: Kojiro era uma personalidade ímpar. Sua reputação se firmava.

Até a chegada de Kojiro, Ujiie Magoshiro — espadachim da escola Shinkage — tinha sido o instrutor de artes marciais do clã Hosokawa de Buzen, mas o brilho do novo instrutor ofuscou-o por completo, aos poucos tornando-o personagem quase esquecido.

Ao se dar conta disso, Kojiro solicitou ao amo Tadatoshi:

— Rogo-vos, senhor, que não abandoneis mestre Magoshiro. Realmente, seu estilo é discreto, mas a antiguidade talvez represente algo mais, quando comparada ao estilo de uma pessoa jovem como eu.

E assim, por iniciativa do próprio Kojiro, estabeleceu-se a rotina de treinos alternados entre ele e o antigo instrutor.

Em outra ocasião, Tadatoshi propusera:

— Kojiro, disseste que o estilo de Magoshiro era discreto, mas que talvez tivesse a vantagem da antiguidade. Magoshiro por sua vez me disse que o estilo dele não chega aos pés do teu, e que tu eras um gênio. Estabelece então um dia para o duelo, quero ver qual dos dois é melhor.

— Às ordens, senhor — concordaram os dois, empunhando suas espadas de madeira e apresentando-se perante o amo.

E assim que surgiu uma oportunidade, Kojiro depusera a sua arma e se ajoelhara aos pés de Magoshiro, declarando:

— Estou impressionado com sua habilidade!

No mesmo instante, Magoshiro também declarara:

— Modéstia sua! Sua habilidade em muito supera a minha!

E assim, tinham os dois cavalheirescamente cedido essa primazia um ao outro.

Episódios como esse só fizeram aumentar a popularidade de Kojiro.

— Essa atitude é típica de grandes espadachins como mestre Ganryu.

— Um grande homem, sem dúvida alguma!

— Mostrou consideração pelo adversário.

— É um homem de muitas virtudes ainda desconhecidas.

De modo que nos últimos tempos Kojiro fazia em dias alternados o trajeto até o palácio, sempre a cavalo, com um séquito de sete homens também montados, portando lanças. E ao avistá-lo, muitos faziam questão de se aproximar apenas para trocar um respeitoso cumprimento, atitudes que evidenciavam o grau do seu prestígio.

Mas em alguém que mostrava tanta consideração pelo colega Ujiie Magoshiro, caído em desgraça, o nome Musashi provocava reações bem inesperadas.

Assim, quando numa roda de amigos um dos companheiros comentava descuidadamente "E como estaria Musashi nos últimos tempos?", ou quando o nome Miyamoto surgia acompanhado de informações sobre sua fama na região de Kyoto e nas províncias orientais, uma expressão fria surgia instantaneamente no rosto de Kojiro e seu comentário perdia qualquer traço de magnanimidade.

— Esse sujeito tem-se feito conhecer nos últimos tempos pela impertinência que lhe é característica. Denominou o próprio estilo Duas Espadas, assim ouvi dizer. Sempre foi indivíduo de grande força e habilidade, de modo que hoje em dia talvez não exista na região de Kyoto e Osaka um espadachim que lhe possa fazer frente — dizia Kojiro em tom que se tornava difícil definir como elogioso ou depreciativo, uma expressão dissimulada surgindo-lhe no rosto ao mesmo tempo.

II

Por vezes, um guerreiro itinerante entre os muitos que surgiam na mansão de Ganryu, ignorando a antiga rivalidade entre este e Musashi, e querendo aparentar conhecimento, comentava:

— Nunca tive o prazer de conhecê-lo pessoalmente, mas dizem que a habilidade de mestre Musashi é genuína. Muitos chegam até a afirmar que desde lorde Kamiizumi e Tsukahara Bokuden não viram ninguém tão magistral, ou se a definição é excessiva, tão hábil quanto Musashi, com exceção, é claro, do idoso suserano Yagyu Sekishusai. Que acha o senhor a esse respeito?

— Ah-ah! Será mesmo? — ria nessas ocasiões Ganryu Kojiro descontraído, esforçando-se por ocultar o aborrecimento. — Há muita gente cega neste mundo, de modo que não é de se estranhar que alguns o achem genial. Muitos ainda existem que o consideram o mais hábil da atualidade. Mas tudo isso vem apenas mostrar como anda baixo o nível da esgrima nos últimos tempos. O mundo agora é dos impertinentes e dos astutos autopromotores. A maioria das pessoas não sabe, mas eu, Kojiro, presenciei pessoalmente de que modo ele vendeu a falsa imagem de hábil espadachim em Kyoto. Na ocasião, lutava contra os membros da academia Yoshioka no episódio de Ichijoji, e acabou por eliminar, horror dos horrores, um menino de apenas doze ou treze anos, por sinal único herdeiro da casa Yoshioka. A brutalidade desse gesto, sua covardia... Talvez a palavra covardia soe inadequada, já que Musashi na ocasião enfrentou sozinho numeroso grupo de discípulos da academia Yoshioka, mas a verdade é que ele fugiu correndo logo nos primeiros momentos do confronto. Conheço seu passado e sua desmedida ambição, e o considero um ser desprezível... Se me afirmam que o bom estrategista é aquele que sabe tirar proveito das circunstâncias para vender seu nome, nesse caso posso concordar que Musashi seja realmente magistral; mas se a questão envolve a sua habilidade como esgrimista, já não posso concordar. A opinião pública é tão sugestionável!... Ah-ah!

E se depois disso seu interlocutor ainda insistisse em elogiar Musashi, Ganryu chegava a avermelhar de raiva, e reagia como se ouvisse um insulto pessoal.

— Musashi é um selvagem, e sua tática, suja. Ele não pode nem ser incluído na categoria dos mais baixos guerreiros — bufava, não sossegando enquanto não convencia seu interlocutor.

Esse tipo de reação acalorada deixava secretamente atônitos os vassalos da casa Hosokawa que o tinham em tão alta conta. Com o passar do tempo, porém, surgiram boatos de que entre Musashi e Kojiro havia um grave desentendimento que datava de muitos anos.

Não se passou muito, novos boatos começaram a circular, dando conta de que os dois iriam muito em breve duelar por ordem de sua senhoria, o jovem suserano Hosokawa.

Desde então, a atenção de todo o clã concentrara-se apenas no estabelecimento da data e das regras do duelo.

E enquanto as notícias do próximo embate se espalhavam dentro do castelo assim como na cidade castelar, um indivíduo comparecia incansavelmente todos os dias, manhãs e noites, à mansão de Kojiro situada em Hagi-no-Koji: Iwama Kakubei, um dos conselheiros da casa Hosokawa, o homem que, à época em que viviam em Edo, tinha aconselhado seu suserano a contratar Kojiro. Hoje, Kakubei considerava-se quase pai do jovem instrutor marcial.

Nesse primeiro dia de abril, as flores de cerejeira já tinham desaparecido, e no jardim da mansão azaleias floriam rubras à sombra de um poço.

— Ele está? — perguntou Kakubei ao pajem que o atendeu, acompanhando-o em seguida para os aposentos do fundo.

— Olá, senhor Iwama! — disse Kojiro.

Não havia ninguém no aposento ensolarado, pois o dono da mansão tinha saído para o jardim, onde se distraía com seu falcão. O pássaro pousado em seu braço era bem adestrado, e comia bocados de ração que seu dono lhe oferecia na palma da mão.

III

Pouco tempo depois que o duelo com Musashi tinha sido decidido por vontade do suserano Tadatoshi, Kojiro tinha sido liberado da obrigação de comparecer ao castelo em dias alternados para ministrar suas aulas. A iniciativa de solicitar dispensa partira de Iwama e tinha sido aceita por seu amo e senhor, o que demonstrava a consideração de Tadatoshi por seu vassalo, diziam todos.

E assim, com permissão para repousar até o dia do duelo, Kojiro passava os dias em sua mansão em doce ócio.

— Mestre Ganryu, ouça-me: estivemos hoje na presença de sua senhoria e estabelecemos o local do duelo. Vim para cá em seguida a fim de pô-lo a par do assunto — disse Kakubei, ainda em pé.

O pajem o chamou nesse instante da biblioteca, oferecendo uma almofada:

— Sente-se por favor, senhor.

Kakubei apenas acenou em sinal de que ouvira e voltou, uma vez mais, o olhar para Kojiro.

— A princípio, cogitou-se optar pela área costeira de Kikunonagahama, ou pelas margens do rio Murasaki, mas logo chegamos à conclusão de que as áreas eram muito acanhadas, não conseguiríamos evitar o afluxo da grande multidão e o tumulto consequente, por mais que vedássemos o local do duelo com cortinados...

— Realmente — disse Ganryu, ainda alimentando o falcão, observando cuidadosamente seus olhos e bico, como se toda a discussão em torno do estabelecimento do local e o consequente interesse público não lhe dissessem respeito.

Kakubei pareceu ligeiramente desapontado com a reação fria de Kojiro. Inverteu então os papéis de anfitrião e visitante e sugeriu:

— Vamos, entre um pouco para podermos conversar com mais calma.

— Um momento, por favor — disse Kojiro, mostrando ainda maior desinteresse. — Quero acabar de dar a ração que me resta na palma da mão.

— Esse é o falcão que sua senhoria lhe deu?

— Exatamente. Foi um presente direto de sua senhoria, e me foi entregue quando saímos a falcoar no outono passado. Chama-se Amayumi[27], e afeiçoo-me a ele cada vez mais, na mesma medida em que ele vai se acostumando a mim.

Descartou o pouco de ração que lhe restara na mão, desenrolou o cordão vermelho que prendia o pássaro e voltou-se para o pajem que o aguardava logo atrás:

— Tatsunosuke. Leva o pássaro de volta à gaiola.

O pássaro passou de um braço para o outro e foi levado para o viveiro. A mansão era consideravelmente espaçosa: além do volume sugerindo uma montanha — elemento paisagístico obrigatório na composição de um jardim —, pinheiros fechavam os fundos. Além da cerca chegava-se às margens do rio Itatsu, havendo nas proximidades muitas outras mansões de vassalos Hosokawa.

Kojiro acomodou-se na biblioteca e disse brevemente:

— Perdoe a demora.

— Não tem por que desculpar-se. Afinal, não sou exatamente uma visita: sinto-me como se estivesse em casa de parentes ou do meu próprio filho em sua mansão — disse Kakubei, sem demonstrar qualquer aborrecimento.

Uma jovem entrou nesse momento trazendo um elegante serviço de chá. Lançou de esguelha um olhar para Kakubei e convidou-o a servir-se.

Kakubei balançou a cabeça em sinal de aprovação e cumprimentou-a, aceitando a chávena em seguida.

---

27. *Amayumi*: flecha celeste.

— Bela como sempre, Omitsu! — disse.

A jovem enrubesceu até o pescoço:

— Não zombe de mim, senhor — respondeu, afastando-se rapidamente e ocultando-se por trás da divisória.

— A convivência faz com que nos afeiçoemos a falcões, é certo, mas eles são selvagens. Para você, é mais vantajoso conviver com Omitsu. Gostaria de saber quais são suas verdadeiras intenções com relação a essa jovem — disse Kakubei.

— Estou começando a desconfiar que Omitsu andou visitando o senhor escondida de mim... — resmungou Kojiro.

— Realmente, ela veio me ver para se aconselhar comigo. Pediu-me para guardar segredo, mas não vejo nenhum motivo para tanto mistério.

— Mulherzinha fútil. A mim ela nada disse — resmungou Kojiro, lançando um olhar feroz de soslaio na direção da divisória por trás da qual Omitsu se ocultara havia pouco.

IV

— Não se zangue! Ela tem suas razões... — disse Kakubei. Esperou os vestígios da ira desaparecerem do olhar do seu interlocutor e continuou:

— Ela é sozinha, tem de se preocupar com o próprio futuro. Por mais que confie em você, não pode censurá-la por angustiar-se, pois não sabe o que pode esperar do futuro. É normal.

— Isto quer dizer que Omitsu lhe contou tudo sobre nós e tornou-me a situação bastante embaraçosa.

— Absolutamente! — retrucou Kakubei, tentando afastar o constrangimento de seu anfitrião. — Não vejo nada de errado nisso. Aliás, acho que você tem mesmo de pensar em casar-se e constituir família, agora que está morando numa mansão espaçosa e tem sob seus cuidados vassalos e uma grande criadagem.

— Mas pense um pouco: que dirão as pessoas quando souberem que me casei com uma mulher que já foi minha serviçal?

— Nem por isso você poderá fingir que nada aconteceu e afastá-la, a esta altura dos acontecimentos. Não diria isso se ela não fosse adequada, mas soube que é de boa linhagem. Ouvi dizer que é sobrinha de Ono Tadaaki, de Edo. É verdade?

— Realmente.

— Soube também que ela o conheceu casualmente na ocasião em que você foi sozinho à academia de Tadaaki e o desafiou a um duelo, despertando-o para o fato de que o estilo Ono Ittoryu estava decadente.

— Isso mesmo. Eu ia lhe falar a respeito deste caso, de que aliás não me orgulho muito, por não considerar correto escondê-lo do meu protetor. Conforme disse, eu a conheci no dia em que me bati com Ono Tadaaki. Na ocasião, Omitsu ainda estava a serviço do tio e me conduziu até a base da ladeira Saikachi com a lanterna na mão.

— Foi o que ela me contou, realmente.

— Nessa oportunidade, flertei um pouco com ela. Omitsu, porém, tomou minhas brincadeiras a sério e veio-me procurar depois que o tio, Tadaaki, se retirou para as montanhas.

— Já entendi! Não precisa explicar-se tanto, ah-ah — disse Kakubei, malicioso. Secretamente, no entanto, admirou-se da própria estupidez: ele percebera só agora, mas o caso devia datar dos tempos em que ainda moravam na ladeira Isarago. Ao mesmo tempo, espantou-se ao perceber a habilidade do seu protegido em conquistar mulheres e em proteger sua vida particular.

— Deixe este assunto comigo. De qualquer modo, nada poderemos fazer por enquanto, já que um súbito anúncio de casamento a esta altura dos acontecimentos soará bastante estranho. Vamos resolver depois do duelo e da sua vitória — observou Kakubei, lembrando-se repentinamente do assunto que o havia trazido ali.

Kakubei achava que Musashi não merecia sequer que pensassem nele como adversário do seu protegido. Ele tinha certeza de que o duelo nada mais era que uma provação destinada a projetar o nome e a fama de Kojiro por todo o país. De modo que disse:

— Voltando ao assunto do local do duelo, antevimos que provocará um grande tumulto caso ele seja realizado nos limites da cidade castelar. Chegamos portanto à conclusão de que deverá acontecer numa das ilhas menores, entre Akamagaseki e Mojigaseki, mais especificamente naquela conhecida como Funashima.

— Ah, em Funashima!

— Exato. Que acha de vistoriar o local antes da chegada de Musashi? Com certeza lhe será vantajoso.

V

Conhecer a topografia da área do duelo era, sem dúvida alguma, uma medida acertada.

Saber de antemão rotas de ataque e fuga, o tipo de calçado adequado ao terreno, a existência ou não de árvores próximas, a posição do sol e onde situar o inimigo com relação a este devia resultar certamente em certo grau de confiança e vantagem, do ponto de vista tático.

Kakubei sugeriu contratar um barco pesqueiro e ir logo no dia seguinte até a ilha para uma vistoria.

Ganryu porém recusou, dizendo:

— A arte marcial valoriza muito a pronta reação numa emergência. Eu posso me precaver e estabelecer previamente uma tática, mas meu inimigo pode prever isso e vir preparado para superá-la. E nesse caso, começo o confronto em desvantagem, pois terei errado o cálculo. O melhor mesmo é enfrentar a situação de improviso, com a mente aberta e livre de qualquer ideia preconcebida.

Kakubei acenou em concordância e desistiu de aconselhar a vistoria.

Ganryu então chamou Omitsu e lhe ordenou que lhes preparasse saquê, ficando a beber e a conversar informalmente com seu protetor até o começo da noite.

Kakubei parecia extremamente feliz: seu protegido fizera fama, gozava hoje da consideração do seu amo, era dono de grande mansão. E poder beber em sua companhia, como fazia nesse momento, era uma grande alegria, que transparecia em seu rosto risonho a cada taça esvaziada.

— Creio que já podemos tratar deste assunto na presença de Omitsu. Aconselho-o a mandar um convite aos seus familiares e divulgar o casamento assim que o duelo terminar. Dedicação à esgrima é sem dúvida importante, mas dê um tempo também à construção da sua casa, à consolidação da família. E quando enfim eu vir realizada também esta etapa da sua via, darei minha missão por terminada — disse Kakubei, satisfeito em apadrinhar a união.

Ganryu, porém, não conseguiu se descontrair e embriagar-se. A cada dia que se passava, ele se tornava mais taciturno. Com a aproximação do duelo, o movimento em sua mansão tornava-se cada vez mais intenso, à revelia do dono. Assediado por visitantes, Kojiro não conseguia descansar apesar de estar desobrigado de comparecer ao castelo em dias alternados: suas férias tinham perdido o sentido.

Nem por isso sentia-se propenso a fechar as portas e recusar a entrada de estranhos, pois a medida podia ser interpretada como sinal de fraqueza. Ganryu era especialmente cuidadoso quanto à opinião pública.

Resolveu então sair a falcoar todos os dias. Arrumava-se bem cedo, e ordenava:

— Tatsunosuke! Traz o falcão!

E com o pássaro pousado no punho, cavalgava pela campina. O recurso era eficaz.

Andar pelos campos nesses primeiros dias de abril de tempo particularmente ameno era por si só relaxante.

Observava o vulto do pássaro, que com seus penetrantes olhos ambarinos perseguia a caça no ar. As poderosas garras cravavam-se sobre a presa e, no mesmo instante, plumas lhe caíam sobre a cabeça. Kojiro observava estático, prendendo a respiração, ele próprio transformado no falcão.

— É isso! — decidiu-se ele. Sentiu que o pássaro lhe ensinava, e a cada dia a expressão confiante intensificava-se em seu rosto.

Mas quando retornava à mansão depois de um dia relaxante, Omitsu o esperava sempre com olhos repletos de lágrimas. O esforço que a jovem fazia para ocultar os olhos vermelhos confrangia-lhe o coração.

"E se eu lhe faltar...", chegava a imaginar Kojiro nesses momentos, muito embora tivesse certeza de que venceria Musashi. E por estranho que parecesse, a imagem da falecida mãe, quase nunca lembrada no cotidiano, lhe vinha à mente com frequência nos últimos tempos.

"Faltam poucos dias para o duelo...", pensava ele todas as noites ao se deitar. E então, por trás de suas pálpebras cerradas, visões dos olhos ambarinos do falcão confundiam-se com as de Omitsu, repletos de lágrimas, e entre as duas, bruxuleava a sombra de sua mãe.

DOIS DIAS PARA O DUELO

I

Akamagaseki e Mojigaseki, assim como a cidade casteleira de Kokura, viam um afluxo contínuo de viajantes, mas quase não registravam partidas nesses últimos dias. As estalagens e hospedarias viviam lotadas, animais de carga e montaria congestionavam as áreas em torno das estacas cravadas diante desses estabelecimentos.

> *Fica estabelecido por decreto:*
> *— Para o primeiro terço da hora do dragão (7 horas) do próximo dia treze, na Ilha Funashima do estreito de Nagato, em Buzen, o duelo entre Ganryu Sasaki Kojiro, membro do nosso clã Hosokawa, contra o rounin de Sakushu, Miyamoto Musashi Masana.*
> *— Está expressamente proibido acender fogo no perímetro da cidade no referido dia.*
> *— Está do mesmo modo expressamente proibido prestar toda e qualquer ajuda aos participantes do duelo. Barcos pesqueiros, de passeio ou de rota, estão igualmente proibidos de trafegar pela área.*
> *— A proibição se estende até as nove horas do referido dia.*
>
> *Abril do ano XIX do período Keicho (1612)*

Avisos pregados em postes surgiram em esquinas e pontos de convergência da população na cidade castelar, assim como em cais e portos, e nas estradas.

E também ali concentrava-se um grupo de forasteiros:

— Dia treze é depois de amanhã!

— Dizem que um considerável número de pessoas está chegando de províncias distantes. Que acha de permanecer mais um dia e assistir ao duelo antes de irmos para casa? Poderemos contar mais tarde em nossa terra o que vimos.

— Que bobagem! A ilha Funashima fica a quase quatro quilômetros da costa! Não vai dar para ver absolutamente nada!

— Quem disse? Basta subir ao monte Kazashiyama que de lá se avistam até os pinheiros na praia da ilha. Talvez não nos seja possível ver os detalhes, mas vai dar para apreciar a movimentação dos barcos, e também os preparativos quase bélicos que com certeza serão feitos nas praias de Buzen e Nagato.

— Só se o tempo estiver firme.
— No passo que vai, estará, com certeza.
O assunto na cidade era um só: o duelo do próximo dia treze.
A proibição do tráfego marítimo até as nove horas do referido dia frustrou os donos das frotas. Ainda assim, o povo esperava o dia com ansiedade e procurava um bom ponto de observação.
Era quase meio-dia do dia onze.
Uma mulher ia e vinha diante de uma casa de lanches próxima à entrada da cidade casteleira, embalando um bebê nos braços, tentando acalmá-lo. Era Akemi, em cujo encalço Matahachi tinha ido havia alguns dias, nas margens de um rio em Osaka.
A criança talvez estranhasse o ambiente desconhecido, pois não parava de chorar.
— Está com sono? Dorme, meu bem, dorme... — dizia Akemi baixinho, dando-lhe o seio, mantendo o ritmo dos passos, indiferente à própria aparência e às pessoas em torno dela, mantendo a atenção presa apenas no filho.
Como pode uma pessoa mudar tanto? — perguntar-se-ia quem a tivesse conhecido antigamente. Mas a própria Akemi parecia encarar com a maior naturalidade sua transformação, assim como sua vida atual.
— E então, Akemi? Ele já dormiu ou continua chorando?
O homem que emergiu do interior de uma modesta casa de lanches e lhe dirigiu a palavra era Matahachi. Tinha abandonado as vestes monásticas e voltado à vida laica havia bem pouco tempo. Escondia a cabeça de cabelos ainda curtos com um lenço e vestia um sobretudo sem mangas sobre o quimono simples. Depois do reencontro, os dois tinham partido quase em seguida rumo a Buzen. Sem dinheiro para as despesas de viagem, Matahachi tinha-se tornado vendedor ambulante e andava agora com um tabuleiro de doces ao pescoço, ganhando os trocados necessários para alimentar Akemi, cujo leite sustentava seu filho. E nesse dia, os dois tinham enfim chegado a Kokura com muito custo.
— Vamos, dê-me agora a criança e vá almoçar de uma vez, antes que seu leite seque. Coma bem e com calma, ouviu, Akemi? À vontade!
Matahachi recebeu a criança em seus braços e passou a vagar pela frente da casa de lanches cantarolando uma canção de ninar.
Nesse momento, um samurai de aspecto interiorano de passagem pelo local parou surpreso a seu lado e observou-o cuidadosamente.

II

Ainda embalando a criança, Matahachi também voltou-se para o estranho, mas parecia não tê-lo reconhecido.

— Não se lembra de mim? Sou Ichinomiya Genpachi! Nós nos encontramos no bosque de pinheiros da rua Kujo, em Kyoto, há alguns anos. Eu me vestia como um peregrino... — disse o samurai estranho.

Nem assim Matahachi conseguiu lembrar-se direito, de modo que Genpachi continuou:

— Nessa oportunidade, o senhor dizia chamar-se Kojiro, levava uma vida nômade, e eu o tomei pelo verdadeiro mestre Sasaki Kojiro e...

— Lembrei-me, lembrei-me agora! — disse alto Matahachi.

— Pois sou o peregrino daquele dia.

— Ora, como vai? — cumprimentou-o Matahachi com uma ligeira mesura. O movimento fez com que a criança, que tinha acabado de adormecer, despertasse de novo e começasse a chorar. — Acordei você, meu pequeno? Dorme, dorme...

O assunto tinha sido bruscamente desviado e Genpachi parecia estar com pressa, de modo que logo perguntou:

— Sabe onde fica a mansão do mestre Sasaki Kojiro? Sei que ele mora nesta cidade...

— Infelizmente, não. Acabo de chegar também.

— Para acompanhar o duelo dele com Musashi?

— Não... Não é bem assim.

Dois empregados de casa guerreira saídos do lanche passavam nesse momento. Um deles voltou-se para Genpachi e disse:

— Se procura a mansão de Ganryu-sama, ela fica à beira do rio Murasaki, na rua onde mora nosso amo. Se quer, podemos indicar-lhe o caminho.

— Bem a calhar! Adeus, senhor Matahachi — disse Genpachi, partindo às pressas em companhia dos dois.

"Veio de Joshu até aqui só por causa do duelo?", indagou-se Matahachi, analisando o sujo Genpachi e suas roupas de viagem empoeiradas enquanto o via afastar-se. Nesse momento, teve uma súbita percepção do interesse que o duelo havia despertado em todos os cantos do país.

Ao mesmo tempo, viu-se a si próprio alguns anos atrás, fazendo-se passar por Kojiro e perambulando em doce ócio pelas províncias à custa do diploma do estilo Chujoryu. "Como pudera ser tão desprezível, tão impudente?", perguntava-se agora, com um arrepio de desgosto.

E então, deu-se conta de que esse Matahachi havia ficado para trás: hoje ele era outro homem. Embora minimamente, tinha progredido, pensou.

"O importante é perceber o erro e tentar um novo caminho. Quando se faz isso, o progresso surge, até para incapazes como eu..."

Akemi, que mesmo enquanto comia tinha a atenção voltada para o choro do filho, surgiu nesse instante às carreiras do interior da casa de lanches e aproximou-se:

— Pronto, já terminei a refeição. Ajeite-o nas minhas costas, por favor — pediu ela a Matahachi.

— Ele já mamou o suficiente?

— Esse choro é de sono. Ele parecia sonolento enquanto o embalava, ainda há pouco.

— Entendi. Cuidado agora — disse Matahachi, transferindo a criança para as costas de Akemi. Em seguida, pôs no próprio ombro o tabuleiro de balas.

Transeuntes voltavam-se para observar um casal em que um era tão devotado ao outro. A maioria devia levar uma vida conjugal miserável e sentir inveja ao ver esse tipo de quadro à beira de uma estrada.

— Que menino lindo! Quantos anos tem ele? Olhe, ele está rindo para mim! — disse espiando sobre o ombro de Akemi uma senhora idosa de aparência distinta que havia já algum tempo os seguia a alguns passos de distância. Usava os cabelos longos caídos às costas, apenas enfeixados. Na frente, eram aparados dos dois lados do rosto na altura do queixo. Ao que parecia, gostava muito de crianças, pois fez questão de apontar a beleza daquela também ao servo que a acompanhava.

III

Matahachi e Akemi iam dobrar a esquina rumo aos bairros mais pobres em busca de uma estalagem barata para passar a noite, quando a idosa mulher lhes disse à guisa de despedida:

— Vão para esses lados?

De súbito, pareceu lembrar-se de algo mais e perguntou:

— Vejo que são forasteiros, assim como eu, mas não saberiam me dizer onde mora Sasaki Kojiro?

Matahachi explicou-lhe então que acabava de ouvir de dois samurais que a casa em questão situava-se na beira do rio Murasaki. A velha senhora agradeceu-lhe a informação e, apressando o servo, seguiu sempre em frente.

Matahachi ficou observando o vulto que se afastava e murmurou:

— E como andaria minha velha mãe?

Agora que já era pai, começava a compreender melhor a própria mãe.

— Vamos, querido — chamou-o Akemi, embalando o bebê e esperando por ele. Ainda assim Matahachi permaneceu por muito tempo parado, olhando vagamente na direção onde a idosa mulher havia desaparecido.

Nesse dia, Kojiro não tinha saído com seu falcão. Visitantes chegavam sem cessar desde a noite anterior e ocupavam o jardim da mansão, tornando difícil ignorá-los e sair para falcoar.

— Seja como for, este é um acontecimento que deve ser festejado.
— Depois deste duelo, a fama do mestre Ganryu se firmará.
— Pode-se até afirmar que é um acontecimento auspicioso.
— Concordo. Servirá para consolidar sua fama.
— Mas o adversário não é qualquer um: é Musashi, e tem de ser levado a sério.

A entrada principal, assim como a lateral, estava atulhada de sandálias dos visitantes.

Havia gente chegando das cidades de Kyoto e Osaka, assim como da área central do país, e até de locais mais distantes, como a vila Jokyoji, de Echizen. A criadagem não dava conta de atender tantas pessoas, de modo que Kakubei tinha mandado seus familiares e servos para ajudar.

Além desses forasteiros, membros do clã Hosokawa que se consideravam discípulos de Kojiro também tinham acorrido à sua mansão em turnos, dispostos a esperar até o dia treze.

— O duelo será realizado depois de amanhã, mas na verdade, resta apenas o dia de amanhã para esperar — comentavam eles.

Todas as pessoas ali reunidas, parentes e conhecidos, viam Musashi como seu inimigo pessoal, independente do fato de o conhecerem ou não.

O sentimento era particularmente real entre os membros e simpatizantes do estilo Yoshioka: o ódio desse grupo era intenso e se espalhara por diversas províncias. O trágico desfecho do episódio do pinheiro solitário de Ichijoji era ainda hoje uma ferida aberta no peito dos antigos discípulos.

Além deles, Musashi tinha ainda conseguido fazer considerável número de inimigos durante os últimos dez anos de sua carreira impetuosa. E boa parte deles aderira à causa e à academia de Kojiro por um motivo ou outro.

— Visita proveniente de Joshu — anunciou um pajem, conduzindo mais um forasteiro e introduzindo-o no amplo aposento lotado de outros visitantes.

— Sou Ichinomiya Genpachi — apresentou-se o recém-chegado de aspecto humilde, misturando-se aos demais com certa timidez.

— De Joshu? — exclamaram os presentes, demonstrando clara apreciação pelo empenho do estranho em vir de tão longe até ali.

Dizendo que tinha trazido um amuleto da montanha Hakuunzan, de Joshu, Genpachi pediu ao pajem que o consagrasse no altar.

— Quanta consideração! — murmuraram os presentes, louvando-lhe a dedicação. — O dia treze só poderá ser um dia de sol — concluíram, olhando para o céu além do beiral, pois o dia onze chegava ao fim, e o céu era um festival de cores.

IV

Um dos muitos visitantes que lotavam o espaçoso aposento ao lado da entrada disse:

— Senhor Genpachi, que diz ter vindo desde Joshu depois de rezar em diversos templos pela vitória de mestre Ganryu: qual é o seu relacionamento com ele, posso saber?

Genpachi então respondeu:

— Sou vassalo da casa Kusanagi, de Shimonida, em Joshu. O falecido herdeiro da casa Kusanagi, Tenki-sama, era sobrinho de mestre Kanemaki Jisai, e companheiro de academia de mestre Kojiro, desde a infância.

— É verdade! Eu mesmo tinha ouvido falar que mestre Ganryu tinha em criança sido discípulo do mestre Kanemaki, do estilo Chujoryu!

— E foi também colega de academia do famoso mestre Ito Yagoro Ittosai. E o próprio mestre Ittosai sempre dizia que mestre Kojiro tinha um estilo mais agressivo que o dele. Eu mesmo o ouvi comentando muitas vezes.

Genpachi então aproveitou para contar como Kojiro tinha recusado o diploma do estilo Chujoryu concedido por Kanemaki Jisai e resolvido cedo na vida fundar seu próprio estilo, e quão decidido e obstinado tinha sido desde a infância.

Foi então que um jovem atendente irrompeu sala adentro perguntando:

— Onde está mestre Kojiro? Alguém o viu?

Percorreu o olhar pelos jovens samurais ali reunidos e, não o descobrindo nesse meio, dispunha-se a ir para o aposento vizinho quando um dos visitantes indagou: — Que foi? Que está acontecendo?

— Nada de grave. Acaba de surgir na entrada da mansão uma senhora idosa procedente de Iwakuni, que se diz parente do nosso mestre. Ela quer vê-lo — respondeu breve o atendente, afastando-se em seguida às pressas em busca de Kojiro, espiando os aposentos contíguos.

— Aonde terá ele ido? Não está nem em seus próprios aposentos — murmurou Omitsu, que estivera arrumando seu quarto, informou-o nesse momento:

— Deve estar junto à gaiola do falcão.

V

Sozinho, indiferente à multidão que lhe havia invadido a casa, Kojiro observava o pássaro dentro do viveiro, em pé diante do poleiro. Deu-lhe a ração, removeu algumas penas soltas do seu corpo, fê-lo pousar no punho e o acariciou.

— Mestre! — chamou o atendente nesse instante.

— Que quer? — indagou impaciente, sem se voltar.

— Senhor! — disse o homem. — Uma anciã acaba de chegar de Iwakuni e está à sua espera na entrada da casa. Ela não quis me adiantar nada. Disse apenas que lhe bastaria vê-la para saber quem era.

— Uma anciã? Ora, quem seria... Ah, deve ser a irmã mais nova de minha falecida mãe.

— Aonde quer que a conduza, senhor?

— Não tenho a mínima vontade de vê-la. Em dia como este, queria apenas me manter longe de tudo e de todos. Paciência! Acho que tenho de recebê-la, uma vez que se trata de minha tia. Leve-a para os meus aposentos.

Esperou o atendente afastar-se e chamou:

— Tatsunosuke.

O jovem discípulo lhe fazia as vezes de pajem e sempre estava ao seu lado. Entrou no viveiro e, aproximando-se de suas costas, pôs um joelho em terra respeitosamente e disse:

— Pronto, senhor.

— Já estamos no dia onze. O dia do duelo enfim se aproxima.

— Isso mesmo, senhor.

— Devo retornar ao castelo amanhã para apresentar meus cumprimentos à sua senhoria depois desta longa ausência. Depois disso, gostaria de poder passar uma noite tranquila.

— Será difícil, senhor, com toda essa gente no interior da mansão. Creio que lhe será melhor recusar entrevistar-se com quem quer que seja durante todo o dia de amanhã, deitar-se cedo à noite e descansar.

— Isso me agradaria muito.

— Se essa gente tivesse real consideração pelo senhor, iria embora imediatamente.

— Não os julgue com tanta severidade, Tatsunosuke. Afinal, muitos vieram de longe com a intenção de ajudar. No entanto, a vitória ou a derrota depende apenas da sorte de um momento. Nem só da sorte, é certo, mas estamos todos sujeitos às mesmas regras que regem a ascensão ou a queda das grandes casas guerreiras. Se algo me acontecer, existem dois testamentos dentro do meu cofre: um deles está endereçado ao mestre Iwama, o outro a Omitsu. Encarrego-o de entregá-los pessoalmente a eles.

— Como? O senhor redigiu testamentos, senhor?
— É o que se espera de um *bushi*. E no dia do duelo ser-me-á permitido ir em companhia de um assistente. Você portanto me acompanhará a Funashima. Compreendeu?
— Será uma grande honra, senhor. Agradeço.
— E leve Amayumi — disse, voltando o olhar para o falcão. — Quero levá-lo até a ilha, pousado em seu braço. O percurso é de quase quatro quilômetros, e ele nos distrairá durante essa monótona viagem.
— Sim, senhor.
— Vou agora falar com minha tia de Iwakuni.

Afastou-se a seguir rapidamente. Seu aspecto no entanto denunciava quanto lhe pesava a obrigação em seu atual estado de espírito.

A anciã estava agora sentada com correção no aposento de Kojiro. As nuvens que até havia pouco incendiavam o céu apresentavam naquele momento o tom negro-azulado de uma lâmina forjada e fria. Uma lamparina já iluminava o interior do aposento.

— Bem-vinda, senhora — disse Kojiro, curvando-se de forma acentuada à entrada do aposento. Depois do falecimento da mãe, ele tinha sido cuidado por essa tia.

A mãe tivera certa propensão a mimar o filho, mas a tia, única parente consanguínea que lhe restara, era ao contrário uma pessoa extremamente severa, e sempre estivera atenta aos progressos do sobrinho, o herdeiro da casa Sasaki.

VI

— Soube que está prestes a enfrentar o acontecimento decisivo de sua vida, meu filho — disse a anciã. — Iwakuni inteira só fala nisso, de modo que, incapaz de me conter por mais tempo, aqui vim para vê-lo pessoalmente antes do duelo e lhe apresentar meus cumprimentos pelo fantástico progresso que obteve em seus poucos anos de vida.

A velha tia, que se lembrava muito bem do dia em que, espada de estimação às costas, Kojiro havia partido da terra natal, parecia agora explodir de orgulho ao ver diante de si esse homem garboso, seguro de si, dono de um nome e uma mansão invejáveis.

Ganryu disse, curvando-se com deferência:
— Perdoe-me por não lhe ter escrito nenhuma vez nestes últimos dez anos, senhora. Talvez, o mundo me veja como exemplo de homem bem sucedido, mas eu próprio não estou satisfeito com tão pouco, e não me senti qualificado para escrever-lhe.

— Não se justifique. E nem foi preciso que me escrevesse, já que as notícias chegam sem cessar à nossa terra. Sempre soube que você estava bem e gozando de boa saúde, meu filho.

— É tão grande assim a repercussão do duelo em Iwakuni?

— Grande? É muito mais que isso. Não há quem não esteja rezando por você. Todos consideram que uma derrota para Musashi representará uma vergonha para toda a província, e uma desonra para a família. No meio dessas pessoas, uma particularmente se destaca: trata-se de Katayama Hisayasu-sama, senhor de Hoki, o ilustre convidado do clã Kitsukawa. Diz-se que esta personalidade decidiu vir até Kokura e já partiu em companhia de um numeroso grupo de discípulos.

— Para assistir ao duelo?

— Isso mesmo. Já li, contudo, os avisos decretando que nenhum barco terá permissão de zarpar amanhã. Acredito que deva haver muita gente irritada com essa resolução... Falei tanto que até me esqueci do real objetivo desta minha visita: quero que aceite um presente.

Assim dizendo, a anciã desfez um embrulho e dele retirou um conjunto novo de roupas de baixo. Feitas de algodão branco, nelas tinham sido inscritos os nomes do *bodhisattva* da guerra, Hachiman, e do protetor dos guerreiros, Marishiten. Nas duas mangas tinha sido bordado por cem diferentes pessoas um encantamento em sânscrito capaz de garantir a vitória.

— Agradeço do fundo do coração — disse Kojiro, aceitando o presente com respeito. — Deve estar cansada da longa viagem, senhora. Minha casa está completamente tomada por visitas, como bem pode ver, mas use o meu quarto e descanse à vontade — completou Kojiro, aproveitando a oportunidade para retirar-se.

No aposento contíguo, porém, logo encontrou outro visitante que lhe entregou um talismã de um templo que cultuava Hachiman, na montanha Otokoyama. O estranho lhe pedia que o levasse consigo no dia do duelo. Outro lhe entregou uma armadura em cota de malha. Na cozinha, alguém mandara entregar um enorme pargo, e um barril de saquê estava chegando nesse momento, de modo que não restou a Kojiro um lugar onde pudesse relaxar.

E quase oitenta por cento dessa gente que manifestava firme convicção na vitória de Kojiro esperava também cimentar nesse momento as bases de uma futura amizade, por intermédio da qual abririam o caminho para o próprio sucesso.

"Se eu fosse um simples *rounin*...", pensava Kojiro, não sem uma ponta de tristeza. No entanto, ele sabia muito bem que devia somente a si próprio a fama que hoje gozava.

"Tenho de vencer!", pensou uma vez mais. E embora soubesse perfeitamente que esse tipo de desejo era negativo num homem às vésperas de um duelo, não podia deixar de pensar: "Tenho de vencer! Tenho de vencer!"

O pensamento ia e vinha sem cessar, inconscientemente, agitando-lhe o espírito do mesmo jeito que uma brisa encresparia a superfície de um lago.

A noite chegou.

Sem que ninguém soubesse explicar quem fora saber, ou quem viera comunicar, uma notícia corria no meio dos visitantes que comiam e bebiam no grande aposento da entrada da casa:

— Musashi acaba de chegar!

— Dizem que desembarcou em Mojigaseki e foi visto na cidade castelar.

— Ele deve ter-se hospedado na mansão de Nagaoka Sado. Alguém devia ir até a mansão dele para verificar!

Os comentários eram feitos em tom sério, sussurrante, como se um grave incidente estivesse ocorrendo nessa noite.

CONTERRÂNEOS

I

Conforme já se comentava na mansão de Ganryu, Musashi tinha realmente chegado à cidade casteleira nessa tarde.

Na verdade, ele já havia desembarcado alguns dias atrás em Akamagaseki, mas por ser completamente desconhecido na área e também por assim desejar ele próprio, conseguiu manter-se incógnito: longe da curiosidade pública, havia descansado nos últimos dias em lugar desconhecido.

E nesse dia onze atravessou o estreito rumo a Mojigaseki, chegou à cidade casteleira de Kokura e se apresentou na mansão do velho conselheiro Nagaoka Sado, a fim de notificá-lo da sua chegada, assim como de sua anuência aos termos do duelo. Terminada a missão, Musashi pretendia retirar-se imediatamente, ainda da porta de entrada.

O vassalo da casa Sado que o tinha vindo atender parecia em transe, fitando-o fixamente enquanto ouvia as explicações, admirado por enfim estar face a face com o tão falado Miyamoto Musashi, mas logo se recuperou e disse:

— Agradeço-lhe a consideração de vir até aqui para nos comunicar tudo isso. Infelizmente, porém, meu amo não se encontra no castelo. Não tarda a voltar. Tenha a bondade de entrar e descansar por instantes enquanto espera.

— Muito obrigado. Nada mais tenho, porém, a tratar com ele, de modo que me retiro. Basta apenas que comunique a Sado-sama o que acabo de lhe transmitir.

— Creio contudo que meu amo irá lamentar muito se eu o deixar partir sem ao menos dar-lhe a oportunidade de encontrar-se com o senhor, que, afinal, veio de tão longe e... — insistiu o vassalo. E sem querer ser o único responsável por tê-lo deixado partir, acrescentou: — Aguarde ao menos um instante enquanto anuncio sua presença aos demais.

Tornou a desaparecer no interior da mansão apressadamente.

Foi então que passos em rápida carreira soaram no corredor. Ato contínuo, um menino saltou do vestíbulo e mergulhou nos braços de Musashi, gritando:

— Meu mestre!

— Ah, Iori! — disse Musashi.

— Mestre, eu...

— Está sendo um bom menino? Está estudando direito?

— Sim, senhor.
— Você cresceu, Iori!
— Mas mestre...
— Que foi?
— Sabia que eu estava aqui, mestre?
— Soube pelas cartas que Nagaoka-sama me mandou. Estou a par também de tudo que lhe aconteceu enquanto esteve aos cuidados do armador Kobayashi Tarozaemon.
— Agora entendi por que não se mostrou surpreso ao me ver!
— Sinto-me especialmente feliz em sabê-lo aos cuidados de Sado-sama. Isto representa uma garantia de boa educação para você, Iori. Entendeu?
— E por que essa cara de tristeza? — disse Musashi, acariciando-lhe a cabeça. — Nunca se esqueça de quanto deve a Sado-sama, compreendeu?
— Sim, senhor.
— Você deve se empenhar não só em praticar artes marciais, como também em instruir-se. E lembre-se: mantenha uma postura sempre mais discreta que seus colegas no cotidiano. Numa emergência, porém, adiante-se e se ofereça para fazer até mesmo as tarefas que os demais repudiam.
— Sim, senhor.
— Você é órfão de pai e mãe. Órfãos tendem a ser ressentidos, a contemplar o mundo por um prisma errado. Não deixe que isso lhe aconteça, Iori. Seja sempre bondoso no convívio com as pessoas. Só será capaz de sentir a bondade nos outros se você próprio for bondoso. Entendeu, Iori?
— Si... sim, senhor.
— Você é inteligente, mas, quando provocado, tende a permitir que seu passado selvagem venha à tona. Mantenha o próprio gênio sob estrita vigilância. É novo ainda, a vida se abre promissora à sua frente, mas ainda assim, dê valor a ela, resguarde-a. E então, se o momento surgir, ofereça-a, pelo país, pela honra do guerreiro. É para isso que a vida deve ser protegida, amada, preservada em toda a sua pureza e então, sem relutância...

Havia um comovente tom de despedida nas palavras de Musashi, que ainda apertava a cabeça do pupilo contra o peito. O sensível menino vinha contendo a emoção a custo, mas ao ouvir falar em "oferecer a vida", perdeu por completo o controle e pôs-se a soluçar alto, rosto enterrado no largo peito de seu mestre.

II

Desde que fora levado à casa Nagaoka, Iori vinha sendo muito bem tratado. Suas roupas eram de boa qualidade, os cabelos tinham sido penteados e aparados de modo condizente com a idade e, diferentemente de um simples serviçal, usava meias brancas nos pés.

Os detalhes tinham sido absorvidos por Musashi num simples golpe de vista, e foram capazes de tranquilizá-lo quanto ao futuro do menino. Para que então entristecê-lo tocando em assuntos irrelevantes?, perguntou-se Musashi, ligeiramente arrependido.

— Não chore — disse com severidade, mas era inútil. As lágrimas de Iori umedeceram-lhe o peito.

— Mestre...

— Pare de chorar, ou rirão de você.

— Mas o senhor está indo para Funashima depois de amanhã, não está?

— Tenho de ir.

— Prometa-me que vencerá. Não suporto a ideia de não o ver nunca mais.

— Ora essa! Você está chorando por causa do duelo?

— Mas todos dizem que mestre Ganryu é imbatível, que foi uma tolice sua aceitar este duelo!

— Talvez tenha sido, realmente.

— O senhor acha que vencerá? Tem certeza de vencer, mestre?

— Não se preocupe com isso, Iori.

— Está me dizendo que vai vencer, senhor?

— Posso apenas lhe assegurar que, mesmo que perca, a derrota terá sido honrosa.

— Se acha que não consegue vencer, vá-se embora para uma província distante. Ainda está em tempo, mestre.

— Existe uma grande parcela de verdade no que o povo diz, Iori. Conforme você ouviu dizer, acho que cometi uma tolice ao aceitar este duelo. Mas fugir agora seria macular o caminho do guerreiro. E se eu o macular, a vergonha não será apenas minha. Além disso, sobre meus ombros repousará também a responsabilidade da decadência moral da sociedade.

— Mas acaba de me dizer que a vida deve ser preservada!

— Tem razão. Mas veja: meus conselhos visam a transformar você num homem diferente de mim. Conheço meus defeitos, fraquezas e incapacidades, coisas de que vivo me arrependendo. Se me acontecer de morrer em Funashima, empenhe-se ainda mais em não seguir os meus passos, em não perder a vida em jogada tola, entendeu?

Sentindo de súbito a inutilidade de prosseguirem no assunto, Musashi afastou Iori de si com decisão.

— Já disse à pessoa que me atendeu, mas diga você também a Sado-sama, quando ele retornar, que Musashi lhe manda respeitosos cumprimentos, e que espera ter a honra de vê-lo em Funashima, muito em breve. Não se esqueça, Iori.

Deu alguns passos na direção da porta, mas foi retido por Iori, que lhe agarrou com força o sombreiro, murmurando:

— Mestre... Mas mestre!...

Cabisbaixo, segurando sob um braço o sombreiro do seu mestre e com o outro escondendo o rosto, o menino continuava no mesmo lugar, ombros sacudidos por soluços.

Foi então que um pequeno portão lateral se entreabriu e um jovem surgiu.

— Mestre Miyamoto? Sou um dos vassalos desta casa e me chamo Nuinosuke. Vejo que Iori não quer deixá-lo partir, e o compreendo perfeitamente. Com o risco de estar interferindo em seus outros compromissos urgentes, gostaria de insistir: pouse ao menos esta noite conosco, senhor.

— Agradeço o convite — respondeu Musashi, curvando-se ligeiramente. — Considero, porém, problemático para mim, guerreiro que talvez termine seus dias na ilha Funashima, passar uma ou duas noites aqui e ali, e estabelecer vínculos afetivos que poderão transformar-se em carga tanto para mim, que parto, quanto para os que ficam.

— Preocupa-se demais, senhor. Começo a achar que meu amo me repreenderá se eu o deixar ir-se agora.

— Prometo explicar tudo por carta a Sado-sama. O objetivo desta minha visita foi apenas o de avisá-lo de minha chegada, de modo que me retiro em seguida. Por favor, recomende-me a ele.

Assim dizendo, Musashi foi-se embora.

III

— Eeei! — gritava alguém.

Uma ligeira pausa, e lá vinha outra vez a voz:

— Eeei!

Musashi, que tinha acabado de sair da mansão de Nagaoka Sado e dirigia-se agora à praia de Itatsu, voltou-se e viu um grupo de quatro ou cinco *bushi*, um dos quais chamava com a mão erguida. Eram com certeza vassalos da casa Hosokawa, todos de certa idade, alguns já grisalhos.

Musashi não lhes deu atenção: imóvel à beira da arrebentação, contemplava o mar.

O sol começava a perder o brilho e, em meio à névoa do entardecer, velas de barcos pesqueiros pareciam imobilizadas sobre as águas. A ilha Funashima distava quase quatro quilômetros desse ponto da costa, segundo diziam, e era apenas uma mancha vagamente discernível por trás da Hikojima, maior e mais próxima.

— Mestre Musashi!

— É o senhor Miyamoto, não é?

Os samurais idosos tinham-se aproximado às carreiras e agora lhe dirigiam a palavra, agrupados às suas costas.

Musashi sabia que se tinham aproximado, mas não lhes dera atenção por não os conhecer.

— Ora... — disse em dúvida, voltando-se.

O *bushi* mais velho tomou então a palavra.

— Creio que já nos esqueceu, e julgo isso muito natural. Sou Utsumi Magobeinojou, antigo vassalo dos Shinmen, do castelo Takeyama, de Sakushu, sua terra natal. Meus companheiros e eu fazíamos parte do respeitado Grupo dos Seis da localidade.

Os demais também se apresentaram: Koyama Handayu, Ido Kameemon, Funahiki Mokuemonnojou e Kinami Kagashiro.

— Como vê, somos todos seus conterrâneos. Além disso, os mais velhos, Utsumi e Koyama, foram muito amigos do mestre Shinmen Munisai, seu pai — acrescentou um deles.

— Amigos do meu pai! — exclamou Musashi com um súbito sorriso, curvando-se respeitosamente.

Era verdade: o sotaque era inconfundível e o remeteu num átimo à infância, fez reviver o cheiro das montanhas e vales de sua terra natal.

— Desculpe-me se os ignorei. Sou, conforme perguntam, o único filho de Munisai, da aldeia Miyamoto, em criança conhecido como Takezo. E como lhes acontece de estar todos juntos em terras tão distantes?

— A casa Shinmen foi destruída após a batalha de Sekigahara, como sabe muito bem, e nós, transformados em *rounin,* viemos parar aqui, em Kyushu. E chegados a Buzen, sustentamo-nos por algum tempo fabricando protetores de patas para cavalos. Posteriormente, fomos por sorte notados por sua senhoria, o falecido suserano lorde Sansai, da casa Hosokawa, e hoje somos todos fiéis vassalos desse clã.

— Ora, quem diria! Mas é uma grata surpresa encontrar amigos do meu pai de modo tão inesperado.

— Surpresa maior foi a nossa, e uma grande alegria. Apenas lamento que Munisai não esteja aqui para vê-lo.

Os homens tornaram a contemplar Musashi com afetuosa atenção.

— Ia-me esquecendo do mais importante — disse um deles de súbito. — Na verdade, acabamos de passar pela casa do velho conselheiro, onde soubemos que você tinha aparecido e se retirado em seguida. Eis por que viemos correndo em seu encalço, antes que desaparecesse. Pois Sado-sama tinha combinado conosco que quando o senhor desembarcasse em Kokura, passaríamos uma noite juntos para festejar o acontecimento. Sua chegada estava sendo aguardada com ansiedade, mestre Musashi.

— Não pode pensar em ir-se embora da porta da casa, mestre Musashi. Vamos, siga-nos. Retornemos à mansão.

Acenando decididamente, os homens foram na frente com a autoridade que a velha amizade com Munisai parecia lhes conferir.

IV

Sentindo-se incapaz de recusar, Musashi começou a acompanhá-los, mas logo parou:

— Sinto muito, mas recuso o convite. Posso parecer grosseiro, mas...

— Por quê? Por que recusa quando seus conterrâneos planejam reunir-se para desejar-lhe boa sorte no duelo? — disse um deles.

— Além de tudo, essa é a vontade de Sado-sama. Recusando, estará afrontando-o.

— Esta comemoração o desagrada, por acaso? — perguntou Utsumi, o que tinha sido íntimo de Munisai, um tanto ofendido, lançando-lhe um olhar acusador.

— Absolutamente não — respondeu Musashi, desculpando-se em seguida educadamente. Mas considerando suas desculpas insuficientes, os idosos samurais insistiram em saber o real motivo da recusa. Musashi então viu-se obrigado a explicar:

— Circulam boatos na cidade de que existiria uma disputa de poder em torno deste duelo envolvendo dois velhos conselheiros da casa Hosokawa, Nagaoka Sado-sama e Iwama Kakubei-sama. Por causa disso, o clã ter-se-ia dividido em dois. Um dos lados estaria apoiando Ganryu, e com isso esperando aumentar o crédito junto a sua senhoria; o outro, composto de admiradores de Sado-sama, estaria visando a aumentar o prestígio de sua facção. Sei que são boatos e não merecem crédito total, mas...

— Sei...

— Podem ser simples especulações, fantasia de mentes criativas, mas a língua do povo é temível. Sou um *rounin,* e os comentários em nada me prejudicam, mas os dois conselheiros, responsáveis pela condução política do clã, não podem dar-se ao luxo de ver seus nomes envolvidos em tais boatos e despertar a desconfiança de sua senhoria, o suserano.

— Tem razão! — concordaram os anciões, sacudindo energicamente as cabeças. — Foi por isso então que o senhor evitou entrar na mansão de Sado-sama?

— Nada tão trágico assim — disse Musashi com um sorriso. — Vamos dizer que sou selvagem por natureza e prefiro estar sozinho a ter de me preocupar com estranhos.

— Compreendi perfeitamente o seu ponto de vista, permita-me dizer-lhe. Onde há fumaça, há fogo, já diz o povo. Os boatos a que se referiu talvez tenham algum tipo de consistência, muito embora nós não tivéssemos consciência disso.

A consideração demonstrada por Musashi comoveu os homens. Ainda assim, achavam uma pena separarem-se sem algum tipo de comemoração. Juntaram portanto as cabeças e confabularam por alguns momentos. Logo, Kinami veio comunicar-lhe em nome do grupo:

— Ao longo destes últimos dez anos, nosso grupo vem mantendo a tradição de se reunir todos os dias onze do mês de abril, isto é, hoje. A reunião é limitada a nós seis, os conterrâneos, e a ela não é convidado ninguém de fora. Hoje, porém, resolvemos abrir uma exceção para o senhor, pois é conterrâneo nosso, além de filho de Munisai, amigo íntimo de alguns de nós. Se não lhe for inconveniente, gostaríamos de convidá-lo a participar. O encontro vai se realizar longe da mansão do conselheiro Sado, de modo que não chamará a atenção de ninguém, nem se tornará foco de novos boatos.

Kinami acrescentou ainda que, caso Musashi tivesse aceitado o convite de Sado, o encontro desse ano teria sido protelado por alguns dias. E era para confirmar os preparativos que o grupo tinha ido à mansão do velho conselheiro. Uma vez que Musashi recusara hospedar-se na mansão Nagaoka, os seis sugeriam que ele ao menos participasse da reunião deles.

V

Não havia mais motivo para recusar, de modo que Musashi concordou:
— Já que insistem tanto...

Os homens receberam a resposta entusiasticamente e partiram para ultimar os preparativos, deixando apenas Kinami para fazer companhia a Musashi.

A sós agora, os dois passaram o resto da tarde sentados no banco de uma casa de chá das proximidades. E quando as estrelas começaram a despontar no céu, Musashi foi levado à base da ponte sobre o rio Itatsu, a cerca de dois quilômetros dali.

O local situava-se na periferia da cidade castelar, à beira da estrada. Não havia nenhuma mansão de vassalos do clã nas proximidades, nem estabelecimentos comercializando bebidas. Na base da ponte havia apenas algumas tabernas e pensões baratas destinadas a viajantes e condutores de cavalo, cujos alpendres o mato quase ocultava.

O lugar era estranho para uma comemoração, não pôde deixar de notar Musashi. Afinal, aqueles homens eram idosos e respeitáveis *bushi*, ocupando posições consideráveis dentro da hierarquia do clã. Para que haveriam eles de se reunir em local tão estranho e pobre?

Não estariam eles tramando alguma armadilha, usando a reunião como pretexto? Mas Musashi não captava qualquer sinal de animosidade ou de intenção sinistra partindo deles.

— Venha, mestre Musashi: já estão todos reunidos — disse Kinami, que tinha estado espreitando a margem do rio. Em seguida, localizou uma estreita senda que descia pelo barranco e por ela seguiu na frente.

"Vão comemorar no interior de um barco!", imaginou Musashi de imediato, sorrindo da própria apreensão e descendo o barranco atrás de Kinami. Não havia porém barcos à vista nas proximidades.

Além de Kinami, cinco homens já estavam ali à espera.

O local da reunião estava marcado por duas ou três esteiras estendidas na beira do rio, e sobre elas sentaram-se formalizados os seis idosos *bushi*.

— Deve estar surpreso com a escolha do local, mestre Musashi, mas esta reunião reveste-se para nós de inesperada importância com o acréscimo de sua pessoa, um feliz acaso que o destino nos preparou. Sente-se, por favor, — disse um deles, indicando a esteira.

Apresentou-lhe em seguida Asaka Hayata, a quem Musashi via pela primeira vez, outro conterrâneo ora na função de superintendente da cavalariça dos Hosokawa. O comportamento dos homens era solene, como se estivessem todos em luxuoso aposento com divisórias folheadas de prata.

Musashi sentia a estranheza crescer.

A escolha do local estaria indicando que realizariam cerimônia elegante e rústica, como a do chá? Ou estariam eles tentando furtar-se aos olhares curiosos? Qualquer que fosse a razão, Musashi permaneceu sentado educadamente: sobre esteiras ou em luxuoso aposento, era isso que se esperava de um convidado.

Logo, Utsumi, o mais velho do grupo, tomou a palavra:

— A partir de agora, peço ao senhor Musashi, nosso convidado de honra, que se sente informalmente. Preparamos bebidas e iguarias comemorativas, as quais serviremos em breve. Antes, porém, realizaremos um curto cerimonial. Assista a ele de seu lugar.

Os homens desfizeram a pose formal e sentaram-se cruzando as pernas. Cada qual apanhou então um feixe de palha preparado de antemão e começou a tecer um protetor de patas.

VI

A atitude dos homens era séria: sem desviar o olhar sequer por instantes, austeros, trabalhavam com rara devoção. A energia com que cuspiam na palma da mão para prensar, rolar e torcer a palha era perceptível a qualquer observador.

Musashi continuava estranhando, mas longe de achar graça ou julgar com leviandade o procedimento daqueles homens, apenas contemplou em silêncio.

— Prontos? — indagou Koyama, passados instantes passeando o olhar pelos demais. Tinha terminado de fazer um protetor de patas.

Um a um, os demais foram terminando os seus e apresentando-os. Ao todo, eram agora seis protetores.

Os idosos samurais dedicaram-se então a remover os resíduos de palha e a compor suas roupas, depois do que dispuseram o produto de seu trabalho sobre uma pequena mesa portátil de cerimoniais religiosos e o posicionaram no meio do círculo formado por eles.

Numa outra mesinha havia cálices e noutra ainda as iguarias acompanhadas de pequenos potes de saquê.

— Senhores! — disse Utsumi. — Eis que são passados treze anos desde a batalha de Sekigahara, do fatídico ano cinco do período Keicho. E se tivemos a inesperada sorte de ter nossas vidas poupadas até agora, devemo-la exclusivamente ao nosso amo, o líder do clã Hosokawa. Renovemos aqui a nossa gratidão e os votos de que ela seja perpetuada pelas gerações futuras.

— Renovemos! — responderam os demais em uníssono, olhos baixos, formalizados.

— Por outro lado, não podemos esquecer que devemos também gratidão eterna ao nosso antigo amo Shinmen, muito embora seu clã hoje não exista mais. Mais um fato que não devemos esquecer são os duros dias de miséria que enfrentamos no passado, quando chegamos a esta terra como párias sem destino. E para que nunca esqueçamos estes três acontecimentos, aqui nos reunimos uma vez mais, como em todos os anos, congratulando-nos mutuamente por estarmos todos gozando boa saúde.

— Conforme nos exaltou, mestre Utsumi, aqui estamos para jurar nunca esquecer a bondade do nosso amo, a gratidão ao nosso antigo suserano e aos tristes dias da nossa passada vida errante, hoje transformados em dias de felicidade. Nunca nos esqueceremos! — disseram todos juntos.

Utsumi então disse:

— Vamos proceder agora ao cerimonial.

Os seis então formalizaram suas posturas, tocaram o solo com ambas as mãos e se curvaram respeitosamente na direção do castelo de Kokura, cuja silhueta branca era visível à distância recortada contra o céu noturno.

Voltaram-se em seguida na direção da província de Sakushu, a terra ancestral de todos eles.

E por fim, juntaram as mãos e prestaram um tributo aos protetores de patas recém-acabados.

— Mestre Musashi: a partir de agora, seguiremos em procissão até um santuário existente logo adiante, acima deste barranco, a fim de depositar estes protetores de pata, depois do que daremos por encerrada a parte cerimonial desta reunião. Peço-lhe portanto que aguarde um pouco mais, pois logo estaremos de volta para comer, beber e conversar à vontade.

Um dos homens apanhou a pequena mesa portátil e seguiu na frente, logo acompanhado pelos demais. Os protetores foram então amarrados nos galhos de uma árvore em frente ao portal *torii,* findo o que os seis bateram as palmas do cerimonial xintoísta, e retornaram ao local onde Musashi os aguardava.

Logo, o saquê passou de mão em mão, dando início ao banquete comemorativo. Por banquete entenda-se refeição frugal, composta de pratos feitos de batatas, brotos de bambu e alguns peixes secos, nada mais que uma versão um pouco melhorada de uma refeição de camponeses.

Ao sabor do saquê, a conversa se animou entremeada de risadas.

VII

Musashi então resolveu intervir:

— Agradeço-lhes este momento de alegria e a oportunidade de participar desta comemoração, íntima e especial. Gostaria, porém, que me explicassem o sentido de tudo o que vi realizarem até agora: a confecção dos protetores de pata, sua exposição sobre a mesinha cerimonial e sua posterior consagração, suas reverências ao castelo e à nossa terra ancestral.

— Estava esperando que me perguntasse, mestre Musashi. Sei que nosso comportamento deve ter-lhe causado estranheza — disse Utsumi, passando então a explicar.

No ano V do período Keicho, os homens do derrotado clã Shinmen tinham em sua grande maioria migrado para a ilha de Kyushu, sendo os seis ali presentes parte dos que tinham aportado nessas terras.

Sem recursos para comer ou vestir-se adequadamente, mas ainda assim orgulhosos demais para pedir ajuda aos conhecidos ou para recorrer à mendicância, o grupo tinha resolvido obter o próprio sustento fabricando protetores de patas em um casebre alugado na base dessa ponte, usando na humilde profissão as mãos calejadas pelo manejo de lanças.

Durante quase três anos aqueles homens tinham vivido dos parcos recursos obtidos com a venda dos referidos protetores aos condutores de cavalos que trafegavam pela estrada. Aos poucos, seus fregueses começaram a comentar: "Estes homens são um pouco diferentes da gente, devem ter sido de outra profissão". Os comentários logo chegaram aos ouvidos dos homens do clã, e depois aos de lorde Sansai, o castelão, o qual mandou verificar. Logo tornou-se público que os referidos artesãos nada mais eram que remanescentes da antiga casa Shinmen, guerreiros que um dia tinham composto o Grupo dos Seis, famoso em suas terras. Lorde Sansai compadeceu-se do destino desses homens e mandou dizer-lhes que os aceitaria a seu serviço.

O emissário da casa Hosokawa, que tinha vindo tratar dos detalhes da contratação, propusera:

— Recebi instruções no sentido de contratá-los, mas nada me foi dito quanto ao valor do estipêndio. De modo que nós, os funcionários mais graduados de sua senhoria, houvemos por bem estabelecê-lo na base de mil *koku* para os seis. Pensem a respeito e me deem a resposta mais tarde.

Tendo-se retirado o vassalo Hosokawa, os seis homens choraram de alegria pela bondade do suserano. Na qualidade de sobreviventes da batalha de Sekigahara, podiam ter-se considerado felizes se sua senhoria apenas os expulsasse de suas terras. Ele, porém, não só não os expulsava como os contratava, pagando-lhes mil *koku* pelos serviços, além de tudo.

Contudo, a velha mãe de Ido Kameemon tinha opinado inesperadamente: "Recusem a oferta."

Dizia a anciã: "A bondade de lorde Sansai me emociona tanto que tenho vontade de chorar. O estipêndio, mesmo que fosse de um *koku*, é extremamente honroso para pessoas como nós, que vivemos da venda de protetores de pata. No entanto, mesmo decadentes, vocês um dia foram valorosos vassalos do suserano da casa Shinmen e ocuparam postos de destaque na vassalagem da referida casa. E agora, se o mundo souber que vocês aceitaram sofregamente a primeira oferta de mil *koku* coletiva, transformarão no mesmo instante estes longos anos dedicados à fabricação de protetores de patas em algo realmente sujo e desonroso. Além disso, em troca da grande consideração demonstrada por sua senhoria, vocês têm de estar prontos a empenhar suas vidas a serviço dele: para alguém disposto a tanto, um contrato coletivo de mil *koku* não me parece digno. Não sei quanto aos senhores, mas meu filho não aceitará."

A opinião lhes parecera acertada, de modo que assim disseram ao emissário do clã, que por sua vez transmitiu essas palavras ao seu suserano.

Lorde Sansai então tinha retrucado:

— Ofereço mil *koku* ao homem mais idoso, Utsumi. Aos demais, 200 *koku* cada um.

E enfim, acertados os termos do contrato, tinha chegado o dia dos seis homens apresentarem-se à sua senhoria no castelo. O emissário, que havia visto a extrema pobreza em que os seis viviam, tinha dito ao seu amo:

— Creio ser melhor adiantar-lhes uma parcela dos estipêndios, senhor, pois acredito que aqueles homens nem sequer possuam trajes para se apresentar em audiência.

Lorde Sansai, porém, teria rido e respondido:

— Não vale a pena nos expormos ao ridículo.[28] Não te esqueças de que estou contratando seis bons samurais. Fica apenas observando.

Dito e feito. Embora se estivessem dedicando ao humilde trabalho de confeccionar protetores para patas, os seis homens tinham-se apresentado vestindo roupas corretamente engomadas e passadas, e trazendo à cintura espadas de boa qualidade.

VIII

A história contada por Utsumi terminou nesse ponto. Musashi a tinha ouvido com toda a atenção.

— E assim, fomos os seis contratados, mas, pensando bem, devemos aos céus essa sorte. Nunca nos esqueceríamos de agradecer aos nossos ancestrais e ao nosso amo, mas logo nos demos conta de que a gratidão ao humilde trabalho de artesãos, esta sim, podia ser facilmente esquecida. E para que isso nunca acontecesse, resolvemos comemorar todos os anos a data da nossa contratação pela casa Hosokawa, em verdade a de hoje, e renovar a promessa de manter as três gratidões, sentando-nos nesta rústica esteira, comendo estas iguarias singelas e alegrando-nos imensamente com as lembranças do passado.

Ofereceu uma nova taça de saquê a Musashi.

---

28. A observação de lorde Sansai encerra um complexo raciocínio, compreensível às pessoas afeitas aos valores e aos costumes da época. O suserano quis dizer com essas poucas palavras que contratava os seis por considerá-los dignos de sua admiração. E se correspondiam às suas expectativas, teriam muito bem guardados todos os apetrechos que distinguem um bom guerreiro, apesar das condições miseráveis em que viviam no momento. Oferecer-lhes ajuda financeira apenas deixaria o lorde em situação delicada, pois seria uma clara demonstração de que ele não tinha visão suficiente para avaliar as pessoas que estava contratando.

— Tem de nos perdoar por falarmos apenas sobre nós mesmos. A qualidade do saquê deixa a desejar, a comida é simples, mas, espiritualmente, somos o que acaba de ver. Lute com bravura no dia do duelo. E não se preocupe: nós nos encarregaremos dos seus restos mortais... — disse Utsumi, gargalhando alegremente.

Musashi aceitou a taça com todo o respeito e disse:

— Agradeço-lhes. Este saquê me sabe melhor que a mais fina bebida. Que eu possa corresponder ao seu espírito, senhores.

— Que os céus o protejam de tão triste sina! Não tente nivelar-se ao nosso espírito, ou acabará confeccionando protetores de patas de cavalos, mestre Musashi! — riu o ancião.

Um punhado de terra e pedregulhos veio deslizando do topo do barranco por entre as raízes dos arbustos. Os homens ergueram a cabeça e divisaram um vulto deslizando como morcego entre as árvores e desaparecendo rapidamente.

— Quem está aí?! — gritou Kinami, erguendo-se de um salto e saindo em sua perseguição, logo seguido por outro, que agarrara sua espada em brusco gesto.

Os dois permaneceram por bom tempo sobre o barranco apenas perscrutando a estrada envolta em densa neblina. Logo, porém, estavam de volta, rindo alto e comunicando aos demais que esperavam na beira do rio:

— Parece-me que era um dos homens de Ganryu. Viu-nos reunidos neste local insólito e pode ter imaginado que planejávamos ajudar mestre Musashi secretamente. Foi-se embora às carreiras!

— Ah-ah! Esta situação é realmente inusitada, têm razão em desconfiar...

Apesar da genuína descontração daqueles homens, Musashi teve nesse instante uma súbita percepção do ambiente da cidade castelar e dos boatos que ali estariam correndo.

Ele não devia permanecer em companhia dos seus conterrâneos por mais tempo: eram seus amigos e tornava-se particularmente necessário evitar que se envolvessem em boatos nocivos à segurança deles. Assim concluindo, Musashi agradeceu com sinceridade o interesse de que fora alvo e retirou-se discretamente, deixando para trás o alegre grupo ainda reunido sobre as esteiras na margem do rio.

Discreto — assim tinha sido seu comportamento, tanto à chegada quanto à partida.

O dia seguinte já era o décimo-segundo do mês, véspera do duelo. Certo de que Musashi tinha-se hospedado em uma das muitas estalagens da cidade castelar, os homens da casa Nagaoka batiam à porta de todas as hospedarias locais à sua procura.

— Como foram permitir que ele se fosse? — irritou-se Sado, repreendendo o atendente e demais vassalos ao saber que Musashi tinha-se ido da entrada da mansão.

Seus seis conterrâneos, que tinham estado comemorando com ele na noite anterior, também foram intimados a procurá-lo. Tudo em vão: Musashi tinha desaparecido sem deixar rastros desde a noite do dia onze.

— E esta, agora! — murmurou Sado, sobrancelhas brancas contraídas, em irritada carranca.

Por essa mesma hora, Ganryu apresentava-se ao seu suserano, depois de longo período de férias, e recebia dele uma cortês homenagem. Bebeu em sua companhia, e retornou a cavalo à própria mansão em ótimo estado de espírito.

A partir da tarde desse dia, boatos sobre Musashi passaram a correr na cidade castelar.

— Dizem que ele ficou com medo e fugiu!

— Desapareceu sem deixar rastros!

— Não conseguem achá-lo em lugar algum!

AO RAIAR DO DIA

I

Fugiu? Sem dúvida! Já era esperado.

O dia treze amanheceu em meio a intensos boatos: Musashi ainda não tinha sido localizado.

Nagaoka Sado tinha passado a noite em claro.

"Impossível!", pensava Sado. O idoso guerreiro, porém, já tinha visto muita resolução firme vacilar repentinamente na última hora.

"Como poderei apresentar-me perante sua senhoria...", pensava o velho conselheiro. Restava a ele apenas o *seppuku*, imaginou.

Afinal, ele havia indicado Musashi para o cargo de instrutor de artes marciais do clã. E se o homem que ele próprio indicara desaparecesse, o descrédito seria grande, e nada mais lhe restaria além do suicídio para preservar a própria honra. Pensando nisso seriamente, Sado ergueu o olhar para o céu limpo, prenunciando mais um dia de sol.

— Ter-me-á faltado discernimento? — murmurou ele quase resignado, passeando pelo jardim em companhia de Iori enquanto esperava que lhe arrumassem os aposentos.

— Estou de volta, senhor! — disse nesse instante o pajem Nuinosuke, espiando pelo portão lateral: parecia tenso e cansado por mais uma noite de buscas infrutíferas.

— E?...

— Não consegui achá-lo. Não havia ninguém sequer parecido com ele nas hospedarias da cidade, senhor.

— Bateu em templos e santuários?

— Os senhores Asaka e Utsumi ficaram encarregados de procurar por templos, academias e locais onde guerreiros costumam juntar-se. Eles já deram notícias?

— Ainda não voltaram.

Cenho franzido, Sado era a própria imagem da preocupação.

Por entre as árvores do jardim, o mar se mostrava azul escuro. O troar das ondas parecia ecoar no peito do idoso homem.

Sado caminhava em silêncio, indo e vindo sob ameixeiras de folhas recém germinadas.

— Não consegui saber dele.

— Não o vi em lugar algum.

— Se soubéssemos que isto iria acontecer, teríamos perguntado a ele aonde ia antes de nos despedirmos dele na noite de anteontem.

Ido, Asaka, Kinami, todos os conterrâneos que tinham estado à procura de Musashi desde a tarde anterior retornaram um a um, pálidos e cansados.

Sentados na varanda, os homens trocavam opiniões exaltadas. O tempo decorria inexorável. Kinami, que passara ao amanhecer pela porta da mansão de Sasaki Kojiro, dizia que uma multidão de quase trezentas pessoas tinha-se juntado lá desde a noite anterior. O portal estava escancarado. Um cortinado com emblema de campânulas tinha sido estendido no amplo vestíbulo e grande biombo dourado tinha sido armado no centro da passagem. Mal o dia raiara, discípulos tinham-se dirigido a três grandes templos a fim de rezar pela vitória do seu mestre, informou Kinami.

E Musashi, que fazia?

Embora não dissessem, os homens trocavam olhares cansados. Os seis samurais idosos sentiam-se ainda mais responsáveis perante o clã e o povo por serem conterrâneos de Musashi.

— Basta! — tinha dito Sado a certa altura. — De qualquer modo, não há mais tempo para procurar. Agradeço-lhes o empenho, senhores, mas quanto mais nos angustiamos, mais vergonhoso espetáculo estaremos proporcionando. Podem retirar-se.

E assim, o velho conselheiro obrigara os vassalos a se recolherem. De saída, Kinami e Asaka prometeram, indignados: — Nós o acharemos, se não hoje, algum outro dia. Nós o acharemos e o partiremos em dois!

Sado retornou ao aposento agora arrumado e acendeu o incensório. Era gesto costumeiro, mas Nuinosuke sentiu um aperto no coração, imaginando se seu velho amo não estaria preparando-se para a cerimônia do *seppuku*.

Nesse instante, Iori, que tinha permanecido no jardim contemplando o mar, voltou-se de súbito e perguntou:

— Nuinosuke-san: por acaso o procurou na casa do armador Kobayashi Tarozaemon, de Sakai?

II

A imaginação de um adulto era limitada, mas não a de uma criança.

Sado e Nuinosuke sentiram que Iori lhes tinha removido um véu dos olhos e reagiram instantaneamente:

— Ora!... É verdade!

A indicação era precisa. A esta altura, não havia outro lugar possível onde Musashi pudesse estar!

O semblante de Sado desanuviou-se no mesmo momento.

— Que falta de imaginação a nossa, Iori! Pensávamos estar agindo com calma, mas pelo visto, estávamos todos aflitos demais. Nuinosuke! Vai agora mesmo à casa do armador e traze-o aqui!

— Sim, senhor. Muito bem, pequeno mestre Iori!

— Eu também vou! — pediu o menino.

— Ele quer ir junto, senhor. Posso levá-lo?

— Leva-o! Não, espera um momento. Vou mandar uma carta ao mestre Musashi.

Assim dizendo, Sado redigiu uma mensagem e ainda instruiu verbalmente o seu pajem: no primeiro terço da hora do dragão, o adversário Ganryu tinha ficado de aportar na ilha de Funashima com um barco cedido por sua senhoria, o suserano.

Havia ainda tempo de sobra. Musashi devia vir à mansão de Sado a fim de preparar-se para o duelo, e partir num barco que ele, Sado, haveria de preparar especialmente para esse fim.

Nuinosuke, devidamente munido com carta e instruções de Sado, partiu em companhia de Iori, e apelando para a influência do conselheiro, conseguiu permissão para usar uma pequena embarcação veloz que os levou num instante ao cais do armador.

Nuinosuke conhecia muito bem a loja do armador, em Shimonoseki. Ao aportar, perguntou por Musashi a um empregado, que lhe respondeu:

— Realmente. Parece que temos um jovem guerreiro hospedado na ala privada da mansão.

— Enfim o achamos! — murmurou Nuinosuke, olhando para Iori.

Os dois trocaram um sorriso cúmplice. A ala privada era uma continuação da loja, à beira-mar. Tarozaemon, o dono da casa, os recebeu.

— Musashi-sama encontra-se hospedado em sua casa? — perguntou-lhe Nuinosuke.

— Hospeda-se, realmente.

— Que alívio! Não faz ideia do quanto o conselheiro tem-se preocupado desde ontem à noite. Quero que nos anuncie a ele imediatamente.

Tarozaemon foi para dentro, mas logo voltou dizendo:

— Musashi-sama continua dormindo.

— Como? — exclamou Nuinosuke, sem conseguir esconder o espanto. — Chame-o, por favor. Não é hora de dormir! Ele costuma acordar sempre tão tarde?

— Pelo contrário, é madrugador. Acontece, porém, que ontem ficamos os dois até altas horas da noite conversando sobre trivialidades e...

Tarozaemon mandou um serviçal conduzir Iori e Nuinosuke à sala de visitas, e foi pessoalmente acordar seu hóspede.

Logo, Musashi surgiu no aposento onde os dois mensageiros aguardavam com ansiedade. Depois da noite bem dormida, seus olhos pareciam transparentes como os de uma criancinha.

Um sorriso brincava no olhar quando recebeu seus convidados:

— Bom-dia! O que os traz aqui tão cedo? — perguntou, acomodando-se.

A pergunta desarmou Nuinosuke. Logo, porém, lembrou-se de entregar-lhe a carta de Sado, e de transmitir verbalmente o que lhe tinha sido recomendado.

— Ora, quanto trabalho... — murmurou Musashi, baixando o olhar para a carta nas mãos e rompendo o lacre.

Iori grudara o olhar em seu mestre, acompanhando cada um dos seus gestos.

— Agradeço sinceramente o interesse de Sado-sama. No entanto... — disse, lançando um olhar casual e rápido para o rosto de Iori enquanto tornava a dobrar a carta que tinha acabado de ler. No mesmo instante o menino desviou o seu e baixou a cabeça, tentando evitar que seu mestre visse as lágrimas quase saltando-lhe dos olhos.

III

Musashi redigiu a resposta e entregou-a a Nuinosuke, dizendo:

— Meus motivos estão registrados nesta carta. Transmita a Sado-sama meus melhores agradecimentos.

Acrescentou ainda que a Funashima iria por conta própria e na hora certa, e que o velho conselheiro podia ficar tranquilo quanto a esse aspecto.

Sem ter como insistir, os dois partiram levando a carta. Iori não tinha conseguido trocar uma única palavra com seu mestre. Musashi por seu lado nada lhe dissera. No entanto, na simples troca de olhares, mestre e discípulo tinham-se comunicado muito mais intensamente que através de qualquer palavra.

Nagaoka Sado, que tinha estado ansioso à espera do retorno dos seus mensageiros, tomou a carta escrita por Musashi com um suspiro de alívio.

A mensagem dizia:

Conselheiro Sado:
Com relação ao barco para Funashima, que vossa senhoria me oferece, agradeço profundamente a lembrança.
Contudo, nesta oportunidade, Kojiro e eu estaremos lutando em campos opostos, como inimigos um do outro. Segundo soube, Kojiro

deverá locomover-se em barco especial preparado por sua senhoria, o suserano, enquanto eu, aceitando seu convite, estarei indo no seu, situação que o colocaria em franco confronto com seu amo e senhor, e que a mim parece questionável. Assim sendo, julgo que lhe será melhor ignorar-me e nada fazer em meu favor.

Sei que devia ter-me apresentado pessoalmente ao senhor, mas antevendo que insistiria em me ajudar, vim propositadamente abrigar-me na casa onde agora me encontro, sem nada lhe dizer.

Asseguro-lhe entrementes que à ilha irei no momento apropriado com um bote que me cederá meu hospedeiro.

*Aos treze dias do mês de abril
Miyamoto Musashi*

Mudo de admiração, Sado continuou contemplando vagamente a carta, mesmo depois de tê-la lido.

Uma louvável modéstia, assim como uma profunda consideração por Sado transpareciam em cada linha do recado. Sado comoveu-se com a clarividência de Musashi.

Ao mesmo tempo, o conselheiro não podia deixar de pensar na irritação que viera sentindo contra o autor dessa preciosa carta e de se envergonhar por ter duvidado dele, mesmo por um breve instante.

— Nuinosuke.

— Pronto senhor.

— Leva esta carta e mostra-a ao mestre Utsumi e todos os seus companheiros, um por um.

— Neste momento, senhor.

Quando o pajem se preparava para partir, um serviçal que tinha estado à espera por trás de uma divisória aproximou-se e disse:

— Meu amo. Está na hora de preparar-se para zarpar rumo a Funashima e testemunhar o duelo. Apresse-se, senhor.

Sado disse em tom tranquilo:

— Sei disso. No entanto, ainda é cedo.

— Talvez seja, senhor. Mas o barco levando Iwama Kakubei-sama, a outra testemunha do duelo, já deixou a praia, senhor.

— Deixa que os outros procedam como bem entenderem. Nós não nos deixaremos apressar. Vem cá um instante, Iori.

— Pronto, senhor.

— És um homem, não és, Iori?

— Sim, senhor.

— Pensa bem e responde: tens certeza de que não chorarás, aconteça o que acontecer?

— Não chorarei, senhor.

— Nesse caso, vem comigo a Funashima. Mas lembra-te: dependendo das circunstâncias, talvez tenhamos de recolher os restos mortais do teu mestre e trazê-los de volta. Queres ir ainda assim? Tens a certeza de não chorar?

— Quero ir, senhor. E não vou chorar — disse Iori, voz embargada.

Nuinosuke tinha corrido para fora do portão. E então, das sombras do muro, uma mulher de aspecto miserável o chamou.

IV

— Senhor! Um momento, senhor! — disse a mulher, que levava às costas uma criança.

Nuinosuke estava com pressa, mas parou por instantes dirigindo um olhar inquisidor ao pobre vulto feminino.

— Que quer, mulher? — perguntou.

— Desculpe-me a rudeza de interpelá-lo deste modo, mas não me considerei apropriadamente vestida para bater à porta da mansão...

— E por isso me esperava do lado de fora do muro?

— Sim, senhor. Com relação ao duelo de hoje, notícias davam conta de que Musashi-sama teria fugido durante a noite. É verdade?

— Quem disse tamanha tolice? — disse Nuinosuke, deixando aflorar toda a ira contra os boateiros, acumulada em seu peito desde o dia anterior. — Esperem até a hora do dragão e vão ver com seus próprios olhos que mestre Musashi é incapaz de tamanha covardia. Acabo de falar com ele neste instante, e tenho aqui uma carta do seu próprio punho.

— Falou com ele, senhor? E onde, posso saber?

— Quem és tu, afinal, mulher?

— Eu... — disse a estranha, baixando o olhar por instantes. — Sou uma velha conhecida dele.

— Queres dizer que és mais uma angustiada por causa desses boatos sem fundamento... Estou realmente com pressa, mas aqui está a resposta escrita por mestre Musashi. Ouve e não te preocupes mais — disse o jovem, abrindo a carta e lendo em voz alta, quando de súbito se deu conta de que um homem tinha parado às suas costas e lia por cima dos seus ombros, olhos repletos de lágrimas emocionadas.

Nuinosuke voltou-se e o homem, envergonhado, enxugou as lágrimas furtivamente e se curvou em cortês cumprimento.

— E quem és tu? — perguntou o pajem.

— Sou apenas o marido dessa mulher — respondeu o desconhecido.

— Ah, o marido!

— Sim, senhor. A visão dessa caligrafia, tão minha conhecida, me emocionou tanto que... Parece-me até vê-lo aqui na minha frente, senhor. Não é mesmo, mulher?

— É bem verdade. Agora, só nos resta uma esperança: a de poder, mesmo de longe, contemplar a ilha do duelo e rezar pelo sucesso de Musashi-sama.

— Para isso, subam àquele promontório e fiquem olhando na direção da ilha. Ora, o dia hoje está tão limpo que poderão talvez discernir a praia da ilha Funashima.

— Desculpe-nos se o interrompemos no meio de uma missão e agradecemos uma vez mais sua atenção.

O casal com a criança afastou-se rumo a uma elevação coberta de pinheiros, ao lado do castelo.

Nuinosuke ia começar a correr, mas parou de novo e os chamou:

— Como se chamam vocês? Digam-me, se não se importam.

— Sou originário de Sakushu, a mesma terra de Musashi-sama, e me chamo Matahachi.

— E eu sou Akemi.

Nuinosuke acenou em sinal de compreensão e partiu em seguida às carreiras.

Marido e mulher permaneceram por instantes contemplando o vulto que se afastava, mas logo trocaram olhares e, sem nada dizer, seguiram adiante, subindo, ofegantes, o promontório que sobressaía entre Kokura e Mojigaseki.

A ilha de Funashima estava visível bem à frente, assim como diversas outras. O dia ensolarado ensejava até a visão das montanhas de Nagato, muito além, no alto mar.

Os dois estenderam uma esteira no chão e sentaram-se de frente para o mar.

As ondas batiam na base do paredão e o seu estrondear alcançava o casal. Agulhas de pinheiros próximos caíam levemente sobre os dois.

Akemi tomou a criança nos braços e lhe deu o seio. Mãos cruzadas em torno dos joelhos, Matahachi contemplava com intensa concentração o mar, sem nada dizer, sem ao menos brincar com o próprio filho.

VELHOS AMIGOS

I

Nuinosuke retornava correndo para poder estar junto ao amo antes da sua partida para a ilha Funashima.

Ele tinha percorrido uma a uma todas as seis mansões dos velhos vassalos conforme lhe fora recomendado, mostrara a carta de Musashi e explicara a situação a cada um. E sem ao menos aceitar uma chávena de chá em alguma das casas, voltava agora correndo para casa.

De súbito Nuinosuke parou, e, em movimento quase involuntário, ocultou-se por trás de uma árvore para observar a mansão de Ganryu.

A casa distava quase dois quilômetros da mansão do magistrado local e situava-se perto da praia.

E dessa praia tinham zarpado em diversos barcos, desde bem cedo nessa manhã, uma pequena multidão composta de *bushi* encarregados de testemunhar e julgar o duelo, de soldados rasos designados a montar guarda à ilha e impedir qualquer tipo de surpresa e de serviçais para limpar e preparar a área do duelo.

E nesse exato instante, um vassalo esperava junto a um barco novo, ancorado na praia. Tudo na embarcação era realmente novo, desde o madeirame até os mais simples equipamentos, como cordames e velas.

Bastou um olhar para que Nuinosuke percebesse: aquele era o barco especialmente concedido por sua senhoria a Ganryu nesse dia.

O barco não tinha uma identificação especial, mas as mais de cem pessoas reunidas em torno dele eram velhos companheiros de Ganryu, ou ainda, forasteiros nunca anteriormente vistos naquelas terras.

— Aí vem ele!
— Deem passagem!

Enfileirados em ambos os lados do barco, os homens voltaram-se simultaneamente na mesma direção.

Por trás de um grosso pinheiro, Nuinosuke também se voltou.

Ao que parecia, Kojiro tinha apeado no posto de descanso comumente usado pelo magistrado e repousara por um breve instante. E agora, entregando as rédeas do cavalo de estimação aos cuidados dos oficiais que tinham comparecido à praia para vê-lo partir, vinha caminhando pela areia rumo ao barco, fazendo-se acompanhar apenas do pajem Tatsunosuke.

O aglomerado ordenou-se naturalmente conforme Kojiro veio se aproximando, e em respeitoso silêncio abriu passagem para ele.

Ganryu vestia nesse dia um quimono fino de seda branca, e sobre ele uma sobrecasaca sem mangas de estonteante tonalidade escarlate. Um calção folgado e curto de couro roxo, amarrado na perna à altura dos joelhos, completava o vestuário.

Nos pés, calçava sandálias de palha que pareciam ter sido umedecidas de antemão. A espada curta era a que usava costumeiramente, e a longa, a sua velha companheira Varal — obra-prima de cutelaria de autoria desconhecida, um Nagamitsu da região de Buzen, segundo a avaliação de peritos —, cujo uso vinha evitando para não parecer arrogante desde que fora contratado pela casa Hosokawa. Hoje, porém, ele a trazia de lado, na altura dos quadris.

A espada, de mais de noventa centímetros de comprimento, chamou a atenção das pessoas presentes pelo descomunal tamanho e pelo aspecto fino, perceptível ao primeiro olhar. Mas o que mais atraiu a admiração das pessoas foi o garboso físico de Ganryu, em perfeita harmonia com o comprimento da arma, o vermelhão do sobretudo, a alvura do rosto cheio, e a tranquila segurança de suas feições impassíveis.

O quebrar constante das ondas não permitiu a Nuinosuke compreender o que diziam as pessoas ou o que lhes respondia Kojiro. Mas um detalhe ele percebeu claramente, apesar da distância: o rosto calmo e sorridente em nada lembrava o de um homem dirigindo-se ao local onde em breve lutaria pela própria vida.

E distribuindo seu sorriso a todos os amigos e conhecidos, Kojiro embarcou em meio a aplausos e gritos de incentivo. Logo atrás, embarcou o discípulo, Tatsunosuke.

Dois vassalos barqueiros embarcaram simultaneamente, um deles empunhando o remo, o outro sentando-se à proa.

O último passageiro do bote era o falcão Amayumi, que tinha vindo pousado no braço de Tatsunosuke. Quando o barco deslizou mar adentro e a multidão na praia gritou em uníssono votos de sucesso, o falcão espantou-se e bateu as asas uma vez, ruidosamente.

II

Os homens permaneceram ainda por muito tempo na praia, vendo o barco afastar-se. E para corresponder à atenção de toda essa gente, Ganryu voltava-se na direção da terra diversas vezes.

O remador parecia não ter pressa, e o barco singrava as águas em ritmo lento, majestoso.

— Ei, não posso perder tempo aqui! Tenho de correr de volta para atender ao meu amo. Ele também precisa partir... — murmurou Nuinosuke, voltando a si e saindo da sombra do pinheiro.

E quando já ia disparar por entre as árvores, notou de súbito o vulto que como ele se ocultava por trás de um pinheiro cinco ou seis metros adiante. Corpo rente ao tronco da árvore, a mulher chorava sozinha.

Sacudida por soluços, seu olhar acompanhava fixamente o pequeno barco, ou melhor, o vulto de Kojiro, que aos poucos diminuía na distância.

Era Omitsu, a jovem que viera servindo Kojiro desde o dia em que ele aportara em Kokura.

Nuinosuke desviou o olhar. Com cuidado, pisando de leve para não perturbá-la, o jovem se afastou na direção da estrada que o levaria de volta à cidade castelar.

— Quantos dramas por trás de fachadas alegres... Aqui está uma mulher chorando desesperada enquanto o público festeja, grita e ri — murmurou Nuinosuke, lançando um último olhar ao barco que desaparecia levando Ganryu, e à jovem, a soluçar escondida.

Na orla marítima, a multidão começava a dispersar-se comentando sem cessar a galante tranquilidade de Kojiro, todos desejando que a vitória coubesse a ele.

— Tatsunosuke.
— Pronto, senhor.
— Passa-me o falcão — disse Kojiro, estendendo o braço esquerdo.

Tatsunosuke transferiu a ave do seu braço para o de Kojiro, afastando-se um pouco em seguida, respeitosamente.

O barco estava agora a meia distância entre Kokura e Funashima. Nesse ponto do estreito, o mar enfim começou a se agitar, e surgiram ondas de bom tamanho, apesar do céu e mar limpos.

Borrifos salgados venciam vez ou outra a borda do bote. De cada vez, o falcão arrufava as penas, o que o deixava com aspecto fantástico, também ele belicoso nessa manhã.

— Retorna ao castelo — disse Ganryu, desfazendo o laço que lhe prendia a pata e soltando-o.

O falcão alçou voo e, como de costume, lançou-se como uma flecha sobre pássaros marinhos em desesperada fuga. Logo, plumas brancas vieram flutuando do céu. A poderosa ave não ouviu, porém, o habitual chamado do seu amo, de modo que planou por momentos sobre o castelo e as pequenas manchas verdes das ilhas, para em seguida desaparecer.

Ganryu não seguiu com o olhar o destino do falcão. Depois de soltá-lo, ocupou-se em se desfazer de todos os amuletos e cartas que trazia junto ao corpo, assim como das roupas de baixo zelosamente feitas por sua tia, lançando-os um a um ao mar.

— Enfim livre! — murmurou.

Estava rumando para a batalha decisiva de sua vida, e todos aqueles objetos a lembrar tanta gente e tantos laços afetivos serviam apenas para empanar-lhe o espírito.

Do mesmo modo, sentia como um peso o interesse e os votos de sucesso: até amuletos eram estorvo.

Kojiro era agora um homem sozinho consigo mesmo. Por toda a sua formação guerreira, ele sabia que podia contar apenas consigo.

Uma brisa salgada acariciou-lhe o rosto. E então, Funashima, com seus pinheiros e arbustos, surgiu em seu campo visual e aos poucos se aproximou.

III

Em Shimonoseki, onde Musashi se hospedava, os preparativos também estavam sendo feitos desde cedo.

Depois que Nuinosuke e Iori, os mensageiros da casa Nagaoka, tinham-se retirado levando a resposta de Musashi, o armador Kobayashi Tarozaemon enveredou pela passagem externa em torno do galpão e surgiu à porta de sua loja.

— Onde está Sasuke? Alguém viu Sasuke? — perguntou.

Sasuke era um dos empregados mais prestimosos da loja, e por isso mesmo muito solicitado pela família. Entre uma e outra tarefa dos moradores da casa, costumava surgir na loja e ajudar.

— Bom dia! — cumprimentou-o antes de mais nada o gerente, vindo de trás do balcão de recepção. — Procura por Sasuke, patrão? Pois ele estava aqui até agora... — informou.

Voltou-se para um dos moços que estavam por perto e ordenou:

— Vai procurar Sasuke! Dize-lhe que o patrão o chama. Anda, vai de uma vez!

O gerente então começou a fazer um relatório sobre despachos e horários, ameaçando envolver o patrão em longo falatório, mas Tarozaemon logo o interrompeu:

— Deixa isso para mais tarde.

Abanou a mão como se espantasse um incômodo mosquito da orelha e começou a falar de coisas completamente alheias aos negócios:

— Sabes se surgiu alguém perguntando por Musashi-sama?

— Musashi-sama? Refere-se ao seu hóspede, senhor? Ora, ainda hoje, bem cedo, apareceu uma pessoa perguntando por ele.

— Era o mensageiro de Nagaoka-sama, não era?
— Sim, senhor.
— E além dele?
— Não sei bem... — pendeu a cabeça, pensativo. — Não fui eu que o atendi, mas ontem à noite, depois que fechamos as portas, disseram-me que surgiu um forasteiro mal-vestido e de olhar penetrante, que trazia um bastão de carvalho. Entrou pela portinhola e disse que queria ver mestre Musashi, pois tinha sabido que, desde o desembarque, seu mestre se hospedava nesta casa. Pelo jeito foi bastante insistente, e não arredou o pé por muito tempo, segundo me contaram.

— Alguém deve ter dado com a língua nos dentes, apesar de eu ter recomendado segredo com tanta insistência.

— Não é para menos, senhor. Os empregados mais novos estão todos agitados com a notícia do duelo, e ter esse senhor hospedando-se aqui é um motivo de orgulho para eles. Não conseguem conter-se e acabam comentando, apesar de eu mesmo tê-los proibido terminantemente.

— E quanto a esse homem do bastão de carvalho: que foi feito dele?

— O senhor Sobei surgiu para atendê-lo e lhe disse que devia estar enganado. Ele negou até o fim que tivéssemos um hóspede chamado Musashi-sama, e com muito custo conseguiu livrar-se dele. Alguém me disse depois que, a essa altura, havia mais duas ou três pessoas do lado de fora da porta, e até uma mulher foi vista entre elas.

Nesse momento, um homem surgiu no pontilhão do atracadouro e disse:

— O senhor me procurava, patrão?

— Ah, Sasuke! — disse o armador. — Vim apenas lembrar-te que hoje tens uma tarefa muito importante a realizar. Estás pronto para ela?

— Claro, senhor. Estou ciente de que uma missão dessa importância não surge duas vezes na vida de um barqueiro. De modo que me levantei quando a manhã nem tinha raiado, purifiquei-me fisicamente com a água fria do poço, enrolei na cintura uma faixa de algodão nova em folha, e estou à espera das ordens.

— Aprontaste também o bote, conforme te recomendei ontem?

— Não havia muito a preparar, patrão. Escolhi contudo o mais veloz e também o mais limpo dentre todos eles. Purifiquei-o com sal e o lavei cuidadosamente, tábua a tábua. De modo que está tudo pronto, apenas aguardando a ordem de partida de Musashi-sama.

IV

Tarozemon tornou a insistir:

— E onde deixaste o barco?

No atracadouro, como sempre, respondeu Sasuke. O armador pensou alguns segundos e disse:

— Desse jeito, chamará a atenção das pessoas no momento em que Musashi-sama for embarcar. Ele deseja manter-se incógnito até o fim, de modo que acho melhor fundeá-lo em algum lugar um pouco distante, longe da vista do povo.

— Certo, senhor. Onde quer então que o deixe?

— A leste, na praia, a quase duzentos metros daqui. Lá onde se ergue o velho pinheiro conhecido como *heike-matsu*. Muito pouca gente frequenta a área, e não chamará a atenção de ninguém.

Tarozaemon parecia ele próprio inquieto enquanto dava as ordens.

A loja, usualmente movimentada naquele horário, estava vazia nesse dia. Um dos motivos do pouco movimento era o decreto proibindo o tráfego marítimo até a meia-noite desse dia. Além do mais, os moradores locais estavam quase todos com a atenção voltada para o duelo desse dia, do mesmo modo que o povo de Mojigaseki e Kokura, na margem oposta.

E por falar em tráfego, a estrada estava repleta de gente. *Bushi* de clãs próximos, *rounin,* peregrinos, ferreiros, laqueadores, armeiros, monges, mercadores de todos os tipos, e até camponeses, assim como perfumadas mulheres usando véu ou delicados sombreiros, rumavam todos para a mesma direção.

— Vem de uma vez, estou mandando!

— Não chora, ou te largo aqui mesmo!

Mulheres de pescadores trazendo crianças pela mão gritavam estridentemente enquanto andavam, deixando no ar uma sensação de intensa expectativa.

— Mestre Musashi tinha razão em exigir discrição... — murmurou para si o mercador, compreendendo pela primeira vez a repercussão alcançada pelo duelo.

Já era desagradável ter de suportar críticas positivas ou negativas de gente que se considerava bem informada. Pior ainda seria ser exposto à curiosidade dessa turba, que corria para ver dois homens lutando pela vida com o mesmo entusiasmo com que assistiriam a um espetáculo.

Sobretudo, havia ainda considerável tempo até a hora do duelo.

O tráfego marítimo estava proibido, de modo que ninguém podia assistir ao duelo de perto. Daquele lado, não lhes seria possível avistar o contorno da ilha Funashima mesmo que subissem ao topo de morros e montanhas próximos.

Mas a turba passava, e vendo isso, outras pessoas a ela se juntavam para não se sentir marginalizadas.

Saindo um instante à rua para apreciar o movimento, o armador retornou momentos depois.

Todos os aposentos — tanto os dele como os de Musashi — já tinham sido arrumados.

Reflexos formavam manchas trêmulas no teto da sala que dava para o mar.

Raios solares incidiam nas ondas e, rechaçados, flutuavam e brincavam pelas paredes e pelo *shoji,* transformadas em leves poças luminosas.

— Por onde andou, meu pai? Estive à sua procura — disse uma jovem, recebendo Tarozaemon.

— Ali, Otsuru! Estive na loja — respondeu o armador, recebendo uma chávena das mãos da filha, contemplando o mar em silêncio.

Otsuru acomodou-se ao seu lado, também contemplando o oceano.

A única filha do armador — a pupila dos seus olhos, a razão do seu viver — tinha morado por bom tempo na filial do porto de Sakai, mas viera para perto do pai no barco em que Musashi viajara. E se este sabia do destino de Iori tão minuciosamente, talvez o tivesse ouvido de Otsuru durante a travessia.

V

Otsuru talvez tivesse sido também a causa da presença de Musashi na casa do armador: ao fazer amizade com ela a bordo do navio por causa de sua relação com Iori, Musashi teria passado pela casa de Tarozaemon para agradecer os cuidados dispensados ao pupilo e sido convidado a se hospedar em sua casa.

Seja como for, o fato era que a moça tinha sido encarregada pelo pai de atender Musashi e cuidar do seu bem-estar durante a permanência na casa.

E enquanto o pai e Musashi se entretiveram conversando até altas horas na noite anterior, Otsuru permanecera sozinha num aposento ao lado costurando para Musashi, que teria dito: "Não preciso de muita coisa para o dia do duelo. Gostaria apenas que me arrumassem um conjunto novo de roupas de baixo de algodão branco, e uma faixa abdominal."

Ao saber disso, Otsuru tinha-se dedicado pessoalmente a confeccionar não só as roupas de baixo, como também um quimono de seda preto e todos os acessórios, que estavam prontos agora e à espera de Musashi.

Nesse momento, o instinto paterno despertou para algo que o deixou desconfortável: talvez a filha estivesse apaixonada por Musashi. E se isso fosse verdade, como estaria ela se sentindo nessa manhã?

Talvez fosse verdade, pensou o armador, observando a sombra que pairava em torno do cenho levemente franzido da filha.

E agora, contemplando ainda a vastidão verde do mar ao lado do pai silencioso, seus olhos também pareciam mares prestes a transbordar.

— Otsuru.

— Que quer, meu pai?

— Onde anda Musashi-sama? Já lhe serviu a refeição matinal?

— Ele já a terminou. E fechou-se em seguida em outro aposento.

— Está se preparando para partir?

— Ainda não.

— Que faz ele, nesse caso?

— Parece-me que pinta um quadro.

— Uma pintura?

— Sim, senhor.

— Eu e meus pedidos intempestivos! Lembrei-me agora de lhe ter solicitado um quadro qualquer como lembrança de sua estada entre nós. Deve ser essa pintura que ele apronta neste momento.

— E outro para Sasuke também, em agradecimento por levá-lo a Funashima. Ao menos, assim me disse ele.

— Outro para Sasuke? — murmurou o armador. De súbito pareceu agitado. — O tempo passa enquanto ele pinta. Até a multidão de curiosos já se arrasta procurando um lugar para assistir ao duelo invisível...

— Por sua fisionomia, dir-se-ia que Musashi-sama se esqueceu por completo disso.

— Isto não é hora para pinturas! Otsuru, vá ao seu aposento e diga-lhe que se esqueça do que lhe pedi, que não se incomode com futilidades.

— Mas eu...

— Não é capaz disso? — indagou Tarozaemon, agora percebendo claramente o que ia no coração da filha. Eram ambos sangue do mesmo sangue: a tristeza e a dor da jovem repercutiram no coração do pai, que no entanto se fez forte.

— Por que chora, tolinha? — repreendeu. Ergueu-se e foi na direção da divisória cerrada, por trás da qual se encontrava Musashi.

VI

Não se ouvia nenhum som dentro do quarto.

Musashi tinha depositado o pincel sobre a escrivaninha, e permanecia em silêncio, contemplando a caixa de tinta *sumi* e o pote de água para lavar o pincel.

Já terminara um quadro com uma garça num chorão, mas o papel que tinha agora diante de si estava imaculadamente limpo.

Musashi contemplava a folha branca, absorto, tentando decidir o que desenharia em seguida.

Ou melhor, parecia estar se compondo com calma para conceber melhor o tema e a técnica desse novo quadro.

O papel em branco era um universo vazio. Uma única gota negra de *sumi* sobre ele imediatamente criaria algo no nada. Podia invocar a chuva, chamar o vento, tudo lhe era possível. E então, ali ficaria registrada para sempre a alma da pessoa que empunhara o pincel. Se a alma fosse má, a maldade; se depravada, a depravação; se exibicionista, o exibicionismo, tudo o papel registraria, sem nada esconder.

O corpo humano desaparecia, mas a tinta, não. A alma retratada num pedaço de papel podia viver por um tempo longo, incalculável, pensou Musashi, muito depois que nada mais restasse do pintor neste mundo.

Contudo, tais pensamentos também eram um empecilho para a correta postura espiritual. Ele tinha de alcançar as fronteiras do nada, o universo do papel em branco. Ele tinha de sentir que a mão empunhando o pincel não era dele, nem de ninguém, e que a alma, apenas ela, estava pronta a agir nesse universo branco.

E nessa expectativa, o pequeno aposento tinha-se envolvido em pesado silêncio.

Naquele pequeno espaço confinado não repercutiam os passos da turba agitada percorrendo a rua — o duelo era um acontecimento longínquo, de outro mundo.

O único movimento era da bambusa, vez ou outra agitando-se levemente ao vento na cerca do jardim interno.

— Senhor...

A divisória às suas costas tinha-se entreaberto silenciosamente e alguém o chamava pela fresta. O tempo tinha passado, sem que Musashi disso tivesse qualquer percepção.

Tarozaemon espiava pela fresta, mas a calma, a silenciosa concentração do vulto curvado sobre a escrivaninha era tão intensa que o fez hesitar por um instante.

— Musashi-sama. Senhor... sinto perturbar, mas...

Até ao inexperiente olhar do armador Musashi era a imagem do homem entretido num agradável passatempo.

Musashi voltou a si.

— O senhor me chamava? — indagou. — Vamos, entre! Não se deixe ficar aí com essa expressão constrangida!

— Agradeço, mas creio que não podemos ficar tão tranquilos esta manhã. As horas passam, e o horário do duelo...

— Sei disso.

— Suas roupas, o lenço de papel, toalhas de mão, todas as coisas estão à sua espera no quarto ao lado. Por favor, apresse-se.

— Nem sei como lhe agradecer por tudo.

— Sobretudo... se o que o retém é o quadro que lhe pedi imprudentemente, ponha-o de lado, não lhe dê mais um minuto de sua atenção. Terá tempo de sobra para fazê-lo depois do duelo, quando retornar vitorioso a esta casa, senhor.

— Não se preocupe, mestre armador. A manhã está tão fresca e agradável, que considerei ideal para este tipo de atividade.

— Mas a hora...

— Estou ciente dela.

— Não insistirei mais, nesse caso. Chame-nos quando for se preparar. Estaremos à espera para atendê-lo.

— É muita bondade sua.

Tarozaemon preparava-se para retirar-se quando foi repentinamente interpelado:

— Gostaria de saber a que horas ocorrem a preamar e a baixa-mar nesta área e época do ano. Agora, por exemplo, estamos na maré alta ou baixa?

VII

Os negócios do armador tinham relação direta com as marés, de modo que Tarozaemon sabia a resposta:

— Nesta época, a maré baixa é ao raiar do dia, isto é, entre a hora do coelho e a do dragão.[29] Isto quer dizer que em breve ela começará a subir uma vez mais.

Musashi acenou em sinal de compreensão.

— Obrigado — disse, tornando a voltar-se para o papel em branco e a concentrar-se.

Tarozaemon cerrou a divisória mansamente e retornou para o seu aposento. Ele se afligia, mas nada podia fazer.

Acomodou-se no lugar onde estivera antes contemplando o mar e tentou por algum tempo recuperar a calma, mas a ideia de que o tempo passava não lhe permitiu permanecer muito tempo sentado na mesma posição.

Logo, ergueu-se e foi para a varanda à beira do mar. No estreito, a corrente marítima movia-se como uma torrente e a maré vinha subindo a olhos vistos, cobrindo momento a momento o alagadiço sob a varanda.

---

29. Entre 6 e 8 horas.

— Pai...

— Que quer, minha filha?

— Creio que falta pouco para Musashi-sama partir. Aprontei as sandálias do lado do jardim.

— Ele ainda vai demorar um pouco mais.

— Como assim?

— Continua pintando um quadro. Pergunto-me se sabe o que faz...

— Não tinha ido para alertá-lo sobre a hora, meu pai?

— Tinha, mas ao vê-lo tão entretido, não tive coragem de insistir.

Nesse instante, alguém chamou do lado de fora. Ao espiar pela varanda, o armador viu um veloz escaler embicado logo abaixo da varanda; dentro dele, Nuinosuke.

— Olá, Nuinosuke-sama! — disse o armador.

Sem desembarcar, o mensageiro da casa Hosokawa gritou, aproveitando a presença do armador na varanda:

— Musashi-sama já terá partido?

Ante a negativa de Tarozaemon, Nuinosuke disse apressadamente:

— Diga-lhe então que se apresse, por favor. O adversário dele, mestre Sasaki Kojiro, já se dirigiu à ilha no barco do clã, e meu amo, Nagaoka Sado-sama, também partiu de Kokura momentos atrás.

— Está certo.

— Talvez estejamos nos preocupando demais, mas peça-lhe que se cuide para não se atrasar, ou o chamarão de covarde.

Mal acabou de dizê-lo, manejou os remos e se afastou às pressas.

Não obstante, Tarozaemon e a filha apenas voltaram-se para observar a porta do aposento silencioso, deixando-se ficar lado a lado na varanda, sentindo que os minutos passavam com exasperante lentidão.

A porta do aposento, porém, teimava em permanecer cerrada, nenhum som, nem um leve rascar se fazia ouvir do seu interior.

Um segundo escaler, este tripulado por um vassalo do clã Nagaoka, aportou no alagadiço sob a varanda. Não era um mensageiro de Sado, mas um dos vassalos que já tinham estado na ilha Funashima.

VIII

Ao ruído da divisória correndo, Musashi entreabriu os olhos sem que Otsuru tivesse precisado chamá-la.

Ao ser avisado que dois mensageiros tinham vindo para apressá-lo, Musashi sorriu de leve e assentiu:

— Obrigado por me avisar.

Em silêncio, ergueu-se e saiu do aposento. Logo, o ruído de água correndo ao lado de uma bica indicou que lavava o rosto depois do curto momento de sono, e arrumava os cabelos.

Enquanto isso, Otsuru passeava o olhar pelo chão do aposento que Musashi ocupara. O papel até há pouco em branco, estava agora coberto por fortes pinceladas de tinta preta. À primeira vista, parecia representar nuvens, mas ao observar melhor, Otsuru viu uma paisagem de rios e montanhas, executada com a técnica *haboku*.[30] A pintura ainda estava úmida.

— Senhora! — chamou Musashi do aposento ao lado. — Essa pintura é para o seu pai. A outra deve ser entregue a Sasuke, que me levará hoje a Funashima.

— Agradeço-lhe do fundo do coração — disse Otsuru.

— Passei alguns agradáveis dias nesta casa, mas nada tenho para lhes dar em troca. Aceitem o quadro e guardem-no, talvez como uma relíquia minha.

— Faço votos para que esta noite o senhor esteja conosco do mesmo modo que ontem, e que possa compartilhar com meu pai este mesmo teto, sob a luz da lamparina que ontem os iluminou — disse Otsuru, como numa prece.

A seda farfalhou no aposento ao lado, indicando que Musashi se aprontava. Mal os ruídos cessaram, a voz de Musashi já se fez ouvir num aposento distante, trocando duas ou três palavras com o pai, Tarozaemon.

Otsuru passou para o quarto onde até há pouco Musashi se aprontava. O quimono simples que ele despira estava corretamente dobrado e depositado numa caixa, a um canto do aposento.

Tristeza indizível pesou sobre o peito de Otsuru, que encostou o rosto nas roupas ainda quentes.

— Otsuru! Otsuru! — chamava o pai.

Antes de responder, Otsuru passou de leve os dedos pelas pálpebras e faces.

— Venha logo, Otsuru! Musashi-sama está de partida! Onde está você?

— Estou indo, meu pai!

A jovem acudiu, em desesperada carreira.

Ao chegar à varanda, já encontrou Musashi calçado e em pé à portinhola do jardim, nos fundos da casa, firmemente decidido a sair sem despertar atenção. Na praia, distante algumas dezenas de metros dali, Sasuke havia muito estaria aguardando em seu bote.

---

30. *Haboku*: pintura executada inicialmente em tons esmaecidos com tinta *sumi* diluída. Sobre essa base, são acrescidas gradualmente pinceladas de tinta mais espessa. Esse tipo de obra é um estudo da graduação do preto e dos efeitos da infiltração da tinta.

Quatro ou cinco homens, entre funcionários da loja e serviçais, enfileiravam-se nas proximidades da portinhola para vê-lo partir. Otsuru tinha perdido a voz. Quando o olhar de Musashi encontrou o dela, fez apenas delicada mesura de despedida em companhia dos demais.

— Adeus — disse Musashi afinal.

Cabeças curvadas respeitosamente, ninguém ergueu o olhar. Musashi saiu pela portinhola, cerrou-a com delicadeza e disse uma última vez:

— Desejo-lhes felicidades.

Quando ergueram a cabeça, Musashi já ia a certa distância, andando em meio à brisa marinha.

Da cerca e da varanda, as pessoas que tinham saído para vê-lo partir acompanhavam o vulto que se distanciava a passos firmes, esperando vê-lo voltar-se ao menos uma vez. Musashi, no entanto, não se voltou mais.

— É assim que se comportam todos os guerreiros? Tão distantes e contidos!... — murmurou um dos homens.

Otsuru já tinha desaparecido. Ao se dar conta disso, Tarozaemon também foi para dentro da casa.

A pouco mais de cem metros dos limites da casa do armador erguia-se um grosso pinheiro, conhecido nas redondezas como *heike-matsu*.

Sasuke, o funcionário do armador, ali esperava com o bote desde cedo. E quando enfim avistou Musashi aproximando-se pela praia, ouviu vozes gritando:

— Ah! Mestre!
— Mestre Musashi!

Duas pessoas chegaram correndo e se prostraram aos pés dele.

IX

Ao dar o primeiro passo fora dos limites do jardim, Musashi tinha expulsado da mente todos os pensamentos que o vinculavam às pessoas deixadas para trás.

Emoções, esperanças e temores, tudo o que lhe ia no íntimo fora expelido por ele sobre o papel branco, em pinceladas de *sumi*. Tinha conseguido pintar bem nessa manhã, achava ele.

E agora, rumo a Funashima!

Com relação à próxima travessia, seu estado de espírito não diferia sequer minimamente do de outros momentos anteriores às demais viagens. Nem lhe passava pela cabeça preocupar-se se voltaria a pisar ou não aquelas areias, se cada um daquele passos o conduzia para mais perto da morte, ou se, pelo contrário, o levava a vencer mais um trecho da longa carreira que persistentemente trilhava.

Em seu íntimo não havia traços da intensa e trágica emoção que o fizera arrepiar-se inteiro aos 22 anos de idade, na manhã em que, sozinho, empunhara a espada para enfrentar o numeroso grupo da academia Yoshioka reunido sob o pinheiro solitário de Ichijoji.

Todavia, o único adversário que hoje enfrentava era, sob todos os aspectos, mais temível que a centena enfrentada naquele dia distante. Esta era a batalha decisiva de sua vida: talvez nunca mais enfrentasse desafio maior.

Agora, porém, enquanto seu olhar caía sobre os dois vultos ajoelhados a seus pés gritando seu nome, Musashi sentiu sua plácida disposição de espírito perturbar-se momentaneamente.

— Mestre Gonnosuke!? E obaba!... O que os traz aqui?

Ante o olhar espantado de Musashi, Gonnosuke e Osugi, roupas empoeiradas pelos longos dias de viagem, ajoelhavam-se quase submersos na areia e tocavam o solo com as duas mãos em profunda reverência.

— Soubemos do duelo. E crentes de que este será o dia decisivo de sua vida... — começou Gonnosuke, sendo logo interrompido por Osugi:

— Aqui viemos para lhe desejar boa sorte. Eu, pessoalmente, vim também para lhe pedir perdão!

— Como assim, obaba?

— Perdoe-me, eu lhe imploro! Perdoe o ódio que lhe devotei no passado. Eu o julguei mal.

Musashi a contemplou, cada vez mais atônito.

— Que a faz falar desse modo, obaba?

— De nada adiantaria enumerar agora cada um dos meus erros passados. Palavras não exprimiriam todo o arrependimento que a lembrança deles provoca em mim. Perdoe-me! É a única coisa que lhe peço, mestre Musashi! — disse Osugi, juntando as mãos num gesto de prece, expressando fisicamente o que as palavras não logravam fazer. — Impute todos os erros ao amor excessivo de uma velha mãe pelo único filho!

Musashi, que continuava a observar com cuidado os modos da velha senhora, aproximou-se repentinamente, comovido pela humildade da anciã: pôs o joelho na areia com calma, tomou ambas as mãos de Osugi nas suas e as levou à altura de sua própria testa num gesto de adoração, incapaz por instantes de sequer erguer a cabeça, olhos cheios de comovidas lágrimas.

As mãos da anciã tremiam incontrolavelmente, as de Musashi pareciam também tremer.

— Este é um dia maravilhoso para mim! Ouvi-la fez-me tão feliz que morreria agora sem pesar. Acredito em suas palavras, obaba, nelas sinto a alegria dos que conseguiram entrever uma verdade. Parto agora para o duelo com o coração leve.

— Quer dizer... que me perdoa?

— Se for para falarmos de perdão, eu também tenho muitos a lhe rogar, obaba!

— Ah, que alegria! Sinto-me leve até a alma. No entanto, mestre Musashi, aqui está outro ser sofredor, a quem o senhor terá de salvar antes de partir.

Assim dizendo, Osugi voltou-se convidando Musashi a seguir-lhe o olhar.

Musashi assim fez e notou ao pé do pinheiro um vulto feminino, cabisbaixo e encolhido, que havia algum tempo vinha a custo mantendo-se ali como uma frágil flor-do-campo.

Era Otsu, nem é preciso dizer. Seu aspecto dizia que apenas a sua férrea vontade conseguira trazê-la até ali.

Nas mãos, segurava um delicado sombreiro e um cajado. Sobre seus ombros pesava a grave doença.

Mas algo semelhante a uma poderosa chama queimava nesse ser espantosamente fragilizado pela doença. E esse foi o detalhe que Musashi absorveu em primeiro lugar, como um choque.

— Otsu!...

De súbito, deu-se conta de que estava na frente dela, pregado ao chão, imóvel. Não sabia como seus pés a tinham trazido passo a passo até ali. Gonnosuke e obaba tinham ficado para trás, evitando intencionalmente aproximar-se: se dependesse de suas vontades, a praia ficaria deserta, apenas para esses dois seres que com tanto custo afinal se reencontravam.

— É você mesmo, Otsu-san?... — disse Musashi com muito esforço.

Com que palavras haveria ele de vencer o enorme vazio destes últimos meses e anos passados longe um do outro? Além de tudo, não havia tempo para perguntas e respostas.

— Você não me parece bem... Que mal a aflige? — indagou Musashi. A questão flutuou entre os dois, desvinculada de tudo que sentiam, como um único verso extraído de longo poema.

— Eu... — começou a dizer Otsu, mas logo parou, sufocada pela emoção, sem ânimo sequer para erguer o olhar e fitar Musashi frontalmente. Parecia travar uma luta íntima para conter-se, para não se deixar afogar em lágrimas nestes poucos e preciosos momentos em que se despedia do homem que tanto amava. Quem lhe garantia que o veria vivo novamente?

— É um simples resfriado? Ou é algo mais sério? Que está sentindo? Como tem passado estes últimos tempos? Com quem mora?

— Retornei ao templo Shippoji... Tenho morado lá desde o outono passado.

— Você voltou ao seu lar?

— Voltei... — respondeu ela, enfim erguendo o olhar e fixando-o intenso no rosto à sua frente.

Seus olhos molhados pareciam dois lagos profundos, as espessas sobrancelhas contendo a custo a torrente que ameaçava inundá-los.

— Órfãos não têm um lar para onde retornar. O único lar possível carrego comigo, em meu coração.

— Obaba referiu-se a você com carinho, há pouco. Não sabe quanto isso me alegra. Cuide-se, Otsu, recupere sua saúde com calma. E seja feliz, é a única coisa que lhe peço.

— Sou feliz neste momento, asseguro-lhe.

— É reconfortante ouvir isso de sua própria boca. Faz-me enfrentar com maior tranquilidade este momento. Otsu... — murmurou Musashi, dobrando um joelho sobre a areia.

Consciente dos olhares de Gonnosuke e obaba, Otsu encolheu-se ainda mais. Musashi, porém tinha-se esquecido de tudo e de todos.

— Você emagreceu... — disse, passando um braço em torno de seus frágeis ombros e atraindo-a a si, aproximando o próprio rosto da face e do hálito quentes. — Perdoe-me, eu lhe suplico! Posso parecer insensível, mas nem tudo é o que parece. Principalmente com relação a você...

— Se... sei disso!

— Sabe mesmo?

— Ainda assim, diga-me, deixe-me ouvir uma única vez: "Você é a minha mulher, Otsu!" Diga, Musashi-sama.

— Não acaba de dizer que sabe? Repetir em tantas palavras só serviria para quebrar o encanto...

— Ainda assim... — insistiu Otsu, que tinha começado a ofegar visivelmente. Agarrou em súbito impulso as mãos de Musashi e gritou: — Para sempre! Mesmo para além da morte, Musashi-sama, eu... eu...

Em silêncio, Musashi acenou uma única vez em sinal de compreensão, com gravidade. Desvencilhou-se um a um dos dedos assustadoramente finos que o agarravam com força e a afastou de si. Ergueu-se em seguida bruscamente.

— Mulheres de guerreiros nunca se descontrolam quando se despedem dos maridos que partem para a guerra. Diga-me adeus com um sorriso nos lábios, Otsu... Sorria, principalmente porque talvez esta seja a última vez que seu marido a vê, Otsu — disse Musashi.

XI

Havia mais gente nas proximidades, mas ninguém ousou aproximar-se e interromper os curtos minutos de que dispunham os dois para se despedir.

— E agora... — disse Musashi, retirando a mão dos ombros de Otsu.

Esta tinha parado de chorar. Ou melhor, a custo continha as lágrimas e se esforçava para produzir um sorriso.

— E agora... — ecoou ela.

Musashi aprumou-se. Otsu também se ergueu cambaleante, apoiada à árvore.

— Adeus — disse Musashi, dando-lhe as costas e dirigindo-se em largas passadas rumo à orla marítima.

Sufocada, Otsu não conseguiu pronunciar as palavras de despedida que tinha presas na garganta: uma súbita torrente tinha inundado os olhos que mantivera secos com tanto custo e agora corria por suas faces, toldando-lhe a visão e impedindo-a até de ver com clareza o vulto amado que se afastava com tanta decisão.

O vento na orla soprava forte. A persistente brisa com forte cheiro de maresia tumultuava os cabelos da têmpora de Musashi, batia nas mangas do seu quimono e na barra do *hakama*.

— Sasuke! — chamou ele na direção do bote parado logo adiante.

Embora soubesse da presença de Musashi na praia desde algum tempo atrás, o barqueiro tinha permanecido o tempo todo intencionalmente voltado para o mar aberto. Só agora, ao ouvir-lhe a voz, Sasuke virou-se.

— Musashi-sama! Tudo pronto, senhor?

— Estou pronto. Aproxima o bote um pouco mais.

— Neste instante, senhor! — disse Sasuke, suspendendo a âncora e impelindo o barco com a vara até o fundo raspar a areia.

E no momento em que, com um ágil movimento, Musashi saltava para a proa da embarcação, um grito aflito ecoou no meio dos pinheiros que orlavam a praia:

— Não! Não faça isso, Otsu-san!

Era Joutaro, o jovem que viera acompanhando Otsu desde Himeji.

Ali estava outro que tinha desejado trocar algumas palavras com o mestre querido, mas que, pelo jeito, tinha-se também mantido discreto à sombra das árvores, a fitar vagamente o vazio, sem vontade de perturbar o quadro que há pouco se desenrolara na praia.

Contudo, no instante em que Musashi embarcara com um salto, Otsu também tinha-se lançado em desesperada carreira em direção ao mar, de modo que Joutaro pensara o pior e acabara por correr-lhe no encalço.

Ao ouvirem o grito e a reação de Joutaro, Gonnosuke e obaba também interpretaram mal o gesto de Otsu e reagiram num átimo.

— Aonde vai?

— Não faça isso!

Gritando, os dois também acorreram e juntos lançaram os braços em torno de Otsu com firmeza, impedindo-a de prosseguir.

— Vocês não estão me entendendo! Não estão me entendendo! — disse Otsu, sacudindo levemente a cabeça. Embora ofegante, ela agora procurava até sorrir para as pessoas que a amparavam, tentando dizer-lhes que não pretendia fazer nada insano.

— Que... que foi? Que pretendia fazer, Otsu? — perguntou Osugi com delicadeza.

— Deixe-me sentar — respondeu ela. Sua voz também era calma.

Os três a soltaram. Otsu então caminhou até um trecho não muito distante da arrebentação e ali se sentou, quase tombando.

Ajeitou a gola do quimono, os fios de cabelo que o vento desgrenhara, e então voltou-se para a proa do bote próximo.

— Parta despreocupado, senhor meu marido — disse ela, tocando o solo com as duas mãos.

Osugi sentou-se pouco atrás, assim como Gonnosuke e Joutaro, todos inclinados em leve reverência.

Joutaro, que não tivera a oportunidade de trocar uma palavra sequer com seu mestre, não sentia tristeza apesar de tudo, pois tinha a consciência de ter cedido seu tempo a Otsu.

PROFUNDO MAR DESCONHECIDO

I

O instante era de preamar, e o vento, favorável.

No estreito, a correnteza puxava para a terra com a força de uma torrente.

A pequena embarcação levando Musashi tinha-se distanciado da costa de Akamagaseki e era vez ou outra encoberta pela espuma de uma onda. Sasuke orgulhava-se da missão que hoje lhe coubera, e o sentimento transparecia em cada uma das suas vigorosas remadas.

— Achas que a viagem nos tomará muito tempo? — perguntou Musashi, contemplando o mar fixamente.

Ele tinha-se acomodado no meio do barco e ocupava um bom espaço com suas pernas abertas.

— Não, senhor! A maré e o vento estão a nosso favor.

— Realmente...

— Deixe-me dizer-lhe, porém, que estamos um bocado atrasados.

— Sei disso.

— A hora do dragão há muito se foi.

— Isso mesmo. Para que horas prevês nossa chegada a Funashima?

— Quase à hora do coelho[31], com certeza.

— Exatamente como eu queria — comentou Musashi.

O céu que Musashi — e também Ganryu — agora contemplava continuava azul e profundo, sua limpidez somente perturbada por alguns fiapos de nuvens lembrando bandeiras ao vento sobre as montanhas da região de Nagato.[32]

Do bote viam-se nitidamente os contornos da cidade de Mojigaseki, as pregas das montanhas Kazashiyama, assim como a multidão distante lembrando um escuro agrupamento de formigas, tentando ver o que jamais conseguiria.

— Sasuke.

— Senhor?

— Podes me dar isto?

— Isto o quê, senhor?

---

31. Hora do coelho: especificamente, 10 horas. De um modo mais amplo, horário compreendido entre 9 e 11 horas da manhã.

32. Nagato: antiga denominação de certa área localizada ao norte e a oeste da atual província de Yamaguchi.

— Este remo quebrado que encontrei no fundo do bote.
— Não me fará falta, senhor. Mas que pretende fazer com isso?
— Serve perfeitamente aos meus propósitos — disse Musashi, revirando o remo nas mãos.

Empunhou-o com uma das mãos e estendeu o braço horizontalmente na altura dos olhos. Sentiu o remo pesado, impregnado de água na medida certa. A borda estava trincada, e esse era o aparente motivo pelo qual tinha sido abandonado.

Musashi deitou o remo sobre os joelhos e pôs-se a moldá-lo com uma adaga, totalmente absorto no trabalho.

Embora nem conhecesse as pessoas que haviam ficado para trás, Sasuke voltava-se inúmeras vezes na direção do imponente pinheiro da praia de Akamagaseki, preocupado com o que deveria estar ocorrendo por lá. Musashi, porém, parecia ter expulsado da mente qualquer tipo de pensamento ou ansiedade com relação àquela gente, para ele tão querida.

O barqueiro não podia deixar de se perguntar se todos os guerreiros comportavam-se assim momentos antes do duelo. Visto pelo ângulo de simples mercador, Musashi parecia extremamente insensível.

Tinha acabado de talhar o remo, aparentemente, pois agora removia com leves golpes as raspas de madeira que se tinham aderido às mangas e ao *hakama*.

— Sasuke — chamou de novo. — Quero alguma coisa com que me cobrir. Um abrigo de palha, por exemplo.

— Está com frio, senhor?

— Não. Quero apenas resguardar minhas costas dessa espuma que espirra pela borda do bote.

— Debaixo desta prancha aos meus pés tenho um abrigo com forro de algodão.

— Empresta-me — disse Musashi. Pegou-o de sob o banco e pôs sobre os ombros.

A ilha Funashima era ainda uma vaga mancha distante.

Musashi retirou em seguida seus lenços de papel das dobras do quimono e pôs-se a trabalhar neles, torcendo-os um a um para produzir uma interminável quantidade de barbantes finos e resistentes. Em seguida, trançou-os dois a dois, emendando-os uns nos outros até conseguir uma corda resistente, mediu-lhe o comprimento e passou-a pelos ombros e pelas costas para conter as mangas do quimono.

Sasuke tinha ouvido falar nesses famosos cordões de papel torcido e trançado[33] e na difícil técnica de produzi-los. Segundo ouvira dizer, a técnica

---

33. No original, *koyoridasuki*.

era quase secreta, transmitida apenas verbalmente, mas Musashi a executava agora diante dos seus olhos com grande simplicidade. A rapidez na confecção e a elegância precisa dos gestos prendendo as mangas fizeram com que o barqueiro arregalasse os olhos.

E para que a espuma não voltasse a umedecer-lhe as mangas contidas, Musashi tornou a cobrir-se com o agasalho do barqueiro.

— Essa é Funashima? — indagou, apontando a ilha que se avolumava diante dos dois.

II

— Não, senhor. Essa é Hikojima, uma das ilhas do arquipélago Hahashima. Funashima não está à vista ainda. O senhor a verá quando avançarmos um pouco mais. Observe que ao norte de Hikojima surge uma mancha escura, parecida com um banco de areia. Aquela é Funashima.

— Ah... São tantas as ilhas nestas proximidades que me perguntava qual seria ela.

— Com efeito, temos nesta área as ilhas Mutsure, Aijima e Hakushima. Funashima é uma das menores. E ali, entre Izaki e Hikojima, está o conhecido estreito de Ondo.

— Nesse caso, a leste situa-se a baía Dairi, de Buzen?

— Exatamente.

— Lembrei-me agora de que por estas baías e ilhas lutaram os exércitos de Yoshitsune e Taira-no-Tomomori no distante período Genryaku (1184--1185).

Como podia ele ficar comentando trivialidades? — pensava Sasuke, cuja aflição aumentava conforme os golpes do seu remo aproximavam inexoravelmente o barco do seu destino. Um suor frio tinha começado a cobrir-lhe o corpo, e o coração palpitava. Não adiantava pensar que nada tinha a ver com o que estava por acontecer.

O duelo era de vida ou morte. Quem lhe assegurava que retornaria com seu passageiro? Quem lhe garantia que não levaria um mísero cadáver dentro do barco na viagem de volta?

Sasuke não conseguia compreender a frieza de Musashi. Por todo o seu desprendimento, o homem no interior da pequena embarcação que flutuava no meio do vasto oceano podia ser um fiapo de nuvem vagando no céu.

Sasuke estava certo: no trajeto para a ilha, Musashi realmente não tinha em que pensar. Nunca conhecera o sentido da palavra tédio, mas eis que agora, a bordo do barco, Musashi sentia-se francamente entediado.

Tinha torneado o remo, confeccionado o cordão de papel torcido para conter as mangas do quimono, e agora, nada mais lhe restava a fazer, nem a pensar.

Lançou um olhar casual sobre a borda do bote e contemplou a água azul, turbilhonante. O mar era profundo, inescrutável.

A água tinha vida, vida eterna, mas não forma. E enquanto o homem continuasse preso à forma, não alcançava a vida eterna. Só depois de perder a forma é que a teria, ou não.

Vistas sob esse prisma, morte e vida eram tão insignificantes quanto uma bolha na superfície da água. No momento em que a ideia transcendental lhe roçou a mente, os poros do corpo inteiro tinham-se arrepiado.

O arrepio não era consequência da espuma gelada que vez ou outra o atingia. O espírito podia ter-se dissociado da questão crucial sobre vida e morte, mas o corpo a pressentia. Músculos contraíam-se. Espírito e corpo não se unificavam.

E nos momentos em que o corpo se esquecia de tudo, nada mais restava em sua mente além da nuvem e do mar.

— Aí vem ele!
— Até que enfim!

Os vultos alvoroçados não estavam em Funashima, mas na baía de Teshimachi, na ilha de Hikojima.

Quase quarenta discípulos de Sasaki Kojiro, em sua grande maioria vassalos da casa Hosokawa, tinham-se reunido na praia diante da aldeia dos pescadores e examinavam o mar havia muito tempo.

Aqueles homens tinham-se antecipado ao horário da proibição e atravessado para a ilha de Funashima mal os avisos impedindo a circulação de barcos no dia do duelo tinham sido afixados na cidade de Kokura.

— Se o improvável acontecer e mestre Ganryu acabar derrotado não permitiremos que Musashi saia vivo desta ilha — tinham jurado eles dois dias atrás. Desde então, estavam à espera do momento do duelo.

Mas naquela manhã, os discípulos de Kojiro tinham sido instantaneamente descobertos no momento em que os homens do clã Hosokawa destacados para o policiamento aportaram na ilha sob o comando de Nagaoka Sado e Iwama Kakubei, ambos investidos da função de testemunhas e juízes do duelo. E depois de ouvirem severa repreensão pela desobediência, haviam sido expulsos de Funashima para a ilha vizinha de Hikojima.

III

Embora os oficiais encarregados da fiscalização os tivessem expulsado, na verdade simpatizavam com os quarenta discípulos que tinham violado o regulamento para poder secundar seu mestre. Aliás, a quase totalidade dos homens do clã Hosokawa rezava secretamente pela vitória de Kojiro.

A medida era portanto apenas um recurso para manter as aparências. E uma vez que os homens expulsos de Funashima permanecessem invisíveis na ilha vizinha, os oficiais pretendiam ignorar a desobediência, esquecer o episódio e evitar inquéritos posteriores.

Assim, se o destino não lhes sorrisse e Ganryu fosse derrotado, não lhes importava o que os quase quarenta discípulos fariam a Musashi, uma vez que não agissem sob suas vistas, em Funashima.

Os discípulos ocultos em Hikojima tinham, por seu lado, perfeita consciência disso. De modo que haviam requisitado todos os botes da aldeia dos pescadores e esperavam impacientes na baía de Teshimachi embarcados em cerca de doze barcaças.

Tinham ainda destacado para o topo de uma elevação uma sentinela, que ficara encarregada de receber o aviso dos companheiros em Funashima: caso Ganryu fosse derrotado, sairiam remando para o alto mar, interceptariam o barco de Musashi e o obrigariam a tomar o rumo de uma das ilhas, onde o matariam, ou emborcariam seu barco e o mandariam repousar eternamente no fundo do mar.

— É Musashi?

— É ele, sem dúvida!

Gritando e alertando-se mutuamente, os homens subiram correndo ao topo de uma colina e, mão em pala, apuraram a vista tentando discernir o vulto dentro do bote que flutuava no mar. Fortes raios solares reverberavam na água.

— Deve ser Musashi! Nenhum outro barco está autorizado a navegar por esta área.

— Está sozinho?

— Assim parece.

— Usa alguma coisa parecida com um sobretudo lançado sobre os ombros.

— No mínimo esconde uma armadura.

— De qualquer modo, fiquem prontos para tudo.

— Tem alguém no topo da montanha de sentinela?

— Tem, fique tranquilo.

— Nesse caso, vamos esperar embarcados!

Os homens distribuíram-se pelas barcaças, prontos a zarpar a qualquer instante.

No fundo de cada bote, tinham ocultado também longas lanças. Alguns estavam mais encouraçados que o próprio Ganryu, ou ainda, Musashi.

O alerta: "Musashi à vista!", tinha ecoado também na ilha Funashima mais ou menos à mesma hora.

Funashima parecia deserta nessa manhã: os únicos sons audíveis eram o estrondear das ondas, o sibilar do vento nos pinheiros e o farfalhar das moitas e das bambusas.

O grito de alerta soou desolador pela pequena ilha. Uma extensa nuvem branca proveniente das montanhas de Nagato se estendera para o sol, agora no zênite, cobrindo-o de vez em quando. Nesses momentos, a ilha inteira escurecia, abafando até mesmo o murmúrio das árvores e bambusas. E então, no momento seguinte o sol estava de volta, brilhante, abrasador.

Vista de perto, Funashima era minúscula. Ao norte, havia uma colina de altura razoável onde cresciam alguns pinheiros. Para o sul, o terreno descaía, tornava-se plano e mergulhava no mar formando um baixio. E esse terreno plano desde o pé da colina até a praia era a área reservada para o duelo.

Com exceção dos dois juízes, os demais tinham-se ocultado por trás de cortinados estendidos de árvore em árvore. Esse tipo de cuidado fora provavelmente tomado para que a numerosa presença dos homens do clã Hosokawa não fosse sentida por Musashi como uma intimidação à sua pessoa, já que ele era um forasteiro desamparado, e Ganryu, membro do clã.

Mais de três horas já tinham transcorrido desde a hora combinada para o duelo, e os homens presentes na ilha começavam a irritar-se, embora se mantivessem quietos.

— Mestre Musashi, senhores! Ele enfim chegou! — veio correndo comunicar um homem que tinha estado vigiando no topo da colina aos juízes do duelo, sentados em banquinhos nas áreas a eles reservada.

IV

— Chegou? — repetiu Iwama Kakubei, esticando o pescoço na tentativa de ver melhor.

O tom emocionado da pergunta revelava para que lado inclinavam sua simpatia. O pajem e os ajudantes que o acompanhavam também se ergueram simultaneamente com a mesma expressão no olhar, e exclamaram:

— É o barco dele!

Kakubei logo percebeu que seu comportamento depunha contra a imparcialidade que dele se esperava como juiz, de modo que passeou um olhar severo por seus homens e ordenou:

— Contenham-se!

Em seguida, ele próprio aquietou-se, lançando calmo olhar de esguelha para Ganryu.

Este porém tinha desaparecido. Apenas um cortinado com o símbolo de gencianas, atado a quatro ou cinco pessegueiros silvestres, tremulava ao vento no lugar a ele reservado.

À sombra do cortinado havia um balde novo contendo água e uma cuia com cabo de bambu. Ganryu tinha chegado à ilha bem mais cedo que o horário combinado, e cansado de esperar o adversário, estivera havia pouco bebendo dessa água. Descansara então por algum tempo no banco à sombra do cortinado, mas agora tinha desaparecido.

Alguns metros além desse cortinado e de uma duna, na direção oposta à de Kakubei, situava-se a área de espera destinada a Nagaoka Sado. Ao redor dele também havia um punhado de homens do clã, assim como ajudantes e o pequeno Iori, na qualidade de pajem.

E nesse instante, ao ouvir a sentinela avisando que Musashi vinha chegando, o menino tinha ficado lívido. A viseira metálica do sombreiro de Sado, até então imóvel e dirigida para a frente, voltou-se então de súbito para o lado.

— Iori! — chamou o idoso conselheiro em voz baixa.

— Pronto, senhor! — respondeu o menino, tocando o solo com a ponta dos dedos e erguendo o olhar para encontrar o de Sado por baixo da viseira, mal contendo o tremor que parecia começar na ponta dos seus pés e se espalhar por todo o corpo.

— Iori... — disse Sado uma vez mais, contemplando fixamente os olhos do menino. — Observe este duelo com toda a atenção. Não permita que a emoção o perturbe e não deixe escapar nenhum detalhe. Observe cada movimento, porque seu mestre Musashi está hoje expondo a própria vida para lhe transmitir um ensinamento, entendeu?

Iori apenas sacudiu a cabeça em sinal de compreensão. Em seguida, arregalou os olhos e voltou-se para a praia, conforme lhe havia sido recomendado.

Quase cem metros separavam-no da praia. A espuma na arrebentação era tão branca que chegava a ferir os olhos. Dessa distância, os vultos humanos pareceriam minúsculos. Mesmo que o duelo começasse, não lhe seria possível observar toda a movimentação com clareza nem ouvir a respiração apressada dos dois combatentes. Mas Sado não lhe recomendara que observasse os golpes ou o aspecto técnico da luta. Ele com certeza lhe dissera para observar o instante de sutil inter-relação de um homem com o universo. Além disso, aconselhara-o também a observar de que modo se preparava espiritualmente um guerreiro quando levado a enfrentar esse tipo de situação.

Acariciada pelo vento, a relva ondulava. Pequenos insetos verdes saltavam por toda parte. Uma rã surgiu do meio das folhas, e aos poucos desapareceu, agarrando-se aqui e ali.

— Olhe! Aí vem ele! — disse Iori, percebendo a aproximação do barco. Estavam agora no último terço da hora da cobra (quase 11 horas), cerca de três horas depois do combinado.

A ilha parecia silenciosa e adormecida debaixo do sol quase a pino.

E nesse momento, um vulto desceu correndo a colina por trás do local onde tinham sido instalados os postos dos juízes. Era Ganryu Sasaki Kojiro. Cansado de esperar, ele tinha subido ao topo da colina e lá estivera sentado sozinho.

Fez uma breve mesura aos dois juízes e dirigiu-se para a praia, pisando a relva com passos calmos.

V

O sol estava quase a pino.

Conforme o bote se aproximava da praia, seus ocupantes percebiam que as ondas diminuíam e amansavam em virtude do baixio, cujo fundo esverdeado a água cristalina revelava.

— Onde quer que aporte, senhor? — perguntou Sasuke, parando de remar um pouco e contemplando a extensa praia. Não havia ninguém à vista.

Musashi despiu o abrigo e lançou-o no fundo do barco, dizendo:

— Siga sempre em frente.

A proa do bote prosseguia seu curso, mas Sasuke agora não conseguia mover as mãos com o mesmo vigor de momentos atrás. Um tordo cantava alto na ilha deserta.

— Sasuke!
— Senhor?
— A água é rasa...
— É por causa do baixio.
— Não se aproxime tanto da praia. O fundo do bote pode raspar numa rocha e avariar-se. Além disso, a maré vai esvaziar dentro em breve.

Esquecido de responder, Sasuke perscrutava a relva alta da ilha.

Um pinheiro surgiu em seu campo visual. A árvore era raquítica, mostrando que o solo da ilha era pouco fértil. E debaixo dela, vislumbrou um vulto vestindo um sobretudo carmim, cuja barra esvoaçava ao vento.

— É Ganryu... Ele está ali! Está à sua espera! — quis avisar Sasuke apontando nessa direção. Voltou-se e no mesmo instante percebeu que Musashi já o tinha visto: seus olhos o focalizavam.

Ainda olhando nessa direção, Musashi puxou uma toalha de mão cor de ferrugem do *obi,* dobrou-a em quatro e atou-a em torno da testa juntando os cabelos que o vento teimava em desgrenhar.

Ajeitou a espada curta na cintura, à frente do corpo, e retirou a longa. Depositou-a no fundo do bote e lançou sobre ela algumas esteiras, para evitar que a água salgada a atingisse.

Empunhou com a mão direita o remo trabalhado para fazer as vezes de uma espada de madeira e ergueu-se.

— Basta — disse para Sasuke.

Mas o bote estava ainda a cerca de dez metros da areia da praia. Sasuke deu mais duas ou três vigorosas remadas.

O bote avançou com súbito impulso e no momento seguinte o fundo raspou a areia do baixio. Com um pequeno estrondo o barco pareceu erguer-se no ar.

Musashi, que tinha estado prendendo a barra do seu *hakama,* saltou agilmente para dentro da água, mergulhando sem quase espadanar até a altura do joelho.

Em seguida, andou com passos seguros, rapidamente, rumo à terra firme.

Seus pés e a ponta do remo que levava na mão cortavam a água, o mar espumava em torno deles.

Cinco passos.

Mais dez.

Abandonando o remo, Sasuke contemplava-lhe as costas, esquecido de tudo e de si próprio. A culpa era do frio que parecia penetrar fundo no cérebro pela raiz dos cabelos, e lhe impossibilitava qualquer movimento.

E então, Sasuke arquejou parecendo sufocar. Pois da sombra do raquítico pinheiro, Ganryu vinha correndo, lembrando uma bandeira carmesim desfraldada. O sol reverberava na bainha da sua espada, assemelhando-a ao rabo de uma raposa prateada.

Musashi continuava no meio da água, aquém da arrebentação.

Depressa, depressa! — rezou Sasuke, em vão. Antes ainda de Musashi chegar à praia, Ganryu já tinha corrido até a linha de arrebentação.

Ah, que imprevidência! — pensou Sasuke. No mesmo instante perdeu a coragem de continuar olhando. Lançou-se de bruços no fundo do bote como se ele próprio tivesse sido partido em dois.

VI

Ganryu tomou a iniciativa e chamou:
— Musashi!

Parou na beira da água, impedindo a passagem e mostrando que não cederia um passo sequer ao inimigo.

Musashi imobilizou-se na água rasa e disse com um leve sorriso nos lábios:
— É você, Kojiro?

As ondas lavavam a ponta do remo. Ali estava um homem que se abandonava ao mar e ao vento, e se apoiava unicamente na espada de madeira.

Contudo, ligeiramente repuxados pela faixa cor de ferrugem em torno da testa, seus olhos já não eram os mesmos de sempre.

Dizer que dardejavam era pouco. Aqueles olhos pareciam ímãs, atraíam inexoravelmente. Profundos como o mar, arrastavam com tamanha força que provocavam no adversário o medo de perder a vida.

Dardejantes também eram os olhos de Ganryu. Um brilho sinistro, iridescente, parecia queimar no fundo do seu olhar, tentando imobilizar o adversário.

Olhos são janelas, diz o povo. Pensando bem, os olhos de ambos talvez fossem a expressão do que lhes ia na mente.

— Musashi! — tornou a gritar Ganryu.
— ...
— Musashi! — disse outra vez.

O mar estrondeava. As ondas tumultuavam em torno dos pés de ambos. O silêncio de Musashi provocava em Ganryu a vontade de gritar cada vez mais alto.

— Você se atrasou, ou isso faz parte de sua estratégia? De qualquer modo, mostra que é covarde! Quase três horas são passadas desde o horário combinado. Eu, Ganryu, aqui estive desde cedo à sua espera, conforme prometi, Musashi!
— ...
— Você usou o mesmo subterfúgio no duelo de Ichijoji, e no templo Renge-ou. Sua habitual tática de chegar propositadamente atrasado aos duelos e induzir o adversário ao erro é desprezível. Mas desista: seu adversário de hoje não se deixará enredar nessa artimanha! Prepare-se para entregar-me a vida com bravura, e assim evitar que as gerações futuras o chamem de covarde! Venha, Musashi!

Mal disse, a ponteira da bainha subiu bem alto às suas costas, e Ganryu extraiu a longa espada de estimação que trazia sob o braço num ágil movimento. Simultaneamente, jogou na água a bainha que lhe tinha restado na mão esquerda.

Musashi, que parecia surdo à ladainha, esperou Ganryu acabar de falar, aguardou ainda uma brecha no incessante estrondear das ondas, e disse:

— Você já perdeu, Kojiro!

— Que disse?

— Nosso duelo já terminou, e você o perdeu, Kojiro!

— Cale a boca! Como foi que perdi?

— Se pretendia vencer, jamais se desfaria da bainha de sua espada, Kojiro! Você acaba de jogar sua vida com a bainha!

— Está fazendo graça, Musashi?

— Vencido, Kojiro! Você foi vencido! Está com pressa de ver realizada a própria derrota?

— Ve... venha de uma vez!

— Prepare-se! — gritou Musashi. Moveu os pés ruidosamente na água.

Ganryu também deu um passo para a frente e meteu um pé na água. Ergueu a espada Varal sobre a cabeça e preparou-se para descarregá-la frontalmente no crânio do adversário.

Musashi, no entanto, correu para o lado esquerdo de Ganryu, movendo-se obliquamente pela orla marítima e deixando um rastro de espuma conforme seus pés rasgavam a água.

VII

Ao ver que Musashi corria de viés e alcançava a areia da praia, Ganryu foi-lhe atrás rente à beira da água.

Os pés de Musashi saíram da água e tocaram a areia seca quase ao mesmo tempo em que Ganryu, num ágil movimento que lembrou o salto de um peixe voador, desferiu com o corpo inteiro um golpe contra seu adversário, soltando um vibrante *kiai*.

Musashi sentiu os pés recém-extraídos da água pesarem e parecia não ter tido tempo para se posicionar para a luta. Ele tinha acabado de pisar a areia seca e estava ainda ligeiramente curvado para a frente no instante em que ouviu a longa espada Varal descer sibilando sobre sua cabeça.

Mas o remo, seguro com ambas as mãos, passava do lado direito do seu tronco e achava-se à espera em posição de guarda lateral, bem baixa, quase oculto às suas costas.

Um estranho som, quase um grunhido, partiu de Musashi e bafejou o rosto de Ganryu.

A espada de Ganryu, prestes a descer com ímpeto sobre o topo da cabeça de Musashi, parou de súbito no ar com um leve retinir da guarda e Ganryu acabou saltando para o lado depois de ter-se aproximado a quase três metros de distância de Musashi. Tinha-se dado conta da impossibilidade de golpear.

Musashi lhe pareceu sólido bloco de rocha.

Agora, os dois homens tinham mudado as posições e confrontavam-se em silêncio.

Musashi não saíra do lugar: de costas para o mar e dois ou três passos além da arrebentação, voltou-se de frente para Kojiro.

Este por sua vez encarava frontalmente Musashi e o vasto mar às costas dele, tendo a longa espada erguida acima da própria cabeça com ambas as mãos.

Os dois homens estavam em plena luta por suas vidas.

Musashi não guardava nenhuma lembrança na mente, Ganryu banira todo pensamento.

O campo de batalha era um espaço vazio.

Mas a pouca distância desse campo de batalha onde nada, nem mesmo o troar distante das ondas existia, um grupo de homens observava intensamente e prendia a respiração.

Por Ganryu rezava grande número de homens que acreditava nele. Por Musashi rezavam Sado e Iori, na ilha; Otsu, obaba e Gonnosuke na praia de Akamagaseki; Akemi e Matahachi, na colina coberta de pinheiros no extremo da cidade de Kokura. De lugares distantes, onde os aspectos do duelo eram invisíveis, cada um deles implorava fervorosamente que os céus o protegessem.

Mas as preces, lágrimas ou votos dessas pessoas de nada adiantavam para os dois homens engolfados nessa luta de vida ou morte. Tampouco havia para eles sorte, ou ajuda divina. O que havia era apenas o vasto céu azul, justo e imparcial.

E adquirir espiritualmente o mesmo aspecto desse límpido céu azul seria alcançar o verdadeiro estado de impassibilidade, libertar a mente de todo pensamento. Mas claro estava que o processo não era nada fácil para dois seres vivos.

De súbito a raiva lhes fervia nas entranhas. Poros do corpo inteiro se arrepiavam à revelia do espírito, pelos se eriçavam como agulhas contra o adversário.

Músculos, carne, unhas e cabelos, até as pestanas — todos os elementos que partilhavam a vida do corpo — eriçavam-se, prestes a saltar sobre o inimigo, e em defesa do próprio ser. Manter somente o espírito sereno em conformidade com o universo no meio desse turbilhão era mais difícil que conservar intacta a serena imagem da lua refletida na superfície de um lago varrido pela tempestade.

VIII

Um tempo longo, interminável — mas na verdade tão curto quanto o quebrar consecutivo de cinco ou seis ondas na areia da praia — pareceu transcorrer.

E então, nesse momento, ou tão rápido que não podia ser contado como um momento, um possante grito rompeu o silêncio.

Era Ganryu. Mas quase simultaneamente, um *kiai* estrondoso partiu de Musashi e misturou-se ao grito.

Os *kiai* — duas manifestações sonoras do espírito — pareceram chocar-se em pleno ar como ondas furiosas contra rochas no meio do oceano. Ato contínuo, a ponta da longa espada Varal pareceu ter cortado em dois o sol a pino e veio descendo do alto, visando Musashi de frente, largando rastro luminoso à sua passagem.

E então, o ombro esquerdo de Musashi moveu-se para frente e para baixo. Acompanhando o movimento, a metade superior do tronco também se reposicionou em ângulo oblíquo com relação à linha do horizonte, enquanto o pé direito recuava ligeiramente para trás. Em termos de tempo, não houve diferença perceptível entre o momento em que o remo, ainda empunhado com ambas as mãos por Musashi, moveu-se cortando o ar, e aquele em que a ponta da espada de Ganryu desceu rompendo a linha imaginária entre as sobrancelhas de Musashi.

Na fração de segundo seguinte àquele em que os dois vultos se confundiram, a respiração dos dois homens pareceu troar mais alto que as ondas na praia.

Agora, Musashi estava a quase dez passos da arrebentação com o mar ao lado, e encarava Ganryu além da ponta do remo.

O remo transformado em espada de madeira aguardava em posição mediana, e a espada Varal tinha voltado à posição superior.

No entanto, a distância entre os dois havia aumentado assustadoramente, de tal modo que nenhum deles teria conseguido alcançar o outro mesmo que dispusessem de longas lanças.

Ganryu não havia logrado cortar nem um fio de cabelo do seu adversário, mas em compensação tinha conseguido melhorar seu posicionamento em relação ao terreno.

Pois Musashi tinha tido uma razão para imobilizar-se com o mar às costas: o sol a pino reverberava na superfície da água e Ganryu, que encarava o mar, ficara em posição bastante desvantajosa. Tivesse ele continuado por longo tempo na mesma posição enfrentando Musashi — que se encontrava totalmente resguardado em posição defensiva — por certo cansaria os olhos e se desgastaria espiritualmente com muito mais rapidez que Musashi.

"Perfeito!", pensou Ganryu, firmando os pés na posição conquistada, sentindo-se vitorioso como se efetivamente tivesse rompido a guarda frontal de Musashi.

Ganryu moveu os pés pouco a pouco, aproximando-se de forma inexorável.

A distância que seus pés venciam em cada movimento era, claro, mínima, pois Ganryu observava cuidadosamente a guarda do adversário em busca de uma brecha, ao mesmo tempo em que consolidava a crença em si mesmo.

Mas por absurdo que parecesse, Musashi veio se aproximando de súbito com grandes passadas descuidadas. Seus modos pareciam indicar que queria enfiar a ponta do remo entre os olhos do adversário.

A atitude era tão casual que Ganryu, com um sobressalto, parou por uma fração de segundo, momento em que quase perdeu Musashi de vista.

A ponta do remo tinha saltado para cima com súbito zumbido. Musashi, com seu avantajado físico de quase um metro e oitenta, pareceu ter-se encolhido para pouco mais de um metro. No instante em que seus pés saíram do chão, Musashi estava suspenso em pleno ar.

— Aah! — exclamou Ganryu, varrendo acima da cabeça com um largo movimento circular da espada.

Dois pedaços de tecido cor de ferrugem — a faixa em torno da testa de Musashi — pareceram saltar da ponta da espada de Ganryu e foram ao chão.

Aos olhos de Ganryu, a faixa partida era a própria cabeça de Musashi rolando por terra, ou um jato de sangue esguichando da ponta da sua espada.

Seus olhos talvez sorrissem, apreciando o momento de vitória. Mas naquele instante seu crânio partia-se em mil pedaços sob o impacto do remo.

Um olhar ao rosto que jazia no ponto onde a relva se encontrava com a faixa arenosa da praia mostrou que Ganryu não pensou ter perdido a luta. Apesar do sangue que jorrava aos borbotões da beira da boca, um sorriso de plena satisfação torcia para cima os cantos dos lábios mortos, apertados com firmeza.

IX

— Aah!
— Mestre Ganryu...

As vozes partiram dos dois postos destinados aos juízes.

Esquecendo-se de tudo, Iwama Kakubei tinha-se erguido, assim como seus acompanhantes, todos atônitos. Logo porém deram-se conta de que ninguém se movera no grupo ao lado, composto por Nagaoka Sado, Iori e acompanhantes. Kakubei então se obrigou a aparentar calma e a não sair do seu lugar.

Mas uma inegável atmosfera de derrota e miséria envolveu o grupo dos que tinham confiado na vitória de Ganryu.

Um resto de dúvida e esperança ainda fazia com que o grupo não aceitasse a realidade e contemplasse a cena transfixado.

Segundo após segundo, o silêncio dominava a ilha. Ali parecia não haver ninguém.

Apenas o vento continuava a sibilar nos pinheiros e a varrer a relva, soprando o homem e a sua transitoriedade.

E Musashi?

Contemplava um floco de nuvem. Ou melhor, tinha voltado a si nesse instante e visto a nuvem.

Agora, retomava a consciência de que ele e a nuvem eram dois seres distintos. Sasaki Kojiro, porém, não se recobrara.

Ele jazia de bruços a dez passos de distância. Com uma das faces contra a relva, empunhava ainda o cabo da espada com tenacidade. No rosto, porém, não havia traços de sofrimento. Nele se via que tinha lutado com todas as suas forças e estava satisfeito com o seu desempenho. A mesma expressão desprovida de arrependimento ou pesar costuma estar presente nos rostos dos que tombam depois de lutar com bravura.

Musashi notou a faixa cor de ferrugem caída no chão e arrepiou-se. "Talvez nunca mais encontre um adversário deste nível...", pensou. Uma intensa onda de amor e respeito por Kojiro engolfou-o.

Ao mesmo tempo, considerou o quanto devia àquele guerreiro. Como esgrimista, Kojiro era certamente de uma classe superior à dele. E ao visar esse indivíduo superior, Musashi tinha-se guindado a uma posição ainda mais alta. Isso ele lhe devia.

Mas o que o fizera vencer um inimigo superior? Técnica? Ajuda divina?

Era fácil negar, mas, a bem da verdade, Musashi não sabia.

De um modo vago, era algo que superava a força ou ajuda dos céus. Kojiro tinha acreditado na esgrima voltada para a técnica e a força, enquanto Musashi acreditara na esgrima espiritual. Essa era a única diferença.

Absorto, Musashi caminhou dez passos e ajoelhou-se ao lado do corpo de Kojiro.

Aproximou a mão esquerda da sua boca para sentir-lhe a respiração e percebeu leve bafejo. Seu rosto desanuviou-se instantaneamente. Tinha entrevisto uma pequena esperança de vida.

"Se o acudirem a tempo...", pensou. Simultaneamente, sentiu alívio: talvez a luta inútil que tinham travado nesse dia não apagasse para sempre a vida desse formidável guerreiro.

— Adeus!

Tocou o solo com uma das mãos e fez uma reverência a Kojiro. Voltou-se na direção dos juízes distantes e curvou-se uma vez mais.

No momento seguinte, Musashi corria rumo ao lado norte da praia e saltava agilmente para dentro do bote que o aguardava, ainda empunhando o remo imaculadamente limpo: nem uma única gota de sangue o sujava.

Que direção tomou o bote, onde teria ele aportado?

Não existe nenhum relato dando conta de que os discípulos de Ganryu, emboscados na ilha Hikojima, tivessem se confrontado com Musashi para vingar a morte do admirado mestre.

Enquanto viver, amor e ódio farão parte do ser humano.

O tempo passa, mas os sentimentos são como ondas a vibrar continuamente, ora altas ora baixas. Enquanto Musashi viveu, pessoas que não o apreciavam continuaram a criticar-lhe o comportamento daquele dia. Diziam elas:

— Naquela ocasião, Musashi tinha medo do que poderia lhe acontecer durante a fuga da ilha. Ele estava apavorado, com certeza. Prova disso é que se esqueceu de desferir o golpe de misericórdia em Ganryu antes de ir-se.

O mundo é um contínuo marulhar.

Pequenos peixes cantam e dançam, nadam espertamente ao sabor das ondas que vêm e vão. Quem no entanto é capaz de saber o que se passa nas recônditas profundezas desse mar sem fim?

Quem algum dia já mediu sua exata profundidade?

ESTE LIVRO FOI COMPOSTO EM ADOBE GARAMOND
PRO CORPO 11 POR 13,3 E IMPRESSO SOBRE PAPEL
OFFSET 75 g/m² NAS OFICINAS DA ASSAHI GRÁFICA,
SÃO BERNARDO DO CAMPO – SP, EM JUNHO DE 2019